掌故

（三）

月刊

13

野史・佚聞・

人物・風土・

一九七二年九月十日出版

掌故月刊 第十三期 目錄

每月逢十日出版

掌故

第十三期
一九七二年九月十日出版
每冊定價港幣二元正
全年訂費港幣二十元 美金五元

出版兼發行者：掌故月刊社
地址：九龍亞皆老街六號B
電話：K八四四六七三
The Journal of Historical Records
6.B, Argyle Street, Mongkok, Kowloon, Hong Kong.

督印人：鄧少卿
總編輯：岳騫
印刷者：和記印刷有限公司
新蒲崗景福街一一〇號超達工業大廈十樓
總代理：吳興記書報社
香港租庇利街十一號二樓
電話：H四五〇五六一 H四五〇七六六

星馬代理：遠東文化事業有限公司
新加坡廈門街十九號
檳城呇田仔街一七一號
泰國代理：集成圖書公司
曼谷耀華力路二三三號
越南代理：聯興書報社
越南堤岸新行街二十二號

其他地區代理：
澳門：可大文具店
亞庇：利民公司
千里達：中華公司
菲律賓：華安書局
倫敦：東寶公司
芝加哥：杏林春
波士頓：中西公司
三藩市：新生圖書公司
三藩市：益智圖書公司
加拿大：香港商店
漢城：汎亞書籍公社
寮國：永珍圖書公司
斗湖：光明書店
菲律賓：玲瓏書局
紐約：友聯圖書公司
紐約：友方圖書公司
洛杉磯：永安堂
檀香山：大元公司
三藩市：文化商店
加拿大：新國華公司

「掌故」的掌故

——為掌故一周年作——

岳騫

掌故月刊由於讀者的愛護，作者的惠助，各方面工作人員的努力，已經出版了一年，在這一年中雖然沒有太大的發展，但也站穩了脚跟，今後當更加充實內容，以答讀者的厚愛。

在掌故出版一周年後，來談談「掌故」本身的掌故，倒是頗有趣味的事。筆者有意辦一份掌故性的雜誌，動機究竟起於何時，已不能確切記憶。大概總是一九六九年中，一次偶然與同鄉至交鶴鳴書業公司主持人張子良丈及其公子勛賢在一起飲茶，當時將這項意見提出來請他們賢喬梓參加意見，均表贊成，臨分手時偶然談到刊物的名稱，勛賢一口說出你既然是談掌故，就索性叫掌故好了，說這句話時，已經走出茶樓，未再向下談，我回辦公室，越想越覺得這個名字有意義，當時就決定用掌故為名。決定了刊名之後，第二步是找誰寫，自已一向喜歡翻字帖，中間隔了一段日子，翻來翻去在三希堂法帖上翻到顏魯公法帖，總共祇有幾十個字，居然有掌故兩個字，故字是熟字，掌字相當陌生，一般字帖都很難找到掌字，這次可說是得來全不費工夫，高興是不待言了。以後又拖了很久時間，一直未能正式籌備，主要原因是因為自已太忙，同時請教了幾位先生，大家都認為不易作，必須愼重將事，因此，又拖了一段時間。

到了一九七一年的春天，一次和鄧少卿兄在一起飲茶聊天，說出這個計劃，他一力贊成慫恿我辦。因此就同他談到開辦費的問題，我當時的原則是絕不接受任何官方、半官方、基金會的資助，因為辦這類雜誌，所談皆是近人，無論怎樣客觀、公正，都不免會得罪人，如果同任何方面有聯繫，將來一定受到拘束，這一項原則從一開始構想到辦這份雜誌時，我就下定決心，絕不改變，所以從來也未同任何機構談過。

不過，辦雜誌總要錢的，起碼三期的開支是一定要的，因為根據習慣，必須要到第四期發行始能收回第一期的書欵，三期的開支僅是稿費同印刷紙張，預算要兩萬元，這兩萬元從何處籌措，我本來決定的原則是要同經營文化事業的商人合作，純粹是商業上的合作，沒有任何其他作用。預算中的合作者，是幾位有龐大事業的書商，祇是應當先同何人去談，一時委決不下。少卿兄則認為數目不大，不必到處張羅，由他個人負責好了，就這麽一言為定，過了幾天，他眞的拿了錢同我一道去銀行開戶口，這以來我不辦倒不成了。接着來的問題要請作者寫稿，筆者在港二十幾年，日日寫稿，稿雖然寫得不好，但逢到朋友約稿，尤其是新辦雜誌，從未拒絕過，不但未問過稿費，而且也有多次實在未拿到稿費，但個人對此從不介意，因為這件工作到底不是賣青菜豆腐，非賣錢不可，否則血本無歸。可是這次輪到自已辦雜誌請人寫稿，才知道並不簡單，所請的人自已認為總是交情夠的，誰知應者不多，患難見眞情，因此，編者對於簡又文、嚴靜文、矢原愉安及其他從開始就支持本刊的作者，永不能忘。

關於掌故本身也有一點要說明的，這個雜誌編務雖是由筆者負責，但少卿兄貢獻也極大，從封面設計，篇幅大小，甚至到紙張開數都是他一手設計的，第一期雜誌剛印出時，正逢香港中國筆會開周年大會，我帶了一包去當場送人，折開之後，許多朋友看了先贊封面之美，一面向我道賀，實在說，未折開之前，我也不知道封面是什麽樣的，這都是眞實掌故。

最後還要說到總代理吳中興兄，他在發行上幫了大忙，而且還超出了他的業務行規幫了忙，一方面是基於友情，另一方面也知道這份雜誌除去發行之外，沒有任何收入。雖然今天的他，已不在乎箋箋之數，但無論如何，在目前的社會，這種作風總不易看到了，因此，才更覺得可貴，此亦「掌故」之掌故也。

朱執信先生虎門殉難

恒齋

朱執信先生遺像

本年九月二十一日，爲朱執信先生虎門殉難五十二週年紀念。先生名大符，原藉浙江蕭山，民元前二十七年生於廣州。朱先生之成仁乃黨與國之最大損失，胡漢民先生轉述國父之言曰「執信竟犧牲了！以後黨內不知還能有像執信這樣對於主義忠實，對於革命肯努力的人否？今後革命的進行上，恐怕更覺困難了。」國父如此悲悼，則朱先生人格之崇高，革命事業之偉大，可以思過半矣。歲居不易，哲人其萎，忽忽已逾半世紀，猶憶先生歸道山後，胡漢民戴季陶林直勉諸先生均爲文追悼，其令弟秩如先生亦作行狀以詔世人，而陳白宣君則有先生軼事之輯，羅家倫先生編印開國名人墨跡，又將先生遺墨附以小傳行世。凡此鴻文巨製，對於先生德行表揚備至，惟於虎門殉難詳情，尚付缺如。關於此事，古應芬湘勤先生知之最深；予嘗讀古先生追悼執信先生逝世十週年紀念詩之第三首云「滄海茫茫星斗微。怒潮飛沫濺征衣。伶仃洋上伶仃客。記護靈輀一舸歸。」原註云「予以九月二十日別君，君約三數日即同，二十二噩耗至，馳往虎門，護其靈柩歸於香港收殮之。」第四首云「追思痛史手編時。一淚相隨一字糜。歷刼無端化灰燼。却教十載誤鍾期。」原註云「君沒後予敘其死事始末凡數千言，仲愷置之總統府中，失火焚去，不復能記憶矣。」以此之故，元勳功烈，湮沒無聞。際茲風雨飄颻，緬懷往哲，因走訪汪蟄菴丈，詳詢一切。丈爲先生妹倩，且共事革命有年，此次虎門事件，丈亦參與，見聞較眞，謹將所聞於丈者縷述如下。

自第二次革命失敗後，朱先生斡旋粤局，乃奉國父之命，初則驅龍濟光以倒袁世凱，及龍去而莫榮新繼任，則再驅莫以肅清桂軍。欲明當中事實，不得不先述民初朱先生之功勳與廣東之軍事實力，亦以見國父能量才器使，知人善任。民國成立，先生任廣東軍務督辦，其時民軍散布各地，旗號繁多，份子既屬複雜，強弱亦甚懸殊，其中最有紀律且與先生關係較密切而又最聽指揮者，一爲李福林，擁有隊伍十二營，稱爲福軍，駐紮於廣東省會之河南。一爲李準舊部之李耀漢，擁有兵力十八營，駐紮肇慶西江各地，是爲肇軍。民國二年龍濟光據粵，軍紀腐敗，騷擾時聞，粵民不堪其苦，呼其部下曰外江壯士，實譏之也，憎惡之也。

袁世凱稱帝，封龍濟光爲郡王，寄之腹心，用其力以摯民黨。龍受恩深重，爲鞏固自己地盤，對民黨大肆摧殘。國父既決心倒袁，知先生在粵軍中具有潛勢力，因以驅龍濟光之責付之，其名義爲中華革命軍廣東司令長官，先生奉命唯謹，即在香港組設機關，派贄菴丈微服入內地，與福肇兩軍首領聯絡，宣達國父命令，聽候驅龍。因丈向在先生幕下，與二李感情亦甚融洽，說話較爲動聽。果也見面之下，二李咸表擁護國父，並相誓唯先生之命是從。但檢討實力，二李聯合，僅得兵三十營，不足以敵龍軍之衆。適香港某旅店主人邱某，與桂系領袖陸榮廷交契。先生與丈均爲該店住客，常借該店以招待黨人，與邱某諗熟，因請邱先向陸氏進言，道達國父意旨。一經邱某撮合，果得陸榮廷首肯。其時二李亦推丈爲代表，赴桂切實商談。丈謁陸時，請其檄調桂軍來粵聲援，惟事成後，必以粵人任都督爲條件。適岑春煊梁啓超正在桂有所活動，廣東既先發難，目標與之相同，所以陸榮廷聽丈言後，點首者再；且謂儻我陸某人要爲粵督便是狗，信誓旦旦，此行便達目的。雙方再度磋商，岑陸諸人即到肇慶組織兩廣都司令部，以桂肇兩軍爲基幹，聲討龍濟光。龍勢不敵，率部赴瓊崖。

北京政府以龍氏既去，即委陸榮廷爲廣東督軍。李耀漢聞訊，大表不滿，即偕贄菴丈聯同謁陸，意欲提出質問。陸亦知來意，一見面即言陸榮廷不是狗，決不任粵督。北京政府因改任陸榮廷爲兩廣巡閱使，而以陳炳焜爲廣東督軍。陳非粵人，與當日條件未符。陳知堅持此條件者爲李耀漢，因以其女妻李之義子達任，又設法推倒廣東省長朱慶瀾，薦李繼任，以資調停。此乃陳炳焜之一番苦心，然亦無非爲自己計耳。但陸榮廷以陳李聯親，疑陳不忠於桂，因免陳職，而以莫榮新代之，陳亦無如之何。

莫榮新既就任粵督，乃迎合陸榮廷意旨，盡量排擠粵軍。時廣東警務處長兼廣州警察廳長爲魏邦平。倚海軍爲奧援，任其參謀龍榮軒爲水上警察廳長，所有淺水兵船，均撥歸其管轄。於是兩李及魏在省會合組廣東軍警同袍社，遂形成粵桂對峙之勢矣。桂軍既受粵軍威脅，爲剪除異已計，命令統領莫正聽將駐中山之袁帶軍繳械。正聽爲督軍之子，盛氣凌人，軍事既獲勝利，進而壓迫省長李耀漢，耀漢因避返肇慶，以省長席位讓於翟汪，翟不久亦被迫而去。於是主客益不相容，先生既奉令討桂，此時箭在弦上，不得不發，乃親赴虎門率肇軍余六吉部宣佈驅莫。虎門爲珠江咽喉，足以控制廣州。而李福林魏邦平亦秉承先生命在河南組織聯軍同時宣布獨立，與桂軍夾河對陣。先生又命李耀漢率所部陳銘樞陳濟棠等赴西江以撫桂軍之背。同時陳炯明部亦由閩返粵，於是莫榮新不得不下野，粵難遂告救平。不幸虎門發難時，余六吉部與當地民軍因誤會而槍戰，先生親往排解，當塲身殉，時民國九年九月二十一日也。

上述詳情，乃贄菴丈告予。茲再錄林直勉先生一段話：

嗚呼！朱先生殉難十週年了，他殉難時，我還留美洲，對於他殉難的經過，故不知到，只聽胡（漢民）先生說：「其時炮台降軍，與一部份鄧某同志所轄的軍隊衝突起來，降軍說非先生來不能決，鄧軍方面也是這樣說。。先生於是不顧一切，單身獨往，毫無護衛。到了那裡，正對台兵曉諭時，台兵忽然圍攻先生。先生退出，到了半路上，又被圍住，及至已經受傷，坐在地上，揚起手來說『我是執信』，而開槍的人，仍舊開槍，先生就此殉國了。」嗚呼！傷心極了！朱先生求仁得仁，死亦何憾呢？

從上所述，足以補蟄菴丈之不足。而先生之殉國、殉民，是其素懷。茲再錄令弟秩如所爲先生行狀：

先兄常以殉國殉民爲己任，斷頭決腹，是其素懷。前清末年，先兄運動革命甚力，與同志聚商，常至五鼓而後歸家。狂風怒號，冷雨侵骨之夜，家人盡睡，老僕婦獨靜坐而待；聞叩門三聲，歇而復續者則必先兄之歸家也。前清宣統二年正月，廣東新軍之變，倪映典於十二月晦日宿於先兄之客廳，正月元旦，由吾家直赴新軍起義。先兄自是日起，數月間行蹤不明，初三日，新軍事敗，倪氏被殺，搜捕之吏役軍隊，終日過門，鎖鍊琅璫之聲，槍劍鏗鏘之聲，皆足使吾亡魂失魄，蓋吾知先兄之必預謀，而其遭難與否，亦不可得而知故也。

三月二十九日之起義，先兄自二十六日離家後，家人不知其何往，二十九日晚，先兄偕黃克強（興）等百餘人焚攻督署，黃克強乘第一轎，先兄乘第三轎，爆彈所及，堂屋倒潰，道路梗塞，末由前進，而敵人援兵大隊已至，不得已退出，右手及胸前均爲爆彈所傷，血透重衣，行至雙門底之一橫巷，避入林伯虎家，幸而得免，四月初一日乃出城往香港，同志死者九十六人，可謂險矣。

桂賊專肆，粵事益危，先兄冒險入香山，（後改中山）運動起兵，先作書訣弟而後啓行。賊運未窮，不能如願。此次驅逐桂賊，先兄屢由滬往漳州，與陳總司令（炯明）謀虎門獨立，先兄冒險入內，竟爲逆賊所害，此特其著者耳。其他冒險之事，不知凡幾。」

自三月二十九之後至於今日，吾接先兄訣別之書，已及數次。一在三月二十九後，一在民國三年十一月將入內地謀起兵逐龍濟光時，一在民國某年將往香山起事驅桂賊時。吾常勸其不可太冒險，兄不答。徐舉手自指其頸曰，好頭顱誰當砍去。又曰譬猶沙煲，有用以煮飯，經歲月而後損壞者。又有用以盛爆藥，擲向盜賊，隨用隨毀者。吾則盛爆藥之煲也。又曰豈可不自犧牲而望之他人乎。又曰先人耿介之性，實傳於我，若靦顏苟活，其何以對祖宗。又曰吾本東西南北之人，不自珍惜，亦不耐投閒，冒險殺賊，尚差足以自快，家中但視吾爲已死可也。蓋其決心殉國之心，十餘年如一日焉。

吾書至此，不禁擲筆長歎曰：慷慨赴死易，從容就義難。常人之言，祇可以語常人可不可以語非常人，若朱先生者蓋曠世而不遇，爲國爲民爲黨，早下犧牲之決心，其犧牲之精神，亦慷慨，亦從容，非有家庭之教育，主義之甄陶，與乎學養之有素，何以語此哉，先生之文章，早年則見之於在日本發行之民報，其時革命行動，不能公開，凡署蟄仲，縣解，去非者皆先生之手筆。其後在滬發行之建設雜誌，則大書眞姓名，先生作古，林煥廷君刊其遺集於民智書局。遺詩及墨跡則劉紀文先生手輯，亦由民智發行。事隔數十年，遺集尚可於各大圖書館見之；詩翰則詢諸劉夫人許淑珍女史，云已失落。而羅氏之輯更簡，茲從各方搜集，製版及鈔錄如下，庶幾以慰讀者之懷想耳。

擬古決絕詞並代答（民前三年送汪精衞入京行刺作）

決絕復決絕。蕭艾萋萋生。不如蕙蘭折。白露冷冷羣卉盡。祇賸柔條倚風泣。中夜出門去。三步兩徘徊。言念同心人。中情自崩摧。我心固匪石。千言萬言空爾爲。月光皎皎缺復圓。星光睒睒繁復稀。月光星光兩澹蕩。欲明未明鷄唱時。芙蓉江上好。幽蘭窗下潔。所寶在素心。不向西風弄顏色。水流還朝宗。葉落還肥根。來歲當三月。坐看萬木繁。人生世上亦如此。身惜秋前萎。

蒲柳望秋零。凍雀守紇干。所賞特達人。貞心盟歲寒。齊烏三年不飛飛冲天。所爭詎在須臾間。我有變徵歌。欲奏先汛瀾。歌中何所言。意氣傾邱山。丈夫各有千秋意。毋爲區區兒女顏。相期譬金石。誓滌塵垢清人寰。何意中道去。一往逝不還。此情誰爲言。心摧力已殫。不惜此身苦。恐令心期負。含辛進此歌。願君一回顧。

讀漢書八首（實得七首八字恐誤）

適俗既無韻。絕交當有書。古服而今馳。悵悵將焉如。開卷得古人。奇懷與之俱。爬羅出眇恉。跌宕生幽娛。不復惜此日。安能愛吾廬。長揖謝時賢。公等非我徒。

陳張刎頸交。驗在泜水側。絕亢箯輿中。渠非張王客。始知激意氣。命或輕一擲。至於平生歡。並貴每交謫。奪將計久成。發憤借厲澤。如令老監門。馬識異膠漆。

欺齊烹酈生。徒取假王貴。謂漢不負吾。而負鍾離眛。竟死鐘室謀。悔失蒯通計。將無託陳豨。猶異鼎足勢。告密緣舍人。肝膽竟誰氏。心知季布奴。滕公猶慕義。名善漕中叔。孫建請塞罪。結交諒有由。知人寧不易。應愧彭王頭。有客仍奏事。

綿蕞知試法。原廟獻新果。攻畧有如須。羣盜政亦顯。秦漢有代謝。儒冠自駭騃。由來叔孫輩。宛舌媚靑瑣。天帝除書來。美新胡不可。卓哉魯二生。抱經守坎坷。積德不百年。速去毋汚我。

馬上得天下。詩書以治之。所以挾策徒。皆爲行紫來。翩翩張京兆。治劇不世才。良材不自惜。力學而逢時。眉嫵自可尒。學經胡爲哉。漢道雜王霸。此曹堪驅馳。末裔有伯松。頌莽抒華詞。得力在稽古。久矣誰云非。

楊敞事廢立。乃用夫人謀。劭卿告霍氏。俯仰取通侯。家訓有下石。朝議賞焦頭。南山忽蕪穢。歌舞皆侃言。大將車在時。當復有此否。顧言謝梅尉。市卒復焉求。

蘭薰不待燒。膏明或待煎。蜀莊與湘纍。寧復相愚賢。劇秦作大夫。自謂守太玄。寂寞老投閣。何如夭天年。

寄芑村三年作

北風吹鬢感千端。念子天涯共歲寒。飄泊我曹安宿命。拘張奴輩早高官。偷光自恥儕魑魅。結佩人猶賤芭蘭。方欲榜船親送婦。可憐荆棘滿稽山。

聞君任庶逢賢主。愧我登樓似昔人。猿鶴蟲沙都有恨。東西南北總無因。未封馬鬣猶中隱。合對牛衣肯怨貧。陳寶不飛天帝醉。此身遮莫是閑身。

幽居絕少俗緣侵。賴有羊裘日見尋。只憾貯胸無二酉。不妨相腹缺三壬。入山已蠟阮生屐。裹飯時聞莊舄吟。此去鼠肝蟲臂好。當年深悔未琴心。

彈鋏何嘗爲食魚。曳裾端不羨安居。眞成窶藪妨容穴。未信窮愁合著書。博辯關門論馬白。虛名文采悞豐狐。如今結習除都盡。伸紙含毫意自娛。

中秋日痛陳無恙

論定猶難是蓋棺。政聲未起骨先寒。知機脫悟朱丹轂。聽吏曾探赤白丸。事去李陵依衞律。途窮張耳負長安。他年作傳連張趙。不待鴻文已不刊。（愚按陳無恙名景華民元年任廣州警察廳長治盜有聲二年中秋粵督龍濟光招宴觀音山誘殺之）

觀物二首（四年秋作）

沐麏各多忌。木雁皆不材。巷談尊狗曲。物變劇牛哀。烏竟瞻誰止。蟲仍出怪哉。漫持白馬論。辛苦關度來。

世事衣蒼狗。人言海大魚。沐猴冠已久。腐鼠璞何誅。問鹿爭徵馬。占龜便獻圖。如聞避風鳥。不獨是爰居。

六年歸廣州寓海幢寺歲除日作

暫得還鄉仍作客。猪肝一累愧前賢。儈容桑下過三宿。身在兵中近十年。抱蜀不知千載遠。放懷翻畏五漿先。何時得稅王尼駕。對此橫流一悵然。

感懷

剩有愁堪說。誰言願已酬。星辰空北極。河漢忽西流。世態餘千變。吾生足百憂。相憐有明月。侵夜到樓頭。

馬角雖非誑。蛾眉詎入時。空言松鬱鬱。又見草離離。且避鷄蟲鬧。寧辭麋鹿羣。心期擬終踐。先誓嶺頭雲。

毀滅

讀胡適之先生詩忽憶天文學家言吾人所見星光有數千年前所發者星光入吾眼中時星或已滅矣戲成此詩

一個明星離我們幾千萬億里，他的光却常到我們的眼睛裡。宇宙的力量幾千年前把他毀滅了，我們的眼睛裡頭的光明還沒有減少。你不能不生人，人就一定長眼睛，你如何能夠毀滅這眼睛裡頭的星。一個星毀滅了，別個星剛剛團起，我們的眼睛昏澀了，還有我們的兄弟我們的兒子。

悼黎仲實

人家說「人人只曉得時間就是金錢，到了風力吹斷，絲端猶懸。坐垂堂縱有千金，都買不轉百年如電。」你看四大何曾值一錢，雖然糟蹋了事業千秋，到底沒有賣也。你這光榮的貧賤，你也不要再買也，這烏兎匆匆幾十年，你除開了看得破的功名，難道有忘不來的恩怨，任你享樂怎樣凡猥，神智怎樣頹唐。

我知道你一會子吐繭絲纏，霎時間抽刀水斷，你這吐不出忍不來的痛苦，都拚攏在你淚涸神枯的兩個眼。你拋棄了將來，來保護你的從前，到了今天，我眼睛裡享自由的仲實早已死了。心裡鬧革命的仲實從此再無更變，還有那活着便賣了從前的，比你更可憐！

執信先生遺墨（一）

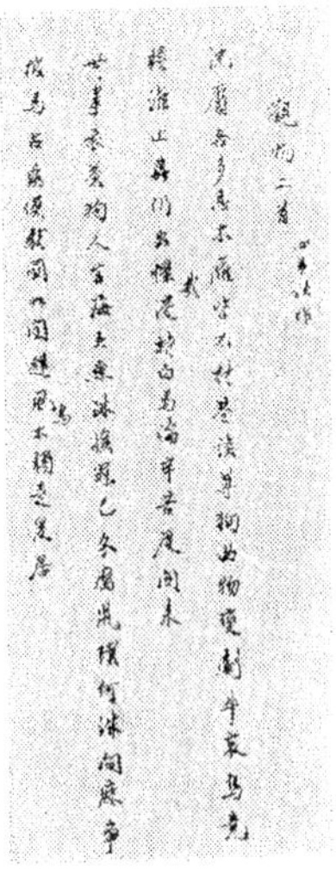

執信先生遺墨（二）

吾錄先生詩又不禁喟然而歎！先生曰「蕭艾萋萋生。不如蕙蘭折。」此用毛伯成語，然非有先生「誓滌塵垢清人寰」之壯志，與「抱經守坎坷」之堅貞，曷足當之，獨惜「寂寞老投閣，何如夭天年。」竟成詩讖，哀矣！且也先生邃於詩學，不獨工於古近體，抑且擅長白話新詩，詩毀滅一章，富新思想，尤其充滿革命熱血，所謂「舊學商量加邃密，新知培養轉深沉」者非歟！至如悼黎仲實同志三章情致纏綿，弔死諷生，非浸淫於三百篇者道不出，使叛黨事仇之輩讀之，能不愧死！謹錄執信學校校歌以竟吾文，而表仰止。：

執信執信，好學精神！
既殫精以求學，復篤志以力行，
嗟我諸生兮，毋忘執信之好學精神。

執信執信，革命精神！
既鞠躬而盡瘁，終殺身以成仁，
嗟我諸生兮，毋忘執信之革命精神。

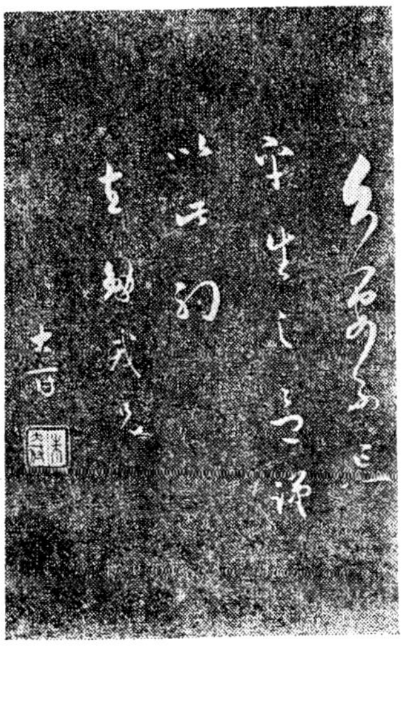

執信先生遺墨（三）

執信先生書楹聯（上）

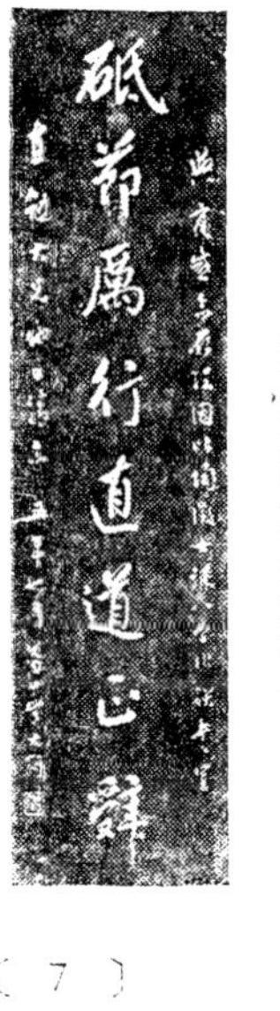

執信先生書楹聯（下）

林直勉先生垂刻

從九一八到「滿洲國」的登場（上）

矢原愉安

滿洲國這個畸形的國家，當年是怎樣誕生的？在一般史書上，因爲不屑提和不願提的關係，大都語焉不詳。這就使得四十一年前的許多大事，都成爲歷史上被遺忘了的秘辛。

其實，今日事過境遷，就事論事。當年如果沒有「滿洲國」這座火山，中日關係上的僵局，大致還不會終於演變到非打個「你死我活」不可。如果沒有「滿洲國」這座理想的兵站，日本「軍國主義者」也大致不會得意忘形到掀起太平洋大戰來。如果沒有中日戰爭，沒有太平洋戰爭，今天大陸上的局面，亞洲的情勢以至於整個世界的面貌，當然都是完全另外一個樣了。

從這種觀點出發，重溫一下「滿洲國」當年誕生的掌故，也許還並不是完全沒有意義的事吧？

滿洲國，或是滿蒙帝國，都並不是關東軍首先發明的東西，截至目前爲止，有文獻可查的「在滿蒙成立帝國」的建議，至少已經有過下面這四個：

一、宣統年間，同盟會的最高當局，曾經從東京寫信給肅親王善耆，勸他用這計劃來說動清廷禪讓。

二、清季末葉，日本的長岡子爵，曾經通過遺老羅振玉，建議清廷在關外去實行這計劃。

三、民國早期，以肅親王爲首的宗社黨，在滿蒙武裝起義，目的也就在實行這計劃。

四、民國早期，日本在華的工作人員川島浪速（也就是川島芳子的義父），在他的「對華管見」條陳中，也着重在這一點。

一提起「滿洲國」來，就不能不提溥儀；一提起溥儀來，也不能不提「滿洲國」。但這並不是就等於：「滿洲國」是因爲溥儀去才有的；或是溥儀是因爲有「滿洲國」才去的。

理由很簡單：在九一八事變前後，日本的軍國主義者，至少有五個不同的「滿洲國」建議；而其中並沒有一個，是想以溥儀爲主角的。直到土肥原堅持要用宣統收買人心，減少內外阻力的時候，這位倒霉的小皇帝，才眞正脫穎而出。

軍國主義者的第一個滿洲國的建議，是由軍部的「御用文人」大川周明博士，乘着蔣閻馮中原大戰的時候，向張學良提出來的。他的理由是：

「欲使黃種人民，免受白種殖民地之待遇，則必須自南京國民政府手內，解放滿洲。」

本來，這個「滿洲自主國」，是要請張少帥來當元首的。誰知張對這毫無興趣，反倒入關去做了「海陸空軍副總司令」。——這都是一九三〇年春間的事。

第二個建議是：一九三〇年十月，日本陸軍省的軍事課長永田鐵山，因公訪問東北的時候，「關東軍三羽烏的石原莞爾中佐，曾經向他正式提出了關東軍「對東北善後問題的三種方畧」。其中之一就是：

「東三省脫離中國本土，另立親日之獨立政府。」

這個政府的元首，是預定從東北系舊人物中的親日派來担任的。

第三個建議是：一九三一年三月，關東軍利用它的外圍組織——「全滿日人自主同盟」，來大肆鼓吹「滿蒙獨立國」。居然召集了七十一個「社會團體，在東京日比谷公園，舉行「國民大會」，要求政府幫助他們「建立新國家」。

被他們看中的「滿蒙獨立國元首」候選人，也還是走不出東北系舊人物的那個老圈子。

第四個建議是：九一八事變以後，首先被關東軍扶持起來的兩個大機構——「遼寧地方維持委員會」和自治指導部，都明明具有政府的規模和權勢。

前者宣佈與「張學良舊政權，及國民政府，均斷絕關係」；後者則公開宣言，是一個訓練地方自治幹部，使他們「了解滿洲新國家對世界之責任使命」的機構。

前者的首長是袁金鎧，後者是于冲漢。而兩者的地位與職權，都很有點近似於「新國家」的領導人。

第五個建議是：一九三一年十二月四日，關東軍忽然把小恭王溥偉，從大連接到瀋陽來，準備請他出頭來組織一個「四民（滿、漢、蒙、回）協合的「明光帝國」。

本莊繁司令官非但親自接見了他，還特別動員了一大批遺老和「市民團體，陪着他到「東陵」去祭告祖先，還讓他在陵前「大念其誓詞道：

「臣今後誓當竭其心力，恢復祖宗基業。」

一切舉動，都儼然把他當做「新國家的未來元首看待。如果不是土肥原，及時而斷然地把溥儀從天津拉出關來的話，他這個皇帝夢大概就早已做成了。

九一八事變前後，到溥儀正式成爲元首以前，關東軍雖然早已決定：要「在滿洲建立新國家」：但是在「國家領袖」的抉擇上，却有好幾種不同的見解。——恰恰反映了關東軍裡不同派系的矛盾和摩擦。

有一派，主張由舊東北系的「文治派」，以及過氣的政要名流，來主持一個親日的政權。——袁金鎧，于冲漢，闞朝璽之流，就成了最理想的對象。

這種主張的人，以片倉衷，甘粕正彥，中野琥逸爲主。

另有一派，主張由還有政權或軍權在手的實力派，來組織一種近似「聯省制」的政權。他們所看中的角色，當然是張景惠，臧式毅，熙洽之類。

這種主張的人，以百武晴吉，駒井德三等人爲主。

還有一派，主張由滿清宗室和遺老出頭。

下面就是這幾個月中間，在東北這個舞台上，發生過的一些大事。

一九三一年八月二十五日——瀋陽公安局，向所屬機構發出密令道：

「日本正在極力挑衅，應各容忍自重，力避開槍。如遇日方開槍，應即退入分局，以避衝突。」

八月二十七日——關東軍將槍械，分發給在瀋陽的日僑。

九月二日——關東軍開始作包圍奉天城，瀋陽兵工廠，北大營的野戰演習。

大連關東廳，向東京的日本外務省報告：

「關東少壯軍官，圖迫中國軍隊使其衝突。」

九月五日——東京外務省訓令瀋陽總領事林久治郎道：

「近來關東軍……儲備相當豐厚之資金，策動國粹會浪人，製造中日事變……在九月中旬作具體之行動。希對浪人切實取締」。

九月六日——張學良從北平電令東北當局道：

「……對於日人無論其如何尋事，我方當萬分容忍，不可與之反抗，致釀事端。即希迅速密令各局切實遵照注意為要。……」

九月八日——東北日僑的「在鄉軍人會」，奉命分向瀋陽，長春，哈爾濱三地報到待命。

九月十日——土肥原返東京，呼籲「採取斷然手段」。

同日，張學良又向東北當局發出指示道：

「沉着應付，勿使擴大。敵果挑釁，退避為上。」

東北軍署負責人榮臻，馬上通知各機關部隊知照。關東軍也因而知道：中國軍隊絕不會抵抗。

九月十一日——昭和天皇訓令陸相南次郎：

「應對關東軍風紀，加意整頓。」

西園寺公望也向南次郎指示道：

「滿洲乃中國之領土，外交非軍人之職務……宜於態度特加謹慎。」

九月十四日——關東軍參謀長三宅光治，以咨文通知日本駐瀋陽總領事林久治郎道：

「近來鐵路屢受匪擾，本軍已飭所屬，此後不僅在鐵路區域以內，勦擊匪徒；即對鐵路外之侵犯者，亦將出而膺懲。

但是林久治郎給了他一個軟釘子道：

「如勦擊區域在鐵路線以外，請先商洽本館。」

同日，三宅光治又致電東京的參謀本部，向作戰部長建川美次少將訴苦道：

「張學良方面侮慢日軍，變本加厲，前承令囑關東軍士，隱忍自重，今生困難。……」

因此，參謀本部決定：馬上派建川美次專程到關東軍去，宣揚昭和天皇整飭軍紀的旨意。

九月十五日——板垣征四郎，以關東軍高級參謀的身份，在奉天特務機關，召開緊急會議，討論是否立即發動事變？

參加會議的有：

關東軍參謀石原中佐
警備隊長三谷清中佐
特務機關部花谷正少佐
今田新太郎大尉
鐵道守備隊中隊長川島正大尉
鐵道守備隊中隊長小野正雄大尉

結果是：次日才由板垣決定「行動」。

九月十七日——在瀋陽集中的東北日僑在鄉軍人會，集合在瀋陽西站的忠魂碑前，演講示威，再三地大喊這兩個口號：

「打倒傷害日本權益的張學良！」

「為保障滿蒙的既得權利，願洒軍人的熱血！」

同日，關東軍在營口和鳳凰台的部隊，都奉命急緊出發，限定在九月十八日下午三時以前，開抵瀋陽。

九月十八日——從東京來的特使，建川美次少將，化裝繞道朝鮮，抵達瀋陽。立即和板垣征四郎，花谷正少佐，密談至夜。

午後，原駐龍山與遼陽之日軍，已分頭開抵瀋陽。

基於這種非常跡象，日本總領事林久治郎，特向在遼陽閱兵的關東軍司令長官本莊繁，提出了書面警告，請他馬上「注意異動」。

同日，晚十時三十分，關東軍爆破柳條溝附近的南滿鐵道，並且向北大營和瀋陽城垣，同時發動攻擊。

當晚，總領事林久治郎出面調停，受到了板垣的拒絕。他只好急電東京外務省道：

「滿鐵全線，軍隊同時出動……軍方獨斷與不法行動，已使職失去抗阻之力。」

同日，晚十一時四十分，關東軍始將「瀋陽發生事變」報告旅順的關東軍總司令部，以及東京的軍部。

同日，晚十二時半，關東軍完全佔領了北大營。

九月十九日——關東軍完全佔領了瀋陽，扣押了代理遼寧省主席臧式毅。

上午六時，全城已經貼滿由本莊繁署名的「安民佈告」道：

「……九月十八日午後十點三十分時，中華民國東北邊防軍之一隊，在瀋陽西北側，北大營附近，爆破我南滿鐵路……襲擊日本軍守備隊……對帝國軍隊開槍開炮，是彼東北軍自對我軍來求挑戰也明矣！……於今非膺懲之，或恐有其結果不可測知者。熟思敢行動暴舉者，非華國民衆，彼懷抱野心，一部軍權之行爲也。

本職……爲擁護其既得之利權，確保帝國軍之威信，茲方執斷然處置，無敢所躊躇。

夫我軍欲膺懲者，彼東北軍權而已。關於所有民生休戚，本職最所注意苦慮……萬勿滋疑懼逃避之舉。然倘有對我軍行動，欲加妨害者，本軍毫無所看過，必出斷然處置。……」

同日上午，陸相南次郎，根據內閣緊急會議的決定，用電報向本莊繁作了一些指示。其中最重要的是：

一、事變不得擴大

二、不得佔領滿洲

三、不得成立類似於政府的機構

同日上午，朝鮮司令官林銑十郎，派了飛機兩中隊，和第二〇師團與一九師團的各一部，進入東北，去支援「關東軍」。

同日，晚間，板垣征四郎，石原莞爾與建川美次在討論解決時局問題上，取得意見一致。第一步：進軍吉林與哈爾濱。第二步：建立以溥儀爲首的「新國家政權」。

同日，東京的陸軍省對關東軍訓令道：

「地方行政，不應超過治安維持範圍。」

參謀本部也指示關東軍：

「恪守貴軍本來任務，靜觀事態變化。」

九月十九日——溥儀派劉驤業到東北，去和本莊繁司令官，以及滿鐵總裁內田康哉，取得聯系。

九月二十一日——關東軍總部，正式遷到了瀋陽。土肥原也在這時從東京回來了，馬上就以奉天特務機關長的資格，出任了佔領後的第一任奉天市長，在就職佈告中，居然用了「昭和年號」道：

「日本軍司令官鑒於奉天城附近之現狀，增進居民之福利，自昭和六年九月二十一日起，據軍之指導，委任日華人員，在奉天城內及商埠地區，施行臨時市政。」

這個市政府，一共轄有

秘書課　總務課　財務課

警務課　衛生課　技術課

市長之下的全部課長，也都淸一色的是日本人。幸虧土肥原老奸巨滑，選用了不少在奉天多年的日僑。因此，辦起事來倒相當順手，沒有太格格不入。

同日，關東軍進軍吉林。

九月二十一日——鄭孝胥在他的日記上寫道：

「佟揖先來：自言欲赴奉天，謀復辟事。余曰：若得軍人商人百餘人倡議，脫離張氏，以三省、內蒙爲獨立國，而向日本上請願書，此及時應爲之事也。」

九月二十二日——在關東軍總部新址，參謀長三宅光治，高級參謀板垣，參謀石原，特務機關長土肥原，司令長官副官片倉衷，舉行了一個秘密會議。

會上，土肥原提出了「利用五鎭守使，擁戴溥儀爲首，建立新國家」的方案。其中的要點是：

一、這是一個以日本人爲領袖，團結漢、滿、蒙、回的「五族共和國」。

二、設立下列五鎭守使：

甲、吉林鎭守使熙洽；

乙、洮索鎭守使張海鵬；

丙、東邊道鎭守使于芷山；

丁、哈爾濱鎭守使張景惠；

戊、熱河鎭守使湯玉麟。

三、由五鎭守使擁戴溥儀爲國家元首。

當塲決定：以這個計劃來做爲「建設新國家」的定案。並且指定專人，去分頭接洽。

①由土肥原接洽袁金鎧，趙欣伯；

②由板垣接洽張景惠；

③由河野正直接洽張海鵬；

④由大迫貞通接洽熙洽；

⑤由大矢進計接洽于芷山；

⑥由羅振玉與徐良，先向溥儀示意。

九月二十二日——溥儀派佟濟煦到東北，去察看風色。而且派商衍瀛和「老奉軍」中友善的人物們，取得聯系。

同日，關東軍發令進兵哈爾濱。

同日，東京陸軍省兵務課長安藤利吉，奉命到瀋陽來，嚴令關東軍：

「不得越過寬城子以北。……非有參謀本部命令，不得更有任何新軍事行動。」

九月二十三日——參謀本部向關東軍訓令：

「不得進至洮南縣以北。」

九月二十四日——東京內閣決議：

「關東軍應自滿鐵線兩側撤回，集結於附屬地範圍之內。」

由此可見：直到「九一八事變」發生了一週之後，關東軍的軍事冒險，還沒有眞正得到東京的同情，支持和諒解。但是，那批無法無天的少壯軍人們，却非但沒有一點懸崖勒馬的意思，而且決心要在用刺刀奪來的地方，製造出一個隨心所欲的「新國家」來了。

一九三一年九月二十五日——「遼寧地方維持委員會」，在瀋陽實業廳的舊址，正式成立。

按照它的會章：只有「仕紳之合格者，及各法團之宗旨純正者」，才能成爲維持會員。

會裏一共有：

總務科，

財務科，

庶務科，

外交科。

除掉「總、財、庶是每機關必有的「三大部門」以外，眞正起作用的只有一個專門和佔領軍打交道的外交科。——這個「維持會」的中心任務何在？於此就可見一斑了。

這個委員會裏，有一個委員長，是袁金鎧。兩個副委員長，是于冲漢，闞朝璽。還有六個委員是：

李友蘭　孫祖昌　張成箕

丁鑑修　金　梁　佟兆元

十月一日——洮索鎭守使張海鵬，自稱「邊境保安總司令」，宣佈和張學良脫離關係，並且發兵直取黑龍江。

他這個「陣前起義」，完全是關東軍派今田新太郎，河野正直和吉村宗吉去運動的結果。代價是二〇萬塊大洋和三千桿新式步槍。條件是脫離張學良的陣營獨立；担任關東軍攻取黑龍江的前鋒。

于芷山也在大矢進計的策動下，在雙城子正式宣佈「地方自治」

十月四日——關東軍總司令部發表宣言，正式否認張學良政權。

同日，關東軍強迫內蒙古的達爾罕王，在瀋陽召集內蒙四八旗宣佈獨立。達王不肯，改由蒙旗的包統領和溫都王貝子，共同出頭，來大搞其「內蒙自治」。

十月六日——南滿鐵路總裁內田康哉，受關東軍的委託，起草了一篇「收拾滿蒙三原則與十事項。其重要點如下：

一、三原則：

①滿蒙與中國脫離關係

②關東軍用武力來統一滿蒙

③滿蒙由日本確實掌握，但在表面上應讓中國人來治理。

二、十事項：

主要都是和滿蒙的鐵路，航路，銀行，其中，絕大部份都是「老奉軍」，「東北文治派」和「奉天閭人」。眞正和溥儀有關係的人，只有一個在「天津張園」不太受歡迎的金梁。

成立之後，這個維持會還發佈過一個宣言道：

「遼垣自事變發生後，軍警逃避，官廳停止，商號關門，金融滯塞，土匪乘勢蠭起……赤子何辜，無所依賴，……乃由當地士紳組織地方維持委員會，請法學研究會長趙欣伯君出爲接洽，純以士紳資格，勉爲維持。另設自衛警，以保護商民，抵禦盜匪。恢復商業，流轉金融。並撫卹失業工人，資遣回里。雖未悉復舊觀，亦以稍安人心，減少痛苦。……」

後來，關東軍一定要請袁金鎧出來做「遼寧省長」。袁無論如何不肯，對別人表示：他這次「出山」，已經等於是叫「良家婦女，濃妝艷抹，笑臉迎人。再叫他「投懷送抱，自荐枕席，是絕不能幹的。」

最後幾乎要鬧僵了，才折衷爲：

「由地方維持會行使舊省政府職權，與南京脫離關係。」

而且正式發表了一個佈告道：

「……本會出面維持，所有交涉事件，不管既往，不問將來，惟在此過渡期間，不能不代行政權；與張學良舊政權，與國民政府均斷絕關係，俾人民照常安居樂業，與官民申明權限，以安人心而資法守。……」

從此就正式搬進舊遼寧省政府去辦公，還聘請了三位日本顧問，來替自己撑腰。那就是：

金井章三；

甘粕正彥；

陞巴倉吉。

一時，發號施令，忙碌異常，很有點假戲眞做的樣子。無形中就替人們做好了一個心理準備——即使關東軍不把東北據爲己有的話，奉天這塊地方，也永遠是「自立爲王」的了。

九月二十六日——「吉林省長官公署」，在關東軍的導演下，正式成立。

它的任務是督理全省軍民兩政，並有監督司法之權。在省長官之下，設了這樣的六廳一處：

民政廳　軍政廳　財政廳

建設廳　實業廳　教育廳

警務處

在人選上，是這樣安排的：

省長官——熙洽；
公署顧問——由日本駐吉林特務機關長大迫貞通兼任；
外交特派員——謝介石；
廳長——張燕卿，孫其昌。

他們就職的時候，還由日本警備司令坪井中佐，代表日本關東軍「授印」。

張燕卿是晚清名臣張之洞的第十四子，深通「縱橫家」的道理。他以幕賓的身份，先向熙洽獻「獨立保境安民」的錦囊計；又建議熙以滿人的資格，歡迎溥儀出關主政，造成自己將來「挾天子以令諸侯」的局勢。因此就從吉林省政府的一位閒員，一躍而爲熙洽面前的第一紅人；後來甚至於在滿洲國的內閣中，也高踞一席，和熙洽的地位完全不相伯仲了。據他口述的吉林易幟經過，和一般史書中的記載，有三個大不相同之處：

一、他說：多門師團的進軍吉林，本來是預先約好：「不佔領，不入城，不干政」的。熙洽只不過要藉他們來壯壯自己的聲勢，壓一下張作相嫡系的氣焰而已，誰知關東軍到時忽然變了卦，非但進了城，而且把熙洽和張都監視了起來。

二、由於日軍的背信，熙洽的牛脾氣也發了，索性採取「不合作主義」，結洲還是張苦勸他「好漢不吃眼前「虧」，這才軟了下來。而日軍也馬上取銷了坐守在他們面前的武裝警衛。

於是，「吉林省長官公署」就誕生了。

三、熙洽在和關東軍談合作「條件的時候，把「歡迎溥儀出關主政」這一條，提出來做爲先決條件。——這也是他後來被看做「開國第一功臣」的主要原因之一。

九月二十九日——大連報紙上開始登載：「瀋陽各界準備迎立前清皇帝」的新聞。

九月三十日——溥儀在日本天津駐屯軍司令部，會見了司令官香椎浩平，板垣派來的代表上角利一，以及替熙洽送信來的羅振玉。在熙的信裡說：「期待了二十年的機會，終於來到了，請勿失時機，立即到祖宗發祥地主持大計。……在日軍支持下，先據有滿洲，再圖關內，只要『駕至瀋陽』，吉林馬上首先宣佈復辟。」

陳寶琛，胡嗣瑗，陳曾壽，都主張慎重。他們的理由是：「局勢混沌不分，貿然從事，只怕去時容易回時難！」

十月一日以後，至十月底（日子無法查出）——

①溥儀答覆羅振玉和上角利一：
「暫不出行」。

②佟濟煦自東北歸來報告：袁金鎧等遺老，都向他表示：
「事不宜遲。」

③劉驤業也自東北歸來報告：
A已經和板垣取得聯系
B金梁表示：「奉天一切完備，惟候乘輿臨幸！」
C他也去過吉林，熙洽的確準備隨時發動復辟。

④溥儀派鄭垂去向日本總領事桑島交涉，準備「先到旅順暫住」。桑島表示反對，並且說：內田康哉也不主張他馬上動身。

⑤在日本駐屯軍通譯官吉田的建議下，溥儀寫了一封親筆信給香椎司令官，表示堅決要離開天津。

⑥劉驤業第二次訪問東北，來信報告：
「本莊司令官表示：『俟三省團結穩固，當由內田請上臨幸瀋陽。』」

⑦溥儀命「御侄」，憲原和憲基，分頭帶了「諭旨」，去宣撫東北的蒙古王公，和賞賜美玉給降日的張海鵬與貴福。

⑧在日本武官森糾的建議下，溥儀「下諭」給馬占山和反日的蒙古王公，勸他們向日軍靠攏。

⑨溥儀還在天津張園，大封其官。

A封張海鵬爲「滿蒙獨立軍司令官」；

B馬占山爲北路總司令；

C貴福爲西路總司令；

D憲原憲基爲大佐。

⑩在鄭孝胥的建議下，溥儀派了遠山猛雄回日本，去和陸相南次郎及頭山滿，取得聯系。

十月一日——關東軍通過今田新太郎與河野正直，吉村宗吉，說服了張海鵬正式宣佈和張學良脫離關係，自稱爲「邊境保安總司令」，興兵進取黑龍江。

張海鵬靠攏的代價是：

A 新式步槍三千桿，

B 大洋二十萬塊。

于芷山也經過大矢進計的拉攏，向關東軍表示輸誠，在雙城子正式宣佈成立「地方自治政府」。

同日，日本駐津總領事舘，勸溥儀愼重行止，不要輕易離開天津。

十月四日——關東軍正式發表文告，否認張學良在東北的政權。

同日，關東軍要求住在瀋陽的內蒙古達爾罕王，帶頭召集內蒙四十八旗，宣佈獨立。但被達王拒絕。

於是，改由包統領和温都王貝子，來帶頭發動。

十月六日——南滿鐵道總裁內田康哉，接受了關東軍的要求，代擬了一個「收拾滿蒙之二原則與十事項」。其中的要點是：

一、滿蒙脫離中國獨立。

二、關東軍以武力統一之。

三、滿蒙由日本切實掌握，但在表面上應由中國人做主。

所謂「十事項」，都是有關滿蒙交通，財政，特產，林礦的各項規定。

這篇意見書，很受到了當時東京內閣的支持，把政壇上反關東軍的空氣，爲之一變。

十月七日——黑龍江省代主席馬占山，拆毀洮昂鐵路線上的嫩江大橋，藉以阻止張海鵬部向黑龍江境內深入。

十月十日——滿鐵的國際法顧問松本俠，奉關東軍之命，由本莊繁司令官，板垣征四郎和石原莞爾，分頭指示了原則以後，起草了一份「滿蒙自由國建立草案」。其中的要點是：

①滿蒙獨立國的政府，是民主制的。

②獨立國共分爲下面六省區：

甲、奉天省；

乙、吉林省；

丙、黑龍江省；

丁、熱河省；

戊、東省特別區；

己、蒙古自治區。

③先採聯省自治制，然後逐步改成中央集權制。軍事，財政，司法，由中央統一辦理。

④立憲政治。

⑤地方自治。

⑥國防委託日本。

⑦國防經濟，由日本掌握。

⑧日本顧問有監督指導「滿蒙新國家」的任務。

十月十一日，關東軍在瀋陽日站爾生町十八番地，成立了以淩印淸爲總司令的「東北民衆自衞軍」。同時委派了倉岡繁太郎做顧問，松本德松和道源元助等十五人，爲「自衞軍」的特務員。並且和淩簽訂了一個協約。其中的要點是：

①「民衆自衞軍」的活動區域爲：瀋東，瀋北，瀋西，遼陽，南滿與安奉縣之間。

②「自衛軍」負有攻掠錦州的任務。但是一切作戰計劃和補給，都由關東軍完全負責。

③「自衛軍」下設立十七個步兵旅的番號。

④「自衛軍」中聘用關東軍參謀處諜探課的工作人員共四十名。

⑤自衛軍總司令，將來有分享東北最高政權的機會。

這一支隊伍，收編了東北的鬍匪老北風，青山幫，中華幫，天龍幫，得好幫，得山幫，寶山幫。在進軍錦州的途中，老北風忽然變卦，把凌印清和十六個隨軍的日本軍官，都抓來殺了。整個「自衛軍」也就此瓦解。

十月十一日——根據鄭孝胥的建議，溥儀主動地寫信給日本陸相南次郎道：

「此次東省事變，民國政府處置失當，開衅友邦，塗炭生靈，予甚憫之。茲遣皇室家庭教師遠山猛雄赴日，慰視陸軍大臣南大將，轉達予意。我朝以不忍目睹萬民之疾苦，將政權讓之漢族，愈趨愈繁，實非我朝之初懷。今者欲謀東亞之強固，有賴於中日兩國提携，否則無以完成……永無寧日，必有赤黨横行，災難無窮矣。」

十月二十一日——土肥原交卸瀋陽市長的職務，由趙欣伯繼任。

在宣佈下台的佈告中，土肥原說：

「省城自事變以來，各行政機關，均已停止辦公……對於治安亟應極力維持，使市民安心業務，並由市民有志者組織維持委員會，協同辦理地方自治，現在各機關均已漸次恢復，大約尚可達到所期目的，因此維持會推荐趙欣伯接任市長。現在本市長業已交卸，此後一切市政，宜由趙市長辦理。爲此布告市民各安居樂業，共濟時艱……。」

十月二十四日——滿淸宗室，小恭王溥偉，被邀至瀋陽，與本莊繁司令官，林久治郎總領事，土肥原，進行會談。

同日，關東軍參謀石原莞爾，根據土肥原利用溥儀來收買人心的原則，製定的一個「滿蒙問題根本解決方策」，得到了東京參謀本部作戰課長今井均的批准；從此成爲日本官方對這個「新國家」的建國藍本。安的要點是：

甲、大總統爲國家元首。

乙、總統下設：

A 立法院
分上議院，下議院

B 司法院
轄最高法院，高等法院，地方法院

C 監察院

D 行政院
轄內務部　外交部　實業部　財政部
交通部　軍事部

丙、全滿分爲下列單位：

A 奉天省
B 吉林省
C 黑龍江省
D 熱河省
E 東省特別區
F 蒙古自治區

丁，地方政制爲：

省——縣（市）——區——鄉——村——會。

十月二十六日——關東軍通過日本駐龍江特務機關長林義秀少佐，向馬占山提出限期一週修復嫩江大橋的要求。

同日，溥偉在宗室，遺老和「市民團體」的陪同下，在瀋陽「東陵」，正式掃墓，祭告祖先，並且在陵前宣讀了誓詞。

這時，遼寧四民維持會委員長的職位，也改由他來繼任。

十月二十九日——日本領事清水，以日本政府的名義，向馬占山再度提出修復嫩江大橋的要求。

同時，特務機關長林義秀，也奉關東軍之命，來爭取馬占山靠攏。

但是，馬開出來的條件很高，大致是：

A 接濟步槍一萬桿
B 重機槍三百挺
C 輕機槍五百挺
D 大炮一百五十門
E 迫擊炮二百門
F 被服一萬五千套
G 手榴彈三萬枚
H 借支軍費五百萬塊大洋
I 軍糧一百萬斤

當時的馬占山，是否眞的敢如此「獅子大開口」，自然還待考。但是。林義秀倒的確送給他五十萬大洋和三十萬斤軍糧。看來很像是筆「分期付欵」裡的首期。

馬也就拿了這筆錢，派他的高級參謀趙樹藩，到蘇聯去搶購了一批軍火，利用西伯利亞鐵路，運到黑龍江的邊境。

同日，土肥原秘密前往營口，繞道赴天津。日本總領事林久治郎，特地向東京外務省用急電報告道：

「關東軍幕僚，透過羅振玉之奔走，擬將廢帝宣統轉移來瀋……曾派浪人某君赴津，與駐屯軍之阪井密議將廢帝挾至大沽，換上貨船，前往營口，因天津中國軍警監視甚嚴，未能即辦。故定由土肥原親往指揮……已帶同武志少谷等，即日密往大連，轉赴天津。」

十月三十日——滿淸宗室小恭王溥偉在瀋陽正式發表「明光帝國宣言」。土肥原雖已離開奉天，兼程赴津，却仍舊列名其上。做為對外界的烟幕彈。

同日，東京參謀本部的參謀次長二宮治重，用電報訓令關東軍參謀長三宅光治，誡止輕舉妄動。

但是，關東軍却在這一天，最後決定對馬占山用兵。

同日，東京陸軍省軍務局長小磯國昭，致電本莊繁司令官：制止他繼續向北滿前進，以免引起蘇聯的疑懼。又問他要用「金彈」，進攻馬占山，需價若干？

關東軍在覆電中說：這一筆「金彈」，至少會在三百萬元以上。

十一月一日——日本外務省向天津總領事桑島，發出訓令道：

「……此時製造新國，勢必立刻引起九國公約國之糾紛。

宣統廢帝來瀋，原不必與建國工作有關，但各國必以爲此係日本所策動……此時溥儀被脅來瀋，不但使日本蒙受國際不利，抑將使我逐步漸進之積極工作，亦受障碍。

宣統復位之計劃，實爲錯誤。將來日本應付滿蒙，將自食此惡果。」

十一月二日——溥儀接見了土肥原。後者表示：「新國家……是獨立自主，由宣統皇帝完全做主的。」

溥儀的態度是：「是復辟，我就去。……是帝國，我可以去。」

土肥原希望他「早日動身，無論如何要在十六日以前到達滿洲。詳細辦法到了瀋陽再談。」

過後，又接見了金梁，他說以袁金鎧爲首的遺老，保証可以說服「老奉軍」望風歸順。同時，商衍瀛也向溥儀報告：「奉天吉林，皆望速幸。」

同日，日本參謀總長金谷範三，致電關東軍司令官本莊繁道：

「修理江橋後，軍隊應即從速撤退，就內外大局而言，軍隊越江北進，斷不容許！」

十一月三日——天津報紙上揭露了溥土會談的消息。

劉驤業從東京電告：日本軍部認爲，溥儀出關的時機仍然未至。

同日，天津日本總領事桑島，向東京外務省報告，土肥原堅持必須擁戴溥儀出山的理由是：

①……東北各地，除熙洽外，皆傾向於舊政權………

②爲使日本不露出挾持溥儀痕跡起見，可令溥儀在營口登陸……

③趁金梁來津機會……對外可說宣統離津，係出自金梁之慫恿。

④所乘船隻，可雇一中國船。

⑤滿洲居民所以不熱心此事者，第一不知宣統帝之決心如何？第二對於日本尚有疑慮。……

他在另一封給外務省的電報中說道：

「據鄭垂告我：土肥原說：就目下滿洲發展情形看來，陛下宜在十一月十六日以前離京，此機不可錯過。

日本可與陛下訂立密約，承認陛下獨立之新國，日本軍隊亦可於滿洲獨立後退出……並盡其所能之一切方法，以支持滿洲國。

滿洲國獨立後之財政援助，日本亦當盡力，日本皇室對於陛下復辟，亦甚贊成。

談話結果，宣統似已動聽。……」

在第三封電報中，他還告了土肥原一狀：

「土肥原頃告本館職員，謂東三省事變之成就，全是關東軍之力量。宣統擁立，情勢上有其必要。東京政府如加防止，實爲愚謬。關東軍因此或至脫離政府，亦未可知。

十一月四日——監察委員高友唐，以遺老和國民政府密使的雙重身份，謁見了溥儀；提出了兩個建議：

一、國民政府願意恢復優待條件，優待費可以一次付，也可以分期付。但要溥儀遷居到上海去。

二、或者是由南京資助出洋，除掉日本任何地方都可以。

高並且說：這些都可以找外國銀行來做保人。

溥儀當場不置可否。

十一月五日——天津靜園裡，召開了「御前會議」，參加的有：

陳寶琛　鄭孝胥　胡嗣瑗　袁大化　鐵良

鄭主張「速往」。陳主張愼重。

同日，日本多門師團的村井旅團，以及張海鵬的部隊，都和馬占山的軍隊，在黑龍江的大興附近，發生了激烈的衝突。

同日，東京參謀本部爲了關東軍的難於駕馭，開始正式使用「臨參委命」的特權。限定關東軍「不得越過大興車站」。

十一月六日——有人用「趙欣伯」的名片，給溥儀送來了一些禮物，在水果籃中竟有兩個東北兵工廠製造的炸彈。接着就有無名的恐嚇信和恐嚇電話，連踵而至。嚇得溥儀走之唯恐不速。

同日，多門師團壓倒了馬占山部隊的抵抗，但因格於東京參謀本部的嚴令，沒有向前深入。

同日，日本東京參謀本部第二次行使了「臨參委命」的特權，規定大興一帶的日軍，只准退保新民屯，湯池，大巴代之線」。

並且向關東軍特別發出指示道：

「貴軍本來任務，只在防衛關東州與南滿路……自擬依臨參委命之指示大綱，以爲辦理。」

同日，東京外務省在致天津總領事的電報中，突然表現了大角度的轉彎道：

「關於擁戴宣統皇帝之運動，認爲如果過度拘束自由的，對內外的關係反會不好。……滿洲目前的局勢，各方面都有擁戴皇帝的運動，因此，對於帝國國策的執行上，難保不受連累……。現在滿洲方面的政局也稍安穩，東三省的民衆總的意志，也想擁戴皇帝。……聽其自然也無不可。」

十一月八日——土肥原和天津駐屯軍，在天津日租界蓬萊街太平里六號，成立了便衣隊的秘密指揮部，把中國失意軍人張璧和李際春嘯聚來的兩千多「便衣隊」，配備以東北兵工廠製造的槍械，分頭出動，準備用武力奪取天津，進佔華北。却被天津的保安隊阻擊得潰不成軍。紛紛逃回日租界去。日方藉此爲由，用鐵甲車在「靜園」門口警戒，隔絕它的對外聯絡；只有鄭孝胥和鄭垂父子，領到了「通行證」，能夠進去見溥儀。據天津日本總領事桑島，事後向東京外務省報告道：

「土肥原最初計劃與安福系合作。安福系不可，才引誘張璧起事。

張璧與此間公安局有連，又與李際春等有關。因以鉅欵分別收買公安局，組織便衣隊，其數目聞已用過五萬。李際春便衣隊之軍械，係關東軍供給。……

……本館亦曾預戒駐屯軍，勿與賄選之張璧，發生關係，而駐屯軍仍照預定，八日夜間，採取行動。天津公安局早得消息，嚴施警戒，便衣隊計劃遂失敗。」

十一月九日——天津駐屯軍司令官香椎浩平公開宣稱：中國保安隊的流彈，傷及日本軍民。因此要求保安隊向後撤退三百公尺，中國當局照辦不誤。

十一月十日——以「建國」爲己任的「奉天自治指導部」，在老牌親日派于冲漢的主持下，正式成立。

這個直屬於關東軍的「自治」機構，在七個領導幹部中，只有一個部長于冲漢是中國人；其他的六個如：

總務課長，調查課長，聯絡課長，指導課長，自治監察部長，自治訓練所長。

清一色都是日本人，最後一個職，是由關東軍政治部主任中野琥逸兼任的。除此之外，他還是自治指導部的顧問，在「部長不能親事時，得代拆代行。

這個「自治指導部」，因爲「來頭大」，所以在東北各縣都有它的分部，「分部長」實際上就是縣裡的「欽差大臣」。他們太上老板，並不是什麽于冲漢，而是關東軍第四課長片倉衷，直接隸屬於關東軍高級參謀板垣征四郎之下。

它在成立後的第二天，還正式發表過一個宣言道：

「自治指導部之眞精神，係恢復光天化日之域，掃蕩過去一切之苛政，及誤解異想糾紛等事，竭盡所能，建設樂天福地之意也。

夫惡劣官吏，固不可用；而民心之渙散離叛，或反惑失信等行爲，更不宜有。不問爲何籍居民，須換發大慈大悲之胸襟，注重信義，以相敬相愛之精神，定成今日時代之大業，披肝瀝胆，相見以誠。所謂亞細亞之不安者，今後宜以東亞之精粹光明，使其普被於世界……且於大乘根性無比之地域，傾注全力，創設歷史上未有之理想樂土。換言之，爲完成興亞之大業，須具博愛之精神。……至於榨取三千萬民衆脂膏之惡魔，今已傾覆，由此更進而勦滅盜匪。暴政之餘黨則排除之。惡稅苛捐則蠲免之，賄賂之惡習到絕滅之。以如此之物產豐富……更欲發達產業，便利交通，並振興宗敎敎育等事業，皆須於正大光明之中而進行之，決無偏曲之事也。

……本部暫派指導員分赴各縣，凡我縣民，宜各安心聽其指導，是爲至盼。」

這個「指導部」的工作重點有兩個。一個是起草「滿洲新國家建國方案」；另一個就是創辦自治訓練所，大批地培養各縣的「自治人材」。

「建國方案裡，一共包括了六項原則：

A澈底消滅舊政權。

B建立王道樂土的滿洲新國家。

C中日滿人協同建立新國家。

D新國家之政權爲民主制。

E新國家不容許政黨與財閥，控制政治。

F新國家實行「萬邦協合之王道政治」。

自治訓練所，等於是「滿洲新國家」的幹部訓練團，每四個月一期，每期招收高中畢業生四十人，其中中國人和日本人各佔一半。在受訓期間，除掉膳宿完全免費以外，還由公家每月發三十元的「零用錢。」畢業以後，由公家分發到各縣，去當自治指導員。

從那時候的「教育大綱」裡，誰都可以看得出來：這個自治指導部，是完全以「滿洲新國家」的催生婆來自命的。在原文中這樣說：

①東洋政治哲學……以科學的研究國家，俾便了解建國意義使命。

②警備行政，軍事學，軍事教練……俾便了解滿洲新國家所必須之警備行政。

③財政統計，財政學……

④行政，司法……

⑤滿洲社會組織，經濟組織，爲明確認識新國家現狀，俾便實行切實的改造。

⑥產業，商業……俾便了解新國家所必要之產業設施，商業制度。

⑦滿洲交通政策，工礦業政策……俾便了解新國家所要之鐵道交通網，通信網計劃……及滿洲新國家之機械化計劃。

⑧滿洲地理，滿洲歷史，太平洋史……俾便了解新國家對世界之責任使命。

⑨滿洲教育方針，教育制度，教育指法……以了解滿洲新國家之政教原義及教育制度。

在這個「關東軍」外圍機構的大力推動下，一九三一年十一月廿七日，就由瀋陽縣首先帶頭，澈底改組了縣級的行政組織。要點大致有下面這四個：

一、各縣政府均改組爲「縣自治執行委員會」。

二、縣政府內設「自治執行指導委員會」，由日本人充任會長。

三、縣政府內，據編爲五處十六課：

甲、總務處，轄有秘書課，人事課，市政課，地方課，土木課，交通課。

乙、實業處，轄有農林課，商課，工課。

丙、教育處，轄有學校課，教育行政課。

丁、警務處，轄有司法課，衛生課，公安課，警察大隊。

戊、財務處，轄有會計課，稅務課。

四、各處課的工作，都必須接受自治指導委員長的領導和監督。不經過他簽字蓋章的東西，非僅不生效力，而且以「違法」論。

十一月十一日——在駐屯軍翻譯官吉田忠太郎的佈置下，溥儀按照計劃，化裝逃出靜園，用日軍司令部運輸部門的「比治山丸」汽輪，偷渡過白河，轉上等着接他的日本商輪「淡路丸」號。

在那艘小汽輪上，和溥儀一道冒險，突過封鎖線的人，一共有：

鄭孝胥，鄭垂父子；
祁繼忠——隨侍；
上角利一；
工藤鐵三郎；
大谷；
西長次郎——船長；
諏訪績軍曹——警衛人員指揮；
日軍十名——警衛。

在到達大沽口外之後，鄭孝胥詩興大發，還口吟了一首詩道：

「同洲二帝欲同尊，
七客同舟試共論；
人定勝天非浪語，
相看應在不多言。」

十一月十二日——關東軍向馬占山發出了哀的美敦書，要他：

A 把軍隊撤出黑龍江。
B 本人立即下野。
C 將黑龍江省政權，移交給張海鵬。
D 龍口站由日軍加以占領。

並且限他在二十四小時內答覆。

同日，本莊繁司令通知日本總領事林久治郎：他已經叫板垣制止土肥原偷運溥儀出關的計劃。

同日，天津日本總領事桑島，致電東京外務省報告道：

「有一日軍所用之小輪，載便衣乘客數人，日兵五人，自日租界出發。聞廢帝宣統即在此船之內。」

十一月十三日——溥儀等在營口登岸。到埸歡迎者，全部是日本人。由甘粕正彥大尉負責護送到湯崗子溫泉療養區去休息，而且禁絕出入。

同日，關東軍在哀的美敦書到期前七小時，就已經向馬占山部隊發動了猛攻。

同日，營口日本總領事荒川，向外務省報告道：

「淡路丸船長聲述……宣統被脅，潛乘汽車，自日租界至碼頭，由武裝日軍機關槍兩排迎接，乘駁船上淡路丸。

土肥原尚在天津，正設法將宣統之妻一併運出。」

同日，奉天日本總領事林久治郎，向外務省報告道：

「宣統已在營口，將赴湯崗子休憩，軍方允其居住，但不准其作政治活動。……日軍當局有意建立政府。」

同日，溥儀在溫泉旅舘裡，接見了以前在東北替他活動的羅振玉，商衍瀛，佟濟煦。羅並且自告奮勇，到瀋陽去找板垣商討一切。

十一月十五日——陸軍省自東京，向本莊繁司令官發出訓令道：

「宣統如在滿洲組織政府，則世界各國必謂此係日本之計劃。……是故溥儀如即出組政權，將使日本與各國之關係，發生障碍。……外務省正在考慮：如假使滿洲各民族，共同擁戴溥儀爲領袖，但其時機須由東京决定。貴軍宜隨時與中央多取聯系……。」

十一月十六日——日本陸相南次郎，在閣議中提議：「准許關東軍進佔黑龍江」。

日本的職業外交官，駐英大使松平，駐法大使芳澤，駐意大使吉田，駐澳公使有田，爲了抗議軍人干政，聯名請求辭職退休。

十一月十七日——南京正式任命馬占山爲黑龍江省政府主席。

同日，東京參謀本部，第三次行使「臨委參命」的特權，准許關東軍在馬占山拒絕日方要求的情形下，「採取自衛措施。」

同日，日本陸相南次郎向內閣提出保證：關東軍並無領土野心，目的只在消滅馬占山。因此，情願在佔領省城龍江之後，馬上撤兵。

十一月十八日——馬占山部隊，退守海倫。

同日，東京參謀本部發出第四次「臨參委命」的訓令：

「關東軍不得佔領北滿，且須將主力部隊，盡速自動撤退至鄭家屯以東之線。」

這個訓令，其實完全是被「四大使聯名辭職」逼出來的。

十一月十九日——關東軍在無抗抵的情形下，佔領黑龍江的省城龍江。

十一月二十日——東京派參謀次長二宮治重，前往東北，監視關東軍自北滿撤兵。

十一月十一日——板垣命令上角利一與甘粕正彥，負責護送溥儀遷居到旅順去。在他住的大和旅館裡，非但不準隨便出入；而且連住在樓下的人，都不能上樓。

從這時起，鄭孝胥父子開始和關東軍直接發生了聯系；成了羅振玉在「包辦對日交涉」上的一個勁敵。

十一月二十五日——東京參謀本部發出了第五次「臨參委命」的訓令：

「關東軍佔領龍江之部隊，除留一聯隊担任守備，在兩週內撤出外；其它隊伍均須盡速自動撤退至鄭家屯以東之線。」

為了担心那些少壯軍人會抗不受命，參謀本部還特別着重地指出：

「須遵照指示，切實奉行。倘再躊躇，軍司令官以下人事進退，均將有重大影响。」

十一月二十六日——天津日本駐屯軍，藉口辛丑條約上的規定，要求中國的保安隊，撤離天津二十里。一面發動便衣隊，以日租界為根據地，進行軍事挑衅；一面在「行使自衛權利」的招牌下，開炮示威。但結果又在保安隊的抵抗下，歸於失敗。

事後，對事變負有主要責任的土肥原，曾經有切腹自殺的計劃。本莊司令官，除了派人對他慰藉一番之外，還叫他代表關東軍，對留居天津的北洋巨頭，如段祺瑞，曹錕之流，進行訪問，交換對東北局勢的意見。

同日，關東軍以「派兵支援天津駐屯軍」為理由，抽調了一個混成旅團和一個獨立守備大隊，沿北寧鐵路線，向西挺進，直指錦州。

十一月二十七日——東京參謀本部發出第六次「臨參委命」的指示道：

「救援天津，南過鄭家屯通遼縣，遼河以西之獨斷行動，不得實行。」

接着發出的第七次「臨參委命」指示，是限令關東軍立即將担任前鋒的一個混成旅團，立退撤回遼河以東。

同一天晚上，又來了第八次「臨參委命」的指示道：

「無論當面情勢如何，遼西部隊必須退至遼東，不得遲滯。」

十一月二十八日——東京參謀本部，用第九次「臨參委命」的指示，限令關東軍立即撤退的詳情電告。因此，關東軍只得將前鋒的第四混成旅團，調回遼河以東之線。

十一月二十九日——天津日本駐屯軍，向中國當局提出了最後通牒，限令保安隊在當晚七時以前，撤退二十里。結果如願以償。

十二月一日——國聯決定派遣一個五人的調查團，前往東北。

日本在國聯的十九國委員會中要求：在東北有「勦匪權」。美國表示：這種「勦匪權」，只能以有保護日僑的必要時為限。

關東軍向溥儀敬禮

十二月二日——日本要求中國軍隊由錦州之線，退入長城以內。中國要求：在錦州中立區，須有中立的保安隊担任巡邏。

十二月四日——關東軍向營口發動炮戰。

十二月五日——中國正式拒絕在錦州地帶成立中立區的建議。

十二月六日——關東軍司令官本莊繁，向張學良發出「通牒」式的警告，要他自動退出錦州。

十二月七日——美國向日本提出警告：關東軍不得再向錦州方面出動。

日本表示：錦州一帶的關東軍，將撤退到小凌河之線。中國軍隊也應撤至山海關。其實，小凌河離錦州不到十公里，而且都是平原之地。

十二月十日——日本聲明：為保僑起見，不能保證此後再沒有任何軍事行動。

中國聲明：保留捍衛領土主權，要求日本撤兵，要求賠償的權利。

十二月十二日——新任日本陸相荒木貞夫，與新任參謀次長眞崎愼三郎，將原駐日本的第四師團與第八師團，以及原駐朝鮮的第二十師團，調往東北，加強關東軍的實力。

十二月十七日——日本陸相荒木貞夫建議：將中國東北全部劃入關東軍的綏靖範圍。經犬養毅內閣一致通過。

同日，日本的貴族院，也決議對關東軍有所鼓勵道：

「滿洲事變勃發以來，我帝國陸海軍英勇奮鬥，膺懲支那兵之暴虐，克奔奏掃蕩之功……以保衛我同胞之生命財產與帝國之權益，本院應對陸海軍將士忠勇之功勛，致最大之敬意。」

（待續）

從武漢失利到長沙大火

胡養之

咱們中國古代的軍事戰畧家們，對於攻防戰的設施，往往以天時、地利、人和，三者為取勝的必備條件。由於二千多年前的漢高祖劉邦，初以一個布衣斬蛇起義，入關後不僅破秦，並且打敗了比他實力強大若干倍的楚項羽，而開漢室四百二十餘年的天下。三國時的漢昭烈劉備。僅僅據有一個區區的巴蜀（今四川省），就能與曹魏、孫吳相抗衡，而鼎足三分。足以說明了地利對於軍事的重要性。是故，漢蕭何曾竭力收集天下圖籍，以資研究險要；而蘇秦之所以懸樑刺股，亦無非為着揣摩形勢者也。

但是孟子的「人和篇」則認為：「城非不高也，池非不深也，兵革非不堅也，米粟非不多也，委以而去之，是地利不如人和也。」意即人和的因素更為重要，否則秦始皇之築長城，漢高祖之燒棧道，蜀國之鎖長江，以及法蘭西之馬奇諾防線，其險皆不足恃矣！古今中外如此，抗日戰爭尤然；上海、南京、馬當、湖口各要地之先後迅速失利，可為明證；特別是武漢三鎮之失，更使到華南以至西南方面的人心士氣，大受影响！

武漢三鎮的險要形勢

從交通方面而論：武漢三鎮（武昌、漢口、漢陽），襟帶江、漢（以長江、漢水之隔，分為三區，成鼎足之勢，而氣息相通），綰轂南北，往時有人稱「武漢為九省之通衢」，顯然係指水利而言：西北由漢水可通陝甘；東西由大江可達滇、蜀、蘇、皖、贛；南由洞庭可至湘、黔。而且今日的平漢鐵路，直達北平，冀豫二省，瞬息可至；粵漢鐵路，則可直達廣州，並可分由湘桂路而達廣西，早已成為全國的交通中心。因此，武漢一失，則不僅切斷了我方的水陸交通，使南北不能互相呼應，而陷東南的戰場於孤立之狀態中！

從戰畧價值而言，以武昌為最險要；它位於長江之東，為一政治的都市，古名江夏，又稱鄂渚，自六朝至唐、宋，先後置鄂州於武昌；其後為湖北省會。山崗環峙，形勢雄壯，為全國內陸最重要的區域。誠如胡林翼（湖南益陽人，字貺生，清道光進士，官至湖北巡撫）所說：「武漢形勢壯濶，自古用兵之地。昔周室征淮，師出江漢；晉代平吳，謀在荊襄；王濬造船，循江而下，陶侃之勛，鎮守武昌；宋臣岳飛、李綱之謀劃岳鄂，均以高屋建瓴之

張治中火焚的長沙

勢，固東南一大都會矣。……」事實上，自古南北用兵，未有不以武昌的得失爲成敗者。顧祖禹也說：「天下、東南、湖廣之三重也。」辛亥革命，也首據於武昌，義旗一舉，則全國响應，未及半年而整個河山光復，締造共和。雖亡清有致亡之由，亦據地得勢，始收事半功倍之效。蓋武昌城裡有蛇山，山上建有炮壘，與漢陽大別山（又名龜山）的炮台，隔江對峙，最扼武漢形勢；城西的黃鶴山（又名黃鵠山），上有黃鶴樓，素以壯觀見稱，憑欄四望，目窮千里；相傳爲後漢劉備過江，與周瑜宴會之所。

再就經濟價值而言，漢口是經濟的都市，一向爲長江、漢水流域貨物的集散地；與佛山、朱仙鎮、景德鎮等合稱爲我國四大鎮。由於漢口地當長江、漢水會口之北，隔江對武昌、隔漢對漢陽，鼎足而三，勢成犄角。自清咸豐八年訂立「天津條約」，開爲商埠後，凡陝、甘、豫、晉、滇、蜀、湘、黔、皖、贛等省的貨物，都集中於漢口，成爲貿易的中心，故有「東方芝加哥」之稱。

漢口市的街道最長，如從便民門沿後城馬路至北劉廟車站爲止，可能達二十華里以上，沿江碼頭甚多，著名的計有：龍王廟碼頭、西湖碼頭、招商局碼頭、太古碼頭、江漢關大碼頭等；惟舊有的英、俄、法、德、日五國租界，濱江駢列，各自為政。好在經過兩次世界大戰之後，均已先後收回。租界西南直至襄河（漢水）沿岸，是我國自設街市，昔日街道狹窄，觀瞻殊陋；經辛亥焚燬以後，新建市樓，廣闊馬路，氣象為之一新。

至於漢陽市則位長江之西，漢水之南，舊時為漢陽府治，鄂渚的屏蔽。因之，凡爭武漢者，必先爭漢陽，若漢陽不保，則武昌亦難長治久安。胡林翼也曾說過：「武昌僅南岸一府，而漢陽可通六府也。……」實際是一大工業的都市。市內大別山麓的漢陽鐵廠，原為「漢冶萍公司」所經營，取大冶之鐵、萍鄉之煤，以鍛鍊鋼鐵，其規模之宏大，為我國製鐵事業之巨擘。鐵廠之西有兵工廠，稱「漢陽兵工廠」，專造槍炮彈藥等等，規模之大，製造之精，更為我國兵工廠之冠。中國舊日的「漢陽槍」，即其產品。市內有一大湖，名曰「西月湖」，形圓如月，故名。湖的西畔為鹹釘廠，馳名全國；尤其南畔的琴台，更是著名的古蹟。

南紀門的「鸚鵡洲」，是一片大草坪，平時草色油綠，供人遊玩；但每當江水氾濫時，則全地成湖。

倭寇必奪武漢的目的

正因為武漢三鎮具有上述各種重要價值，所以，日本鬼子於民國二十七年（一九三八）六月至七月，先後分別侵佔我馬當、彭澤、湖口、九江之後，不先席捲江西以分頭進侵湖南及廣東等地，而必先奪我武漢三鎮，其目的除了企圖切斷我國南北交通，使華南方面的部隊不能北上馳援；同時，可以摧殘我國的工業經濟潛力，削減我軍的戰鬥力量和縮短抵抗的時間，而達成其「速戰速決」的陰謀。實際上，當日軍於民國二十七年十月下旬進侵我武漢三鎮的時候，共約一千二百多間大小工廠的機器、原料，及其製成品，可以說絕大部份都未能拆遷；而當時從各地輸入的洋貨、布匹、煤油、絲綢，以及等待輸出的棉花、棉布、生鐵、桐油、苧蔴、牛皮、生漆……等等，也全部陷於敵手魔掌中。

日本鬼子的另一個目的是：佔侵了武漢三鎮之後，南向陸路可沿粵漢線進取湖南，而與廣東方面之敵相呼應，故武漢與廣州兩地同時淪陷；水路則可入洞庭湖，以威脅湘、黔。西向更可沿長江上游，經益陽、監利，而直指江陵，切斷荊、襄兩條幹線，然後分別西進宜昌、北襲襄陽，既可包圍第六戰區長官部及湖北省政府所在的恩施，又可以威脅國民政府的陪都——四川重慶。

當時的第六戰區長官部及湖北省府退出武漢之後，即以鄂西近四川邊界的恩施，作為抗戰的大本營，而長官部的前方指揮所，則分設江陵、宜昌等地。江陵原名荊州，為春秋時楚國的郢都，梁元帝及後梁蕭詧也曾先後都此。這裡的形勢，能夠控制巴、夔的要路，連接襄、漢的上游，指摩吳、楚，三國時，諸葛武侯所謂「用武之國也」。因之，楚子以此為都，橫行江漢。西蜀假借荊州，則三分天下，關羽設防荊州，威震中原；孫吳據有荊州時，更能抗衡曹魏。其勢之險要，實與武漢、襄陽鼎足而三。可惜這些華中的重要據點，不旋踵都被日軍所攫奪，令到第六戰區司令長官兼湖北省府主席的陳誠，在湖北省境之內，僅僅保留着武陵山的虎鶴嶺、景山、荊山、九道梁、長嶺，及西北部的武當山等較強固的游擊基地罷了。好在陳辭修當時仍兼第九戰區長官，坐鎮恩施，可以指顧湘北、川東，而駐守湘境的部隊，亦可隨時調遣。

武漢失守前的情形

不過，話又得說回來，我政府當時的備戰計劃，以乎是很草率的。對於用人和對軍事上的部署，也確欠考慮。舉例來說，當「八、一三」淞滬戰事展開，以至南京大會戰失利之後，武漢三鎮的工商業，還沒有妥善的疏散計劃，奸商們則希望大發國難財；最可鄙的是：他們混水摸魚，乘國家之危而走私漏稅！且經常與當地駐軍主管勾結，私相取得軍隊的假護照（俗稱出差證），甚至軍隊制服和符號，可免費或半費乘車乘船，從事偷運貨物漁利的勾當，反而使到正當的軍事物質，因交通工具缺乏而躭擱了下來，貽誤戎機！特別是在武、長段（自武漢至長沙一段火車路）的火車上，更爲這班傢伙的天下，除着運兵的專車之後，其餘的客車和貨卡上所有車廂，十之八九都被那些「假軍人」霸佔了；而花錢購買班車票的普通客人，有時也無法登車，即使讓你勉強地擠了上去，不但沒有卡位坐，簡直無立足之地！以是，對武漢工商業的疏散，實屬非常的困難。這是筆者親眼看見的，那些發國難財的「假軍人」，雖然也穿有軍服，並且携有「出差證」，但仔細瞧瞧他們的舉止言行

火焚長沙的張治中

，根本就表現出他們是走私的奸商，而沿途的軍警，只檢查他們的護照，則閉着眼睛不聞不問了。

本來，武漢工商業的疏散問題，原是可以利用水上交通向大後方輸送的。但自南京失利之後，當時遷至武漢的中央政府各機構，又決定繼續向四川重慶方面轉進；同時，國立武漢大學也慌忙地準備遷移到四川樂山去，以致沿長江上游的所有大小船隻，均爲政府機構及教育機構所征用，而令到私人的工商業設備，依然陷於困境，寸步難行……

當時筆者留在長沙，因爲我所就讀的一間學校已經停了課，準備遷往湘南山區；加上有好幾位高班的同學已考入武大。所以，我和幾位要好的同學趁此機會去武漢遊玩，那時的「武長段」火車行駛還很正常；可是當我們到達武漢以後，發現大小旅館都被由南京遷來的政府人員及其眷屬們住滿了；加以從華南各地增援的部隊，又源源抵達武漢，致令武漢三鎮一時成了軍、政人員的世界。而當時武漢的人心，看來似乎還很安定；其主要原因不外如下兩點：

第一、因爲南京國民政府於民國二十六年（一九三七）十一月下旬，便已陸續遷到武漢，使湖北、湖南兩地居民的安全感，油然而生。

第二：由於當時第六、九戰區一共擁有十七個軍約三十五萬人的兵力，單在武漢及長江下游沿岸的湖北境內，就至少部署有五至七個軍的實力；而且增援部隊仍陸續開到。因之，一般認爲：武漢是可以憑險固守的。

實際上，湖北襟江帶漢，綰絡四方，外有河山之固，內有沃壤之養，腹心要地，無過於此。舉其四塞，武漢北面的安陸，爲可攻可守之地，它位於涢水左岸，爲清時德安府治，省境奧處。早有汽車通京漢鐵路的花園站，並老河口，交通頗便。尤其東北廣水，更爲平漢鐵路所經，至河南出武勝關。這是第一要隘，省北的門戶。所謂北依三關：即指武勝關、九里關、平靖關而言，皆在平漢路附近。

武漢東南端的武穴，介乎鄂、皖、贛三省之間，南臨大江，形勢異常雄壯，爲湖北東部的咽喉。其地市肆興盛爲附近各縣貨物的集散中心，往來長江的輪船，均寄泊於此。其西北面的田家鎮，與半壁山隔江相對，更爲江流險隘。石壁間曾鐫有「長江鎖鑰」四個大字。相傳太平天國之役，髮軍以鐵索欄木筏鎖江，清水師經百戰而後克之，可知這地方的險要了。而西北面的襄陽，更爲歷史上著名重鎮，當漢水之曲，上通秦、隴，北規宛（城）、洛（陽），南翼荊、宜，東敝武漢。昔關壯繆得襄、樊，而曹操則議遷都；羊祜、杜預屯襄陽，而吳祚以傾；蒙古伯顏取襄陽

，而宋室以亡；蓋以地據全國的腰膂，而爲南北戰爭的重心。故武漢不僅足以顧盼左右，馳騁南北；並可兼顧四郊，更爲全國的中心，萬不可失者。不料南京失利後，第五戰區司令長官李宗仁與第六戰區長官陳誠，則始終貌合神離，只管各人打掃自己門前雪，致令長江下游最險要的馬當，無形中成爲三不管的孤兒（關於防守馬當問題，另有專文分析），便很快被敵人各個擊破而戰局則急轉直下！此即徒具地利而缺乏人和之所致也。

守軍鬧派系未作攤牌戰

另一方面，在馬當失守之前，即民國二十七年春，原先由南京播遷到廬山的中央陸軍軍官學校，亦已輾轉撤退至武漢；而國府所屬各重要機構，則陸續撤離武漢，而向重慶方面轉進中，已使武漢三鎮的氣氛便開始有了緊張的現象。同年上月杪，馬當、湖口、九江相繼淪陷後，武漢已呈人心惶惶！本來馬當淪陷到武漢失守的時間，相差整整地達四個月之久；但在這一段期間，鄂省東南端的門戶武穴、黃樓、廣濟等地已首當其衝！加以敵機不分晝夜地空襲武漢三鎮，交通便發生了混亂，我們一羣學生在武昌想返回長沙已動彈不得，一直等了四天才託人買到幾張黑市車票，幾經艱險始返抵長沙。

當我們一行離開武漢的前幾天，就會經聽到一些流言，傳說是第六戰區內所駐守的國軍當中，大鬧派系問題。其主要原因是：有些裝備至好的師，多半已撤到武漢以西的宜昌、沙市，及其他較後方的地區佈防，而裝備差的部隊，則調上前線去接防。其時武漢有一份非國民黨辦的報紙（報名已忘記）也曾指出：「原先佈防於蘄春、鄂城、陽新、羅田、麻城等前線部隊，大部份是陳長官的嫡系，馬當、湖口相繼陷敵後，湖北省府機構，及長官部的非作戰機構等，便已西遷宜昌及恩施各地。因此，原屬陳長官的嫡系部隊，也多半已隨之移防，而武漢東面和北面，沿長江兩岸及平漢路的前線防地，則交由新調來的其他各部隊接防」云云。所謂其他部隊，可能係指當時從湘、贛分別調來的幾師四川部隊而言。嚴格地說起來，在一個戰區內，司令長官是有權指揮調遣任何部隊的；而且這種行動原應保持高度的軍事秘密，而不能讓外界任何人士所知道者。然則這種軍事秘密爲什麼會出現於報刊呢？這充分顯示出當時第六戰區所屬各部隊的歧見甚大，才有這現象發生。此亦未能得到人和，而失去了地利的又一明證。

但當時敵人之所以積極地進犯武漢，就軍事上言，武漢的確具有重要的戰畧價值；就政治和外交上言，武漢及廣州均具有國際地位，故敵人同時攫取這兩個都會，一如它更迅速奪取我上海、南京等地。因之，我最高軍事當局洞悉敵人的陰謀，便未有對敵人此項軍事行動予以攤牌，一方面避免我軍實力的損失；一方面則誘使敵人續作孤軍深入，而選擇更有利的時機，始不惜代價加以殲滅之！

至於湖北省府及六戰區長官部，分別遷至宜昌、恩施一帶，正是選擇決戰的地利時機，尤其配合着我政府遷到陪都的防衞計劃。由於前者爲古代的夷陵，清代的宜昌府治。城濱大江左岸，巴山環繞其東北，大江蜿蜒其西南；西當三峽之口，東控重湖之尾，川蜀的門戶，荊楚的屏障。清光緒二年，依烟台條約，開爲商埠後，自此以東，大輪可達漢口，自此以西，小輪可至重慶，故蜀中貨物，無不由此轉輸，爲漢口、重慶間的中繼港。城東南二十里有虎牙、荊門二山，隔江屹立，昔稱楚國的西塞。西北面二十五里有平善壩，自此上溯即西陵峽，再上接巫峽、瞿塘峽，總稱三峽，又名峽江。其間高山削岸，灘峽廻環，水流其中，波漩迭作，險惡萬狀。計自四川的奉節（夔州），歷峽江三百餘里，至平善壩始出險就夷，故名夷陵。

後者爲清時的施南府治，僻居省境西南，包絡於羣山之中，蠻獠雜錯，殊無文物足觀。而自巴蜀東瞰荊楚，常以此爲出奇之道。惟路途險阻，行者不能携備重物，但可負載而前。計自宜昌至恩施，蹭蹬山谷中，遞升遞降，需十餘日始達。自恩施至四川的石柱，亦復如是。故行役於此地者，未有不歌行路難也。又俗諺有曰：「天無三日晴，地無三尺平，人無三分銀。」可以推知其地的情形了。因之，湖北省府及長官部非作戰機構遷此，是萬無一失的。

目擊長沙大火焚城記

武漢是民國二十七年十月宣告失陷的，據說當敵人進攻三鎮時，守軍未嘗跟敵人進行慘烈的爭奪戰。這正如本文前段所說是最高當局的決策，但武漢失守後所產生的強烈反應，首推咱們湖南省會長沙了。因爲長沙與武漢息息相關，而當時的湖南省政府主席張治中，又與第六戰區司令長官陳辭修（其實，陳當時仍兼第九戰區司令長官），意見不合，彼此嫉妒，各逞才能。如所週知，張治中不但嫉妒，即對CC領袖——包括陳果夫、陳立夫及張岳軍等人，也很憎恨。此人雖出身軍旅，保定軍校三期畢業，但他却帶有一種濃厚的官僚或政客的色彩，據一位軍校前期同學對我說：「當張治中担任軍校教育長時告訴他們，他年青時爲了練習演講，經常爬上山去，將一片膏粱作聽衆，而他則對着這片膏粱大聲地演說。他後來的口才就是這樣練出來的。……」因之，張治中的「講演集」，或「嘉言錄」一類的作品，無非在標榜他自己。

記得民國二十七年八、九月之間，湖南省政府支持在長沙出版的報紙，對於六戰區請調湖南境內的防軍，已有激烈的抨擊，指摘陳辭修長官爲着保存其實力，而不顧犧牲其嫡系部隊。當時在長沙出版的所謂「張主席言論集」裡，也隱約地攻擊陳誠。其實，張治中是民國二十六年十一月，當前湖南省府主席何鍵奉調爲內政部長後，始出主湘政的。他這時已不遺餘力宣傳自己，幾個月時間即出版了他的「言論集」，和「嘉言錄」了，眞是胆大妄爲！可是當時長沙市內的秩序，却非常混亂，往往在光天化日之下市面上出現土匪；特別是到武漢局勢緊張的時候，市內的刼殺事件更層出不窮，大街上時常發現警察開槍擊斃搶匪的情形，造成了湖南未亂而先亂的局面！

曾經有人把張治中比作三國時的馬謖，說他好大言而不着實際。若與他的前任何鍵相比較，確有不及的地方甚多。何氏主湘期間的政績計有：（一）確保地方治安，強化邊區各縣的自衛武力，清除共黨餘孽，安撫苗、傜等少數民族。（二）擬訂交通計劃，拆除各地城牆，改建公路，使各縣、市逐步走向現代化的風貌。（三）對於教育方面，實行中學會攷制度，提高教育水準；對湘西、湘南各地苗、傜少數民族的子弟，特別留有學位，以收教化之功。尤其主湘將近十年，更未聞有關宣傳何氏的任何小冊子面世。這在人格上言，他比張治中強得多了。

事實證明張治中不單是浮滑，而且毫不沉着；更缺乏獨當一面的政治見解及軍事常識。由於民二十七年十月杪，當我軍退出武漢時，身爲湖南省府主席的張治中，却已慌張得無所措手足！除了下令破壞武長段的鐵路之外，甚至連許多道路的橋樑，也多數加以破壞，致令接濟前線的軍需物資，無法運輸，而貽誤戎機。假定他是稍具軍事常識的，則可以判斷敵人侵佔我武漢三鎮後，勢非整補一個相當時期，不能繼續南侵。然而，這位沉不着氣的張主席，爲了要實行「焦土」政策，避免敵人作爲進攻的目標起見，竟於武漢淪陷後約兩星期——即同年十一月十二日晚上，便進行了有計劃的縱火燒城！其時筆者正住在市中心的白馬巷金家，還有許多人玩麻將牌的時候，突然傳出火警，大家各自逃命！由於火頭起自市中心的「八角亭」，距離白馬巷甚近，因此，我們的雜物全部被燒。究竟起火的原因爲何？什麽地方最先起火？一般小民初時都被蒙在鼓裡。不過令人覺得奇怪的是：如果不是有計劃進行縱火，那末，除八角亭外，東面的小吳門，西邊的大小西門、坡子街、南門口、南正街以及城北的湘春門、四十九標、火車站、中心路、中正路、學宮街、黃興路等處，爲何會同時起火呢？當我一口氣跑到歐陽疑先生家裡，隨即爬上天星閣城樓時，看到全城已陷入火海！經過一整夜的焚燒，使這座古城的精華，付之一炬！只有北門的荷花池、南門的天鵝潭等區，還殘留着一小部份建築物而已。

酆悌做張治中替死鬼

筆者直到現在還不了解，我最高當局明明知道張治中爲一浮而不實的人物；且與六戰區長官陳誠不合，爲什麽偏要派他担任湖南主席呢？更令人可惡的是，張治中那種沒有肩膀，「臨難苟免」的小人作風，闖下了大禍之後不敢承當，而把責任全部推在當任的長沙警備司令酆悌的頭上。由於長沙大火以後，有不少湖南籍的中央大員曾聯名請求中央最高當局追究責任，並公開要求殺張治中以謝湘人！但結果我政府當局竟姑息養奸，只是把警備司令酆悌等三人作了替死鬼，而眞正的罪魁禍首張治中，則一走了事，不獨逍遙法外；並且返到重慶後不久又升了官——出任軍事委員會的政治部長，從而與中共派在重慶的周恩來、郭沫若等人勾結。後來湖南人氣不過，曾把張治中的名字綴成一副對聯以洩憤！聯曰：「治積何存？兩個方案一把火；中心安忍？三顆人頭萬古寃！」橫額則嵌以「張惶失措」四個大字。這副對聯顯然代表了一般輿論，除了在湖南各地的報章都曾分別刋載外，即陪都重慶的刋物，也多有引錄，可是我最高當局却無動於中，張治中依然炙手可熱。

張治中是蔣委員長一手提拔起來的心腹將領，國民黨的「中堅份子」。可惜此人外表恭順，內心奸詐，據說他在中央軍校教育長任內時，隨時與蔣校長通電話都是立正恭聽的。一次，中央舉行紀念大會，蔣先生伉儷相偕出席，台下的人一致高呼「蔣委員長萬歲」的口號；張治中則多呼一聲「蔣夫人萬歲」的口號。這一來，當局以爲他是最忠實可靠的部下了，實則欺人的假面具，背後無所不爲！正如宋蘇詢的「辨姦論」中所說：「凡事之不近人情者，鮮不爲大奸慝！」像長沙大火那樣的責任，竟嫁禍於人，當局亦不查，「猶將舉而用之，則其爲天下患，必然而無疑者……。」終於民國三十八年（一九四九）春，他以南京國民政府的首席代表，一行赴北平與中共進行和談時，竟一去不返，靦顏投向中共。且於同年六月二十七日，更發表一篇不要臉而勸國民黨從速「投降」的聲明如下：

「我們必需竭誠地承認錯誤，很勇敢地承認失敗，並很乾脆地放棄政權。人民看到我們這種坦白和誠實的態度之後，也許會另眼看待我們，重新給我們一個估計。我希望國民黨中央當局及各方面負責的同志們，好好運用自己的理智，澈底正視事實，深加回憶，痛自譴責，懸崖勒馬，以免太遲！」並說：「中共從二十年奮鬥的經驗中，已深明服務人民及建設國家的重要性。他們有一種嚴格自我批評的制度，有學習的熱忱，並有實事求是埋頭苦幹的習慣。這些優點，在政治上所反映出來的是有效率不貪汚；在黨德上所反映出來的則是官員的樸素、刻苦及切實。而且實際上，中共所倡導的新民主主義，就現階段而論，正與國民黨三民主義的基本要點完全脗合。……」

讀了以上「聲明」，可知張治中是「漢兒學得胡兒語，登上城頭罵漢人！」害死一個區區的酆悌，何足論哉！

袁寒雲才氣橫溢

芝翁遺著

「乍着吳棉強自勝，古臺荒檻一憑陵。波飛太液心無住，雲起魔崖夢欲騰。偶向遠林聞怨笛，獨臨靈室轉明鐙。絕憐高處多風雨，莫到瓊樓最上層。」這是袁寒雲諷他老子莫做皇帝的詩句，當時頗爲膾炙人口，現在談起洪憲舊事，仍然有人記誦得來，其實除了上述一首之外，還有一首是：「小院西風送晚晴，囂囂恩怨未分明。南廻寒雁掩孤月，東去驕風黯九城。駒隙去留爭一瞬，蛩聲吹夢欲三更。山泉繞屋知深淺，微念滄波感不平。」

相傳洪憲帝制運動將作時，南方謠言甚盛，梁啓超由廣東到南京，訪晤馮國璋，談到此事，馮亦以爲異，便邀梁同去北京察看時局動靜，四年六月廿二日，二人同行抵京，七月初旬，馮三謁袁氏於居仁堂，談起國體問題，並說南中種種風說，袁笑了一笑說：「華甫，你我多年在一起，難道你還不懂得我的心事？這些謠言，無非是無風生浪的議論而已，我們是自家人，我的心事不妨向你明說。我現在的地位，和做皇帝有什麽分別？再說，所貴乎家天下者，無非是爲子孫打算而已，我的大兒子克定是個殘疾人，老二克文一心想做名士，老三呢，更是不達世務，其餘都還小，那能付以天下之重？何況帝王家從無善果，我即爲子孫計，也不能貽害他們。」馮沒等他說完，便說：「是啊，南方人言嘖嘖，都是不明瞭大總統心跡的，不過將來中國轉弱爲強，到天與人歸的時際，您雖是謙撝爲懷，恐怕推也推不掉的呢？」袁勃然變色道：「這是什麽話！我的老四老五兩個兒子還在英國留學，我早叫他們在倫敦買一片地產，如果還有人再逼我，我只有辭位赴英，就把那裡做我的菟裘了。」這事馮曾將袁說的透露給新聞界，當年七月九日，申報即紀其事。及馮返回南京，籌安會便大吹大擂起來，馮打電報去問公府的機要局長張仲仁（一麐），張回電沒有否認，馮急得跳了起來說：「他那裡把我當自家人？他的做工眞不壞啊！」……

前面所引的兩首詩，便是一心想做名士的袁克文，在這密鑼緊鼓聲中，見到一班勸進人物，欲踞他老子於爐火上，看看外患內憂，瞬將接踵而來，心所謂危，借這兩首詩，婉約以諷，不意給有殘疾而有野心的瘸脚大爺袁克定見了，斥爲瘋話，老袁本來對克文很鍾愛的，當戊申之冬被放歸洹上時，克定留京，只携了克文克良以下諸子返籍，沈祖憲吳闓生所編的「容菴弟子記」說袁「歸田後，改繕亭館與賓僚賦詩爲樂，其次公子克文梓圭塘唱和集行世。」在袁氏諸子中，克文才氣最爲橫溢，與易實甫樊樊山時有唱和，自因這首詩被克定所斥，好開玩笑的龍陽才子，遂戲稱他爲陳思王，比爲曹家的老二。

克文本字豹岑，後改抱存，號寒雲，又號龜厂主人。他生於清光緒十六年庚寅（一八九〇）陰曆七月十六日，出生地爲朝鮮的漢城。他的母親金氏將分娩時，恍恍惚惚中，夢見一隻大斑豹猛投入懷，一驚而醒，胎兒便出世了。這金氏算是袁世凱的第三如夫人，和第二如夫人白氏，第四如夫人李氏，同屬三韓望族，爲朝鮮國王李熙所贈。一般傳說克文之母爲閔妃的從妹，據謂「世凱以道員任朝鮮商務委員時，聞閔妃有妹，甚有艷名，謀納爲側室，同時日駐朝的公使大鳥圭介，亦慕其美，也想要她，閔族初以袁的官小職微，躊躇莫決，後來親華的閔妃示意，以袁雖是一名道員，究竟是天朝的使臣，終較島夷爲貴，於是才決定嫁與世凱，世凱亦欲挾天朝之威力，增加其本身地位以自炫重。大鳥圭介以閔妹歸袁，甚爲恚憤，對袁忌忮更深，政敵之外又兼情敵，甲午東學黨之亂，大鳥託詞返日，回任時便帶了兵船俱來，大戰以起。」這是不確的，據克文的洹上私乘所載，應爲金夫人。她歸袁時爲二十三歲，時世凱爲三十一歲，翌年便生克文。劉成禺洪憲紀事詩本末註云：「世凱二子克文，字抱存，後署名寒雲，母朝鮮世家女，世凱駐韓時所納，早死，洪憲紀元贈第一宮妃。」這也有錯，據克文所述，他父親（世凱）歿未逾歲，即病逝於天津寓所，年四十九歲。至於「寒雲日記」丙寅（民國十五年）四月所記他的母親病危，及延醫禱天等事，及十一日記云：「母病微劇，向弟奉諸母來視」。文中之「母」是世凱的第一位如夫人，崇明人沈氏，無出，以克文嗣，諸母則指世凱諸妾。六月初六日記云：「慈母六十晉一生日，率兒女叩祝，邀合笙社曲友曲集。夕雨」。皆是指沈夫人。劉厤哥說洪憲大登殿時，對克文之母加以追贈，自屬未予詳考。民國五年，袁世凱逝於新華宮，這一年克文生母固健在，翌年才逝世的。其所生即老二克文，老三克良，以及叔禎環禎琮禎三個女兒。

克文生長富貴家庭，又是「名父」之子，但畢竟是個舊式的公子哥兒。他的長兄克定，是嫡母于夫人所出，性情不甚投合，克定早於光緒卅二年便做了官，他雖在十八歲也以蔭生授法部員外郎，但一心却喜歡做玩世不恭的名士，自幼天資聰穎，從江都方地山（爾謙）讀書，捷悟異於常童，詩文詞曲，書畫金石，靡所不精，旁及聲色犬馬，也無所不好，方地山原是個風流不羈的才人，所以師弟之間，更屬沆瀣一氣，徵歌選色，絕無避忌。洪憲挫敗之後，他俯仰家國，不無私恫，於潦倒無俚中更以醇婦自晦，應屬別有雅抱，固不同於一般紈袴子弟的。

克文很早結婚，娶的是貴池劉氏，曾任廣東巡撫做過欽命出使英俄等國大臣改駐英法義比劉芝田（瑞芬）的孫女，度支部參議三品卿有名的碑版鑒賞家劉聚卿（世珩）的長女，名姌，字梅眞。出身豪富家庭，生性很是賢淑，婚後伉儷很篤，克文多外寵，她也不妒，但對這風流自喜揮霍無度的濶少丈夫，錢財方面却看得很緊。

克文精於音律，尤擅崑曲，當項城全盛時，即時延名曲家趙子衡等在流水音，擫笛彈箏，擒脣辨韻，於亂彈則工文丑，和紅豆館主溥侗溥五爺，尤稱同嗜。曾與名伶荀慧生程繼仙演刺湯盜書，梳粧跪池等，瀟灑文雅，雖內行亦欽服其藝。他自幼年便對聲色已有很高的興趣，他有一篇自述「歷城遇歌伶長庚」的記事：「歌兒長庚，年與予若，嬌如小鳥，初知依人，予尚不解歡愛，惟相見輒喜耳。長庚見予喜，即就予並坐，喁喁小語，拉人爲歡，座中諸長老，咸拊掌調笑，且與長庚不期相顧而顏俱赧矣。一日，先三伯母誕日，召諸伶演劇，長庚在焉，家四兄知予愛之，強使予點伊一齣，予不獲却，乃點伊演樊城長亭，英挺明秀，顧而大樂。伊人劇終，家四兄亦牽予入後場勞慰之，佇俟其盥沐訖，復携予兩人，出就座前，並坐觀他伶歌舞，粉香脂膩，撲人眉宇，雖不解銷魂，亦便銷魂矣。」……這長庚當然不是被稱爲大老板的程長庚，光緒之季，確有一個坤角武生叫做陳長庚，兼擅老生，唱的珠圓玉潤，長得也粉嫩花嬌，她的妹子則叫小長庚，也和姊姊走一個路子，不過色藝略遜一籌，後來兩女同侍一夫，不知他所說的長庚是哪一個而已。

舊日豪富門中的子弟，徵歌選色，視爲常事，青年人尤每向青樓中找戀愛對象，寒雲日記中，有「秀英邀觀影劇，偕瓊姬往。」及「秀英原名小桃紅，今日驚鶯，咸予舊歡小字也，對之棖觸。爰致語曰：『提起小名兒，昔夢已非，新歡又墜，漫言桃葉渡，春風依舊，人面誰家。』又曰：『薄倖眞成小玉悲，折柳分釵，空尋斷夢；傷心漫與桃花說，愁紅慘綠，不似當年』，」文中致語，不像詞又好像聯對，這小桃紅是民初北京一家清吟小班的名妓，日記中沒有說出，劉成禺洪憲紀事詩本事注，述此事極趣，可作日記的箋注。文云：「新曆民四九月十六日，項城壽辰，宮內行家人祝嘏禮。少長男女，各依輩次分班拜跪，孫輩行中，有老嫗抱一赤子，拗手叩頭，項城曰：此兒何人？嫗應曰：二爺新添孫少爺，恭喜賀喜！項城問其母爲誰，旁應曰：其母現居府外，因未奉皇上允許，不敢入宮。項城曰：即刻令兒母遷進新華宮，候我傳見。——此兒何人？寒雲納薛麗清所生也，麗清分娩後，離異他往。——項城因兒索母，何處可尋？於是袁乃寬江朝宗等與寒雲商定，當夜朝宗派九門提督（引按應作步軍統領）翼兵，往石頭胡同某清吟小班，將寒雲曾眷之蘇妓小桃紅活捉入宮，靜候傳呼，八大胡同南都佳麗受此驚嚇，不知所云，有逃避一二日不歸院者。事定，手帕姊妹艷稱小桃紅眞有福氣，未嫁人先做娘。揚州方地山，寒雲童子師也，賀以聯曰：『寃枉難爲老杜白，傳聞又弄小桃紅』。一時傳誦，旌德汪彭年民四九月十七日晨來後孫公園說事，並記。」

劉成禺的洪憲紀事詩注，多錄朋友之言，有的頗多錯寫或誤記，例如袁世凱生日，他生於清咸豐九年己未的陰曆八月二十日，此日遂爲他家裡子孫親友祝壽之日，同時又以身居大總統，要奉行國曆，查陰陽對照表，是年八月二十日，爲九月十六日，爲接見外賓及僚屬致賀之日。此云九月十六日係「宮內行家人祝嘏禮」，似有誤。又說是安徽旌德人汪彭年九月十七早晨到後孫公園說的事，即小桃紅被活捉入宮第二日，十六日深夜發生的事，汪的消息靈通，或有可能，但八大胡同佳麗逃避一二日不歸，及方地山贈聯，豈是十七日淸晨所發生的事？未免說不過去。惟據濮伯欣所記：「寒雲納小桃紅，方太師贈聯云：『寃枉難爲老杜白，（蘇語杜即老大，指克定）；傳聞又弄小桃紅。』方地山曾授克文克良蒙課，呼爲太師，一電回京，來往半日。又洪憲時，阮斗瞻（忠樞）娶媳，牽親太太，選相福祿、多兒女、未有妾媵者，禮延某夫人。某夫人初入京，鄉氣重，堅不欲往，順天時報記載都人爲對云：『阮大郎結親，某夫人在野；皇二子納嬪，方太師回朝』。」

項城逝後，寒雲與諸弟僦居天津，日租界百花村袁宅，爲寒雲之八弟克軫（字鳳鑣，號進厂）所居，文士伶工以時雅集，女伶碧雲霞及于紫雲紫僊姊妹，名琴師蘇少卿，時爲座上客，某夕，寒雲與方地山亦在座，蘇少卿和一個老笛工同來，大家知道這二爺精於詞曲，崑亂不擋，寒雲酒已半醺，微吟着「舊人惟有何戡在，更與殷勤唱渭城」，遂煩擫笛按絃，高歌着千鍾祿「慘覩」一折，「收拾起大地山河一担裝，四大皆空相……」，不禁淚垂聲下。民國六年冬間，河南水災，北京各地發起演劇義賑，寒雲與韓世昌串演長生殿驚變，時馮華甫（國璋）當國，此公以項城新喪，頗不欲這二公子粉墨登塲，演出之夕，特遣副官駕車延寒雲入府，意欲阻其登台。這副官找到寒雲，寒雲問：「他幹麽請我？今兒晚上我要參加豫振演出的，他知道不知道。」副官說：「知道。總統和夫人（周道如，名砥，曾爲袁家女教師）提起二爺呢。」寒雲頓悟，變色道：「請你給我回一回，我不去啦：：我唱我的，他管得着嗎？」卒不往。又一天寒雲在宣武門外江西會館彩串崑齣「狀元鑽狗洞」，同日，紅豆館主則唱亂彈「連營寨帶哭靈牌」，毛壯侯聞之，爲撰一聯，「公子寒雲煞脚無聊鑽狗洞；將軍紅豆傷心亡國哭靈牌。」煞脚者，土語末路之意，徐凌霄以專電拍致上海時報登載，寒雲見報，爲之拊掌，不以爲忤。他和汪笑儂極相得，曾相互配演，民七冬，笑儂病逝，寒雲輓以聯予：「本來七品命官，革職原爲唱捉放；此去三司會審，看君能否罵閻羅。」見者稱絕。

寒雲愛好唱戲，不只是馮國璋不以爲然，那曾和袁世凱同在過朝鮮的王伯恭，於所著蜷廬隨筆中，也記有寒雲演戲，云：「克文好度曲，項城死後，有人在江西會館，張筵請客，遍召優伶，昆明趙子衡，邀余觀劇，余入座時，正見克文演醉酒一齣，飾楊貴妃，珠冠宮裝，天然流媚，直忘其身爲男子在。……」末一句，意似甚鄙寒雲。當時老輩賤視藝人，他認爲貴介子弟如袁寒雲，絕不應「弄假婦人」在台上嬝娜作態，今竟珠冠宮裝，天然流媚，不免使這老世伯感到有些現眼丟人；但就藝論藝，演戲能演到直忘身爲男子，可見寒雲對演技的精湛了。他少年時，頗有衛玠璧人之目，俊逸超羣，風流自賞，在津門和章遏雲配演過玉堂春會審，販馬記三拉團圓等齣，他的戲肚子眞寬，無論生旦丑末，演來無不絲絲入扣。

度曲之外，他也喜歡寫詞，有「詞的傳奇」——篇名叫做「婉轉」，意境悽迷，不無美人香草之思，其自序云：「朔風迤麗，江水欲波，羈旅淒寒，夢勞如何，伊人兮要渺，予懷蹉跎兮，將停樽而勸醉，乃擊筑而悲歌，歌也幽窈，可以傳奇，集而成篇，以永予思。」第一段「訴衷情」，紀夢也。句云：「將語還住，春欲妒，夢空遐。思不盡，爭繞鬢邊花。一睇送輕斜。些些。眉間初展露，已天涯。」第二段「如夢令」，紀入夢也。句云：「歡悰繫，人離別，憔悴一簾明月。何事說當年，天上不知圓缺。休說，休說！總是斷腸時節。」第三段「少年遊」，紀幽話也。句爲「雲長疊怨，花多惜別，眉嫵綻新痕。簾底傳波，鐙前咽醉，相對盪春魂。歸時爲問聲低切，無那又黃昏。不解人愁，却還知恨，莫漫與溫存。」第四段「相見歡」，紀迷離也。句爲「相逢欲說相思，又遲遲，可奈鐙前無那立多時。酒和淚，咽還醉，正迷離。已是夜闌人去馬聲嘶。」第五段「南柯夢」，紀撩亂世。句爲「明月愁將缺，春風怨不歸。鴛鴦何處問雙飛。驀地香塵撩亂，夢成非。王珮留嬌響，銀燭鏁豔輝。啼痕重惹舊征衣。記取者番憔悴與歡違。」第六段「憶秦娥」，紀歸夢也。句爲「金波皺，牽衣依約眉痕逗。眉痕逗，相思些子，一雙紅豆。珮聲疑繞歌聲溜，銀屏乍隔人遲留。人遲留，黃昏過了，又驚殘漏。」第七段「尾聲」：「蕭寥一夢，江海爲愁，歌聲兮裊裊，吾怨兮悠悠，伊人兮未遂，夢期兮空留。寤而紀之，天地無休。」所謂傳奇就是這幾首長短句而已，或言寒雲此作，實有寄託，對於洪憲帝夢破碎之痛，不無懷念者，似嫌穿鑿。

禮、樂記：「歌，詠其聲也；舞，動其容也。」近人齊如山談國劇，衍爲「有聲皆歌，無動不舞」。識者以爲名言。寒雲既嗜歌，於舞亦有研究，著有「舞經」，自序云：「古聖人制禮作樂，而歌舞屬焉。迨夫後世，禮樂漸失，歌舞亦廢，僅有俚聲治容，存於梨園教坊間耳。古之譜錄，亦鮮有遺。予閒居學歌，而慨舞之靡傳乃取歌譜之近雅者，衍爲舞蹈，手之足之，應聲而作俯仰，歌之吹之，叶容以爲抑揚，聊自嬉戲，不足言樂也。癸亥八月，寒雲子自序。」其中所列「舞例」，謂「舞有獨舞，雙舞，合舞。獨舞者一人自舞也，雙舞者二人偕舞也，合舞者合衆人而舞也。舞時，以笛二，簫二，笙二，月琴一，三絃一，鼓一，板一，和之。」蓋主以中樂伴奏，其舞步則採古代型式滲以西方型式變化出之。所舉「雙舞」型式有「雙飛舞」，其式如下：「二人相將立，各以一手相握，一手攬腰際，如男與女共舞，則男立於右，女立於左，女引右手上擧，男以左手食中無名三指輕承之，女引左手，繞右臂上，男以右臂攬女腰際，惟手與指咸不得觸及女身，此男向左女向右行時之狀，如易向行，則手亦互易，足各立作八字形，不得相踐。」又謂「舞歌之詞曰：『舒鳳翼兮，逶迤；廻鸞羽兮，低迷。迅若鵠兮，高飛；婉如龍兮，貞儀』。」至於舞蹈，分爲舞與蹈兩種，亦列有動作的型式，如「（甲）舞的部份：一、兩手相握而高擧也；二、兩手相握而平擧也；三、易手相握也，初應以男之左手，承女右手，次乃以男右手，承女左手。四、舞止也，如續舞，則作第三式，歌終而反，續之靡已。五、男左手承女右手，右行之狀也。六、男右手承女左手，左行之狀也。（乙）蹈的部份：一、趨步也，如右手時，女右足向右斜趨一步，而左足從之；左足從時，僅以足指著地，而立其踵，及至右足原立之地，踵如下，左行則反足，男足則反於女足。二、蹈步也，以足擊地作聲。三、趦趄步也，當右行時，男以右足後趨，而微反揚之，旋即反止；女則以左足，從男足而前趨，亦微揚之，旋亦反止，若左行則反足。四、止步也，當易手時，步暫止。五、注於趨步下，則爲右行；注於蹈步及趦趄步下，則示女以右足，男以左足。六、注於趨步下，則爲左行，注於蹈步及趦趄步下，則示女以左足，男以右走。」手謂之舞，蹈則頓足履地之謂，今人統稱爲跳舞，寒雲把它分開來說明，這種舞譜僅是他個人構思而成。所謂舞蹈者動其容也，手足的指點進退，股肱的伸屈轉動，其姿式純乎自然，用筆墨寫來是不太容易明白的。

寒雲的生活，可稱爲多采多姿的，民國八九年間，曾數度南游，而且投身「俠林」，與他的同懷妹妹之子韞（叔禎）同參青幫「某前人」的影堂。敘爲「大」字輩，並廣收門徒，聲勢頗盛。他以貴介子弟；而慕孟嘗信陵春申平原四公子之游俠行爲，其動機自不是想藉以淩人，更不是因而爲利，作風自有不同，一般人有緩急，反而每由他一言爲解，所以一時申江文士，多與交往，他也欣然相接。他的詩詞書畫碑版金石古泉，件件精通，聲色狗馬乃至喫喝嫖賭吹，也樣樣來得，步林屋張丹斧畢倚虹周瘦鵑諸人之外，如吳昌碩王一亭伊峻齋劉山農也常有來往，尤喜歡和藝術界青年來往，印人陳巨來是最初拜過他門下的一個，巨來早年的印譜，即有他的一篇序文，唱花旦的金碧艷也是他的門人，他有一篇「艷雲嘉耦記」，即是記碧艷家世及代爲主婚一段事。記云：「碧艷，氏金，名景萍，其先世以旗籍，駐防浙江，於是家於泉塘馬。父紹香，官浙江乍浦參領，卒於官，生三子，長早卒，次菊萍，碧艷最幼，父母愛縱之，辛亥政變，八旗之產，咸沒入公，家遂中落。碧艷少讀書，能文詞，工小令，善畫蝶，賦資絕慧，及長，喜聞歌，偶效之，輒中節，於是棄讀，就老伶任長海學爲劇，僅歷數月，即現身於歌場，歷游閩滇諸地，所至皆有聲，其隸上海新世界劇塲時有北里伎雲艷者，忽致傾嚮，累過其居，久之，益相戀慕，誓爲夫婦。時碧艷猶寄跡師門，名尚未顯，無力作婚謀，遂期諸異日。及歲辛酉（民國十年）碧艷重來，歌承吳我尊指授，藝乃大進，登場後復有林屋山人（步翔棻，癸卯末科進士）爲之延譽，聲名遽起，一時爭以重金聘之。雲媞顧謂碧艷曰：儻吾二人之素願，今其時也。碧艷知雲媞堅守三年，而無他志，深感其義，乃請於林屋及予，爲之主持，厥時，碧艷之母早亡，兄亦年少未娶，故視師長若父兄，而取決林屋及予也，予深嘆風塵中有斯嘉耦也，樂觀其旨，亟贊厥成，惟祝其久好兮而無間，永祉兮而長歡焉。雲媞，吳人，亦早喪父，其墜溷者，以養母也，今得婿，足爲甘旨之供，故毅焉自拔，不復作隨風之絮，亦驚人也。太歲在壬戌，其師寒雲子爲之記。」碧艷曾跟馮子和到過福州及昆明，個子小小的，唱閨門旦，和陳巨來同是講乍浦話的小友，曾於陳澹廬（巨來之叔工治印並擅刻竹）座上見之。

畢倚虹居西湖湧金門二賢祠時，寒雲每到杭州，輒相與留連六橋三竺間，倚虹有「冷泉鑑景圖」，寒雲爲題其上云：「一峰突兀舊飛來，下有寒泉咽萬哀。策杖尋幽詞客與，冷然到此且徘徊」。

寒雲每次南游，來時裘馬豐都，歸去則典賣俱盡，他除了揮金如土之外，又染上了雅片烟嗜，公子哥兒的脾氣，伸手不來，開口不便，到了沒錢的時候，好生尷尬！他在上海時，有一年住在大東旅館裡，看看過不下去，因想到賣字療饑，自寫潤格，開頭說：「二月南游，羈遲海上，一樓寂處，囊橐蕭然，已貧典裘，更愁易米，拙書可鬻，阿堵儻來，用自遣懷，聊將苟活，嗜痂逐臭，或有其人。廿日爲期，過茲行矣，彼來求者，立可待焉。」就這樣十兩八兩一副對聯，居然求者踵接，更由他的門人弟子介紹而來的也不少，廿日之期走不成，有了錢也不想走了。他的書法峭拔雋逸，篆隸行草，任意揮來，自成家法，有時似若腕力不勁，則是就烟榻上，臥着仰書，懸筆上掃的作品了。

在十里洋場中，他以風月盟主自命，而惜玉憐香似生與俱來的情性。民五六間，譚踽厂所戀女伶小桂紅，傷寒夭折，撰有悼紅詞十二章，有「金粟飄香上至京，天衢高徹步虛聲，鳥啼花落人長往，酒醒歌殘月倍明，是色是空如夢幻，一生一死見交情，南朝本是傷心地，多少興亡感送迎」之句，寒雲見而擊節，並爲作序云：「人有至性，而後至情生焉，情發於純，動於和，放彌六合，亘永千古，蕩蕩乎莫名，洋洋乎无極，斯乃謂之至焉。者夫悲歡喜怒愛惡樂怨，又生於情而幻乎情也，既生既幻，乃利文字而揮揚，而文字則利情以孕育，斯文字爲情之牽，而情爲文字之靈焉。世之歷千萬劫而光明不滅者，惟情而已，男女之情，情之大者也，惟賢者而後得善其歸焉。吾友踽厂至於情者也，歷幻而罔竭，隨變而知歸，始觀而獨潔，終哀而長慟，施於情者已亡，揚乎性者有託，此悼紅軒之所由作也。文字得至情而益靈，至情策文字而彌固，相與芻狗綿邈靡盡，情斯善其歸矣。嗟乎踽厂誠善歸其至情也。是爲敘。」

序之外，還撰寫了一傳，因寒雲的文字大都佚失，其中又若干梨園小掌故，因錄存如次：「小桂紅，曹氏，小字金寶，直隸獻縣人也，父東萊棄兒也，育於曹氏，隨嗣焉。東萊某伶，流寓漢口，桂紅誕於其地，時清光緒辛丑歲正月望也。桂紅幼慧，九歲學劇，僅歷數月，即登歌場，初名小金玉，歷奏技於沙市漢口上海長沙湘潭廈門諸地，所以輒騰聲譽，桂紅藝旦，其姊小月紅藝生，相得益彰，有二難之稱。十五歲喪父，桂紅性純孝，痛哭幾絕，輟歌纍月，迫於養母，始復現身，逾歲走錢塘，隸鳳舞台，名漸起。……」

說到小桂紅和譚踽厂的關係，傳中謂：「時舍於吳山路，與踽厂比鄰，遂邂逅焉，歌舞之暇，輒從問字，晤言悅好，交乃堅密，每與踽厂述言失怙，必涕泣隨之，踽厂心儀其行，益重其誠篤，又逾歲之三月，疫癘流行，桂紅中疫，發於喉，幾殆，踽厂挾以避地，復延醫治之，遂愈焉，而弟武麟以疫殤矣，母僅一子，悲傷逾恒，桂紅已病起，善承色笑，母痛始釋。是年初夏，予與汪笑儂，游宿湖上，踽厂偕桂紅及其姊月紅來過，乞笑儂以潑水一劇，授其姊，予見桂紅甚顑頷，說其游海上，遂相與覽浦濱淞湄之勝，六月，桂紅身已健復，重蒞西湖鳳舞台，由是色藝大振，傾冠一時，海上丹桂園主震其名，以千金聘，園門初可羅雀，及桂紅登場，車馬塞於途矣。踽厂延歐陽予倩授以饅頭菴、葬花、虹霓關、寶蟾送酒諸劇，所能益繁，而藝益晉。又逾歲，某舞台聘之，賴以興焉，時女伶張文艷，爲某舞台諸伶冠，及桂紅蒞止，乃超邁而上之，文艷恚而去。此桂紅至盛時也。盛極而剝，理道之常，又逾年之七月，嬰寒疾，一再誤以庸醫，展轉衾榻者三月，病遂不起，於八月十一日離塵而逝矣，得年一十有九，妹一姊二，叔娣香紅，能傳其藝，母獨愛桂紅，桂紅死，哭之慟，昏絕者屢，或狂易焉，踽厂尤悲悼，述其行，乞傳於予，爰爲矜飾，以昭其藝行。寒雲曰：桂紅一伶耳，而孝行孔篤，今之士大夫，身益貴而孝益虧，良足慨焉。然桂紅獨不能永其年，悲夫！蘭以芳而燒，膏以明而煎，桂紅之謂歟，信踽厂之哀以深焉。」

寒雲侍妾中，似無坤伶，却多是青樓中人，或小家碧玉，總共娶過多少，沒有確實資料可尋，陳定公所著春申紀聞。「袁寒雲游俠北里」中說；「夫人梅眞，貴池劉公魯胞姊，……不幸萎謝，寒雲續有所歡，爲平湖小家女，字眉君，失其姓，寒雲溺愛之，嘗爲居平湖多時，後復仳離，平生所蓄僅餘之古錢，皆化青蚨隨之飛去，遂悔恨終身。」又云：「寒雲中年多奇遇，嘗三宿靈隱酒家，後復至，則已成陰抱子矣，寒雲亦以爲恨，嘗屬余爲靈隱感舊圖並詩紀其事。……」步林屋甲子九月所作「憐渠錄序」，亦畧有記，劉聲木曾將林屋之序錄入其萇楚齋隨筆中，原序開頭云：「憐渠錄者，寒雲主人爲朱姬月眞作也，寒雲諸姬，至是凡七，」……按甲子爲民國十三年，寒雲所納，其數已有七人，似猶在定公所記之前，林屋山人並曾說到他旋娶旋離原因。

林屋說寒雲的姬妾「尹去邢來，並時常少，何哉？新人初至，寵愛方濃，有所欲爲，不忍少拂，恃寵而驕，逞驕而悍，勃谿詬誶，漸不能堪，始而甘飴，繼如飲酖，一旦決裂，無可挽回矣。又諸姬多樂籍，淫佚性成，自其始合，或別有所爲，非出情感，反顏爲仇，不足怪也。余嘗見三姬溫雪，詐爲鬼病，凌辱主人，其酷已甚。五姬笑蘭，自食珍腴，而以惡草其食主人，有時且不與食，家室之苦如此，宜其不終也。今寒雲所以寵朱姬者，如六姬時，余未見朱姬，不知其事主人如何，而初納時，寒雲有書言其能賢，余復書曰：能賢豈不甚善，惟是前六姬入門時，何嘗不然，後也變耳。……」其言似不甚滿他的老把弟之好務內寵而又不善於駕馭。但從周瘦鵑所輯寒雲家人感時遣興之作的「豕尾集」所載集中作者，「爲夫人梅眞志君二女士，令妹綠弗，長公子伯崇，伯崇夫人初觀，次公子仲燕，三公子叔選，高足林一，並寒雲凡十人，」可知其晚年，劉夫人梅眞之外，還有一個志君。

寒雲三子均留美國，長子伯崇，名家嘏，少於長房克定所出的家融一歲，故在大排行爲老二，爲方地山之婿，方女名根，字初觀。次子仲燕名家彰，大排行爲老三，三子叔選，大排行是老四，即中外知名的物理學博士袁家騮，配吳健雄，亦物理學博士，去年曾獲中山文化獎學金，且爲中央研究院院士，夫婦均曾返國講學過。叔選十三歲時便能吟哦，記有咏雪五言絕句：「入夜寒風起，彤雲接海橫，紛紛飄六出，路靜少人行。」

梅眞夫人習禮明詩，雅擅章句，與寒雲輒多唱和，所作如「與外子曉望」：「小樓迥合碧闌斜，曙色蒼濛織萬家，昔日都勞心繾綣，那堪回首憶京華。」「清明」云：「柳陰深處畫橋橫，水自潺湲草自生，××吹殘桃李色，和風微雨釀清明。」「和寒雲夫子遊新園均」：「古木槎枒掛夕陽，園中秋色暮蒼蒼，那堪回首京華日，感慨良遊一斷腸」。「殘月」云：「驚回殘夢五更鷄，風送蛙聲向斗嘶，寒月一彎鈎不起，吟魂吹傍碧簾低。」「修楔」云：「曲水流觴對夕陽，踏青時節落花香，殘暉斜映人歸處，轉棹蘭舟過短塘。」「題紫羅蘭庵弔夢圖」：「花前並立憶黃昏，細語喁喁揾淚痕，無那紫羅香已去，一回凝佇一銷魂。」，「琴心凄絕獨憑欄，斜倦朱簾月影寒，底事前緣猶未盡，春宵苦憶紫羅蘭。」「次子韞三妹分袂韻」：「數載于歸兩地遲，津門纔得共棲依，無端匝月君言去，使我臨歧笑語稀。」「哽咽臨歧對酒歌，人間祇是別離多，明朝君向都門去，那有心懷賦綺羅。」

寒雲詩文著作頗富，但不甚自惜，隨作隨棄，錄其「懷海上師友」絕句：「金石文章是我師，八荒四海見高奇，杖頭榆筴春無價，漫寫春山付與誰。」（黃葉師）「健步江干八十翁，蛟螭腕底氣豪雄，鷄林一紙千金賤，爲我揮毫便不同。」（昌碩丈）「畫家一代說汀州，祖業能興叟更遒，兩世論交還立雪，幾回載酒許重遊。」（酸齋丈）「交契金蘭十五年，唱酬應愴舊詩篇，中原壁壘今何在，莫問龍門弔墓煙。」（林屋盟兄）「風流依舊屬天台，萬樹千頭著意栽，遯世何年期把臂，買山無計且徘徊。」（山農盟兄）「沈雄儒雅兩周郎，肝胆何人識醉狂，猶憶吟歧重把手，辛酸涕淚夜中央。」（南陔瘦鵑兩盟弟）「君家伉儷共雙修，慚我都非董馬儔，漫道乘桴入蒼海，會隨明月到揚州。」（慕陶弟）「簪花詠絮兩難幷，省識韶華才一程，山玉海珠應自采，驚才莫漫貸平生。」（佩雲女弟）

寒雲自民國十三年秋末，由上海移居北平，又在十五年（丙寅）正月十一日還到天津居住，到下一年，（丁卯）正月廿五日，又從天津移居上海，十六年冬，又還回天津，以至謝世。當其第一次從滬上倦游北歸時，雖是裘敝金盡，但對於金迷紙醉之場，還是不勝惓惓，有願重來。瘦鵑送別句有：「秋老碧雲飛，君自幽燕去，贈君酒一巵，哽咽不成語。秋去君又去，何時可重來，臨歧無別語，倚劍一徘徊。三年常聚首，一日便分飛，江城梅闊時，問君歸不歸。」寒雲和云：「江天獨逢君，玆忽傷別去，金石契平生，蒼茫復誰語。今逐朔風去，願隨春光來，三年成小別，對酒幾徘徊。荒雲連衰草，征車挾夢飛，千里愁思盡，天涯何處歸。」梅眞夫人亦有和詩：「昔年二月時，海上分飛去，今日賦曰歸，凄然無一語。萬里常爲客，乘風自往來，今朝相對處，未語幾徘徊。古樹因風舞，寒鴉帶雲飛，眼中秋已盡，王孫海上歸。」子韞亦有和章：「數載始相聚，明朝又云去，臨別酒一樽，涕泣難成語。桃李空爭艷，香車不再來，獨居怨青使，對月一徘徊。今夜共君飲，鷄鳴各自飛，牽裾期重見，澹蕩春風歸。」他的女弟子也有依韵送別寒雲師云：「天雨吹海立，長嘯自來去，奇氣鬱輪囷，孤懷誰與語。王孫出胯下，陶令復歸來，折腰亦爾爾，伸屈一徘徊，河清不可俟，片雲海上飛，珍重巢居子，功成相期歸。」寒雲又有：上無隅（方地山）師兼睐規厂（克權）弟云：「瘴海垂吞日，東風竟轉西，輕花悲墮水，弱絮怨沾泥。蝶亂鶯飛閧，鷺閑泣更悽。當年春可憶，丹碧遍行堤。」輕花閑鷺，蓋有不盡寥落之感。

自民十三至民十六這幾年間，國內局勢糾紛，軍閥不斷爭戰，策士掎挈，文士則活該倒霉了。寒雲以信陵自況，其實何嘗不是，所謂窮大爺的排場？那些年裡，他有限的金石碑版泉幣以至宋板書，給人騙的騙了，賣的賣了，以支持他的豪侈放縱的生活。他喜好詞曲連帶也喜好崑弋皮簧，所以票戲便是他的唯一娛樂。從前，票友的大爺們是花錢講氣派的，票一次戲便要花一些錢來打發前後台的，因此也是一筆開支，在揚州夢覺的晚年，更喜引吭高歌，藉消胸中磈壘。

民國十六年丁卯春初，楊哲子在濟南，寄食張宗昌幕中，正月十五日上元節，是張宗昌的生日，先期約集北國名伶如梅蘭芳余叔岩李萬春藍月春姚玉芙等十餘人，準時到濟。張長腿一時興發，談起袁二公子和侗五爺來，皙子很湊趣，邀同教育廳長王狀元聯電敬邀赴濟一遊。寒雲對長腿沒有交情，但票戲却是他的高興的，便應邀而往。那一晚他就和程艷秋合演「琴挑」。之後，他又沿了津浦路南下，又到上海，和一般文士名伶逍遙飲讌，如他自記：「余伯陶邀飲寓齋，坐有林屋繼先碧雲小培富英，返寓後元美邀過翠霞家，夜聖婉過談，鳳珠亦至，鳳珠初已絕我，忽作不速之客，殊奇事也。譜蝶戀花一闋：「啼鴂流鶯催未已，人近珠簾目斷盈盈水。便欲窺時簾不起，飛花飛絮都無計。盼到黃昏闌乍倚，煙水東墻一抹深深地。儘有相思和夢寄，多情衹是添顣額。」

不久，國民革命軍底定東南，有人以寒雲和張宗昌有勾結之嫌，他的名字，也在軍閥餘孽之列，遭了通緝，並禁其所著「洹上私乘」一書的發行。他住在租界裏。靜臥烟霞，自有閒人大亨們，爲他奔走疏通，經過若干時日，這事也就過去了。是年六月初五日，他又在上海百星戲院，和當時電影明星王漢倫合演游園驚夢。初六日日記，記有「新都市長劉紀文，遣宋居仁持書來，乞予爲邀歌舞者參與新都市政府游藝會。」云云，可知此時已無事了，但下文如何未詳，未幾又還居津門，以迄於死。

寒雲是民國二十年（一九三一年）陰曆三月廿二日死於天津，享年四十二歲。他是七月十六日生的，實計年齡只是四十一。他的死，是患羊毛疹，醫治罔效。當他伸着腿走了後，一棺附身，蕭條之極，幾乎無以爲殮，還是由潘馨航（復）出來，料理他的身後事，他的親戚張伯駒，也送了筆不菲的賻儀，並打算收集他遺文印專集，但也沒有實現。開弔之日，以詩文聯語弔者很多，陳誦洛句云：「家國一凄然，誰使魏公子醇酒婦人以死？文章餘事耳，亦有李謫仙寶刀駿馬之風！」推爲元選。

寒雲身後，僅餘幾本日記，自民國十三年甲子，至民國十九年庚午，每年一冊，算來應有七冊，據說甲子乙丑兩年所記，爲張學良借去，九一八之後，迄無下落，不知有無喪失；戊辰以後至庚午三冊，也沒有出現過，想來也是散佚了。僅有丙寅丁卯兩冊，於寒雲死後，展轉流到上海，爲嘉興劉秉義（字少巖）所得，於民國廿六年在上海出版，由上海山西路二五六號大吉祥印刷廠承製，照原本大小影印，封面用磁青紙，線裝包角，題簽是褚德彝寫的篆文「寒雲日記」四字，下方楷書題「少巖藏，丙子春，褚德彝」九字，旁蓋「松窗」二字白文小印，印得很精雅。第一冊起自丙寅年陰曆正月初一至九月廿二日止，用格紙寫成，右邊下角印「佩雙印齋制」；第二冊起自丁卯年正月初一，迄十月初五日，形式同第一冊，但左下角則印「寒雲寫書格」小字，皆爲寒雲手筆。第一冊扉頁，爲寒雲自爲「甲寅日記」四字篆書，右邊正書「正月自日下還沽上」，左邊草書「寒雲主人」四字，爲第二冊所無。

最後有一首跋，是劉秉義所題，畧云：「……寒雲爲項城次子，幼穎悟，受業於方地山，詩文古泉，學得其師之傳，一時名流皆與之游，書法詞章，考證金石，卓然可傳，生平著作不自愛惜，存者僅泉簡一卷，此外日記七冊，雖徵歌載酒之餘，日記未嘗少間。余得其丙寅丁卯兩年日記，多考訂吉金碑板泉幣，所得外國古幣，奇品尤富，均附墨拓本於後，書體秀勁，措詞雅飭，其述時事者，只憶小桃紅詞，弔林白水詞，哀復餘之喪亂二條而已。……余與寒雲無一面緣，然惜其才而悲其遇，使項城帝制不爲，寒雲以貴公子盡其所學，必可名世，乃天不假年，復潦倒侘傺以沒，所留遺著僅日記二冊，文人運蹇，良可悲嘆，余恐其二冊日久散佚，因付景印以傳，後之覽者當與郭氏李氏之日記同爲藝林瓌寶也。……」這劉秉義可算寒雲身後的知己了。

寒雲以一代清才，竟無用於世，自稱情種，或誚狂生，雖窮愁從不牢騷，論綺障亦關慧業，他的胞妹子韞和乃兄同具有倜儻不羣的豪性。自幼許配楊毓珣（字琪山，爲前清江北葦蕩營督辦泗州楊士驄子）婚後，感情不恰，各行其是。毓珣留學德國，曾做過北洋政府時代的陸軍部次長，對日抗戰時，出任僞山東省長，勝利後判處徒刑，庾死南京陸軍監獄中。子韞於北平陷在日寇時，尚在華北，對我愛國志士，掩護營救，不遺餘力，俠聲義氣，播於遐邇。勝利後，薛子奇遇之於上海，贈詩四絕，錄其二：「河山破碎幾經秋，一室操戈未肯休，惟有蛾眉解憂國，彌天烽火走幽州。」「曠代名媛俠氣充，高名久已震江東，虬髯豪客閨中秀，莫不低頭拜下風。」因述寒雲，並及其事，爲附於此。

附　寒雲歌（都門觀袁二公子演劇作）　張瑞璣

宣南夜靜月皚皚。皷板聲沈簫管哀。萬手如雷爭拍掌。寒雲說法親登台。蒼涼一曲萬聲靜。坐客三千齊輟茗。英雄已化刼餘灰。公子尚留可憐影。影事囘頭倍愴然。新華春夢散如烟。薊門明月照荒殿。洹上秋風老墓田。當年皇子各崢嶸。連宇隆慶分授經。建安才子推陳思。北地文章數任城。梁園賓客多名士。日下聲名誇諸子。夜宴已行皇帝儀。早朝不廢家人禮。燈火繁華狎客樓。新聲都會按涼州。子固紅牙敎拍板。李憑白髮授空侯。阿父黃袍初試身。長兄玉冊已銘勳。可惜老謀太匆遽。蒼龍九子未生鱗。輸著滿盤棋已枯。一身琴劍落江湖。橫槊賦詩長已矣。燃萁烹豆胡爲乎。刼來再到長安市。故吏門生尚未死。紛紛車馬向朱門。翻覆人情薄如紙。兩年幾度閱滄桑。歌舞湖山已夕陽。袍笏君臣纔散宴。笙歌傀儡又登塲。悟澈華嚴世界塵。衣冠優孟本非眞。同是梨園部中客。傷心曾作上台人。上台知有下台日。籠袖尚存粉墨筆。羽商七調有傳圖。南北九宮都協律。水晶如意玉連環。古裝結束供人看。灑淚非關河滿子。呑聲猶唱念家山。南曲清簫北絃索。衷絲豪竹相間作。可憐失水混江龍。化作無家紇干雀。無限江山容易別。落花流水聲凄咽。愁侶相逢侗將軍。天潢舊譜向誰說。（清皇室將軍溥侗工演劇與寒雲公子同社）兩朝龍種各風流。一曲後庭千古愁。天寶伶人餘白髮。開元法曲有傳頭。（孫供奉菊仙時年七十六亦與寒雲同社演）茶烟已歇漏沉沉。入耳悽涼亡國音。一江春水降王淚。三月杜鵑帝子心。我是飄零秋後葉。重來又看長安月。屛山酒海不成春。一劇未終愁百結。中原豺虎正縱橫。半壁河山尙太平。寄語貞元舊朝士。同將老淚哭蒼生。

黃浦灘一個傳奇性人物

王曉籟

高石·

相傳上海有一位湖州老名士沈田莘，生平最愛票戲，可是唱則荒腔走板，做則怪模怪樣，令人捧腹，被稱「票怪」。有一回，他串空城計，從「我正在城樓觀山景」一段二六唱到「來！來！來！」正當輕指羽扇之頃，那城外的司馬懿陪票之王阿二，忽帶着大隊龍套，齊呵了一聲，殺進城去，把他駭得手足無措，從城樓上栽了下來，全場哄然大笑。票界引爲趣談，陳定公之春申舊聞亦有詳紀，自屬不虛。而今沈田莘固已墓木早拱，這王阿二也在大陸紅色小鬼起哄中給嚇得倒下去了。

王阿二者，嵊縣王曉籟也。本名爲孝賚，行二，人們當面稱他爲王二哥，背後暱稱爲阿二。這人長得眉濃嘴濶，背厚腰粗，身材一表，修短適中，聲音洪亮，爲人處世長於肆應，大而化之，不拘小節。因爲他禀賦獨厚，精力過人，自取個「得天」的別號，故又有「得天居士」之稱。膝下男女可數者三十餘人，每餐開飯，先是娃娃軍就有四五桌，更有「多子王」之號。在北伐到抗戰那一段時間裡，他也是黃浦灘上一個有數的「聞人」。

在許多新紮的聞人中，他的出身，不是「三刀六洞」的英雄人物，倒是一名文縐縐的黌門秀士。他家原是嵊縣的土財主，擁有相當田產；他的父親望子心切，在家裡設塾，延師授讀，一心一意要把兒子化鯉成龍。三更燈火五更鷄，他却沒有辜負乃翁的期望，縣考五塲，府考五塲，再經一次院考，居然取中，成了一名秀才，雀頂襴衫，也算光宗耀祖。

從前社會，崇拜科名的心理非常濃厚，喜報一傳，便有人家來提親說媒了。他的岳家爲嵊縣鉅富樓家，在蕭山轉坡頭地方開設紗廠，在上海開着一爿紙頭行，經營土紙，行銷浙江一帶，上海孟德蘭路一帶的樓宇，多半爲其產業。一家有田，一家有產，富人對富人，總算門當戶對，很自然地結成朱陳之好。成婚之後，沒趕得上秋闈鄉試，滿淸朝廷便停了科舉。好在兩家有的是財富不愁吃不愁穿，便也不想留洋甚麽去另尋出路。他的丈人因主張叫這姑爺到上海去，在他的紙頭行裡掛了個名義，既可照顧自己的產業，也好使這東床嬌客到十里洋塲去見見世面，並作爲活動的據點。人生的際合，微妙得很，王阿二竟憑他丈人一句話，居然闖開局面，洊成聞人。雖然他所具備的條件，足以適應當時的環境，而這一動，實成了他的進身之階。

過去舊式老商家，一生勤勤懇懇，胼手胝足，握算持籌，權其子母，對於外務，總是一味退縮；及其居積愈厚，胆子也越小，樹上掉下一片葉子也怕碰破腦袋似的，因而自域更嚴，退藏於密，以防蝕耗他辛苦得來的財富。然而，民間有句諺語：「人怕出名猪怕壯」，如果你所營的行業經營有術，駿業宏興，範圍相當開展，要是仍然抱着雪掃門前、月推窗外，事實上無可能，你不去惹人，人家也會上門找你。何況那個年代適值新陳遞嬗之交，十里洋場又是舟車輻輳之地，環境與局勢的因應，法令與規例的變遷，同業間的相互關係，日見繁複，即使仍然緊守閉關主義，亦爲時勢所不許，對營業更不無妨碍。樓家老闆大概也看出此點，所以一聽到東床嬌客，科名無可再進，便指派他到上海來主持生意。

王二哥的文理通與不通，屬於另一問題，畢竟是出身黌門，比白丁總算高了一格，以之充任一爿商號的管事人員，應是綽有餘裕，而又儘夠體面的了。加以口才便給、能說善辯，稠人廣座中，也能夠應付自如。他身受岳家的委託，在商場上看了一個短時間，便一目瞭然。旋以紙頭名義參加紙幫公會，又由紙幫代表身份參加上海總商會；經過一段時間，憑他靈活的頭腦和圓通的手腕，交上虞洽卿一班人，漸漸在閘北商幫裡紮了起來，成爲商界中有頭有臉的人物。那時，閘北保衞團團總王彬彥，和王二哥於辛亥革命前夕，都曾參加過革命，也是那地方的風頭人物，一文一武，並時輝映；但彬彥原業道士出身，和王二哥一比，底子便差多了。

他在商場紮硬了後，長袖善舞，丕展鴻猷，早期也擁有幾爿錢莊。交游一廣，交際的花樣也多，花酒女人樣樣俱備。他手筆大，性又灑落，對錢財彷彿視爲身外之物，大去大來，毫不在意。某次，在妓家做花頭，酒足飯飽之餘，幾個人圍起賭牌九了，賭到天明，幾爿錢莊一起蝕光，他却不在乎，仍然言笑自若，其豁達可見。

民國十五年間，國民革命軍在廣州誓師北伐，七月下旬，蔣總司令親入湘鄂指揮的前夕，王曉籟曾以上海商界代表的身份，專程赴廣州晉謁，擠進了擁護國民革命的行列。能得風光之先，自然獲邀青睞。七月二十三日，總部欵以晚宴，他的身份和地位又高了一些。回滬以後，更得虞洽卿諸人的大力維護，高階層的工商界資本家銀行家對他益發另眼相看了。

上海市商會前身爲上海總商會，自民初以迄北伐之前，上海總商會爲民衆團體領導機構，是很夠份量的，凡遇到國內外有甚麽浪潮，無論內政外交以及各種運動，該會通常有通電，表明態度或主張，是個舉足輕重的團體。歷任會長爲聶雲台傅筱庵虞洽卿諸人，副會長則有秦潤卿王一亭諸氏，都是紮硬的人物，民國十六年後，總商會改稱上海市商會，華界南市和閘北亦改稱區商會的組織。王曉籟當選上海市商會會長，是値虞洽卿任期屆滿，而阿德哥這時也正爲了三北公司傷腦筋的時候，王曉籟得到阿德哥的維護，所搭的政治路線又屬正確，因此他便輕易地攫到這把交椅，成爲黃浦灘上，出足風頭的人物。

可是在缺德的日本人所著中國名人錄中，王曉籟的名下，註有「上海市商會會長——無職業」，極合譏刺，但事實也是如此，他自己的幾爿錢莊早給他蝕光了，岳家樓姓的產業，也經不起他的大手筆，也在花天酒地中報銷了，既無商行，又無廠號，光憑他赤手空拳，開闢天地，非無業而何？但話得說回來，他能從閘北商會闖出道來，結交紳商名流，靠着靈活的頭腦，圓通的手腕，上陣交鋒，居然馬到成功，也不能不佩服他的能耐的。他的會長寶座，一直做到七七事變以後京滬淪敵無法繼續執行職務爲止，十年之中，連選連任，會務進行，倚任秘書嚴諤聲居中把舵，做得四平八穩，他仍然胡帝胡天，玩女人，搞小公館，既弄璋又弄瓦，先先後後養了一大羣，勉强算是他的建樹了。

民國廿二年春間，實業部擬與上海市政府，在楊樹浦的復興島創辦魚市場，這是新創的事業，目的在平準魚價減低漁民所受的中間剝削，一面又可增裕國家的收入，經吳部長鼎昌和吳市長鐵城洽商之下，立即着手籌辦，經過虞洽卿的推荐，這魚市塲的籌備主任以至正式成立後的總經理，又給王曉籟所得。這是一條生財大道，不須營私舞弊，單是每日貨欵的挪移存放，已是極爲可觀，曉籟得此肥缺，自是躊躇滿志，却不道在他正要往上竄之日竟觸了礁，層出不窮的阻撓和窒碍，竟隨之而來。

原來漁民打魚，不分遠洋近海內河池塘，皆由魚行收購，大中小盤輾轉售出，價錢的貴賤，供量的增減，都有人在幕後主持，積習既久，成了慣例。魚市塲開辦後，一般漁民對於官辦事業，每存疑懼不安的心理，魚行老闆更有面臨斷絕財源的威脅，夥友更因工作與生活而憤怒，由於共同的利害，漁民魚商魚夥計，齊一步調，向魚市塲杯葛抵制。王二哥首當其衝，虞洽卿也愛莫能助，斡旋不來，坍台不起，最後只得請杜月笙出面，商准實業部修改章程，改爲官商合辦，才平定下來。

魚市塲由官辦改爲官商合辦，容納魚行投資，雇用魚行夥友做職員，有飯大家吃，阻力消了一半。漁民看到進貨人手，還是熟習面孔，彼此夙有信心，疑懼的心理也就消失了。這公司資本額定爲二百萬元，杜月笙投下九萬，取得了董事長的名義，王曉籟仍任總經理，以唐承宗爲常務董事，常駐魚市塲辦公。王二哥既能安於其位，也就坐享其成，遇有疑難事件，請杜月笙出面解決，王二哥之得天獨厚，又得一個證明。

八一三炮聲一響，戰火隨而蔓延，上海自國軍撤守後，像王曉籟這般有頭有面人物，也登不住了，隨着大夥兒逃難到香港去。這號稱東方之珠的彈丸之地，雖還是中國人的社會，但在這班大亨來說，究竟是陌生碼頭；王二哥雖仍掛着上海市商會會長的名銜，却只是空心大老倌一個，能有什麽作用？因之，只有終日泡茶館坐餐廳窮消磨時日。杜月笙時亦在港，本身也正張羅自己的開支，那能像在上海一般時時接濟。這一段時間，王二哥感到無聊之極，及太平洋戰事爆發，大家又都到了重慶，處境益感艱窘。好在大後方尚擁有許多省份，賣面子、套交情，儘夠盤桓，他則自比爲行脚僧人，到處掛單。

及虞洽卿和朱聯馥各夥，由重慶開出卡車百輛專跑滇緬路，搶購物資；阿德哥不忘舊好，予以照顧，挨上一份，經濟情形才畧見好轉。這搶購物資，也不是簡單的事，阿德哥以七十高齡，無間寒暑，忍着飢渴，和司機並坐駕駛台，長途顚簸，又須步步爲營，以防局勢突變。朱聯馥原辦有西川實業公司，屬於老闆階級人物，且擅英語，會開汽車，和緬甸人接觸，由他親自出面，司機人手不夠，由他親自開車。這二人精神能力，王二哥是望塵莫及的，却只會吃喝聊天。後來日軍南侵，滇緬路截斷了，搶購物資業務結束，阿德哥手面有限，王二哥不滿意虞之幫忙不夠，背後不免發些牢騷，虞對他批評只有四字：「革出人頭」。這是寧波的土話，指人低能無用，易爲人所淘汰之意。

及勝利回滬，市商會已換了徐寄廎，魚市塲又爲唐承宗所得，王二哥只做個「人事保險公司」的總經理。這一組織，是由四行兩局投資，業務是代就業者負担人事上的保險，但事屬創舉，是未易打開出路的。倏忽四年，紅羊再刼，大地捲入洪流，他又再度流亡香港。時洽老已亡，月笙又病；幸得鍾秉鋒的通融，在交通銀行作有限度的透支，嗣補中國銀行董事的空缺，生活才有了着落。却不料香港的中交兩行受到共黨滲透「起義」，一夕之間，情形便大不相同了。他受此打擊，面臨水盡山窮，無力支付生活，又接其兄逖達的函電，謂共幹追索農業稅，窮於應付，催他回去解決；他便昏頭昏腦地回去上海，在胡慶餘堂陳楚湘處做寄生蟲，掛名經理。不久，患了中風，經診治後，保了一命，但說話行動已不方便，中共發動所謂「文革」紅小鬼到處搗亂，鬧得最兇時，闖進他的住處，一聲吶喊，風燭草霜之年，給嚇得胆戰心驚摔下床來，倒地而死，年八十二歲。一代傳奇人物，便此結束。

王國維與羅振玉

■莊練■

民國十六年五月初三日，國學大師王國維（字靜安）先生在北平頤和園的昆明湖投水自殺。消息傳播，海內外的學術界人士，均爲之震悼惋惜。當時普遍流行的說法，都相信王先生是爲殉清而死的。即是史學名家陳寅恪所作的輓詞，亦說：「千秋悵望悲遺志」，「獨爲神州惜大儒。」「他年清史求忠跡，一弔前朝萬壽山。」事實上，現在已可知道，王國維先生之死，以及他的殉清自殺之說，都是羅振玉所一手導演，社會人士以及遜清的宣統帝溥儀，當時都爲羅振玉的欺騙手法所惑。直至今日，其中的眞相，猶未能完全暴白於天下。羅振玉的手段，眞可說太高明也太卑鄙了。

王國維先生

遜清的宣統帝溥儀，後來總算弄清楚了羅振玉所玩的把戲。他在自傳中記述此事，說：王國維殉清的傳說，其實是羅振玉做出的文章，而我在不知不覺中做了這篇文章的合作者。過程是這樣：羅振玉給張園送來一份密封的所謂王國維的遺摺，我看了這篇充滿的孤臣孽子情調的臨終忠諫文字，大受感動，和師傅們商談了一下，發了一道上諭說：『王國維孤忠耿耿，深堪惻……加恩賜謚忠愨，派貝子溥伒即日前往奠醊賞給陀羅經被，並洋二千元……』羅振玉於是一面廣邀中日名流學者，在日租界日本花園裡爲『忠愨公』設靈公祭，宣傳王國維的『完節』，和『恩遇之隆，爲振古所未有』，一面更在一篇祭文裡宣稱，他自己將和死者『九泉相見，諒亦匪遙』。其實那個表現着『孤忠耿耿』的遺摺，却是假的，它的編造者正是要和死者『九泉相見』的羅振玉。

羅振玉

溥儀的自傳，指出王國維的遺摺出於羅振玉的僞造，這一點非常重要。因爲過去雖然也有若干傳說，以爲王國維的自殺，係由於羅振玉的惡意逼害，但因並無具體佐證，所以仍有許多人不肯相信。由溥儀的此一指證，乃可知道羅振玉在王國維的自殺一事上，居有極重要的關係。以此一觀點爲中心，試將其他各種相關的傳說加以排比印證，當可使我們明瞭此事的眞正內幕。

王國維先生出生於光緒三年，羅振玉大他十一歲。羅振玉是浙江上虞人，曾經進過學，充「附生」。由於他善於詐騙，最後從一個江西籍的丘姓巨紳家騙到大批唐宋元明的字畫及百餘卷唐人寫經，以此起家成爲有名的古玩字畫商之後又靠造假古董及刻印假的宋板書發了財。有了錢，他就在上海創辦農學社，刊行農學報和教育世界雜誌，儼然成爲一個具有新知識的農學家和教育家。於是，湖廣總督張之洞請他到湖北去作農務局總理兼學堂監督、南洋公學校長，兩江總督端方請他去創辦江蘇師範學堂。張之洞管學部，又奏調他爲視學官。由於一帆風順，一直做到農科大學監督，學部參事。

至於王國維先生，則是浙江的海寧縣人，先世習儒，在他父親手中，因家道中落而棄儒從商，先生早歲應科舉不售，光緒二十四年，即先生廿二歲那一年汪穰卿在上海創辦時務報，先生在報社中充書記，而羅振玉正在上海辦農學社，並設東文學社培養翻譯人才。先生每日抽暇往學日文，因缺乏自修時間，致成績不佳，教授藤田博士欲加黜退。羅振玉曾經看見先生所作的詠史詩，知其才識，爲言於藤田，乃許其繼續入學。不久，時務報停閉，羅又使先生在農學社中辦理庶務，免其學費，於是先生始得專力於學。羅王二人之訂交，亦始於此。之後，羅又多方予以提挈，既資助先生留學日本，又設法照顧其生活，如代謀工作及贍養其家室等。故而二人之交誼日篤，最後且成爲兒女親家——羅之次女嫁先生長子潛明。

由羅王二人的年譜資料看來，自光緒二十四年兩人始訂交，至民國八年羅振玉由日返國，定居於天津爲止，兩人之間始終是焦不離孟，孟不離焦；中間即使有睽違，相隔時間亦必甚短。例如辛亥革命時羅振玉徙居日本，先生攜眷與俱。民國四年二月，先生攜眷回國掃墓，至三月，仍偕長子潛明往日本，住羅振玉家。民國五年正月，先生與潛明歸國，定居上海。至十二月，又爲羅振玉所招，再在日本度歲。翌年正月始返滬。二人之間過從密切之程度。由此可見一斑。在此以前，則羅振玉在上海辦農學報時，先生協助其編譯。張之洞任羅爲湖北農務局總理兼學堂監督，羅招先生往任譯授。羅振玉旋在上海刊行教育世界雜誌，先生擔任主編。迨羅振玉受廣督岑春煊之邀前往廣東，介紹先生至張謇所辦通州師範任教員。張欲先生訂三年契約，先生商之羅，羅不同意，先生乃與訂一年之約。翌年，羅回至江蘇，剏辦江蘇師範學堂，先生即由通州轉往該校任教。羅以父喪辭學堂監督，先生亦辭教員，歸里。至羅入學部任參事，先生又與同往，住羅家。之後，又由羅之介紹，充學部圖書局編輯，及名詞館協修等職，以迄於辛亥革命。

由羅振玉對先生的多方提挈看來，羅振玉似乎頗有愛才若渴的美德。其實不然。羅振玉曾被學術界推崇爲甲骨文字學的權威。民國元年十二月，他在日本刊行「殷墟書契」八卷。至民國三年，又刊行「殷墟書契考釋」三卷。前一書不過是他多年來收藏甲骨文字的整理結果，後一書則是前一書的考訂詮釋，純粹從文學的立場研究這種古代文字的字義及源流演變，足以開啓後學冠冕百世。故而此書一出，立刻轟動了國內外的學術界，從此使羅振玉坐享大名，成爲甲骨文字學的第一流專家。究其實際，羅振玉之所以能得此美譽，完全是攘奪了王國維的研究成果而來的。

「殷墟書契考釋」一書，有王國維先生所撰的後序一篇，對羅振玉的考釋工作推崇備至，以爲此書之出，足以繼成乾嘉以來研究古代文字學者未竟之業，使清代學術在小學方面的成就達到最高的頂點，「使後之治古文者於此得其指歸，而治說文之學者亦不能不探源於此」，其貢獻之大，不但「彌縫舊闕，津逮來學」而已。

中央研究院歷史語言研究所的前任所長傅斯年先生，亦即是台灣大學的前故校長，他私人所收藏的書籍中，有此書兩部，一爲民國三年出版的初版本，一爲民國十六年印行的增訂本。傅先生在增訂本後有跋語評此後序，云：

「此文所論至允，不自當甘苦者不能如此明瞭也。羅振玉以四百元易此書，竟受眞作者如此推崇而不慚，其品可知矣。孟眞。十九年八月九日。」

此書內另有傅先生所書批語數條，並錄如下：

「民國十六年夏，余晤陳寅恪於上海，爲余言王死故甚詳。此書本王氏自作自寫，因受羅貴，遂畀之，托詞自比於張力臣（按，張力臣嘗爲顧亭林抄寫音學五書）。蓋佈言也。後陳君爲王作挽詞，再以此等事叩之，不發一言矣。」

「此書再版，盡刪附註葉數，不特不便，且實昧於此書著作之體。舉證孤懸，不登全語，立論多難覈核矣。意者此亦羅氏露馬脚處乎？十八年九月十四日。」

「今日又詢寅恪，此書王所得代價，寅恪云：王說，羅以四百元爲贈。亟記之。十九年七月廿七日晚。」

羅振玉以金錢買去「殷墟書契考釋」一書的著作名義，除了傅斯年先生所記之外，王德毅撰王國維先生年譜，亦引某君所作一文，說：「羅振玉對於王國維的一生，是關係最密切的人。……王對於羅似乎始終是感恩懷德的。他爲了要報答他，竟不惜把自己的精心研究都奉獻給羅，而使羅坐享盛名。例如殷墟書契考釋，實際上是王的著作，而署的却是羅的名字。」

這份公案，雖然「本是學界周知的秘密」，但是羅和羅的學生當然不肯承認。不僅如此，他們還公然聲言，王國維先生當時尚無此能力撰寫此書。最妙的是羅振玉還曾說過，王國維先生民國初年在日本時，對國學尚無認識，羅勸之專研國學，而先於小學訓詁植其基礎。先生「聞而悚然，自懟以前所學未醇，乃取行篋靜安文集百餘冊悉摧燒之，欲北面稱弟子。其遷善徙義之勇如此。」（丁戊稿）羅說這一段話，無非要證明王國維先生當時在國學方面尚全無造詣，當然更沒有能力作甲骨文字的考釋，所謂「項莊舞劍，志在沛公」，用意至爲明顯。至於王國維先生當時是否曾有這種事，那是另一回事。羅振玉一生慣於作僞，由他的生平行事見之，這一番話，很可能根本就是他自己所揑造出來的。這可以舉出下面兩點理由來作爲證明。

第一點，是羅振玉使王國維先生同往日本之事。

辛亥革命事起，羅振玉深恐時局惡化，將使他多年辛苦積聚的大批珍貴文物一旦而燬，因此匆匆忙忙地帶同家眷及所藏全部書籍、古董、字畫、甲骨等，避往東瀛日本。王國維先生的全家在這時也被羅振玉一同帶往日本避難，此事就很值得研究。因爲國維先生的經濟能力素來困窘，東渡日本之後，既無工作可博薪水收入，而他平素又無積蓄，一家數口，嗷嗷待哺，如何能在日本安安穩穩地做起寓公來呢？很顯然地，此事的主動是在於羅振玉。

蓋因羅振玉雖以各種手段蒐集了數以萬計的善本圖書、鼎彝古器，以及殷墟出土的甲骨，他除了圖錄拓印及翻刻流傳外並無更進一步加以研究運用的能力。他要希望在這方面建立學術地位，就不能不借助於王國維先生的研究。故以感情上的理由促使先生携眷同行，又在經濟上多方支援，使先生無至匱乏，然後方可無其他顧慮。

至於王國維先生，則因性喜讀書，此時正沉酣於宋元戲曲史與敦煌古物之研究，羅振玉的收藏適爲先生的研究所需。雙方各有需求，於是乃有同往日本之事，東渡之後，先生的治學興趣逐漸由文學轉向古文物，又由古文物轉向金石甲骨文字，由金石甲骨文字考證古史，其中的轉變趨向非常明顯，而其成就亦極爲卓越。其中最重要的著作，如「殷卜辭中所見殷先公先王考」，如「殷周制度論」，都是「殷墟書契考釋」一書出版以後的事。

據王國維先生的自序說，「殷卜辭中所見殷先公先王考」一文，實由「殷墟書契考釋」中的王亥一名而來。假使「殷墟書契考釋」一書果係羅振玉所自撰，何以對書中如此重要的問題並不能見及，反有賴於先生的考訂發明呢？傅斯年先生說：「羅氏老賊於南北史兩唐書甚習，故考證碑志每有見地。若夫古文字學固憒然無知。王氏卒後，古器大出，羅竟擱筆，其偶輯大令尊，不逮初學，於是形態畢露矣。亦可笑也。」（傅孟眞先生全集第四冊）這段話亦是說明此一事實的公正評論。前引民國十九年八月九日傅先生記羅振玉以四百元買得殷虛書契考釋一書的著作名義事，其後尚附有數語，云：

彥堂近自旅順晤羅返，云，與之談殷契文，彼頗有不瞭之處。此可記之事也由此一語，更可確定羅振玉在殷墟文字方面的造就，實在祇是徒擁虛名——冒濫了王國維先生在這方面的研究成績，竊據了甲骨文字的權威之名。

這是從王國維先生在辛亥革命時與羅振玉同往日本避難一事上所可以看出的若干端倪。另外，從王先生與羅振玉二人的學術造詣上看，亦可以得到相近似的結論。

趙萬里撰王先生年譜，記民國二年冬間先生在日本，法國沙畹教授寄來其所撰斯坦因在我國西北所得漢晉木簡的考釋文字稿，其中頗有不愜意處。「羅先生與先生乃發憤重行分類考訂。其小學方技書及簡牘遺文均羅先生任之，其關於小屯諸簡則由先生任之，蓋以先生熟於兩漢史事故也。」此書於次年四月間撰成，羅振玉據先生的手寫本付石印，署名「流沙墜簡」，先生復爲一序以考木簡出土之地，文長數萬字，實爲近代研究西陲古地理創始之作。傅斯年先生於此序上批註云：

此書亦王氏一人之作，而羅賊列名者也。

傅氏此言，雖未同時列舉證據，但或不至出於空言。誣衊。

試看王國維先生一生所作的學問，皆有規模次序，脈絡分明，一一可以覆按。他在早年研究宋元戲曲，則先作曲錄、戲曲考原、宋大曲考、優語錄、古劇脚色考，曲調源流考諸文，然後進一步撰成綜括性的宋元戲曲史。後治古今文，則先編三代金文著錄表。治元史，則先撰元朝秘史地名索引。他晚年的治學範圍，漸由金石甲骨文字轉向古代西北地理的研究考證，「流沙墜簡」一書實爲趨於此一方向的開始。反觀羅振玉，雖然他說曾撰成「殷墟書契考釋」一書，但此後在甲骨文字學方面並無更深一層的研究考訂。雖說他曾與王國維先生同撰「流沙墜簡」，但此後在這一方面亦無更進一層的探究。民國十六年，先生自殺之後，羅振玉少了這一有力的幕後捉刀之人，他的「學術」成就，頓見光芒衰退。他在此一時期以後所著的書，如「永豐鄉人稿」、「丙寅稿」、「丁戊稿」、「松翁未焚稿」其內容大都屬於墓誌銘文字的考訂，別無其他的偉大創獲，可與殷墟書契考釋及流沙墜簡等書相提並論。傅斯年先生說，羅振玉的專長祇是熟習南北史及兩唐書，故於考證碑誌每有見地，正是此一事實的最好說明。但即使如此，他根據了碑誌來考訂正史傳主行誼的文字異同，其所得未必可靠。因爲墓誌文字常有隱諱，撰史與作碑之人時間互有先後，所見未必盡同，豈可拘泥於碑誌文字的不同，來否定史傳的記載？由此一事實看來，羅的史學常識，其實甚爲淺陋。要希望由這些學識基礎來撰成殷墟書契考釋，當然是有極大問題的。

王國維先生在昆明湖中投水自殺，溥儀的自傳中曾經透露若干內幕秘密。引述如下：

王國維求學時代十分清苦，受過羅振玉的幫助。王國維後來在日本的幾年研究生活，是靠着羅振玉在一起過的。王國維爲了報答他這份恩情，最初的幾部著作，就以羅振玉的名字付梓問世。羅振玉後來在日本出版轟動一時的「殷墟書契」，其實也是竊據了王國維的甲骨文研究成果。羅王一家後來做了親家，按說，王國維的債務更可以不提了，其實不然，羅振玉並未因此忘掉了他付過的代價。而王國維因他的推薦得以接近「天顏」，也要算做欠他的情分。所以王國維處處都要聽他的吩咐。我到了天津，王國維就任清華大學的國文教授之後，不知是由於一件什麽事情引的頭，羅振玉竟向他追起債來，繼而要以休退他的女兒（羅的兒媳婦）爲要挾，逼得這位又窮又要面子的王國維，在走投無路的情況下，於一九二七年六月二日跳進昆明湖自盡了。

溥儀的自傳記述此事，其中稍有錯誤。例如：①羅王親家，並非王的女兒嫁羅的兒子，而是羅的女兒嫁王子潛明。②羅振玉向王先生逼債，並非以舊欠的情分爲債務，而是另一種欺詐性的要挾勒索，所以有這種錯誤，當然是由於溥儀所知的這些事實，大致出於輾轉傳聞，除了對事情的主體並未弄錯之外，其他細枝末節，便不免因傳聞失實或事後記憶不眞而間有錯誤。要而言之，王國維先生之投水自殺，實出於羅振玉之逼迫，這一基本事實總是不錯的，若以其他記述互相印證，便可對此事的眞相得到全盤的瞭解。

史達在「王靜安先生致死的眞因」一文中說：「據熟悉王羅關係的京友說，這次的不幸事件，完全是由羅振玉一人逼成功的。原來羅女本是王先生的子媳，去年王子病死，羅振玉便把女兒接歸，聲言不能與姑嫜共處。可是在母家替丈夫守節，不能不有代價，因強令王家每年拿出二千塊錢交給羅女，作爲津貼。王先生晚年喪子，精神創傷，已屬難堪，又加這樣地要索挑唆，這經濟的責任實更難担負了。可是羅振玉猶未甘心，最近更放了一枝致命的毒箭。從前他們同在日本，曾合資做過一趟生意，結果大大賺錢，王先生的名下便分到一萬多。但這錢並未支取，即放在羅振玉處作爲存欵。近來羅振玉忽發奇想，又去搭王先生再做一趟生意，便把這存欵下注作本。王先生素不講究這些治生之術的，當然由得他擺佈。不料大折其本，不但把這萬多塊錢的存欵一箍腦兒丢掉，而且還背了不少的債務。羅振玉又很慷慨地對他說：『這虧空的份兒你可暫不拿出，只按月付利息好了。』這利息究要多少？剛剛把王先生淸華所得的薪水喫過，還須欠些。那麽一來，把個王先生直急得又驚又憤，冷了半截。試問他如何不萌短見？這一枝毒箭，便是王先生送命的近因。「這一段話，證實了溥儀自傳中所說的羅振玉逼迫王先生致死，實係確有其事。不過這裡所透露出來的內幕原因，更接近事實眞相。

王德毅撰王國維先生年譜，引述蔣穀孫先生所說的話，除了羅振玉逼索王家按年交付二千元作爲其女爲王家守節的贍養費一事，與史達所記完全相同外，更進一步分析王先生因此事所受的精神痛苦，說：「先生遭逢子喪，心情已夠沉痛了；而振玉不念故舊友情，如此勒索，而在先生子女衆多，家計時端艱難的情況下，驟經此一挑唆，精神上更增壓力，終於不能担負了。且先生曾受羅氏大恵，恩誼尚在，先生不忍公然與之相抗，不然，世人將責罵先生忘恩負義。於是只有逆來順受，把痛苦壓在自己內心裡。這便是先生不能告人的隱衷。如朋友殷南所說的摯友之絕，門人柏生所說的故交中絕，四顧茫然，這當然指振玉了。」

這一段話，說明了王國維先生因備受羅振玉的惡意迫害而致痛苦不堪，仍因顧念羅之舊恩，既不能向人訴說，亦不便與之相抗，終於不能不以自殺作爲對羅的抗議。羅振玉利用先生感情上的弱點多方予取予求，此爲先生不能不死的眞正原因。瞭解了這一點，當可知道先生之死，正是羅振玉多方逼害所必有的結局。其他殉清等說，既不可靠，亦不合於先生對淸室的感情。

羅振玉將王先生逼害致死，照理應該知所愧悔。然而他竟僞造先生的遺摺，替先生裝上一個殉淸自殺的假名，既可將自己的劊子手行爲輕輕掩飾，又可藉此向王家示恩。其行爲之卑汚醜惡，眞可說是世無其匹了。至於後來出賣國家民族的漢奸行爲，更爲士林所不齒。所以傳斯年先生最痛惡此人，稱之爲「上虞老賊」，至不願以其人之名汚齒頰。可怪的是，近年來台北竟有人編印「羅雪堂先生全集」，盛誇羅振玉在學術文化上的貢獻，眞使人大惑不解。由羅振玉慣於作僞及攘竊他人研究成果等等的事實看來，他所得到的學術地位，究竟有若干是出於他自己研究所獲的呢？

草上飛

岳騫

清代一位大史學家李兆洛氏，曾經當過安徽鳳台縣的知縣，卸任之後，曾經爲長淮一帶的人下過一個評語說：「鳳頴泗三府州揀集五千人，可以方行天下。」。

李氏是名史學家，也是循吏，他的話自不會無因而發，的確黃淮之間，千年來眞出了許多桀驁不馴之徒，這批人若遭逢時會，成功了固然是劉邦，朱元璋，失敗了也還是項羽，黃巢。不過，由於時代不同，雖有劉、項之才，也僅以盜賊而終，事跡則湮沒不彰，十分可惜。本文所述的主人翁，就是千百人中之一，所述的事實也都是親見親聞，讀者萬不要以爲太富傳奇性，而以爲筆者有意揑造一個這樣的人物，想與武俠小說爭一席地位。

在安徽省蒙城縣的北鄉，有一個狼山，這座山實際是一座大土堆，山頂上有一座廟，住了兩個道士。廟前有三顆樹，此外整座山，就沒有任何東西點綴。狼山向南還有一座叫做駝澗山，較大於狼山，也有一座廟，在這裡有一條陽關大道，北自永城，南到壽州，故老相傳趙匡胤伐南唐，兵困壽州，高金保就是走這條路率兵往救，行經駝澗山下爲劉金定所擒，兩人結成夫婦，同往壽州救趙匡胤出圍。劉金定的故事流傳甚廣，幾乎是全國性的，廣東方面也有劉金定的戲，但劉金定的故事却發源在這個地方。

狼山北面幾里路有一簇村落，遠方總名之爲「唐莊戶」，「莊戶」這兩個字在當地方言就是「廢墟」的意思，凡是一個村落、市鎮經過兵燹、火刼之後，淪爲廢墟，或者廢墟上面仍留住幾戶人家，總名之爲莊戶。

「唐莊戶」在過去可能是一個大村落或市鎮，至於何以會淪爲「莊戶」，故老傳說皆未提及，但是既成「莊戶」之後，分成幾個小村，有一個小村仍然姓唐，其他小村皆姓劉，他們皆認爲劉金定爲其遠代的姑奶奶。

這一簇小村中間，最西邊的一個村落，在民國初年出了一個「大人物」，名叫劉靜修，號心齋，曾經當過營長，爲人慷慨有義氣，又有一付好身手，騎馬打槍是其特長，可用手槍擊中飛鳥，任何劣馬，到了他的跨下沒有不馴服的。當地農人每遇到養的馬不服使喚，就罵道：「媽的，把你送給劉靜修去。」劉靜修之善治劣馬，於此可見。

劉靜修有了這樣的長處，因此雖然賦閒在家，江湖人士皆仰望其丰采，北至山東，南至江淮，黑道人物大半相識，江湖人物路過當地，一定登門拜訪，劉靜修也就一一招待，無論住上一兩個月，臨行時還贈送盤纏。前後十年時間，劉靜修賠上一份家產，到死時已經所餘無多。

就劉靜修的爲人來說，頗似水滸傳的小旋風柴進，他所以同江湖上的人來往，完全是爲了好名，本身從未想到下山作強盜。不過家中經常住有三山五嶽人馬，平日所談的不外是怎樣做生意（搶刼的隱語），劉靜修的兩個兒子耳濡目染下，自幼就羨慕這種生涯，及至劉靜修死後，家業凋零，生活不能自贍，他倆也就非走這條路不可了。

劉靜修的兩個兒子究竟「官名」是什麽，外界很少聽說，因爲當地習慣，除非眞的在社會上有地位如劉靜修這等人，很少能闖出個大名出來的，活到五、六十歲還是叫小名，有的乾脆只落了個諢號。劉靜修大兒子小名叫劉忠，小兒子劉金，因爲駝背，當地人呼駝背爲羅鍋腰，所以劉金一生就是以鍋羅腰爲名。

劉忠外型頗類其父，豐度翩翩，言辭慷慨，儘管不相識的人，一見面就會對他發生好感。劉忠不但外型似其父，本領更勝一籌，據說他能雙手打駁壳槍，而且子彈綁在腿彎裡，一個人可以當兩個人用，至於其矯捷，力大更非一般人所能及，但在外表來看，却是一個文質彬彬的書生。

劉靜修在世時，劉忠兄弟自然無機會「作生意」，但是對於此道早已經心領神會，及至劉靜修一死，馬上就下了水。當初由山東來的一個姓趙的作首領，指揮大家搶刼，半年後，姓趙的回去山東，就由劉忠繼任首領，在週圍行刼。他這一幫可說是劉家幫，一夥十幾人中，全是他們兄弟叔侄。他這一村，總共不過十多家人家，每家都有一個人入夥。其中自然也有幾人論材料眞的不夠作這樣營生，但是也見獵心喜，覺得比種田來得容易，都隨着下了水。

有一次，這一幫人又去搶刼一地，偏偏被刼一家父子七人，兇猛異常。鄉下人雖然沒有槍，却有一種長矛，當地叫做紅纓槍，抗戰時重創日寇的紅槍會，就是用的這等武器。劉忠進了院子之後，竟然被紅纓槍刺了出來，未能成功，倉促退到村外，一點人數少了一位堂叔劉圈，大家都呆住了。

劉忠問道：「怎麽辦？」

堂弟劉福說道：「有啥辦法，咱們回去吧。」

劉忠喝道：「你說得好輕鬆，他們把圈叔捉住，明天送到衙門裡一審，全部招出來，衙門裡的人會把咱莊燒成平地，一個人也不能在家中住下去，都搬到那裡去？」

從叔劉小妮子也說道：

「話雖這樣說，不過這時想救小圈出來，恐怕晚了吧。」

劉忠說道：「不管晚不晚，我都要試一試。你們先走，在南邊路口等我。」說過，他轉身走回去，到了被搶的人家翻牆進去，一直到了後院。這時劉圈被擠在一個死衖衖裡，這家父子兵正用長矛向裡刺，因爲怕他有手槍，不敢進去捉他。

劉忠從他們背後放了幾槍，那班父子兵立即便向兩邊躲開。劉忠趁這機會，一個箭步衝進死衖衖裡。劉圈正拿着槍在哆嗦。

劉忠低聲喝道：「眞是窩囊廢，跟我走，一齊向外衝！不然就只有死在這裡了。」

劉圈邊打抖邊說道：「我已經站不起來哩！」原來他已被嚇得兩腿發軟。

劉忠看見這個情形眞是無計可施，當時跺跺脚，狠狠說道：「眞是飯桶，快把槍給我，你伏在我背上。」說完他便摻起劉圈，孭在身上，由死衖衖的一丈多高牆頭，縱身躍出去。

那班人一看劉忠竟然孭了一個人輕易從牆頭上竄出，雖吃驚但却不害怕，父子兄弟都由大門出去，跟在後面窮追。這時已是秋天，田裡沒有莊稼，只有番薯未收，北方的番薯栽植，是在田裡扶起一道一道土嶺，栽在土嶺上，兩個土嶺之間距離，大約有二尺長。劉忠孭着劉圈，一步竟然跳越七個番薯嶺，後面追兵生平未見過如此矯捷的人，大家都不敢再追，恐怕吃虧。從此，劉忠得了一個草上飛的諢號，傳遍淮河兩岸。

劉忠後來胆量越來越大，也不屑於再在鄉間作生意，而把目標移向大城市，首先被他看中的是宿縣。宿縣是皖北僅次於阜陽的大縣，又是津浦鐵路的一個大站，交通方便，人烟稠密，劉忠看中這個地方「作生意」，眼光確有其獨到之處。

三十年前，縣城仍沒有銀行，財政權掌握在「銀米櫃」，所謂「銀米櫃」，就是專門收鄉民地丁賦稅的機構。每年到了完稅時，「銀米櫃」將一鄉農民應完地丁的姓名數額，印就名册交給地保，地保再將每頁撕下送到農民手上，農民就拿着這個紙條去城內到「銀米櫃」按照數目「完糧」。在當時來說，「銀米櫃」是一縣現欵集中地，有類於後來的銀行。

「銀米櫃」因爲要徵收保管大批現欵，所以也特別小心，一般都同縣衙門隔牆，門首還有持槍的衛兵保護。

這一天晚上，宿縣「銀米櫃」就要關門時，突然有人在窗口說了一聲「完銀子。」「銀米櫃」一聽生意上門，自不肯放過，馬上拉開窗門。「銀米櫃」的窗門比香港一般銀行出納處的窗門大得多，實在是半截門。「銀米櫃」的職員拉開窗門，只見一個鄉下人戴着一頂大草帽壓着眉頭，左肩搭着一條布袋，右手揑着一張紙條。「銀米櫃」職員以爲是通知單，就用手去接，那知兩手一接觸，他伸手抓着「銀米櫃」職員由窗口躍進來，左肩布袋下面夾着一支駁壳槍，右手掄過來，扣着機槍向大衆一指，說道：「你等不要吵，一吵就沒有命」。

「銀米櫃」的掌櫃是老奸巨滑，當時毫不驚慌，滿臉陪笑問道：「老大（這是對陌生人的尊稱，尤其對強盜更習慣以老大呼之，）要怎麼辦？」

這個陌生人是劉忠，當時把布袋往地上一丟，說道：「給我裝鈔票，不要現洋。快！快！」

掌櫃的當時命令伙計快裝，馬上就裝了半布袋。劉忠檢起依然掛在左肩上，伸手拉起掌櫃，說道：「對不起，請你送送我吧。」

掌櫃的當然不敢不依，兩人並肩走出大門，衛兵以爲是掌櫃的客人，銀米櫃的職員又因爲投鼠忌器而不敢聲張。兩人走到轉角處，劉忠突然用手猛的一推，把掌櫃推倒地上，飛身逃走。

掌櫃跌得昏頭昏腦，爬起來定定神，跑回去趕快報官。縣衙門聽說銀米櫃被搶，這還了得，當時下令四門緊閉，然後出動自衛隊同衙門差人逐家搜查了一夜，毫無線索，天明後，才在西南發現了一匹土白布，拴在城牆洞口上。原來劉忠已經拉着這匹白布，縋城逃走，衙門白翻騰了一夜，徒勞無功。隔了一天，他又回到宿縣城內玩耍了。

劉忠作的一件最大血案是在蒙城鳳台交界的關店子。關店子有一位姓關的，在軍隊中當了幾年營長，那時軍隊中待遇既高，又可以吃空額，關營長當了幾年營長，確實剩了一筆錢，就請假回家，想把錢帶回家鄉買田置地，以備晚年享福。不意從宿縣火車站下車時，被劉忠看見，就糾集了幾個伙計，打算作這筆「生意」，這時正是深秋，高粱已經砍掉，別的莊稼正在收割，田野裡到處都是人。劉忠一羣人跟踪了三天，始終找不到機會下手。這位關營長久歷江湖，也看出幾人來意，每晚住店，一定很早就住下，而且總是到當地自衛隊部投宿，只要他一報出是營長身份，自衛隊及公安局沒有不歡迎的，劉忠等人自不能跑到公安局去投宿，只好乾瞪眼望着他。

關營長早住店，晚起程，劉忠雖然機智，竟一籌莫展。一連跟了三天，距離關店子尚有一里路，兩傍農民都認得關營長，看見他回來，一齊放下農具，遠遠打招呼。

關營長騎在馬上，得意洋洋地回頭向劉忠說道：「朋友，請回吧！前面就是我的家，勞你們一路護送，眞是太多謝了，下次見面再請你們喝一杯吧！」

劉忠如何受得了這番話，當時毫不考慮，掏出駁壳一槍把關營長打下馬來，當場身死。這時整個田裡站滿了收莊稼的農民，一看這種情形，登時呼喊起來。關店子一帶本有紅槍會的組織，附近的人一鳴鑼，精壯青年人全部撚起紅纓槍出來，也有少數拿着步槍。關店子的青年人皆抱着爲關營長復仇的心理，生死不計，一味向前衝。其他村莊也恐怕此案破不了，縣官要責成地方負責，必然有無數人要傾家蕩產，於是一齊吶喊，四面包圍。當地是一片平原，既無山川，也無樹木，高粱已經砍掉，絲毫隱蔽也沒有。幾個人只好且戰且走，覓隙突圍，但是四面的包圍也越來越小，馬上就到了短兵相接之地。劉忠看見大勢不好，叫大家各自突圍，分開四面逃跑。能跑出幾個就算幾個。結果只跑掉他一個，其餘幾人全部被俘，當場被紅槍刺死兩人，就把頭割下掛在關營長的靈床前邊，其餘兩名活口，解送到蒙城縣衙門，其中有一個姓李的，是劉忠的表弟。兩人被解到蒙城縣衙門，最初不肯招認，後來熬刑不過，只好招出是由劉忠指揮，開槍打死關營長的也是劉忠。蒙城縣官也久聞草上飛劉忠的大名，馬上就行文鄰近各縣，一體緝拿。

劉忠突圍之後，毫不在乎，又回去宿縣城居住。他本來在鄉下已經結過婚，並且生了一個兒子，可是，他在宿縣城中又和一個女人姘居。鄉下老婆得到了消息，就趕到宿縣城內，找到了他的住處。那是個兩層樓的房子，樓下是雜貨店，劉忠就住在樓上。

劉忠對這個老婆本不喜歡，此時見她自動找上門來，更是不滿，見面就發生口角，被劉忠打了一頓，老婆不免哭哭啼啼的罵，埋怨姘居的女人，於是兩個女人又吵起來，最後打了一團。

劉忠安慰姘婦道：「你不用理她，我總要找個機會治死她就是了。」

劉忠的老婆聽到這句話，大爲着急，她曉得劉忠的脾氣，說得出做得到，不能當作耳邊風，於是到了晚上，劉忠同姘婦都睡着之後，悄悄跑到宿縣衙門告了密，說明她自己的丈夫就是犯案纍纍的草上飛劉忠，現住在某街某號的樓上。

縣衙門的公差聽說草上飛竟然住在宿縣城內，當時吃驚不小，大家都知道他矯捷出衆，槍法如神，想捕捉這個人，談何容易，但是既經其妻報案，又不能置之不理。於是出動了全縣自衛隊、衙門全部捕快，在黎明時把他住處包圍起來。

按照捕盜的規矩，包圍了盜窟之後，就選了幾名身強力大的捕快，臂連臂向前衝，衝到門首，一脚踢開室門，進去捉人。但是遇到了劉忠，捕快皆不敢衝進去，大家只是圍在外面乾嚷：「劉忠快出來，你的事發了。」

外面一吵鬧，劉忠在裡面醒了。他悄悄起身，穿好衣服，裝上子彈，兩手各拿兩駁壳槍，縱身上了屋頂，揭開屋頂的瓦，鑽了出去。這時天色已大亮，下面的捕快、自衛隊還在乾嚷，並未發覺要犯已經上了屋頂。

假若劉忠就此悄然而走，捕快還是撲個空，可是，他自仗藝高人胆大，上了屋頂竟然大喝一聲：「劉忠在這兒，有種的上來比試比試。」

下面捕快一見劉忠上了屋頂，頓時人仰馬翻，有的就臥在地下找掩護物體，有的就躲在屋簷之下。後來一名捕快掏出槍向上面放了幾槍，劉忠也在上面還槍。雙方打了一時，劉忠順着屋脊西奔，捕快們就跟着在大街上追，雙方邊跑邊放冷槍。大街上商民尚未開早市，此時更無人敢開門，一個城內只聽到劈劈拍拍的聲音。

宿縣縣城很大，大街小巷相連，屋宇櫛比，劉忠在上面縱躍如飛，公差在下面疲於奔命跟着跑，雙方雖然間中放冷槍，但是也都未傷了人。一直奔跑了兩個鐘頭，在屋脊上跑畢竟比地上跑的費事，到了最後，劉忠一個不小心踏掉了壓屋簷的磚，磚向下一掉，連帶他也被滑下來，及至滑到屋簷，再想翻身已經來不及了，頓時從屋簷上摔下來，跌在地上還未起得身，後面公差已經趕到，當時按在地上捉住。

宿縣衙門捉到劉忠之後，知道他能飛簷走壁，不肯擔這個責任，就行文蒙城縣，指出劉忠是蒙城縣人，要蒙城縣衙門來人提解。蒙城縣更知道劉忠的厲害，尤其境內他的黨羽又多，恐怕半途被人刼去，當時就藉口劉忠是在宿縣境內犯了案，應由宿縣衙門處理，兩縣都不肯收。最後鬧到省政府，省政府指定由蒙城縣審理，却責成宿縣派隊送至蒙城。

蒙城縣接收到之後，畧予訊問，即行定讞，三日後即執行槍決。他的黨羽確有意進城刼牢，但是却未來得及，劉忠就死了。

劉忠死後不到十年，日寇侵華，中原淪爲戰場，許多綠林豪傑渠魁皆搖身一變爲游擊司令，有些確實建立了功業，假若劉忠尚在，淮河以北的游擊司令是不作第二人想的，也許眞可以創造出一段轟轟烈烈的事跡。

憶北平天津雜耍

傅文清

北平天橋

筆者生而有幸，先後在北平作客五次。除飽覽當地名勝古跡外，醉心於天橋雜耍。那是大衆所欣賞的玩意兒，道地的國粹絕技。有練把式玩刀槍的、開口說雙聲演雙簧的、也有抖空耍花罈的、摔跤唱逗笑戲的，眞是形形色色，無奇不有。爰就目前記憶所及，畧述數則如下，以供讀者作茶餘酒後之談助。

聽來痛快是罵街

走遍大江南北，沒有聽到過像天橋所獨具的「老蚌殼」罵街。老蚌殼是個瘦長鬚白的怪老頭兒，據他說曾在前清任過「哨長」，民國以後服色未改，還是全套的滿清打扮：頭戴藍頂籐皮涼帽，身穿兩截鑲補袍褂，粉底官靴，脖子上懸掛一串朝珠，腦後垂條帛辮兒，鼻尖掛一副老花水晶大眼鏡。他不是喜愛前清服制，只不過藉此招徠生意，以奇引客，增加幾分戲劇性。他的本行原是賣膏藥，特長是罵街；無論張三李四誰都敢罵，凡是看不上眼的都是話題。滿清的官場臭事，軍閥的橫暴行爲，日寇敵僞的社會百態，更是他喝叱詬誶的主要對象。抗戰期間日寇盤據北平時，他痛罵漢奸媚態，維妙維肖，竟被當時的偵緝隊抓去關了幾天，釋放後出來的第二天，他還是照罵不誤。每當他罵得氣忿塡膺的時候，兩手插腰，頓足捶胸，表情激昂得令人入迷！

最是滑稽雲裡飛

正宗平劇在北平欣賞，代價可不小，可是也有既便宜又好笑的大衆化平劇，就是天橋雲裡飛。雲裡飛外號叫「臭妹妹」，他主持的戲場是一個很簡單的天棚，只要一塊正方形的白布，四角用條長繩拴住釘在地上，在繩與布相接的地方用四根竹桿支起來就得。地棚底下擺上幾張長條凳，圍成一個長方形；中間空地放一張桌子和兩把椅子，算是戲台。據說，老雲裡飛跟譚鑫培一起學過正宗平劇，演唱工夫並不比譚遜色；只因時運不佳，爬不上大劇院的戲台，不得已而駐足天橋。老雲裡飛死後，傳給了他的兒子小雲裡飛。請來一個說相聲的，培植二三小徒弟，組成克難班。一兩掛髯口，幾頂用硬香烟盒做的紗帽，一根高粱稈棍子，就是他所有的行頭；一方染得五顏六色的白布，一塊硯台，一撮紅土，一枝毛筆，就是他所用的化裝品。唱戲不紮大靠，把隨身的長衫反過來一披，在脖子後面插上四根紙糊的三角旗。唱青衣的在頭髮上插幾個珠花，大褂的袖口接上一節白綢布，就是水袖。需要勾臉的戲，臨時用紅土或黑墨在臉上抹一抹，聊以充數而已。他能自拉自唱，自撰新詞，來段「打漁殺家」，一聲「昨夜晚吃酒醉和衣而臥」，就上了場。輪到桂英唱戲的時候，他把一個小徒弟安放在桂英的地位；等到桂英該開口的時候，他就移身過去，用小嗓唱桂英的戲。連趕二角，唱白唸做，文武場面，全憑一張嘴。他的戲路很廣，一身兼任了生、旦、淨、末、丑；甚至跑龍套的角色，忙前顧後，左蹦右跳，累得團團轉，四脖子流汗。精采的是臨時「抓眼」和誇大過火的動作，經常逗得觀衆前俯後仰，笑斷褲帶、直不起腰來。每段戲唱完，拿着鐵桶向觀衆收錢，假如想看贈戲，他會把「臭妹妹」三個字脫口而出。

身輕如燕飛飛飛

友人張君，最喜歡看高空飛人絕技，尤以飛飛飛的更爲着迷。他不以場面外貌來標榜，全憑眞實功夫。他天棚中的吊架、吊繩、吊環，高低不齊，雜亂無章，下面是一片平坦的硬土地，什麼也不用。表演之前，飛飛飛兄弟五個站成一排，先向觀衆一鞠躬，然後飛飛飛以輕巧的姿勢，縱身單手抓住棚頂的吊架，仰翻俯躍，蹤跳自如，輕靈得像一隻飛燕。他表演完了，把他四個弟弟用腿夾起來，以蕩鞦韆的方式分別送到吊架上去表演。有一次美國水兵在場參觀，飛飛飛露了一手，一口氣繞場換過十八具吊架，氣不喘而面不改色；下來之後，姿態自然地微笑着，輕鬆無事。那些雄赳赳氣昂昂的水兵看到了，兩眼發直，舉起右手大拇指直喊「OK」不止。

變幻莫測拉洋片

拉洋片就是所謂西洋鏡的玩意兒。由一個鑲有大金牙的北方大漢主持着，因此北平通稱「大金牙拉洋片」，不知道他的眞名實姓。只見他是穿着藍布大褂，滿是油漬；蓬首垢面，睡眼惺忪，就像成天不洗臉的樣子。別看他「賣相」不濟，却有一套特殊的唱腔，能經常吸引一批人羣。一套道具箱，幾十張彩色的畫片，大金牙站在箱子的右邊，利用他那付酸溜溜的嗓子，一面喚片一面唱：「列位望着看吶，又一層，裡九外七那就皇城四，唉，九門八典，一口鐘咧！」中間夾雜着「氣不隆冬、嗆、嗆」的鑼鼓點兒。臨了，用沙啞的聲調拖一個「嗳」的尾音接着，甚麼張勳復辟、八國聯軍打北京、小寡婦上坟、大姑娘洗澡，眞是變幻莫測，加上大金牙的連說帶唱，使得觀衆都哈哈大笑起來。

驚駭鏡頭耍大旛

北平獨有的寶三耍大旛，的確有一套眞本領。一根粗竹竿，長約兩丈，直徑有四五寸；竹竿下每隔一段距離有一個圓形布幔，週圍掛着無數小銅鈴；旛頂高張一面「以武會友」四個字的彩綉大旛。全竿重三四十斤，假如有風吹來，重量不但增加，而且也不容易耍弄，可是在寶三手上騰空而起，左右翻飛，簡直輕若無物。首先用兩手或左或右、或前或後，接着把大旛扔向空中，再用前額或者是鼻子、嘴、小腹、脚背接着；繼之以各種神奇的節目，什麼「鳳凰轉翅」「前後插花」，驚險得讓人替他捏把冷汗。耍的時候，大旛不歪不斜，始終保持平衡，而且虎虎有風，旛旗迎風飄揚，展佈得十分大方雄壯，就是小鈴鐺也響着美妙的音韻。

身瘦力大且跭跤

在北平宴席上，時常聽人談起「摔跤沈」，原來就是摔跤聖手沈三。他身材不高，塊頭不大，長得貌不驚人，光着膀子連胸中幾根肋骨都可數出來。可是他站樁穩重，抓拿確實，應變神速，腿脚靈活，在北平城內外還沒有人能摔過他，可稱得上是個中翹楚。平常表演都是那幾個伙計或者是徒弟跟他過手，有時向觀衆挑戰，假若眞有不服氣的人下場子與他較量兩手，只有挨摔的資格。一個大揹口袋，從肩膀上飛了出來，不說能摔你個半死，起碼也叫你爬不起來。

旱地拔葱老道人

北平老道，也是瘦長的身子，嘴上留着三綹長鬚；身穿道袍，足蹬洒鞋，的確有仙風道骨的神態。自稱是「武當眞人」，一套武當劍法，耍起來只見一片劍光閃耀，看得眼花撩亂。他還有一手輕易不露的絕技，能平地飛起來，武學術語叫「旱地拔葱」。他在天棚頂上挖了一個圓洞，老道人就用五心朝天的姿勢坐在地上；嘴裡唸唸有詞，猛一提氣，以兩手撐地，身子像弩箭離弦一樣躍到天棚上，節目雖然單調，但一樣有人欣賞，人羣圍洩不通，個個脚底像抹了黏膠，直眉瞪眼的捨不得離開。

焦德海道地相聲

焦德海的天橋排場，也是以簡勝繁的獨特平民作風。本來相聲是極通俗的娛樂，是「無所不學、皆像其聲」，含有「既睹其相，復聞其聲」的意義，有許多「套子」和「題目」。如「對對聯」「說俏皮話」「歇後語」「說方言」「報菜名」「說地名」「數來寶」等等，都是「套子」，根據這些「套子」隨便編詞命體，比方「勸徒弟」是學山東方言，開當舖是用山西方言。也有用套子作題目的，像「報菜名」「對對聯」等；題目雖同，內容可並不見得一樣，隨時可換新的。焦德海的擺式，只在場地中央安放一張長方桌，掛個桌圍巾就行了。兩人便衣上場，配角站在桌後，他自己站在上門那邊的桌旁，向觀衆一鞠躬，便開始說起來。他擠眉弄眼，誰都會聽了大笑，素以「方言」「唱戲」見稱，模擬各地方言幾可亂眞，由山東侉腔、吳儂軟語以至閩浙鄉談、廣府白話，無不生動有趣，令人捧腹。又能裝瘋賣傻、逞強示弱，嬉笑怒罵皆成文章。國家大事、社會新聞、名人動態以及形形色色的熱門花絮、時事點滴，都能作出幽默之言。抗戰期間北平市民都吃雜糧，大米是日軍專用；白麵粉貴得要命，非僞幣上萬買不到。一次他與人合說：「開飯館」，最後却說：「好了！現在白麵可便宜了！兩塊錢一袋了！」他的配角說：「眞的嗎？怎麼這樣便宜？」焦在腰裡掏出一個牙粉袋來：「就是這種袋子！」極盡諷刺的能事，引起觀衆喝采。日人聽了大發雷霆，當場命令僞警抓走！人們很佩服焦德海的民族意識與胆量。

天津三不管

天津的三不管地帶與河北大胡同後面的鳥市地帶，是一些不同技藝江湖客們的大本營：在雜耍遊藝上，和北平的天橋、南京的夫子廟，有同等的地位。天津是五條河的會合口，河港兼海港；又爲津浦、北寧兩鐵路之交會點，交通甚是便利；加上附近的開灤煤礦，和林立的工廠，商賈薈萃，因此更形熱鬧。娛樂園院到處都是，其中最受人們歡迎的有京韻大鼓對口相聲、梅花大鼓、單絃、鐵片大鼓、太平歌詞、河南墜子、耍罈子、踢毽子、抖空竹、變戲法（魔術）等。至於那說書的、摔跤的、耍大刀的、攀槓子的、拉洋片的、耍中幡的，似乎登不上大雅之堂，仍舊是在「擺地攤」。

京韻大鼓

早在平津一帶竄紅的，有劉寶全、白雲鵬、筱綵舞等三人。劉寶全本已功成名就退出歌壇，含飴弄孫以娛晚年；但由於兒子的不肖，變得很淒涼，雖已白髮蕭蕭仍不得不出場表演。在台上，檀板頻搖、檀杖輕敲，唱念着前代興亡、宣揚忠孝節義、貶抑亂臣賊子的故事。他有幾十年錘鍊的工力，把每一個身段和每一個音符全部貫注在他生平最享譽的草船借箭、戰長沙、西廂、紅樓夢、遊武廟等幾齣戲裡。就憑他那嘹亮而高亢的嗓音，一聲「……十七八歲大姑娘，走起路來扶着拐棍兒；離了拐棍兒、手兒扶着牆，強打着精神走上兩步。哎喲，不好了！大紅緞子綉花鞋，底兒當了幫，啊……啊……」便使聽衆凝神屏息，一時鴉雀無聲。他在北方有「一代鼓王」之稱。其次白雲鵬，雖唱的無非是一些佳人才子、情意綿綿的故事，却生就一付好嗓子，無論多麼大的場面，都能灌滿整個戲園子。一段「……寶玉探晴雯，癡心的公子，二人雙感情，啊……」聽客們無不叫絕，名噪一時。再有就是長睫毛、瓜子臉的筱綵舞，粧扮起來儼然像個「小婦人」模樣。她那銀鈴般而帶顫音的歌喉，可直上雲霄。她的唱和做均有獨到之處。惟後來染上了阿芙蓉癖，把錦繡的前程毀掉了，她的觀衆無不爲她惋惜。

對口相稱

大家都曉得，是兩個人在台上一說一答、一個裝傻吃虧一個佔盡便宜、逗得觀衆們哈哈大笑的一種玩意兒。早年有擠眉弄眼、見誰都笑的張壽臣表演單人相聲。他的口技雅而不俗，極盡幽默之能事；每講到節骨兒引人發笑時，他反而若無其事一樣，更博得觀衆的掌聲。後來，常連安帶着他的兒子常寶堃在台上表演，兒子專抓爸爸的「哏」，使聽衆捧腹。因當時人們的觀念多注重倫常，乍聽到父子顛倒趣聞感覺非常新奇，故而聽的人一天多似一天，相聲在北方也就紅了起來。特別紅得發紫的，有筱蘑菇、趙佩茹兩個老搭檔，侯寶林、郭啓如則是一對寶。他們的演技，可說已到「爐火純青」的地步，能講任何地方的語言，雖祇寥寥數語，但幾可亂眞；由山西人開當舖到山東人的侉腔，自天津衞的貼餑餑熬魚能子到吳儂軟語，維妙維肖，如聞鄉音。尤其是「筱蘑菇」的臉上戲更多；摹倣時人的造形或坤角的扭態，眞叫人笑得直不起腰來。於是，他們的名聲與日俱增。因此，在天津大觀園、小梨園、燕樂、天晴等各雜耍場以及各電台，均有他們的節目，每個藝人都擁有他的聽衆。甚至濶佬們做「堂會」時，也要請他們去表演，以資助興。

梅花大鼓

這門玩意兒雖然難學難練，但在天津很普遍。許多女藝人之中，要算花小寶獨占鰲頭，有個傻大黑粗的男主角金萬昌常常在大觀園唱，却始終紅不起來。花妞兒的年齡並不大，總喜歡濃粧艷抹，像一朶含苞待放的蓓蕾。別看她年紀小，而她的唱做技藝造詣頗深，會的戲路也頗不少，有獨占花魁女、寶玉探病、紅娘、王三姐思夫等。加上她那「珠走玉盤」的甜潤歌喉，一聲「八月兒裡，秋風一刮，陣陣兒涼……」那震懾心魂的音韻旋律，訴盡了男女之間的別後相思之苦，給予聽衆們以無限的哀愁。

單絃

俗稱八角鼓。所謂八角鼓，有八角八面，每角有一鮮艷的紅穗，每面繫着兩個小銅鈴鐺；看起來小巧玲瓏，顯得特別精緻。這種玩意兒在天津，首推男性藝員榮劍塵和謝瑞芝，後來崛起一位坤角石慧儒。這位青出於藍的妞兒，文靜大方，無論何時均是淡粧素抹；除嘴唇稍厚點外，她那清秀的臉龐，就像大理石樣地潔白，儼然貴婦人模樣。她有一條清脆的好嗓子，在台上，柔荑輕輕地搖着鼓兒，配合着絃上每一音符；唱念時，聲調傳入每個聽客的耳朶裡，彷彿磁鐵般的將觀衆吸住！她最拿手的，有漁家樂、雨打芭蕉等戲。雖然她唱念的無非是些殘山賸水和忠孝節烈，可是其中却蘊涵了千萬的骨肉之情與國家之愛的酸辛血淚！

鐵片大鼓

也稱樂亭大鼓（源出河北樂亭縣），爲女藝人王佩臣所獨擅。她家境清寒，自幼從師學藝。當她還是個十五六歲的小姑娘時，便常常登台表演。由於這個冷玩意兒，無人與其抗衡，故而她很快地紅遍了津市。不久，她每天坐着一輛擦得雪亮的自用人力車去趕場。走上台時，像京戲班的青衣走台步一樣，再配上她那苗條的身段，更顯得嬌媚柔美。只見她玉手將鐵片兒頻搖，歌喉婉轉地一聲「小妓女沒有客，兩眼出了神兒，一個人兒呦，手托着香腮啊，牙咬着下嘴唇……」使聽衆們心津搖搖、周身酸軟軟地。因此，在天津衞有句流行的諺語：「王佩臣的大鼓——醋溜。」

太平歌詞

是單人表演的一種玩意兒。既不用樂器又不要鼓，只是手上多了兩塊竹板兒，隨着合轍押韻的歌詞兒，傳神的唱出一些小調兒。說書的吉評三的女兒荷花女是此中翹楚，風靡了不少觀衆。她那對又黑又亮的大眼睛和那挺直的鼻樑，先給人家一個好印象。她最得意的繞口令、傻姑爺上壽、勸人方等戲。她那圓潤的歌喉，一句「……傻姑爺就說：『人家不擰妳，妳倒擰人！』」和「今日脫了鞋與襪，不知明晨穿不穿！」逗得人們哈哈大笑，同時也使聽衆們醒世不少。後來，此妞兒不甘寂寞，和筱蘑菇搞起「羅曼蒂克」來。因此，人們都說她是個妖艷浪漫的女人。

河南墜子

興起在河南。這門玩意兒的樂器是用「胡胡」配着，它那聲調悠揚活潑，彷彿輕音樂一樣，使人有愉快之感。當年在天津曾經紅極一時的，有喬清秀和董桂枝；繼之，又竄紅了一位張玉蘭。她常常穿著一件窄腰黑緞子面、胸前繡着紫紅色玫瑰花的旗袍。她唱的詞句都非常通俗，情節多取材於鄉間傳留下的故事。最拿手的，要算是「王二姐摔鏡架」那齣戲。她雖唱的無非是一些男女之間的風流韻事，但她那帶着濃重鄉音的歌喉，使聽衆們另有一種親熱感，贏得了狂熱掌聲。

耍罈子

這是一個獨門的技藝，講究眞實工夫；幾十斤重的藍花磁罈子，全用頭和臉耍花樣。在天津有名的耍罈子黑炭，算得上頂尖人物。他平時一襲陰丹士林布的長袍，千層底布鞋，十足「老趕」打扮，可別看他「土」，若在台上耍起罈子來，眞是八面玲瓏，只見他把大褂一擲，將擦得「塵土不沾」的大罈子口一抓、一甩，罈子便越過頭頂一丈多高；然後用他光亮的前額無聲無息地接住，再用額頭、眉間、鼻尖一顚一接，專找花罈的稜角。就憑這一手兒，台下就掌聲如雷了！尤其兒童觀衆，更是百看不厭。

踢毽子

許多學校體育課增設踢毽子這門活動，人們覺得有些新奇，但在天津却是家常便飯，在雜耍場都有此項節目。當年有位梳着雙辮子的小姑娘（已忘其名），常在大觀園、天晴茶園、燕樂等登台表演。她腰腿上的軟工夫很有基礎。她拿手的花樣，有金鷄獨立、鷂子大翻身，最受觀衆們歡迎。有時耍上一套輕易不露的：當把毽子踢向上空時，右脚朝天接住毽子，然後將右脚轉到背後去，慢慢的再轉過去。既不准用手去扶，更不許毽子落地，觀衆們讚嘆不止！

抖空竹

在天津叫做「抖悶葫蘆」。過農曆年時，是兒童們最喜歡抖的一種玩具；有單筒和雙筒，大小不一，以孩子的年齡而定。但在雜耍場裡，以抖空竹混飯吃的王桂英却享譽津市。這位姑娘，在童稚之年便隨着父親登台表演。每天要趕好幾場，如大觀園、燕樂、昇平等戲園子，均有她的節目。她生就一對睫毛外翻的大眼睛、短短的頭髮上還繫着一條紅綢帶子，模樣兒頗像個洋娃娃。她雖年紀小，憑那靈活的腰腿可以做出許多的驚險技巧！尤其當她站在桌子上，把頭倒仰九十度、雙手抖着的空竹仍在嗡嗡作響，這却不是普通抖空竹的人所能做到的。

長■白■山■中■採■猴■頭

■雨　田■

「猴頭」是屬於菌蘚類的一種植物，生長於多年古木的樹幹上；色呈紫褐，狀如猴頭，營養價值特佳，列爲八大山珍之一。因爲採尋不易，一對成熟的「猴頭」至爲名貴，售價奇昂。

中國出產「猴頭」的地區只有三處：一是河南嵩山，一是西北地區的祁連山脈，再一處就是東北的那道著名的長白山脈。嵩山最少，祁連較多，在中國各地出售的、則多係來自長白山的。

中國東北那道長白山脈，被譽爲是「天然寶庫」。在這道蜿蜒數千里長的山脈中，物品之豐、蘊藏之廣，永遠是用之不盡、取之不竭的。那些珍貴的藥材、木材、人參、禽獸、口蘑以及礦藏五金等，眞是多得不可勝數！」

爲了發掘這些寶藏，每年入山的人遠來自長城以南的華北數省。他們結隊成羣，多則數百人少者十數人，一年四季浩浩蕩蕩絡繹入山。

假如一個人想入山作單獨活動，其危險性則太大了。山中林中隨地都是豺狼出沒、虎豹成羣，獨自一人實無法抵禦那些毒蛇猛獸的隨時襲擊。

所以入山採「猴頭」的人必需結隊而行。他們多是春季入山，於大雪封山前回轉，在開始入山時要携帶帳幕、皮筒（光毛光板之皮被褥衣褲）、槍支、乾糧、炊爨用具及一些零用物品；最主要的，是帶領着一二十頭勇猛大狗。

東北的狗，那眞是忠於職守於主人的「忠義之犬，而且一個個都是能力堅強、靈捷機動。東北人嘴邊上常常掛着這麽一句話：「這狗通人性！」可見牠們的「靈性」之高。

說來也許不能使人相信，東北的狗很能完成幾項高級的工作。如送信，牠比信鴿尤佳；所有的鴿子只能飛單程，但令一隻狗去尋牠認識的一個人，却能嘴扯衣襟褲角將人帶回。如自行牧羊，牠能將羊羣自晨間驅出至晚間領回，較牧童尤強，因狗能尅狼。狼性猛勇無比，動作快捷，能陡然間憑空躍起噬人咽喉，防不勝防。所以採「猴頭」的必須帶狗入山，一隻狗入山之後比二三人的用處尤大。

這隊人携帶着一切應用物品入山之後，首先是由「把頭」（富有經驗、技術，工作總指導者之稱）指揮選地宿營，在向陽避風易防山獸並靠近千年窩集（原始森林中之淖地）之處，搭架帳棚，伐木架屋，以作久居之計。

一俟安置停當，便開始工作。將尋找「猴頭」的人分成三五人的小組，各帶槍支乾糧與狗，便整裝待發。這時每隻狗所表現出來的神情是最爲快樂了，牠們圍繞着主人歡蹦跳躍，往返逡巡，似是知曉久所企盼的任務即將來臨。

每隊人分向自己的目標叢林深處前進，狗則歡欣搖尾的隨着主人前後奔走。這長白山中的千年窩集，確同俗語中所說的一般，是「遮天蔽日，林深如海」。假如在這林海深處迷失了方向，那簡直無異置身於漫無涯際的大漠之中，等於是陷入絕境。何況，深林較沙漠尤爲凶險，野獸出沒、蟒蛇食人，更是充滿了重重危機。

採「猴頭」的人如在叢林中失去方向，這時便用狗了，可以指揮狗帶路；狗這時是名副其實的最可信賴的响導，認路是萬無一失。中國有一句諺語說是「老馬識途」，其實馬與狗比較起來那要遜色得多了。狗識途的記憶力委實强得驚人，勿論長短途程甚至超過數百里以上，只要牠走過一次，便可毫不費力的循着原程回轉；除被刼奪，途中絕不會迷失。

進入叢林各處採「猴頭」的人沿途尋尋覓覓，越行越遠，晚間他們休息時是找一處較爲妥善的地方暫時過夜，屏開帳棚皮筒就地而眠；夜晚看守的工作，便完全落在狗的身上了。

白日裡人們已是奔勞得疲倦不堪，夜晚必須得到充足的睡眠，第二天始有充沛的工作精力。爲防毒蛇山獸的襲擊，在臨睡之前須有一番安排的：先在帳棚以外周圍兩三丈處架起一圈圈耐燃枯木，臨睡時將這些枯木點燃。這時狗的工作來了，令其臥在火圈之外的地方，整夜戒備；這一夜，狗是不眠不休的盡忠職守，絲毫不怠，每遇驚動會以吠聲通知主人。來者如係山中小獸，不須主人動作，自己便可將其解决。

一組採「猴頭」的人如果需要與本宿營處有什麽聯絡或索取應用物品，不必親自往返跋涉，只要派狗前往就行了。於狗的項背間繫牢一隻布袋，將信件放置其中，然後叮囑狗幾句言語，狗背着這隻袋子便咻咻奔行而去。

說來可笑，這隻狗竟是如此的可愛，牠沿途既不偷懶亦不頑皮，一路小跑直奔目標。這種速度，以狗言之雖較遲緩，但比起人用兩隻脚去行走，那要快上兩三倍還不止呢！

抵達目的地後，對方將牠項背上的袋子解下來，便帶牠去進食休息；然後將回信或彼方所需物品再放入這隻袋中，令其回程。

如果這一隊在叢林中忽然發現了「猴頭」，第一項工作便是令狗快速回報宿地本處，請求迅即來人增援，這時便叮嚀狗以全速前進。

第二項工作是在周圍小心翼翼展開尋覓，細察近處有無巨蟒大蛇或惡獸之類於旁盤踞窺伺。發現時先要準備設法將其除去，以免上樹採取「猴頭」時爲之偷擊所傷。如發覺有巨蟒大獸甚或不止一條，必須等待後援共商對策，不能輕舉妄動。此時，並等待第二隻「猴頭」的消息。

採尋第二隻「猴頭」，有一定的方法，即對準這隻「猴頭」的正前方筆直尋去，在走去十數丈或數十丈的對面一棵樹幹上，必能發現生長着另一隻「猴頭」。

這隻「猴頭」依然有蟒蛇毒獸日夜於旁看守窺伺，對之視同禁臠，監視極嚴（成熟後牠自己吞食）。所以當這一組人發現最初那一隻「猴頭」時，不敢遽爾摘取，惟恐三五人之力不能勝任；因爲發現了一隻「猴頭」就等於發現了兩隻。

這眞是非常奇妙的怪事！「猴頭」都是這樣相對的生長着，兩者之間的距離總是在十數丈或數十丈的範圍之內，絕不會距離過遠；相對的方向也不會偏差。

更奇妙而令人不可思議的是，「猴頭」所生長的地方一定是一陰一陽，而南北相向，絕無東西方向生長的。陽「猴頭」座北朝南，陰「猴頭」座南北向；陰陽兩隻「猴頭」竟是如此這般相對而生，終生遙遙相望，這寧非天地間奇聞妙事！

一切工作都準備完好之後，兩隻「猴頭」所有的衛護者蛇獸之類也被除去了，這時就可上樹將這隻「猴頭」採摘下來了。然而這採取「猴頭」與挖掘「人參」一樣，必須使用竹刀摘取（註：挖參者於一丈以外可用鐵器，將接近參鬚時必須換用竹刀，至低限度使用銀刀），不能使用鐵質的刀器。但這把竹刀還須不得經過鐵片削製，不得淬油、加熱見火等等，純用生竹於青石上磨礪製成。不然，這隻「猴頭」摘下來便不値錢了，身價會一落千丈。

憶許世英

■龔德柏

許世英以九十二歲之年，精神甚好，死時先兩天，還到距台北市約十公里之榮民醫院，看于右任的病，任何人都沒有想到，他自己兩天後，會以小病而死。可見老年人是容易死的，閻羅王傳票一下，即刻報到。我雖未到八十，但也算二等老人，我絕不怕死，但希望照許世英一樣，死得痛快，請勿給我一個半身不遂，求死不得，那就好了！

賈景德前年死了，台灣就沒有滿清的翰林；許世英現在死了，台灣就沒有滿清的封疆大吏。他是辛亥革命時滿清的山西藩台，即布政使。嚴格說：還不算封疆大吏。因爲藩台之上，還有撫台，即巡撫。但在官制上，布政使是一省地方官長，巡撫是臨時派遣的（巡撫之設始於明末，是臨時差使，亦不是每省都有，而直隸省則有三個之多，故不是管地方的官。但到滿清，則幾乎每省都有，也不是地方長官，譬如從前湖南只有偏沅巡撫，駐沅州，即現在芷江，可爲非地方長官之證）。但日子久了，巡撫也駐省城，不巡不撫，遇事干涉布政使之職權，故後來成了地方長官，眞正的地方長官反成了巡撫屬員，這是強賓奪主之例。

滿清亡了，他在袁世凱之下，曾任奉天高等法院院長等職。袁世凱死了，段祺瑞組織內閣，許世英是交通總長，當時是與國民黨合作組閣，故國民黨人孫洪伊任內務總長。他是當時激烈派，因內閣中有許世英，孫洪伊則認許是官僚派，不肯就職，後來因此還爭吵多時，北洋派與國民黨不能和睦，這也是原因之一。我那時二十多歲，知識不夠，以爲孫洪伊所反對的人物，當然是壞人，故其後十年間，總認爲許世英是壞人，直到十四年年底，我的觀念始完全轉變。

民國十四年我在北平辦大同晚報，這年秋天，江浙戰爭爆發，奉天派的江蘇督軍楊宇霆，安徽督軍姜登選被驅逐，奉軍尚屯兵天津一帶，大有與駐北平的馮玉祥開戰之勢。但馮玉祥運用陰謀，使奉軍大將郭松齡倒戈回奉，而共產黨人，國民黨人則在北平策動學生，以打倒當時的執政（等於總統）段祺瑞。十一月底的一天，大隊學生去包圍東總布胡同段祺瑞住宅，形勢非常嚴重，平日在段氏左右做官的，大多數由後門逃出，沒有逃出去的則被圍在屋內。忽然許世英通過學生的包圍，而進入段宅，來與段共生死，這使我非常感動。因爲在這生死存亡關頭，才見許世英的人格，所謂「疾風知勁草，板蕩識忠臣」，由此以後許世英在我眼中，是大大的好人了。

這次風潮息後，段祺瑞改組政府，以

許世英任國務總理，組織責任內閣。段派的人放言罵許世英，我出來爲許保鑣，問他們當學生包圍段宅時，你們都到那裡去了？只有許世英一人與段共存亡。現在風潮平息了，你們爲做官，罵許世英，你們有罵他的資格嗎？不久新聞界有件事要與國務總理交涉，我是代表之一，許世英親自出見。交涉辦妥送客時，許執我的手，對我說：「你是主張公道的。」這表示我爲他說的話，他已聽見了，故表謝意。

民國二十五年二月，許世英代表國民政府赴日本當大使，尚未起程。一天我到外交部，在部內碰到他，我對他打招呼，他也答禮，他是否還認識我？當係疑問。他走到我身傍，替我扣上馬褂的一個扣子，說一兩句話而別。因我常有兩個扣子不扣的習慣，他爲我不聲不響扣扣子，使我臉紅耳熱，以後永不敢再不扣扣子了。

中日開戰後，我們已退到重慶，大概是二十八年一、二月，他由香港來到重慶，我同王芃生去看他，王芃生當他的駐日大使館參事官，當然認得，由王再介紹我，我們三人談了很久。別的話我不記得了，只記得他說：他在香港時滑倒在地上，把手跌斷了，痛得很，他也不請西醫醫治，只吃雲南白藥，不久就好了。我們見面時，他的手完全好了。由此可證眞的雲南白藥，確有接骨功效，這點値得向國人介紹。

十三年冬國父北上抵天津靜師偕各省代表等迎攝影頃承國史館羅館長檢送列入靜師紀念集追溯前徽曷勝愴仰 伯度謹識

其後我與他從未見面，我到台灣後，在山中休養七年，四十六年我始回家，是年舊曆七月十八日，他在台北做壽（每年一次早已如此），我去拜壽，他已不認得我了。因我這時已有長鬍子，更使他不容易認識。經黃伯度說明，他始憶及。其後每年一次做壽，我一定去的。

這次他的追悼會，蔣總統以高年元首之尊，又加一日萬幾，當然很少參加別人的追悼會。但這次不但去了，而且面對許世英的遺像，默念約十分鐘之久，使全塲感動，這證明　蔣總統是如何尊敬許老，對其死去，當非常悲痛呢！

許世英是滿清遺臣，北洋舊人，眞可謂三朝元老，在別人當受譏諷，何以被　蔣總統這樣敬重呢？

即許氏以國家統一爲重，當民國十三年冬由馮玉祥倒戈而打倒曹錕吳佩孚，由段祺瑞出

任執政。這時孫中山先生雖參加倒曹之機密，但成功之後，誰也不買中山先生之賬。只有許世英在段祺瑞左右，力主請中山先生入北京，共商統一大計。所以中山先生之由粵經日本入京，與段祺瑞張作霖、馮玉祥共商大計，完全出於許世英一人的努力。其後段派召集善後會議，並預備召開國民會議，皆採用中山先生的主張。其後中山先生在北京去世，段張等負約，致國民會議未獲召集，但許世英與國民黨的善緣則結成了。

國民政府奠都南京後，遇到日本的侵畧。二十四年冬，日本在華北策動自治，即變相的九一八事變之陰謀。當時形勢非常嚴重，幸而 蔣委員長輭硬兼施之政策收效，得以暫維現狀。故蔣委員長須得選中日兩國都受尊敬之人担任駐日大使，折衝樽俎，以化干戈為玉帛。這是非常重大的任務。選來選去，只有許世英為合格。他既任過滿清的封疆大吏；北洋政府的國務總理；詩與字又極佳，因日本人不但重官，而且重詩與字，而且已是六十四歲之高年，以為可以壓住日本軍閥，使之有所顧忌，暫緩其侵畧若干時，則於中國當有大利。政府以此徵其同意，他亦慨允担任此職，這是所謂跳火坑，非置生死名譽於度外，是不願幹的。他之願担任此職，亦十四年冬與段祺瑞共生死，同為國家犧牲之誠意。許氏之可尊敬即此犧牲精神，宜蔣總統之敬重其人也。

但這時承日本二·二六事變之後，雖由廣田組織內閣，而軍閥已掌握政策的支配權力，故廣田內閣其名，而軍閥內閣其實，侵畧華北，佔領平津政策，已於是年（二十五年）八月十一日，由五相會議決定，只待實行了。這種情形，許大使非常清楚，他心中非常憂慮，故得了不能睡眠之重症，久而未癒，否則許氏當更為長壽，亦未可知。

日本發動七七事變之前五日，許大使鑒於時局日趨嚴重，回國報告。除報告外交部長王寵惠外，並以長電向駐節廬山之蔣委員長陳述最近情形。七七事變爆發後，蔣委員長即電許氏：即日回任，不必到廬山請訓。許氏即回到任所。這時日本對平津與綏察兩省之佔領，已是國策，不是任何口舌所能收效，故平津失陷，再於

八月十一日向南口進攻，意在進佔察哈爾，綏遠，以佔對俄之戰畧地利。不久上海又爆發大戰，中日兩國只有同歸於盡。這不是許氏失敗，而是時勢使然，雖起中國第一大外交家鄭國子產（公孫僑）於地下，亦不能挽此刼運也。

在這時期，日本軍閥浪人操縱下之民衆，召開「暴支膺懲大會」，要向中國大使館示威。日本警察事前派人告許大使，請其先將大使館鐵門關閉，免暴徒侵入。許大使命參事黃伯度告日警：「中國大使館人員絕不怕死，日本暴徒要侵入大使館，聽其自便，大使館鐵門絕不關閉，至維持治安與否？是日本警察的事，中國人不問。」日本暴徒見大使館鐵門大開，反不敢侵入，許大使等人更是安全無恙。這是一齣眞正「空城計」，（諸葛亮的空城計絕無其事）嚇退了數十萬日本暴民，苟非有犧牲精神，誰敢出此。其實日本暴民意在示威，要以虛聲壓倒中國人，若是許大使稍爲胆怯，關閉鐵門，反可招致暴徒越牆而入。只有大開鐵門，可以使之胆怯而不敢入，日本國民性，就是如此。假如中國沒有汪精衞等無骨漢，在七七前，始終以許世英精神對付日本，或者日本知難而退，中日可以不戰了！

許世英是這樣的硬漢，與他身不滿五尺恰恰相反，其胆則眞包天。是一個值得我們崇敬的人。

徵稿小啟

本刊誠意徵求有關現代史料人物傳記等作品，每千字敬致薄酬港幣二十元，珍貴圖片另議。已發表文稿，版權即屬本社所有，將來出單行本時不另致酬，但奉贈作者原書二十冊。來文編者有酌予刪節之權，如不同意，請先聲明，作者請示知眞實姓名，通信地址，作品署名則聽便。

賜稿請寄九龍亞皆老街六號B，掌故出版社收。

篤行實踐的許靜仁夫子

■黃伯度

當中興在望，貞下起元的今日，欣逢吾師許靜仁夫子八十壽辰，祝頌之聲，遍於朝野。就我個人來說，早列門牆，久同患難。如今陪侍海疆，尚能叨蒙先生晨夕訓迪。白髮門生，喜見先生策杖登朝，康强逢吉，私衷歡慶，更屬與衆不同。依照習慣，應該以文字爲先生壽。但由於我學殖荒落，不能有雄文鉅製，以稱美先生的生平。而且先生早懋勳猷，晚尊人瑞，實在也是共見共聞，用不着我這拙筆來鋪張排比。不過，近些時常有許多僚友，以及青年同志，相見之時，每與我談起，大家以爲我追隨先生最久，知契最深。關於先生從政方面的淵謨密議，乃至平居行誼，容有外間不能詳知而未盡之處。如果能撫述一二，使交舊後生能夠從其中領悟若干作人作事的道理，將是一件極有意義的工作。以此觀點而論，則我當然義不容辭。現在謹就一時記憶所及，畧爲纂記，雖或僅窺豹一斑，而即小亦可以見大，庶幾並世君子，對於先生公忠體國的苦心孤詣，以及表現在生活細節上的偉大人格，有更進一步的親切的認識。

國父孫中山先生，民國元年，辭去臨時大總統，駕蒞北京。彼時先生甫由大理院長轉任司法總長。對於檢察審判監獄律師等制度的樹立，正在根據他考察歐美十國司法的結果，大刀濶斧的進行。國父對此甚爲嘉許，曾向先生面獎爲「司法革命」，並給予很多寶貴的指示。此乃先生對國父奉手承教之始。國父早年革命主旨，在於光復中華，建立民國，尤注意於對外的獨立自由和平等。對內政方面，則恢廓有容，認爲成功不必自我，視臨時大總統的尊榮，有如敝屣。先生對國父此種天下爲公的大度，懷有無限的崇敬。因此，亦曾屢向國父備申傾佩之忱。國父也推誠相納，從那時候起，奠立了爾後共商國是的基礎。

民國十三年，北方軍人對於賄選出來的總統曹錕，醞釀打倒，擁戴合肥段芝泉氏爲盟主，先生盱衡大局，認爲曹錕之倒不成問題。但是若不預籌收拾，則勢必仍歸紛爭之局。於是密陳段氏，以爲國父三民主義，順天應人。實救民之寶筏。欲安民而定國本，非先生就教於國父並取得國父之合作不可。段氏頗然先生之說，因在軍事上未發動前，密派先生南下，赴粵洽商。韶關惕園國父與先生接談，寫下了黨史國史重要的一頁。當時國父對先生面允：俟曹錕去位，段氏入都，朝電相邀，夕即北上。並對先生間關于役備致慰勉，欵洽甚優。而先生北返時，那時候北方軍閥，對三民主義的傳佈，懸爲厲禁。而先生北返時，竟冒險携帶了香港版的三民主義數十冊，因此加速的推動了吾黨主義的流傳，這在先生生平，也是很重要的一事。今總統蔣公，當先生六十九歲壽辰，曾頒壽序一篇，其中有曰：「昔我總理，覩君興革，傾蓋推誠，多其器識」。又曰：「涵濡主義，匪伊年載，聲氣應求，朔南一軌」。這幾句話就概括了上述的事實經過。先生旣以誠信受國父之知，而於段氏復參與密勿，此種襟度，本非淺人所能窺。加以淸廉耿直，易招宵小之忌，媒孽排擠，無所不至。段氏固然木訥剛毅，也不禁浸潤陰賊之日起於左右。所以，當段氏入都，先生力持原議，電邀國父北上之時，在本黨方面，確認先生爲北方負責代表，而北方羣小如梁鴻志等，則誣謗先生爲背友遂私。先生以鐵肩担道義，忍羣啄之刺夭，對國父則景企益殷，對段氏則懇欵益至。當時先生精神上的沉重負担，可以說是無可告語。而一心努力，但求國是之圓滿解決。所謂鍥而不捨，實非常人所能的。不料，國父北上後即臥病。先生每日到協和醫院數次，除探候病況外，仍秉承國父指示，對韶關晤談約定之善後會議國民會議，竭力規畫，務求實現。辛勞過疲，體力不支，當國父病危之時，先生也進了醫院，迨聞國父逝世之耗，先生不顧自己正發着四十度高熱，立即起床走哭。為了國父殯殮停靈等事，又與羣小發生爭執。先生認國父逝世為我中華民國最大之不幸與損失，飾終之禮，務極優崇。當時向段氏反覆開陳，垂涕而道，至於失聲，其憂國全交，生死不渝，有如此者。先生歷居高位，齒德益尊。當代賢豪，多出門下。但待人接物，謙禮異常。凡見過先生一面的，必定留下難忘的印象。就風度言，是恂恂儒者；就標格言，是忠厚長者；就襟抱言，是藹然仁者。而綜合先生的德性，最主要的還是以清剛為本。語云：無欲則剛。所以剛字與清字是離不開的。先生平日恕以待人，盡量容納尊重他人的意見。但每逢到定大計，決大疑的時候，則擇善固執，絕不遊移。先生自廿餘歲通籍，從政五十餘年，國步多艱，斡旋揞拄，無不以國事為重，私誼為輕。至於本身的禍福安危，更非所計。當先生任國務總理兼財政總長時，適逢舊曆年關，為了支應急需，籌發了六百萬銀元的春節庫券，決定軍政各費，按預算比例分別發放。當時馮玉祥的軍隊，駐京畿，他要把此六百萬全充軍餉，而文官俸及教育經費則完全不發。先生拒不答應，馮玉祥於是向陸軍總長賈德耀威脅，並將財政部國庫司王司長捕去，事態至為嚴重。先生召賈德耀，責以身為陸軍總長，何以不能約束部將？如不嚴飭馮玉祥將王司長立刻釋出，我國務總理即拚一死，以謝國人。賈德耀見先生震怒，只得冒險與馮玉祥交涉，王司長卒獲釋，庫券亦照原辦法支配。北洋樞府，向來多仰軍閥鼻息，以馮玉祥之驕悍，而先生如此不畏強禦，眞是人之所難能。先生出膺疆寄，入秉國鈞，不潤在膏，聞於四海。但一般人雖然共仰先生的清名，而究未必深知其貧約到若何的地步。先生故鄉至德縣，有祖遺田地數十畝，老屋十間，數十年來，田廬依舊。宦轍所至，從來沒有自己建置的住宅，更不用說地產了。先生自奉極儉，而樂於助人，眞正做到解衣推食。在兼財政總長任內，某日，有一青年前來告貸五十元。先生問明係家境清寒，沒有學費，不能入校，立即滿口應允，慰勉有加。一面密喚老僕張福，檢了一包衣服從後門出去，送進當鋪，我當時在座，曾經為此感動不已。先生平生，與當鋪常有來往，他那個細金鍊條掛錶，進過多少次當鋪，生活樸素，自律謹嚴，幾十年如一日。他的西裝，都是二十五年做大使時治裝費所製，一直穿到現在。奉軍入關，先生去職，遷居上海。當天津乘船南下的時候，算算旅費，竟不夠買頭等艙，先生就很泰然的買了二等。同船的人，都認識這就是剛剛卸任的閣揆兼財長，莫不為之詫異嘆息。船到上海塊，搬入旅店時，先生的全部動產，只賸兩塊銀圓了。二十五年三月，先生受任駐日本國特命全權大使，至二十七年一月遵令返國，其間折衝樽俎，覘國謀邦，先生曾撰有「雪樓紀事」一卷。近年印本流傳，人多寓目，咸推為最有價值之史料。我個人亦與隨軺之役，中間曾多次奉先生命回國，向政府當局報告彼邦一切內情，斷為戰爭必不可免，我應早決大計。這些犖犖大事，屬於外交史及戰史的紀錄範圍，我現在只特別提出幾件事，這在我的記憶中是很深刻的。我駐日大使館內，日本政府派有警察一班，常年駐劄，美其名曰保護，實負監視之責。似係起自前清公使蔡鈞任內，相沿已經很久。先生到任後第一天，即不以此事為然。如果我們使館大門之內，即不能保持完整的治外法權，則平等外交從何說起。於是命我們尅即交涉要求撤出，日本政府頗出意外，但懾於先生嚴正的表示，經過多次的折衷，終將其撤去。這一件小事，曾引起當時東京外交界的注意和一致稱贊。盧溝橋事變發生之前，先生正返國述職。根據與日本大使川越茂會談及其他迹象判斷。華北大為可慮。曾於七月二日以冬電呈報駐節廬山的今總統蔣公。僅隔四天，即有七七之變。奉蔣公電令，不必請訓，立即回任。先生趕抵東京之後，日本民氣，萬分囂張。使館以外，常有若干遊行行列經過，都不外是日本軍閥導演下的示威與挑釁。先生內懷憂憤而外示安詳，一概視若無覩。有一天東京日比谷公園，舉行所謂「暴支膺懲大會」，警視廳一再派員來說，恐有意外，請緊閉使館門。先生命我答復：「使館大門，一定要照常開啓，本不畏死，無所謂意外。保護治安，是日本政府的事，保護與否，任其自便。」這幾句話，充分表現了先生臨危不奪的精神，顯示了我中華大邦輝煌的國格。我政府決定對日長期抗戰，中樞新設賑濟委員會，掌理全國賑濟事宜。後因敵機肆虐，又組織陪都空襲防護委員會，兩會均由先生任委員長，前後六七年間，救死扶傷，瞻災恤苦，數以千萬計之義民難童，安置教養，各得其所，咸沐先生之仁風，每次敵機來襲時，先生皆在彈下如雨之時，躬親出巡指揮防救，常有亘二十四小時不眠不餐的事實，不惟贏得陪都百萬市民的感戴；即如賀國光將軍，當時任重慶市長，他看見以先生七十高齡，如此奮不顧身，不禁感歎的說：「像你老先生這樣不怕死的文官，我平生只看見一個！」先生卸任時，陪都舉行市民大會，致送先生一篇紀念文，內面也就有「天際鳴機，付諸一睨，惟慈仁勇，去思所繫」的話。以上所寫，都是我所身歷目擊的事實。儘管我的文筆拙劣，未能盡意之所欲言，但我相信，從這些事實中，我們可以親切的認識了先生崇高完美的人格，若問何以達此境界？則我以爲先生的心法，可總括爲篤行實踐四字。先生平生甚少議論，尤黜浮文。凡所篤信，必定力行，步步踏實，以有此過人的修養與事功。親承先生敎誨之恩，逾四十年，無以仰報師門於萬一，玆於奉觴獻壽之日，雜抒感憶，聊塞朋僚同志之望，若云以此爲先生壽，那未免荒傖得可笑了。

燕京舊夢【四】

李素

國學爲本

在介紹校園的時候，我引述過司徒先生的話：「這些房子本身就象徵了我們的教育宗旨，是要保存中國固有文明中最有價值的一切。」爲要符合宗旨，理所當然的，我們的中國文學系也就受到特別重視，所開課程科目之多，擁有名教授陣容之盛，都遠非其他任何學系所能比擬的。此外又獲得哈佛燕京學社贈欵，更有研究院獎學金之設，這也是其他學系所缺的。雖然有些教會設的大學也許偏重英文，但當年的燕大却不屬於那一類，而自有卓然獨立的風格。

燕京與哈佛大學的聯繫始於一九二九年間，爲從事學術上的合作，便成立了一個「哈佛燕京學社」。這個社帶給燕大以充裕的經濟來源，又因能善於運用，就更帶來一連串的好處。

據說哈佛委託燕京購買數量龐大的中文書籍，燕京很合理地獲得一筆手續費，圖書館的主管人就利用來添購圖書，四出搜集，所得方誌及文集之多，比起國內的幾間大圖書館並不稍遜。書籍多了，就自然地培養了及提高了學生讀書的興趣，於是圖書館內晝夜都擠滿了讀者。

哈佛燕京學社成立之後，使一些名教授的待遇大爲提高，同時又盡量減少授課的鐘點，讓他們有充分時間從事專門的研究，寫成的論文又可以在「燕京學報」和其他學術刊物上發表，兼可獲得稿費。環境既佳，生活又安穩，誰不願意多多鑽研？教授的著作發表越多，不單吸引越多學生前來就教，也吸引了其他大學的教授樂意進入燕大任職。那些教授們原本以能多兼幾間大學的課務爲榮，因爲可以顯示自己之如何受人敬仰與歡迎；其實，也因當年有許多大專院校，常常欠薪，爲了維持生活，不得不兼職的。總之，慕名而來，眞正有志求學的優秀學生固然增加了，爲便利繼續研究，兼爲優厚的待遇而來的教授也漸多。所以燕大學術上的成績之日益增長，自是理所當然的。

還有，哈佛燕京學社每年招收八名研究員。全國各大學畢業生，志願進燕大研究院讀中國文學的，都有資格申請。申請人不必經過任何考試，只須繳交四年的成績表及著作以供審查，手續倒也夠簡單。不過，申請的人相當多，競爭劇烈，中選頗不容易。

被錄取的人，每年可獲獎學金五百元，這數目可不小，相等於一份優職的薪水。入學後就成爲燕大研究院的學生，雖則兼有研究員之名，而所習課程，考試……等等，都與其他研究生毫無分別。必修的課程不多，但須跟一位指定的導師研究一個專題。這個專題多半由研究生憑自己的興趣與學力來選擇，偶然也有由導師建議或介紹而決定的。於是除上課外，就在這位專家的指導下，廣閱有關的參考書，進而擬訂目錄，定下大綱，跟着線索搜集更多資料，遇有疑難，隨時可以向導師請教和交換意見。有了充分準備時便可全盤整理一下而動筆撰寫了。像這樣按部就班，勤謹地研究下去，不必是天才，就是稍有點兒小聰明的人也不難在兩年之內寫成一部論著的。若有師長介紹在雜誌上發表，或印成專書，還有可能一舉成名，豈不就是產生一個小專家了？再加上幾年或十年八年的鑽研與修養，則小專家之成爲大專家，也是可以預期的。

我在燕大的時期，研究院已設有許多學系的課程，但文學系裡却先設中國文學課程，英文學系則尚未招收研究生。而國文學系不單有自己本身的研究生，還有哈佛燕京學社幫忙每年貼錢多招八個研究生，可見學校當局是如何的重視國文，並確確實實的在執行所定的教育宗旨。美國教會在中國設立的大學，竟有這種政策，豈非開明之至，也難得之至？在香港人看來，難免感到驚詫吧？

哈佛燕京學社每年只花四五萬元國幣，就幫忙了燕大陸續多培養一批一批的小專家，眞是經濟而又實惠，也可以說是一本萬利，利在人羣。我說這個學社帶給燕大許多好處，的確沒有誇張。

名師雲集——馬季明老師

國文系主任馬鑑(季明)教授，我聽過他的課，也許是文學概論吧，記不清了。季明師爲人溫文忠厚，講書或談話時都是那麼謙和，有彬彬君子之風；處事認眞、負責，對學生選課及學業上種種問題，都悉心扶助，指導有方。我沒有聽過同學們對他有什麼不滿、或怨言。看他坦然泰然地周旋於本系數十位同事之中，情誼和洽，融曳一堂，就知道他具有深厚的修養，善於處人與處世。

寫到這裡，深恨自己的記憶力衰退，許多往事似是而非，印象模糊了，不敢亂說。但就此結束，却又覺得心有不安，幸而有許多學長們的大作可以參考，現在及以後都要隨時借用，以光我這篇拙作。

劉歡曾學長說：「余初以爲燕大，教會大學，國學不過爾爾。註冊時見國文系主任馬季明教授。全國聞名之三馬、三沈、二周佔其半。尚有冰心女士、落花生（許地山先生）等等，均一時之選，陣容之盛，國內大學，難與平肩。

「國文，大一大二必修課。沈士遠教授以講莊子天下篇負名，有『沈天下』之稱。余班國文由馬季明老師教授。馬老師不專講莊子，兼及諸子百家，涉獵廣博。講天下篇『白馬非馬』、『鷄三足』、『火不熱』等堅白異同時，逐條討論。適星期五晚，燕大自治會聘請韓國金某表演催眠術，咽火吞鉛。（鉛燒溶吞入腹內後，再吐在鐵器內，觀者用香烟一吸即燃。）及馬師問：『爲何「火不熱」』？某生答曰：『必係韓國金某門徒』。一堂鬨然。」（「憶睿湖、話燕京」見一九七一年燕大校友通訊）

我引用這兩段話，不僅補充了我的短缺，同時顯示了燕大校友所見畧同，因而証明了我並無虛言。

關於季明師離燕大後的行踪，高雁雲學長在一九六七年的「燕大校友通訊」裡，有幾句簡短的報告：「時間過得眞快，我們總算畢業了，馬鑑師請我們幾個人到他家裡去吃飯。他說廣東話有許多古音，他盼望能到那兒去，作一個較深的研究。經過幾年的烽火，我由重慶去陝西漢中，道經成都，跟他見過一次面，又提起了這件事。想不到抗戰完結，他眞的到香港來了，還担任香港大學的中文系主任，日夕與廣東人相對，可謂如願以償。可惜的是，天不假年，竟終老海隅。痛哉！」（未名湖夢憶）最末兩句也正是我此刻想說的話。我初到香港時也去拜候過季明師的。八年的抗日戰爭，的確造成了無數曲折離奇的悲歡離合。散了重聚，聚了又散，聚聚散散，一何匆匆！

郭紹虞老師

教修辭學及中國文學批評史的郭紹虞老師，也是一位和藹勤勞的學者。他是江蘇吳縣人，說的是帶蘇州口音的國語。他授課非常認眞，經常準備了很豐富的材料，很有系統地，也很有規律地講下去。我們只好手不停揮地紀錄下來，到考試時就把筆記溫習一番，看熟了，題目一到手，立刻像蠶兒吐絲似的從筆尖上吐出來。這種讀書方式是輕鬆容易的，因爲年青時候我的記憶並不算壞。不過，分數雖然高，却只有使自己慚悔不已。專為考試而熟記的東西，彷彿山頂的浮雲，歇不了多久就隨風飄散了，自覺腦袋裡只是一片糊塗，黯淡無光。我遇到什麽「史」呀之類的功課，因無所施其「創作（？）的神通」，總覺得有點兒乏味，不肯多用功去深究一下。大錯早已鑄成，後悔已遲！

有一次記不淸是那一位同學，把上課錄下來的筆記當作自己的文章，拿出去發表，或者是搬進自己的文章裡而不註明來源，總之是「不問自取」，給郭老師看見了氣得要命，鬧得很不愉快，好像還要提出控訴呢。究竟官司有沒有打成，我可記不得了。

顧羨季老師

我遵從冰心師的訓導，轉進了中國文學系，現在回想時，仍覺得此舉是我生平最足欣幸的轉變之一。就從二年級起，我開始留心讀一點詩詞，因為我忽然發覺自己是偏好韻文的。同時我也發覺了中國文字本身就是如畫如詩的文字，中國語文構成的詩詞，更是文字、圖畫、音樂三者的綜合藝術品，不單聲情並茂，而形象、意象與境界之優美精妙，堪稱舉世無雙的極品！絕非其他種族文字組成的詩所能比並的，我深自欣幸華夏子孫竟是天地間靈氣獨鍾的民族。

引起我對詩詞的濃厚興趣的是顧羨季（隨）老師。他是河北省淸河縣人，身材高瘦，四十來歲却已肩背微彎了。他的臉型有點兒像魯迅先生，但較狹長，神態也柔和得多。緊鎖的眉頭，深沉的目光，兩撇鬍子半掩着抑鬱的嘴角，加上嶙峋瘦骨，全部在吐露着多愁善感的詩人氣質，還罩上一點兒神秘色彩。他是道地的詩人、詞人，著有「無病詞」，「味辛詞」，「荒原詞」，「苦水詩存」，「留春詞」等。

顧老師有咳嗽的毛病，一直都未能根治，講書時慣以左手按在胸前，寫黑板時亦如此。我們當學生的也常常担心他會喘不上氣。他講授詩詞的確自有獨到的一手。除了說明字的音義，典故所出及作者的生平以外，他最着重作品內容的分析。他以緩慢、低沉而清晰的音調，描繪詩中的境界，訴說詩中的感情，推想詩人的心理，更從而研討詩人的品性、處境與人生哲學。羨季師以自己的感受、深切的理解、豐富的人生經驗、及生動的敘述，把聽衆帶進詩的境界中，更進入詩人的心園裡。他的確具有「引人入勝」的極大本領，使人到達忘我之境。同時他又把種種表現技巧，詳加闡釋，讓我們知道一字一句的無窮妙用。總之，經過他講解的每一首詩或詞，都能在我心中留下很深的印象，兼有豁然開朗之感，更有味餘津津。於是，我愛上了詩詞。

與我有同感和同好的人實在不少。顧老師上課時，不單座無虛席，還要從隣室搬些椅子過來，遇到旁聽的人特別多時，就無法容納得下。遲到的人只好站在門口或窗外。儘管人多擁擠，却依舊鴉雀無聲，個個都在全神貫注地傾聽，如痴似醉。顧老師授課時的吸引力之大，受人敬慕之深，於此可見。

不知是那一些老同學好管閒事，也不知從那裡打聽得來，我只聽到好些人在傳說顧老師年青時曾與一位表妹相愛。那時候社交尚未公開，男女雙方都格於禮教，羞於表示，更無從啓齒；又因家庭環境的種種關係，終於那表妹嫁到江南去了，而他後來也奉父母之命成家立室，並且兒女已隨歲月而成行了。

我們這班「古靈精怪」的學生，當然就有興趣在他的作品裡找尋迹象與線索。「不曾到江南，曾見江南畫，濟南秋光好，不在江南下。」「依樣紅樓依樣路，更無當日看花人。」「誰解傷春又傷別，幽燕應不似揚州。」「朝看青山暮看雲，宵來看燭漫懷人，江南塞北同一月，萬古千秋只此身……」「夢回忽失江南人，漫說天涯若比隣……」「……人間無復新相知，人生只合長相思，長相思，廻廊繞徧，細數花枝。」還有：

臨江仙

萬事都輸白髮，千秋不改紅塵，相思兩地漫平分。半生渾似夢，一念不饒人。　眉月可憐細細，眼波依舊粼粼，心花開落已繽紛，隔墻桃與李，各作一番春。

枕上口占

細雨如絲拂畫檐，欲晴乍覺朔風尖。紅茶煮熟還欹枕，銀燭燒殘未下簾。昨夢伴誰行月下？平生無分到江南！開春諸事供惆悵，又試年時白袷衫。

像上面摘錄的那一類句子，那首詞和七律，只是許多例子中的一部分，我們讀了就瞎猜一通，七嘴八舌，議論紛紛，起勁地說得眉飛色舞！

羨季師常喜把他的新作寫在黑板上，給我們示範和欣賞。偶然又提到「江南」的時候，我們同學之間總是不期然地互相交換眼色，作會心的微笑；而他呢，只裝作沒看見。當然囉，顧老師從未到過南方，却念念不忘江南，又怎能怪我們大起疑心？「昨夢伴誰行月下？平生無分到江南！」這是多大的憾事，多深沉的嘆息？

我每次看見他那張永遠憂鬱的臉，想到他有一個永遠青春，永難相見的愛人，像中天明月長懸心宇，我總覺得他本身就是一首詩；而且他對別人的作品的分析、評論、闡發，也有時比那首詩的本身更優美。

總之，我對詩詞能懂得一點皮毛，而且胆敢亂寫，都是顧老師啓發與教導之功。我比較喜歡李後主詞，東坡樂府及稼軒長短句等，他並不以爲怪，只說各人的氣質不同，故愛好也各異。他奇怪的是，我初學詩詞，寫起來却像個老手，而且絕不像女孩子的口氣，若非他親自教導的學生，他還會認爲是出自一個中年男子的手筆呢。這不是說我「老氣橫秋」？他這話我分不清是褒還是貶，只是每見發還的習作總是連圈帶點，密密的打上一串一串的圈圈兒，我就像小學生領了獎品，眞有說不出的高興。

那回，我遊長城歸來，寫了這一首詞：

漢宮春　登居庸關

立馬城頭，看塞關蕭瑟，石亂雲殘，層階搖落，似見血迹猶斑。峯巒叠叠，甚衷情、携手廻環？誰省識：黃沙落日，邊城恁地高寒！　萬野雄風，從此剩、銅鈴箭簇，留與人看；看時更添恨也，極目重關：戎夷又至，望烽火、鬼哭人喧。空悵惘、雁來雁去，凄涼月照羣山！

顧老師看了又一再點頭，大圈特圈。他說其中只有個小毛病，「塞關」與「重關」重複了，但因爲是長調，而且全首一氣呵成，故無損於它的完整，不須改易，反見自然。所以我至今仍不加修改。（凡是我錄在「燕京舊夢」裡的詩詞習作，都保持原樣，如有改易的必要，也將附在原文之後，並加註明，以免減損它的眞實性。）他說我的詩寫得不壞，詞則更佳，宜於寫長調，因小令已不足以容納我的思想。

我明知他的話過份誇張，但當時聽了總覺得很舒服。也幸虧有師長們善意的鼓勵，把我從頑劣中提昇，給我以續求上進的力量。高帽兒是誰都喜歡的，老少咸宜，不是麽？

顧老師所著詞集四種，詩一卷，其中精品，琳琅滿目。我原擁有一本「味辛詞」，可惜十多年前就不知給誰借走了，一去無踪！手頭遂僅存一冊，是「苦水詩存」及「留春詞」合集。現在只能從這一個冊子裡抄錄幾首，留在我的舊夢裡。

從今

心火熊熊漫自焚，音書久已斷知聞。
從今人事應無我，多病自憐尚爲君。
逝水迢迢悲去日，橫空冉冉愛痴雲。
爭知欲雪還開霽，獨倚危樓看夕曛。

歲莫長句三首　錄二首

一天漠漠走沙塵，眼看冬殘歲又新。

時序驚心長恨早，詩書堆案未全貧。
誰言萬歲千秋業，我是燕南趙北人。
憂國思鄉無限事，夜闌擁被一酸辛。
南天瞻望未休兵，每倚危樓憶上京。
夢裡傷懷餘涕泪，人間無地立功名。
十年湖海飄零慣，一市塵沙自在行。
歌哭無端君莫笑，歲闌難得好心情。

人間

也共行人逐水流，孑然眞似海中漚。
長天星影搖搖墜，遠市燈光熠熠浮。
驚看明駝渡沙漠，眞疑華屋亦山丘。
書生莫恨行路少，此是人間汗漫遊。

浣溪沙

青女飛霜鬥素娥，霜華重處月華多，鴛鴦瓦冷欲生波。
試把空虛裝寂寞，更於矛盾覓調和，莫言此際奈愁河。

鷓鴣天

九陌緇塵染素襟，秋陰纔了又春陰。歡情已似花零落，詩思還同酒淺深。　長夜飲，十分斟，倩誰聽我醉中吟？迴腸盪氣無人會，况復年來寂寞心。

意難忘　紀夢

回首生哀，恁分襟意緒，臥病形骸。依依花落盡，點點綴蒼苔，多少事，沒安排。便地角天涯，記那時，殘陽冉冉，正下樓台。　淸眠，夢見君來，似春陽乍暖，照進空齋。嫣然纔一笑，驀地萬花開！春甚處，費疑猜，敢盡在雙顋？夢又醒，窗前漠漠，只見塵埃。

八聲甘州　哀濟南（民國十七年五月作。二首錄一）

記明湖最好是黃昏：斜陽射湖東，正春三二月，蘆芽出水，燕子迎風；城外南山似幛，倒影入湖中。醉裡曾高唱，聲顫星空。　此際傷心南望：有連天烽火，特地愁儂。便夢魂飛去，難覓舊遊踪。繞湖邊血痕點點，更血花比着暮霞紅。憑誰問，者無窮恨，到幾時窮？

採桑子

赤欄橋畔携纖手，頭上春星，脚下春英，隔水樓台上下燈。　欄杆倚到無言處，細味人生，事事無憑，月底西山似夢青。

「意難忘」及「八聲甘州」都是收入「味辛詞」集裡的，錄目吳雨僧師的「空軒詩話」。「採桑子」則錄自「燕大校友通訊」，許多年來只刊出這一首，可見羡季師的著作在香港極難找到，因此我特地多錄了幾首。

最後，還有一點要補充：顧老師求學時，原來是在北京大學攻英文文學的。以一個出身外文系的人，對中國詩詞竟有如此高深的造詣，如此輝煌的成果，確是可欽可敬！

吳雨僧老師

吳雨僧（宓）老師原是清華大學英文系教授，但每週都到燕大來兼幾個鐘點的課。我選修的「中西詩比較」和「翻譯」都是由他講授的。吳老師是陝西三原人，生於一八九三年，畢業於北京清華學校。先後在好幾間大學授課，到過東南東北各地。他詩文兼工，並深研中西文學理論，曾主編學衡雜誌及天津大公報文學副刊。著有吳宓詩集。

吳老師學博識廣，講起書來，旁徵博引，滔滔不絕。無論做什麽，尤其是寫作或批改文卷，都從不潦草，總是一手楷書。連刪削字句他都逐字塗成端正整齊的四方黑塊，由此可以推想他是如何的方正勤謹，生活也多半是很規律化的。

他一方面不免「古板」，另方面却很愛風雅。他住在清華園景色最佳的一角，眞是水木清華，幽逸絕塵，有藤蘿滿架，迎風飄拂，更有一泓碧水，撲鼻荷香，因此稱爲「藤影荷香之館」。上面掛着的那塊匾，是他的老師黃節老先生題的，相當別緻。

不幸，吳老師的婚姻，並不美滿，聽說早已跟師母離異了。所以他高興時就邀四五個男女學生到他的館裡吃飯和聊天，讓青年人在不受拘束的情形下，多多請教，既盡「誨人不倦」的師職，又可稍解寂寞。我也是被邀者之一。在我的感覺上，他爲人爽直誠懇，完全把我們當作小朋友，無所不談，並不諱言他的戀愛故事。於是我們就約畧知道了關於毛女士、海倫女士，及燕大的陳女士的種種。雖然有些淘氣的同學在背後笑他：「塲塲失敗，越追越遠」，但我們並不因此懷疑他的方正與嚴肅，而依舊尊敬他的眞誠與質直。

有一次，雨僧師把「白居吳生詩稿」借給我看。那是他的清華同學兼摯友，江津吳芳吉先生的詩集。我讀完了那厚厚的兩册詩，對那具有革命性的新體古詩深感興趣，也很欣賞作者所用的句法，伸縮自由，長短隨意，參差而活潑，更顯得抑揚有致。我尤其喜歡它的內容豐富，眞情洋溢；例如描寫西安被圍二百三十餘日之慘苦，歷歷在目，悲壯激昂，感人至深。可是沒想到當我仍在細加欣賞時，報上却刋出了哀悼他的文字，原來這位天才詩人尚在盛年就竟然與世長辭了。眞是萬分可惜！更是中國詩壇的重大損失。

筆者一向任性，是狂妄慣了的，心有所感就不自量力，瞎寫一通；反正模倣並非難事，於是連夜寫成一首長詩，雖然未達到神似之境，但形貌總算已差不多了。經過焚書坑儒的重大變故，數十年前出版的書籍也頗難覓得。所以不辭獻醜，現在把它重錄一遍，當作一張臨摹的畫幅，讓青年朋友看了，可從而推知白屋詩大致的格式。就算浪費篇幅，似乎尙無大碍？

西蜀有大鵬

讀竟白屋吳生詩稿，內心所受之感發不可名狀。作者生命之豐富，憤世而能入世，已立而更立人，其生涯之本身已是一篇激昂壯烈之偉大詩章，即無文字亦不減其壯美，蓋生命之詩固無待於以言傳也。而諷誦其詩，益想見其爲人。爰濡筆試倣其體以弔作者。時狂風撼窗，一燈悄然。

西蜀有大鵬，詩國之菁英，振翮青天外，往還不計程：曾拂峨嵋山頂之積雪，△曾餐湘潭水上之落英。歷覽中原秦與晉，漫遊歇浦及邊城。九州南北東西，卅載風霜雨雪。縱饑寒兮交迫，終奮進兮彌烈，無苦不嘗，有淚皆血，百轉迴腸，幾度愁絕。孜孜不顧死與生，兢兢惟知道可行，哀吟世切我即佛，力戰羣魔心是兵；入世能超世，不情實至情，愛詩如愛命，神清詩故清。低徊萬相人間，俯仰愴懷激越，撫衆生而哀鳴，慰老病而肉骨。念事業之無窮，恐生命之倏忽，雖雲霧兮漫漫，猶翹首兮待月，摘繁星兮作燈，惟突飛兮不歇。君不畏滄溟漭漭渺無涯，△橫空須洞兮風馬而雲車；風馬雲車不知處，欲迴大地皆春華。△閱盡人間罟皺與陷阱，采集七情五味而鎔冶；釀成瓊液潤塵寰，播種靈芝遍綠野。創痕纍纍是勳章，一痕一戰一榮光。詩成是血還是淚，滔滔筆底何汪洋！詩歌耶？生命耶？詩與生命不分明，相糾相結兮渾成。生命之詩我愛讀，詩的生命尤使我心傾！彷彿見：怒浪掀天起，「沙塲秋點兵」。悲壯緣眞性，激昂豈爲名？嘔心寧不苦！△憤世若爲平。君之生命兮雖僅三十有六載，君之所歷兮遠軼彭祖八百齡。原有前程千萬里，不憚乘風更遠征。行見日出鳴笳鼓，月明吹玉笙；宇宙任翱翔，隨處闢園庭；△歸遼發高吭，喚得衆生醒。如今但願英魂振翮青天外，今古往還不計程。壯哉西蜀之大鵬！美哉詩國之菁英！

有△符號的五句，曾經吳老師修改，改的是那幾個字我可忘了。像這樣一首「東施效顰」的歪詩，也竟獲得老師大加讚賞，實在出乎意外。過了不久，吳老師把吳芳」先生的遺稿併入「白屋吳生詩稿」裡，重新整理編次，分爲六冊，刻版印行，把我這首拙詩也附了進去，作爲歌頌白屋詩人的實例之一。可是，吳老師所贈的新版「吳白屋先生遺書」，却已在抗戰時期失落在故鄉，哀哉！

現在想起來，我仍覺得碧柳先生那些非詩、非詞、非賦，亦詩、亦詞、亦賦的混合格式，實在特別而有趣，可算是介於新舊詩之間的過渡體。

更特別的是「吳宓詩集」。厚厚的巨冊中，有雨僧師的三代尊親、師友戚好、子姪生徒，以至愛人等等的事跡、肖像、作品，及評介文字。還有他在國內和歐美各國遊覽過的名勝古蹟的風景片，他的記遊的詩與文，情詩及各類文章，又附有許多人的唱和之作。那眞是一部包羅萬象，滿目琳瑯，別開生面的詩集；也相等於一大鍋炒什錦，五色繽紛，味美香濃，頗饒意趣。這部巨著，我以前讀過，倒很喜歡它增長了我的知識，又從中讀到許多人的作品和事蹟，很有歷史價值。可惜現在手頭沒有這部書，無從抄錄一些雨僧師的傑作，以備隨時誦讀。

不過，雨僧師的「空軒詩話」我倒有一本，是牟潤孫教授所贈。這詩話原附載於「吳密詩集」之末，五年前由龍門書店製版印行，成爲獨立的本子。其中選錄了王眞吉、陳濤、沈曾植、王國維、陳寶琛、梁啓超、黃遵憲、呂碧城等約四十多位作家的詩詞，逐一加上圈點、簡介及品評，於詩中所寓時事亦詳加注釋。「雖曰詩話，實與現代掌故及學術風氣變遷均有關涉，爲研究近代文史與思想所必讀之書。」（該書扉頁的出版說明）

吳老師奬掖後輩的確不遺餘力，竟然把我這頑徒的習作也收錄在內，這善意的鼓勵，使我深深感奮。茲將拙作及雨僧師的評語一並照錄如下，因爲這也是燕京舊夢的一抹微痕呢。

「……李素英女士肄業燕京大學，嘗從予受課。其詩與詞均卓然獨到，能以新材料入舊格律，所作蒼凉悲壯，勁健幽深，而詞較詩尤勝。詩有西蜀有大鵬長篇……已刋入白屋遺書中。李女士從顧隨君學詞故頗肖其師體，然價值光輝自在，實可稱今之作者。茲錄數首。（一）西江月葉云：

憔悴不關憂世，千山眉黛低長，待邀落日共飛觴，醉抹瀰天錦浪。　萬事從今撒手，乘風欲返仙鄉，留將紅淚染秋光，水底人間天上，

此詞聲情激越，末句尤高唱入雲。（二）八聲甘州駱駝，有序云：『駱駝行閙市中，目光茫然，若苦人間冷酷，反不如沙漠之温熱者。』詞云：

愛平沙萬里獨閒行，對空際（漫）凝眸，看長虹高臥，天涯清景，海市蜃樓。夕照雙峰屹立，安步似王侯，勝五陵年少，駟馬輕裘。　舉目河山迴異，笑蠅飛蟻逐，滾滾如流，甚淒淒漠漠，人海等荒邱？願担當千鈞垢穢，噴清泉洗盡一天愁。重回首，遠山烟靄，歸思悠悠。

按此詞作於民國二十二年春，東北喪失，僞國成立之後。李女士詩詞中，恒多憂時愛國之意，英雄壯懷，追步辛（稼軒）劉（改之），今不及錄。（三）賀新郎上海之夏及夜之一隅，凡二首。其一云：

大地誰鎔冶？望皚皚（迢迢）長空肅穆，天高雲下。莫想粉牆紗窗外，會有江山如畫，只一片聲喧車馬。苦憶年時烟雨夢，是湖光柳浪間平野。詳意思，已難寫。

無端心緒浩如瀉（長牽惹），問羣蟬爭相怨詈，幾時休也？若得槐陰三五樹，願作南柯夢者。待醒後微風深夜，千古淒

凉情味厚，對徬徨幻滅皆難捨！星數點，自閒暇。

其二云：

蹀躞南京路，大光明鏗鏘琴韻，淸歌穿戶。億萬銀星與觀衆，同把人生裸露，問離合悲歡誰主？轉眼大千成素幕，但癡癡哭笑自今古。「空有恨，奈何許！」　哥兒另有銷魂處，想纖腰柔柔被擁，凝佇幾度？綠裾紅脣燈影亂，似有骷髏伴舞，怪滿眼腥風血雨。電炬如蛇天半赤，倚高樓靜夜臨黃浦。摩托卡，來又去。

此二詞極迴腸盪氣之致，可與徐英海上謠（見空軒詩話二十九條）比較。在作者，則另爲一體矣。（四）瑞鶴仙逆流集自序云：

正江天深碧（江天深且碧），望洶湧新濤，嵯峨幾尺？千帆一片白，趁羣鷗飛舞，去何太急！長風如翼。剩孤舟，中流湍激，但雙槳寸寸伊邪，却愛水洄波逆。　更得，前程幽渺，獨往尋源，古今交織，本無陳迹。揮汗笑，努全力，有青山伴送，斜陽煦照，荻港垂楊堪摘。看月明路轉峰迴，豁然無極。

此詞隱括現今時代之事象精神，顯示作者之人生觀，深曲盤健，具見才力。逆流集乃作者詩詞集之編成待刊者，盼其早日出版也。……」（空軒詩話頁四七——四八）

其實，上面有三首長調都各有小毛病：八聲甘州第二句「對空際」句法不對，故擬用「漫」字。賀新郎第一首第二句「望皚皚」平仄不對，用「迢迢」才合。「無端心緒浩如瀉」沒有錯，但似乎改爲「長牽惹」較佳。第二首「大光明」是電影院。瑞鶴仙首句，句法及平仄均誤，應改爲「江大深且碧」方妥。總之，括弧內的字句，都是現在想更改的，但我仍較喜歡那不合格律的，尤其是「皚皚」與「正江天深碧」。

初學詩詞，胆大心粗，不知嚴守格律，且存偏見，還認爲在現代塡詞，只是用來誦讀而不是用來唱的了，縱有毛病，也無大碍呢。像這些幼稚粗疏的習作，也竟蒙吳老師逾格的誇獎，我當時雖覺得高興，但現在回想却不勝慚悚，因我永難達到那個永準。衣食困人，久廢吟詠，正如逆水行舟，既不能前進就自然一落千丈。近年來稍有閒暇，很想舊調重彈，却苦於衰老糊塗，力不從心，只落得百事無成，浪費了生命！深愧辜負許多師長的期望，自覺歉疚萬分！

吳老師不單治學精勤，處事也非常嚴謹。藤影荷聲之館裡擺滿了各種書籍，他常鼓勵學生借閱；但借書人必須在書架旁掛着的本子上，簽名及登記書名及作者姓名。這眞是最切實的辦法，我十分贊成兼佩服。可恨江山易改，懶性難移，數十年來我常想倣效，却終於沒有學到。

誰都有過丟書的經驗吧？架上的書常給人一借不還，日子久了就完全忘了是誰借去的，無法追討。有些自己心愛的書，或有原作者簽名的珍貴禮物，也這樣寃枉地失掉了，有錢也買不回來，實在心痛！但願諸位讀者也學學吳教授的辦法，以免遭受損失。

還有，吳老師的脾氣也許有點兒特別，但他宅心仁厚，熱誠而和藹，純樸有古風，很樂於助人。我結了婚離開了學校，他也偶然會到我們家裡來聊天。當我們要舉家南下金陵時，他看見我們的窮樣兒，便自動借給我一點旅費，囑咐我在路上用得寬裕些，不要太委屈了我那週歲的女兒。這筆債一直到許多年後，他老人家路過重慶時，我才能奉還。可是吳老師那份慈愛與關切，却至今未能報答分毫，惟有銘感於心而已。

學習爲學與做人之道，是我們受育的目的之一。我覺得每一位老師都有各自的特長與優點，堪作模範和足以影響學生的思想與行爲。可是，每個學生也有各異的特質，如果是一塊朽木，則教育的功能仍是微薄的。所以教與學的效果都因人而異，所謂受薰陶與潛移默化，也各有其限度。我深恨自己是散慢不羈的糊塗人，良師雖多，而我所獲却太微末了，慚愧之至！

附注：上期燕京大學饗舍雲連湖光瀲灩之揷圖顚倒刋出，希讀者見諒。

【未完】

陸建章與馮玉祥

關山月

馮玉祥殺徐樹錚這件事，是民國初期的大疑案之一。殺的動機，一般都相信：是為了要替被徐殺掉的陸建章報仇。但也有不少人，反對這種看法。他們認為：馮徐在政治上的利害衝突，才是主要的原因。——這個問題，斷斷續續地爭辯了四五十年，至今也還沒有得到一個定論。

放在這篇東西面前的任務，並不是要在馮的動機上有所探討，而只是要根據一些歷史資料，尤其從馮自己撰寫的回憶錄中，來加以考察：馮陸之間的關係，究竟親密到什麽程度？使每個對馮殺徐的動機問題感到興趣的人，可以用這些材料做參考，來自己下一個判斷，建立在那種關係上的馮陸友誼，是不是會使馮在陸死後把『報仇』當做義務和責任？

陸建章這個人，在民國初期，是位鼎鼎大名，人見人怕的『活閻王』；也是袁世凱身邊最可靠和最嗜血的一條獵狗。——名義上，他是「軍政執法處處長」，後來又兼了京師警備副總司令，實際上就是袁家天下的「天字第一號」劊子手，全國的特務頭頭。殺人如麻，血債重重。前前後後，被他公開殺掉的政壇人物，就有辛亥革命的「首義元勛」之一，武漢軍政府軍務司副司長張振武，湖北將校團團長方維，社會黨黨魁陳翼龍，國會議員伍漢持，徐鏡心，段世恒，徐秀鈞……。反對帝制的國學大師章太炎，雖然身為「吉林籌邊使」，也被他不客氣地在北京軟禁了兩年！

後來袁大總統又加封他為「咸武將軍」，讓他到陝西去「開府建牙」，並且晉爵為「洪憲皇朝」的「一等伯」，儼然成為袁家天下在西北的「擎天玉柱」。直到蔡鍔起義以後，他還不斷唆使馮玉祥在四川揮軍力戰，堵住「護國軍」的攻勢。

因此，無論從歷史的，政治的，以至於做人的觀點來看：這位袁世凱手下的「殺人王」，都是一個蟊賊和罪人。實在值不得加以諒解，當然更值不得加以辯護和頌讚。

根據目前能夠搜集到的野史，筆記，官方文件和私家著作：當時朝野方面對他的口碑，似乎很有點近於「國人皆曰可殺」的程度。就連一些置身於政治漩渦之外，而又身歷其時的記者與作家之流，也都對他充滿了反感。

他們或是把這位「殺人王」，上了一個「著名酷吏」的尊號。或是就這樣地介紹他：

「陸章也非善類，專好殺人。………他秉承袁氏意旨，派遣私人，一味偵查反對黨，………往往有挾嫌謊報：……便即信為眞情，妄加捕戮。後來復經他人入告，說是偵報未確，……………他又召到原諜，邀他同食，食時尚談笑甚歡，及食畢後，忽提前事，不容分辯，即命推出處死。或且並不提及，歡送出門，突從他背後，發一手槍。擊斃了事。所居院落，輒陳尸纍纍，故都人見他請客的紅柬，多有戒心，號爲「閻王票子」。且因他殺人甚衆，如屠猪犬一般，因復贈一號，叫做「屠夫」。

立塲比較超然的人，像「政學系」的首腦吳鼎昌之流，也都說過：

「戊午夏，時余判估度支，奉命隨國務總理赴漢勞軍。……其督暴建章擾魯狀，請示處分。總理大怒，……：因傳軍令，飭各軍協拿，就地正法，且申言曰：「朗齋（陸建章字）老同袍，不如是，將法曲於情，衆連稱奉命。

字裡行間，說得很淸楚：陸的作爲，是犯了衆怒的。

身爲「安福系」要角曹汝霖，也在自己的囘憶錄中寫道：

「北京……茶舘飯店都貼有莫談國事字條，……捕獲即交軍政執法處。……處長陸建章，殘忍性成，眞是殺人不貶眼之人。鄰近住家，於午夜常聞鬼哭神號之聲，皆是刑逼口供，恐枉死之人不計其數，即於院塲槍斃。……有一日，余見項城……乘機進言：外間對於暗探，談虎色變……此是大失人心之事。……總統聽了，亦覺出於意外，云當令陸處長愼重辦案。」

曹和陸的派雖然不同，但他指摘的都是一般性的劣跡，如果不是當時人所共知的東西，他是不敢公開地筆之於書的。

一九一八年，這位「殺人王」被段祺瑞的智囊徐樹錚，不經法庭審判，用計誘來槍决以後引起了社會上很大的波動。而在全國和平聯合會」聲討徐樹錚弄權擅政的通電中，只是提到：

「陸建章以專閫大員，……果有法外舉動，罪無可逭，亦應先宣罪狀，後正軍法。乃徐樹錚立談之傾，率爾槍决，徐逆之草菅人命，弁髦法律也。」

就是在直皖兩系軍閥，兵戎相見的時候，曹錕，張作霖，李純聯名打了一個「宣佈徐樹錚罪狀」的通電，也只說道：

「陸建章……無論其有無不赦之罪，既爲陸軍上將，特任命官，總以請命中樞，提交軍法會議，方爲公允，……新進後生，擅殺大員，欺蔑前輩，藐視王章，專擅恣睢，莫此爲甚。」

這些通電的人，當時的立塲，是和徐樹錚完全敵對的。而他們所公開指責的，也只不過是說徐不應該把一個「專閫大員」，現任的「將軍」，如此草率，如此不合手續地殺掉。却並沒有說陸是不該殺的。——由此可見：陸這人的惡劣到可殺，大概在當時已經成了一種公論。

那麽，爲什麽那位一向自命爲非常重視「民意」，非常重視「公論」的馮玉祥，居然會冒天下之大「不韙」，來替陸建章報仇和洗刷呢？

馮陸之間的親密，到底是基於「舅甥」關係？「老長官關係」？還是「丫姑爺關係？」

在民國史料中，這幾種說法，都有人言之鑿鑿。而在馮的自傳中，却絕口沒有提過陸是他的母舅這囘事，只說陸是他的「老長官」。

到了劉汝明囘憶錄出版，才弄淸楚這段關係，原來馮玉祥夫人是陸建章夫人侄女，是河北省鹽山縣尙家宅的人，陸夫人還有個妹妹嫁了閻相文，馮夫人還有個妹妹嫁了石敬亭，四人均曾任陝西督軍，當時會傳爲佳話。

只要翻過一遍馮玉祥這本自傳的人，就至少可以發現三個很有趣的地方：

一、陸建章死得太早，所以只能在「自傳」的前半部出現。

但是，在前半部中提到他的地方竟有二十五處之多。

二、凡是提到他的地方，不是稱之爲「陸朗齋將軍」，就是「陸將軍」，絕不像稱呼別人一樣地直呼其名，或是乾脆呼之爲「老袁」，老段」，「蔣」……。

三、從頭至尾，在二十五處中，沒有過一字的貶評，也沒有過一字的諷嘲。

這些現象，在馮的自傳中那種「惜墨如金」，「論人唯嚴」「寧缺毋濫」，「寧罵毋捧」的筆法下，簡直成了個唯一的奇跡。——由此可見：陸馮之間的關係，絕對不比尋常！

從另一方面來看：馮寫這本「自傳」的時候，是正在七七以前，在南京當光桿的「軍事委員會副委員長」的韜光養晦階段。那時，他只要放眼看一下當日的「西北軍」舊部，哪一個不是他從丘八提拔起來的？那一個今天又不比他這位「老長官」更飛黃騰達？——宋哲元成了華北王，韓復渠是山東的土皇帝，鹿鍾麟和曹浩森都是軍政部的次長，就連當年的伙夫馮治安，馬弁趙登禹，也都各爲師長，一聲令下，萬人呼諾。但是，又有那一個還把他這位「老長官」眞眞正正看在眼裡？這位不得意的「英雄」，在感慨之餘，就索性筆之於書：讓他們看看：我馮玉祥是如何對待我的老長官陸建章的？

當然，這只是一種假想性的推斷而已。

馮和陸是什麽時候，在什麽條件下，開始發生關係的？到現在爲止，還缺乏可靠的參考資料。根據馮在自傳中提供的一些片斷東西：他和陸之間，大概是在一九〇五年（光緒三十一年）前後，開始發生接觸的。那時，他們同屬於北洋新軍第六鎭。不過，陸已經是那一鎭的協統，等於是旅長。而馮却只不過是一個小小的司務長而已。按照北洋軍的編制，最多才是個「准尉」。

陸在那個時候，已經深得袁世凱的賞識，不大把段祺瑞一流人物放在眼裡。所以，在北洋新軍舉行「彰德秋操」的時候，他爲了在雨中行軍，應當徒步？還是坐火車的問題，和指揮官段祺瑞大鬧了一塲，居然敢「置演習於不顧」，一怒而告了病假，獨自回到保定去了。

馮在自傳中叙述到這個故事的時候，誰也看得出來：這位一向主張吃苦，而且拚命在不必要吃苦的情況下，以吃苦來嘩衆取寵的人，居然也認爲應當讓：「隊伍改坐火車……免得官兵衣服淋濕，到時不便演習。而並不覺得段祺瑞所說的「難道下雨的時候就不打仗嗎」，正和他多年來的主張很有點相似了。

一九〇七年以後，馮當了「第一混成協」的第三營後隊隊官，但他却不遠千里地從駐防的東北新民府，到山東省的曹州。

「順便去見陸朗齋將軍，談了些關於軍事方面的問題。臨別，他送了我一本彭剛直公的奏稿。他說這本書，很有意思，叫我拿回仔細讀一讀。」

老實說，這段記載的確很具有點幽默意味。——因爲不管是送禮的人也好，收禮的人也好，誰也既不剛，而更不直，簡直活生生地向「剛直」二字，開了一個最大的玩笑。

馮平生最大的「革命資本」之一，就是「灤州起義」。這一役的「首腦」有四個：北洋軍政府大都督王金銘，總司令施從雲，參謀總長馮玉祥，參謀長白時雨。——結果，都幾乎全部落了通永鎭守使王懷慶的圈套，當塲打死。只有這位馮玉祥參謀總長落了個「押解」回籍。

誰知一到北京，既不「剛」又不「直」的陸建章，就站出來替那位既不剛，又不直的馮玉祥來保鏢了。據馮自己寫道：

「陸將軍就叫喜奎把我留在他這裡，不必向保定押送了。……陸將軍說：「……什麽是叛徒？現在許多人都以爲革命的就是叛徒，過幾天誰都要革命，誰都要做叛徒了。這個時勢，誰也說不定的。到了那天，現在這些殺革命，拿叛徒的，保不定自己要幹革命，也要做叛徒了。……

我剛剛從廣東潮州府回來，我並不是反對革命才回來的。我在那裡，人地生疏，言語不通，我想革命，也號召不起來，我說我革命，誰也不相信我。……一會兒，大家都要革命了。」

結果是：馮當然被留下來，而終於沒有步王金銘，施從雲，白時雨之後，成爲先烈。而這位在馮玉祥眼中救其革命的「陸將軍」，也從此就成了袁世凱大總統手下的天字第一號特務，像切西瓜一樣地大殺其革命黨。張振武和那些國會議員，都是在他大讚其「革命」和「叛徒」之後，才紛紛成了槍下之鬼的。那時的馮玉祥，不知是對革命忽然失掉了興趣，還是事後完全記不起來了陸建章屠殺反袁人士的劣跡，所以在他的自傳中，居然連一個字都沒有提。

恰恰與此相反，一向被史家們認爲是由袁世凱自己導演出來的「北京兵變」，在馮玉祥的筆下，却有很詳盡的描寫。而陸建章也成了其中唯一的英雄人物。——馮的原文，是這樣的：

「兵變，最初是從東城鐵獅子胡同總統府爆發：……陸將軍得到消息，和大家說：「段芝貴這個人眞該殺！前幾天商談，大家都說士兵生活很苦，不能減餉，他却偏要把出征的餉銀減去了一兩。……現在好了！激起了兵變來了！……」

陸將軍看見事變擴大，情形緊迫，把營務處的一隊騎兵同兩隊步兵，統統調集到西單頭條的公署前面講話。……態度從容不迫，嘻笑着臉向士兵問道：「你們知道那邊槍响是幹什麽的嗎？」

大家回答道：「不知道。」

「大概是兵變。」陸將軍親切的笑着說：「依你們看，他們在北京搶了人家的東西，發了財，能回到山東河南的老家去享福嗎？」

大家回答說：「不能夠。」……

「自然不行。溜到半路上就要給人家捉住砍頭的。可是他們現在那裡搶的熱鬧，我們却什麽也摸不着。依大家的意思，怎麽辦才好呢？」

「不知道，全聽營務處主張。」

「若是這樣的亂搶一陣，大家就能發財，那我早就領着大家去搶了。我比你們年紀大些，見的比你們多些。依我的主意，咱們暫時不要動手，等會兒，看着能搶的時候，咱們再大夥兒動手。……但要緊的是不要讓他們搶過了界，不然搶光了，就沒咱們的份兒了。現在大家快到西交民巷口去防堵，若是那邊有變兵望這邊冲，你們就告訴他們，就說西城留着咱們自己搶，不要讓他們闖過來！」

那時事變蔓延，人心浮動……如瘟疫之傳播，如大火之燎原，誰也沒有能力阻止。這樣的時候，陸將軍却能不慌不忙，從容應變，實在是難能可貴的。

當時他講這番說話時，我就在旁邊，他那種鎮靜自然的神情，使我非常的驚佩。……」

從這一段的記事中，可以發現兩件很有趣的事情。第一是：馮對陸的確有超乎尋常的好感，所以從他那一向喜歡對別人吹毛求疵的嘴裡，居然會不絕口地說出：「難能可貴」和「非常驚佩」一類的讚語來。

第二，馮在大軍閥中，一向以善於講演着稱。而他最喜歡使用的方式，就是和士兵們一問一答。許多人都認爲這種方式，是他的一個發明，他也對之頗爲自得。所以，在「自傳」中，他還特別引證過幾次他對士兵們這樣講演的經過。一次是在邠州的「軍民大會上」：

「我……向民衆發問道：「軍閥禍國殃民，應不應該打倒？」

答道：「應該打倒！」

「帝國主義者侵略我們……應該打倒嗎？」

「應該打倒！」

「軍閥和帝國主義必須打倒，究竟誰去打呢？」

答：「主要還靠軍隊。」

「軍隊沒飯呢，沒衣穿，沒有糧草馬匹，可以打仗麼？」

答道：「不能！」……

這樣的問答數次，又經詳細的講解，大家才恍然大悟似的明白了過來。」

另一次是在潼關，向官兵們講話：

「我說：『一個兵身高四尺另一個兵身高五尺，是否應當截長補短以求平等？（有些兵們不明白意思，答曰：「應當！」）騎兵騎馬，步兵步行，輜重兵還要担挑東西，你說怎麽辦？是不是應該把馬賣了，一律步行？或是大家都該騎馬以求平等？（兵們也答道：「對的！」）……革命不是作亂，不可以平等之類名詞挑撥感情，不然，什麽也不要想幹！」

仔細地參考一個他的自傳以後，就可以得到一個結論，這種一問一答的演講方式，並不是他首創的。在這方面，他有兩個老師，其中一個是蘇聯。據他說：

「到上烏金斯克的第二天，正這五一勞動節。……會畢開始遊行與操演，女工在前，男工在後，工人過完是軍隊：……每逢走過參觀台的時候，台上檢閱委員就向他們發問：「你們預備好了沒有？」

「我們已經預備她了，我們聯合全世界弱小民族，打倒帝國主義！」大家如雷似的答應着。

這樣一問一答的過去，空氣非常的熱烈和緊張。」

另一個老師，啓發這樣一問一答地講演的人，不是別個，正是那位「殺人王」陸建章。

在馮的自傳中，詳細地敘述過陸在兵變聲中，向士兵們「訓話」的情形以後，又接着寫到陸冒險去探望袁世凱：

「袁看見陸將軍來了，喜出望外，哭喪着臉對陸將軍說道：

「到了這樣時候，什麽人都躲光了，你怎麽反倒來了？」

陸將軍說：「平常時候我可以不來，現在我却不能不來：說話我不大會，趕到做實事的時候，我也許可以湊付的。……這事請總統不要管，……交給我和姜桂題去辦好了。」……陸將軍退出來，已是天光破曉的時候了。」

在這一段文字中的陸建章，非但不成其爲一個人人憎惡的魔王，而且簡直是個眞正『臨危受命，見義勇爲』的大仁大勇之人了。

據馮的自述：過了不久，袁世凱又練了一批新的隊伍，名之爲「備補軍」，由陸建章担任其中的左路統領，底下有五營部隊。陸自己兼任中營營長，由他的兒子陸承武，担任後營營長，却把正在當「中校副官」的馮玉祥，派去當前營營長。——這位大劊子手，對馮的特別提携和信任，由此就可見一斑了。

帝制運動春雲初展的時候，袁世凱軟禁章太炎的事件，因爲是由陸一手包辦的，所以到了馮的筆下，就極其輕描淡寫地說：

「袁世凱這時躲在家裡，氣也不敢哼。到後實在受不住了，就找陸將軍把太炎先生勸到石虎胡同住下，每天三頓豐盛的酒席欵待着。……可是太炎先生仍然氣憤塡膺，駡不絕口。」

但是，如果把這段記載和章太炎夫婦當時寫給袁的信，拿來對照一下，就大有毛病了。在章的信（一三一九年二月）中道：

「大總統執事：

幽居京都，派兵相守者三月矣！欲出居青島，……抵書警備副司令陸君，以喻意，七日以來，終無報命，如何隱忍，以導出疆。……

章的夫人湯國黎，在一九一四年六月，上書給袁時說道：

「項接外子電稱：滙欵適足償債，我仍忍飢，六日二粥而已。……舊僕被擯，通信又難。……」

這些「派兵相守」，「七日終無報命」，「滙欵償債，六日二粥」的情形，似乎和馮所說的「勸到石虎胡同住下……豐盛的酒席欵待着」那種「優禮」，頗有一些距離。

最妙的是：馮在自傳中，接着就大發議論：

「袁世凱……橫暴恣肆，簡直是一個殺人不眨眼的活閻王。無故失踪的人每天都有。……」

他却忘記提到了一點：這位「活閻王」手下最忠實最可怕的一個劊子手，就是他認為「難能可貴」，「非常驚佩」的那位「陸將軍」。

「馮因爲被陸一手提拔，幾年之間，從一個小小的司務長，爬到了「備補軍」的「左翼第二團長」，所以對陸是絕對服從，凡事都要應命行而的。據馮自己回憶：有一天，他團裡的一個新兵，指頭上得了血中毒。同仁醫院的醫生主張馬上開刀，可是，馮却說：

「『我不敢作這個主，請等我的回話，再做定奪。』當即把此事去報告了陸統領，……陸將軍說：「這萬萬不可姑息，毒氣到了那裡，就齊那裡鋸掉」。……我回頭即通知醫生，照他的話行了手術。」

連一個士兵在指頭上動手術，他都要遵陸之命而行；國家大事和政治立場上，陸的意見自然也就是他的意見了。這一點，是極其顯而易見的。

因此，過了不久，陸當了『勦匪督辦』，去替袁世凱打「白狼」的時候，奉命隨征的馮玉祥，又升爲警衛軍左翼第一旅的旅長，離他「奉命押解回籍」的厄運階段，還不過兩年光景。

陸建章以咸武將軍的資格督陝以後，更成了馮玉祥的英雄得意之秋。他那一旅人，居然擴充成了「中央直轄」的「第十六混成旅。——這一點，對馮以後的興風作浪，關係很大，他自己也說：

「有了這個獨立團體的存在，使我能夠很自由的……同惡勢力積極奮鬥。十餘年中，十六混成旅所以始終能在北洋軍閥的重重包圍之下，久歷艱苦，毫不妥協，一直奮鬥到底者，皆得力於這時候的改編。」

可惜的是：這位馮先生忘記了一點：當時最大的「惡勢力」，就是袁陸這一批人。而他從沒有忘記的，却是他的能有「這個獨立團體」，「皆得力於」陸的大力栽培。

袁世凱在正式登基的前夕，把他的親信陳宧派到四川去當「西南柱石」。而且把馮也調到川北去「負責清鄉」，所轄二十餘縣。

蔡鍔的「護國軍」入川以後，馮的表現，儘管在他的「自傳」中說得天花亂墜，什麽「絕對不能站在帝制的這一邊，去和護國軍爲敵，什麽「堅決的站在革命的立場，爲國奮鬥。事實上，他們却「時決定固守瀘州，一切「待後再說」，換句話：也就是不准護國軍通過。

其中最主要的原因，就是像馮自己說的：

「北京統率辦事處和參謀部，成都陳將軍，陝西陸將軍，重慶曹總司令，各方面都不斷的給我命令。……陸將軍那裡，先來一電，要我守瀘州，待一會，再來一個加急電，說：「着該旅長迅速收復敘府。「稍停，又來一個十萬火急電，却要我星夜率隊到自流井。……

在他的自傳中，馮的說法是：自動撤出瀘州，退往南溪。而根據當時的「雲南都督府總參謀長」庾恩暘的記載，却完全兩樣了。他說：

袁逆聞耗大震……命馮玉祥率所部由州方面進攻敘東。……戰於白沙場，敵軍據龍題山，用炮數尊並機關槍十數挺集中注射，我軍第四連長楊盛民戰歿，第一連長凌邦亦受重傷，其餘官兵傷亡亦衆。……鏖戰三晝夜之久，斃敵營長一人，連長三人，敵兵數百人。敵旅長馮玉祥亦負重剏，縱火燒民舍，向南溪潰退。……

奪獲槍炮子彈無算，俘虜敵兵百餘人，馮軍退至江安：……高懸白旗，口稱願降。……」

這一仗，據馮在自傳中寫道：是「約定彼此不打，萬一不得已只放朝天槍」。如果眞是這樣的話，又何至於雙方的傷亡如是之大？

後來，據馮自己說：「陝西陸將軍……連電催促，非要我進攻叙府不可……勢已無可拖延……於是前進，一面放着朝天槍。」

然而，據蔡鍔那時的電報，却口口聲聲地：

「此三星期之劇戰，實吾國有槍炮後之第一戰也。」

由此可見：那時的「馮旅長」，在「陸將軍」的激勵之下，非僅沒有大放「空槍」，而且拚得十分出力。——因此，當別人在蔡鍔面前大打敗仗的時候，能夠攻入納溪重地，被袁世凱破例升做洪憲皇朝的「男爵」，而且命令說他：「忠勇奮發，極堪嘉獎」。這其實都是那位「陸將軍」平時提拔的功勞。

至於馮在四川是否也眞像他在自傳中那樣的愛民如子呢？據蔡鍔當時的電報：

「納溪附郭各處，焚燒民居殆近千家。有時發見僞示：尚謂滇軍縱火，貽害百姓，乞請籌欵賑卹等語。橫暴之極，濟以貪騙，人民身親目睹，銜之刺骨。」

這地區正是馮部隊當時所在，按道理說，大概不能由別的「北軍」部隊來負其咎的。

後來，馮又替袁攻占了叙府，但却正像他自已說的：

「接得陸將軍急電，說西安被圍，令我星夜率隊往援。我即不顧一切，將隊伍撤向自流井……走了兩天，在路上又接到陝西的電報……知道陸將軍已讓出西安，叫我停止赴援。

北進既不必要，便將部隊統統集中自流井。」

這一次，是因爲陝西鎮守使陳樹藩，活捉了陸建章的兒子，第一旅長陸承武，要挾陸「所部繳械，退出陝境」由陳來出任陝西省的「護國軍都督」。——由於「救主心切」，於是「革命」也好，「護國」也好，「封爵」也好，就都顧不得了。

誰知時局變動得太快，袁世凱一死，連累得那位「陸將軍」也成了個沒有人要的「棄婦」。而身爲這個袁朝鷹犬最親信的人——馮玉祥，也就開始走了下坡。所以他才在自己傳中說：

「那時段總理僉任陸軍部長，徐樹錚與傅良佐分任次長之職。傅等把我們隊伍看着和陸將軍有親密關系，而他們不滿於陸將軍，因而亦歧視我，要以對陸將軍的辦法對我。……一心要用功夫來把我們消滅。」

這位馮先生究竟是個舊式軍人，說起話來不大講求邏輯。所以，緊接着就談到了當時的陸軍部下令把他調任爲「正定府第六路巡防營統領」，鬧得他的全旅官兵通電抗命。據他自己的記載：

「西方鬧成僵局，傅良佐和徐樹錚沒有辦法，去找陸將軍出來調處。陸將軍到了廊房，先和我說了一回，又召集全體官長說了一回，大意是：「他們歧視我們，蓄意消滅我們，只是妄想。但我們此時不能反抗。一反抗，反到變成我們不是了。我們此時正好蓄精養銳，誰也別想消滅得掉。看他們這樣胡鬧，必定有大亂子出來。那時我們自然有辦法出來。」

官長們經此開說，都表示接受其意思，我即將交代辦好。」

這一段記載，說得再明白也沒有：「堂堂陸軍部的命令，解決不了的事情，只要這位「陸將軍」來講幾句話，就成了功。而且他在談話中，屢次提到「歧視我們」，「消滅我們」，「我們養精蓄銳」，「我們自然有辦法」的話，都是以證明他們之間的確存在着血肉關聯的派系關係。

在這一段時期，陸和馮都實際上變成了光桿的將軍，手裡沒槍桿子，非常不得意。巡防營一共有四營人馬，分駐於十八個縣分，地廣兵稀，毫不能起什麼作用。所以，馮就裝病上了天台山去看佛經，習打坐。直到張勛在北京正式復辟的時候。

「陸將軍的表示很是冷靜沉着，說這次的事是段先生一手作弄出來的。因爲他出了北京，就不容易回去，於是把張勛這儍子弄出來，再把他打下去。一面取三造共和之名，一面就好回北京。解鈴還須繫鈴人，讓他們自己去鬧，我們只可幫幫忙，不必過於認眞。

聽陸將軍的說話，當時已知內幕。……當即匆匆辭別，到車站趕晚車回廊房。……把討伐張勛的意義和十六混成旅的官兵使命，反復說明，一面通電昭告國人，誓以鐵血衞護民國。」

這裡，馮也說得很清楚：他的「討伐張勛」，並不是「拍案而起」，「不假思索」的行動；而是事先到天津去向陸將軍「請示」過的。換句說話：如果陸那時已經被張勛高官厚爵地封贈了一通，因而對復辟的態度大有不同的話，那麼，馮這一支部隊還會不會在廊房參加「討逆軍」，也許就會大成問題了。

段祺瑞重新上台以後，曾經「居高臨下」地勸過馮玉祥，不要太和那位「陸將軍」打成一片。在馮的自傳中，經過是這樣的：

「段先生說：……將調我增援福建，爲我增加一團人：……

……共二千七百人，以後國民軍後起將領多歸德府人，就多是此次招募而來。……

叫我和陸朗齋將軍不要常常來往。……我回答道：「……他是我的老長官，和總理也是老朋友，同輩。我今天就是打個通電，說我和陸和總理無關，那個肯信？現在國家大難當前，還希望總理與陸將軍多多談談，陸將軍有胆有識，願總理對陸將軍親之信之，一定與大局有益。你們和和氣氣，共謀國是，我們後輩小子看着也學個榜樣。……」

馮玉祥帶着他的部隊離開了北方以後，實際上還是一支「陸家軍」，據當時深悉內幕的人的記載：

「馮旅由浦口開到湖北，又在武穴停留下來，陸建章仍然留在馮玉祥軍中，……叫馮玉祥在武六發出這個主和通電，以打亂主戰派對湖南進攻的步驟……。同時，陸建章還布置了一個突擊安徽的計劃，打算把主戰派極端頑固份子倪嗣冲趕走。……如果這個問題解決了，不但陸建章取得個人地位，而且長江三督打成一片，津浦南段全在掌握，主和派就更有力量對付主戰派了。與馮玉祥發表寒電的同時，鄂皖邊境……出現了安徽討逆軍……公推陸建章爲討逆軍總司令。……馮旅主和，引起了主戰陣營的極度慌亂。」

陸和馮的這些作爲，就成了徐樹錚後來在天津誘殺陸的主要原因。馮在自傳中，向來對於自己難於自圓其說的事情，避而不談，或是輕輕地一筆帶過。在陸建章和徐樹錚這一對寃家的下場上，他都故意沒有提陸。只是輕描淡寫地把陸的死，說是段祺瑞和徐樹錚二人單方面的責任，認爲他們：

「排除異己，一意孤行」。

「凡稍碍他們眼的人，必除之而後甘心。……捕殺陸朗齋將軍，並不免其職，亦不宣佈其罪狀，胡裡胡塗即把他處死。這種做法，猙獰猖狂，咄咄逼人。」

馮玉祥自己筆下寫出來的這些材料，從頭到尾，提供了一幅相當完整而清晰的畫面：對馮來說，陸建章並不是像一般人所深惡痛絕的那樣一個「殺人王」；對陸來說，馮也不是一般人所不齒的那樣一個朝三暮四，刻薄寡恩的小人。因此，他們才會互相欣賞到那麼深摯的程度！

× × × × ×

第十三章 國民革命

（四五——四六歲 一九二六——二七）

陝西預備時期

馮氏既抵西安，總司令部即設於「紅城」內。「紅城」者、舊名「皇城」，爲滿洲防兵駐地，馮前督陝時改建爲督署，又名「新城」。于右任入陝後新城更名爲「紅城」，蓋于氏在此時期左傾程度甚深也。馮氏回陝後，復駐節於此，曷勝今昔之感？部署既定，即趕速預備大舉北伐，因其時南方「國民革命軍」已克武昌，馮氏與「國民政府」電報往還，約定同時進兵也。惟出兵之先，必須佈置後方，茲先述馮氏在此預備時期對於政治、財政、軍事之種種措施。

在政治方面，馮氏第一件注重之事即爲安撫百姓，蓋甫經兵燹，民不聊生。他對於治安上先行整頓，使人民能安居樂業。又派兵士數千，撥馬匹三千，幫助人民開耕。人民德之。至到處修橋築路，服務社會，則作風一貫。

其次，對於黨務及民衆運動，馮氏極力提倡。以文化落後之陝西，一時婦女運動也、農民運動也、工人運動也、青年運動也、與「國民黨」之各級各種組織，忽然紛紛成立，有如雨後春筍之勃發。他均以所得之新政治識見及一般的革命的新意識形態親爲提倡及指導。可惜各種活動與組織多爲「共產黨」徒所把持，以至常有越軌行動發生，犯幼稚病與南方如出一轍，有如干涉行政、直接殺人、破壞家庭、工人迫害雇主、學生難爲先生等等是。未幾，馮氏亦覺悟其非而深惡之。然而一向閉關自守、饒有古風之陝西，忽來此新潮激盪，人心振發及開通不少，故好處與流弊同生，所謂利害參半是也。

其三，對於「國民軍」所管轄之區域，馮氏則製定軍政時期行政大綱施行之。但交通梗阻，未得直接與南方「國民政府」聯絡（按：「國民政府」於十四年七月在廣州成立），故暫以「國民軍聯軍」總司令部，爲各區軍民財政之最高統治機關，即是代行「國民政府」職權之軍政府，亦因時制宜之舉也。一俟與「國民革命軍」溝通聯絡一體，即改絃易轍，奉還其最高統治權矣。余到西安後，獻議於馮，即以總司令名義代表「國民政府」接收「陝西郵政局」，但仍委其原有之局長英人留任。馮氏後以劉郁芬任駐甘總司令，于右任駐陝總司令（于去後以石敬亭代），在馮統轄下，分管兩省軍民兩政。

斯時，經費支絀實爲最大的困難問題。緣陝甘兩省，本是貧瘠之區。連年用兵，土匪遍地。西安又經長圍，民力已盡。加以此時大軍雲集，糧餉所需尤多，財政拮据之狀可以想見。馮氏入陝後，特調甘肅省長薛篤弼來陝，籌劃財政。猶記其就任之後一連數月，全省收入每日僅得千元。籌措軍餉簡直束手無策，甚至有時軍隊買麵錢也不敷用。當時「國民政府」經徐謙、劉驥等蹉商，雖允接濟餉項，但交通阻隔，滙兌不通，亦等於無。甘肅稍爲豐裕，畧有軍餉繳交總部，但仍不過杯水車薪。余適於此時抵陝工作，目覩其困難狀況。市面上不特無現洋，即銅元亦不多見。當時軍費，只靠「西北銀行」紙幣（係由張垣西退時帶來者），即作現洋不兌換通用。不久，帶來紙幣用完了，沒法續印，乃借陝西省立之「富秦錢局」所存的印就未發之銀紙，加蓋總司令部印通用，是爲「加字票」。及至此項「加字票」亦用完，於是司農仰屋矣。而北伐大軍陸續出發，勢不能停止，如何措置？當時眞是笑話，理財者手裏只存五百現洋，即以此爲「北伐本錢」，臨時拿來購買紙張及印刷一種軍用的「金融流通券」分發各軍，隨地應用，共發出千餘萬元。起初陝豫人民大起反感，後來迫於軍令，只好折扣通用。至入豫後數月，馮氏下令收回此項「流通券」改換公債票，而以某種實業作抵押。他聲言大軍實行「國民革命」而借人民血汗之資，將來有生之日必一一淸還。其後北伐成功，彼確屢次請求「國民政府」代發公債以還此舊債，惟因大局屢變，其素願與應許，多年以後仍未得盡償也。又憶起大軍入陝後，收沒煙土一大批。各軍出發時，除「流通券」外，則搭發煙土若干，亦異聞歟！在陝豫期間，士兵每月只借伙食費五元，官長則無分上、中、下級，每月一律借十元。旋更減爲三元、六元。全軍生活之困苦萬狀，可以槪見。（余當時每月所得均不敷用，幸去時多帶自備的現金，囊有餘欵，足以自給。）

蔣馮兩總司令徐州相會

關於軍事上之佈置，馮氏自然至爲著力。是時，奉軍勢力已沿京漢路達至許昌、郾城。長江方面，吳佩孚雖垮台，而直魯軍及孫傳芳軍與南方北伐軍激戰於蘇皖。吳之殘部于學忠（猶有兵五萬，聯合其他灰色軍隊亦有二三萬）經吳放爲湖北督辦。吳又勾結楊森，放爲四川督辦，聯合鄂北駐軍張聯陞等共數萬人，希圖乘虛直擣武漢。隴海路方面，吳佩孚先駐鞏縣，後移鄭州。（余於三月北上過鄭，幸有吳部師長孫某竭誠照拂，故得安然通過西行，蓋其已暗與武漢方面王法勤等通欵矣。）另有張治公部駐洛陽（原屬劉鎭華「鎭嵩軍」）；豫西則有劉鎭華數萬人駐防，西至閿鄉，與「國民軍」潼關最先頭部隊接近。劉之態度未有明確表示，而馮氏亦不爲已甚，對其留有餘地，不作驟攻之計。至晉閻方面，亦未明顯表示態度。此則中原之軍事形勢也。

馮氏計劃：第一、令全軍陸續入陝。其次，則實施援鄂攻豫，會師中原之策畧。當時軍隊之配置，分爲五路：（一）中央軍由其自行統率，以孫良誠爲總指揮，約八萬人，集中豫西，沿隴海路向東進展。（二）右路軍以孫連仲爲總司令，率其本部二萬人，續派馮治安、韓德元兩師與張耀樞一旅共約四萬人，由陝南出荆紫關，向鄂豫邊境進發，沿途修理電線，剿辦土匪；此右路軍之特別任務在於打通陝鄂之交通線，保護武漢接濟「國民軍」之物資，兼以防禦盤據鄂北、豫西、一帶之逆軍。此路軍後來屢建大功，有利於北伐軍事不少。（三）左路軍以徐永昌任總司令，率其全部（原「國民軍」三軍），由陝西過河，假道山西，直趨石家莊。（四）南路軍，以新由晉脫險歸來之岳維峻爲總司令，率原有之「國民軍」二軍各部五萬人，如楊虎臣、李虎臣、鄧寶珊等，集中於漢中，西向入豫西。（按：岳前被晉軍俘獲，但閻錫山殊機巧，拘禁而厚待之，根本不承認其爲岳維峻，以免惹起馮等惡感，並爲自己留後路。馮回陝後，得無條件釋放。及歸，奮勇請纓，馮准之，乃委任如上言。）（五）北路軍以宋哲元爲總司令，集中後防各部隊於寧夏，東聯綏遠南部待命出發，東趨察哈爾、熱河。以上五路大軍合共約卅餘萬人（連吳新田部在內）。因左路軍徐部須假道山西，行軍困難，而南路陝軍又眷戀家鄉，均未能依時行動。所能直接作戰、指揮如意者，惟馮之本部中央軍與右路軍而已。

時在十六年（一九二七）四月，河南軍事形勢，畧有變化。（上月中，余抵西安報到，以後戰事，多爲目擊或身歷者。）直系舊部靳雲鶚既叛吳而與「國民政府」秘密聯絡，但又不正式加入革命陣線，屯兵於郾城一帶。（余北上時路過其地，因代表「國民政府」與其參謀長密商合作北伐事，靳仍含糊不作露骨表示，但不阻攖余之北行，且派火車送余北上鄭州。）及奉軍南下節節進攻，以靳軍阻路，先圖解決之。靳不得不起而單獨抗戰。武漢革命軍未能赴援，遂大敗於鄭州之南。靳由是一蹶不振，退守原地。此其態度曖昧、不肯切實聯絡革命軍之結果也。會奉方探悉「國民軍」與南軍聯合北伐，行將東出，深懼後防受威脅，不敢以孤軍南下深入，轉分派三旅，由萬福麟統率，沿隴海路西進，協同張治公扼守洛陽、新安，以禦「國民軍」。在形勢緊張之下，吳佩孚迫得離鄭南行，經南陽而至鄂邊，倚于學忠爲護符。在豫西劉鎭華方面，因馮迭派員前往聯絡，亦允就「國民軍聯軍」東路軍總司令職，一致討奉；然仍無明確之表示（至少亦未易幟）。（余過陝州時，向其明白表露身分及使命，劉極表歡迎，堅留余在其軍任政治部長，並向「國民政府」致電請命。余以原有重要使命必須到馮軍總部，故力辭。然所可慰者，劉果加入革命戰線矣。劉之部將出身土匪之姜明玉、早已單獨秘密向武漢輸誠，原擬對劉倒戈，我政府給以某軍名義，將印信交余帶去。余離陝州，過靈寶、乃面交之。）至於山西方面，則閻亦經馮氏派員聯絡，得其允於「國民軍」出動後，至相當時朝，出兵石家莊，以斷奉軍歸路。有此協定，故前奉命假道之徐永昌左路軍遂得通過東出，且改隸晉軍，受閻指揮，殆爲軍事便利計也。

會師中原

於時，「國民政府」電令任馮爲「國民革命軍第二集團軍」總司令。（「第一集團軍」總司令爲蔣公中正，時方由江西進攻華東。）馮派劉驥駐漢爲全權代表。雙方電商結果，決聯合北伐，分路出兵。漢方於四月十九日誓師，翌日出發，以唐生智全部及張發奎全部沿京漢路北上，而馮氏則以所部之中央軍沿隴海路東出，夾擊入豫之奉軍，共謀會師於鄭州及開封。

軍事計劃既定，種種佈置亦經就緒，兩年來含辛茹苦，艱難奮鬥始得復興之「國民軍」，如今回頭來打倒奉軍之大機會臨頭了。十六年五月一日，馮氏在西安「紅城」集合軍民數萬人，宣誓就「第二集團軍」總司令職，其誓詞申明革命出師之大宗旨，有云：

「以爲大多數被壓迫民衆謀最大幸福之決心，聯合革命民衆，將全力貢獻於黨，擁護黨之主義及政策，與國際帝國主義及國內一切反革命勢力作最後決鬥，完成國民革命，生死赴之。」

宣誓畢，馮復高站台上，對軍民全體作長篇的演講，申明革命的旨趣，至最慷慨激烈之時，高舉雙手向衆大聲疾呼：「如果我馮玉祥不是爲救國救民，而只是爲自己爭權利、搶地盤，你們那一位弟兄都可以開槍打死我。」當下全場數萬雄師肅靜無聲，

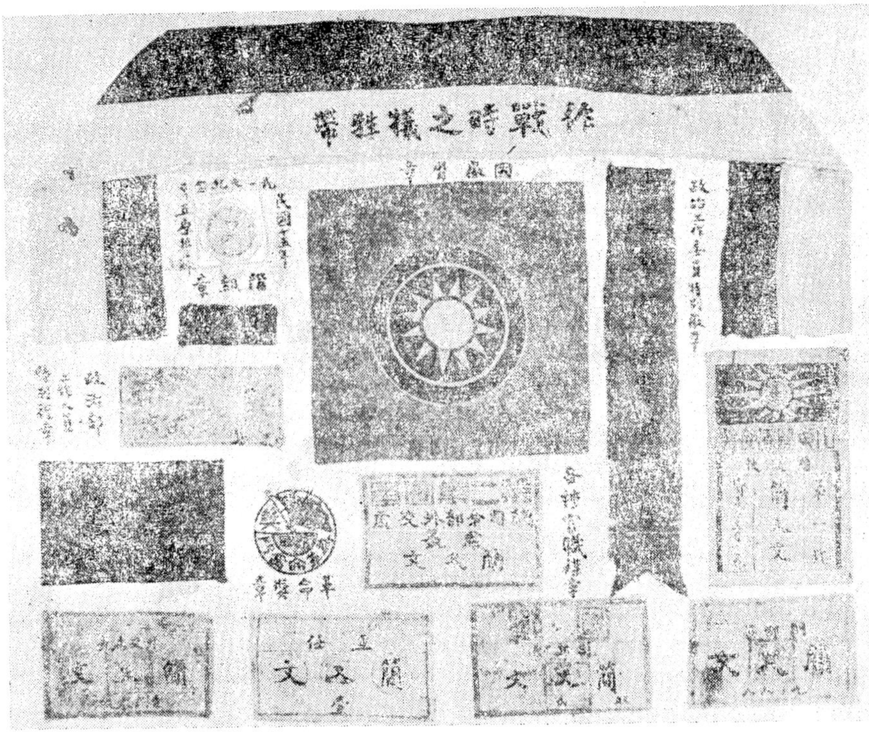

著者在軍中之胸章臂章

一種莊嚴、悲壯、忠義浩然的氣象，似乎充塞天地。余當時也站在台下，親聽此言，親覩此狀，心裏大受感動，不禁掉下淚來。馮氏言行之感動我個人，以此一次爲最深刻，而據個人所知、所聞、所見，其公開表現自己的至善，亦以此一次爲最顯著。演講畢，復有一饒有意義的民衆聯合儀式，以農、工、商、學，及婦女各界代表各一人，在台上圍手聯成一大圓圈，表示聯合，共向馮氏致敬致詞，同時，台下則軍樂大作。儀式既畢，馮氏率黨、政、軍及民衆團體領袖，舉行大規模的閱兵。所到之處，由馮氏領衆高聲慰問：「同志們，辛苦了！」軍士則同聲答：「爲革命服務。」

總司令部之組織如下：總參謀長石敬亭，副參謀長曹浩森；建設部長兼法制委員長劉治洲，代理政治部長劉伯堅、副部長郭春濤，秘書處長何其鞏，軍務處長徐廷瑗；軍需處長魏宗晉，參謀處長吳錫祺，交通處長王以智，軍械處長舒雙全，外交處長簡又文，軍法處長張吉墉，軍政處長虞典書，軍醫處長楊懋，副官處長許驤雲，前敵政治工作團主任鄧飛黃，副主任簡又文兼。

向東出發之中央軍，以孫良誠爲前敵總指揮，方振武、馬鴻逵二人爲副指揮。全部佈置事宜既備，馮氏五月五日下總動員令，並於是日親自赴潼關指揮全軍。是時南方革命軍已開始集中於郾城一帶矣。大軍出發時，每人背負乾糧一小袋，僅備三日之用。時當盛暑，急行軍半日，全袋饅頭已爲大汗浸透，次日發霉發臭，兵官們不能不勉強泡水下咽。因無火車行駛，後方運輸糧食不繼，乾糧既盡則挨飢續行，仍要剋期進兵，眞苦不堪言了。

先是，劉鎭華餘部數萬人分駐陝州、靈寶一帶，雖接受馮氏任命，允一致參加革命，惟以奉軍自東壓迫，身當其衝而不知馮果否出兵，故左顧右慮，未敢有明顯表示。及馮下令出動，對劉部積極「推進」（命令原語）。孫、方、兩部即迅速東發，劉始倉皇懸掛「青天白日滿地紅」旗節節東退。孫部遂於五月六日克靈寶，七日下陝州，沿途毫無阻礙，分路向東進展。盧氏、洛寧、澠池等縣相繼佔領。劉部被迫往南退避嵩山。張治公部則強頑抵抗，退守鐵門、新安一帶，構築堅固陣地。

廿一日，大軍達澠池之東，隨即大舉進攻，包圍新安。激戰之後於翌日克之，繳械者六千餘人，得鎗炮軍需不小。而俘獲品之最有價值者則有鐵路機車一，車輛百餘，蓋大軍初抵靈寶、陜州、機車盡爲劉鎮華奪去，以故行軍運輸，全靠步行，極感不便。有時糧運不繼而購買無地，士兵須挨餓進行。及在新安得此車輛，即以此機車往返運送子彈、糧食，有助於軍事進行不少。聞新安守將於危急之時乘車東去，乃爲鐵路工人所紿，謂敵人已拔去鐵路軌道，奉將乃退還新安，而機車遂得落「國民軍」手云。此則聯合工人民衆革命之好果也。

廿三日，方振武部復進攻至磁澗，奉軍萬福麟率三旅之衆，合張治公殘部共計不下四萬人設三道陣地，以劇烈炮火抗禦；孫、方軍各部並石友三師加以鄭大章騎兵師，連日猛烈進攻，至廿六日，敵始不支，退走洛陽。萬福麟乘車東逃，張治公則南竄入山。是役俘獲四千餘人，鎗炮數千，機車數輛，車輛數十，所獲奉遺下之炮彈尤多。

洛陽既下，馮氏令孫部沿鐵路東進，方部向東南由登封、禹州、趨許昌，以援助南方北伐軍，而以馬鴻逵警備洛陽，騎兵集團則由鞏縣、滎陽、汜水活動，以斷敵人後方交通。廿七日，佔領孟津；廿八日，過偃師；廿九日，敵援兵至，在黑石關憑險抗拒，以圖拆運孝義兵工廠機件及施以破壞。迨大軍趕至，激戰終日，敵不支，乃向孝義逃竄。其破壞兵工廠之計未及施行。追軍隨至，卅日，克孝義。同日，騎兵集團已進至鞏縣以東，向汜水、鄭州方面進擊。第一路軍已由登封小道抄至密縣夾擊敵軍。奉軍在三面受敵之下，情勢危急，乃倉皇向東、北兩路潰退；騎兵乘機截擊，奪獲槍炮甚多。奉軍過黃河後，又爲當地「紅槍會」衆繳械不少。五月卅日下午，「國民軍」佔領鄭州。翌日，南軍唐生智部亦繼至。

「國民軍」騎兵師鄭大章繼續追擊至黃河南岸，又分由張華堂騎兵旅東追至開封，於三十一日晚上至開封郊外，而奉軍全部敗將殘兵，遂狼狽棄城東退，（有「世」日報捷電）。翌晨——六月一日，南軍右翼張發奎部趕至，佔領全城，全城已無奉軍蹤跡矣（見「東」日報捷電）。其最先入城者查係「國民軍」三軍孫岳舊部梁壽愷師也。歷年首鼠兩端，先降吳後降奉之「國民軍」第二軍舊將田維勤在鄭州被捕，即解往洛陽正法。至是全豫遂告肅清，而一南一北之國民革命軍會師中原之計劃完全成功。

勝利原素

河南之役，實爲革命史中最光榮而最沉痛的一章，足與其前攻鄂、贛、諸役之戰功血迹先後相輝映。原來奉軍是役之作戰方畧，係以全力直撲南軍，擬在最短期間沿京漢線驅之出武勝關以南，然後回隴海路攻西北軍。故張學良只遣萬福麟率其衞隊三旅握守洛陽，以阻西北軍之東出，而盡揮三、四方面軍團精銳之師六七萬人迎擊南軍。但因其看不起「南方之強」，又料不到東出之西北軍如是之多及如是之速，以致一敗塗地。攻豫之役之勝利，原素有二：一爲精神的勝利；次爲戰畧的勝利。

曷爲精神的勝利？國民軍之作戰精神，已見上文，毋庸贅述。至於南方國民革命軍飽受政治訓練，人人肯爲主義犧牲，簡直不知有生死。每遇大敵當前，無論敵人炮火如何猛烈，充塞下級幹部之黃埔健兒，及指導政治工作之黨代表，以至上中級軍官，振臂一呼，口號齊喊（廣東兵將更以「××媽」「三字經」爲最有效的作戰口號）即率隊奮勇向前衝鋒，前仆後繼，有進無退，以故無堅不克。其中，以張發奎所率之第四軍、十一軍、號稱「鐵軍」者，尤爲銳不可當。敵人至一聞其名，而膽震心驚。南軍是次戰術，一與敵人接觸，放彈不到三四粒，即行衝鋒，血肉相搏。這是北方軍人所不常用的戰術，以不肯輕於冒險犧牲也。小商河之戰，犧牲尤大。我革命軍人喑嗚叱咤，一往無前，整排整排的戰士，血肉橫飛，倒在河裏，後隊幾至踏屍而過。奉軍氣餒，不得不敗退。此種悲壯沉痛的戰術，足爲革命史上之無上光榮焉。

是役也，南軍與奉軍相比，人不及其衆，械不及其精，彈不及其多，糧不及其足，而奉軍更有重砲多種，砲彈堆積如山。又有騎兵及坦克戰車等，均南軍所無者。惟南軍作戰之妙術，惟靠衝鋒；作戰之工具惟憑主義，卒以制勝。尤可笑者，奉軍雖有重砲掩護前線之步兵，然而後來簡直不敢放一砲。何則？因砲聲一響，南軍大喊幾聲「三字經」即有數百人向着砲烟起處，拚命越過炮火線，蜂擁前進，奪其大砲。奉軍上了幾回大當，於是連砲也不敢再放了。至於奉軍如張學良、韓麟春的第三、四方面軍團，是奉軍之精銳，甚有軍事訓練。然素乏精神訓練；士兵不知主義，不知爲甚麽而戰。戰時軍士所倚靠者，惟在器械。及一遇不怕槍械大砲，並不知生死的革命軍人，自然不是敵手。每遇南軍一衝到前面，惟有喊「弟兄莫打」，即便雙手繳械，或跪下投降，否則棄械逃散。奉軍散兵，及部份撤退之兵，多爲河南各寨村民繳械，以故河南民衆勢力極強，爲日後「紅槍會」衆滋事張本。而且軍心不振，兵無鬥志。更有甚焉者：前敵的奉軍在火線拚命打仗，而其將領輩在後方日夜也拚命打麻將，打茶圍，狂賭狂嫖。如此之軍隊，與萬衆一心、甘爲主義犧牲之革命軍作戰，而仍能取勝者，眞是千古怪事了。

綜上觀之，則謂攻豫之勝利爲精神之勝利，豈不宜乎？然而此役在京漢線大戰兩星期，南軍犧牲之人數，連傷亡共達一萬四千(見汪兆銘「報告」)，政治工作人員及黨代表等陣亡者亦四五十名。傷亡之數，佔全軍四分之一。犧牲之鉅，比例尤甚於攻鄂、攻贛、兩役。革命史最光榮的一章，是用我們武裝同志的寶血寫出的(政治工作人員一體武裝，故云)。我們後死者，其勿忘諸！(按：以上南軍戰蹟，係余到鄭州後，向南軍同鄉戰友調查、採訪所得。)

是役勝利之第二原素，即是戰畧之成功。國民軍兼程東出，夾擊敵軍，至使其首尾兼顧，卒至倉皇北遁。如其退兵稍遲，則前後受敵，在包圍圈內必至全軍盡墨。當時南軍雖屢挫奉軍於京漢線，然而精銳損失過重，補充全無，餉械子彈及一應軍用品俱乏。南軍由武漢北伐，眞是「傾國之兵」，「孤注一擲」，策畧極爲冒險，亦極爲勇敢，非戰畧有萬分把握，不輕易出此。(關于此冒險戰畧聞係鮑羅廷獻出，預計一個月內可以趕回解敵軍到漢之危。)奉軍則後方補充及接濟尙源源而來。苟南軍再獨力戰鬥，則漢之爲漢，尙未可知也。而且當時湖北後方，夏斗寅變於肘腋，楊森東下之師及於沙市，武漢危急萬分。北方戰事苟再延長，結果實不堪設想。幸而國民軍依時趕到，遂奏膚公。而且「國民軍」由陝南經荆紫關而入豫之孫連仲所部數萬人，此時正含辛茹苦，挺進於崎嶇山路間，在後方牽制于學忠之逆軍及鄂北之灰色軍隊，使其不致乘虛而拊南軍之背，及與一切反革命的吳佩孚殘部相聯合，因此南軍得免後顧之憂。計此一路孫仲連軍，陣亡二千餘人。而由潼關東出之師亦傷亡數百人。今日我們追述河南戰蹟，當不能忽畧國民軍的功勞。

至於戰畧上之勝利，則是南北國民革命軍全部的勝利。張發奎率其軍隊由廣軍極南之瓊崖北上，經廣軍、下湖南、取湖北、克江西，一直打到河南而入開封，轉戰數千里路，沒有打過敗仗。同時，孫良誠、方振武等，亦率西北軍，或由南口、或由甘肅、經察哈爾、過綏遠、進甘肅、定陝西、出潼關、一直打到河南而克鄭州，亦轉戰數千里路，也沒有打過敗仗。兩軍皆號稱「鐵軍」。一南一北，豐功偉績，遙遙相對，無獨有偶。卒之，南北二鐵軍，夾擊頑敵，會師中原，使「鬍人不敢南下而牧馬」(奉軍部份將領綽號「鬍子」本馬賊出身)，猗歟盛哉！此豈非革命史中足耀千秋之佳話乎？

尙有一趣事。張學良北遁時，留下一封親筆函與南軍，畧云

：此次因「政見不同」，以至南北交兵，但因訓練無方，威令不行，以致不敵，「見笑見笑」。但有三件事請南軍注意：一、鞏縣兵工廠及黃河鐵橋，本來退兵時可以破壞，但不毀之，以「為國家保全一點元氣，請為見諒；」（按：奉軍於「國民軍」東進偪近時，奉軍原欲炸毀兵工廠，不過急於西退不及施行。至黃河鐵橋則確已被破壞一部分，不能通車。未幾，余被任為「前敵政治部」主任，躬率工作人員北上，至鐵橋上停車不能前進。猶記是夜為農曆七月初六日——乞巧之夕。）次則請好為照料奉軍俘虜（但奉軍則慘殺革命軍俘虜）；三則河南人民，久受兵災，困苦之極，其本人（張）已捐五萬元賑濟之，望南軍盡力撫卹云云。（其實分文未嘗捐出。）這一封信，恰好視為攻豫之悲壯沉痛的戰史之小小點綴，故並及之。

鄭州之會

鄭州將下未下時，南軍總政治部主任鄧演達繞道至洛陽，由余招待及陪伴，同至豫西陝州謁馮氏，共商今後革命進行計劃。事後鄧對於我們在「國民軍」的全體政治工作人員之刻苦耐勞，努力工作，嘉許備至，多方鼓勵。鄭州下後，鄧與馮氏同至鄭與南方各位同志多人相會。馮氏乘車兼程東行，於十日抵鄭。時，武漢方面之黨、政、軍、領袖譚延闓，汪兆銘（四月初由俄回國）、孫科、徐謙、顧孟餘、唐生智等，已於三日前抵鄭。馮專車一列到達時，羣赴車站歡迎。馮衣灰色土布軍服軍帽，背土製雨傘及饅頭袋，一如全軍士兵裝束，滿臉鬍鬚，從一輛篷車下來，行至各位面前，衆始驚訝，拱手相見。(于右任隨亦來。）由翌晨起至十二日，大衆開聯席會議，議決軍、政、黨務、要案多件，皆與以後革命大計有關者，大致如下：（一）軍事方面，河南全省及陝甘兩省併歸「第二集團軍」防地；豫東、豫北之餘敵由其肅清，而唐、張，各部即回武漢，蓋是時夏斗寅部變起肘腋，楊森東侵之師亦迫近漢口，不得不迅速回師。（二）軍制方面，「第二集團軍」改編為八個方面軍，各總指揮如下：第一、孫良誠，第二、靳雲鶚，（以其此次協助北伐有功），第三、方振武，第四、宋哲元，第五、岳維峻，第六、于右任（統率駐陝各部，後以于不就，改委石敬亭），第七、劉郁芬(統駐甘各部)，第八、劉鎮華。另有河南舊軍如梁壽愷等部，亦撥歸馮統轄改編。全軍在馮總司令麾下，嫡系廿餘萬人連新編各部不下倍其數。此為馮氏畢生統兵最多時期。(三)政治方面，以馮兼任河南省政府主席，劉郁芬兼任甘肅主席，于右任兼任陝西主席（于不就，亦由石敬亭兼代）。（四）黨務方面，設「開封政治分會」，以督導豫、陝、甘、三省黨務政治，並以馮氏兼任主席。

鄭州之會，尚有一事對於馮氏發生大影響者，即武漢到會諸公，於商定黨國大計外，紛紛將共產黨在南方，尤其兩湖，跋扈兇暴，及俄人鮑羅廷顧問之陰蟄專橫，種種實情向其詳述，且甚表不滿。其中以徐、顧二人及唐部將劉興、何鍵等尤為痛切，均恨共黨刺骨。時，馮已甚壓惡共黨在陝西各處及本軍各部內之胡鬧與搗亂，尤恨其直接行動，隨意殺人，擾亂秩序，惟格於「國民黨」當時容共聯俄政策，一向猶隱忍不言，以免蹈「反革命」或「違黨紀」罪名之橫加。至是，始恍然得知共黨與左派「幼稚病」之普遍，而南方同胞所受之痛苦與陝西等；後來馮氏徹底清共之舉，蓋肇源於此。

徐州之會

方鄭州之會猶未散時，南方諸公忽接共黨首領陳獨秀自南方拍來緊急密電，挑撥是非，報告馮氏已歸順南京方面，促他們急返。會議甫畢，諸人即行返漢，而留顧、徐、二人在汴助理黨政。（二人旋亦南歸，但以後徐仍常來往。）是時，蔣總司令自克閩、贛、浙、皖、蘇後，以不滿於鮑羅廷與共黨及左派之在武漢把持中央，與武漢方面同志分流。四月中旬，召集中央執監委胡漢民、吳敬恒、張人傑等等，在南京組織「中央黨部」及「國民政府」。然而漢口與南京雙方在黨政方面雖分化爲兩局面，而彼此對於北伐之舉却能顧全大局，一致行動。方唐、馮兩軍沿京漢、隴海、兩線攻奉之際，蔣總司令亦提師沿津浦線進攻孫傳芳餘部，直至徐州。十七日，蔣氏電約馮氏往徐商洽軍、政、黨務。

時，漢方諸委員已南下，馮氏即乘車東往，自己所坐的是鐵篷車，隨員何其鞏、熊斌等數人則坐頭等花車。十九日抵徐，與蔣、胡（漢民）、吳（敬恒）、李（煜瀛）、李(烈鈞)、張（人傑）、鈕（永建）、蔡（元培）、黃（郛）、各要員暨李（宗仁）、白（崇禧）、黃（紹雄）、三總指揮等相晤。馮氏駐京代表李鳴鐘亦隨到。馮氏此次徐州之行，極端秘密及愼重，我們在總司令部各人員鮮知之者。事前，他令鐵路局備車往西去，及車頭機器發動，忽下令東趨。鐵路人員甚以爲苦，卒費了許多時間始克遵令東行。詎料列車開動不久，即遇炸彈爆發。馮氏幸得免喪生，亦云險矣。乃即下令嚴行查辦，終不能破獲誰是主謀也。據李宗仁述初見馮氏的情形：「馮氏穿一套極粗的河南土布製的軍服，腰束布帶，足穿土布鞋，和我們這批革履佩劍、光彩輝耀的歡迎人員形成一尖銳的對照，頗覺滑稽可笑。」（見黃旭初述：「李宗仁馮玉祥兩人的關係」，載香港「春秋」半月刊，黃氏彙編所撰各篇，未列舉各期日期及號數。）

上次與鄭州之會，馮氏爲主而漢方諸委員爲員爲賓，至是次會議、則馮氏反而爲賓。至徐時備受主方同志極熱烈之歡迎。從前，他曾屢與「國民黨」人物接觸及相交，但只是個人的交情。在這兩次的會議，他初次與全黨的領導集團作官式的相叙，並與黨的最高的機構作正式的接洽。一切所歷所見的實際情況，對他一向的生活經驗大爲不同，所受的印象並不完全如他理想所期望的。是時，強敵甫敗退而寗漢雙方意見愈深。據李宗仁言：馮氏到徐州之夕，寗方先與其談論對付武漢問題，要其一致行動，進攻武漢。馮氏即婉却之，一力主張調解。翌日開會，遂不提出此問題，而只談共同北伐事云（見黃旭初文同上）。試想；馮氏以新進之黨員，對於雙方分流之背景，毫不了了，而且與漢方同志在鄭州會後無幾時，政治軍事之新地位由此而來，無異互訂聯合共進的新盟約。此時，墨瀋未乾，言猶在耳，何能忽爾反唇相稽，反戈相向耶？顧馮氏擁有雄師（嫡系軍隊共約廿四五萬人，全部約十萬，爲寗漢雙方所不及），介於兩者之間，雙方均欲拉攏爲助，藉以自重。他最初的感覺即是「左右做人難」，更不欲介入兄弟鬩牆之爭，故一到徐州即有上言之表示。乃捨此不談而言他；以抵徐未久復飫聞寗方諸同志對於鮑羅廷及共產黨之厭惡，與漢方如出一轍。於是在聯席會議中一致決定清黨去鮑及貫徹北伐兩大計。而馮氏個人及西北各省之軍事政治之新局面仍照鄭州會議所決定，一無改變也。會議散後，各人亦感結果滿意。蔣、馮兩公會銜發出聯合北伐通電，馮氏並單獨去電漢方請去鮑羅廷。電文有云：「所有以前發現共黨對本黨及『國民革命』破壞之陰謀與實據，先應設法矯正。至於鮑羅廷顧問，鼓勵政潮，已失助成『國民革命』之本意，應送其回國。而「國民黨及『國民政府』必須統一，萬不可分離，以爲『國民革命』之障碍。」發電後，馮氏遄返豫省，進行第二步軍政工作，積極準備第二次北伐。

清黨驅鮑

回到鄭州，馮氏即實行徐州會議所共同決議之清黨運動。七月間，首先將軍中所有共產黨徒驅逐。清黨章程，係由徐謙手訂，由馮氏核准施行者。徐向有極端左派親共份子之稱，此事外間鮮知眞相，故不憚煩詳述於此。緣由廣州到武漢後徐亦日漸明瞭共黨之專橫兇暴，憤恨於心。馮氏出師至潼關，他首先去電陳說一切。是時，馮軍中共有共黨五六十人，幾全在政治部工作。馮氏下令：全軍各級政治工作人員，一體到開封受訓及甄別，並訂定對付共黨三種辦法：一、自己報告是否共黨；二、凡是共黨，一概脫離政治部；三、如有共黨仍欲繼續國民革命工作者，須宣佈脫離共黨而誓忠於「國民黨」。此大概是上言徐謙所擬之章程之一部份也。令既下，首先解職者爲把持全軍政治部之共黨首領劉伯堅。另有四十餘共黨黨員被查出。馮氏派兵以專車押送赴漢口。其餘少數或自行離開軍隊，自覓去路，或則宣佈脫離共黨。尙有一二人，因言行過於激烈，干犯軍紀，致被監禁者。全軍清共運動，至爲徹底。按：當時傳說徐爲北方共產黨領導人，其實非也。徐著：「鮑羅廷罪惡之罪惡」，此時在武漢刊行，強調自己不是共黨，且爲首先勸馮氏清共者。）

是時，武漢各委員，自鄭州囘來後，即發現共黨進一步圖吞併「國民黨」之大陰謀，因即厲行清黨運動。先是，蘇俄史太林把持之「第三國際」，爲鞏固及伸張中國共黨勢力計，密令鮑羅廷等，施行下列各條：一、排去「國民黨」諸領袖、而代以共黨；二、編練農軍數萬人爲共黨親信軍隊；三、准農民直接佔有田地。鮑固陰鷙深沉，素持穩健緩進政策，以爲此數種辦法如一旦施行，適足以引起「國民黨」全體之反感，必致令共黨及俄人無立足之地，遂不贊成，且力主不宣佈。不意有第三國際代表印度人羅易（M. N. Roy）或譯魯依），堅決主張服從「第三國際」命令，自行宣佈此密令。其原文摘要如左：

「無土地革命，勝利是不可能的。無土地革命，國民黨和國民政府將變成不可靠將領的玩物。我們很堅決的贊助從下級沒收土地。（按：意謂不經上級機關——國民政府，下令沒收土地。）

少數老國民黨中央委員，在現在的情況下，發生恐慌了。他們態度動搖，想妥協。目下，在中央委員中，增加工農的領袖，已有必要。他們的勇敢聲音，可以使老中央委員增加堅決的性質，或者將老委員代替了。國民黨的構造，必須改變了；應當從土地革命中所產生的領袖，納入國民黨的上級機關。

依靠不可靠的將領之現狀，應消滅之；應當武裝兩萬共產黨員，加上從兩湖挑選五萬工農，組織新軍隊，以軍校的學生担任指揮之責。這樣子，在時機未晚之前，組織我們可靠的軍隊。否則不能保障勝利。」（上文錄自徐謙：「鮑羅廷罪惡之罪惡」小冊，頁四—五，民十七年二月私印）。徐氏又云：事後「聞鮑乃逐羅易離漢，使其黨暗殺之於途中，詭稱遇匪」。（原令譯文詳見蔣永敬：「鮑羅廷與武漢政權」頁三三八—三三九，民五二年台灣商務版。」

密令一宣佈，武漢方面國民黨諸委員如聞晴天迅雷，霹靂一聲，大受震動，勃然憤怒。既恍然覺悟「第三國際」及史太林之陰謀毒計，圖以併吞手段消滅「國民黨」，深信不能繼續施行聯俄容共政策，乃決議驅逐鮑氏及所有俄顧問，並厲行清黨運動。此實「天奪其魄」，事出意外，鮑氏竟被犧牲。假如羅易不宣佈密令，鮑氏不致被驅逐，而國、共、兩黨之關繫與此後時局之變化，又不知成爲如何局面了。

鮑羅廷過鄭州

鮑既被逐，不敢沿長江，經南京，赴上海，只得取道豫陝、甘，經外蒙古庫倫一途而囘國。遂由漢口乘專車一列，挈所有俄人及共黨與親共死黨若干人以俱行，隨帶汽車數十輛及大量糧食。（聞汽車多輛係在上海定購，皆美國貨，故美領事得事先忖測其行踪。）七月廿八日過鄭州時，馮氏仍以禮待之。（余當時在西北軍爲中央黨部特派政治工作委員，兼任總司令部外交處處長，是總部內唯一操英語者，故被任招待及傳譯之責。）

馮氏於兩日間與鮑會談數次（均由余任雙方傳譯）。所談諸問題，極有趣味，且饒有史料價値，茲以當時個人紀錄摘要敘述如下。

次日（廿九）第一次會晤之下，寒喧既畢，鮑先發言：「蘇俄用了三千餘萬鉅欵，我個人費了多少心血精神，國民革命纔有今日之成功，而今則人人皆迫我去。我失望之極，傷心之極了。

馮答：「我國所需要的是國民革命，不是共產革命。你們在兩湖橫行無忌，使舖夥打店東，佃戶打地主，學生打師長，猶且焚殺搶掠，行同土匪。您須認罪！」

鮑言：「連您也通電驅逐我，尤令我大大的失望。大約是環境迫您，旁人勸您，說我壞話，故爾如此。」

馮答：「武漢諸同志，汪、顧、徐、孫等來此，均說您們不是。我所以發電請您回國。」

鮑言：「起初，我們對您有很大的希望，期待您入豫之後，出兵由徐州攻南京，一舉而打倒蔣介石，即推您為全國總司令。可惜我當時因病未能來鄭州晤見而勸您。而今則機會已去。但您何故要去徐州與蔣聯合呢？」

馮答以理由甚多，請其猜猜。

鮑謂：「第一、因餉械之補充，須仰仗寗方；第二、因雜牌隊伍及山西閻錫山之牽制，使您不敢助漢攻寗。是否即此理由？」

馮答：「您所猜的都對，不過尚有一要點，您所不知。蔣已聯絡了岳維峻（舊國民軍二軍），使其攻陝，襲吾後路。我舉動稍一不愼，全軍即被截為數段。蔣已叉着我的咽喉（言下，以手作勢，自扼喉部）。我怎能不到徐州呢？」鮑乃表示了解。

翌日，鮑又謁馮，仍由余傳譯。是次談話範圍，多關於革命方法之討論——不，其實是辯論。鮑明白表示意見，主張民衆——農、工——直接行動，認為這才是澈底的革命方畧。馮謂不然，駁之曰：「如果在軍閥或專制政府之下，實行秘密革命工作，則此類行動，很為合理，藉以推翻他們。然而在革命政府之下，此事可以按軌道，而且必須按軌道，否則不特社會秩序破壞，兼是自己革自己的命了。」

鮑質問其有何具體例證。馮氏乃一一數出陝西黨部及民衆運動之胡鬧行為，或隨意殺人，甚有持鍘刀殺人，鍘至頸上則又縮手收回，致令其人飽受驚嚇，宛轉啼號，方被害死者。

鮑乃強辯，謂：「在革命時期，過火舉動，在所難免。此輩冤死者，乃為革命不可免的犧牲；俟革命成功後，舉國將以花圈紀念之。」

馮氏聽了，有些兒焦急，亦有些兒忿恨，力駁云：「那是另一問題。目前最要的問題乃是：我們承認此類行動是對抑或不對——是非問題。」

鮑又問：「黨怎樣說？」

馮氏答：「最可痛的就是：黨以為是對的」

鮑似乎自鳴得意，欣然答曰：「既然黨以為是對的，那末，一定是對的了。『黨權高於一切！』我們還有甚麼可說呢？」

馮氏高聲云：「然而並不是全黨，或大多數都說是對的，不過那是少數幾個執行委員的主張罷了。」

鮑即為之開解說：「那末，不成問題；少數應當服從多數。多數應懲罰那少數啊。」

馮氏輾然而笑，面現得了全勝的顏色，答道：「對了，對了！那大多數都是國民黨員，那少數就是共產黨員啊。」

好厲害的辯才！一步一步的緊迫，使鮑退到屋隅，無可轉身；一層一層的邏輯，使其感到理虧辭窮，辯無可辯。我那時，看他一眼，見他面色驟變蒼白，張口瞪眼，半晌不能發一言。這場雄辯，唇槍舌劍，針鋒相對，極為有趣。而稱雄逞智，縱橫一時的鮑羅廷（原是律師出身的猶太種人）竟為一個大兵出身、未會受過學校教育的馮氏所難倒！此情此境，距今且四十年，仍深銘余腦中，不能忘也。

鮑既無可答辯，乃轉問馮：「然則依您的辦法，便應該怎做呢？」

馮氏很高興的答道：「依國民黨的辦法，即是我所主張的辦法。土豪、劣紳、貪官、汚吏、應由革命政府依法懲治。社會種種的腐化、惡化，或農工之不平等待遇，應由革命政府訂立法律制裁、改善、或創新。如是，革命乃有進步和成功之可言，而三民主義乃可實現。例如：兵工廠如何改良？農田怎樣改革？只是立幾條法律便可施行，又何必殘民以逞呢？」

鮑駁覆謂：「如此，只是上層工作。要革命之成功，非從下層工作入手不可。」

馮氏則莞爾而笑，反駁曰：「中國還有宣統皇帝嗎？還有貴族嗎？還有專權獨裁的總統嗎？那眞是上層階級了。我們革命黨人都是下層人物。我是泥工之子，無產階級出身。我們執掌了革命政權，訂定和厲行革命法律，以爲大多數同胞謀幸福。那種不是下層工作嗎？」鮑亦無言以對。這是鮑氏在中國最後一次所打的敗仗。

馮氏再以謙虛態度，請教今後革命進行方畧。

鮑謂：「前兩月，我很希望您攻甯倒蔣，今則沒用了。爲今之計，您當急攻武漢。一得兩湖之地，即可養兵十萬，又有漢陽兵工廠以補充軍械，則國民軍（即馮軍）勢力尚可保持長久些兒。」馮聞而咋舌，支吾不答，但私謂余曰：「老鮑眞兇啊！眞兇啊！」（我當然不爲其翻譯此話。）馮自有充份理由，決不作南攻武漢之想，惟付之一笑而已。

鮑又對馮曰：「今後中國國民革命已走入歧途。結果：全國將變成新舊、大小、南北軍閥混戰的局面。您如練有十萬精兵，加以政治訓練，而趨向正確的政治目標，必可統一中國。」

最後，鮑尙勸馮與新派革命同志，如宋慶齡、鄧演達等合作，另樹一幟。又謂彼今雖快快回俄，但如有需要，可隨時再請其來相助云云。馮氏均不置答。會談遂告終止。

鮑原欲在鄭州多住幾天。但卅日黃昏，馮忽召我入總部，面諭轉知鮑限其兩小時內離鄭西去，他担任沿途保護。隨再令副官處長許驪雲會同我辦理此事。馮氏突然令其速去，不知究因何故。我想，也許他極力避免甯漢兩方的疑忌，所以不欲他停留多日吧。

奉命之後，我初時不知如何是好。爲馮設想，明知必須用外交手段，宛轉措辭，「不出惡聲」，免傷「和氣」方能合意。苦思一會，忽然「眉頭一縐，計上心來」。我與許氏會商後，即同上車站，登上鮑的專車。我對他說：「適接鐵路局來電，隴海、京漢、兩鐵路（東西、南北行、鄭州爲交通叉點），均有列車到鄭州，而你們的列車橫亘站上，障碍交通，不便久停，可否通融？」老鮑究竟是個聰明人，聞而會意，即點頭問我：「你們要我幾時走呢？」我說：「當然愈快愈好，以便路局調度路軌。」鮑乾脆再問：「那末，一點鐘內，可以嗎？」我毫不着急的答：「不要忙，兩點鐘內吧。」鮑首肯，我完成任務。

當下，許先告辭，趕急準備鮑離鄭事，如關照路局，備辦禮物，報告馮氏，安排送別節目等。而我呢，則鮑似乎「依依不捨」，留我長談。當時，在車內最惹我注意者即是見有一個中年的美國女作家史特朗(Anna Louis Strong)，對鮑極爲恭敬，盡力巴結，至親手爲他扯風扇並表示願與其他同行人等輪班服務，自己每日扯二小時云。（其後，她爲共黨多寫文章，大事宣傳年前去世。）鮑對着我大發牢騷，憤憤而言：「中國人個性太強，中國所最需要者乃是不自私自利，悉心爲公，而肯犧牲一切的領袖。」當時，他指名謾罵，我在外交立場不便正面答覆，只是擺出學者研究的面孔和態度，含笑而當面質問他：「你如此注重精神與道德，你們的唯物主義那裡去了？」他面露苦笑而不答，却「顧左右而言他」。

少頃，他轉把一頂「高帽」笠在我頭上，用甜言蜜語引誘我說：「你年方少壯，有學問、有大志、有能幹、大有可爲，前程無限！可隨我到蘇俄去。我將造成你爲中國革命領袖。」（按：「領袖！」「領袖！」當年有不少青年被共黨或左派首領慣用這種「迷湯」引入歧途。）我答道：「多謝盛意！不過我現受軍職，不能自由行動，必須請示於馮總司令，得其核準，方能奉陪。」遂暫告別。隨向馮氏詳細報告經過，並及鮑之邀請赴俄事。馮氏答

：「好呀！你就同他一齊去，沿途留心他的言論與行動，隨時給我報告；到俄後考察幾個月再回來吧！」我答以如果一定要我去，因我父母年老，身爲獨子，當先回粵省親，然後再由海道赴海參威，轉乘火車去。他說：「那又何必多此一舉呢？」乃作罷論。我做「中國革命領袖」的機會遂斷送了，呵啊！

入夜後，鮑的列車升火待發。馮前在蘇俄聘來的軍事顧問，如烏斯曼諾夫、謝福林等，均隨鮑回國，預先上車。（聞鄧演達及共黨數輩均同車而去，惟未見露面。）

我隨馮氏及高級軍官親到車站「歡送」。馮雙手遞給他一個公文大封套，內有聘請鮑爲「高等顧問」的聘任書，還口口聲聲請他以後「不遺在遠，多多指教」。隨由許驤雲送上大紅縐紗一疋，算是馮的薄禮。一時，軍樂大作，各人一一與鮑握手道別。機車汽笛嗚嗚，鐵輪軋軋，列車緩緩開動。鮑羅廷果然走了。

在結束本篇之前，還應把一個重要消息報導——這是事後馮氏告我的。當鮑氏由漢赴鄭時，汪兆銘有密電與馮，請馮就地殺之。但馮不上當，不肯下手，並指出這是曹操假手劉表以殺禰衡，而劉表又假手黃祖殺之之手法。（此事已載馮著「我的生活」頁七〇四。）反而特派高級軍官二人隨軍保護鮑，直送到庫倫。

鮑氏列車向西行，至隴海鐵路終點，乃轉乘汽車入陝西、經甘肅，而穿過大沙漠，直到外蒙古庫倫，轉乘西伯利亞火車回俄。事後，聞於途間有一輛汽車失事翻車，乘客與物資有損失否，則不知矣。於是，「國民軍」聯俄容共史之最後一頁告結束了。

河南之黨務政治

馮氏自鄭回豫，即注意於黨務政治方面。由開封政治分會主持各級黨務，以鄧飛黃任秘書長。鄧嘗與共黨及左派分子等，響應汪兆銘之反宗教運動。但纔一發動，即被馮立刻禁止，當面嚴厲申斥云「本軍幹部士兵多人一向篤信基督教，而今則有信奉回教之馬鴻逵、馬鴻賓等教萬人加入，共同從事革命。本黨根本主張信教自由。難道你們必要本軍信基督教者一律背教，又必要信回教的人人吃豬肉，才許可他們革命嗎？眞胡說霸道，荒謬之極了。」反宗教進行乃停止。凡此皆「幼稚」與「過火」之病。

又有一趣而怪的事發生。薛篤弼掌民政，忽嚴令，全開封商店大門，一律要髹藍色，以示黨治。一時外國顏料價格飛漲，商民苦之。馮氏方出巡他處，聞而急電制止，前令乃取銷。在清黨分共以前，濃厚之「紅色」標語隨處可見，但標語政策，收效實微，而且鄉村「愚民」智識程度過低，究不知標語意義是什麽，有時且鬧出大笑話。例如：豫西有一村婦偶然聽到人家讀出「打倒投機分子」一語，即吃吃不絕的笑說：「馮玉祥眞好，連『偸鷄』的毛賊也要打倒！」又有鄉民看見「打倒帝國主義」之語，即指着下面印出馬克思、列寧、兩像大罵「這是帝國主義！」諸如此類的笑話太多了。

尚憶起兩趣事，可反映正當聯俄容共時馮氏對俄人的態度。其一他對於俄軍事顧問烏斯馬諾夫等，只作禮貌的優待，實則並不信任，尤其不肯告以本軍秘密內容。一次，烏公然詢問西北軍某種內容、馮大爲不懌，反問曰：「烏同志，你知道中國文字『顧問』二字，是何意義嗎？那是，凡我『顧』而『問』你之時，你就說話。」意指，如不問則不必說。烏面有赧色。他恐其難過，再補說一句：「但是如果我一有所問，你必須盡所知以答啊！」兩人乃一笑而散。其次當武漢諸公到鄭州開會時，軍事顧問俄人加倫將軍（加倫原名 Blucherov，看李應林譯文「加倫將軍之出身」，「逸經」九期）亦隨往。加倫欲與馮氏會晤，馮氏約其明晨六時。屆時，加倫猶擁其女秘書高臥未起。（時，加倫與余同寄寓中國銀行寓所。）及託人向人馮氏道歉再約時間，馮指定明日五時；兩人終至緣慳一面。

尚有一事足述者有一基督教牧師名浦化人者，在馮軍中任傳教工作多年，爲人忠直誠篤。馮氏自蘇俄回陝後，謂其頭腦陳舊、思想頑固，嘗命其隨鹿鍾麟往俄學習。數月後回豫，馮氏派其任勞工福利事務，嘗撥欵三千元爲事業費。及清共後浦忽遁去，留下別函反指馮「頭腦陳舊、思想頑固」，不堪共事，並謂所撥欵已盡分給工人云。馮氏命我們澈查，確實證明其有派欵之事。原來浦氏在俄已加入共黨，由至「陳舊頑固」一變成爲至激烈分子，可謂「兩極端會合」了。所可異者檢查其遺物乃發現共黨所發命令一件，着其照常繼續傳教云。蓋藉此「外衣」以掩護其「赤化」工作也。馮氏循例下令通緝，但令文却寫「蒲化人」名字，則根本無蒲姓其人，亦幽默之甚矣。此案遂以不了了之。（浦後來在南京爲「國民政府」拘捕，馮氏一力保釋之。）（又：當時另有一與浦志同道合相與合作的董健吾牧師，國學甚優，亦離軍回滬。我主辦「逸經」時屢以「幽谷」筆名撰考證文章投稿。「紅軍二萬五千里遠引記」長篇，亦由其多方設法，從延安共產黨總部採集資料編成者。）

其在政治方面，新的省政盡力整頓財政，提倡黨化教育，改良民政、司法等項。當時，馮極力羅致人才，厲行新建設。教育家凌冰、查良釗、鄧萃英、陶行知等，及唐悅良、黃少谷、孟憲章、馬伯援、王湖、谷鐘秀、焦易堂、馬福祥（馬鴻逵父）等均在軍中或政府中服務，或任顧問。王正廷來豫一度任隴海鐵路督辦。（王氏後來在「國民政府」任顯職，時以軍政重要秘消息告馮氏，故馮氏每遇緊要關頭，得事前籌劃應付方法。嘗語余：「他是我們駐京的高級偵探。」）孔祥熙其時猶未得勢，亦常來聯絡。洛陽、鄭州、開封三地，冠蓋甚盛。一時，政治煥然刷新。所可紀者，——則在開封辦一「政治訓練班」，有男女學員千餘人，是爲三省行政、黨務、民衆運動、及政治工作等之儲才舘。又設立「農村組織訓練處」、「改良工人生活委員會」，「放足處」等機關，以施行新政。

前敵政治工作

自清共後，全軍政治部改組；以郭春濤任代理部長（薛篤弼仍兼任部長），「前敵政治工作團」之組織爲委員制，劉伯堅派共產黨員加入，工作受其多方制肘，成績不大。到鄭州後，團長鄧飛黃盡向馮報告經過。馮一怒解散之，另設「前敵政治部」以我爲主任。（時，唐悅良到鄭，接任外交處長。）我即積極進行編組，就地徵得年富力強、具革命精神而有高等學歷之青年數十人爲工作人員。有余前在北京刱辦之今是學校教職員數人遠道來投；全體人員，除總部數人之外，分爲兩大隊。八月間赴河北工作，駐黃河北岸之新鄉。時吉鴻昌師亦駐此。會聯合開「軍民大會一次，以打倒日本帝國主義及奉魯軍閥爲宣傳目標，赴會者三萬餘人。隨令第一大隊赴最前線彰德，第二大隊赴豫西焦作，分頭展開工作。

第一大隊出發後數日，得聞彰德地方不靖，工作進行爲難。余即乘車前往親自督導。至則知該隊正在籌開「軍民大會」，而環城遍地之「紅槍會」衆蠢蠢欲動，險象環生。「紅槍會」者，爲當地愚民之一種迷信組織，另有「扇子會」等等名目，皆白蓮教之餘孽也。迷信符咒仙佛，咸自信刀槍不能傷。前月奉軍敗退時，各地村民蜂起爲難，繳械甚多，其勢愈張。寖假雜有流氓土匪於其間，於是居然有首領，有組織，到處滋事。彼等不知主義，不講道理，惟事恃強凌弱，搶刼財貨，橫行霸道，爲害地方，愈聚愈衆，日肆囂張。其時，又受了靳雲鶚運動起事響應，專與馮軍爲難，情形更複雜困難了。（關於「紅槍會」詳情，請看「逸經」廿五期，「文灰」一篇，頁七七。）

馮軍駐防彰德者，爲吉鴻昌師之吳金堂團，約千人。吳與我曾邀約會衆首領會議於城內，盡力勸導，曉以大義，但終無效。迨吳團奉令調防，城內交由民團馬曉軍營長駐守，有衆五百人。是夜，吳金堂團開赴車站，邀余同行。中夜機車發動之際，紅槍會衆包圍車站，放槍示威，尋而我全隊工作同志均奔至車站會合，有一人被會衆殺死。整夜時間四面土炮聲響，即召集各處會衆之訊號也。由是，愈聚愈多，宣言非我軍全體繳械不放行，亦步武前月對付殘敵奉軍之舉動也。吳團長沉着應付，苦戰兩日不得脫。幸仍有電報與師部通消息。馮氏已知其事，但不欲派大兵接應，免民衆傷亡。吉無奈，連夜與旅長張印相親督數十人，肩抬機關槍四挺，趕至現場；再戰一日，亦無法解圍。即於下午派隊四出進攻，追奔逐北。乘夜間冒大雨突圍，沿鐵路南撤。我政治部員均隨行。全軍輜重均爲刼奪。留守之五百民團被殺斃復不少。於是彰德一帶，落在匪手，殺人越貨，人民備受蹂躪。此處爲北伐必經之路，萬不能失。馮氏乃派大兵往剿。所派爲吉鴻昌及馬鴻逵兩師。兩日內悉平之，殺會匪約千人，恢復城池，維持地方。派重兵緊守此最前線，以防奉軍。

是役，我「前敵政治部」人員全體幸得生還。我個人因中途遇伏，與全軍衝散，危險萬分。乃孑身回車站，避匿工程師同鄉梁綺濤君家中，即「割鬚棄袍」，化裝鐵路人員，多日後始得回新鄉、鄭州。時，馮氏及南方諸友均相信余已遇難矣。自經是役之後，馮氏以大戰時期前敵工作人員常與軍隊脫節，而且收效亦微，即表示改組之意。同時「政治部」代部長郭春濤亦因某種政治關係素不欲余自樹一幟，乘機建議解散。馮氏即決定遣散我部人員，另留余擔任他種工作焉。（是役經過「我的生活」頁七一二，對我個人頗有獎語，但記事不盡確實。）以上本節所述概況，多限於河南一省，以其爲馮當時駐節親自治理之地，亦多爲著者親歷目擊之事。其關於西北陝、甘、以及河南等省之施政詳情，備載李泰棻「史稿」，茲弗及。）

（本章完。下期續登第，十四章）

更正　上期本書十二章（頁八八下）關于贈羊數萬頭與馮軍一事，查王同春已于民十四年去世（見本刊第三期王傳）。此次贈羊者僅其子王英（見馮著「我的生活」頁六二〇）。

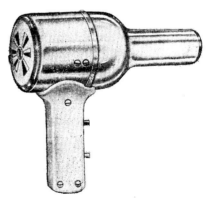

長征途中陣前易帥

周恩來評傳（十三）

嚴靜文

古云：「少年得志大不幸」，用在周恩來身上再恰當也沒有了。

周在南開中學畢業後，去日本留學不成，回到天津進南開大學，因趕上五四運動、搞學潮入獄，在南大一年只是掛名並未好好上課；一九二〇年勤工儉學去了法國，也從未正式入學讀書，在歐洲住了四年，一直在搞政治，除了學會講英語法語，讀了些馬克斯主義的小冊子，也沒有學到什麽專門知識。一九二四年一月國共正式合作，一九二五年周奉調回國，以二十七歲中學程度的青年，竟一躍而爲黃埔軍校政治部主任，繼而國民革命軍第一軍政治部主任、第一師黨代表，遂奠定他在中共內部的軍事地位。

一九二七年八月一日，以總前委書記掛帥，領導三萬大軍搞「南昌暴動」時不過二十九歲，一九三〇年以中共中央軍事部長，節制三十萬紅軍，時才三十二歲；一九三一年十二月進入蘇區，以一方面軍政委直接指揮十五萬大軍，進行了兩次反圍剿戰爭，到一九三四年率紅軍主力突圍西竄時，也才不過三十七歲。由於他一開始就出任高級領導職務，在中共黨內是最高軍事權威，一向習慣於發號施令，而且兼職太多工作太忙，對部屬不免頤使氣指。這與毛澤東深入中下層攏絡幹部的作風恰相對照。也是一九三五年一月遵義會議，遭多數紅軍將領反對，被毛澤東奪去中央軍委主席的關鍵。這對周恩來是事先料不到的事情。因爲他擁有的條件太優越了。

第一、他是中共黨內公認的最高軍事權威，自一九二七年一直任軍事部長，而毛澤東最高職務只做過一方面軍的政委。

第二、十九個蘇區的紅軍，絕大多數都是周恩來派人前往建立的，他是紅軍眞正的締造者，毛澤東初據的井崗山僅是十九蘇區中的一個。

第三、各蘇區的紅軍，包括毛澤東井崗山的紅軍在內，中上級幹部多是黃埔軍校學生，都是經周恩來領導和吸收入黨的，這些人是紅軍中擁戴他的柱石，毛澤東則全無此條件。

第四、當時的中共仍是共產國際在中國的支部，而以陳紹禹爲首的蘇俄派正掌握政治局，周恩來爲政治局五常委之一，受到政治局全力支持，而毛澤東當時只是一「留黨查看」的中央委員①，徒擁虛名的「中華蘇維埃主席」，地位相差不可以道理計。

第五、紅軍總司令朱德、總參謀長劉伯承等中央高級將領，在江西時代全是周恩來的同僚，同時是毛的對頭。

從以上五項條件來看，誰也料不到毛

澤東會平地一聲雷在遵義會議推倒周恩來，取代之爲中央軍委主席，並破例不經中央委員會選舉，被推選爲政治局委員。

鐵面無情與蓄意拉攏

在沒有說明遵義會議的經過之前，先叙述周、毛二人對幹部不同作風的兩個例子。

據龔楚「我與紅軍」一書的記載，龔氏只因在一次會議上發表「中立富農」（同時主張消滅地主，以貧雇農爲基礎）以發展農村生產的見解，當場遭受周恩來的申斥，他以爲既被申斥便算了事，不料數日之後，周恩來面告他被開除半年黨籍的處分。

「唯坐在一旁的周恩來，立即站起來以嚴肅的口吻向我說：『龔楚同志！你的階級意識一向模糊，在此革命鬥爭短兵相接的時期，一切個人的利益要服從革命戰爭的需要。你祇顧及單純的農民利益，忽視了整個革命的利益，是你的錯誤之一。宋龍布的獨立第六團被襲擊，是由階級警覺性不夠，……而遭受了重大的損失，這是你的錯誤之二。你以前在廣西工作時，沒有堅定的政治立場，走進右傾機會主義的錯誤道路，……這是你的錯誤之三；根據你上述的三個錯誤，黨中央已決定開除你的黨籍半年，並給你一個學習的機會，希望你能徹底轉變。」

在龔楚受到處分之後，朱德怕他灰心，當晚在家中約他吃飯，安慰、鼓勵他。而主持處分他的周恩來則面如冷霜，無一句安慰、開導的話。不但如此，還有更厲害的手段。數日之後，周恩來在瑞金紅軍總部召開了一個鬥爭大會，又將龔楚及孔荷寵（當時爲紅九軍軍長）「進行無情的鬥爭」；此外在江西時代周恩來親自主持鬥爭大會被鬥爭的還有蕭勁光、譚震林等。從這可以看清周恩來當時作風的刻板和幼稚。

就中國人一般駕馭部下的通情常理，對於所處分的部下，莫不表現於公不得不罰，於私有所不忍的胸襟，即使對處決的部下，也要好好撫卹其家屬，這樣才能達到懲罰的目的，俗云恩威並重，正是這個意思。而周恩來則冷冰冰的一味嚴厲，在紅軍將領之間不得人望，也就可想而知了。

毛澤東畢竟熟讀資治通鑑，通曉事理人情，對待幹部的作風恰與周恩來相反。

一九三四年一月十五日中共在瑞金召開了五中全會，毛澤東因爲「搞小組織」問題遭受議處，經張聞天秦邦憲及董必武暗中幫助才免於受處分；一月二十二日召開蘇維埃第二次大會，毛澤東被免去人民委員會主席（相當於國務院總理），只剩下蘇大執委主席一個空名銜；而實權握於副主席項英之手，毛澤東無事可做，乃到各地以指導蘇維埃工作爲名，實際上是離開瑞金那難堪的政治形勢，避居韜光養晦。即在這種情況下，他仍不忘拉攏軍事幹部（當時多不知道他被貶及受處分）。方強在「眞理的光輝——回憶遵義會議前的一件事」②一文寫有如左的記述。

「毛主席一九三四年春，來到中央蘇區南部戰線的會昌。這裡是粵贛黨的領導機關及軍指揮部的所在地，距前線僅有三十華里。」

當時方強任駐會昌紅軍第二十二師政治部主任，前任師長程子華被調職，新任師長周子崑還沒有到任，該師在筠門嶺才與粵軍打了一場硬仗，方強曾主持該戰役的檢討會。毛澤東到會昌當天就打電話給方強：

「你是誰呀？」

我緊張的大聲答自己的名字，大概毛主席可沒太聽清楚。

「前方的敵情怎麽樣？敵人有多少兵力？現在的動向怎麽樣？」

……

「筠門嶺戰役怎樣打的？部隊傷亡情形怎樣？戰士的心情怎麽樣？現在的配備情況如何？」

方強據實作了報告。毛又說：

「你們打得很好。你們是新部隊，而敵人是那麽強大的軍隊，打了那麽久而不能推進，可以說是勝利！」

從上述對話可知毛對軍事幹部的親切周到，當時他已沒有軍事權責，所以仍與軍事幹部保持接觸，顯然有一番企圖。

再說這個方強，在周恩來等進入蘇區之前因爲慣用毛澤東「敵進我退」、「誘敵深入」的游擊戰法，對於周恩來的「拒敵於國門之外」的陣地戰法格格不入，又受了毛澤東的鼓勵，更覺得舊戰術好，又因爲與問題人物毛澤東太接近，就在毛仍在會昌期間，紅軍總政治部（主任王稼祥、紅軍總政委周恩來）及「國家保衛局」（局長鄧發）合組的工作檢查團來到會昌，檢查了筠門嶺戰役，批判和處分了大批負責軍事幹部，方強則被逮捕軟禁於「招待所」。

在方強被監禁期間，某同師第六十五團團長余棟才和政委張曠生來到招待所。「該日黃昏時分，余張兩同志告訴我。『你離開部隊不幾天，毛主席就到站塘來了。』我興奮的問他們：『你們見到毛主席了嗎？』他們將毛主席來到站塘與前線部隊領導幹部會晤的事情，詳細的告訴了我。那天夜裡，在一家不大的農家地上舖着席子，在毛主席坐在桌旁，和戰士穿着同樣紅軍的灰色軍服，戴着紅軍的軍帽，赤足穿着草鞋。………毛主席和氣藹藹做了親切的懇談。………那以後毛主席不斷召集附近縣區的幹部，進行了調查研究。」

毛既已完全被解除軍職，只剩下蘇維埃主席，不先會晤蘇區行政幹部，而先接觸軍事幹部，而特意穿上軍服，而且穿士兵軍服，赤脚穿草鞋，在「工作檢查團」最嚴厲懲辦幹部之後，跑到前線去和幹部懇談；他的用心十分明顯。拉攏軍事幹部，等待時機，多數軍人一崛起擁毛，立刻即可奪取大權。要究明遵義會議的眞相，這是第一要注意的關鍵。

從以上周毛二人在紅軍主力突圍長征之前的地位與作風，已看出日後必有的變化。周恩來縱有五項絕對優越的條件，但是他忽畧了掌握軍事幹部，遂成爲致命傷。即使在遵義會議上他不垮台，終有一天要在毛澤東自下而上的造反佈署下垮台。組織中下層來奪取領導權，是毛澤東善用和慣用的戰術；一九二九年一月古田會議，即用此法（紅四軍黨代表大會）擊敗朱德，而控制了紅四軍，一九三五年一月遵義會議再用此法打倒周恩來，奪取了中央紅軍的領導權；一九四二年用此法奪取了新四軍（陳毅所率在江北的新四軍）一九四五年七月七全大會用此法打倒了以王明爲首的蘇俄派，一九五六年十一月八屆二中全會用此法，打擊了劉鄧所搞的集體領導（但未打倒），一九五七年欲以「鳴放」推翻劉鄧當權派又未成功③，終於一九六五年搞出文化大革命，將劉鄧打倒。

黎平會議毛再過問軍事

江西蘇區紅軍主力，十月中旬自瑞金突圍，原定計劃，突破封鎖線渡過湘江之後，佔領湘西的通道路，先與賀龍的紅二方面軍會師，因被中央軍料中，早巳預伏重兵，不得已改進入貴州，十二月十四日佔領黎平。十五日政治局在黎平召開了擴大會議，並採納了毛澤東的意見進兵黔北俾休息整補。因此黎平會議實是遵義會議的前奏。筆者相信從十二月十五日黎平會議前後到一九三五年一月十五日遵義會議這一個月期間，是毛澤東崛起奪權的關鍵時期，他積極爭取紅軍將領，利用擴大他們的憤懣情緒，組織他們要求在遵義再度舉行擴大會議，並要求列席會議，陳述意見。

黎平會議的出席者的名單沒有可靠的紀錄和資料，據推測除了政治局常務委員秦邦憲、周恩來、張聞天、陳雲四人，另項英留在江西蘇區堅持游擊戰爭。

陸軍的政治局委員有王稼祥（負傷可能未出席）、朱德、何克全。中央委員有毛澤東、羅邁（李維漢）、彭德懷；候補中央委員楊尚昆、李富春、王首道、劉伯承；黨務委員會書記董必武，委員劉少奇、鄧發、林伯渠、鄧穎超等，在這十七人當中，僅彭德懷一人是帶兵的將領。

照理說黎平會議已經決定了軍事大計，不應於一個月後再度舉行政治擴大會議，尤不應舉行准許各軍團將領列席會議。即使召開會議，召開政治局常委會議或政治局會議已經足夠了。因此有大批將領列席的遵義會議之召開，這件事本身即是一個需要深入研究的問題。

茲將黎平會議前後有關資料分列說明如左：

一、「……在此情況下，紅軍如不改變原來路線，勢必將與七八倍於己的強敵決戰，剩下來的三萬多紅軍，有覆滅的危險。

「毛主席在這危急關頭挽救了紅軍。毛主席堅決主張改向敵人力量薄弱的後方——貴州前進，以便爭取主動，打幾個勝仗。使紅軍得以稍事休整。毛主席的主張，受到了廣大幹部的擁護，一些犯過『左』傾路線錯誤的同志，在經過毛主席的教育之後，也開始覺悟過來。

紅軍進入貴州，一舉攻克黎平。黨中央政治局在這裡召開了會議，根據毛主席進軍貴州的主張，做了決定。部隊進行整編，再往西進。……」④

二、「這年的十月份開始了二萬五千里長征，開始長征時中央蘇區有八萬人，到一九三五年一月時，僅三個多月時間，因為王明的錯誤領導，紅軍又只剩下了三萬多人了。這時紅軍處於非常困難的境地，中國革命面臨着新的危險。在這個期間，主席苦口婆心對同志們進行說服工作，多數同志覺悟過來了，於一九三五年一月召開了遵義會議，撤換了王明的領導，確定了毛主席在全黨的領導地位。」②

以上兩段話裏最值得注意的是毛澤東對廣大幹部的「說服」和「教育」，實際可能是遊說、煽動和拉攏。黎平會議以後，毛的軍事見解已居主導地位。文中說撤換了「王明領導」完全不合事實，當時王明派駐莫斯科為共產國際代表，實際上撤換的是周恩來，這是故意替周隱飾。

三、當紅軍從瑞金突圍，毛澤東自雩都隨隊出發時：

「這時候，我們根據主席的指示，開始輕裝：……連主席用了好幾年的一個九層掛包也留下了。主席的全部行裝是：兩條毯子，一條布被單，一塊油布，一把破傘和一個書挑子。」⑥據知，那個九層掛包是用來裝軍事地圖和文件的，毛澤東所以把牠甩掉，因為用不着了，他已不負任何軍事責任。可是進了貴州境，毛澤東的情況不同了，情緒愉快多了，開始參與軍事工作了，他的勤務員陳昌奉有如左的記述：

「中央紅軍到達貴州黃平縣（黎平西北），正好是一九三四年的歲末。」；「剛到這裡，主席就直接到軍委住的地方開會去了。」；會議開到夜裡十點才結束，毛興奮的拍着勤務員的肩膀說：「我們要爭取時間突破天險，打過烏江去！」⑦

這說明黎平會議之後，毛已參加軍事機要和決策，情況完全不同了。

煽動不滿軍人奪權

「一九三五年一月一日至三日，紅軍在毛主席和林彪軍團長的直接指揮下，進行正面渡過烏江。……紅軍過江後，即分兵兩路，猛攻猛打，僅是十天光景，就把貴州北部的戰略要地遵義等城鎮打了下來。實現了毛主席主張進軍貴州時預定的作戰方案。

這時，黨內大多數領導幹部和黨員羣衆，在毛主席的領導下團結起來，向第三次『左』傾路線作了堅決的鬥爭。

一九三五年一月，黨中央召開了擴大的中央政治局會議——遵義會議，…撤換了『左』傾分子的領導職務……。」⑧

以上兩段文字最要緊的一句話是毛團結了大部分軍事幹部對周恩來等進行了「堅決的鬥爭」。這一堅決的鬥爭，是黎平會議以後，毛澤東經一個月策動、組織的結果。但文中所說，紅軍在毛及林彪直接指揮之下強渡烏江云云，顯然是謊話，因為當時毛還沒有取得中央軍委主席，根本無權指揮紅軍。林彪的第一軍團仍在周恩來的節制之下。

方強在「光輝的眞理」一文中，對遵義會議的結果作了如左的記載：

「經過數個月的艱苦作戰，一九三五年一月部隊抵達了貴州省的遵義。那是不能忘記的日子，我們的國家保衞局的同志，宣讀了『總結第五次反圍剿的决議』即遵義會議的决議。有如一聲春雷震耳。直接經驗錯誤革命路線重大損害革命事業的人，狂喜到說不出話來。我們感激得流下淚來。將一冊油印的遵義會議的决議，如渴者求水一般一字一句的反覆誦讀。決議明確的批判了『左』傾機會主義在軍事上、組織上的錯誤，一再的肯定了毛澤東同志一貫主張和堅持的正確路線。

「第二天，許多同志被分配了工作，我也接到通知到軍事委員會幹部團工作。我把遵義會議的決議小心的放在書包裡，對新的工作安排充滿了信心和力量。在幹部團裡，將遵義會議的決議當作了政治工作的教材。同志們學習之後，都感覺尋到了眞理。所有錯受處分的同志，前後都回到工作崗位，錯被開除黨籍的幾個同志，經過審查，都恢復了黨籍。」

方強這段話反映了幾個值得注意的問題。

第一、在紅軍突圍長征以前，因執行毛澤東軍事路線受處分的幹部，遵義會議後都翻案復起。

第二、上述被處分的幹部，沒有留在江西蘇區參加游擊戰爭，也沒有隨軍參加戰鬥，似乎是被押解隨軍西行。這一點大值得玩味。大概怕這些人留在江西蘇區，會故態復萌，再搞毛澤東路線。

第三、遵義會議決議，由政治保衞局宣讀，可知這是一翻天覆地的變改，一般幹部宣佈會被認爲是散佈謠言，可能立遭逮捕。

方強曾任二十師政治部主任，算是高級幹部，雖犯嚴重路線錯誤，遭受處分，但仍可活命隨軍西行，至於一般幹部則多於突圍之前被處決。龔楚在「我與紅軍」中說：當紅軍主力突圍之後，他與項英、陳毅、譚震林等留在江西蘇區堅持游擊戰爭，書中原有這樣一段記載：

「中共在準備突圍西竄時，爲了要使紅軍的組織更加強固，保障在突圍時沒有逃跑及投降的軍政幹部，以保持軍事機密，特別將紅軍部隊、地方部隊、蘇維埃政府中的各級幹部與員兵，來一個嚴格的整肅。一時被撤職查辦的幹部達數千之多。中共特在瑞金縣屬之九保、麻田、沿壩、田心墟一帶，設立了十多個收容所。

中共爲了要處置這一大批要指爲動搖的幹部，和少數殘餘的『反動階級』，在瑞金與雩都邊界的大山叢中選擇了一個山深林密的山腹，設立了一個特別軍事法庭。……特別軍事法庭設置好了，並在不遠的山麓，挖了一條大坑，那些在收容所裡被撤職的幹部，……便三個五個，一羣兩羣的送到特別法庭去審訊，與其說審訊，不如說是宣判，……祇要點了名，便對犯人宣佈：『你犯了嚴重的反革命錯誤，革命的隊伍裡不能容許你，現在送你回去』說完，便有揹着大刀的劊子手，押着犯人到預先挖好的大坑邊，一刀結果了性命，飛起一脚將屍首踢落深坑中去，……」這就是後來被發現的萬人坑。

遵義會議的軍事政變

前面已經提過，遵義會議是中共史上一大疑案，而且存留的可靠資料幾乎等於零，現在只能根據旁述及間接的叙述來推測當時的眞相。首先要探究的是出席會議的人員。對此有兩種說法。一種說法，各軍團的軍團長、政委、參謀長甚至政治部主任都列席了會議，因此出席人數達四十餘人之多；另一種說法，則僅有若干軍團長及軍團政委，列席會議，出席會議的總人數僅十八人。

日本中共問題專家竹內實在所著「毛澤東的生涯」一書中對遵義會議，持如左論：

「遵義會議的詳細經過雖未曾公佈，但毫無疑問的是具有激烈黨內鬥爭性質的會議。

首先，據說提議開會者是毛澤東，這點便屬非常。他既不是政治局的常務委員，更沒有召開及提議召開黨最高權力機關、政治會議的權力。可是，竟要求召開自己出席的擴大會議，顯然越了權。政治局照他的要求召開了會議這件事，已經是向毛澤東妥協和屈服了。

毛澤東並非突然提出要求的。他爲了召開這一會議，似乎曾煽動紅軍各軍團的政委和軍團長。他到處遊說『長征』的原因是由於第五次反圍剿戰爭中，政治局裡留俄派份子的戰術犯了錯誤。在工農紅軍中爆發了對政治局的不滿。在反圍剿作戰時戰術的拙劣固不用說，並憤慨出發長征之後，不尊重士兵生命的作法，而且對長征的前程感到不安。毛澤東組織了這種不平不滿，造成了召開政治局擴大會議的輿論，並提出了要求。

據某一說說法，他首先與政治局常務委員張聞天取得默契，召開了政治局擴大會議。也許是這樣。據另一說法，三四十名紅軍的指揮官及政治委員參加了會議，這也是可能的。如果只是毛澤東自己參加，因爲在多數表決時毛澤東會遭受失敗。」

據筆者考察，即使不是那麼多的紅軍指戰員參加了會議，只要各軍團長及政委參加的話，就足以推翻以秦邦憲、周恩來爲首的政治局。爲什麼呢，試分析左列的名單。

出席會議的政治局委員：秦邦憲、周恩來、張聞天、陳雲、朱德、何克全。另王稼祥因重傷應無法出席會議。

隨軍的中央委員：毛澤東、劉少奇、羅邁、彭德懷。候補委員：李富春、楊尚昆、王首道、劉伯承、林彪、聶榮臻，此外被指定參加的人員可能有董必武、國家保衛局長鄧發、第八軍團長周崑、第九軍團長羅炳輝、第五軍團長董振堂等。

即以上述名單而論，堅持支持毛澤東者計有彭德懷、劉少奇、林彪、羅炳輝、董振堂、李富春、劉伯承、鄧發八人；態度模棱者有張聞天、董必武、聶榮臻、羅邁（李維漢）、朱德五人。其中朱德、聶榮臻、羅邁雖然都與周恩來特別的淵源及關係，但是在軍心動搖、將領橫權的情況下，同時周恩來犯的錯誤又太明顯，他們可能不便多講話。堅決支持政治局領導者則僅有周恩來、陳雲、秦邦憲、何克全、楊尚崑五人。勝負之數，已經分明。這個會議無表決權者（列席的中委、候補中委及將領）佔大多數，而有表決權者僅秦邦憲、張聞天、周恩來、陳雲、朱德、何克全六人。如照黨章規定，只能由這六個人表決，果如此的話，秦邦憲和周恩來可高枕無憂，因爲六人中，僅張聞天是動搖分子（因王明支持秦邦憲、不助張聞天、秦張二人之間早有磨擦），表決時可穩獲五對一的勝利。但遵義會議的結果，則是秦邦憲、周恩來的倒台，這件事充分說明，遵義會議決議不是依法表決的結果，而是在軍人脅持下政治局被迫屈服的結果。換言之，遵義會議是一種變相的軍事政變。也是黎平會議以後，毛澤東獲准參加軍事工作，對軍人進行煽動，組織的結果。

十載霸權付諸流水

遵義會議決議的主要內容有二：

一、改組中央

①撤除秦邦憲的總書記職務，改由張聞天接任。

②撤除周恩來的中央軍委主席職務，改由毛澤東接任。周降爲副主席。

③補選毛澤東爲政治委員及常委。

④任命秦邦憲爲總政治部主任、羅邁爲總政治部組織部長、何克全爲宣傳部長。

⑤派陳雲赴莫斯科報告改組經過，並請求共產國際批准。

⑥派潘漢年赴「白區」（政府統治地區），以香港、上海爲中心整頓「白區」的黨組織工作。

⑦決定紅軍北上路線，並謀與四方面軍會合。

⑧整編紅軍，取消師級單位，下放幹部，充實團級指揮及作戰能力。

⑨傳達會議決議，展開政治動員，提高士氣。⑨

二、通過「檢討博古、周恩來、李特同志軍事路線的錯誤」（按：據方強的紀載則爲「總結第五次反圍剿的決議」）的文件，對周恩來的軍事路線作了如左的批判：

①在第五次反圍剿過程中，採取了單純防禦的錯誤路線；造成放棄中央蘇區的結果。

②爲了粉碎圍剿必須採取攻勢防禦，把全面的防禦轉入局部的進攻，把內線作戰轉爲外線作戰。可是竟採取「不讓敵蹂躪一寸蘇區」的政治口號，致使紅軍處於被動的單純防禦。

③應該發揮紅軍運動戰的特長，以打破敵人的堡壘主義進攻，要大踏步後退（誘敵深入）或大踏步前進（衝過堡壘封鎖線）以調動敵人，然後集中兵力消滅兵力較弱的敵軍。而竟採取以堡壘對堡壘。以陣地對陣地和敵人硬拚，致蒙受重大損害。

④在撤離蘇區之後，藉口保守機密，取消了深入政治動員，打擊了紅軍的士氣。同時笨重的輜重和機關（中央縱隊）拖累了紅軍的行動，沿途挨打，蒙受慘重傷亡。這種搬家式的轉移，實際是逃跑主義，爲單純防禦路線發展的必然結果。⑩

關於第五次反圍剿戰爭，共軍實力損失並不算太嚴重。開戰前共軍總兵力約十五萬人，中間派遣方志敏的「北上抗日先遣隊」九千人及蕭克的紅六軍團（六千人）竄擾湘西，計約一萬五千人；突圍時仍擁有八萬大軍，共計九萬五千人，與八十餘萬中央軍血戰經年僅損失五萬餘人，並不能算是失敗：前一章已提過，當時中央軍所採取的戰畧，周密穩健，無懈可擊，即使毛澤東親自指揮，最後也要撤離江西蘇區。因此第五次反圍剿周恩來的錯誤不大，致命的錯誤在於突圍時的部署，把五個軍團的大軍，釘死在掩護任務上，故突圍僅兩個月即損失了五萬餘人。

周恩來自一九二五年黃埔軍校任政治部主任起，一九二七年出任軍事部長，經南昌暴動、南征到第四、第五兩次反圍剿戰役，所建立的軍事權威地位，在遵義會議上徹底被推翻了。在江西時期被他鬥爭降職的毛澤東現在一躍成爲他的頂頭上司，他由發號司令的地位，一變而爲請示傳達的僚屬。

註解：

（一）：一九三三年十二月，十九路軍蔡廷鍇、陳銘樞等在閩謀叛，成立「人民革命政府」，史稱閩變；派代表徐名鴻至瑞金，要求中共出兵共同反蔣，中共中央開會時，毛澤東列席參加，主張「坐山觀虎鬥」，故中共雖組成「東路軍」虛作策應，但在閩邊遲遲不前，故中央軍一九三四年一月閃電敉平閩變，事後第三國際追究責任，遂予毛澤東「留黨查看」半年的處分。

（二）：方強一九〇九年生於湖南省平江縣，一九二七年參加「平江起義」，一九三一年調紅軍第三軍團，一九三三年在福建上杭之役負傷，轉任廿二師政治部主任，其後因犯錯誤曾遭受處分，且一度被監禁，遵義會議前後始被釋放。抗日期間於八路軍一一五師任職，內戰時屬四野，一九五四年任海軍副司令員，一九五五年爲海軍中將，一九六六年出任第六機械工業部部長。所撰「眞理的光輝」被收錄於一九五七年北京出版的「星火燎原」文集中。

（三）一九五七年的「鳴放運動」，中共黨內名爲「開門整風」，即發動黨外羣衆批判黨的幹部和領導人，劉少奇、彭眞等竭力反對，故在政治局始終未獲通過，毛澤東遂以「全國宣傳工作會議」及「省市委書記會議」來推動；出他意料之外，黨外羣衆不止攻擊黨幹，並且攻擊馬列主義甚至毛澤東自己，武漢等地發生「羣衆鬧事」事件，劉少奇等乃以反右派運動將此反共反黨運動鎭壓下去。這與一九六六年五月到七月，劉鄧大派工作組壓制文化大革命實異曲同工。但研究中共人士迄今對此多未察覺。

（四）：「中國人民解放軍光輝事蹟」，香港朝陽出版社出版。

（五）：一九六六年北京出版「毛主席革命實踐活動」。

（六）：陳昌奉著「跟隨毛主席長征」。

（七）：同⑥。

（八）：同④。

（九）：郭華倫著「中共史論」。

（十）：同⑨。

【未完】

謙廬隨筆

十一

矢原謙吉遺著

（一）

余初不解其意，見此徐君後，不禁啞然失笑，濮紹戡謂余曰：

「君甫離山西閉塞之地，土頭土腦，斯之謂『土』。

君年十八，而體重一百五十磅，斯之謂『肥』。

君之面團團，極具福相，將來軍校畢業後，必為一『福將』，謂之謂『圓』。

是故，余擬以『土肥圓』一名贈君，以為雅者。」

徐固魯，而懶聞時事，故於「土肥原」其人者，居然一無所知。竟對此一綽號，欣然受之。每遇他人以『土肥圓』呼之者，亦聞聲而應，至是，戚友人鄰遂以『中國土肥原』名之矣。」

所謂元戎者，有子若是，令人一嘆。此君雖未黯世事，而以有父位列上將之故，不久居然以入軍官外語訓練班矣。

濮紹戡君雖籍隸江蘇儀徵，而久為「閻百川之夾袋中人物，信任之篤，猶逾晉人。不圖未幾即忽患神經失常症，時復時發，遂由閻之機要，轉任徐之首席客卿，不時奔走於山西與南京之間。

濮君於山西政要之軼聞，了若指掌，嘗語余曰：「晉軍翹楚中之商震，處世圓滑，善炫善耀之術，實遠在善戰之上。故一向有「琉璃蛋」之稱。其新夫人楊氏，作風頗似李德全，而精幹善賈，二人相得益章，亦大觸山西當道之忌。故商雖發刃山西，而終乃見大用於異域也。

又有李培基者，亦以能戰稱，而每戰輒鮮有不敗者。復酷嗜聲色，非有裙光釵影不樂。諂之者每比之於明末名將常遇春，蓋常如一夕獨寢，則奇痛如裂也。閻百川暗組「長老會」，其心腹皆爭先列名。惟於入會時須歃血為盟，又須向閻叩首，一如「幫會中收徒弟」狀。

李入會之前夕，適納一新侍妾，李嬖之特甚，纏綿終夕，新寵之柳腰，竟為之折。凌晨即急召太原之外籍西醫出診，迅施急救。李雖驅車趕赴入會儀式，已遲到矣。諂之者遂贈之以聯曰：

「今晨大將三叩首，

昨宵小妾五折腰。」

閻之愛將如王靖國，楊愛源，孫楚，傅作義，趙承綬之流，晉人對之亦頗有微詞，好事者常戲改其名為「王驚國」，「楊愛袁」（「袁大頭」也），「孫粗」，「傅作揖」，「趙成溲」，亦云謔之至矣。

山西宿將孔繁蔚，在晉軍中以「

能戰」稱。一役，曾於故都語，報界記者曰：

「來此時，路過廊坊，楊村，所見者唯民瓦礫而已。」不圖孔竟將「瓦礫」，誤讀爲「瓦藥」之音。而該記者不黯晉語，遂因誤成訛，秉筆直書曰：「……孔氏沿途所見者，唯飢民挖藥而已！」

從此，晉中之惡作劇者，遂呼孔爲「挖藥總指揮矣。」

濮君狂疾，既時愈時發，雖頻來余診所求助，余亦以非我所長，愛莫能助。未幾，彼遂向徐永昌荐其妹丈陳延暉以自代。陳爲丁寶楨幼女之孫，乃吾摯友丁春膏君之表弟也。其先世本係鹽商，爲江蘇揚州之首望。自與丁督攀親後，子弟始大有書香氣也，非復當年「言必及利」之慨矣。

一日，陳返燕京，丁爲之設宴洗塵，除張季鸞，李筱帆，李鴻文，孫奐崙，濮紹戡，邵湯修慧，袁良，丁道周等外，余亦在座。席間，張忽笑詢余曰：

「君亦聞所謂做官十訣歌乎？」

余願聞其詳，張亦就席上殘紙書：

「一筆好字，　二撇小鬍，
三斤酒量，　四季衣裳，
五官並用，　六親不認，
七竅不通，　八面玲瓏，
九尾仙狐，　十寸臉皮，

書甫畢，舉座莞爾，咸謂「雖徐文長未能過之也。」

（二）

一日，有上海友人蘇景歧律師，倩其妻王夫人，以及一精神矍灼之孫姓老人，來余處曰：「有一關外富賈，現居東交民巷中，擬請先生前往一診，診金多寡在所不計也。」

余在滬頗有薄產數事，登記手續泰半均爲此蘇律師所代理。其家本屬漢軍旗，世爲武將，其父曾任杭州都統，鼎革後仰藥殉清。家人深懼漢族尋仇，遂異其姓爲蘇焉。久居上海，其妹適丁文誠公之九曾孫，即余至友丁春膏君之胞弟也，故余與蘇律師亦有通家之好。

蘇妻王夫人，爲王文韶之嫡孫，又係清內務府大臣金梁之甥女。於京中遺老，盡有攀識之雅。陳寶琛太傅，亦以「故人之女」視之。

與伊偕來之孫姓老人，爲天橋「尚武國醫舘」主人，年逾七十而聲音若洪鐘，腰挺腿健，目光如炬，交談時頻頻以手向空作探物狀，蓋刻刻不忘於複習其「鷹爪功」也。王夫人呼之爲「孫師傅」，余思有以欵待之，王笑曰：

「但得『二鍋頭』半斤，『狗不理』數十，『醬肘花』半斤，足矣！」

余急飭司機往購。孫果豪邁逾常人，自云藉隸山東德州，世精技擊，家傳之「黑虎拳」，名震京畿，世營之鏢局，亦北至關外，南至蘇皖，無有敢犯其鏢旗者。有人言之於榮祿，力挽其致志功名，又力荐之於內廷，屢建功績，遂累遷爲御前帶刀侍衛，亦四品命官也。

孫感「老佛爺」知遇，鼎平後雖屢有權貴軍閥，邀其出山，授徒傳藝，輒婉拒之。唯恃以「金創藥」、「大力丸」，「虎骨酒」糊口。而仗義疏財如昔，喜抱不平，有貧民與病丐，死而無棺者，每典其刀矛衣物以葬之，不顧而去。

孫翁名承烈，有弟名承祿，善作斗方字，京中市肆匾額，出其腕下者，幾逾泰半。其字平穩圓渾，可以想見其性格，必與乃兄迥異也。

後數日，余邂逅管翼賢於來今雨軒，偶及孫翁，管瞿然曰：

「數十年前，此翁固一風頭人物也。君亦知晚清之京畿巨盜康小八乎？孫與其友二人，即生擒康以獻者也。即佞人如李蓮英者，亦深致其驚佩之忱，居然顧而笑曰：

「你小子眞成了個黃天霸啦！」

管亦告余：孫以豪邁安貧著稱，雖屢有文人，媚辭厚幣，欲與談天寶舊事，輒遜謝之，除感「老佛爺知遇」外，言不及他。友輩中，惟張恨水與之有促膝談心之雅，然亦約法三章：語中所及，概不足爲外人道也。

余聞之，怦然心動，節操與仗義如此翁者，其非武士道之準則乎？余必竭盡棉薄，以能爲其友，爲榮爲樂。管聞余言後，默然有傾曰：

「吾國有言：人與人交，恒視緣份。無緣，自不可強其所難。苟有緣，則豪邁如此翁者，亦絕非不情之人也！」

余乃退而商之於王夫人，丐其預爲先容，王笑頷之。余乃每二日倩司機送往天橋「二鍋頭」，「醬肘花」各半斤，「狗不理」三十只，以佐孫翁逸興。孫弗拒亦弗言謝，浸焉數週。

王夫人於介孫與余相識之次日，即重申前請，欲挽余出診於東交民巷，蓋關外一富賈，急欲余爲之望聞問切也。余以事其尋常，遂偕往。王夫人爲余介紹之後，即匆匆離去。

（三）

此一富賈，面黑而圓，體豐而壯，年可三十餘，一望而知其爲嫻於戶外運動者也，舉止溫文而畧含傲岸，語中夾京片子頗多，而頭戴一綴紅珠之瓜皮小帽。自言塞外素缺良醫，故欲以罹疾相煩。余診視良久，復飭護士取其血漿與便溺而歸。

如是者精心診視凡三日，此一自稱爲「全福成之富賈，亦對余之醫德醫術，信心漸深，乃於言詞間逐漸透露，使其終日憂心忡忡者，實非多疑，憂鬱，煩燥，易醒易怒等諸「症狀」，而爲若干涉及私人生活之反常現象。余告以疾不諱醫，倘不以實告我，我非神仙，豈有望氣療疾之術乎？」

全君喘喘告以症狀，並謂：「世居科爾沁旗草原，有羊數萬頭，苟能療我，當有重謝，惟我家冗務頻繁，實未能在此久留也。」

後經我反復推敲，斷其患有神經性之「機能間歇」。此外復有一奇特之敏感症，即每有遐思，每見美色，每聞穢語，或每值雙宿雙飛，即突然噴嚏不休，非至三二十嚏不已。

我除以德國特效藥與之注射外，更力加開導，解釋此「機能間歇」僅係神經作用，不足爲大患也。

一日，全君忽出巨柬一，內纍纍然皆大鈔也，惋然謂余曰：

「吾明日行矣，家有要事，不能待也。今晚請宴先生於王家飯店可乎？」

至則孔伯華，王夫人，孫師傅亦均在座，我爲之大詫。此四人則均微笑不已。酒既一巡，全君始向我致歉曰：

「今夕一別，後會難期，君實一君子人，故吾亦不願相欺。全成福乃一化名，吾之眞名，乃蒙古德穆楚克棟魯也。王夫人爲吾妹之姻親，知吾來此訪求良醫，遂以先生荐余。孔大夫曾屢爲家母，舍妹療疾，吾家之良友也。孫君之金創藥酒，向以綏察蒙古爲出口大宗，故與我亦舊識也。吾在塞外求醫，非漢即日，深慮外洩，故特撥冗簡從來此一遊耳」。

至是，余始知此一「富賈」實乃於塞外翻雲覆雨之德王也。席間，彼之意興極豪，酒酣耳熱，於日人之作爲言行，頗有微詞，頻告余曰：

「余於日人，閱之者多矣，軍官顧問，車載斗量，眞識時務者，實難如鳳毛麟角。餘則或張牙舞爪，目中無人，或卑恭做態，腹空無物。先生懸壺濟世，以此處爲家，尚望好自爲之，勿踏此輩小人覆轍。」

孔伯華深恐余過份尷尬，無法下台，乃蹴余足而笑曰：

「前些天王爺剛才丟了百靈廟，火氣有點特別大！」

德王聞言，益憎憤慨，頻謂察北之「

「自治軍」，數逾二萬，益以李守信之「滿蒙征綏軍」，卓世海之「蒙古征綏軍」，亦有二萬之數，徒以日人一誤再誤之故，竟敗於傅作義孤軍之手！「蒙古復興之雄圖」，自是亦成泡影。百年之後，世人當知：「蒙人未負日人，而日人實負蒙人」也。

余以德王愈言愈憤，勢恐不可收拾，遂轉移話題而問之曰：

「王爺來此，雖化名喬裝，貴處之日友，得無有所聞乎？」

德王笑曰：

「那他們還有不知道的？好在是一過了地界，就進了駐屯軍的範圍，他們想管也管不大着了！」

其意若曰，塞外與華北之日人，亦軒輊分明，不相通屬，甚或互相掣肘也。惟於土肥原君，彼似頗具好感。初則謂：

「他懂。他有一套」繼則謂：

「這人喜歡交友，也夠朋友。」

此語聞諸華人叱咤風雲者之口，已非首次。而舉國婦孺則一聞其名，即罵不絕口。此君其善獲中國人心者乎？抑或善與中國人成仇者耶？余實感大惑不解也。

宴畢，德王復贈余一玉珮，云為宮中舊物，出自漢墓，佩之可以避邪。余即以胸前所佩之派克筆一對回贈之。

余驅車視孔，王，孫三人返寓。途中始悉：德王在此時，除隨扈人員外，尚煩孫翁及其高足三人，駐防警衛，以防不虞，故適間乃有「四品侍衛」之孫，與「王爺同桌共飯」也。

孔固富風趣，於車中告余：德王初來時，於日人之火氣較今尤大。曾與孔一夕宴後漫談，痛詆日人顧問中之所謂「中國通」者，既無知，更不文，實屬成事不足，敗事有餘。李守信部尹寶山騎兵師有一日本之「中國通」，名村井其人者，號稱在華三十年，為同儕中之「漢文能手」。百靈廟之役，村井請纓赴前敵，並留「月夜感懷七絕」一首誌別。讀其詩，則知此輩「中國通」之眞正不通矣。詩曰：

「瑞雪頻傳陽春聲，察省東邊未見紅，倚杖矢立於月下，皐丸為縮蒙古風。」

余聞其言，亦覺忍俊不禁。歸後，遂以此妙文轉告管翼賢。管聞之大笑，幾擲電話於地。遂大加渲染，次日「實報」上遂稱：「華軍於衝入百靈廟時，案上杯酒猶溫，而尸骸滿地，此一詩尚赫然置諸案頭，審視之，乃蒙軍中日人首席顧問中彈前之作」云云。

此後尚有通訊社與外埠報紙轉載此一傳奇，而渲染更甚，甚至有刊載所謂原詩之「眞跡照片」者。甚矣，文人筆墨之不可信也。

王夫人南旋之前，為余紹介遺老以至皇親，幾逾二三十人，恒在北海仿膳，除雞鴨魚肉外，「小窩頭」，「小米粥」，「肉末燒餅」，「綠豆渣」，「豌豆黃」，「山渣糕」，「千層糕」等，亦均在必有之列，蓋皆為慈禧當年所嗜之物，非如此不足以發遺老思古之幽情也。

尤可怪者，食時且有黃舊而奇小之叉，隨碟而來，自亦係慈禧舊物。諸遺老顧而樂之，不舉筷而用叉，惟亦只待此數碟食盡，即紛紛投叉就筷矣。

（四）

余所識之遺老中，雖云人才濟濟，而亦令人有魚龍混雜之感。前門外大柵欄有成衣業之巨子，名「段裁縫」者，素為皇親國戚及大官巨賈製裝。「滿洲國」之顯貴，治裝時亦幾非段不樂。於是，段遂於社交生活中，儼然一「遺老」矣。而「段裁縫」之稱，則一仍舊貫也。

尚有「趙五辮子」者，曾於鼎革至復辟期間，以經營假髮辮而致富，馮玉祥入京後，雖對它店「秋毫無犯」，而獨闖趙店飼馬數日，並欲藉故置趙五於軍法，趙聞警逸去，乃得免。自是亦自躋於「遺老」之羣，而為遺老所不齒，乃力圖以「爭先會賬」，博羣老之歡心。每有「雅集」，即百般丐人携之赴會。一日，竟有一遺老惡其傖態過甚，面斥之曰：

【未完】

香港詩壇

外孫韓雄考取文化學院詩以勉之

王質廬

雄孫性懶散，癖好電吉他。玩物必喪志，心放所學何？曩者與三考，迄未奏凱歌。乃父航海去，爾母從不訶。執教廿年載，對汝亦顏酡。今年忽發憤，日夕窮研摩。苦盡而甘至，名列在乙科。應知力耕耘，收穫自必多，勉赴瞻前路，勿再空蹉跎。國家須爾輩，收拾舊山河。

無題

世交痴長忝稱兄，相倚樓頭百感生，檀口欲開聲已咽，芳心無着夢常驚。偶觀悲劇彈紅淚，好看奇書撩綺情，每自夜闌人靜後，來談枕畔到天明。

淡掃雙眉似臥蠶，清談娓娓暗香含。投懷三載珍完璧，睽面些時遞數函。車走雷聲迎閘北，枕留春夢憶江南。蝦夷亂後無消息，況味回思不盡甘。

玉人窈窕葭莩親，客裡相逢意更珍。孤館深談岷嶺雨，輕車獨訪錦江春。病癌此去黃泉隔，投老誰憐白髮新。他日挂帆歸奠汝，凄風和淚洒淞濱。

切後荒凉滿目非，床頭人渺戀空幃，挑燈曾話秋池雨，對鏡難迴曩日薇。解熱頻揮終夜扇，護寒先綴一冬衣，天山更比蓬山遠，怪底從來入夢稀。

婀娜清歌似洛神，吳儂軟語最迷人。温情熨貼渾如醉，稚齒嬌嬈每故瞋。念我情深曾訪港，傳卿病劇可回春？歸寧廿載魚書渺，阿女應能慰苦辛。

次健青花甲原玉

雷嘯岑

平生每憚乞人憐，游戲塵寰似醉仙，落落孤懷餘幻夢，滔滔往事蕩心絃，求名早願爲牛後，報國猶思奮馬前，身世自知還自笑，悠然狂簡樂天年。

前題

郭亦園

不忮不求更不憐，坦然無念快如仙，撐胸豪氣凌牛斗，抱膝閑情寄管絃，猿鶴隱山窮切後，鷺鷗狎水晚風前，桃漿作酒身長健，漫向人間論歲年。

新秋

亦園

破曉凉風一路隨，新秋又屆可無詩？常從歡笑心疑醉，未解煩憂淚暗垂，牛女銀河猶可會，親朋故里總難期，蠻荒廿載頭俱白，還爲他人作寄兒。

連宵豪雨又相侵，午夜夢回百感深，泥土驚聞天上瀉，樓台怕向地中沉，從知海市長能變，未信山城永可吟，浮世繁華原是幻，滄桑陵谷蕩余心。

雨後林泉撲面清，曉星頭上照人明，健身早課拳無派，留命閑行脚有情，草木叢叢仍似舊，虫沙處處不知名，歸來已得安心法，榮辱任他意氣平。

十里溪山一徑長，携笻信步任徜徉，燒衣又見中元節，賓酒頻叨好友觴，年老殊方猶作客，時衰故國不還航，論詩只有尋常句，開派開宗未敢狂。

編餘漫筆

編者

這一期適逢本刊創刊一周年，無論在封面與內容上，都有了變更。尊重讀者的意見，今後儘可能刊載一些趣味性的文字，有關名勝古跡，奇風異俗及一些罕見罕聞之事，均在搜求之列。本刊雖然側重於近代史研究，但仍然願意發表一些趣味性的文字。

至於本期文字皆有相當份量，朱執信先生是國民黨中堅分子，其人有胆有識，勇於任事而淡於名利，眞眞是立志作大事而不願作大官的人，惜乎虎門之變而殞身，當時無論識與不識，同聲惋惜，胡漢民輓詩有「人盡惜君死太輕」之句，但革命事業不能冒險犯難自是不成，朱執信之死，對於以後國民革命的進展，未嘗不起了刺激的作用。正如武昌起義前夕沒有彭、劉、楊三人之死，革命黨人未必便有挺而走險的決心。

「從九一八到滿洲國的登場」，是一篇有系統報導的滿洲國成立的文章，雖然近來此類史料發表漸多，但加以排比的文章尚少見。由本文可以看出滿洲國之成立，也是在逐步進展，並非突然成功，使中間能有少許阻力，方向可能就會改變，本期出版又值「九一八」，特發表本文，以示紀念。

「從武漢失利到長沙大火」，是胡養之先生一篇力作，說來有點滑稽，目前研究現代史，越是最近的知道的越少，即以八年抗戰而論，就未看見一部完整的著作，官方發表的文章，重要事跡皆略而不說，其中更多隱諱，歷時既久，眞象更不易察，唯有希望當年從事戰鬥的人士，能就所見所聞報導，事隔三十年，無論當時打了什麽樣的敗仗，敗得多慘，今天寫出來也無損於我國的聲威，更不會打擊民心士氣，祇是使國人更增加一番警惕而已，所以本刊對於忠實報導的文章，無論內容如何皆所歡迎。

袁寒雲（克文）是近代一個傳奇人物，他是袁世凱第二子，生長仕宦之家，洪憲帝制爲果成功，一個親王頭銜是穩的，但克文之志並不在此，祇是想作名士，醇酒美人，吟詩作對，晚年更染上烟癮，一榻烟霞，消磨一生。雖然有人因爲克文刻圖章自稱「皇二子」而譏其有心於帝制，實際情形則並非如此，大體說來，克文確未從事過帝制活動，對政治也無興趣，人品是相當高潔的。

與袁克文有些相似是王曉籟，這位被日本人譏爲「無職業」的上海總商會會長，也是一個傳奇人物，平日一擲千金毫不吝嗇，但本身却無產無業，妻妾子女之多，聞名全國，生活則經常要打主意，當時也許無人覺得，現在回想起來眞不知王曉籟一生是怎樣活過來的。

王靜安（國維）先生爲近代國學大師，無論識與不識，對之皆充滿敬意，王靜安先生之死，也引起舉國悼惜，朱執信之死，雖有「太輕」之惜，但朱執信畢竟還是被殺，靜安先生則是自殺，輕了更多。究竟爲何自殺，最初一般認爲是殉清，以後又說是恐懼革命軍攻下北京，不堪再辱，但兩說皆不能使人信服，至近年大家才發現原是被羅振玉逼死的。莊練先生大文對此有詳盡敘述，羅振玉的口碑最差，近代學者對之甚少好評，尤其是有關甲骨文的成就，皆指爲冒王靜安先生之學以成名，此亦羅振玉逼死靜安先生之因。但據董作賓與羅振玉見面深談印象，羅振玉對甲骨文並非不懂，不但懂且有甚深造詣，此事眞是難明了，本期發表對羅否定之文，將來也許還有不同意見的文發表。

本月爲許世英先生百年冥誕，台北方面曾有集會追悼，許氏爲近代史上不可多見得的人物，其本身就是一部現代史，至其清廉正直，更是少見，本刊特選載兩篇舊文，一哀輓、一慶壽、對許氏有詳盡介紹。

其他幾篇連載均更精彩，周恩來評傳談及遵義會議事亦有獨特見解，爲一般研究中共史者所未述。近接美國學者來信，對「燕京舊夢」大爲推崇，順便告訴讀者。

岳陽樓

掌故

月刊

14

野史·佚聞·人物·風土·

一九七二年十月十日出版

掌故月刊 第十四期 目錄

每月逢十日出版

掌故

第十四期
一九七二年十月十日出版
每册定價港幣二元正
全年訂費港幣二十元 美金五元

出版兼發行者：**掌故月刊社**
地址：九龍亞皆老街六號B
電話：K八四四六七三
The Journal of Historical Records
6.B, Argyle Street, Mongkok, Kowloon, Hong Kong.

督印人：**鄧少卿**
總編輯：**岳騫**
印刷者：**和記印刷有限公司**
新蒲崗景福街一一〇號超達工業大厦十樓
總代理：**吳興記書報社**
香港租庇利街十一號二樓
電話：H四五〇五六一 H四五〇七六六

星馬代理：**遠東文化事業有限公司**
新加坡廈門街十九號
檳城杏田仔街一七一號

泰國代理：**曼谷青年文化服務社**
曼谷黃橋東北路五六六號

越南代理：**聯興書報社**
越南堤岸新行街二十二號

其他地區代理：
澳門：可大文具店
亞庇：利民公司
千里達：中華公司
菲律賓：華安書局
倫敦：東寶公司
芝加哥：杏林春
波士頓：中西公司
三藩市：新生圖書公司
三藩市：益智圖書公司
加拿大：香港商店
漢城：汎亞書籍公社
寮國：永珍圖書公司
斗湖：光明書店
菲律賓：玲瓏書局
紐約：友聯圖書公司
紐約：友方圖書公司
洛杉磯：永安堂
檀香山：大元公司
三藩市：文化商店
加拿大：新國華公司

從國號、國璽、國旗、國歌、國都

——看「中華民國」六十年來國家多事——

司馬我

滿清末代，政府無能，喪權辱國，書不勝書。一九一一年十月十日，武昌起義（是日爲陰曆辛亥八月十九日，革命志士原定中秋午夜起事，因事阻誤，延至四日後發動），各省先後响應，推翻帝制。次年一月一日在南京成立臨時政府，孫中山先生被推爲臨時大總統，誕生了中華民國，也是亞洲的第一個民主共和國。以後即以十月十日爲國慶紀念日，號稱「雙十」，屈指一算，今年已達六十一週年紀念。

國號曰「中華民國」
章太炎大師主之最力

一個新政體的誕生，必須有個國號，當時建議紛繁，莫衷一是，有「中華共和國」、「大中華民國」、「大漢國」、「大漢民國」等擬議。後來參議院成立，才正式定名爲「中華民國」。國學大師章太炎當時就是主張定名爲「中華民國」最力的一人。他早在東京同盟會時代，爲當地民報撰「中華民國解」一文，廣徵博引，舉證闡釋。按「中華」二字的含義，「中」者所以對四外異族而言，「華」者所以言我民族之起源。所以「中華」之名，實際上可以包含了我「國家」「民族」的整部歷史在內。

國璽先後共有兩個
共一工資銀元八千

關於國璽，中華民國歷史上第一個國璽文曰：「中華民國臨時大總統印」，該印係何人所鐫，已不可攷。後來國民政府所用的國璽，却是國父在廣州任大元帥時所刻。這個國璽係坑玉製成，文曰：「中華民國之璽」，高二寸七分，方廣二寸六分，延名家陸某所鐫，給工資銀幣八千元，以半世紀前幣值計算，數殊可觀。當時並委元帥府秘書連聲濤爲監璽官，專司其事。至於現在所用的中華民國國璽，則係於民國三十七年國民政府蔣主席當選首任行憲大總統時，由中華民國政府南京印製局鐫製。

國旗式樣幾經更迭
青天白日意義深長

國旗代表國家，所以一個國家的國旗被侵犯或被侮辱，也就等於一個國家被侵犯或被侮辱，小則可以引起抗議，大則可以引起戰爭，是一件極端嚴重的事情。平時每日早晨升旗和下旗時，常以國歌伴奏，民衆聞之，應止步肅立，靜默致敬。兩國交戰，一方軍隊攻佔了敵國城邑或山頭的時候，第一件事情便是樹立國旗。奧林匹克世運大會中，宣佈每一競賽項目的優勝者時，例必同時升起其所代表國家之國旗，一個對於國家有功的人死後，舉殯時棺木之上覆以國旗，謂之「國葬」，也是光榮，國旗的莊嚴性質如此。

國慶懸掛國旗，是慶祝國慶最簡單的表示。世界各國的國旗，除了極少數的幾個國家之外，多數是長方形，比比例約爲三比二，就是說它的濶度若是三呎，它的高度往往是二呎。我國青天白日滿地紅旗，青天白日所佔的面積剛好是全旗的四分之一，至於「青天」內白日的大小，尺寸並無硬性規定，但比例必須準確，以美觀爲原則。

國旗懸掛，亦有規格，與他國國旗並懸時，國家應在右方，他國國家應在左方，旗竿高度應相等，旗的大小也要一致。「青天白日滿地紅」單獨懸掛時，「青天白日」部份居右上角向東或北方。

我國國旗是青天白日滿地紅，它的制定，也着實經歷過一番討論。按清室國旗，圖案爲龍，武昌起義，民國肇興，「黃龍旗」宣佈廢止。民元前十七年，即清光緒廿一年乙未，二月廿日，孫中山先生與陸皓東、楊衢雲、謝纘泰等，在香港乾亨行舉行「興中會」幹部會議時，決定以陸皓東製之青天白日旗式，作爲軍旗。清光緒卅一年乙巳，「中國同盟會」成立於東京，是年冬，「同盟會」本部討論中華民國國旗的形式問題，國父主張沿用「興中會」之青天白日旗，並聲明此乃陸皓東所擬定。興中會同人意見不一，有謂革命先烈爲此旗已流血甚多，不宜再用。其時各黨員提出各種形式甚多，有人提議用一「井」字式，表示井田之義；有人提議用金爪鉞斧式，以發揚漢族精神；也有人提議用十八星式，以代表十八行省者；更有人提議用紅黃藍白黑五色，以順歷史。中山先生主用青天白日之色於上，改作紅藍白三色，以符自由、博愛、平等之義。當時衆議紛紜，未有結論。

至辛亥革命發生前夕，「中華民國」名稱雖定，但國旗依然未定。以是革命起義時，所用旗幟，至不一律；潮惠、欽廉、鎮南關、河口、廣州諸役，則多用青天白日滿地紅三色。辛亥革命時，共進會在鄂用十八星旗；陳其美在滬，用五色旗，也都不出同盟會舊議各種方式之一。迄中華民國臨時政府成立，臨時衆議院始決定用紅黃藍白黑五色旗，以示漢滿蒙回藏五族共和之意。

五色旗自民元用爲國旗後，迄民國十年（一九二二年）廣州革命政府成立，非常大總統孫文就職時始廢，改用「紅地」而於左角上「青天白日」之旗爲國旗。先由廣東開始，其後延及廣西。至民國十五年國民革命軍北伐，青天白日滿地紅旗，隨師所至，更朝易代。最後的一面五色旗在瀋陽撤易，時爲民國十八年十二月廿九日，東北各省同時通電服從中央，紅黃藍白黑之五色旗從此絕跡。民國卅五年國民大會制定憲法，於總綱內明定國旗規章，便是我們今天所見的「青天白日滿地紅」旗的正統由來。

至於其圖色涵義，整面國旗的紅藍白三色，象徵三民主義，同時也代表自由、博愛、平等。「白日」的「十二角」，是代表十二時辰日夜不息，「滿地紅」則是紀念中華民國無數烈士用鮮血換來的。

卿雲歌詞兩首不同
含義深奧難入民間

中華民國現行國歌，採用孫中山先生

在黃埔軍校開學典禮中的訓詞爲詞，全文四十八字，字簡意賅，音調莊嚴，其在未來歷史上將與孫先生的另一遺作「總理遺囑」同垂不朽，當無疑問。

中華民國建國已逾六十年，但這國歌的歷史却祇有三十五年。蓋在此以前，國歌曾幾經更迭。筆者就讀小學時，所唱的國歌是「卿雲歌」，但「卿雲歌」共有兩首，前後歌詞亦有不同。

民元七月，教育總長蔡元培，在北京召開臨時教育會議，即提議創擬國歌，但幾經公告徵求，苦無佳作。翌年二月，才從國學家汪榮寶的作品中選出「卿雲歌」爲國歌，並請比利時作曲家瓊．霍斯東作曲。歌詞曰：「卿雲爛兮，糺縵縵兮，日月光華，旦復旦兮。時哉夫，天下非一人之天下，時哉夫，天下非一人之天下也。」這首歌詞，雅則雅矣，病在文字雕琢，內容空虛，作爲國歌，不甚得當，而且作曲者非中國人，也未免有碍國體。

民國四年五月，袁世凱稱帝，採用留日音樂家王露的一首歌作爲「國歌」，但壽命不長，隨袁世凱下台而夭折。該歌的原詞爲：「中國雄予宇宙，廓八挺，華冑來從崑崙巔，江湖浩蕩綿連，共和民族開曉天，億萬年。」

民國八年十一月，教育部正式成立國歌研究委員會，聘請學者專家共同磋商擬議，訂製國歌。翌年四月，決定採用虞舜「卿雲歌」爲國歌，並由音樂家蕭友梅博士分製鋼琴伴奏譜，國樂譜和軍樂譜三種。歌詞爲：「卿雲爛兮，糺縵縵兮。日月光華，旦復旦兮。日月光華，旦復旦兮。」這首歌字數不多，歌詞深奧，我在小學時代所唱的國歌，便是這首。但除在學校裡流行外，亦未深入民間。

北伐統一，國民政府成立，教育部公開徵求國歌歌詞，應徵者兩千餘首，但都不合乎我國國情和立國精神，未予採用。

現行國歌原爲黨歌
詞出國父軍校訓詞

民國十七年，戴傳賢氏建議，將國民黨中央黨部孫中山先生在廣州黃埔軍校開學典禮中的訓詞中的四十八字「三民主義，吾黨所宗，以建民國，以進大同，咨爾多士，爲民前鋒，夙夜匪懈，主義是從，矢勤矢勇，必信必忠，一心一德，貫徹始終」，採爲黨歌。民國十九年，國民黨中央常委議決，國歌在未制定前，即以黨歌暫代。該歌曲譜則爲音樂家程懋筠所作，歌詞莊嚴和平，雄壯有力，且能激發民族意識，自屬佳作。

其後又曾重新徵求，但沒有一首盡善盡美，又因「暫時國歌」行之多年，早已普及全國，一旦更換，勢必生硬難於上口，國民政府乃於民國二十五年六月三日，明令公佈其爲正式國歌。

國歌代表國家民族，與國號國旗初無二致，所以國歌的審定是一件鄭重莊嚴的大事，英國以「天佑我皇」爲國歌，法蘭西以「馬賽進行曲」爲國歌，各有他們的歷史背景與重大意義，我國國歌，簡短莊嚴，足與任何國家的國歌媲美。

國家多事都門屢遷
東南西北無遠不居

至於我國國都，最初係在北京，北伐成功，國民革命軍統一全國，成立國民政府，乃建首都於南京，而將故都「北京」易名曰「北平」。南京一地位居長江三角州的頂端，高山、平地、淺水三種天然地勢，鍾於一處，紫金山虎踞龍蟠，益顯雄壯氣象，定爲首都自有其相當條件，但孫總理建國大綱中曾建議以甘肅臯蘭爲全國首都。對日抗戰期間，因南京近海，不能久守，暫時退居重慶，以備他日復返，故稱「陪都」，其地雖非甘肅，亦已相去非遙。迨抗戰結束，勝利復員還都，仍返南京，民國四十八年，大陸變色，國都暫遷台北，名曰「戰都」，韶光似矢，匆匆又二十三年矣。

（一九七二・九・十日）

武昌首義的三武

芝翁遺著

辛亥武昌首義，開創了中華民國的新局，當下三武名揚天下，三武者，孫武、張振武、蔣翊武也。可是這三個人，在建國之初，便各執己見，互不相容，孫和張爲尤甚，黨孫者毁振武，黨振武者毁孫，黠者譖以危詞，媒孼浸潤，日積月累，益成水火。因之，不及兩年，孫脫離革命陣線，加入政客集團；張振武被黎元洪陷害借袁世凱的刀，給殺害了；蔣翊武在全州，也給袁假手桂軍把他抓去槍斃，鼎鐘功名，一時俱盡，述之深有餘痛。

孫武湖北夏口人，原名葆仁，字堯卿，號夢飛，又署搖青。少時喜好武事，讀書但觀大畧，在武備學堂肄業時，和吳祿貞、傅慈祥友善，庚子拳亂起，吳和傅自日本潛行歸國參加唐才常起兵計劃，在漢口租界裡設總機關，舉孫做岳州司令；這時他剛以湖南新軍的教練官，擢任岳州武威營管帶。到了大通、漢口、新隄各路，相繼失敗，他變易姓名，亡命兩粵。到了癸卯年，他母親在鄉去世，他才回籍奔喪，閉戶隱晦。第二年甲辰，加盟革命團體的科學補習所，負責運動軍隊和會黨，又因事機洩漏，潛往日本，進成城學校習海軍。不及三月，日政府受清廷慫恿，下令取締留學生，留學生大譁，開會抵制，舉胡瑛爲會長，宋教仁爲外交長，孫武做糾察長，力爭無效，遂相偕返國。孫返國之後，加入了日知會。

武昌的日知會，設高家巷，本是基督教的聖公會，由胡蘭亭牧師主持，胡抱有革命思想，唐才常等敗後，劉貞一、馮特民、曹亞伯、禹之謨等人，以聖公會爲護符，至甲辰才正式組織了日知會，作爲革命運動的樞紐，表面是一所書報社，藉以避免軍警耳目。乙已東京同盟會成立，特派北分會會長余劍儕（誠）回國，會同劉貞一等在鄂進行黨務，凡日知會會員一律加盟於同盟會，對外則仍稱爲日知會。丙午夏，劉貞一等以運動軍界漸次成熟，推吳壽天（崑）到香港中國日報訪黃克強，請措欵大擧，黃因華僑捐欵未到，囑靜候；其冬，孫中山先生因法國有意贊助中國革命，派喬義生和法武官歐極樂，周游長江各口岸調查革命黨實力，劉貞一諸人在聖公會開會歡迎。這法國人演說革命，慷慨激昂，給張之洞、張彪所知。十一月二十九日，派兵圍聖公堂，劉貞一、胡瑛、李亞東等多人被捕，名冊被搜，正欲按圖索驥，孫武已聞警避匿，但家裡給查抄了，遂微服逃亡遼陽，投依吳祿貞軍幕。

戊申之夏，孫武聽到黃克強在滇謀起兵，遂由海道赴香港，欲往相助，到港時雲南方面已失敗，於是又轉往日本東京，和同志組大森軍事講習會，研究炸彈的製造，並與焦達峰等，成立共進會，被推爲軍務部長。

這個共進會，也値得一提，發起於丁未秋間，目的在運動各秘密團體如三合、哥老、洪江、孝義等會黨，使明瞭共和眞理之可貴，共進於革命之大道。各會黨本各守碼頭，各名山堂，至是便把它統一起來，一律改稱「中華山興漢水光復堂」，居覺生（正）會爲釐定章程，規章畧如同盟會，惟將同盟會所標之「驅除韃虜，恢復中華，創立民國，平均地權」之第四句，改爲「平均人權」而已，徽章旗幟用十八錐角交錯形，取十八省鐵血聯合之義。孫武返鄂後,偵知淸吏對他仍在跴緝,他化名「孫治安」，「金相(號泉山)」以武昌黃土坡街五號，漢口新馬路大成印刷公司爲通訊處。久之,風聲漸露,遂赴粵，秋在港訪馮自由於中國報，始正式加盟同盟會，把名字也正式改作「孫武」，一般人以爲眞是「孫文之弟」,雖屬有意混充，影響却很大。

已酉，黎仲實等在京漢鐵路車站，謀炸端方不果，便將炸藥存放孫武寓中。他於庚戌五月才潛回漢口，打算重整旗鼓，居正、劉公、楊時傑又以時來會，積極進行，漸臻成熟。劉公原名湘（號仲文），時被舉爲共進會副會長，和正會長鄧文輝，屏，分頭活動，聲勢頗大。辛亥正月，譚石屏（人鳳）和居覺生奉統籌部命，先後到鄂，即集合各人商量，宣佈黃克強來的信，說是定四月初一「開校」，約兩湖響應。查光佛說：「新軍振武社，和共進會宗旨相同，且在各標營同志不少，應聯合進行，以收實效。」大家贊成，並預舉劉公爲都督，劉英副之，孫武爲總參謀，宋鎮華第一鎮統制，黃申薌第二鎮統制。

所謂新軍振武社，是丙午日知會被封的次年，初由楊王鵬、黃申薌等組織羣治學社，爲軍界革命團體的嚆矢。蔣翊武（字伯夔）原在上海中國公學肄業，醉心革命，回鄂投入四十一標當兵，結識劉堯澂（字復基）查光佛諸人，力爲贊成，並在漢口發刊商務報，從事鼓吹，庚戌湘省鬧米風潮，鄂方調新軍入湘彈壓，黨人擬乘機舉事，機洩，黃申薌走滬，林兆棟等走川，商務報被封，幸張彪知道所部多革命黨，恐激大變，不敢深究。過了些時，劉堯澂又改名投入四十一標，和蔣翊武等繼續進行，改爲振武學社。翊武利用星期假日，約各標營同志，在蛇山抱冰堂秘密開會，制定公約，部勒完整，又以有人告密，翊武爲掩護耳目，遂以研究文學爲由，更名爲文學社，由詹大悲、何海鳴在漢辦大江報，作爲聲援。

張振武是湖北羅田人，本名堯鑫，字春山，後改竹山，畢業師範學校後，曾東渡日本，入早稻田大學，研究法律政治，又進體育會，練習戰陣攻守諸法，後由湖南劉彥介紹入同盟會的聯絡部，擔任組織湖北革命機關之責，毀家輸黨，極得同志信賴，做人尤伉直無城府，但這種性格的人，都不免脾氣稍燥，容易得罪人，惟一只有居覺生和他最爲交厚。統籌部既約兩湖響應，武漢革命團體便大集合起來準備。

廣州「三、二九」之役失敗後，鄂方同志，仍合力進行，志不少懈，劉公即以所寓雄楚樓十號的房舍，作爲集合機關；他本準備好五千金想捐個前程，至此也豁出來作爲發動費用。夏間，各派革命團體聯合大會，泯除意見，分組各部，以蔡濟民、吳醒漢、楊玉如、張振武任參議，居正、楊時傑等任內務，查光佛、牟鴻勛等任交際，劉公、李作棟任財政，蔣翊武、劉堯澂等任軍務，彭楚藩、徐萬年、熊炳坤等任各標營代表。後又議發難時以蔣翊武爲臨時總司令，劉堯澂副之，孫武爲參謀長，蔡濟民爲參議長。當時有人以武漢四面受敵爲慮，孫武即席慷慨陳詞，說：「武漢據有兵工鋼藥兩廠，武器充足，利一；鐵路國有，全國同憤，乘此時機，可得人心；利二：軍隊會黨均運動成熟，一旦發動，各省響應必速。利三：有此三利，大功可成，不宜猶豫。」於是決推居正赴上海，邀黃克強、宋漁父蒞鄂主持大計，定八月中秋大舉。

初八夜，南湖炮營同志飲酒鬧事，張彪派人澈查，於是改爲十八夜十二時發動。當時除軍中同志及孫武留着之外，其他諸人，暫行分往各地，偵查動靜；不幸初九那一天下午，孫武在漢口俄租界寶善里十四號機關部中，因試炸彈不愼被炸，聲震戶外，急忙中避入日人所開同仁醫院，俄捕聞聲破門入屋將彈藥文告名冊印信旗幟一概取去，通報清吏。接着楊宏勝亦因運送炸彈在他中和門正街寓所被執，武昌山前山後胭脂巷小朝街等處機關，也陸續被搜，事勢緊迫，時彭楚藩、劉堯澂、蔣翊武等在武昌小朝街八十五號另一機關，商量即發，翊武以清軍有備，不如暫避，劉堯澂拔出手槍，指着翊武說：「事前公舉你做臨時總司令，你應負責，你要是怕死，先吃我一彈。」楚藩連忙勸阻，正待續議，清方軍警尋至，堯澂抓起炸彈就擲，沒有爆炸，遂同牟鴻勛、劉同、龔俠初及張廷輔暨張妻賀氏三十餘人一起被捕。楚藩、翊武翻出後牆，牆下已有步哨，也一齊被執，解往巡警衙門。翊武中途，覷人不備，乘間扭脫繩索，拚命狂奔，他穿的是便衣短襖褲，和傭役模樣差不多，所以穿過幾條街巷便很容易走脫。避往岳州。劉、楊、彭三人，當夜在督署受訊不屈，並怒斥瑞澂鐵忠，十九日晨八時半被斬於督署轅門外，此外以無證據准予保釋。

武昌督轅外，血淋淋三顆頭顱在號令

着，瑞澂、張彪更想把革命黨一網打盡，斷絕交通，到處搜檢，劉公，張廷輔等數十人也被捕了，黨人大起恐慌個個自危，非黨人也着了慌，都說黨人故弄狡獪把未參加的人也列入名冊，怕逃不了玉石俱焚之厄；所以無論是同志非同志，大家都有背城借一之想，營中人聚語：「把口袋裡的錢，整個掏出來買酒吧！喝醉了，要革命革個痛快，要殺頭也殺個痛快！」於是大家買酒喝，一個個都喝得醉醺醺地。十九夜，工兵營值班守衛是熊炳坤、金兆龍，熊在樓梯口，金在樓下，相距不遠，涼秋風漾，酒上心頭，兩人都不覺打起瞌睡來，巡夜的隊官阮榮發巡來了，看見熊呼呼地歪着，忽然大怒，接連兩巴掌打在熊的臉上，把他打得直晃盪，他睜起朦朧醉眼，使起牛勁來，一飛腿將這隊官踢下樓去，嘴裡吼着：「滾你媽的，老子說幹就幹！」槍聲一響，金兆熊也驚醒了，全營大震，方興加了一顆炸彈，大家叫着「集合！革命！」一漚泡沫，就這樣激起了滔天大浪。

楚望台佔領後，吳兆麟被舉為臨時指揮，引本標同志合南湖炮營，猛攻督署，蔡濟民率廿九標會攻，從蛇山炮轟，瑞澂棄袍割鬚而逃。天亮後，佔領了武昌全城，十八星旗高懸在蛇山頂上與黃鶴樓頭，揭開了逐滿開國的序幕。

因為事起倉卒，黃宋沒有到，這時預定的都督劉公隔絕在漢口(其時尚未克復)，孫武炸傷未癒，總司令蔣翊武也不在城，副都督劉瑛，遠在京山，詹大悲、胡瑛在獄，居正、譚人鳳都在港未回，一時找不到一個統馭全軍的領袖人物。是日上午在閱馬廠諮議局推都督，大家謙讓不决，議員劉孝臣(賡藻)動議：「第廿一混成協黎協統，頗孚人望。」大家拍手，吳兆麟也主張借黎以資號召，乃推蔡濟民等到黎宅將黎擁出，同時也把湯化龍找到了，黎搖着厚重的腦瓜兒，不肯答應：「你們不要抬舉我吧！我不是革命黨，不夠資格，還是請孫文最好！」「孫先生嗎，不久就到，他弟弟孫武，不是早就來了嗎？」大家信口開河，這話傳了出去，人心更為振奮。最後湯化龍勸黎服從多數人意見，黎見這非革命黨也同情革命，才不言語了，接着討論謀略團，推蔡濟民等十五人擔任，都督府組織條例通過後，分設軍政部、民政部，軍政部的軍務部推孫武做部長，張振武副之，孫臂傷未癒，由張代理。

當黎元洪遲疑不肯答應簽署安民布告之際，張振武、李翊東看得惱火了，大聲對黎責備，黎還是一言不發，翊東急了起來，便也不等他同意，提筆代書一「黎」字，交付揭帖，這時幸好湯化龍出來轉圜，否則局面弄得很僵。振武伉直，對黎的扭扭捏捏固意存輕視，而黎對張，也存了戒心，彼此種下了嫌怨。

說起黎元洪這人，他任二十一協協統，職位雖在第八鎮統制張彪之下，平素聲譽尚佳，頗有謹厚之稱。三武之中，蔣翊武對他比較敬重，據胡祖舜「武昌開國實錄」說：「翊武某次在洪山集會，曾提議舉黎出來，但無決定。」居覺生的「辛亥記箚」亦有「革命在秘密時代，曾推舉劉仲文(公)為都督，劉英副之，亦有議及黎元洪者」之言，所紀畧同，似尚能得軍心。而振武之結怨於黎，則另有原因。當時「革命排滿」在平常人看來，是「造反」，黎服官久，加以事體重大，不敢輕諾，所以最初幾天，都是表示堅拒，一言不發，張振武看他一意推辭，覺得很不順眼。據曹亞伯「武昌革命眞史」載：「當元洪被擁為都督遲疑不敢就職之際，振武嘗語工程第八營左隊官吳兆麟曰：「此次革命，雖將武昌全城佔領，而文武大員均已潛逃一空，未殺一個，以壯聲威，革命對於清臣，未免寬容過度。但革命非澈底將清廷餘孽大殺一次，將來必為國家之禍，革命仍是有名無實。依我愚見，黎元洪既不贊成革命，又不受同志抬舉，放其出去，恐其害人。好在我們用黎元洪之名所擬通電，尚未發出，不如將黎元洪斬首示衆，以揚革命神威，使一班忠於異族清臣，皆有胆落，實為直截了當。且昨晚首義，總指揮既是吳先生，就以吳先生為湖北都督，可以貫澈到底，早為成功，豈不甚妙？」吳兆麟曰：「此事萬不能行，兄弟資望太淺，即以湖北軍隊而論，多數尚未響應，而帶兵居我上者必不肯服從，即與我同級者，亦未必悅服。欲收新軍全體來歸之效，非借黎元洪資望不可。至於各省，若聞革命領袖係一小官，必少附和。吾輩欲革命速成，當暫借黎之名以號召天下，一則可使各省表同情，二則使外人不敢輕視，望諸同志勿懷二心可也。」這一段話，張是抱着不妥協精神，吳則爲因應時勢作用，各具理由，心照不宣，談過也就算了，不知道以後如何會給黎元洪知道，對張如芒在背，深具戒心，伏下以後借刀殺張之計。

九月初七日，黃克強與李書城、耿覲文、曾可樓等由滬到漢口，這時正是馮國璋猛攻漢陽下漢口之際，有人建議推黃爲戰時總司令。黎也想借黃的盛名，來鎮壓已浮動的人心，欣然照辦，擴日舉行登台拜將之禮，這自然又是黎自以爲得計的本事之一。他想由黃克強去當其衝也好，同時也好駕馭那班桀驁不羈的驊騮驥騏。

說實在的，當年這班首義人物，確不少以革命元勳自居，對黎之毫無革命歷史而驟致高位，往往時露輕視，每有「拔劍砍柱」之態。蔡廷幹、劉承恩卿袁世凱密命，由漢口英領事居間試探和議，黎礙於英國人的面子，勉強相見，便請孫武、胡瑛、吳兆麟、張振武諸人一起出見。這一天，孫武剛由醫院出來，穿上一身簇新的金邊上將制服，其他諸人也是戎裝佩刀，好不神氣。黎說明來客的來意，孫、胡主張不妨談談看，吳、張絕對以爲不可，四個人兩個意見，黎弄得沒主意，朱樹烈、范義俠、蕭鶴鳴諸人，是軍部職員，見他們爭辯不下，抽出指揮刀，向桌上一摜，大聲道：「誰主和，請吃我的刀！」黎苦着臉搖着頭，向主和者瞟了一眼：「大家都莫急，昨天我從美領事處得到消息，孫中山先生快回來了，他回國，一切有辦法。」

漢陽危急時，武昌也在北軍炮火之下，黃克強渡江和黎在卓刀泉相見，計議攻守戰畧，佈置防務，英領事又介蔡承幹等來見，孫武仍主張一談，張振武怒聲說：「主和者，殺無赦！我就不許這蔣幹過江！」黎皺着眉頭說：「不要他們過江也好，橫豎談也談不攏的。」十月十四日，民軍舉黃克強和黎爲正副大元帥，黃再三謙辭，改爲黎正黃副，這裡頭也少不了意見磨擦的因素存在。但和議仍在進行，清廷方面，見各省相繼獨立，由袁世凱請英使朱爾典電駐漢英領事公開出面調停，宣告暫行停職，派唐紹儀南下，要與「黎軍門」或其他代表進行談判，民軍方面也推伍廷芳爲代表。張振武反對談和，認爲即使和了，也是終於無功，他的軍務司長，原是代理的，孫武來了，他對副司長一職，是無可無不可的，何況孫是主和的，與他的意見枘鑿，遂趁此談談打打的時間去上海，購訂一批槍械，以備急時需要。然而和議終於成了，一般人的「利用袁則事半而功倍」的淺薄意見，瀰漫着寧滬武漢，孫中山先生的積極布置的北伐軍事，也不免受着那些「二民主義」及對袁「綏靖政策」的意志薄弱份子之影響，不得已而有「袁若贊成共和，當以總統相讓」的表示。振武在和議進行如火如荼時候以及南京臨時政府產生之際，也參加了孫武、孫發緒、張伯烈、劉成禺、時功玖諸人，在上海組織的民社本部。返鄂之後，孫武設民社支部於武漢，所有參加起義的新軍同志，多有加入。這時孫武對革命意識，頗有轉變，振武則僅爲輕視黎元洪而已，說起來都不外由鬧意氣而起。

黨國元老張溥泉（繼）先生在他的「五十年歷史的回顧」講詞及回顧錄日記中，曾作很詳細的記載：「辛亥革命時，有位孫武先生，他是武漢方面很重要的同志，當時被推爲兩大英雄之一，一位是總理，一位是孫武先生。武漢起義的確很出力，發動的上一天，孫武不幸被炸彈爆發所傷，不能出來，所以舉義以後，不得已請黎元洪出來當都督。……黎是個老軍人，對革命本來沒有認識，做了大都督。自然也莫名其妙。……我們可以作爲殷鑒的，是臨時找認識不足的人出來負責，總是一件危險的事。孫武既沒有在武漢當領袖，南京臨時政府成立後，就發生了意見。這種意見的起因，祇是一點很小的小事，孫武要求做一個陸軍部次長，陸軍部的部長黃克強先生。其實那時候並不講什麼人事制度，就是給他一個名義，也沒有什麼關係，可是當時並不曾答應他。因爲這點小事，武漢與南京臨時政府發生了歧見，竟至黎元洪被袁世凱拉攏，武漢大部份同志，另組民社，使革命蒙受重大影響。」

溥泉先生對開國初期寧漢齟齬，由於微嫌構隙而起，記得很詳盡而痛切，說：「再有一件人事問題，南京成立革命政府的時候，沒有顧到章太炎先生，章先生並不是要做大總統，說來好笑，他祇想做一個國師。國師是什麼？即是明太祖成功以後的劉伯溫，他以劉伯溫自居，本來也應該的，大家沒有留意，以致章先生不快，反過來將黎元洪抬得很高，這種因小事而誤大事的例，實在不少。」又說：「民國元年南京革命政府初成立之際，一日于右任訪克強，適展堂、鈍初在座。克強曰：「你來正好，我們組織政府的人選，大家商議商議。」右任提及應注意武漢首義同志。惟當時武漢同志對克強不好，克強亦厭惡武漢的某些人，加以孫武到上海以後，態度頗惹人厭，英士更表示反對，遂以各部次長予海外歸國同志，而在武漢首義者，反未顧及，實爲一大失策。湯薌銘即在歐洲盜總理皮包之人，克強竟未知，亦任爲海軍次長，更招物議。」「政府以一般老官僚任總長，以本黨同志任次，而忽略武漢起義諸同志，如孫武等，以致發生寧漢分離之象，因陶煥卿光復會之關係，浙江亦與武漢接近，而疏南京。」「是時湖北浙江一部同志，早已另組民社，由民社而變爲共和黨，太炎爲政客利用，成立統一黨。」……「湖北參議員劉成禺等，時對政府設施亦有所非議。」溥老爲開國人物，所言皆其所親聞或目擊者，自屬可信。以孫武自恃才具資望，不甘於無爲，且奔走革命十餘年，備歷艱難險阻，武昌首義，都督既以舉黎，南都奠定，求爲陸次又不可得，其觖望可知。當時別組民社，以孫武與劉成禺、張伯烈、時功玖數人，最爲起勁，張振武意只在求握一部份軍權，於政治似無多主張。旋孫武提出擁黎主張，振武頗持異議，但孫武以元洪長厚易與，且認爲以首先起義之人，出任黨魁，便於號召，於孫袁之外，樹立第三勢力，將來掌握政權，亦較名正言順。兩人原有異見，擁黎更非振武所能接受，故二人意見終又水火。

元年三月三日，同盟會爲謀參議院與政府之溝通，泯武昌與南京之意見，特召開會員大會於南京，公舉孫中山先生爲總理，黃克強與黎元洪爲協理，以期促成團結一致；但那些好以詆訶立異與不滿現實者的份子，一味紛爭之結果，此會亦徒具形式。不久，孫武更舉民社與章太炎之統一黨合併，稱共和黨，仍擁戴黎元洪爲領袖。是年八月，革命黨人得　孫中山先生同意，改組爲國民黨，以結束一大段革命團體之潔白歷史。

黎元洪以一協統因時勢造英雄，成了開國之「傑」，初以爲黨人所擁，援以趙孟之所貴賤，頗自惴惴，及中山先生辭卸臨時大總統後，袁世凱在北京繼位，袁黎過去職位懸殊，忽膺「儲貳」（饒漢祥語）之位，情甘勢屈，第一次袁派代表到鄂，他竟脫口而出，說是「一切秉承「宮保」意旨」，一種投懷送抱願爲工具之媚態，情見乎詞。其左右如孫發緒、饒漢祥又被袁買收，對袁加意表示服從。孫武劉成禺等以同盟會會員而顯樹異幟，爲黎張目，已非昔日阿蒙，更自袁黎沆瀣之後，其共同之目的，乃在反革命。孫武與章太炎、劉成禺輩，即不同於爲虎作倀，亦屬教猱升木。胡展堂先生在其自傳中記總理游歷武漢時，有一段說：「先生於武昌漢口兩處，受羣衆熱烈之歡迎。先生蒞會，俱爲民生主義演講，大意謂同盟會提倡革命，以三民主義爲旗幟，滿清傾覆，民國成立，民族主義，民權主義，俱有相當之成功，然於民生主義，則初未努力。中國大患，在貧與不均，革命以後，民衆實有莫大之希望，若捨是不圖，惟務少數之權利，則非革命本旨，而民衆不堪其痛苦，將以第二次之革命爲其要求。今當變革之際，推行平均地權各種政策自較平常爲易，必由此而後爲眞正之國利民福。」聽衆頗爲感動。而孫武等則紛發傳單，反對先生，謂先生於此時主張第二次革命，民生主義云云，不啻爲武漢間流氓暴動之導火線。黎氏亦謂余（胡展堂）曰：「武漢之局，方憂擾不安，先生奈何言此？余知其不可以理喩也。」孫武口中之「流氓」，黎元洪所憂之「搖動」，當然是有所指。本來中山先生之游武漢，表面是應黎之邀，其實曾由鄂方同志推田桐、李基鴻二人爲代表赴滬敦請者，原因是：①首義以後，同盟會同志，時露拔劍斫柱之態，希望孫先生以領袖地位說服而調伏之；②同盟會支部中堅同志，這時常受本爲同盟會會員而脫離同盟會自組民社者的欺壓，孫先生到來、則可振起聲勢，欺壓者當能斂迹。這兩種情緒曾由田李向先生面陳過，故有此行，詎意孫武蓄意分歧，公然發傳單反對，張振武之被殺，孫武殊不無重大關係的。

武昌首義的第一槍，是新軍同志發出的，滿清雖倒，而軍政大權又落於舊官僚手中，有功將佐，矜功喜動的也不是沒有，如襄陽府司令張國荃，不服編遣，擅殺調查專員，擁兵自逞，如參與起義之軍官祝制六、江光國、滕亞綱等，託詞改革政治，謀推翻北軍政府，旋鄂垣駐軍及楚望台軍械所守兵暴動，都是使黎元洪感到頭痛。

臥榻之側，不能容人鼾睡，何況同床有異夢之人，患在肘腋，更足叫人枕席難安。張振武澈頭澈尾都不把革命投機派的黎，放在眼下；黎自聽說張振武當初有「斬黎立威」之言，亦時有戒心，嫌怨莫解。楚望台兵變，經黎派兵彈壓，捕拏首要正法後，嚴密偵查主謀之人，結果查出乃張振武與湖北將校團團長方維在暗裡主持，更把這兩個人當爲眼中釘，非拔之不可了。於是，以調查邊務爲名，派張方離鄂赴京，一面密電袁世凱請予以羈縻。二人第一次抵京時袁世凱派人迎接，除在公府邀宴外，又命馮段諸將領設宴歡迎，並畀以公府顧問，張方不就，又委爲蒙古調查員，也不就，又復返鄂。黎元洪本想調虎離山，不料虎又歸山，這既慌且忮的心情可想；而且張振武既得鄂軍士心，又爲同志信賴，留在湖北，總不得安，遂急電劉成禺，鄭萬瞻二人返鄂，表面說是替孫武和振武解釋舊嫌，實是陽示交歡，陰具殺機。張原是無城府的人，握談之下，便認已言歸於好，及劉鄭返京，元洪又遣人勸振武及方，赴京就顧問，並囑饒漢祥赴京，張弓設阱，以備擒虎。饒到京謁袁時，說「黎副總統擁護中央，出於至誠，誓不與反對黨一致，惟張振武等蓄謀叛亂，破壞統一，黎個人的去留原無所謂，武漢踞長江上游，一有疏虞，則大局不堪設想。惟若在鄂將張收拾了，其黨羽借詞煽動，糜爛地方，如招其來京，即予正法，則亂萌可遏，武昌軍心可定。」袁對革命黨人是百分之百不具好感，難得他們自相傾軋，因在聽了之後，便囑饒電黎，令誘張北上，再由黎電陳謀叛罪狀，俟彼到京，即予執行軍法。饒氏便如法泡製，給黎去電：請催張方二人啓程北來，以便下手。張振武怎曉得死神會盤轉到他的頭上來？

八月十一日振武方維一行十餘人，二度到京，孫武於十一日接踵而至，黎元洪請將張振武正法的萬急密電，也到了袁的手裡，不知是電文裡的措辭不合袁的意思，或是別有原因，八月十三日又有一密電，即以後袁據以發表者。原文畧云：「張振武以小學教員，贊成革命，起義以後，充當軍務司副司長，雖爲有功，乃怙惡結黨，桀驁自恣，赴滬購槍，吞蝕巨欵，當武昌二次蠢動之時，人心惶惶，振武暗中煽惑將校團，乘機思逞，元洪念其前勞，屢與優容，冀其悛改，因勸以調查邊務，規劃遠謨，於是大總統有蒙古調查員之命，振武抵京，要求發鉅欵，設專局，一言未遂，潛行返鄂，飛揚跋扈，可見一斑。近更蠱惑軍士，勾結土匪，破壞共和，倡謀不軌……」

黎元洪決心要置振武於死地，不恤把首義健兒說成窮兇極惡，電文下半段又假惺惺地自說自話一番：「……元洪愛既不能，忍亦不可，……伏乞將振武立予正法，其隨行之方維，係屬同惡相濟，並乞一律處決，以昭炯戒。……惟振武雖伏國典，前功固不可沒，所部槪屬無辜，元洪當經紀其家，撫卹其家屬安置其徒衆，決不敢株累一人，皇天后土，實聞斯言。……元洪闒茸尸位，撫馭無才，致令起義健兒，夷爲罪首，要乞予以處分，以謝張振武九泉之靈，尤爲感禱！」請殺人而能知其必准，而且預將被殺者的身後，說得一詳二細，自是事先商量好的，所以這一件案子，成爲民國成立後第一件的「政治陰謀」。

黎假手老袁以殺張，原是「移禍東吳」之計，老袁豈有不知？遂即將黎的原電，發交軍政執法處，把張方逮捕正法。這意思很明白：「你想借刀殺人，我就來個『移星換斗』，把一切罪過都卸在你身上，好教革命黨知道是你幹的，互相水火之後，饒你也有黨團，到那時不愁不入我的圈套，求內附以自全了。」黎袁佈置已妥，只待殺了張、方，便了却一案，可憐張振武還自不知。

八月十五晚，王天縱邀宴北方及鄂來將校五十餘人，八時張振武赴宴後，又偕湖北將校回請，地點在六國飯店，同盟會共和黨議員及姜桂題、段貴芝等均在座，段這時已挾有軍令在身，一席未終即說有點小事先走了。至十一時酒闌人散，正待回到金台旅舘休息，途經正陽門，即爲步軍統領衙門派的偵探，佈下絆馬索，張坐的馬車在其中表馮某（前江西協統）之後，一聲暗號，兩車均傾，馮問什麽事？一軍曹詢知非張便即放了，張車倒後，軍士以指揮刀斫碎玻璃將其拉出。隨即把他逮捕了，逕送西單牌樓玉皇閣之軍政執法處，不多久，方維亦在旅舘裡抓到，由著名酷吏的處長陸建章親自漏夜審問。振武莫知究竟，盛氣問陸：「我有何罪？」陸說他：「蠱惑軍士，勾結土匪，破壞共和，倡謀不軌。」張斥他：「有證據嗎？」陸微笑道：「要證據麽？你且聽着！」命左右把黎來的密電，朗誦一遍。方維長軀偉幹，力大聲宏，他吼着道：「難道祇憑他說，不容我辯？」陸又笑笑道：「不必了。」隨把袁的命令叫人接着唸道：「查張振武既經立功於前，自應終始策勵，以成全人，乃披閱黎副總統電陳各節，竟渝初心，反對建設，破壞共和，更與方維同惡相濟，本大總統一再思維，誠如副總統所謂愛既不能，忍亦不可，若事姑容，何以慰開國烈士之英靈？不得已即着步軍統領、軍政執法處總長，遵照辦理。」振武聽完這一電一令，回顧方維道：「算了罷！死就死罷了！豎子無良，一至於此！」便索筆紙，寫給黎的信一通，繼想寫家書，怨憤填膺，擲筆長歎：「死了便算了，還說什麽！」促令行刑，遂與方維同時飲彈畢命，時爲八月十六日的上午一時。

張方二人死後，步軍統領宣布罪狀，把黎的電文一字不遺的錄了出來，社會與論大譁，既沒有援引法律條文，也不付公開審判，竟爾立寘重典。黃克強首電袁政府。指摘殺人手續的不當。他致袁世凱電有云：「黎副總統原電述張、方罪狀，語極含混，凡有法律之國，無論何級長官，均不能於法外擅爲生殺，今不經裁判，竟將創造共和有功之人，立予槍斃，人權國法，破壞俱盡。興前在留守任內，辦理常州軍政分府趙樂羣一案，與論均謂可殺，與猶迭開軍法會審，由王軍長芝祥率同會審各師長，暨法官調齊人證，悉心研究，業經取具確供，復彙案呈請大總統飭交陸軍部核覆。原期詳愼議定，使成信讞，以示尊重法律，擁護人權，爲各省都督開一先例；庶幾共和開幕，國民不至有死於非法之舉，而張方案乃如此！兩事相距爲期甚邇，張方獨因一面告訐者擅定極刑，未訊供證，而死。國民生命財產權將恃法律爲保護，即共和國精神所託，且在前淸專制時，汪精衞謀炸攝政一案，訊供確鑿，尙能出以詳審，僅予監禁。縱使張方對於都督個人有不軌之疑，亦豈能不據法律上手續，率請予正法，以快私心！現在外患日迫，政府信用未固，益以此事，致羣情激動，啓外人輕視，民國基礎，愈形危險，顧瞻前途，良用滋惑，旁皇終夜，不知所云，洒涕陳言，伏維諒察。」又一電云：

「興前因病赴西湖療養，今晚返滬，始見孫中山先生自津來電，謂頃見一總統府秘書云：張振武被執時，在張處搜得一書係與興者，內容有云：託殺黎元洪事，已佈置周妥等語。今日又閱滬報詳載文滙報北京電云，此間謠傳，張振武謀第二次革命，黃興實與同謀，故不來京云云。閱此兩電，不勝駭異，張案鄂尙未盡情宣佈，讀漾電亦云案情重大，牽涉尤多，今京滬各報,忽擬議及興,若不將張案明白宣佈，則此案終屬暗昧,無以釋中外之疑。務請大總統勿徇勿隱，澈底查辦。如興果與張案有涉，甘受法庭裁判，如或由小人從中誣揑人罪，亦請按反坐律查辦。庶全國人民，皆得受治於法律之下，鄙人幸甚，大局幸甚，立盼電覆！」

憑這兩電，可見張案之重要性及其影響。（民初名記者黃遠生曾將張振武被殺當時情形繪圖具說詳記刋於滬報，後收入其「遠生遺著」中。接着張伯烈與劉成禺也在參議院提出嚴厲質詢，請國務總理陸徵祥蒞院答覆，並檢送張方謀亂證據，不能偏聽一面之詞。那時蔣翊武也在京，便約同新近來京的孫武，於十七日入府請見，蔣口口聲聲要請給「免死券」，孫武並請辭公府顧問。袁世凱當然把這血案的責任，向黎頭上一卸，對這兩武，好言安慰，並撥三千元作爲張方的撫卹費，同時被捕的十三人，各給一千元做回籍川資。對參議院的覆文，則謂「此案純屬軍政，未便宣佈詳情，國務總理患病不能到院，當派段總長爲代表，如貴院要求證據，則令黎都督查明答覆。」袁世凱這一擺佈，黎恍悟上了大當，好不尷尬？千夫所指，譽望急速下降，同盟會黨人，通電斥黎爲「僞善者」。黎知爲清議所不容，亟亟通電自白，列舉「張方之大罪十四，元洪不獲已者三，自罪者三。」這電發出後，仍不能平各方的忿怒，又進一步電辭鄂督和副總統。雙十節後，又有一電，請裁副總統一職，推薦黃興繼任參謀總長和鄂督，一面以湖北全體軍人名義，通電挽留，且向議會提出反質問，中有「揣諸公之設詞，不過謂振武有功，宜事寬容，民國用刑，宜從審愼，殊不知推翻專制，非振武一人之功，破壞共和，實振武一人之罪，況功小罪大，功少罪多，在副總統已寬不一寬，在民國亦追無可追。至於逮捕審訊，責有專司，振武黨羽繁多，稍縱即逝，需爲事賊，雖悔何追，衆證昭彰，即成信讞，南山此案，安用游移，此又辯之無可辯，疑之無可疑者也。」對劉麻哥諸人也來個反擊，說：「劉議員成禺，張議員伯烈，淆亂是非，顚倒黑白，違反人民意思，褻瀆總統威嚴，且聞一擊不中，復行彈劾，試問與振武何暱！與政府何仇！屍厲耶？亂黨耶？杯酒連流之誼耶？金錢結納之恩耶？抑喪心病狂，悍然不顧耶？湖北非副總統無有今日，設一旦搖動，議會諸君能否擔茲重責？同人粗魯武夫，但知有國，不知其他，貴議員如必欲彈劾，請將所駁各欵，限於二十四小時內，逐一答復。不然，貴議員無理取鬧，借端復仇，同人具有天良，不能容振武餘黨，覥然爲吾鄂代表，毋怪同人嚴重對待也。」強詞狡飾，欲蓋彌彰，自是黎幕中一般舞文墨弄的策士所爲，以前的「四亡」「五哭」的電文，還有人認爲「直道危言」，這囘耍的一套戲法，見的人都不顧而唾了。

撇開政治恩怨不談，黎元洪這一舉動，開了殺害革命黨人，武人干涉議會的惡例，這時候眞如章太炎所說的「燕吳交摔，日相椎杵，終掩於袁氏」了。

張振武、方維的靈櫬，從京漢路運到漢，黎特派專員代爲迎柩歸籍，並飭沿途妥爲照料，又在武昌的抱冰堂，舉行了盛大的追悼會，他撰了一付輓聯，句云「爲國家締造艱難，功首罪魁，後世自有定論」。「幸天地監臨上下，私情公誼，此心毋負故人。」黎由都督府一些文武僚屬簇擁着，親臨弔奠，當面飭軍務司，每月給張的家屬卹金，每月三十元至張子能自立爲止，張母三節餽贈，俾終天年；另送二千元給張子作晉京讀書的路費。張的家屬對於這血腥兇手的給與，本擬拒絕不受，振武的弟弟振亞，怕因此抓破了黎的顏面，勉強代爲領受，黎才稍稍舒了一口氣，搖着那「豐肉舒行身短，望之如千金翁」的脚步，走出了追悼會塲。

儘管他怎樣善演「斬馬謖」使勁唱做，晉容俱茂，長厚之名，不能不因而爲此案而大大地打個折扣。袁世凱在遐矚樓裡，撚鬚微笑，看這二路角色的折騰。

這事鬧了個把月，才算安靜下來。中間，中山先生應袁世凱電請北來，同盟會諸人，識破袁黎互結的陰險，力勸勿入虎穴。中山先生過去是不以與袁合作爲然的，但既經合作了，則欲以誠意來感化袁，不欲以枝枝節節動搖其合作本旨，爲示坦白起見，乃如期到京，到津時曾電克强云：「府秘書來告，振武被執時，搜得其致兄書，有『承囑殺元洪事，已布置周妥』之語。」黃得電力白無其事，袁接黃電却又說「府中並無這個秘書。」其後，中山先生在晤袁之後，又電克强，提到「振武案實迫於黎之急電，非將順其意，無以副其望，弟到此以來，大消北方意見，只當速來，則南方風潮亦可止息，統一當有圓滿之結果。」這是孫公的推誠待人與促成統一的苦心。孫武呢，在共和、統一、民主三黨合併改組爲進步黨時，他和梁啓超、張謇、湯化龍、王賡、蒲殿俊諸人均爲理事，與國民黨處於對立。

三武之中，以蔣翊武最擅文學，胡詠簪所著「昌武兩日記」，蔣曾有序。文云：「余讀詠簪兩日記畢，回思文學社當日倉卒起事，及死事諸君，不禁鼻酸心碎，而淚簌簌如霰，莫能絕斷了。繼而思之，則又不爲死事諸君悲，而轉爲未死諸君幸，蓋此兩日者，非猶夫等閒過去之時日也，我民國之起仆，我漢族之存亡，實於是係之。是日也，一夫左祖，三軍盡甲，機事中洩，網羅四張，未出師而罹於難者三人，將罹難而又逃於死者數人，幸而命令夙宣，指揮先定，再接再厲，繼續有人，藉不君權仆，民權伸，共和成，專制倒，然者，衆志雖成，形勢潰散，遠則履河口之覆，近則爲廣州之續，將羣謂大業終必不可就，誰復起而尋此盟乎？即使懷奇抱異之士，不終絕於天壤之間，然再欲插足軍界，不顧利害，不避艱險，以潛施其組織運動之技能，亦必不爲通古斯族之稍具機智者所許，危乎哉此兩日也！故今日之幸而有濟，不必爲死事諸君悲，所當爲未死諸君幸也。……雖然，死事諸君，擲個人之生命，博同胞之幸福，志願償，目的達，且又預免未死者演無限犧牲生命之慘劇，雖死之日，猶生之年，無庸爲之悲，固已！獨此未死諸君，其即坐享此已成之局，以深自慶幸乎？未也！已死之諸君，已達破壞之目的者也；未死之諸君，則更肩有建設之責焉。當其喢血結盟，肝胆相對，誓捐七尺，共集大動，原不以死生歧其志趣，語有云：必死者復生，生者可對死者，如使肩此責任，以生存於世，而不能進完全共和之政體，以增長我民族之精神，甚至弦改更斷，治絲益棼，轉令摶摶大地，莽爲相食之獸塲，或者眈眈異族，竟作變藩之虎咥，是則此兩日之肉血橫飛，頭顱亂擲，爲此世界中最不幸之事，而同志之死事者，猶將不瞑其目於九泉之下，而自恨首難太驟，未能稍留餘命，以畢此破壞之事業也。凡同志之未死，而讀此兩日記者，其將以余言爲何如？所謂文學社者，聚合軍界中人，藉研究文學爲媒，以組織同志者也。所謂師未出而罹於難者三人，參議劉君復基，偵查彭君楚藩，交通楊君復盛，將罹難而逃於死者，則翊武與張廷輔等也。翊武於兩日之先，而文學社指揮之任，身實尸之，將出師而罹於虜，乘間以逸，有天幸焉，張君等執於虜者兩日，諸同志拯之於兩日之後，以勉之者也。中華民國元年，六月，蔣翊武。」

翊武於張案後第二年出京，民二討袁時，他在全州，和王憲章，蔡大輔等，給桂軍偵獲，電京請示，袁電令「就地處决」，時爲九月九日。張案沉淪四十年，在居覺生先生逝世前，曾寫「張振武之獄」，惜未完篇，遽成絕筆。仇亮有「張振武傳」之作，錄其結論：「振武以諸生崛起行間，號召儕輩，據有武漢，江南諸省，雲集響應，不數月滿清以亡，此其智力勇武有足尚矣，惟豪縱驕恣，陵轢等夷，則不學無術所由致死也。向使元洪諸人，能棄其短而獎其長，使中於繩墨，未始非宏濟才也，而元洪諸人不能容振武，則又豈足專爲振武罪哉？……嗚呼，振武已矣，後之覽，其興感又當如何？」

陳少白先生之高風亮節

恒齋

先生少名聞韶，號䕫石，倡革命後避清吏耳目，以少白名世，廣東新會縣外海鄉人。生民元前四十三年，卒民國二十三年，壽六十六歲。先生生而英慧，初習時文，書法韶秀，年十七，能作八比，在塾中頗露頭角。尊人子橋公，思想新頴，聞美國牧師哈巴有意在上海創立學校，致函於美國教會，請求移廣州開辦，美人許之，乃擇廣州之沙基爲校址，命名格致書院。（其後改嶺南學校）子橋公乃命先生入學。時有區鳳墀者，精識鑒，善交遊，與國父爲稔交，既見先生，知非凡品，以函介謁國父，國父方在香港習醫，與先生相見，談革命甚契，因留與共學。其明年，國父卒業，先生於醫本非所尚，因亦離校，隨國父往來廣州香港間，並與楊鶴齡、尤列（字少紈）數相過從，縱談天下事，即世所稱四大寇也。先生嘗自述：

初，楊鶴齡與尤少紈同學，既至港，在楊處識予，後由予介紹於孫先生，每遇休暇，四人輒聚楊室暢談革命，慕洪秀全之爲人。又以成者爲王，敗者爲寇，洪秀全未成而敗，清人目之爲寇，而四人之志猶洪秀全也。因笑自以爲我儕四人，其亦清廷之四大寇乎，其名由是起，蓋有慨乎言之也。

紀元前十八年冬十二月，國父從檀香山返香港，召先生與陸皓東等會議，擴大興中會組織，以乾亨行爲總機關。先生乃爲此事赴澳門約鄭士良來港，旋復赴上海與鄭陶齋商議，鄭陶齋名觀應，與國父爲同鄉，國父上書李鴻章，即得其人之斡旋也。先生在上海居留月餘，任務完畢，遂即返南。時有同志陳建威，習航海，志切投效，亦隨先生行。既抵香港，與國父及陸皓東，楊衢雲、謝纘泰、在乾亨行舉行會議，決襲取廣州爲革命根據地。議定挑選健兒三千人由香港乘船至廣州起事。陸皓東提議以其所製之青天白日旗式，作革命軍旗，亦經通過。討滿檄文，與英文對外宣言，均已擬定，乃決議於九月九日（乙未重陽）在廣州起義。先生自述云：

孫先生就到廣州去，我們幾個人過了兩天也去了，只留楊衢雲一個人在香港。初八晚上，我們在廣州，什麼事都預備好了。只要等天亮就可動手。那時孫先生住在河南尹姓朋友家裡，陸皓東住在南關鹹蝦欄，我就住在雙門底總機關附近一個親戚開的舖子裡。到初九日，天還沒有亮，我就起來，馬上跑到農學會。等了好久，並沒有消息。綠林首領，軍隊首領，民團首領都來討口號，等命令，而孫先生却還沒有來，本來香港船在早晨六點鐘就應該攏岸了。我們一直等到八點鐘，才見孫先生形色匆匆的拿了一個電報來。一看是楊衢雲打來的。電報上說：「貨不能來。」我就同孫先生商量這事怎樣辦呢？我說：「凡事過了期，風聲必然走漏，再要發動，一定要失敗的。我們還是把事情壓下去，以後再說吧。」孫先生也以爲然。一方面就把領來的錢，發給綠林中人，叫他們回去再聽命令。同時馬上打電報給楊衢雲，叫他「貨不要來，以待後命。」諸事辦妥以後，孫先生就同我想方法，覺得現在處境很危險，不走開，恐怕過了期，不能動身，還是離開廣州。孫先生說自己有事要辦，叫我先走。我就在當晚乘泰安夜航船回到香港去。

是役在香港籌備時，其中機密，已爲駐港密探韋寶珊所偵知，急電粵吏防範。粵督譚鍾麟聞報大驚，急調駐長洲之營勇一千五百人回省防衛。又命巡勇管帶李家焯搜查王家祠，鹹蝦欄革命黨機關部，當查獲旗幟、軍器、軍衣、鐵斧諸物，並捕去陸皓東、程耀臣、程奎光、丘四、朱貴全等數十人。朱被剮、陸皓東與丘四均被斬首、程奎光受軍棍六百死，程耀臣亦病死獄中。此國中志士首次爲民族革命而流血，革命之火花，即先生贊勷國父而燃發者也。

是役失敗後，淸吏通緝黨人。國父抵達香港，英國顧問以爲不宜在香港居住。於是乃約先生及鄭士良同到日本，先到神戶，旋赴橫濱。僑商馮鏡如、馮紫珊、譚奮初等二十餘人開會歡迎。是月成立興中會分會於橫濱，國父即斷髮改裝赴檀香山，留先生於日本，命鄭士良回國收拾餘衆，謀再舉，先生自述云：

陳少白先生遺像

當時馮鏡如（興中分會會長）甚覺高興，請我遷到他所開的文具店內。這時候中日戰爭已告結束，邦交恢復，滿淸政府又派領事來駐橫濱了。等到領事將到之時，興中會的會員却都害怕起來，尤其馮鏡如馮紫珊等以我在橫濱，如果領事有什麽舉動，恐要連累他們，都急急忙忙來請我避開，以免意外。我在當時雖並不怕什麽領事，但事到如今，知道不能再留，好在有一兩個日本朋友，還能關切我，替我設法，因此就搬到東京本鄉一個日本朋友家裡去住了。

先生遷居後，認識彼邦人士不鮮，率皆寄同情於吾國革命，其中與管原傳，曾根俊虎，及島津爾藏，宮崎寅藏兄弟過從最密，聯絡當地華僑，則宮崎之力尤多。此君日後代表犬養毅歡迎國父，與國父爲莫逆之交，亦先生爲之先導。嚶鳴旣盛，詩興徐來，先生曾賦宮崎二首：

流落潯陽婦。冰絃訴別情。吳門乞食客。亦作洞簫聲。

英雄漂泊紅顏老。同抱餘情委秋草。贈你琵琶作伴遊。一撥十年長潦倒。

宮崎固有心人而具熱血者，誦先生句能勿凄然感慨耶。國父有三十三年落花夢序，亦爲宮崎作也。

淸廷外交官之駐日者，對黨人不甚注意，華僑心理，遂形和緩，其時馮鏡如因受日人委託編印英華字典，特派人到東京邀先生回橫濱勷辦其事，先生亦樂與周旋，暗爲黨務活動，遂欣然許諾。並以其餘力籌辦學校敎育華僑子弟。不久，國父從倫敦脫險，經美國加拿大再到日本，與先生異地重逢，適先生正準備赴台灣謀發展，因商諸國父，國父大爲贊賞，即將住所讓與國父，孑然獨行。

先生台灣之行，備嘗艱險，卒以屢蹪屢起之精神，克服一切困難，完成任務。其自述云：

那時候航行台灣的船，極不舒適，船旣小，人又多，身體很受累。走了三天，船到基隆，到一間日本旅館，棧房主人拿出登記簿來要登記，我就寫了中國人三字，他就要向我討護照，我那裡得來給他。他就說：「凡客無護照的中國人處罰甚重，還是請回船上去吧。」我想我吃了三天船上的苦，到了此地，人已登岸，那有回去之理。就說你送我到巡警局去，我自有辦法，走了一里多路，到警局見了巡官。又從衣袋裡拿出幾封介紹信給他看。他讀了知道我這個人有些來歷，不敢怠慢，對棧房人說，你便領這個人回去，但是他要到什麽地方，你總得先來報告。

從此以後，經十餘天之活動，卒訪得同鄉楊心如、吳文秀、趙滿朝、容祺年等，既敘鄉情，復談革命，頗受僑胞之熱誠欵待。復進謁民政長官後藤新平，表示欲往台南，當蒙允許。從台北到台南，船行二日，途經澎湖，順道遊覽。不料抵達台南，被警廳派員監視，行動極不自由，復折回台北。時台北同鄉已有多人志願加入興中會，分會既告成立，遂回日本再度與國父聚首。然而台灣同志，復來函請先生前往領導，國父以先生能孚衆望，力勸其行。留台半載，雖新收會員無多，然欵項却籌備得三千之數，便重回日本。向國父建議在香港開辦報館，以利宣傳，許之。

當乙未革命失敗，傳聞香港政府明令五年之內，不准國父到香港來，先生恐亦不免有此限制，因化名服部二郎，冒充日本人以避耳目。於是物色館址，籌備辦報；一面計劃聯絡黨會，招集舊人，為第二次革命之預備。先生自述云：

其時有一個會員陳南，客家人，也是從檀香山回來的。他很熟識三合會的黨徒，我因要聯絡黨會，非先入黨不可，所以託他想法，他就邀了一個嘉應州和平縣三合會中資格最老的首領到香港來，替我「開枱」入黨。

先生加入三合會，首領破格封之為白扇，付以設計指揮之權。然先生之志，以為廣東一隅，不足以成大事，如要謀在長江活動，須與哥老會聯絡。因想得興中會內有畢永年者籍屬湖南，與兩湖人士稔熟，特託其邀請龍頭到香港商議，果也金龍山堂之楊洪鈞，騰龍山堂之李雲彪等十餘人相率來集。先生復入會如儀，進而約同三合會首領，會於香港興中會本部，別立興漢會，奉國父為會長，奠定革命之初基，先生之高瞻遠矚，於此可見。時報館已賃定中環士丹利街二十四號為發行所，印機鉛字，由國父在日本辦妥運到，乃於民元前十三年十二月出版，命名為中國日報，先生任總編輯，助理筆政者先後有洪孝先，陸伯周，楊肖(少)歐，陳春生諸人。英文翻譯則為郭鴻逵，周靈生等。經濟方面賴李紀堂李煜堂等維持。初發刊時以未審英人對華政策，立論謹慎含蓄，未敢昌言革命排滿。半載後措詞漸激烈，力闢保皇謬說，始引起中外人士之注意。除日刊外，另發行中國旬報，附以刺諷時事之歌謠諧文，曰鼓吹錄。其後海內外報章，多增設諧部一欄，蓋濫觴於此云。

紀元前十二年庚子五月，拳匪擾亂，八國聯軍入佔北京，兩湖總督張之洞，兩江總督劉坤一，兩廣總督李鴻章按兵不動，拒絕勤王命令。有香港立法局議員何啓者，乃醫學堂之創辦人，國父與先生均出其門下，向熱心革命，此時曾說香港總督卜力，請其勸李鴻章獨立，與國父聯合救國，得卜氏首肯，乃密告先生。先生即電向國父報告，取得同意；一面約李鴻章幕下劉學詢曾廣銓二人接洽，託其從中助力。雙方聯絡成熟，何啓即代擬致香港總督英文函稿，後附政見書，聲明六項主張，由國父領銜，先生與楊衢雲，鄭士良，史堅如等同署。書達、港督表示贊助，命沙面英國領事密徵李意。李鴻章初頗為所動，然意存觀望。先生自述云：

我們當時勸告李鴻章獨立，有許多人從中幫忙，以為總有些希望；及聽說他決意北上，就知道情事不妙了。由是再同香港總督商量，請他待李鴻章過港時，面為勸阻他。後來「平安」輪船經過香港，李鴻章照例拜會香港總督，那總督果然勸他不要離粵以維治安。誰料李鴻章無論如何，不肯答應，還說担保廣東治安，不生問題，那總督見勸阻不住，只好讓他回船北上。我當時還到「安平」船上見曾（廣銓）劉（學詢）二人，他們說：「傅相意志堅決，無法勸阻。」

運動李鴻章獨立不成，於是乃籌備第二次革命行動。是年五月國父偕宮崎寅藏等自日本抵香港，未得登岸，折往西貢，轉赴星加坡，在星復被捕，判令出境。六月中旬，再度返香港，仍未得上岸。因於舟中召集會議，決在惠州舉兵，直逼廣州，命鄭士良主之。命史堅如，鄧蔭南回廣州響應。先生則與楊衢雲李紀堂在香港籌劃接濟。佈置既定，國父偕宮崎仍附佐渡丸原船離香港赴日本。先生自述云：

其時我們所預備起事的人分兩種：一部份就是新安縣（現改爲寶安縣）的綠林，他們的首領就是黃閣官，黃耀庭，江公喜等。他們都有槍械，爲這次起事的主力軍。一部分就是嘉應州一帶的三合會。但是三合會的會員，散處四方，不容易號召。有一個人名黃福者在三合會領袖中最得人望，他和鄭士良甚相得，其時正在南洋婆羅洲謀生，我們就派人去請他回來。說也奇怪，他一回來，各處堂號的草鞋都團集攏來，只要黃福發一個命令，眞是如響斯應，無不唯唯照辦的。等到各方都佈置好了，就約定在惠州歸善縣新安縣交界的三洲田會齊，聽候鄭士良來做總指揮。

閏八月十五日鄭士良黃福舉義於惠州三洲田，進攻新安，深圳，連破清兵。二十二日鄭士良破清軍於鎭隆，擒清副將杜鳳梧。二十四日敗清兵於永湖，二日後進至崩岡墟。二十八日鄭士良經龍岡，淡水，轉戰至三多祝，佔領新安，大鵬，至惠州，平海一帶沿海之地。四鄉志士來投者日衆，前後達二萬餘人。國父在台灣，聞革命屢戰皆捷，乃致電宮崎，命將前向菲律賓獨立軍代表彭西商借之軍械，速送惠州沿海岸接濟，一面向台灣總督兒玉接洽，請其協助武器。詎日人中村彌六誑騙菲島軍械案，竟因是敗露，宮崎覆電，菲械全係廢鐵。而日人內閣適於此時更換，山縣有朋辭職，新內閣總理伊藤博文對中國之外交方針，與前內閣大異。令台灣總督不許協助中國革命黨，且禁武器出口，又禁止日本軍官投效革命軍。國父潛渡內地及接濟武器之計劃，遂遭破壞。因遣日人山田良政與同志數人，齎函往士良營，告以政情忽變，外援難期，即至廈門，恐無接濟，請自決進止。山田等抵鄭營時，已在起義後旬餘。士良轉戰多日，彈藥已罄，渴望幹部軍官及武器之心至切，得國父函，轉告全軍，相顧惋歎。乃開軍事會議，僉以廈門一路既不能進，不如沿海岸退出，渡海返三洲田大寨。議既定，乃解散附從之同志，僅率洋槍手千餘人，分水陸

右起尤列、陳少白、國父、楊鶴齡

（一八八八年十月十日攝）

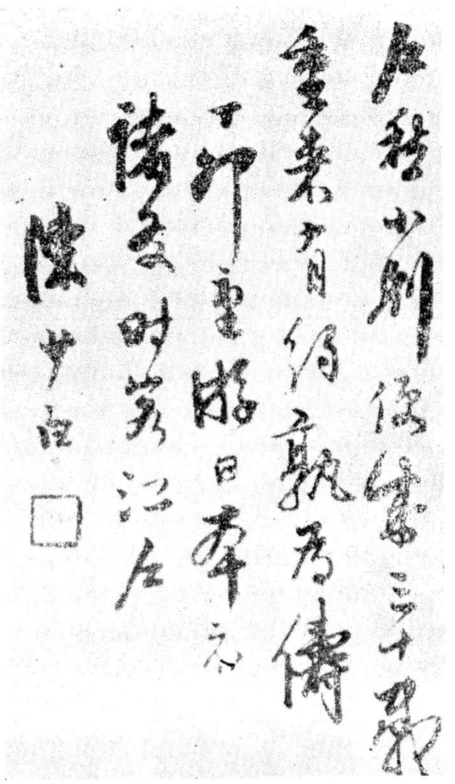

陳少白先生遺墨（一）

兩路返三洲田。至橫岡，爲清軍何長清部所扼，餉彈兩乏，致爲清軍所乘，敗績。士良乃揮淚散衆，與黃福黃耀廷等先後避往香港。

當籌備惠州舉義，史堅如奉命抵廣州策應，聯絡當地志士，秘密佈置用兵，期於七月間先士良發難，因欵絀械缺未果，而三洲田之義旗已舉。堅如思解惠州之厄，屢謀皆不得當，遂決意用炸藥轟燬德壽衙署。是年五月，德壽始以廣東巡撫兼署兩廣總督，仍居撫署。署後街道曰後樓房，策宅櫛比，堅如廉售祖產，得三千金，密租宅其間，以友人宋少東姓氏榜諸門，伺機進行。着妹憬然先奉其太夫人居澳門，然後與兄古愚共同行動，一擊不中，竟以身殉。堅如曾肄業於格致書院，與先生同學，素稱莫逆，憬然熱心革命，不讓乃兄，堅如走奔，革命深得其助。先生與憬然早訂白頭，因匈奴未滅，何以家爲。堅如殉國後二年，憬然易姓名潛返廣州，興辦女學，死於癘疫，葬廣州東郊三望岡教會墳場。先生哭之慟親撰墓銘勒碑詞云：

雄心脈脈，寒碑三尺，後死鬚眉。爾瑩爾宅，國魂欲復。哲人不歸。吾族所悲。異族所期。玉已含山。海難爲水。蹇蹇此躬。悠悠知己。天蒼兮地黃。春露兮秋霜。醜虜兮未滅。何以慰吾之國殤。生於一八八一年辛己。終於一九〇二年壬寅。共得年二十二。

先生自任中國日報總編輯，除撰文鼓吹革命，每日譯幾度山恩仇記一段登諸日報，大受本鄉外海人士歡迎，成立閱報社，遙爲之助。先生感激之餘，著論勸勉，有「外海者小中國之代表也」之語。嗣保皇會亦設商報於香港，先生與爭論，續稿至數十。更組織白話劇社命名「振天聲」，親編「熊飛將軍」劇本，蓋演吾粵宋遺民起兵抗元，戰於榴花塔之故事，用以激發民族思想，收效甚大。

紀元前七年七月二十日中國同盟會成立於東京，國父任總理，委馮自由李自重至香港，組織分會，先生首先加盟，被衆推爲會長。除致力會務外，以餘暇發展商業，經營四邑輪船公司，任司理；先生日後發展航業，培植民生，實胚胎於此。辛亥廣東反正，胡漢民任都督，先生任外交司長。翌年南京臨時政府成立，外交權歸中央，先生即辭外交司長，嗣後絕意仕途，專意經營實業。民國十年，國父開府廣州，聘先生爲顧問，曾進參密勿，獻替良多。十一年陳炯明叛變，先生致書國父，慰解良殷，並致送萬金，書中署言：

復初來知兄安全至慰，此身還在則前途之機會正多，知勝算之終當我屬耳。目前之成敗，與夫戰事之進退，料必不爲介介也。惟有不能已於言者，須念身既許國，則此躬已非完全我有，過於孤注之擲，實非所宜，蓋死固佳，而不死尤佳，任重道遠，後繼者誰，言念前途，能勿矜愼耶。六月十五夜苦諫之言，想猶憶及之也。下署……（十一年八月九日）

十三年冬，國父爲國事北上，途中患病，入北京就醫，先生聞訊，親往視疾。國父翌年辭世，先生哀挽聯文云：

失敗云乎哉。行道期百年。唾棄小就。力赴大同。雖在顚沛中。彌留中。未嘗少懈。

流風今已矣。入世垂卅載。驅策羣雄，招徠多士。爲問眞知己。眞同調。究屬阿誰。

十八年，國父奉安南京紫金山，先生親往執紼。典禮後徇黨史編輯委員會邵元沖之請，口授興中會革命史要一編，以存信史。本文所謂先生自述，蓋指此。

先生經營之粤航公司，甚礎既固，即專心致力鄉事，先後就任外海團保局長，鄉事委員會主席，鄉長，第四區長等職，其要政則開公路。興學校禁烟賭，辦警察，清理沙田，建築街市，百廢具興，家給人足。並創外海雜誌，自撰發刋辭，所以啓迪鄉人者無微不至。然未嘗以此自多稍暇則赴通都大邑，增益聞見，或登眺名山大川，寄興吟咏，其中一度重遊日本。（民十六年時五十九歲）玆從哲嗣獻甫兄錄得先生遺稿如下，用窺文采。

庚申遊崑山道中作

悃悃何之歲又更。幾時完我入山盟。飄蕭短髮秋來柳。叱咤羣雄紙上兵。五祖有靈光舊業。九夷無地寄餘生。捫心未暇論功罪。此日誰教禍水橫。

乙丙之交，大亂復作，兵匪交閧，水陸都阻，留京兩載，欲歸不得，丙寅重九，宴集僉伯駁、黎孝裴、譚篆卿、黃晦聞、許守白諸子於北海公園之仿膳社，晦聞詩先成，用賦此什

天涯遊屐未嘗孤。試揷茱萸趣不殊。故國台池還共樂，上方肴核與君俱。年來意氣仍如昨。輓近功名似又無。兩負家園松菊約。獨勞歸夢載驅馳

和伯駁社稷壇看菊韻

佳色如斯何處尋。應教把臂入山林。鄰翁呼酒籬邊醉。處士辭官澤畔吟。誰爲紛華妨晚節。喜從冷潔契芳心。案頭座右香踪遍。經月盤桓誼特深。

丁卯重游日本示諸友時客江戶

西風引滿一帆秋。又向蓬山訪舊游。握手共驚雙鬢改。傷心空賸刧灰收。蕭牆遺患燃萁急。文物增華編戶愁。小別便成三十載。重來有約孰爲儔。

庚午秋七月步雲翥兄原韻奉和

頻年湖海飽征塵。且懺前因且造因。有願還須入地獄。成功何必在吾身。時求印證思談佛。自課功夫不爲人。休管悠悠善迎合。獨留面目本來眞。

壬申春西行道過臨潼謁始皇墓

陳少白先生遺墨（二）

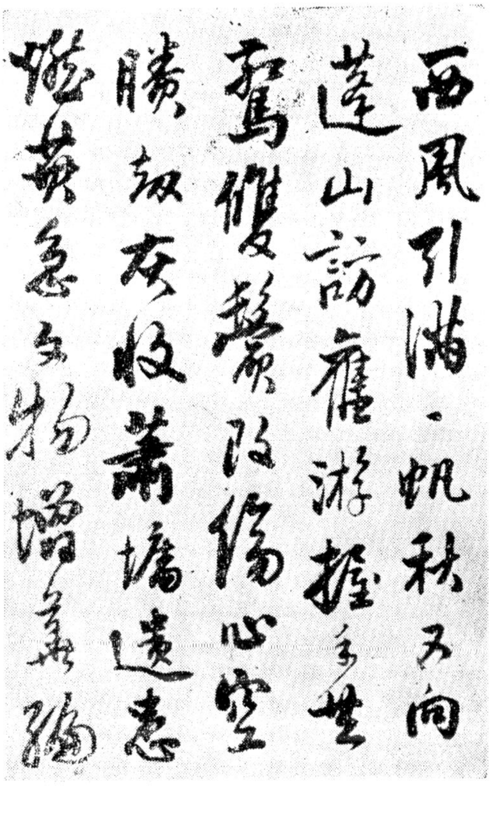

百尺孤墳負土成。祖龍功罪欠分明。焚書尚有羣經在。坑士時防雜說興。濶斧欲停四海一。玉關無警九邊平。東南今日藩籬撤。誰續當年萬里城。

壬申春三月自長安東歸登華山一宿

華嶽嶙峋擬犬牙。有時奇秀似蓮花。細疑無路蒼龍險。高欲齊天落雁斜。壁立懸崖一萬尺。堆成怪石兩三家。巖巖此日人皆仰。底事浮雲半面遮。

別華山

金繩一縋隔凡仙。又到人間食火烟。怪石有衣皆着綠。深坑無雨亦聞泉。山兜倒坐認來路。道衲横迎問捨錢。莫怨此遊非絕頂。三峰留取再登緣。(以傷足祇登北峰耳。)

過昭君墓四首

(一)

萬里豐州謁斷阡。離離青草黑河邊。已無翁仲陪陵寢。斷瓦零磚委暮烟。

(二)

佳人絕代名千古。當日應推延壽功。不譜琵琶出塞曲。早隨團扇沒秋風。

(三)

虜氛如草燒難盡。衞霍功高奔命疲。漢代百年邊患絕。應知收效在娥眉。

(四)

痛絕功成不賜環。芳魂寂寞隔陰山。版圖已改匈奴滅。青塚而今入漢關。

本文參考書：

羅家倫編　國父年譜
羅家倫編　開國名人墨跡
陳少白先生述　興中會革命史要
陳德芸編　陳少白先生年譜

我與孫殿英共事經過

■樂素後人■

讀本刊第十二期芝翁遺着「草莽將軍孫殿英的生平」一文，所述頗爲詳盡，惟文中所述孫曾參加張垣、馮玉祥「抗日救國軍」一役，似與記憶中不符，因質之曾在孫部工作之某君，證明芝翁所述確屬誤記。某君前赴孫部工作，恰在張垣事變之際，到寧夏戰事爆發後始經離開，其所述經歷適足補充芝翁一文。因就某君所談，整理爲錄如下。（以下均用某君第一人稱，但省去引用號。）

本人是在民國二十三年長城抗日戰爭之後纔到孫殿英的第四十一軍工作，但在那以前也有這一點淵源。最初，民國十六年，我經武漢國民政府任命爲北京政治分會委員，（當時國民黨模仿共黨政制，中央大權集中在政治會議；因各省尚未統一，即在國民黨統治下各省之間亦多隔閡，乃有政治分會之設，負責處理地方軍政大計。設有政治分會首一爲革命策源地的廣州，一爲尚待解放的北京。）曾向北方軍閥隊伍進行招降納叛的活動。當時孫部隸屬直魯聯軍徐源泉部下，曾向關係方面表示傾向革命，北京政治分會就許諾把孫部編爲國民革命軍一軍，以孫爲軍長。不幸寧漢分裂，北伐軍在十六年平漢線打到鄭州，津浦線打到徐州，即未北進。孫部直到次年北伐軍攻入直隸，始獲加入國民革命軍行列。（芝翁文中稱十五年「北伐軍只入魯」，年份顯係誤記，十五年北伐軍只打到南昌、武漢，連南京尚未攻下。）

另一次是在民十九中原戰役後，閻錫山下野，西北軍與若干雜牌隊伍調駐山西，孫部也結集在晉南鄰近河南的晉城一帶。孫忽發奇想，要在軍隊中施行政治訓練，向部隊灌輸新思想。這動機原因有二。孫部本是土匪隊伍，他本人是「拉杆」出身（即土匪），連他的部下並不諱言，軍士們更絕少受過正式軍事訓練的人。他作戰勇悍，守亳州一役尤爲著名，但經過中原戰役，他自知所部已經落伍，因此想進行政治改造加強作戰力。但他的基本立場是反中央的，那種雜牌隊伍其實亦爲中央所不容，他不願從國民黨方面找出路，於是只有走左傾的路。另一原因由於那位盜陵師長譚溫江。譚被捕判刑後，關在陸軍監獄，遇到一些共黨政治犯，在他們影響之下，讀了許多社會科學書，認定共產主義是唯一出路。他出獄後更名譚淞艇，任孫部第四十一軍副軍長。極力勸孫走左傾向共黨。孫部偈處晉南，志不在小，在當地設有簡陋兵工廠製造軍械，並有造幣廠製造假銀元，販賣和製造海洛英，以充軍實。部隊却依然是土匪隊伍，於是接納譚淞艇建議，找左傾門路。不過，另一方面，他也知道共黨的組織能力厲害，深怕共黨滲入部隊之後，將非他所能控制。當時中共發生內部分裂，陳獨秀一派脫離中共另組托派，曾在莫斯科孫文大學受訓的青年也多變成托派，回國後分別組成派系，從事活動。此外中共又因「四中全會」引起重大分裂，不僅地方上實際工作幹部多反對四中全會，中共中委中也有一半人反對王明而另組「特別委員會」，此即何夢雄、羅章龍的反四中全會派。於是孫就在他的政治顧問李錫九策劃下，向北方反四中全會派的韓麟符等人接洽。李氏是老同盟會，舊國會議員，久受孫中山先生薰陶，也一度加入過共黨組織，曾在武漢政府任軍事委員會革命法庭副院長，擴大會議時任政訓部副部長，與河北省另一革命元老王法勤爲汪閻擴大會議政權担負部隊政訓工作。李氏在北方軍人中深受敬仰，當時任孫部政治顧問。他所以推薦韓麟符，不僅由於過去同在北方策動革命工作，淵源甚深，並因北伐初期韓在黃埔軍校主持訓練北方戰俘工作，有很好成績。韓氏在秋收暴動在北方失敗後被共黨組織排除，當時正和張金刃（即張慕陶）王仲一（即王振翼，中共早期職工運動主幹之一，六屆中委）等人在北方策劃反四中全會運動。韓與周恩來同爲五四運動中的傑出份子，但與周積不相能；周的圓滑手段非韓所及，韓則具有過人天才和氣魄，並懷有極大野心，雖身已在共黨組織之外，總想也像毛澤東在井岡山那樣，造成一股力量，與中共中央分庭抗禮。十九年冬，此事接洽已有相當眉目，韓等一批人却被天津軍警逮捕，並連累到許多人，連李錫九也一度被捉將官裡去。韓派往晉城的先遣人員即留在孫部工作，但並未發生何等作用。孫部就一直侷促在晉南城一隅，直到二十二年初，日軍進犯熱河，孫軍始以共赴國難名義，調往熱河，協同當地湯玉麟部東北軍，在林西經棚圍場一線，佈防抗日。

韓麟符等一批人在津被捕後，旋解北平軍分會軍法處。韓在北方聲名甚大，他此時已非正統共黨，却涉及一項石友三部下購械拐款潛逃案，一般認爲韓必無倖理。乃張漢卿頗賞識他的才幹學識，結果判處徒刑十五年，與薄一波、劉瀾濤張金刃等送往北平草藍子胡同軍人反省院。他的老友黎天才正在小張左右用事，設法爲他營救，李錫九也活動孫殿英援助，於是在二十二年三月，經孫以抗戰需要人材理由保釋出外，立即在孫部任政訓處長，並籌組學生隊，徵集北平熱心抗日的大中學生，和部隊中一部分青年軍士，施以新式的政治軍事訓練。我本人較韓稍後，於當年五月下旬亦經孫殿英保出，前赴該軍工作。當時熱河戰事已成尾聲，日軍兵臨北平近郊，締結塘沽協定的城下之盟，勉強保持了平津的安全。同時馮玉祥則於五月二十六日在張家口就任抗日同盟軍總司令，張金刃改名張慕陶，任政訓處長。中共派往負責指揮者是柯慶施。

我出獄後，於六月初往投孫軍，當時老殿已退駐察哈爾境平綏路小鎮沙城。該鎮原在懷來縣治之北，有路北通長城上的獨石口。現在中共的懷來縣即設治該鎮。我在孫部任政訓處宣傳科長兼學生隊政治教官，該隊已有學員百餘人，分爲四個小隊。孫部自熱境敗退後，即駐在獨石口，五月底匆忙退駐赤城，再退沙城。當時他所部已大見擴張，除原有丁悖庭、劉月亭二師外，又收編熱河部隊石文華師及另一師，東北軍一個炮兵團，配備新式野炮，也歸併孫部。另有東北軍一部，編成一軍，初由何遂任軍長，後易爲郭松齡舊部的彭震國，番號好像是第五十軍，也歸孫老殿節制。孫的機構也昇級爲第九集團軍，兵力增加到一倍以上。但他們僅領一軍的餉糧，及至部隊完全撤出晉南之後，過去那些非法財源也告斷絕。他的部隊除給養菜金而外，從未正式發餉。一些高級將領自然不虞匱乏，一般軍官和兵士就困苦萬分。本人在孫部歷時半年，只有在由包頭向西開拔，和最後由陝壩東返時，領到過幾十元開拔費。

孫軍所以匆促從熱境撤到平綏線，完全是受到馮玉祥在張垣開府建置的影響。我在沙城當面聽到他罵馮玉祥：「煥章太不夠朋友，誰不要抗日？難道只有他抗日？他要大幹也該透個信兒給我，讓我能有準備。這次害得我連夜由獨石口退到赤城，再退沙城。我若不趕緊撤回，中央軍沿平綏線推進，他就完蛋了。」孫怕中央軍與馮軍在平綏線衝突，把所部孤立在熱察邊境，前有日軍，後無退路，將是死路一條。該部開到平綏沿線，一面遏阻中央軍北進，一面形成馮部的屏障，就不難利用此種舉足重輕地位爲自己博取更大利益。這正是他的如意算盤。

在這種情勢下，中央方面希望他移開平綏路南段，以免阻碍中央軍北進，馮部則希望孫部繼續留守該地區，對張垣構成一種保護。我到達沙城時，這一爭奪戰正發展到巔峰。馮方經常向沙城奔走遊說的是張允榮。中央方面，在孫部是是由韓麟符透過黎天才關係，向劉健羣接洽。好像當時劉黎是北方軍分會政訓處正副處長。孫在表面上同情馮氏，實則挾此自重以求自利，只要中央方面肯付出相當代價，他願隨時把部隊撤往他處，把平綏線正面讓出。但同時他也不滿意龐炳勳率部着着進迫，他說：「瘸子要敢進犯，一定把他那條好腿也給打斷。（按龐過去作戰受傷，鋸去一腿。）」大約在六月中旬左右，上述和中央的交易已告成功。七月初，孫部決定北開察境鄰近綏遠邊界的柴溝堡（懷安），該地在張家口以西二十里的平綏線上，那也就是孫部不再擋住中央軍進攻馮軍的去路。芝翁文中說孫部由熱河敗退即開駐柴溝堡，又說孫曾赴張家口參加馮玉祥的抗日同盟軍，都與事實不符。又馮開府張垣在二十二年五月，即日軍迫近北平的同時，亦非如芝翁文中所說的「廿三年之冬」，到二十三年，孫部業經潰敗改組，張垣局面也早告解決。

孫軍自沙城北開柴溝堡，對於張家口的馮玉祥是致命打擊，當孫軍整軍待發之際，馮仍派張允榮前來沙城作最後努力，結果當然失敗。柴溝堡離張家口很近，可以互爲犄角之勢。但孫軍在柴溝堡只是略爲觀望一下。一星期後，即繼續西開，經大同集寧歸綏，逕抵包頭。此舉表示孫軍完全擺脫了張垣方面關係，孫老殿亦於此際拜任青海屯墾督辦。我在沙城時一度去看老殿，談起青海貧瘠，怕無力供應孫部的十萬大軍，孫則表示西北並不係想像中那樣貧瘠，儘有地方可以容身，言外之意就表示他的目標在於寧夏。在那次會見中看到了孫的機智一面。他出身土匪，大字不識，頭腦却非常明敏。當時有部下某人送來一封來自某方面的緊急公函，讀給孫聽，我當時尚未能完全理解函中含意，孫已向他的秘書面授機宜，指示如何答覆，表示他在諦聽之下不只看穿了對方用心，並且立時決定對策。

孫部從熱河退下之後，所駐都是小市鎮，部隊駐地零散，並且不斷移動，後至開到包頭，那是綏西河套方面最富庶的都市，軍部與各處，以至各師旅單位纔暫時有了稍具規模的辦公處所。學生隊也正式編組，分別上課。在韓麟符部下，網羅了不少的中共反對派和托派。其中括有李震瀛（鄧穎超最初的愛人，中共早期勞工運動者，六屆中委，反四中全會派），烏蘭夫之弟雲潤，和托派要人陝人張某。老殿的秘書長宣俠父出身中央軍校，彼時始已加入中共，和宣關係密切的湘人羅某。也在學生隊任教官，倒也是共黨份子。此外曾往訪問的中共正統份子有劉格平和南漢宸。更有許多過氣的軍閥政客，經常做老殿總部的座上客。老殿的副軍長有好幾位，所能記得起的有于世銘、譚淞艇，和陸大出身的金某。金有鴉片癮，好唱皮簧，他和任參謀長的宋某是軍中僅有的受過軍事教育的人（宋出身保定軍校）。此外若非與孫落草爲寇的夥伴，就是行伍出身的老粗，那都是老殿的心腹。而這批左傾新人物在軍中就常受到歧視，包括韓麟符在內。他們的工作僅限於訓練幹部和種種宣傳工作。只有李錫九，由於受到一般北方軍人尊敬，經常在外代孫奔走，比較最受信任。老殿及所部抵達包頭後，暫時獲得安身之所，但綏省是傅作義地盤，依然是寄人籬下的局面。所以抵包不久就籌劃繼續西開，表面上要開赴青海，實則準備假途滅虢，佔領寧夏，因爲由包頭開赴青海必須經過寧夏東境。孫部於七月下旬開抵包頭，九月初開始由包西開，到年底孫將部隊及所需各機構撤離包頭。在包除積極策劃西征外，另外一件重要工作是爲在熱抗日陣亡軍士舉行一次大規模追悼會。特從北平請來棚匠，在包頭西南角空地搭就一座高大蓆棚，設立靈位供品，事先向各方徵求追輓文件，北平和北方各省當局、機關，與各界人士紛紛送來輓聯輓辭或祭品。我是籌備主幹之一，全體學生隊學員和各單位抽調的人員都在會場負責料理和招待賓客。追悼會從八月廿六日起共舉行十日，在舊曆中元之日（九月四日）結束。開始時老殿正在北平，到追悼會快將結束時，他匆匆由北平趕到包頭，下了火車直奔會場，他也不管預定的祭悼儀式，在靈前跪下磕了一串頭。爬起來向在場官兵訓話。其中露骨的一段是說，「我們爲了保衛國家，犧牲了那麽多弟兄，我們到現在還沒有一個地盤。弟兄們要學他們的榜樣，勇敢作戰，爲本軍爭得地盤，纔算對得起死難的弟兄們。」其實，那次追悼會的舉行，就是爲了激勵士氣，到寧夏去打地盤。追悼會中一個有趣的插曲，是相去不遠即爲包頭的紅燈區，那些妓院主人也在追薦行院夭亡的姊妹們，並製有大批冥具。中元之夜，他們派人向我接洽，要前來向陣亡將士致祭，並將他們的冥具搬到追悼會前焚毀，以便讓陣亡將士和地下的鶯鶯燕燕結成鴛侶。我同意照辦，成「鬼」之美。追悼會後，部隊就分批出發西開。譚淞艇也從北平來包，蓄意要以學生隊爲基礎，造成自己的武力。在學生隊開拔前，孫軍部决定：改學生隊爲教導隊，計劃編成五個中隊。原有的學生隊爲第一中隊，另外各部隊每團選拔二十人，連同槍械，在開抵熱河時即集中留駐該地，合組爲四個中隊。以韓麟符任大隊長，軍校出身的蒙人朱實夫（共黨份子）任大隊副，我任政治總教官，一位保定出身老軍人孫某任軍事總教官，於九月廿八日開拔熱河。韓和我都脫離政訓處工作，專負責教導隊。

我等一行連同教導隊教官佐學兵約一百五十人，由包頭西關出發。事前參謀處規定開拔次序與行軍路線，和宿營地點。教導隊出發時，因準備遲誤，比原定日期遲了一天，又走錯路線——照規定應走山後線，即狼山背後的舊驛站路。我們都誤走山前線，即由包頭西開長途汽車路所經，此路雖較平坦易走，沿黃河北岸鋪設，但沿線絕少市鎮，汽車一日可由五原開抵包頭，只消在途中唯一小市集公廟子打尖休息就可以，幾萬大軍却無法可想。市後線市鎮較多，事前兵站處已在沿途各地設立兵站和糧台，供應經過部隊。我們由包頭西行，四十里至麻池，纔發現路途走錯，當晚在當地宿營，勢不能不向附近民間徵集糧秣，次日纔經崑都崙山口以達山後線。這一件錯，使兵站處預定程序爲之攪亂，成爲日後軍中保守派攻擊教導隊的罪狀之一。九月三十日，到烏蘭胡同宿營。芝翁文中所述孫軍奪取東北軍野炮事件，據本人所知，也與事實頗有出入，我曾從烏蘭胡同兵站站長那裡聽到此事顛末，該團長即爲該部炮兵的原本首長。烏蘭胡同亦稱烏蘭布通，據永憲錄續編，康熙二十九年（一六九〇）七月，噶爾丹入寇，清廷命裕親王福全偕同皇長子往征，大敗噶爾丹軍於此。那地方漢蒙雜居，不過數十家人，還不如內地一個村落。

關於孫部圍繳東北軍炮兵裝備一事，在包頭時即有所聞。當熱河戰役各軍敗退時，東北軍中的一部分熱河土著軍向西潰敗，熱西一線爲孫軍防地，經韓麟符斡旋（韓爲熱河赤峰人）。熱軍石文華與趙某等兩師騎兵均隸屬孫部。另有一部分裝備精良的炮兵編成一獨立團，仍由原團長東北人某任團長。孫部也有一個炮兵團，團長爲楊幹卿（回教），所有炮均屬舊式，對該部東北軍的新式野炮極爲垂涎。於是在孫軍各部沿平綏路西開期間，該團即遭孫軍包圍繳械，所有野炮均爲楊團所有。在包頭時韓麟符曾偕原任團長向老殿控訴，老殿表面上表示憤慨，允予查辦，並暫委該團長爲上校副官，在軍部服務。其實楊幹卿所爲至少獲得老殿默許。一些精良野炮握在新歸附的部隊手中，總不如納入自己基本嫡系掌握。後來又派他到烏蘭胡同主持當地兵站站長。該部歸順孫部的結果，等於把幾十門炮奉送，僅以閒職敷衍那位團長。後來我在熱河，楊團正在城內駐防，看見那些搶奪來的野炮就排到在團部外面。十月一日到達安北縣，原稱大佘太，那是平生所見最荒凉的一個縣城。在那小小土城之內祇有寥寥可數的幾家人家，此外都是農田。部隊在安北休息一日。因其他部隊已開，到熱河，撥歸教導隊的學員已在熱河待命，於是命我率領隊中十幾位官佐，先行趕赴熱河，接受學員和槍械。

出了安北城，就進入沙漠地帶，地面都是鬆散的砂礫，走來十分吃力。北方深秋本已寒冷，但在沙漠地區驕陽如熾，更有成羣的蚊陣包圍每一行人。那一段路本已非常辛苦，更因黃河後套邊上的烏梁素海泛濫，附近地區淹沒，要繞路而行，一天跋涉了八十華里纔到達扒子補龍住宿。次日抵達五原新城，即隆興長，因翌日是中秋節，連日行軍過勞，决定休息一日。

抽空到舊城巡禮，看到馮玉祥五原誓師的操場和檢閱台。且兩天到達熱河。

老殿對於教導隊抱有很大期望，打算以投軍青年學生爲骨幹，配合各單位抽調的學員，訓練成勁旅。他的作戰部隊結集在綏遠寧夏邊境一帶，待機以假道爲名，開入寧境，武力奪取馬鴻逵的地盤，教導隊則派駐在熱河西北的陝壩，加緊訓練。在綏西一帶，天主教堂勢力極大，天主堂所在之地，都是個小集鎮，以教堂爲中心，外建土城，居住商民。天主教總堂在綏寧邊境黃河岸上的三聖公，陝壩却是那一帶的商業中心。抗戰時傅作義總部即駐紮此地。韓麟符雖受老殿倚重，却和他那些舊日袍澤格格不少。保守派目爲危險份子，一部分隱藏着的共黨正統派又詆譭他是冒牌。過去從沙城到包頭都在鐵路線上，從包頭向西開拔則是在荒涼的半沙漠地區行軍，那些由北平投軍的大中學生逐漸感到吃不消。當時大隊副改由軍校出身的朱實夫担任。朱是歸綏蒙古人，也是離開了組織的共黨份子。（後在抗戰期在陝任國軍師長，不久病歿。）他領導有方，加以是當地人，熟悉當地情形，一路總算未出大亂子，但小糾紛頗不少。於是軍部方面接到許多不利於韓的報告，譚淞艇乘機要把教導隊掌握在自己手中。韓在國民黨第一次代表大會後，與瞿秋白、毛澤東同爲國民黨候補中委，主持熱察綏工作，一度在張家口組織內蒙農工兵大同盟，於民國十四年馮軍對奉軍（李景林闞朝璽部）作戰中，助馮軍攻下熱河，在內蒙有些舊部。那地區家家備有槍枝。哥老會也有很大勢力。韓自進駐包頭，即與此輩聯絡，於是老殿任韓爲暫編旅長，在綏西組織騎兵，由譚淞艇繼任教導大隊長，朱實夫請假東返，由我暫兼大隊副一職。當時我已看到孫部只是舊式軍閥與土匪的混合體，不會有何作爲，同時更不同意他那種打內戰爭地盤的行徑，只是由於對韓麟符的深厚友情，一時不便言去，只有暫留觀望。

不久，寧夏戰爭爆發，韓麟符的騎兵旅也發生問題，部隊解散，他回到五原暫住。從五四運動以來，他在北方的名聲很大，在民國十幾年間，平津青年未必都知道周恩來，却無人不知韓麟符是北方革命健者。他到孫軍後，外間都認爲他一定成爲言聽計從的謀士，因而以爲孫軍攻寧夏一定出自他的主謀。殊不知老殿對韓尊而不親，他另有關係悠久的一批謀士。韓雖不會反對老殿進攻寧夏，却非他所策動。他大才槃槃，是一上馬殺敵下馬草露布的好手，他在天津蟄居時以「蜂子」筆名所寫的新詩，至今仍爲談詩者所稱道。在廣大羣衆中，他的領導和煽動能力更非他人所及。但要他去訓練一枝隊伍，却是非其才，特是在孫部那種封建性的半土匪隊伍中。他終於因此遭受誤解，後來在晉被刺殞命，與此頗有關係。

當時綏西傷寒病流行，陝壩衞生環境太差，飲水不潔，兵員一天病倒數十，每天都有人不治殞命。我也不幸感染。幸而我的太太和兩個勤務兵日夜小心服侍，軍醫和我私交不錯，每天來診視打針。以是雖然一度危篤，同人們已在秘密爲我預備後事，我終於在熱度連續上漲一週之後，逐漸下降，漸告康復。但直到又兩週後纔能起床。當時閩變已起，孫部亦在綏寧邊境與馬鴻逵軍接觸，教導隊也將開上前線。我見環境惡劣，軍中又非養病之所，乃決定擺脫工作東返。一九三四年初，譚淞艇有事赴包頭，內子和他同鄉，因託他照料一同東返，我準備一俟健康恢復，亦將繼續啓程。到二月初，我也偕同其他官佐東返。二月十日行抵五原。前線孫軍噩耗不斷傳來，傅作義態度已不像過去那樣客氣。韓麟符在一個朋友家閒居，老殿要他去前方，他尚未決定去留，適在此際得到消息，當地軍政方面奉到傅作義命令要逮捕韓麟符，他的住所附近已被監視，只因城內仍駐有孫軍，故未敢造次。我看形勢險惡，韓的目標太大，便建議和他交換服裝，由我扮成他的模樣，向西追上孫軍隊部，他再另謀脫身之計。我並非所要逮捕的目標，即使捉去亦無大礙，他若不幸被捕，就很難再度倖免。於是我脫下軍服，換上他的黑色皮袍，帶上他的皮帽和圍巾，摘下眼鏡，帶領一個勤務兵，大模大樣走出，逕由五原新城西行。路上看見有騎腳踏車的人跟踪我們，不久突然折返，我知道他們業已中計。本想當日走到九十里外的鄔家地兵站，即可獲得保護。乃我病體初癒，又無生騎，走了四十里再也走不動，便在民家投宿。次晨繼續西行，走近一道沙岡，前面即有軍隊佈防，後面有馬隊追來，我和勤務兵便一起被捕，羈押在五原縣政府。當日正是舊曆除夕。縣府如臨大敵，提堂審問，始知我並非他們所要捉的韓麟符，但也不肯開釋，就和勤務兵一起押在看守所。不久聞知老殿兵敗，離開部隊東返，部隊分別遣散或改編，軍中一些同事行經五原，知我被捕，有不少人去探視我。據他們說老殿曾囑部下設法營救我，但那些人都自顧不暇，傳的部下也不會輕易買賬。直到四月間始經蔣孟麟先生電傳，保我開釋。出獄後始知韓麟符在我走後，卒獲脫險，趕赴前方，兵敗後逃到蒙人地區藏匿。

我出獄後，大畧聞知孫部慘敗與編遣經過。孫軍上師，假途滅虢故智，聲言假道開入青海，實則志在擊敗馬鴻逵，取而代之。馬知其來意不善，根本拒絕孫軍假道，以是孫軍開入寧境，即在石咀山與馬軍衝突。孫曾通電指責馬軍阻撓孫軍入青（孫已受任青海屯墾督辦），稱所部入寧境，即遭遇「面塗五色，高聲怪喊之匪軍阻擊，不得不予還擊」云云。論實力，馬部回軍雖云凶悍，究非孫軍之敵，孫以為當時閻變方亟，中央無力顧及西北，乃甘肅有朱紹良坐鎮，駐有重兵，在中央軍與馬家軍夾攻之下，孫部終告不支。老殿離軍東返後，部下一部分逃散，一部分向中央投降，奉命先在河北保定附近結集，再開江西剿共。實則開抵贛省者已寥寥無幾，分別編入各部隊後，除少數逃返晉豫一帶者外，不久即全告消滅。

我在六月間由五原東返北平，平綏鐵路一段使用軍方的遣散路條，途中查票的車守說，前幾個月搭車者幾乎全是使用此種路條免費搭車的遣散官兵，近來已很稀少。可能我是最後離開綏境的前孫部官佐之一。返平不久，我到他處任職，二十六年春始因病返平休養，當時老殿已東山再起，在冀察政委會下出任軍職。他住在平市後面外帽兒胡同，舊部紛紛均來投效，又呈座上客常滿規模。他知我已返平，曾派他的秘書長等三人到我家看我，徵求我對時局意見，並稱老殿很想找我面談，我辭以待病癒再往拜謁。到七月二十八日平市淪陷，孫又派人找我，表示他已決心離平，召集舊部，參加抗戰行列，問我肯不肯再度合作。我體力仍未復原，只好謝絕他的好意。到三十二年四月岡村寧次以三個師團兵力進犯豫北太行山區，老殿率部守熱河，兵敗被俘，編入偽軍。勝利後反正，在剿共戰爭中扼守豫北重鎮湯陰。三十七年春，豫北形勢危急，湯陰已成孤立，但孫軍守城有一套辦法，共軍一時不易攻陷。蔣總統曾致電老殿：「…殿公孤軍奮戰，戰果輝煌，我當不惜任何犧牲，定為整個豫北戰局打算，為殿公解圍…」但王仲廉部增援被阻，湯陰卒在五月間被共軍衝鋒十一次，打破東北角城口，卒遭淪陷，再度被俘，囚於冀南。不久即告逝世。他在上海北京路一家棧房設有辦事處，到孫死後仍然存在，做為他的親故聯絡機關，據說他在豫北作戰期間，已把一些善後事宜安排妥貼，包括資送他幾個族姪赴美留學在內。可見他雖是草莽出身，卻有精密的頭腦。

老殿之投機與念念不忘佔有地盤，是當時一般軍閥通性，他卻具有相當高的機智，勇猛而不粗豪，做事不擇手段而常常顧到人情，所以不惟他的部下絕對矢忠，屢遭失敗卻不致解體，雖在困處晉城包頭之際，依然賓至如歸，他也很能虛心聽取接納別人的意見。他在北洋軍閥尚未完全傾覆之際即傾心國民黨，容納前共黨份子替他訓練幹部，在長城抗日和全面抗戰中在豫北，都有良好表現。晚年死守湯陰，直到兵敗被俘，並不靠攏求榮或「陣前起義」，正有大過人處。只是他無法擺脫土匪根性與舊部的包袱。並為學識所限，只能使他成為一個帶有傳奇性的人物，並適於生存在軍閥混戰的時代。

李抱冰

防守馬當內幕

胡養之

在民國初年至抗戰這段時期的國軍將領中，資歷甚老，參加的戰役最多，而又不太騖名利的苦幹實幹者，殆不可多見，前國軍第五十三師師長李抱冰，便是這樣的一種人。他的軍階至死時還是陸軍中將銜，但因爲他入伍很早，曾畢業於保定軍校速成班（開辦時的短期訓練班），並在母校担任過多年的區隊長和中隊長等職的緣故，因此，中央政府若干高級官員——據說包括蔣總統、何應欽、劉峙、顧祝同、薛岳等，在名義上都算是他的學生。其後率領五十三師的子弟兵，先後分別參加過北伐、剿共、抗日，至民國二十七年（一九三八）奉命防守馬當失敗後，蔣委員長以其年齡太老，未便委派實際工作，只好在軍委會掛了一個中將高參的名義而已。勝利後第二年（民三十五年）病死於湖南零陵，得年六十八歲。身後蕭條，既無遺產，亦無兒女。筆者與李氏爲小同鄉，從幼就仰慕他的大名，後又發現他的廉潔，認爲難能，故對他有深刻印象。

家居春陵山麓

李抱冰，字蘊珩，因其身軀矮胖，故渾號李矮子；有許多尊敬他的人，則通稱抱公而不名。他於民前三十四年出生於湘南的寧遠縣李仕灣村，據湖南省通誌載：「寧遠縣宋置，清屬湖南永州府，民初屬湖南衡陽道，實山城邊陲之區。然其城南有九疑，城北有春陵，皆名山也。……」（按：春陵爲漢時長沙定王子買封於冷道之春陵鄉，號春陵侯，故城在今湖南寧遠縣城北五十里。）蘊珩的故居李仕灣村，便在春陵山麓。而前澎湖防守司令闞漢騫將軍的出生地闞家洞，亦在此附近。足見山淸水秀，人傑地靈。實際上，在李、闞之前，寧遠的武功無有出其右者。

蘊珩幼時家境小康，父親是土產商人，經常由春陵山伐木排沿瀟水至冷水灘會湘水而達長沙發售。因之，蘊珩除在家鄉讀私塾外，尚有赴長沙某書院唸書的機會；同時，他對入伍參軍，也猛着先鞭。由於咸、同之間，湖南的曾、左、胡、彭等人練「湘勇」以平洪、楊之故，影响所及，湘人對入伍當兵的風氣特盛；尤其湘南各縣居民性悍好鬥，更適宜於當兵作戰。這可從胡林翼「飭鮑春霆（超）鎮軍使募勇湖南」一書中看出：「今擬以弟前往湖南招勇，弟可先選將官三人，每人可將五百人者，先擇其勇，次擇其才。……勇丁以山區僻鄉爲上，近城市者最難用，性多滑巧也。……故招勇以湖南之道州、寧遠等山城之民爲上，湘鄉亦可，江華、新田、東安等處次之。如他處有勇士，亦可十取二三，而總以一方一縣之人同在一營爲宜，取其性情孚而言語通，則心力易齊也。……」

大抵李抱冰也領畧了胡林翼這種治兵的辦法，把一方一縣之人，置於一個師裡面而成爲不折不扣的子弟兵。最令人感到奇怪的是，李抱冰自民國十三年起便担任第五十三師師長，直至民二十七年馬當失守爲止，前後達十五六年之久，他爲什麽始終沒有機會升遷呢？原來此公的個性非常固執，當粵軍叛變，沈鴻英所部從廣東經湘南的宜章、嘉禾、藍山、寧遠而準備竄入廣西的時候，李蘊珩便是中央軍追剿沈部的主將；毛澤東的紅軍從江西井岡山西竄陝北的初期，李蘊珩的五十三師在湖南的茶陵、郴縣、永興各地設防，腰擊彭德懷、賀龍等部，分別消滅紅軍達二千餘人。本來，民國二十四年（一九三五年）前國軍第二十七軍軍長李雲杰，於剿共途中病故貴州時，中央有意升李蘊珩繼任該軍軍長，並曾徵求他的意見，不料這建議竟遭他的堅決拒絕；可是，他的五十三師却始終維持其三個旅的舊編制，等於普通一個軍的實力。他曾一再向中央保證：「五十三師是一支打不垮、衝不散的隊伍。」

五十三師的子弟軍

事實證明：五十三師的全體官兵，約百分之九十以上都是李師長的故鄉寧遠人。即使每次作戰有所損失，他便派遣中、下級幹部回家鄉去招募新兵，而寧遠、道州等地的山區青年，也多半樂意投入抱公的五十三師去吃糧當兵。別省別縣的人則一概不用，以致全師的官兵都成了鄉親；甚至師長及各旅長每次對官兵訓話時，說到最重要的情況也往往使用寧遠的方言（稱爲平話，外人無法懂得）來表達其意思。於是上下有着特別密切的情感連繫，被稱爲「最能征慣戰的子弟兵」，而五十三師亦保持着常勝的紀錄。如所週知，該師所轄的一五七、一五八、一五九等三個旅的旅長，六個團長以及各營以下連排、班長，全部都是清一色的寧遠人，茲分別概畧叙述如次：

一五七旅旅長李清獻，係寧遠仁和鄉大石洞村人，其父李登樓爲前清秀才，不獨能吟詩作對，並精於醫術；民初在寧遠縣立官學堂（即鄉村師範學校的前身）担任過國文教師，成爲寧遠著名鄉紳。他對子女的管教甚嚴，當清獻升任團長以後，見到父親時仍要下跪。清獻畢業於保定軍校第六期，歷任五十三師連、營、團長、參謀長，旋升該師副師長兼一五七旅旅長等職，馬當失敗後，隨李蘊珩到過重慶，奉派爲第九戰區少將高參；長沙淪陷，衡陽失守之後，他便被任爲湘南游擊縱隊司令歐冠的副司令兼參謀長等職。勝利後，歐冠被調升爲衡陽警備司令，李清獻亦與歐冠拍擋，担任他副司令兼參謀長。民國三十七年因歐冠誤殺國防部高參胡桂庭之故，而遭湖南省政府撤職查辦，李清獻偕歐冠返回寧遠山區，暫避兇鋒。民國三十八年當中共渡江，國府播遷廣州，武漢撤退而長沙醞釀「和平解放」之際，歐冠以湘南八縣聯防指揮官升爲湘南行署主任；而李清獻亦臨危受命，出任了衡陽警備司令。

一五八旅旅長鄭重，寧遠北屏鄉清水橋人，曾畢業於桂林講武堂，當趙炎午得吳佩孚支持而於民初出任湖南省長時，鄭重便在湖南保安團担任營長。至趙炎午被唐生智逼走之後，鄭重始投入李抱冰麾下的。不過，他升得很快，在李抱冰出任五十三師師長不久，鄭重便升爲三一七團團長了。而鄭重的家世則與李清獻恰好相反，他父親鄭湘雲是一個儉樸的農人，短小精幹，通常稱他爲湘雲矮子。至鄭重做了團長後，始改稱鄭老太爺。但他的儉樸程度鬧出過很多笑話來！因寧遠是個交通極不方便的山區，鄭重有一次回家省親後準備返長沙時，便託人代他僱了兩名轎伕抬滑桿，送他到一百五十里外的零陵冷水灘，然後再搭火車的。不料他父親鄭湘雲，爲了節省金錢，便暗中交代那人少找一名轎伕，而由他自己充任；鄭重起初並不知道究裡，直至他坐上蓬轎後始發覺後面的轎伕，竟是自己的父親，弄得場面非常尷尬！他於愧憤交逼之下，只好捨轎步行了。旋而鄭重又曾一度迎接父親到長沙市內暫居，藉以晨昏定省，聊表孝心。不料他父親又大出洋相，竟在兒子的團部門口擺設小攤檔，專賣紙烟、糖果、花生米，鄭重一再要求父親取消，他父親則說：「你賺你的大錢，我賺我的小錢，各得其所。」鄭重無奈其何，只好把他送回家去。馬當之役失利後，鄭重隨之垮台。其後由九戰區長官薛岳委派他爲第十軍少將高參職。

一五九旅旅長鄭喬，也是寧遠清水橋鄭家村人，與鄭重爲同族的堂兄弟。但從外表上看，他兩人完全不同，鄭重身材較高大，且方面大耳，說話時聲音宏亮；而鄭喬則較矮小，說話輕細，面上有兩個大疤痕，故有「鄭疤子」之稱。他曾畢業保定軍校第八期，也像李清獻一樣歷任該師連、營、團長等職，抗戰前不久始升爲一五九旅旅長的。民二十七年參與馬當戰役失利後，調爲第九戰區少將高參，兼省府「戰時地方行政幹部訓練班」大隊長，班主任則由薛岳兼任，班部設在岳麓山。因之，民三十一、二年間，筆者每星期都有機會得與這位鄭氏兄弟晤面，地點則在天心閣下歐陽疑的寓邸中。三十二年秋，鄭喬被湖南省府委派爲漢壽縣長，任期爲時僅八閱月而已。

提起歐陽疑其人，也有來頭，他便是前五十三師三一六團團長，鄭喬的得力助手。他爲寧遠西鄉磨頭村人，黃埔軍校第三期畢業後，初被分發到某粵軍部隊服務；其後因與滇軍司令范石生爲了長沙一名鄧姓美女爭風呷醋，而幾乎遭到毒手！好在資格夠老而能與范抗衡的李抱冰部，當時也駐紮湖南，使這位爲女人而冒險犯上的歐陽疑得到李的庇護；且由連長而升到團長。據說歐陽疑作戰甚勇敢，其戰術之優良，爲全師之冠。歐陽疑，別號聲楚，爲人沉默寡言，當防守馬當前夕，他已調升師參謀長，但以其作戰謀勇兼備，乃於攻防戰展開後，他仍直接指揮三一八團作戰。該役失利後，聲楚返鄉杜門不出，終於三十三年以病死聞！

三一九團團長李可才，亦爲寧遠李仕灣村人，李抱冰的同族堂侄。此人身材高大，能講會說，他畢業於軍校幹部訓練班，以其身先士卒，升遷甚速，在追剿中共西竄途中，曾殺敵致果，厥功甚偉。後來防守馬當之役，李可才與歐陽聲楚兩團，亦成爲該役守軍的有力支柱。此外，尚有該師三一七團長周志全，爲寧遠保安鄉橋下洞人，軍校第五期畢業，於馬當之役壯烈成仁！而該師比較出色的營長，計有陳政、李邦基、劉名遙、柏錦成，都是寧遠人。其中以劉名遙爲最橫蠻，有一次他爲了升級不遂，曾身懷手榴彈前往威脅師長，表示如不達目的，則將其手中的炸彈爆炸而與師長同歸於盡！李抱冰見他來勢洶洶，恐生意外，於是急忙搖手道：「老弟，有事慢慢說，千祈不可輕舉妄動，你要求的事我答應就是了！」其實，劉名遙此舉是一種做作，絕非有意傷害李氏的。由是說明了五十三師上自師長，下至士兵，都充分顯示出如家庭中的父子兄弟般無拘無束的，怪不得大家都說「五十三師是打不垮，衝不散的子弟兵」。可是馬當一役，却已把這口號粉碎無遺！

聲淚俱下滿腹牢騷

關於馬當失守的經過情形是怎樣呢？余生也晚，雖然未嘗親歷此役，但馬當守將李抱冰，於民國二十七年六月間敗下陣來回到長沙時，筆者還是一個中學生，也住在長沙準備投效軍校之際。因為李氏是我的小同鄉，所以，我便經常跟着一位同鄉前輩去探望這位失敗了的抗日英雄。他當時在長沙坡子街置有一間細小的寓所，也是當時接見賓客的地方。有一次，李氏飲了幾杯老酒之後，便大發牢騷地說：「自從盤古開天地相信都沒有這樣糊塗的戰爭！我帶兵三十多年，歷經五十多次大小戰爭，也從來沒有見過像這樣混亂的指揮系統，自軍委會以次各戰區司令長官之間，各集團軍總司令以及各軍長之間，差不多都各有各的主張，各有各的系統，尤其更自私地都希望保存自己的實力；惟有我們這些不會吹牛拍馬的單位，則被視為非直系的雜牌部隊，一切裝備、補充和接濟等等都不如他們，却又硬性地命令我們去死守險要！」

李氏說到最後會聲淚俱下地說：「人們總以為抗日是我國生死存亡的民族神聖戰爭，一點也不糊塗！但仔細檢討起來，我們的確缺乏作戰條件與縝密的作戰部署，以致許多富有戰畧價值的地方，都糊裡糊塗地就丟掉了！例如南京那樣馳名世界的大都市，中央也視為兒戲似地讓那位輕浮的唐孟瀟去扮演主角，豈不是大笑話！當陳誠和顧祝同兩位長官決定派我防守馬當的時候，我曾向他們建議：馬當的得失，一方面要看南京保衛城的久暫，如果南京迅速失守，那末，安徽的南面勢將難以確保；而且馬當的防禦工事也無法築得堅固。另一方面則為馬當沒有要塞，湖口雖有炮台之設，却是舊式的，而不適合於現代戰爭的需要；特別是五十三師的炮兵營，更為古老的日製「三八式」野炮，怎能担任水陸兩棲作戰？於是請求補充新式武器。當時陳、顧兩長官都很客氣地表示同意，並認為五十三師是打不敗、衝不垮的老部隊。然而，後來根本就沒有任何補充，就命令我整師人從修水、永修經九江、湖口，兼程趕到彭澤，從事積極部防工作，委實有意搞垮我！」

那位同鄉前輩插咀問他：「抱公，你認為南京的迅速失守後，對長江中游的防守有莫大的不利，然則最高當局為甚麽決定派唐生智去守南京呢？」

李氏毫不猶疑地答道：「在七七抗戰爆發的前夕，國民黨曾經召集一次很重要的廬山談話會，出席的人是多方面的，包括着中國共產黨以外的各黨派及社會賢達人物。那次的談話會由副總裁汪精衛担任主席，蔣委員長即席發表一篇激昂的演說，內容大致是：『我們不到最後關頭決不犧牲，抗戰一經發動，就不顧成敗利鈍地一直打到底，絕對沒有所謂中途妥協的！要知道妥協就等於投降！……』蔣先生這一篇語氣悲壯的演詞，不僅激起了三軍的士氣；同時也鼓舞着全國的民心。後來喊出的所謂：國家至上、民族至上，軍事第一、勝利第一，以及抗戰到底，最後勝利等等口號，多半是從他這篇演詞產生出來的。」

劃分戰區與防衛首都

以下仍是李抱冰談話的要旨，且曾揭露許多的內幕：緊接着「廬山談話會」之後，又在南京召開過一次軍事會議，參加的人除了軍委會各委員外，所有軍長以上的各單位主管，也絕大多數被邀出席，李抱冰當時也曾「敬陪末座」。大家都覺得：對日抗戰已無可避免，這是一場對內謀生存，對外求獨立的民族神聖戰爭，國家民族的生死存亡，千鈞一髮！都表示與其臨渴掘井，不如未雨綢繆，促請當局從速作戰準備；尤其是那些革命元老派及北伐時的老將領們，更無不磨拳擦掌，個個表現出寶刀未老的樣子！因之，在盧溝橋的炮聲一响之後，便決定了如下各戰區長官：

第一戰區司令長官程潛。

第二戰區司令長官閻錫山，兼山西省政府主席。

第三戰區司令長官顧祝同，兼江蘇省政府主席。

第四戰區司令長官張發奎。

第五戰區司令長官李宗仁，初時兼安徽省政府主席。

第六戰區司令長官陳誠，兼湖北省政府主席。

第七戰區司令長官余漢謀。

第八戰區司令長官朱紹良。

第九戰區司令長官陳誠兼（薛岳自民二十七年起代理）。

此外，第十、十一、十二各戰區長官，稍後也分別發表了。

惟有那位野心勃勃，妄自尊大的唐生智，却沒有獨當一面的機會，使他感到面上無光而且很難過似的。當上海「八、一三」鏖戰後，中央最高當局預料日軍將必進犯南京，於是又召集一次高級將領會商防守首都大計，決定將中央政府撤至武漢，而另由高級將領一人担任防守總司令。蔣委員長表示這項任務頗為艱鉅，希望在座人士自告奮勇。不甘寂寞的唐生智，認為機會難得，乃起立表示：「如無適當人選，本人願意嘗試。」令到出席會議的人猛吃一驚！蔣先生對唐的自抱奮勇，起初未作決定，並謂：「聞孟瀟近來的健康欠佳，恐不相宜吧？」唐生智大言不愧：「為國犧牲，義不容辭！」其言甚壯，蔣先生覺得老唐這人的個性很古怪，資歷夠老；在抗戰爆發前，他又是軍委會委員兼陸軍訓練總監，全國十個一級上將之一（包括李宗仁、李濟深、程潛、閻錫山、馮玉祥、何應欽、張學良……等）；而且其餘多半都已派為戰區長官，無論從任何方面說，都應該給他以重任。何況他又身抱奮勇，請求死守南京呢！故最高統帥勉強表示嘉許，事乃決定。

本來南京是一個易守難攻的大都會，自六朝、南唐、明初各代均曾先後建都於此；論形勢，居東南財賦之區，扼長江腰膂之地。城的周圍約七十華里，雄偉為世界各城之冠，幕府山綿亘於北，長江蜿蜒於西，鍾山雄峙於東，雨花台屏障於南，秦淮河、莫愁湖、玄武湖等映帶其左右，中央則是寬平弘衍之區，所以古人稱為龍蟠虎踞。太平天國據有南京達十餘年之久，至楊秀清、韋昌輝發生內鬨，同歸於盡以後，李秀成便成為獨守「天京」的支柱；儘管曾國荃的湘軍重重包圍了南京，但自清同治元年十月起開始對南京總攻，直至同治三年六月完成克復為止，先後也經過一年零八個月的慘烈戰爭，雙方傷亡人數不下十萬，曾國葆且死於此役！故一般預料：憑唐孟瀟的奮勇，加上京滬一帶守軍實力的雄厚，南京至少也能固守三個月乃至半年的時間，因而蔣先生便任命他為南京衛戍總司令長官。

南京失守對馬當的影响

事實上，南京的防守準備是有充份時間的，因上海之役我軍曾抵抗了三個月。在這期間，南京防軍不僅已鞏固了市區的防衛工事，亦已加强了外線防務。據說南京市郊的防衛工事，首先注重空防，周圍設置高射炮及高射機槍不下二百處；等到上海情況嚴重時，南京守軍的戰壕、堡壘、防空洞等工事，亦已大部完成，且非常堅固。為甚麼後來南京不堪一擊呢？李中將根據當時由武漢分給他的戰報顯示：上海失守後，南京便充滿戰爭氣氛；而敵人亦有乘勝猛撲京畿的模樣！京滬路的東北段雖已破壞，以阻延敵人的行動，而日寇則一鼓作氣連陷我幾個城市，致令南京的外線守軍頓成緊張！惟在蘇州西南面的守軍却與敵人對峙了好幾天，進而發生激戰，牽制敵人的行動達十天以上。實際說來，敵人攻抵南京近郊而與我外圍守軍接觸的時間不過幾日，南京已被攻破，日寇入城後曾大肆屠殺，造成空前恐怖的混亂局面！而揚言要與南京共存亡的唐生智偕親信一行，則偷偷逃出了南京城，他固然缺乏必死的決心，而在指揮系統上的失敗因素更大。李中將曾舉例如下：

第一、當時許多中央高級將領們，都不主張使用龐大兵力來固守南京城，理由是：假定上海能夠守得住而不為敵人所陷，那末南京自然不會受到威脅；但倘若上海一旦陷落，則敵人對我首都志在必得。因之，若干研究國防戰術的人，都同意着重外線作戰，藉以消耗敵人的實力。是故，上海宣告失利後，南京的士氣已告瓦解！

第二、唐孟瀟脫離軍隊生活將近十年，他的基本部隊早已星散無遺！當時他所以請求死守南京，純粹憑一時的意氣用事；尤其存有僥倖的心理——若萬一守住，他無疑可以東山再起；失敗了也不過打回原形！所以決定孤注一擲。殊不知京滬路沿線的部隊，甚至於南京城防主力如孫元良、王敬久等部，不獨沒有一師一團是他最靠得住的心腹基本部隊；並有多數的部隊長，都跟唐從未晤過面的。

第三、唐的性格一向很頑強，野心又大，往往令人對他討厭、害怕！人緣很差。如能確保南京，則唐的名字會震動世界，其氣燄更加咄咄逼人！因此，南京無形中陷於孤立地位。加上唐過去除了反覆無常，好大喜功之外，他向來就未曾指揮過大兵團會戰，怎能經得起事實的攷驗？

唯其如此，所以，南京在短短的幾星期內便告陷落，令到長江下流和中流的不少重鎮如蕪湖、銅陵、貴池、懷寧、東流、馬當、彭澤、湖口、九江、蘄春、鄂城，以及武漢等地，不但都因南京之失而發生了動搖；甚至於不到十一個月的時光，上列各地就已先後分別失陷了！所謂「一着之差，全盤皆亂！」唐生智貽誤戎機，罪有應得。

馬當攻防戰的慘烈

談到馬當失守的經過情形時，李抱冰因天氣暑熱而自動脫下襯衣，只穿一件背心，越說越有勁，咀角也激出了白泡，瞪大眼睛說：「軍人以服從為天職，明知危險也只好硬着頭皮接受命令。當五十三師全師一萬七千多人到達彭澤的時候，我率領參謀長和三個旅長一行開始偵察地形，就一致認定那裡特別險要，除了長江之外，周圍全是湖泊；加以我是一個學陸軍，而缺乏海軍常識的人，對於兩棲防禦的設施根本無法着手，於是跑回湖口與江防司令討論沿江的防衞問題；商討後他又派了兩位純粹老百姓出身的領航員，跟我返回彭澤研究長江下流各港埠的水位及江面幅度的寬窄。他們指出：長江水漲時，五千噸以上的輪船可順利通行；秋後江水退落時，五千噸以下的船舶也可通行無阻；且自懷寧（安慶）至九江這一段的江面逐漸寬濶，水位深而不激湍，航行的速度更大。假定敵人的兵艦一旦進侵到懷寧，馬當簡直無法阻止其前進的。」李中將停一停又說：「不錯，我軍雖在民國二十六年十一月上海失利後便開始佈防，到二十七年四月與敵人交戰時，曾先後經過六個月，可是在此半年中所準備的各種防禦工事，大部是對付東面的陸上作戰，却沒有江防的武器，也缺乏這種武器如要塞大炮的人材。因此，我軍曾三度擊退了從京湘路南下的陸上敵人，却未能阻止從江面南侵的敵艦。」

至於彭澤失陷時所進行慘烈的戰況，李中將形容得更驚險！他指出當時日寇對馬當據點的進攻，是採行海、陸、空同時並進行立體戰術；當敵人計劃一舉奪取馬當的前兩天，東北面的秋浦及大泊湖畔，至少集結了兩個聯隊的兵力；而敵人從南京起飛的空軍約三十多架轟炸機，則連續進行了三日的猛烈空襲，並對彭澤城內和市郊低空掃射。我方的防空設備又欠堅強，致使彭澤這座山城幾乎全被破壞，居民死傷數以千計；特別是馬當山的六個碉堡中，被敵機摧毀了四處；同時集結於東北面的陸上敵人，乘着我軍趕築工事之際，便竭力猛攻；而江面上的敵艦，也駛足馬力紛紛出現於馬當北邊的江中，迅速地侵入了彭澤乃至湖口，令到守軍幾無路可退，結果下令向石門、張家嶺一帶山區退却。但到永修以後，李抱冰的一萬一千名子弟兵之中，約損折了十之六七，使他培植訓練達數十年之久的心血，自此宣告完結，難怪這位老中將潸然而淚下的！

以上是我親自聽到馬當守將李抱冰所說，而他所寫關於馬當失守的回憶錄，我也曾經涉獵過，內容和他的談話大致相同。不過，後來我又分別會見過五十三師政治部主任蔣鵬舉少將（寧遠石海山蔣家村人，黃埔軍校第二期畢業），該師軍需處處長李邦藻（寧遠李仕灣村人，李抱冰的同族堂侄）、李清獻少將等人。他們一致表示：五十三師的一萬多名官兵，絕非因馬當失利時而傷亡殆盡，其實傷亡的人數最多不超過兩千人，其餘多已被衝散，潰不成軍罷了。

馬當形勢富戰畧價值

不管怎樣，馬當一役是一塲糊塗仗。但我對於馬當這個地名時，倒深深地印入了自己的腦海，等到勝利後我帶兵剿共路經彭澤時，曾特地憑弔這個在十年前，經過慘烈爭奪的戰塲，不僅是彭澤城內依然看得到敵人飛機大炮所摧毀的破瓦危牆，彈痕猶存；尤其是經過敵人炮火洗禮的馬當山和小孤山，更留下一種令人觸景而傷痛的戰時氣象！若干要隘還依稀可以看出當年所築的防禦工事，有的已經被蔓草所掩，未能窺其全豹；然其許多掩體的出口和炮口，却仍看得到石塊與水泥。有些深濶的防空洞及炮壘，則大部份都已盛滿了水，彷彿水池。

論形勢，馬當確實險要，位於彭澤縣城的東北面約三十里，因為其形如馬，橫枕大江，迴風撼浪，舟航艱阻，故稱為馬當山。山的北面對磨盤州，而與小孤山適成犄角，九江、湖口都恃馬當山為屏障。小孤山又名小姑山，距彭澤城北約十里，孤峰巉立，挺峙中流；其與馬當山互相策應，遂成為皖、贛之間最重要的關鍵。相傳晚清名臣彭玉麟，當年曾率水師向彭澤進攻時，一舉殲滅了數千名太平天國的長毛軍（又稱髮匪），決定了太平天國失敗的命運。據曾國藩所撰「湖口縣楚軍水師昭忠祠記」云：「……當楚軍水師之初立也，造舟始於衡陽，大戰始於湘潭。其後克岳州、下武昌，大破田家鎮。今福建提督楊君厚庵，與彭君雪琴，暨諸君子喋血於狂風巨浪之中，燔逆舟以萬計。轉戰無前，可謂至順！其後，官軍深入彭蠡之內，賊乘水涸，大塞湖口，遏我舟使不得出。於是水師有外江、內湖之分。內者守江西，外者援湖北，驟然若割肝胆，而判為楚、越，終古不得合。並至咸豐七年九月，攻克湖口，兩軍復合。蓋相持三年之久，死傷數千人之多，僅乃舉之。方其戰爭之際，炮震肉飛，血瀑石壓；士飢將困，窘若拘囚；羣疑衆悔，積淚漲江，以求奪此一關而不可得，何其苦也？……」

記得此祠建於石鍾山上，祠東為「浣香別墅」，前有「聽濤眺雨之軒」，後有「芸芍齋」。迤西少陟山，曰「銷江亭」、「觀音閣」、「魁星樓」；又西叫「坡仙樓」，刻有蘇軾的「石鍾山記」於其上。此山突出江湖之交，層巒叠嶂，林木青葱，下臨江流，風濤微動，擊石作聲如金鐘，故名。

總之，馬當為水陸交錯的絕險之地，是以馬當一失，彭澤莫保，素有贛省咽喉之稱的湖口和九江，也隨之發生了危險！誠如顧祖禹的史方輿記要所說：「贛省形勢，在江不在陸；且首重湖口、九江之防，一地不守，則南昌之出路斷；出路斷，則全省瀕於危！」可惜這個富有重要戰畧價值的地區，却成為戰時第三、第五及第六等三個戰區的邊界；而馬當守將李抱冰，又是上列三個戰區長官最不歡喜的人物，以致促成了馬當之役的不利。

所謂最不歡喜，係指李抱冰有點倚老賣老，論年齡，他比顧祝同、李宗仁、陳誠等人都年長得多，當時他已超過六十歲，為抗戰時年紀最大的中將。因之，他對顧、李、陳輩不肯買賬；而他們也覺李抱冰老氣橫秋，應該退休了。

不錯，李抱冰於馬當失守後已告實際垮台，但他值得人們欣佩的是很廉潔，據我知道，他退休後家鄉並沒有產業；自長沙大火把坡子街燒光後，李即遷到零陵租賃居住；身後蕭條，實屬難能可貴。

現代東方朔——王克明

岳騫

說來已是二十年前的話，我們縣裡突然換了縣長，新任縣長王克明就是隣縣的人，以前在西北軍師長，後來又在附近一個半淪陷的縣份當過當過縣長，頗能和人民大衆打成一片，以後就調到我們縣裡來。

新縣長接任之後，縣裡舉行送舊迎新大會，先由舊任廖縣長梓英致詞，大大恭維王縣長一番，特別指出兩點，第一，王縣長在西北軍當過高級將領，第二，王縣長在一個別人無法打開局面的淪陷縣份，居然能推行政令，結束了當地的無政府狀態。

廖縣長講完話，由王縣長致答詞，他一上台，大家就想笑，他穿了一身褪色的單黃軍衣，下身却是一條馬褲，就當時來說，穿棉軍服才有馬褲，他這套衣服又舊又別緻，再加上他那幾步台型，頗似馬富祿在小放牛中的身段，不過，大家還都勉強忍住笑，直到聽到他講話，才開始鬨堂。

他當時繃着臉，十分正經的說道：「剛才廖梓老恭維兄弟幾句話，實在不敢當。要說在西北軍當過高級將領，那是蘿蔔快了不洗泥，跟着團體的發展，並不是自己眞有本領。不過兄弟到貴縣來作縣長，有一個原則要和諸位共勉的，就是不貪財。因爲男人貪財和女人偷漢子一樣可恥。」說到這裡整個會場鬨然笑起來，連一向最嚴肅的廖縣長，在台上也是捂嘴。

那知道妙文尙不止此，他又繼續說道：「譬如兩個女人在一起繡花，張嫂子批評李嫂子有幾針揷錯了，顏色配的不好，都沒有問題。假若張嫂子忽然問道：『你們家裡昨晚怎麽有兩個男人在你房裡打架。』

李嫂子可能就順手給她一巴掌。同樣的，一個男人在外面吃喝嫖賭，朋友來勸你，你一定能接受，同時會感激朋友的厚意。可是，假若這位朋友問你：『昨晚有人給你送兩百塊錢來，這怎麽回事。』你們兩人也可能會打架。由此可以證明，男人愛錢和女人偷漢子是一樣的事情。」

從此以後，縣長的一舉一動都成了縣城人們的茶餘酒後談話資料。而他的妙緒趣聞也層出不窮。

有一日，財政科婁科長拿了一件公文見縣長請示，到了辦公室說是回公館了，趕到公館，衞士說縣長在內室，請科長進去，婁科長並未留意，冒冒失失一手打開門簾，剛跨進去半步，頓時楞住了。

那時正是夏天，天氣酷熱，縣長在地下放了一張葦蓆，光着上身只穿一條短褲，頭枕着一個漆皮枕頭，正在噴雲吐霧。

縣長一看見婁科長進來，趕快放下烟槍從地上爬起來，用手指指地下，說道：「婁兄，請過來弄一口」。

婁科長是一個正途的幕僚人材出身，平日循規蹈矩，那見過這種陣仗，一時脹的滿臉通紅，連聲說：

「縣長請，我不會。」

「不會」——縣長十分詫異的看看婁科長說道：「怎麽不會，世間只有兩種動物不會抽大烟。」

婁科長知道又有妙論，忍住笑問道：「那兩種動物不會抽大烟。」

「第一種是烏龜，因爲烏龜身子扁，

不能側身臥，所以不能抽大烟。」

婁科長再也忍不住，只好放開量笑起來。

「第二種是兎子，因爲兎子嘴缺，噙不住烟槍，所以也不能抽大烟。」

縣長自己說的倒不笑，婁科長已經笑得直不起腰來。

隔了幾日，縣政府提了三個嫌疑共產黨。經過地方人士担保求情，縣長答應定期坐堂訊問，如若無罪，即行釋放。

這是王縣長接任之後，第一次問官司、開庭之日，整個大堂前面擠得水洩不通，縣長坐了大堂之後，喊一聲「來」，馬上跑出一個小勤務兵，拿了一根長桿旱烟袋，足有二尺多長，縣長把烟袋啣在口裡，小勤務兵蹲下身子點着火，差人把犯人帶上堂來，縣長噴了兩口烟，問了幾句口供，三個人都承認過去曾受共產黨欺騙，做過工作，現在迷途知返，今後一定安份守己作個良民，決不再誤入歧途。縣長對這個答覆倒也滿意，就傳保人，保人上了堂也照說一遍，担保三名犯人開釋之後不會再作共產黨，假若再有不軌情事，惟保人是問。

縣長磕掉烟灰，小勤務兵又裝上一袋，他又噴一口烟，說道：「好了，就這麼着，你們三個囘去吧！」

大家沒料到這麼簡單，保人十分高興，三名犯人更是喜出望外，情不自禁都脫掉帽子向縣長行一個鞠躬禮，那知一除掉帽子，其中有一個禿子被他看見了。

縣長忽然變了主意，用手一指禿子，「你不用走，我還有話問你。」

這一來局勢突變，禿子固然嚇得臉上變色，其他的人不知縣長葫蘆裡賣什麼藥，也都爲之惴惴不安。

縣長用手點着禿子問道：「囘去還當不當共產黨。」

禿子趕快說道：「報告縣長不當了。」

縣長笑道：「你不用怕，就算你今天囘去又當共產黨，我也放你，本縣長一向言出法隨，決不打折扣的。」

禿子鞠躬說道：「不敢欺騙縣長，囘去眞不當了。」

縣長長嘆一聲：「那太可惜了。」

縣長這句話一說出來，大堂內外雅雀無聲，大多數的人都感到十分驚奇，少數人知道又有妙文，可是都不能了解這句話的意思。

縣長又抽了一口烟，徐徐說道：「我們這個縣政府蓋的十分堂皇威武，只是門首缺了一個大電燈泡，一到晚上陰沉沉的，讓外人看見，就覺得衙門一定黑暗。我到任頭一天，就打算換一個大燈泡，可是，全城都買不到，實在彆扭。現在總算遇到你老哥，這顆頭正好作一個電燈泡用，我估計總能發出一百支光，可是，我剛才，一時疏忽，已經答應讓你走了。現在要說留下借你的燈泡用用，似乎有點出乎爾反乎爾。所以我希望你囘去最好還當共產黨，下次捉到時……」

縣長說到這裡頭連擺了幾擺，漫聲說道：「老亮哥，老亮哥，到那時你老哥這個電燈泡就要摘下來在縣政府門首掛一掛了。」

縣長未說完時，許多人已經忍不住，但是却又不敢笑出聲來，恐怕就誤了下面的妙文，及至縣長說過，馬上宣佈退堂，提着旱烟袋，邁着步囘去時，大堂內外已經笑得不可開交，有人笑得鼻涕，眼淚一齊流，有人捧着肚子「噯喲！噯喲！」直喊。有些小夥子就在大堂前面順地打滾，再也站不起來。

一直鬧了幾十分鐘，觀審的人才算走完，縣長這次妙論，足使這個小縣城裡人笑了一個禮拜。

王縣長在我們縣裡首尾未作一年，垮台的原因是不善應付上邊。那時省政府主席是賀財靈，爲人貪財好貨，巨細不遺，手下幾名得力爪牙，嗜好也相同，王縣長眼裡那看得起這些妖魔鬼怪，平時書信往還都少，更不必說送禮了。

賀財靈一連多月看見王克明沒有貢獻，大爲憤慨，就派一名視察去作一番調查，看看王縣長究竟有什麼缺點，查囘來再辦。視察化裝成過路客商，到了縣城住下下，同市民偶然談起王縣長，大家一致讚好，對縣長的感情都很融洽，尤其是他的民主作風，最爲市民稱道。可是，大家在稱讚之餘，也把他的笑話全部搬出來，當然他說的烏龜，兎子不能抽大烟的名言，也被講出來。視察聽說王縣長居然抽大烟，算是抓住毛病了，馬上回到省裡，告給主席。

賀財靈立時下個條子查「××縣縣長王克明吸食毒品，着即撤職，解省法辦！」同時也委派出繼任縣長。

新縣長到地方接了印，先把王縣長扣留，過幾日帶上脚鐐手銬，押解進省。地方人士看見王縣長落了這樣下場，十分難過，市民自動湊錢給王縣長作盤費，並代僱一頂轎子，抬到省城。起解那天，全城市民擠到縣政府門首去送，許多人泣不成聲。

王縣長一出來，笑着和市民點頭，連說：「多謝各位，其實跑路也可練練筋骨，何必坐轎呢？讓轎夫回去吧！」

許多紳商耆老就過去勸說道：「縣長不上轎市民不肯散，人來這麽多，恐怕會釀出事端。」

他笑道：「既然如此，我就只好從命了。」說着他就上了轎。市民跟着送到南門外。

那知道一出了城，他大唱平劇把法門寺郿塢縣一段改成：「王克明，在轎內，心神不定，這一去爲雅片，死裡求生。」唱的響徹行雲，頗有馬連良的味道。送行的人又鬨然大笑了一場。

他到了省裡，就押在省政府衛兵室裡，依然有說有笑，毫不在乎。

過了幾日，賀財靈坐堂訊問，並且約了保安副司令及民政廳長陪審。把王克明帶上堂，賀財靈盛氣問道：「王縣長，有人告你吃白麵，你吃不吃？」

他躬身答道：「報告主席，我吃。」

賀財靈未料他一口答應，頗出意料，接着問道：「你一天吃多少呢？」

他仍然躬身答道：「多者二斤，少也要一斤半。」

「什麽話？」賀財靈大吃一驚，厲聲問道：「你怎麽吃得了這麽多。」

王克明不慌不忙的答道：「請主席想一想，我兩百磅的身體，每天沒有二斤白麵能活下去嗎？」

賀財靈沒料到他有這麽一答，不由噗嗤笑了。保安副司令同民政廳長也都笑了，一塲官司就這樣不了而了，過幾天就把他放了。

王克明官司打完了之後，在行政部門無法容身，又回到老行改而從軍。恰好這時當地駐軍一位李軍長，叙起來還是他的後輩，王克明就去投奔他。

李軍長對於王克這樣一位軍界長輩，覺得頗難安置，當時給了他一個少將高參的名義，在軍部拿乾薪。

王克明天生是一個閒不住的人，過了兩個月就膩了。這一軍的防地和日軍遙遙對峙，兩者之間駐有僞軍一旅，旅長名叫張大維，只有四十幾歲年紀，日本士官學校畢業，爲人精明幹練。李軍長頗想把這一旅人拉過來，苦於和張大維拉不上關係，無從下手。

這件事被王克明知道了，就跑去見李軍長，自告奮勇要去勸張大維反正。

李軍長問道：「你認識張大維？」

王克明搖搖頭：「我帶兵時，他大概初中還未畢業哩！我那裡會認識他？」

李軍長奇怪道：「你同他一面之交都沒有，怎麽勸他反正？」

王克明笑道：「就是不認識才容易下手，橫豎我的名字他不會不知道。」

王克明摒擋行李，携帶家眷，僱了兩輛車子，直奔張大維的旅部。

到地方投進名刺，張大維看了不禁一怔。曉得王克明此來別有用意，不過，自伙藝高人胆大，打算和王克明鬥一鬥法，馬上傳令請進，自己在辦公室門首迎接。

王克明帶着太太孩子，大搖大擺向裡闖，張大維頗出意料，心裡在想他假若打別的主意，怎麽會把全家老小都帶來，對他的戒備就減了三分。

見了面，張大維以開玩笑的口吻說道

：「王公，是來作工作的吧。」

王克明正容道：「當然是來作工作，不然我也不來了。我跟着李軍長，給我一個少將高參，每月乾拿那幾個錢，夠吃飯就不夠抽大烟，我怎麼能待下去，聽說張旅長輕財仗義，所以特來投奔，不知旅長肯不肯收留？」

張大維笑道：「老大哥太客氣了，我自覺池子小，養不了你這條大魚，既蒙你看得起，肯到這個小地方來，就請安心住下來好了。生活方面不會再讓你飢一頓飽一頓就是了。」

王克明說道：「旅長的好意我感激得很，不過，我平生就是不喜歡吃閒飯。我過去在這附近幾縣都當過縣長，舊部總有幾千人，我打算召起來，合編一個旅，統歸旅長指揮，這樣本旅就可以擴編爲一個師了。只不知道旅長肯不肯讓我做這項工作？」

張大維一心一意想當師長，正打算擴編隊伍而無處着手，被王克明一句話搔到癢處。連說：「那好極了，老大哥肯幫忙，將來師長就請你担任。」

王克明笑道：「我十五年前就當過師長，對於帶兵早已不感興趣，况且也閒散慣了，要我穿上全付戎裝去和兵士訓話，那個罪我可受不了。將來擴編成功，師長自然由你當，兩名旅長也由你委任，這樣事權才能統一。至於我個人，容易辦的很，每天是二錢烟膏，我就心滿意足了。」

就此王克明就在張大維那裡住下，零零碎碎也招來一些人。張大維看見他每天不是抽烟，就是講笑話，覺得這個人實在沒有出息，對他一點也不防備。王克明每日過足了烟癮，就到各團、營、連、排去串門子，隨便和當兵的在一起打麻將，推牌九，喝酒，吃狗肉，什麼都幹，全旅官兵人人都認識他，人人都喜歡他。

又過了幾個月，張大維到日本軍部去開治安會議，兩地相距九十里路，會議開了三天，加上回來路程，整整五天時間，張大維回到旅部一看，全營空蕩蕩，一個衛兵也沒有，一旅人走光了，這一驚可不小，當時帶着兩個衛士，前後左右搜索一遍，什麼人也未見到，最後到了王克明住所推門進去，只見王克明赤着膊子，正睡在地下抽大烟。看見張大維進來，連忙起身說道：「旅長過來弄一口。」

張大維不顧得同他搭訕，厲聲問道：「我的隊伍呢？」

王克明若無其事的說道：「他們過河了。」

張大維一拍桌子：「他們眞的反了。」

王克明笑道：「他們反正了。」

張大維舉起駁壳槍指着王克明，憤然說道：「你這次把我害得好苦，反正我也活不下去，打死你我就自盡了。」

王克明擺擺手：「旅長別忙，我還有一個烟泡未抽完。」說着他又躺下呼嚕呼嚕抽起來。

張大維此時被他激的哭不出眼淚，也笑不出聲來，只是惡狠狠瞪眼看看他。停了半響，忽然想起一個問題，問道：「他們都走了你怎麼不走？」

王克明說道：「我走了，你怎麼辦！」

張大維十分迷惑，問道：「你這話是什麼意思？」

王克明放下烟槍，坐起來說道：「我要走了，你的漢奸惡名就永遠洗不掉了，而且，你這個無兵司令，日本鬼子也不會收容你，到時候你除去自殺，別無路走。那就慘透了。」

張大維說道：「我現在也無路可走了。」

王克明笑道：「現在不成問題，隊伍都在河南等你，並未開入中央軍防地，李軍長也不曉得你這一旅反正的事，只要你快馬加鞭，趕上隊伍，然後打出一封電報，宣佈反正，馬上就成了民族英雄，仍然當你的旅長，實至名歸，不比現在當漢奸好嗎？」

張大維喜出望外，連聲問道：「王公，可是眞的？」

王克明笑道：「部隊離開這裡只有十幾里路，不用一個鐘頭就趕上了，我想騙你也騙不了好久。」

這一旅人反正之後，王克明仍然回軍

部作高參，抗戰勝利，部隊整編，他也在編餘之列。回到家鄉開了一個小客店，招待過往客商，生意也不壞。

忽然「解放」了，共產黨來到之後，首先找到他，因爲他文官當過縣長，武官當過師長，正是中共要鬥爭的典型，可是當地的共幹對他的罪名却也煞費斟酌，說他是地主，他沒有田地，說他是資本家，他只開了一爿小店，端盤子洗碗，都是親力親爲。幾次鬥爭會都開不出名堂，共幹仍不肯放過他，遇事還要找麻煩。

有一天，共幹開大會歡送一個小伙子「參軍」，因爲這是中共佔領當地之後，第一次誘騙人民參軍，所以十分隆重，「參軍」的小伙子全身披上大紅，又找了一頂花轎，把他抬到「鄉公所」。抬轎的人就指定由王克明和一位在陸軍部當過軍學司長的田老先生。

到了大會開始「參軍」的「志士」也上了轎，王克明早已來到等候。那位田老先生却一聲不響在家中服毒死去。這一來共幹大爲緊張，逼死田老先生還是小事，臨時那裡找一個適當的人來抬轎呢？

王克明蹲在花轎旁邊，問道：「同志，既然找不到轎夫，我背他去成不成。」

「你背他去」？幾個共幹一齊笑起來，問道：「你能背得起他？這到鄉公所有幾里路哩！」

王克明笑道：「背得起，你們放心好了。」

共幹本來是有意折磨他，就着參軍的小伙子下來，讓他背去。

那知他一口氣就把小伙子背到鄉公所，共幹對他不禁另眼相看，以後凡是開會，他總是領頭跟着吶喊，共幹對他印象逐漸轉變，過了一年竟成爲積極份子，不再受歧視。直到目前，聽說他仍安然無事。

知堂老人的晚年

■胡士方■

周作人

知堂老人周作人爲近代文壇巨匠，惜乎抗戰期間以家累過重，未能逃出北平，被迫參加僞組織，一步失足千古遺恨，晚年亦落寞而終，但所留下的文章，終爲不磨之作。筆者近來於雜覽之餘，偶翻閱書架上幾種知堂老人的後期著作如「藥味集」，「藥堂雜文」，「書房一角」，「立春以前」諸書，對其冲淡雋永，已臻爐火純青的文章，仍覺得是近代獨步文壇的高手；其思想的通達，風格之淸致，尤爲難得。因此想來談一談知堂老人的晚年。

知堂老人於民國二十三年一月發表牛山體的打油詩於上海林語堂先生所辦的「人間世」後，由林先生加題爲「知堂五十自壽詩」。其中有句云：

「前世出家今在家，不將袍子換袈裟。
街頭終日聽談鬼，窗下通年學畫蛇。
老去無端玩骨董，閑來隨分種胡麻。
旁人若問此中意，且到寒齋吃苦茶。』

如蔡孑民，錢玄同，林語堂，劉半農，沈尹默諸先生都有唱和，因知堂老人已是文學界的健將，故一時頗爲轟動，一般人也以知堂老人呼之，其實那時正是他的輝煌時代，精力充沛，作品產生最富的時期，是不能算是晚年的。後來抗戰興起，北京大學南遷湖南長沙，又移雲南昆明，與清華大學組織爲西南聯合大學。其時老人與馬裕藻，孟心史，馮漢叔仍留在北京大學任教。校長蔣夢麟先生囑老人等留守北平，每月由蔣寄津貼五十元時代，這仍算不得晚年。但知者較少，其所著「知堂回想錄」也少提及，所以，就以此勉強列爲晚年的開始吧！

民國二十六年七七事變發生，北大的校長蔣夢麟先生正在南方，文學院院長胡適之先生剛從南京回北平，其餘如法學院長周枚蓀先生，已任教育部次長。算來留在北平的，只有秘書長鄭天挺，和教務長樊際昌，與一羣教授們如楊振聲，孟心史，葉公超，錢端升，馬裕藻，馮漢叔，張忠紱，湯用彤，邱椿，毛子水，魏建功，陳雪屏，錢賓四，趙迺摶，羅常培諸先生。當年八月九日胡適之和葉公超，梁實秋，姚從吾，饒毓泰離平南下之後；最後在十一月十七日留平的三十六人中，陳雪屏，鄭天挺，邱椿，亦紛紛乘河北輪南下了。這樣只留下馬裕藻，孟心史，錢玄同，馮漢叔，董康，徐祖正，與知堂老人周作人未走。

知堂老人居北平新街口八道灣的苦雨齋，正如其回想錄所云：「華北淪陷於日寇，在那地方的人民處於俘虜的地位，既然非在北京苦住不可，只好隱忍的勉強過活」。正好胡適之主持的文化基金編譯委員會，早就徵集過知堂老人的「現代小說譯叢」和「現代日本小說集」，於是其新譯的「希臘擬曲」，也同梁實秋先生所譯的莎士比亞一樣，賣給了編譯委員會，每千字稿費十元，得了四百塊錢。在北平的郊區且買了一塊地。他的亡女若子，姪兒豐三，母親魯太夫人，以及後來謝世的太太羽太信子，作爲墓地的，就是這塊地。接着胡適之先生之後，編譯委員會由北大出身的關棋桐代理，每月知堂老人譯寫萬字，支兩百元稿費，一直到該會遷到香港，他的譯述工作才暫停止，這對知堂老人於希臘神話以後的成就，可以說關係至大。

民國二十七年，知堂老人在無着落之際，便向老朋友郭紹虞想辦法，那時郭在燕京大學担任國文系主任，便聘請老人爲客座教授。每週四至六小時，以講師待遇，加贈二十元，每週到燕大去一次，便有一百元的收入。此時燕大的司徒雷登，對之亦頗敬重，他也不時寫些文章。如傳誦一時的所謂打油詩「禹跡寺前春草生，沈園遺址欠分明。偶然拄杖橋頭望，流水斜陽太有情」，和「禪牀溜下無情思，正是沈陰欲雪天，買得一條油炸鬼，惜無白粥下微鹽」等詩，便是這時期作的。

民國二十八年元旦的早上，其弟子沈啓无來八道灣苦雨齋拜年，正在西屋客房談話，工人徐田通報有天津中日學院姓李的求見，迨延至房內的一位即問知堂老人：「你是周先生嗎？」還未及答，便是一手槍，當即打在知堂老人的左腹。沈啓无也慌忙的站起來說：「我是客！」緊接又是一槍，子彈打在沈的左肩，雖未傷心肺而致命，但經日華同仁醫院救治，子彈在體內始終無法取出。徐田因過去幹過偵緝隊，想攔腰將兇手抱住，叫附近的小方和張三兩位車夫幫忙，結果徐田輕傷，小方肩背被槍彈擦傷，張三竟傷重死仁。最僥倖的還是知堂老人，子彈正打在對襟毛線衫的扣鈕上，僅覺微痛，而未受傷。據此事件發生之後，在一九四六年，曾有位署名盧品飛（LOO PIN FEI）的，在美國出版一本書曰：「黑暗的地下」（IT IS DARK UNDERGROUND）。且自認是刺周的兇手之一，說是與另外兩位姓高姓王三人合謀的。但於一九六一年知堂老人致函香港的鮑耀明先生，却加以否認了。由兩人變爲三人，也斥爲揑造。據知堂老人則認爲係日本軍部幹的，其所持的理由是日本軍部從頭到尾對周以惡意對待，後以不了了之，顯然不想找出答案。同時知堂老人去燕大教書，經高亮橋，慈獻寺，葉赫那拉氏墳等地方，係一定路線，何必到家裡行刺。無疑是爲轉移目標，恐怕人誤爲阻其赴燕大教書，故推定係日本鬼子幹的。知堂老人事後且作了兩首打油詩曰：

「橙皮權當屠蘇酒，贏得衰顏一霎紅。
我醉欲眠眠不得，兒啼婦語鬧哄哄。
但思忍過事堪喜，回首冤親一惘然。
飽吃苦茶辨餘味，代言覓得杜樊川。」

數年前，筆者讀到於民國二十七年左右，在北平以「芸蘇」筆名寫文章的洪炎秋先生之「廢人廢話」一書云：「事情據說是這樣：豐三是他老弟建人先生和日本太太所生的次男，因爲他倆夫妻感情不好，早已別居很久，他弟婦就帶着兩個兒子，在北平依他過日子，豐三在輔仁大學的附屬高中念書，成績非常優異，子姪之中，最爲周先生所寵愛。在淪陷初期兩三年間，日本人老在那裡迫着周先生，叫他出來任僞職，而周先生則在那裡敷衍延宕，可是對方越迫越緊，形勢日趨嚴重，豐三和知堂老人的公子豐一性質相似，雖然身體裡面含着日本人的血統，却都是非常愛國反日的青年；他爲了這件事，一天一天顯出憂鬱愁悶起來，後來同學問了他，他就把這個情形告訴大家了。其中有一個激烈的同學對豐三說：『令伯既然走又不能，出又不甘，情勢演變了這步田地，爲保他一生清白的令名起見，我們倒不如乾脆設法把他弄死，使他得以殺身成仁。』豐三對於這位同學的這個建議，初以爲是說着玩的，所以一笑置之，沒有想到這位同學竟然認起眞來，暗中準備，遂於二十九年的元旦，按照他的信念，實行出來了。最可惜的，是這一槍不但沒有達到保全周先生的聲譽的目的，反而發生相反的效果，激起周先生同流合汚下去，所以豐三所受的精神上的打擊，非常之大，煩悶到了無以自遣，只好出於自殺，來了這一段公案。」洪生先自云係得之周之家人，又將二十八年誤爲二十九年，只可聊備一說，仍難證其眞確性的。

至於知堂老人的投僞，關係相當複雜，依筆者分析可能係下列幾種原因：

第一知堂老人的家累甚重，在北平除了老妻羽太信子和公子豐一夫婦之外，還有孫女孫兒們，其老妻的妹妹芳子，又是建人的太太，早就被建人冷落，帶着幾個孩子，依靠在苦雨齋過日子。朱安夫人是老大魯迅的髮妻，自魯迅於民國十四年與許廣平相戀後，也被打入冷宮，靠知堂老人來養活。因爲知堂夫婦祖護朱夫人，且得罪了許廣平，魯迅和許帶着兒子海嬰在上海，對朱是不理的，所以，朱安夫人的一切生活，都由老人一手担起。母親魯太夫人，其時仍健在，雖然住在阜城門內西三條胡同二十一號，又得由知堂老人來照顧。同時太太信子的家人，也不時自日本來北平，應酬開銷是相當大的。還有女兒靜子，也帶着兒女們長期的居住，此外工人等等，負担是夠重的；又加上燕京大學的課，自被刺後，已不能去，收入少了，空言南遷，談何容易。況且北平是有名的文化古城，已成了老人的第二故鄉，像和平門外琉璃廠的來薰閣，邃雅齋，文雅堂，翰文齋，文英閣；東四牌樓隆福寺的修綆堂，稽古齋，聚珍堂，寶會齋，文殿閣，文奎堂，以至前門外打磨廠的老二酉堂，文成堂等，都是知堂老人閑來散步，找尋冷書善本的去處。同時知堂老人對於書畫小品，也頗愛好，迷人的廠甸，他是不輕易離開的。

第二在七七事變以後，北平由江朝宗，高凌霨，潘毓桂這一羣組織維持會。而又由王克敏，董康，齊燮元，朱深，王揖唐，湯爾和，王蔭泰，汪時璟，殷同等人，抱笏登場。老人在被刺之後，行動受了限制，郭紹虞介紹燕京的那份收入也告停了，眼看着像董綬經那樣在中日朝野受崇敬的法界權威，藏書板本大家，都出了山；又加上日本金澤醫專出身的名學者湯爾和，是他浙江老鄉故交，屢次請其出台，再受日本人的逼迫，和太太的慫恿，於是便接受了北京大學圖書館館長之職，不久又當上了文學院院長，以至北京大學校長，更躍爲華北政務委員會教育總署督辦。有人認爲老友錢玄同如果於民國二十八年一月十七日不逝世，由錢的諒察忠告，加以規戒，知堂老人當不至如此。其實也不盡然，因爲錢玄同先生雖與老人莫逆，遇事無所不談，但講起政治來，又誰能扭轉誰呢？即如弟子中之俞平伯，廢名，江紹良，能起什麼作用呢？尤其沈啓旡，是有名的勢利人，恨不得知堂老人潤起來，他也來沾點光，也未可知。

第三知堂老人係北京大學南遷後，受校長蔣夢麟先生之託留守北平的，主要任務是保全北大，日本人既然再三逼迫，自不能不與日本人週旋，又參加北大的職務。自己還向人表示一二流的教授都走了，自稱爲三流的來支撐局面，其總覺得名節雖有所失，但以「中國的思想問題」，「日本之再認識」，來自樹立塲，憑良心，去任勞任怨的做點有益於人的事，問心是無愧的，遂不加愼重，而又胡裡胡塗的做上了督辦。且認爲仍是從事教育，不會離譜的，因此也與林宰平，管翼賢諸人一樣，不想下水，還是落了水。

知堂老人登上督辦之位後，雖然與以「什公」，「逸塘」筆名寫詩話的王揖唐，風流倜儻的王蔭泰；成了好朋友，且一度趁參加南京汪精衛政府慶典之便，南遊其當年讀水師學堂的所在，到上海，過蘇州，可以說飽受禮遇，但終不是一塊作官的材料；始終不脫書呆子氣，不但對於「中日親善」不能喪心病狂的去獻媚，即對所謂「大東亞新秩序」，也擁護得不起勁，那些北洋官僚，安福餘孽，以及日寇爪牙，更非他所應付得來，所以，在其任內毫無作爲，眞是魚未吃到，白沾了一身腥，聲名白揖。不久就草草下台，將這個督辦交給閻伯川先生舊親信蘇體仁。

在他任內值得一提的，還是他在淪陷區所領導的文壇，那時華北有個作家協會，主持人是日本人撐腰的柳龍光，產生了一些新作家如梅娘，袁犀，雷妍，沙里，高深，關永吉，張金壽等，一時頗爲蓬勃。唯聲望與作品的水準，遠不及知堂老人領導的老作家如俞平伯，徐祖正，楊丙辰，畢樹棠，受人重視。那時華北的出版中心，則是北平阜城門外禮士路的新民印書館，主持人是祝惺元，其實幕後的策劃人無疑是知堂老人。因此除了教科書無何變質之外，連其出版的參考書，也看不見有傷及國家的地方。其他如通俗叢書，兒童讀物，亦頗有份量的。稍有點價值的著作，差不多都由該書店來出版。尤其附屬的定期刊物如「藝文雜誌」，「中和」，更爲士林所重，銷路亦最廣，成了淪陷區華北知識分子的精神食糧，足以與日本所出版規模最大的「大阪每日」抗衡。

「藝文雜誌」，知堂老人出力最大，有時廣告啓事也由其親自執筆，差不多每期都有他的作品，像「漢文學的前途」，「文學史的教訓」，「關於祭神迎會」，和長篇翻譯日本文泉子的「如夢記」，便是在「藝文雜誌」發表的。一時延攬的作家如俞平伯，徐祖正，孫楷第，鄭騫，瞿兌之，謝五知，許世瑛，謝剛主，傅芸子，傅惜華兄弟，畢樹棠，錢稻孫；都是寫文章的好手。同時，更出版藝文叢書，如其自己的「書房一角」，「秉燭後談」，畢樹棠的「賊及其他」，聞國新的「落花時節」，廢名的「談新詩」，常風的「棄餘集」，文載道的「文抄」，沙里的「塵」；以及未發行的俞平伯的「隨筆集」，傅芸子的「明代俗曲集」，尤炳圻譯的「我是貓」等書，都是受人歡迎的讀物，今日亦已成絕版難得見到了。至於「中和」，偏重於文史掌故，撰述人若鄧之誠，張爾田，王蓧心，徐凌霄，徐一士兄弟，金受申，商鴻逵，皆一時之選。前幾年香港某間書店就有意將「中和」蒐齊重新影印出版，雖未果行，已可見其價值了。

此外，淪陷區的大報如北平的「新民報」，「晨報」，天津的「庸報」，南京的「中華日報」。著名的刊物像北平張深切主編的「中國文藝」，謝五知主編的「逸風」，上海柳雨生主編的「風雨談」，朱樸之主編的「古今」，南京龍沐勛辦的「求是」

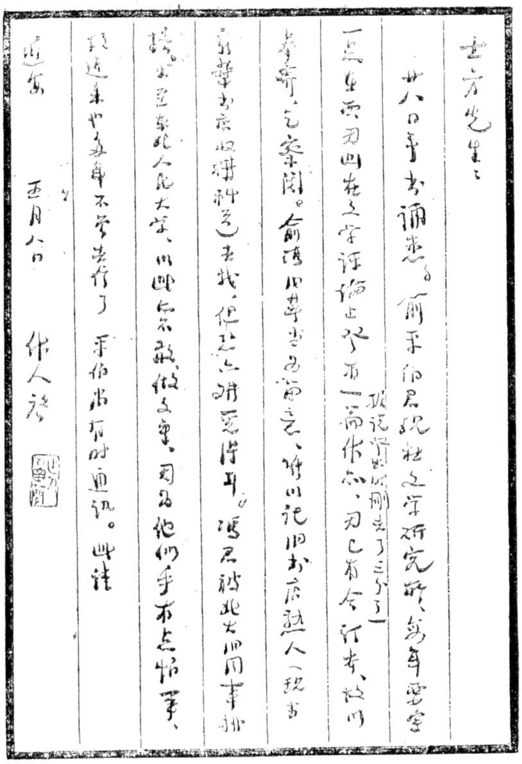

，甚至日本出版的「大阪每日」，都有知堂老人的文章登載的，蔚然一時，頗受文壇重視。至南方的活躍作家張資平，潘予且，譚正壁，周越然，何海鳴，張愛玲，蘇青（馮和儀），章克標，紀果菴等人，是望塵莫及的。

尤其知堂老人的文章，與政治分得很清楚，舉凡應酬文字是不入集的，故其文章中絕無政治羼雜。其自己曾云：「若言思想，確信是儒家的正宗。昔孔子誨子路，知之爲知之，不知爲不知，是知也。鄙人向來服膺此訓，以是於漢以後最佩服疾虛妄之王充，其次則明李贄，清俞正燮，於二千年中得三人焉。疾虛妄的對面是愛眞實，鄙人竊願致力於此，凡有所記述，必須爲自己所深知確信者，才敢著筆，此立言誠愼的態度，自信亦爲儒家所必有者也。」所以，其爲文章的態度，始終是一貫的。倫理的自然化，道義的事功化，也是他不移的主張。其後期的作品，於「國家治亂之原，生民根本之計，漸有所窺」，更見功力。不過比其早年的作品來，所改變的地方，也只是有些古文成分出現，而除了說理談思想之外，更趨於一些名物民俗，及隨筆之類。但總是令人讀之不厭，越法清冷簡潔了。

那時他並且向日本人說過：「我沒有看見日本人的文化，我却看見你們的武化，你們是帶着槍炮來的，那裏有文化，只有武化」。且拒絕出席日本人在一九四三年八月二十五日發起的所謂「第二屆大東亞文學者決戰會議」，其表現是很強硬的。同時，日本作家片岡鐵兵罵他爲「反動老作家」，「積極的妨害份子」，「敵人之一」。知堂老人寫給日本文學報國會久米正雄的一封回擊信中「如若所謂反動的老作家確是鄙人，則鄙人自當潔身引退，不再參加中國之文學協會等，對於貴會之交際亦當表示謹愼。」亦頗得陷區的一般士人所喝彩。

民國三十四年，日本投降，中國算是勝利了。知堂老人自然成了有名的文化漢奸，其所負的罪名，就比錢稻孫，鮑鑑清，只是北京大學校長重多了。所以，他首先便在新街口八道灣住宅受到逮捕，因在砲局胡同監獄裡。後來又與僞河北省長陳曾栻，僞北平市長劉玉書，僞華北政務委員會委員長王蔭泰，僞財務總署督辦汪時璟，一共十二人，一齊移囚於南京老虎橋監獄。

過去知堂老人的文章中時常引述余澹心「東山談苑」卷七上的一節：

「倪元鎭爲張士信所窘辱，絕口不言，成問之，元鎭曰，一說便俗」。是以他在受審時，爲了一個國民在國家大法之前，只寫了一篇自辯書，表示其衛護北大的功績，强調日本攻擊其爲「敵人」，起訴書又言其「通謀敵國，違抗本國」，絕無兩方都是「敵」之理，其餘就很少申述。迨判決時，初判無期徒刑，經蔣夢麟，胡適之，陳雪屏諸先生之營救，遂改判十四年徒刑。但知堂老人自嘆暮景頹光，仍認爲是「畫餅充飢」，對其本人是

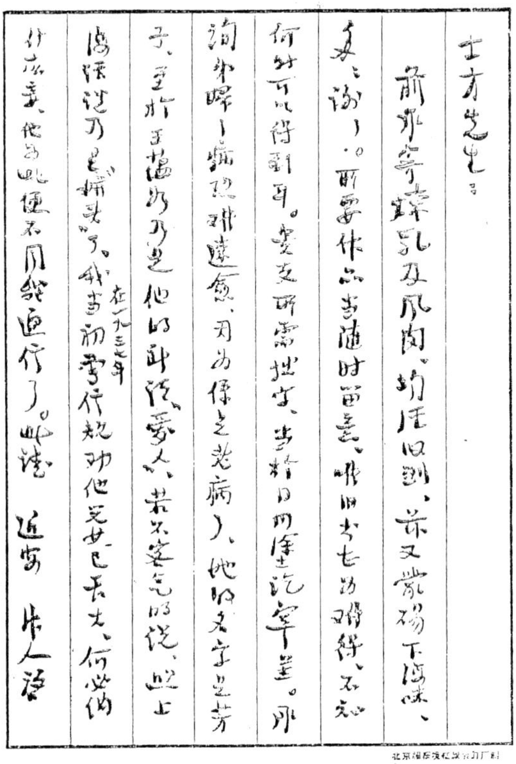
士方先生：
前承寄蜂乳及風肉，均經收到，並又賞賜下酒味，多謝多謝了。所要作品當隨時留意，唯舊書已均賣掉，不知何時可以得到耳。[illegible]所需拙字，當於日內寫記寄呈。那[illegible]一幅[illegible]，因為係之老病人，她的名字是芳子，至於王蘊如乃是他的[illegible]，若不客氣的說，以上[illegible]（在一九三七年）我當初寫作[illegible]他已長大，何必[illegible]什麼，他與此便不用[illegible]了。此請
近安
作人啓
一月三十一日

無大裨補的。所幸其在監獄忠舍中，盛宣懷的姪子盛幼盦，任山東僞省長的唐仰杜，以及梅思平，王蔭泰，林柏生，都在一處，手頭都比他寬裕，還未算很受罪。且在牢中以罐頭盒子，架了塊木板，將英國勞斯（W.H.D. Rouse）著的「希臘的神與英雄與人」譯述完成，更寫了不少詩。大約有一年多，國軍軍事失利，中共逼近江淮，局勢大壞，於是政府亦將次要的漢奸，釋放不少。知堂老人也於三十八年十一月二十六日獲得自由。便暫住在南京馬驥良的家裡，遂又與尤炳圻去上海，住在四川路橫濱橋福德里尤家。這時他的後任教育總署督辦王謨，也由十五年徒刑，獲得赦出，也聚首了。其餘任汪府軍事委員會廳長的何炳賢，辦太平書局的陶亢德，翻譯日本作家中河與一「天上人間」（天の夕顏）的方紀生，以及沈尹默，瞿兌之，周黎菴，都不時來看望他。知堂老人乃在「中央日報」，和黃萍蓀辦的「子曰」等刊物上寫了不少文章，一時生活還好。據洪炎秋說，他在出獄之前，即着尤炳圻寫信給台灣的洪君，想赴台灣，並且台北郭炎炎醫生的別墅，已允諾讓給知堂老人居住。但上海易手，於一九四九年八月，便改回北平了。

知堂老人回到北平，遂與羽太信子重聚，因魯迅被中共捧的上了天，周揚也正在走紅，爲了「學習」魯迅，自不能不向這方面權威的他討教。所以，知堂老人除了爲上海「亦報」寫「魯迅的故家」及「魯迅小說裡的人物」外，並翻譯「希臘神話」，「歐里比得斯悲劇集」，「伊索寓言」；此外「日本狂言選」的增訂，「日本古事記」的譯述，「明清笑話四種」的校訂，竟然孜孜不輟的向「古典」方面努力。香港，星加坡，日本方面，更有不少故舊門生，所以，也時向海外發表文章，賺點外滙，和討些郵包，在其自己則戲之曰「檢芝蔴」。如在香港出版的「俄羅斯民間故事」，「烏克蘭民間故事」，「過去的工作」，「乙酉文編」諸作；又加上爲報章雜誌寫的文章，數量着實不少。像「南北的點心」，「水鄉懷舊」，「關於鑑眞和尚」，「阿Q的弟兄」，「吃茶」，「書房裡的遊戲」，都是膾炙人口的雋永小品。這些文章，知堂老人曾有意彙編爲「草葉集」出版，但香港規矩的作品吃不開，想易名「木片集」問世，亦始終未能實現。

其他，知堂老人還有兒童雜事詩，老虎橋雜事詩，及譯日本

文泉子的「如夢記」等稿，都輾轉設法託近年故世的朱樸之先生，和星加坡方面的鄭子瑜先生出版過，但也因困難重重，不能面世。

過去知堂老人袒護魯迅的原配朱安夫人，早遭魯迅的小老婆許廣平的妒恨，故許在其一九六一年出版的「魯迅回憶錄」一書中，特別闢了一章「所謂弟兄」，對知堂老人大肆攻擊，且以潑婦罵街的態度，破口大罵。指爲「打着回憶魯迅的旗號，來歪曲魯迅革命精神」的大漢奸。知堂老人是不敢碰現實的，所以，從來未有還口，只在寫給筆者的信中透露了一點：「某代罵街甚可原諒，內人性直，且因同情於朱夫人，多有批評之詞，古人云怨毒之於人甚矣哉，且在婦人尤甚，報復正是難怪，這一面也是自招尤悔，何能怨他人乎。」以後也更趨向「古典」的工作了。

一九六二年知堂老人曾寫回憶錄，初名「藥堂談往」，擬在香港陸續發表，苦無園地，後也不理發表與否而繼續寫起來，終於完成了一部三十多萬字的晚年力作「知堂回想錄」。一九六四年八月一日在「新晚報」曾開始連載，不知何故？登了不到一月便中輟。一度想在「海光文藝」連載，亦未果。前幾年，「南洋商報」發表該文，但已是知堂老人謝世之後。直到一九七〇年五月，該書才分上下兩冊正式出版。

知堂老人於清光緒十年甲申，出生於浙江紹興之東昌坊。原名櫆壽，其兄弟共四人；長樟壽，即魯迅，後改樹人，知堂則改名作人。三弟松壽，後改名建人；建人有位姐姐名端姑，有位弟弟名椿壽，都早夭。後來魯迅成了一代文豪，建人對生物研究也頗有成就。

知堂老人於民國六年應蔡子民先生之召，赴北平，初與沈兼士先生任北京大學國史編纂處編纂員，八月轉任北大教授，一直到民國二十六年，始終未離開過。其間張勳復辟，五四運動，其發表的文章成了白話文中的典型，高踞文壇幾十年不衰。自「雨

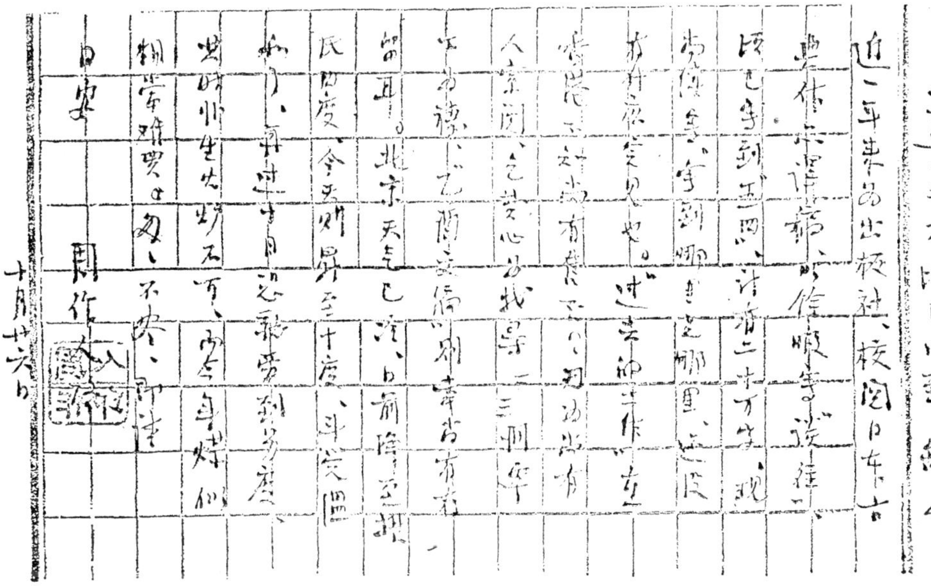

周作人

十月廿六日

天的書」，到晚年的「知堂回想錄」，足足有四十種，有的可以說已成絕版。其中最難見的是淪陷時期由天津「庸報社」出版的「藥堂語錄」，其次便是「立春以前」一書，因前者出書太少，流傳不廣，後者因出版的書局是陶亢德主持的太平書局，因該書印妥未發行，書店即關門，故世上少見。我想香港除了鮑耀明，柳存仁諸先生及筆者外，藏有此書的，恐怕很少吧！

知堂老人除了文章寫的好，其詩格調亦高，在其本人一再聲言不懂詩，但每年仍多以舊詩示人，且謙稱爲打油詩。如「老虎橋雜事詩」，「兒童雜事詩」等，都別具風格，清新耐誦。至於書法，則得力於唐人寫經，兼饒魏晉氣韻，晚年大病之後，筆力稍差；但風致猶存。尤其小件條幅斗方，可以說已臻文人書法之極致。同時其對於印章亦頗爲講究愛好，如陳師曾，齊白石，壽石工，姚茫父，錢君匋，陳尚農，金禹民，談月色，就爲其治印不少。尤以琉璃廠同古堂主人張越丞所刻的六朝體「會稽周氏鳳皇專齋藏」朱文方印，北大教授魏建功所治草體「苦茶菴知堂記」朱文方印，與陳師曾仿磚文之「周作人」朱文長印，用於知堂老人書翰之上，朱痕素牋，古趣盎然，最爲人所欣賞。

瓦飛鴻文，磚語吉祥，文人多尚，知堂老人對此亦頗好之。以前嘗寫過一篇「藏磚小記」，於民國二十六年寄給天津「大公報」發表，以戰火驟起，竟未面世，聽說原稿也失了。但依筆者所知，其在廠甸蒐集的古磚，像鳳凰三年磚，漢熹平磚，北燕太平三年磚，北魏延昌元山幷州故民孫撫孫妻趙醜女買墓地磚莂，晉元康魚文磚，南齊永明三年磚硯，和大吉磚硯等，與其所藏的古鏡古錢，都是彌足珍貴的金石小品。知堂老人並於手拓之後，親筆題識，製成鋅版，再用來製信封牋紙。故筆者曩昔每次收到其來信時，對其古樸秀逸的信封，便愛不釋手，倍極珍惜。

知堂老人晚年，「苦住」於北平新街口八道灣，初名苦雨齋，又稱苦茶菴，苦住菴。正如其寫文章的筆名，豈明之外，又有知堂，十堂，藥堂，仲密，十山，鶴生，周遐壽，王遐壽，槐壽，木壽，東郭生，東郭十堂等，有互相輝映之妙。

知堂老人最密切的朋友，約計爲錢玄同，蔡子民，陳獨秀，胡適之，劉半農，孟心史，馬幼漁，沈尹默諸先生，學生中則以俞平伯，廢名，沈啓无，江紹原，所謂四大弟子最親近。平伯居齊化門內老君堂的「古槐書屋」，自中共當權，其「紅樓夢」研究受了批判，在一九六三年四月於北京出版的「文學評論」上登了一篇「紅樓夢中關於十二『金釵』的描寫」，又被刪去三分之一，而觸了霉頭，更不得意，以前三天兩頭來苦雨齋串門的事，已幾乎沒有了；廢名是老人一手提拔起來的得意門生，過去寫「竹林的故事」和「橋」，頗得老人的賞識。勝利後，在天津「民國日報」朱光潛先生主編的副刊上，發表過一篇「我怎樣讀論語」，對其「大德師」知堂老人推崇備至，陳義亦甚高，可謂他人不及。北平易手後，只寫了一本八股式的應景之作「跟青年談魯迅」，隨之被北大的舊同事排擠到東北，任長春人民大學教授。改造鬥爭之下，心存恐怖，連與老人通信也停止了。沈啓无在淪陷時期暗地裡勾結日本鬼子反噬知堂老人，老人對沈的卑鄙行爲光火；除了在報上登「破門啓事」，正式聲明將沈逐出周門之外，寫的那篇「遇狼的故事」，即指此。且作一詩曰：

「山居亦自多佳趣，山色蒼茫山月高。
掩卷閉門無一事，支頤獨自聽狼嗥。」

沈被摒棄之後，又投向南方的胡蘭成先生，就不再到苦雨齋了。江紹原早年以民俗研究，爲老人所稱許，後來聞說神經患病，也失連絡了。其他的弟子如孫伏園，冰心，朱肇洛等人，有的在所謂文化部出版事業管理局版本圖書館，有的攬「兒童文學」，有的在福建，都在自顧不暇，誰還理他呢？

所以，知堂老人唯一可說說話的，便是與他同甘共苦的老妻羽太信子，兩人都有日本人的生活方式，老兩口子的感情是老而彌篤的。知堂老人晚年時常向海外蒐求日本每年出版的「讀賣報導寫眞集」，和「岩波文庫」，便是與老伴共看的。其餘如日本的木魚，味附海苔，鹽辛，雲丹，蒲燒，老來更是喜歡吃的。這些食品蓋多淸淡，正如其文章一派也。

再有日本籍的弟婦芳子，自建人與王蘊如姘在一起，就遺棄在苦雨齋。芳子又是多以日式生活，所以，連公子豐一君都習以爲常了。可是一九六六年四月八日夫人信子老病謝世，弟婦芳子亦跟着癌症不治，這才使老人開始寂寞起來，只留下些晚輩的年青人來陪伴他了。所幸老人正如放翁詩句「老翁垂七十，其實似兒童」，一向愛和小孫子嘻戲，女兒靜子和她的兒女們，豐一君夫婦，孫女美瑞，美和等，及孫兒吉宜等；圍繞着老人，雖不免心情惆悵，但還是有天倫之樂的。

民國五十五年，有一次接到老人的賜札後，曾代吾家前輩雪父先生，請老人寫一詩幅，唯始終無回應，以後亦音問斷絕，大概已臥病不起了。聽說次年即辭世，確切的日期仍不清楚。爲了此事，筆者曾寫信問豐一君，亦未獲回信，可能正在搞「文化大革命」，豐一君過去也以「之迪」筆名寫文章和譯述，「思想」自不能很妥當，恐怕處境也不會太好吧！

知堂老人遺札之一

士方先生：

廿八日手書誦悉。俞平伯君現在文學研究所，每年當寫一點東西，因此在文學評論上登有一篇作品，（據說登出時刪去了三分之一）因已有合訂本，故以奉寄，乞察閱。俞馮舊著當爲留意，唯以託舊書店熟人（現爲新華書店收購科員）去找，但恐亦難覓得耳。馮君被北大舊同事排擠，出至東北人民大學，以此亦不敢做文章，因爲他似乎有點怕事，故近來也多年不會去信了，平伯尚有時通訊。此請

近安

五月八日　作人啓

知堂老人遺札之二

士方先生：

前承寄煉乳及風肉，均經收到，茲又蒙賜下海味，多謝多謝。所要作品當隨時留意，唯舊書甚爲難得，不知何時可以得到耳。貴友所需拙寫，當於日內塗訖寄呈。承詢弟婦之病恐難速痊，因爲係老病了，她的名字是芳子，至於王蘊如乃是他的所謂『愛人』，若不客氣的說，照上海話說乃是『姘頭』了，我當初寫信規勸他兒女已長大（在一九三七年），何必納什麽妾，他爲此便不同我通信了。此請

近安

作人啓　一月三十一日

方按：馮君乃馮文炳，遺札之二的『他』，乃周建人。

知堂老人遺札之三

士方先生：

二十二日手書頃已收到，鄙人近一年來爲出版社，校閱日本古典作品譯稿，以餘暇寫「談往」，頃已寫到「五四」，計有二十萬字，現尚續寫，寫到哪里是哪里，還沒有什麽定見也。「過去的工作」在香港不知尚有售否？因爲尚有人索閱，乞費心爲找尋二三冊寄下爲禱，「乙酉文編」則幸尚有存留耳。北京天氣已冷，日前降至攝氏四度，今天則昇至十度，到覺溫和了，再過十日恐就要到零度，其時非生火爐不可，而今年煤似相當難買。匆匆不盡，即請

日安

周作人啓　十月廿六日

隣笛山陽

——悼念一位三十年代新感覺派作家穆時英先生

——裔康——

三十年代，一顆中國文壇的彗星，新感覺派作者，中國的橫光利一（日本的新感覺派鼻祖）穆時英先生，一九四〇年六月某日下午，一顆左輪的子彈，他伏屍在上海南京路新雅酒店的附近。

全上海人都在說，漢奸穆時英被打死了。

不錯，穆時英死了，他死得寃枉！他蒙了一個漢奸的罪名而死了！但他不是漢奸，他的死，是死在國民黨的雙重特務下，他是國民黨中央黨方的工作同志，但他却死在國民黨軍方的槍下。國民黨抗日先烈的名字中沒有他，國民黨遺屬撫卹項下也沒有他，但他確確實實爲國民黨中央工作的，他死得實在寃枉。死得年青，死得熱情——忠於國家的熱情。

一九三一年左右，穆時英先生就讀於上海光華大學，功課之差，爲全班冠，老師見他，無不搖頭嘆息，但在突然的一瞬間，他的第一本作品，「公墓」出版了，而且震撼了整個文壇，的確，他的出現像彗星一樣，橫空而過，那時他在光華大學已是四年級，對於畢業考試一籌莫展，但接着第二本作品「南北極」又出版了，他雖然是新進的，但已經是一位成了名的作家，所以光華大學對他的畢業考試，還是在人情下通過的。這是以後，他在新雅茶座上偷偷的告訴我，他還說這是作家的內幕消息。

我認識穆時英先生，大約在一九三四年，那時他是晨報的副刊「晨曦」的編輯，他時常在下午到辣斐德路五〇〇號中國文化建設協會來玩，介紹我們認識的是黃敬齋兄，一見投機，我們時常一同去南京路的新雅飲廣東茶，間或去霞飛路的「文藝復興」吃咖啡。天南地北，過去和未來，一聊半天。

那時，他和他太太仇佩佩女士已經分居，精神上好像無所寄託，因此，對仇女士的思念之情，無時或已。這是可以概見的。

爲了彌補他這顆落寞的心情，我們時常上跳舞廳去，而比較去得最多的，是北四川路的「維納司舞廳」，一去，總是跳到天光，有時跳得連在維納司門口吃油條豆腐醬的的錢都沒有，大家道聲再見，他向北走回江灣路的公園坊，我向南走回金神父路的花園坊。我走回金神父路實在比他回江灣路遠上二三倍，我時常向他抱怨，但還是時常一同去維納司，他說這有什麼關係，我和我太太，在亞爾培路的回力球場，輸得不名一文，連四角錢的電車費都沒有，我太太脫去了高跟鞋，赤脚走回江灣路公園坊的。因此，我們的友誼就是奠定在這種基礎上。

他原是想從左翼文藝運動這條路線去發展的，何況他這兩本書出版後，左翼方面也捧得他很利害，但他突然轉變了，據他自己說，他的轉變是在見了魯迅之後而決定的，他又說，那是左翼替他安排好去見魯迅，先是去了北四川路尾的「內山書店」，那是一個日本人叫內山完造所開設的書店，見了內山之後，才由內山陪同他去見魯迅，就在北四川路尾附近一幢三層樓的屋子，談話的內容，據他說沒有他說話的餘地，完全是被魯迅大大的教訓一頓，說他寫的東西，全是適合小資產階級的胃口，不適合人民大衆的需要。（年代久遠，已不復記及穆時英和我說的詳細內容）。

從和魯迅這次談話之後，穆時英在思想上有了衝突，因此經過姚蘇鳳的扯線，才和當時上海市教育局長兼晨報社的潘公展拉上關係，接着就担任晨報副刊「晨曦」的編輯。而這時，左翼方面就發動了對穆時英的人身攻擊，一直牽到了他分居的太太仇佩佩女士。

那時，仇女士已南來香港，左翼方面發動的攻擊，可以說無中生有，說穆自己設計了一條三角袴和月經帶，準備帶去香港，和仇女士續破鏡重圓，這使穆時英更加對左翼方面的氣憤，因此在「晨曦」副刊上，闢了一塊小小的專欄，名曰「文化戰線」，針對左翼的弱點，以牙還牙，用的筆名「周人」，但日子一久，他又無心執筆，把這責任推在我身上，因此「周人」這筆名，也成了我們兩人共同的筆名。

之後，他又在「晨曦」成立了一個「晨曦文藝社」，提拔了一批新進作家，記得這裡邊有一位復旦大學的學生，是南洋華僑名叫莊端源，寫的散文，短篇小說，筆調和穆完全一樣。

潘公展先生的晨報，有疾而終，穆頓時失業，但他感覺到是失去了一塊培育的園地。那時，前上海市社會局長吳醒亞先生收買了一張四開小報「時代日報」，原來改了日出三小張，因晨報的停刊，改出一大張，仍由名政論家樊仲雲先生担任主筆，徐蘇靈担任總編輯。穆時英担任了副刊「二十世紀」的編輯，這一塊副刊，可以說完全是嶄新的格調，內容全部是新感覺派作風，「文化戰線」也繼續移在「二十世紀」發刊，仍由我們二人共同執筆，因此，也不知得罪了多少朋友。但不久，吳醒亞調任湖北省民政廳長，時代日報也轉讓了別人。

因爲事業上的不如意，穆時英更加有南來香港的決心。那時，大約在一九三六年。

到了香港以後，他又懷念上海，時時想回上海來，我記得他給我的一封信上，曾經說：「……聽着遠處出港輪船的尖叫聲，不禁使我想回返上海……往昔那些碎瑣事情，現在全成爲珍貴的記憶了………。」

一九三九年十月，我到了香港，我找到了薄扶林道的學士台，一別三年，倍感親切，我們一直由學士台走到植物公園，邊走邊談，再走下植物公園，到了電話大廈的地庫，「聰明人」餐室，我還清楚記得，他要的是楊梅冰淇淋疏打，此後，我們下午總約在這個餐室碰頭，他還告訴我，一年前，也是每天下午在這裡飲茶，對面坐的不是你，而是林拍生。

那時，林拍生已經去了上海，將出任未來南京汪僞政府的要職，幾次來函相邀，他說這到是一個回上海的好機會，問我意見如何，我說慢慢研究。

此後，我幫他安排好一切，使他可以安安穩穩的上去海，去出任江政府的職務，我們在十一月初，同乘美國總統輪「克利扶蘭」號，那是一艘舊的「克利扶蘭」總統號，船身是漆成黃色的，太平洋戰時，在日本飛機的轟炸下，早就葬在太平洋中魚腹了。

同現在一樣，總統輪是停在海運大厦原址的九龍橋，我們在下午上船時，仇女士還來送別。

三天的海程，到楊樓浦碼頭已是下午時分，再由楊樓浦轉乘小火輪到江海關碼頭上岸，在初冬的殘陽影裡，他穿了一件米黃色的呢大衣，揮手而別。

此後，我們一星期或二星期一次碰頭，都由他弟弟穆時傑代約，汪僞政府成立，他去了南京，出任了汪僞宣傳部的新聞宣傳處處長。

汪僞政府在上海除了林拍生的中華日報之外，爲了配合「政府還都」，又辦了一張「國民新聞」，由劉吶鷗担任社長，劉是福建人，日本華僑，也寫得一手新感覺派文字，與穆時英之交稱莫逆，在汪僞政府成立不久，劉也一槍畢命於上海四馬路。

穆時英爲了悼念這一位老友，一面爲了這位老友手創的事業，所以他辭去了新聞宣傳處長職，而來滬担任國民新聞社社長，接辦後，他還對我說，還是幹老本行好。

一九四〇年五月，我動程去重慶，臨行我們還在霞飛路卡夫卡司吃了一頓晚餐，他堅持由他請客，他說：「用汪政府的錢請重慶份子客，歡送你返囘重慶。」我特別關照了他，少去新雅飲茶。

六月下旬的一個上午，我在辦公室裡看到了上海來的電報，穆時英已伏屍南京路新雅門口，我怔住了，不覺眩然久之，死了，我無法補救，我祇有就擺脫他的漢奸罪名上想法子，但是，人家已經邀了功，我們又如何去補救？一種無法的內疚，祇有犧牲了穆時英，也祇有讓穆時英死不瞑目，他是成爲雙重特務制下的犧牲者了。

一九四二年，我又囘到上海，那時已是太平洋戰爭發生不久，上海局面全非，我轉託了朱應鵬先生，約黃敬齋金光楣兩伉儷在朱先生家裡會面，我們大家都師事朱先生，在心理上，大家有一種安全感覺，誰也不會出賣誰。

我們見面時表面上雙方一敍多年濶別，到最後我總忍不住問敬齋：「時英的後事如何料理？」他說：時英留在國民新聞有一部原版「莎士比亞全集」，已經送交他太太了，身後等事，已從優撫卹，他還補了一句：「反正我撫卹，你撫卹，不都是一樣」。我們相望一笑而別。

一九四五年，四六年，四七年，我不時偸偸的駕車去虹橋路的萬國公墓，尋找這位「公墓」作者，是不是靜謐地躺在這個公墓裡，我沒法找到，我沒法在這裡爲我一個錯覺而犧牲了的老友墳前，跪下來贖罪，無法爲他翻案，使他永遠蒙上了漢奸的罪名遺恨地下。

一九五八年的秋天，我鼓起了勇氣，跑上了跑馬地的半山活道，去拜訪穆太太，這是事先經黃天始先生約定的。相對噓唏，我無法表達我內心愧疚。

以後，又不時在彌敦道上，在穆太太寫字樓的附近，見她手裡夾着烟枝，搖着她肥碩的身軀，消失在人羣裡，我連招呼她的勇氣都沒有。

過去，在上海，每當經過新雅，經過文藝復興，經過卡夫卡司，總是浮起了他那碩長的身影。

現在，已經是三十年前的事了，當我經過電話大厦，我還是同樣的感覺。

李烈鈞湖口討袁六十年紀念

史述

李烈鈞於民國二年七月二日在湖口起義討伐袁世凱，是國民黨史中的二次革命，計至今年七月二日，正是六十周年紀念日。

辛亥鼎革，孫中山先生在南京創立中華民國，就任第一任臨時大總統，即由臨時參議院製定臨時約法，樹立民主政治制度規模，爲了避免戰爭，讓位於袁世凱爲第二任臨時大總統。但袁世凱竊得辛亥革命果實，當了大總統，毫無遵守約法建立民主政權之意，且存有帝制自爲之私慾，迨國民黨在全國總選舉中，在國會中佔有絕大多數之議席，袁世凱自知非法私慾之行爲，必遭逢國會之反對，雖施高官厚祿之卑劣手段，又不能使革命意志堅強之國民黨人入其彀中，便對主張責任內閣的國民黨代理事長宋敎仁暗施毒手。三月十二日宋敎仁在上海車站，被袁世凱爪牙武士英刺殺斃命，第二日租界英捕房即將兇手武士英及同謀應桂馨捕獲並搜去多種證物，始知主謀者爲袁世凱，全國輿論譁然，尤以握有軍事實力國民黨人李烈鈞等指責最爲嚴厲。袁世凱本早有以武力剷平南方各省國民黨勢力之心，爲了充裕作戰資源，竟不顧國會反對，以鹽欵及關餘担保，向英、法、德、意、日五國銀行團借欵二千五百萬鎊，且不惜由外人組織稽核機構，監督國家財政，更激起全國人民反感。當時李烈鈞指斥電文中有：「滿清政府所不敢爲不願爲不想爲之者，竟由人民公僕之大總統而爲之，烈鈞願爲全國人民前驅而反對之。」之語。孫中山先生當時正在日本考察鐵路，得聞宋敎仁被刺及袁世凱未經國會同意之大借欵，已與五國銀行團簽約之訊後，即起程回國。袁世凱得李烈鈞反對大借欵指斥電文，即決心用兵，一面派北洋精銳之第二師、及第六師南下示威，一面電湖北都督黎元洪查覆，電中謂：「贛督李烈鈞寒電，措詞荒謬，是否僉壬挾持，假借名義，盼查明其覆」。以探測烈鈞反對之意是否堅決，復籍軍民分治之由，派曾任江西武備學堂總辦之杭州人汪瑞闓來充江西民政長、圖藉汪瑞闓拉攏烈鈞，或分化烈鈞之同僚，蓋烈鈞暨斯時在贛握有實力之師長歐陽武等，皆爲武備學堂畢業而保送日本士官者。雖均與汪有師生之誼，但無人願以私廢公，故羣起反對袁世凱之亂命，致汪瑞闓悄然而來，悄然而去。袁世凱便借烈鈞抗命之名，而罷免烈鈞江西都督，派湖北都督黎元洪兼任，復派江西第二師師長歐陽武爲江西護軍使護理都督，用以離間。同時孫中山先生以袁世凱用武力鎮壓革命之情，已昭然若揭，派張繼、邵元冲來贛邀烈鈞赴滬商討袁大計，烈鈞即欣然偕同前往，臨行囑歐陽武虛與委蛇以延緩北軍入贛，故歐陽武亦宣佈就護軍使職。過潯時九江鎮守使耿毅以適得情報，謂北洋第六師先頭部隊曹團，已到達江西瑞昌縣對岸之陽新，有侵贛意，主先發制人，迎頭痛擊。烈鈞謂至滬與中山先生商討後，聯合各省發動，免致孤軍奮鬥之慮。六月十四日袁世凱又免安徽都督柏文蔚職，並以段之貴為皖、贛宣撫使，勾結安徽師長胡萬泰及舊毅軍倪嗣冲，以北洋第二師入皖，第六師入贛。免九江鎮守使耿毅職，以第六師師長李純兼九江鎮守使，十五日再罷廣東都督胡漢民職，以陳烱明繼，三十日復免湖南都督譚延闓七月一日中山先生在上海召集國民黨會議，檢討過去對袁世凱之幻想，議決以武力對付武力，即席決定討伐袁世凱。以黃興為江蘇討袁軍總司令，陳其美為上海討袁軍總司令，柏文蔚為安徽討袁軍總司令，許崇智為福建討袁軍總司令，陳烱明為廣東討袁軍總司令，熊克武為四川討袁軍總司令，譚延闓為湖南討袁軍總司令，李烈鈞為江西討袁軍總司令，兼七省討袁聯軍總司令。散會後烈鈞即回到江西湖口，調動軍隊於七月十二日起義宣佈就蘇、滬、皖、閩、粵、川、贛、湘聯軍總司令兼江西討袁軍總司令職。遂揭開民國肇基後，第一次南北戰爭。

烈鈞回到湖口後，即任耿毅為聯軍總部參謀長，何子奇為湖口警備司令，以聯軍總司令名義發佈三篇文告。

一為討袁世凱檄文：「民國肇造以來，凡吾國民莫不欲達眞正共和目的，袁世凱乘機竊柄，帝制自為，滅絕人倫，而暗殺元勛，弁髦約法，而擅借外債，喪權辱國之罪，而浮於滿清所為，藉金錢之惡，收買異己之士，祿位無限，任腹心爪牙所把持。近復盛暑興師，蹂躪東南各省，以兵威刼天下，視吾民若寇讎，實屬有負國民之委托，我國民宜羣起自衛，與天下共棄之。」

二為致外交團請嚴守中立電：「民國前歲之革命，以諸友邦之助力，遂得成功，國民至今，感荷無已。茲者袁世凱弁髦約法，意圖破壞共和，為全國之公敵，本軍秉國民公意，不得已興師討伐，以清亂源，凡本軍區域以內勢力所及之地，其居留地外人之生命財產，無不加意保護，並由本軍總司令部按國際公法及國際慣例，處置一切外交事宜，願各公使、領事，嚴守局外中立，以促本軍之成功，所有本軍隊伍，悉以白布纏臂，以為標誌號符。故於師起之日，佈此大概，統維公鑒。」

三為促各省討袁世凱電：「袁世凱弁髦約法，務期破壞共和，與全國國民為敵，橫恣無道，倒行逆施，國民之被其虐者，至慘至酷，烈鈞等目擊顚危，誠不忍諸先烈鐵血所創之共和民國，斷送於獨夫民賊之手。是以率父老子弟，投袂奮起，不惜以危弱之贛，與專制惡魔對壘挑戰，為全國創開戰局，首佔瓜子嶺，再捷沙河，殲袁軍以千計，足為公道猶存，士氣可用之鐵證，我方秣馬厲兵，再接再厲，然以區區之贛，而欲悉以恢復共和之責任界之，則強弱之勢懸殊，雖竭其智能，識者有以知其勝負，瞻望全局，仍不能不望我全國同胞之相繼奮起。諸公首創民國，造成共和，希望之念既深，鞏固之志必切，既弗忍坐視專制之勢日張，必尤弗坐視與專制挑戰之贛省勢孤力竭，而不一援手聽其失敗也。贛省之戰，為鞏固共和戰，為表示反對專制戰，非贛人單獨之責任，全國國民共同之責任也。誠於此時以全國之力，與袁賊戰，則羣策羣力，一致進行，專制之毒，不難肅清，共和之基，自此鞏固，是袁賊授首之日，悉諸公再造民國之功，河山無恙，日月重光，諸公之聲勢爛然，且將永為國民所謳歌。假其不然，各為自保之計，共作壁上之觀，贛固不幸而一蹶不振，淪於專制政治之下，各省亦將次第受袁軍之蹂躪，而被毒於無窮。蓋專制獨夫之武力，遇我進步團結之軍，擊彼煥散之衆，其勢必如摧枯拉朽也。故贛省之成敗，實民國之存亡也，明達諸公，想斷不忍漠視。萬乞奮袂羣起，敵愾同心，登高一呼，萬山皆應，誠彼妖孽，復我民權，凱歌燕京，指顧可待。烈鈞等兵力雖微，然師出之日，已矢決心，有死無二。所賴諸公，指揮雄師，紓籌偉畫，分途並進，以寒敵胆，贛軍當效前驅，民國存亡，在此一舉。瀝血陳詞，不盡懸解之至。」此電是討袁戰事暴發後旬日，籲請各省響應者。民初國民黨人，多有冒險犯難之精神，討袁之役在財力和軍力上與袁世凱較，是明知不可爲而爲之者。

斯時江西兵力，名義上有劉世鈞第一師，旅長余維謙，蔡森；歐陽武第二師，旅長林虎，方聲濤；余鶴松之新建旅尙在各縣募兵，僅有一個空旅部。在武器方面，不但陳舊，而且口徑複雜不一，烈鈞在卸職前曾向日本購買三八步槍三千枝，袁世凱得知後，曾令海圻兵艦馳至九江，俟日船鳳陽丸到潯交卸時刼取，幸得海圻兵艦辛亥在九江起義時，是烈鈞與林森等上艦說服者，後來漢陽失守時，曾推烈鈞爲援鄂海、陸軍聯軍總司令赴武昌，官兵對烈鈞印象甚佳。當海圻奉袁世凱命馳潯刼械時，烈鈞派蔡銳霆上艦交涉，海圻艦長便以械已提走無從刼取覆命。始將此槍分配於在前線作戰之兵。至軍隊素質方面，除林虎、蔡森兩旅外，非新兵即爲舊巡防營改編者，蔡旅又遠戍贛南，在前線作戰之三旅，僅林虎旅原爲黃興南京留守之警衞團，且有戰鬥經驗。至作戰部署方面，是以林虎率三團兵力爲左翼軍，攻擊侵入沙河（距九江南四十里）之北軍馬繼增旅。以方聲濤率三團爲右翼軍，攻擊九江城內之北軍。林虎奉令後，即由馬迴嶺向沙河北軍攻擊，一舉將北軍擊敗，進佔沙河，再克瓜子嶺，九江已在大炮射程之內（但可惜無可用之炮），此役斃敵軍甚衆。方聲濤在九江城郊八里坡與敵遭遇，九團團長周壁階勇敢異常，在前線指揮進攻敵軍陣地時，爲敵炮擊中，陣亡成仁。第十團團長李明揚趕援始將敵擊退，殺敵數百，黃昏時敵以巨炮轟擊，掩護撤退，而炮彈適落九團陣地，新兵未有戰鬥經驗，即紛紛逃跑，方聲濤用手槍斃排長一人，始行制止，因軍心已亂，從容退至沽塘後，檢點九、十兩團傷亡甚大。余維謙率一團來援，因屬新兵，亦僅能固守陣地，不能出擊。

北軍旅長吳金彪率部暨楚同、楚豫大小兵艦七艘，水陸聯合向討袁軍司令台湖口進攻，黎元洪事前派曾任湖口炮台台官徐公度（鄂人民元時被烈鈞撤職者）秘密至湖口收買現任台官陳廷訓，故所發炮彈無一命中敵艦，於是湖口於八月二十八日陷於北軍。討袁軍總部退至吳城鎮（距南昌一百八十里）。

右翼軍雖在沽塘擊退北軍十數次猛攻，尙能固守，迨湖口陷落後，敵艦可長驅直入鄱陽湖，沽塘臨近湖濱，有被水陸夾攻之威脅，一部撤至吳城左方之山下渡。一部撤至星子縣。吳金彪佔領湖口後，由海軍兵艦掩護向星子縣進攻，守軍經不起艦炮攻擊，遂即向德安山地撤退。在星子登陸之吳金彪旅，擬會同在沙河附近與林虎對峙之馬繼增旅，向左翼軍前後夾擊，因此林虎不得不撤至德安縣再撤至永修縣，免受夾攻之虞。斯時南昌至九江鐵路僅由九江通至沙河，自沙河至永修均是山嶺地帶，左翼軍撤退時，林虎曾在德安馬迴嶺一帶叢林中，以軍帽軍衣掛于樹枝，僞裝守軍，憑此遍山遍野疑兵，使北軍遲遲不敢前進，後來北軍發現此遍山遍野者盡是僞裝疑兵後，便粗心大胆前進，又爲左翼軍伏兵襲擊，從俘虜口中知馬旅最猛之團長曹某受重傷斃命，北軍因此不敢輕進，始能讓總部從容由吳城撤至樵舍、王家渡，再移南昌。當戰况緊急時，蔡森派了一團兵由胡廷狻率領來援，贛州至前線，有千里之遙，暨不通鐵路、斯時尙無公路，用帆船從水路至南昌在途中走了十多日，加入左翼軍，正時德安撤退之時。

烈鈞率總部撤至南昌後，因各省均不克如期響應，所恃廣東，湖南援軍，亦不能順利來到，上海，南京獨立，又相繼失敗，左翼軍損傷太重，只得令林虎撤至南昌，由贛西萍鄉入湖南，擬交譚延闓改編，譚不願接受，即給資遣散，其餘部隊暨參加反袁之役黨人，多赴贛南，增加蔡森力量，烈鈞等一行則由長沙乘日船鳳陽丸經上海赴日。後來協助中山先生改組國民黨爲中華革命黨，袁世凱稱洪憲時奉中山先生命帶同方聲濤、曹浩森等由南洋經河內赴雲南，與蔡鍔分任護國一二兩軍總司令，蔡鍔入四川，烈鈞經廣西入粵驅走龍濟光。護法之役中山先生被推爲大元帥時任參謀長，民十三同黃郛、徐謙等參與馮玉祥國民軍首都革命，迎中山先生北上，中山先生逝世後，由張家口、外蒙經俄於民國十五年北伐時囘國、國民革命軍克江西後任江西省政府主席，因擁護南京中央，被武漢中央免職，十六年寧、漢、滬合作後，任國民政府常務委員，孫傳芳渡江龍潭之役時，坐鎮南京，穩立人心之力甚大，抗戰後隨同中央遷西南，逝於陪都重慶。

北軍李純第六師至南昌時，歐陽武已遁入空門，囘到原籍吉水青源山脫掉戎裝換袈裟，自稱止戈和尙，通電全國不問政治。後來被李純解赴北京，由袁世凱任爲將軍府將軍（此爲袁世凱養卸職軍人之所）一直住在萬牲園（萬牲園是北京人對將軍府謚號），以聽戲走八大胡同過了十多年，抗戰前始囘到本省，任審計委員會主任委員，私立江西實業銀行董事長，大陸陷共後，以其有美髯公稱之，毛澤東要倣效漢文帝嵩山四皓之美談，特邀了四個大鬍子到北京照了一幅相片，毛立中間，左右各立兩個大鬍鬚老，除歐陽武外，還有湖北張難先，其餘兩人則已忘了，歐陽武便憑這一點：掛了江西省人民政府副主席頭銜。

李純至南昌後，做了江西都督，江西原有一二兩師番號均取消，編了兩個省防團，分駐各縣，蔡森亦被淘汰，派其參謀長李廷玉爲贛南鎭守使，此人剛愎自用，到贛南後即大捕黨人，如江西有名女革命黨人吳木蘭，省議員黃邦直等從南昌遷至贛州者，均鋃鐺入獄。

七月二日江西湖口起義後，南京、上海、安徽、福建、廣東均紛紛響應，江西都督程德全意志不堅，以病抵制，地方勢力張謇等爲袁世凱所利用，雖軍人冷遹、陳之驥等擁護黃興在南京宣佈討袁，但軍費則一文莫名，又不能如軍閥壓榨人民，所以無有作爲。黃興離開南京後，由何海鳴頂帽了打了幾天爛仗，被張勛辮子兵，徐寶珍幫會軍攻入，見穿西裝青年即視爲革命黨，連日本人亦被辮子兵當革命黨屠殺，因此張勛江蘇都督職，因日本抗議被罷免，由馮國璋繼。陳其美在上海宣佈獨立後，以實力不充，被鄭汝成北軍鎭壓，如曇花一現。安徽柏文蔚、福建許崇智、廣東陳烱明雖相繼先後宣佈討袁，終以步驟不齊，被袁世凱各個擊破，此轟轟烈烈討袁之戰，未滿三月便告失敗。

袁世凱以喪權辱國換得外債之助，鎭壓二次革命後，更胡作亂爲一意孤行，撕毀約法，解散國會，查禁國民黨，逮捕國會議員，殺害江西國民黨籍國會議員徐秀鈞等。當二次革命中山先生指出袁世凱有帝制自爲之圖時，國人多不置信，如梁任公且爲解說，迨袁世凱私慾日彰，暗使楊度等勸進，及外國流氓有賀長雄、古德諾製造輿論時，上萬言書勸諫無效後，始奔走於馮國璋、陸榮廷之間，作反袁之計。多行不義之袁世凱，終因蔡鍔、李烈鈞等護國之役，受到輿論裁判爲背叛中華民國之罪人而蓋棺定論。

翠微峯孤軍抗共殉節不屈的

黃鎮中將軍

□□鐵民

江西寧都縣，雖僻處贛南，交通閉塞，然在中國的文物歷史上曾有過寧都三魏的榮譽稱號，即魏冰叔與其兄際瑞及弟魏禮三人，曾講學於翠微峯的山上，四方學者如彭士望林時益等都翕然歸之，世所謂易堂諸子是也。翠微峯高在千仞以上，穹巖絕壁，中間一大平原，建有房屋田園，景色奇麗，與世隔絕，僅一羊腸小徑，盤旋上達，故在軍事上而言，確有一夫當關萬夫莫敵之勢，除非是在孤窮援絕，物力不支坐以待斃的情況下，如民國三十七年豫章山區剿共總司令黃鎮中，就是在這樣內外皆告絕望的戰局中，表演了最忠勇最壯烈的一幕，終於以身殉難，給寧都留下了一頁更光榮的紀錄，堪與他的鄉前輩文天祥後先輝映。

據旅港贛省人士謝滙文先生及黃氏最親信的幕僚賴君所說：黃氏名鎮中，別號才隸，生於寧都縣之黃石貫鎮，家世業農，全靠耕稼為生，故黃氏小時，僅讀私塾數年，即告輟學。然秉性剛毅，極富理智，對事每能保持嚴正冷靜，絕不衝動詭隨，且更嫻於詞令，剖析明辯，談笑風生，聽之者無不心誠悅服，因在年輕時，便深得鄉中父老之推重，咸謂後生可畏，寄予前途無限的期望。

寧都既為邊區僻縣，崇山峻嶺，向被匪徒視為潛藏孕育的窟穴，出沒無常，打家刧舍，以及搶掠行旅之事，不斷發生，地方治安，大受騷擾，官府措手莫辦，黃氏目擊此種現象，心中不勝憤懣，乃獨挺身而出，號召黃姓所有壯丁，加以編練，并募集巨欵購備少數槍枝，在縣境南鄉要害，佈置防哨，梭巡警戒，或伺隙突擊，或誘殺掩捕。由是風氣一變，各姓皆起而自衞，競相仿傚，團結互助，守望相依，卒使匪盜斂跡，社會秩序，安堵如常。這時黃鎮中的年齡，還不過是個二十幾歲的青年，在鄉里族黨，大露頭角，具有領導羣倫是附之如羶的影響力了。

原來中國的農村社會，多是聚族而居，各村各族，例由年事最高，財雄勢厚者統治，雖國家政體，已進入大同理想的民主時代，但在基層組織的地方上，仍然根深蒂固地保留着封建時代的宗法勢力，像江西寧都那樣的山縣，更是完全無改於昔日的風貌，在族統尊嚴的形式下，以黃氏的年齡，和家庭環境的成份，居然能夠振臂一呼，合族響應，崇奉信賴，毫無異言，且奠定以後望傾一方舉足輕重的中心力量，可見他的做人處世，必有不同於平常的禀賦和修養。

民國十六年，共軍數千人，流竄寧都，當時駐軍為國軍第十四軍賴世璜所屬的一個團，團長賴世琮，本就恇怯畏戰，疏於防範，且實際上所部人槍，僅只三百餘人，激戰數晝夜，結果，全被共方擊潰繳械，城中軍民，被屠殺者數以千計，共黨於撤退之際，乃糾集地痞流氓，組織「寧都赤衞隊」，交由土共彭澎王俊二人負責領導，分任為正副隊長，於是發動清算鬥爭，全縣人民，備遭荼毒。黃氏不忍坐視，復又挺身而出，倡導成立「寧都自衞隊」以抵制之，劃分城區上鄉下鄉三個單位，每一單位為一中隊，黃氏親任總隊長兼第一中隊長。他雖非軍人出身，亦未受過任何嚴格軍事訓練，却具有一般軍事學的常識和指揮作戰的韜畧，竟於旬日之間，編練成一枝很精銳的地方武力，不久，便將共黨所扶植的土共赤衛隊全部殲滅，生擒其頭目彭澎王俊，梟首示衆，一時人心大快，對於黃氏的剿共勳績，口碑載道，讚揚不已！

但本地土共，雖已肅清，而來自井崗山的大股共軍，於民國十九年，被國軍追剿窮蹙之餘，再向寧都竄擾，黃氏為保全實力，姑避其鋒，但以空城委諸敵人，預先將大量糧食物資運往翠微峯及黃竹峯，疏散逃難義民五六百名，扼守該兩山險要，並於黃竹峯設有槍械製造廠，規模雖小，所製槍彈，却也足夠使用，供應無虞。他自己則率所部中隊，利用地形熟悉，潛伏縣境邊區，不時予共軍以出其不意之打擊，使之疲於奔命，撲捉無方。繼則退駐鄰縣廣昌南豐一帶，協助他們確保有利據點，以便厚集兵力，待機反攻，就由於他的苦心綢繆及靈活運用，與翠微峯黃竹峯兩處的守軍隨時呼應，共軍進攻數年，動員七八倍以上的兵力，終無法攻破山寨，不得不撤圍而去。是役共方負責作戰最力的指揮官，就是素稱凶狡、文化大革命時，被毛澤東指定為接班人現在忽被整肅的第二號頭頭林彪。

民國二十三年，中央為攘外必先安內，因對盤踞瑞金的共黨政權，舉行第五次大圍剿，黃氏統率團隊，担任前鋒部隊的尖兵，首先克復寧都，經蒙省府記功嘉獎，特將寧都自衛隊，擴編為江西省保安十九團，擢升黃氏為團長，專負第八區督察公署所轄各縣的防務。

抗日戰爭爆發，保安團隊整編，黃氏所部之十九團，改隸中央番號，擴充為獨立三十二旅，即以黃氏升任旅長。副旅長一職，則由其多年跟隨出生入死的部屬王文充任。可見中樞對他信任之深和倚畀之切了。黃氏於該旅整編就緒後，便奉命開赴江浙前線作戰，黃氏浴血裹創，身先士卒，迭殲倭寇，屢建奇功，曾承層峯温詔嘉許，尤其難得的，是他治軍嚴明，惠而有威，部下官兵，與戰區老百姓合作融洽，打成一片，故能到處立功，獲得袍澤士兵的眞誠擁戴。勝利復員後，黃氏解甲歸田，在桑梓興辦教育，於寧都縣之長勝鎮，創設陽明中學，以紀念先賢，培育後進，所有校舍及一切設備都是煥然維新，力求完善，開辦之初，學生名額，即達至五百餘人，邑中紳耆富戶，無不受其感召，樂意輸將，羣力贊助。

適會行憲開始，中樞實施還政於民，普選各級民意代表，如國大代表及立法委員。黃氏本無心於此項活動，故事先幷未經過中央提名候選，到了選舉進入熱烈高潮，乃為各方有力者相推，純粹以自由人士的資格，列名競選，及選舉揭曉，果以衆望所歸，膺選爲江西省第八區的立法委員，以地方團隊起家的職業軍人，而當選爲最高層的立法代表，恐怕黃氏要算是該集團中最特殊的一個。

然而中華民國的命運，不但沒有因邁入憲政時期，爆出自由康樂的曙光，反而由於此一運動，治絲益紛，造成共黨瘋狂叛亂顚覆大陸的擴展機會，以致東北華北次第爲其侵佔，漸漸逼向華中，渡江進犯，江西省政府感到局面嚴重，爲欲安定人心，鎭壓土共陰謀異動起見，只好力挽黃氏，出任第八區行政督察專員兼保安司令，旋又簡派爲豫章山區剿共總司令之職，黃氏雖明知情勢危殆，已不可爲，但深以臨難苟免爲恥，分屬軍人，黨國有命，怎可藉詞推卻，逍遙自逸，遂毅然接受不辭，憑其個人的威望及以往的經驗，短短一二月之間，便已部署完成，首將境內所有私人槍枝，徵集收繳，同時按照戶口，編組壯丁，嚴加整訓，配置轄區要道，稽查警戒甚密，敵至，則化整爲零，倏進倏退，倏東倏西，與之作疲勞式之游擊戰術，他本人則仍居翠微峯指揮聯絡，相機策應。假使不是程潛陳明仁在湘省叛變，廹使華中剿總倉皇撤退，那麽，只要憑江一戰而勝，東南半壁，未必不可固若金湯，而黃氏的經營設計，未始不可以方隅之小安，徐待整個局勢的好轉。

古今偉大人物的成功與成仁，最初的動機，無非在致其一念之貞，盡其己身所能做到的份量，至於人謀的臧否，事機的逆順，誰也不能絕對把握，只可諉諸天意，聽由上帝安排，故成功即成仁，并非成仁之外，別有所謂成功，成功成仁，乃是外緣關係與客觀條件之異耳。若就其本身的出發點而論，都是諸葛亮鞠躬盡瘁、死而後已的情操，蓋「仁」字的意義，如用現在的時髦解釋，可以「責任感」三字儗之。因此，我認爲黃氏的受命赴難，其精神與人格，是與歷史上那些千秋不朽的賢哲，同其偉大的，無論他們或成功或失敗，總之，都是生命力的高度昇華，責任感的狂熱表現。

時共軍已陷南昌，取樟樹，掠吉安，直搗寧都邊境之賴村，曾遭黃部保安團的激烈抵抗，然後轉戰至翠微峯山區，採取重重包圍攻勢，雙方兵力衆寡懸殊，不啻十與一之比，共方集結兩萬多人鏖戰兩個多月，傷亡慘重，自稱爲渡江以來，第一次之巨大損失。於是更調砲兵兩團前來助攻，黃部彈盡糧絕，又無外援可以解救，戰至最後一彈一卒之時，黃氏欲舉槍自殺，爲左右隨同避難之人所阻，正躊躇間，共軍已洶湧入寨，遂爲所擒。以黃的個性倔強，本不甘爲共軍的俘虜，濡忍偷生，他的意念，實另存有乘間脫逃再圖聚衆反擊的打算，可是共幹對他却也非常警覺，不敢稍涉疏虞，把他視同至寶，生恐稍縱即逝，表面上看來，黃氏初到集中營，似乎還算優待，未受到甚麽嚴刑拷打。

但一到農會成立，厲行反霸運動，便將他提付公審，置於木籠之內，只露出頭部，遊行示衆，及抵會場，從木籠中把他放出，令他跪在台前，向羣衆叩頭認罪，黃氏神態自若，堅不照辦，共幹乃施以亂棒，遍身青腫，體無完膚，黃氏不但全無懼色，且嚼齒大罵，高呼蔣總統萬歲及打倒共產黨等口號，共幹於割斷他的舌頭後，始予以槍斃，其慷慨就義視死如歸的氣慨，眞可動天地而感鬼神，勵貪夫而羞庸豎，不知王耀武杜聿明等聞之，感受何如？

黃氏生有二子一女，長子黃幹，亦於三十七年被害，次子××（忘其名）畢業中央軍校，供職國軍部隊，隨同政府入台，女嫁王文，畢業中央軍校將官班，歷任團長旅長等職，大陸淪陷，携眷隨同胡璉兵團入台。黃的元配夫人，亦隨後化裝逃港，輾轉赴台，投歸祖國，刼後餘生，總算與家人骨肉，得以團聚，過着幸福自由的生活，黃氏地下有知，或可稍慰於英靈了。

寫到這裡筆者要順便附述一位年紀高過我幾乎一倍的貢友，他與黃氏的出身經歷，雖然全不相同，但在三十八年與共軍搏鬥而殉難的鏡頭，簡直是一個模型的翻版。

他姓陽，名廉，別號頑夫，世爲邑中望族，畢業湖南高等師範，歷在各中學担任文史教員，間爲軍政各友好做過短時期的記室。三十六年，被推爲縣級民意代表，與我同列議壇，常很親切地呼我爲小友。他賦性豪爽，警悟過人，凡義之所在，心之所嚮，雖泰山崩於前而不爲變，迅雷震於耳而不爲怯，實爲儒文而兼俠武之異士。人或笑他：「君之別號頑夫，誠不失爲名實相副之具體表徵，惜強頑如斯，終未能以甲冑自恣而爲毛錐子所縛耳。」

民國三十八年夏六月，程潛叛跡已著，華中剿總既撤至衡陽，爲加強湘南各縣地方機構，調整人事，率以威信夙著幹勁冲足者易之，因調該縣以剿共起家的議長段人範主持縣政，大力支持，無所顧忌。段之爲人，最爲軍人中之厚重慈和者，惟與共黨積不相能，故在受任之始，特就君諮詢籌劃，統籌全局，本不便委以鄉政，然該鄉人選，經他一再推荐，均覺時事孔棘，瑟縮不前，於是友好同謀，動以危言激之，佛說我不入地獄，誰入地獄；果欲披髮纓冠，以紓鄉里之急，除非自己紆尊屈就，下海一試，遂爲這幾句話投袂而起，消息發表，一時土共甚爲疑懼，相戒避免入境，訛言不驚，人心大定。直到華南西南各省相繼失陷，他與段人範各帶人槍二三百名，分踞山頭，互爲犄角，與共軍展開游擊戰爭，任憑敵方懸賞購降，部下兵弁，無一人受其誘惑，陰謀出賣。有一次，共軍以五倍於我之優勢兵力，圍困段氏於某個荒山絕頂，力將不支，餓寒且斃，幸他及時趕援，得以冒死突圍而免。後因糧彈皆絕，又無外力接濟，只得解散徒衆，各自逃生，段氏較他先走一步，竟順利地到達香港，滯留數年，才將家眷接引入台。君則在郴縣爲共幹發覺，追踪緝獲，當用鐵絲穿其踝骨，兩手用鐐銬鎖縛甚緊，蓋防民衆設計搶救，開庭訊問，對共幹侃侃而談，坦承不諱，意氣凜然，神情安泰，臨刑前猶温言暖語，勸慰他的夫人，「這是中國名教道德之爭，並非利害禍福之見，不必過於悲哀，應當一秉常度，照管兒女。」言訖，引頸就僇，顏色不變，洋洋如平時。在場觀者，都爲之低聲啜泣，雖共幹亦嘆爲眞正鐵血男子云。

這些事蹟，在中共政權竊據大陸這二十年來，本是血海屍山，不勝枚舉，而最爲他們所虐殺的對象的莫過於中層階級的智識份子，因爲這與廣大階層的人民，關係太密切了，信仰太深入了。必須從人民的心目中，把這種温馨企慕纏繞牢固的傳統力量除去，他那一套痲醉性的思想邪說，才能貫注到社會底層，才能把他的統治權，栽根到人民身上，故這次的赤色禍害，實與中國數千年的朝代鼎革不同。過去每一次的政變，殉節而死的，大都是一命以上的品官，位高望重者其遇害尤烈，雖其中不無賣身投靠的貳臣，但總是很少數的例外，幾曾見張治中程潛傳作義……之流，滿佈朝班，依然新貴，而爲國家蒐求忠貞大節褒述榮哀者，又類以達官重位爲首選，像陽君這一類的區區鄉長，似不足與於史官之錄。

其實，仁義本無常，蹈之則爲君子，背之則爲小人，原沒有等級厚薄的。何況國家在治平無事之時，他們攘權奪利，唯恐不能居人之先，到了災難臨頭，九洲鼎沸，能以一死而完其職責，若以嚴格的標準看來，這正是功過相抵，分所當然，致不上甚麽表揚而旌異的。倒是如陽君的臨危受命，捨身殺敵，完全是出於宗教徒的犧牲精神，但求成仁而非有意於僥倖成功，却是值得特別提出的。故附諸黃將軍之後，叙其大畧如此。或對有志於此類掌故者，能夠引起一點啓發性的作用。

南昌滕王閣之憶

南道

一、前言

故鄉南昌的滕王閣，已經成爲歷史陳跡，永遠不可復覩了。滕王閣之所以享到盛茗，爲全國婦孺週知，完全由於王勃的一篇滕王閣序。千古傳誦，至今不衰，不只替江山勝境平添了美麗的顏色，也使王勃在一夜之間成了一個傳奇性的人物。流傳到了今天，遂不斷歌誦着「畫棟朝飛南浦雲，珠簾暮捲西山雨」，「落霞與孤鶩齊飛，秋水共長天一色」諸句。但是，滕王閣的名字，雖然永遠是響亮，爲人們所嚮往，然而它的建築物却已經是幾度滄桑，而今且蕩然無存了。據傳說滕王閣是唐高祖的兒子元嬰所建，那時他做了洪都刺史，便在南昌之西隅章江門上起了這座高樓，就因爲他的封爵是滕王，所以就命名「滕王閣」這個名字了。

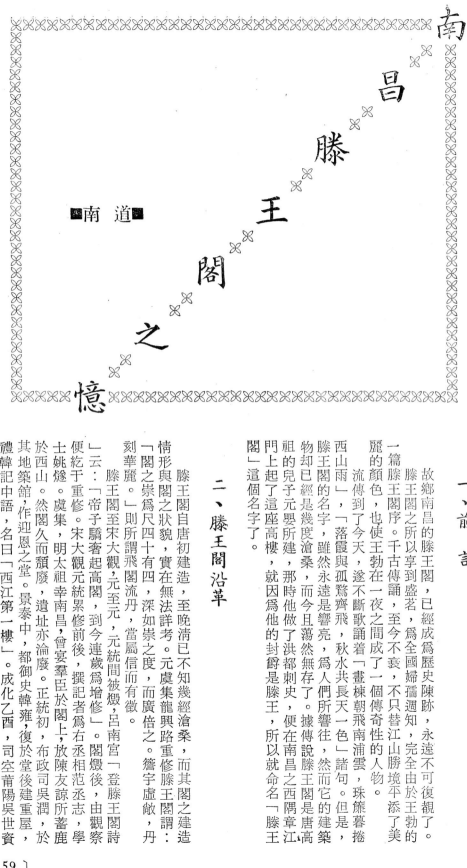

二、滕王閣沿革

滕王閣自唐初建造，至晚清已不知幾經滄桑，而其閣之建造情形與閣之狀貌，實在無法詳考。元虞集龍興路重修滕王閣謂：「閣之崇爲尺四十有四，深如崇之度，而廣倍之。簷宇虛敞，丹刻華麗。」則所謂飛閣流丹，當屬信而有徵。

滕王閣至宋大觀,元至元，元統間被燬,呂南宮「登滕王閣詩」云：「帝子驕奢起高閣，到今連歲爲增修」。閣燬後，由觀察便紘于重修。宋大觀元統累修前後，撰記者爲右丞相范丞志，學士姚燧。虞集，明太祖幸南昌,曾宴羣臣於閣上,放陳友諒所蓄鹿於西山。然閣久而頹廢，遺址亦淪廢。正統初，布政司吳潤，於其地築館,作迎恩之堂。景泰中，都御史韓雍,復於堂後建重屋，禮韓記中語，名曰「西江第一樓」。成化乙酉，司空莆陽吳世資爲布政使，再加葺治，復名曰「滕王閣」。明人鄧雅到江西詩云

：「滕王舊閣何年廢？
孺子高名百世香」

嘉靖丙戌，都御史武陵陳鴻謨撫江右，撤其舊而重建之。萬曆至崇禎，巡按方大美相繼修茸，俱有記。陳鴻謨修建後之滕王閣，面貌似比初建時華麗得多，陳鴻謨賦此閣之描繪云：

「……結鷩鸞之窈窕，窮舞鳳之嬗娟。儼雕甍之宛爾，恍繡闥之依然。伊左縈而右拂，羌前紆而後旋。爰乃朱樓綿亘。綺疏窓倩，曲房窗眇，高樓宛轉，鑿桂樹之玲瓏。撰萊簷之繾綣。勢未整而欲叙，狀將翔而又變。丹青圖畫，若有神仙。飾之翠羽，錯以金鈿。鴛鴦起於梁上，玫瑰生於棟間。」這賦的描繪，眞可以說是洋洋大觀，華美盡致。

閣復燬於淸康熙間，由巡撫安世鼎重建。癸未巡撫張志棟，特建亭本閣，左以奉御書滕王閣序。丙戌閣災及亭而火熄。是歲巡撫即延極復建。雍正辛亥閣燬，亭復無恙。乾隆丙辰，總督趙宏恩，巡撫佘岳兆重建。癸亥布政司彭家屏，復其舊額曰「西江第一樓」，刻石甃壁。己巳於閣後建延恩亭。丙申巡撫海成移於閣前。道光丙午復燬，次年修復。咸豐癸丑亂。同治間亂平，巡撫劉坤一重建閣，凡兩層。閣中王勃序，北京翁方綱書，前趙文敏孟頫，董文敏其昌皆嘗書之，久無其跡。上層顏曰「西江第一樓」，後樓小篆書韓文公記，門扁曰「仙人舊館」，李春園太守書。

看了以上沿革，這座「精殿蘭宮」的高閣，確實飽經滄桑，遙想當年王勃作序之時，就已說過「勝地不常，盛筵難再」。如今閣燬之後，再也無人修復，誠有「勝地不常」之感了。

三、滕王閣神話

筆者還是民國二年，由貴州回到江西故鄉宜豐，那時年剛十一歲，路經南昌，曾隨同長輩登臨名閣，當年閣僅兩層，可能還是巡撫劉坤一所修建的。對岸即是牛行鎭，南潯鐵路的起點，面臨長江，風帆點點，風光倚麗，記憶猶新。

此後即未重臨，何時被燬，迄無所聞，祇知嗣後該遺地爲江西水上警察局，僅樹立「滕王閣遺址」之碑記一方，藉資識別。曾任水上警察局長十餘年之李白澄兄（湖南人），年近八旬，一度曾在新界養鷄，近年不知道他的近況奚似？

有關滕王閣神話，世人每謂「時來風送滕王閣」，此一傳奇神話，即與閣有關。緣王勃爲初唐四傑之一，籍絳州龍門，其父福疇官雍州司空參軍時，坐罪殺人，故左遷交趾令。

上元二年即公元前六七五年勃往交趾省父，聞走水道九月初八風阻湖口，中夜夢仙翁示兒，謂假子一帆好風，明午可抵洪都，參與盛會，機不可失。勃驚悟，呼舟子起，正霜月滿天，西北風大作，於是揚帆渡湖，乘風破浪，竟於半夜半日間疾駛八百里，若有神助！當勃舟靠岸後，立即獲悉閻都督午間假滕王閣上，重九置酒高會，傳盛事也。

勃年少氣壯，欣然持名刺往，延入座，酒過三巡，閻公起立宣布今日之會，不可無序，衆和之，遂飭吏以紙巡讓賓客，皆謙辭莫敢當。蓋與會賓客，先知閻公原意，欲使其快婿爲之，以顯其才華，且已有宿構，只待一番週旋。閻公請，賓客辭，皆虛套也。

惟勃甫至，不悉個中原委，巡至勃，慨然應允，即席執筆，出人意外，一時哄動。閻公盛怒，拂衣而起，令數吏伺其作，如不當意，便逐之而易其婿。於是勃作一句，伺者抄一句，遍傳在座文武賓士，自第一報至二十報，空氣緊張，全場肅然，由激動，而冷漠，而沈吟，而頷頤，頃刻間數數變，及讀罷：「落霞與孤鶩齊飛，秋水共長天一色」之句，不覺拍案叫絕，而之怒氣厲色，一掃而空，且矍然曰：「此眞天才，當垂不朽也」。頃而文成，夕陽啣山，賓主盡歡，勃投筆起，辭出章江門外，登舟解纜而去。

當宴終人散，書吏更鈔序文，至「閣中帝子今何在，檻外長江空自流」，大惑不解，蓋空字無人能識。此報閣公，派吏賫五百緡追贈之，吏於豐城小江口外，告來意，並獻程儀，勃笑納而語之，吏恍然悟。

此固神話，亦屬佳話，因妄言之，亦惟有固聽之而已。

四、滕王閣楹聯

由來凡屬名勝古蹟，其佳聯必多，茲謹錄佳作數聯，以資代表。閣中有佚名的名聯一副，全用「滕王閣序」的語句，而運用得非常自如，聯語是：

「帝子長洲，仙人舊館；將軍武庫，學士詞宗」。

又宋牧仲一聯云：

「依然極浦遙天，想見閣中帝子；安得長川巨浪？送來江上才人」。

這一聯上比也是運用了王勃的詩句來立意，而下一比則是寫出「時來風送滕王閣」的意境來了，這是與上節所述神話有關。送來江上才人，暗地裡就是指王勃而言的，也很有意思。還有李春園一聯，更加對王勃的文章好句讚嘆不絕。聯曰：

「我輩復登臨，目極湖山千里而外；奇文共欣賞，人在水天一色之中」。

晚清該閣重修之後，劉揆一題聯於閣上云：

「興廢總關情，看落霞孤鶩，秋水長天，幸此地湖山無恙；古今憑一瞥，問江上才人，閣中帝子，比當年風景何如？」

俊逸清麗，自係名家手筆。首聯引王勃名句，渾成入化，清新可誦。末聯兼述當地景物，並收古今雅典，佳句紛披，美不勝收。

又國學大師王闓運（湘綺）先生，曾主講南昌△△書院，他也曾登滕王閣，所以也有一首聯云：

「勝地已千年，每臨江想望才人，不比勞亭傷送客；高朋常滿座，到舊館仍陪都督，更聞懸榻喜留賓。」

此聯曾收入「湘綺樓聯話」，當又為該閣生色不少。

五、滕王閣懷古

最後則為有關滕王閣之詩詞，想亦不少，但筆者因手邊沒有南昌縣誌以及南昌名勝等參考資料，所以僅選錄七律二首，以資點綴，惟此詩仍不知為何人手筆，故錄之以為本文之殿。

其一

江上煙波釣叟知，閒中日月鑑湖私。
龍飛眞主曾登閣；虎拜文臣盡賦詩。
創出石門蛟遯遠；笙吹緱嶺鶴歸還。
莫嗟今古升沉事，多少青雲負紫芝。

其二

層樓睥睨漢家墉，百上關河帶礪封。
鹿上西山囘萬乘；劍留南斗避雙龍。
沉煙極浦通朝磬；濺水空潭激夜舂。
最是秋江漁遽隱，數聲遙和翠微鐘。

詩中所謂「龍飛眞主」，自係指明太祖曾登臨該閣。至於「鹿放西山」據「識小錄」載：「陳友諒聚鹿數百畜於南昌章江門外，謂之鹿囿。友諒當至其處，自誇一角蒼鹿，綴瑟珠為纓各掛角上，縷金為鞍，羣鹿皆飾以錦繡，遨遊江上。國初，明太祖駕至南昌，宴於滕王閣，命儒臣為謀，放其鹿於西山。」

上詩係就滕王閣固有典實，把它融會在詩中，自然切題，語不泛設，當屬佳構也。

所謂「長洲」，一名新洲，位於新建縣西章江門對岸，為贛中流沙夷積而成，長可十里，居民數百戶，田莊市場而外，又造船業至為發達。至於「南浦」一地，位名谷鹿鄉，在南昌縣西南，廣潤門外，位贛州之濱，往來艤舟之所。畫棟朝飛「南浦」雲，即係指此地而言，不是久居南昌的人，對於這些地方，當然會有陌生之感的。

「生張飛」張瑞貴英雄伉儷

野鶴道人

吾粵韶州始興獅子山張發奎向華將軍，樂昌九峰山薛岳伯陵將軍，肇慶七星岩余漢謀握奇將軍，防城十萬大山陳濟棠伯南將軍，衆所週知，或爲北伐抗戰名將，或爲威鎮南疆砥柱，或則揮鞭中原，或則屏護國防，譽之爲民族英雄非有過也。惟本文有足多者，厥爲粵南十萬大山輩出名將，前後輝映，歎爲奇事，如我國中法戰爭，於河內大敗法軍之劉永福，於諒山擊潰法軍之馮子材均爲民族英雄，史冊可考，千古留芳。

人皆云某人科班出身，文韜武畧，精通運用，相得益妙，應乎其克奏偉功而建勳業者，然世事亦有出乎常例，如十萬大山張瑞貴玉麟將軍，粵人皆以「生張飛」稱之，讀三國演義皆知張飛有勇無謀，而「生張飛」則智勇雙全，此均有眞實事跡可資考證，尤有進者，厥爲其韋氏夫人亦能繼承夫志身任統帥，親率萬軍與敵週旋數月於十萬大山，張氏夫妻二人可比宋之韓世忠與梁紅玉，張將軍與韋氏夫人皆出身農家，皆從未進讀任何學校，同皆顯揚於十萬大山威震南疆，英雄英雌前後比美有足可紀者。

張將軍祖籍欽縣，該縣與防城同爲粵省西陲邊沿，北倚十萬大山，越嶺爲桂省境地，西以北河與越南接境，年十八從軍，發跡於廣西，驍勇善戰積功升至統領統步軍六七營之衆，比國民革命總司令黃明堂統領五營之衆尤有過之，繼升至旅長隸八屬聯軍申葆藩部，民十三年孫中山先生揮軍征討，將軍早存投奔革命初衷，並預爲定謀，臨陣率部結集十萬大山，從衆萬餘，樵耕自給，農暇操練如常，以備應招爲國效力，不徵糧不擾民，四境安謐，宛若山地部族，政府未聞有此大軍盤踞，當亦不有敵對軍事行動，然將軍深得民衆愛戴，對其軍紀整然秋毫無犯，嘉惠地方口碑載道，民十三四粵軍第十一師駐戍欽廉，事聞於該師參謀長合浦鄧世增益能將軍，面請師長陳伯南將軍獲准招撫下山將所部編爲該師補充團，張將軍爲團長，時該師共已有四團，原第三十一團早期由粵軍第一師鄧仲元上將部工兵營擴編，由北伐時名聞全國第三黨首領鄧演達將軍任營長後升該團團長。繼抗戰時曾任代第十二集團軍總司令東莞徐景唐賡陶將軍繼任，第三十二團由抗戰時曾任粵贛閩邊區總司令合浦香翰屏將軍充任，第三十三團由曾任中央聯勤總司令國府參軍長梅縣黃鎮球將軍充任，第三十一團團長後爲曾任抗戰時第七戰區司令長官及勝利後任陸軍總司令之高要余漢謀幄奇將軍繼任，此時適爲余香黃張四人同任團長時代。抗戰時曾任六九戰區司令長官，勝利後曾任國防部參謀總長、行政院長、副總統之浙江青田陳誠辭修將軍，適任第三十一團徐賡陶任團長余握奇將軍任第一營長時之第四連連長後調師部炮兵連長，至今下落不明會爲毛澤東親密戰友接班人共軍國防部長之林彪，適與抗日南京突圍戰衡陽會戰及後與林彪苦戰天津之名將台山林偉儔將軍，二人剛從黃埔四期畢業派在該師工兵連任上士見習官，該師可謂將星如雲，然正者令譽蓋世，反者終得惡果，俗云「邪不勝正」也乎，往事依稀，感慨莫已。

民十六冬，共軍葉挺賀龍朱德部數萬先是於八月發動南昌事變失敗，經贛南竄侵入粵東潮梅一帶，隨行者有共黨首要譚平山惲代英周恩來董必武等人，來勢兇猛，於揭陽湯坑一役，第十一師陳伯南將軍部首當其衝展開激戰，進退肉搏至臻慘烈，戰情逆轉瀕於潰敗之際，總預備隊原爲補充團，張將軍臨危自動請命增援逆襲以圖挽回危局獲准，乃逞其「生張飛」之勇猛，手托自動連發機槍，以喝斷「長板橋」之雷聲怒吼，「丟那×！跟我來！衝呀！殺呀」全團四五千衆以排山倒海之勢直撼敵陣，殺聲震天，橫屍遍野，肉搏格鬥，勇呼慘叫，雜亂一片，敵陣頓呈潰退，全師乘機全線反攻，日夜追擊至潮陽烏石附近始將敵軍主力殲滅，筆者參加兩役,記憶猶新，共軍葉挺賀龍周恩來隻身逃港，周恩來且於亡命途中病重幾至喪命，朱德糾集殘部竄抵粵北韶關投奔滇軍范石生部化名收編，一部竄抵陸豐投降繳械，至是共軍全部瓦解。考此兩役影響國家政局非同小可，原因民十六由俄顧問鮑羅廷及加侖將軍二人操縱與共黨重要份子把持之武漢政府垮台，中共受第三國際命令另尋新根據地建立純蘇維埃政府以與南京國民政府對抗，進而重舉北伐消滅國民黨赤化全國，理想目標莫過乎革命策源地廣東，最易從海上接受第三國際接濟，利用廣東民性財力物力均在具有優越條件，其軍事路線採取決策，因朱德在南昌任警察廳長，就近煽動第九軍叛變，故先以南昌爲起點，與二十四師葉挺二十軍賀龍兩部會合於該年八月一日下午九時發動，襲擊原駐南昌之南京政府三、六、九、三個軍，務期戰勝鹵獲大批軍實南下進取廣東，南昌事變失敗後在會昌二十軍又與張發奎將軍之第四軍對戰均以避免決戰，迅速脫離全力南進，其兩部竄合進入粵境湯坑一役可視爲有決定性一戰，可說是影響政局決定性一戰，而定決此一決定性之一戰繫乎張將軍之勇猛反擊者明矣。

民二十五年西南與中央政見相左，雙方調兵遣將準備大戰，南天王陳伯南將軍召開高級將領會議，張將軍參與席次，待陳伯南將軍話畢，即席起立除下官階胸章辭職表示異議，全座當場引起驚愕，咸皆相顧失色，默默無言，衆皆在一片冷靜失意情形下散會，會後張將軍緊隨陳伯南將軍至官邸力諫，在客廳中一步一趨繞走長桌數小時不捨，未得結果，終得張將軍陳氏夫人來勸回家休息，僵局乃解。數日後各將領奉命返防準備北進，張將軍回抵贛南安遠防次，與第一軍軍長余幄奇將軍商定反對用兵擁護中央，張將軍抱定破釜沉舟義無反顧之決心，嘗對第二師師長葉肇將軍保證，勝則有利國家，苟敗則上山，（此意指脫離申葆藩率隊上十萬大山而言）以謝國人，考張將軍爲陳伯南將軍之心腹大將，與第二軍第四師師長巫劍雄及第三軍第八師師長黃質文同深倚重，藉以監視各軍謀叛而穩定全部實力。張將軍素以忠於國家為大志，不為功名利祿，不圖加官晉爵，申葆藩對其愛護備至，不次由士卒提升至旅長，陳伯南將軍對其倚重方殷並發表任為第六軍軍長，事無全美，權衡輕重，張將軍堪稱識時務為俊傑矣者。

第一軍既已下定決心，於是通電擁護中央同時採取行動回師南下，然局勢並未因此疏解，雙方對峙形勢仍然存在，隨時可能發生戰事，同室操戈在所難免，多年袍澤相互對壘亦勢所必然，此次西南政變，兩廣聯合行動，陳伯南將軍任總司令，李宗仁德鄰將軍為副總司令，白崇禧健生將軍為總參謀長，廣西以第四集團軍為基礎，廣東方面以西南政府時代之第一集團軍為基礎，除原有三個軍外，以教導師為基幹編為第四軍，以繆培南將軍為軍長，以獨立第一師為基幹編為第五軍，以黃任寰將軍為軍長，外加各獨立旅獨立團併編而成，第六軍以張將軍義不從命取銷，兩廣合計兵力總在二十萬以上外加廣東之強勁空軍與勢力不弱之海軍，傳聞事前獲得西南各省支持與華北方面響應，綜觀全局之嚴重，兵凶戰危，何況兩廣軍隊均為能征慣戰之勁旅，尤以廣東財力雄厚，軍隊全為德法兩國武器裝備，訓練精良不容輕視，戰端一啓，不堪想像。第一軍由贛南回師入粵北，本身兵力為三個師與獨立旅團各一，對敵則為駐始興曾反叛中央投靠西南之前滇軍范石生舊部五十一師，實力兩旅六團等於粵軍兩個師，駐韶關有第二軍第四師巫劍雄部，另在韶關南英德附近集有第二軍之另兩個師作縱深配備，第一軍第一次作戰目標首須解決五十一師與第四師，當時高級將領一致主張採取硬攻，獨張將軍堅持異議主張採用智取，爭持不下，卒為張將軍策畧得售，以張將軍所部第三師負此重責驅軍先進，行動開始之前將軍派出幹員持親筆函賫夜分赴五十一師及第四師，除各別曉以大義外，對前者力保發給經費資助其回師雲南脫離內戰漩渦保存實力歸籍再圖發展，該師以前叛中央今處進退維谷之困境，得賫回師雲南認為上策樂於接受，張將軍使本師分由該師防地兩側相離六十華里進軍韶關，並使第一軍各師推進南雄停止候命，不可接近，免由疑竇而昭信守，對後者第四師，以該師長巫劍雄前為張將軍任補充團長時之第二營長，彼此以主從關係更易於說合，張將軍保證維持該師原有建制，並以共同進退為誓，事情均告順利解決，張將軍於興高彩烈情形下大宴三師營長以上將領於曲江，席開百餘席，效鴻門宴之故智，席間觥籌交錯，盡情言歡，席散第二三師將領先行離去，五十一師將領稍留商討資助問題，張將軍以迅雷不及掩耳四面閃出武裝包圍監視，善意迫其各自親繕命令飭其所部就地繳械，資遣經費優予發給無誤，該師將領處此情勢之下，自忖全師武裝回滇孤軍路經廣西必難自保，即使回得雲南終必為龍雲繳械改編，難關重重，留駐現地觀變等於坐以待斃終歸消滅，是以不但無感於威迫實乃心誠悅服，張將軍成人之美，該師得其所哉，在一片和氣情形下圓滿解決，從兵不血刃而開朗大局，第二第三第四第五各軍相繼表示歸順中央，西南首要陳伯南將軍光明磊落下野出洋，繼後廣西亦獲政治解決，此一幕導致華南大戰或進而演成中原大戰之西南政變，化干戈為玉帛，為國家保存元氣，越年七七抗戰開始，兩廣從人力物力方面無不貢獻最大，於此張將軍之首開紀錄，從不居功，其實國家之大幸也，危哉政變，後人能不深加警惕乎。

張將軍不但驍勇善戰，亦能運籌帷幄穩操勝算，觀上文可知言之有稽，絕非杜撰，西南政局圓滿解決，論功行賞上峰賜升第一軍軍長並兼廣州警備司令復兼廣州憲兵司令或公安總局長以酬其功，堅決不肯接受，退避賢能，徹夜將所部由廣州近郊撤離百華里外從化附近集結整訓，以奉公守法與世無爭明志，別部早已擴編數師，幹部類皆逢官升級，該師改編為第一五三師始終依舊未動，原由兩旅六團縮編為兩旅四團，從未有感厚彼薄此發出怨言，體念時艱，精忠報國，樂天知命，抗戰開始政府發表將軍升任六十三軍軍長經三個月未肯受命，屢奉層憲令催始勉強以師部幕僚兼任軍部職務復命，再經上峰代爲遴派幹員始將軍部規模組成。該師駐防從化整訓期間，將軍將該師歷年積落公積金約港幣三十萬元，以約二十萬元買購德法兩國輕重武器以成勁旅，餘下約十萬元以一萬元贈送對日作戰戰塲自盡旅長鍾芳峻家屬，最後約九萬餘元於民廿八卸兼師長時全數移交接收清結，此各欵項亦爲筆者親睹，想留港該師舊部更可證實無誤，抗戰期間將軍每愛出巡前線遇有抗日游擊部隊則將積存武器整批贈送視爲常事，對部下愛之以誠以嚴，虎口婆心屬下背呼之爲「老虎頭」，時或耳聞不以爲忤，情長念舊至今八十有二高齡言及往事如數家珍，將軍過去豪飲無他嗜好，每飲動則用碗，數十碗不以爲意，興至則以罐盡，對部衆訓話先唱大花臉數句手舞足蹈，引得全體官兵哄然，生平恭崇關岳，逢廟必拜，過祠行禮，其行誼奇特，若言細節，頗多令人噴飯捧腹之處，盡書非數萬言不辨，亦係拙筆有所難能。

張將軍從軍四十二年從未解除軍役，民三十五退役已三十年，民三十六復任粵桂南區剿共總指揮至三十八年撤至海南島又三年，由班長至總指揮，未嘗一任副職，未嘗一任未經過戰役，從未担任行政職，從不鑽營，從不干政，軍外從不薦舉，從不攀附參加任何派系，矢忠矢義以國家民族爲重，服膺軍人天職。從未進讀任何文武學校，少壯奮志讀書，中年時有詩詞之作，批改公牘，善運詞彙，理通旨達，令人歎服，書法何紹基，落筆如流水行雲，氣崛矯健，挺拔遒勁，風格迥殊，不讓美髯公半個書生專擅。參加革命後廣東歷經李任潮陳伯南余幄奇三朝，屹然不動，服官最久，抗戰期間今總統蔣公召集三、四、六、七、九、等戰區軍長以上高級將領於衡山會議。蔣公命坐身側當衆介紹讚譽備至，享此殊榮非無故也，復員後民三十五年奉調北上軍次南昌，親上廬山晋謁蔣公，請求退役未邀批准，後屢電請參謀總長陳辭修將軍暨老上司余幄奇將軍代爲說項，始得如願以償，其自動請求退役讓賢之作風，在國軍高級將領中尚屬罕聞，越年重披征袍復出，奉委爲粵桂南區剿共總指揮，民三十八共軍林彪部大舉南下，復兼廣東綏靖公署行署主任，指揮廣東第四、六十二、六十三、六十四各軍，全省保安團隊與中央劉安琪兵團二十萬大軍與敵週旋數月，卒以粵軍各軍均爲新兵編成，兵員裝備不足，戰鬥力低劣，迫得撤退海南，將軍最後以極少兵員退守潿洲島並密先派員聯絡大陸各流散隊伍，齊集十萬大山建立根據地，以便潛歸統率指揮，重振軍威，奈何被共軍啣尾窮追從海上四面襲擊，將軍乘艇衝出重圍飄浮退至海南島，其堅絕奮鬥鞠躬盡瘁之精神，忠直耿介之性格有堪稱道者。

我國代代有英雌揚威沙塲，斬將搴旗不讓鬚眉，最著者代父從軍有花木蘭，明末擊潰張獻忠之沈雲英，助夫作戰大勝金兵有宋之梁紅玉，代夫打退清兵者有秦良玉，此皆家喻戶曉光耀史册之巾幗英雄，後二者之威武事蹟有類張將軍之韋氏夫人者，蓋自將軍退至海南後，流散粵南各處國軍受將軍密使聯絡，有應命而集者有聞風來歸者，合計萬餘衆齊集十萬大山，擁戴將軍韋氏夫人爲總指揮，夫人義不容辭挺身而出，適夫人鄉居大山南麓且亦早獲將軍密息囑咐，地利人和無逾過之，部衆敬視夫人如將軍，威風凜凜，號令森嚴，一面憑險固陣，一面整訓以待政府空投補充，以期壯大實力再作壯舉，奈何時不稍假共軍將約十倍優勢四面圍攻大山，夫人身披戎裝親臨前線指揮若定，與共軍激戰數月，此時山區已入混戰狀態，加之叢林密佈烟霧迷濛，視線模糊敵我難辨，政府無法空投補給，終以糧彈兩缺，戰士疲憊不堪，戰死病死餓死，觸目傷心，正所謂是鳥無聲兮山寂寂，夜正長兮風淅淅，魂魄結兮天沉沉，鬼神聚兮雲冪冪矣。而夫人鼓其餘勇最後率一部與敵衝殺，當塲中彈陣亡殉國，全軍死傷殆盡，韋氏夫人功在國家，經政府明令褒揚，勳業彪炳不讓梁紅玉秦良玉專美矣。

細說「長征」

【一】

□吟龍□

前言

中共紅軍由幾處根據地突圍，在軍事史上來說，確實是一項奇蹟，對於中國甚至整個世界的影响都無比巨大，但長征眞象究竟如何，到今天尚未看到一個眞正不偏不倚的報導，筆者多年來彙集此項資料，且接觸過許多位參加過「長征」的人士，對此有個粗畧的概念，今承掌故月故編輯相邀，特將所知者寫出，以謂細說，實際仍然是粗枝大葉寫出，但自信態度比較客觀，所寫也都是眞實情況，簡陋雖不免，但自造者則絕無，此點可以向讀者担保。

一般說到「長征」，總是指江西瑞金中共中央領導的一支紅軍而言，此由於兩點：一、瑞金爲中共中央所在地，爲中共黨政軍中心，紅軍最高組織及負責人軍委主席周恩來、總司令朱德均隨同此一支紅軍移動，聲勢上自非其他方面可比。二、以後數十年當權的中共要人，不論當時失勢的毛澤東，得意的周恩來、秦邦憲、朱德，及二級人物彭德懷、林彪、劉伯承、葉劍英都屬於這一支，因此中共數十年的宣傳也集中於此，引起世人錯覺，認爲「長征」祇有毛澤東領導的一支紅軍，其實不然。

嚴格說起來，中共紅軍參加過「長征」的應該有五支，到達陝北的却祇有四支，中途完全被消滅的一支，依出發時間定秩序，應是張國燾、徐向前領導的紅四方面軍最早，賀龍、蕭克領導的紅二方面軍次之，方志敏、尋淮洲領導的紅十軍團又次之，徐海東二十五軍又次之，最後才是周恩來、秦邦憲、李特、朱德等人領導的主力紅軍。

這五支最早到達陝北的是徐海東二十五軍，中途被消滅的是由尋淮洲紅七軍團與方志敏紅十軍團合組的抗日先遣軍。

目前要談「長征」，必須按照各部出發的秩序，以清眉目，因此，就要先說紅四方面軍。

紅四方面軍的根據地在鄂東、皖西，最初祗是一羣暴動農民所組成，雖然打着共產黨旗號，實際上則形同土匪，一九二九年春當地共黨武裝組成了紅十一軍，由黃埔一期學生吳光浩担任軍長，佔領麻城、黃安交界的柴山堡，與井崗山的朱德、毛澤東遙相呼應，當時中共中央仍在上海租界，但對此一支共軍仍然可以指揮。

一九二九年冬吳光浩陣亡，中共中央在上海得到消息，乃派許繼愼、徐向前、倪志亮等人去當地指揮，三人均黃埔軍校畢業，許繼愼、徐向前爲第一期，倪志亮爲第二期，這批人到了當地之後，由許繼愼任紅十軍軍長、徐向前任三十一師師長、倪志亮任三十一師參謀長，當時兵力不過四百人，許繼愼是當地人，長於組織，經過他的整頓、吸收、實力漸趨強大，到了一九三〇年四月，紅十一軍改編爲紅一軍，由許繼愼任軍長，下轄三師，徐向前部隊編爲紅一師，仍由徐向前任師長。

這時中共中央正是李立三當權，命令各地紅軍攻取大城市，紅三軍團彭德懷部攻長沙，紅一軍計劃攻武漢，由徐向前師向平漢線出擊，三戰皆勝，八月間殲滅了國軍錢大鈞部教導第三師一個團，獲得步槍千多支、重機槍八挺、迫擊炮四門，徐部由最初的五百人已擴充到四千人。國軍曾對此一地區進行三次圍剿，均被紅軍擊敗，到了一九三一年一月，許繼愼與紅八軍一部改編的紅十五軍蔡申熙部會師，合編爲紅四軍團。當時中共中央仍在上海，對許繼愼並不信任，不但未委派許爲紅四軍團軍團長，同時又將原紅一軍改爲紅四軍，派鄺繼勛任軍長，曾中生任政治委員，將原紅一軍一二三師改編爲十、十一、十二，三個師，以後又增加十三師，由徐向前任第十師師長，許繼愼任第十一師師長，周維烱任十二師師長，蕭方任十三師師長。

許繼愼及其部下自以開闢豫鄂皖邊區有功，功高不賞，反而降級，足見中央心存歧視，就有反抗之心，當時徐向前部駐黃安七里坪，許繼愼部駐金家寨，兩部形同對立。中共中央鑒於當地情況嚴重，乃於一九三一年四月派張國燾、沈澤民、陳昌浩至豫鄂皖邊區組織中央局，以張國燾任書記，從此確定了當地的領導體制。

許繼愼及其一系幹部感覺壓力越來越重，自身遲早難逃整肅，就打算背離中共，根據所見資料，許繼愼確與曾擴情（四川人，亦黃埔一期，時担任蔣總司令幕僚）有書信往來，願意反正，要求將所部編爲一個軍，曾擴情囘信答應轉呈校長，囑其安心，此信落入張國燾手中，更成爲整肅的藉口，一九三一年九月十三日在張國燾主持下捕殺許繼愼及紅十二師師長周維烱，十三師師長蕭方，師團級以下幹部一千餘人、金家寨方面親許分子一千五百人，是爲共軍內部第一次大整肅所殺人數雖然比不了江西中央蘇區富田事變後所殺的「AB團」，但是若以純軍事人員被殺的比例來說，仍以此次規模爲大。

許繼愼等人被殺後，大權全落入張國燾之手，以徐向前爲紅四軍團軍團長，陳昌浩任政治委員。張國燾任豫鄂皖分局書記兼軍委主席，蔡申熙則任軍委參謀長。紅四軍團於一九三一年十一月七日擴大爲紅四方面軍，由徐向前任總指揮，陳昌浩任政治委員，下轄紅四軍，由徐向前兼任軍長，紅二十五軍由鄺繼勛任軍長。兵力達五萬之多，超過在瑞金的朱毛一支紅一方面軍。

紅四方面軍最初組成是以暴動農民爲基礎，以後逐漸擴大，吸收了北洋時代官兵及馮玉祥西北軍官兵，如當時任團級幹部的許世友據說就曾經在吳佩孚部隊任過連長，吳佩孚、馮玉祥兩部都以訓練精良有名於時，部隊刻苦善戰，尤其習於野戰及築城訓練，這批人將吳、馮部訓練方法帶入紅軍，加上共產黨人的宣傳，將每一個官兵均訓練成為堅強戰士，紅四方面軍戰鬥力之強，實冠於其他共軍，以後共軍習慣用的圍點打援戰術，實發源於紅四方面軍。國軍方面曾發動三次圍剿，均無功且損失慘重，豫鄂皖蘇區最擴大時，佔有二十縣左右地區，統治人口超過百萬，不論聲勢及實力均超過在瑞金的中央蘇區，使國民政府不得不將剿共中心置於豫鄂皖區。

一九三二年五月，國民政府明令成立豫鄂皖三省剿匪總司令部，以軍委會委員長蔣中正兼任總司令，以李濟琛為副司令，正式向豫鄂皖蘇區進行圍剿。

豫鄂皖蘇區皆崇山峻嶺，大兵團運動不易，國軍進剿最易犯錯誤有兩點，一是爭據點，二是兵力分散，因為爭據點，往往被共軍反包圍，被圍之後其他部隊來增援，中途被埋伏共軍擊敗，而守據點之國軍結果亦不能守，終於被殲滅。因為兵力分散，便容易被共軍以大吃小。所以就總兵力而論，國軍往往多上一倍，但一旦發生戰事，國軍兵力反而處於劣勢，皆由於不能集中使用，而外線作戰調動自不如內線作戰靈活，兼之地形不熟悉，行動時輜重太多，在在均成問題。

國軍在屢次進攻失利之後，亦吸收經驗，採取穩紮穩打戰術，逐步前進，佔一地區先構築工事，陣地肅清之後再向前推進，此一戰術係後來在江西推行碉堡戰術之濫觴，國軍推行逐步前進戰術，表面看來已由主動改為被動，但實際不然，國軍過去進剿輕兵急進，雖屬主動攻擊，但一旦陷入共軍包圍即變為被動，此時雖然看似被動，却逼使共軍發動攻勢，以逸待勢，反而成為主動。此一主客形勢之變易，使紅四方面軍終於不得不放棄豫鄂皖蘇區而西竄川陝，咸為紅軍長征的先頭部隊。

但眞正促使紅四方面軍西竄的因素是由於三次會戰的失利，不但要地全失，部隊也損失慘重，張國燾、徐向前不得不西竄以保全實力，茲將此三大戰役經過情況分別敘述於後。

一、霍邱戰役

霍邱縣城處於安徽省的中西部，清時屬潁州府，習慣上稱為皖北，但是，若將安徽分為東、北、西、南、中五部，霍邱應該算是皖西，該縣是安徽富庶縣份，抗戰八年縣長皆由廣西人充任，（因安徽省政府主席李品仙為廣西人）其富可知。

當時共軍在豫鄂皖重要根據地仍在黃安附近之七里坪與新集，安徽境內最大根據地為金家寨，在霍邱之南二百華里。最初階段，共軍尚無力作太大擴張，尤其到了霍邱境內雖有港泊河流，已無深山林木可以掩護，對於擅長游擊戰的共軍，原不適合。但在進佔霍邱之前，共軍在這一地區鄺繼勛正打了幾次勝仗，在六安屬蘇家埠圍困王均部第七師三個團，包圍多日之後終於攻破蘇家埠，全部消滅三團國軍，鄺部在金家寨時是七十三師，到霍邱又擴充一個七十四師，鄺繼勛升任軍長。

國軍方面編制，於一九三二年成立豫鄂皖三省剿匪總司令部，由軍事委員會委員長蔣中正兼任總司令，李濟琛任副總司令，下面分三路，右路軍司令官李濟琛兼，副司令官王均，中路軍司令官蔣中正兼，副司令官劉峙，左路軍司令官何成濬（武漢行營主任）兼，副司令官徐源泉。

這三路實際上都是由副司令官負責，當時區分是右路軍進剿皖西北霍邱地區，中路軍進剿紅四方面軍主要根據地豫鄂皖區由黃安至金家寨一線，左路軍則進剿鄂西洪湖區賀龍紅二軍團。三路自以中路兵力為最強。右路兵力最小。

實際負責指揮右路軍的副司令官王均，本身是第三軍軍長並兼任第七師師長，剛被鄺繼勛在蘇家埠吃掉的三個團就是他的部下。王均是雲南部隊，原屬朱培德部，第三軍前任軍長就是朱培德，這個番號自國民革命軍由廣州誓師北伐時一直未變，只是軍長由朱培德換了王均，仍是一個系統，王均這個人無論作戰練兵皆不成，駐防蘇北時，部隊紀律奇差，與當地民團幾次發生衝突，幾致釀成戰爭，與紅軍作戰，一動手就被吃掉三個團，其人可說才德兩缺，但由於朱培德正担任軍委會辦公廳主任，大權在握，所以王均地位也就穩如泰山。以王均去對付鄺繼勛，自不是對手，紅軍在佔據霍邱後，東出正陽關，有截斷津浦路之勢。剿匪總部眼見形勢惡化，急調中央軍勁旅第一師胡宗南部進援蘇家埠地區，以第四師徐庭瑤部進援霍邱地區。

徐庭瑤本人並非黃埔出身，但第四師官佐大部皆是黃埔學生。當時部隊編制為三三制，即一師三旅，一旅三團，一團三營，一營三連。可能由於財政困難或武器不充，部隊皆不足額，雜牌軍勿論矣，即以中央軍而論，每師都是兩個旅，而編制亦頗為奇特，即每師空一個旅番號，以第四師而論，應轄第十、第十一、第十二，三個旅，但編制上只有第十旅，第十二旅，第十一旅從未組成，以後第四師在南口抗日，血戰一月，名震全國，但參戰的只有第十旅，第十二旅，並無第十一旅。但此時第四師另轄一獨立旅，兵力仍為三個旅。

第四師由浦口坐火車到蚌埠，由蚌埠乘船往正陽關，當地駐軍是獨立第四十旅，戰鬥力不強，只能據險自守，無力進攻。第四師抵達正陽關後，即佈署對霍邱攻勢。就兵力而言，第四師三個旅只有八個團，另加獨立第四十旅兩個團及地方團隊，全部兵力不超過兩萬人，紅軍二十五軍連同赤衛隊約五萬人，兵力方面國軍處於劣勢，地形尤不利於進攻，因霍邱以東地區當淮河淠河交界處，湖沼港泊縱橫，除掉普通道路，部隊無法運動，淮河為中原大河，終年通航，不能徒涉，但從潘家集到霍邱一段，水淺處也僅及胸部，若有土人作嚮導，可以涉水而過。淠河不能通航，水道深淺不一，有多處可以徒涉。由於當地一貫多匪，故霍邱東鄉，北鄉圍寨林立，墻高濠深，紅軍就利用天然與人工合成的地形，據險固守，國軍進剿要逐寨進攻，勢必消耗大量兵力，此種形勢是鄺繼勛決心守霍邱的重大原因。

第四師由正陽關向霍邱進攻，依照正常路線應由榴子口，裴家圍，田家圍，陳家舖前進，鄺繼勛也在沿途設防，步步為營，準備迎擊。

但第四師進攻路線並未沿大路進攻，而採取了迂迴戰術，戰事於一九三二年七月五日清晨開始，由正陽關向南沿迎河集、孟家集前進，當天中午攻進孟家集，傍晚攻進三劉集。鄺繼勛在霍邱城內得到消息，急忙將兵力抽調至三劉集一線迎擊，第四師却乘夜把主力沿東湖東岸向北機動，經潘家集，溜子口直趨新店舖，裴家圍，田家圍，七月六日拂曉發動攻勢，部份紅軍陣地被突破，但裴家圍與田家圍則始終未攻下，徐庭瑤乃留一部份兵力對兩處監視，主力向霍邱進攻，當天晚上攻到陳家舖南北一線，激戰一晝夜，七月七日下午二時，攻抵霍邱城郊。

鄺繼勛得悉國軍攻到霍邱城下，當時佈署是以較少兵力守城，而控制大部隊於霍邱城南，準備國軍開始攻城時，予以反包圍，內外合擊將國軍消滅於霍邱城下。

鄺繼勛紅二十五軍當時主力為七十三師，七十四師，依國軍將領石覺（當時任第四師副團長）說法，城內為七十四師，城外為七十三師，張國燾回憶則說城內為七十三師，城外是七十四師，關麟徵回憶當時城內是七十五師，恐有誤，因紅二十五軍是時只有七十三，七十四兩師，如有七十五師番號亦係虛設，三說似以張說為是。

徐庭瑤看出鄺繼勛的戰畧，就留第十旅攻城，派第十二旅張聯華，獨立旅關麟徵兩部向霍邱城南搜索攻擊，關旅在孟家集一帶與紅軍遭遇血戰竟日，將來犯紅軍擊退，但十二旅向城東搜索，處處遇到紅軍埋伏，每一地點都有兩三挺以上重機槍，經常出動兩千人包圍國軍一個搜索營（

五百人），國軍受損失甚重，旅長張聯華陣亡，部隊不得不向後退却，幸而右翼一團尚能守住陣地，擊退紅軍，搜索部隊不致全軍覆滅。左翼方面紅軍在擊敗國軍後，繼續深入到陳家舖一線，國軍補充第一團及二十三團一部份趕到，始將紅軍擊退，穩住陣地，這一線戰況相當激烈，有的陣地曾拉鋸到五六次。

城外戰事打得激烈時，城內紅軍開始向外攻擊，以配合行動，自東關，南關向外反撲，這時攻城的是第十旅王萬齡部，王旅長以後即升任第四師師長，南口抗日戰役時曾建奇勛，師長徐庭瑤指揮部在東關，城內紅軍除一個師，還有教導團，獨立團共約八千人，就兵力而論也強一倍，僅向東關進攻第四師指揮部時即有兩千多人，來勢兇猛，副官勸師長暫避，徐師長說：「這時還退到那裡去？」當時親率師部特務連抵抗，又加上石覺率領的一個特務排，始將陣地穩住。

這一仗打下來之後，紅軍未收到內外呼應之效，已由主動陷入被動，國軍重新調整陣地，斷絕外面紅軍增援之路，同時以兩個團，另一個營及重廹擊砲營，山砲連編成攻擊軍準備攻城。

攻城準備在七月十一日完成，七月十二日開始攻城，中午，砲兵將城墻射塌數處，國軍飛機也開始出動，陸空協同將守城紅軍大力鎮壓住，步兵開始爬城，東門先上，南門次之。當攻城戰事進行激烈時，城外紅軍也拚命增援，據石覺敘述當時作戰情況，幾乎反勝為敗，若不是他作戰細心，國軍有一個連擁有四挺重機十二挺輕機槍抵住了紅軍援兵攻勢，國軍攻城部隊可能功敗垂成而全軍覆沒。

七月十二日下午六時，國軍完全攻下霍邱，鄺繼勛由西城縋城逃走，城內紅軍大部被解決。

據張國燾說，他同蔡申熙（紅二十五軍政治委員，實際上担任張國燾的參謀長，故未與鄺繼勛同行）接到鄺繼勛要堅守霍邱的報告後，即感到大事不妙，蔡申熙乃以政治委員身份趕去指揮，要鄺繼勛趕快撤出，勿同國軍打陣地戰，但已來不及。

霍邱失守後，紅二十五軍縮編為七十三師一個師，鄺繼勛被免職，軍長由蔡申熙兼任。第四師佔領霍邱後，將俘虜五千餘紅軍全部釋放，每人給與大洋三元路費，且鳴砲歡送，此一攻心戰術，較之攻城更有效。

第四師攻下霍邱後，繼續向南挺進，獨立旅關麟徵部為先頭部隊，行至霍邱南磚佛寺附近，又發生惡戰。這次紅軍方面是蔡申熙親自指揮，其主力部隊据國軍方面記載為七十五師，應為七十三師，加上獨立第三師及二十五軍第一路指揮部直屬第二團，埋伏在磚佛寺附近，準備圍殲國軍。

關旅由於地形不熟，雖然十分小心謹慎摸索前進，但也闖入了紅軍預先埋伏的袋形陣地，行在最前面的前衛營首當其衝，尖兵連長鄧步禹陣亡，營長朱映被俘遇害。當時情況十分危急，紅軍將領在場指揮的有蔡申熙，陳賡，廖榮坤。幸而關麟徵一生善打硬仗，部隊訓練有素，手下團長張耀明，張漢初均勇猛絕倫，雖然鑽入了紅軍袋形陣地，四面均被包圍，但危而不亂，經過短期混亂之後，仍然將陣地穩住，形成相持不下情況。

紅軍在兵力與地形佔絕對優勢情況下未能消滅關旅，在士氣上先打了折扣，第二日早晨，徐師長又派一旅增援，關麟徵集合精銳，乘拂曉出師，一仗下來，紅軍大敗，廖榮坤就在這一仗陣亡，七十三師大部損失。

這一仗關係紅軍以後的成敗甚大，張國燾在三十年後論及此事尚說：「我們的力量是這樣薄弱，是經不起挫折的，任何挫折都會影響全盤計劃，可是我們在霍邱的二十五軍竟遭到空前的慘敗，這實非我們始料所及。」

鄺繼勛此後即被除名，在紅四方面軍退出豫鄂皖邊區去川北時，中途被張國燾，徐向前處死，其罪狀以後未見宣佈，至今難明。

【待續】

第十四章　北伐成功

（四六——四七歲　一九二七——二八）

介於漢甯之間

十六年夏，「國民革命軍」已肅清黃河以南，此正是乘勝大舉北伐、以竟「國民革命」全功、統一中國之千載一時的絕好機會。可惜「國民黨」內部糾紛愈甚，進行受阻。馮氏處境困難，應付不易。蓋以是時，寧漢雖一致反共，而裂痕愈深，駸駸乎有敵對行爲。馮氏自始即表示絕對不加入黨內私爭，並力勸雙方諸領袖顧全大局，不要決裂。其在徐州之主張與前在鄭州之主張正相同。緣馮一向率軍遠處西北一隅，與南方隔膜不相接近，故於南中政治黨務未明眞相。其初，以爲一到豫省即可合全黨之力一致北伐，以完成「國民革命」。斯時黨勢軍威，均盛極一時，翳虜震懾，張學良至派人携親筆函來馮處求和，願以直隸及塞北三特別區（熱河、察哈爾、綏遠）讓出，而自動的退出關外。其他奉系將領，亦紛紛遣人通欵。以故，六月入京之夢，當時確有實現之把握。然自寧漢分家，各稱中央，各欲拉馮捲入漩渦；漢則令其再攻寧，寧又令攻漢。馮氏身處其中，困難可想。馮氏本軍人，政治頭腦簡單，在同一時期，只會懷一種概念，走一條路線，而不能應付複雜的政治環境與多元的局面。而且又爲新進的黨員，故對黨義上與法統上之事，頗不了了，甚至莫名其妙。況主持寧、漢、兩方者，多爲其最友善及最相信的友人，更有左右做人難之感覺。再因其本身是軍人，對於政治上與理論上之是非不大注意。所斤斤注意者，惟在軍事上之利害。當時，西北軍雖得有豫省，然而身處四戰之地，頑敵當前（奉魯軍閥），且心腹之患，處處皆是，更覺種種掣肘之苦，不能盡說。故自不能輕舉妄動。有此多種原因，他遂決定在消極上對於黨內私爭，決不參預何方。而在積極上，則更發最誠懇之電文及派遣代表，分赴兩方，力行促進寧漢合一之運動。蓋苟兩方一旦開戰，以西北軍當時勢力及地位計，不特不能出兵北伐，而且勢不得不放棄河南，復退入潼關、而寧漢兩方恐亦保不得矣。或以爲馮氏當時背漢投寧者，非也。此實未明當時形勢與馮氏處境，及經過眞相之錯誤的猜疑。時，余在軍中，參預其事，可以親歷之事爲證。

是時，派赴漢口任調解者，即是著者（赴寧方代表未詳大概

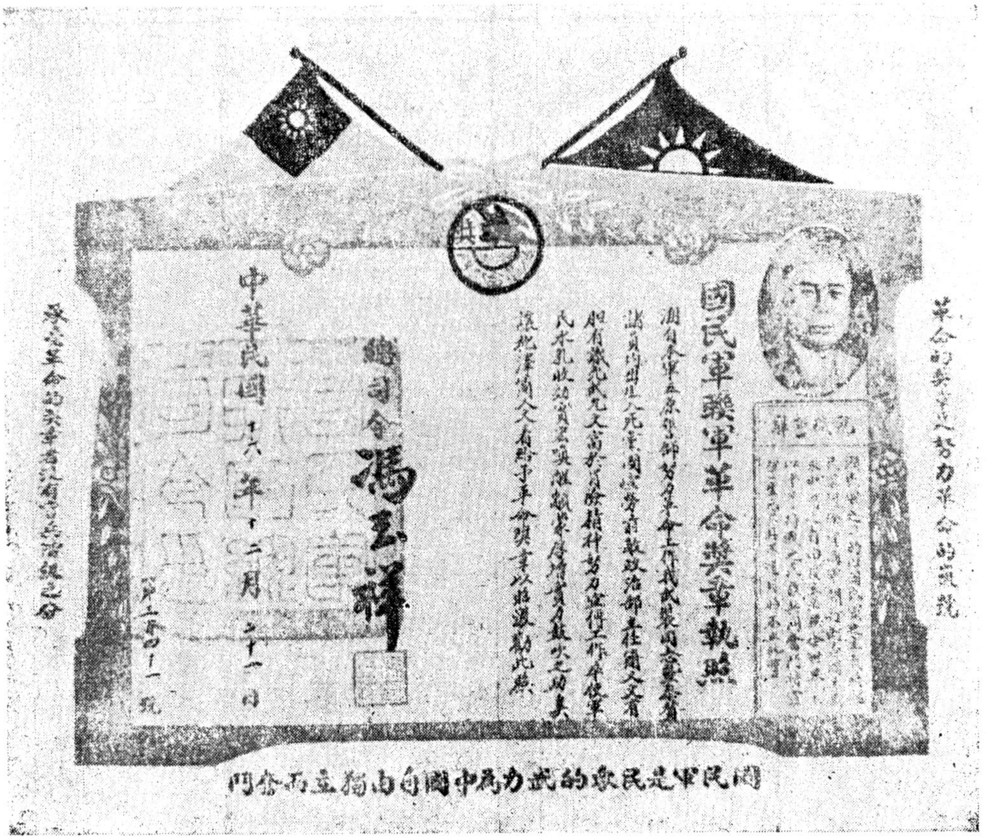

著者的革命獎章執照

是李鳴鐘）。南行之前，馮氏爲我詳述其意見及解釋當前之局勢，畧如上文所述。他最重視軍事形勢，以西北軍當奉魯軍之正面，如寧漢一旦開戰，奉軍必捲土重來。西北軍適當其衝，孤立無援，力量不足，非失敗不可。說到這裡，他忽表現至嚴厲的態度高聲說：「到那時，如果我不退兵入陝，眞是個『忘八蛋』」。但西北軍一退，寧漢不難復被奉魯各個擊破，所謂「鷸蚌相持，漁人得利」者是。他於是提議召集「開封會議」，請雙方委員齊到，推心布腹，商討大計，以期化除成見，解決難題，復合爲一，以對付共同敵人。所有各人的安全問題，由彼負責云云。余奉命至漢，分謁各委員，詳爲代述意見。徐謙、孫科等均贊成。（徐在洛陽與孔祥熙，及馮氏共商，一致同意，見七、十二、徐致汪電。）但因汪兆銘、唐生智二人，極力作梗，反對合一，余乃無功而還。馮聆余報告後，大感失望，登時變色，搖頭無語，沮喪至極。（七、十七、汪致徐、孔、馮電仍主張維持武漢中央而稱寧方爲「僞中央」，不能開「對等和議」，文末更有「移師東防（攻寧），事非獲已」之語。）馮氏因其不肯加入內戰，且於雙方意見最深之時，倡言合一，雙方均不能討好，雙方均爲之失望，乃責罵交至。而其對兩方仍盡力調解，函電盈尺也。後來大局危急，兩方均感悟，合一之新局面卒以成功。馮氏自己也通電認罪，願受黨之裁判云。平情而論，最初在粤的中央委員等確曾正式通過遷移「中央黨部」「國民政府」於武漢。但如今既經寧漢各委員等公決再遷南京，則中央「法統」，「正統」當然在南京無疑。

軍政變化

十六年下半年，全局軍事政治又起大變化。因寧漢爭執愈烈，雙方調兵在長江上游備戰，徐州防務爲之鬆弛。奉方以「安國軍」名義乘勢反攻，由舊直系之孫傳芳統大軍南下。七月廿四日，復佔徐州。蔣總司令再行北上督師，約同馮軍會攻。惟第一集團軍兵力仍苦不足。馮氏以前方兵力亦有限，豫省駐軍受灰色軍隊之牽制（如靳雲鶚部，詳後），陝甘後方又以運輸困難調集遲緩。八月初，先令鹿鍾麟任東路總司令，竭力進攻。所統之「國民軍」舊二軍及新編之師，與奉軍及張敬堯等作戰，均不得力。方期所派入魯圖攻濟寧之鄭大章部騎兵及另派往截斷徐州、兗州間鐵路之一部，特奏切斷敵軍後路之效，而津浦線一集軍已退，奉軍又大舉進援，馮軍不得不退回豫境，堅守隴海路線。（上見李泰棻：「國民軍史稿」頁三六二——三六三）。由是，馮氏益努力於促進全黨合一，共同北伐，蓋明知非如是斷不能竟全功也。

在寧方，則黨中要人亦深知非與武漢復合不可。其至有決定性之動力則以「第四集團軍」李宗仁、白崇禧等一致主張蔣氏下野，以促進統一之局面而挽救全黨於危亡。面遇黨國危機，蔣氏果當機立斷，於八月十二日飄然辭職，去寧赴日。於是，時局急轉直下。九月間，漢寧兩方領袖，大會於南京，黨部與政府復合爲一，大局乃有轉機矣。

秋間，長江以北之戰事仍不停頓。孫傳芳與張宗昌於八月中由徐州長驅直下，直至江南，由何應欽、李宗仁、白崇禧、三位總指揮（並無總司令）率師大敗之于鎮江下游之龍潭。張宗昌之魯軍亦沿隴海路西進攻豫東，馮氏不得不盡力應付。然馮軍此時心腹之患却在後方之靳雲鶚。靳、本隸吳佩孚麾下（爲曾任北京內閣總理靳雲鵬之弟），向駐豫中，在郾城設總司令部。吳倒後，無家可歸，無路可走，乃托庇於國民革命軍。

因其于討奉之役，不無微勞，國民政府乃委爲第二集團軍之第二方面軍總指揮，河南省政府委員，後又兼民政廳長等職。馮待之亦不薄，先後曾撥付現洋五十四萬元，及軍衣、子彈、糧食無數，比待自己軍隊爲優。惟靳則原是軍閥官僚，惟陞官發財、佔據地盤是務，屢曾要求政府陞其爲第五集團軍總司令。時在武漢之政府不得已乃改調爲中央直轄之第八方面軍。靳仍不滿，始終欲佔河南地盤。乃密與孫（傳芳）、張（作霖）、結三角同盟。其條件則孫攫蘇、浙，張（宗昌）佔山東，出兵攻豫，而以靳爲內應；約定共滅西北軍後，則以豫歸靳。故靳屢抗命，不肯攻徐。上次會攻徐州之役受其牽制，（時，鹿已進至九里山，距徐州僅十里，而靳在後方不肯前進，且現變叛跡象，）以致功敗垂成。靳復假開拔之名，向武漢騙欵三十萬元，且運動「紅槍會」衆響應。又私在總部刻「安國軍」關防，定期舉事攻擊馮軍。唐生智亦與之有秘密聯絡，爲其後盾；假刀殺人，殊可痛恨。馮見逆跡已彰，且爲北伐之後患，乃以最敏捷之手段，於三日內調馬步兵十餘萬，四面包圍。九月七日，開始總攻擊，靳所據之十一縣防地，五日間全行克復，並解散其全軍。其本人倖得逃去。靳前謊報軍額十二萬以騙餉械，而實不過二三萬人。是役，除殘部一二千人逃竄皖北，及秦德純一部始終不變外，餘悉解決。（秦氏此後正式編入第二集團軍，任軍長。其後效忠於國民政府，年前在台北去世。）靳逆既平，內患盡去。（陝西田玉潔部後亦叛變，爲留陝馮軍削平。）

「附錄」我所認識的馮玉祥與西北軍（節錄）

民國十六年秋間，自從我的「前敵政治部」解散後，即被調任總司令部「宣傳處」處長。還未就職，即奉到父親自廣州拍來急電，謂母病重，囑即回去。余乃請假南下省親，至十二月方回去軍部銷假。在往返經滬時，蒙文化、教育、宗教中西機構邀請演講。余特撰「我所認識的馮玉祥與西北軍」一篇到處應約。這是個人親歷、親見、親聞的事實及親感受的印象。（其後，此篇印成單行本。）茲再檢閱舊作，見篇中所述有關馮氏及「西北軍」之事跡多已選編于本書前後方，但個人的印象及判斷，則爲當時所記，新鮮眞切，尚可保留，因摘錄部分以供研究吾國現代史者之資料。

馮玉祥其人

馮氏個人體格是很魁梧壯健，比常人高出一半個頭。他頭大而圓，面肥而赤，髮盡薙光，而唇上則有時留些少短鬚——少短

蔣馮兩總司令在南口追悼會

至甚不稱身。有此強健體魄，所以他能吃苦耐勞爲常人所不及。這是他天賦特厚的本錢和成功所靠的利器。

他很有天賦的才幹、聰明、和智慧，而記憶力之強尤足驚人。部下團長營長的姓名品格多能清楚記得，隨時遷升調遣，甚至有熟稔各人的家世者。他的口才又極敏捷而犀利，對部衆演說滔滔不絕恒逾一二小時，而其言娓娓動聽能深入士兵之心。

他賦性剛直，嫉惡如仇，言談動作常表現其富於衝動的本性，殆血性男兒也。此種品性，加以惡劣腐敗環境之重重壓迫，遂生出一種不妥協的品格，或者這正是他一生開罪多人四方樹敵之故了。在他則以爲言行戇直自居諍友，而在人之不諒者便簡直以爲有意挖苦刁臉，罵聲「討厭鬼」了。

這樣的人又最容易養成獨立的品性。沒有人能以任何勢力屈服他于足下的。這種倔強不撓奮鬥到底、寧死不降的精神大抵是廿年來支撐「西北軍」的骨幹。他的思想和判斷也是獨立而不受別人支配的。在他左右的甚麼人都有，人人都可以自由發表意見和條陳計劃，他也洗耳恭聽，然而他終是最後的講話者，他終是自行判斷發號施令者。看哪！那一個大軍閥大官僚沒有三兩個政客、智囊、軍師、或老夫子，常在身旁以作運籌帷幄之助？而馮向來沒有。徐謙氏爲馮之熟友，有時常在其左右，惟馮待之只如老友，未必言聽計從，甚至常常與他抬槓，有時且爭持到面紅耳熱。無論軍政大事馮都是自己出主意的，這樣當然有一利一弊：弊者則以一人智力見識究屬有限，考慮偶有一失大錯即以鑄成，或足以牽動全體和全局了；而利者則在惡劣環境中不易受人包圍、利用、愚弄、和矇騙也。

馮氏待都下極爲嚴厲，人人見了他都肅然敬畏。其顏色語言稍現不滿意，人人即覺如芒刺在背，震慴不已。但是此中有一矛盾點：在一方面其威固足畏，而在他方面其德極可懷。他宅心是非常仁厚，待人誠懇，富有同情心，尤篤于眷念舊友，且善體恤人的疾苦，其待將領及士兵之行爲態度及精神，眞如手足子弟。

部下之兒女及家室，彼亦極爲注意，分設學校以教育之。對於受傷的及陣亡的戰士之撫邺、救濟及照料更無微不至。他深知官佐們的窮苦，常暗中給予他們家屬之所需。我常與跟他多年的老軍官談話，他們總覺得跟「老總」辦事，苟盡心盡力的幹下去，他斷不至難爲人的。是以部下兵士將領們都感戴悅服，樂於死心塌地的跟從他。在其部下服務，生活苦誠苦矣，但是雖然不能至飽死，而亦斷不至餓死。人人對於他都起了一種神秘的信仰。其人格之攝力和感力竟能達到最下層之兵士，以致全軍數十萬人能團結一體，羣奉馮爲頭腦及中心。至其對於本軍而外的人，有許多人責罵他謂他居心險詐反覆倒戈等。然而我經過半年平心的批評的研究，乃敢下一結論：他待外人亦同本軍一樣眞誠仁厚，而每次所謂險詐倒戈等事，沒有一次不是人先立意謀害他，故不得不起而自衞。嗚呼！馮不負人，人負馮耳。我昔亦曾以懷疑態度對馮，今則深明底蘊，本諸良心，不得不爲其呼一聲寃矣。

馮氏之得軍心也，非徒以威嚴及仁慈，更有一大要素在焉——即是公道。軍律賞罰分明，無論官職高卑都受平等的嚴厲的軍律之裁制。若軍長師長旅長之被打軍棍，或罰跪，或記過，或釘鐐，或監禁，或撤差，是吾人所常親聞親見不能一一數矣。（按前二者——打軍棍及罰跪——今已廢除。）但是全軍沒有人害怕將被總司令枉殺的。且馮氏用人又大公無私，宛有政治家風度，彼自定用人之標準曰「不問其親不親，只問其賢不賢；不問其鄉不鄉，只問其能不能。」今夏其族弟某從遠道至洛陽謁見欲求一差事，馮以其碌碌無所長，始終不之見，謂「本軍只許有一個姓馮的。」

此外其能與士卒共甘苦則於其簡單質樸的生活見之。彼日常之衣食與士兵同等，在張家口時家住泥屋，每有戰事則出居於帳棚。凡此足見平等公道之精神之表現，而全軍因此無怨言。

對於馮氏人格之分析尚有二三點之可述。其一，馮雖剛直莊嚴，而又極爲滑稽，演說中及談話中常說笑話，莊諧並雜，時惹聽衆數千人軒渠大笑，雖聽其講話至二三小時迄無倦容。其次，彼極富於感情，一有苦痛或悲哀之感觸則痛哭或流淚。不懂心理學者或以爲怪爲僞。其實則或笑或哭或喜或怒皆同出一源——即情感是。天下之至剛者常爲天下之至柔者；無他，凡情感生活有充分之發展者皆有此眞情之表現，不足怪也。復次，馮氏爲一個實際頭腦的人，是一個實行家和組織者，而非理論家和玄想者。他不大理會空洞的思想和觀念，而惟注重「實事求是」和「脚踏實地」。每辦一事都有具體的計劃，按部就班，事無大小均躬行實踐，而務求成功，其意志之堅強自是其一生成功之大秘訣。從哲學上言他是一個澈底的實驗主義者。至於他一生好勤勞，愛工作，都是這品性之表現。猶記余第一次見他是于兩年前在張家口新邨內。時尚極早，余從窗外看見一高長大漢穿藍布工人衣服親到各處巡視各種土木工作。友人告余，此即邊防督辦馮玉祥將軍也。是日所巡者則爲馮夫人所倡辦之婦女補習所新建之茅厠也，直至現在他自朝至夜仍勤工不輟，不肯輕廢寸陰焉。

至其個人私德則亦甚可稱述。他不吸烟，不飲酒，無惡嗜好，操守廉潔，態度謙虛，自奉極廉，生活單簡。他深信刻苦爲成功的要素，但他並非以刻苦爲積極的道德，不過以爲全軍數十萬弟兄和全國數萬萬同胞衣食猶有不足，何忍一人獨享福樂？待弟兄們同胞們俱有福樂可享之日方是自身快樂受用之時，而且以國難方殷眞心愛國者非「臥薪嘗膽」的眞幹，不能有成也。（語見其講辭）以故他的生活，和士兵沒有什麽分別。由潼關往鄭州時，副官處爲其預備了一輛花車，他很不滿意的說：「我的部下弟兄們都是坐貨車，何以我要坐特別好的車呢？」他的生活理想，像是希臘的斯多噶派；他訓練部下有如希臘之斯巴達人；他的治軍精神，有如英之格林威爾，而他個人私德操守直至於今日而無改。馮氏一生如此如此，其志行可謂堅苦矣。

馮之治軍並非徒靠個人之感力，每日必以救國救民之教言諄諄訓誨軍人，以故全軍都肯爲國犧牲。從前每人右臂繫一圓徽章上有國民軍之口號曰：「不擾民眞愛民誓死救國」。民族主義與愛國精神殆軍中最大的維繫力也，或疑其有自私自利的野心者。如果的確，則彼自己也站不住，終必被其部下打倒，因其揭出救國救民之目的訓練人，苟其部下見其所行乃自私自利而仍能服從之者精神界無此理也。嘗聞其考驗新兵時，每問：「有人要做皇帝時，你怎樣對待他？」則曰：「殺死他。」又問：「比如我馮玉祥要做皇帝，你怎樣對待我？」則答：「殺死你」。

洛陽今是學校職教員

馮氏也沒有什麼政治的野心。他向來不欲登政治舞台把持政權，雖然從前也曾有過好機會。現在也不願幹，惟抱持訓練軍隊，以救國救民之初衷，秉欲就地弄得地方好好的使人民得享福樂而已。他表示恪守黨義黨綱和黨的政策秉努力實行「三民主義」。除了黨的政策之外，他自己沒有什麼獨立的特殊的政治主張。他誠意盡力服從本黨及擁護國民政府。可是他却有幾種意見：（一）全黨的統一——集中革命力量以完成國民革命，如有問題則開會解決，少數須服從多數，萬不要自行分裂；（二）建設廉潔的、公平的、眞革命的中央政府以爲全國的樞紐，最主要的是免除腐化、惡化及官僚化，而有一種具體的建設的建國計劃且積極實行之；（三）政治建設須爲大多數人謀最大的幸福，尤注重被壓迫階級之解放其及其生活之改善；（四）關於外交，他悉聽中央主持，並無局部的對外行動和主張。惟以國民資格及在一個革命者之地位，他盡力謀取消不平等條約，並誓率全軍努力奮鬥拚命犧牲以求其實現；（五）至對于革命方法，他最反對無紀律的暴民殘殺及社會自殺的行動，而主張由革命政府假法律手續以改善一切不良現象而實現「三民主義」。此外他亦曾表示盼望本黨及全國人分辨清楚孰是軍閥孰是眞革命者，而不要盡罵一切軍人都是萬惡軍閥。這樣的表示大約因爲其全軍數十萬赤心救國的健兒在飢寒交迫中經年吃苦奮鬥革命，而有許多地方仍不爲同志同胞們諒解之故。

馮是一個革命者。反革命的人罵他是慣於倒戈的；帝國主義者罵他爲無信義、慣賣友的；若一般奴氣深重的更罵他是賣主求榮、大逆不道的奸賊了。然在一般抱愛國主義者站在三民主義的立場上來評判他，都以爲馮氏近十餘年偉大驚人的舉動無不是他富而烈的革命性之充分表現，即使脫去帝國主義色彩而愛公理無偏見的外國人也有同樣的見解。是功是罪，那全看批判者戴着甚麼眼鏡來觀察罷。

由以上的叙述看來，馮之革命性實有社會經濟之背景。他出身於無產階級。一身一家飽受經濟壓迫，且處於其環境中而爲其所深識的人們都是飢寒交迫顚連無告者。他剛直勇俠的品性和力爭上游的大志既不容其受此惡環境惡命運之征服和軟化，則由對社會的不滿意而至於反抗正是自然結果，此即革命的種子也。後來馮身處於萬惡叢集的北京軍政界，目覩官僚軍閥淫惡驕奢的生活及種種禍國殃民的行爲，他的革命性更得刺激而發達了。而其所信之基督教中善惡不兩立及犧牲救人等教義亦適於此時發展於其人格，而助其革命性之發達。凡此皆是其革命性的背景。

西北軍之特點

我們要知道「西北軍」是完全由馮氏隻手所造成的，經有廿年的歷史，自有堅固的團體、整個的系統，因而發展了好幾種特性，今分條畧述之。

一、紀律森嚴　「寧餓死不奪民食，寧凍死不佔民房」，就是該軍的格言，且能心口如一，言行一致，故無論到那裡，眞是秋毫無犯，鷄犬不驚，因而甚得民心，爲民衆所歡迎。每遇撤防他調，老百姓處處無不攀轅痛哭，如喪考妣，如失靠山，確能實行「不擾民眞愛民」的口號。駐在北京三年，絕無欺負百姓的事情發生，只有百姓欺騙他們罷。大概有些奸商小販，知道他們買東西是不能講價的，便故意要貴些。兵士如果和他爭價，便犯了強買強賣之嫌，恐怕要軍法從事了。張垣退師時，窮百姓還在車站搶他們的東西，兵士觀之相顧而笑也。「國民軍是老百姓的軍隊」，這是軍中最新的口號，也是該軍實在的性質。

二、作戰勇敢　「戰時如猛虎，平時如綿羊」，也是該軍的口號。一到戰爭的時候，官長士兵都像生龍活虎般。現在前線作戰者均如一羣下山猛虎，其戰績不能一一詳述矣。每遇作戰時，軍長師長常有身臨前線上開槍的，因此馮每於作戰時反要下令不許各上級軍官身赴前線，因爲恐怕他們過於勇敢冒險犧牲而置部衆於危險的緣故。奉軍是很怕國民軍的，叫他們做「老綿羊」，因國民軍冬天反穿老羊皮之故。一聽得「老綿羊」來了，奉軍便有些膽震心驚了。西北軍中最精銳的一部是大刀隊。隊中每一個兵有一桿長槍，一桿自來得手槍（駁壳），和一柄大刀。臨敵的時候，三件東西先後施用，嗚喑叱咤，所向無前，沒有能抵擋得住的。大刀到處，但見血肉亂飛，屍橫遍野，眞是無堅不摧，無敵不克。全軍每師每旅都有大刀隊。隊兵挑選極嚴，訓練極苦，刀法皆中國武術也。從前作戰時每兵臂上佩一皮章，上書：『我們作戰，先用子彈；子彈完了用刺刀；刺刀鈍了，用槍頭；槍頭破了，用拳頭；拳頭打壞，用口咬。』故所部官兵，勇猛異常，只有戰死，沒有降敵的。且常常以少勝多，轉敗爲勝，均勇敢所致也。這一次與奉魯軍閥作殊死戰，因子彈缺乏，故常於黑夜衝鋒，惟賴白刃橫飛血肉相搏之戰術，卒殲滅頑敵，亦可謂悲壯矣。

三、忍苦耐勞　以西北軍與南方黨軍比較，大抵南軍輕捷靈巧，精神活潑，而西北軍則能忍耐勞苦，作戰持久，故各有所長。馮軍每天操練數小時，晴雨寒暑，都無間斷。此外又加以種種武術及運動，眞眞磨練到銅筋鐵骨。兵官們每天只食兩頓黑饅頭，行軍時每人背一糧袋，預備多日之食品。在盛暑時饅頭爲汗所淹，每至發臭，而兵士也一樣的吃。常時千里行軍，一兩天沒得吃沒得睡，他們也能一樣作戰，如馬鴻逵軍及吉鴻昌師此次出關即受此苦。去年夏間，第五旅由寧夏往救蘭州，於八日間走路千二百里，又第二師手槍團（即大刀隊）赴隴東作戰時，每人身負軍器雜物共六十四斤，而竟於廿四小時內跑二百四十里路。這可見西北軍能耐勞吃苦之斑斑了。

四、質樸不華　該軍官長士兵，幾已忘記了發餉是什麽一回事。別的軍隊，不發餉三個月，便要嘩變，可是馮軍三年無餉發，也沒有什麽怨言。在西安時，官長每月只准借生活費十元，士兵折半。到豫後官長每月只准借菜錢六元，兵士三元，全軍一律如此。最近官長准借廿元，省政府委員以至軍師長俱一律如此。每天的伙食，也惡劣異常，軍中說是吃「革命飯」。所穿的衣服，官長士兵都是灰布。馮總司令一衣一食，也與軍士同等。因此部下都覺得很平等，大家心悅誠服，毫無怨言。軍官士兵待人接物，很爲友愛和平，遇事謙厚實在，力戒虛浮奢侈驕傲等惡習。這不能不歸功於馮總司令個人人格之感力及歷年基督教精神之薰陶之效力了。

五、溫良純潔　該軍因注重精神的訓練及道德的教育，故知道與人民平等，並能努力為社會服務，崇尚清潔的生活。某政治家說：「勇敢溫良，該軍兼而有之，」這的確是真的。派來跟我的一個傳令兵，他也曾身經大戰三次，殺過敵人無數，但有一次我叫他去宰一隻鷄，他拿起刀便戰慄起來不敢下手。他說：「這鷄是沒有罪的，我怎忍殺牠呢？」國民軍的真精神，都表現出來了。一個人要他又勇敢又溫良，是很難兼備的，因兩種德性似乎是相反的、惟該軍可以受之無愧。每開差到各地，隨處修橋整路。疏河掘溝，掃街洗路，為農人闢地耕田及助其開耕收割等，地方人民，感德不少。從前在京有貧血的病人要注射人血才能救他，官兵們數百人爭報效生血。馮氏身自亦嘗為部下放血。前年在北京時據協和醫院的美國醫生說，國民軍患花柳病的數目在世界軍隊比例最少。有此清潔的軍隊亦為吾國之一點光榮也。

六、好學不倦　馮氏一生苦志求學，已見前文。他一做官即以其經驗訓練部下，所以歷來西北軍中普通教育幾與軍事教育齊其地位。一般新兵大多數是由農田間來，知識都是落後，但一入伍即無異進了學校，強迫研究各種功課。日間習兵操及上課，夜間則自習寫字之時也。雖在戎馬倥偬之中，而弦歌之聲，不絕於耳。軍營中教育制度好像學校一般，分班教授，秩序井然。所部將官，除少數人是國內外陸軍大學畢業者之外，大多數是在該軍行伍出身的。大概兵士或下級官佐中之聰明勤力及有成績者則選入教導團，上中級軍官則入軍官學校或高級戰術研究班，或送往外國留學。各受過相當訓練之後，復按級遞升。現在馮所部軍長師長等都有陸軍大學畢業的程度，旅團營長等至少有中學畢業程度。這都是在軍中研究和實習而得的。國內外陸軍大學畢業之參謀多兼任教官。而且軍中素重精神教育，凡長官均時時向部衆講話，諄諄教誨如父兄之於子弟。十餘年前馮即親手編定精神教育書以為課本。前時更以基督教倫理及精神訓練全軍。以故愛人救國犧牲清潔之訓皆該軍之精神教育之要素。今則努力以黨義為訓練之資矣。馮氏之與西北軍非徒是個人感情之結合抑亦精神主義之大結合，故團結力量顛仆不破也。

七、組織嚴密　在別的軍隊，軍長所任用的師長，多是自己的私人，師長所任用的旅長，也要是自己的心腹，旅長以下的團長，團長以下的營長，大都如是。惟馮軍則不然，全軍官長，自高級至下級，升降調委之權完全操於總司令一人之手，故全軍成為整個的團體，令出必行，且又能互相監督，受軍職者對於上級官長只認職不認人，不能有倒戈之事。西北軍招兵的方法，也是與別不同的。各軍師旅長，不能直接去招兵，也不能隨便收編。比方一軍有三師，損失了兩師，所存的一師就和別軍合併而已，不能隨時隨地補充，師旅以下均如此。招兵之事，是由總司令部特設機關而分區徵募，故全軍士兵也是分期入伍，班次井然。新兵之訓練亦由總部派高級軍官司其事。馮對於此事最為重視，無論軍事如何忙碌必撥冗常來講演考驗，親自教育。新兵訓練成軍之後，復由總部委出上中下級軍官。所以全軍組織統一，上級的命令可以貫徹達到下級，即如馮的人格之感力一般。下級官兵也能夠明瞭上級的意思，努力奉行。全軍之組織行動即是一副機器。某外人稱馮氏為革命家、教育家、軍事家、而且兼是一個大組織家，確有據也。吾極望此種極有效能的軍隊組織能普及於全國之海陸軍；「一切威權屬於黨」，則軍閥制度可打破矣。馮亦必樂將其一生治軍之經驗心得貢獻於中國軍制之改造也。

西北軍之弱點

以上是說該軍的優點，但如果祇有優點，沒有弱點，恐怕沒有此理，而且又何以解釋昨年之大敗於張吳之手呢？這一定是有原因的，我現在還要講講他的弱點。

一、地位不好　西北的地位，是由馮自己選擇的。民國十三年「首都革命」班師回京後，政府任他揀選一處駐兵的地方——地盤，原本他可以要武漢或江蘇等富饒之地，但他却選擇察哈爾、綏遠、甘肅等荒漠窮苦區域，因爲那區域能夠養成兵官刻苦的生活、耐勞的習慣，不過交通很不便利，接濟運輸，常感困難，地方又極瘦瘠，收入極少，土產除了糧食之外樣樣俱乏，政府又沒有接濟，因此發展的機會很小。一遇強敵久困所以吃虧了。

二、樹敵太多　俗語說得好，「好人難做」，因馮立志要做好人，眞心愛國，頭角太露，又因其賦性戇直不肯巴結、討好、逢迎、所以常常受人們妒忌和陷害，及討人厭。一般帝國主義者和軍閥，尤其想消滅他的勢力。去年張吳等寧蠲棄前嫌，聯合攻之。帝國主義者反對他尤爲厲害，上次與奉軍大戰時，列強通牒，即所以阻碍其軍事發展。馮率其西北軍雖不屈不撓始終奮鬥，然敵人太多難以應付，故卒有去年大敗也，今則與南北之國民革命軍聯合一致共倒奉魯。形勢一反去年，又不能作同日語矣。

三、人才缺乏　全軍官佐，都是相從日久，其中雖有國內外大學畢業專才參贊戎機，勞績殊偉，然而將領之大多數是出身行伍的，如有缺額，類皆由下級升上，不必外求，故全軍團結的精神固很充足，但外間的優秀人才，不易吸收。一旦有新領土或擴充勢力即苦感人才缺乏。此是「自內生長」（INGROWTH）的弊病，然而中國社會不良，所謂優秀人才，未必靠得住，即靠得住亦未必能在西北軍吃苦耐勞者。馮氏寧取其可靠者，故雖經過去年大敗後之流離喪失而全軍仍得結合一體再起奮鬥。嗚呼，馮氏之用心亦良苦矣。（全軍將領們都極憎厭「政客」視如蛇蠍，亦利害兼有也）。

四、政治失敗　馮自己究是軍事家，而非政治家，且向以爲軍人不應干涉政治，軍隊應受政府指揮，自己的目的只是練兵救國，因此向來沒有獨立的政治主張，故人們覺得他宗旨無定。但自己既沒有確定的政治概念，而事實上又不能不與政治有關繫，因此常要靠別人或擁別人執政，一旦擁戴非人，政治即失敗而軍事亦連帶而失敗。間嘗論之，西北軍一向只是一種戰鬥的勢力（武力）而非一種政治的及社會的勢力。亦無政治力及社會力爲之推動，爲之指導，及爲之後盾。結果，彼雖常有好目的好理想而前進則無正確的路途，在社會亦無穩固的基礎，只是孤軍奮鬥於混沌的時局，其能達到目的及完成理想者幾希。

豫東大捷

十六年十二月，我回馮軍銷假，曾由南京「中央黨部」第二次任命爲「政治工作委員」。回豫後，得飫聞秋冬間馮軍與奉魯軍在豫東大戰的史跡。今補述如次。

內患既平，馮氏遂得以全力東禦張宗昌攻豫之師。當時，戰事形勢至爲嚴重。馮先與閻錫山協商，由晉軍攻直隸，而由馮軍攻蘇北、山東。九月杪、晉軍先發動與奉軍作戰於新樂、保定間。馮軍則分三路——第一路鹿鍾麟率五萬人由馬牧集、碭山，攻徐州；第二路劉鎮華、鄭金聲率五萬餘人由考城攻濟寧；第三路孫連仲率四萬餘人由大名攻德州。韓復榘、石友三、孫良誠，鄭大章（騎兵）等軍九萬餘人集中開封、鄭州一帶爲總預備隊。十月九日，全軍同時發動攻勢。第一路軍與徐源泉等十萬衆（前線五萬餘人）激戰於馬牧集之際，二路軍以調集遲緩，未開戰，而且劉部匪軍姜明玉等忽相繼叛變，執副總指揮鄭金聲降奉，隨與劉志陸（粵人，陸榮廷舊部，由閩北上投奉）斷一路軍後路。鹿以前線兵力不敷，後方復受威脅，於激戰五晝夜後，急由歸德撤退。退師纔畢，鐵路即被切斷了。所以馮有「這一下，我便打了雙料的敗仗」之言（「我的生活」頁二一二）。

十一月六日，鄭金聲在濟南爲張宗昌所殺。鄭、山東歷城人，性俠義忠烈，早年從戎。辛亥，與馮氏同任管帶，駐海陽，相與密謀革命，共預灤州起義之役；事敗。馮氏倖免罪，鄭有助力焉。其後駐綏遠。十三年「首都革命」之役，鄭率其混成旅附義，遂加入國民軍」一軍，歷任師長、軍長。十五年天津、南口諸役，戰功甚著。至是遇害，馮與全軍痛悼之。至廿一年九月初「鄭之嗣子繼成在濟南車站手殪宗昌，爲公爲私的不共戴天之仇乃得復了。（詳情見本刊創刊號鄭繼成刺殺張宗昌一文。）

是時，奉方以全力分三面進攻——一、南面「孫傳芳在津浦路與第一集團軍何應欽部相持於明光以北。二、奉軍與三集團軍閻錫山部相持於五台娘子關一帶。三、直魯軍則分三路猛攻河南；褚玉璞、徐源泉、姜明玉等八萬人任中路，沿隴海路西進；劉志陸、潘鴻鈞等四萬餘人任左路，進攻太康、陳留等處。別以孫殿英等三萬餘人由大名進豫北。奉軍主力在黃河之南者不下十六萬。幸而奉軍不協同進攻而集中於豫西北，否則戰局不堪設想了。馮氏之應付軍畧：先令孫連仲、韓復榘、兩軍趕急衝擊豫西北彰德方面的奉軍張學良。奉軍受了重大的打擊，後退百餘里；韓隨即趕到豫東，與石友三等加入前線，而孫連仲則留防豫北。布置既妥，馮乃傾全力擊破南岸之直魯軍以保衞豫省。因敵軍經馬牧集之戰後，佔據歸德，沿隴海路猛進，於是施「誘敵深入」之計，電令前線各部節節退後，伏兵鐵路兩旁成長袋形。（其時勇將前敵總指揮孫良誠不明戰畧，拚死進攻，不肯後退。馮嚴令催迫，至不惜以軍法從事威脅之，始得完成計劃。據記錄，直魯軍之優越武器爲鋼甲車及迫擊炮。其精銳皆在鐵路兩旁；破敵妙計，端在誘其深入，在鐵路正面以沉着雄師與其作持久戰；然後急出精兵突擊其兩翼背後，但得破其一翼即可敗其全軍矣。直魯軍果然中計，沿鐵路中路挺進，由蘭封逼近開封。自十月廿三日起，鐵路正面戰事發生。廿六日，黃河南岸至杞縣，全面劇戰，晝夜不停，雙方肉搏衝殺。孫良誠、馬鴻逵等部日夜迎戰，疲憊不堪。俟敵軍主力已深入重地，孫即急令右翼埋伏的精兵分六路由杞縣出擊。廿七日，總預備隊韓復榘三師由開封開至前線杞縣。廿八、九兩日，配合右翼石友三等軍併力衝殺出來，紛向敵軍後方抄襲，大破其鐵路迤南的陣線。三十日，直魯軍全線大敗東潰。孫、韓、石等亦全面猛追。十一月二日，左翼孫良誠部吉鴻昌師佔領蘭封。而鐵路正面之敵首尾不相應，亦敗潰。鹿鍾麟部與鄭大章騎兵再進，包圍敵軍。吉、石、韓各軍亦各向東追殺殘敵，分佔沿鐵路各城邑。圍攻劉鎮華軍於考城之敵亦退。五日，韓軍龐炳勛師（「國民軍」舊三軍）復克歸德，俘獲甚多。次日，石、鄭、兩軍更追過馬牧集，碭山。鹿鍾麟乃進駐歸德。是役軍畧成功，獲全勝。總計俘奉軍三萬餘人，獲槍二萬餘支，大炮四十餘尊，另鋼甲車六列，實爲馮軍前所未有之大捷也

時，前方將領，均欲乘勝直取徐州；惟馮氏取穩健步驟。以津浦路方面，第一集何應欽正謀攻蚌埠，在軍事形勢上與己軍未能銜接，且奉魯軍力量強大，未可輕視；孤軍深入，策非萬全，故即下令退師，各部遵令。其間，獨有韓復榘一將，恃勇倔強，抗命前進，欲乘勝奪取徐州。馮氏無法制止，但不放心，即令劉汝明隨進備援。劉仍未忘曩年韓之投晉事，初不願行，經馮氏勉以大義，始率部東趨。韓復榘偪近徐州，果被重兵包圍。不得脫。幸劉部趕至、復大敗敵軍，韓方得解圍退却。（見「我的生活」頁七一六——七一七）。以後全軍暫屯歸德一帶，緊守前線，以待南方革命軍在蚌埠之發展焉。由此可見馮氏用兵之穩健。

第二次大捷

凡戰事發展，每有出人意表者。是役全勝後，馮軍作戰畧的撤退，却於無意中成爲第二次「誘敵深入」之妙計。蓋在前線各軍轉進新陣地間，直魯軍已另行編配，捲土重來，由濟南開十八列車運強大援軍，再赴隴海線。緣其統帥部見馮軍忽爾撤退，誤以爲其內部有變，後方不穩，故乘機大舉反攻也。其陣容仍分三路：右路以劉志陸指揮潘鴻鈞，姜明玉等五萬餘人由考城直指開

封；中路以前敵總指揮褚玉璞及徐源泉統五萬人由隴海路西進；左路以張敬堯指揮二、三萬人向太康、杞縣前進。馮軍各部分路迎擊。十一月十九日，直魯軍右路先擊敗劉鎮華軍，佔考城，西侵之勢甚兇猛。惟其左路張敬堯各部力薄勢弱，屢敗不敢進。中路褚、徐等鑑於前役深入中計大敗，此次不敢冒險輕進。惟其右路劉、潘等未嘗受創，乘勝突進。是時，全部「國民革命軍」已居有利形勢；在南面何應欽大部已攻蚌埠，與馮軍漸能呼應，此一利也。在隴海線各路敵軍，因內部複雜，各將領互相欺瞞，侈言進軍，不肯互報確實軍情，故無聯絡共進之效，此二利也。馮氏於是急定應敵軍畧，取「各個擊破」之計，立調韓復榘、石友三兩部任中路；鹿鍾麟任右路，孫良誠、馬鴻逵任左路，與劉鎮華部會合。廿四日，左路開始攻擊，先解決考城全部敵軍，擊斃其軍長潘鴻鈞，俘二萬人，槍萬餘支，後奉命乘勝急進。劉志陸部消滅，粵桂籍殘兵被送至武漢，給資遣散。在這一役中，吉鴻昌初露角頭，戰功著卓，自後以驍勇善戰名。

吉鴻昌那時正當師長，因前在河北新鄉、彰德、一帶，我任「前敵政治部」主任時，遇「紅槍會」之役，與他同患難，成至交，深識其人。於此不能不附筆細述。他是馮軍中一員「怪將」，不特廿六史中所看不到，就是歷朝的稗史、野史、小說也見不到同樣的戰將。他頭大眼細，眉粗鼻尖，長的滿臉濃黑的鬍鬚一如劇場上張飛、王彥章的臉譜。身高六英呎以上，體重二百餘磅。他打仗習慣，一到開戰，便赤條條的裸體上陣，胸前現出一大推茸茸長毛，幾乎掩蓋了他便便大腹。全身肌肉橫生。條條突出如虬龍盤旋於胸前兩臂間。這還不算奇怪；尤甚者，不知道他從那裡物色得兩名特別高長的大漢，各高逾七英呎。也赤膊緊隨他左右上陣作戰。一執大刀(關刀)，一揮大旗。開戰時，他本人，左手握短槍，右手持大刀。每衝鋒陷陣，三人同進，嗚咽叱咤，眞是神威懍懍，有如三個怪物煞星下凡督戰，不徒敵軍望見膽寒披靡，就連本軍官兵也為之膽壯力生，倍增勇氣。以智勇兼備，深得軍心，所以無往而不勝。前在西安時，他因事被撤職，罰在總司令部內任苦役。未幾馮氏見他刻苦悔改，立志自新，乃再委他任師長。在這大戰中，他所以特別努力奮戰，大顯身手，連立殊功，隨得陞級。（按：吉鴻昌與張自忠、馮治安、趙登禹、鄭大章為馮軍後起的五虎將，足媲美中期的孫良誠、孫連仲、劉汝明、韓復榘、石友三、五虎將。前期的五虎上將是張之江、李鳴鐘、鹿鍾麟，劉郁芬，宋哲元。其他驍勇善戰、功績卓著的將領尚多，不可勝數，以上是其表表者。）

十二月二日，全軍圍姜明玉於曹縣，連下數邑。圍城至十七年一月卅日，以坑道爆炸曹縣城牆，乃克之。叛賊姜明玉被生擒後自戕。魯西肅清，左路軍事乃結束。中路韓，石兩軍配合左路前進，於十一月下旬連敗徐源泉、褚玉璞等軍。右路鹿鍾麟等亦由杞縣進軍，連佔睢城、歸德、夏邑。十一月下旬，不及三日，三路連捷，擊破直魯軍十餘萬人，殘部東潰，無能再舉矣。於是豫東又告肅清。

尚有足資談柄者。魯軍張宗昌僱有白俄兵五六百乘車作戰，全軍盡墨。白俄均飽受軍事訓練，不畏槍炮，強悍勇敢，甘願戰死，惟最畏馮軍之大刀「隊」。每念及白刃相加，血肉橫飛，身首異處，甚或頭半斷而不能脫離，却不寒而慄，此次作戰，常遇「大刀隊」襲擊，每每戰鬥力喪，故大敗云。馮氏派人以理曉諭，皆願投降，隨軍服務。又：全勝後，韓復榘一軍俘獲新式犀利武器手提機關槍三千餘挺，馮氏盡以配給衛隊旅。韓頗悻悻有怨言，終亦無奈總司令何也。

再克徐州

當豫東大戰時，北方奉軍以閻錫山堅拒加入其陣線，遂於十月三日對晉宣戰，猛攻山西，全省岌岌可危；而在南方則孫傳芳、張宗昌大軍，尙與何應欽軍酣戰於徐州之南。馮氏決定乘勝直攻徐州，如是乃可殺奉軍之勢以救山西，並以威脅南面津浦線孫、之師，迫其撤退。韓復榘、鄭大章等奉令東進，於十二月三日至徐州城下，佔車站，開始攻城。一時，張宗昌、孫傳芳、褚玉璞、均被困城內，急調後方部隊來援。馮軍石友三、鹿鍾麟等部進兵較難，於七日始至徐會齊，而各軍苦戰經旬，疲憊已甚，難當數倍之敵；且有潰兵、土匪、擾亂後方。馮氏急令前線各軍暫且後撤，專俟南方革命軍北上，再行夾攻徐州；並調劉汝明師肅清後方，維持交通。旋接何應欽電、南軍進展順利，約於十四日會攻徐州。馮氏於是復令各軍分路東趨；韓由正面，石由北面，鹿由西南面進攻，包圍徐州，共擊破敵軍三萬餘人。但直魯軍先於十三日反攻津浦線；馮軍復敗之，再由隴海線躡其後。敵不能支，卒於十五日放棄徐州，分路北遁。十六日，徐州克復，第一、二集團軍會師。

豫東之戰，馮軍傷亡甚多，每日運回傷兵至開封者，數以千計。一時，醫院無地方安置，無醫生看護診理，更無藥物醫治，爲狀甚慘。尤可哀者，死亡過多，無棺殮葬，臨時只有用布裹屍，埋之黃土，稱爲「革命棺」，尙比不上古之「馬革裹屍」也。這亦可留爲革命史中之壯烈的不朽佳話。

豫東既平，馮氏於是傾全力肅清豫北。先是，方馮軍集中精銳作戰於馬牧集、蘭封及徐州數戰時，豫北防軍力薄，直魯軍孫殿英等數萬人，遂得大肆活動，連佔多城。時有梁壽鎧（「國民軍」三軍舊部）違令擅攻大名，敗退至新鄉。馮氏以其違令有誤戎機，又以其染有洋烟癖，即解除其兵權，以韓復榘兼領其衆，而令其離軍休養。此所以顧全孫岳面子故不以軍法從事也。（「我的生活」頁七一八——七一九）。

由十六年十月中旬至十一月初，彰德、衛輝各邑均爲敵佔領。蘭封初捷後，韓復榘嘗一度赴援，雖獲勝仗，但不旋踵又須趕回豫東應戰。馮軍乃於豫北取守勢，由秦德純（靳雲鶚舊部）等與敵軍相持。至十二月徐州克復後，遂調劉鎮華、鹿鍾麟、石友三、鄭大章、孫連仲各部過河，大舉進攻。韓復榘則在豫中京漢線以防禦樊鍾秀叛軍（樊聲言以廿萬之衆北襲）。十七年一月，各軍捷報紛至，叠克各邑。至二月初，豫北直魯軍盡退。其防線在彰德以北。各軍殲敵及俘獲無算。至三月中，最後將林縣之「天門會」匪巢攻破，焚其僞宮，於是豫北肅清。其後，大軍北伐，再無後顧之憂，而晉方危難亦得緩和了。（以上各役戰況，參考李泰棻「史稿」五十七章）。

在以上幾塲大戰中，身爲總司令的馮氏，眞是辛苦了。由他的自述，可見戰時的主帥生活、確不足羨慕的。倘不是他身體健康，得天獨厚，曷克當此！

在這悠長的激戰期間，我除調度部隊，指揮作戰外，更要籌辦救慰傷兵，掩埋陣亡官兵，獎賞有功各部，以及人馬、槍彈、糧秣、被服、補充等等的事。每天隨身帶着二、三十副電話機，與前方各部不斷聯絡，……此外還要各處奔走，一會兒要去開封，一會兒又到鄭州，一會兒察看東路，一會兒又察看北路。在各城各地，一方面與各級長官接頭，一方面須對士兵講話；同時還得對民衆宣傳。一天到晚，黑天白日，生活老是如此忙迫，神經老是如此緊張，一直繼續了數月之久。（「我的生活」頁七二一——七二二）

擁蔣復職與繼續北伐

自十六年八月中，蔣總司令下野去國後，寧漢黨部與政府雖復合，實際上黨內個人派系之爭仍未已，而在軍事上則似羣龍無首，北伐之功，難以完成。馮氏在河南，身當奉魯前線，甚以爲苦。顧以聲望及地位言，他又未能領導羣倫，共同聯合北伐，即以實力言亦無能獨當其衝，殲滅頑敵。於是，首先於八月間發電請蔣氏復職。繼於九月廿五日再行電請。至十一、十二月，復屢電南北軍政要人及蔣氏促其再起東山，又邀同閻錫山聯名數電中央及蔣氏竭誠擁護，皆以領導「國民革命」。完成北伐陳辭（電文見李著頁三八四——三八八）。中間，南京黨、政、軍、領袖亦紛紛擁戴。十一月，蔣總司令由日回國。十二月中央通過，復任其爲「中央黨部執行委員會」主席，「國民政府軍事委員會」主席，「國民革命軍」總司令各職。同月，「共產黨」在粵垣起事失敗，左派益失勢，汪兆銘因而去國。十七年一月，蔣氏正式復任黨、政、軍、領袖，名位實力比前尤強。雖黨內及南中仍有困難問題，幸無碍北伐大計之進行。蓋自十六年十月至十七年一月，馮氏屢電請中央各方聯同北伐（見李著頁三八九——三九五）。至是，時機成熟，計劃迅即實現矣。

二月中，蔣氏親到鄭州與馮氏會晤。由隨行的馬福祥（馬鴻逵之父，甘肅老將）獻議，兩人共訂金蘭之好。蔣氏將蘭譜送去，馮氏亦具帖還報如儀。由是結拜成爲兄弟之親，矢誓一心一德，完成「國民革命」。（按：此事余親聞馬氏言，係由他「做媒」的。）蔣總司令頒發犒賞金大洋百萬元（余領得十元）。

十六日，蔣、馮、兩總司令聯袂到開封，復詳商北伐大計，此即二人曩年在徐州時之決議也。作戰方畧亦商定，原則上即「聲西擊東」之計也。其計：第二、三集團軍在京漢線取守勢，但由馮軍佯作進攻，以誘奉軍調其精銳部隊於西方，而第一、二集團軍則集中精銳，沿津浦線疾攻山東，直取天津、北京。雙方作戰部隊、其用於山東方面者，有一集之劉峙、陳調元、賀耀祖、方振武（早已改隸一集）等，及二集之孫良誠、馬鴻逵、石友三、呂秀文，與騎兵席液池等。其用於河北方面者，有二集之孫連仲、韓復榘、劉鎮華、鹿鍾麟及韓占元、劉汝明、張維璽，劉驥（已陞軍長），與騎兵一軍鄭大章等。當雙方調集軍隊之際，奉軍猛攻晉方，深入綏遠、山西，蓋欲先行擊破晉軍而後應付南面敵軍也。馮氏爲實行佯攻之計，於三月七日移駐豫北新鄉，並故作種種進兵表示，如沿京漢鐵路多設兵站等，且日間則運兵北上，夜間運回，張揚其事，僞裝大規模進兵樣子，一則以分奉軍攻晉之勢，次則以誘奉軍主力，集中彰德方面而利東面之進攻軍也。結果：其計生效，然奉命死守西線之隊伍苦矣。

部署既妥，蔣總司令於三月卅一日親赴徐州設「國民革命軍」總司令部，主持全面北伐軍事。旋而馮氏亦由河北突至蘭封督師。雙方陣容，大致如下：奉、直、魯、聯軍方面——統稱「安國軍」，以張作霖爲「大元帥」。其下、張學良與楊宇庭親率奉軍精銳進攻京漢線。直軍褚玉璞在直南大名一帶，後並赴魯。山東方面，魯軍張宗昌屢經大敗，能力削弱，改由孫傳芳負責，併力作戰，集中軍力於魯南及西南方濟寧一帶，共有九萬餘人。統計：「安國軍」全部兵力共約四十萬。革命軍方面，全面布置：一、二集分攻津浦線；二、三集分攻京漢線；四集全軍留京漢線後方作總預備隊。全軍兵力共約七十萬人。

其在東戰場津浦線方面，以微山湖（在蘇沛縣與魯臨城之間）爲分界：湖以東由蔣氏指揮，其西則歸馮氏指揮。四月十日，全線總攻擊（先下令八日，旋延期兩日）。前一日，馮軍已開始作戰。十日以後，全軍進攻。東路疊獲勝。十二日，劉峙由台兒莊進至滕縣。呂秀文於十一日由鄆城進向汶上。惟西路賀耀祖於十二、十三日敗退。孫傳芳乘勝急進，率主力五萬人，連下豐、沛、二縣，直偪徐州。守軍已準備退却矣。在至危急時，蔣氏急去電問馮氏還有預備隊在後方否。馮答以仍有約萬五千人，可即全數開上救援，力請其千萬不要退後。這確表示他倆兄弟鴒原急難之革命精神了。

馮氏於是立刻令其時留在蘭封之預備隊石友三全部、趕急開赴前線救援徐州。於是，蘭封馮氏總部只有衞兵三百留守，虛空之極；但馮氏志切救助友軍，故不憚躬冒此大險焉。斯時，全軍最爲慓悍的石友三一軍，有如飛將軍忽然出現於碭山以東，大出敵軍意料之外。孫受此壓迫，不得不後退。徐州乃得轉危爲安。

十七日，石軍進攻豐縣，陣斃孫之軍長袁家驥，復大敗孫軍於魚台。孫良誠則早於兩日前（十五日）克嘉祥，進攻濟寧。孫傳芳在魚台聞警，立調大軍回援，包圍孫良誠於安居鎮。旋而石友三由魚台與賀耀祖進向濟寧。方振武亦由金鄉前進，與石、賀軍大破孫傳芳於嘉祥、鉅野間。十九日「合圍安居鎮」。同時，孫良誠亦擊退敵軍。時，席液池之騎兵已於十八日佔領兗州。滕縣敵軍於十九日退走。（石友三進軍將次濟寧，奉令又趕急回豫攻樊鍾秀叛軍（詳後）。廿一日，孫良誠、馬鴻逵、克濟寧。孫傳芳軍乃潰退。二集各軍，四面兜擊，俘獲甚多。全部敵軍損失三分一以上，殘部凌亂不成軍，不堪再戰。

濟寧既下，已據要點。蔣、馮、兩帥，會商於野雞崗。共決乘勝直取濟南。復由一、二集各軍分路北進。廿六日，開始攻擊。一集之陳調元、賀耀祖、方振武，二集之孫良誠、馬鴻逵、呂秀文、席液池、各軍分路猛進，奮勇追擊，連克要隘。敵軍望風披靡，於四月卅日退出濟南。五月一日，「國民革命軍」克服全城，敵軍盡退黃河以北。

五月初，革命軍與濟南日本軍發生衝突。北伐計劃為之一阻。其後卒繞道北上，繼續前進。（詳下文）

西戰場血戰

在西戰場京漢線方面，戰況益為複雜，益為艱苦。豫北、河北、全面皆由二集軍負責。方四月初東戰場戰事將爆發時，奉方已以全力猛攻山西。馮氏即令豫北孫連仲、鄭大章，由彰德攻磁州，又令劉鎮華攻大名，以分奉軍之勢而解山西之圍。劉鎮華與韓德元部，因兵少不得力。後來，馮調張維璽部增援，乃有利。奉軍既逼晉軍西退，即封鎖山西而以全力南攻。時，鹿鍾麟任北路軍總司令，指揮河北各軍應戰。五日，奉方以重兵由彰德進攻。同時，其第三方面軍主力在磁州作戰，戰況劇烈，對馮軍有壓倒之優勢。鹿急調劉驥、劉汝明等軍上前，增強彰德防線，仍以衆寡懸殊居下風。當此路軍吃緊時，馮氏急電武漢方面之四集李宗仁派隊來援。至是李令葉琪先來豫中接防。於是，駐漯河、許昌之韓復榘軍始得星夜北上。北伐之役，四集軍一體參加，以全力鞏固鄂湘後方，此次復派兵應援，使二集軍得傾全力應敵，乃竟全功，至足證其脊鴒急難團結革命之精神，其功有足多者。

十七日，韓軍激戰至烈，終須暫退原陣地。奉軍復從後方增加大量兵力。韓復榘猛撲右翼，進攻得利。奉軍援軍又增。二集全線各軍乃取守勢，深溝高壘，務阻其前進，以待良機。此正是東戰場在濟南一帶大戰之時也。奉軍乃集中力量，猛攻彰德方面，施用大炮、飛機，攻勢空前猛烈。守軍堡壘房舍盡毀，惟有據壕死守，沉着應戰，不進亦不退，白挺炮彈，蓋奉馮氏嚴令，「退一步者殺，進一步者殺」故也。韓復榘全軍至為英勇壯烈無匹，傷師長三人，旅長二人，尋而韓本人亦受傷，仍遵令不稍退。至廿八日，全線各軍乃奉命進攻，蓋東戰場各軍已逼近濟南，預料即可克其城。如是，雙方一齊北進，夾攻奉軍於東西兩面，其全師非盡覆沒不可也。西戰場自廿九日始，中路、左翼、右翼、各軍同時進攻，復以便衣隊擾敵後方。時已有鋼甲車、坦克車、重炮等利器（皆前在豫東之捷獲得者），兵力亦足，士氣尤旺，戰鬥力之強猛，沛然莫禦。奉軍初仍猛烈抵抗，延至五月一日夜間，全線總退却。蓋以濟南失守，東戰場慘敗，如西戰場各軍不及時撤退，將陷於東西夾攻形勢而西面全軍將不能東出山海關也。二集各軍當夜奉令，全線追擊。三日、克順德。五日，克大名，仍繼續北進。（按：或有誤會馮氏下令在彰河死守，毋進毋退為不進緩晉軍使其銷滅之譎計者，非也。實則為牽制奉軍精銳於西線而利東線進軍，即吾所謂「聲西擊東」計之實行也。）

方漳河戰事吃緊之際，駐軍豫南之樊鍾秀、前因對馮氏發生小誤會，轉趨反動，受奉方運動，以五萬餘衆竊發變叛，乘虛突擊二集後方。先陷郯縣，進圍禹州、登封、隨分兩路襲洛陽，陷鞏縣，及圍攻孝義兵工廠。別遣一部陷偃師、鞏縣、密縣。時，二集大軍多調赴前方，後防薄弱，勢頗危急。守孝義者僅得趙廷選師四千餘人。守洛陽者，後爲「訓練總監」石敬亭，亦僅有各級教導團五千餘人及張維璽軍之一部。石乃多製旗幟以作疑兵。然衆寡懸殊，危險萬狀。幸馮氏早料到有此變，先調宋哲元移駐潼關，至是奉令任勦樊總司令，率駐陝各部急行東開。四月廿日，及時趕到洛陽，即日南赴前線。廿八日，擊破樊匪約二萬人，旋克復偃師。時，石友三在東戰場進至濟寧，即奉調西返援孝義。廿九日，克復鞏縣並解孝義之圍。馮氏電令宋、石兩軍南進，克復各邑，並解登封、禹縣之圍。樊不支，遁魯山、襄城一帶。樊本約李雲龍同時攻西安，徒因交通梗阻，交通失靈，故李未能同時發動。其攻潼關之部，先被留守之馬鴻賓部（僅得五六百人）所擊潰，而西安仍被圍。當時，宋哲元因急於援陝，故未窮追樊之殘部。大軍一返，立解西安城圍，消滅李部。（當時余在洛陽西宮任二集軍官佐子弟學校——亦名「今是」——校長，有教員學生共約四百人，已準備全體犧牲。及捷報忽傳來，羣慶更生。）（又：「國民軍」舊二軍之岳維峻，前亦因小事誤會離去，幸未至影響全局軍事，後爲中央收編。此亦爲馮氏對中央發生怨望之一遠因。）

當北伐軍由山東順利進展時，日本意圖阻止，出兵山東。及濟南既下，日軍於五月三日在城內與我軍衝突。五日，蔣、馮、兩帥再會於黨家莊，商議對付日本方略及繼續北伐大計。決議：對付日軍採取外交手法，北伐軍事則迂迴北進；東戰場各軍在長淸以西渡河，西戰場京漢線加重兵力，雙方積極前進。於是，蔣氏回南京主政，交馮氏全權指揮兩戰場前線軍事。十日，馮氏移節豫北新鄉，注重京漢路軍事。因晉閻錫山前曾有關照，彰德以北由其負責，故即令韓復榘停兵於石家莊，亦所以配合東戰場方面形勢，雙方併進免孤軍深入也。迨晉軍與奉軍相持於保定、新樂間，閻深恐不敵，急電求援。馮乃令鋼甲車隊開動，在正面助戰，鄭大章騎兵及韓復榘兩軍出動策應其右翼。

維時，東戰場已渡河各軍，因地狹人衆，交通不便，糧秣供給爲難，進則生，退則死，馮仍令積極前進。五月十三日，二集之席液池騎兵突佔德州，形勢乃好轉。馮因從新布置陣容，分令一集之陳調元、方振武、及二集之孫良誠、劉鎮華各部分路前進。十九日，蔣氏復赴鄭州與馮氏商定北進戰略，決於二十五日以前兩戰場各部須在慶雲、南皮、交河、武強、晉縣以至正定，全線集中主力，準備進攻。同時，京漢線上四集之白崇禧部亦北上至正定任後路準備，於是韓復榘開至晉縣前線集中。廿八日前，雙方各軍須各趕至指定地點前進。東西兩戰場軍事分由朱培德、鹿鍾麟部署。廿九日，蔣、馮、兩帥會發命令，各軍進至指定地點暫止。卅一日，北路克高陽，晉軍克保定。六月一日，孫良誠克河間。

二日夜間，「安國軍」大元帥張作霖倉皇乘車東走，至皇姑屯被日軍炸斃。六日，急先鋒韓復榘二萬餘人急行軍，於三晝夜走八百里，直薄北京。東戰場方面，天津敵軍亦盡東遁。徐源泉乘時反正，以後歸一集軍直轄。京津於是平定（以後，白崇禧軍再北上駐河北。）

當時，韓復榘雖率先到北京，只屯南苑而不得入城，蓋在政治方面，政府早決心以京津予晉方，而在外交方面，外交團不欲馮軍入北京，故韓奉令之後不得不恪遵，意殊怏怏焉。至八日，三集張蔭梧入城，受任北京警備司令。

初，奉軍撤退時，地方中外人士與約，留鮑毓麟旅以維持北京秩序，至是回奉。經通州時，韓復榘盡繳其械，收容其千餘人於南苑，並無死傷。於是，公使團嚴行抗議。此舉本非奉令行事，惟馮氏以其爲全軍安全計，措置合理，負責交涉，去電解釋，斥責使團備至。隨將鮑旅人械盡行放回，其事乃寢，此北伐成功後之餘波也。同月，「國民政府」明定國都南遷，改以北平爲特別市，於是舊京乃定。

馮氏一聞奉軍潰退，及張作霖被炸死之訊，頓覺生年第二大讐已去（第一次是吳佩孚，已被打倒），仇恨既平，北伐成功，快慰何如！但忽然發生大病，至不醒人事。據其自述病倒的原因是可信的：

> 這長期以來，我是不分日夜，無時無刻不在緊張與繁忙之中，生活又過於沒秩序。有時整日不吃飯，有時一頓吃八九個饅頭。身體精神，早已到了疲敝不堪的地步。但因責任在身，大事未了，精神有所灌注，我仍然能夠一天一天照常工作，而不覺其疲殆。現在張作霖一死，奉軍潰退，關內宣告統一，我這方面的任務已大半達成，千頭萬緒的心願都化為烏有，於是緊張的身心立刻鬆弛，長時期日積月累下來的疲勞病困，一時發作起來了。（見「我的生活」頁七五三）

這可算是馮氏為「國民革命，贏得勝利個人所付之代價了。臥病六日，健康尚未完全恢復，即又僕僕長途，乘車北上。（馮氏之盟兄兼生死交之孫岳約在此時下世，又令馮氏不勝傷感。）

北平之羣龍大會

馮氏之北上事，當中也發生些少波折。先於六月中旬，北平克復以後，蔣總司令發電分邀馮、閻、李、三位集團軍總司令同到北平舉行「善後會議」，馮氏即覆電託病不能參加。時、李宗仁在漢口，亟派代表赴豫問病並力勸其參加會議。馮氏感其誠意，答允參加。蔣氏亦派員請李擔任調處中央與馮氏之隔膜。旋得李覆電報告，馮氏已允參加，遂由南京經漢口乘車北上，擬偕同其他三總司令聯袂入北平也。不料蔣氏於七月三日到新鄉時，馮氏不來迎，蓋已赴道口養病去矣。臨走時，囑秘書長黃少谷發電中央請病假。據黃謂其這兩天不大高興，在鬧脾氣，乃勸其勿發此電（劉著頁九四）。究竟這時馮氏所鬧的是什麼「脾氣」呢？大概是因此次北伐成功，北京克復後，他對於中央酬功頒賞憤憤不平，以為中央把北平、天津兩市和察直兩省的政權完全分給晉方，而戰功最著、犧牲最大的馮軍只分得北平崇文門稅局一所，是不公平的，乃懷怨望。想不到這一問題就是以後馮氏與中央發生裂痕之開始。其後，馮氏卒忍氣赴會，於六日扶病乘專車抵北京。未幾，孫良誠被任為山東省政府主席，何其鞏為北平特別市市長。這一着也許緩和了馮氏憤激不平的情緒不少。

七月六日，蔣、馮、閻、李、四總司令齊集北平。同日，四帥聯同到西山恭祭 國父。蔣總司令撫棺痛哭，蓋至是終有以告慰國父也。九日，在南口開會追悼「國民軍」三千餘名陣亡將士。蔣、馮、李、閻（代表），及鹿、白、方等將領與各界代表，各集團軍士兵等共數萬人齊集，輓聯多至萬餘副，由馮氏主祭。繼而宣讀祭文及演說，均能表出各戰士英勇犧牲之精神與功績，如蔣總司令之演辭有云：

> 當革命軍自粵出發，未幾下桂趨湘。彼時，正西北革命同志，與反革命者激戰南口。賴諸烈士之犧牲，直軍不能南下守鄂。北伐軍遂長驅北上，衝破長岳。日後，西北同志雖退甘綏，而北伐大軍，已以破竹之勢，消滅反動勢力，建立政府於武漢。是北伐成功，多賴南口死難烈士。革命同志，幸勿忘之也。（見李著頁四九）

此褒功語鄭重出自國民革命軍總司令之口，則馮軍犧牲價值之重大，可確定矣。此實「國民革命」北伐完成之尾聲也。

於是，馮玉祥將軍的革命事業成功了。（本章完）

附言：本書全稿原寫至本章為止，已見上文「引言」。但因編者誠懇敦促完成全書，俾讀者得知馮將軍畢生事跡，義不容辭，乃再搜索枯腸，參考中西文件、報刊、書籍，勉力再成兩章，直至馮氏去世乃擱筆。下期續刊第十五章「兄弟鬩于牆外禦其侮」。——著者

被奪軍權改任統戰

周恩來評傳（十四）

嚴靜文

考察紅軍突圍和長征的過程，可以清楚的看出來，最艱苦和危險的階段，並不在以後的爬雪山、過草原，而是在最初的兩個月，即從一九三四年十月到同年十二月，因爲這兩個月的關鍵是「突圍」，要突破八十萬大軍的包圍及五道碉堡封鎖線。紅軍主力約八萬五千人，經此兩個月戰鬥損失了五萬人，實非偶然。十二月中旬紅軍進入貴州省境，攻佔黎平縣以後，可以說是突圍的結束，長征的開始。在長征階段，紅軍雖然在自然環境上遭受了許多重大的困阻，但是比突圍階段，日夜接受中央軍的陸空的殲滅性的攻擊可要好多了，尤其是進入貴州省境之後到入川之前（一九三四年十二月——一九三五年五月）是長征途上最鬆快的時期。因爲剿共軍的主力仍被吸在江西湖南掃蕩項英、陳毅的殘部；而貴州和雲南仍在軍閥割據情況，南京政府尚未能有効貫徹；致軍隊渙散、政治腐敗，民怨沸騰，經百戰磨練的紅軍乃縱橫驅馳，如入無人之境。

在突圍階段紅軍遭受慘重損失，成爲遵義會議對周恩來的主要罪名，現在冷眼旁觀，顯然有點寃枉，因爲換了任何人，採用任何戰術，也都難免嚴重損失，遵義會議後，毛掌軍權，紅軍戰力突然增強也並非由於領導有方，而由於黔軍太不濟事。如果周恩來不倒，也會發生同樣効果。

國民黨當局出版的「剿匪戰史」，對於紅軍竄入貴州之後的形勢，曾有左列的描述：

「朱毛匪軍，自西竄入黔，於二十三年十二月十四日進陷黎平之後，如龍入海，既無堅固工事阻止流竄，復無勁練部隊挫其兇鋒，蓋因我追剿國軍，遠在湘、黔邊境，而黔省方面，又以我政府頻年致力於安內攘外工作，鞭長莫及，以致政治腐化，煙毒遍地，軍事方面雖號稱五個師，三個獨立旅，然各將領互相爭雄，形成軍閥割據，…實際各自爲政，互不相容，對於部隊訓練及民衆編組基礎甚差，益且負額不足，裝備低窳，乃至戰力異常薄弱，…」

至於政治之腐敗、民生的困苦，也非我們今天所能想像，夢秋編著「隨軍西行見聞錄」①中對此有段生動的描寫：

「貴州居民之貧苦眞是遠非我等居住江浙十里洋場者所能想像，做莊稼們（農民）冬穿單衣，且無完整者。每人有一件已補縫千百次的『家常衣』，小孩則隆冬還是一絲不掛，當我等行軍經過時，立於路邊之小孩，正在發抖。而居民唯一禦寒之物，即爲『烤火』。也眞是天無絕人之路，在這個貧窮的地域中，煤炭却到處可得。上海賣三十餘元一噸之烟煤，那裏只要一吊錢，而且一元大洋要兌二十吊。……」

在這種情況之下，軍民協力固然談不到，反之饑民則樂於隨紅軍打富豪、搶官府，也就不足奇了。

長征途中夫妻皆生病

周恩來在遵義會議上雖然栽了跟斗，但是煽動軍人奪權的毛澤東，仍不得不愼重將事。仍推留俄派的張聞天任總書記，而周恩來則除任軍委副主席之外仍留任一方面軍政委。這可從一九三五年六月，當時的總政治部秘書長蕭向榮仍稱周恩來爲「周政委」②得知。不過，當時的一方面軍政委，對中央軍委主席而言，尤其是對毛澤東而言都是例行事務的助手而已。

自一九二七年十一月起到遵義會議止，周恩來一向是毛的上司，現在一旦關係顚倒，成爲毛的助手；尤其是在周當權時期，毛的屢次抗命，周對毛的屢次鬥爭和懲罰，使這一顚倒的打擊格外沉重，當時周恩來情緒之壞，可不言而喩。尤其毛澤東的作風，獨斷專行更使周恩來難受。張國燾在「我的囘憶」中曾說：「遵義會議以後周恩來做毛的副手也是受毛委屈。」

行軍期間過度勞累，又加上遵義會議的打擊，身心兩面都已憔悴，因此周恩來在走往四川途中害了重病。當時他的護理員劉江萍描述道：

「第二天，當我見到了周政委，不禁大吃一驚：他比以前又瘦多了，臉像黃蠟似的，鬍鬚長得長長的，大概好久沒剃了。我悄悄地去問醫生：『政委得的是甚麽病？』『是肝臟病。這種病是因爲營養太差、操勞過度引起的。』……」

眞是夫妻同命，周恩來不但自己害了肝病，鄧穎超又害了肺病，兩個人都躺在行軍床上，隨着紅軍日夜做急行軍的流竄。那段日子對周恩來有如煉獄。他夫妻倆居然能挺過去，沒有死在長征途中，眞是一個奇蹟。

周恩來的病，對中共其後形勢的發展，可能發生了重大的不利影響。主要是一方軍，與四方面軍在川西懋功會師以後那個階段，張國燾與毛澤東的對立和鬥爭，造成中共和紅軍的分裂，幾乎使中共完全覆滅。假使周恩來不病，充分發揮他「和稀泥」的本領，張毛二人或不致決裂。即使決裂也不至於決裂得那麽快、那麽激烈和徹底。

其實一方面軍和四方面軍的會師，本是毛澤東一大危機，因爲他在遵義仗實力軍人支持，以政變方式奪了權，得罪了留俄派和周恩來，同時遵義會議決定提升毛澤東爲政治委員也是非法的，毛澤東所以強行這麽作，全憑軍隊的支持；可是與四方面軍會師時，一方面軍只剩下殘兵敗將一萬人，而四方面軍則有五萬人（一說七萬人）而且裝備整齊，士飽馬騰；相形之下，頓然見拙。如果張國燾的與周恩來及留俄派携手，憑四方面軍的實力，是可推翻毛澤東的權威。可是張國燾似未摸準內情，一與毛澤東等會合，在兩河口第一次軍事會議上便與毛澤東發生爭執和對立，並且對共產國際要紅軍撤往外蒙邊境的北進路線表示懷疑；加上他一向反對共產國際在中國建立蘇維埃的路線，因此把留俄派和周恩來推向了毛澤東的一邊，遂造成張國燾、四方面軍對抗「中央」的形勢。在這種情況之下，張國燾等既不願放棄自己的原則，又沒有毛澤東那種不顧一切，刼持「中央」的狠勁，其結果是貌合神離的妥協。張國燾等暫時屈從了北進的方針，同時援引遵義會議的非法方式，增補徐向前、王樹聲、傅鍾、周純全、曾傳六、李先念、何畏、李特之四方面軍八將領爲中央委員。

兩軍於六月十六日會師到八月下旬「草地分家」，毛澤東率一方面軍拋下四方面軍不告而別③，一共開了三次會議；第一次是六月二十五日兩河口（撫邊縣）會議，第二次是二十八日的卓克基（理番縣）會議，第三次是八月五日的毛覽蓋會議。第一次是中央軍事會議，第三次是政治局中央軍委聯席會議，第二次是政治局擴大會議。據張國燾說，這三次會議以毛覽蓋會議最重要，是唯一的政治局正式會議，但是周恩來因病沒有出席。照私人關係講，張國燾與周恩來的關係較密切，可是兩軍會師之後，與張國燾聯床夜話的却是朱德，而不是周恩來。這都說明，周恩來因病，不能多做調和的工作。

國際七大當選執委

一九三五年八月，當毛澤東與張國燾在包坐「草地分家」之後，張國燾遂與朱德、劉伯承、徐向前、李先念等率軍南下，另立了一個中共中央；周恩來、張聞天、秦邦憲等則在一方面軍中，隨毛澤東北上，十月到達陝北吳起鎮與當地的紅十五軍團會師。

當張毛兩個中央分立時，他們都還不知道共產國際的基本路線已經發生了重大轉變。

在歐洲由於意大利法西斯政權發動侵略阿比西尼亞戰爭，及與德國納粹合力支持佛朗哥發動西班牙內戰，加上日本在亞洲一九三一年九一八事變以來對中國步步加緊侵略，使蘇聯在歐亞兩面都感受重大壓力，而藉口反共起家的莫索里尼和希特勒，尤為史大林所恐懼，在這一形勢之下，共產國際於一九三五年七月二十五日到八月二十日在莫斯科舉行了第七次全世界代表大會。大會通過了四項決議，並改組了共產國際的領導機關。在通過四項決議中最重要的是根據共產國際總書記季米特洛夫（G. M. DIMITROV）的政治報告所通過的「法西斯主義底進攻和共產國際為造成工人階級反對法西斯主義的統一而鬥爭底任務」。而這一決議的主要內容則要求各國無產階級擴大團結對象，「建立廣大的反法西斯主義的人民戰線」；「在殖民地和半殖民地國家裏，共產黨員底最重要的任務，在於建立反帝人民戰線。」在另一個決議案中則有「為擁護和平保衛蘇聯而鬥爭」的口號。細察其內容和意向，不外是蘇聯感到德意日三國反蘇反共的威脅，號召建立「反法西斯主義的人民戰線」，及「反帝人民戰線」無非都是為了保衛蘇聯。

中共駐國際代表王明，也在大會上作了重要報告。大會選出了新領導成員，在四十七名執行委員中有王明、毛澤東、張國燾、周恩來四人入選；秦邦憲和康生則當選候補委員。

在大會期間，王明即根據大會的意向，於八月一日代表中共宣佈了那篇有名的「八一宣言」，原題是：「為抗日救國告全體同胞書」；號召在中國建立民族統一戰線，共同抗日。

由於這個「八一宣言」，是挽救中共脫出左傾路線死胡同的指針，在中共黨史上具有劃階段的意義；這個轉變雖是蘇聯和共產國際的主張，但是却由王明在莫斯科宣佈，這對於「一貫偉大正確」的毛澤東顯然不大合適，因此中共的出版物對於這一點含糊其詞，例如一九五一年北京新潮出版的「從五四到中華人民共和國的誕生」（又名「中國新民主主義革命史年表」）即做如左記載：

「一日中共中央『為抗日救國告全國同胞書』，要求停止內戰，一致抗日，並號召全國人民，不分階級、不分黨派，共同團結，組織國防政府，抗日聯軍，挽救民族於危亡。……」根本不提王明與莫斯科。有些史著竟說是黨中央在長征途中發出的。

但是胡喬木却在「中國共產黨的三十年」中却有相當坦率的記載：

「……在這個時候，迫切需要對日本進攻中國以來的國內形勢作一次正確的分析，決定黨的政策，糾正在黨內濃厚存在着的『左』傾關內主義。這個工作，是一九三一年到一九三四年的黨中央所不能完成，毛澤東同志在一九三五年的長征中也不可能完成的。直到這時，在共產國際關於反法西斯統一戰線的正確政策的幫助之下，黨在八月一日發表了號召統一戰線的宣言。……」胡喬木後來的失勢罷官不知是否與這段記載有關。

「八一宣言」發表時，共產國際以及王明本人與中共中央的聯繫隔絕已久，因此特派在莫斯科的張浩（林毓英）回國，傳達共產國際七大決議及「八一宣言」。張浩於一九三五年十二月間返抵陝北，毛澤東、張聞天一派的中共中央十二月廿五日在瓦窰堡召開了政治局會議，並通過了「關於目前政治形勢與黨的任務決議」。因此中共後來宣傳的抗日統一戰線，實是共產國際「反帝人民戰線」的翻版。

北上途中周政委罷官

一九三五年八月毛澤東率林彪的第一軍團，彭德懷的第三軍團，擺脫四方面軍孤軍北上時，毛即將這支僅餘約六千人，殘破不堪的中央紅軍進行裝備，取消一方面軍及軍團的番號，改稱工農紅軍陝甘游擊支隊，以彭德懷爲司令，毛澤東自任政委；支隊之下編兩縱隊，林彪任第一縱隊司令，彭德懷兼任第二縱隊司令，葉劍英負責領導中央軍委縱隊。

這次改編的目的，乍看好像是爲了實事求是，因爲部隊減少了，已用不着那些空洞堂皇的番號，當然這也是實情；不過毛澤東素好誇大，而且當時又極需誇大軍隊番號，因爲紅軍的編制向來用誇大番號的辦法來虛張聲勢，通常兩三千人就稱軍的番號，五千人以上就用軍團番號；這本是惑亂敵方的一種戰術；毛澤東何以到了兵微將寡時，反要實事求是呢？而且爲什麽一到達陝北之後立即恢復了軍團的番號呢？而每一軍團不過兩三千人，例如徐海東的十五軍團，「屬下只有三個團，却號稱三個師，每團人數約爲五百餘人，總共不到兩千人，槍支則有一千三百左右」。再說他之奔向陝北，必須壯大中央紅軍之聲威，才能懾服當地的土共部隊，同時也才好和張國燾的四方面軍對抗，現在取消方面軍和軍團，是自減威風，豈非十分不智？其實毛澤東另有企圖，那可能是進一步奪取軍權。在毛覽蓋會議中決定，張國燾繼周恩來任紅軍總政委，但周恩來仍是一方面軍的政委，仍有直接預聞軍事的權力，經這次改編之後，一方面軍政委自然消除，只剩下一個中央軍委副主席的空銜。從此周恩來便徹底失去了對紅軍的控制。在其後的年代，毛澤東也一直嚴防周恩來再插手軍隊；可以說在軍權爭奪上，周恩來是毛澤東第一號政敵，必須使他徹底乾淨離開軍隊，因爲周恩來從一九二五到一九三五，曾是紅軍最高軍事權威。

一九三五年十月十九日「工農紅軍陝北游擊支隊」流竄到陝北僅存二千餘人④，而當地的紅十五軍團則有七千餘人，合在一處也不夠萬人。隨即重新改編，恢復了軍團的番號。編制如左：

紅一軍團
軍團長　林彪
政委　聶榮臻
參謀長　左權
政治部主任　羅榮桓
紅三軍團
軍團長　彭德懷
政委　楊尙昆
參謀長　葉劍英
政治部主任　袁國平
紅十五軍團
軍團長　徐海東
副軍團長　劉志丹
政委　程子華
參謀長　戴季英
政治部主任　郭述申

主持「白軍工作」委員會

毛澤東把周恩來從軍隊中拔根之後，在黨的領導機構改組中，周恩來也沒有獲得重要的職位，組織部長爲羅邁，宣傳部長爲吳亮平，但是這樣一個多面手的人才，而且担任過那麽重要的職位，總不能使他投置閒散，於是在政治局中新設了「白軍工作委員會」，由周恩來任書記（一九三六年一月）。從莫斯科返抵陝北的張浩任副書記。另外協助他工作的朱理治則是在肅反工作中犯過重大錯誤的人。所謂「白軍工作」是對剿共軍的策反工作，那是非常空泛渺茫的一種工作，如果搭不上線根本無事可爲。同時事權也不統一，例如紅軍前線總指揮彭德懷（當時毛的第一號親信）也插手這一工作。在這種情況之下，周恩來再度表現了卓絕的忍耐功夫，不計名位，埋頭苦幹，有什麼工作，做什麼工作。

關於彭德懷插手「白軍工作」，張國燾「我的回憶」曾有所描述：

「在同心城一個大院落裏，我和朱德率所部與彭德懷又重新會合了，我們一道盤桓了兩三天。彭德懷那時担任前敵總指揮的工作，所有陝北的紅軍，統歸他指揮，……」另一段則說：「這是我與彭德懷第一次共事，我覺得他是一個富有作戰經驗也有政治想頭的一位軍人，他處理軍事問題顯得精明機警，性格倔強自信，他愛談政治，對於西北抗日局面，抱有極大的期待，他津津樂道他俘虜萬毅的經過，怎樣優待，說服他，言外之音，似乎他對這次的西北局面，有過莫大的功績。……」

萬毅是張學良部東北軍的一個團長，與他前後被俘的還有一個團長高福元，一○九師師長牛元峰。當時中共對「白軍工作」的主要辦法是設立「俘虜訓練班」，對被俘的東北軍軍官進行抗日政治宣傳，然後釋放，使他們回到東北軍中宣傳停止剿共，合作抗日。這一工作本應由周恩來負全責，可是從彭德懷的談話看來，他也負相當的實際責任。

一九三六年九月，張國燾率四方面軍及二方面軍北上進入甘肅時，首先在打拉池與徐海東的十五軍團會師，又在同心城與彭德懷會晤，其後才在河連灣會到周恩來。當時周恩來是毛澤東派他代表黨中央迎接張國燾的，雙方所談的多關於他和張學良會晤經過及東北軍與中共合作抗日的問題。並合力在河連灣與中央軍胡宗南部打了一次硬仗，並獲少勝。張國燾對周恩來曾作如左的回憶：

「這次戰爭的勝利，周恩來的貢獻最多，他熟悉當地情況，實施堅壁清野的工作，他一面調度人力獸力來運輸糧食，供應我軍前線，有時要從幾百里路的遠方運糧食來，另一方面他組織游擊隊赤衛軍，到接近敵人地區去活動，將所有的糧食運出，並拉空那裏的人力獸力，使敵人困於給養，敵人主要就是爲了這一點，不能不向豫旺退却，俾能接近公路線，獲取補給。」等戰事完了，張國燾、朱德馳往保安會晤毛澤東時，「周恩來則須先赴各縣料理這次戰爭所未了的事務，然後再返保安。」

從這些記載來看，當時周恩來幾乎甚麼工作都做，從歡迎特使，徵集運輸糧草，率游擊隊拉丁搶糧等等，這些都是中下級幹部的工作，但是他都親身力行。這情景使人回想，一九二七年五全大會後在武漢的情景，在陳獨秀辭職匿跡，武漢政府「分共」在即，中共中央徬徨無路時，他負責接待和打發同志的情景。

周恩來隨毛澤東抵達陝北後不久，周妻鄧穎超的肺病已極嚴重，周恩來特請毛澤東批准，派人化裝護送鄧赴北平西山療養，因此這個時候，夫妻二人天各一方，一個長吟病榻，一個則失去權位，爲了自我表現則不辭勞怨，無事不做。

巧言打動張學良

周恩來主持的「白軍工作」，雖然事權不統一，但是主要任務仍由周恩來所完成。最具關鍵性的一項任務是一九三六年六月在延安天主堂與張學良的秘密會談。

據張學良所撰「西安事變懺悔錄」所示，一九三五年十一月國民黨召開五全大會時，張學良即惑於中共合作抗日的宣傳，在上海秘密與潘漢年晤面，其後又在陝西秘密與中共使者李克農等晤談，但迄未下決心，直到一九三六年二月在延安與周恩來晤談後才下了決心。懺悔錄有關記載如左：

「某夜，在延安天主堂同周恩來會面，約談二、三小時，良告彼，中央已實施抗日準備，蔣公宵旰爲國，雙方辯論多時，周詢及廣田三原則，良答以蔣公决不會應允，周承認蔣公忠誠爲國，要抗日，必須擁護蔣公領導之。但左右如何乎？又力言彼等亦蔣公舊屬，如中央旣决心抗日，爲什麽非消滅日人最恨而抗日最熱誠之共產黨不止？在抗日綱領下，共產黨決心與國民黨恢復舊日關係，重受蔣公領導，進而討論具體條件：（大致如下）

（一）共黨武裝部隊，接受點編集訓，準備抗日。

（二）担保不欺騙，不繳械。

（三）江西、海南、大別山等地共產黨武裝同樣受點編。

（四）取銷紅軍名稱，同國軍待遇一律。

（五）共產黨不能在軍中再事工作。

（六）共黨停止一切鬥爭。

（七）釋放共產黨人，除反對政府，攻擊領袖外，準自由行動。

（八）准其非軍人黨員，居住陝北。

（九）待抗日勝利後，准共黨爲一合法政黨。一如英、美各民主國家然等等。」

另一段記周的談話：

「周更提出，如良存有懷疑，彼等言不忠實，願受指揮；意受監視，任何時可以譴責。當時良慨然承允，並表示良有家仇國難，抗日未敢後人。上有長官，不能自主，當向蔣公竭力進言，以謀實現，各以勿食言爲約。……」

接着張學良又自述與周會談後的心情。

「同周恩來會談之後，良甚感得意，想邇後國內可以太平，一切統可向抗日邁進矣。今日思來，當時良之理想，愚蠢可憐，幼稚可笑。……殊不料良當年認爲愛國抗日之共產黨人，乃石敬瑭、劉豫之流亞，誠如蔣公早年所言，『頭等大漢奸』也。……」

以上的記載，可見出左列兩點：

①周恩來的遊說發生了決定性的効果。竟使張學良深信「邇後國內可以太平」並「甚感得意」。會談後不久，東北軍與共軍即事實上進入停戰狀態。並伏下西安事變的遠因。張學良當年所以敢於刼持蔣氏，實由於以紅軍及蘇俄爲後盾。

②透露了周恩來語言之善巧，力言他和毛澤東等都是蔣委員長的老部下，並願擁護共同抗日等等，使張學良感到，中共和他自己立塲全無不同。

③周所列具體條件，與七七事變後，中共軍隊接受改編之條件相當接近。

在延安會談前後，周恩來所領導的「白軍工作委員會」，爲了加強對東北軍的滲透，設立了「北線白軍工作委員會」，派蔡乾任書記，並已在東北軍內部建立了「東北軍工作委員會」，由朱理治任特派員駐西安領導，工委會書記則爲劉瀾波（東北軍一〇五師師長劉多荃之弟）；透過別的活動，已掌握了張學良所親信的幾個青年將校，包括機要秘書應得田、苗劍秋、警衛營營長孫銘九等，策動他們組成了「抗日同志會」，在東北軍各部散播聯共抗日的言論，並爭向張學良進言，要求抗日。及至張學良在延安與周會晤時，他已完全墮入周恩來所張設的羅網之中，因此才能一席話即使張學良決心定志，投入中共的策畧。

延安會談之後，西安事變之前，葉劍英和李克農、鄧發已經常川駐在西安，成爲張學良的帷中秘客。

張學良在懺悔錄中紀載，一九三六年十一月自洛陽慶祝蔣氏五十壽辰回到西安與共方接觸的情況：

「良由洛返陝，答覆共黨，一時無法向蔣公請求實行停戰計劃，遂乃共相約書，局部暫停，仍由良負担向蔣公從容陳請。共黨曾派葉劍英來見，並携有雙方停戰之計劃和毛澤東之約書。願在抗日前提下共同合作，軍隊則聽受指揮。良要求彼等須暫向北撤退，以期隔離，給予時間，容余醞釀，彼等認爲河套地凍天寒，需棉衣和補給，良曾以巨額私欵贈之。令彼自籌。共匪遂撤出瓦窰堡，向三邊北行。該時共黨在西安設有代表處，鄧發已曾到過西安。救國會、學聯會，皆有代表。上海日人紗廠之罷工，良亦曾以私欵接濟，彼時陰沉空氣，已籠罩西安矣。」

當時駐陝之部隊除東北軍之外，尚有西北軍楊虎城的第十七路軍。而楊虎城的外甥王炳南（曾任中共駐波蘭大使），秘書長南漢宸，親信米暫沉等都是共產黨員。楊虎城是陝西的地頭蛇，早對南京心存疑忌。在南漢宸等包圍之下，對於中共早就消失敵意，據張國燾的記述，他一九三四年率軍入川經過陝南時，楊虎城就曾派人和他接洽，相約互不侵犯。

在西安事變前夕，南漢宸等必已與周恩來領導的「白軍工作委員會」搭上了線，裏應外合了。因此當時中共內部盛言的「張楊共三角聯盟」、「西北抗日政府」，並非望風撲影。

從上述情況看，即使西安事變不發生，張楊共三方面也必然採取某種聯合行動來表現他們的反蔣抗日的主張。西安事變的發生，使這一行動以最戲劇化的方式表現出來。而在張楊等闖出亂子之後，周恩來立即扮演了幕後的主角，機敏的利用形勢，促成了國共二次合作，挽救了中共瀕臨滅亡的命運。

註解：

①夢秋是筆名，爲中央軍的一名軍醫，隨軍在江西作戰時爲共軍所俘；隨中央紅軍流竄到四川，得機返上海；七七事變後曾訪問延安，所著「隨軍西行見聞錄」，於民國二十七年一月由上海生活出版社出版。

②劉江萍著「周恩來同志在長征路上」，原載一九五八年北京通俗文藝出版社的「鋼鐵子弟兵」第三集。

③一九三五年八月初毛覽蓋會議之後，中共中央即組織前敵指揮部，徐向前出任前敵總指揮，陳昌浩任政委，指揮包括四方面軍之三十軍，四軍及一方面軍在內的右路軍北上；張國燾則以紅軍總政委和紅軍總司令朱德指揮左路軍。在這一形勢之下，毛澤東等實已爲四方面軍的囊中物。行軍途中三十軍遭受中央軍胡宗南部截擊發生激戰，毛澤東乃率一方面軍乘機溜走北上。

④關於一方面軍奔抵陝北時究竟剩下多少兵力，毛澤東在一九七一年八月到九月巡視各地所發表的談話紀要中，自稱八千人，細考事實，大成疑問。因爲在川西與四方面軍會師時只剩下一萬人，而第五第八兩兵團又編入左路軍，減少了三千人，因此只剩林彪一軍團三千五百人及彭德懷三軍團二千五百人，共約六千人，再加上四方面軍撥過去的三個團總數約八九千人，但是沿途傷亡極大，到陝北時絕不會仍有八千人，據後來到延安的郭潛說，只有二千餘人，實際上可能更多一些，但應不會超過五千人。

【未完】

燕京舊夢【五】

李素

當大學生的那幾年，何止是一生中的黃金時代？簡直是鑽石時代！生活雖然簡樸平凡，却別有光輝四射，姿采繽紛的靈境，每一次想起了都禁不住眉飛色舞，並覺得餘味無窮。

單是老師之多，就已經不是一時說得完的。我修習過的科目不算太多，但有一部分我早已完全忘掉了。我想老師們聽了這話，準會因大失所望而傷心。我的先天稟賦殊欠豐厚，以愚笨的頭腦和微弱的能力去學習五花八門的課程，眞是扶得東來西又倒，那裡顧得周全！只求各位師長多多原諒這個頑徒吧。

我唸過日文，現在連字母及老師的姓名全忘了，眞該死！淺易的法文倒還勉強懂得一點兒。老師是武法詩（譯音）先生和馬丹播啊（譯音）。此外，研究甲骨文和鐘鼎文的容希白（庚）教授，講音韻學的聞在有（宥）教授，還有担任中國通史的鄧之誠（文如）教授，應該也是我的老師，因爲讀文學的人總得認識本國歷史呀。教授盡是名家，只怪我沒出息，不用心，錯過了千載一時的良機。

王伊同學長的「勺園紀聞」說：「歷史系教授鄧文如師，金石經史無不精，四史諸子咸成誦，談吐典雅有高緻。從其學者，署有本源，自有金聲玉振之感。於及門弟子，諄勸無倦意，然於時彥負盛名者，則攻之毀之不遺餘力。嘗考證醒世姻緣，謂蒲松齡所作，已定案。時胡適之先生標點舊文學，詢鄧師所據，則默然不應。嘗於講室中涉及云：『北京城裡有個姓胡叫胡適的，你們佩服他，我討厭他。他問我醒世姻緣是誰作的，我曉得是蒲松齡，但我不告訴他。』師籍江寧，然少從宦雲南，因有滇音。作此語數，抑揚有別緻。師歸道山有年矣，予入蜀，嘗手書摺扇以贈……」（一九六五年燕大校友通訊）我錄了這段話，使我依稀憶起一點零碎印象，雖則並不淸晰。

對各門必修科，我都能循序學習，沒有什麼不可克服的困難。但我最不感興趣的要算邏輯一科了。教授是黃子通老師，儘管他神通廣大，講得同學們大點其頭，而我却是天生的蠢才，畢竟沒有讀通。我靠強記去應付考試，分數及格是不成問題的，問題在於試卷交上去之後，我馬上把一時強記的東西忘個精光。數十年來，我的思想依然雜亂之至，錯綜跳盪，無跡可尋，始終都不合邏輯。所幸古今來有些大哲學家的思想也未必盡合邏輯，有時做起事來還是跟我一樣胡塗，這使我有理由原諒了自己。

不過，我仍覺得大學課程中所規定的必修科太多了，總有一部分學生勉強修習，結果只是廢時失事，徒勞無功。但願現代的教育家及心理學家，能有妙法予以改善，那末後來的莘莘學子一定會比我們幸福的。

熊佛西教授所開的「戲劇研究」課程，我也很常去旁聽。我只記得他的特徵是有點兒禿頂，戴眼鏡，上課時連講帶演，裝腔作勢，表情逼眞，十分有趣。

凡是學生對老師的印象，總是親見親聞的眞事眞情，也就是史實了。爲補充我的簡陋，只好擇要抄錄一點資料。陳禮頌學長的「燕京夢痕憶錄」中，有如下的憶述：

「熊佛西教授乃並時畢業母校之三大文學家之一，其餘二人即許地山與謝婉瑩（冰心）二位教授也。熊教授，湘人，專攻戲劇，佩深近視鏡，頂微禿。講解戲劇理論時手舞足蹈，甚富戲劇意味，復能深入淺出。其時聽講者除主修者外，旁聽者亦不少，堪稱叫座一時。熊教授一向不重分數制，故凡選讀其功課者，莫不成績優良，皆大歡喜。

某次期考，熊教授照例每人給予「G」（良）以上之分數。當時教務處特下條子通知熊教授所評分數太寬，詎料熊教授將原有分數單取消之後，一律反而重新改爲「E」（優），嗣後教務處亦終無如之何也。教務處方面本其行政之立場，熊教授方面則本其授業解惑敝屣分數之立場，蓋雙方立場不同，處事自然互相逕庭。後熊教授任職於晏陽初博士領導下之定縣實驗區，致力於民間話劇運動。記得其所著「屠戶」即是當時定縣一帶賣座話劇之一。」

這兩段話的小標題是：「熊教授敝屣分數制」，刊於一九六七年燕大校友通訊。我想，這樣一件事只能發生於最富民主精神，及眞正尊師重道的燕大。教師可以運用自己的教學方式，不受校方的干涉，這種自由，恐怕不是此時此地的老師們所能夢見的吧？

由於老師們的介紹或同學們的引領，我也拜識了當時詞名極盛的張爾田（孟劬）老教授，及清華大學的一位講師浦江清先生。屢承他們不吝教導，使我獲益不少。

至於更常訓誨我並盡力提挈我的，還有幾位教授。

鄭西諦老師

鄭振鐸（西諦）教授原籍福建長樂縣，但他的國語已經不帶鄉音。他和冰心師同鄉，也同屬少壯派。他那六呎以上的高瘦個子，穿上稍嫌短窄的洋服，顯得活力充沛，強健異常。燕大的教授們多數穿大褂兒（長衫），冬天穿上輕裘一襲，頗有雍容之致。但我似乎從未見西諦師穿過長袍。高鼻梁上的那副半吋來厚的眼鏡，却是他獨特的標誌。

他担任的功課有文學大綱，明清小說，也許還有文學史，俗文學之類的，我可記不淸了。

上鄭老師的課眞是一種享受，幾乎每一堂他都講些故事。我們只須靜下心來，以欣賞的心情去聽他滔滔不絕地講下去，好不優哉悠哉！考試時也不用戰戰兢兢，提心弔胆，只要肯翻翻合自己興趣的參考書，看看筆記，約畧記得綱領所在，答題目時話說得合理而不太離譜就成。不然的話，若要記許多聽不完的故事，不弄到張冠李戴，害老師笑痛了肚子才怪！

鄭老師愛書成癖，他的家簡直像個書舖子，眞是琳瑯滿目。他又愛考究版本，搜藏之富確實驚人！有一次，他只讓我們參觀各種不同版本的西廂記及其中的插圖，就已使我們眼花繚亂，花了大半天也沒有看完。

在當年，他是異常活躍的文壇健將，寫作既多且快，由他主持或參加編輯的文藝刊物及叢書也不少。因此他常常鼓勵同學們寫稿，也讓我有機會練習和撈幾元稿費作零用。偶然他也會帶三兩個學生去參加一些文人的集會，見見世面。最使我高興的是，鄭老師很信任我的學習能力。有一回，他主編北平大達書局的文學季刊（希望我沒有記錯），要出一期什麽研究專號，臨時抓我去當個小卒，叫我寫一篇「唐宋大曲考」，而且限期繳卷。

天哪！我一向是興趣主義者，平日興之所至只看過一點兒詩詞，什麽是「大曲」、「小曲」，我本一無所知，惟有哭喪着臉對他茫然地搖頭。他却哈哈大笑，說：「別發愁，我知道你做得來才叫你的。把這一堆參考書抱回去看一遍，材料當然還是不夠的，你到北平圖書館去找，再看十種八種也就差不多了。」師命嚴如軍令，我那敢違抗？只好硬着頭皮，壯着胆子，衝鋒陷陣去也。

我一連兩天跑進城去找資料，然後回到燕大圖書館裡埋頭閱讀，沉思一番之後就着手把應用的材料整理和安排，依次寫下去，居然能如期繳卷呢。聽見鄭老師說我那篇東西寫得不錯，我心裡已自高興，到了文稿刊出之後，又受到別人的恭維，那就更覺飄飄然了。青年人不愛聽別人讚賞才怪！可惜我那時候寫的東西，除了一點詩詞，其他均已散失，也許永遠找不回來了！我連刊物的名字都想不起來，又能從那裡去找？

無論如何，我總已找到一個結論。凡是像我一樣的懶學生，若肯多去找幾位嚴師督促，做一點課外工作，看幾本課外書籍，的確比聽某些教師胡扯半年空話更有益處。

西諦師當過幾年國文系主任，一九三六年離燕大南下，應聘為上海暨南大學的文學院院長。他致力於文化工作凡三十餘年，源源不絕地發表了許多作品。大致上看來，發表有關文學理論及文學史的作品時，他用眞姓名，小說却用筆名郭添新，其他散文等則用西諦。他是文學研究會會員，曾先後主編文學季刊，上海生活書店的文學與文諫月刊，及革新後的小說月報等。不過，文學理論和文學史的歸納，分析的研究，整理等等才是他工作的重心，故有「新文學的虔誠灌漑者」之稱。

鄭老師花了四年多的時間與心血才完成的煌煌巨著，便是那厚厚的四大冊「文學大綱」。這部書介紹了世界文學發展的概畧，並分別闡述各國的重要文學作品，和它在文學發展中的成就與價値。我想大多數在學校的青年朋友都知道或見過這部大製作，不用我多說了。此外還有插圖本中國文學史，中國通俗文學史，中國文學研究等書，都是很有價値的作品，而且是研究古文學者的上好讀物。

還有，鄭老師的其他著作如小說、散文、雜文、詩、及翻譯的希臘神話等等，數量也不少，而且是很好的作品，譯筆也很優美。我這個淺拙的學生，所知的實在太少，不便胡說了。

鄭老師勤謹博學，多藝多才，富有魄力，對新文藝的發展貢獻極大，爲人眞誠和藹，熱心愛護及提拔青年，他的許多好處我一絲一毫沒有學到，惟有寫得一手劣字却彷彿得自他的眞傳。熟稔西諦師的人都說他的字和小學生寫的一樣，而我的字呢，簡眞像是幼稚生寫的！這叫做「青出於藍」還是「變本加厲」？或者是「一代不如一代」？無可諱言，我是一個最頑劣的學生，這是鐵定的。愧煞我也！

數十年活躍文壇的健將——鄭老師原該續有無可限量的貢獻，可惜天不假年，竟於前往蘇聯途中因飛機失事而罹難，逝世已經十多年了。回想音容，不勝悵惘！

顧頡剛老師

「夏禹是個虫虫……虫虫，」這句話是魯迅先生跟他的學生顧頡剛先生作筆戰時，引出來挖苦學生的口吃毛病的。

我的老師顧頡剛却是一位忠厚的長者。他身材高瘦，健步如飛，臉色特紅（絡腮鬍子忘了刮時，却有點兒發青），精神奕奕，眸光四射，說一口蘇州官話。頡剛師講書的時候，越着急就越講不出來，「這這這……是……是是……」是了半天，臉也漲得越紅。大概因爲口慢，正如瞎子的聽覺特靈一樣，自然產生補救的功能，所以他的眼睛特別快，看起書來何止一目十行，簡直是一眼一頁！他這麼翻呀翻的，就能立刻批評和指點任何書籍或文章的內容。他做事也一樣快捷而緊張，彷彿有人在背後追趕着似的。他既快又勤，就自然能博啦。

若想知道他自幼至長的事跡，研究古史的方法及他何以有那種主張等等，只須看他的「古史辨」第一冊那篇「自序」，文長一百零三頁，等於半部自傳呢，內容非常有趣。

頡剛師興趣極廣，花樣眞多，爲了研究歷史，就轉彎抹角惹出許多枝節的研究，牽牽連連，因而搞出許多種刊物：民間故事，歷史人物，禹貢，大衆知識，民俗學，歌謠……等等。我曾跟他學編也學寫這一類的東西，但我最高興跟他去遊名山古剎，考古搜奇，確是趣味無窮。

我記得有一年的初夏，曾跟着顧老師作考古的旅行，參加的師友約三十多位，目的是前往周口店去訪猿人洞。路過盧溝橋時，我看見那寬二十餘尺，長達六百六十尺的橋身，橫跨永定河，覺得那氣象確是雍容濶大。前邊的宛平城也是古色古香，放眼四望，有曠遠凄清之感，饒有詩情畫意。橋頭有碑亭一座，碑上刻着「盧溝曉月」四個大字，瀟洒漂亮，似乎是乾隆皇帝的御筆吧？記不清了。當時我只是匆匆走過，忘了細看兩旁橋欄上排列着的，每一個都不同表情，不同姿態的石獅兒，錯過了欣賞的機會，至今仍覺可惜。至於猿人洞，只見洞穴宛然，人跡依稀，使人有「前不見古人，後不見來者」的蒼茫之感。

有一次是跟師友們去遊妙峰山。妙峰山上的廟宇，香火之盛，盛得驚人。一路上善男信女絡繹不絕，有些還一步一跪，慢慢的拜着上山，表示他們無限虔誠。面對那些香客，使我認識了宗教信仰的力量之宏大。

至於潭柘山的戒壇寺，則有綠陰古道松林，有怪巖絕壁，泉流如注，還有岫雲寺的午夜鐘磬之聲，淸越嘹亮，的確超塵俗拔，能激蕩靈魂的迴响。

顧老師同我們去遊覽的地方，何止這幾處！只是我一時竟想不起那許多。例如到故宮博物館看歷代名畫（是眞本，不是照片或複製品），遊孔廟，參觀科舉時代的試塲國子監，到甚麼展覽會去看一些敦煌壁畫的摹本，我都已忘了是跟誰去的了。遊圜城却是跟顧老師去的。那也是一個珍藏古物的地方，似乎就在北平城裡。其中有一座高及尋丈的玉佛，溫潤晶瑩，珠石滿頭，寶光熠耀，的確珍奇之至。此外還有歷代的盔甲、兵器、度量衡等物，還有許多東西，可惜印象已太模糊了。

總之，追隨顧老師去參觀，去遊覽，去旅行，去考古，都是最有趣的事，也是最佳的精神享受。三幾十人一起去，路上一切都有人負責分頭照料，女同學尤其是佔盡便宜的，只須坐享其成，多好！而且用錢也很省，因顧老師主張節儉，他是燕大教授羣中最平民化的一位。他終年穿着布鞋和布大褂兒，有時是一件咖啡色的夾袍，肩上淺得發綠，脇下顏色最新也最深，襟上及背上却較灰暗，這是陽光以「藝術加工」所構成的陰陽三色袍呢。

他經常提了個破皮包，偶然還帶一個報紙裹着的小包。你猜吧！包裡是什麼？原來是大餅，油條或者葱油餅！除了閉門讀書，他是個「席不暇暖」的大忙人，來不及趕回家就以大餅充飢。有時候，他也會坐在街邊的攤子旁，跟工人、苦力或洋車夫並肩吃麵條兒，却絕不認爲有損大學教授的尊嚴。

顧老師對衣食及物質享受，從來也不講究。就這樣穿着布鞋和三色袍，他走遍大半個中國，出入於各大學，各研究所，各種大機構之門，泰然自若。他那種專心致志於學術文化工作，昂然怡然，超然於物外的精神，是他的生徒們所深深敬仰的。

還有，頡剛師的和易可親，也是他能得人心的原因之一。他不單把學生當朋友，而且當作家人呢。我們上他家裡可以毫無拘束，不必担心失言或失禮會招尤惹禍。我們愛聽他述說旅遊的經過，描述千佛洞的藝術，蒙古包的風光等等，也愛聽他講講家常瑣事。他說他健康良好，就只有失眠的毛病，若是工作到深夜才就寢，就更難入睡，必須師母把他當嬰孩般不停地輕拍着，才能漸入夢鄉。有趣有趣，這位大教授原來是個老娃兒！

說開了遊山玩水，就想起了另一件可喜的事。某一個夏天，英文教授包貴思小姐請我和一位男同學，陪他到石景山的金仙庵去避暑。我最愛山居，良機難得，自是欣然奉陪。那位男同學是聰明能幹的熱血青年，當然是包老師的得意門生啦。他就是自號燕京布衣的吳世昌學長。他比我高一班，但我是同他一起上英文課的。吳君也愛寫詩詞，功力比我高深，曾給我一些寶貴意見。他經常戴一副太陽眼鏡，因為有一隻眼睛已喪失了功能，而家境又欠佳，和我一樣窮，也許更窮。我想這正是包老師之所以請我們同去的原因。讓窮小子們免費安度三兩星期的假日，暫時忘掉金錢的壓力，在優美清靜的環境裡玩個暢快，包老師這一番善意，這一片慈柔，使人深深感念，銘刻不忘。

石景山相當高峻，金仙庵雖在山腰，却已在雲霧之中。

隨良師，偕益友，遊勝地，滌塵襟，誰說不是人生樂事之一？雖然是碎夢微痕，也值得頻頻回憶。現在就順筆錄幾首當年粗拙的習作吧。

南鄉子 與國文系諸師友遊妙峯山

幽邃一窮探，指點羣山奔玉驂，眼底漸寬心漸遠，深湛，上有長天下古今。　佳景任追尋，亂石崩崖更遠涵。蒼翠滴人雲可掬，沉吟，千仞山頭一正襟。

水龍吟 登潭柘山戒壇寺戲贈羣驢

綠陰古道松林，怪巖絕壁泉如注。相憐野老，人生轉磨，聰明何苦！一抹清霜，半宵明月，歡樂自如。看天邊落日，江潮湧作黃金海，無塵土。　碎石堆雲穿霧，兀不怕險巇山路，淋漓汗滴，泥濘足跡，蕭然風雨。嶺上風光，人間那有，清明如許？把煩哀裹扎，再無言語，便登峯去。

菩薩蠻 宿岫雲寺中夜聞鐘磬聲

雲浮四野連還斷，鐘聲自送羣山遠；明月照松林，清泉響梵音。　塵心渾欲寂，但見澄空碧，獨鶴唳高枝，長天欲曙時。

望海潮 遊石景山宿金仙庵

綠陰微濕，蟬聲疏落，山腰半舊尼庵。苔碧露濃，泉流石亂，模糊遠近烟嵐，地天兩呢喃，覺此心冉冉，詩思清湛，一壑松風，暗吹涼意到天南。誰調酸苦鹹甘？任生靈濺血，公子沉酣，雲裡那知，人間酷暑？瓊漿難止貪婪。殘照一肩擔，看衆峰聳立，低首愁含。滄海誰填？憎他陵嶽自參參。

憶舊遊

又雲舒淺暈，柳嫋長條，湖漾輕波，四野衣新綠；有清光洗眼，詩意如何？舊遊驀上心坎，佳景已無多！記冷雨蕭疏，香縈影附，夢裡消磨。　蹉跎，只追惜，看架底簷前，繚繞藤蘿；正擬尋春去，却濃陰遮斷，遠徑頹坡。撲窗更有飛絮，殘照抹林柯。況破碎家山，蓬蒿滿目鴉似梭。

春神

春神原不滯人間，浪跡雲踪各自閒；教得柳嬌鶯囀後，
落紅殘照滿空山。

落花

朝霞落日漫流連，水面風前兩黯然，遊戲人間非命薄，
自甘憔悴惡人憐。

秋夜懷人

去歲中秋月，清輝顏奕奕，此夕月朧朦，平添淒凉色。
深宵獨倚欄，空庭何寂寂！暗香浮桂樹，花枝爲誰摘？
心事託飛鴻，天涯探消息。路遠思漫漫，淚和秋露滴。
早知離別苦，何如不相識！

燕大未名湖上

秋魂黯黯對斜陽，瀲灩雲天水底光，一自霜風吹落木，
垂楊無復舊時妝。
寂寞楓湖寂寞天，疏林何計掩炊烟？幽蘭無奈芳馨歇，
雲壓西山百丈巔。

浣溪沙

小閣重簾烟雨收，醉紅飄盡獲登樓，遠山無語只低頭。
星影徘徊人去後，小庭月色爲誰幽？爭嫌愁亦太温柔！

最後，筆者還有個小小消息要報告的：去年秋天，從友人處間接探悉顧老師仍在史學研究所，領導着一部分人從事標點二十四史的工作。

燕京布衣在英國牛津大學授課數十年，退休後已回大陸，現在文學研究所任事。兩位的健康與生活都良好。

【未完】

謙廬隨筆

十二

矢原謙吉遺著

（五）

「吾儕均有辮在，絕無需假髮辮者，汝一介辮販，來此何為？」趙五尷尬萬狀，無言可對，乃逡巡而退。

此輩「准遺老」中，予余印象最深者，厥為一西城營造商石某。其人短小精悍，貌似忠厚，恒衣灰布長衫一襲，與遺老宴集時，則加一劣質之黑馬褂於其上。彼雖自諸遺老處，得贈扇面不計其數，而夏日所持者，例為一巨大無朋之黑色摺扇，有如京劇中之費德公與高登然。其人沉默寡言，有時甚至終席不出一語。而對諸遺老必恭必敬，必慷必慨，頗得人之歡心，不似趙五之「暴發戶氣」十足也。

其父素為泥瓦匠，庚子後，翻修京城內一王府，發現藏金多甌，房主德之，贈以少許，遂立成小康之局，且可自營營造廠焉。京中顯貴，咸以其有「招財進寶」之機運，凡有所修繕，必爭先用之。石繼父業之後，人緣更佳，又復仗義輸財，揮金如土，即「大內活」亦屢出其手。「大內活」者，宮中之修繕也，獲利例與內務府及宮庭內監均分，實際工料所需，尚不及其半。一年，三大殿一帶，有宮室易梁換柱之事，實即有石某插手其間。事後，其廠中有楠木源源應市，盡為傢俱廠與壽材店，高價購去，得利何止十倍？

於時末路王孫與遺老之生計，日趨困頓，鬻園典屋以求活者，與日俱增。以「石掌櫃」多識新貴，咸囑其代為物色購主。石一經審視後，立付屋價少許，以為屋主渡日之需，然後徐覓購主。沒落世家多以是德之。

石又為華北「幫」中巨子，其輩份僅在山東王若瑟之下，而與張樹聲輩相侔。故一時顯要與軍閥政客，亦頗多折節相交者。如張宗昌，褚玉璞，胡毓坤，榮臻，楊清臣，孫殿英，徐源泉等，均頗稔其人。最可怪者，張宗昌於大勢已去之後，每以「清室遺忠」自況自許，而最初為其溝通「直魯聯軍」與遜清之關係者，居然乃此無一「頂戴功名」之「石掌櫃」。

先是，石以心臟病瀕危，為余所治癒，遂饋贈連連，幾無虛日，每至輒曰：

「先生恩同再造，雖傾家蕩產，赴湯蹈火，不足報也。」

余殊不欲無功受祿，每有所贈，輒邀之小酌，聊充回敬。久而久之，石竟大異常態，每與余獨對時，幾至無所不談，言無不盡。

石告余曰：遺老深惡「民國」與「大

總統」等字樣。故常在文字中訛之爲「氓國」，「冥國」曁「大仲恫」等唐突之詞。亦云謔矣。

石之談吐，亦絕似遺老，稱淸爲「大淸」；宣統爲「上頭」或「上邊」；對諸遺老則悉用舊時官銜，「某制軍」，「某相國」，「某太傅」，「某制台」，「某王爺」，「某貝子」，……而當其只稱「王爺」時，則係單指攝政王而言。於袁項城，段合肥，則直呼其名爲「老袁」，「老段」，非所以示其親暱，適足以示其憎惡之感也。

日既久，余再三固請之，石乃稍與言「幫」中事。余始悉「幫」中秘語，謂之「海底」。「幫」中人謂之「老大」。已入幫與否，謂之「老大在家嗎」？「輩份高低」，謂之「第幾柱香」？姓名謂之「在家姓某，出外姓某」。………凡「幫」中人，雖鞠躬與敬茶之微，亦標新立異，與衆不同。石以常與遺老遊，言談舉止，均頗少江湖氣息。

（六）

石又頗稔直魯聯軍副總司令褚玉璞，嘗告余：褚每喜親臨前線，裸其上身，軍裝僅扣最上方之一鈕，一手執紅綾大砍刀，一手握駁壳槍，坐於椅上督戰，其側即立一上尉階級，面貌雄武之軍官，懷抱一繡有「令」字之軍令旗，後列所謂「督戰隊」，各執紅綠綢綾之鬼頭刀。遇有退者，或攻而不克者，此一「褚歪頦子」，即回顧督戰隊曰：

「給他亮亮！」

「亮亮」者，「透空氣」也，出於褚之口，即爲斬首之令。有時，褚尙悠然曰：

「讓他給咱聽聽電話！」

意即懸其首於電桿之上，以警衆也。

是故，其部驃悍能戰，蓋人人畏敵彈尙遠不如畏褚鬼頭刀之甚也。

褚更常召其部將至「督戰椅」前曰：

「今天太陽下山以前，你把那個山頭給咱拿下來。拿不下來，你就是個舅子！」

倘逾時仍未克，褚即在電話中斥之：

「咱×你姥姥！咱×你歸了包錐的祖宗！你給咱拿下那個山頭來！」

（七）

當是時也，華北風雲日益險惡，日方箭拔弩張，華北亦處處秣馬厲兵，是故總領師干者，一時悉成天之驕子。區區一師長之家，即儼若侯門，笙歌庣將，夜無虛夕，趨奉於其門下，以能充「淸客」爲幸者，即不乏昔日之總長、總裁、總辦、督軍、督辦……。至於貴爲軍長與總司令者，則更屬無冕之王，直目無餘子矣。

此輩武夫，「戰而優則仕」，權傾朝野，而見識常若頑童。時代使然，良可嘆也。

凡此者流，半生戎馬，鋒鏑餘生，一旦富貴尊榮，其養生懼死之忱，尤倍於常人。故余能於此輩多有往還；而渠等於就醫時，亦一改其盛氣凌人之態，循規蹈矩，應對如儀，恍如見其舊日長官焉。

此輩中，予余印象較深者，首推西北軍驍將龐炳勛，其人矮黑而陋，于思滿腮，既不剃去，亦不使長之過長。見之者倘熟讀水滸，則不難由龐而聯想及宋公明之外表，但惜其氣度格局，不及宋公明萬分之一耳。

龐貌似拙鼈，而機詐過人，又號「龐痂子」。時任第四十軍軍長。人云：龐善戰亦善哭，善哭所以善戰。每遇戰輒赤膊，手執大刀，立於指揮所前，頻擊其「虎皮交椅」之背，大聲叫曰：

「哪一個王八旦×的敢下來？叫他小子的頦子先亮．亮！」

戰若不利，龐即翻身撲地，且滾且哭，厲聲咒曰：

「都是那個當師長的王八旦×××，當旅長的×××，△△△，把咱給坑了！——這些生孩子不生屁股×的兎仔子們，可害苦了咱啦！」

此種表演，雖在龐軍中幾爲家常便飯，而每奏奇効，蓋舊式出身之師旅團長，均不欲其部屬遙指之曰：

「此即龐軍長所咒之王八旦也！」

有人甚或於軍中永獲「兎仔子旅長」之稱號，「無屁×團長」之榮譽，蓋皆龐憤急中所賜也。

龐每來診疾，例有一開場白曰：

「咱刀裡槍裡，風裡雨裡，什麽苦沒有受過？這份筋骨，就不是鐵打的，也是亞賽「金鐘罩」！這都是×××那個兎仔子，硬彎着我去玩，去吃；存心要算計咱。咱這才吃了他一個暗虧。如今就請您大夫拉咱一把，下次咱決不再麻煩您！」

孰知下次後復有下次，余遂亦偶然戲之曰：「這一次又是哪個兎仔子坑了您？」

龐遂赧顏而笑曰：「呵，您趕情也知道啥叫兎仔子！行，行！下次咱再說髒字，就請您掌嘴！」

一日，龐忽謂余曰：

「您別看咱是個大老粗，任什麽都不懂。咱手下的弟兄們，可聽咱的話啦！不信就請您明天去觀觀操！」

余以不諳軍旅，觀操亦無所習，遂遜謝之。而龐堅持再三，復曰：

「觀操是句好聽話，天知道，觀他個鷄×！其實就是弟兄們翻翻杠子，來點雜耍。咱看您大夫是個朋友，就用不着跟您裝蒜！」

翌日，龐遣一副官來診所，導余之司機馳往其防地，顚簸數小時許始達。龐之軍容，一如舊日之西北軍，祇二十九軍尤爲瞠目其後。官兵則戴蝙蝠式之灰布棉軍帽，戎裝亦臃腫如孕婦然。大刀則僅於特務營，執法隊之背包上，始得一見。據云：特務營之前身爲衞隊營，係龐軍之精銳，其中一連，悉配備以紅纓單刀與德式「快慢機」手槍；另一連則以手提機關槍爲主；其它一連則擁有輕重機槍甚夥。——余雖不知兵，而竊異之。集全軍精銳以衞主帥，固能保將軍之無恙，其何補於戰局乎？

余之疑問，果立得證實。其特務營之一連長，以自豪之口吻告余曰：

「這一個連的火力，抵得上普通兩團人。他們一連，頂多只有兩架機關槍，多半還只有一架。」

龐軍設有一衞生連，除碘酒、蘇打、繃帶、阿司配靈外，殆無它藥。余與該連長立談片刻，詢以如此設備，何以應付戰場需要？彼答曰：

「不必多慮，我連備有担架四十副之多，已較它處之衞生連，設備完善多矣！」

一若有担架在，即萬事足矣。余聞之不禁無言。似此之戎馬生活，苟非厭世主義者，絕不能樂此不疲也。

（八）

一日，余與陳覺生等晚宴於恩成居，席間有一矮胖之老者，恂恂然如一山西錢莊之老板，頂已禿而氣色紅潤如四十歲者。其人極善飲，而出語不多，舉止亦無囂張之狀，言談中僅隨聲附和而已。余意其必爲一伴食之幕僚人物，殊陳覺生忽以日語附余耳曰：「君不識此老乎？渠即赫赫有名之湯玉麟也！」

余聞之大詫，蓋此君既絕不似新聞照片中皮帽高靴，虬髯持槍之狀。亦絕不似一曾以烈馬快槍，縱橫關外之「鬍子頭」也。

余友管翼賢告余曰：湯在草莽時代，綽號「湯二虎」，衝鋒陷陣之驃悍，不在張作霖之下。發槍尤準，常以「打香頭百發百中」之絕技，不血刃而克敵制勝。

湯遁離熱河後，輾轉得入宋哲元設於鐵獅子胡同之進德社，遂以宋之高級顧問名義，漸與老西北軍系人物打成一片。湯固豪於資，私宅中每晚輒設雀牌一桌，烟鋪一榻。欲雀戰者，不須自費，蓋每一抽斗中均各有信封一，內藏現鈔數百，以備「清賬」之用。手氣好者，更可席捲其所得而去。烟鋪上亦備大量「大土」與「福壽膏」，聽憑吸食。烟盤中且有小型烟罐多具，愛「大土」者，儘可携之而去。

出入湯門者，皆進德社人物，以及二流政要，咸讚湯之善作主人。至是湯遂以一東北軍之「棄婦」，搖身一變而爲老西北軍中宋系之圈內人物矣。

管翼賢謂余：湯在熱河時，向以慳著稱。而一旦避地燕京，即與前判若兩人，以好客聞，其「虎落平陽」，「廣結善緣」之故乎？抑感於滄海桑田之變，便欲痛改前非耶？

湯之稚姬一人，後以婦科症求治於余。余亦未悉其係自關外隨湯來此者？抑或係湯納自燕京之小星？惟伊之求子心極切，並連稱：

「這也是大帥的心願！」

余初聞愕然，繼乃大悟：此大帥即湯也。由此可見：湯雖於客中聲勢，大不如前，而在家中仍以「大帥」自居也。

就診多日，頗着効。一夕，湯遂携姬宴余於王家飯店。湯卸長袍馬褂，戴小瓜皮帽，上綴一大紅頂珠，手中且執有唸珠一小串，稍予人以不倫不類之感。

宴間，湯於往事絕口不談，談吐中故做超然出塵之語，余漫應之。自念此「大帥」倘眞能忘世淡泊如此，又何必夜夜大開烟鋪與牌桌，以娛進德社諸君子耶？

湯又提及二日人之名，謂爲關外舊識，便中乞代致候。余料此二君必皆於役關東軍，在關外之風雲變幻中，長袖善舞之人。既非余所識，亦不欲識之。遂遜謝不敏，而湯頗爲訝然。

余以不欲其再以日軍中之奧援，嘮嘮煩我，遂轉而談及其稚妾之疾，並略抒余之管見。湯忽擲叉大笑曰：

「這都是她小孩子們瞎鬧。——就冲着咱這把年紀，這份骨頭，能多在世上抱幾年孫子，咱就謝天謝地了。咱大大小小的孫子，兩把不夠，也是一把。還指望再添個尿孩子嗎？」

出語雖似達觀過人，余固知其非由衷之言也。

未幾，湯又問以：

「最近出過關嗎？」

余答曰：「無暇及此。避暑時，多在廬山、衡山、黃山；至北亦不過北戴河而已。」

湯喟然嘆曰：「您倒眞該到咱熱河去一趟。那個行宮可眞夠標緻，什麽西山八大處頤和園，全比不上。有一天，您要去，只要咱姓湯的三個字，崔新五、劉震東、董福庭，全都是自己的弟兄！」

余惟唯唯而已，後偶以機緣詢諸管翼賢，此三君者，果何人斯？蓋皆湯之舊部也。年來頗以「一客串二角」，見重於中日兩方。——「一客串二角」之語，管云係來自「大戲」中者，乃以一演員扮演劇中二角色之謂也。湯告我之三君，既受關東軍之改編加委，復又以抗日之名，得於「後援會」之「慰勞」中，分一杯羹；於報章上，亦時以「忠勇抗暴，茹苦不降」之虛譽，博得關內無數小民之欽敬也。

越數日，湯忽遣僕贈余禮物四包，內有「吉林老參」，湯本人之肖像，鏤金摺扇一把，最奇者厥爲線裝藍皮之所謂「湯公去思錄」一冊，厚薄如一巨型之訃聞然，印製精美，卷後目有「非賣品」字樣。內則有若干會，若干人，以及若干熱河聞達之士所撰歌功頌德之語，讀之者，幾疑爲「循吏傳」一卷在手也。

余於是始悟：湯雖故做老粗，實乃深通名利秘訣之老官僚也。

一日，余以之示實報「瘋話」欄作者「老宣」，「老宣」笑曰：「此去思錄可改名爲「天下第一奇書」矣！

【待續】

中華民國與「四大寇」

九七叟 冼江

今天是中華民國建國六十一週年國慶大典，筆者爲着補充掌故月刊讀者尤其青年的見聞，特抽出一些時間，把三十七年前之民國廿四年乙亥正月廿七革命元老尤列先生七一壽辰日，在其寓所晤談時有關：中華民國國號之起源，與革命初期孫，尤，楊，陳，「四大寇」之結合的詳細紀錄，按照時間先後敘述如下：

（一）四大寇之認識

一八八六年正月，孫逸仙（即國父孫中山）由香港轉入廣州博濟醫院學醫之後，課餘之暇，常思救亡之策。是年八月十五中秋節日行經十三行，由博濟同學尤裕堂介紹尤列與國父認識之後，時相往來。孫在醫院學醫，尤則在廣東沙田局丈算總目，兩人每次相敘談論，都係以「反清復國」爲討論中心。因爲尤列早於四年前已加入反清復明之洪門組織。因之二人非常親密，可以說是志同道合者。一年之後，即一八八七年，國父轉入香港何啓創辦之「雅麗氏醫院」附設之醫校學醫。尤列雖然在廣州任事，但仍然藉着其丈算總目之掩護，經常到港與國父密談國是。有一日由一位姓區的友人介紹陳少白與國父認識。陳少白係新會人，少有大志，惜家境困難，在港只係半工讀而矣，聞國父提倡復國運動，非常敬重，故請區君介紹，一見如故。後由國父請求教務長，康德黎，准少白半費入校同讀。但尤列每次到港，必到中環歌賦街楊耀記建築店內之閣樓居住。楊耀乃楊鶴齡之祖父也，楊鶴齡與尤列乃係廣州算學館之同學，故有如是之方便者。但尤列每次到後，必由鶴齡通知國父，國父一聞尤列到港，必偕少白同到會晤。故每次會晤，只係國父，尤列，楊鶴齡，陳少白等四人而已。久而久之，楊鶴齡無形中是成爲四人秘密會議之召集人也。

（二）犧牲升官決心革命

光緒十四年戊子九月初五日早晨，（即公曆一八八八年十月十號）亦即八十三年前之今日尤列由廣州很匆忙趕到楊耀記，即着楊鶴齡通知逸仙、少白，前來會商要事。未幾，逸仙、少白已趕到，各人坐定，尤列即曰：昨晚輿圖局長說：調派我到越南升任爲中法定界委員，工作時間最少都要兩年，我當時答覆局長，謂要考慮一個時期等語，其實，我是前來與各位商量商量。同時，我在廣州又聞得香港華民政務司署招考書記，如果考得，我們就可以常常見面了！因之特請各位不要客氣，盡量發表意見……等語。尤列說完了這些話之後，逸仙稍作考慮之後即曰：少紈（尤列別號），照事實來說，爾是升官，我們應該恭喜爾的，在個人方面當然是有利的！但在我們四人時常所商量之反清和恢復華夏的進行就損失太大了，因爲我們四人，爾之年齡最長，且多年前爾已漫遊國內各省，考察各地民情，又參加了反清復明的洪門組織，因此我們正在需要爾時時提出高見，以策進行，現在爾在廣州工作，數日才來一見，已是不便，如果去了越南，幾年才見，對反清大業當然是大大不利的呵！如果爾反清意志仍未變的話，就應該放棄個人升官……等語。在座各人聽了逸仙之言，十分感動，尤其是尤列，尤列聽了就立即起立表示曰：余之反清復國的意志，始終一樣，未有絲毫的變動，如果不去是對反清復國有利的話，我決意放棄此升官之機會，既然如此，我今後應該怎樣進行，還望逸仙和楊陳二弟多多指示……逸仙又再發言曰：少紈既然有如此之堅決表示，足證他有自我犧牲之大無畏精神，我們當然是萬二分高興的！但要留意，在未獲得香港華民政務司署書記職位之前，仍然要留在輿圖局工作，藉以探聽滿清政府之一切的一切……

（三）聯合宣誓・反清復國

尤列一向是很尊重逸仙之意見，於是提出聯合宣誓，以示堅決……逸仙首先贊成，少白、鶴齡亦同意，並決定即日舉行。各人一致贊成尤列之提議後，逸仙就請尤列草擬誓詞，但尤列仍推逸仙執筆，二人互相謙讓，最後逸仙曰，我們四人此次之聯合宣誓反清復國，比之三國時之劉、關、張桃園結義，匡扶漢室之任務，更爲重大，且少紈你之年齡最長，即是等於我們的大哥，爾又首先自我犧牲，放棄升官，在情在理都應由爾執筆，更而此次之聯合宣誓效忠反清復國的事業，亦由爾所提議，自應負責草擬誓詞……等語。尤列見無可再推，於是執筆即書，宣誓人××××等精誠宣誓，天地鑒容，驅除滿人，實行大同，四人一心，復國是從，至死不渝，務求成功。此誓。戊子年九月初五日。尤列草成之後，交各人看過，由陳少白用黃紙書正之後，則由各人按次在末尾親自書寫姓名籍貫，出生年月日歲數，（一）尤列廣東省順德縣人，乙丑正月廿七日出生，二十四歲。（二）孫逸仙廣東省香山縣人，丙寅十月初六日出生，二十三歲。（三）楊鶴齡，廣東省香山縣人戊辰六月十二日出生，二十一歲。（四）陳少白，廣東省新會縣人，庚午七月廿五日出生，一十九歲。各人爲着隆重其事，特肅整衣冠，一齊穿着中國禮服，長衫短袴，候至正午，四人一同登上天台燃着香燭，四人一齊向天宣誓後，即將誓詞當天焚化，隨後同赴附近之雅麗氏西醫院三樓攝影留念。（見本刊本期陳少白文之照片）尤長孫一年八個月零八日。孫長楊二年三個月廿四日。楊長陳二年一個月。十三日，是日四人在此閣樓及往天台宣誓攝影等等。

足足攪了大半天，於是引起楊鶴齡兄的留意，鶴齡兄長平日已知他們所談的一切。他以爲他們年少無知隨便談談而已，但是日見他們談了之後，又着起禮服到天台燒黃紙誓願攝影等等，很像是眞的一樣，於是忍不住就有幾分諷刺性的語氣而對鶴齡說：「鶴齡！你們『四大寇』攪乜鬼，時時躲在這閣仔裡說推翻滿清，試問你們幾條細佬有什麽力量呵！萬一滿清政府知道，你們就有性命危險了！眞是少不懂事啊！」由此日起，他們就呼孫、尤、楊、陳爲「四大寇」，因之四大寇之名是起於此日。同時，四人由是日起展開工作。翌年，尤列考進香港華民政務司署，充任書記，此後四人商量革命及與各方聯絡更爲方便。經過七年的籌備，才決定於乙未年九月初九重陽節日在廣州起義，旋因初八晚消息失漏以致失敗，是役犧牲了陸皓東，朱貴全，邱四，程奎光等四人。情形雖然如此，但各人絕不恢心，反而加倍努力繼續奮鬥，同時參加革命者日增。直至一九一一年辛亥三月廿九黃花崗七十二烈士之役，已是第十次起義之失敗了！因爲是役犧牲太大，震動全國與世界，所以是年十月十日武昌起義，各省一致響應，把滿清推翻，建立中華民國，都是由是日這個運動孕育而來啊！

（四）商定國號爲革命目標

一九〇〇年庚子閏八月初八日，惠州「三洲田」第二次起義失敗後，孫逸仙、尤列同住於日本橫濱前田橋一百二十一番館時，孫尤二人檢討一切，因念及中國歷代之所謂革命，費時費力，僅推翻舊政府，故革命後羣雄角逐，人人抱有爭王爭帝之思，所以內亂不息，徒苦人民，終非良策。孫尤二人於是年十月初六孫先生三十五歲誕辰之日，決定以：「中華民國」爲國民革命建國之國號，由尤列負責刻用：「中華民國萬歲」國璽。於一九〇一年元旦，召集同志數十人，及我國留學生王寵惠、張繼、蔡鍔、戢翼翬、程家檉、吳祿貞、沈翔雲、劉伯剛、吳錬之、秦力山、及日人犬養毅等。於是日正午齊集在東京上野「精養軒」，禮堂開會由孫逸仙公佈之，並通電各國說明：「中華民國」是中國國民革命之建國目標，此舉已獲得世界人士之好感。再經十一年之努力，卒於一九一二年元旦，由逸仙任中華民國臨時大總統，孫文再在南京國民政府禮堂正式宣佈使用此國號也。中華民國二十四年夏曆乙亥正月廿七日尤列口述，洗江筆錄。

「發動革命四大寇」之一尤列。晚年與洗江合影

香港詩壇

八月朔日午睡起作　亦園

夢回牕外日堂堂，笑挽清風共起床，七月匆匆今又去，枯蟬無語暗深藏。

柳已垂垂老態生、未堪攀折贈人行、白頭贏得天涯淚、點點征衫洗不清。

故園何處不須思、賸水殘山便自知、廿四年來歸未得、此生只合老江湄。

晚雲片片薄如紗、飛來飛去不到家、只有多情籬畔菊、悠然先放兩三花。

中秋漸近桂宜開、市上無花未敢猜、苦憶當年西子畔、香風吹送落茶杯。

九日登高興莫刪、此身猶住太平山、丹楓白露年年在、記取輕車自往還。

一年四季望如秋、黛色搖天景最幽、莫道蘆花頭已白、須知頭白始清遊。

一自南來掩姓名、蟲沙猿鶴盡忘情、笑余久客成何事、養晦棲巖避甲兵。

和亦老午睡起後作韻　天白

老來靜處愛虛堂、一枕神馳八尺牀、醒覺蟬吟猶在耳、尚疑詩句袖中藏。

南牕坐對水風生、曾向王門拂袖行、道上儘多炎熱態、何如此處午陰清。

東望浮雲繫夢思、蓬萊消息已難知、秋心一點飄何處、不在山崖在水湄。

清風微漾小牕紗、搖落天涯苦憶家、人愛丹楓紅滿地、已忘三徑有黃花。

江山仍是畫圖開、夢裏情懷未忍猜、唯有兩般閒不得、案頭詩筆手中杯。

閑牕研易興難刪、臥看過雲坐看山、最是盈盈橫一水，晴空又見雁飛還。

空負三年海上秋、園林漠漠自清幽。一從花落鵑啼後、寂寞芳郊憶舊遊。

何必相逢識姓名、天涯零落客中情、閒來坐臥無他願、且作詩壇一老兵。

次亦老午睡起後作韻　張方

老去詩人無草堂、新裁佳句起匡床、揮毫如瀉天河水、因有豪情暗自藏。

劫餘一息共偷生、十里郊原自在行、爲問東西南北路、風雲擾擾幾時清。

當年往事莫沉思、且把閒甌作舊知、一醉何須分日夜、鼾聲驚破海雲湄。

風吹薄薄小牕紗、縱是天涯亦是家、晝寢宰予能益壽、不須夢裏筆生花。

睡醒高撑兩眼開、人間萬物不須猜、滄桑閱事休多問、且上江樓醉一杯。

白頭清興未曾刪、坐看閒雲臥看山、只恨萍踪猶莫了、江南風物共誰還。

一年景物是新秋、山自清蒼水自幽、籬畔何人持晚節、閑猿野鶴獨清遊。

已拋功業況虛名、歷盡人間冷暖情、閒把殘書塡首睡、任他塵起九天兵。

次亦園午睡起後作韻　徐義衡

夢醒黃梁咏草堂、新詩腹內製胡床、南中風物惟秋好、莫笑珠璣自掩藏。

青青松栢自長生、閑寫雲烟待遠行、多少風花皆過眼、願安薇蕨俟河清。

欲採芙蓉寄遠思、涉江又恐鷺鷗知、徘徊翰墨爲何事、好把清氣播海湄。

人情刼後薄如紗、服外長居也是家、三徑早荒無可戀、只持晚節傲黃花。

蠻草蠻花開復開、長春天氣不須猜、秋光應向林泉取、暇日與君醉一杯。

爲饜詩魔興不刪、尋幽訪菊過南山、臨流只怕逢鷗鷺、日薄天涯客未還。

蒼翠鑪峯佈早秋、巍峩塔堡傍山幽、凌霄閣上尋常看、何必裁詩紀壯遊。

天涯何處可逃名、惆悵關山萬里行、卅載飄零餘一夢、白頭原是舊殘兵。

次任難秋感韻　徐義衡

楓葉蘆花報早秋、倚闌日日望歸舟、停雲長繫家山恨、失禮今從服野求、譽薄名浮眞也幻、心魔意賊放難收，學仙學佛皆非願、鷗鷺優游碧水洲。

編餘漫筆

編者

本期出版適逢中華民國六十一年國慶，共刊出四篇有關文章，司馬我先生「從國號、國旗、國歌、國都看中華民國六十年來國家多事一文，是眞眞正正的中華民國掌故，有些事爲大家所知，有些事則很少人知，寫來一莊一諧，頗爲有趣。

武昌首義的三武，是武昌起義最活躍的人物，從三人身世可以看到武昌起義的經過及後來同盟會的分裂，這些內幕，在過去官方文獻是不願刊登的。此文發表之後，對於研究民國初年歷史可以提供一些有用的史料。

中華民國與四大寇是冼江老先生大作，冼老先生年將八旬，會親見過「四大寇」中的尤少紈（烈）先生，對民國創立之前的史實，皆親見親聞，允爲第一手資料。

陳少白先生爲「四大寇」中年齡最輕，逝世最遲者，風骨，學識均冠絕一時。國慶日將開國元勛事畧擇要發表，不僅是談掌故，也是表示國民的敬意，前人種樹後人乘涼，十月十日大街小巷看到國旗飄揚，很少人還記得手製國旗的陸皓東，我們今天大談「四大寇」，但是對於當年他們在士丹利街經常聚會的乾亨行已不詳地址，人們總是如此健忘，如果不設法紀錄下來，就難以保存信史。

本期有幾篇特別値得推荐的文章，「我與孫殿英共事經過」作者眞的在孫殿英手下作過事，深蒙孫殿英的禮遇，所記皆親見親聞，不僅糾正了芝翁的誤記，也對孫殿英作出公平的評價，草莽英雄多不識字，從清末到民初，中國特多此種人物，大如張作霖，次如孫殿英，還有不成氣候的劉桂堂（劉黑七）皆是這一類型，但他們能成就一個局面，也自有其長處，倒也不能一事抹煞。

翠微峰抗共的黃鎭中將軍，是一位不見經傳的無名英雄，但成就却較一些威名赫赫的人物爲大。編者對此篇特別有興趣，是因爲在中共黨史上記載在江西時期，蘇區中一直存有許多白點，中共當時自居爲赤，以反共者爲白，白點就是在赤區中由反共人士扼守的白色據點，這種白點純粹是民間自發，與官方無關，如同五胡亂華時北方的「塢主」，金兵之亂時的「兩河豪傑」。皆是團結同志，保衛鄉里。中共當時對這些白點，痛恨甚於中央軍，會屢次發動攻擊，有些防守力較差的被攻下，守點的人全部被殺，但有幾點堅強的「白點」，却一直守到共軍「長征」，中央軍克復蘇區爲止。這些白點的歷史，筆者曾在台港兩處訪問許多江西耆舊，皆說不出所以然，覺初先生此文，對黃鎭中將軍守的一處白點作了介紹，以後深盼有參與其事的讀者，能隨時提供資料。

「隣笛山陽」也是一篇有價値的文章，關於穆時英之死，雖然當時報上指爲漢奸，私底下已有人懷疑，認爲穆時英是政府地下工作人員，他所以有恃無恐，不加防備，可能也在此，不幸竟遭自己人殺死，本來生死事小，最可惜的是死後這麽多年，到了抗戰勝利，仍然無人出面予以昭雪，使死者永蒙漢奸之名，就太說不過去了。每逢大動亂時代，總有許多愛國之士爲國犧牲，但生前不爲人重，死後亦不爲人知，凡是當時得令的人，皆是旁觀者，三十年歷史歷歷在目，含寃負屈者又何止一個穆時英而已。

生張飛張瑞貴也是一篇眞實報導，關於生張飛的事，熟諳廣東軍政情況者皆知道此人，但是其夫人最後竟親統師干在十萬大山與共軍作戰則未見報導，此一英雄夫婦，確不減韓梁伉儷，本刊最樂意發表的就是這種文章。

「李抱冰防守馬當經過」也是第一手資料，十分精采。

長篇連載均較前更豐富，本期又增加一篇「細說長征」，對此人人皆知，人人皆不眞知道內情的一件事，有詳細的叙述，以公正的態度報導「長征」的全部經過，是當代重要史料，願讀者留意。

長白山頂之天池

月刊

15

掌故

野史·佚聞·人物·風土·

一九七二年十一月十日出版

掌故月刊 第十五期 目錄

每月逢十日出版

掌故

第十五期
一九七二年十一月十日出版
每冊定價港幣二元正
全年訂費港幣二十元
美金五元

出版兼發行者：掌故月刊社
地址：九龍亞皆老街六號B
電話：K八四四六七三
The Journal of Historical Records
6.B, Argyle Street, Mongkok, Kowloon, Hong Kong.

督印人：鄧少卿
總編輯：岳騫
印刷者：和記印刷有限公司
新蒲崗景福街一一〇號超達工業大厦十樓
總代理：吳興記書報社
香港租庇利街十一號二樓
電話：H四五〇五六一
H四五〇七六六

星馬代理：遠東文化事業有限公司
新加坡廈門街十九號
檳城沓田仔街一七一號
泰國代理：曼谷青年文化服務社
曼谷黃橋東北路五六六號
越南代理：聯興書報社
越南堤岸新行街二十二號

其他地區代理：
澳門：可大文具店
亞庇：利民公司
千里達：中華公司
菲律賓：華安書局
倫敦：東寶公司
芝加哥：杏林春
波士頓：中西公司
三藩市：新生圖書公司
三藩市：益智圖書公司
加拿大：香港商店
漢城：汎亞書籍公社
寮國：永珍圖書公司
斗湖：光明書店
菲律賓：埨瓏書局
紐約：友聯圖書公司
紐約：友方圖書公司
洛杉磯：永安堂
檀香山：大元公司
三藩市：文化商店
加拿大：新國華公司

國父與我

——冼　江——

為陸續刊登尤列先生生前事績敬告讀者：各地同胞暨中和同志：尤列先生生前偉績，將陸續在本刊刊出，請予購存及告知親友！

冼江敬告

鄙人冼江，今年七十九歲，一八九三年五月十三日出生於廣東之高明縣，一九一〇年就參加國民革命之實際工作。民國十一年六月十六日，陳烱明叛變，炮擊總統府， 國父被逼於八月十八日乘艦赴滬著書。是年冬 國父任命劉震寰爲桂軍總司令，楊希閔爲滇軍總司令，入粵平亂。江任中央直轄討賊軍第一縱隊第二支隊司令，指定負責攻擊高明縣城，何北負責攻擊鶴山沙坪，相約於一月十四日起事，響應桂軍十五日東下。江率所部鄧念周、黎積兩團將高明縣城圍困兩日，使桂軍順利東下，迨後卒將全縣收復。至六月廿三日廣東省長廖仲愷委江充任高明縣公署游擊隊總隊長兼公安局局長。此時政府之經濟非常支絀，因之 國父特別召見江於大本營，當面交待：除努力把匪患肅清，解除地方人民痛苦之外，並以地方人士之資格多籌一些現金，以充革命事業之經費等示……江當時已經清楚政府之經濟情形了，同時江十分感動 國父爲國之精神，爲安 國父之心起見，立即立正舉起右手向 國父宣誓曰：江願盡一生之努力，作救國救民之最高原則……國父見我如此之爽直，非常之安慰。後來果然不負所期，在未到兩個月之時間，除了把素稱多盜之高明匪患肅清之外，更籌得白銀五千兩。但當時西江下游之江河不靖，我爲安全計，特將欵項安放於該縣三洲墟當樓之上，隻身返廣州大本營向 國父報告， 國父據報之後，非常高興，立即交帶參軍長路孝忱，艦務處處長招桂章與江會商提取方式，最後決定派出警衛軍二十名乘着兩艘淺水炮艦，由江帶領前往三洲墟將欵提取。經兩日一夜的時間，才將那五千兩白銀提交大本營會計司司長王棠點收。但當欵項到達大本營前面碼頭之時，我因爲要取回會計司司長王棠之收據，故要留在會計司處聽候。但當此時親眼看見拿着 國父親筆書寫之便條到會計司提欵的人不下二十多個，有的書着若干千元，有的書着若干萬元，甚至有的特別批明：「萬急：即刻照支」等等字樣都有。情形雖然如此，但王棠先生則按照當時各個的實際情形，先行批支若干，我在會計司未到一小時，那五千両白銀，就在艦上分派清楚與各人了。人人都見到一文都未拿進會計司，由此可見當時經濟困難之情形，及　國父「大公無私」之精神了。各人所得雖然不多，但是非常之高興呵！　國父見我辦事有如此之魄力，於是於翌年即民國十三年一月六日將我調任爲：大本營惠州警衛軍副官長，自此之後我與　國父接觸的時間，當然比較多。但我因爲深感　國父大公無私，又以「天下爲公」之偉大精神見稱於世。同時革命元勳「尤列」亦抱有「功成弗居」之精神，因之江對此二人是特別之崇敬的。一九五一年曾應香港中國文化學院之請，以三年的時間編著了「尤列事畧」一書問世。現在江之年事又已高了，所以特別抽出五年的時間，親自將　國父之一切的一切，予以講述，尤其童年時之一切錄了聲帶，名爲「中山奮鬥史」，此史將近完成，將來完成之後，各位可以在家裏從收音機就可以收聽得到的。但該史除　國父一切一切之外，其餘凡係參加當時國民革命之人物和先烈各人之姓名任務和時間地點與奮鬥情形，都在此史，詳詳細細播出的。因爲其中很多寶貴資料，除了與　國父接觸時所得之外，其餘在革命元勳「尤列」處所得更多，因爲尤老晚年與江相處在一處所以可以說他之寶貴資料多數在我處的，尤其「姚雨平」先生處所得的寶貴資料亦復不少！除了此史之外，江更在香港新界大埔道十七咪半「小桃源」名勝之內，撥出一萬四千英尺自置民有永久性土地來建一間「中山藝術院」，一座「華僑招待所」。一座「華僑學院」，一間「尤列紀念舘」，準備與一百位華僑合作，以作永久紀念　國父者。

冼江　　劉光業

中華民國五十四年十一月二十日

攝於香港新界「中山藝術院」

國父與我

□□劉光業

鄙人劉光業，現年八十一歲，一八九二年十二月初三日在安徽省巢縣出生。少時跟隨母親崔氏參加國民革命之實際工作。民國六年在上海加入中華革命黨後，奉命在上海招募新兵，當時所得約三千名之衆，每人給予零用光洋二十元。此項新兵，都是由船運到廣州的。我將新兵運到廣州後，交由　國父座駕艦「江固」號艦長楊虎接收。至民國七年五月廿一日　國父在廣州，因陸榮廷不聽命令，於是通電除去大元帥之職，返囘上海著述。光業隨同北返，　國父以我性喜冒險，面囑留心航空事業。我於是拜別　國父，投入張作霖之「東北航空學校」，畢業後，担任飛龍隊教練，以後就創辦了：「杭州航空學校」，直至民國三十六年九月一日，奉命退役。半生服役空軍，担任剿匪，抗日，戡亂，大小戰役千次，飛行時間超過一萬小時以上。修建機塲數十處。杭州航空學校，自第一期至第十期的所有學員都係由我教練出來的，所以每期同學錄都有我的照片和簡歷的。光業對國家民族，總算盡了國民應盡之責任的。我總括的一句來說：我之一切的一切！都係　國父之偉大精神感召所至啊！特將半生概要說出。我已經草成了一本「空軍生涯三十年」的回憶錄，在不久之將來可以出版問世。該書出版之後，算是表示我對　國父當時面囑：「留心航空」之一點貢獻，以報　國父在天之靈。並與冼江老同志設法永遠紀念　國父，以報他教導我之大恩大德。

中華民國國父孫中山「勉勵國民」之原音演講

（粵語）　諸君：我哋大家係中國人，我哋知道中國幾千年來係世界上頂富頂強國家，知道唔知道呢？但係現在中國係乜嘢情形呢？中國現在就變成世界上頂貧，頂弱嘅國；中國嘅人民，出海外嘅，就被外國人欺負，凌辱，看得唔像一個人樣；在中國外便呢，外國對我哋嘅政府呢？對我哋嘅國家呢？亦係睇唔起；所以外國就要對中國嚟瓜分呢一點。後來呢，覺得呢個瓜分呢，係好難實行，恐怕因爲瓜分中國呢，惹出各國自己打自己，所以現在各國就協同嚟商量，要把中國嘅國事嚟共管，大家嚟共管中國，就係呢睇中國唔起，以爲中國係不能自己治理中國。諸君請想想，我哋中國幾千年來，係世界一個文明嘅國家，幾千年前，中國最強盛嘅時代，係所謂千邦進貢萬國來朝，各國都要拜中國做上邦。到道今日呢？中國反爲退化，呢個係爲乜緣故呢？就係中國自從受滿洲征服以後，中國人就失了國家精神。中國亡國於滿洲二百六十幾年呢，中國嘅人民在呢二百六十幾年之內，就瞓着覺，所以中國政治退化，文明退化，中國工商業退化，中國之所以到道今日，就成爲民窮財盡，變成各國睇唔起。中國墮落到今日呢個地位，我哋做國民嘅要有一種乜嘢嘅感覺呢？我哋對於國家，第一件，我哋要知道我哋今日之危險，先知道危險呢，我哋就要設法子嚟避呢個危險。咁用乜嘢法子能避得呢個危險呢？就要大家同心協力嚟贊成革命。用革命嘅方法，用革命嘅主義，嚟救中國。革命嘅主義係乜嘢呢？就係我哋嘅三民主義，第一係民族主義；第二民權主義；第三民生主義。用呢三種主義呢，嚟救中國，咁呢三種嘅主義呢，我哋就大家要留心，要嚟考究。咁從邊處能考究得呢個三民主義呢？對於呢個三民主義，我近日在呢個廣東高師，每禮拜演說一次，頭一個民族主義呢，演說了六個禮拜就講完；第二個民權主義呢，又演說了六個禮拜講完；第三個民生主義呢，不日再來演講。現在呢個民權主義，民族主義兩種已經係刻書出嚟嘞。咁所以諸君留心三民主義，要將我呢個三民主義呢的演說，要嚟留心詳細嚟讀過，呢個三民主義呢，係講得好透徹嘅，係發揮得好精密嘅，裏頭呢；好多新思想，好多新發明。諸君能讀呢個三民主義呢，就曉得用乜嘢方法嚟救國嘞！我哋能照住三民主義呢種方法，呢種嘅精神，大家同心協力嚟救國呢，中國就可以反弱爲強嘞！轉貧爲富嘞！就可以同今日之列強並駕齊驅嘞！

（國語）1：　諸君！我們大家是中國的人，我們知道中國幾千年來，是世界上頭一等的強國，我們的文明進步，比各國都是先的。當呢個中國頂強盛的時代，正所謂千邦進貢，萬國來朝。那個時候，中國的威名在世界上那是第一的。中國是世界上頭一等的強國；到了現在中國是怎樣呢？現在的時代，我們的中國是世界上頂弱！頂貧！的國家。現在世界上，沒有一個能看得起中國人的，所以現在世界上的列強，對於中國，都是有瓜分中國的念頭；那是由來各國有共管中國的意思。爲什麼我們從前頂強的國家，現在變成這個地步呢？這就是我們中國近來這幾百年，我們的國民睡着了！我們睡了！不知道世界他國進步的地方。我們睡着的時候，還是以爲我們仍然幾百年前這樣的富強的，因爲睡着了，所以我們這幾百年來，文明退步，政治墮落，變成現在一個不得了的局面。我們中國人，在今天應該要知道我們現在這個地步，要趕快想想法子，怎樣來挽救，那麼！我們中國還可以有得來救！不然呢，中國就要成爲一個亡國滅種的地位了，大家要醒定！醒定！

2：今天中國安危！存亡！全在我們中國的國民；睡！還是醒：如果我們還是睡，那末！就很危險，如果我們能從今天醒起來！那麼中國前途的命運，還是有很大的希望。現在世界的潮流，都進到新的文明，我們如果大家能醒起來！向新的文明這條路去走，我們還可以跟得到各國來追向前去！那麼大家要醒起來，中國才能有望，爲甚麼呢！怎樣說法呢？就是我們能醒起來，我們大家才有思想，有動作，大家才能立志，來救濟這個國家。大家能知道這一件事中國就不難有救的！今天我們要來救這個中國，要從那一條路走呢？我們就是要從革命這條路走去，拿革命的主義來救中國，拿革命的三民主義，就是這個，民族主義，民權主義，民生主義，這個就是所謂三民主義了。民族主義，就是要拿中國從這個國際上和別個國家立於平等地位。民權主義，就是要拿本國的政治，弄成到大家在政治上有一個平等地位，以民爲主，拿民來治國家；民生主義，就是弄到人人在生計上經濟上平等。那麼這個樣的三民主義，如果我們能實行，中國也可以跟到列強來進步，不久也可以變成一個富強的國家！

3：諸君：今天聽到我的話，大家想中國再恢復我們從前幾千年的強盛的想不想呢？如果大家想的，就是要大家立志。要立志，大家就要來研究這個三民主義。三民主義，我近來在廣東高師學校，每個禮拜講一次，每一次講到兩點多鐘，民族主義，我講了六個禮拜，才講完。民權主義，也講了六個禮拜才講完！不久再來開始講民生主義，大概也要講六個禮拜，或八個禮拜都說不定的。三民主義講完之後，我將演講詞刻了單行本。現在民族主義已經出書了，民權主義，不久也要出書，將來民生主義講完，也是一樣刻單行本出書！來廣傳到中國各省。望諸君要留心找這個書，來詳詳細細來研究！其中很多好道理，很多新思想，很多新發明，是中國人從前沒有聽過的。這個演講，我以爲是很有趣味的！望諸君來買這個書來看，看過之後，要留心詳詳細細來研究，如果能夠把三民主義詳細來讀過，詳細來了解！那麼，諸君就懂得怎樣來立志救中國。既已懂得之後，就把三民主義宣傳到大家都知道，令大家都立志來救這個中國！那麼中國很快的就可以變成一個富強的國家，與列強並駕齊驅了！這就是我所望於諸君的。

告誡同志

現在我還要同革命黨來講幾句話！大家知道：中華民國是革命黨犧牲流血，推翻滿洲，才來造成的。現在這個革命事業，都被官僚武人破壞了，所以革命建設不能徹底成功，所以我們革命黨在中國還要担負很重大的責任。現在頭一個義務，就是要把我們革命黨的三民主義，來宣傳到一般的國民都知道。第二個責任，我們革命黨還要學從前革命先烈這個樣，要犧牲性命，要捨身來救國，要爲中國前途來奮鬥，要把自己的力量拿出，還要來努力進行，學從前先烈這個樣，不好學革命成功後這種假革命黨，借革命來圖一個人的私利，借革命這條路來做終南捷徑，來升官發財。這總是革命成功後，這些假革命黨，布滿全國，冒革命之名，所以把革命成績都破壞了，令國民惶惑，令國民不知道革命黨是做一種甚麼事，所以國民看到現在這種假革命黨，以爲這種就是革命人才。我們眞革命黨，現在要担一種很重大的責任，就是要徹底要把這種假革命黨來排除！我們對於國民，我們就要表示我們的一種道德，一種革命的精神！使國民大家知道眞革命黨，是爲國犧牲的，是來成仁取義的！是捨性命來救國的，是要把奮鬥精神來感動國民！令國民知道是非，知道眞假，知道這個眞革命黨是眞心爲國家，令一般國民跟我們來革命！中國才有救咯！

談談徐志摩

民國二十年十一月九日上午，中國航空公司京平線的濟南號飛機，由南京飛往北平途中，在濟南五十里黨家莊附近，遇到漫天大霧，誤觸開山山頭，機身破毀，滾落山脚下，一團黑烟烈火，飛機駕駛者身殉外，機中唯一的乘客新月社詩人徐志摩，頭上撞了一個巨洞，手足燒成焦炭，死事甚慘。志摩的父親徐申甫哭之云：「考史詩所載，沉湘捉月，文人橫死，各有傷心，爾本超然，豈期邂逅罡風亦遭慘刼；自襁褓以來，求學從師，夫婦保持，最憐獨子，母今逝矣，忍使凄涼老父重賦招魂」。句雖平常，但却見此抱痛之深。志摩仳離了的太太張幼儀（嘉玲）的「萬里快飛鵬，獨憾翳雲遂失路；一朝驚鶴化我憐弱息去招魂」一聯，不即不離也却好。郁達夫的是「兩卷新詩，廿年舊友，相逢同是天涯，祇爲佳人難再得；一聲河滿，幾點齊烟，化鶴重歸華表，應愁高處不勝寒」。詩人輓詩人，吐屬自屬不凡。陸小曼却沒有，大概她那嬌弱身軀聞耗傷心，除嚶嚶啜泣之外，不幹這陳腐的勞什子了。

志摩原名章垿，浙江硤石人。幼在家鄉開智學堂讀書，十五進杭州府中學，民四，和張嘉璈的妹妹嘉玲結婚，那年他二十歲。婚後第二年，進北京大學，讀了兩年，在民七的秋季，赴美國入克拉克大學，攻社會學。那時的志摩，初拜在梁任公門下，文學和思想，深受到任公的影響，充分表現了少年愛國的抱負。在出國的途中，他寫了一封「飲冰體」的長函，致各親友，摘錄一二段，以見一斑。文云：「……諸先生既祖餞之，復臨送之，其惠於摩者至，抑其期於摩者深矣。……諸先生於摩之行也，豈不曰國難方興，憂心如擣，室如懸罄，野無青草，嗟爾青年，惟國之保，……誠哉，是摩之所以引惕而自厲也。……恥德業之不立，遑恤斯須之辛苦，悼邦國之殄瘁，敢戀晨昏之小節，劉子舞劍，良有以也，祖生擊楫，豈徒然哉！惟以華夏文物之邦，不能使有志之士，左右逢源，至於跋踄閒關，乞他人之糟粕，作無傪之妄想，其亦可悲而可慟矣。方今滄海橫流之際，固非一二人之力，可以排砥柱，必也集同志，嚴誓約，明氣節，革弊俗，積之深而後發之大，衆志成城，而後可以有爲於天下……」在這封信裡，雖是酸腐的詞套，但立志却是很堂皇的。這時的志摩的思想，可以說是如假包換的飲冰室弟子。

志摩回國以後，擔任北京晨報副刊主編，那時正值「五四」運動的前夕，學者大師們甲，提若干點主張，乙提那幾個大建議，高張「文學革命」大旗，甘冒全國學究之敵，此呼彼應，新詩新文學紛紛出籠。志摩是清才，亦是一個奇才，他在國文英文方面的根柢是很結實的，他對國學有很豐富的知識，舊書讀得不少，從這裡頭涵泳出來的對於做詩文行，典雅豐贍，遠非並時諸人所可企及。林語堂對他的作品，即有很忠實恰當的批評，林說：「志摩以詩著，更以文著，吾於白話詩念不下去，獨於志摩念得下去。其散文尤奇，運句措辭，得力於傳奇，而參以西洋語句，了無痕跡」，……而他和陸小曼的一段因緣，也是從作品上先得到她的愛好，小曼說過：「他的詩比一般來得俏皮，眞像活的一樣。字用得特別美，神仙似的句子，叫人看了神往，忘却人間有烟火氣」。……：一般人也認爲「他的作品之異於他人者，在於他豐富的情感中帶着一股不可抵拒的媚，……它直訴諸你的靈府」……其實何只文字，即是他平常說話，就慣用親暱熱情的腔調，和筆下一般有着一派撩人的嫵媚的。或人挖苦五四運動僅有局部的成功，即「白話詩」與「戀愛自由」而已。志摩白話詩是成了名，自由戀愛便成爲他「夢想的神聖境界」了。

人類是富於感情的「邂逅賞心，相傾懷抱」，自古以來，如知音，知遇，知己，都是以「混眞識於心鏡，關蹊徑於情田」的，尤其是男女間一有於此，最容易生出來是非。司馬長卿的臨邛琴心，是其一例，志摩富於文名，是小曼又夙有豔名，彼此見過幾次面，又票過一齣戲，郎有心妾有意，雙雙便墜入情愛的深淵，終於，婦背夫，「不思舊姻求新特」了。

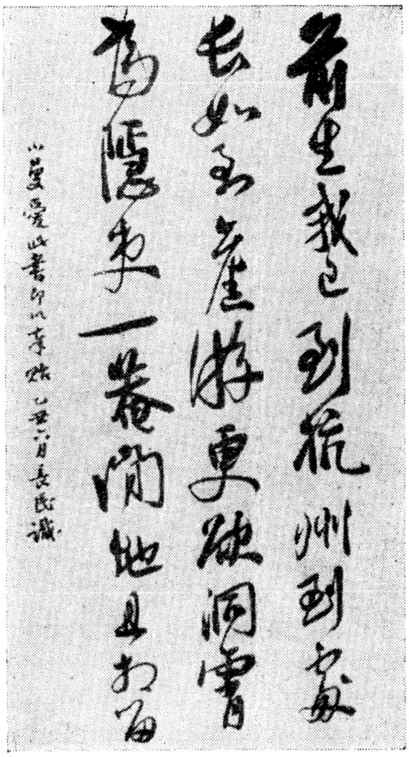

任公雖曾懇切儆告，但當時的志摩小曼的情戀，已到了難分難解的程度，在愛欲迷惘中，他們認爲「眞愛不是罪，在必要時我們得以身殉，與烈士們愛國，宗教家殉道，同是一個意思。」更乾脆地說：「我之甘冒世之不韙，竭全力以奮鬥者，非特求免凶慘之苦痛實求良心，之安頓，求人格之確立，求靈魂之救度耳！……我將於茫茫人海中，訪我唯一靈魂之伴侶，得了，我幸；不得，我命！如此而已。」

誠如梁任公所說：「戀愛神聖是可遇而不可求」的東西，一旦接觸實際，幻想立刻破滅。人生是現實的，現實的人生，還需要現實的方法去處理。志摩和小曼結合後，在臨死前幾年的生活，已瀕於捉襟見肘的境界，僕僕平滬間，飛來飛去，飛不出圈子，便血淋淋地跌在人生現實的荊棘上了。

編輯室報告

一、上期「翠微峰孤軍抗共殉節不屈的黃鎮中將軍」一文係覺初先生著，誤排鐵民，特向作者致歉。

二、我與孫殿英共事經過其中二十四頁以後所有熱河均係臨河之誤，特此更正。

三、康裔先生，請示知通信地址，以便寄上稿費。

王賡其人其事

關山月

（一）四十年前的一件無頭公案

王賡旅長，在四十年前的今天，是一個天下知名的風頭人物。雖然他出的只不過是一陣歪風頭。

那時，正是「一二八之役」，粵系的十九路軍和中央系的第五路軍，在上海和日軍苦苦地「膠着」了三十三天之後，忽然在一夜之間，匆匆地退出淞滬，撤退到第二防線。官方對此的解釋是：

「日人以一師之衆，自瀏河登陸，我無兵抽調，側背均受危險。」（見十九路軍一九二二年三月冬電）

但是，當時民間一般人中，却有一種完全不同的說法。他們相信：新任的日軍總司令白川大將，其所以能夠用兵如此「神奇」，在視事的頭一天，就奇襲瀏河，一舉而擊中了淞滬守軍的要害，逼得他們全線退却，只不過是因爲在南市一帶負責指揮的王賡旅長，急着要到禮查飯店去會晤他的前妻陸小曼，居然帶着身邊的軍用地圖，就撞入了「公共租界」。結果被跟踪而來的日本特務，當場活捉，軍用地圖上秘密，也就此送了禮的緣故。

姑無論這種說法的正確性究竟如何？「王賡獻地圖」，也正和「張學良伴舞失東北」的傳奇一樣，從此鬧得滿城風雨，婦孺皆知。當時的燕京大學教授鄧之誠（文如），更用「五石」的筆名，在報紙上發表了一個類似於「圓圓曲」的「後鴛湖曲」，來筆伐這一對「戰地鴛鴦」。曲中把王賡爲了和陸小曼幽會而失地圖的故事，描寫得栩栩如生。那曲的原文是：

「烟雨樓頭好賦詩，兒家生小住湖西，湖水鴛鴦同性命，湖邊楊柳鬥腰肢。從來湖水比聰明，水面桃花更有情，莫把夭桃比人面，妝成一面便傾城。年年巧笑春風裡，誰家小妹嬌羅綺，春去不知別離悲，春來但覺顏色美。不道扁舟一往還，海上風光絕可憐，莫遣鶯兒空問訊，拚教月子妒嬋娟。丁香結就英先落，安排霧鬢住香閣，歡娛苦短夢苦多，說是眞仙厭離索。殷勤不必盼青鳥，花貌參差意繚繞，同里應曾識姓名，雙飛便欲忘昏曉。莫恨相逢已嫁時，郎君家有最嬌枝，嬌枝遣後迎桃葉，海燕歸來夢荼蘼。瀲灩堂畔又良辰，對對鴛鴦羨璧人，爲問湖光如舊否，只憐往事已成塵。世事輸他翻覆手，行雲行雨盡佳偶，今年歡笑異明年，汝自負人人自負。蹀躞溝水西復東，郎是罡風姿斷紅，風便自登天屋頂，花飛還墮綺懷中。一旦御風作遊戲，風翻倏見人落地，拚生又往締新盟，垂死未聞揮別淚。舊人已是縮赤符，嬌面輕啼淚糢糊，欲慰柔情須蘊藉，忍將愁抱易歡娛。是時海上烽烟起，入寇倭奴比狠兕，壯士冲鋒不願生，男兒報國惟同死。縱橫決盜聞殺聲，畏死倭奴心暗驚，一月拒倭方雪恥，忽然退走東南傾。退兵只爲輿圖失，虛實安能教敵悉，却向香巢訪玉人，未防鷹隼攫來疾。才知女寵原禍水，破國亡家皆由此，痛哭連城人盡俘，心傷千里室如毀。」

最奇怪的是：民間吵得越凶，官方避諱得也就越利害，非但對「地圖」的事，絕口不談，就連王賡是不是淞滬守軍中的旅長？有沒有在上海前線參過戰？也都一概加以否定了。——淞滬戰役結束之後，在官方發表的「十九路軍與第五路軍全體官佐題名錄」，共有旅長十二人（劉占雄、鄧志才、張勵、張炎、黃固、翁照垣、孫元良、宋希濂、任誠仁、楊步飛、錢倫體、莫雄），副旅長四人（李梟、劉保定、陳普民、黃梅興），並沒有那位王賡旅長在內。甚至於在三十個團長中間（黃茂權、劉漢忠、黃廷、楊昌璜、梁佐勛、華兆東、梁世驥、田與璋、廖起榮、謝鼎新、黃鎮、鄭爲楫、鄒敏夫、雲應霖、謝瓊生、楊富強、鍾經瑞、丁榮光、張君嵩、張世希、石祖德、劉安琪、沈發藻、莫我若、傅正模、馮聖法、何凌霄、黃梅興（兼）、施覺民，也找不出一個姓王的來。

這個名單，既然是由官方公佈的，除非有意加以省畧的以外，是不大可能會有什麼遺漏的。那麼，王賡這個旅長，究竟是不是眞的存在呢？

（二）王賡是個什麼樣的人？

事隔了四十年，關於王賡其人其事的資料，能夠流傳到今天的，實在少得可憐。

這位旅長先生，按說應當是一個「儒將型」，或是「周公瑾」式的人物。他的號叫受慶，大約是在一九〇〇年左右誕生的。在出國鍍金以前，他本是江蘇無錫一個官宦人家的長子，自小就儀表不凡，人才出衆。在北京的清華大學畢業之後，又跑到美國的普林斯頓大學去進修哲學，得了哲學博士。

不知爲什麼，他又脫下了博士帽，改戴軍帽，居然被保送進了美國最有名的西點軍校。在一九一六年畢業的時候，他名列第十，比後來成了美國名將的同班同學艾森豪威爾和布萊德雷，都要高些。

回國以後，又在大學裡做過一陣哲學系教授，很得到梁啓超的賞識。在許多人的眼中，他都是個「文武全材」，前途無量，自在意料之中。因此，他也馬上取得了風華絕代的陸小曼的青睞。當他們結婚的時候，他還只有二十五歲，新娘更是「年方二九」。

過了幾年，他們的愛情忽然發生了變化。陸小曼又移情別戀上「新月派」詩人徐志摩，而且鬧到非要結婚不可的程度。這就害苦了梁啓超，因爲他和王陸徐三個人都很接近，而陸既是個「有夫之婦」，徐又是個「有婦之夫」，這種戀愛方式，實在不能令人拍案叫好。因此，他還特地寫了一封長信，去勸徐志摩懸崖勒馬。信中的警句是：

「嗚呼，志摩！世間豈有圓滿之宇宙？」

誰知他的這位得意弟子，也馬上回了他一個「嗚呼」道：

「嗚呼，吾師！吾惟有於茫茫人海中求之。得之我幸，不得我命，如此而已耳。」

王賡本人對離婚的看法，在當時要算是相當「美國化」的。他認爲：合則留不合則去，與其同床異夢，倒不如離了的乾脆。

後來，陸徐兩人正式結婚，證婚人不是別個，正是那一向在唱反腔的梁啓超。惹得這位老先生在禮堂上大發牢騷，事後還憤憤地寫信告訴他的兒子梁思成，梁思忠道：

「我昨天做了一件極不願意做的事，去替徐志摩證婚。他的新夫人是王受慶夫人，與志摩戀愛上，才和受慶離婚，實在是不道德之極。……我在禮堂演說一篇訓詞，大大教訓一番，新人及滿堂賓客，無一不失色，此恐是中外古今所未聞之婚禮矣。……老朋友們對於他這番舉動，無不深惡痛絕。……」

由此可見：當時的一般人，對於婚變後的王賡，都是表同情的。

隨着北伐成功，金陵定鼎，中原大戰這一大串「連台好戲」，身爲財政部長的宋子文，非但在政治上的野心越來越大，而且還想搞一支眞正體己的「子弟兵」，來替自己撐腰。新成立的財政部稅警團，就是這方面的第一個試驗品。

這支隊伍的後台老板，既是財政部長自己，經費自然比誰都充裕。待遇之高，裝備之好，武器之新，也都毫無問題是全國首屈一指的。能和它在各方面都比較一下的部隊，當時只有號稱爲「國府警衛軍」的第八十七師和八十八師（也就是後來的第五軍）。二者之間的最大區別，就是一個是美國化的；另一個是德國化的。

正因爲稅警團在訓練上，裝備上，都是完全美式的，也只有純粹美國出身的將校，才能得到「美國之友」宋子文的信任和重用。這樣一來，「西點高材生」的王賡，也就因緣時會地當了這個稅警團的團長。威爾金尼亞軍校出身的孫立人，那時還只是他麾下的一員裨將。

在一九三一年的十一月以前，上海的警備工作，完全是由宋子文的這些隊伍，單獨負責的。在把防務移交給「京滬衛戍部隊」的十九路軍第七十八師之後，稅警團只把閘北留做自己的防區。

後來，上海的局勢日益緊張，十九路軍似乎對稅警團這支「少爺兵」的隊伍，信心不算太大。所以才在一九三二年一月六日那一天，把原來駐紮在太倉的一五六旅第六團，調到閘北去接防。從那時起，稅警團就担任了南市和龍華方面的防務。

淞滬之戰打响以後，趕來增援的「警衛軍」，在番號上改成了「第五軍」；防守南市和龍華的稅警團，也改成了八十八師的獨立旅，由王賡任旅長。——這就是當時戰鬥命令中「八十八師王旅」這六個字的由來。

（三）王賡獨立旅

「十九路軍」一五六旅旅長翁照垣，在奉調到職以前，原是「警衛軍」中的旅長。所以第五軍一到戰場，就爲了指揮上的便利，把翁旅調到「左翼軍」（第五軍）裡去。同時，又以交換的方式，把八十八師的王賡獨立旅，撥歸「右翼軍」（第十九路軍）指揮，始終守在南市龍華那一帶戰況寂靜的地方。

那時在上海前線作戰的部隊，一共有下面這些單位：

A、第十九路軍（六〇師、六一師、七八師，補充第一團），
B、第五軍（八七師、八八師、獨立旅），
C、軍校教導總隊，
D、憲兵第一團，
E、電雷大隊，
F、馮庸義勇軍，
G、國民救國鐵血軍，
H、上海市民義勇軍，
I、中央直屬炮兵，
J、鐵道炮隊。

其中除掉義勇軍和各特種部隊的編制與裝備，另成一個系統以外，就連第五軍，第十九路軍的各師，和由稅警團改編成的王賡獨立旅，以至於在開戰前夕，奉派到閘北來接替一五六旅防務的憲兵團，也都在人員上，建制上和武器上，懸殊很大。

例如：十九路軍的各師，是每師兩旅，每旅三團。第五軍却是每師兩旅，每旅兩團，由稅警團改編的獨立旅，也是每旅兩團。

在師的直屬部隊方面，十九路軍的第六〇師，有一個工兵營和一個特務營。六一師有一個炮兵營和一個特務營。七八師既沒有工兵，也沒有炮兵，只有一個光桿的特務營。

在這方面，第五軍的各師當然優越得多。第八七師有一個特務營，一個工兵營，一個通訊兵營，兩個高射炮連。第八八師，有一個工兵營，一個特務營，一個通訊連，一個衛生隊和一個高射炮連。

按照當時的「軍制」，每個步兵團，應當有重機槍十八挺，迫擊炮六門。每個炮兵連，應當有山野炮四門。每個通訊隊，應當有二十門與十門總機各一架，電話機二十架，莫爾斯電報機一部，十五瓦特短波機一架。

事實上，十九路軍的每個步兵團，只有重機槍十二挺，迫擊炮四門。輕機槍每連只有三挺，有時還根本就看不見影子。每個炮兵連，也只有山野炮兩門。軍用電話，也只是每營一架。只有負有特殊任務的「連」，才有資格臨時配屬一架。官兵們也從沒有鋼盔和防毒面具。

第五軍因爲是從「最現代化」的警衛軍改編的，裝備上自然齊全得多。據一個不完全的統計：每團大約有重機關槍十八挺，輕機槍和自動步槍六十餘挺，迫擊炮六門，步兵炮（平炮）四門。鋼盔和防毒面具，幾乎是人人有的。

王賡獨立旅，在基本上，至少和第五軍一樣的現代化。由於「美式」的關係，再加上它的根本任務，不在於攻城奪地，而是警戒和「亮相」，所以自動步槍和手提機關槍一類的輕武器，比「德式」的警衛軍還要更多。它這兩個團的火力，因此幾乎可以相當於十九路軍的一個師。

據淞滬之役的戰史上說：

「自開戰至結束，南市龍華方面，除敵機偵察外，始終無戰鬥。

到三月一日晚撤退時，防守該線的王旅古團及憲兵團，也奉命撤退了。」

王賡獨立旅的裝備既好，又兵精糧足，人強馬壯，而當時淞滬守軍的首腦部，在瀏河告急之際，寧可爲了「我無可抽調，側背均受危險」，倉促地下令總退却，偏偏不肯把始終沒有戰鬥過的稅警團，填上缺口去搶救危局，實在是一件令人大惑不解的事。在四十年後的今天，以常理來推測：大約不是由於他們對稅警團的戰鬥力缺乏信心；就是宋子文一心要保存自己的實力，只准讓它「亮相」，不准拿它去派用場；或是守軍的首腦部，對王賡的部隊忽然發生了更大的顧慮，根本不敢再放鬆它一步。

在這三者之中，頭一條的可能性，實在微乎其微。觀乎當時拒守瀏河茜涇口的，是馮庸義勇軍，防禦寶山城的是步兵一排和上海市民義勇軍，稅警團的戰鬥力，無論如何總比既乏訓練，又缺裝備的義勇軍要強大得多。寧可拿些老百姓和學生軍來派用場，而把正式部隊投置閒散的指揮官，天下之至愚，也不會如是！

第二個可能性，成份當然很大，所以當該在判斷時佔一個地位。

最後一個可能性，如果眞正能成立的話，就似乎會和「鴛鴦湖曲」裡的那幾句：

「一月拒倭方雪恥，忽然退走東南傾。退兵只爲輿圖失，虛實安能教敵悉，却向香巢訪玉人，未防鷹隼攫來疾。」

頗有一點關聯了。當時的守軍首腦部，是不是會因爲懷疑王賡旅長在被俘後失了「輿圖」，還會進一步地影響到他的體己部隊「不穩」，甚至於來個「臨敵賣陣」呢？

（四）淞滬之戰中的王賡和「王旅」

王賡旅長，在淞滬參戰和被俘的事蹟，被官方有意地隱諱了四十年。今日雖然事過境遷，既很少人知道，也更沒有人去加以注意，但是，最重要的一些證據，却依舊萬劫不磨，沒有被流水似的光陰湮沒掉。

第一個是當時的戰鬥詳報：

「①右翼軍指揮官蔡廷鍇，轄六〇師、六一師、七八師（欠翁旅），附八八師王旅（欠古團），佔領南市、龍華、北新涇、眞茹、閘北、江灣之線……。

②左翼軍指揮官張治中，轄八七師，八八師（欠王旅），附七八師之翁旅（欠張團），佔領江灣北端，亘廟鄉東端、蔡家宅、胡家宅、曹家橋之線……。」

這裡兩次提到的「王旅」，在官方發表的「官佐題名錄」中，是根本不存在的。而在實際上，自然就是王賡那個獨立旅。——關於這一點，身與其役的前一五六旅參謀主任丘國珍老將軍，也承認王賡在上海前線是第五軍中的一個獨立旅長，率部鎮守南市一帶，「總撤退」以前，在非戰場的地區，被日本軍隊俘虜了去。由此可見：王賡獨立旅，曾爲淞滬守軍的一部份，是並不虛傳的。

第二個證據，是前一章中已經摘引過的一二八戰史。那上面也提到：

「南市龍華方面……防守該線的王旅古團……也奉命撤退了。」

當時的第十九路軍和第五軍中，除掉王賡獨立旅以外，並沒有第二個「王旅」。而南市也正是王賡的防區，文中所指的「王旅」，自然也就是那支原來稱做稅警團的隊伍了。

第三個證據，是一九三二年三月一日，上海市政府打給南京外交部的密電。原文是這樣的：

「限即刻到。南京外交部勛鑒，密。旅長王賡於感（二十七日）因事路經黃浦路，爲日方海軍兵士追捕，該旅長避入禮查飯店後，爲工部局巡捕幫同扭送捕房，由捕頭交與日本帶去自由處置。

本府據報後，當即派員向美總領事抗議，並請予設法釋放未果，今日復已去函交涉。謹聞。上海市政府叩。艷。」

從這啓電文中，可以歸納出幾點很有趣的東西來：

A、王賡旅長是二月二十七日，在上海公共租界被俘的，直到三月一日，還沒有釋放。

B、王賡旅長的被俘，非但確有其事，而且還經過上海市政府屢次的正式營救。

C、王賡旅長的被俘，似乎不是偶然的巧合，而是一個預佈的陷阱，並且是由日方和租界當局合力俘去的。

D、上海市政府把這件事壓了好幾天，直到淞滬守軍忽然決定撤退的那一日，才「官樣文章」地呈報外交部備案。

據當時的戰鬥日記：日軍在植田司令官的指揮下，最後一次攻勢，是在二月二十一日的晚間結束的。從那時起，直到二十七日（王賡被俘的一天），最初是兩翼，後來連中央地區也在內，到處都沉寂下來，沒有接觸。在租界裡進行的第四次和談，倒是搞得如火如荼。

然而，在王賡被俘的次日，日軍就忽然恢復了活躍。過了一天，還開始全線總攻擊。三月一日，更以一個師團的兵力，在瀏河和楊林口乘虛而入。

這些跡象，可能純粹出於偶然；但也可能是引起「王賡獻地圖」傳說的蛛絲馬跡。無論怎麼說，王賡當時即使是以標準美國式的看法和做法，來應付自己被俘後的局勢，寧可受辱和讓步，也不吃眼前虧。而直接指控他通敵誤國的證據，卻是一點也找不到的。

（五）「王賡獻地圖」，真的能影响淞滬戰役的結局嗎？

「王賡獻地圖」的故事，既然鬧得婦孺皆知，當然也就很快地升華到「國人皆曰可殺」的階段。那時，眞正挺身而出，替那位倒霉旅長講了幾句人情的，只有一個人。——那就是徐志摩生前的摯友，天津大公報副刊版的編輯吳雨僧。

他在羣情鼎沸的時候，居然寫了一篇文章，來替王賡辯護道：「淞滬之役的終於敗退，早已成爲定局，絕非區區一張軍用地圖所可旋轉乾坤……。」

今日就事論事，吳雨僧雖非知兵之士，但他那個看法却不失爲持平之論。以中日雙方當時在戰場上實力的懸殊，淞滬守軍能在上海一隅和對方膠着了三十三天之久，實在是第十九路軍和第五軍官兵們，以血肉之軀，戰鬥意志和大無畏精神創造出來的一個歷史奇蹟。

那時，除掉稅警團、憲兵團、軍校教導總隊、義勇軍這一些特種部隊以外，淞滬守軍中的正式野戰軍，只有五個師（六〇、六一、七八、八七、八八），在兵員方面，不會超過六萬人。武器的貧乏，在前一節裡已經提到過，這裡就不必再重複了。

那時，海軍並沒有派一艦一艇參戰。空軍只從廣東飛來了一隊助陣。誰知才到杭州，就被敵人炸了個全軍盡墨。所以，整個戰爭的担子，完全都壓在這五師陸軍的身上。

直到淞滬守軍總撤退以前，日本使用在上海戰場上的兵力，一共有：

陸軍：五五〇九〇人（包括第一師團一部，第九師團全部，第十師團一部，第十一師團全部，第十四師團全部，久留米混成旅團全部）；擁有重機槍七六四挺，輕機槍三七六六挺，曲射炮一三八六門，步兵炮四三六四門，重炮二三門，山野炮四一八門，坦克車八八輛。

海軍：軍艦三十艘，航空母艦三艘，水上飛機一六三架，海軍陸戰隊五千人。

空軍：除水上飛機外，尚有陸軍機一二八架。

在這種不成比例的劣勢下，淞滬守軍傷亡的慘重，自是意料中事。據各參戰單位自己的報告：全軍的傷亡總數，是一三四〇五人，超過了戰鬥人員的五分之一。反觀日軍的損失，却只有二四一三人，僅佔參戰官兵的二八分之一。

三月二日起，戰事已經基本上告一段落，自然談不上什麼重大的傷亡。因此，雙方的減員的數字，實際都是在閘北打响以後的三十三天內造成的。如果長期地這樣拚下去的話，淞滬守軍就是不在三月一日自動撤退，能夠在原線再苦撐多少天？也還是一個大問題。

更何況當時奉命赴援的，只有一個上官雲相的第四十七師，兵力和裝備都不過是十九路軍各師的水準，戰鬥力究竟如何？還在未定之天。

而日軍却又調來了一個第八師團，準備投入戰場。這支隊伍雖然也只有一萬五千人左右，但却至少擁有重機槍一九二挺，輕機槍七六八挺，步兵炮一九二門，曲射炮一九二門，山野炮一百門。作戰時的份量，自然要比上官雲相的一師人大得多。因此，即使「總撤退」沒有在三月一日開始的話，整個局勢也不大可能眞的扭轉過來。

其實，淞滬之役，如果全憑上級和中央作主，根本就不會打起來。在「一二八」的前一週，十九路軍的首腦部，曾經在龍華警備司令部裡，開過一次決定和戰大計的軍事會議。出席的人，除掉總指揮蔣光鼐、軍長蔡廷鍇、淞滬警備司令戴戟以外，還有全體師旅長。當時就形成了三派：主和派以蔡廷鍇和第七八師長區壽年爲首，一口咬定：「這種情形下，如何能抵抗？抵抗如何能勝利？」主戰派是一五六旅旅長翁照垣和戴戟。另一派是不發言的中立派，人數也會多。後來只因爲蔣光鼐也堅持打，才決定了不讓不走的方針。

就連「一二八」那天，中央也還一點都沒有要打的意思。首先是在下午答覆了日本領事的最後通牒，全盤接受所有的條件。而且還由參謀本部打電報給戴戟道：

「已派憲兵一團，即日開上海接防閘北一帶地區，着：……即將閘北防務交該憲兵團接替，然後駐防眞茹、南翔一帶。」

那時，如果不是翁照垣、丘國珍、張君當這些少壯派，拚死也要打一下的話，來接防的憲兵團大概是不會和日軍硬幹的。

但是，第二天晚上，蔡廷鍇就打電話給翁照垣，說「日軍托英美各國領事調停停戰，前線應當停止開火」。三十號的夜間，他還帶了七八師長區壽年，到閘北來親自「傳諭停火」。翁照垣和丘國珍還建議他乘此時機，轉守爲攻，打它一個痛快。蔡廷鍇不但拒絕了這個要求，還派區壽年第二天去參加停戰會議，和日本海軍陸戰隊司令鹽澤少將，日本駐滬領事松井，去商談雙方撤軍的條件。

從那時起，淞滬守軍基本上是在挨打。敵人來了就應戰；敵人不來就靜候光臨，並不主動地出去進攻。

與此同時，更在密鑼緊鼓地進行和談。因此，在日軍第二任司令官野村的總攻勢碰過釘子之後，十九路軍首腦部雖然在二月十四日下午下令「轉守為攻」，當天晚上就又命令那些已經出動的部隊「立返原防待命」。

那時，在上海搞和談的顧維鈞，曾經在二月十六日打給南京的外交部長羅文幹一封密電道：

「頃藍使來謂，已晤重光，據云：……雙方軍事長官晤面，以雙方撤兵為原則商談一節，並不反對：……日方由參謀長出席：……華方最好由十九路總指揮出席，或由參謀長代表亦可。……至即刻停戰一層，日使謂華方不射擊，日軍亦不射擊。此間宋、孔、吳、郭第均以為妥。」

等了兩天，第三任的日軍司令官植田中將，又向蔡廷鍇送達了一個「貴軍應撤退二十公里」的最後通牒。蔡却以「本軍……一切行動，悉遵國府命令，……經呈政府定奪，另行答覆」，來敷衍他。而當時的中央却又不循外交途徑，直接照會日本政府，反倒自低身份，以行政院的名義，通知日軍「只須日軍停止進攻，中國軍隊自當立即停止戰鬥行為，我方極願速謀上海和平之恢復。」

日軍的第四任司令官白川義則大將，率領着第十一師團和第十四師團，在上海登陸的時候，據身與其役的人們回憶：淞滬守軍的首腦部，曾經因為：

「前有強敵，後無援軍，感到絕望，有自動撤退至瀏鄉、大塲、眞茹、北新涇之線防守抵抗的擬議；但最後仍決定在原線抵抗。」

由此可見：「總撤退」早已列上了淞滬守軍首腦部的議事日程，即使沒有「王賡獻地圖」的一段傳說，這個行動也是必不可免的了。因此，十九路軍的宿將丘國珍老將軍，才會在他的回憶錄中寫道：

「總撤退……其必然性則早在我們意料之中；不過，這責任應由誰負之，此當待後世治史者之評論，……」

說來說去，綜歸一句：衡量當年的局勢：大公報記者吳雨僧的看法，倒的確是個持平之論。不管王賡旅長是不是眞的獻過地圖？都絕不能在淞滬之役的終局上眞的發生任何决定性的影響。

（六）這段公案和主角們的收場

淞滬戰役之後，倒霉的王賡旅長，自然既丟官，又丟人，而且從此一蹶不振，莫知所終。關於他的後半段生活，似乎只有三件事可以加以肯定：

甲、他並沒有被當局明正典刑。

乙、他也沒有被秘密地「幹掉」。

丙、他在一九六〇年以前，就在大陸上死掉了。

和他一起在出風頭的那位陸小曼，在「一二八」的時候，就已經是「文君新寡」。後來索性和一向替她「按摩治病」的翁瑞午正式同居，而且抽上了大烟，十餘年前，才雙雙謝世。她雖然也是文字中人，在大陸上改朝換代之後，又當了不少年「上海文史舘」舘員，却終其生對「王賡獻地圖」的事，一字不提，也一字不辯。

中國官方，四十年來，對這段公案自然是三緘其口。日本的朝野方面，也許認為它是「無稽之談」；也許認為談到它反會使「皇軍」當年的「赫赫戰功」，為之減色，所以似乎至今都沒有人加以理會。

看來當年轟動一時的這個無頭公案，也永遠不會再有水落石出的一天了。

陸小曼與翁瑞午之死

芝翁遺著

一九六五年五月二日，陸小曼在極度的貧困狀況之下病死在上海了。無情的歲月，一晃便是數十年，把一個本來是玲瓏活潑像一條小龍般的美艷名姝，折磨得遲暮生悲，凄涼以死，言之能不慨然？當她嚥下最後一口氣時，她已是六十四歲又瘦又癟的老醜無比的婦人，在她的病榻前，僅有她的一個表妹，她伸出乾枯的手，緊緊的抓着這唯一的親人，深陷的眼眶，眨了又眨，欲哭無淚的乾號幾聲，便伸了腿。美人千古終黃土，但設如她在妙齡時便下世了，那麼一定有許多人對她的香消玉殞，悽沁肝脾，同聲悼惜，決不至像現在這樣冷漠的。當年賽金花之死，便有人這樣地說過，對小曼之死，似亦同感。長壽原是一般人所蘄求，而對一個薄命的美人，便似為多事了！

這個六十四歲的老婦人，先嫁王賡，繼與徐志摩結為夫婦，更享「才子佳人」之譽，終則與翁瑞午同居以至於死。四十年間，前半段，由於她的多才多藝，所以她的生活亦屬多釆多姿；後半生則多愁多病，也成了多苦多難，一直墮在慘痛的深淵，這在劉心皇著的書裡，紀述頗為詳盡，因此只就這段公案裡幾個重要和邊配的角色，作扼要的補充記載。

陸小曼原名小眉，後來改名陸眉字小曼。她是江蘇武進世家，父陸定，字建三，前清末科舉人。那時留學風氣甚盛，許多中過舉人或進士的，無不東渡求取新知，陸定當時在日本，是在明治大學法政科肄業，並曾參加同盟會，亦頗傾心革命，歸國後在度支部供職。民國初，改財政部，他由科長而參事而賦稅司司長。袁世凱屠戮民黨時，陸定是同盟會會員，言論態度，自然而然地袒護民黨，給袁的爪牙軍政執法處處長陸建章所捕，情態相當嚴重，報紙紛傳他已給這閻羅抓了槍斃了，但他還是虧了同鄉曹汝霖等人，代為多方奔走，替他開脫，才免了一死。此人面貌白凈，舉止文雅，所學也頗有根柢，與莊蘊寬費保廉曹汝霖項驤，都有很深厚的交情。自經這次風險，感到宦海波濤無定，灰心仕進，改營商業。恰巧劉文揆任中義兩國合資所辦的震華銀行總裁，聘他做總經理，他欣然就任。生平嗜飲食，魚翅可盡兩盆，喫西餐非三四客不飽，中年後更發福了，矮胖體型，配着圓圓面孔，民初時見他進出各飯莊，也是一個忙人。小曼的母親則是瘦長的，小曼的體態則似乎得於其母親者獨多。

陸小曼童年在上海住過一個時期，宣統二三年間，才隨她母親到北京。她所受的似都是家庭教育，似沒有進過什麼學校，家學淵源，國文早有基礎，更寫出一筆娟秀的小字。家裡聘有家庭教師，專授英法文，她的資質好，悟性強，口齒又伶俐，三數年間，進步極速，在英法文寫作上，有着頗深的造詣，會話也流暢自如。陸定夫婦把她看做掌中明珠，鍾愛異常。在閨閣中，她確是一個極聰明亦規矩的小姐，於並時北京名門閨秀中，她是數一數二的名媛。

此外她會拍曲子，懂京戲，更諳舞藝，北京中西交際舞會，她時被邀參加。她體態嬌柔，穠纖適中，修短合度！於儀態萬方之中，曼步而出，無論舉手投足，輕言微笑，周旋應對，無不扣人心弦，男性固為之傾倒，女性亦為之神移。據說，每次如有她在場，則闔座歡騰，全場盡興，否則黯然無光，有如所失。

從來談美人的，有所謂閉月羞花，沉魚落雁等等，未免形容得有些太過。她的形態，富於含蓄美，頗具林下風致，如把陸儀所說的「美目揚玉澤，蛾眉象翠翰」，加上洛神賦所云：「丹脣外朗，皓齒內鮮」，則恰能傳其神韻。當年藝術叛徒劉海粟次由天津坐船到上海，正在甲板上眺望海景時，小曼恰巧同船，海粟驀地見到她，呆了大半天，以後對人說：從各個角度來看，只覺得她的風度姿態，無一不合於美的尺度，如作寫生畫，全是可取更難得的材料，惜乎沒有帶着畫具，想來只有「衣薄臨醒玉艷寒」七字，畧可形容一二了。可見其爲人傾倒的一斑。

她第一任丈夫王賡，字受慶，江蘇無錫人，美國普林斯頓大學及西點大學畢業，爲一文武兼資之材，學識優良，曾在北京任教過。朱慶瀾任中東路護路軍總司令時，以溫應星爲哈爾濱特別區警察處長，溫和王賡是西點大學先後期同學，因拉王去東北，任哈爾濱警察局長。王賡和小曼結婚，是在民國九年，那時方從美國回來不久，正在北大教書，於偶然的機會裡，他的少年英俊，給小曼的母親看上了，認爲這小子將來一定有出息。本來有許多顯宦人家向她家求婚的，陸家總是婉却，王賡比小曼大七歲，却認爲理想的佳婿，便把小曼許了他。小曼聽了父母之命，從訂婚到結婚，只有一個月，在金魚胡同海軍聯歡社舉行婚禮時，轟動了整個北京城，當時即連小曼在內，何嘗不都認爲天成的嘉耦？

王賡陸小曼婚後，王賡固是愛小曼至極，小曼有此英雄夫婿，論理應沒有什麼缺陷；可是有就有一點不相洽，她是一向給人捧慣了。跳舞聽戲各種玩樂習以爲常，很少在家呆着。王賡呢，他習慣了美國式的生活，工作時間儘量工作，玩樂則呆板地要在週末和星期假日。更加他是愛研究肯用功的人，對研究很認眞，授課之餘，每是抱着書本，因此給小曼認做不夠溫存，漸漸彼此性情有了距離。婚後的陸小曼，見她丈夫終日手不釋卷，連分些時間溫存溫存都罕得見，好玩的她，心裡不無鬱鬱。徐志摩和王賡本是相識，在週末或假日相遇，每湊着一起，漸而給小曼的美迷住了。他是浪漫詩人，沒有什麼假期不假期，時常來找王陸同玩。王賡有時分不開身，同時也體會到小曼呆在家裡的神色，往往說：「我正忙着呢，志摩！我不能去，請你陪小曼同去吧！……
……」

及王賡赴哈爾濱就任後，小曼空閨獨處，更感寂寞，也更想藉玩來打發無聊。因此一向慕戀小曼的人，便乘隙而動，紛向這絕色的少婦獻殷勤，徐志摩即爲此中最突出的一個。

志摩家裡很有錢，自幼便是好玩最聰明最懂得審美的。他由北京大學轉美國克拉克大學，再轉英國讀劍橋大學，均於半途而廢，從未修畢完全課程。生來風神瀟洒，才華外溢，並具有多方面的興趣，飲酒逛胡同，興之所至，無所不來。初在北京晨報任副刊編輯，後由胡適之介，在北京大學執教。五四運動前後，在中國歷史上是一轉捩點，新舊交鬨，一般在思想上每有激烈的轉變，打倒舊的，建設新的，逐漸成爲主流。能翻譯幾篇西洋名著，寫些散文或新詩，只要能吻合這股主流的，多能成名。志摩在印度詩聖泰戈爾來華講學時，任過翻譯，風頭是出足了的；更和一般友人創立新月書店，出版新月雜誌，他的筆尖確有一股魅力，風靡過不少青年男女學生。又具一種羣而不黨、和而不同的襟抱，在新文化的同人中，亦能發生連鎖作用。單憑他的外表內才與名氣，是很夠使人崇拜的。女人的心是脆弱的，由於經常陪同小曼一起玩耍，而小曼的美和才藝，使他由陶醉而起戀慕。王賡在哈任職期中的空隙，更造成了他二人出入必偕的機會。一個有情，一個也有意，他倆的羅曼司就日益熾熱起來。本來志摩是被稱「有黏着性」的，他對人說話的態度，總是溫和眞摯得令人覺得可親，對這可喜娘焉有不更溫柔體貼之理？於是小曼便如缺乳的小孩般見着奶便大喜捧而狂吮。久之，不僅瞞不過她親生娘，就是遠在哈爾濱的王賡也有所聞了。

志摩小曼遇合在一起，一個是柔而艷，一個是熱而狂，誠如他的朋友郁達夫所說：「自然要發放火花，燒成一片，那還顧得到倫敎綱常，更顧不得宗法家風……」陸定太太是偏向王賡方面的，吩咐看門的家人，對志摩擋駕，並拒收信件。志摩不惜行賄五百元，或致送若干名貴飾物及巴黎香水之類，給宅裡女傭婢女，以求一晤。愈遏止，他們也愈瘋狂，志摩小曼忘不了腳下的鬆軟，耳鬢間的溫馴，更惓念着曾有過胸膛間的異樣跳動。這不尋常的關係，王賡當然不會緘默的，從哈爾濱回來，逼着小曼說出她和志摩間的不尋常關係。

那時，孫傳芳正以五省聯軍總司令，開府南京，招王賡赴寧，任以總部的參謀長。王賡正感到變了心的床頭人，纏着無益，吵着賭氣，便南行去就職，同時他更希望他丈人家把小曼送到南京去。小曼對這件事的反應，在她的日記裡曾說：「……娘在母舅手裡搶過信來，擲在我身上，一邊還說：「你自己去看吧！倒是怎麼辦？快決定！」我拿起來一看，才知道是他來信——，一封艾迪美敦書，下令叫娘即刻送我到南方去，這次再不肯去，就永遠不要我去了。口吻非常嚴肅，好像長官給下屬的命令一般，好大的口氣！我一邊看一邊心裡打算怎樣對付；雖然我四面都像是滿佈着埋伏，不容我有絲毫的反響，可是我心裡始終不願意就此屈服。所以我看完了信，便冷冷地說：「我道什麼大事，原來是這一點小事！這有什麼爲難之處呢？我願意去就去，我不願去難道能搶我不成？」娘聽了這話，立刻變了色說：「那有這樣容易？嫁鷄隨鷄，嫁狗隨狗，這是古語；不去，算什麼？」我那時也無心同他們爭論，我只是心裡算着你（按指志摩）回來的日子。……他們非逼着答應在這一星期中動身不可。這一來可眞惱恨了我，連氣帶急，將我的毛病給請了回來，當時心跳得就暈了過去。到靈魂兒轉回來時，一屋子的人都已靜悄悄的不敢再爭着講話了。」從這日記裡，可以看出小曼自全部獻給志摩後，她的心更給志摩拴住了，娘老子愈袒護着王賡，她的反抗也越厲害，且加重了對王賡的怨憤，一天天要設法擺脫不溫柔的丈夫，她發電報叫在國外的志摩回來。

這時，徐志摩和已離婚了的夫人張幼儀正在巴黎，爲了三歲的「小彼得」去世了，徐家的老太爺不放心，叫志摩去看看，並接幼儀回國，所以這對已離婚了的夫婦偕到巴黎去玩玩，曾同往找過趙元任楊步偉張道藩（見楊步偉歐遊日記），但在七月底他們也就回國了，恰在這時他所等着小曼給的信號，——一封「希望二星期中飛到，你我作一個最後的永訣」的電報也到了。

志摩回國和小曼互見之後，對柔艷的小曼進攻更急。在「愛眉小札」中，曾這麼說：「眉……你一生最重要的交關已經到門了，你再不可含糊，你再不可因循。你成人的機會到了，眞的到了。他（按指王賡）已經把你看作潑水收，當着生客們的面前儘量的羞辱你；你再沒有志氣，也不該猶豫了。……」他怕「一個娘，一個丈夫，手挽手的造上一座打不破的牢牆」，把小曼囹住。他以「志在必得」的勇氣奪取美人。

王賡倒脫畧得很，他認爲男女婚姻，合得來是夫婦，合不來就算了，表示「依法辦理」，並對小曼表示：「決不攔阻你」，自甘退讓，以成全這對風流孽障。自然他也是愛小曼的，這時仍不無惓惓之意。當離婚時，曾面對志摩說：「以後你如三心兩意，虧待了她，我不會輕易放過你的！」寥寥數語，可見其內心是如何的苦痛了。

民國十五年農曆的七月七日，志摩小曼在北京北海公園訂婚，當然有許多人在艷羡，也有許多人在竊竊私議。志摩自己的解釋，則爲「出於爭取靈魂伴侶的一念」。——這話是太富於詩意了，普通人不會領悟；但婚姻的離合，是男女兩個當事人的事，解釋也是多餘。訂婚不久，婚禮接着在八月裡舉行，梁啓超以嚴師爲證婚人，當場厲聲痛責，勉他們以後重新做人，並以「這是最後一次的結婚」一語，爲驚世駭俗的祝詞。任公認爲「靑年爲感情衝動，不能剋制，任意決破禮防的羅網，其實乃是自投苦惱的羅網，可痛！可憐！」同時任公對小曼的看法，感到志摩「找得這樣一個人做伴侶，怕將來痛苦更無限」，所以不惜聲色俱厲作棒喝，「盼望能有覺悟，免得將來把志摩弄死。」梁當時在給他的女兒梁令嫻等信中，曾有上邊的說法，並且自承是自已「極痴的婆心」。

婚後，志摩和小曼移家上海，住在福煦路四明村。志摩在光華大學任教，小曼則與滬上社交界相周旋，艷名艷事轟動一時，風頭極健。平日養尊處優，出名會花錢的小姐，離了婚再結婚，依然不事收斂。志摩教書和寫稿所得，雖也有一千多元，仍不敷日常所需，與小曼的揮霍。他只圖愛人歡喜，不忍稍加拂逆，所以他自己雖盡量節省，爲了太太會花錢，不免負担一天天的加重，而至入不敷出。小曼喜歡票戲，與其說戲是她的愛好，無寧說是愛出風頭，至少是風頭主義在作祟，遇有慶祝會等義演，她都被慫恿出來唱，而且唱的都是大軸。於是由唱戲便唱出另一個羅曼司，在她和志摩中間，冒出一個翁瑞午來。翁瑞午是安徽人，寄籍蘇州，原也是世家子弟，賦性風流，據傳他家裡祖傳甚厚，古董字畫之外，還擁有一座茶山，所以平常用度也很寬綽。他玩票，在雅歌集票房裡，是崑亂不擋的當家票友，平劇工青衣，崑曲工小生，更有一絕，即是學有一手推拿的醫道本領。單憑他這些條件，很夠用以討好一般女人了。

某次，江小鶼爲慶祝天馬會借借夏令配克唱兩天戲，第一天大軸販馬記李桂枝是小曼，第二天大軸玉堂春蘇三也是小曼，趙寵及王金龍兩角人選由俞振飛介紹，把翁瑞午拉來，這兩台戲，唱得絲絲入扣，過癮之極，彼此都有了很好的印象。又因小曼體弱，唱了兩天重頭戲，有點吃不消，引起暈厥的舊症，瑞午既負有推拿絕技，經他一撫摩，果然手到病除，自此他便成爲志摩家裡的常客，有時也伴同他夫婦暢遊西湖各處名勝，他很得志摩的信任，自然也很討小曼的歡喜。小曼愛作畫，他時時贈以家中所藏名畫；小曼嬌弱，他除了時施術之外，並導引她吸上鴉片。如此隔衣探撫，並枕橫陳，使這位林黛玉型的美人兒，活血舒筋，提神忘倦。凡志摩所以供奉小曼者，瑞午固供奉無遺，即志摩所不及者，瑞午也能悉以赴。這樣，瑞午與志摩漸成了小曼心中的魚與熊掌。女人的心事，是很神秘而複雜的，既愛志摩，也愛瑞午。一個志摩的「全部」，也不夠應該得湊上一個瑞午，合成綜合體才爲愜意。

這些情形，志摩不是毫無所知，但他以小曼是幾經奮鬥得來的，愛之無所不至，相信她和瑞午不至會有超友誼的關係，他的解釋：夫婦的關係是愛，朋友的關係是情，羅襦半解，妙手摩挲，這是醫病；芙蓉對枕，吐霧吞雲，最多只能談情，不能做愛。所以瑞午小曼即在志摩面前，也不甚避嫌。

志摩對小曼好玩，以及跳舞喝酒唱戲等無聊嗜好應酬，自然最清楚，他以爲一個美艷的女人，靈魂也是美麗的，縱有不甚高的格調，可在成爲伴侶後，慢慢加以改造提高。却不知俗諺所謂「江山易改，本性難移」，小曼婚後的生活，和在北京時一點沒有異樣，並不因和志摩結成靈魂伴侶而有所改變，甚至反而多彩多姿，使志摩漸漸感到美夢幻滅。更難堪的是，本身只是一個清苦的教授，老家的接濟又已斷絕，以有限的收入，供無預算的支出，無論在精神在物質方面，都不是一個敏感的詩人所能忍受。世事如環，無往不復，當日王賡所難堪的，志摩一一嘗試到了，而且更有說不出之苦。

雖然志摩曾說過：「投資到美的理想上面去，它的利息是性靈的光采，愛是建設在相互的忍耐與犧牲上的。」但也感覺到「最容易化也最難化的一樣東西，是女人的心」，而發出「難道一個詩人只配顛倒在苦惱中」的呻吟。他的朋友胡適對他說過「男人應盡力賺出錢來爲女人打扮」的話，他雖認爲「這話太革命性了」，却不能不接受朋友的好意，又去北京任教來增加收入。

對於愛，他感到有了麻煩，而他爲了保護這靈魂的伴侶，仍不時從北平回到上海來，往返匆匆，勞而忘倦，或有時夫婦因言語上齟齬而反目，他曾對人說過：「瑞午不是好人，我要保護她。」有一天，他倆又發生爭執，小曼發起嬌小姐的脾氣，突從烟榻上抓起烟燈烟槍，從窗口扔下樓去，志摩正待攔阻，砰一聲銅烟盤繼之而來，從他額角過去，皮肉雖無損傷，眼鏡恰被打中。這一下，詩人也動起眞氣了，拂袖下樓，決定返回北大。就在第二天的上午八時，他的座機中國航空公司京平線濟南號，飛抵濟南五十里黨家莊附近，遇霧撞山，機毁人亡，時爲民國二十年十一月十九日，年僅三十六歲。朋友們趕到出事地點一看，在山脚下找到志摩的遺體，頭部撞一巨洞，手足給燒焦了，屍首運到上海，在萬國殯儀館大殮，他前後兩個太太張幼儀和陸小曼，遙遙相對，哭倒靈邊。

他這次從北平到上海，據說是小曼連打十幾通電報催他回來的，不料見面後便吵了一場架。當他生氣離開四明村時，到陳定山家裡談了一夜，見有現成的烟榻，嚷着也來一口，定山的十雲夫人說：「你不是不吸嗎？」他苦笑地說：「我要嚐嚐看到底是什麽滋味。」天亮了後，才匆匆地上飛機，不意遽罹了厄難。正如他當年所寫「再別康橋」詩中所云：「輕輕的我走了，正如我輕輕的來；我輕輕的招手，作別西天的雲彩。」

志摩和小曼的結合，雙方的家屬都是十分勉强，朋友們沒有好的批評，出事後小曼所遭受的微詞更多，她似乎都不十分理會，仍頂着志摩的未亡人名義，家裡供着志摩遺象，每日給他上鮮花，素服終身，絕跡於遊宴場所，從賀天健學畫，又向汪星伯請敎做詩。自然，她對志摩之死，事後思量，不無疚悔，但社會對她不同情，她也不求人們的寬恕，一個女人，又是素來花錢慣了的女人，更加上鴉片烟的開支，她又有什麽作爲呢，因此她便索性和翁瑞午同居了。

志摩死後，小曼和翁瑞午同居，沒有人對她諒解的，一般人說她離不開瑞午，事實上她怎能夠？家裡的用度，鴉片的消耗，她那來的錢？她柔弱的體質，終日懨懨，憔悴極了。牙脫不補，髮亂懶沐，烟癮纏身。推拿慣了的懶散骨頭，便好似給沿線着綑一般。瑞午奉若神明，仍是細心體貼，殷勤伺候；只要小曼開口，他無不盡力而爲。沒有錢，便拿了家裡的古董字畫來變賣，以充用度，從無怨言。他的朋友，背後都稱他「大情人」。

一二八事變，她和瑞午站在露台上看着閘北的烽火發呆，戰爭對一般過着平常生活的人，影響特別厲害。「愛眉小札」的版權出賣了，「志摩日記」的版權也賣給晨光出版公司，都爲了度日的需要。文友的集會，也風流雲散了。鴉片喫不起，在極度困難中也只好硬着頭皮戒了。她有心想趁此振作一番，但又怎樣振作？有時寫寫文章換來一些稿費，既不應急，也不濟事。時間和金錢，把一個美人折磨得衰老憔悴極了。

八年抗戰，總算她還硬朗，在萬人如海中渾渾噩噩的過。好容易勝利來臨，大家正盼着從此有好日子過，不道天未厭亂，紅羊再刼。她和翁瑞午便像墮入泥犂般，才過了八寒地獄，又進入八熱地獄。熟朋友走的早走了，死的也死了，她秉着一身痛苦，萬斛牢愁，面目黧黑，骨瘦如柴。翁瑞午還算有心，竭力搜羅，隨時供奉。他家裡的茶山早給充了公了，房屋傢具等轉眼間也變盡賣絕。

翁瑞午想盡辦法，他有個親戚在港澳，經他呼籲哀求，每月寄數十元接濟，瑞午僅取十分之一，其餘統交小曼。這還不算，爲了替小曼爭取一片肉一包烟，往往不惜於烈日下、大雨中，打衝鋒、排長龍，等到精疲體敝，一到手才踉蹌而回，奉獻給小曼。一九六〇年冬間，這位大情人終給生活折磨死了，彌留之際，在破棉絮裡伸出手執着小曼枯瘦的手腕，唏噓地說：「我把你害苦了！」

小曼失去這老伴，悲傷是不必說的了。生活的牢愁，更重重地壓在她肩上。在瑞午屍旁，她以瑞午死後港澳接濟，將會斷絕爲慮，表示只好不顧一切，向翁的親戚哀求續寄。以後，她相依爲命的只有一個表妹，終日懨懨，啜菜粥苦度，捱到一九六五年的五月，她終撐不住而倒下了。死得可哀，而對一個薄命的人，似乎却是一個最好的解脫。（完）

我怎樣取得田中奏章

蔡智堪遺著

田中以賣木炭出身 素志武力併吞我國

日本田中義一大將，是長州軍閥最後的巨魁。幼年家貧，買賣木炭爲生。稍長，在元老山縣有朋家執茶房役，受業樺山老將，讀破曾文正公全集和大清一統志，成爲日本軍閥裏第一個「中國通」。他繼承山縣大將和福島大將的衣鉢，以吞併我國爲素志。

當民國十六年時，田中任政友會總裁。時日本有兩大政黨，一即政友會，一爲民政黨。民政黨總裁若槻禮次郎先任首相，主張用經濟方式侵略東北滿蒙。民國十六年四月（一九二七），政友會組閣，田中任首相，目覩中國國民革命軍北伐，主張強佔東北。六月廿七日，田中內閣召集「東方會議」，至七月七日止，先後集會十天。凡日本派駐我東北、北平、天津、上海、漢口等使領，駐蒙古的特務人員、關東軍長官、南滿鐵道總裁等，都齊集東京，密議佔領東北後，在政治經濟方面如何施設：大要爲對抗中國國民黨，在東北組織「協和會」；懷柔國民黨的要員：強擒張學良，黃袍加身，迫他稱帝或稱「滿洲國大總統」等等。議論紛紛，莫衷一是。

至八月十六日，田中又召集駐我東北的外交和軍事人員，舉行「大連會議」，研究「東方會議」未決的問題。大連會議後某一天（約爲八月二十五至廿九日），田中將兩次會議的結果，即所謂田中奏章，上奏日王；並向世界宣言說：

「中國內亂能波及滿蒙，紊亂治安。帝國因有特殊地位與權益，不論亂自何方。帝國決予以適當之處理。」

各國爭欲取得密奏 美國開價廿萬美元

世界各國對這晴天霹靂的最後宣言，頗爲震驚，預料日本行將佔領東北，然後用「以戰養戰」方式，征服我國和南洋。因之各國情報人員到達東京一地者即達二千餘名之多，企圖偵察「東方會議」及「大連會議」的眞實內容；東京警視廳爲此增加外事警察三千名，嚴密監視，郵局稅關添員千餘名，檢查郵件，並在海軍部內新設間諜速成學校，招募學生九百名，實施訓練。

這時駐上海的英國記者已探知田中首相業已密奏日王，決定武力吞併東北。世人對於田中密奏內容如何？又成爲追求對象。其後外電又傳田中密奏已經蘇俄由日本外務省某高官手中取得，代價三十萬日元云云。

當時我外交部長王正廷博士對於田中密奏當然也亟欲一知，秘密派員專赴東北哈爾濱，欲截購蘇俄買去之件，聞準備出價五十萬現洋云云。又傳美國也願出欵二十萬美元，勢在必得。但結果都成泡影：田中密奏截至本人親自抄出之前（民國十七年六月間），並沒有落入英美俄任何人的手中。

王家楨寄來郵包 大餅一枚傳密信

民國十七年六月的一個星期天，正值本人宴請中野正剛、出雲代議士和金森貴族議員，在東京私寓的三樓大飲「五加皮」。下女送上瀋陽寄來小包郵便一件，打開一看，乃係大餅（點心）一枚，中野正剛說：「中國大餅轉贈與我如何？」本人答以：「餅非煎過，食之有害。」散席後，剖餅視之，得王家楨手書，（水筆寫成，製於餅內）云：

『英美方面傳說，田中首相奏章，對我頗有利害，宜速圖謀入手。川費多少不計。樹人』。

樹人乃王家楨先生之大號。在此我先稍稍說明我和王家楨的關係。我自清末親奉總理孫公指示，在日本辦理國民外交。十三年我和李烈鈞先生合作，迎接 總理赴大阪，完成某項外交工作。以後李先生囑我多多爲「滿蒙問題」盡力。張作霖被日本炸死後，我向王樹人先生（時任東北外交委員會委員，主持東北對日外交）提供炸彈破片。多年以來，經常把所知日本內幕政情，純義務地供給張學良，都由王先生經手。王先生每到東京，都下榻本人經營的蔡豐源行內。

不採間諜手段 利用國民外交

接到餅信之後，很是驚愧。我雖然知道田中決定武力呑併東北，但並未注意外面所傳田中秘密奏章上給日王。這是日本最高機密，絕對不容易拿到的。萬一事敗，在日本法律立塲（我係日本臣民，時台灣已歸日據），我非犧牲生命不可。

經過仔細考慮，我認定不可使用「間諜手段」，因爲這不單性命危險，萬無一成，而且空費金錢；必須運用國民外交，利用民政黨和政友會的矛盾，使民政黨拿出政友會（田中）的秘密文件來。

辦法決定後，我私人分別宴請前內務大臣屬於民政黨的床次竹二郎和田中內閣的外相永井柳太郎（編者按：此處有誤，田中內閣外相始終由田中兼任；永井生平未任外相，僅在抗戰時近衛第一次內閣及阿部內閣任遞相。）床次和永井都是本人多年的老朋友，在金錢上頗有往來。原來日本政黨首領都是很窮的，對外又不能不講排塲，開銷很大。尤其床次、永井和下文將要談到的內大臣牧野伸顯伯爵等人，都有鴉片烟和五加皮酒的嗜好，這是中國式玩意，只有我能源源供給；所以大家相處得很好。此嗜好皆由近衛及犬養老傳授的。

日本政界矛盾 促成任務完成

我先向永井提議，要他拿出田中奏章，在我主持的「日華」雜誌上發表，藉以「發動輿論，一心向滿蒙躍進。」永井立即謝絕。我又要求床次，爲了民政黨要打倒政友會，應該揭發田中奏章所持武力佔領滿蒙政策，必將召致中日絕交，兩敗俱傷。床次說：

『田中奏章對滿蒙雖然利害，無如國民輿論不容何？你如果必要其物，我當爲你打聽線索。』

不出數日，床次來說：『保皇黨（皇道派）元老級認田中武力呑併滿蒙政策，終將激起軍人革命，危及天皇萬世一系，正急於破壞田中的政策。但如由天皇或元老直接干涉田中，必要引起少壯軍人革命。元老中現正在進退兩難階段。我可利用這個機會以謀取田中奏章，頗有成功的可能性。請你準備高等中國菜和五加皮酒，作我宴請元老之用』。我即約請梅蘭芳的舊廚崔某，給以五千日金，預備最上等菜，在床次邸內開席。席上床次致詞云：『田中武力呑併滿蒙，終必惹起國內革命，危及天皇』。我的演說也和床次呼應，以敷衍之。

六七日後，床次來說：『牧野伸顯伯爵稱：中國政府如敢將田中奏章公表國際，保皇黨方可利用英美輿論，阻止田中發動武力政策。中國如能承允這一點，牧野密許你去抄寫』。

我接到床次傳達來的牧野所提條件後，立即利用東京每夕新聞紙，硃點要字，把這條件秘密函告王樹人先生。

又過四五日，王先生以「王川」名義電滙五千元來，並有一電文曰：「病床費五千元奉返（按此指床次宴客費）。其病如要至歐美醫治者，余担保負責。」

其意是答覆牧野所提的條件。我和床次持電往謁牧野伯爵。伯爵見電大喜，拍髀言曰：「皇位可保全，我的老命又可延長了。」當即命令其妾弟山下勇，約妥日皇室書庫官，布置本人夜間入內，抄取田中奏章。

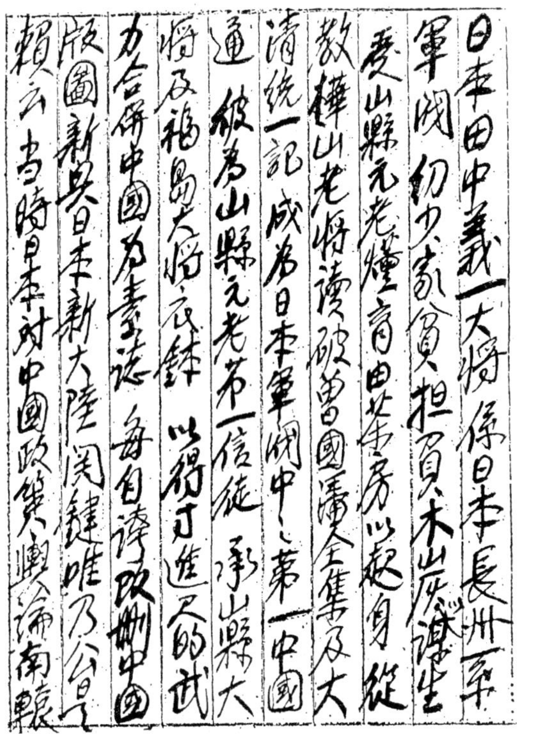
日本田中義一大將係日本長州系軍閥，幼少家貧，担負木炭謀生，受山縣元老燈育，由茶房以起身從戎；樺山老將讀破曾國藩全集及大清統一記，成爲日本軍閥中之第一中國通。彼爲山縣元老第一信徒，承山縣大將及福島大將衣鉢，以獨才進取的武力合併中國爲素志，每自詡改冊中國版圖新與日本新大陸，開鍵唯乃公自賴云。當時日本對中國政策輿論南轅

偷渡斷足橋　涉入日禁宮

日本皇宮有大門二十四，偏門三十六，皇警多名，穿長衫，執長刀，日夜守望。各門前設有長橋，日本人呼爲「斷足橋」，如有人潛渡，皇警必揮長刀，砍斷其足，然後再處以不敬之罪（死刑）。

民國十七年六月某日的一個夜間，十一點五十分鐘，我携帶皇室書庫專用的黃色冊皮大小型三四十張，綠色綉線數團，銀錐三支，大小針一包，扮作一個補冊工人，携帶牧野伯爵交來的金盾圓形的「皇居臨時通行牌」（號碼七十二號），由山下勇領路，到達皇城。原來預定從「西丸大手門」入宮，因皇室書庫便在這個門內，後來決定由「紅葉山下御門」進入，因爲「西丸大手門」外「斷足橋」很長，四面樹木不足遮掩。「紅葉山下御門」入門後，距皇室書庫約走五六分鐘。我進入書庫的時間是零時五十分。

田中奏章係用日本內閣奏章專用的「西內紙」精繕而成，共六七十張，標簽「田中首相奏章」。我將炭酸紙裝舖原件上，用鉛筆以描出。所用炭酸紙係民政黨總裁專用的薄質原紙。費時兩夜，細心抄畢。

抄出田中奏章後，歡天喜地，致電王家楨先生

曰：「我務旣果，明去賠罪」。

我把奏章密藏在皮箱夾底裏面，親往瀋陽。到小西關外王公館，交王先生手收，王先生躍喜，無暇招待本人，立即親送給張學良，回來方爲我洗塵。次日王先生便去南京，我也返回東京。

二十八宿歸天　兩百萬元沒收

以後，田中奏章成爲國際聯盟席上中日代表舌戰的大問題。日代表松岡洋右指陳田中奏章係由我國僞造，我代表竟也洩漏田中奏章係由皇室書庫抄出。松岡代表電知日本政府追究責任，結果皇室書庫官山下勇等全體二十七八人一律免官，當時日本報紙大字標題云：「蔣介石駐日二十八宿歸天！」

我當時幸逃法網。但山下勇等免官以後，生活費二萬五千日元由我私人拿出，不久又強行佔去我的私宅，至今仍然未能索回。遷址許久，我也入獄，在日本的全部產業約值二百萬美元也被沒收。

重述這段歷史　不勝感慨之至

事隔二十餘年，重述這段歷史，不勝感慨之至！田中奏章是日本軍閥斷送日本，斷送自身，也斷送中國的瘋狂政策的結晶；若不是　蔣總統極力主張戰後保持日本天皇制度，這一文件也便斷送了天皇。牧野和床次先見及此，藉我國之手洩之於外，原爲打倒田中政策。從一切斷送之後的今天看來，牧野和床次應該是見諒於日本君民。我爲此件遭受的產業犧牲很大，和牧野床次名譽犧牲似乎相同。牧野床次因安定天皇，不惜洩漏機密！我則是爲了中日和平才從事國民外交。日本朋友應知道，我蔡某不是「間諜」，而是一個九分愛祖國之中國，却也一分愛日本的人。但你們却連十分之一的產業也沒有給我留下。

從九一八到滿洲國的登場（下）

矢原愉安

十二月十七日——日本那時的所謂「民意機構」——衆議院，也通過了一條向關東軍「致敬」的決議道：

「……我陸海軍，掃蕩滿洲華北各方面之禍亂，保全帝國之權益，衞護居留地之人民，使我國民深致感激。……本院敬表謝意……。」

同一天，日本的昭和天皇裕仁，也頒勅了一道詔書道：

「邇者滿洲事變爆發，關東軍將校士兵，基於自衞之必要，作神速之果斷，以寡克衆。冒嚴寒，蕩匪賊，完成警戒之責任……衝冰冒雪，勇戰力鬥，拔其禍根，宣揚皇軍威武於中外，朕實嘉其忠烈。爾將士等，其各堅忍自重，以確立東亞和平之基礎。有厚焉望。」

同一天，中國政府改組，蔣介石辭去主席職務，下野回籍。繼任主席的是林森，新任行政院長是孫科。

蔣在下野前，對國是的基本態度，可以他的「對日外交手令」（十一月三十日發出的秘件）爲代表。在這文件中，他着重地指出：

「攘外必先安內，統一方能禦侮，未有國不統一而能取勝於外者。……主戰固須先求國內之統一，即主和亦非求國內之統一，決不能言和。……不求急功於一時，而策成效於來茲……。」

那時，西南的一批政要和元老，在陳濟棠部隊的支持下，還沒有把「廣州國民政府」取銷；而且提出了「反蔣即抗日，抗日即抗蔣」的政治口號。

蔣下野前後，廣州又成立了「西南執行部」和「西南政務委員會」這兩個政權機構，依舊保持着非正式的獨立。

十二月二十日——在板垣的策劃下，關東軍把帶着「登基」的熱望，滯留在旅順的溥儀，從斷絕了內外交通的大和旅館，遷居到善耆的遺邸中去。

從這時起，自天津趕來「侍駕」的婉容皇后，二格格，三格格，才准許和他住到一起來。

關東軍通過鄭孝胥，向溥儀表示：除掉鄭孝胥，鄭垂，羅振玉，萬繩栻之外，別人都「無權面聖」。就連像胡嗣瑗那樣的「老重臣」，也只准見一面，「不得再事逗留」。

因此，想來「伴君」的胡嗣瑗和陳曾壽，就都只好從大連頻頻寄上條陳和奏摺，大罵鄭孝胥和羅振玉：

「雖秦檜，仇士良之所爲，尚不敢公然無狀，欺侮挾持一至於此！……當茲皇上廣選才俊，登用賢良之時，如此掣肘，尚有何希望乎？」

十二月二十一日——關東軍在東北發動總攻擊，重點是昌圖和新民一帶。

十二月二十三日——關東軍兵出遼河，佔領法庫。

同日，日本參謀本部議決了「支那問題處理方針要綱」，實際上成了關東軍製造佔領區政權的一個「最高指示」。它的要點，大致有下面這些：

A　滿蒙都必須與中國本部分離，成爲一個獨立的國家。

B　這個國家的各級政權機構中，應該有日本人以顧問的名義，參加領導，來強化日本的影響力。

C　日本以後遇到滿、蒙交涉事項，即以這個國家爲談判對象。

D　這個國家的國防，由日本負責；而且要把它改造成爲對蘇和對華的第一道防線。

E　日本駐滿軍隊，應增加爲三師團，有「保衛鐵道與保安」的行動自由。中國軍隊則不能屯紮。

F　在統制政策下，開發經濟。

G　這個國家必須根絕排日反日活動。

H　堅決消滅中國本部的反日派與赤潮。

I　堅決排除國聯對滿蒙問題的干涉。

J　在實行這方針時，極力避免外交上的牽制，基本上要以中國人自動自願的方式來進行。

十二月二十六日——關東軍大舉進攻錦州。

十二月三十日——關東軍又向錦西發動進攻。

一九三二年一月三日——中國軍隊自動放棄烽火中的錦州。

其實，中國最初已經在國聯中提出了設置「錦州中立地帶」的提案，建議由中立國的部隊，組成這一地帶的駐軍。原來駐紮在那裡的東北軍，則一律撤至長城線以內，由於日方的停戰條件，水漲船高，這個方案，才終於沒有實現，中國軍隊也終於放棄錦州。

一月八日——美國國務卿史汀生，發表聲明：一切和對華門戶開放政策相抵觸的國際活動，美國都堅决加以反對。

一月十一日——溥儀的「帝師」陳寶琛太傅，到旅順來「面聖」。鄭孝胥顧慮到陳寶琛的威望，會引起關東軍「加以重用」的興趣，連忙以日本人要用旅舘開會爲由，把這位老臣半逼半送地架上了歸途。離他的「面蹕」之期，前後不過二日而已。這樣一來，能在溥儀面前直言無隱，勸他懸崖勒馬的唯一人選，也無法對溥儀來「相機進諫」了。

陳雖然極其熱心於「復辟」，但却對假手於外人的「光復中興」，表現得頗爲躊躇。遠在溥儀化裝出關以前，他就曾說過：

「光復故物，豈非小臣終身之願？惟局勢混沌不分，貿然從事，只怕去時容易回時難！」

總而言之：這位老人受過了張勳復辟時的教訓，已經不再主張隨隨便便地鋌而走險了。

賸下來留在東北的遺老重臣，除掉鄭孝胥，羅振玉和專門打卦問卜的佟濟勛與商衍瀛以外，就只有遠在大連的胡嗣瑗和陳曾壽了。前者屢次痛哭流涕地上書，「嚴劾鄭羅二奸」，說他們「架空欺罔，扶上壓下，排擠忠良。」後者又建議「聖上」：

「建國之道，內治莫先於綱紀，外交莫重於主權。……綱紀最重者，魁柄必操自上。主權最要者，政令必出自上。」

一月十五日——在張景惠提出的「安定北滿」，「維持固有政權」這兩個口號下，東北各省的首腦，在哈爾濱舉行了一次會議。

參加的人，除掉張景惠，馬占山以外，臧式毅，湯玉麟，熙洽，張海鵬，都派了代表來出席。當時議決的三項是：

一、成立東北行政委員會，由遼寧，黑龍江，吉林，熱河，哈爾濱特區（東省特區）的領導人，充任會員。

二、主席由張景惠担任。

三、二月二十日前，在瀋陽舉行第一次會議，以後各會均在哈爾濱召開。

一月十八日——上海發生「三友實業社鬥毆事件」。市長吳鐵城向日本總領事村井倉松，在事後書面保證三項：

一、緝兇。　二、賠償損失。　三、依法取締越軌的抗日行爲。

一月二十二日——上海警備司令部「軍警團辦事處」，發表了一件日本第一先遣艦隊司令「通報」。其中的要點是：

A 先遣艦隊軍艦五艘，海軍機一百架；聯合艦隊軍艦四艘，先後兼程赴滬。

B 艦到後，即由日領要求市府，取銷一切抗日組織，否則即行登陸，佔領上海。

一月二十三日——在吉林獨立已久的熙洽，一方面垂涎哈爾濱特別區這塊肥肉；另一方面更想把中東鐵路的「護路權」，抓到自已手裡。

因此，他就派新編成一支隊伍的于深澂部隊，進駐哈爾濱「道外區」的濱江縣；而且把于委任爲「濱江警備總司令」，「中東鐵路代理護路總司令」。

這樣一來，自然和中東鐵路的代理護路總司令丁超，以及「三江鎮守使」李杜，發生了直接的利害冲突。弄得在長春的頭道溝大戰了一場，非但殺掉了不少于家的人馬，而且還殺掉了相當數目的日本人——他們都是以「顧問」，「教官」一類的資格，隨軍而來的。

身爲東省特別區（哈爾濱）長官的張景惠，以及新任爲北滿特務機關長的土肥原，就共同出面來調停這塲糾紛。初步的條件是：于只能帶衞隊來上任；不能率部進駐，而且他將來駐在濱江的部隊，也要受張指揮。

一月二十四日——中國的淞滬警備司令部，發表了一份日方秘件道：

A 以陸軍上將井上雄爲首，相內次郎爲助，專事策動華軍起事。

B 起事時，先燒日本領事館，屠殺僑民，奪取南京獅子山炮台，轟擊歐美軍艦，以擴大事件。

C 用僞造的文件印信，來假罪於中國當局。

一月二十五日——美國向中國透露：據確報，日本有立即進佔上海國際電台的企圖。並且說：在「美領事嚴詰下」，日本領事也只好承認的確有此計劃。

因此，駐滬的七十八師，立即開始了嚴密警戒。

同日，中國在國聯報告錦州失守的經過：日本也報告：爲了「保僑」，已派大批艦隊赴滬。

同一天，日本駐聯國代表芳澤，電請日本政府立即制止「上海危機」。

同日，在哈爾濱發生了槍擊過境關東軍軍用機的事件。土肥原也不再出現，只由北滿特務機關的第一輔助官百武中佐，向「東省特區」長官張景惠，提出通牒道：

「鑒於北滿不安氣氛，造成香坊上空射擊日機事件。爲保僑計，軍方已決定派兵進駐哈市。」

一月二十六日——關東軍一面談判，一面向哈爾濱進軍。

日本駐上海總領事村井，向上海市政府提出最後通牒，限二十八日下午六時以前答覆。

一月二十八日——上海市政府對日方要求，全部接受。日本總領事表示滿意。

誰知日本海軍艦隊司令鹽澤少將，却在覆文到來之後，依然下令海軍陸戰隊，要在當晚十一時，佔領閘北。

當時隨軍採訪的英國記者哈勒特阿本德，曾經向鹽澤以詢問的方式提出了抗議，但是那位艦隊司令却只淡然地說：

「你沒有看見滿洲的中國軍隊，在皇軍面前，簡直不敢放一槍嗎？現在我們進軍上海，也不過是不費一彈的散步而已。」

其實，鹽澤的這個決定，完全是在見了關東軍的僥倖成功以後，見獵心喜，獨斷獨行的結果。東京在戰事爆發之後，為了要維持「皇軍赫赫聲威」，只好硬着頭皮，全力以支持。這一個秘密，在戰後發表的「西園寺日記」和「木戶幸一日記」中，都載有確實的證據。

那一天晚上，正當日本部隊出動的時候，日本海軍司令部又在上海發出了這樣兩個佈告：

「日本海軍對於閘北情形，頗感憂慮，該處日僑衆多，已決定派兵至該地……希望中國當局從速將駐在閘北之軍隊撤退。……」

又說：

「委派日方保護之一段租界，日軍將採取認為必要之行動。」

於是，在鹽澤指揮下的海軍陸戰隊，就和保衛淞滬的中國第十九路軍，正式發生了武裝衝突。

同一天，板垣以佔領區太上皇的資格，接見了鄭孝胥父子。板垣表示：要請溥儀出任「滿蒙共和國大總統」。鄭最初很覺得意外，但馬上就適應新環境，向板垣示意：只要能讓他出任首相，無論滿洲將來的國家，是個帝國與否？溥儀能稱帝與否？都沒有什麼大問題。

在這段期間，和鄭氏父子關係最密切的日本有力人士，就是甘粕正彥大尉和上角利一。後來又添上了被關東軍內定為「滿洲國」第一員大將的駒井德三。

鄭這時的心情，是頗為沾沾自喜；因此，才在「旅順雜詩」中這樣寫道：

「彌天四海盡虛名，西抹東塗讓後生，
七十老翁閑抱膝，思量次第便收京。
繁霜漸覺毛鬢侵，揭日移山尚有心，
狂煞拿翁自天縱，字書難字不曾尋。
地闢天開待鉅觀，爭教理會到儒酸，
莫從鼠窟營生活，敢請諸賢放眼看。」

一月二十九日——國聯成立了「上海臨時調查委員會」，由英、法、美、意、德、挪威、西班牙等七國參加調停。

同日，中國的第八七師奉命增援上海，但是在對外發佈消息上，仍舊只用十九路軍這一個部隊的名義。

同一天，向哈爾濱前進的關東軍，由於蘇聯的中東路局，「婉拒」了「借道運兵」的要求，暫時停頓下來。在板垣，土肥原和大橋忠一領事的商酌下，重新決定以「和平進駐」的方式，取得哈爾濱。

一月三十日——為了避免日本海軍溯江而上的威脅，中國政府決定：遷都洛陽。

美國建議：由英，美，法，德，意五國元首出面，直接向日王裕仁調停中日間的糾紛。這建議却受到了英國的反對。

土肥原和張景惠舉行會談，商討日軍進駐哈爾濱的條件。會上還有蘇聯的中東路代表列席。

二月一日——中東路代理護路總司令丁超，三江鎮守使李杜，宣佈成立了「吉林自衛軍」，實行「保境安民」。

英美共同提出了一個「上海停戰五項辦法」，徵求中日雙方的同意。

張景惠以哈爾濱特區長官的資格，向日軍提出了和平進駐的五個條件：

A 日軍進駐以保僑為限，局勢平定後立即撤出。

B　日軍只駐紮郊外，不進入市區。
C　日軍不干涉地方行政。
D　一切交涉聯絡，由哈爾濱特務機關會同中國地方當局商議辦理。
E　日軍與中東路局，不直接發生關係，一切須由特區長官公署經手。

二月二日——關東軍正式接受了張景惠的條件，雙方簽訂了「日軍進駐特區協議」。簽字的人，除掉張景惠之外，還有關東軍代表土肥原，進駐哈爾濱的日本第二師團（多門師團）代表細木參謀。

二月四日——日本聲明：不歡迎第三國干涉「滿洲問題」。關於上海停戰五項辦法，也因爲其中的第五項涉及東北問題，被日本拒絕。

同日，關東軍在長春強制徵用中東鐵路的車輛，大舉運兵。中途在雙城附近，陷入了丁超、李杜的「吉林自衛軍」的埋伏，雙方都有相當大的傷亡。

這一戰，使關東軍的前鋒，折回了將近二十公里。而「吉林自衛軍」也乘機遠引，自動向三江一帶退去。

二月六日——「吉林自衛軍」，全部撤離了哈爾濱附近的地區。

日本第二師團長多門中將，下午親自率領天野，長谷部兩旅團，乘汽車進入哈爾濱，表示特別尊重「進駐協議」，不使用鐵路來運兵。

同日，馬占山也從海倫到了哈爾濱。張景惠曾經替他代理過一陣「黑龍江省主席」，這時就把省政府的印信，送還了給他。

二月七日——多門師團長，初度會見了張景惠，而且以「前線司令官」的名義，向哈爾濱的官民們「約法三章」：

A　日軍不得隨便進入市區，
B　日軍部不直接與市民發生接觸，
C　日本憲兵不過問民間事項。

這一支部隊，在哈爾濱的作風，和以前關東軍那種咄咄逼人的「佔領軍」態度，大有不同；而且還特別着重於軍風紀的整頓。——由此可見：關東軍已經認識到自己在軍民關係上，沒有搞好。所以才掉轉頭來，忙着「懷柔」和「收服民心」了。

二月八日——多門師團長，在張景惠的私邸，會見了他的老對手馬占山。

陪同他們會談的，除掉做主人的張景惠之外，還有被馬所賞識的土肥原。

多門首先表示：「進駐」只是「保僑性的佔領」，並不算是正式的戰爭狀態。而且日本對「滿蒙也絕沒有領土野心」。

張和馬向他介紹了「哈爾濱會議」上的決議，而且表示：要安定局面，最重要的一步棋，就是維持現狀和恢復東北的最高行政機構。越拖得久，中日的關係就會搞得越僵，對兩國都沒有什麽好處。

土肥原也指出：關東軍已經在原則上同意了這些決議案，大概很快就可以付諸實行了。

多門更向張馬二人保證：立即打電報去催促關東軍部，迅速加以執行。

二月十一日——在日本人武內、自治指導部長于沖漢的主持下，在瀋陽大和旅館召開了一次「建國談話會」。再度放出了要「建立新國家」的空氣。

二月十六日——張景惠與馬占山，分乘日本軍用機兩架，專程飛往瀋陽，參加「東北行政委員會第一次會議」。代表關東軍陪他們前往的，是北滿特務機關長土肥原。

到瀋的當日，召開了一次預備會，參加的人有：張景惠，馬占山，臧式毅，熙洽，湯玉麟的代表。當場通過了三項議案

A　追認熙洽正式代表吉林省的資格，

B　正式推定張景惠爲委員會委員長，

C　次日舉行正式會議。

二月十七日——東北最高行政委員會，在名義上比從前多了「最高兩字，而實際上就是「東北行政委員會」的復活。

開幕時，出席的除掉各省的領導人以外，還有關東軍司令官本莊繁，軍部的高級官佐，土肥原，以及瀋陽各團體。

爲了表示懷柔，關東軍還一改其硬派作風，仍然容許他們升原來的國旗，唱原來的國歌。而且還舉行了一個盛大的招待會，以示慶祝。

會上決定了下列議案：

一、委員長爲張景惠，

委員六人：

臧式毅，

熙洽，

馬占山，

呼倫貝爾王，

哲里木盟齊王，

湯玉麟。

二、追任熙洽爲吉林省代理主席。

三、追任趙欣伯爲瀋陽市長。

四、任命李紹庚代理中東鐵路督辦。

同一天下午，土肥原志得意滿地飛回哈爾濱，去向「北滿各有關方面」，親自「報喜」。

當晚，由本莊司令官出面，在大和旅館「歡宴」全體政委和新貴。宴後，又由趙欣伯邀請政委們至市長官邸，去非正式地「交換一下對時局的意見」。這時，賓客們中間，就又添了一個石原莞爾的助手——專門負責關東軍的「政治計劃工作」的片倉衷。

熙洽首先開炮，他認爲要澈底解決，只有從根本改造起，成立一個與舊日無關的新政權，「使日軍可以毫無顧慮地把主權，重新交還在中國人手裡。」

馬占山和臧式毅都認爲：政委會剛才開門一天，就忽而改弦更張，非但有損威信，而且淪爲笑談。一切新打算，都應當從長計議。最後，他們認爲建立新政權，事實上並沒有絕對必要，頂多採用一下「聯省自治制」就夠了。

會上，別人都沒有發表意見。於是就由片倉衷大尉毛遂自荐，想貢獻他一點個人的看法，給在座的諸位「委員閣下參考」。

說着，就當場散發了中日文對照的小冊子：「滿洲新國家建立的必要性」，「滿洲新政權方案」。

片倉衷說：日本對滿洲絕對沒有領土野心，要在滿洲建立一個新國家，使這裡成爲王道樂土，乃是「順天應人的義舉」，關東軍一定會從旁盡力協助。最後他還指出一點：那本「滿洲新政權方案」，乃是自治指導部長于冲漢博士的傑作。

換句話說：這方案的原則，依舊是關東軍在三月前批准的那些老調。其中包括：

一、澈底粉碎舊政權組織。

二、建立王道樂土的滿洲國家。

三、這個新國家，要充分體現日滿合作的精神。

四、這國家是個民主政體。

五、這國家不容許有政黨專政與財閥干政。

六、基本政策是：「萬邦協和之王道政治。」

于冲漢的自治指導部，實際上只是關東軍第四課之下的一個機構。指導它的，不是別人，正是主持「政治計劃」工作的片倉衷大尉自己。

在這方案中，那時還貫穿着石原莞爾的那一套「滿洲新國家」的理論。因此，就和後來的實際情形，有一段很大的距離。例如：

A　絕對不是帝制，而是民主制。

B　日本人的地位，只是從旁協助，絕不能自己出頭，當家做主，担任國家官吏。

C　「滿洲新國家」，應當成爲日本的「衞星國」，在對蘇和對華的軍事形勢上，構成一個強有力的緩衝地帶。但是在一定程度上，它是完全獨立的。

對這「新政權方案」，恰巧又是熙洽首先贊成。在他的提議下，全體與會者以「無人反對」的方式，默默地「通過」了下面這些事項：

一、立刻成立「新政權準備委員會」，着手籌備新國家事宜。在三月一日前完成。

二、這委員會的委員，即由「東北最高行政委員會」的全部人馬轉任。

三、仍由張景惠担任委員長。

四、以長春爲新的首都，改名「新京」。另委專人辦理「新京」大典的籌備事宜。

五、新政權籌備工作所需的經費，全部由吉林省政府先爲代墊，以後再由新國家的國庫如數歸還。

熙洽準備成爲溥儀復辟時的開國元勛，早已是他的既定計劃。那時的吉林省庫，雖然一空如洗，但這一則在「護路」的名義下，可以分到中東上的不少油水。二則原來的吉林省主席張作相，在日本朝鮮銀行存有三百萬日幣的定期存欵，折合當時六百萬大洋。爲了討好熙洽，關東軍居然使銀行解凍了這筆存欵，由熙洽來全權加以支配。這一來，就使他成了當時東北政要中的財神，呼風喚雨，神通廣大。因而也才有胆子站出來替關東軍當「開路先鋒」。

二月十八日——溥儀在旅順度過了他的二十七歲誕辰。許多遺老，皇親，國戚都專程趕來給他拜壽。因此，這一天，關東軍對他的封鎖，實際上完全癱瘓了。——一切想見他的「孤臣孽子」，以及一切所想見的「忠良」、「國士」，都在這「萬壽大典」中，首次在東北發生了直接的接觸。其中最重要的就是：寶熙（原任內務府大臣），

商衍瀛（文學侍臣），

金卓，

沈繼賢，

王季烈，

陳曾壽（原任議政大臣），

毓善。

同一天，那實際上完全變成了個過渡性機構的「東北最高行政委員會」，還發表了一個極其冠冕堂皇的宣言。——這也就是後來被人們稱爲「滿洲建國宣言」的那篇東西。在宣言中說道：

「東北事變發生以來，……人民之望和平，猶飢渴之求飲食。……景惠等忝被推爲省區之領袖，對改舊刷新之責任，已不能嫁於他人。

於茲爲協議大計，用特集於一隅，皆曰非有堅固之團體，不足以謀全體，非有基於人民之公意，不足以建新權。於是由東北四省與一特別區，並蒙古王公，組織一新機關，命名爲「東北行政委員會」……由此與黨國政府脫離關係，東北省區完全獨立。……

其曩爲軍閥所頒之苛政，橫暴殊求，無所不至……其等於虎狼利爪之荼毒，現仍存在，自今而後，漸將澈底削除，決不使再生枝節，而期其萬全。……而今一般民衆，若將蘇生安息，而須有善良完美之政治，此爲本會第一使命也。

近來暴虐良民之專制政治，利慾怨蒐，社會道德，日漸

消滅，蓋繁榮為國家之基礎，道德為政治之本源……，排外政策，於茲止熄。國際戰爭，更以門戶開放，機會均等之主義，以謀世界民族之共存共榮，此為本會之第二使命。

安內睦外……獎勵實業，勸進農商業，促其發展，使生利者日多，失業日少，社會之利益既能均沾，則階級鬥爭自泯，如是則赤化不得行其旨，而民生亦得其所矣。此為本會第三使命。

景惠等為完成以上三大使命，乃組織此會，以求東北我各省區人民之幸福，更求我東亞各種族幸福也。……

在宣言上簽名的，就是張景惠這些人，以及那幾位蒙古王公之輩。

溥儀和他的近臣們，除掉了鄭孝胥父子以外，都對這宣言的出現，大起恐慌，認為如果做不成皇帝的話，那又何苦跑到關外來受這麼多的委曲呢？

於是，溥儀就決定要和關東軍攤一次牌。一面送了幾件珍玩給板垣表示好感；一面又由陳曾壽起草了十二條「正統系」的理由，叫鄭孝胥和羅振玉帶去交給板垣。那些理由的原文是：

一、尊重東亞五千年道德，不得不正統系。

二、實行王道，首重倫常綱紀，不得不正統系。

三、統馭國家，必使人民信仰欽敬，不得不正統系。

四、……欲圖共存共榮，必須尊崇因有之道德，使兩國人民有同等之精神，此不得不正統系。

五、……多數人民厭惡共和，思念本朝，故不得不正統系。

六、滿蒙人民素來保存舊習慣，欲使之信服，不得不正統系。

七、……若中國得以恢復帝制，於兩國人民思想上，精神上保存至大，此不得不正統系。

八、大清在中華有二百餘年之歷史，入關前在滿洲有一百餘年之歷史，從人民之習慣，安人民之心理，治地方之安靖，存東方之精神，行王政之復古，鞏固貴國我國之皇統，不得不正統系。

九、貴國之興隆，在明治大帝之王政。……為趨步明治大帝，不能不正統系。

十、蒙古諸王公仍襲舊號，若行共和制度，欲取銷其以前爵號，則因失望而人心渙散，更無由統制之，故不能不正統系。

十一、貴國扶助東三省，為三千萬人民謀幸福，至可感佩。惟予之志願，不僅在東三省之三千萬人民，實欲以東三省為張本，而振興全國之人心，以救民於水火，推至於東亞共存共榮，即貴國九千萬人民皆有息息相關之理。兩國政體不得歧異。為振興兩國國勢起見，不得不正統系。

十二、予自辛亥遜政，退處民間，今已二十年矣，毫無為一己尊崇之心，專以救民為宗旨。……若必欲予承乏，本個人之意見，非正名定分，實有用人行政之權，成一獨立國家，不能挽回二十年來之弊政。否則有名無實，諸多牽制，毫無補救於民，如水益深，如火益熱，徒負初心，更滋罪戾，此萬萬不敢承認者也。……實以所主張者純為人民，純為國家，純為中日兩國，純為東亞大局起見，無一毫私利存乎其間，故不能不正統系。」

二月十九日——板垣偕同片倉衷大尉，以關東軍司令官代表的資格，先後訪問了張景惠，馬占山，臧式毅，促請他們出來帶頭領導「新國家」的籌備工作。並且向他們正式表示：關東軍有意請溥儀出來担任「新國家」的元首，不過目前還在商談條件的階段。

同一天晚上，他又以關東軍司令官代表的資格，專程到旅順，去和鄭孝胥，羅振玉討論請溥儀出山的具體問題。

這一天，「東北最高行政委員會」仍然照舊開會，討論新國家的組織大綱。同時，它又以「新政權準備委員會」的身份，在瀋陽公記飯店邀請了各式各樣的社會團體與民衆組織，來討論一個由于冲漠的自治指導部起草出來的「新國家憲法」，大家裝模做樣地加以通過。

這個「憲法」，在內容上非常草率，有些地方甚至於近似滑稽。這也就難怪它後來並沒有被正式採用；而且在一個星期之後，就被改動得體無完膚了。

它的原文，共分爲六章，三十五條。其中的要點是：

「第一條：滿蒙自治國，以駐在南北部滿洲蒙古各民族組成之。

第二條：自治國之領土爲奉天，吉林，黑龍江，蒙古。

第五條：滿蒙自治國，國體爲共和聯邦。

第六條：滿蒙自治國，置大總統一人，爲一國元首。

第七條：滿蒙自治國大總統，由滿蒙全土各法團公推之。

第八條：大總統以立法院之協贊，行立法權。

第九條：大總統以內閣之輔弼，行行政權。

第十二條：大總統統帥保安軍隊。

第十三條：自治國之國會爲立法院。

第十四條：立法院委員，由各法團代表充之。

第十八條：自治政府置內閣總理一人，閣員若干人。

第十九條：凡下列各部部長院長均爲閣員：

內務，外務，經濟，

交通，文化，軍務等部長。

第二十條：自治政府置參政院，以計劃各種政策。

第二十一條：自治政府置審議院，以監督全國財政。

第二十五條：凡駐在領土內各民族，均爲自治國民。」

與此同時，還在關東軍的直接主持下，擬定了一個在內容上比較前者合理並合法的「新國家政府組織法」，分爲六章，三十九條，規定以「執政」爲國家元首，下設：

A　參議府，

B　行政院，

C　立法院，

D　監察院，

E　最高法院。

二月二十日——根據駒井德三的報告，關東軍司令官本莊繁，決定親自用電報邀請鄭孝胥和羅振玉，到瀋陽去當面交換一下「對時局的意見」。

會談的空氣融洽，本莊繁對鄭孝胥的好感，也遠在對羅之上。會談結束的時候，本莊繁表示：以後要經常派板垣到旅順去，代表自己來和鄭羅會談。

二月二十二日——鄭孝胥和羅振玉，回到旅順去向溥儀報告會談經過。溥儀自然沒有出來担任一個「共和國執政」的興趣。

鄭却告訴他：「這事已成定局……軍方表示：執政就是元首。」

羅振玉又把責任一古腦推在鄭的身上，聲明自己在此行中，只和板垣會談過一次。一切都是鄭去接頭的。

溥儀氣得表示：「我的要求達不到，我就回天津！」

鄭孝胥却勸他三思而行，因爲「復辟必須依賴日本。眼前與日本反目，將來的希望也完了！」

同一天，吉林開始了大規模的建設新國家運動。據當時的外地報紙通訊：

「小旗標語，如「建設新國家」，「打倒國聯之干涉」等語，到處皆是。各學校只有校旗參加，並無學生前往。日人乃以官營之永衡號學徒，追隨校旗之後，以資點綴……。

收隊時，人數寥寥，每人由日人發小洋一角之點心票，可持至「江源永」取點心四兩。以爲勞賞。」

二月二十三日——溥儀在旅順的肅親王舊邸中，會見了板垣，在場担任通譯的是關東軍的通譯官中島比多吉。

板垣首先表示：他是代表本莊繁，來「報告建立滿洲新國家」事宜的。然後又談到了「張氏虐政不得人心」，「日軍出兵的正義性」，「協助滿洲人民建立王道樂土的誠意」。最後才指出：

「新國家的名號是滿洲國，國都設在長春，因此長春改名爲新京。

這國家主要由五個民族組成，即滿族，漢族，蒙古族，日本族和朝鮮族。日本人在滿洲花了幾十年的心血，法律地位和政治地位自然和別的民族相同。……」

這時，他還拿出了「滿蒙人民宣言」和「滿洲國國旗」，來請溥儀過目。據後者的回憶，當時的談話，經過大致是這樣的。

溥：「這是個什麽國家？難道這是大清帝國嗎？」

板：「自然這不是大清帝國的復辟，這是一個新國家，東北行政委員會通過決議，一致推戴閣下爲新國家的元首，就是執政！」

溥：「名不正則言不順，言不順則事不成！滿洲人心所向，不是我個人，而是大清的皇帝，若是取消了這個稱謂，滿洲人心必失。這個問題必須請關東軍重新考慮。」

板：「滿洲人民推戴閣下爲新國家元首，這就是人心所歸，也是關東軍所同意的。」

溥：「日本也是天皇制的帝國，爲什麽關東軍同意建立共和制呢？」

板：「如果閣下認爲共和制不妥，就不用這個字眼。這不是共和制，是執政制。」

溥：「我很感謝貴國的熱誠幫助，但是別的都可說，惟有這個執政制却不能接受。皇帝的稱謂，是我的祖宗所留下的，我若是把它取銷了，即是不忠不孝。」

板：「所謂執政，不過是過渡而已。宣統皇帝是大清帝國的第十二代皇帝陛下，這是很明白的事，將來在議會成立之後，我相信必定會通過恢復帝制的辦法。」

溥：「議會沒有好的，再說大清皇帝當初也不是什麽議會封的。」

這兩人會談了三個多鐘頭，毫無結果。最後，板垣只好請「閣下再考慮考慮，明天再談。」

當晚，溥儀根據上角利一和鄭氏父子的建議，在旅順大和旅館裡「歡宴板垣」。會上除了應酬話和風花雪月以外，絕口不談政治。

那時，溥儀左右的人，分成了三派：

A 以陳曾壽和胡嗣瑗爲首的「強硬派」——他們認爲：日本人在東北已經騎虎難下，非要請他出來代爲收拾不可。只要自己能堅持立場，關東軍就會讓步。

B 以鄭氏父子爲主的「投降派」——他們認爲：無論如何不能和關東軍鬧翻。否則輕則斷送了復辟的前途，重則會遇到張作霖一樣的下場。

C 以羅振玉爲主的「中間派」，他們既堅決不肯放棄帝制，而又非常担心和關東軍決裂的後果。

二月二十四日——板垣在旅順「召見」了鄭氏父子，羅振玉，萬繩栻，向他們表示：

「軍部的要求，不能改更。如果不接受，就是敵對態度，只有用對敵人的辦法待之。這是軍部最後的定決！」

他們在後來的「御前會議」中的表現，據溥儀自己回憶，大致是這樣的：

鄭孝胥：「臣早說過，不可傷日本的感情……臣已經在板垣面前竭力保證：皇上必能乾綱獨斷。」

鄭垂：「識時務者爲俊傑，……與其跟他們决裂，吃眼前虧，不如索興將計就計，以通權達變之方，謀來日之宏舉！」

鄭孝胥：「日本人說得出做得出，眼前這個虧不能吃，何況日本人原是好意，讓皇上做元首，這和做皇帝一樣。臣侍候皇上這些年，還不是爲了今天？若是一定不肯，臣只有捲舖蓋回家！」

鄭垂：「現在答應了日本軍部，將來把實力培植起來，不愁沒有辦法按着我們的意思去辦。」

萬繩栻只是在一旁驚慌不語。

羅振玉：「事已如此，悔之無及，只有暫定以一年爲期，如逾期仍不實行帝制，即行退位。看以此爲條件，板垣還怎麽說。」

於是，溥儀就根據羅的建議，和板垣重開談判。這一次，代表他出席的，只有鄭氏父子。因此，在板與鄭之間，就又出現了一個秘密的協議，其中的要點是：

A　關東軍保證：在一年內，把滿洲國改成帝國。

B　目前雖稱「執政」，但在宮內，一切仍按舊有的清廷體制。

C　日本儘速承認「滿洲國」。

D　首任國務總理爲鄭孝胥。

當晚，鄭孝胥向溥儀報告：板垣已經同意了出山的條件，而且特別要舉行一個晚宴，來「慶賀未來的執政出山」。

在當日的鄭孝胥日記中，這樣寫道：

「上乃决，覆命萬繩栻往召板垣。遂改「暫爲維持」四字，板垣退而大悅。

昨日本莊兩次電話來詢情形，板垣今日十一時當返。暫許之議，十時乃定，危險之機，間不容髮。……

鄭說「間不容髮」，是因爲板垣曾在絕望中向他表示過：「事成騎虎，我與本莊司令官只有切腹以謝各方了！」

同一天，吉林又舉行了「建國運動」的「全省遊行」。據外地報紙通訊說：

「在促進會討論時，日顧問主張非男女學生加入不可。某廳長謂：學校尚未開學，何來學生？只能照上次向官營永衡號僱學徒。女生更無法尋找。……」

同日，黑龍江各地也舉行了「建國運動」。在省城中，主持的人有：

代理省長韓雲階，

前省議會議長李維周，

關東軍齊齊哈爾派遣軍司令官鈴木美通，

日本領事清水八百一，

關東軍駐黑龍江特務機關長林義秀，

滿鐵所長太田公。

二月二十五日——正式發表了「新國家組織大綱」，其中的要點是：

（一）國名——滿洲國。

（二）國土——奉天，吉林，黑龍江，熱河，蒙古自治區。

（三）國民——不分種族之區別，只以居住滿蒙之年限爲準。

（四）國都——長春。

（五）國旗——紅、白、藍、黑、滿地黃。

（六）年號——大同。

（七）元首——執政，由溥儀出任。
（八）政治——民本主義。
簽名發表這大綱的單位，一共有：
A 奉天省政府，
B 吉林省長官公署，
C 黑龍江省政府，
D 哈爾濱東省特區行政長官公署，
E 呼倫貝爾都統公署，
F 哲理木盟盟長公署，
G 昭武達公署，
H 卓索圖公署。
那時的熱河省，雖然從頭到尾都派了代表來參與其事，但是因爲關東軍還鞭長莫及，他們的旗幟也還沒有改，因此就沒有列名。

二月二十六日——溥儀在矛盾的心情中，正式祭告祖宗，完成了「告廟」的儀式，並且表焚了一道祭文道：

「二十年來，視民水火，莫由拯救，不勝負托，叢疚滋深。今以東三省人民之擁戴，鄰邦之援助，情勢交迫，不得不出任維持之責。事屬創舉，成敗利鈍，非所逆睹。惟念自昔創業之君，若晉文之於秦穆，漢光武之於更始，蜀先主之於劉表袁紹，明太祖之於韓林兒，當其經綸未展，不能不有所憑藉，以圖大舉。茲本忍辱負重之心，爲屈蠖求伸之計，降心遷就，志切救民，兢兢業業，若履虎尾。敢訴愚誠，昭告於我列祖列宗之靈，伏祈默佑。」

二月二十七日——自治指導部在各地展開了「開國示威運動」。各地的民衆團體與日僑，朝鮮僑民，都奉命合組成了「建國促進會」。它們的任務就是：

（一）通電主張脫離中國政府，建設新國家，擁戴溥儀爲元首。
（二）初步是組織各地的遊行大隊，貼標語，喊口號，舉行示威。
（三）各縣推代表，到省城組織全省遊行大隊。
（四）各省推代表，到瀋陽參加各省市區遊行總隊。

同一天，瀋陽舉行了市民大會，紙旗標語滿天飛。據外地報紙通訊說：

「並印製紙旗，上有慶祝新國家字樣，分發商民，勒令懸掛。愚民因不索劵資，有往東北舞台觀戲，入門由喬裝華人之日人，令在簿上簽名，贊成新國家。不能書者，由日人代筆，日人遂以此簿爲東北人民參加羣衆大會之證據。」

二月二十八日——瀋陽在自治指導部的主持下，召開了「全省建國運動代表大會」。由瀋陽縣長主席，還發表了一個「全省宣言」，來擁戴溥儀登台。

二月二十九日——「全滿促進建國聯合大會」，在瀋陽發表了宣言和通電，鼓吹新國家的建立。

這個組織，是自治指導部主持的一個機構。參加的「代表」們都有「慰勞金」可拿。據外地報紙透露：每個奉天代表的身價是一千五百元，黑龍江代表是五百元，吉林代表是四百元，長春代表是三百元。

同一天，又有「東北民衆代表聯合會」，在瀋陽舉行了示威遊行。據當時的外地報紙通訊上說：

「事前由日軍部授意，令推出代表向日本軍部請願，擁護新國家。

午後二時許，列隊遊行。由指導部起始，經各重要街市，達南滿站而散。

遊行隊……首爲五色旗，由一化裝中國人之日人執之，乘

溥儀

青馬及摩托車者三人。開車者爲日人鶴原義，中坐一華人，爲南滿醫院大夫曲孟同。

第二車爲「司令本部」，亦由日人化裝駕駛。以後即爲受僱而來之各代表，分乘汽車五十餘部，車外包五色布條，并書「示威第幾隊」，「某省某縣代表」字樣。車前插某代表之旗，旗上之字均係日人手筆。汽車後爲載重汽車二十餘輛，繼爲馬車，有警察商團等分乘其後，再後爲高蹺秧歌等。

沿途日人拍照及攝活動電影，以作國際宣傳。……

下午一時，在同澤女校開「全東北建國促進大會」，由丁鑑修主席，會場中有日警監視。通過請願書後，即於二時半散會，復由日人令乘十輛餘汽車，結隊遊行一週而散。各地代表，俱由日人供給旅費，多少不等。

據當時的外地報紙通訊上報導：

「滿市掛五色旗，各街搭成牌樓，綴懸燈綵。南崗喇嘛台前支成戲台多座，所有娼妓皆被拉去，在內演舞，各爲娛樂。……各機關人員，則奉令臂纏黃布，編列號數，被迫前往，其不肯往者以反動份子論罪。臨時又挨戶拉夫，逼令前往，所拉者均爲勞動階級，入場後即關閉大門，禁止外出。……更有日人搖旗吶喊。」同日，由「促進會」推出的代表，組成了「勸駕團」，到旅順去敦請溥儀「出山」。

二月三十日——關東軍的自治指導部，向各地發出了奉字一三一號訓令道：

「爲令遵事，查本部成立後，籌議各省區及蒙古區域設新國家事項，茲經本日議決：新國家名稱定爲滿洲國，元首稱執政，年號定爲大同，國旗用新五色旗，首都定在長春，專電查照，此令。」

同一天，上角利一與鄭孝胥，通知溥儀：「勸駕團」即將到來勸駕，應當先準備好兩個答詞，第一個表示拒絕，第二個留待後用，表示「勉爲其難」。

三月一日——以張燕卿，謝介石爲首的「勸駕團」代表九人，在旅順的肅親王邸，覲見溥儀。先由鄭孝胥代見，宣讀了第一

婉容

個答詞：

「予自經播越，退處民間，閉戶讀書，罕聞外事。雖宗國之玷危，時軫於私念，而拯救之方畧未講。平時憂患餘生，才微德薄。今某某等前來，猥以藐藐之躬，當玆重任，五中驚震，倍切慚惶。

事未更則閱歷之途淺，學未裕則經國之術疏。加以世變日新，多逾常規，際遇艱危，百倍疇昔。人民之疾苦已臻其極，風俗之邪惡未知所屆，既不可以陳方醫變症，又不可以推助徇末流。所謂危急存亡之秋，一髮千鈞之會，苟非通達中外，融貫古今，天生聖哲，殆難宏濟，斷非薄德所能勝任。所望另舉賢能，造福桑梓，勿以負疚之身，更滋罪戾。

然後，又由溥儀親自出來「婉辭」一通而罷。

三月三日——中國軍隊退出淞滬。日本聲明：「保僑目的已達，和談可以開始。」

三月四日——「促進會」的第二個「勸駕團」，到達旅順，又勸駕一番；溥儀也又「婉辭」一番。

同一天，溥儀又發表了一封「致各代表書」。原文是這樣的：

「前表愚衷，未蒙諒允，更辱推戴，悚惕殊深。慨自三省廢興，久失統治，承以大義相責，豈肯暇逸自寬，審度再三，不忍重拂民意。

今者憲法尚未成立，國體尚待決定，竊以爲天下無無弊之法，所當兩權其輕重；材力有不及之時，要貴知其長短。固未敢強人以從己，亦不敢違道以趨時。

今與國人約：勉竭愚昧，暫領執政一年。一年之內，如憲法成立，國體決定後，另舉賢能，得卸仔肩，所至願也。倘所定國體有與素志未合之處，猶不克遷就，貽誤宗邦。此約必得國人共認，然後敢承，其有出言有戕之實，庶免爲法不卒之譏。蓋天下有明知其情之盡善，盡心而爲之，而或收善果者也。覆轍未堪重跡，循仁必至，願得一言以爲息壤，心如皎日，幸垂諒焉！」

三月五日——第三個「勸駕團」，根據關東軍的部署，增加到了二十九個代表。在他們的「力懇」下，溥儀終於答應了「出山」。

三月六日——溥儀與鄭孝胥等五位「重臣」，婉容「皇后」，護衛十餘人，在日本人的陪同下，從旅順到達湯崗子。在車站「恭迎」的有張景惠，趙欣伯這些人。

三月八日——溥儀在下午三時，到達長春。「隨駕」的人，除掉各「重臣」之外，還有張景惠，熙洽，甘粕正彥，上角利一。歡迎的人，都執着小旗，有五色旗，太陽旗，還有黃龍旗！當晚就住在執政府。那地方原來是「道尹衙門」，頗爲破舊，還沒有來得及修整。

三月九日——溥儀在「道尹衙門」的一間大廳裡，舉行了「執政就職典禮」。

綜合各方面的報導，經過大致是這樣的：

A、在正面的高台上，設有「執政座」——也就是「寶座」的代用品，所以在後面圍着黃屏風。

B、下午二時，「大典接待員」與「大典贊禮官」入場，唱導行禮。各高級官吏和蒙古代表也都肅立兩傍。更有二十幾位文臣武將，遠遠侍立。

C、三時以前，日本軍政要人也各自就坐。

D、三時正，穿着西式大禮服的溥儀入場。受賀鞠躬，還禮一鞠躬。

E、臧式毅與張景惠，代表「滿洲民衆」，獻上黃綾包裹的「執政璽」。

F、溥儀宣讀就任辭，辭畢退席。

鄭孝胥

G、典禮完畢，接見外賓。由日本「滿鐵總裁」內田康哉致「祝詞」，羅振玉代讀溥儀的「答詞」。

H、大家在院子裡升旗，照相。

I、終場是一個慶祝宴會。

參加這場「盛典」的來賓，一共有四十五個人（日本人佔了三分之二），其中的重要人物有：

鄭孝胥父子，
羅振玉，
胡嗣瑗，
陳曾壽，
蒙古王公貴福及其子凌升，
蒙古王公齊默特色木丕勒，
三多（前盛京將軍），
趙景祺（前紹興知府），
金卓（前張宗昌參謀長），
天津律師林廷琛（文綉離婚案的經手人），
張景惠，馬占山，
臧式毅，謝介石，
熙洽，萬繩栻，
張海鵬，商衍瀛，
關東軍司令官本莊繁，
關東軍參謀長三宅光治，
關東軍參謀板垣，
關東軍高級將領等。

這一天，溥儀發表的「就任辭」原文是這樣的：

「余因津變，避地海濱，忝承烝庶推戴，不獲固辭，承乏執政。

今也，地方凋凌，盜賊充斥，局勢艱危，百廢待舉。德薄能鮮，弗克勝任。惟勉爲其難者，不外區區救民之苦心，此爲天下所共見也。

舉賢任能，不敢黨偏；
信賞必罰，不敢罔縱；
敦睦鄰邦，不敢詐虞；
撫愛民衆，不敢欺侮。
凡我疆界，

滿洲國內閣

一視同仁，不敢歧異。崇聖教以正風俗，行節儉以蘇困窮，兢兢業業，不敢後退。昔後唐明宗曾焚香祈天，願生聖人，以救百姓，余亦謹本此心，暫維艱局，以待能者，天日在上，實昭鑒之。」

執政宣言

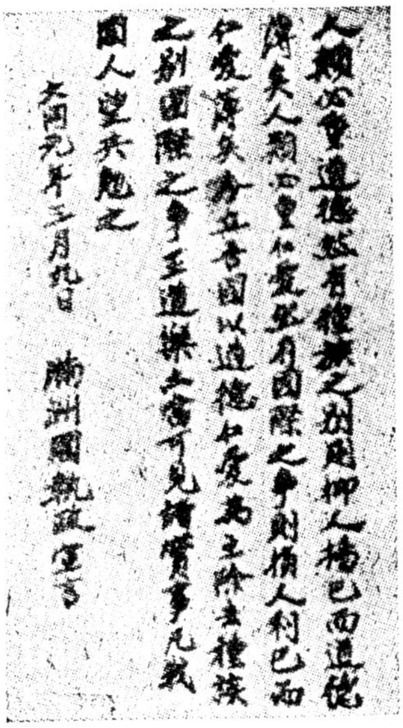
人類必重道德然有種族之別則抑人揚己而道德薄矣人類必重仁愛然有國際之爭則損人利己而仁愛薄矣今吾立國以道德仁愛為主除去種族之別國際之爭王道樂土當可見諸實事凡我國人望共勉之
大同元年三月九日 滿洲國執政宣言

同一天，他還發表了一篇「執政宣言」道：

「人類必重道德，然有種族之別，則抑人揚己，而道德薄矣。人類必重仁愛，然有國際之爭，則損人利己，而仁愛薄矣。今吾立國以道德仁義爲主，除去種族之別，國際之爭。王道之樂土，當可見諸事實，凡吾國人，望共勉之。」

在「大典」結束之後，還發表了一大批政府要員。其中有：

國務院總理：鄭孝胥，
立法院長：趙欣伯，
監察院長：于冲漢，
參議院議長：張景惠，
民政部總長：臧式毅，
軍政部總長：馬占山，
外交部總長：謝介石，
財政部總長：熙洽，
實業部總長：張燕卿，
交通部總長：丁鑑修，
司法部總長：馮涵清，
文教部總長：鄭孝胥兼，
參議府副議長：湯玉麟，
參議府參議：張海鵬、羅振玉、袁金鎧、貴福，
執政府秘書處長：胡嗣瑗，
秘書：萬繩栻、商衍瀛、羅福葆、許寶蘅、林廷琛，
執政府內務處長：寶熙，
內務官：張燕卿（兼）、金璧東、王季烈、佟濟煦、王大忠、商衍瀛（兼），
執政府警備處長：佟濟煦，
侍從武官長：張海鵬（兼），
國務院秘書官：鄭垂、鄭禹，
軍政部次長：王靜修，
財政部次長：孫其昌，
民政部次長：葆康，
國都建設局長：阮正鐸，
奉天省長：臧式毅（兼），
吉林省長：熙洽（兼），
黑龍江省長：馬占山（兼），
最高法院院長：林棨，
最高檢察廳長：李槃，
國務院顧問：駒井德三，
民政部顧問：金井章次，
財政部顧問：坂谷希一，
交通部顧問：森田，
實業部顧問：松島鑑，
軍政部顧問：多田駿，
司法部顧問：阿比留，
執政府顧問官：上角利一。

從這一天起，「滿洲國」就正式登場了。

【全文完】

孤忠耿耿胡思敬

——從南昌「退廬圖書館」起說——

劉己達

一、風景優美話當年

距今已逾半世紀，南昌「退廬圖書館」設置於該市之中心地帶——三道橋，亦即南昌名勝東湖之邊。後因市政建設，擴建馬路，乃將該處易名爲環湖路，且將環繞東湖之堤岸，一律用石版砌建，整齊劃一，更添美觀。

「退廬圖書館」適面對南昌最有名之百花洲，冠鰲亭聳立其間，蘇堤，蘇公圃遙遙在望，一葦可航。東湖載客之小遊艇，上面加小蓆棚，可避風雨，大約可容七、八人。每當夕陽西下，這許多小艇排列於該館之前面，招攬遊客。

每逢夏令，東湖荷花盛開，清香撲鼻，紅白相間，至爲嬈艷，入夜遊人多坐上小艇納涼，以時計值。那時還沒有收音機，率多用留聲機置以唱片，或爲平劇，或爲時代歌曲，悠揚悅耳，環繞東湖，歌聲處處聞，穿梭往來，直至深夜。

又「南海行宮」亦在環湖路，距離該處稍遠，「承恩寺」則較近，爲比較清潔之十方叢林。「南海行宮」歷史較淺，而規模最大，住持了知以誘良家婦女被判徒刑，經施主集會，請出翠岩寺高僧定恒主持，數年之間，聲譽鵲起，民國二十五年曾放戒一次。

定恒爲南昌小藍族人，廿七歲出家，以十年時間朝遍四大名山，歸至九華山住持地藏菩薩道場。民國元年退居西山「翠岩寺」。「翠岩寺」爲新建程洛畬先生讀書處，見其篤實踐履，未讀書而心地通明，知在禪宗下過苦工，故禮重其人。居南昌未及一年，全寺規律，不整自飭。

嘗與皈依弟子南昌名醫姚國美等重修環湖路之「佑民寺」，該寺以有銅鑄大佛立像，聞名大江南北，創於明代，清代改稱「佑民寺」，民國仍用原名。原有規模，亦甚可觀，以歷年駐兵，僧人乃陸續離去，漸至銅佛露立，門壁全毁。定恒主持數年，逐日修葺，歷年之辛苦經營，則又佛像莊嚴，巍然成爲一寶刹了，爲南昌唯一居士叢林。

定恒不學，但能從自身生活中現出佛意。與人言訥訥若不能出之於口，登壇說法，頗能要言不煩，以眞如示衆，則從禪宗領悟得來。大陸淪陷前即已年逾九十，際此天翻地覆，一再大整肅之後，他可能與虛雲法師同一遭遇，早已離此塵世而西歸了。

離「退廬圖書館」一箭之遙，與之並立的，則尚有「江西省立通俗民衆教育館」，內置有各種日報以及通俗畫刊，以供失學或兒童輩之閱覽，經常開放。至於通俗講演，則每週兩次。該所爲前任我的老師兼江西省立一中的學監裘德煌老師與我的鄉先輩蔡師襄先生所主持，蔡則兼任其他中校的圖書手工教員，兩人均係兩江優級師範畢業，亦即南京高師的前身。我因爲與蔡師襄的公子蔡常肅兄係同學，且係小同鄉，是以常去該處。

裘老師極爲和易近人，狀至滑稽，一言一動，無不引人發噱。在校時，同學們極愛戴他但仍畏懼他。他的講演，多釆多姿，平易通俗，每每令人哄堂大笑，聽者莫不動容，以之任通俗講師，應該是不作第二人想。

過三道橋爲「席公祠」，由祀江西巡撫席寶田，在「席公祠」右首有一溝通西湖，溝上有一橋名「躍龍橋」，一般人呼之爲「高橋」。直達繫馬樁，爲出進賢門要道。旁有名勝「孺子亭」在湖心，此爲紀念江西東漢時先賢徐祥，亦即「滕王閣序」所說的「徐孺下陳蕃之榻。」

東西湖的水面，向比贛江高出甚多，疏通不易，加以東西湖沿岸居民，經常洗濯衣物乃至傾倒汚穢之物，致令西子蒙不潔，湖水汚濁不清。直至民國二十一年，熊式輝主政時，嚴令市政當局發動濬湖，湖面加以擴大，其他違建搭蓋之棚宇一律予以拆除，至此湖水始得保持清澈，湖光如鏡。

此外，則爲拆燬舊日城垣，將環湖路擴展直達德勝門外之新住宅區——陽明路，沿湖亦紛紛興建洋樓，美輪美奐，一改昔日市容。洋泥馬路，且有環繞該路之直達公共汽車，便利行人。

二、私人藏書供衆覽

民初江西省立圖書館，似在章江門附近，藏書不多，其館址亦甚狹小。所以後來之省立圖書館，則在百花洲改建，高樓聳立，至爲壯觀；但因爲江西剿匪，一直爲軍事委員會委員長南昌行營所借用。至於私人藏書，能夠公開以供衆覽的，似也只有鄉賢胡思敬先生在東湖所設置之「退廬圖書館」。

鄉賢胡思敬先生，爲宜豐（原名新昌，因與浙江之新昌縣同名，入民國後改爲宜豐。）城內熊，胡，蔡，漆四大族之一。其曾祖秉論德興敎諭，皇祖元英貴州鎭遠知縣，督練援天柱，殉公日難，皇考燊雲揀知縣未仕。三世皆舉人，到了胡思敬始成進士，（甲午進士與家叔劉師舜之祖父爲同年），由翰林散館，致吏部補考工司主事，授廣東道，監察御史等職。

據劉廷琛先生爲他所作的行狀大概說：公代居言路未及三年，疏四五千上，凡權奸貪吏，妖人奸黨，無不指名彈劾，一疏不聽則再疏，再疏不聽又三疏，一再抗論，當時執政頗厭惡之，公視若無覩。他首劾兩江總督端方，端方因之改任。

他居京師時，最喜購書，積書數屋，儼如圖書館。民國改元後，盡其所藏，携歸南昌，築間影樓於東湖之濱，樓上藏書，樓下則爲眷屬所居，名曰「退廬」，因此自號爲「退廬居士」。後來藏書，漸次供人閱覽，因之又名「退廬圖書館」，此亦該館之所由來。

三、供奉鄉賢三君子

該館初建名「新昌三君子祠」，此三君即亦宜豐赫赫有名之先賢，其一爲宋代狀元姚勉，其次再爲曾任貴州巡撫之鄒維璉，其三則爲明末與崇禎帝（在煤山自縊）同時殉難的禮部侍郎吳甘來。以上三人均有專書付梓。姚勉所著爲「雪坡集」，鄒維璉名「達觀樓集」，吳甘來名「吳莊介公全集」（吳甘來殉難後諡莊介），均已被列入胡思敬所編纂之「豫章叢書」。

謹按胡思敬所編撰之遺書，計有：「豫章叢書」，凡一百一十種，輯邑志爲「鹽乘」，凡十二卷，另有「退廬疏稿」，「驢背集」，王氏讀通鑑論辨等書等。

以上三君子之遺集，除「雪坡集」，未能搜閱外，至「達觀樓集」則因鄒維璉之故鄉，（宜豐天寶鄉龍岡）離我家僅八里，我家則爲天寶鄉會市，且有姻親關係，例如我的嬸母（宜豐國大代表劉師湯之太太），即係龍岡鄒族之名門淑女。至於吳甘來之故鄉，地名山坪，離我家僅二里許，過了一座極長的木板橋再走里許即已到達，我的姑母即係嫁與山坪吳族。因與鄒吳世代均有姻親關係，是以蒙其族人將「達觀樓集」以及「吳莊介公全集」，分別贈送我一部，均係木刻本，每部有十本之多，惜大陸淪陷後，均未能予以携出，至爲遺憾。

四、故鄉的文化事業

胡思敬之所以供奉鄉賢三君子，也就是表示他是遜清孤臣，忠心耿耿。他絕不求仕進，今後專以著書刻書，維持故鄉文化自任。可惜他不永年，五十三歲即逝世。

在宜豐之北門外，原有「夷齊庵」，用以紀念伯夷叔齊的，他將庵改為「殷賢祠」。並親撰了兩副對聯：

其一

「孤城悄悄三春雨；
異代遙遙一寸心。」

其二

「北海西山，此日已無乾淨土；
黍離麥秀，當年猶有和歌人。」

此兩聯均寄慨遙深，意有所屬，閱者讀了以後，對他的心情與悵望，當可想像得之！

又修輯「梅陶二公祠」，立學其中，名曰「鹽步書院」，均各繫以聯：

「梅陶二公祠」之聯則為：

「文章已露身仍隱；
令尉雖卑道自尊！」

陶係指陶淵明（據鹽乘的考證，指陶為宜豐人）梅漢時梅福，他們的文名藉甚，此為衆所週知。梅的原籍也是宜豐，做過南昌縣尉，所以聯語內有「令尉」兩字，一係指陶淵明，一係指梅子眞，此聯亦別有用心，無庸再加解釋。

至「鹽步書院」之聯，則為鶴頂格，聯曰：

「鹽誇煑海修卑管；
步欲升堂盍學由。」

鹽步書院則類似國學專修館，專招收有志於國學之青年，每期二十人或三十人，不收學費，並給予少許之津貼。延聘本縣夙儒對於國學有研究之人士，前清進士或舉人之輩，為之主講。此外，每次命題，改八股為策論，分別寄至各鄉徵文，幾同於科舉時代之月課，評定甲乙，以現金充賞。

五、宜豐「鹽乘」之嚴謹

所謂「鹽乘」亦即宜豐縣志，此書未費地方一分一文，亦未經全縣推薦主編或助編人選，全係由胡思敬一人主持，獨力刊印。所以他絕不受任何人之請託或牽制，所以取材極其嚴謹，立論亦至為公正，此書全係木刻，其板本向存放在該館樓上，我曾見過。

當時可能是在南昌付梓，所以木刻板仍在南昌。據說我家與胡家有遠親關係，家叔劉師舜曾說過，他幼年在南昌讀書時見過他多次，並呼胡思敬先生為表兄，依照戚誼來說，他的輩份很小。

我則與他的姪孫胡先傳兄有友好關係，時相過從，但亦可以說是他的嗣孫，因為胡先傳的父親胡友鶴先生，承繼胡的名下為子。至於胡思敬先生，雖自幼傾慕他的學行，偶然在故鄉亦晤及，可惜從未正式晉謁。

我蒙胡先傳兄贈送我一部「鹽乘」，後來我因公赴京時，又將該書轉送與叔父劉師舜。其時家叔正供職南京外交部兼中央大學法學院教授，他的英文文學造詣極佳，正有志於國學。獲得該書，至為珍視，大喜過望。

嗣後我回到南昌後，家叔曾有函告，認為該書美中不足厥為體例太嚴謹，尤其對吾家科甲仕宦，「鹽乘」所載，殊嫌簡畧，語焉不詳。我則對此係外行，游夏不敢贊一詞，未敢予以置答。

家叔之藏書及字畫頗多，猶憶舍姪某赴南京時即替他携回兩大木箱，大概以字畫居多，有無善本，則未能知悉。此時故鄉早已淪陷，這兩箱字畫，當然悉數被土共予以焚燬，至堪惋惜。其他南京寓所，損失的書籍字畫當不在少數。祇是這一部「鹽乘」和我贈送他的還有一部「廬山志」，他却携之赴美，得以保存至今，應該是屬於孤本之一類的書籍了。

前三年家叔嬸由紐約回台渡假時，我那時適來台定居未久。家叔即將「鹽乘」帶來台北，仍然送回給我，在家叔的用意，希望我能將它轉售於書局，獲得少許報酬，以資補貼，用意至爲可感。但我當時則認爲地方文獻獲得保存，重予付梓，此實屬故鄉文壇的佳話。

可是其時各書局承印地方志的已屆低潮，印出大批志書，束之高閣，推銷匪易，貲金凍結，無法週轉，率多不敢印。我雖一度與台北學生書局接洽就緒，書印出後，由書局還我廿部，當時已將合約送來，正擬簽字蓋章，予以付排。適逢我受到車禍，未能及時辦好手續。後來，俟我足疾稍愈，再赴學生書局交涉時，則事過境遷，該書局又藉故推延，一直至今尚未能付印，深引爲憾。

六、各方一致之推崇

「鹽乘」既係由私人出資付印，地方各鄉各族人士，感於地方文獻之重修，至感需要，羣情欣悅，亦樂予備價購存。雖然有人認爲過於嚴謹，亦有人認爲持論苛刻，例如對過去地方歷史風化，稍有不當，必力予抨擊，不稍寬假，未免有傷忠厚。其實，這纔是眞正史學家的態度，春秋筆法，絲毫不苟。總之，地方人士感激之不暇，自然是譽多於毀，因此對該書仍然是一致推崇。

在南昌方面，「退廬圖書館」既然予以展出，當時對國學感興趣之人士，亦莫不交相贊譽。因之各省圖書館以及各方學人，亦紛紛備價索購，洛陽紙貴，名重一時。

現在台北東吳大學任教兼政大中大任課的章斗航兄，我素知他對台北各書局常有往還，因此請他代覓一書局重印「鹽乘」。他即對我談及，猶憶他在心遠大學讀書時，當時國學大師汪辟彊先生（後任職中央大學國文系教授），即曾對他說及，「鹽乘」這一部縣志，體例之嚴謹，足供治史者之參考，並述及胡思敬先生在歷史上的造詣，是以至今尚留有深刻印象。亟願爲我介紹，俾得重印，以期完成我的希望。

猶憶民國二十五年，我任職四川簡陽縣長時，當時得到該縣財務委員會委員長汪金相之協助，使我的新政，得以次第推行，至爲感荷！因爲凡屬於地方開支的經費，必先得財委會之許可，事後還須向該會報銷，將單據送他稽核後，才算完成手續。

汪金相先生係前清舉人，地方正紳，老成碩望，各鄉鎮均一致推崇，而且還由他主持修過「簡陽縣志」，讀書亦頗有心得，明白事體，所以對於地方新政推行，他亦無不樂予贊助。

後來我爲了酬答他的盛意，特意函南昌胡先傳兄，請其再送我一部「鹽乘」，並郵寄四川簡陽。不久，當時先傳兄允予照辦，即向郵局取得該書，我即將該書轉送與汪金相先生，在他完全被閱之後，備加讚許不置。並稱一般志書取材立言，較之該書遠有遜色。

該書之受到各方重視，甚於上述，當屬信而有徵。又家叔劉師舜往歲曾在「東方雜誌」，撰有「陶淵明籍貫考」一文，乃認定陶淵明實係宜豐人，此說前所未聞，必然引起若干人的非議。因爲陶淵明之籍貫，知之者甚多，如今廬山之南尚有陶淵明故里——西木里若干遺跡。但此文家叔實獲得強有力之根據，即據「鹽乘」所載，予以旁徵博引寫成。以胡思敬先生治學之勤，考證之博，立言之謹愼，取材之嚴謹，亦必然有所依憑，絕不是以陶淵明爲宜豐人，引以爲榮，率爾寫來者可比。

七、驢背集遺詩拾零

胡思敬先生之「驢背集」，僅知其書名，未嘗閱讀。茲從剪貼舊報中，獲得其咏庚子拳匪之亂，片斷的遺詩五首：

其一

黃巾遺孽起山東，膝上橫刀顧盼雄，誰識先皇憂寇難，罔堪一疏尚留中。

按清光緒二十六年庚子春，山東義和拳大起，義和拳原是八卦教和白蓮教異派同流。黃巾之亂，他們這一派多少也有關係。後來這一派仍流行山東，尚存有一點反清復明之種族革命意識。自天主及基督教來中國傳教，招收教徒，良莠不齊，善良之輩，反受到了欺壓。於是拳民便代表着民意，羣起請願，嘯聚以起，聲言保清滅洋，不傷害良民。他們相信一種外在的神力，憑着符咒來抵抗洋槍，以爲赤手空拳，便可以把洋人逐出國境，他們居然有這樣愚蠢的信心。

其二

海外燃灰民黨衆，夢中折翼帝星孤；晉家骨肉參商甚，早兆中原亂五胡。

庚子前後，士大夫的自覺運動，隨着洋務派演進的改良主義派，有康有爲，譚嗣同，梁啓超的維新運動，也有激進派的同盟會。戊戌維新變政造成帝后爭權的局面。康梁事敗，慈禧太后便囚了光緒帝，立大阿哥爲繼位的準備。大阿哥立載漪漸執朝政，國勢趨向東宮，徐桐、崇綺都紛掌政權，拳民乘機而入，因得以「保清滅洋」的號召，來實現他們的政治陰謀。

其三

曾披黃被護東宮，負扆圖留畫室中；壯不如人甘伴食，暮年偏欲攘邊功。

胡思敬先生首先譴責一位頑固首領徐桐，他的家就在東交民巷邊上，每天和外國使館相對，那副有名的門聯：「望洋興嘆；與鬼爲鄰！」便是貼在他家大門上，他的頭腦，正代表着一部份士大夫的傳統思想。

徐氏以大學士兼上書房總師傅，位望雖高而專權不屬。戊戌政變，抗疏請斬張蔭桓，力攻新黨，由是有寵於太后。己亥太后議立溥儁，他一力贊成，遂與崇綺同入清宮，以伊周自任，徐氏痛惡外夷，凡外來貨品，一概屏絕不用。他的兒子承煜，官刑部侍郎，偶含呂宋烟，於是他見之大怒，罰令跪暴烈日中。至是，聞義和拳起，語人曰：「此天意也！洋鬼子，自此斷絕了！」因與崇綺聯名，密陳大計，辭甚秘，外間很少知道。因是胡氏指出徐氏乃大亂禍根之一。

其四

邸閣留賓夜未央，金箏銀燭自成行，停杯忽喚天魔舞，不信黃冠作虎倀。

北平城外白雲觀道士高仁峒，嘗往來端邸稱頌拳團神術，王召其頭目試法術，確有神通。乃留置邸第，卜日大宴，諸朝貴徐崇二師傅亦在座。酒半，那道士戎服見客獻技，一座大驚，相與痛飲盡歡而散。這是義和拳進入宮庭的引子。

其五

午門宣詔集臣工，分隔何由效小忠；獨恨本初言不用，橫刀一揖據山東。

慈禧太后見南門火光燭天，即傳旨召百官會議。班旣定，載漪進言：「拳民出死力爲國宣難，入京以後，秋毫無犯，心跡坦白可知，夷兵所恃者火器，神拳復能制之，此天贊我也，必收用之！」兵部尙書徐用儀則揚言不可置信，吏部侍郎許景澄對徐尙書之言，亦力表贊成。莊親王載漪，輔國公載瀾。崇綺等皆左袒載漪。慶親王奕劻，榮祿，大學士王文韶，惡拳民而不敢直言，其他各班官吏或可或否，皆不得趨前致一詞。於是決策，令甘肅提督董福祥，招拳民編爲一軍，遣許景澄徐桐往天津止各國援兵，不從則以兵戎相見。

先是，拳民起於山東，巡撫毓賢不能戢止，詔罷毓賢，別簡袁世凱率所部兵往代。袁世凱初至濟南，極陳拳民左道惑衆，不可資以禦侮，朝廷勿省。袁乃召拳民首領，以存語慰之，令其率衆往京城，爲國效力，山東反免於拳民之變，實屬幸事。

以上各詩，雖屬吉光片羽，一鱗半爪，但均載於「驢背集」中，我們從上詩中，可知胡氏對拳匪之深惡痛絕，對執政者之昏庸無知，不勝其慨嘆，語重心長，躍然紙上。此詩自可當作史詩讀。因不僅如家叔來函所云「其詩典麗已極」爲能事了。

親歷其境話閩變

——煞是一篇懺悔錄——

陳祖康

民國二十二年冬的閩變，是一幕荒謬絕倫的悲劇，而由愚不可及的陳銘樞所導演。結果，自然是毀滅十九路軍，而且種下陳銘樞及李濟琛、蔣光鼐、蔡廷鍇等投共之舉。至於我自己呢？當時年輕人想法與做法，都憑一時的衝動，謬誤之處正多。但我還是敘述出來，作爲我的懺悔。

因我當時並未參加決策。事前雖畧有所聞，事後方知詳情。故祇能記所見所聞。

民國二十一年，駐防漳洲的四十九師，師長張貞兼福建剿匪司令，正在軍容鼎盛的時候，而且反共工作也在如火如荼地展開。中共乃集合全力，以共軍一、三、五、七軍團之衆，擊敗了四十九師，攻破了漳州，全閩震動。中央乃派遣曾在淞滬抗日的十九路軍入閩。以蔣光鼐任閩省主席，蔡廷鍇任駐閩綏靖主任。十九路軍入閩後，設總指揮部於漳州，而且次第收復閩西各縣。但以閩西一帶，情形特殊，而且已被中共納入蘇區。十九路軍當局設立一閩西善後委員會——後改閩西善後處，隸於綏靖主任公署——不列入閩省政府管轄之內，由蔡廷鍇兼任主任委員，後改處長。而以徐名鴻任秘書長。徐名鴻，廣東大埔人，曾在陳銘樞的軍部任過政治部主任。

我於漳州被中共攻下後，即避居廈門，且憤於四十九師第三旅旅長王澄雲——祖清的低能誤事。因王澄雲的得任旅長，完全因李黎洲的關係，李黎洲時任師部秘書，強力包圍張貞，我曾經向張貞力陳王澄雲的不可用，但這一個忠厚長者的張貞，却不過包圍的人情，竟保任王澄雲爲第三旅長。失敗後，雖由閩省府以王澄雲貽誤戎機罪，處以死刑，然而已經發生的事是無可補救的。可是張貞不是沒有知人之明，只犯了感情超過理智的毛病。在民國卅八年，當李良榮任閩省主席的時候，當時爲閩省大計，我與張貞、秦望山、林學淵、黃澄淵諸人曾約集在陳調農寓所會商閩事。張貞一到後，就問我看到李黎洲沒有——時李已被選任監察委員，並說李此人最不可靠，你要加以注意。果然，大陸變色後，李竟投共。

避居厦門時，江董琴向我說：「現在爲爭取時間，必須向廣東方面求援」，並要我同赴廣東找古應芬，我說：「吾人與廣東素無淵源，去徒取辱。我相信中央必有處理辦法，且靜待，我絕不去廣東，要去你去，可是，我得警告你，廣東方面對你沒有好感，你不要投機，惹禍上身。」因爲，我曉得，江董琴是想乘機遊說古應芬出兵福建，以剿共爲名，而將福建納入西南範圍，他本人亦可從中再作政治上的活動。江董琴是福建永定人，曾在南洋娶得陳壁君的婢女吳碧玉爲妻，因而與汪精衛發生關係，民國十五年任過廣東梅縣縣長。人頗聰明而有才幹，但教育程度低，不學無術。在梅縣縣長任內，極力討好中共，中共亦視爲是同路人，故由中共方面薦任國民革命軍東路軍總指揮部政治部主任。我在民國十六年初曾與他一度同事，與張貞均爲鄉友，時因四十九師壯大，故來漳洲居住，企圖覓機再起。結果，江董琴沒有聽我的話，一人到廣州去，住旅館後不數日，被廣東方面抓去槍斃，屍骨亦不知在何處，此可爲投機之鑑。

蔣光鼐

我在厦門住了一個時期，隨赴上海，作暫時的休息。無意中遇到周士第，即是南昌暴動，以部隊交給朱德，而自己則退出中共的前廿五師師長。周乃廣東海南人，與十九路軍將領素有淵源，於十九路軍入閩後，被邀赴閩工作，向我談及，並詢我可否入閩。我說：「你先看看再說。」周士第乃改名周力行赴閩，被派在我的家鄉——漳平縣——工作。當時漳平縣亦被列入閩西善後區域，純因地方關係。

十九路軍入閩後，只有六十、六十一、七十八，三個師及整理後的四十九師，兵力不多，而中共則集合全力，時而閩北，時而閩西，以迅速流竄的行動，使十九路軍疲於奔命。而當時閩西善後委員會的秘書長徐名鴻認淸了，惟有以政治剿匪才是根本方法。故而從各方面邀請工作人員。而周士第亦來信促我返閩，並說明與徐名鴻互相決定的策略，就是：（一）澈底反共。（二）實行三民主義，由耕者有其田做起，先從閩西着手，因閩西土地，已被中共分田的辦法破壞無法復原了。（三）除對中共外，絕不以武力解決任何問題。做好了，請全國人民來評定，誰是實行三民主義者，我對此三策略，認爲正確，乃毅然返閩。

返閩到龍岩時即遇到傅柏翠，時傅已脫離中共，並被任爲閩西善後委員會委員。我問他，情況如何？他說：只要徐名鴻能實行既定的三個策略，我們的努力不會白費的。不過十九路軍的高級將領是否意志堅定，那就難說了。我們只好做一步，算一步。我也說：「目前只好如此。」隨即與徐名鴻、陳小航（陳小航雲南人，時任閩西善後委員會秘書，由徐指定與我聯絡）晤談，乃派我及同時來閩的楊逸棠（楊爲梅縣人，黃琪翔的關係）至閩西善後委員會永定分會（時各縣設分會）工作。派我到永定分會工作的理由，因四十九師駐防該縣，並由張貞兼任分會主任委員，我與楊逸棠到達永定的坎市後，乃決定不到永定縣城，於坎市設立永定分會辦事處，開展工作。坎市是永定縣太平里的中心，太平里接壤上杭龍岩二縣，是永定縣中共的發源地，受中共的禍害最深。開始當然是安排招徠流亡，安撫地方。我們向人民宣佈，不咎既往，凡是現在回家安居就業的，都是良民，政府負責保護其安全：如安心耕種，則分與土地，並供應糧食、農具、耕牛。其時，有若干鄉村，遭受了中共焦土政策的影響，除了垂死的婦孺，確無一人一物。太平里的虎崗，本市上萬人口，我到達時，僅有婦孺數百人。其實許多的人民根本沒有遠離，不過暫時藏匿山中，以觀察政府的措施。嗣以政府實行諾言，人民日漸回鄉。

我們便着手分配土地。此事以前從未辦過，乃採取一種臨時辦法，原則上，將每村所有的土地，平均分配與每村壯丁。若稍有出入，則由兩鄰村村政府的同意，可以酌量多少互補。壯丁給與土地的條件，只有一條：收成時，交納十分之三的農作物，作為納稅義務。所納的農作物，以十分之一供應村、鄉、區縣政府，十分之一交省政府，十分之一交中央政府。政府的組織系統，則在縣政府下設區、鄉、村政府，各設委員會，民衆組織則辦理五家聯保以防止中共滲透。民衆武裝方面，則組織人民自衛軍，凡是壯丁都須編入人民自衛軍，每區有區總隊，下設大隊中隊分隊。此種人民自衛軍平時除常備隊外，不入伍，由區政府隨時設法訓練。常備的人民自衛軍則每區以一中隊為原則。負責各區對外通路的崗哨警戒，並負責維持區內的治安。以上工作全由工作人員就地會同人民執行，而工作人員不論職務的高低，每月只供生活十五元，身穿灰布衣，足踏草鞋，腰帶手鎗，與人民生活在一起費，工作在一起。約有半年時間，各鄉村已漸恢復生氣，而人民返鄉者日衆。同時，為能使工作密切聯絡，由十九路軍在各村架設電話，因而電話暢通，加緊工作進行的速度。

在這時候，發生了四十九師的易長問題，這個問題是我一生所遭遇到最困擾的問題。四十九師在永定時，地位甚為微妙，十

蔡廷鍇

九路軍方面隨時在想併吞這一個單位。初由參謀長蕭樾（廣東人）向十九路軍方面相機應付，期能保存一相當時候，以圖振作。無如張貞因精神所受的打擊太深，病態日重，以至不能支持地步，乃辭職由參謀長代理師長。我因在四十九師中的好友甚多，在軍中的沈向奎，鄭冰如，在永定縣城主持分會的有黃澄淵。十九路軍總參議鄧世增與我商議處理四十九師辦法，他要我担任四十九師的軍需處長，以從經濟控制四十九師，我認為大勢已去，只好提出一個條件，就是不能發生流血事件，鄧世增亦毅然答應，以人格担保。我第一個提出的，先使黃澄淵平安離開，鄧世增隨即擬出兩個電稿，一個公開的令蕭代師長拘捕黃澄淵，一個秘密的，令蕭代師長勸黃澄淵離開永定。迨後聞黃澄淵已安全離開永定縣城，乃與楊逸棠遄赴永定縣城，同時我也携帶餉欵，就任軍

陳銘樞

需處長職。說起來好笑，我這人連自己口袋裡有多少錢都數不清，那能做軍需處長。四十九師軍需處的組織，下設四個科，我要十九路軍總部派來四個科長。我與四個科長作如下的約定：（一）我每日到軍需處半小時專事蓋印，所有文件，科長蓋了印，我就蓋印，不看內容。錯了，科長對我負責，我對總指揮部負責。（二）每半個月發餉一次，一分錢都不能錯，發餉次序由前方到後方，由團部到師部。（三）我應得的薪俸公費，四個科長可以自由動用，但不能超過我應得的數目。此外則向各團營長宣佈（當時的四十九師，沒有旅的組織）部隊裡不能有曠名，要錢用隨時向我要，我負責向總指揮部以特別費報銷（這一點，我在未就任軍需處長以前，就向鄧世增談過，鄧亦已答應）。我担任這個處長兩個月，同時由湖南北上抗日的張炎譚啓秀亦已回師閩西，十九路軍總部且已發表張炎任四十九師師長，我趕即卸職。而這兩個月的成績，較以前節省了數萬元。蔡廷鍇曾對我說，你要多少錢你自己拿，我笑了，我只拿五百元轉送一個朋友。

在同時間，閩西善後委員會改為善後處，永定分會改為分處，由徐名鴻任分處長，而以我代理。這裡證明十九路軍確是牢不可破的一個封建集團，絕對不信任廣東以外的人。而徐名鴻則告訴我，「如此，你比較可以放手去做，不必有所顧慮，責任由他負担。」當然，這是一種說法，我又能怎樣。其實，我有我的想法，做法，只要有充裕時間，我有我的辦法。大家走着瞧瞧。

我代理分處長歷時八個月，閩變發生，調我到漳浦任縣長。在這八個月中的比較重要或有趣的事件，約述如下：

（一）閩西善後處所屬各縣分處的地位非常特別，分處長即是縣長，可是權力特大，不僅是組織龐大，而且縣分處有自己的部隊，特務總隊：同時分處長也有生殺之權。至於財政方面，全由十九路軍總部供給，由總部派一財政科長負責，科長付款只憑分處長字條，沒有其他任何手續。另外，則閩省政府及綏靖主任公署有時也有通令到分處，因為縣分處任被視為一個縣單位。根據以上情況我到任之後，先決定了幾個要點：1、縣分處絕不隨便發佈命令，但令出必行，絕不打折扣。2、在本身沒有收入以前，工作人員的待遇，由分處長以至工友都規定每月十五元，惟工作費用則視實際的需要而定，無任何限制。3、貪污者，殺無赦。4、不究過去。無論過去是共黨也好，土匪也好，土豪劣紳也好，只要重新做人，「有職業便是良民」。5、積極鼓勵耕種。6、確保治安。

（二）我在分處辦公時間不多。日常事務均交由秘書王敬雲處理，普通公文，我根本從未看過。我則率帶衛隊經常到各鄉村，所有事件都在田畔或道路上解決。所以縣分處也沒有什麼人民所呈遞的公文可收到。至於區鄉村政府相互間的事件，均可由電話中口頭辦理。

（三）我在任內，發生了幾次殺人事件，說起來有的不免殘忍，但一家哭何如一路哭，也是無可奈何的事。1、閩西善後處有一次會議，決定要嚴厲禁烟。於是規定，凡種、賣、吃鴉片烟者都處死刑。決定後，即由各縣分處通知縣境內人民，此項規定限半個月內執行。半個月後，在永定分處境內，拘捕十幾個吃鴉片烟者。我只好一律予以槍斃。2、縣分處所有工作人員宣誓，如貪污一元以上者處死刑。有一日，庶務員鄭某被人檢舉有貪污嫌疑，我即令由縣分處內每單位派出一人，共同查明。結果，該庶務員承認，貪污二元五角錢，我當即下令槍斃該庶務員。同時我另外通知財政科送一千元贈其家屬。3、縣內某鄉，有一土豪王某，作惡多端，永不悛改。我當即將其拘捕訊辦。不意王某勢力浩大，竟然活動由駐閩綏靖主任公署下令，謂王某乃一正紳，應予釋放。我接到命令後，立即槍斃王某，另以公文呈報綏署，僞稱在接獲命令前，王某業已槍斃矣。後來，據閩綏靖公署參謀長黃強對此大不滿，向蔡廷鍇哭訴，謂我不聽命令，應嚴辦。我會面詢蔡廷鍇以有無此事？蔡答覆：「那個命令，我也不曉得，你幹你的不要理那些無聊的事」。4、縣境內白土鄉有盧姓兄弟二人，平時魚肉鄉民，擁有百餘武裝自保，且寸步不出鄉境。經該鄉人民屢次陳訴。我乃以技巧方法將此二兄弟拘捕，交由該鄉受害的人民七人審判，結果，判決死刑，我乃下令槍斃。

（四）十九路軍當時因遭受共軍一、三、五、七軍團的困擾，時而閩北，時而閩西，部隊調動頻繁。而最感困難者，為挑夫問題。我乃與軍方商量解決辦法，向軍方提出三個條件：1、每十華里，挑夫工資三角，預付縣分處；2、每日路程，以六十華里為限。3、挑夫到達後，立須放回，且在路上不得有虐待行為。軍方答應後，經過數次，軍民間已建立互信。每次軍方需要挑夫，縣分處僅以電話通知各鄉村，到時應召者，均超出軍方的需要。軍方認為是空前的奇蹟。實際那時候的人民，一日走六十里，能賺一元八角錢，正是求之不得的事情。

（五）由龍岩縣城到永定的坎市，原有五十里公路，年久失修，不能通車，而軍方認為有立即修復的必要。我為試驗人民是否對政府已建立互信，同時，縣分處又不能付出全部費用。乃規定一臨時辦法。每人每日工資三角，由政府付出現欵一角充伙食，另二角則由縣分處出具借條，將來通車時可當現欵購車票。並以此辦法通知各鄉村轉告人民。屆時，到場工作的人民，不僅超出預定的人數，而並工作時間亦縮短了十日。

（六）有一次，在縣境內的金沙鄉（張鼎丞的家鄉），圍獲了一個共軍獨立團，約有二十人左右，每人年齡都沒有超過二十歲。我一看這批少年人均面黃肌瘦，且多數身上滿生疥瘡。我乃派人先送他們到城外溫泉去洗一個澡，給每人一套灰布軍衣。洗好澡，我備好了飯菜請他們吃，飯後我告訴他們：「你們參加共產黨，是不是為了共產黨的做法很對。我們不要空想、空談。現在共產黨所給你的是半死不活的苦日子，還加上一些疥瘡。我認為，我們的做法，三民主義的做法，才是對的。你們現在都可以回家去，看看我們做法。如果，你們看過了以後，認為我們的做法對，你們就同我們一道做，倘仍認為共產黨的做法對，你可以告訴我，我絕對負責送你們到共產黨區域去，你們還可以跟共產黨做。聽了我的話以後，他們不敢相信我會如此放過他們，有幾個人居然流出眼淚。就中有一個班長賴某，年只十七，向我表示，他一家人都被國民黨殺光了，無家可歸，並且回家去，恐不見容於鄉里，要求我收留他。我毫不遲疑地將他納入特務總隊任班長。對於這個事情如此處理後，獲到了兩個結果。1、共黨因在永定的工作已全部垮台，乃集合一百個永定籍共黨青年團團員成立一個工作委員會，每人發給一支手槍，各回原鄉村從事破壞我們工作，必要時刺殺我們的工作人員。可是，當這一百個人奉命回籍後，有三分二的人，自動將手槍繳出並發誓絕對不為共黨工作，有三分一的人則逗留一短時期後，均離開工作地點，向共黨覆命，無法工作。2、有一次，我帶了特務總隊的一排人，赴虎崗巡視。當晚寄宿在一小樓內，樓前有一小工事，由特務總隊的一排人派一個哨崗警戒。恰好班長賴某亦在這一排中，不過，他當時患瘧疾，宿於樓門口。在夜半時，共軍的一個獨立師，約五六百人，猝然來襲，樓前的崗哨已被掩殺。而班長賴某異常警覺，開槍抵禦，我在樓上聞槍聲乃命隨行排長匆忙在樓前工事上阻敵。一搖電話，線已被割斷，只好嚴令固守。因我曉得，共軍獨立師的槍械窳敗，彈藥缺乏，且明知數十里外有大軍，一襲不逞，必然自動撤退。相持至黎明，見共軍的獨立師已分由各山頭有撤退模樣，乃命全排出擊，居然殺死了共軍官兵二百餘人。這裡，我特別提出的，由於我對賴某一念之仁及一念之誠，不僅救了我自己的命，而且救了幾十個同志的命，並還建立了一次功勞。

（七）有一次，十九路軍總部發交了我三個人，核派工作。此三人來時，西裝革履。晤談之下，才曉得他們都是英國留學生，研究農業的，是黃強所介紹，我即告訴他們，我們此地與你們所想像的恐怕有點出入。可是既然來了，不妨到鄉村去看看再說。他們去了十天左右，就回來看我，自己脫去西裝革履，要我發給他們灰布軍衣草鞋，表示要工作。我只微微一笑，沒有向他們說一句話。但我心裡頭自己對自己說：「人民的感化力是何等偉大啊！」

（八）有一次，我到坎市附近山上的煤礦坑去看看，看到了兩個著名的土匪，正在挖煤，他們看見了我，有點不好意思。我對他們說：「現在才是你們的眞正生活，靠自己勞力吃飯，才是最神氣的事業，雖然比較你過去的生活，在物質方面苦了一點，但在精神上則愉快得多，最少，你們可以做到「夜半敲門心不驚」。可是，從他們顏色上所表現的，我了解他們尚未得到眞心悔過的地步，無非是環境逼他們非如此不可。但如果能久而安之，未嘗不可以重新做人。

（九）我接任永定分處長的時候，縣政府的監獄內，有一個犯人，關了四年多，尚未能確定他是否犯罪？究竟犯了什麼罪？原因是這個所謂嫌疑犯是永定人，永定縣屬福建省，犯事地點在大埔縣，大埔縣屬廣東省，永定縣政府是奉福建省政府轉來廣東省政府通知，緝捕這個人。永定縣政府扣押了這個人就呈報福建省政府，福建省政府就轉知廣東省政府，廣東省政府乃通知福建省政府轉知永定縣政府審問。永定縣政府審問後再呈報福建省政府轉知廣東省政府。廣東省政府又提出了疑點通知福建省政府轉令永定縣政府審問。一共公文來往了三次，就耽擱了四年多，還問不出所以然來。我當時年輕氣盛，且憤於政治的黑暗，立即毅然下令釋放這個嫌疑犯，事實上，即使有罪，坐了四年多牢，也應該夠了。

（十）有一次，在坎市通往文溪的山嶺上，一個婦人被搶刧了。這個問題，對於我實在諷刺太大了。我即集合區人民自衛軍常備幹部，輔以我自己的衛兵十餘人，限在一日內破案，不惜任何的犧牲與代價。當日晚上，偵悉刧案爲長流鄉一姓陳匪徒所爲，他身邊常帶有六七個槍手。當即部署入手，翌日清晨湧至陳姓匪徒所居的堡門，開門後立即衝入，當場擊斃陳姓匪徒，從犯僅繳槍，聽其自便。並將陳姓匪徒的首級，携返坎市在鬧街示衆。此爲我在永定處長任內唯一與治安有關的事件。

「人民政府」在福建宣佈成立時，我恰奉命調任漳浦縣長與人民自衛軍第四路司令官，指揮漳浦、雲霄、詔安、東山四縣人民自衛軍。我匆匆從永定趕到龍岩，往晤陳小航。我問他，究竟什麼一回事？最主要的，何以離開中國國民黨？並改換國旗。他告訴了我以下各項：

（一）此項事件完全由陳銘樞主動，實在陳銘樞完全聽從林植夫，何公敢（國家主義派）與徐謙、梅龔彬（失意政客）等的慫恿。陳銘樞到了閩西以後，觀察當地情形，認爲大有可爲，乃向蔡廷鍇策動政變。蔡僅回答一句話：「十九路軍是你的財產，你愛怎麼花就怎麼花。」

（二）先前有一個計劃，即是聯合西南胡漢民、李濟琛、李宗仁等，於時機成熟時，另組政府，實行三民主義。但林植夫等認爲他們在國民黨內無地位，如不離開國民黨及改換青天白日旗，他們得不到權力。因此，胡漢民不來，李宗仁也不來，僅來了一個李濟琛。

（三）黨的組織方面，徐名鴻吩咐我告訴你，決定組織中國生產大衆黨，以三民主義爲主義。究竟將來如何發展？現尚難料。

我問他，你的看法如何？他說：「局面相當悲觀。」我說：「你的看法對，我判定，此次事件一定失敗，希望你轉告徐名鴻提醒蔡廷鍇，要保留一部份武力回來，事或可爲。」我當即匆匆赴漳浦就任，過漳州時，得悉，僅由四十九師師長張炎率領周士第第一團留漳州，並以余華沐任漳州警備司令，余原爲十九路軍教導隊負責人，該隊有學生二三千人。準備充任十九路軍擴充部隊時的下級幹部。

到漳浦後，首先接收縣政府，由前任縣長黃哲眞移交並匆猝成立人民自衛軍第四路司令部特務營，以李漁航任營長。我在漳浦前後僅兩個月。此兩個月中，全力都在整頓縣政府本身，並注意整理民衆武力。但不旋踵，即烟消雲散。現就在漳浦縣長任內比較重要的事件，畧爲敍述。

（一）漳浦縣爲福建省的一等縣，海陸物產均豐富，但人民好訟，因而地方劣紳土豪，勾結縣政府汚吏差役，橫行肆虐。其中有一項相沿的陋規。即是新縣長上任時，糧房要送一筆幾千元的紅包與縣長，目的在使縣長收受了這筆紅包以後，對於糧房的欺詐良民，曲予優容。另外，則縣政府門房即是收發，人民送公文來時，必須附有小紅包，否則不將公文上達。我到任後，先命糧房前來，我告訴他：「我曉得你們的事情，你不要送紅包給我」。糧賦要照收，但如超出規定，或有擾民情事，我就要你的腦袋」。又命門房前來，我問他：「你現在一個月有多少薪水？」他說：「照規定一個月有十五元，但事實上縣政府都不給。」我說：「那麼，你靠紅包生活。」他不敢作聲。我說：「好了，你自己划算，你一家多少人要多少錢才可以過活？坦白的說，不要怕，也不要客氣。」他想了一下便說：「我一個月如果有四十元，我就心滿意足了。」我說：「好，從今日起，你一個月可以有四十元，等一下到會計處去先拿這一個月，但是有兩件事情，你一定要做到，第一不能收受人民的任何紅包，一毛錢也不行。第二，人要來看我，或者有公文給我時，不能隱瞞，也不能拖延。否則，我要你的腦袋。願意你就幹，不願意你就不要幹。」結果，他同意。對於此二事，我當即派人隨時隨地，觀察他們的行爲，倒也信守諾言，安份做事。這也是管仲所言的：衣食足而後知禮義的一個小小例子。

（二）漳浦縣監獄就設在縣政府旁邊。有一日，我偷偷溜過去一看，囚犯有一百多人，但均在賭錢或閒談。我當即通知監獄看守主任到我處，索閱全部囚犯名單，所有一百餘犯人，均爲未判決者。有一部份囚犯，已被關了兩三年。後經詳查，始悉此一批未決囚犯的來源。當各鄉區向縣政府報告發現土匪時，縣政府即通知當地駐防部隊派兵往剿辦。駐防部隊派兵前往時，當然找不到土匪，就隨便抓幾個人塞責，而寄押縣政府監獄。寄押以後，從不過問，不久，部隊調防，誰也無法過問。日積月累，就有一百多囚犯。這種事，實在視人民如草芥。我即集合全體囚犯，對他們說：「你們都是土匪嫌疑犯，但沒有證據，不管你們是土匪也好，不是土匪也好，現在每人發兩元旅費，請你們回家做一個良民。但如果以後有土匪行爲必加倍嚴辦。並立由主任秘書吳百鍊，每人點名發二元，放之使去。他們有如夢中，我做了這件事，心情則頗爲愉快。

（三）「人民政府成立後」，南京中央政府常派飛機轟炸，先炸福州，後炸漳州，而炸漳州的第一日，恰巧，我就坐車經過漳州南機場，說巧眞巧。事情是這個樣子的。我到漳浦一個多月後，「人民政府」的軍事即失利，情勢危急。駐在龍岩雁石的摯友羅鳳岐，前來漳浦與我商量今後的問題。經過一夜的長談，我們得到了幾點結論：

（一）我們不能背棄國民黨，並反共到底，不理生產大衆黨。

（二）「人民政府」一定失敗。但十九路軍新從德國購來不少軍械。第一步希望第十九路軍能保存一部份力量，撤退到閩西。現在十九路軍的正規軍只有四十九師的周士第的一個團，這一團可以說是十九路軍的殘餘力量，也就是我們的力量，此點不必顧慮。

（三）我們要部署收容十九路軍的殘餘力量，由羅鳳岐回閩西會同傅柏翠部署，由我在閩南部署。

（四）由周士第、徐名鴻說服蔡廷鍇率領殘餘力量撤退至閩西，在中央與共軍夾縫間求生存。我們將有充裕時間吸收十九路軍的殘餘力量以壯大自己。

翌日，我偕羅鳳岐乘車赴漳州，羅準備即日回雁石，我即參加四十九師師長張炎所召集的地方行政會議。乃坐車到南機場旁的公路時，中央飛機恰巧於是時轟炸南機場，我立即與羅下車避一竹林中，俯伏地下，一時濃烟四起，惟當時的炸彈威力甚小，我們只有一場虛驚，然而這是平生第一次嘗試到被炸的味道。

下車後，地方行政會議因轟炸關係延後一日舉行。此次會議無非是安定人心的一種宣傳，事實上，那時前方的形勢危急，「人民政府」到了快要崩潰的時候。周士第當時告訴我：「當局擬同共黨合作，已向共黨聯絡過了。」我說：「共黨絕不歡迎合作，除非十九路軍投靠向共黨。」周士第又說：「共黨即要派人來談，等人來了再說。」我最後向他聲明：「與共黨合作，我第一個不贊同，閩西、南地方武力領袖也絕不會贊成，你是廣東人，你要愼重告訴他們撤退殘餘力量到閩西，在中央與共黨間求生存，我保證支持他們。」周士第答應把這個意思轉達他們。不數日，共黨派一個王益清來，我看到了此人，沒有交談。陳小航要我參加徐名鴻與王益清的晤談，我拒絕了，我說：「談後結果如何告訴我好了。」王益清與徐名鴻的晤談不能作何決定，隨由王益清電告共黨方面，共黨覆電立即派一重要人員前來作最後的決定。不久，這個重要人員來了，是一個有山羊鬍子的張雲逸，張到後，我看到了，乃由徐名鴻與張晤談，最後，張表示：「此時共黨無力增援『人民政府』，必要時撤退閩西，再想辦法，並留王益清在漳州隨十九路軍撤退。」（此一段事，多年後，共黨曾提出檢討，認爲當時拒絕支援十九路軍是一個重大的錯誤，否則可以提前竊據大陸）陳小航告訴我這個結果。這是在我意料中，投靠可以，合作一定是無可能。但撤退閩西一點，倒是符合我的希望。

人民政府崩潰的局勢急轉直下，李濟琛、陳銘樞、蔡廷鍇、黃琪翔由福州乘飛機來到漳州，陳小航立即通知我，設法護送李濟琛、陳銘樞、蔡廷鍇、黃琪翔等四人先離開福建轉汕頭至香港。此項離開工作是在極端秘密進行。另外由余華沐率領殘餘部隊撤退至龍岩，當時的決定是計劃以殘餘力量，在中央與共黨間求生存。並須準備在靠近上杭方面的龍岩大池鄉覓一地方，而由蔡廷鍇回來負責指揮這一殘餘力量。

在漳州撤退前，李陳蔡黃等未離時，有一個插曲。這是從戴笠將軍方面來的。那時，戴將軍派了一個福建人某君來協助中央工作，某君當然與我很熟悉。他轉由一個汪芽告訴我：「奉戴將軍命，假如我能夠將李陳蔡黃四人扣押交由中央，中央可以任我爲福建省主席。」因爲我當時如能與中央密切配合，確有這個可能。不過很難相信這個傳話，只好很輕描淡寫地答覆某君：「人家已經失敗了。投石落井，不是大丈夫所爲。」實則我當時另有打算，若能壯大自己的力量，則區區一省主席何足道哉！

當然，我是在漳州撤退以前，先從漳浦撤退。但我因爲一點英雄思想，竟錯害了一個朋友。說起來，到現在還覺得內疚。事情是這樣的。當「人民政府」在福州垮台時，詔安、雲霄、東山各縣的十九路軍人員，已紛紛經由漳浦撤退到漳州。我以漳浦離漳州僅九十里，且中央大軍係從海路而來，必從嵩嶼登陸，我還有時間，我可捱到最後再走。正在要走的前一天晚上，由地方武力臨時組成的一支中央討逆隊伍逼近漳浦，但我不知由何人率領。我就通知特務營的一個連長，北方人，已忘却姓名。這一連是由原來漳浦縣政府警備隊改編，連長就是原來的隊長。我曉得這一個連長必然與這一支中央討逆前頭部隊有關連。我通知這個連長以下的話：「大勢已去，我必須撤走，但你不必跟我走，你率領你所部，負責維持地方治安。但你可轉告中央討逆前頭部隊的指揮官，我明晨六時撤離，他們可於七時後進城。六時五十九分都不行，如果妄想打我，那我必與週旋到底。」說完了話，我隨即部署撤退的一切，我部署完畢，隨即帶衛兵乘車先行。車到長橋時已深夜，我到了一個長途汽車站，搖電話至漳浦縣政府詢問情形，據報告，那一支中央討逆的先頭部隊已步步進逼，有攻擊情況。」我聽了報告以後，一時氣滿胸膛，即從電話中命準備撤退部隊，進入城外兩個小山上的工事內。只電話通知漳州周士第準備支援部隊，如我於明日上午十時前無電話立即將支援部隊乘車趕赴漳浦，並立即開車折返漳浦，黎明時到達。我甫進入工事內，對方即開始攻擊，槍聲震耳。同時，特務營長李漁航報告我：「原由漳浦縣政府警備隊改編的一連已不知去向，可能已參加對方。」我率領一連守此山頭，另由陳連長鳳池率領一連守對面山頭。我當時因怒氣而喪失理智，有似一頭野獸，指揮作戰，看到打倒對方一個人，便心頭一喜，戰事一直延至下午一時許，對方原係烏合之衆，且武器不佳，由黎明到這個時候，業已腹餓而不能支持，陣脚動搖，士兵似乎在四出覓食。我便通知部隊準備衝鋒，不旋踵，漳州方面的援軍由營長李畏率領乘汽車趕到，裡應外合。將對方打得落花流水，我乃率隊再返漳浦城內。但陳連長鳳池報告，對方被打死的屍中有胡捷，使我一時震驚。因胡捷是日本士官學生與我熟悉，且有私交。我就問陳鳳池，胡捷担任什麽？陳鳳池說，從俘虜口中得知他是前敵指揮。我隨命將所有俘虜集中，其中赫然有那個漳浦縣政府警備隊長改編爲特務營的連長在內。我陡然覺得，他一點都不相信我，我彷如受了莫大侮辱，拔起手槍將他打死，並囑李營長漁航，俘虜中如果有原漳浦縣政府警備隊的一律槍斃，其餘一律釋放。比較原預定撤退的時間延了一日，乃與李畏營長深夜返回漳州，以便會合大隊一同由漳州撤閩西。不過，因爲我在漳浦的小勝，却牽制了正面中央軍的行動二三日。我當時都在籌劃以後的行動，恰値我的老父親也避難住漳州，我遂得與老父親晤聚數日，在臨別的一夜，且與老父親睡一床，是我過得最温馨的一夜，但也是與老父最後晤面的一夜，此後一直就沒有與老父親見面了。

漳州的撤退是相當紊亂的。正規部隊只有周士第一團，撤退事宜由漳州警備司令余華沐指揮，因余華沐尚有數千在訓練中的隊員。撤退時，人均步行，少數車輛運輜重，但以車輛有限，有不少新從德國購來的步槍，均臨時以汽油焚毀。我則參加在周士第團部內，因周團奉命斷後，我因與周士第私交關係，自然聚在一起。以二日時間，沿漳龍公路，撤退至龍岩境內的板寮嶺。不過沿公路載輜重車輛的司機，不少被埋伏在山上的地方武裝射殺。到達板寮嶺後，我家三哥紹山亦帶了子弟兵趕來相聚，一來，他想保護我，二來，他必須與我見面決定今後的行動。而余華沐因沿路運輜重車輛的司機，不少被沿途人民埋伏在山上的槍手射殺，大傷腦筋，來與周士第商量辦法，周即轉告他，明日起，請放心。余只好茫然而去。余去後，周轉向我說：「這事，你總辦得到，但無須在余面前提起，我們必須儘速到龍岩，到了龍岩，才有事做。」我即轉告我三哥，派二個人通知沿路鄉村，不必再搗亂，因爲我們都在這部隊中，倘有誤傷，這筆賬將來難算。以後，大家即順利安然撤退到龍岩。

到龍岩後，我與我三哥率領子弟兵到雁石羅鳳岐處，暫時做一據點，並告訴周士第，靜觀情勢，再決定行止。不數日，接周士第電話，謂十九路軍當局，已改變計劃。不僅蔡廷鍇不來龍岩。而且將殘餘部隊交由黃任寰改編爲一獨立旅。我接電話後，萬念俱灰，認事已無可爲，乃囑三哥與羅鳳岐設法保存自己的力量，而且保境安民，我即隨周士第團由龍岩再撤退到永定，候命改編。我到永定時看到了徐名鴻，他搖搖頭說：「簡直是一場惡夢。目前只好大家分批離開，我職責所在，必須稍延數日。」我亦無話以對，乃將一桿木壳槍由李營長設法賣了二百元做旅費，並偕李傳薪、田竺僧、楊飄棠四人一路，於廿三年農曆元旦，由永定的龍寨步行至大埔縣城。大家都身穿軍衣，並掛了粵軍獨立旅的臂章，冒充被遣散的下級軍官，以免沿途留難。事實上，黃任寰早已存心捕殺在此殘餘部隊中的主要人物。當我離開後，徐名鴻被捕殺於大埔縣城，周士第則於被押解途中，逃入共區，而與共黨再度發生關係。至於我呢？我不被捕殺，簡直如有神助。因我到大埔時，原已住進大埔一個旅舘，但我忽在旅舘門口，遇到一個又是同學，又是對頭的賴某，他向我打了一個招呼，便匆匆走開。我突然心動，此地不可以久留，乃請楊飄棠設法找一小船，楊看到沙灘邊上有一條小船，許以重酬，載我們四人駛往三河壩，於天黑時，船已順流而下，乃後沿岸有人大叫停船，我們當然不理他，船未至三河壩十餘里處，因水涸，船陷入沙中，無法前進，至天亮後，船夫始能看到被擱淺的情形，合力將小船扶正，順流而至三河壩，在三河壩躭擱了二三日，再搭小汽船，由三河壩直駛汕頭。事後，始知大埔粵軍接到賴某報告後，即派人至旅舘逮捕我們，後又沿河邊追趕我們所乘的小船，並連夜追至三河壩。想不到我們因小船擱淺還未得到三河壩，而他們認爲我們已越過三河壩，一直追到我們的前頭去了。到汕頭後，田竺僧、李傳薪、楊飄棠三人赴香港，我則赴滬轉長沙，就此結束這一場惡夢。

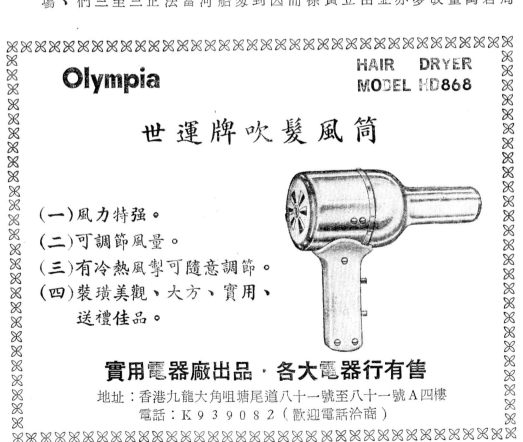

親眼所見的傳奇人物

—萬　綸—

國術泰斗杜心五

抗戰以前，何芸樵（鍵）先生主持湘政數年，曾經成立國術館及國術訓練所，並舉辦兩次全省國術比賽。那時國術館長兼所長李麗久，便是國術泰斗杜心五的門生。杜心五乃湖南慈利人，少年一度流浪江湖，而且還留學到過日本。後來在北洋政府，做過農礦部的科長，晚年在重慶行都，又被聘充當全國動員委員會委員。他原是最富有傳奇性的人物！

當湖南舉辦全國國術比賽時，杜心五是比賽大會評判之一。因此他在民國二十二年的春天，就以貴賓身分，來到長沙小住。住宅即是小吳門外瓦屋街附近。一幢新起的半中半西式樓房。聽說那是何芸樵主席，吩咐李麗久替他安排的。我們對他聞名已久，尤其是出於好奇之心。所以邀同友人六人，持着劉軍長的介紹信，前往拜會。

他穿着一件半舊的藍布長衫，配上他那瘦長的身體，看起來似乎很斯文。而他兩眼精光射人，行動輕巧靈活，雖已年逾六十三四，却一點也看不出老態來。他親自送茶拿烟，說話又非常朗爽痛快！我們一直談了幾個鐘頭，才告辭而去。

當我們談話之際，樓下傳來一陣陣，篾片打人之聲，大家覺得奇怪！問那聲音從何而來？杜心五解釋，這是他的兒子正在苦練「金鐘罩」。所謂「金鐘罩」，顧名思義，要將身體練成像金鐘罩着一樣，刀斧不入。他並將練習方法，畧加說明。原是由旁人執着篾片，向他兒子身上四處抽打，以使身體增強抵抗體能。如果打成皮破血流，則敷上藥粉，須俟愈後再行抽打。如此不斷的鍛練下去，直練到被人打到身上時，不痛不傷為止。這是一種外功，也就是練習武術過程之一。

這次會見杜心五之後，過了不久，江國章兄就正式拜他為師。因此，我們與他見面的機會，也就增多。而有關國術方面的事跡，平日耳聞目睹，更加大開眼界了。

據杜心五親口所說，當初李麗久拜他為師時，拖了一月有餘，不曾敎過一拳半脚。致使李麗久懷疑，不知師父究有無眞本領？有一天，杜心五坐在客廳搖椅上，正捧着水烟筒抽烟消遣。李麗久却以迅雷不及掩耳的手法，口中喊着師父！拳頭跟着向他打來！李麗久原想借此機會，一拳把他打垮。不料杜心五一躍翻身，避開正面，使李麗久拳頭落空。且已跳到李麗久背後，輕輕敲着他的頭說：「你的腦袋挨打了！」李麗久還不肯甘休，反身對杜心五又是一拳，其勢更猛！此時杜心五只得飛起一脚，踢痛他的手腕，使其不能再動。這樣，他才跪在地下，心口俱服了。

另有一位大漢（筆者忘其姓名），身體比杜心五高一個頭。因慕杜心五之名，送了許多禮品，拜他爲師。杜心五雖然受了大漢一拜，但並未開始教他。兩星期以後，他也乘杜心五坐着抽烟時，突然叫一聲：「師父！我來了！」話猶未完，拳頭猛撞過來。這一拳，不說千斤之力，至少也有五百斤以上。杜心五翻身跳起，一閃躲開。使大漢的拳頭，撲空打到牆上，將磚牆打穿一個窟窿！而杜心五却已跑到厨房，取了一口大鍋出來，仰着置於地上說道：「大漢！你不必再打，只要在這口鍋邊上走幾步，就算已經贏我了！」大漢瞪着眼說：「鍋邊怎麼能走？」杜心五道：「你不能，我走給你看吧！」一面說，同時兩脚跳上鍋，一口氣在鍋邊上跑了十幾個圈子，然後跳下。大漢見了，早已跪倒在地，心服口服的一再請罪！

杜心五認爲武術這門玩意，奧妙高深，毫無止境。且天下之大，能人甚多！他說，從前隨師父在外流浪，時常借野廟棲身，有一次，他們住在一座大廟。夜靜更深了，月明如畫。他陪同師父，躺在正殿神座下抽烟。忽見殿前空坪左側的圍牆上面，立着一條人影。那圍牆高約三丈，只見那人飄然而下，落在正殿前面的廣坪上，隨即一步竄進正殿當中，再一騰空，便躍登佛像的頭頂。由空坪到殿中，相距約三丈有餘，那尊佛像連座基，至少也有兩丈多高。那人年約三十左右，目光炯炯有神，站在佛頂，東張西望。師父滿臉笑容，向他招手道：「朋友！辛苦了。下來抽一口！」那人望他一眼，並不答話。像燕子一般，飛身落地，接連一步竄到殿前空坪，第二步躍上牆頭，轉眼就不知去向了。

江國章兄在未拜杜心五爲師之前，早已學過幾年拳術，功夫雖不甚高，但亦自信不弱。現在總想和杜心五試一兩手看看杜心五研究高明到什麼地步？於是老老實實對杜心五說：「老師！我想跟你老人家試試手脚，如何？」杜心五微笑點頭：「來吧！我不打你就是了。」然後，江國章拿出過去所學的幾手拳脚，猛勇進攻。那知甫一接近杜心五身邊，不知怎的，好像觸電一般，被那股力量彈到距離兩丈以外的一張方桌之上，居然坐在桌上了。江國章還不甘休，以爲剛才不曾小心，致有失手。第二次使出全副本領，穩紮穩打。結果，同樣被杜心五的彈力，送到原先那張方桌坐下。連旁邊許多人，都看不出是怎樣把他送到桌上去的？

那天，國術訓練所教官朱國楨，也是在場觀客之一。他早想與杜心五比試一番，此時見機會難得，隨即叫一聲：「杜老師！我也想討教！討教！」杜心五點頭答應：「你只管來！」可是，朱國楨擺開架勢，剛一出手，就被杜心五一脚踢到手上。那隻手立刻垂下來，麻木不能動作了！經杜心五替他搓揉，才慢慢復原。

交手對打，杜心五毫不在乎。單獨表演，反而他不願意。不過有時酒後高興，不知不覺，他也會表演起來。記得國章兄請他吃飯，飯後談天，異常愉快！國章兄乘機問道：「聽說老師有爬壁功，能在壁上爬行，是否眞有其事？」杜心五說：「這個倒很容易！」他隨即騰身而起，跳到牆上，兩手兩足，緊貼牆壁。還爬了幾步，如同爬壁虎一般。隨後一跳落坐，似乎並不吃力。他又說道：「如果反面用背部爬壁，那就比較難多了。今天我不能表演，從前在北京，常見王府裡面保鏢的，在城牆邊練習。他用背部貼着城牆，聳動肩膀，身軀跟着向上移動，一會兒就爬到城牆上去了。」這時，杜心五又以手摸着紫檀木桌面，對大家說：「現在表演一點內功給你們看看，這種功夫就更難了。你們先看這桌面是光滑平整的，我只要用手指敲一下，就可敲出凹痕來了。」經大家看過桌面，原是平整無缺的。於是，他以中指向桌上猛一擊，只見那平整的桌面，果已現出一塊小小的指痕，陷下去差不多有一二分深。

至於杜心五的本領，又是從何而來？據他平日透露，他一生師父不少。遇到比他高明的人，他就虛心向其學習。所以他能將南派、北派、外功、內功，統統融滙貫通起來，成爲獨樹一幟的「自然門」拳派。他之所以能被人尊爲國術泰斗，其原因亦即在此。但是在他的許多師父之中，最值得一提的，莫過於最初的叫化師父，和最後的徐矮子。尤其是徐矮子，他的武術高強，出神入化！這裡不得不概畧的介紹出來。

當杜心五寓居上海時，一日中午，門外忽然來了一位陌生人。其人身材矮小，穿着青布短衣，很像鄉下人模樣。說話帶着四川口音，指名來找杜心五。杜心五出門一看，覺得此人貌雖不揚，而眼神強勁有力，精光烱烱逼人。料他必是武林高手。乃迎入客廳，親自奉茶敬烟，然後問他貴姓大名，有何見敎？那人說道：「我姓徐，別人叫我徐矮子，你也叫我徐矮子就是。此來的目的，只是想解決吃飯問題而已！」杜心五說：「這很方便！」馬上叫厨端出飯菜來，二人共進午飯。徐矮子吃飽之後，並不道謝的走了。一連吃過三天，杜心五表示歡迎之意道：「徐先生！這裡樓上有空房，請將行李搬來，以免來去費事！」徐矮子說：「我根本沒有行李，只要有飯吃就行了。住宿問題，各處寺廟都可解決。」徐矮子每天仍然是這樣來來去去，不覺將近一月了，他忽然鄭重的對杜心五說道：「你外面的聲名，倒很不小。據我看來，似乎也就平常。你要不要學一點功夫？」杜心五一聽此言，連忙跪地拜了一拜。口稱「請師父指點！」然而，徐矮子並沒有眞正敎他。再過一月，徐矮子忽又微笑說道：「杜心五，你雖已拜我爲師，未必相信我眞有什麽本領，是不是也想試試我的深淺？」這幾句話，正搔到杜心五的癢處。他早有此想，只是未曾開口而已！徐矮子又說：「現我站立不動，也不還手打你。你的拿手拳脚，可以儘量施展出來！」杜心五的一雙腿功，在大江南北，不知打垮過多少好漢。靈敏準確之外，力量也足有千斤。於是，他運力到右腿脚尖，朝着徐矮子的肛門，猛力踢去！他暗想，這一下不把徐矮子踢死，至少也要打成五癆七傷。現在也顧不得許多了！誰知他的脚尖踢到徐矮子肛門之上，那肛門好像棉花做的一樣，軟綿綿的。既不抵抗，又不脫離，只是包圍着脚尖，跟着脚尖上下。使杜心五千斤之力，消失於無形。這麽一來，杜心五對於徐矮子，眞是莫測高深？佩服得五體投地！只好跪在地下，不肯起來。此時徐矮子攙扶着杜心五，懇切的向他表示道：「起來吧！現在我可以敎你了。」

因爲徐矮子認定杜心五，有武藝天才。所以師父找徒弟，將全部武功，都一一傳授給他。但後來杜心五幾次與徐矮子交手，總是打不過徐矮子。杜心五以爲師父留着絕招未敎，故對徐矮子當面怨尤！經徐矮子解釋：「這不單是拳技問題，而與氣功修養，大有關係。」最後，徐矮子又敎杜心五打坐練氣，並且閉關三年。從此杜心五的功夫，便已達到爐火純青的境界了。

海軍上將楊

一、導言

前國民政府委員、海軍上將楊樹莊先生，字幼京，福建閩侯（即今之福州市）人。生於民國紀年前三十年農曆三月二十四日，一生忠愛國家，廉介自持。於民國二十三年一月十日，因偶感咳嗽、聲音嘶啞等疾，即逝於上海法租界霞飛路寓邸，時年僅五十有二歲。

楊上將於民國十七年間，偶遇高僧——虛雲和尚，聽其講經，始習打坐參禪。旋即看中拔海一千公尺左右之鼓山湧泉寺左側空地，遂商承該寺住持虛雲和尚，允以一壙之地，讓與楊氏，為其日後埋骨之所。

楊上將夫人蔣氏，係患中風（即今之腦溢血）突然不語而逝。上將體格，比其夫人尤為高大，為防亦患中風計，乃預先親繕遺呈，連同遺囑密封保藏。果於大殮之時檢出，呈奉國民政府林主席子超先生准其歸葬於福建閩侯魁岐鄉附近鼓山湧泉寺左側之陽。林主席並派福建省政府主席陳儀代表主持公葬典禮及主祭，另派該省府委員海軍少將李世甲護送楊上將靈柩回閩。公葬之日，由福州城內北門后街發引，當時執紼者，達萬餘人，備見哀榮！

二、承父志投筆從戎

楊上將之封翁建洛公，夙習水師，於民國紀元前十八年，即前清光緒二十年——甲午，日本侵略朝鮮時，適任海軍某軍艦（佚其艦名）管帶（即今之艦長）奉水師提督丁汝昌之命，帶艦馳援，甫經駛抵大東溝外海，即與日本海軍艦隊遭遇，雙方不宣而戰，開火僅歷數小時，建洛公所帶之軍艦，彈藥即已告罄。復以敵衆我寡，處於被包圍之下。既無退路，又無援軍，建洛公不願坐受敵炮轟擊，不作無代價犧牲。乃下令開足馬力，將其艦首鐵甲之尖端，出其不備，猛撞敵艦之機艙。一聲巨響，頃刻間，敵我兩艦，同沉於大東溝外海（筆者幼時聞池仲佑（滋鑾）年伯言之綦詳，聲淚俱下，並謂因慈禧太后對建設海軍及增購彈藥之欵，移作頤和園建築費，所以軍艦之彈藥無法補充）。

建洛公與全艦官兵，同時壯烈殉職。大海（或稱黃海）茫茫，無法收屍，祇得葬其衣冠，為「衣冠塚」。身後遺兩男一女，長即楊上將（因大行排列為第二，吾輩故稱之為二哥），次為樹韓艦長，字逸琴，女名雅珍（雅珍年逾古稀，前年由美回國，現健在台北市）；或在襁褓，或僅幼齡，最長如楊上將者，亦未屆舞勺之年，家庭狀況，一落千丈。其母頓失所天，悲痛之下，母兼父職；治家之餘，並操女紅，藉以養育遺孤。

楊上將自幼穎慧、機智、持重，忝若

樹莊事略

[redacted]楊際泰

成人。深諳無父之苦，善體慈親之意，竭力爲母代勞，私塾回家時，助母處理家中事務：母將浣衣時，則臨井旁，預爲汲水；晒衣時，則爲之扶竿。至於灑掃庭除，教弟認識字片，則爲其每日清晨所獨任之事。

楊上將啓蒙時，父雖健在；但海上生活，忽而煙臺，忽而天津，忽而上海，全國海岸線各港灣，均爲軍艦駐防之所在，軍事旁午，弗獲在家中管教。幸其自幼即知自我端重，不苟言笑。準時上學，專心攻讀。塾師授課時，則必靜聽講解。溫習時，對於句讀之背誦及字畫之結構，均用心牢記，而過目不忘。更喜研讀歷代名臣言行錄及三國志等書。居恒手不釋卷，未遑與同學嬉戲。舉止嚴肅而有威，待人和善而多禮；處事穩健，從不緊張。以故同齋學童，俱敬畏而不敢侮慢。塾師有見及此，每有必須離齋他往時，悉命楊氏代其管理齋中之秩序。此其自幼即具尊嚴之風度，又有領導之能力，所以異於一般學童者。

方其年未達弱冠，文章即有優異之名，當時雖屬滿清季世；然科舉未廢，僅將「八股」改爲「策論」而已。戚友知其國學造詣之深者，咸勸其參加考試，以取功名，但均拒而弗應。

至其不往應試之原因，乃欲繼承父親遺志，決定亦習水師。是時馬尾海軍學堂停招新生，全國祇有廣東省之黃埔海軍學堂，開辦第一期，始有招生。楊氏爰叩別其晨昏定省之慈母，負笈前往廣州就學。

冀學成致用能爲國家雪恥，爲先父復仇，結果不負所學，迭著功績，故未滿三十五歲，即爲少將司令，未滿四十五歲，即任上將總司令，並兼省政府主席，繼由總司令晉爲海軍部長，而國民政府委員。此誠可爲有志報效國家之青年效法矣。

三、具善心早年發迹

楊上將之在廣東黃埔海軍學堂肄業時，對於航海、槍炮、天文、氣象、世界地理、信號、旗語……等之海軍專門學科，以及英文、數學（海軍學堂之數學及世界地理等均採用英文原本）等門，均係向未涉獵者，又係主要之學科，楊氏對之，竟不感覺困難，同學發生疑問，前來問難時，均能細心爲之講解。課餘且常閱讀中、外之史書，如綱鑑易知錄及世界史等。且每試輒列前茅，實緣天賦既優，過目成誦。又寡言笑，其心靜，故能安、能慮，而后能得也。

海軍學堂學生之衣服與食宿等，悉係公家供給，每月尙發數兩銀子爲學生零用。楊氏自奉儉約，但如有人向呼將伯，或經其發現生活困難時，則必傾囊相贈，不稍吝嗇。

海軍學堂，向有游泳一門，當時無論是否初學，概無救生衣、救生環或救生艇之設置。其學習游泳之場所，並無游泳池之開鑿，而係因陋就簡，利用天然之海濱或江邊，外面插以竹竿，以示游泳場所之範圍。然江海遼濶，每條竹竿之相距，自難密邇，僅作象徵式之藩籬而已。且游泳教官祇有一人，難免顧此失彼，故學生已有因游泳失事，而喪身江邊者。

楊上將對於游泳頗饒興趣，精心勤練，成績至優。曾遇某同學因游泳抽筋，將次沉沒。奈與教官相距殊遠，當千鈞一髮之際，楊氏睹狀，奮不顧身，拚命馳援。迨救至岸上，即施以人工呼吸，繼則灌以薑湯。該生險死獲生之後，楊氏若無其事，既不聞於教官，亦不語以同學，祇有被救者及在場目擊之其他同學，互相傳頌而已。

海軍學堂畢業後，例須先充練習生，繼充准尉候補員。後由少尉三副，升中尉二副，再升上尉大副，或炮艇之上尉艇長。定有晉升階梯，由軍衡司主管，除因功外，悉按年資，極爲嚴格而公平；惟畢業成績特優者，不在此限。益以當時對於「世襲」制度——將其父遺職，傳與其子頂補之辦法，尚未全廢，因之楊氏一經畢業，得即派任上尉之大副；但如依完全之世襲辦法，則應頂補其父之中校管帶。雖因清廷尚未補充損失之軍艦，未襲管帶之職；然已從此發軔，未數年即升少校艦長，而其才具優長，極獲當時水師提督薩鎮冰上將之賞識。

民國元年，楊氏三十一歲，因功晉升通濟軍艦之中校船長，三年晉升應瑞練習船船長，約於民國五年間晉升海軍練習艦隊少將司令，時年方三十五歲，堪稱早年發迹（尚有與其同庚之前國民政府毛參軍仲芳於民國元年三十一歲時即任海軍總司令，若論最年輕之海軍總司令，應屬毛氏）越數月，奉令兼任閩江第一任海軍警備司令，設司令部於馬尾海軍飛潛學校舊址。海軍陸戰隊海軍練營、長門要塞炮台等各海軍軍事機構之在閩省者，悉歸其指揮監督。

當楊氏初任上尉大副時，即承母命，娶妻蔣氏，系出名門（爲前海軍總司令蔣拯之姪女），落落有大家風。惜天不假年，於上將任警備司令時，約在民國九年間，突患腦溢血症逝世，時年方三十有二歲。楊氏中年喪偶，固甚悲傷，而鄉黨親族，亦莫不爲之惋惜！

四、敬老尊賢知人善任

楊上將頻年帶艦，乘風破浪，舉目所見者，率爲茫茫浩海，與陸上各界，原甚隔膜，更乏知交。其初兼行政工作時，即覺衆人之事，必須多量之幹才幫忙，因此，除在滬與鄭寶菁聯繫，先聘爲參議（後爲民政廳廳長）外。回閩時，更多方求賢。當時福州知名之士，約有：方聲濤，即七十二烈士之一的方聲洞令兄，同盟會會員林知淵，即林之夏介弟，沈覲扆、沈珂，兩沈均爲沈葆禎之曾孫，丹元之弟，林樺樓爲林文忠公則徐之後，托社詩人吳山等，均屬聲望早孚，各界所敬重者，雖未經人介紹前來，亦必躬造其門，投刺訪問，或結爲友朋；或錄之夾袋。以其禮賢下士，故人才多歸之，堪稱一時之盛！

至於學界聞人，如私立福建學院院長劉以芬，即曾拒絕曹錕賄選總統之國會議員，亦現在監察院監察委員劉永清之封翁。楊氏以其拒賄不選軍閥曹錕爲總統，廉潔與骨鯁可風，誠堪敬重，遂對其主持之大專院校及附屬中學，暨其他教育事業，均樂予贊助。故其被聘爲大專院校之董事長，及其捐廉興學之事，時有所聞。

未幾，楊氏升任海軍練習艦隊司令，旋兼警備司令，駐部馬尾。當時之警備司令，其地位之重要，遠逾於艦隊司令，每逢陰曆正月初二左右，必脫戎衣，改穿棉長袍及青緞馬褂，不帶衛士，獨自步行至「五間排」宿舍，親扣其族伯雲樵公家門，先到元祖宗親神龕前，焚香行三拜大禮後，繼由筆者（時筆者年僅七歲至十歲計四年間）爲提拜墊，依次導向其族伯、伯母前，各行三拜大禮，然後回到其族伯房內，寒暄片刻，始興辭回去。

前項事實，爲筆者幼齡時代，遞年所親見，且係深刻記憶者，因當時其族伯門人或知交之來拜年，而非當道，無須擋駕者，概係長揖不拜。甚至吾輩之年事較長者，亦僅三鞠躬而已，從未見有行如是之大禮。蓋馬尾爲通商港口，清末即有法國人士來設教堂，前學堂亦有英、法人士任敎。民元以還，留學生回國者多穿西裝，行西禮，此地區或得風氣之先，禮節亦隨之而洋化。在筆者心目中，以三拜大禮爲罕覯，故有深刻之記憶。至今思之：身居警備司令，不僅無絲毫驕矜之架子，且要維持已廢之禮節，以表其敬長尊賢之心，宜其日後平步青雲，留名史乘耳。

五、除民害膽識非凡

閩省督軍李厚基所部，臧致平師長，北洋軍閥也。其隊伍，原駐漳州龍溪縣，以至詔安縣一帶。臧師長與背叛 國父之陳逆炯明，係一丘之貉，於民國十年十二月下旬某日，竟乘我方浙軍中將師長陳肇英率部甫抵廣東省轄之潮州、汕頭三日，布防未固之時，由詔安傾巢南下，與陳逆炯明所部，合力包圍陳肇英部，使其四面受敵損失慘重（參照陳肇英先生八十自述四八及四九兩頁）！

民國十一年八月三日，東路討賊軍許總司令崇智率隊萬餘人入閩。九月杪，進入閩北，策動駐在延平與閩督李厚基不協之北洋旅長王永泉，聯軍並進，於同年十月十二日攻克福州，驅除李氏，斷絕附和陳逆炯明大部份之毗鄰呼應（參照同前八十自述五五頁）。

臧致平以金門、廈門兩地，皆係四面臨海，有天塹可恃，遂率所部隊伍，由龍溪強徵民有輪船三十餘艘，星夜渡海，乘虛佔據金、廈兩島。

當時該兩島，原駐軍隊爲數極少，尤其廈門治安，端賴警察維持。一聞臧氏擁有一師之衆，浩蕩而來，自知不敵，急速撤退。臧氏本人及其部隊，遂得安抵廈門；一面分兵一營入駐金門，自以爲從此可以高枕無憂，暢所欲爲，因而復展其軍閥作風，魚肉百姓，創設各種苛捐雜稅，供其軍費及私囊。中央及省長公署之命令均置若罔聞，形成割據局面。

同時，日人驅使浪民到廈，作惡多端，例如：設立賭場、鴉片館、娼寮、料理店（即可飲可嫖之店）等，在臧部軍官佐固得每日消閒之所；但對當地風化，爲害不淺！且浪民欺凌廈門民衆，動輒毆打成傷，甚至加以殺害，其家屬提起告訴，臧氏概置不理。而當時金、廈兩島之軍、政、法及生殺大權，既全操於臧氏之手，竟至不理人民訴寃者，實緣顢頇無能，又欲維持現狀，苟安且夕，故不僅縱容部屬妄爲，復畏懼爲非作惡之浪民，不敢懲處。致成無法無天，怨聲載道，迫得廈門各界，密推代表上省，晋謁省長薩鎭冰上將呼籲，哭請爲民除害。

薩省長聞訊之下，至爲震怒。且臧氏屢違省令，截留稅捐，與獨立、反叛，並無二致，乃電約駐在馬尾之楊司令來省面議討伐。意欲爲民除害，但臧氏擁有一師之衆，非有相當兵力，不足以資懲處。因此原欲楊司令率領楊砥中旅長全旅部伍往剿，以策安全。惟楊司令却以：砥中爲吳佩孚舊部，結識北洋將領頗多。臧致平爲北洋師長，近在廈門，與砥中必有私交。且該旅新近收編之隊伍逾半，可戰之兵，實僅團餘，擬請准帶一團步兵隨艦赴廈，雖係登陸戰，建立橋頭堡，本較不易，但如能確保神秘，出其不意，攻其無備，則未始不能長驅直入，摧枯拉朽，毫無困難！薩然其說，即行密電與當時海軍總司令杜錫珪。

六、兵不血刃克復金廈

楊司令甫回馬尾，越宿即奉電令其兼任閩廈警備司令（約爲民國十二年九月上旬）並着酌帶戰艦及陸戰隊馳往廈門討伐臧逆，依次轉兵金門，便宜行事云云：奉電後，即約海軍陸戰隊第一旅（此時已由統帶改旅，尚未改爲混成旅）第二團團長唐廷孫來邸，摒退弁役、面授機宜，而練習艦隊所轄之應瑞軍艦艦長林元銓，偕同其餘兩艘練習艦艦長及通濟運輸艦艦長，接踵而來。畧談數語後，即命各艦長準備兩日水菜，並將陸戰隊士兵十一連分乘四艘軍艦，妥爲分配，俟其登艦完畢後，即行啓碇，隨同應瑞軍艦，開往倉石附近佈置。

唐團長遵令，邀約所屬第一營營長周南冲、第二營營長陳少萊、第三營營長謝鏡波及特務營營長莊生哲所轄第一連連長劉剛德等四人，陸續到其寓所，面示應帶之軍械、彈藥及某連應乘指定之某艦，應於指定時間內，將隊伍全部登艦，於安置隊伍住宿所在後，各營長、連長即乘該艦之汽艇前往應瑞軍艦會談，在未到倉石前再回原分配之軍艦。

約定時間將到時，唐團長及前項所列各營長、各連長，即來抵應瑞軍艦報到。副官向司令報告：出席人數後，司令即行通知林艦長。汽笛一聲，各艦隨後魚貫向五虎口南行。

同時，會議開始，楊司令即席報告此行之使命及敵人有一師之衆禾山尚有砲台；惟其自從佔據金廈以來，軍紀鬆弛，與烏合大同小異。並謂：我無陸戰隊經驗，以我外行人假想：如能秘密於深夜登陸，分途直入敵人之營房，出其不意，雖屬以寡圖衆，以我軍之聲威奪人，當可預料俘虜之人數必多。但我祇習海戰，各位多係陸軍官校出身， 理應比我內行，望盡量發表有關進攻與管理俘虜之高見，以供採擇。

於是，各營長、連長紛紛發言，其內容屬於機密，不得而知。惟傳聞有連長搶先發言，畧稱：「俘虜人數如果過多，看守不易，宜採法國拿破崙辦法，將戰俘集中，以機關槍……」楊司令祇聞及此，即謂：「現在是在國內，與國際間作戰，不能相提並論。且俘虜中，必有好人，其願爲我軍效命者，爲數必不在少。如防暴動，只可架設瞭望台，居高臨下，注意防範！除確有暴動行爲，始准開槍外，絕對禁止隨便亂殺，如敢故違，即交軍法嚴辦。」因此有人挖苦該連長爲外國連長，所以獨將此語不脛而走出會外，供人笑談。

當時楊司令並令官兵一律換穿預帶之布鞋或草鞋，於夜間登陸，敵人未開槍前，絕對禁止我軍先行開槍及高聲說話，應秘密進兵，以招降、活擒爲原則，違者即以軍法從事。出席人員負連坐責任，應妥爲約束所部，不得有違等語。

結果，未抵倉石，僅能望瑄頭嶺，而會議即已圓滿結束。各營長、連長乃乘搭在應瑞艦旁之汽艇，分別散返原艦，遂將汽艇由起重機以吊繩吊起，懸掛於甲板之旁。各艦駛離長門越過白肯洋，翌日到達厦門港。

時直系孫傳芳、周蔭人意圖消滅王永泉，臧致平兩部異己兵力，以便進取浙江，無後顧之憂。王被迫放棄福州，向閩南退卻，欲與厦門之臧致平聯合抵抗孫、周，但王氏到泉州即離開出走，其部隊交楊化昭統率。因周蔭人已抵莆田，跟踪追擊楊乃放棄泉州，進攻同安，直系張毅，敗退漳州。楊化昭遂在同安佈防，掩護臧致平渡江登陸，組織聯軍，由閩北進入浙江與盧永祥聯合抵抗直系。楊司令即乘此時機，率艦進取金、厦，臧氏僅令炮台開炮數發即停止。臧部撤往同安，楊司令遂登陸厦門，設立司令部，並派謝鏡波營長率隊一營，前往禾山，到時見及炮台之炮，尚未脫去炮衣，且豎白旗求降，謝營長於接管炮台及收繳若干槍械後，即留兩連步隊駐防禾山，所餘一連駐於厦門市協防。並由莊營所屬之劉剛德連長率所部駐防警備司令部，另派四連陸戰隊分乘三船，於收復厦門後三日，駛往金門，分兩路登陸，均長驅直入。見有歡迎標語及白旗，即知駐在金門之臧部，已無鬥志，知我必來，祇剩老弱殘兵，舉手求降，其餘已經逃遁。因此，更是不費一彈，而規復金門縣及附屬之島嶼。薩省長暨杜總司令分電楊司令慰勉，故有人稱之爲「福將」者。

金厦既已克服，楊司令即佈告安民。

同時禁止開設鴉片館及賭場。人民如有被害，儘可告訴，不得鬥毆或殺人；殺人者，查明實據，立即槍決不貸；並廢除臧氏手創之各種苛捐雜稅，其所設之稅務機構，除煙酒印花稅局及花捐局外，一律撤銷，所以厦民稱慶，周營未抵金門，當地社團及民衆，即有「徯我後，后來其蘇」之概，故有預書歡迎標語張貼街衢之舉。

當厦門克復之初，薩省長及杜總司令，曾分別令楊司令遴員接管各有關機構，並着檢附履歷，報請核委。楊司令即保海軍上校林國賡，爲閩厦警備司令部參謀長，吳山爲秘書長兼厦門道尹、蔣英爲副官長，吳芸孫爲軍需處處長，當地司法人員楊廷樞爲軍法處處長。楊遂爲厦門警察廳廳長，王永湜爲思明縣縣長。楊司令則奔走於厦門及馬尾兩地，公出時由參謀長林國賡代行其職務，林氏爲人穩健，實事求是，可稱有爲有守。楊遂辦理警政，亦著成績，足見楊司令知人善任矣。

厦門居民之痛惡臧致平者，原因固多，而其不能爲民除暴，則亦最大原因之一。唐廷孫團長，有爲民除暴之熱衷，經查明作惡貫盈之浪民數十名，但限於當時不平等條約未經廢除，無權審判；其領事不僅不予取締，且簡直爲其護符，致成爲虎添翼之概。唐團長奉令擇其有殺人事實，曾經人民向臧部告訴，未獲處理，而又怙惡不悛者數人，予以秘密逮捕，星夜審判（據民間傳說：經團長派由軍法官驗明正身，立予格殺，沉屍滅跡，領事交涉，又無證據，浪民作惡之風，於焉以戢。但唐團長是否有此沉屍滅跡之行爲，軍、警各方反無所聞，至今仍爲一謎；祇因當時厦民樂道及此，姑幷誌之。）

七、截擊張毅先喪同襟

在國民革命軍開始北伐時，盤據閩南漳州及同安者，尙有北洋軍閥一師之衆，其師長爲張毅。民國十五年十一月間，張毅與駐在閩北之孫傳芳所部福建督辦周蔭人相約：由張氏集中散佈上述各縣之兵力，傾巢北上，協防福州，與周部合力抗拒國民革命軍第一軍何軍長應欽所部之由粤入閩者。

當民國十四年八、九月間，海軍總司令杜錫珪升任國務總理，其海軍總司令之職，即派由楊司令代理。至十四年底正式任命楊氏眞除。其後乃分閩厦警備司令部爲二：一爲漳厦警備司令部，司令由參謀長林國賡升任；二爲閩江警備司令部，另派郁邦彥接充。十五年冬楊氏得悉前情後，乃密令郁邦彥司令，指派調回馬尾接防不及一年之唐岱戎團長，仍率其攻克厦門臧致平所部之原班人馬，截擊張毅所部，以免周蔭人力量擴大，糜爛地方。

此次作戰，與攻厦情形不同者，僅屬主將而已。蓋此役楊氏改任總司令，乃以郁氏爲指揮。（郁氏係海軍學堂出身）。

郁司令與唐團長洽商，均以張毅隊伍由旱路來榕，其必經可戰之地，厥爲長樂與閩侯縣接壤之瓜山。該山區與馬尾僅有一衣帶水之隔，指揮與接濟均便。乃令唐團全團隊伍及特務營之劉剛德所部，開往瓜山，就路旁兩邊之山頭，挖掘壕溝，嚴陣埋伏，以逸待勞。原期一鼓可以就殲；詎唐團長勇敢輕敵，身先士卒，深入敵陣鏖戰，以致腿部中彈，原屬輕傷，不至致命。但其衛士不在身旁，疼痛之下，避入民房，託由該屋住民出門覓其部隊前來救護。不料竟喚一冒穿海軍陸戰隊軍裝之張毅所部士兵前來。

張毅之士兵，一見唐團長帽有金線，足登皮靴，且紮有皮製綁腿，全套海軍陸戰隊上校之畢挺軍裝。即動殺機，不由分說，遽行開槍，但槍不響，知子彈已盡，乃上刺刀，向唐團長胸前亂刺。唐團長身上所佩之手槍，子彈亦已告罄。復因身體肥胖，動作較慢，加以腿部中彈疼痛，終敵不過敵兵之刺刀，結果被其亂刀刺死。張毅未除，楊總司令之同襟（且係其養女菱書之生父）唐團長先行壯烈殉職，能不痛哉！

（未完，待續）

江山何處悼琴魂！

——為蔣桂琴小姐之死而作——

葉以熾

「此情可待成追憶，只是當時已惘然！」李商隱句。

中華民國六十一年九月廿八日，正午二時四十五分，堅毅聖潔的蔣桂琴小姐，已在空軍醫院第四病房四〇三床，終於拋下她最關心最慈愛的爸爸，安詳逝世。

長廊上，已經看不到每日探病的蔣家親友，護理室再也聽不到研治病況的論見，沈寂的四〇三號房中，除去她常用的拐杖、手杖，以及兩瓶未曾服用的神水，默默相對以外，只有一片凄涼、冷寂，不禁令人泫然淚下！

一位老先生感嘆地說，遠在兩三個月以前，這間房曾經是激揚病人們奮發不撓的象徵！不時傳出她接待親朋們的笑語聲音，偶爾在月明之夜，飄響出，若斷若續的箏弦清韻！如今呢！那窗紗，那病榻，似乎還有她無數淚痕，作為她呻吟苦痛的回憶！

她來到人間，享年廿一歲，雖然短促生命，遭遇到一生無可如何的身世：寄養、喪母、鋸腿、失戀……等等穿串似的不幸。但却生活在養父母視如己出，慈愛寵育之中，更掩不住天賦聰明，多才多藝的表露！她既創造出絕無僅有「向癌症挑戰！」的奇跡，也充分啟示人生活躍與仁愛的光輝！然而她走了，玉殞香消，人天長憾，留給人們的是太多的悲傷，太多的懷念！

往事歷歷，思來腸斷

遠在五十六年間，就有人告訴我，大鵬小花旦中，有一位蔣桂琴，是個特出人才，當時嚴靜蘭、高蕙蘭、朱繼屏、邵佩瑜等，均已蜚聲菊壇，郭小莊也漸漸窺紅，可是這位小姑娘却還在坐科，一年以後，蔣桂琴也似春花一般，爭妍競艷！

記得我第一次看她的戲，是演「拾玉鐲」。她有一副甜媚的臉型，像朱繼屏一樣，惹人歡喜，一雙又大又亮，玲瓏剔透的眼睛，襯着波俏身材，愈顯得秀麗不凡！她將那副穿針引線的細緻做工，以及拾鐲、還鐲、藏鐲、愛鐲的神態，將個少女心情，刻劃盡致，獲得觀衆熱烈讚美，掌聲久久不止！

當時我並不認識她，忽然我的身後座位上有人叫我，我回頭一看，原來是我的學長蔣紹楨。蔣問我：這個女孩子演得如何？我的回答是，非常精彩，將來是個出色的人物。蔣又告訴我，那就是蔣桂琴，是他的女兒！

由是我認識了她，在後台，她曾經告訴我學戲的動機，坐科的心得。在散步小酌中，她會指出某齣戲的優點與缺點，我幾乎不相信她是一位學戲未滿三年的學生，有如此高深體會與穎悟！

我曾告訴她，任何一種學問，勤習與專精，是絕不可忽畧的，她有天才，有智慧，應該從這方面下工夫。以後只要她演戲，我一定來看，還要批評打分數。但是不准生氣或不高興！她很得意的笑着說：「還要打分數呀！好，你一定要來！」她伸出小指，我和勾了手指。真的，以後都實踐了諾言。我曾同紹楨兒，在晚宴之後，一齊趕到大鵬，看她練功，（拱盤趟馬，圓場各種身段）十分用心勤練，只要她演戲，我除非萬不得已不能到，大概都在場。並且互相坦誠研究得失，她從不發脾氣。有一次她演「樊江關」，我指出她的缺點：例如薛金蓮發怒說：「樊梨花。樊梨花我告訴你……。」這兩句重複句，要唸得稍慢而有力，纔表現出金蓮含威蘊怒的神態，但她唸得很快，一口氣唸出來，於是樊梨花的字音就變成樊落花，不但聲調不美，而且也失去了大將風度。戲上叫這個名曰倒字，我又學她唸一遍，她笑彎了腰，連說不要學了，改掉，改掉！她笑的那麽甜，那麽愉快。她的機智、風趣、聰慧、頭腦反映快，以及純潔爽朗的個性，尤其是她那份仁厚熱忱的心情，留給我深刻的囘憶。

她喜愛文學、藝術、熱愛國劇，也愛運動。她的劇藝評價應該以她生命最後的一曲——「紅樓二尤」，達到高峰化境。而她的主配角戲，如查頭關、拾玉鐲、白蛇傳、紅鸞禧帶棒打、蘇小妹、樊江關、棋盤山、霍小玉、虹霓關等數十曲，都演得十分精彩，尤其是臨時鑽鍋的戲，她一學就會，在台上演出維妙維肖，十分出色。難怪白玉薇老師說：桂琴最聰明！例如查頭關一身俏麗的旗裝，一口純粹道地的京白，滿臉羞不解的嬌逗風情，發越顯得明媚可人！她演活了劇中人——尤春鳳，更演名了這一齣花旦戲——查頭關。

蔣桂琴小姐遺照

這裡有兩封信，是她去年寫給我的；

其一爲：

「葉伯伯：大鵬臨時決定！演出蘇小妹一戲，今天才拿到錄音機及戲詞，希望你星期早上十點左右，不要外出，我去看你，好多聊些，是盼，葉姐近來忙否，請代問好！

祝，金安！蔣桂琴上　五月四日」

其二爲：

「葉伯伯：學校戲，已改爲本月三號演出，「蘇小妹」因中間場地有用，而且此劇的演員，角色，文武場，又是生疏得很，故延遲到最後一天。今晚得知消息，即寫信告訴你，如這段期間內有空，我會去你府上，研究此戲的重節，若你得空的話，更歡迎你到舍下來，我做些小菜，吃個便飯，(如葉姐有空請同來)只要你說定日子，我會在家恭候。家父於月底將與審計長赴台中執行公務，他說，上次未能招待你，下次來，他一定要親自欵待，並問候你好！

祝　福安！

蔣桂琴上

五月十三日」

關於蘇劇，她眞的下過精研細琢的工夫，我曾經到她家裡，在她那間堆滿書、畫、衣、物的小書房中，扭開錄音機，一字一句來聽，她一面低低的哼着腔，還比劃着身段，我一面靜靜的聽着唱曲。這戲是黃梅庵先生的本子，是段承潤老師教給她的，其中有些生硬字眼，稍稍更換。此外有一段搖板接慢板：「進皇宮修女史長承慈眷，且喜得我夫君(轉慢板)復任囘還，我這裡接父娘長沙去住，俾等到夫君囘共慶團圓！」這一段接板的腔雖柔媚，但非常艱險，稍一不愼，便失之生硬僵澀！必要在復字眼兒上，細緻轉腔，纔能俏膩有味，這一句，她一次又一次哼了十幾次之多，纔放心。我也足足在那裡同地研斟兩三個小時之久纔囘來。

另一次是在今年初秋，那是即將公演的時期寫的。

「葉伯伯：有要緊的事，同你商量，希望你到空軍醫院來，時間最好是本星期日上午，請先打電話是盼，祝　福安，蔣桂琴上，七月廿日」

一篇動人心弦的「生之謳歌」，是她在病床上以一夜未眠的心力，所撰成的文章——病後唯一的親作，她倚在病床上，我斜坐在床邊，她讀我聽，我改她看，經過如此刪節潤色始予發表。我讚佩她思維力的充沛，有着不凡的胸襟而深遠警惕的意志，似乎有太多的成熟與感慨！又豈僅雕文刻句而已。她眞不愧是性情中人，以心血灌溉人生，有着廣厦萬間的意志，可謂不同流俗。她的至情至性的文章，經八月一日民族晚報刊出後，立即獲得廣大人羣的重視，同情、讚佩公演的成就，與她的聲譽，已經進入罕見的高潮。各方面的鼓勵信，讚佩函，以及愛慕者的文章如雪片似的飛來，報章雜誌不斷的報導，加上電視劇的播放，電話、訪候的人，幾乎無時或止，使他忙碌異常。大夫們搖頭嘆氣，然而她還是那麽熱鬧，愉快，以堅毅的精神，支持她的體力，終於使癌細胞不斷的發展，一直啃嚙着她的心肺，病況一天天地嚴重。

病況與神遊

從九日上旬，到九月中旬，病況顯著惡化，院方以鎮靜劑輸血及注射葡萄糖，支持她的生命，但癌細胞蔓延心肺，使他發出陣陣侵蝕心靈的痛苦聲，其間中醫師秦德實施以針灸、藥物治療，曾略見好轉。但此時期又數度發生令她不快的事件，使她因而生氣，激動肺部。咳嗽、咯血更轉劇，有時一小時中，最多約廿餘次，少則十數次，體力日漸衰弱，但脈博、溫度、血壓，都很正常。她睡在床上，除了略略消瘦一點，依舊是玉貌花容！只是混身酸痛，需人按摩。她原是一位強毅的女孩，雖然病況並無起色，但她樂觀奮鬥的精神，仍然旺盛，她曾同照顧她的人，談過去的一切，也計劃未來出院以後的生活。使人驚異的，她竟想到金門去勞軍，這是她最大的願望，不知能不能如願以償。有時她高興，用左脚踏響她放在床上的洋娃娃，立刻就會自動唱出淸脆悅耳的聖誕歌聲，她跟着也會輾然一笑。總之她要以不平凡的生命，帶給人們愉快，至於這些照顧他的親友們，對她的病況，可以說是：增一分則憂，減一分則喜。除了特別護士之外，她父親也住在病房裡親自照顧她。

九月下旬的某夜，她已微微入夢，大約半夜兩三點鐘，忽然醒來對她爸爸說，我剛才做夢到金門，我已看到我們的故國河山！我眞想去，但是，唉！她傷感地閉上了眼睛，又默默地睡去。我常說她雖生在台灣，但是報國心懷日益滋長，其人其志，倘若上天假以天年，這位勇敢明智的少女，定可爲國家創建事功。

明珠，才子，墨客

我曾經意識到她的才華，是明珠，似仙露，那麽充滿了靈心智慧，父母視爲掌上明珠。但一生極無可如何而來，一生又極無可如何而去，是才人墨客的流出！她身在學習國劇，而游心於文學繪事之間，造詣之高，得天獨厚，曾后希、高逸鴻、馬壽華諸先生，均備加讚勉！

在文學方面，她自己喜愛詞章、典故，雖然她對於詩詞並不能作，但她有足夠的賞欣力與領悟力，桌上幾卷唐詩宋詞，以及一些近代名人的著述，都是她平常涉獵的範圍。好學、深思、明辯，都是幫助她有如此成就的基礎。

至於她的性格作風，很似紅樓夢中的晴雯。桂琴聰明過人，晴雯也靈慧非凡；桂琴是倔強好勝，晴雯是抓尖要強；桂琴曾墜過愛河，渡過那綺麗纏綿、淚水砌成的歲月，晴雯也在臨死時，與寶玉做出換衣贈指的文章；桂琴是因癌而故，晴雯也是癆病去世。最突出的是晴雯補裘，表現出至情至性的眞情報主，她的忠誠純潔，贏得多少人的敬佩；桂琴的公演，一般也是忠於藝術，熱愛國劇，不惜以身相殉的決心。其見義勇爲，造福病患，視晴雯猶有過之！不能不說是一種偶然的巧合！

魂歸離恨，安息吧，靈芝！

桂琴已杳，她的靈魄是否歸於離恨之天，或踽踽人間，月夜星稀，叢林荒草，已難尋覓，可是她勇毅的精神，樂觀奮鬥的自信，終於能與癌症搏戰一年四個月之久，她創造了奇跡，生命謳歌，寫下不朽的詩篇，永遠與人生同在，與天地長存！

小室孤燈，寒窗照影，盈眶熱淚，腸斷人天！於是我寫出一副輓聯，以表我對她在天之靈，敬致沉痛的哀忱！輓聯如後：

『仙露明珠，絕勝百靈烟水！

松風秋月，忍堪萬古蓬山！』

安息吧！靈芝！

蔣桂琴之死

趙妍如

人生誰無死？誰不怕死？蔣桂琴勇敢用她的生命接受死亡的挑戰，昨天她安然地去了，但她留下來的國劇藝人蔣桂琴，不顧醫生的勸阻，堅決地演出「紅樓二尤」，在台上，蔣桂琴全心的唱，把苦命的「尤二姐」演活了，却不幸地，她自己也與尤二姐同樣命運一樣，英年消逝。

當蔣桂琴在大鵬劇校畢業，她的藝術生命正邁向成功的時候，却染患了絕症「骨癌」。

醫生鋸掉了她的右腿，希望止住癌細胞蔓延，誰知，癌細胞又浸入肺部，不斷地咳嗽、咯血，醫生對她說：「你只能活三個月。」

但是，蔣桂琴並不因此灰心喪志，她生前常對朋友說：「如果說我不害怕，那是騙人的，但是，與其害怕，不如勇敢地面對它！」

住院後，蔣桂琴的表現眞正證明了她的勇氣，她見到人有說有笑，一點不像身染絕症的人。

大鵬劇校，從八月十一日起，集合歷屆畢業同學，連演四天，蔣桂琴抱病演出「紅樓二尤」，造成台北市國劇公演空前盛況，她的演出被電視公司錄影，傳到全省各個角落。

蔣桂琴的心願是要將公演所得半數，捐給紀念陶聲洋防癌基金會，拯救更多受癌病折磨的病人。

人在快死的時候，不去想自己的死，却想到利用自己最後的一點力氣，爲社會作點有意義的事，消息傳開，感動了全社會。

原來，人與人習以爲常的冷漠被沖走了，關懷的信從四面八方湧入空軍醫院，有些人提供祖傳的治癌秘方，有些推介中醫爲她義診，大家都爲挽救蔣桂琴的生命努力。

病中的蔣桂琴，沒有忘了幫助別人，她希望把那些藥方，轉送給其他需要的病人。

蔣桂琴的故事，被人們一傳再傳，認識她的，不認識她的。寫文章的、作生意的、寫劇本的，各行各業，都有人在談論她。

爲什麼？一個廿一歲的少女之死爲什麼激起這麼大的浪潮，因爲，她的精神使人們對人生有了新的認識。

人活着，就該活得有希望，生命短一點，並不能代表意義的大小。

蔣桂琴的一位朋友回憶說，她的個性很強，所以到了這痛苦的時刻，她能勇敢地面對痛苦，繼續把生命的火焰點起來。

她學的是國劇，她最能表現自己能力的就是國劇，癌病奪去她的右腿，別人以爲她再不能上台了。

可是，一向樂觀的蔣桂琴却要再演，她要演出「紅樓二尤」，她學了好久，始終沒有演成。她拄着拐杖，參加大鵬劇校的排練，對每個人都笑笑的，毫不把自己的病放在心上。

她演出時，唱的是平常的唱腔，却令台下感動的哭了，每一位觀衆都屏息注視，個個擔心她體力不支，會倒在台上，蔣桂琴只專心地演出，順利地演完了，那晚的觀衆掌聲幾乎要把國藝中心掀起來，門口有幾百人足足佇候三個小時。

現在的人，隨時在注意怎樣延年益壽，却忘了發揮自己的潛力，也許你不會唱國劇，但你也許會彈鋼琴、會唱歌或會畫畫，只要你去用它，你就沒有白活。

蔣桂琴的一生，雖然只有廿一年，但她已夠光輝了，人們都懷念她，學習她。

萬里金湯話西河

北塞

甘肅省在我國版圖上雖居中心位置，但就已開發之省區而言，則尚屬邊遠地帶：可是隴西的河西走廊，在國際上却名聲最大。遠在漢唐時代，這裡是著名的東西商道——絲路，將來國際鐵路通車後，從上海由這裡到巴黎，又將是最近的捷徑；尤其敦煌石室發現後，全世界稍有學識的人沒有一個不知道河西走廊的。

河西走廊是由蘭州至星星峽之間，南以祁連山與青藏高原分界，北以龍首、合黎、馬鬃山和寧夏的大沙漠相隔，全長一千一百公里，是一條狹長的地帶，形勢好像一條走廊，因在黃河之西，所以叫做河西走廊；這「走廊」二字，不但表示了交通上的重要，也表示了國防戰畧上的重要。

從蘭州沿黃河西行，至新城，便是甘新和甘青公路，由南入青海，甘新公路則折而西北，順古邊牆遺跡，經紅城子至永登，一路觸目皆是紅色的大地，紅城子的城牆是用紅土築成的，可謂名符其實的「紅城」。永登舊名平番，位於隴坂高原的西端，盛產石灰石；抗戰期間蘭州興建的水泥公司，製做水泥的原料，就是取自永登，將來收復河西後，可在這裡大量發展水泥工業。

過了永登，便到烏稍嶺。烏稍嶺是祁連山的支脈，海拔三千公尺以上，山勢雄偉；因爲嶺上終年雲霧籠罩，狀似烏紗，所以本叫「烏紗嶺」，後來一訛再訛，始改爲烏稍嶺。甘新公路由嶺的山口經過，最高點達海拔兩千八百公尺；車行到山腰，大霧瀰漫，前後左右俱是看不透望不穿的黑霧，到了山頂時，却反而雲開霧散，麗日當空，回視山下，雲霧迷離，冷風吹來，眞有高處不勝寒之感。其情其境，台灣東西橫貫公路雲海至大禹嶺段有點相似，所以筆者每經橫貫公路，就想起了烏稍嶺。嶺上有座韓湘子廟，香火鼎盛；在公路未通車前，過往客商都到廟中進香，祈求神靈保佑旅途平安。

翻過烏稍嶺，始到眞正的河西走廊。南邊是連綿不斷的祁連山。祁連本是番語「天」的意思，言這座山高與天齊。祁連山的高峯在六千公尺以上，山頂終年積雪，潔白可愛，山腰佳木葱蘢，一片翠綠，山下溝渠縱橫，牛羊成羣；北邊依次是龍首山、合黎山和馬鬃山，山勢都不很高，而且斷斷續續。

祁連山的寬度約有二百公里，因爲積雪溶化成洪水，逐年沖刷，致山脚下形成一條條縱深廣濶的山谷，當地人叫溝，又叫山口；山谷內水草肥美，是最好的天然牧場。初夏來臨，牧人趕着牛羊，帶着獵犬，上山牧放，秋末天寒，下山過冬。

河西一帶，除了沙漠和農田外，到處都有莎草、駱駝刺和芨芨草，這些都是牲口最喜愛的牧草。遠在漢代武帝元朔三年，青年將軍霍去病擊潰匈奴，底定河西，將河西走廊四郡納入中國版圖之後，使我們國家基本地掌握了通新疆和青海的孔道，而匈奴因失去這一水草肥美之區，曾有歌謠說：「亡我祁連山，使我六畜不繁息；失我焉支山，使我婦女無顏色。」由此可見河西走廊對國家的利害關係了。

河西的牲畜，除了牛羊外，驢子也很多，這一帶的驢子體型雖小，力氣却特別大，耐久力尤強，幾乎家家都有飼養，除了馱負外，還可乘坐。河西的馬，早在漢代就很出名；漢書孝武紀李斐注：「南陽新野有暴利長，當武帝時遭刑，屯田敦煌界，數於渥洼水旁見羣野馬，中有奇者，與凡馬異，來此飲水；利長先作土，持勒絆於水旁，待馬玩習久之，代土人持勒絆，收得其馬獻之。欲神異此馬，詭云從水中出。」武帝爲了此馬，曾作天馬之歌，列爲郊祀歌十九章之一。依筆者所見河西的馬，和青海新疆的馬相似，雖不及蒙古馬高大，但俊美而善馳驅。

河西的水利非常發達，從漢代起便在敦煌、張掖興修水利，至民國後更是溝渠縱橫。農田灌溉的水源，有河水、泉水、井水三種；大部份的河水，都由山上的積雪溶化而來。河渠的主幹叫做渠，支流叫做溝；渠寬一二丈不等，深約丈餘，有大小閘門，調節水量。各渠都設有渠長，由農民公舉，蓄水洩水訂有一定的規則，輪灌有一定的次第和時刻，一般是用「燒香」來計算時間，因爲從前無鐘錶之故，有關閘壩坍壞的巡查修築，枯水季節的挑濬泥沙，由渠長按糧派夫，分工合作，全係民間自發自動，不用政府過問；每年灌溉分四期：三月初，積雪溶化，叫做春水，這是最重要的一次，農民可以任意灌溉，不受限制；四月初旬，立夏之後，各農田灌溉用水，叫做夏水，均須依據規定的比例，不可任意使用，夏水最珍貴，偶而陣雨，田中多得水份，這一年定然豐收；秋收以後，各地引水澆田，以備來年春耕，叫做秋水；還有在寒露以後，結冰以前，引水入田，使其結冰，翌春冰消解凍，犁地播種，叫做冬水。因此，河西一帶，凡是有水的地方，就是一個綠洲，也就成爲人烟稠密的城市。

祁連山在古浪縣叫天梯山，此地每當雪霽天晴，碧空如洗，遙望白雪皚皚，異常壯麗；號稱「天梯雪霽」，爲古浪十景之首。天梯山腰的鴦鴛池，兩池一淸一濁，可謂一種奇觀。古浪縣漢代屬武威郡，唐中宗時，涼州都督郭元振築和戎城，明英宗時，始改稱古浪。這裡的人民多以農牧爲生，礦產也很豐富，煤、鐵、金、銅都有相當蘊藏量，可惜未遑開採。

河西首善之區要算武威縣。此地古爲涼州，秦末爲匈奴右地，霍去病收河西後，始改稱武威郡；十六國時，前涼、後涼、西涼、北涼都曾在這裡建都。武威雖在海拔一千五百公尺之上，但地勢平坦，溝渠縱橫，以白羊河及沙河爲最大，耕地之多，農產之富，爲河西第一位，所以有「銀武威」之稱，由全縣人口三十萬可見一般。縣城附近，林木茂盛，暮春三月，垂柳千條，桃花灼灼；天梯山上的天池，四時不涸，雄偉幽美，另有一個石灰質的溫泉，溫度甚高，終年熱氣蒸騰，風景之美，比之江南尚感有趣。城北的「休屠故城」是漢代匈奴休屠王駐地；城內民教館中，藏有許多古碑，其中之一的夏元昊碑，漢文與西夏文對照，頗爲史學家所重視，羅振玉的公子，就是根據這塊碑文讀通了西夏文；還有很多唐代紅花公主墓中出土之物，價值連城。武威的文風很盛，教育也很發達，開唐詩先河，爲李白終身崇拜模仿對象的陰鏗，就是武威人。現在台灣的河北籍國大代表佟迪功氏，抗戰前期，曾任武威中學校長多年，爲當地造就不少青年人才。現任台北市木柵區私立景文中學校長謝衍泰氏，就是佟氏的高足之一。惟近代甘肅人才寥落，現在台碩果僅存者，唯司法院院長田烱錦氏；尤自遜清二百六十餘年間，甘肅人文不入閣，武不拜將，可是武威還出了不少人才，像道光年間，曾任兩江總督的牛鑑，以五涼舊聞，姓氏五書及二酉堂叢書聞名的張澍，以及著續資治通鑑的李雲章父子，都是武威人，武威李氏宗譜，是我國譜系學中最權威的作品。

武威西鄰爲永昌縣。此地漢爲番和縣，元置永昌路，盛產雲杉木材，有廣大的原始森林；大河壩是河西最大的林區。由此以西。皆產棉花，蘼菇和髮菜，尤爲著名，髮菜是一種野生菌類，狀如頭髮，爲涼拌拚盤的最佳材料，西北各省宴會中，多有髮菜上席。由此再西，便是山丹，這裡牧草肥美，牧塲廣大，抗戰期間，軍政部在此設有牧馬塲，牧養了不少駿馬供爲騎兵作戰之用。王維出塞詩「居延城外獵天驕，白草連天野火燒」的居延，就在山丹境內。

張掖是河西最富庶的縣份，位當河西走廊的頸部，南北二山相距只有五十公里。戰國時爲月氏地，漢初爲匈奴休屠王和昆邪所盤據，漢武帝收河西後，置張掖郡，言「斷匈奴右臂，張中國之掖。」北涼曾在此建都，西魏改稱甘州。本地盛產稻米，米質白軟油滑，非常可口；還出產一種小白米，摻紅棗、百合、蕨蔴熬粥，滋養豐富，所以有「金張掖」之稱。水果的產量更是豐盛，當地人除了吃應時鮮果外，還把水果熬成果汁，再煎成一張張薄餅，赤紅透明，好像油紙一樣，叫做丹果，異常好吃。名貴藥材如大黃、蓯蓉、鹿茸、鎖陽、麝香……等都大量出產。羊毛製造的窩窩（禦寒氈鞋）尤爲著名。城內東南角有口甘泉，泉水由地下湧出，寒冬不凍，甘州之名，由此可得。

由張掖越臨澤、高台兩縣，便至酒泉，此乃漢武帝所置河西四郡之一。東關有一泉水，水質清冽，以之釀酒，芬芳無比，酒泉之名，由此而來。西涼李暠曾在此建都，隋初置肅州，所以又名肅州。本省教育相當普及，除甘肅省立酒泉師範，中英庚欵會所辦的河西中學外，還有現在台灣隴籍監察委員曹啓文氏所創辦的國立酒泉師範。縣東北的鴛鴦湖蓄水庫，和酒泉同爲本地兩大風景區。明初馮勝所建的嘉峪關，在酒泉城西三十公里處，明代長城以此爲終點；關前流水碧綠，白楊參天，故有天下第一雄關之稱。關牆全係磚所建築，從前出關的人，常用石子擊牆，如有回聲，將來尚有進關希望，否則，必老死關外，所以有「出了嘉峪關，眼淚流不乾」之諺，此固爲荒誕不經的傳說，但可形容關外交通閉塞，治安不良，行商艱難之一般。

嘉峪關外，最著名的有玉門及敦煌兩縣，前者出產石油著稱，後者以千佛洞聞名。

河西走廊，由漢代起一直到現在，甚至於將來，都是我們西北最重要的交通線；蘭州南門城樓上所懸的「萬里金湯」四字區額，河西走廊實當之無愧。

燕京舊夢【六】

李素

理學院規模頗大

我的老師，說多不算多，說少也不少，還有三兩位要留到以後再說。現在該把鏡頭轉移一下了。

燕大理學院的聲譽之隆，學生成績之優良，都並不在文學院之下，在當年的國內大學中，確是數一數二的。只可惜我不大熟悉其中詳情，因我天生是個胡塗蟲，對數理化等學科都沒有好感，對生物學雖較有興趣，但也緣分甚淺。

偶然，我也會跟同學們走進那兩大座生物樓和化學樓去參觀一下。實際上，房子都很寬敞，只因東西太多就顯得擠迫，連走廊裡都擺滿了玻璃櫃子，其中的人體模型，鳥獸蟲魚，植物、礦物等標本，形形色色，眞使我眼花繚亂。一列一列的實驗室裡，各種儀器應有盡有，晶光雪亮。據讀理科的同學們說，所用的儀器都是隨時補充的，一遇有新發明的，或最新的產品，院方便馬上設法購置，故全部用具皆屬新型的，絕不落伍。

我們的理學院實際上包括了醫學預科，據說醫學預科是連人帶物，從協和醫學院接收過來的。因此，理學院有許多課程與協和醫學院的相啣接，而當年的協和醫院及醫學院，不僅是中國的而且是東方最有名的一所呢。單看他們的機械化、電氣化、像個大工廠似的廚房，裝置了巨型的切肉、切菜、洗碗等機器，及各處廁所的四壁全是大理石鑲成的，便可推知其他設備之完善、新型與豪華了。

燕大爲準備一部分同學能考協和習醫學，那麽，理學院又怎能沒有最佳設備呢？凡在燕大唸完三年理科，考入協和修完了一年醫科課程而成績及格的，照例可以領受燕大理學士學位。此後他們仍須繼續讀兩年醫科，加上一年的實習，考試及格才算畢業，總共費時七載才能成爲醫師。據一九六七年燕大校友通訊裡特約記者的報導，在香港的內科、外科、小兒科、眼科及其他專科的名醫中，有十八位是燕大校友：卞德、左雪顏、朱嘉理、周金華、施梅英、高郁武、袁愛悌、林景奎、徐慶豐、徐湘蓮、夏日華、麥兆成、馮蕙熹、黃錦淇、劉玉釵、盧覲全、關健安、奚茂蓮。我們理學院的同學，還有些是揚名於台灣、馬來亞及美國的醫師呢。至於其他科學方面的出色人才也不會少，只怪我所知太少，說不上來了。

在我無法記得清的許多課程科目中，還有農科。我不是說過燕大有個不小的農場麽？我們還吃喝過農場的許多產品如：牛奶、羊奶、瓜、果、蔬菜等等。後來又增設了製革科。像這麽一個大學，眞可謂包羅廣泛，內容複雜，也許有人覺得跟那宮殿式的外表不很調和吧？其實不然，外表既富麗堂皇，則內在更該多采多姿，不是麽？

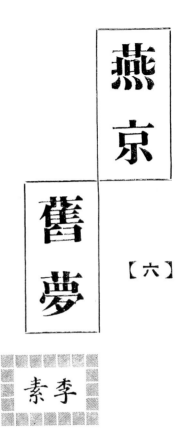

宿舍裡伏虎藏龍

燕京大學不單在有關教學方面的設施，力求精、新、美、備即在起居飲食，日常生活方面，也都為學生們計劃得周周到到，使人舒舒服服，樂不思家。

我說過我們的校舍既美麗又實用，一切設備比我國的皇宮更為完善。現在讓我簡單地追述，也許有值得介紹之處，可供計劃建築校舍的先生們參考。

校內全部樓宇都裝設了暖氣管，也有冷的及熱的自來水管。在任何一條走廊裡，至少有一個大碗一樣的小噴泉。誰要喝水的話，旋開碗旁的鈕掣，食水便直線往上噴，俯首張口在承接，由你喝飽，既方便又合衞生，連紙杯也用不着。這是我最欣賞的幾項設備。

以宿舍來說，女生宿舍的設備較男宿舍更為完備。三百多個女同學分佔四座宿舍，全是兩層的樓房，不管大門朝東或向西，而兩排臥室的窗子全部朝南，因為房子是馬蹄形的，即匚或コ，當中空地是大院子。室門盡朝北，一出門便是走廊。那向東或向西的一列，兩端都是盥漱室及樓梯，當中一間大的是閱報室，閱報室右鄰是舍監室，左鄰是一間設有洗衣熨衣工具的小廚房，有爐火可供女同學高興時親自烹調，做一兩色好菜，開開胃口，打打牙祭。在二樓上，這一列不是朝南的地方只分為兩大間，便是膳堂及廚房。

夏季裡，宿舍的全部窗戶都加裝紗窗，以防蚊蠅，到了冬天才予以卸除。臥室裡有兩張鐵床，一張方桌，兩把椅子和一大衣櫥。每層樓有兩間較大的臥室，可容三四個人合住。像翔姊、世妹和我，便是樂於同住大屋子的人物。

盥漱室很寬敞明亮，一進門，右邊一列六間廁所，左邊是兩間有浴缸的浴室，一間淋浴的浴室；對着門是一排窗戶，窗下一列六個洗臉盆。因為每一層樓有兩間這樣的盥漱室，而各人使用的時間多不相同，故不至於過分擠迫。

記得我們當新丁的時候，晚上走進盥漱室，只見當中弔着一盞亮着的電燈，浴室和廁所全是黑黑的，想找電燈的開關，摸來摸去都找不到。沒奈何，只得打算在黑暗中洗個「瞎澡」吧，放好了衣服，把門關上。呵！電燈却自動亮起來了！世妹進廁所後，情形也一樣。我們於是共同研究一番，明知道是門在作怪，可是上下左右的摸索，總摸不到電鈕所在，摸了好久才發現它是被夾在門縫裡的。「我們活像劉姥姥！」我一說出口，世妹便嘻哈地笑出聲來。

至於自來水龍頭，也一律裝上彈簧掣，用手按着時就有水流出來，一鬆手，它就自動地截斷水源，涓滴不流了。那時候我們覺得很新鮮，現在却有許多戲院，酒樓及其他公用洗手間，都用這種水龍頭了。這種彈簧掣和門縫裡的電鈕，確是應付一般善忘與粗心的懶人的最佳設備，更是防止浪費水電的最聰明而有效的辦法。

晚上十一時一刻，全校的電燈照例一眨眼睛——滅而復明，這是警告也是報的信號，意思是叫我們放下一切，準備就寢。十一點三十分是熄燈的時間，除了走廊及盥漱室，其餘的地方盡是漆黑一片了。勤奮好學之士，或者「臨時抱佛脚」的懶蟲，或者看小說看到難捨難分，那怎麼辦呢？要「開夜車」並不難，你悄悄地點上洋燭，慢慢用功倒也無妨，雖有舍監，却不會來管你這一套。

女孩子天生柔順，尤其是數十年前的我們這一輩，最能循規蹈矩，叛逆而放縱的殊不多見。晚上遲歸，要爬窗子進臥室，雖非絕無，却是罕有的事。無論晝夜，女生宿舍總是比較安靜的，若有騷擾和嘈雜，也大半應由男同學負責。

請男同學們別生氣，我並非胡說，而是事出有因呢。因為宿舍門外高懸着「男賓止步」的牌子，於是門鈴和電話鈴就常常响個不停。每座宿舍都有男女工友各一名，除打掃以外，兼接聽電話及應門。男工友每天還要跑一兩趟街，替小姐們買買零碎東西。有時候，工友們實在忙不過來，那有工夫逐個屋子去請？只得站在樓梯口直着嗓子大嚷：「×××先生，你的電話！」或「×

「××先生，門外有人找你！」

那樣川流不息的吵鬧聲音，聽多了的確刺耳而煩心，除非本身正是期待呼喚聲的局內人。一年中只有一天是不必按門鈴，也無須通傳而可以直闖臥室的，那便是宿舍開放的日子。

北方人很講禮貌，而全體女同學也相當客氣，饒有自由平等的民主作風。工友們稱呼我們爲「先生」，我們却叫他們「爺」和「奶奶」。我記得四院的劉爺和蘇奶奶，都是很忠實勤謹的好工友。他們的腦袋裡，裝滿了燕大一部分同學的悲歡離合，足供文人寫成幾部活生生的浪漫史呢。他們接電話，有時候不必問姓名，一聽就知道是某先生找某小姐。同樣的，門鈴响時，他們不用穿過諨大的院子到大門邊，只須在閱報室外的走廊裡探頭外望，便認得來者是熟客，轉身高聲一嚷：「×××先生，外邊有人找！」眞是省時省力。我一直都替劉爺及蘇奶奶慶幸，因爲他們的眼睛都挺好，並不近視。

有些小姐一聽見有人找，立刻歡天喜地連跑帶跳，走出門外向來客笑臉相迎。有些小姐則遲遲不肯露臉，讓來客心焦地久等，然後才大搖大擺，慢條斯理地走出去。偶然還有些古怪的小姐，乾脆向工友招手，悄悄的說：「勞你駕出去告訴他我不在家。」諸如此類的妙人妙事，工友們都看在眼裡，記在心頭，留作閒談的資料。

雖說男女平等，有時却未能十足兌現。誰吃虧我可不敢說。男生宿舍沒有掛上「女賓止步」的牌子，所以少了許多麻煩與紛擾。女孩子比較害羞和胆怯，故總沒有單獨跑進男生宿舍去找朋友的。有時候，男男女女成羣結隊，却未嘗不可以乘機混到男生宿舍逗留一下。

男生宿舍外表比我們的漂亮，窗戶則向東、西、南、北的都有，而且似乎沒有小廚房。其他設備，大概相同。無論如何，男生宿舍較爲熱鬧却是當然的事實。拉拉胡琴，彈彈吉他，唱唱時代曲，哼哼京劇，或高談濶論，歡笑一室，或下圍棋，象棋，或打橋牌，這都是平常事。甚而抽烟喝酒，也並非犯禁。高興的話，進城去看電影，通宵外宿，或大跳其舞，達旦始歸，也沒有人加以干涉。區區爬爬窗子，更值不得大驚小怪。花樣還有，那當然是極少數的資深的老頑童的傑作。緊閉室門，窗戶掛一條厚毛氈，以防燭光外露。眞巧，書桌是四方的！只須在桌上也鋪一條毛氈，及多找一把椅子來，便可作方城之戲。竹聲細碎，痲雀亂飛，酣戰到黎明，然後偃旗息鼓，自鑽進被窩裡，蒙頭大睡。在當局者看來，偶一爲之，亦一樂也。

像以上一類的事只可能偶然發生於男生宿舍，女同學却拘謹得多，不會幹這一套的。這些行動雖似乎越出了常軌，但聖人尚且不十全十美，何况一個相當複雜，人數近千的團體！極少數人的小小弱點，似無碍於整體的純良。

張仁濟學長說：「另一特點：全校各處，不像其他學校掛有『教室規則』、『膳廳規則』、『寢室規則』等。到校參觀的人們有時引以爲奇，對司徒校長發問。他的答案是：『凡來本校讀書的青年男女，都已成年。他們應該能夠自治，不必懸有規則來約束他們』。」（追懷司徒雷登故校長，刋於一九六五年燕大校友通訊）看了這段話便知道燕大學生不僅在思想上，即在生活上及行動上，都享有極大的自由。而我校同學絕大多數，都能珍愛這份自由，並在自由的環境與氣氛中，努力建立自治精神，終於能不負司徒校長的深切信任與期望。我想，燕大校友都欣幸會有如此開明，如此尊重學生的一位校長，並欣幸自己曾享有偌大的自由，而畢生引以自慰與自豪。

姊妹樓一片温馨

不必諱言，又何必否認？大學時代是我們眞正開始求學的時代，也是兼談戀愛的時代。可敬可愛的母校，在這兩方面都爲我們安排得十分妥貼，無微不至。有樓爲證：

介紹校園時，關於姊妹樓我只簡畧地說了幾句，現在應該加以補充，希望能留下一個美好的印象。姊妹樓是兩座面對面的，形狀相同的宮殿式樓房，距離女生宿舍一院不遠。靠南的一座是單身女教師及職員的寓所，靠北的是女部主任辦事處，及女生交誼室。奇怪的是，提起姊妹樓，同學們心中只有那座女生會客的房子，彷彿另一座並不存在似的。

首先走上幾級石階，進了大門便是走廊，兩邊是樓梯及洗手間。走廊盡處就是一間很寬敞的會客廳，眞箇是畫棟雕樑，滴翠流丹，金輝玉映，富麗極了。樑間懸掛着一對對的宮燈，采色繽紛，光線柔和，畧帶點兒朦朧意味。燈下有一套一套的沙發椅，各佔一方。不知是誰的巧安排，可謂心細於髮了，椅子的靠背都是特別高的，就像咖啡室的卡座，窩藏着一對情人，有自成一國一妙。儘管這偌大的廳堂裡座無虛席，但每一對都可以自適其適，各不相妨；或輕談，或淺笑，儘可恣無忌憚，享受一番。

而且這廳堂三面都是玻璃窗，遙望遠山近景，都足以娛心悅目。樓外有池塘荷影，有丁香薔薇，門前多綉球芍藥，風光綺麗，花氣氤氳；加上綿綿不絕的甜言蜜語，眼波欲醉，笑靨生春，溫馨與神秘兼而有之，這就難怪許多人都會在此中陶醉過來。

你試想想，當北風虎吼，大雪紛飛，或黃沙蔽日，或雷雨淋漓的時候，若是沒有這座姊妹樓，則愛侶們眞不知將如何過日子啦！還有，我們的芳鄰清華大學，因女同學太少，年年鬧着飢荒，所以有許多「吉士」都不得不向外發展，闖進燕大，追上門來。若沒有這麼個華美的大客廳，又將何以接待嘉賓呢？

燕大如畫的環境，如詩的生活，既宜於讀書，也宜於談情，所以曾經作成無數佳偶，至今徒子徒孫，綿延不絕。

姊妹樓固然是談情的好場所之一，但一部份同學終於能構成佳偶，則還有其他種種因素。燕大是一塊自由樂土，男女間社交公開，戀愛自由，那是當然的。有些男同學手段高明，或本身具有優越條件，或因勇於窮追，在讀一二年級時就已經找妥了對象，從此出雙入對，儼然一雙未婚夫妻，幾乎形影不離。也有自己心目中看上了某女同學，却苦無緣結識，而出於拜託第三者作介紹人的。這種情形，因在起點上並非兩相情願，並非雙方自發的互相吸引，故能否進入戀愛階段，及能否達致成功，實難預料。

大致上說，有些人向原是親戚，或同鄉，或世交，或同班級，或同學系，或同堂上課的對象追逐，因最能不着形迹，也就最容易進展和獲得成功。有些人却是因共同參加某種組織、工作、服務、活動等等，例如學生自治會職務，各科研討會，基督教團契，合唱團，音樂會，劇團，旅行團，以至溜冰、打網球、騎自行車之類的小組活動，因而結識而交往而戀愛，而有情人終成眷屬的。

總之，同學多，則選擇與接觸的機會也多。大家的教育水平既相差不遠，自然易於互相了解，也易於找到志同道合，興趣相近和情投意合的伴侶。同學之間結成的姻緣，大多數都是比較美滿而幸福的。我相信每一所男女同校的大專院校，都有同樣的情形。當校長的，實難免要兼任學生們的證婚人，偶然還要代他們在遠方的家長作主婚人。我們的司徒校長，就是每年都喝過許多次喜酒的人；有時候他的住宅臨湖軒中的大客廳，便是辦喜事的禮堂，或者兼是擺設婚筵的酒家呢。

燕大的男女同學之結成婚姻的，爲數頗多。陳禮頌學長的「燕京夢痕憶錄」一文中（廿七）「男女同學鴛鴦上譜」已有所報導。只憑陳學長個人一時記憶所及，便已舉出了五十對夫婦，除列舉他們的姓名外，兼提及他們的僑居地，職業或近況。其中留在大陸的有五六對，在香港的有八九對，在台灣，英倫，澳洲的各一對，情況不詳的六對，其餘最大多數都僑居美國。他說：「凡遭喪偶、婚變，或爲不佞所不知者均不錄。」（見一九七一年，燕大校友通訊）由此可以推想散佈於世界各地的校友，人數衆多，其中一定有不少是成雙成對的。假如有人加以詳細調查，則所得同學鴛鴦的總數字，很可能較陳學長個人所憶及的超出數倍。

婚姻是人生大事之一，作育英才兼培養美滿良緣，眞是一舉兩得，猗歟盛哉！

圖書館淵深肅穆

當然，我也曾經在燕大風光裡，領畧過詩一般的情調；但我生性沉默，拙於詞令，不善交際，故除了吃飯、睡覺、散步、上課之外，通常以圖書館作爲安身之所。

從我住的四院往圖書館，走五分鐘就到了。這座樓宇也是宮殿式的，東西兩面都有大門，不分前後，兩邊都可以進出，既省卻兜圈子之煩，又可減少人影穿插與紛亂，亦即減少館內不必要的騷動。

我每次進門望見那一排一排的桌椅，和讀者們的黑壓壓的微俯的頭，就有厚重，平實，沉潛，肅穆的感覺。同時我也想像到這許多人正在舉行游泳比賽，在浩瀚無涯的學海衝波撥浪，努力向前。那種無聲的沉着，形成一股不凡的氣勢，似乎頗足以衝開眞理之門。還有，他們那麼凝神注目，那怡然自得的酣醉狀態，使我覺得他們的腦海中，各有一個不同的世界，假如我能透視一下，該是多麼光怪陸離，續紛有趣！圖書館眞是個包羅最廣的寶庫，使人能上下古今，縱橫宇宙，使人能見到無窮變化的萬花筒。所以應該是個百去不厭的地方。

白天，館內可能畧空一點，晚上則往往擠上二三百人，繞了兩個大圈仍找不到座位，就像現在香港的茶樓酒館一樣，遲來一步，便碰上人滿之患。所不同的是，我們的圖書館裡儘管滿座，氣氛依舊寧靜而嚴肅，因爲在座的人都專爲閱讀而來，沒有誰會誤把它作爲休息室，而交頭接耳，相聚談心的。校園夠大，宿舍也夠舒服，可供活動、消遣和嬉戲的地方多的是，又何苦擠進圖書館裡去破壞秩序呢？

這座房子的格式很特別，初看像個戲院，却又沒有舞台。四周有一層「閣仔」，就算是假二樓吧。這樓上是一間一間沒有門的小屋子，就像戲院裡的包廂，又像飯店裡的卡座。每一間裡只放着一張長桌，兩排椅子，在這兒看書，那就更加清靜了。

研究院的同學們多半在這些包廂裡各佔一席，把要用的參考書堆在桌上，隨時應用，更便於專心研習。這些卡座好極了，雖然你若是偏過頭去，一眼就看得見樓下的許多人，不過，你大可以不必東張西望的呀！

這層閣仔另有妙處，我還是讓男同學現身說法，才比較眞切而生動。王伊同學長的「勺園紀聞」有云：

「予初入燕京，圖書館無二樓，中空有懸弧橋，橋東爲辦公室，西則陳列中西雜誌。尋塡平，闢二樓閱覽室，而往年勝跡頓泯。初，男生物色佳麗者，晚餐畢，必整裝憑橋四眺，頗藉此成眷屬焉。歐陽頤、胡厚椿諸兄必以吾言爲然。胡君刻居舊金山，歐陽君則不知何往矣。」（一九六七年燕大校友通訊）

原來這座橋遠勝於鵲橋，簡直是姻緣橋了。

館內所有桌椅全是又厚又重，堅固無比的。我尤其喜歡椅子是有扶手和靠背的半圓形的交椅，不必整天正襟危坐，有時拿起一本書斜靠着看，頗覺舒服兼有悠然自得之感。

三樓是書庫，許許多多書架上放着密密麻麻的中西圖書。究竟有多少册數，一時無法查考了，只似乎聽人說過約有二十餘萬册。其中有些是善本書和珍本書，是中國寶中之一種。

寫到這裡，我覺得應節述杜聯喆學長的「結書緣」篇末幾段話。他說與書結緣是在一九二九到一九三一年間，蒙洪煨蓮老師召回母校圖書館服務。此時剛由洪先生的接洽交涉，建立了哈佛與燕京的聯繫組織。哈佛中日圖書館在裘闓輝先生主持之下初作有計劃的採購中國書籍。他助理代哈佛買書的事，但決疑審定者却是洪煨蓮、馬季明和容希白三位先生。在一九三〇年代的前期，北平仍是全國文化的中心，新興出版事業雖首推上海，舊書業却還是北平領先，隆福寺及琉璃廠便是舊書業的兩大集中地區，與燕大圖書館通常來往的至少也有二十多家。

杜學長又說由洪、馬、容三位老師設計的買書辦法是：開出徵書單子分發各書店，請每家照單送樣本，樣本內夾上條子，註明書名、版本、冊數、價目及書店名字。書送到後，就把各店的同一種書擺在一起，詳加比較各書的新舊、版本、紙張、裝釘、價目等等，然後選取具有最多優點，亦即物美價廉的買下來。當年中外各圖書館尚無搶購中國書籍的風氣，所以書多而易購得。（參考一九七一年燕大校友通訊）

代哈佛買書是可以獲得一筆合理的手續費的。照杜聯喆學長所說的情形看來，燕大圖書館順便爲自己買下的書一定不少。那時候既未經戰火，更未經刼火，只要有錢，書多到買不完呢。

如果一所大學只有宏大的校舍，衆多的學生，優良的師資，而沒有一個藏書豐富的圖書館，那就仍夠不上完善的水準。因爲書籍缺乏，則教授們無從繼續研究以求日益精進，也無法啓發及誘導學生自發地追求學識，廣事參考，獲得探本溯源的進益和樂趣。唯一辦法只能憑個人記憶所及而傳授，或者死捧着幾冊課本，按鐘點灌輸，呆板地使學生都變成了塡鴨。

幸而燕大擁有一座規模頗大的圖書館，因而研究學術的風氣得以昌盛，老師們亦得以各展所長。他們多數習慣一進課室，在開講之始，先在黑板上開列一連串的參考書，以後每次上課都指定我們必須讀若干章，以便能更深地瞭解問題及參加討論。

要看這些指定參考書不特很花時間，而且諸多麻煩。因爲僧多粥少，每門只有三四本，最多也不過六七本，無法各佔一本，只能輪流借閱。又每次只限借兩小時，且限續借一次，但章數之多却非四小時內所能看完的，於是惟有各逞奇謀，力求捷足先登，一書在手。

且看看陳禮頌學長的記述吧：「……處此書荒與功課繁忙之雙重威脅之下同學間乃迫得私自組織小組運，用分工合作辦法，每人負責精讀一章，隨讀隨作筆記，然後各以所作讀書筆記互相交換借用傳抄。此亦當日燕大圖書館借閱指定參考書之一權宜辦法也。」（筆者覺得這個辦法倒無可厚非。）至於：「黠者乃結成『黨羽』，輪流登記借閱，於是週而復始，歷一二日，該書仍在其黨手中，幾等於長期霸佔矣。」（燕京夢痕憶錄）這一着却似乎過分，有失厚道與公道。怪不得我們這些女同學往往空等幾天，仍不見書的踪影！莎翁說得對：「女人，你的名字是弱者。」陳學長對於男同學的「古靈精怪」的事，洞察幽微，這是我之所以很常引述的原因。

燕大圖書館的閱覽時間似乎是從上午八時至晚上十時，但連士升學長在「記燕京大學」一文中則說是九時至十一時，大概是我記錯了。我在這座寶庫裡消磨了不少時間，尤其是將畢業的一年中，在東北邊的角落裡選定了一個座位，桌上放着一堆準備隨時應用的參考書，享其坐擁書城之樂。這又是長期霸佔的地盤主義，雖無明文規定，却是大四的老大哥和老大姐們在習慣上享有的特權，其他同學也就見怪不怪，也不妒忌，反正遲早會輪到自己的。

假如我現在能重回那座圖書館，我一定先到東北邊僻靜的一隅，找尋我常坐的那把椅子，和那失落已久的多采多姿，半苦半甘的歲月與光輝熠耀的鑽石年華。

最後，我又想起了我那未成形的「逆流集」：

憶舊遊 海棠

正空山雨後，宿露濃時，明月光中，玉立偏無語；但微酡淚頰，半轉清瞳，悄然昂首翹盼，千里一長空。有艷質如仙，幽懷似水，滿地香風。

匆匆，又春去，算一現曇花，璀璨天虹，便是終零落，也平生快意，不負神功！且敎自葬殘蕊，煙雨濕脂紅。對寂寂平湖，淒涼照影心似蓬。

滿庭芳 賦荷

君自清涼，臨流濯足，怡然心與雲平。炎威何礙？翠蓋亭亭。星月明時照影，凌波在、天海同程。空遺恨，人間輾轉，泥沼竟長征！　生平最愛是：斜風橫雨，沙簌堪聽。但低徊昂首，悲淚盈盈。千古情懷誰識？芳馨遠，到處幽清。雷雨下，依然挺立，隻手把天擎。

浣溪沙

紅樹燃愁照遠山，一溪凝醉暮雲間，幾重山外怯衣單。　夢裡未逢歸客棹，醒來倍覺曉風寒，小庭零露濕斑斑。

賣花聲

深谷咽寒流，無限清秋，晚風吹送小溫柔。楓影滿湖霞似炙，燒上山頭。　憔悴倚危樓，欲下還留。客中歲月夢中休，多少舊情牽繫處，天際歸舟。

清平樂

煙凝露重，一枕短長夢，難得醒來仍懵懂，窗外風愁雲凍。　依然處處爲家，何須俯仰興嗟？驀地孤鴻驚起，冲天攬盡流霞。

浪淘沙

半夢半醒中，殘月疏鐘，起來兀自怪東風；舞得柳絲沉醉處，煙靄朦朧。倦眼觸繁紅，心緒忡忡。生平未解說愁濃。驀地窗前雙燕子，逝向長空。

行香子

寂寞殘春，哀樂難分，夜森森風繞閒庭。闌干側畔，曾記丁寧。怕素羅輕，清露重，夜鶯醒。　花落無聲，夢也零星，只微聞犬吠蛙鳴。柳絲弄影，拂亂心情。有枕邊淚，天邊月，海邊雲。

玉樓春

夜來不管東風怨，一抹清霜天地遠。今朝閒步小庭前，却道曉寒微帶暖。　西山漠漠連還斷，雲影幢幢深又淺，萬絲柳釀黃煙，觸目恍然春已半。

漁家傲

千樹嬌黃煙附裡，叢蕪綠遍江南地。桃杏那知春意思，披羅綺，年年相伴春遊戲。　試向人生圖一醉，夢醒誰管當時事？留得一腔酸淚，淒然起，從頭領略人間味。

以上幾首幼稚的習作雖沒有什麼價值，因爲也是我在燕大時的碎夢微痕，故記錄下來，也許中學的朋友們會喜歡的吧？

（未完）

細說「長征」【二】

□吟龍□

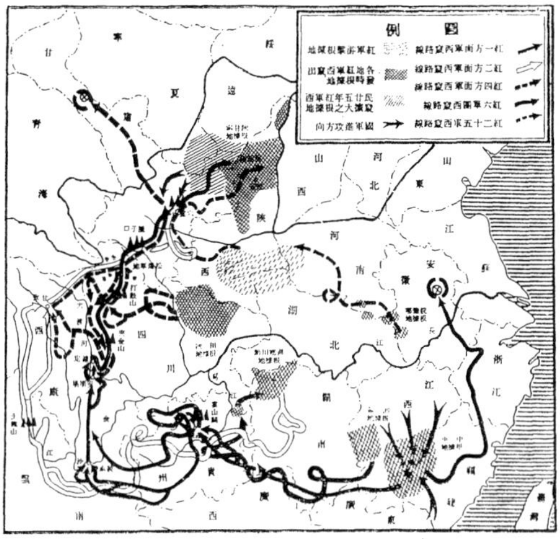

各部紅軍「長征」路線圖

國軍克復霍邱稍後時間，在湖北黃安縣境內發生了兩次重大戰役，即馮秀驛之戰與白馬嘶河之戰，這兩次戰役實際是銜接的，也可以算作一次戰役，不過習慣上作爲兩次戰役，分別敘述比較方便。

這兩次戰役，不但史料缺乏，即名詞也混淆不清，直到目前尚未看到一部戰史把這兩次戰役發生的地點說清楚，更由於國共雙方所述的地名不同，更增加了研究的困難。

目前先把當地形勢作一概畧介紹，戰爭發生地點在湖北黃安，紅軍稱爲紅安。黃安以西約九十華里有一河口鎮，在黃安與河口鎮中間有一個小鎮叫馮秀驛，紅軍改爲紅秀驛，第一次戰役發生在此處。馮秀驛雖在河口、黃安之間，但距離黃安甚近，故國軍克復馮秀驛後，紅軍必須放棄黃安。

由黃安東北行，三十里有一地名七里坪，爲紅軍堅強據點。當時均以爲豫鄂皖紅軍重心在新集與金家寨，實際軍事據點則在七里坪。七里坪被國軍攻克後，整個豫鄂皖蘇區遂瓦解。正如江西圍剿，國軍攻下廣昌、石城之後，江西中央蘇區也不能再守。

七里坪以南五里有地名柳林河，柳林河以西十五里路有地名白馬嘶河，第二次大戰，也是决定性的一仗發生於此。紅軍稱此役爲柳林河之役，因紅軍是由柳林河出擊；國軍稱此役爲白馬嘶河之役，因國軍當時扼守白馬嘶河。作戰地點實在是白馬嘶河，多年來所有戰史均未對此作明白交待，國防部史政局編剿匪戰史祇說白馬嘶河，隻字未提柳林河；共方也從不說白馬嘶河；張國燾「我的回憶」也祇說柳林河戰役，至於研究戰史的人，從未有人對此混淆地名予以澄清。爲了有助於對本文的了解，故特別加以說明，並將此兩役正名爲馮秀驛之戰與白馬嘶河之戰。

再說雙方兵力，國軍方面最高指揮機構爲豫鄂皖三省剿匪總司令部中路軍，司令官由蔣總司令兼任，副司令官劉峙，實際負責指揮這一地區戰事。下面共轄六個縱隊，眞正參與兩次戰役的是第二縱隊司令官陳繼承、第六縱隊司令官衞立煌。張國燾「我的回憶」指參戰的有衞立煌、陳繼承、劉峙三個縱隊有誤，劉峙並非縱隊司令官，當時地位較縱隊司令官高一級。

第二縱隊轄第二師黃杰、第三師李玉堂、第八十師李思愬。第六縱隊轄第十師李默菴、第八十三師蔣伏生、第八十九師湯恩伯，皆是中央軍勁旅。當時第六縱隊由河口攻黃安，第二縱隊由白馬嘶河攻七里坪，兩部最後目標爲新集。

紅軍方面最高指揮官爲第四方面軍總指揮徐向前，政委陳昌浩。下轄徐向前第四軍，蔡申熙二十五軍（僅七十三師一師）共計四師，此外尚有地方武裝編成的獨立師，戰鬥力薄弱，祇能任騷擾工作。國軍方面史料指紅四方面軍當時尚有第九軍，由蔡申熙任軍長；但張國燾「我的回憶」未提第九軍，僅指出霍邱戰後，鄺繼勛被免去二十五軍軍長職務，由蔡申熙以政委兼任軍長，由霍邱逃出之七十三師與城外之七十四師合編爲七十三師，由蔡申熙指揮，此處應以張說爲是。至於參加兩處戰役者純爲第四軍，蔡申熙及所部當時在金家寨。

紅軍第四軍共轄四師，第十師師長王宏坤，以後任中共海軍副司令員。第十一師師長倪之亮，以後曾任中共駐北韓大使，第十二師師長陳賡（國軍戰史說爲劉英），第十三師師長可能是劉英。

雙方部隊情況及戰場形勢大致如此，現分別敘述兩次戰役經過。

二、馮秀驛戰役

一九三二年六月二十九日三省剿匪總司令部下令：以第十四軍軍附八十九師編爲第六縱隊，即以十四軍軍長衞立煌爲縱隊司令官，第十四軍本轄第十師李默菴、第八十三師蔣伏生，至此又加入八十九師湯恩伯，共計三師。第六縱隊奉到命令是由平漢路南段東進河口鎮，黃安一線進攻。衞立煌奉令後，即爲三路，以八十九師湯恩伯任右翼，由市港經長軒嶺向河口鎮攻擊前進，以八十三師蔣伏生部爲中路軍，由花園經小河溪市取道夏店向河口鎮攻擊前進，以第十師李默菴部爲左翼，由花園經小河溪市取道蔡店向河口攻擊前進，以八十三師，第十師之補充團爲鐵路守備部隊，維護廣水以南至花園車站之鐵路交通。

衞立煌之佈署是全軍盡出，紅軍迎擊也將主力第四軍全部調到七里坪、黃安一線，而以潑皮河、傅橋、河口鎮爲前進據點。

一九三二年八月九日國軍第六縱隊三個師已到達河口鎮外圍，十日拂曉發動攻擊。河口鎮紅軍也有五六千人，但非主力，戰鬥力雖差，鬥志却強，佔據險要激戰一日向黃安退却。

張國燾、徐向前知道國軍由河口進攻，也想搶先在河口抵禦，率部急向河口增援，但晚了一步，河口爲國軍所佔。國軍佔領河口後，第十師爲前鋒急向黃安推進，行到馮秀驛遇到了紅軍主力，發生激戰。

當時國軍進剿部隊分爲二、六兩縱隊，紅軍祇有第四軍及第二十五軍七十三師，故國軍戰術是分進合擊，第二縱隊攻擊以七里坪爲目標，第六縱隊以黃安爲目標，先完成任務之部隊再協助正在作戰友軍，共同消滅敵人。紅軍戰術則反是，紅軍因人數、武器均居於劣勢，所以慣將兵力集中使用，實行以大吃小方式，先集中全力消滅一部份敵人，然後再攻擊另一部敵人，個別予以消滅。以後十五六年國共戰爭，共軍皆習慣用此戰術，多次均獲勝利。紅軍此種戰術實由經驗中得來，絕對無關乎某一個人的戰畧思想。因爲當時蘇區被分割多處，各部紅軍指揮自成系統，名義上雖然有一個在上海租界的中共中央，在江西瑞金的「中華蘇維埃臨時政府」有一個紅軍總司令，但指揮上却是各自爲政，可是紅軍所運用的戰畧却完全相同，紅四方面軍的戰術較紅一方面軍更爲靈活，如果說是軍事思想作主導，應當是紅一方面軍學自紅四方面軍。

紅四方面軍當時判明國軍戰畧，決定集中兵力先打第六縱隊，因爲在當時國軍高級指揮官中，衛立煌確實是一個能打硬仗的將領，如果紅軍一戰擊敗了衛立煌，再對付陳繼承就比較容易。

八月十一日國軍第十師由河口向東推進，目標爲黃安城。但因黃安四面皆山爲一盆地，如果不能佔據周圍高地，貿然進入黃安，正如鑽進口袋，必被四面山頭敵人消滅。因此衛立煌指示李默菴，應先攻佔黃安城西關王廟附近高地，能瞰制黃安城，然後再向縣城攻擊。

十一師前衛是第三十旅第五十八團，旅長王劲修，團長龍其武，當晚進到馮秀驛附近高地時，遭到大量紅軍圍攻，此時國軍似處於劣勢，王旅長、龍團長均負傷，但國軍仍努力堅守陣地，同屬王旅的曾團在左翼作戰傷亡更重，營連排長傷亡過半，但陣地並未失守。國軍前進時即架設電線，與後方可以取得聯繫，王旅長急電師部告急，指揮部命令八十三師增援。但因馮秀驛周圍皆水田，大部隊運動困難，紅軍此時運用其一貫戰畧，因兩部陣地接筍處楔入，將國軍陣地分割。一時情形危急萬分，幸而第十師第二十八旅旅長劉戡率一部生力軍攻入紅軍陣地，搶佔馮秀驛東北四公里高地，掩護八十三師攻入馮秀驛周圍，逐漸肅清零星紅軍，國軍陣地始可穩定。

八月十二日又激戰一日，由於第十師傷亡甚重，戰鬥全由八十三師負責，紅軍因爲後援不繼，已處於劣勢。

張國燾與徐向前當日在前線一山頭上用望遠鏡觀察戰鬥情況，淸淸楚楚看出國軍數量多過紅軍，正在山頭上構築工事，且在向兩翼延伸。張國燾與徐向前担心戰事再膠着下去，不但要受到巨大損失，更怕國軍有意在馮秀驛、黃安一帶吸住紅軍主力，另以重兵進攻七里坪。就蘇區形勢說，七里坪地位較黃安重要，因爲當時豫鄂皖蘇區軍事政治重心皆在新集，七里坪是新集門戶，失了黃安可以守七里坪，如果七里坪先失守，紅軍主力與新集隔斷，則設在新集的黨政機構必然要全部被俘。張國燾與徐向前商量後，決定由馮秀驛及黃安撤退，主力改守七里坪。

這一仗的結果，照國軍方面說，八月十二日這一天攻佔馮秀驛，東嶽廟，擊斃紅軍師長戴其覃；十三日佔領黃安，紅軍傷亡萬餘人，陣亡師長二名團營長二十餘員，俘獲步機槍三千餘支，迫炮七十餘門，騾馬三百餘匹，共軍九千餘人，內團營長十餘人。

紅軍方面宣佈：八月十日，敵人已佔領河口，前衛向紅秀驛前進，爲最精銳之第十師李默菴部，八十三師蔣伏生部，八十九師湯恩伯部，均係甲種師，每師九個團，由衛立煌率領。時紅軍主力未到，由紅十二師迎戰。敵人來勢洶洶，輕重機槍、曲射砲、山砲、飛機、手榴彈，企圖以最強烈炮火壓倒我們，這是我們有戰以來遇到火力最強之敵人。敵人連續向我猛衝十餘次，激戰兩日夜，紅軍最後出擊，將敵人完全擊潰，第十師慘敗，斃敵在三千以上，繳步槍二千餘枝，重機槍二百餘挺，新式自動步槍及最新法式輕機槍共三百餘枝，俘敵二千餘，待我主力達到，敵已潰散，憑工事死守。

雙方戰報，皆過份誇張，就國軍方面說，決不可能擊斃紅軍萬餘人。筆者在重慶時，曾與張國燾談及當時戰況，據張國燾說，紅四方面軍所以棄豫鄂皖蘇區出走，是由於柳林河之敗（見下）。筆者當時問及柳林河戰役紅軍傷亡數字，張氏告以陣亡一千多人，筆者當時頗感驚奇又追問一句：死一千多人並非太大損失。張氏答：在當時紅軍的兵力而言，已經是嚴重損失了。此言及張氏說話神情猶歷歷在目，其態度十分誠懇，決無粉飾之意。試想紅軍在數日後死亡一千多人，被迫撤離當地，若在馮秀驛一戰死傷一萬多人，就不可能數日後再發動柳林河之戰。無論國共雙方記載，柳林河戰役均較馮秀驛戰役規模要大得多，此役紅軍傷亡約畧估計應不逾千人。至於國軍宣佈俘虜九千餘人，大概都是紅軍裹脅的民伕及地方武裝，也許眞有如此數字。

紅軍方面戰報眞實性如何，姑且不論，祇是所列幾項皆與事實不符。國軍當時編制實際是每師三旅，每旅兩團，每師祇有六團。紅軍宣稱國軍每師九團，若非不悉情況，就是故意宣傳。

其次，所謂紅軍主力未到，由紅十二師迎戰，實則紅十二師是紅四軍精銳，師長陳賡，團長有徐海東，堪稱主力中之主力。

又所說第十師慘敗，斃敵三千以上，繳步槍二千餘支，重機槍二百餘挺，更與事實不符。前面說過，國軍向黃安前進時，眞正遭受紅軍襲擊，受到損失的是第十師第三十旅，眞正受打擊最重的是王旅之龍團與曾團，以當時國軍編制而言，兩團戰鬥兵最多也只有三千人，即使兩團全部死光，也不過三千，何況事實並非如此，兩個團長均未死，祇是營連長傷亡過半，王旅長與龍團長均負傷。張國燾「我的回憶」說「我軍擊潰了敵軍先頭部隊約三個團，敵軍損失頗大，任敵軍指揮的團長陣亡。」恐怕還是傳聞之誤，前衛團五十八團團長龍其武僅受傷。

至於說繳獲重機槍二百餘挺，更屬不會有的事。當時國軍編制，每營有一個機槍連，有重機槍六挺，最多不會超過九挺，因爲一連祇有九個班，一挺重機槍總要一班人操作也，即以每營九挺而論，每團二十七挺，以六團計亦不過一百六十二挺，即使紅軍將第十師全部包圍繳械，亦無二百多挺重機槍。

總之，此役國軍雖誇大戰果，但確實攻佔了馮秀驛及黃安。紅軍則誇大復兼隱蔽事實，始終未承認國軍已佔黃安。

今日談論此役，雙方傷亡大致相等，國軍可能稍重於紅軍，但國軍兵力佔優勢，補充亦易，故張國燾實地觀察之後，認爲不能戀戰，即下令向七里坪撤退。

三、白馬嘶河（柳林河）戰役

白馬嘶河戰役實在是馮秀驛戰役的延續。張國燾「我的回憶」叙述當時經過說：我軍撤至七里坪東南一帶陣地的時候，敵軍衛立煌、陳繼承、劉峙三個縱隊（按：劉峙當時所指揮爲第一縱隊，司令官張鈁）由河口、宣化店等處進展到七里坪西面，與我軍隔河相持。黃安的蕭之楚軍則進展到七里坪以南二十里的地方，張店方面敵軍夏斗寅部則仍停留原地，劉峙所率的另一部正向新集的西北面移動（按：當指五十八師陳耀漢部），七里坪是這個蘇區的堅強據點。不兩日，我們選定了七里坪南面五里路的柳林河爲發動攻擊的地點……」由這段文字看，可見這一戰役地點是紅軍方面選定的。幾十年的國共戰爭中，可說十次有九次是共方選定的，紅軍所以能以少數勝多數，劣勢抗優勢，與此大有關係。但張文最大闕失在沒有確實時間，不僅一處如此，像本文「不兩日」究竟是哪一日，對於明瞭戰役經過有頗大關係，必須先弄淸楚。

查國軍攻佔馮秀驛是八月十二日，十三日克黃安，紅軍主力撤向七里坪當在十二日晚間。八月十四日下午四時國軍第三師第九旅攻佔七里坪，第八旅同時克復七里坪北香爐山，七里坪完全入國軍掌握。「張文」僅說選定七里坪南五里柳林河爲攻擊地點，隻字未提七里坪失守事，未免有掩飾之嫌。由此可知紅軍選定柳林河爲攻擊據點，不一定是自己選定，而是由於形勢所迫。

八月十四日這一天，第二縱隊第二師黃杰部攻克了白馬嘶河市，向東進攻。此時情況現以柳林河爲中心描述，柳林河南面黃安被國軍第六縱隊衛立煌部克復。衛縱隊八十九師湯恩伯部正向北挺進，已與二縱隊第二師第六旅取得聯絡。西面國軍克復了白馬嘶河市，也向東挺進，故柳林河紅軍根據地實際已三面受敵，祇有東面之悟仙山，東北面之酒醉山仍掌握在紅軍手中，悟仙山緊接七里坪，酒醉山則較遠。此時紅軍主力尚有四個師即第四軍之第十，第十一，第十二及第二十五軍之七十三師（剿匪戰史作七十二師，恐有誤），當時分配是第十師，七十三師在悟仙山，十一、十二兩師在酒醉山。

全面大戰發生於八月十五日，與「張文」所說「不兩日」相吻合。首先向悟仙山進攻的是第二師第五旅，下午二時進到悟仙山附近。紅軍第十師，第七十三師向第五旅右翼包圍猛攻，到了下午四時，紅軍第十一師、十二師又從酒醉山趕到，向國軍左翼進攻，第五旅第九團團長劉啓雄首先負傷，全團傷亡甚衆。師長黃杰急調第四旅第八團增援，但以紅軍攻勢猛烈，第八團立足未穩，即被衝散，團長楊少初臨陣脫逃，十八日被槍決。黃杰師長又令第六旅快速增援，戰到下午七時，第六旅十一團團長周良陣亡。十二團在柏木灣一帶佔領陣地，以火力猛壓制，阻住紅軍進攻。黃師長親率第七團，特務連，工兵營等直屬部隊，佔領白馬嘶市東北高地構成第二線陣地。

這一仗無疑國軍吃了大虧。紅軍事後宣傳：國軍「第二師六個團長均傷亡（此亦足證紅軍宣傳國軍每師九團之說並非事實），該師幾全消滅，敵之死傷在七千以上」，國軍方面公佈此役傷亡名單，但已發表者即有第九團團長劉啓雄負傷，十一團團長周良陣亡，第八團團長楊少初被槍決。第二師經此戰後許久未參與實際戰爭，一年後始在長城冷口抗日，重振聲威。

悟仙山之戰祇是前哨戰，眞正大戰則在十五日夜間悟仙山戰後幾個小時。張國燾「我的回憶」敘述當時作戰情況：開始進攻的那天黃昏，我軍傾全力實行中央突破，旋即展開大規模的夜戰，午夜時，我們推進了十五里，打到衞立煌的總部，敵軍在一個很寬廣的陣地上，陷於混亂狀態。我們的地方武裝也四出襲擊，約二千公里的陣地幾乎同時成爲戰場。」又說：「著名的柳林河戰役是一次空前的惡戰，至少紅四方面軍的高級將領們，從未參預過這樣猛烈的戰局。當時陳賡就說：柳林河戰役，比任何一次內戰都較爲猛烈，比第一次世界大戰的激烈程度，也是毫無遜色。」

張氏敘述紅軍當時情況是：我軍方面所有能投入作戰的力量，都用上了。拿紅四軍來說，祇有我率領少數隨從人員，坐鎭在柳林河指揮所，其餘如參謀人員，政治工作人員，以至火伕都托着槍上火線了。在前線指揮的徐向前，攻到衞立煌總部時，敵軍堅守不退，他鑑於天色將明，如果再繼續攻擊下去，敵軍的優勢火力將易於發揮力量。而且我軍所擊潰的敵軍也還祇是敵軍的一部份，他們仍有強大的後續部隊。他判斷已無完全擊退敵軍的可能，乃下令退却，天明時，我軍主力都撤回柳林河的東岸了。」

這一仗，紅軍作戰兩大特色全部表露出來。第一，選定衞立煌與陳繼承兩縱隊司令部連接處猛衝，衝進去分向左右延伸，也就是林彪所常用的一點兩面戰術。第二，選定指揮官司令部爲攻擊目標，司令官一旦被俘或陣亡，全軍勢必瓦解。紅軍這一仗所以未能成功，全敗於衞立煌一人之手。據說當紅軍猛烈進攻時，陳繼承曾主張後退，爲衞立煌阻止。如果衞立煌與陳繼承退走，即使不致被俘，前方幾個師也必然瓦解。張氏文中也提及此事，並說以後金家寨改爲立煌縣即因此，並非由於衞立煌克復金家寨，大致可信。

張氏以後與筆者談起此次戰役，對衞立煌尤備致推崇，這一仗，仍以國軍損失重大，照紅軍宣佈國軍死傷七千以上，剿匪戰史也承認傷亡官兵三千三百多人。至於紅軍傷亡，「張文」承認「兩千以上」，與以前同筆者談死亡一千多人，大體相同，但由於紅軍實力有限，經此一敗，就不能再守得住豫鄂皖蘇區，非長征不可了。

（待續）

第十五章　兄弟鬩于墻外禦其侮（四七——四九歲　一九二八——三〇）

馮將軍的革命事業，在軍事上雖告成功，而以後三年在政治上又失敗了。其敗也，比之以前的經驗尤爲慘痛。簡直至「一敗塗地」，全軍瓦解，連以前軍事的勝利也一概抵銷了。茲復據事直書，分節縷述。

軍政局面

民國十七年夏（一九二八）北伐成功之後，全國軍事形勢，大概如下。「國民革命軍」第一集團軍總司令蔣中正，統兵共約五十餘萬，駐軍區域在蘇、皖、贛、浙、閩、粵（廣東軍事由李濟琛主持，自成軍區，仍屬一集）。第二集團軍總司令馮玉祥，統兵共約四十二萬，分駐甘、陝、豫、魯（山東一部由青島至濟南仍爲日軍佔領）。第三集團軍總司令閻錫山，統兵共約十五萬，分駐晉、綏、察，及河北。第四集團軍總司令李宗仁，統兵約共二十萬，分駐桂、湘、鄂（一部分留在河北）。此外，奉軍張學良全部仍駐東三省（人數未詳）。其他蜀、滇、黔，諸省區雖在「國民政府」治下，惟各由本地軍人統率，人數、系統及防地，均未詳。

是年八月，馮氏赴南京出席「國民黨」第三屆執行委員會第五次大會。在會中提出關于民食、民衣、民居，三大建議。語雖合理，且悉符黨義，然措辭激烈，已招忌矣。加以初與南方同志多人接觸，共處與同事，因在生活習慣、背景、思想上多所不同，落落難合，而其修養功夫又未能使其容忍緘默適應新環境而對異己者了解，同情，及合作，徒覺他人生活標準與方式之不如己者輒以語言、文字、行爲，予以譏刺，使人難堪，是故彼此不能相安。（例如：前時初與武漢各委員會議于鄭州後，充耳聽到南方同志生活之不嚴肅，嘗親自撰書一副諷刺聯送去，文曰：「一三點鐘開會，五點鐘到齊，是否眞正革命精神？半桌子餅乾，一桌子水果，忘記前敵饑寒將士！」上襯以四字橫額曰：「官僚舊樣」，眞令人難堪。）其在南京，則出入乘坐大貨車，對各同志之住華屋、衣美服、抽紙煙，等等私生活，多方諷刺，不可勝錄了。他懷着「我比你較爲聖潔」（holier-than-thou）的態度和言行對待異己者。這是許多人很容易染得的普通病，而是精神界（宗教的）與道德界的「貴族主義」，最討人厭，乞人憎（粵諺）的。所以有好些政壇人物，每與他同在一處，便有如「芒刺在背」之感。有一次，余到南京，在私人談話中，「考試院」院長戴傳賢（季陶）於無意中吐露了一句心腹話，說：「沒有一個人能與老馮相處和合作的。」雖然馮氏在中央有不少同情同道，了解他、原諒他，而仍然合作得來的朋友、同志，戴氏這句評語差可代表黨部和政府中大多數人——至少當權執政的一派一系人物——的意見、態度、情愫，和反感了。這是重要的個人背景，應加以注意，然後可以明瞭，日後馮氏與中央人物，隔膜日厚，芥蒂日深，馴至公開破裂，演成「兄弟鬩于墻」的大悲劇，大慘劇之因果關繫。馮氏居南京，亦怏怏不歡。會豫、陝間樊鍾秀與岳維峻各有蠢動之虞，危及馮軍後方，馮氏即於下旬遄返河南鎮壓及處理一切。隨以鹿鍾麟負責剿匪，解決樊部於南陽。岳不自安，離軍遠去，後被任爲一集師長；此亦馮所引爲憾事者（見上文）。

編遣糾紛

十七年十月三日，「國民政府」改組，蔣公被選任「國民政府」主席，爲享有實權之國家元首。馮氏被選任「國民政府」委員、「行政院」副院長兼「軍政部」部長。這可算是「一人之下，萬人之上」的榮耀。平心而論，中央酬庸報功，待之可稱不薄。然而捨這些個人顯位不提，馮氏所斤斤爭持者則是要帶兵——多帶兵所以實現自己救國救民的理想。其所最不滿者則爲「編遣會議」之決定。此則以後大局變化、內訌頻起之癥結所在也。先是，有陰謀政客楊永泰者，自「首都革命」及北伐成功之後，在北京潦倒不堪，乃到南京多方夤緣，得某舊日政友介紹，滲入中央，乘着當局表示減縮各集團軍力「以樹立中央的權威，消滅割據的遺風，求全國眞正的統一。縮軍節餉，從事建設。」乃呈獻「削藩論」爲進身干祿之階梯。其大要是：「以經濟方法瓦解二集；以政治方法解決三集；以軍事方法解決四集；以外交方法對付奉張」。（以上引語見黃旭初之「北伐完成後的第一幕悲劇」，原載香港「春秋」月刊，後經黃彙編所著各篇，未舉列原刊時期及號數。但「削藩論」之作，則余早有所聞。）是爲日後黨國內訌、兄弟鬩墻、引起彌天大禍之動力。於是給予中共以生機，終召日本之入寇。

（按：楊永泰，字暢卿，廣東高州茂名人。畢業北京法政學校，回粵活動於政壇。原籍「國民黨」。民七年任粵財政廳長。以權利心重，勾結桂系督軍莫榮新等，推翻　國父所主持之「軍政府」，迫其去粵，復助紂爲虐，慫恿莫槍斃「國民黨」記者華僑陳耿夫。所以民二十粵方與中央分流，即列舉重用　國父仇敵之楊爲口實之一。其後楊北上任參議院議員，依附曹錕，助其賄選，（編者按：根據移滬國會秘書廳公佈賄選議員名單，廣東無楊永泰，此處有誤。）久已見棄於「國民黨」。見馮自由「革命逸史」。後來任「兩廣監察使」之劉成禺尤鄙惡其人，嘗對余詈其爲「落花時節的人物」。余問何解。則答曰：「落花時節又逢君」；「逢君之惡其罪大」。楊後來，得任湖北省主席，爲人暗殺而死，無異明正典刑焉。

此論，居然視黨內　國父的信徒、共同服膺「三民主義」的同志、一家同體的手足兄弟、北伐成功的元勳、支持中央的台柱、南北禦侮的屏藩，爲昔時轉朝割據的「羣雄」，爲唐代與日本之「藩鎮」，與近年爭權奪利、互爭地盤、禍國殃民的「軍閥」，而務要一一削除而後已。卒至引起幾次內戰，禍延中央、危害全國，固不特干城被毀，屏藩被撤，而且削弱己力，動搖國本，可謂罪大惡極。這個挑撥離間、煽動唆慫內訌之元惡罪魁，如其不死，吾恐其殃黨禍國，更有甚焉者。語云：「國之將亡，必有妖孽」，豈其人歟！又云：「一言喪邦」，豈其論歟！

十八年一月一日，「編遣會議」開始。會中，由馮氏於報告二集軍中內容時，坦白率直，「開誠布公」，將自己手下的實力，一一公開出來，如有兵幾十萬人，槍幾十萬支，大炮幾百門，重機關槍與手提機關槍各幾千支，力量之強，他軍莫及，令人驚愕。開會後，提出裁兵案，大致根據第五次中央執監委員大會所通過之議案，以四個集團軍兵額平均爲原則，計每集團留二十萬人。照此辦法，實際上，四集團原有兵額約符此數，不增不減。三集則照額還須增補數萬人方足二十萬人之數。惟馮氏之二集則須裁去兵額之大半。馮氏深感人增我減之方案極不公平。當會內首先提出編遣二集案時，即表示反對，特別提出兩大原則（異於中委之四集平均原則）：（一）裁弱留強，（二）裁無功留有功。更明顯地指出中央一集軍收編南北殘敗之兵十餘萬人應首先裁去；如今則先裁有功，是爲不公。蔣主席答以一集也有編遣計劃（上見黃旭初：「李宗仁與馮玉祥兩人的關繫」，同上）。馮氏自然悻悻不懌。「編遣會議」由是拖下去。

馮玉祥演說姿勢

最初，馮氏亦盡力遵行編遣計劃，「很熱心裁併，今日一電令，明日一電令，裁了八、九師。但有一天，忽然中止再裁說：「人的十個指頭不是一般齊，削長補短，削足就履，總不是辦法」（見秦「回憶錄」頁一五四）。此意指裁併他較多的兵力，而增補他人的爲不公平，可以明喩。從此他便持消極態度了。

詳考二集是時內容，自北伐成功之後共有九個方面軍：（一）孫良誠，（二）孫連仲，（三）韓復榘，（四）宋哲元，（五）岳維峻，（六）石敬亭，（七）劉郁芬，（八）劉鎮華，（九）鹿鍾麟。（原有十方面軍。另有方振武一方面軍，已歸一集。）每方面軍總指揮下各有若干軍人；全數共三十餘軍，兵員合共至少五十餘萬人。自岳維峻、劉鎮華、兩部相繼脫離後，尙餘四十多萬。馮氏亦曾實行編遣計劃，縮編全軍爲暫編十二個師：（一）韓復榘，（二）梁冠英，（三）吉鴻昌，（四）馮治安，（五）石友三，（六）童玉振，（七）程希賢，（八）張維璽，（九）宋哲元，（十）劉汝明，（十一）佟麟閣，（十二）孫連仲。全體皆「國民軍」一軍嫡系將領也。然因編遣費無着，且其他諸將士出生入死、奮戰經年、勞苦功高，若再行裁減，驟行編遣原案，未免難於下手。是故雖有編遣之名，雖下縮編之令，從未能澈底實行也。「編遣會議」爲期一月，草草結束，效果不大，只就原先通過之議案，成立南京、武漢、太原、開封、瀋陽，五個編遣區，徐圖實行而已。然日後之閱墻巨禍已種因於此矣。

自此之後，馮氏即稱病，不到軍政部辦公，只由鹿鍾麟代理部務。未幾，素工心計之閻錫山先脫身回山西。一日，馮氏忽然秘密離京渡江，直登早爲之備的鐵甲車，遄程回豫，留書與蔣主席道別。這一去無異「猛虎歸山」，天下從此更多事矣。馮氏去後，蔣主席非常懊惱，不安於心，密謀應付。屢與李宗仁商取一致行動。李力持不可，認爲黨內萬不能起蕭牆之禍而同室操戈，致內予共黨、外予日本以有利的機會。並進言「馮玉祥個性粗放，言語尖刻，是他的短處，而刻苦耐勞、善於練兵、能與士兵共甘苦，又富愛國熱忱，這是他的長處。倘中央開誠公布，推心置腹，未嘗不可使他爲國家建設而盡力。政府倘更發動與論界提倡正義，明辨是非，引人爲善，馮氏必能接受中央的領導。故對他應感之以德，千萬不可燥急從事。馮玉祥一個人容易對付，但是他統兵數十萬，他手下的每一統兵將領都是一個馮玉祥，無數的馮玉祥就不易對付了」（上見黃旭初，「李馮關繫」一文）。這可說是合理的、公平的論調。蔣主席亦見其言之有理，不再多談。

（按：馮亦曾進諫勿對四集用兵，反被疑為與四集互相護衛，見黃旭初：「北伐完成後之第一幕悲劇」。又金典戎亦云後來馮氏曾阻止中央打廣西、廣東，見「觀察」廿二、廿六期「馮外傳」。可見二、四兩集團軍自始脣齒相依，且反對鬩墻之爭鬥。）

然自是之後，馮氏對中央人物，便似懷了戴天之仇，不共兩立。一次，馮氏方在京漢鐵路某一車站之一輛蓬車內（馮氏每出必乘此等車），馬伯援由南京來，似銜有使命為中央說話而勸馮氏不要操之過激，（但也許是個人自動為國為友盡力的而不是代表那一方面的，不敢武斷）。詎料馮氏不俟其辭畢加怒火上騰，睁目厲聲，破唇大罵，甚至露出其「老粗」出身的本色，用最猥褻、最下流的穢語。「×他的奶奶！×他的祖宗！」馬當時嚇至面如土色，噤若寒蟬，立刻住口不敢再說下去。（當時適同在車中的我，親眼得見親耳得聞，但未注意他們對話的上文，究不知他毒駡的是誰；大概是指首倡「削藩論」的陰謀政客楊永泰吧，我想。）在他盛怒之下，我也不敢贊一辭。我閱世已久，但向未曾見過有人痛恨其政敵、至如這之甚者，而馮氏之怒態如斯，也是歷年所見之獨一次。此外，猶記在其後某役，屢以和事老人姿態出現之吳稚暉，倚老賣老（年老、元老、老友也）去電馮氏為當局說項；馮氏親作覆電比之「天生媚骨」之徒，數其「逢君之惡」大罪，竟有「蒼髯老賊、皓首匹夫」之語，足與孔明陣駡王朗同留一史蹟，而且媲美古時善駡之劉四矣。我始終不明白，究竟為甚麼血海仇恨有如是其深。他以後與中央隔膜愈甚，無法調處，終至「兄弟鬩于墻」之大禍，一發再發。在國族立塲誠為最可慘可痛之事。

鄂魯豫陝之變動

湘自十六年秋寧漢合一而後，漢方之唐生智獨自抗命；中央遂臨以大兵。唐不堪一擊，迅即敗逃。湘、鄂，兩省盡落四集團軍（桂系）手中。「武漢政治分會」即以李宗仁任主席。旋而中央派湘人魯滌平任湖南主席。十七年二月，四集軍逼魯去職而以親桂之湘人何鍵繼任。由是又引起中央與四集之衝突。中央方面所慮者為虎踞河南之二集軍；苟其與四集聯合一致行動，則南京危矣。斯時，雙方各派代表赴豫與馮氏商洽，各欲拉攏為助。當下，馮氏堅決表示不參加黨內鬩墻之爭，且表示忠於中央，但又令韓復榘部由平漢路直下武漢。這一着，動機不明，雙方不討好。中央疑其乘機攫取漁人之利，而四集則疑其前來夾攻。結果：四集因內有叛將，於十八年四月四日不戰而撤退回桂。中央軍急進，先韓復榘軍到武漢兩日，韓部隨亦北撤。武漢自然全歸中央直轄。（按：黃旭初謂三月廿九、卅日，閻、馮通電討桂，中央派馮部韓復榘為第三路總指揮，由豫南下，見「第一幕悲劇」文），然馮氏早有不參加黨內戰爭之決定，何忽有此？個中實情，未明眞相，不敢妄下論斷。）四集軍是第一個被「削」之「藩」。長江上游之爭甫結束，而中央與二集軍直接接觸，爭端又起，其觸發爭端之尖點乃在山東問題。

在十七、八年之間，北方政局之全貌如下：韓復榘繼馮氏任河南主席；孫良誠任山東主席；宋哲元任陝西主席；劉郁芬任甘肅主席；孫連仲任青海主席（新置省治）；門致中任寧夏主席（新置省治）；何其鞏任北平特別市市長。（中央某人力謀此職不遂，乃多方挑撥，寖成禍根之一；閻以不得此地盤亦不滿。）二集軍各部亦分散於各省區，防線東西橫亘長數千里。

表面上，二集軍得有六省一市，「地盤」不可謂不遼濶。然究其實則西北之寧、青、甘、陝，以及豫省皆貧瘠之區，收入短絀，無以養數十萬大軍及施行新政。本來山東富庶之區，又有海岸交通之利，馮氏原亦樂有此省；先命石敬亭代理主席，後於十月間由孫良誠親到履任。（未幾，孫與財政部長宋子文因小事誤會，大發脾氣，彼此斷絕公文來往。「國民政府」斯時任命余為山東「鹽運使」，馮氏亦趣余就職。雙方付以調解孫、宋、任務，二人磨擦乃泯。）是時，青島至濟南沿膠濟鐵路一帶仍在日軍佔據下，省治暫設泰安，省政府所治不過卅餘縣（約全省三分一），收入支絀（我曾以鹽稅支持）。必俟中央與日軍交涉退兵成功後，全省始可收復。至十八年三月，中央與日本交涉就緒。（其間，余屢代表孫良誠入京與外交部長王正廷磋商接收濟南事。）同時，日方與我方約定於四月十六日退出濟南，由孫軍接收，日軍於五月初可完全離魯回日。不料中央與四集力爭武漢之役，解決迅速。中央既得完全勝利（見上文），即集中全力以應付山東，無異是應付二集軍。四月十五日，忽電令孫良誠勿進入濟南，同時與日本商定改期接收。

四月廿二日，中央復電令孫準備接收濟南省城，但同時另派他軍接收魯東青島沿海一帶。方振武一軍亦奉令準備入魯。其他魯省他地之雜牌隊伍又準備發難與孫軍爲難，且孫良誠本軍某師亦露出不穩迹象。當時，孫軍只有四萬人，而其可能爲敵之各軍不下六萬。如其不遵命令，妄事抵抗，爆發戰事，無異使二集全軍與中央開戰。但馮氏並未有在魯作戰之準備，且全軍防線太長，首尾難顧，容易中斷，駐魯之兵力既苦感不足，而中央則已有大兵北上，集中點在魯，且尚可續派。鹿鍾麟在南京，密令孫良誠多派偵探以偵察中央軍行動，可見雙方疑忌之深。況模稜兩可之三集軍閻錫山在後方河北、山西牽制着；苟其服從中央，則二集軍將處南北夾攻中部截斷之極不利的形勢中。不特此也，其時日軍在魯猶未撤退，大可藉口與中央協定而不移交防地與孫良誠。於是，在軍事、政治、外交，三方面，均大不利於二集；無論如何，馮氏將無法可得山東全省。結果：馮氏於四月下旬以萬急密電與孫良誠，告以本軍被拆散及包圍，陷於絕大危機中；全體面臨生死關頭，當以團體之生存爲重，個人之地位爲輕，務立即撤退全軍離魯。孫是馮氏愛將之尤而最忠於馮氏之一人，即於廿五日通電辭魯主席，職務交由省政府委員呂秀文（亦二集將領，但所部非屬嫡系）署理，由呂所統率之少數民兵警衞地方。次日，孫軍全部由兗州退入豫、陝。同時，在南京之鹿鍾麟、唐悅良（外交次長）第二集要員，亦匆匆離京。（當時，余爲中央命官，於事前一無所知，留在泰安，莫名其妙，亦即北上北平，調查眞相。比知馮氏與中央公開決裂，自維位微言輕，且已無職責，不能爲力斡旋，乃辭去「鹽運使」之職。）未幾，方振武奉中央命率部接收濟南，山東全省復歸中央治下。

斯時，不獨山東的孫良誠部，連河南的韓復榘、石友三、馬鴻逵、龐炳勛等部亦一律奉代撤退至潼關以西。沿途且將洛陽以東之隴海路軌破壞，以防阻止中央軍之進攻。大部魯、豫，軍隊陸續退至豫西且深入陝西。馮氏本人則駐節潼關之西華陰。這是消極的反抗中央之表示，但初時中央以及全國都不知其作用如何。五月間，戰事迄未發生，只用電報交換異見而已。據馮氏所指摘者，爲「國民黨第三屆代表大會」所選出之中央委員之不公，

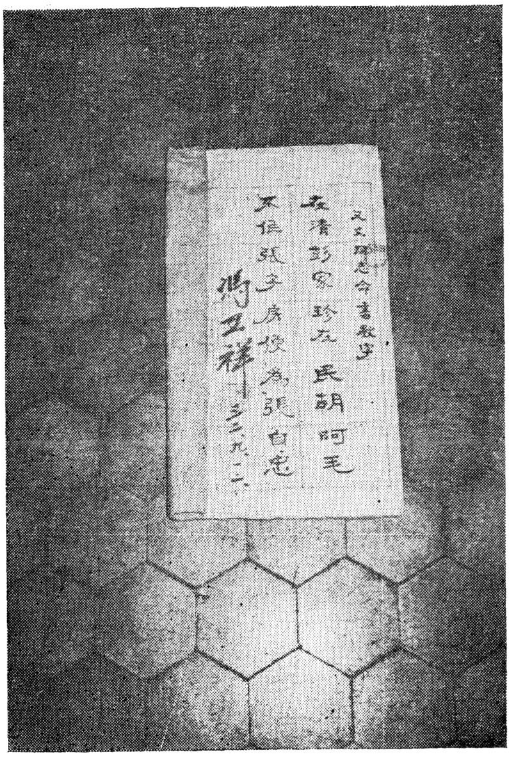

馮玉祥題詞

與分發軍餉之不平。中央方面亦數電馮氏及二集將領，並要馮氏再入京共商大計。他當然不去。（時，李濟深先由五中委擔保，由粵入京，即被軟禁於湯山，馮氏自然有戒心。）二集將領二十八人則聯名致電中央請蔣主席下野，催馮氏揮兵進攻。同月十五日，馮氏成立「護黨救國軍西北路軍總司令部」。廿日，通電北平各國公使館，請各國中立，宣言保護外人生命財產，並請勿借欵與南京政府。這是內戰之正式爆發。越數日，中央執委會罷免馮氏本兼各職，且發兵進攻。（參考薛著頁二五二——六〇。）

是時，北方三集軍之閻錫山毫無表示。粵方之陳濟棠則効順中央。（當時，陳銘樞因在香港大酒店遇火災，跳樓傷足，不能治軍。）惟前由武漢敗回廣西之四集軍李宗仁，重整殘部，躍躍欲試。中央派四集叛將會同粵陳攻桂。李等乃於五月五日，打出「護黨救國軍總司令」旗號，出兵圖粵，但中央早已定計，令粵軍對抗。大戰結果：李軍不敵，敗退回桂。於是，馮氏在陝孤立無援。（上見黃旭初：「廣西集團勢力遭到傾覆厄運」篇，載同上）。

今續述二集軍方面之軍事發展。原來當時馮氏與其總參謀長劉驥等所定是役之大軍畧，是盡撤魯西、豫東之兵，集中於陝西，以全力壓迫閻錫山，使其合作；苟閻一致行動則四集軍與二集軍雙方亦將聯合而成一強大陣線，莫之能禦，而中央自須屈服了。這是「不戰而屈人之兵」之妙計。（以上是事後余由馮氏之高級幹部所探得的。）

初時，馮氏確無反黨叛國、興師開戰，以打誰倒誰之意，只是不滿於功高賞薄，編遣不公，心懷怨望，氣忿不平，猶且懷疑中央對己軍不利，故行此策，造成聯合三個集團軍，一致行動，以威脅中央，使改變政策，俾得保存多些實力以實行其救國救民的大志願而已。這可說是「兵諫」。斯時，閻之處境既尷尬而又危險，中央方面亦因鞭長莫及，用兵爲難，幾乎要軟化了。然而天下事，往往有出人意料之外者，尤其軍事發展，分子複雜，因果綜錯，變化莫測。在這僵局之下，忽然霹靂一聲，馮氏遭受有生以來最大的打擊，致使其一生革命事業幾爲之全部摧毀，而自己陷於身敗名裂的悲慘收場——這就是韓復榘、石友三等之叛變。

馮軍之初次分裂

初，韓復榘既遵令率全部自開封撤至豫西陝州，即孑身赴華陰謁馮氏，猶未了解此次軍事大行動之作用，但感到全軍盡退入陝、甘、貧瘠之地，給養不足，奚能生存？況且全軍將士剛由西北飢寒貧困之環境下打出中原，心理上無人願意再退入那苦地死地者。如爲政治新環境所迫，則人人皆甘願拚命再幹，上前打出生路，有進無退，死裏求生。從前迫不得已而在西北捱盡諸般苦，如今斷不能再試了。於是，他即以進攻之計獻出，拍起胸膛，包打下武漢，請纓自將十萬兵沿平漢鐵路南下，並願立軍令狀：如不成功，則受死刑；另主張以孫良誠將十萬人，沿津浦鐵路直攻浦口、南京；復以石友三統十萬精銳之師分駐鄭州至徐州隴海鐵路一帶，爲孫、韓，東西兩路之總預備隊；最後則留宋哲元、劉郁芬之後方大軍在豫、陝，嚴行監視閻錫山；如此，必獲全部勝利。

馮聞而睜目咋舌，以爲冒險性太大，他自有成竹在胸，仍堅持不戰而屈人之奇計，不從之，猶且疾言厲色，嚴令其顧存團體服從命令。韓不服氣，反問：「前者由蘇俄回五原之時，經南口新敗之餘，綏遠、甘肅只剩下殘部數萬人，而且裝備不全，軍實不足，何以當時肯冒險死拚，勇猛前進，卒成大功？而今則擁兵數十萬，十倍於昔，槍炮軍械，均全國無匹，何以却不進攻而退守？」馮答：「從前我是個窮光蛋，只剩些少本錢，故不得不孤注一擲以博大利；如今我已贏了許多本錢，不能不愼重將事，穩健進行，豈能再作傾囊的賭博？只有實行計策萬全、萬分穩健之軍畧而已。」韓無話可說。甚至欲駐兵平漢路鄭州以西，由洛陽至南陽一帶而不再入陝西也不許，乃知不能挽回成命，悵悵返陝州。（以上所述係數年後，余過濟南訪韓時，叙及舊事，他親口對我斤斤申說的，並毫不自諱的承認當年的行動，殊非受了南京方面運動而背叛馮氏，只因爲環境所迫，無路可走，爲自求生路計，不得不歸順中央而已。）是役也，馮氏本不要打中央，而韓却要打中央，但因馮氏始終不肯打中央，韓反對不成而叛馮而轉投歸中央。假使當時馮氏肯將他的策畧與韓商量或告以機密，韓一瞭解，自然服從而不叛去了。豈知馮氏愼密過甚，連自己的心腹愛將也不令知，只要盲從，遂生巨變。軍事發展有如此奇詭叵測者？這固非馮氏始料所及，外人所不知，恐怕就是連中央領袖們也不知道的內幕。（另據劉汝明說，當日西退至陝西，適遇見韓，而韓問他：「你說，把整個河南省放棄，部隊全撤到潼關以西，這不是自取滅亡嗎？以後我們還吃什麽？穿什麽？……」，見劉著頁九八。此與上述相印證，可信韓之脫離馮部，主要因素確爲經濟問題。）

馮軍捱了多年無衣、無食、無餉，而常須苦戰的生活，自然對陝、甘舊地，望而生畏。況自打出中原之後，與南軍比肩作戰，眼見其人人豐衣足食、囊有餘餉，不禁相形見絀，曷勝羨慕？即馮氏本人亦嘗言南北待遇不平，並舉例來說，下雨時南方將領有雨衣，而北軍則只撑破傘是也。處此新環境下，馮軍兵將心理多已起變化，不能像從前之吃苦耐勞了。馮氏不了解此眞正的「軍心」，仍以舊方法應付新環境，雖云穩健，究行不通，此其失敗之眞因要因也。或謂韓等曾受中央重賂故叛馮而去者（見薛著頁二六一），實絕無可能。蓋此役變起倉卒，微特中央，即二集幹部亦不能前知；苟韓事前曾受賂賄，則何以先則遵令西撤？及退至陝州、華陰，旋即叛去，更無與中央接洽之時間與機會矣。惟其與石、馬歸順中央後，各受重賞則誠有可能。）

是夜，韓在陝州，即矯令開車，盡將原帶來之全軍出發東向，部將與他軍猶以爲奉令開動出戰也。比馮氏聞訊，知其叛去，急電令孫良誠以全力追擊。孫最忠於馮氏，且素鄙韓從前之降晉，急遵令乘火車後追。會龐炳勛由鄭州西撤至鞏縣，亦奉令攔截韓之去路，於是與孫部東西夾攻之。韓之列車不能開動，亦不及準備應戰，全軍乃潰逃。孫即收納其殘部及得獲軍械不少。韓於匆匆間僅帶得數千人南入嵩山，迂迴而返開封，仍行使省主席職權而輸誠中央，並加緊招募新兵，以恢復實力。當其過鄭州時，發出通電，並不指責馮氏，但大罵其親信數人一頓而已（劉著頁九九）。其後，潰散之隊伍，有復歸韓者，而韓部中亦有復投馮麾下者。

當時，石友三全軍尙在豫南之南陽，奉馮氏令退至鄭州，而馬鴻逵亦由魯西退豫。韓約二人一致行動，石、馬允焉。於是，馮驟失去不下十萬人，約佔全軍嫡系三分之一，比作戰大敗損失尤重。原來，孫良誠、韓復榘、石友三，三部實爲二集軍最精銳之師；戰時，孫常任前敵，逢攻必克，夙有「鐵軍」之稱（此馮所特別頒給之榮譽）。韓、石二部則爲全軍最慓悍、最饒勇善戰之師，常留在後方作預備隊，一遇前線各方有困難，馮氏即指揮這兩個犀利無匹的鐵錐向前敵兇猛衝擊，幾戰無不勝者。惟馬鴻逵則原非嫡系，所部不多亦非強，且其父馬福祥素矢忠中央，故對於馮氏損失不大。今回與韓、石二人相將叛去，是馮氏練兵成軍以來之第一次大厄，不獨精銳喪失，而且全軍第一次發生分化，團體破裂，紀律盡隳，軍心搖動，影響全軍前途之重大誠不可以言喻，而馮氏一生事業之大崩潰亦肇端於此，固不特是役之「大策畧」完全爲之粉碎而已，亦無怪馮氏一聞此噩耗，如遇天崩地裂，不禁腦裂心碎了。（多年後，馮氏老幹部某言；如無此次之叛變，馮氏必能取勝云。見薛著頁二六一）

一日清早，天猶未破曉，馮突挈數衞兵，乘汽車離華陰，至潼關風陵渡口，渡河赴晉，留下命令，全部軍事交宋哲元主持。時，宋哲元、劉郁芬、尙未起床，聞訊立行追去，不及穿衣履也。迨趕至渡口，則馮氏已過河去了。既抵山西，閻欵待之於太原北晉祠小村，遂在此暫作寓公。（按：當時，我原欲於得悉眞相後，擬親赴京請孫科、孔祥熙、宋子文諸大員共同努力，謀和解方法，以防止戰禍而安定大局，適遇此巨變，再無機會，悵悵北歸。）

當韓變後，馮、閻、來往函電，原有相約下野，携手出國旅行之舉，蓋大事已去，兵不罷而自罷了。據說在七月初，中央與馮氏已達到協議，和平解決：中央進攻之行動停止，允撥所欠軍費，先發三百萬元，另給馮出國旅費廿萬元；二集軍餘部仍舊轉歸鹿鍾麟統率；陝、甘、寧、青、四省主席仍舊不動，惟馮則白白失掉魯、豫、兩省（察、綏、早已放棄）及十萬精銳之師耳。七月五日，中央取消通緝馮氏之前令。八月間，鹿鍾麟、唐悅良、均到京復職，薛篤弼且膺任衛生部長。曇花一現之「護黨救國運動」，似烟消雲散：告結束矣。是役也，馮氏之「大策畧」本以「不戰而屈人之兵」爲原則，結果則因內部變叛，却不戰而屈了自己，寧非天下之大滑稽耶！

「國民軍」復活

馮氏寄居晉祠，行動自由，並非囚禁，但亦不外出。閻待之不薄。馮氏自有無線電台可與外方聯絡通消息。賓客來看他也不禁阻，手下仍有多少隨從人。太原設有辦事處。於此，閉門思過（用兵錯誤歟），韜光養晦，且努力自修求學。馮氏每於失敗後，進修益力，拚命讀書、寫字、且習丹青，態度於消極中至爲積極。此其人格可取之處。余於華陰北歸時，嘗到晉祠謁之；見其方踞桌讀書，左手持「陸宣公奏議」，右手持梁啓超一本學術講演集。寒暄完畢，他問我這兩本書如何？我心裏思想，在軍政界我是他下屬，但在學術界那就不同了。當下我毫不客氣的用「教授」辭語和態度，指出他雖然好學不倦，手不釋卷，而求學不得正當方法，不循正當軌道，將上下千餘年兩家的著作同時並讀，縱是讀書萬卷，也是無濟於事的。他甚爲驚訝，問我要用什麽方法，循什麽軌道才是正當的和有益的。我答科學的求學方法，最重要的是循次序、有系統，並須有專門學者名師指導，方得實益。我再補上一句，以他的好學苦心，加以個人政治、社會、以及人生的種種經驗，配合中國的經書，如得有教授指導研究專門書籍，凡習一科，有如初學英文一般，必從ABC開首循序而進，由淺入深，則一二年的工夫可抵得大學裏三四年的課程。他似乎恍然覺悟，對我說：這是頭一次有大學教授指導他求學的方法；對我的勸導完全接受，十分感謝。次日，即去電北平，採購政治、社會、經濟、各種大學教科書。未幾，專聘某某學者前去授課。這是馮氏研究大學課程之開始。行之未幾即有大效。此後繼續聘人講學，努力自修。不移時，居然給他學上了那幾門學問——甚至「社會主義」歷史與內容，「工團主義」的意義與利弊，也懂得了。

然而馮氏雄心未嘗稍息，只是靜以待動，不斷的與各方接洽通電以圖再次大舉，更時與閻酌商大計。秋間，運動成熟，又發生一次大軍事行動。其時，汪兆銘所領導之「改組派」公開與中央破裂。九月十七日，張發奎舉兵於南方，進圖廣州。中央急調兵對付。馮氏即乘機發動。先於十月十日，由「國民軍」將領廿七人聯名通電，推戴馮、閻、二人領導全軍反抗中央。中央於是再下明令進攻。下半月，河南發生劇烈戰事，不在隴海鐵路線，而却在洛陽之東方及南方一半圓形中。當中央軍戰事不大順利之際，蔣公曾親赴前線督師。正在兩軍相持未分勝負的僵局中，戰場忽發生莫名其妙的變化：——十一月下旬，「國民軍」全部退師，再西入陝境。雙方軍事行動，遂告結束。（或謂中央因粵方「改組派」之搗亂，急於以全力應付，故亟亟以政治手腕及經濟厚酬收買「國民軍」將領云。說見薛著頁二六四，有待證實，不足入信。）

是役也，一始一終，亦同前役之充滿神秘性，宜乎外間之不能了解其眞象。（事後，余復細細調查，乃得洞明。）原來此次馮之異舉，完全是上了閻錫山的大當。緣其自上次「護黨救國」之役失敗、退引山西之後，雖屢與閻酌商大計，閻只虛與委蛇，依違兩可，久無效果。蓋閻當時處境自有困難，其本心對於中央之措施原亦多所不滿，亦久遭疑忌。一向賴有馮軍在魯、豫、居中緩衝，故尚不至直接受到中央之裁制與衝擊。但倘馮軍一旦消滅，則彼將無力抵抗，復無援助，成爲孤軍獨當其衝，其亡當可立待。是故其懼怕馮氏之心理，遠不如懼怕中央之甚。所以乘馮氏失敗西退，亟挾其餘軍以自重。當時遷馮氏於建安村，優待更甚，無異蓄着一頭猛虎以威脅中央。一俟迫不得已、時機成熟之際，即實行放虎出籠，使其出面出手打擊中央，而自居幕後要手段操縱一切。會九月中「改組派」在粵稱兵，中央忙於應付，這正是北方響應同時夾攻之無上機會，於是乘時策動，乃有此役之發生。（以下據馮氏自述大畧，看下文。）

十八年九月十七日，正是農曆中秋之夜，閻忽訪馮，相與長談，大駡中央之不是，極力慫恿其興兵再舉，自願衷誠合作，負責一切供應。馮氏上次之不南向進攻，多因顧慮閻之牽制後方，今驟聞此堅決的具體的表示，正中其懷，眞是夢寐以求，以爲曏昔所定的大策畧此時卒成功了。大計既定，繼又商及舉兵之軍號問題。是時汪兆銘「改組派」向主張用「護黨救國軍」名號。但兩人意見則以爲這只是一派一系少數人所主張，而彼兩人則惟以集合全黨全國人物以從事救國救民大業爲目的，並無左右新舊某系某派之分，故均不贊成用之。馮氏乃提議用「保民軍」。閻以爲亦未盡善，乃謂吾人既有「國民黨」、「國民政府」，即用「「國民軍」名號可也。況且昔年「國民軍」之傳統名號，聲威猶在，號召有力；此次毋須另行巧立名目，索性恢復舊名可矣。馮氏素重實輕名，又即允焉。因一時不察，遂中了閻的奸計（另參看「石敬亭年譜」選載臺灣「傳記文學」一二二期頁十李雲漢之「宋哲元」篇。）

當下，馮氏以智珠在握，劍及屨及，立令石敬亭回陝，詳授宋、劉等機宜，剋期舉事，乃先有十月十日聯名通電之「哀的美敦書」發出，並在陝、豫、各處張貼佈告均有「總司令閻」「副總司令馮」（名下有「宋哲元代」字樣。事實上，兩人已就職矣。預定計劃：「國民軍」出重兵分路取鄭州、南陽。一俟兩城攻下，閻、馮二人即聯袂至北平，組織新政府。同時，豫、魯、鄂、湘、贛、蘇、皖、粵、桂、蜀、甯、奉各處早有協定之軍政領袖即行響應。（按：另據余當時採訪原稿：連月各方使者分別北來與閻、馮接洽者有何健代表黃一歐，魯滌平代表易某，張發奎代表李某等。奉方張學良亦派秘書長王樹常到晉，表示願一致加入。閻乃勸馮氏派前河南省政府代主席鄧哲熙往瀋陽報聘。旋得鄧來電，謂張極力贊成三人一致聯合，並建議聯名通電請蔣公下野。）

殊不知閻眞是一條「兩頭蛇」，擺下這條毒計，使馮氏懵懵然上了他的圈套，而自己則實收漁人之權利。他一方面暗中接受中央任命之「陸海空軍副總司令」，他方面又教唆煽動馮氏興兵，給予接濟，假其手以打擊中央。同時，他却以「國民軍」之軍事機密時向中央報告，以故「國民軍」在豫作戰爲難，終歸失敗。以上所述，正是此次馮氏再舉之眞實原因及經過也。

是役再敗後，馮乃知悉內幕，憤恨至極，但又無法向全國全世界申訴。時，余仍居北平，馮氏乃輾轉託我設法將此役經過詳情公布於世。余以未明眞相，無法可施，計惟有假外人調查及報導。於是邀約英美記者如英人田伯烈 Timperley 倫敦太晤士報代表麥登納 MacDonold 及其他數人，由我親自陪往山西河邊村（閻遷馮於此）探訪新聞。行時並有美國公使館軍事參贊丹尼少校 Major Denny 加入。至則馮氏親自招待，將是役發動經過，原原本本，對衆縷述，由我與馮氏之秘書陳國梁二人分任兩方繙譯。回北平後，各記者將當時速記稿寫成專欄報導長篇，在北平、天津英文報及拍電往英美各報發表。其秘密乃暴露於天下，此十八年暮冬事也。閻知內幕戳穿，其煽動毒計已盡披露，大大不懌，顧人證具在，又不容否認，只有緘默忍受，同時加緊約束馮氏在河邊村之活動，如取消其自由收發無線電報之權利是，然亦不敢難爲過甚，蓋馮氏仍大有餘力，足以供其利用於將來，故仍如前之挾以自重，加緊對付中央也。

至於是役失敗之原因，則不在軍事戰敗，而却在內部不和，再次分裂。此亦有類於前役之突變者。當戰事展開時，中央軍緊守隴海路前線而不取攻勢，但另派徐源泉（原屬魯直軍，北伐時戰敗投降者）等軍在左翼猛攻洛陽東南之禹州、登封等縣。在北伐時期則要馮軍去打他，如今却要他去打馮軍，軍事政治變幻離奇至此，眞莫測高深矣。時，宋哲元任「國民軍」總司令，坐鎮洛陽，指揮戰事，而南路前線則由孫良誠在登封力戰。據說，前在「西北軍」任參謀長之曹浩森，是時已在中央軍任參謀，盡將馮軍之強點及弱點，一一暴露，而開列具體辦法，避強攻弱，故中央軍於是役頗佔上風。例如：馮軍之特效戰術是於夜間「摸營」，兵士右手執大刀，左手提短鎗，偷刼敵營，當者披靡。但是役由曹獻計，中央軍紮營處，於夜間遍樹火把，徹夜遍地光明，大刀隊一前進則被射死，無所施其技了。孫良誠在登封前線，遭遇強敵，作戰吃力，不易取勝，但仍相持不下。不料宋哲元在全軍資望尚淺，非主帥才，措置失宜，故爾僨事。在劇戰中，他忽對孫良誠大起疑心，誤信其叛變，深恐洛陽不穩，急遽西退，而孫在前方驟失去後方總部的聯絡及接濟，莫明其故，亦不得不引退，以免孤軍陷敵。因此，前方後方之「國民軍」一律盡退，復入潼關。而中央則由於亟須趕急應付南方汪兆銘所領導之「改組派」亦不事窮追，任其入陝。於是，這場大戰，過了無幾時，突然間又在出人意料的神秘氣氛中結束了。一說謂宋哲元當日實誤中了反間之計，一時失察，倉卒急退，遂影響全局云，此亦大有可能者。（以上係余於事後得聞諸馮軍幹部者，其中經過，或較爲複雜，但可信是失敗的主因。）

關於此役，尚有些少餘波足述者。十九年（一九三〇）一月余以丁父憂由北平奔喪回粵。馮氏在晉聞訃，特派員到平致函弔唁，並再託余南經滬甯時，將是役之眞實原因（如上文所述），仍以前任中央特派「政治工作委員」資格，向中央盡情報告，使眞相得明。（其實，我在馮軍之工作早已完成，去職已久。此次因受所託，故作友誼的義務的幫忙。）余南下時，分謁孫科、孔祥熙等中央委員。他們都非常關心北方情形，無一不先行開口叩問是役經過之實況。余遂很自然的乘勢將一切所知奉告，衆乃恍然，無不痛恨閻煽動內戰，「借刀殺人」之毒辣陰險，轉而憐惜馮氏之天眞愚戇，致上大當。這一報告當然展轉傳播於中央當局。其後，在另一塲合閻與中央公開決裂時，中央明令通緝之，所宣布之罪狀有謂北方內戰皆由其蓄意醞釀、幕後煽動實爲罪之魁云。

「擴大會議」

「國民軍」既失敗，「改組派」在粵亦一事無成。中央因此得傾全力以收拾北方癱瘓之局。於是閻氏直接當衝。彼其取巧奸詐之術既窮，騎墻「放虎」之舉亦不容再演，乃迫而作政治運動，極力拉攏「國民黨」各派各系，謀大團結以與中央對抗，務成旗鼓相當的新局面。一時，河北、山西道上，太原、晉祠之間，冠蓋雲集，各方使者絡繹不絕。凡歷年以來，全國全黨之不滿於中央者，非親自命駕北上，則紛紛派代表來與閻氏接洽。如「改組派」之汪兆銘、陳公博，與「西山會議派」之鄒魯，及其他失意分子等均是當時寓晉之上賓也。當時南方之廣東仍擁護中央，惟敗退廣西之四集軍李宗仁等亦遙爲響應，派代表北上參加。閻居然成爲全國軍政主動的中心人物——「盟主」，執反動派之牛耳，而馮氏則退居被動的配角而已。然其潛力具在，陝、甘仍有殊不可侮之重兵，故各方亦如常看重之。閻與其雖仍不無芥蔕於心，至三月間，宋哲元、孫良誠痛恨被閻出賣，至欲揮戈渡河攻晉，不過事過情遷，此刻同仇敵愾，患難與共，甘願合作奮鬥以圖共存。此則各派、各系、各軍大有聯合共進之趨勢也。

馮所念念不忘，比之生命還重要的，端在保存及整理尙在陝、甘的舊部。在馮軍方面，自退兵後，宋哲元、孫良誠等，雖彼此諒解前此之誤會，盡釋前嫌，再事團結，共赴患難，然全軍竟如羣龍無首，領導乏人。其時，老幹部之「五虎上將」，張之江與李鳴鐘已退役，鹿鍾麟蟄居天津，惟宋哲元、劉郁芬、二氏尙在軍中；但資望才幹不足以掌帥印。他餘蔣鴻遇早已物故，劉驥殊非統帥之才，以下孫良誠、孫連仲、劉汝明、佟麟閣等分屬後輩，更無統帥資格了。馮決以鹿代統全軍。鹿奉密令後，乃假裝勤務兵，隨同某要人秘密乘火車由天津至大同，復轉乘汽車往謁馮氏。俟某人下車後，馮氏面授機宜畢，即不動聲息，乘原車南開，過河直抵潼關。至則實行主持全軍，着實整理。宋、劉等拱手相讓，惟命是聽。不移時，原日「國民軍」之雄姿威勢，再次恢復，士氣提高，靜待後命矣。

在晉方，軍事政治運動既醞釀成熟，閻乃於十九年二月十日，發出通電，反對武力統一全國之政策而請蔣主席下野。隨而中央，與晉方屢屢互發函電作文字之戰。閻竟公開指摘中央之種種不是，願與蔣公同時引退。二月廿一日，汪兆銘（上年十二月已被中央黨部開除黨籍），亦出名通電，攻擊中央。廿八日，閻迎蟄居建安村之馮氏入太原。三月，閻先取行動，接收山西、北平各中央機關，繳中央各軍軍械，封閉黨報。三月十五日，晉軍與馮軍各將領聯合通電，請閻、馮、領導全國攻擊南京「國民政府」。擁閻錫山爲「中華民國陸海空軍總司令」，馮玉祥、李宗仁、張學良副之。孫良誠、吉鴻昌等隨即揮軍東出，直指開封。四月一日，閻、馮、李、就聯軍總司令職，惟張學良無表示。晉軍開入山東，馮軍則仍在河南，雙管齊下，分路作戰。五日，中央下令討伐，紛紛調兵應付，但前線初仍取守勢，其後乃交戰。於是所謂「中原大戰」——民國以來最大的慘劇爆發。

其時，北方的軍事組織及計劃以李宗仁爲「第一方面軍總司令」，由桂攻湘鄂；馮氏爲「第二方面軍總司令」，由陝攻豫；閻自兼「第三方面軍總司令」，指揮河北軍事，揮兵攻魯；石友三（前曾一度與唐生智反中央，失敗後北退）爲「第四方面軍總司令」，由豫攻魯。廣西李宗仁、黃紹竑等聯同留桂之粵軍張發奎部，傾全省之兵，由李親自統率，冒險北上，與北方閻、馮等相呼應，並自求生路。計劃：經湘入鄂，與馮軍會師中原。倘此南北軍事計劃得實現，則中央危矣。詎料李軍北進，前鋒已過岳州入鄂境，而粵方忽以陳銘樞、蔣光鼐、蔡廷楷兩師北上佔領湘南衡陽，切斷李軍後方之聯絡補充線。李宗仁不得不撤退南歸以應付危局。於是閻、馮等會師中原計劃失敗，影響「中原大戰」全局之勝負不少。（以上參考黃旭初：「李宗仁出任反蔣第一方面軍」篇，載同前。）

「擴大會議」與「中原大戰」

延至七月中，「擴大會議」在北平開會。八月下旬，各派共同組織「國民政府」，擁閻爲主席，馮、汪、鄒、陳等爲委員。十九年九月九日上午九時，閻就主席職。時則馮氏赴豫親自指揮戰事矣。主席登壇後，忽有南京飛機翱翔空際，向淸故宮三海投下炸彈，有一枚正中「中海」之「懷仁堂」前湖中，立行震醒「閻主席」的好夢。未幾，他即急急離平回晉去。（說者謂閻就職時日不吉，四九三十六着，非走不可，此當時流行的幽默，姑並錄於此，以博一粲。）

七、八月間，魯、豫兩戰場均有劇戰。三方各集中精銳作殊死戰，故傷亡甚多。至八月初，晉軍一敗塗地，山東盡失，不堪再戰。中央軍於是得傾陸軍空軍全力集中豫省以對付馮軍。其總攻鄭州者爲陳銘樞之第四軍，最爲得力。

時，中央軍蔣總司令之總部設在開封東蘭封車站。離站不遠爲飛機場，航空司令爲張惠長。一夜，飛機塲突受馮軍騎兵千人襲擊，蓋以中央飛機每投擲炸彈，驚散馬羣，故最恨之。是夜，因謀報復，突襲機塲，毫無抵抗，毀去所停之機。張急匿避，始得倖免。騎兵得手後，轉馳往蘭封猛攻車站。時，站上防守虛空，總司令部只得衞兵百人而已。蔣總司令駐列車上，勢極危險，仍鎮靜處之。平常軍隊，凡遇夜襲者，多不還火，免露虛實，但是時侍于總部內之高級參謀陳調元，却主張還火，以免坐以待斃。此兵法虛虛實實之妙算也。乃下令全部衞兵分佈車站，密密射擊。攻軍皆騎兵，果以爲車站有大部軍力，防備週密，否則不至還火；又在夜間不便大舉進攻，即行退却。總部遂獲安全。（此事，於多年後余由雙方友人之躬預其役者口述，兩相符合，可信爲眞實。）

然而此次「中原大戰」之勝負，不決於疆場，却決於坫壇上外交手腕之間。方豫省大戰時，中央代表吳鐵城等在瀋陽與張學良磋商合作事。吳挈其擅長交際，善於辭令之愛妾及大量金錢與俱。二人施用濶綽的、機巧的外交手段，周旋於奉軍「少帥」張學良夫婦與高級文武幹部間，大奏奇效。聞有一次，張在一個公開的塲合私對其妾作戲言：「您倆膽敢來這裏作說客；假使我將吳鐵城槍斃了，又怎麽樣？」她因面不改容、從容鎮靜的含笑答道：「少帥，別跟我開玩笑！像少帥這樣英雄人物，那會幹出這卑鄙狠毒的事呢！」張聽了，哈哈大笑答：「果然說得妙！來！乾一杯！」另一日，吳大排山珍海錯最貴最盛的筵席，遍請張總司令高級人員與軍官赴讌。其妾週旋其間，恭敬招待。堂前設了十幾桌麻將，請各人就席娛樂一下。每人面前抽屜內各置鈔票大洋二萬元，輸贏不計，勝者盡入私囊，負者也無所損失。於是人人樂不可支，與他都成爲朋友了。（以上故事係後來從吳之隨員著者同鄉聽到的。）

同時對方閻、馮、二人亦派代表薛篤弼與賈景德兩個「老實頭」到瀋極力運動。無如囊慳術鈍，與吳比較，在在相形見拙，居於下風（即送禮三千元也要去電請示滙欵方濟）。雙方均予張學良以特高位置，優異條件，拉其加入陣線。一向，張學良站在中立立塲，無露骨表示左袒那方，然以其時形勢論，奉軍勢力充實，地利得宜，在北方實居舉足輕重之地位。吳氏來後，不久即獲得好感。其間尤有決定性作用者，則張對中央雖仍有不愜意之處，然對馮氏却有不共戴天之世仇，而絕對不能與其携手合作者。況堂堂「國民政府」，名正言順，所給條件與地位價值比較上當然引人入勝。其決定歸順中央實自然之理。其實，早於十八年五月間，張已與奉軍將領有公開反對馮氏政策之表示。至是年，更於九月十八日發出通電，主張國家問題，當由中央政府依合法程序解決之。是無異正式加入中央陣線以反對閻、馮之表示也。發電未幾，隨即派大軍入關。晉軍無能抵抗，遂由其連佔天津、北平、以及河北全省。閻見大事已去，於奉軍開到之前，通電辭職，復由北平退回太原。九月廿二日，北平晉軍撤退。前二年，晉軍以「國民政府」名義克復舊都，今則奉軍亦以「國民政府」名義入據焉。「擴大會議」及其所組織之「國民政府」自然瓦解。各員與中央協議，汪出國，閻赴大連，而馮氏則居山西。

大戰結束

至於豫方軍事之結束，亦不決於疆場上之戰爭，而決於馮氏麾下另一部之叛變。一日，馮氏在總部忽接在前線作戰之軍長吉鴻昌電話，說：「總司令，對不住，我走了」。緣中央知馮舊部李鳴鐘與吉感情素洽，乃着其往豫運動吉來歸，果然馬到成功。其時，李對馮氏懷有怨望，已脫離其軍，大概亦爲馮妻李德全挑撥離間，致生嫌隙。（張之江雖亦離軍，但未致叛馮氏。）而吉之叛變則因全軍爲金錢所收買。（此後來吉到張家口再爲馮氏効力時跪地痛哭而自承者，見金典戎：「基督將軍馮玉祥外傳」，載「觀察」月刊第廿三期，民五四．七．二五）。此與余後來所訪聞相參證，亦符合可信。）吉本馮部後起之驍將，戰功卓著，惟性情暴戾難馴，因前在西安偶犯軍規爲馮氏革職嚴懲，後極力多方表現悔過，始得復任軍職（此余在西安所親見者），惟懷恨於心，而今復爲巧言厚利所煽動乃背馮氏而去，而且梁冠英、張印相等部亦隨焉。前線全軍盡喪。當下，馮氏怒擲電話聽筒，氣憤之極，恍如昔年韓復榘、石友三等叛變劇之重演，全線崩潰在即，大事已去，束手無策以挽回大局矣。於是，懸崖勒馬，即由鄭州渡河，挈少數衞隊，由新鄉經焦作西行復入山西。鄭州隨爲陳銘樞攻下。馮氏餘軍則盡退陜西、山西。戰事遂告結束，而馮氏全軍整個崩潰了。

此次「中原大戰」，實爲歷來內戰之最劇烈者，猶甚於前年豫東與奉魯軍作戰之役。中央軍之最精銳部隊，如馮軼裴軍，及十九路軍陳銘樞等部，皆參與。閻、馮兩方亦盡以所餘留之精兵出戰。雙方紀律均優，鬥志均旺，屢作殊死戰，以故傷亡皆極慘重。（確數未詳，聞共達四十餘萬人，一說且云七十萬，疑過誇張。）誠爲民國以來最大最惡之內戰，由絕大悲劇演成爲絕大慘劇。語其後果，兩敗俱傷，不特四個集團軍一一瓦解，而中央軍實力亦減縮，肢體既殘廢，心臟亦受傷，全體——黨國——當蒙禍害，抵抗外侮內患之力大爲削弱，馴至日軍侵畧南北，共黨竊踞大陸，致全國同胞有「其亡其亡」之痛焉。自民國成立以來，至悲至慘之大禍，孰有逾此？

方馮氏入晉時，有駐豫北之孫連仲、張維璽等部猶欲追隨。馮却之，轉令其投歸中央，却囑其以後務須服從蔣總司令的命令，爲國効勞。孫等唯唯諾諾，遵令而退。其後，果然向中央報告：「奉馮總司令命前來投順。」蔣公素知其忠勇可靠，即收編之。以後孫則矢忠中央，服從命令，始終不渝，亦可紀也。（張部後事未詳。）倘在曩日北伐成功後「編遣會議」前，馮氏對部下能下此「釋兵權」之命令，則天下早無事矣。（後來孫在江西率軍剿共。不料其參謀長趙博生及旅長季振同乘孫連仲離軍赴京期間，率部叛變，使孫部實力大損；但至抗戰時期，該部死守台兒莊，造成空前大捷，厥功尤偉。）其他諸部亦有受中央改編者，不過戰餘幾部不到十萬人而已，精銳盡失矣。

在入晉深山野嶺之途間，忽有強徒攔路剪徑。正遇馮氏在極端失意、十分沮喪之時，這些小醜未免有「打落水狗」之嫌。當下，馮大喝一聲，隨從衞士齊放手提機鎗，小賊當堂倒斃。馮氏乃繼續行程。既抵太原，閻如前優待之。其陜、豫餘部宋哲元、劉汝明，過之綱等約四萬人相率入晉，均由商震奉閻令善爲安置，擔負一切給養。閻能善待戰友於患難之時，亦算忠厚難得，庶可稍贖前愆了。其後，中央改編駐晉馮部爲廿九軍，分兩個師，以宋哲元、劉汝明爲正副軍長，馮治安、張自忠（由河南入晉）分任師長，由中央發餉。後來增編一師，以劉汝明任師長。此軍在運城、陽原等處一住三年，乃奉令往北平應付日軍之侵畧，成爲國家之干城焉。

馮氏復在山西寄居於汾陽（在太原西南），得中央寬厚待遇。當是體念其完成革命之前功也。他韜光養晦，生活安靜。時或致力於本地教育工作之促進，及他項爲社會、爲民衆之服務。其大部分的淸閒時間則消磨於讀書、寫字、著作、繪畫，尤喜歡作白話詩，自稱「丘八詩」，吟咏內容類皆描寫平民疾苦，痛貶惡風敗俗，暴露貪官汚吏，提倡儉樸生活，反對虛僞言行等等，是皆其一生之徹底主張也。

共赴國難

自「擴大會議」之役結束後，至二十年夏，黨內又起糾紛，演成甯粵分流之政潮（詳下章）。九月十八日，日軍侵佔瀋陽，人心憤激，團結抗日之口號，普遍全國，黨國領袖亦一致聯合共赴國難。是時，馮仍居山西，韜光養晦，（廿一、廿二年粵之運動不參加，亦未派代表前往）。一日，忽接孔祥熙自京來電云：

「國難嚴重，如何辦法？請指教。」馮回電謂：「九一八事變，介公應負責任，必須彼向大家認錯下野，然後可以商議。不然，我是不到南京去的。」越二日，接蔣公認錯電稱「一切都是我錯了。請大家到南京趕緊商議救國大計。倘與國事有補，我準備隨時下野。」馮氏深覺滿意，即乘車經天津直下浦口。（其時，閻錫山已回太原，但未同行。）他即對各來迎的老同志言：「我們一定要抗日，蔣先生已認了錯，以往的事，可以不究。」

到南京後，蔣、馮弟兄重會，前嫌渙然冰釋。馮氏出席中央黨部講話時聲言因蔣同意已認錯，請他們來開會，共赴國難。後來，馮氏對我說，蔣先生於彼此重聚時，有一天很謙虛的向其當面認錯云：「從前的事，我有九分錯，而煥章兄您也有一分錯——錯在不坦白的說出我的錯。」是則仍是自認十分錯，不過言內含有怪責馮氏不講和、不共商、不服從、只要打之意。眞的，如果當年能彼此誠信相處，不相疑忌，將一切難題和平解決，不訴諸武力，又何至有後來之大患？則爲國家爲民族計，豈非十全十美？關於這點，我們不能斷定誰是誰非，誰是主動，誰是被動。他倆既已不究既往，我們現今也不必討論以往了。今日所得而言者，難得兩人公忠體國，爲公忘私，盡釋前嫌，分而復合，不由人不欽佩的。尤足令人敬服者，則蔣先生肯公然認錯，這非從前專制帝皇一遇艱難時會，即循例下「罪已詔」之比。他這謙德誠心，深具基督教悔改的精神，確足以表現他的偉大的領袖資格，而馮氏亦本基督仁愛寬恕精神以響應之；若不如是，則於抗日大戰，何能聯合南北諸軍，全國人民，一心一德，衛護國家，抗戰到底，至八年之久以獲得最後的大勝利乎？

馮氏每出席中央會議，一貫主張「我們要抗日，要收復失地。誰要阻止抗日，誰就是賣國賊。」有人警告他：「你這樣說話，恐有生命危險。」則答道：「我來即不怕，怕即不來。」其間，曾到上海小住，屢向各社團及民衆講演，極力發揚全國同胞抗日，救國的精神，鼓舞人心，振發民氣，至爲有力。未幾，國府決定遷都洛陽。蔣、馮、汪等要員皆到那裏去開會議，組織「軍事委員會」，公推蔣公任委員長。未幾，衆皆回京，獨有馮氏由徐州北去到泰山住下。（以上蔣馮通電及入京資料採自金典戎：「基督將軍馮玉祥外傳」，載香港「觀察」月刊廿一期，民五四，六月。）

自二十年始，馮的生命又進入另一階段——最末期。他直接統率一支龐大的軍隊，這一時期已告完畢了。經他一手訓練，多年指揮的各部尚留有少數（最少十萬，迄無確數），分駐各省，皆直接歸中央改編、給養，和指揮。「第十六混成旅」也、「第十一師」也、「國民軍」也、「西北軍」也、「第二集團軍」也，一律成爲歷史的名號。馮氏一生的事業，告一段落，然而仍未結束。在以後最末的十八年間，他的生命時靜時動，其與中央的關係也是時合時分，都隨時局之變化與個人的反應而定，將於下章續述。

這一章的敘述，最令我頭痛而且心痛，幾乎難於下筆，所幸黨國內雖屢起糾紛，時分時合，而仍可以對得住幾千年國族的祖宗與稍慰　國父在天之靈者，則一遇國步艱難，外患緊急，則全黨全國精誠團結，同仇敵愾，合力應付。回憶當年北伐成功，馮氏初到南京時，一次與蔣公同在湯山洗澡後，他以忠言進諫云：「當全國的領袖，需要肚子裝得下全國的人；若當全世界的領袖，肚子裏要能裝下全世界的人。祇要你自己時時刻刻注重「得民心、得軍心」六個字，又能實行出來，無論他們佔領那裏，無論他們拿了那裏都是你的臂膀，都是你的兄弟，也都是爲你作事的，何必顧慮這些呢？」（見黃旭初：「北伐完成後的第一幕悲劇」載同上。）到如今國難當前，人人覺悟，從新結合，馮氏的忠諫果得接受了，實行了。所以本章命題曰：「兄弟鬩于墻，外禦其侮。」

（本章完，下期續登最後一章）

西安事變的謀主

周恩來評傳（十五）

嚴靜文

一九二〇年代中國最重大的歷史事件是一九二七年四月南京清黨反共，而一九三〇年代，歷史的主要關鍵是一九三六年十二月的西安事變。因張學良導致了「國共二次合作」及全面抗日戰爭。

西安事變雖然是張學良、楊虎城單獨的決定，中共並未事先預聞，但是如果沒有周恩來的遊說，取得張學良的信任，與張楊訂下「三角聯盟」之約，及得到以蘇聯爲後盾的保證，張、楊也就不敢輕舉妄動。因爲與紅軍無妥協，而反抗中央，在軍事上便要陷於腹背受敵的困境。

西安事變發生於一九三六年十二月十二日，十七日周恩來代表中共抵達西安。他迅即成爲西安局勢的主要策動者。張學良在懺悔錄中說：「…立即電周恩來到西安，共商決策。二、三日後周偕二人同來，…周至此時，儼然爲西安之謀主。」但是西安事變的發展方向，却決定於十二日到十七日這五天之內。

在這五天之內，南京、莫斯科、保安三方面的基本立塲和態度，決定了西安事變的命運。

在南京方面來說，十二日深夜舉行的國民黨中央常務委員會議時，當時分爲武力解決、和平解決兩派主張，結果和平解決的主張佔了上風，第一個探和使者，蔣委員長私人顧問端納，已於十四日抵達西安。而張學良在十二致行政院長孔祥熙的電報中明言：「弟愛護介公，八年如一日，今不敢因私害公，暫且介公留住西安，促其反省，決不妄加危害。……」一開始就留有和解的餘地。如果南京方面關閉政治解決之門，從事武力進攻，則無異置蔣氏於死地；當時國民黨固然不可無蔣氏，中國也不可無蔣氏，而在軸心國家威脅之下的史大林，也切需蔣氏領導中國抗日，牽住日本的後腿。

衆人雀躍周獨冷靜

當時中共困促於陝北，僅據保安、安塞等四縣之地，因暗通張學良、楊虎城，默契休戰而獲喘息已近半年之久，當時受周恩來指揮的葉劍英、李克農、鄧發等常來往西安，在東北軍、西北軍裡策動反蔣，宣傳抗日，十二日東北軍和西北軍夜襲臨潼華清池行轅，扣留蔣氏，搞所謂「兵諫」時，葉劍英等事先毫不知情，在保安的毛澤東、周恩來等當然更不知情。

十二日中午毛澤東在窰洞裡讀到張學良拍來的電報，還以爲是電報工作人員搞錯了電碼，簡直不敢相信，可是接二連三收到同一內容的來電後，這才信以爲眞。中共最初的反應，是手舞足蹈，歡欣若狂，並主張把蔣氏處死，還動議實行人民公審；唯有周恩來保持冷靜。張國燾在「我的回憶」中對於這一幕有很生動的記述。

「這個突如其來的電報，使我們都爲之激動。有的人說：『蔣介石也有今日！』有的人說：『張學良確實幹得不錯！』平素持論溫和又不多發議論的朱德竟搶先表示，『現在還有什麼別的話好說，先將那些傢伙殺了再說。』這時已經回到保安幾天的周恩來冷靜的表示：『這件事不能完全由我們作主，主要是看張學良楊虎城的態度。』一直在那狂笑的毛澤東也接着表示：『這件事我們應該站在後面，讓張楊去打頭陣。』……張聞天、秦邦憲、王稼祥等都表示應去電莫斯科請示。於是我們繼續討論，準備周恩來前往西安的事，一面草擬致莫斯科的電報。」

致莫斯科的電報是毛澤東起草的，「除報告西安事變的眞像外，並指出這是根據張楊共三角聯盟抗日反蔣的協議而發生的，中共中央擬積極推動張楊堅決與蔣决裂，請共產國際從速指示。」

俄共來電哭笑不得

毛澤東等人在窰洞裡住得太久了，對世界事情固然隔膜，即對莫斯科的政治行情也模糊不清。結果毛澤東的電報碰了大釘子。

當此之際，中國駐蘇大使蔣廷黻於十二月十六、十七兩日連續向南京拍了四通急電，報告克里姆林對西安事變之態度。蓋當時中外人士多誤會，蔣氏已落入中共之手，而莫斯科之態度對中共有决定性之影响。但蔣廷黻之報告極爲開朗、樂觀，因爲眞理報和消息報的報導和評論均支持蔣氏不值張楊之所爲。十五日眞理報社評說：

『……張學良固曾有抵抗日本之一切機會，乃彼抱不抵抗主義，不戰而將東北各省拱手讓於日人，現乃轉以反日爲號召，此乃投機，事實上將促成國家之分裂，陷中國爲外國之犧牲品。……』

十四日消息報的社論說得更爲露骨：

「……自蔣氏執政以來，中國已逐漸集中力量，顯足表示其領導國防之準備與能力。張學良之反動，足以破壞中國反日力量之團結，不獨爲南京政府之危險，抑且威脅全中國。……」

十七日蘇外長李維諾夫面告蔣大使說：

「余願趁此機會向君抗議。中國政府禁止報紙登載眞理報、消息報社評及塔斯社否認日本謠言之聲明，表示中國政府疑蘇聯與張學良有關，此種猜疑，實不友誼。余前已告君，自張學良讓出東北後，蘇聯與彼即無關係，……」當蔣大使說：「張逆叛變，影响甚大，如不設法制止，勢必演成西班牙式戰爭，諒非蘇聯政府之所願，故頗望蘇聯政府能協助解决此事。」李維諾夫答稱：「唯一協助方法，在使中國共產黨知道蘇聯政府態度。……」

當李維諾夫與蔣廷黻作此外交周旋時，史大林致中共中央的電報早於十二日當天發出，經居上海的宋慶齡之手十四日深夜轉到保安。這是一封長達半張打字紙的電報。內容分爲三段：

①肯定西安事變是日本陰謀所製造的，張學良左右和東北軍裡一定暗藏着日本間諜。蘇聯不爲這一陰謀所利用，更不會給予任何支援，現在並已明確表示反對。

②中國目前急需一個全國性的抗日民族統一戰線，至要是團結與合作，而不是分裂與內戰。張學良不能領導抗日，蔣介石如同心轉意倒是領導抗日的唯一人物。

③指示中共要爭取和平解决西安事變，利用這一時機對蔣氏表示友善，在有利的和平解决基礎上自動釋放蔣氏。

這封電報對於保安窰洞裡那些人們眞如青天霹靂。尤使周恩來哭笑不得。他派在東北軍裡的「白軍工作委員會」的工作同志，竟被史大林罵成「日本間諜」！

南京和莫斯科都要求和平解決，保安雖然殺氣騰騰，但是接到史大林的電報之後，即幡然改弦更張，在西安方面張學良則根本不想加害蔣氏，因此當時最兇的煞星是無知、心胸狹窄的楊虎城；但是他只是一個配角，起不了決定作用。

周恩來剃掉長鬍鬚

雖說張學良根本不想加害蔣氏，但是因爲事前沒有周詳考慮後果，兵諫一幕上演之後，蔣氏強硬如鋼不肯答應任何「諫言」，鬧得無法下台；如果僵持下去，夜長夢多，事件發展就不可逆料了。其次是中共一向對張誇口說，如果張楊共三角聯盟在西北建立抗日政府，必將得到蘇聯支援，同時也一向表示對蔣氏勢不兩立。現在要把話拉回來，一不能獲得蘇聯的支援，二切不能加害蔣氏，這兩點對中共說都是出爾反爾，甚難自圓其說。

張國燾「我的回憶」說，毛澤東等十四日接到史大林的電報，當時周恩來已啓程去了西安，可能有所失誤，根據龍飛虎所撰「跟隨周副主席十一年」一文所說，周恩來十四日才自保安起程，十六日抵達延安，同日傍晚才抵達西安。如果史大林的電報十三日收到，周恩來必定已經看過；而張氏說：「我們決定將莫斯科的來電立即轉電周恩來，要他根據這個指示，向張學良試探」的話，這說明史大林的來電，是在周恩來自延安起程之後才收到的。最快是在十二月十五日，即周恩來啓程的當天。因爲電報是由宋慶齡轉發的，十三日晨先由莫斯科拍到上海（十二日深夜史大林親擬電報稿），再由上海轉到保安，時間上費了周折，十三日收到之說甚爲可疑。

姑不論周恩來何時讀到電報，當時他的任務顯然十分艱鉅。第一他必須不落痕跡的撤消中共已往的方針和諾言，取得張學良的諒解；第二，他必須在取得南京方面的諒解或信任情況下，促成釋放蔣氏，以便爲危如累卵的紅軍鋪平一條生路。結果，這兩件旋轉乾坤的任務，都在他機敏細膩的工作之下完全達成了。

他抵達西安之後的情形，龍飛虎有一段記載非常生動！

「當時西安城裡相當混亂，爲了不驚動人，進城後我們先在東門一個名叫王鐵匠的家裡休息。因爲快要同張學良等會見了，有位同志對副主席說：『請把鬍子修一下吧』副主席不僅接受他的意見，還接着說：『乾脆剃了吧！』當時紅軍生活非常艱苦，連刮鬍刀都沒有，王鐵匠家裡也沒有剃刀，副主席說：『弄把剪刀就行了。」於是找來一把大剪刀，副主席就對着鏡子剪起來，剩下的鬍楂長短不齊，可是副主席倒挺滿意。後來，張學良見到了周副主席，第一句話就問：『你的鬍子呢？』副主席說：『剪掉了。』張學良還惋惜的說：『唉，這麽長的鬍子剪掉多可惜呀！』

在王鐵匠家裡休息了一會，我們便搬進張學良公館。張公館是三幢三層樓，張學良住在中樓，周副主席和我們住在東樓，蔣介石就關在前面的高桂滋的公館裡。當晚張學良和楊虎城就設宴招待我們，是中餐西吃，張楊兩將軍親自爲我們分菜。」

從這一記載可看出，張學良對周恩來的親切和信任。這是他們第二次相會，便被請到公館中同住了。

中共曾提七條件

關於蔣氏在西安事變脫險的經過，說法非常紛紜，但是主要關鍵已如上述，南京、莫斯科的基本方針已決定了事件的發展，因此周恩來看到史大林的電報之後局勢已急轉直下。頭腦簡單、粗魯無謀的張學良很快即成爲周恩來的掌中物了。但是仍有兩大困難需要克服。

第一是雙十二事件發生當天，張楊所

發通電中的八項主張，共產黨的氣味太濃厚了。張學良骨子裡的打算，是要求蔣氏立刻答應，立時停止剿共，一致抗日；可是八項主張則言不及此，完全爲中共張目。試看八項主張：

1、改組南京政府，容納各黨各派負責救國；

2、停止一切內戰；

3、立即釋放上海被捕之愛國領袖；

4、釋放全國一切政治犯；

5、保障人民集會結社一切自由；

6、開放民衆愛國運動；

7、確實遵行孫總理遺囑；

8、立即召開救國會議。

所有這八項主張，可以說都是當時中共公開鬥爭的基本綱領。因此，從這八項主張看，張楊已成中共的工具，因此南京初時誤解中共是西安事變主角而由莫斯科在幕後操縱。這一誤解雖然由於莫斯科再三表明立場得到廓清，但是中共在西安究竟扮演什麼角色，則仍待了解。因此端納、宋子文、宋美齡等先後趕往西安與張、楊折衷，勢須與中共方面接觸以了解虛實，則勢所必然。但是自一九二七年四月以來，雙方血戰八年，仇深似海，如何能恢復了解與信任，實在大成疑問。

第二，周恩來很快說服張學良，需要蔣氏領導抗日；而他們也明知道蔣氏早具有抗日決心，雙方的差距只在：蔣氏要先肅清內患——中共，然後再舉國抗日；張學良要求立刻停止剿共一致抗日。孔祥熙對此有一段記述：

「……且謂蔣公抗日，早具決心，凡在帷幄，均所熟知，張楊此舉，如眞只以抗日爲範圍，則在國策上，只有時間上之出入，而非性質上之枘鑿，此中已饒有說服餘地。……」據筆者的記憶，這並非少數國民黨人獨有的看法，而是當時大多數國人一致的了解，換言之，當時極少人懷疑蔣氏抗日救國的決心。因此追根究底張學良與蔣氏的紛歧只在對共問題一點。那麼當時解決問題的關鍵即繫於左列兩點：

①如何能使南京當局及蔣氏諒解和容納中共抗日；

②張楊扣留最高統帥，實行兵諫，毀法亂紀，闖下大禍如何取得不受懲罰的保障；在中共方面來說，則是如何取得不受報復的保障。

拙笨而魯莽的張學良最初想要迫蔣氏簽字答應他的八項要求，不知蔣氏是一絕頂剛烈之人，連孫中山那麼英明，蔣氏都不肯枉己屈從，計不獲用即刻辭官返里；故在西安被軟禁時，對張氏始終嚴責痛斥，堅持不送還南京絕不考慮所提一切意見。終於在宋子文等居間疏解之下，張學良毅然無條件陪送蔣氏返南京。他們的抗日主張則可能間接獲得蔣氏了解。

周恩來最初大概根據保安方面的要求，曾假他人之手向蔣氏提出七條件，被蔣氏拒絕。對此蔣氏在手撰「西安半月記」中有左列的隱約記載：

「旋彼方所謂『西北委員會』中激烈分子，又提出七條件，囑子文轉達。子文決然退還之。謂：『此何能示蔣先生？』已而張漢卿果出而調停，……遂又將所謂條件者自動撤回。……」

此處所說激烈分子者可能即是與周恩來同赴西安的秦邦憲。蓋周恩來在事變中扮魯肅的角色，絕不會被視爲激烈分子。秦邦憲唱黑臉，周唱白臉，正是絕妙的雙簧表演。

周對蔣必恭必敬

宋美齡在所撰「西安事變回憶錄中」，隱約的提到周恩來：

「時張學良正竭力解勸疑懼中之將領，並介紹一參加西安組織中之有力分子來見，謂此人在西安組織中甚明大體，而爲委員長所不願見者。余與此人長談二小時，且任其縱談一切。彼詳述整個中國革命問題，追溯彼等懷抱之煩悶，以及彼等並未參加西安事變，與如何釀成刧持委員長之經過。余注意靜聽，察其言辭中反覆申述一語，並不厭其贅，其言曰：『國事如今日，舍委員長外，實無第二人可爲全國領袖者。』述其對於國防上所抱之杞慮，亦喟然曰：『我等並非不信委員長救國之眞誠，惟恨其不能迅速耳。』……」

這段話無論從內容或口氣來判斷，所指之人都似周恩來。聲言未參加西安事變，對中共說是實情，如非中共之人員無提及此事必要；周提此事，蓋減輕事變的責任；其次不厭其煩言及唯蔣氏可領導中國，正是史大林電報中所要求利用時機對蔣表示友善；宋美齡提他爲「明大體」之人，亦符合事實。據張學良懺悔錄所記：「周到西安時，告知良彼等初聞西安之變，深爲驚訝，共黨內部分爲兩派：主張激烈一派，主不利於蔣公，葉劍英則其一也；一派主張和平解決，擁護蔣公，周本人屬之。共黨之決案是擁護蔣公領導抗日。……」可知「明大體」者應是周恩來。而周恩來這一番談話相當的使人愛聽，蔣氏起初不願見他，最後也見了他。張國燾寫道：

「周恩來曾致電保安，報告他與蔣氏長談的經過。首由張學良說項引見，張對蔣說，委員長的一位舊屬求見，請委員長予以接見，蔣氏未置可否。周恩來當即步入蔣氏的住室內，向蔣嚴肅敬禮，並仍依黃埔時習慣，稱蔣氏爲「校長」，蔣氏最初扳起面孔不予理會，周即坐下來慷慨陳詞，蔣氏則留心靜聽。周首先說明中共決無不利於蔣氏和南京的想法，並希望一切和平解決，中共願擁護蔣氏做全國領袖，實行抗日。周也乘勢說明中共政策改變的始末，力證化除成見，團結禦侮的必要。

周恩來在報告中說，他的陳詞使蔣氏的心情漸漸平靜可能也相信周的眞誠。周恩來根本沒有說要蔣氏在八項主張上簽字的話。只在氣氛輕鬆的時候，對蔣氏有些請示，並與蔣氏客敘家常，說到其子蔣經國在蘇聯頗受優待，蔣氏微露思子之意，周即滿口答應將助他父子團聚。

周恩來在報告中，解釋他對蔣介石氏，始終恭順懇求，未露半點要挾之意。爲的是不留痕跡，以便有再與蔣氏見面的機會。周也說到蔣氏態度甚爲得體，他只提及他的兒子，似是屬於私人範圍的事，但也微露國共和解之意。周希望國共十年戰爭（按：一九二四到一九三六已十二年），至此能是國共和解的起點。」

張國燾「我的回憶」，全書約百萬言，以這三段寫的最精彩，將這一歷史的重大轉折點，用這樣生動的筆墨勾劃出來。

蔣氏身陷敵人之手，在禁錮狀態仍威儀凜然，氣可蓋世，周恩來則娓娓進言，柔如春風，終使面如冷鋼的蔣氏消除怒氣。這恐怕是周氏手法最成功、最傑出的一次表演。假使換了別人，或稍有急燥，而激蔣氏之怒，或語言呆笨不能開啓轉機，或態度慌張，措辭凌亂，則西安事變的結果都可能不同了。周恩來進言之妙，是請求指示，不作要挾，使蔣氏聽取意見，自作選擇，使雙方不解而解，不和而和，不留一點痕跡，達成了無言的默契。

當蔣氏聽周的慷慨陳詞時，一定會想到黃埔軍校時代的往事，蔣氏曾任第一軍軍長，周做政治部主任，朝夕相處，共同工作的情景。蔣氏原極愛周的才能，假使不是格於黨見，必可成爲蔣氏最得力的助手。

利口如簧再闖生死關

俗云：「解鈴還得繫鈴人」，張學良莽撞的扣留蔣氏，實行兵諫，鬧得大翻地覆；當他一經發現蔣氏的抗日決心並不遜於自己，便不顧一切，排除萬難送蔣氏離開西安。可是糟糕的是他事前毫不作任何安排，在機場臨時決定與蔣氏同機離開西安。蔣氏當時即極力阻攔，而張氏不聽，周恩來在機場急得直跺脚，但是已無可如何。

張學良親自陪送蔣氏離開西安，充分表現了他的浪漫主義和英雄思想，但是對於國事則有害無利。因爲當時的東北軍、西北軍加上中共的軍隊，都因爲「兵諫」一事，心懷恐懼，張氏留在西安，可作有秩序的善後，起碼不至於三軍惶惶，不可終日。可是他居然一衝動就隨蔣氏一起走了。

張學良走後西安亂到什麽程度，可從一件事看出來，那就是東北軍的少壯軍官找周恩來算帳。

「果然，東北軍的少壯派鼓噪起來了。五十幾個少壯軍官，以死來威逼周恩來，他們持着武器，在一個會場中向周質問他們的少帥哪裡去了？他們說西安事變是中共挑動起來的，事後中共又提出和平解決的辦法，出賣盟友，與蔣系人員，秘密妥協，犧牲東北軍，以圖自身的私利。從前共方老是說蘇聯援助，結果竟是騙人的，現在張少帥去南京，當然凶多吉少，東北軍人也將死無噍類。這一切的一切，都要由罪魁禍首的周恩來負責。」

「儼爲西安謀主」的周恩來，此時好似過街老鼠，但是他經過大風大浪，能臨危不亂，施展渾身解數，闖過了生死關。

「他態度鎮靜，措詞誠懇，向會衆說明，張少帥的隨蔣赴京，實出意外，他不贊成，但不及阻止。他又說到如果我們內鬨，張少帥的生命就會沒有了，東北軍也會完蛋的；如果我們團結鎮靜，蔣對我們的力量將有所畏懼，不敢爲難你們的少帥；三角聯盟也能繼續存在，發揮作用。周並向那些憤怒的軍人誓言，中共決不出賣三角聯盟，…決不讓少帥和東北軍一方受害。那些暴燥軍人終於在無可奈何之中不得不顧全大局。」

事實上怎麽樣呢？張學良一去不返之後，三角聯盟即自形瓦解。與西安事變有關的人都在洗刷自己的責任，求取南京方面當局的諒解。中共的表現尤其露骨。

消息傳到保安「毛澤東顯得特別焦急，他們斷定蔣介石的報復必然會來，而且會很迅速和殘酷。他曾斷斷續續的表示，糟了！張學良也跟着到南京去，目的無非是想減輕自己對蔣的罪過，難道他不會把罪過都推到中共的頭上？我們不是曾經推動張學良反蔣抗日，說什麽可得蘇聯援助，擁護張學良形成西北抗日局面嗎？」

中共首腦，慌作一團。毛澤東接二連三的發電報給周恩來；「詳細追問，周密指示，其內容要點，就是要找着蔣氏在西安的親信，疏通一番，着重說明，中共事先並未參與西安事變的密謀，事後也以調人身份，實現和平解決，使蔣氏可以安然返回南京。更重要的是指示周恩來與張、楊兩方面斷絕明顯的往來，要處處表示，不和張、楊共同負責。而且要周恩來設法銷燬一切同張楊來往的證件，可能的話，也請張楊方面毀滅這些證據。」

最可憐是東北軍，在羣龍無首、前途渺茫的情況之下，那些激烈暴燥的少壯軍官，先欲殺周恩來未果，怨毒無處發洩終於激出了「二二事變」。他們槍殺了認爲涉嫌密通中央的東北軍將領，黑名單上原有三十人，結果另殺了六十七軍軍長王以哲、總司令部交通處長蔣斌、參謀處長徐方等。殺了幾個人，亂了一陣子，結果還是無補大局。這些激烈分子，受了中共的煽動，誓死反蔣，不知中共立場已經轉變，因此對於他們這些行動，中共是有苦說不出。

中共死裡逃生

算一算西安事變這筆帳，政府及東北軍、西北軍，都受到不同程度的損傷，唯有「買空賣空」（毛澤東語）的中共，獲得多方面的利益。第一、由於在剿共第一線的東北軍和西北軍的動搖，剿共戰爭事實上停止，使中共不滿三萬殘兵，死裡逃生，死灰復燃，中共即憑這三萬革命種子在抗日期間拚命繁殖，在戰後席捲大陸，建立政權；第二、西安事變前，中共偈促於保安附近，僅據有保安、安塞、神木、府谷四縣之地，西安事變發生後，應張學良的要求，東北軍開往潼關對抗中央軍，共軍東下接管東北軍防地。不及一個月時間，四縣之地擴展爲十五縣！周恩來十二月十六日抵達西安，數日之後，毛澤東、朱德等即率軍進駐延安。從此開始了延安時代。

中共有這十五縣的地盤，可以徵丁徵糧，才自成一個自足的勢力範圍，才能有效訓練幹部、收容左傾分子，樹立政治號召，這個關鍵太重大了。

中共以這十五縣爲根據地，利用混亂局勢繼續擴張，製造事件蠶食鄰縣。一九三八年擴至十八縣，一九四〇年達二十三縣，一九四一年擴大到二十六縣。計陝西北部延安等十九縣，甘肅省慶陽、合水等六縣，寧夏省有鹽池一縣。中共據此建立了陝甘寧邊區政府。

從一九三六年十二月二十五日張學良護送蔣委員長離開西安，到一九三七年八月國民政府收編紅軍爲第八路軍爲止，這八個月期間是國共秘密會談的階段。在會談開始之前，南京當局對西安局勢做了若干善後的調整。首先軍事委員會在西安設立了行營，任命顧祝同爲行營主任，來收拾善後。三月間東北軍從陝西調往河南、安徽等地整訓；同時楊虎城的第十七路軍調離西安；把「三角聯盟」徹底拆散，然後單對單的循政治途徑來解決中共問題。一月中旬中共便得到南京當局的通知，中共及其軍隊如果誠意服從國民政府將可獲得改過自新的機會。從這才開始了收編紅軍的談判。

中共根據談判結果，二月十日致電國民黨三中全會，提出五項建議、四項保證。

（一）停止一切內戰，集中國力，一致對外；

（二）言論、集會、結社之自由，釋放一切政治犯；

（三）召集各黨各派各界各軍代表會議，集中全國人才，共同救國；

（四）迅速完成對日抗戰之一切準備工作；

（五）改善人民的生活。

四項保證如左：

（一）在全國範圍內停止推翻國民政府之武裝暴動方針；

（二）蘇維埃政府改名爲中華民國特區政府，紅軍改名爲國民革命軍，直接受南京中央政府與軍事委員會之指導；

（三）在特區區政府內，實施普選的徹底民主制度；

（四）停止沒收土地之政策，堅決執行抗日民族統一戰線之共同綱領。

這等於是向政府輸誠。

國民黨三中全會，針對中共的建議和保證通過「拒絕赤禍案」，提出了四項辦法，要義如左：

第一、統一軍令，取消紅軍編制；

第二、統一政令，取消蘇維埃政府；

第三、停止赤化宣傳；

第四、停止階級鬥爭。

這四項辦法則無異接受中共之輸誠。上述的協議，無疑是周恩來外交戰術的重大收獲。西安事變以後，他留在西安，與行營主任顧祝同及國民黨代表張冲保持接觸與會談，到國民黨三中全會通過容共四項條件之後，他才長出一口氣回到延安報告談判經過。在延安他出席了從五月三日到五月中旬召開的「全國代表會議」（原名「蘇區代表會議」）；採擇了國民黨開列的條件，五月底他再去西安，後轉南京繼續與南京當局談判收編紅軍的具體辦法。

據毛澤東說，這個期間「周恩來辦外交所受的氣有過於一九二六年三月二十日事變時，我在廣州所受的。」據說，最初國民黨當局曾要求中共無條件投誠，幾乎沒有討價還價的餘地。周恩來幾乎磨破三寸不爛的舌頭，才獲得這麼一個不太喪失體面，而是可休養坐大的機會。從一九三六年六月周恩來初會張學良，經西安事變，到國共再度合作，可以說周恩來拯救了中共。在遵義會議所受的打擊，到此基本已經獲得補償。但是黨內鬥爭的形勢則並沒有緩和。

（待續）

謙廬隨筆

十三

矢原謙吉遺著

一日，孫承烈遣徒邀讌。至則除石掌櫃及其師兄弟數人外，多爲素昧平生之糾糾武夫，幾無一非虎背狼腰者。唯拱手默坐於末座者，一望而爲恂恂儒生。石附余耳告之曰：此乃孫之介弟，專爲故都店肆書寫斗方牌匾，而頗負時譽之孫承祿也。

余聞此人善書顏字，頗似淸末某狀元之手跡，故巨商大賈均以得其所書之匾額爲快。然燕京之文字中人，則頗以「寫字匠」視孫，而鮮與往還。故其潤筆所得，雖未可輕視，而其際遇之蹉跌落寞，則遜若輩棄政而筆耕者遠矣，遂常與乃兄之門人及石掌櫃之流爲伍。此迨命運耶？抑人事耶？

客到齊後，由孫承烈率衆羅拜拈香「祭祖」。「祖」者，少林派之奠基者，達摩祖師也。孫所獨步北方，博得「御前帶刀侍衛」之「黑虎拳」，據云即爲達摩所手創。該宴蓋以慶達摩祖師之「整壽」者也。其爲五百年？八百年，抑千年整壽？則余已不復記憶矣。

達摩本非中土人士，觀其畫象，頭骨嶙峋，面目猙獰。遊方至少林寺，授羣僧以拳擊與刀棍之技，遂成威震遐邇之少林派。武壇地位之高，聲譽之隆，尤在形意拳「祖師」岳武穆之上。以一素有排外傾向之區，能對一異族無權無勢無錢之人，敬重如是其隆，如是其誠，實爲一不可多得之事。

是宴，賓主有四席之衆。在座之偉丈夫，幾盡爲孫之及門弟子與「徒孫」，親愛之情，不啻家人父子。其中有馬徐二人，似爲孫最得意之傳薪者，亦最受其儕輩推崇，皆在關外長春仕愛新覺羅宮廷之「武術衛士」。其職責則除拱衛「御花園」與「大內」之外，尙以敎練「禁衛軍」武術搏擊爲事。長春之「大內」中，向有武術衛士約三十人，悉係平津魯豫一帶之健者，而尤以馬最爲出色，故在儕輩中，有「小馬超」之譽。徐姓者，以善用單刀，人激賞之爲「賽徐良」。兩君繼其師未竟之志，以効忠愛新覺羅宮庭爲事。

席間，余坐於孫之左，馬徐則位於孫之右，均爲是宴之上賓。

此二人雖於役關外，而談吐間頗不懌於日人，「小日本兒」之聲，不絕於口。孫目余莞爾而笑曰：「吾徒魯莽，先生幸勿介懷」，余笑謝之。馬徐亦均聞而離座抱拳唱諾曰：「得罪先生，尚望海涵！」而不旋踵即又「小日本兒」連聲而出矣。

談笑間，偶及「關東軍」一語，馬笑謂其師曰：關東軍在關外之不理於人口，比比皆然，即「大內」中亦非例外。宮門內向有日憲兵一隊，專任盤查警戒。其浴厠之所，悉與禁衛軍之低級軍官共之。殊後者於此道以「大而化之」態度處之者，頗不乏人，而日憲兵惡其小節不拘，頗以爲苦。未幾，遂有關東軍某部簽署之公告一紙，遍貼於浴廁之所，內載使用廁浴之規則甚詳，且附繪圖說明三數幀。

不數日，「武術衞士」中有以其事聞於極峰者。極峰啞然失笑曰：

「連這門事都要軍部管，管東管西，關東軍不眞成了『管東軍』嘛？」

在座者尚有二人，余已忘其姓氏，一在三十二軍任武術教練；一在二十九軍任大刀教習，惟似均怏怏不得其志。任職於三十二軍者，以訴苦之神情，告其師友曰：武術在三十二軍中，地位遠遜於馬球、田徑一類之運動項目。蓋其軍長商震極醉心於西化，視所謂國粹如敝履。其所以仍在軍中有武術一科者，蓋拜長城戰役之賜。是役也，二十九軍大刀隊以奇襲建殊勛，而商部雖以死守冷口自誓，未旋踵即「轉進調整陣線」矣。視之中央軍徐庭瑤部關黃兩師之在南天門，以及二十九軍之在喜峰口，戰績殊隔天壤。是時，大刀之風頭極足，幾如一二八戰役時十九路軍之斗笠然。商雖出身戎馬，而於宣傳與應接報人之道，極富心得。故雖於新敗之餘，三十二軍健兒之英姿，仍頻頻出現於畫報之上，除頭頂銅盆式之鋼盔，水壺背包俱全，面露「運動選手」式之笑容以外，尚赫然背負大刀一柄，其實商本人即絕不信大刀可以制勝克敵也。商之後妻楊某，爲一「李德全」式之教會太太，素御短髮，高視濶步，風度頗類西洋婦女。軍中咸呼之爲「洋燈罩」，其鄙視中國武術之程度，視商爲尤甚。故凡在三十二軍中任運動項目之教練者，均獲靑睞，獨若輩授技擊刀劍者，屈居下乘，日惟伴食而已。孫之門人，性烈如火，以怨憤難伸，嘗佯醉飽打商夫婦最賞識之一運動教練，以「掃堂腿」傷其踝後，乘夜不辭而去。

在二十九軍中任大刀教習者，亦殊鬱鬱，蓋西北軍中素習之刀法，深得淮軍與北洋之衣缽，例以「六合刀」爲主，此與馮玉祥之出身，頗有因緣。其他刀法，則向以「旁門左道」目之。長城戰役尾聲中，日軍頗以大刀隊爲慮，特自關外之禁衛軍與靖安軍中，抽調精黯刀法者，編爲一梯隊，轉戰長城各口，其中泰半蓋皆出自馬徐之門。渠輩所用者，日人稱之爲「青龍刀」，實則不過單刀耳。而二十九軍所用者，刀柄特長，人號之爲「雙手帶」，用時須雙手握之，始可運用自如，砍抹揮舞，自不及單刀靈活，相形之下，頗呈劣勢，數度搏戰之後，二十九軍之「雙手帶」健兒，已時有「技不如人」之感。此所以長城棄守之前，大刀隊鮮加渲染爲制勝法寶之故也。

二十九軍退守後，深感痼守六合刀一技，難敷需給。乃廣徵大刀人材，出任教練。特積習難返，凡授以他種刀法者，軍中雖禮遇其教練者，教而不練則習以爲常。士兵時時操習者，則仍爲當年之「六合刀」也。

是故該「大刀教習」，亦頗有掛冠之意。當其語及關外單刀隊之優勢時，馬徐欣然起立，抱拳謝罪曰：「得罪，得罪。」孫亦掀髯而笑曰：

「吾今當授汝一技，足使關外單刀隊與汝二十九軍大刀隊，平分秋色可乎？」

言訖即起座入後堂，大刀教習叩首謝之，旋即隨入，片刻始出。孫歸座後，肅容謂之曰：「此乃『大刀王五』之「夜戰八方藏力式』也。有此，汝之大刀隊，雖不能勝，亦不可敗。汝與馬徐，誼出同門，當以競技視之，平手爲最上，一勝一敗則易傷和氣矣。」

余默思此時此世，事事似皆胡塗賬一筆。此三人者，共戴一尊，而各爲其主。戰則誓不兩立，宴則親如兄弟。其實二十九軍之大刀隊，華人也。關外之單刀隊，亦華人也。殺人人殺，盡皆華人，而猶欲精益求精，俾可多殺。世事之酷於此者，恐亦鮮矣。

席間，以余日籍故，在座者屢以邇來之抗日反日狂潮爲題。二十九軍之大刀教習謂余曰：男女大學生，假日前往二十九軍駐營地，從事愛國宣傳者，已日益衆多。除演劇、演講外，尚授官兵以自譜之抗日歌曲。最新之一支名爲「上起刺刀來」，簡捷嘹亮，極獲我儕軍人歡心。先生亦樂聞乎？」

余頷之，渠遂即席引吭高歌曰：

「上起刺刀來，
弟兄們散開！
但還有我們在，
不讓半個鬼子衝過來！
這兒是我們的土地，
咱祖先在這住了幾百代。
君命有所不受，將在外，
誰也不能把我們調開！
但還有我們在，
不讓半個鬼子衝過來！」

余聞之默然，舉座亦無言。孫拍案曰：「此日本大夫，吾之至友也。經其手而起死回生之華人，曷可數計，彼輩咸馨香祝其壽，而汝等曉曉以東洋丘八之暴行難之。汝等多籍直魯，而褚玉璞在直，孫美瑤在魯，多行不義，雖外人亦不免。倘此大夫以褚孫之暴行，責難汝等，亦可謂之公平乎？」

言次，回顧馬徐曰：「今日有再敢以中日間事爲話題者，即於祖師神位前，以『家法』處之！」

衆聞之悚然，至席終迄無一語侵余。

（待續）

香港詩壇

壬子重陽

涂公遂

百刧千災成末世。九風十雨逼重陽。園筠咽淚沈沈綠。籬菊含愁默默黃。莫測天心鍾莽漢。且憑阮眼閱滄桑。老懷久合秋容瘦。强挽詩魂共晚涼。

重陽宜樓雅集

前人

海濱吟侶酬佳節。雅集宜樓話午筵。一帶江山如畫裡。萬方風雨入愁邊。珠簾依舊才人室。玉柱空懷伯子絃。感逝憑欄凝倦眼。蕭蕭落木下深烟。

重陽遊長洲

夏書枚

小嶼廻環鷁首揚。長洲半日作重陽。兩湖欲洗千江靜。一葉能生滿寺涼，術謝楚聃空釣國。癘傳齊諺却憐王。勢權何似漁人樂。眞賞由來在水鄉。

前題

文叠山

清風送我過長洲。一海輕舟自在遊。佳節欣泛高處望。詩思還向靜中求。霜催白雁天將冷。人似黃花氣入秋。遇合隨緣今接席。雲山聳翠興悠悠。

壬子重陽遊長洲 次書老韵

徐義衡

長洲一舸試輕揚。結伴登高曝暠陽。弔古無心臨盜跡。尋秋有意話炎涼。平生滄海波成刧。亂世人間賊亦王。四面雲山多逸趣。不須重問此何鄉。

九日酒集長洲幷詣紉詩墓

心齋

汝南一別意蕭然。廿載藏山得地偏。已慨高臺勞遠目。相隨短棹涉平川。魂銷去歲黃花句。恨化斜陽紫陌烟。今日新亭人負手。詩成眞欲獻重泉。

宜樓展重陽答念因

前人

昨共過江作重九。今從高閣展重陽。澄秋在抱惟能澹。碧宇題襟別有傷。忍看高枝飄落葉。不堪細語聽啼螿。青樽又醉陳無已。莫負黃花送晚香。

重九長洲展紉詩墓

亦園

重陽無雨客心悠。一棹滄江汗漫遊。紅蓼黃花且莫問。墓門掛劍痛吳侯。

拂面西風正晚秋。音容如見故人留。靈前一叩魂知否。中有詩盟舊海鷗。

才高三絕薄虛名。巾幗應推藝苑英。不是狂奴作狂語。詩城王霸更誰爭。

短杖高山不易登。悵然空看白雲昇。平生交誼存胸臆。一序爲君壓衆矜。

此間疑是舊鄉隣。漁網家家撒海濱。還有竹籬茅舍內。忘憂都似葛天民。

江海人多遁世來。心如猿鶴了無猜。今朝不作題糕會。坐看吟鷗自往回。

次亦園重九長洲展紉詩墓

張方

秋陽一棹自悠悠。滄海無波任興遊。老去還憐詩可伴。不須塵世論王侯。

佳城來展共攀登。默默無言雲氣昇。應有詩人魂魄在。千秋巾幗動哀矜。

節序匆匆又九秋。騷魂已去塚長留。可堪往事回頭想。去歲齋堂伴野鷗。

亂世飄蓬不計名。只將文字見精英。江山擾擾今如昔。閉目人間可息爭。

德不孤時必有隣。海涯恍是故鄉濱。廿年流落吾還健。敢向雲山作逸民。

避刧自憐遠海來。尊前相見不相猜。從知翰墨千秋在。瑤島神仙鶴不回。

重陽長洲展紉詩墓

徐義衡

伶仃洋上任遨遊。島嶼星羅繞綠洲。鬱鬱佳城埋慧骨。茫茫滄海弔荒丘。才華絕代傾蠻越。仙佛同塵友鷺鷗。此日牙琴何處覓。蕭然人對一江秋。

編餘漫筆

編者

這一期出版正值國父中山先生誕辰，因此特刊出洗江與劉光業兩先生「國父與我」，兩公皆曾親炙過國父，所記皆親身經歷，雖然事情甚少，但也可以補充近代史料之不足。

近代詩人徐志摩於四十一年前十二月乘機撞山而死，在當時是一項大新聞，直到今天雖然許多人對此事已經模糊，但徐志摩所留下的散文、詩篇，依然放出光芒。但徐志摩一生最受人注意的倒不是他的著作，而是他與陸小曼的戀愛。一個有夫之婦，一個有婦之夫，這在將近半個世紀之前，各自與原有配偶離異而再婚，確實是驚世駭俗之舉，受到老一輩的人反對，也受到青年一代的豔羨。這場三角戀愛實際衹有三個人，但最後變成了四個人，在徐陸結婚之後又夾進來一個翁瑞午，把事情搞得更複雜，如果有人把過段故事寫成一篇小說，就材料而言應不差於孽海花，却要比啼笑姻緣充實得多了。

四十年前轟動一時的「田中奏摺」事，直到今天仍是一大懸案。台灣有蔡智堪先生當時僑居日本，參與了盜取田中奏摺的事件，勝利後將全部經過發表，際此時機日本又出來一個田中首相，又在作軍國主義的美夢，本刊特選出此文發表，以供關心時局當者參考。不過，此一奏摺，日本人不論賢與不肖，一概矢口否認，就我們所見戰後的日本人，確實有自揭瘡疤的勇氣，投降後所出現的各種回憶錄，對日本投降之前的政治內幕毫不避諱全盤托出。兩年前日本駐阿根廷大使河崎一郎寫了一本「醜陋的日本人」，更把日本人說得不是人，雖然河崎因此免了官，日本人民並不覺得是恥辱，反而讚揚河崎說的老實話。但日本政界人物何以苦苦要否認田中奏章，有此奏章對日本侵畧罪行固不能增多，無此亦不能減少，此點很值得注意；爲了要警惕國民牢記日本的侵畧，我們可以力持有此奏章。但眞作爲研究歷史而論，也有進一步探討的必要。例如蔡文中提到的永井柳太郎指爲田中內閣外相，即屬一大錯誤，永井不但不是田中內閣外相，其人入閣且在田中組閣十年之後，至近衛內閣始任遞相，現改爲郵政大臣，在內閣中是一個不足輕重的職位。再如蔡文提到的牧野伸顯，此人是吉田茂的岳父，在日本外交界資格更老，一九一三年就出任過山本權兵衛內閣外務大臣，田中組閣比他入閣晚了十四年。牧野何以要推倒田中？而且要假外力推倒田中？所舉理由是怕田中危及天皇制度，了解日本內情的人都會覺得與日本政情不符，因爲日本軍人最迷信天皇，田中所以垮台，是因爲刺張作霖案蒙蔽日王裕仁，裕仁當時年輕氣盛，聲言不願再見田中，田中不得不辭職。雖然根據日本憲法日王不是人，是神，不能過問實際政治。但裕仁一怒之下，竟然迫使田中垮台，其威權之大，可見一斑，要說在那時有人要改變天皇制度，尤其是曾任陸軍大將的田中義一有此想法，實爲不可想像之事，謹將蔡文疑點提出，供讀者參考。

蔣桂琴小姐之死，台灣是一件轟動社會的大事，但在海外似乎不爲人知，這實在是一件難得的人與難以見到的事，本刊所以刊出這兩篇文章，用意有二：第一，指明人生沒有絕望時，生命雖然有時而盡，但理想却可垂諸永久。第二，一件新聞轟動之後，很快就被人遺忘，但一份書刊，則可以保存較久，爲了對這一個勇敢的女孩表示崇敬，希望能使數十年後翻閱本刊的人還知道其人其事，所以特別將有關記念她的文字刊出。

幾個長篇，馮玉祥將軍傳再有一期就可以刊完，其他各篇還有一段時間，各篇內容都更加精采，尤其是周恩來評傳，深得好評。本刊以後準備陸續刊出與現實政治有關的人物，採取不偏不倚的態度，就事論事，對於研究現代史可以作爲有用的史料，這一點是本刊創辦的目標，今後仍然循此前進。

本社代售下列諸書

鐵嶺遺民著：

蘭花幽夢（上中下三冊）定價十二元

盧溝烽火 定價五元

民國春秋 第一集 定價五元

神州獅吼（卽出版）

丘國珍著：

近代國防觀 定價三元

岳騫著：

瘟君夢 一三 二集 每冊定價五元

毛澤東出世 定價五元

毛澤東走江湖 定價六元

毛澤東投進國民黨 七元

紅朝外史 一二集 每冊定價弍元伍角

瀟湘夜雨 定價壹元六角

黃巢 定價壹元八角

掌故月刊社

香港九龍旺角亞皆老街六號B

電話：八四四六七三

洞佛千煌敦

掌故

月刊

16

野史·佚聞·人物·風土·

一九七二年十二月十日出版

中國抗戰畫史 第二集

主編者：龔　輝　　出版者：歐亞文化事業公司

中日之戰是我國有史以來，規模最大的戰爭，本公司出版之「**中國抗戰畫史**」為最有價值之珍貴歷史文獻；從一八九四年（**甲午之役**）日本開始侵華起，至一九四五年日軍向我國無條件投降止；所有重要史實重要戰役盡入畫圖中。

本公司最近又搜集珍貴歷史文獻，考據重要圖片資料，續編成「**中國抗戰畫史**」第二集。中日雙方戰畧與戰術之進退，以及我國軍民浴血苦戰的悲壯鏡頭，另有更多圖片介紹。其中如淞滬防禦戰，華北防禦戰，喜峯口大捷，太湖南北地區諸戰役，南京防禦戰，及蕪湖杭州戰鬥，南京大屠殺，武漢會戰，長沙第一次會戰，長沙三次大捷，怒江戰役，重慶大轟炸，再有精美圖片和詳盡報導，現在閱讀尤如身歷其境。

本公司已經出版之「**中國抗戰畫史**」，及「**第二次世界大戰畫史**」第一集與第二集。各項圖片彌足珍貴，文字說明生動雋永，是研究歷史的重要參考書。本書（**中國抗戰畫史第二集**）圖文並茂，較之亦不遑多讓。

全書十六開精編精印。精裝本，只售港幣叁拾元。平裝本一冊，僅售港幣壹拾元。

經已出版。【付印無多，欲購從速。】

總代理
吳興記書報社
地址：香港租庇利街十一號二樓
電話：H四五〇五六一
Ng Hing Kee Newspaper Agency
No. 11, Jubilee Street, 1st Fl.
HONG KONG

香港經銷處
南天書業公司（灣仔軒尼詩道107號二樓）
廣文書局（大道西306號）

九龍經銷處
德興書店（旺角奶路臣街15號B）
吳興記分銷處（吳淞街43號）

外埠經銷處

星馬婆	遠東文化有限公司
曼谷	青年文化服務社
菲律賓	玲瓏書店
越南	聯興書報社
紐約	友聯圖書公司
三藩市	福民書局
三藩市	新生圖書公司
三藩市	文化書店
波士頓	中西公司
芝加哥	杏林春
檀香山	大元公司
倫敦	東寶公司
洛杉磯	永安堂
加拿大	香港百貨商店
澳門	可大文具店
斗湖	光明書局

掌故月刊 第十六期 目錄

每月逢十日出版

掌故

第十六期

一九七二年十二月十日出版

每冊定價港幣二元正

全年訂費港幣二十元 美金五元

出版兼發行者：掌故月刊社

地址：九龍亞皆老街六號B

電話：K八四四六七三

The Journal of Historical Records
6.B, Argyle Street, Mongkok, Kowloon, Hong Kong.

督印人：鄧少卿

總編輯：岳騫

印刷者：和記印刷有限公司 新蒲崗景福街一一〇號超達工業大厦十樓

總代理：吳興記書報社 香港租庇利街十一號二樓 電話：H四五〇五六一 H四五〇七六六

星馬代理：遠東文化事業有限公司 新加坡廈門街十九號 檳城沓田仔街一七一號

泰國代理：曼谷青年文化服務社 曼谷黃橋東北路五六六號

越南代理：聯興書報社 越南堤岸新行街二十二號

其他地區代理：

澳門：可大文具店
亞庇：利民公司
千里達：中華公司
菲律賓：華安書局
倫敦：東寶公司
芝加哥：杏林春
波士頓：中西公司
三藩市：新生圖書公司
三藩市：益智圖書公司
加拿大：香港商店
漢城：汎亞書籍公社
寮國：永珍圖書公司
斗湖：光明書店
菲律賓：玲瓏書局
紐約：友聯圖書公司
紐約：友方圖書公司
洛杉磯：永安堂
檀香山：大元公司
三藩市：文化商店
加拿大：新國華公司

日本南京大屠殺紀實

——血海沉冤三五載　刻骨深仇億萬年——

編者按：本月份是日本人在我南京屠殺軍民四十萬的三十五周年紀念日。四十歲以下的人對此固然模糊，四十歲以上的人也似漸漸淡忘。本刊特選刊此文，以慰死難同胞在天之靈；並望大家重讀本文，再憶舊事，以提高對日本可能恢復「軍國主義」的警覺。

南京的防守，重在外衞線，敵軍既已迫近丹陽、溧水、直叩國門；廣德之敵，分兵趨郎溪、高淳，攻當塗渡江入和縣，繞道長江北岸攻浦口，戰事已經進入內衞線了。

「南京市與附郭之江寧縣，北控長江，南界溧水，東鄰句容，西毗安徽之當塗；大江自當塗東北流，江寧首當其衝，至縣北境，過燕子磯，乃折而東行，故西北二面濱臨大江。京市地處秦淮河下流，廣大盆地中，城之內外復有山陵環峙，古稱「龍蟠虎踞」之地。南京市山之高者爲鐘山，居高臨下，爲全城之鎖鑰。第三峰迫臨城市，尤爲重要。第三峰之南麓有一高阜，名曰富貴山，明初築太平門，城跨其上，爲歷代兵爭之地。隋軍攻陳，湘軍破金陵，皆由此入；（太平軍於第三峰築天保城，於富貴山築地保城。）辛亥革命，浙軍克天保城，而南京遂下。金陵形勢，富貴山而外，雨花台亦爲必爭之地，其地距南門甚近，登高而望，全城如在釜。他如獅子、幕府、烏龍諸山，皆俯臨長江，便於防守，其上皆建炮台。江寧境內，亦邱陵與原野相間，東北有青龍、黃龍、大運、棲霞諸山，西南則牛首、馬鞍、大凹、雞籠諸山，山地四周，多爲黃山邱阜，蔓延綿亙；介於此兩邱陵區之間，則爲秦淮平原。」（節引抗戰地理）我軍的內衞佈防，也就配合着這險要的地理形勢。

敵軍於展開蘇州河戰鬥之際，便認爲中國的野戰軍主力，已被消耗殆盡；軍事解決已不成問題，第二步只要攻破了南京，摧毀這個政治中心，則城下之盟一定非承受不可。（而且上海又是經濟中心。）可是我們的統帥，早定了長期消耗戰的策略；南京內衞線雖在形勢上可以維持久戰，却不想把我們的野戰主力消耗在被包圍的圈子中。十一月二十八日，蔣委員長便已向高級將領指示：「一、南京守城，非守與不守之問題，而是固守的時間問題；在敵軍火力優勢，長江得自由航行之情勢下；欲期保持，頗屬難能，故祇可希望較短時間之防守。二、既作短時間守城之望，則不必將全部之基幹部隊，全部犧牲，須預為撤退之掩護。三、四、從略，五、戰後應以主力佔領溧水、秣陵關、丹陽、無錫釆石磯、當塗、蕪湖附近地區，牽制向南京攻擊之敵軍，並掩護南京城防守軍之側背。六、若是，至不得已放棄南京時，各防守部隊撤退，得有掩護。七、預計敵十日左右，方能到達南京城下，再固守兩週以上，約需月餘之時間，故我全軍各部隊，應設法迅速補充，使月餘後充實戰鬥力，則我軍可隨時由山地內予以局部之攻擊，使敵軍受我威脅，而不再作屈辱我軍之期望。」從這訓示，我們可以明白統帥部根據逐次消耗戰略而確立的南京防守計劃了。

日本人這樣殺我同胞

進入南京防衛戰階段，我軍戰鬥序列重新加以部署：首都衞戍司令長官部由唐生智將軍指揮，有八三軍鄧龍光部，六六軍葉肇部，七四軍俞濟時部，七八軍宋希濂部，七十二軍孫元良部，五十一師王耀武部。左翼軍（第三戰區）由顧祝同將軍指揮第九、十九兩集團軍，第九集團軍上官雲相將軍轄第十一軍團（上官部）及第十七軍團（胡宗南部），第十九集團軍薛岳，香翰屏兩將軍轄第十五軍團（劉興部）第十八軍團（吳奇偉部）。右翼軍（第七戰區）陳誠將軍指揮第十五、第八、廿三，三個集團軍。第十五集團軍劉建緒將軍轄廿三軍團（劉部）十六軍團（羅卓英部）。第八集團軍張發奎，廖磊兩將軍轄廿四軍團（唐部）廿五軍團（潘文華部）。當時的情勢，敵軍以進攻南京為主要目標，我軍則作掩護退却的準備，大部分兵力佈防在皖南（左翼）浙西（右翼）一線；我們明白了當時的佈置，才可以對南京防禦戰前後的軍情，有深切的了解。

敵軍來攻，分四路出動：右翼之東路，自京杭國道之溧陽，經南渡鎮，北攻句容正南之天王寺。十二月五日，敵佔句容，分兵兩支：一支繞湯水鎮北九華山之背，取小道，攻麒麟門；麒麟門位南京正東，為中山門外之屏障。一支自天王寺沿石子路，攻我光華門東南之淳化鎮，為敵主力所在。（淳化鎮當句容入京之要衝。）右翼之西路，乃攻廣德之敵，為避我軍主力，折北取道京建路，佔郎溪、東壩等要點，敵軍由此分二路，一路西攻宣城，襲我灣沚車站，（江南鐵路線）一路北攻水陽鎮，繞丹陽湖攻我當塗，渡江攻和縣，沿長江北岸進逼浦口。又一路由溧水北攻秣陵關。（秣陵關位於章山東北，方山西南，形勢至爲重要。）十二月八日我秣陵關陣地移至牛首山，九日光華、通濟二門已有敵蹤，十日，湯山我軍移至中山門外，攻牛首山之敵乘勝前進，與我戰於雨花台南，以斷我蕪湖南京之聯絡，城北烏龍山陣地亦毀。從那天以後，南京已進入街市戰階段，戰況如左記：

十二月十二日——敵一部由中華門突進，被我軍奮勇擊退，入夜，該方面戰鬥尤烈。先是我軍決定部署突圍向徽州方面前進，是夜開始動作。唐衞成司令長官生智將軍以及在京諸將領均於是夜渡江至浦口。

十二月十三日——從缺口突入中華門之敵，與我軍巷戰甚爲激烈。光華門缺口亦被突入，兩軍混戰竟日，死傷萬餘人。政府以政治重心西移，乃令守城部隊退出南京。大部渡江向臨淮關、蚌埠一帶轉進，一部向蕪湖突圍，仍在激戰中。

我軍既退出南京，蔣委員長由前線發表宣言，申明全面抗戰之決心，文云：

「國軍退出南京，絕不致影響我政府始終一貫抵抗日本侵畧原定之國策；其唯一意義，實祇加強全國一致繼續抗戰之決心。蓋政府所在地既已西遷，南京在政治上軍事上皆無重要性可言。予作戰計劃，本定於日軍炮火過烈使我軍作無謂犧牲之時，將陣地向後移動；今已本此計劃，令南京駐軍退守其他陣地，繼續抗戰。」

× × ×

敵軍攻陷我首都以後，表現其勝利者的傑作，創造爲人類史上所未有的獸性行爲；焚燬、姦淫、屠殺，無所不至。誠如一位英國記者所說的：「大多數日本士兵都是出自貧瘠鄉村的無知農民，其具有姦淫擄掠的天性與農民出身的中國盜匪相同；可是更因爲他們所掠劫的並非同種，一切最壞的獸性都無遺地發洩出來了。」紐約報記者竇爾登也曾描叙他所目睹的事實：

「大批屠殺俘虜又增加日人帶給南京的恐怖。在殺却繳械投降的中國士兵之後，日人又大索城中，搜尋有當兵嫌疑的老百姓。在難民區某建築

被姦殺後剖腹的女同胞

內被捕者即有四百人。他們被一串串地綑紮起來，每串五十名，夾在步槍及機關槍的行列中，押赴刑場。著者目擊二百人在南京江邊被害，行刑時間約十分鐘。他們先叫這些人背牆排成行列，用槍掃射，然後一些日本人拿着手槍得意揚揚地在橫七豎八的屍體中周圍巡視。看見還在掙扎的屍體，便打他一槍。」

曼撤斯德導報記者田伯烈（H. J. Timberley）搜集了更多幾乎使人不能置信的獸行的確鑿證據，彙爲「日人獸行紀實」。其中有一封從南京淪陷區的外人的來信，值得加以節引：

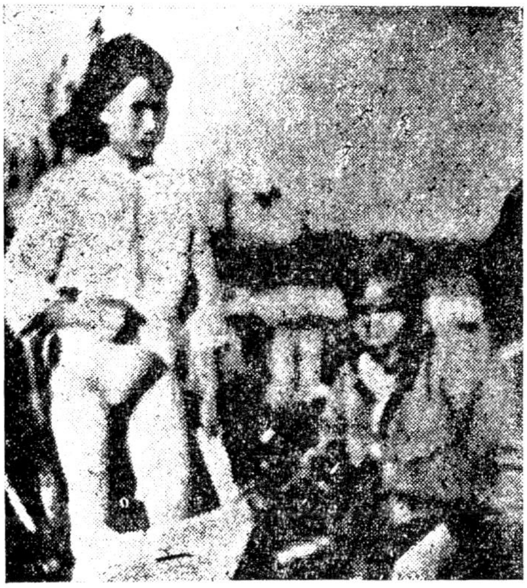

女同胞被淫辱

「……萬人以上的赤手空拳平民（在南京）已遭慘殺。（大多數我的可靠友人的計算都遠過此數。）這些都是繳械的或被包圍後的中國兵士。許多士兵，其中不少是婦孺，也慘遭射殺或被刺刀刺死，時常連「他們當過兵」的這種藉口都沒有。幹練的德國同事統計強姦案有二萬件。我認爲至少不下八千件，其實多半是不止此數的。祇是金大一處，包括一些住有美人的美國房屋，我知道全案細節者有一百件以上，獲有保證者達三百件。這種痛苦和恐怖是無法想像的。祇在金大一地，小至十一歲的女孩，老至五十三歲的婦人都被強姦。在其他難民羣中，七十二歲和七十六歲的老婦也被無情地强姦；在校場上，十七個兵士在大白天輪姦一個婦人。事實上，這些案件有三分之一是在白天幹的。幾乎城內每一建築，包括英、美、德等國大使館、大使住邸及多數外僑產業，都屢遭兵士的搜刼。各種車輛及食糧、衣服、被褥、金錢、鐘表、地氈、書畫、各式珍玩等是搜刼的主要目標。這種情形，仍在繼續，尤其是在難民區之外。現在南京沒有一家商店，祇有國際救濟委員會的米店和一家軍用商店。大多數商店被無法無天地明搶暗竊之後，再遭三五成羣的士兵——顯然在官長指揮下——有系統地用貨車將它們洗刼淨盡，然後加以焚燒。這裡每天都還有幾次火警。多少路段的房屋都被他們故意燒去。我們手頭還藏有一些兵士放火用的化學品發火線，縱火的全部過程我們從頭到尾都看過。大多數難民的金錢及僅餘的衣着、被褥、食物等都被刼去。這眞是慘無人道的行爲，在最初八九天中沒有一個人的臉色不是沮喪萬分的。你可以想像在這個城裡工作和生活的情景了罷，沒有商店，沒有工具，銀行和交通尚未恢復，一些重要路段的房屋已悉遭焚燬，剩下來的也搶刼一空，現在只有寒冷和飢餓在等候着人民。這裡約有二萬五千人幾乎全部都在難民區中，並足有一萬人的食住全賴國際委員會維持」東京日日新聞，在一九三七年十二月登了一則標題爲「紫金山下」的消息：

「准尉宮岡和野田曾約定作一個砍殺一百敵人的比賽，十二月十日，二人在紫金山下相見，彼此手中都拿着砍缺了口的軍刀。

野田道：『我殺了一百零五名。你的成績呢？』

宮岡答：『我殺了一百零六名。』

於是兩人同作狂笑：『哈哈，宮

岡先生多殺了一個。』可是很不幸，就確定不了是誰先達到一百之數。因此，他倆決定這次是不分勝負的，重新再賭誰先殺滿一百五十名中國人。十二月十一日起，比賽又在進行。」

這是人類史上最可恥的血汚記錄。據首都敵人罪行調查委員會調查結果，我慘死同胞約三十萬人。據谷壽夫判決書：我軍民被敵集體射殺者十九萬餘人，此外零星屠殺，其屍體經收埋者十五萬餘具，被殺害總數在三十萬以上。市民姚加隆携眷避難，敵軍將其妻姦殺，幼兒幼女在旁哀泣，被用槍尖挑入火中活焚而死。鄉婦謝善眞，年愈六旬，敵軍用刀劃殺，並以竹竿插入陰道。丁小姑娘被敵軍十三人輪姦，姦後，敵軍用刀刺破小腹而死。當時敵軍爲炫耀武力，有自行拍攝之照片十五幀可證。又據金陵大學史學教授貝德士在東京作證，稱：「日軍姦淫婦女不分晝夜，有時竟在街上爲之，有一婦人在某公墓內被日兵十七人輪姦，有一女孩，年僅九歲及該女孩之七十六歲之祖母，竟在南京城內同被姦淫，有中國平民二百人，於離開金陵大學校舍後，當晚即被日兵射殺。這可恥的血汚暴行，一直不會爲日本人民所知聞，直到遠東國際法庭公佈了暴行的證詞，才引起日人的憬悟。一九四六年七月二十八日朝日新聞論稱：「南京暴行，彼時舉世皆知，日本報紙，對於南京事件之眞相，並無隻字登載，回憶及此，不勝慚愧。」

日本人這樣活埋我同胞

敵既陷我南京，其主力一部渡江，而北，沿津浦線威力搜索前進，遠及滁縣；一部由鎮江渡江攻揚州，沿運河分攻六合、天長、盱眙，邵伯亦於歲末淪陷。宣城廣德之敵，十二月十六日向東南方向移動，轉攻杭州。十八日，敵進攻企圖顯露，分三路進犯：一路由安吉、孝豐進窺餘杭，一路沿滬杭路直犯杭州，一路由京杭國道猛力推進。蕪湖之敵，亦由裕溪口渡江，圖犯合肥。二十一日，敵分數路進攻孝豐，窺其意向，在向我左側積極抄襲杭州，我軍且戰且退，向錢塘江南岸移防。二十三日，敵進陷餘杭，二十四日，敵又陷杭州，其前敵總司令長谷川率騎兵千餘入城，我軍與之巷戰；是夜富陽亦告陷落，至是，東戰場戰事告一段落。

西安事變身歷記

萬耀煌

前言

一、三十年前的十二月十二日， 領袖在西安為張學良及楊虎城所刼持，以 領袖一身繫國家之安危，此「西安事變」實為國家民族之災難。 領袖平日愛護張學良如子弟，張竟受共匪之煽惑，而使國家蒙受空前之損失。迨張楊在閱讀 領袖之日記及有關文件後，方才幡然悔悟，而由張學良於十二月廿五日護送 領袖回京。益徵 領袖謀國之苦心與人格之偉大。今以中原未復，我全國上下更應信仰 領袖，服從 領袖之領導，而一心一德為反攻大陸而奮鬥。

二、三十年前的十二月，耀煌奉令率部進駐潼關，準備渡河入晉，並奉命至西安晉見 領袖，適逢事變，現以當時身經之日記，公之於世，以為三十年紀念。然日記，因身被拘，於文字上容有未當，茲為存眞起見，仍不加潤色。

十二月九日　晴

率旅團長赴西安，西北剿總交際科長周文章來迎，謂奉張副司令命請我夫婦住西安招待所。遂命各旅團長住花園飯店，我夫婦寓西京招待所二一一號，蔣鼎文、衞立煌、陳誠、朱紹良、陳繼承夫婦、蔣作賓、李基鴻均住此處，錢慕尹來晤，謂 委員長明午召見並午餐。晚西北剿總參謀長晏道剛及各處長作東，讌東北軍將領及奉召來此之軍政要員。住在招待所之將領全體被邀。餐後楊虎城請看戲，僅我因準備部署部隊行動而未去。將星雲集，此為西安多年未有之盛會。

十二月十日　晴

團長以上將校於上午十時四十分乘車赴臨潼華清池 委員長行館。委座召見我，詢問部隊行動，隨即召見副師長盧本棠，謂「山阜之役，我很記得，並垂詢家事及所讀何書」。詢參謀長馮凝在歐洲考察要塞心得。詢兩旅長六團長考查部下方法，並訓示剿匪步驟要領。訓話時間甚長。 委座在召見之前，先閱每人經歷與考語，召見時所詢非常扼要，訓示亦針對每人缺點指正。午餐時有蔣鼎文、衞立煌、錢大鈞及我與十三師將校參加， 委座主席，餐後每人發民國廿六年日記本一冊，說明此日記，每週有預定表有反省表，每月亦然，後又講剿匪要訣。銘三陳述「要穩紮穩打，不能限以時日」， 委座點首稱可。並說大家可以在此

西安事變時蔣委員長與張學良

沐浴。

華清池在臨潼縣城南郊約兩里，驪山北麓，亭臺樓閣，水榭花圃，富麗幽雅，　委座行館在焉，侍從人員及侍衛均居此，溫泉浴室數間，建築設備均現代化，水滑溫暖合度，貴妃池舊址陳設尤新。

歸途留心公路兩側警戒極嚴，步哨而外，每數百步有騎兵四名，全副武裝，乘馬背立於公路兩側。

入城謁見張副司令學良，相見甚歡，再訪晏殿翹（道剛），晚赴楊主任虎城邵主席力子公宴，東北軍西北軍將領均來參加，蓋　委員長召見訓示剿匪步驟要領。東北軍將領心情與西北軍將領性格頗有不同，前者失去家鄉頗感沉悶，後者榮耀鄉邦，大有揚眉吐氣之概。公宴後殿翹又邀聚於其私宅，有邵元冲、于學忠、朱一民、蔣銘三、衛俊如、張伯常與余。

十二月十一日　晴

命馮參謀長率領旅團長赴咸陽，部隊由潼關陸續至咸陽集中準備點驗。蔣百里師由德國歸來，寓西京招待所，天冷衣薄，我夫婦陪同選購狐裘兩襲，覓裁縫速製，均余妻長臨負責辦理。陳雪軒師（調元）知我有平涼之行，對部隊禦寒皮衣等非常關切。晚應張副司令之宴，惟張往臨潼赴　委座之宴，陳誠、陳繼承、陳調元、衛立煌等亦赴臨潼，故張邸之宴由楊虎城、邵力子代表主席，同席有蔣雨岩、蔣百里師、蔣銘三、朱一民、于學忠等。散席將告辭時張學良始歸來，氣色不甚佳，辭色亦不正常，似受委屈者。

我們回到招待所，樓上樓下都是中央要人，彼此相訪熱鬧異常。吾妻與陳武鳴夫人每天均有人請客，今晚在米春霖家，至夜一時始歸，謂街上隊伍往來，警戒較前兩天尤嚴，蔣銘三笑曰：

西安為剿匪中心，中央大員多集於此，戒備當然嚴密，何足為異。時蔣已任西北剿匪前敵總司令，衛立煌為陝甘寧晉四省剿匪總指揮，我為縱隊司令，指揮四個師赴平涼，先在咸陽受蔣銘三點驗，約明晨啓程，我先赴咸陽點驗十三師後隨軍赴平涼。當晚臨睡，周科長來告明日出發汽車一切已準備妥當，彼特來告，似甚關切肯負責任。

十二月十二日　晴

天未明，人聲鼎沸，鬨撞門聲甚厲。驚醒，披衣而起，長臨亦醒起，開門一看，見武裝士兵佈滿各室門口。我急將門緊閉，外面用槍托撞門又用鎖匙開門，我將鎖扭住不放鬆，我夫婦用力頂門，始離開而去撞二一五號，聲音漸寂，我夫婦又用床舖抵門。初判斷為兵變搶掠，天明後當有正式部隊平亂，必可無事，但撞門同時槍聲四起，間有機槍聲，即招待所周圍亦有槍聲。旋由窗戶見有整齊部隊與小汽車在街市上往來，哨兵仍極鎮定，警戒嚴密，知是有計劃的行動。臨潼方面，委座安全實堪憂慮，同寓招待所要人必均被捕，我夫婦豈能倖免。又見有汽車到招待所，又見擔架抬人出去，知道必有人再來捕我夫婦，遂將床舖還原，衣服整好，余妻恐開門時有槍擊危險，要我畧避，一間臥室，一間儲衣室，一個衛生室，何處可避。余妻堅要我在儲衣室小立，用衣服掩護，妻坐於當門以準備接受危險。至十一時有持鑰開門聲，妻即開門，一軍官持槍對準余妻，問「萬軍長在何處」？余立出聲應曰：「我在此」。又問：「有槍嗎」？我說：「沒有」。經搜查後由三人擁余夫婦下樓至大餐廳，蔣作賓、蔣方震、陳調元、朱紹良、陳誠、陳繼承夫婦、衛立煌、李基鴻、郭寄嶠、張冲、蔣鼎文等均沉默雜坐。武裝士兵露刃持槍環立，我夫婦入廳，衆目驚視，默默無言。我夫婦坐在陳雪軒（調元）衛俊如（立煌）之間。俊如說：「聽他們私議說萬軍長在辦事處，去抄查辦事處的回報說萬軍長不在，頗為吃驚，所以再去搜查」。陳雪軒、蔣雨岩最沉靜，陳辭修單坐一張椅子，監視較嚴，雪軒、一民均吸烟，間說幽默話。監視的營長似寫了報告送出去，過了幾十分鐘，有人來謂張副司令請萬軍長，我起立穿大衣戴帽將行，妻堅要同往，我力阻不必，「我有辦法，妳放心」，俊如、銘三、一民均力勸止。有兩軍官持手槍挾余上汽車馳往新城，下車時遇何柱國及王以哲。昨天我們是好朋友，談笑風生，此刻他二

西安事變另一主角楊虎城夫婦

人看了我一眼俯首而去。我被押到楊虎城的衛隊室，進門看到盧道生（本棠，我的副師長），禿頭着無紐扣軍服，相視默然。數分鐘後有人來謂；張副司令請萬軍長，行至楊虎城的小會客廳，尚未就座，張進門拱手說，「對不起，對不起」。坐後張說：「武樵不必怕，對你無惡意，對任何人都無惡意，只對 委員長不起，使他受微傷」。我說：「 委員長在那裏，傷在那裏，重不重？我想去看看」。他說：「傷不重，他的火氣很大，我還不敢見他，你何必要見呢」！「我想稍緩另選一地請他休養」。我說：「 委員長關係太大，請副司令注意他的安全」。他說：「絕對安全，只是政治主張不同……」他又說：「我們提出八大主張」，念了一遍說：「只要 委員長接受我們的主張，我親送 委員長回南京，一切是非聽國人公論」。我說：「我是軍人，副司令所說的八大主張都屬政治問題，我不敢置詞。至說到民意，十年來關內十幾省我都走遍了，走的都是鄉村，直接同百姓接觸，這些百姓提到 蔣委員長，無不出自眞誠熱烈的擁戴，尤其雲南西康邊地蠻區，連國民政府都不知道，但對 蔣委員長則敬仰如神，我所說的，都是我親身經歷的情形，副司令這次舉動，是中國歷史的大變，我希望副司令爲國家爲民族與個人的歷史着想」。他說：「兵諫的事，在外國很平常，只要 委員長聽我一點點要求，我一定親送委員長晋京」。他說：「你的軍有那幾個師」？我說：「我只知道歸我指揮的有四個師，詳細情形還不知道，我直屬的第十三師，奉命到咸陽集中，前天開始運輸，是否完全到達，尚不知道，這一師官兵追隨 委員長十多年，患難與共，意志堅強，奔馳數萬里，轉戰全國，艱苦備嘗，什麼危險都經過，什麼都不怕，如果對他們用武力，雖十倍兵力也解決不了他，糜爛地方他們可不負責任」。我又說：「副司令此舉是非如何我不敢說，我知全國軍隊除一小部份外，都對委員長愛戴與忠誠服從的，十三師是其中之一，如果處理不善，恐怕不祇一百個師與副司令爲難」。我想張對我特別注意，就因爲十三師進駐咸陽，對他威脅最大。我又說：「我更希望副司令不要造成西班牙第二」。他說：「我不惟對十三師不用兵，即對任何部隊都不會用兵的，我只要求 領袖以抗日，政治悉聽從國人主張，如不能貫徹，願作西鄉隆盛」。他說：「 委員長如聽從，仍擁戴爲領袖。……十三師調興平如何」。我說：「我此時無意見， 委員長既受傷，請副司令讓我去看看」。他搖手說：「不可以，以後再說」我說：「委員長的安全關係國家民族，請副司令注意」。說話到此爲止，他起身似送客，我也起身告辭，他送我出客廳，告訴一軍官說：「好好照拂萬軍長」，仍然回到衛隊營官長室。聽了張學良的話，我一時感嘆甚深，張一派共產黨的口吻，想中毒已深。此時飛機多架在上空盤旋低飛，聲音甚大，監視我的便衣，佩手槍的衛士，都出去看飛機，我才與道生談話，知本軍花園飯店辦事處被搶一空，副官郭雨卿遇害，道生身上被搜洗。此時對面房間頗有人往來，邵力子、何柱國、王以哲、張漢卿先後到對面房間去。錢慕尹的隨從哭哭啼啼進我的房間。我說：「放堅強些，不要哭」。他說：「錢主任受傷在對面衛隊長室，當天未明時，錢主任聞槍聲驚起，即往 委員長住室奔馳，正下階，叛兵射擊不許前進，轉身上階受傷，彈從背入由肩上出，倒地被執」。又說「蔣孝先、蕭乃華被害， 委員長聞槍響，從後垣上山，至十時許始見叛兵擁 委員長上車，馳往西安」。我最關切的是 委員長行邸情形，已經獲得大概。旋張學良到我室來立談，他說：「 委員長火氣大得很，誰也不敢同他講話，他現已到了新城大樓，我請邵力子前去勸慰」。張去後，王以哲、何柱國來，我們坐在炕上談話，何沉默不發一言，王大發牢騷，口出怨言，我對其讕言，毫無心情細聽，更不願同他多辯，僅以我這幾年所見所聞概畧告之：「這幾年 委員長辦廬山峨嵋訓練，就是爲抵禦外侮復興民族，想以川滇黔爲民族復興根據地，自廣東事件復員以來，對日的軍事準備，國防工事都在準備中，到洛陽，到太原，準備入綏，大批空軍集中洛陽，命閻錫山、傅作義於百靈廟收復後，立即攻擊商都，收復綏東六縣，閻先生不贊成。前不久　委員長飛濟南，飛太原，陳辭修奔走於綏遠、太原，我奉命率部由潼關渡河入晋，只知道是抗日，前天(九日)因綏東問題不大，閻先生又不贊成進攻商都，乃決定先安內然後攘外，所以調大軍先剿匪。這些實際情形，都可證明　委員長無時無刻不是作抗日打算，且　委員長爲國家最高統帥，一言一動大局所關，抗日雖勢在必行，但豈能隨便告知大衆，洩漏最高機密嗎？」他聽了我這段話，似乎有點感動，心氣非常和平，又談部隊情形，與張所問相同。他們最感威脅就是十三師進駐咸陽，且不知中央軍如何調動。我更告訴他，十三師跟隨　委員長十餘年，對　委座信仰極深，東征西剿無役不從，長途數萬里，轉戰全國，意志堅强，團結力甚固，原調綏遠，正在潼關待命，前日方知先剿匪，故改調平涼，現在咸陽集中，他們到咸陽認爲附近都是友軍，如果今晨有大軍去解決他，或者未作準備，但恐怕只能予他小小的損失，他們如果知道　委員長和我有難，恐怕只有糜爛地方，雖十倍兵力亦莫奈之何？我與他談話，一面乘機打聽　委員長的情形，一面以十三師的指揮官(我與道生)都在被扣，此時羣龍無首，必須有人出去，才有辦法。因此他問我有無辦法，我說：「除非派人前往告誡」。他問派何人去。我指道生說：「派他去」。他說：「我們向副司令進言」，何王去後，我即告道生說：「你出去立刻要做的事：①報告何部長劉主任，　委座在西安新城大樓，身體尚安，錢主任受傷不重，中央要人均被扣在西京招待所，②部隊情形分報何劉，並聽其命令，③張的八大主張，最要者爲聯共抗日，④要愛十三師歷史，救國家，⑤不要問我生死存亡，你當然執行師長職務，⑥以後凡我的手令手書或親筆或蓋章，概作無效，不必理會，你只照你責任，應幹的幹，⑦咸陽環境不明，如果萬一無辦法，可向漢中或安康方面行動，⑧如果有武力壓迫必拚命抵抗，絕對不許有一人繳械或投降，必須切記」。監守的人本來很嚴，因張王等人來和我自由談話，他們都到門外去了，得此機會，趕快把我意思告訴道生。剛說完，張學良又來了，安慰我說：「武樵，這次事只要求委員長，對任何人無惡意，對你更無惡意，你放心好了」。張去後，我告訴道生：「他們對十三師在咸陽，感到威脅很大，你出去考慮是攻是守，或他移，要看清環境敵情，西安城是不易攻，咸陽能守對他威脅極大，孤軍困守是無援的，就是要下最大決心，曲阜之戰是一例(道生曾因守曲阜成名)，咸陽城內如有敵人，那就趕快撤離」。此時似有人進來，又說一句：「好自爲之，勿以我爲念，轉告官兵」。話畢，王以哲、何柱國復來，謂張副司令允許派人去咸陽。此時王何忽有所悟說：「這不是盧副師長嗎？」蓋前日宴會中兩次見面，故而認識。我說：「是的」。他的態度立現猶豫，有不願之色。我說：「部隊無長官，可能立刻發生危險」。王辭去，何陪坐，默默然相視。繆徵流來安慰我，王持楊虎城親筆條子！「盧副師長准予回防，沿途放行」單條紙一張，蓋楊的私章，連同八大主張宣言一紙交道生，王以車子送道生，與道生別時不能多說一句話，彷彿生離死別，相視無言。很奇怪他們未注意命盧副師長回部做什麼，似乎只是爲他們傳達八大主張。這與我的部隊何干？究竟王以哲是否眞放道生是一問題，我的生死與　委員長相共，無所顧慮，心所不安者乃同患難之官兵耳。道生去後，他們要爲我安置住處，我說：「請仍送回招待所」。三人商量結果，仍派人押返招待所。

我由新城押回西京招待所，下車進到大餐廳，正遇上點名，首喊陳誠，次爲朱紹良，兩人都起身將走，衆人都站起來，我大聲報告：「　委員長無恙，現在新城大樓，慕尹受傷但不重」，監視者立刻阻我再說，我想告訴大家的也不過是這兩句話。再點名喊萬太太，見我即喊萬軍長，他們喊我軍長比喊陳朱兩位名字似較客氣，事實上對我是臨時喊的，名單上恐怕沒有名字。點畢仍押往樓上二一一室臥房，已午後三時許矣。原存室內衣物蕩然無餘，區區本無所惜，只廿三年至廿五年日記六本化爲烏有，數萬里征塵，許多計劃命令各種資料損失之，實無可補償，實覺可惜。再想我夫婦及許多朋友的生命，尤其 領袖的安全，都在不可知之數，從此演變下去，國家民族前途還堪設想嗎？余妻悲憤異常，極力安慰。劉沛高（偉）保定陸大同班同學，特來安慰。劉去後，余妻謂：你往綏署不久，晏殿翹來了，說「武樵已經看管，不知在何處」。「我當時暈過去了，他們給我一點水喝，我的心跳幾乎發狂，陳老師蔣百里所有的人都勸慰我，直到點名我仍無知覺，看你來了我才放心」。又說：「我們要死就在一起，你再不要離開我，他們要你去，我死也要同去」。又說：「我從來沒有什麼宗教信仰，從現在起求神默佑，明年吃素一年以報神恩」。黃昏前張學良來，見我夫婦拱手說：「萬夫人，對不起對不起」。余妻答曰：「身為囚犯，還有什麼對不起」。張無言。余妻又說：「我一婦女，從不參加政治，為什麼亦受囚禁」。張連說對不起而去。

六時許送飯來，每人白飯一碗菜一盤，妻粒米未進，我勉吃半碗，入夜那能睡眠。原有暖氣設備未燒，天既冷每人僅一床毛氈。夜半聞對門蔣雨岩先生呻吟不止，疑有病，余妻力排衛兵阻止前往看視，蔣先生腹痛發燒大汗，原來昨已有病，藥尚未被搶，余妻拿藥持水為之服藥，一夜三次，照料至天明始較好。

這一夜，只聽衛兵行走聲，交班聲，房門不准關，余妻強要關，祇留一隙，每交班必開門點數曰：「兩個」，或數分鐘探視一次。

十二月十三日　晴

余妻一夜未眠，天明即到蔣雨岩先生室內照拂服藥外，不能行動一步。九時許，王以哲、何柱國兩人來，形色微帶張惶，余意必有事故。王謂：「盧副師長昨已到咸陽，據安參謀長俊才電報，盧副司令馮參謀長表示可開興平，但旅團長均不願，表示絕不接受。如 委員長、軍長不出來，我們非拚命不可」。我昨日曾示意盧副師長如何應付，並告訴他，我個人生命毫無關係，如果被殺，也可說死於國難，可以對得起全體官兵。對得起祖宗父母，對得起國人。我想道生回部必將我的話轉達參謀長旅團長，所以憤怒是當然的。目前道生不能不敷衍安俊才，如果一切準備好，必能照意去做。此時我對王說：「你們打算如何辦呢」？王說：「現在副司令有命令，十三師着開興平、武功待命，開拔與到達日期隨時具報」。用的是西北剿匪司令部命令紙，總司令蔣中正副司令張學良署名。我說：「你們派人送去，何必拿來我看呢」？王說：「副師長回去沒有携帶軍長命令，僅有安參謀長轉達副司令命令，無怪旅團長不聽命令，除非軍長下命令，他們不會服從的」。我想這兩個笨蛋，不要說我對道生已有示意，即令沒有囚禁中被迫下令，他們也不會相信。我問：「你們有沒有部隊向咸陽壓迫」？王何二人半晌無言。我說：「如有武裝部隊向咸陽，他們必起而自衛，就是有我的命令，必不聽從」。王始說：「十三師在咸陽正築工事，咸陽警戒嚴密，交通斷絕，因聞旅團長以下都異常憤激，且咸陽為西安對西北交通孔道，軍隊往來甚眾，容易發生誤會，總部已派孫蔚如部前往接防，希望十三師調往興平、武功」。我說：「如此當然勿怪他們構築工事了」。我想孫蔚如部開向咸陽，則興平。武功必有部隊共同包圍，我要找機會使部隊知道全盤情況，乃說：「命令可以下，派誰送去呢」？王說：「只有派你的部下送去，我設法去找他們」。於是我下令曰：「本兼師長未回部隊以前，師長職務着盧副師長代理」。又於總部令上尾批：「即遵令迅速開拔報總部」。他們又要我加上一句，「軍長數日之內回部」。他們持此而去，試問有效果嗎？何柱國有智計，似有難言之苦，始終不發一言，王以哲頭腦太簡單，焉能成大事。

當何王進來同我談話，余妻衝出房門，到左右各房去看同難的人，何王不能阻止，衞兵見兩位軍長無表示亦不敢阻止，只有跟隨監視，我們談話時間很長，余妻遂走遍每室，又幫助蔣雨岩先生服藥後始返，從此交通打開，各室可隨時往來，衞兵亦不能阻止，但有監視跟隨耳。

傍晚，張又來一次，每室慰問，今天的飛機，在西安上空盤旋甚久。余妻今日略進飲食，愁悶仍未稍減，不是爲自己，乃爲我及同難諸友所可能遭遇之危機也。

十二月十四日　晴

天甫明，隨我多年之衞士黃金山突然進來，後跟監視者五六人，黃見我夫婦泣不可仰，他持西北剿總給十三師的命令說：「何軍長命他來見萬軍長的」，余妻設法亂監視者的耳目，我乘機告訴黃金山：「要他們自己有主張，對我生死不要顧慮，咸陽的西北爲孫蔚如各部，東南爲東北軍，這些部隊來包圍解決我們的，務必隨時與開封劉主任通電」。此時我大聲說：「要副師長各旅團長聽命令，守軍紀，我很好，要他們放心」。黃金山去後，牙粉牙刷及應用的物品漸漸送來了，我們行動在樓上也自由了，彼此之能往來，雨岩先生病也好了，對我妻感激非常。

中午，我夫婦、蔣雨岩、李子寬、陳辭修、郭寄嶠都在二一三號衞俊如處共餐，用的是西餐，餐後隨便談話，雨岩講歐洲風俗生活，李子寬講佛學。忽聽有高唱共產國際歌之聲，由窗戶外視，見卡車數輛，載穿共黨制服，繫紅臂章，手執小紅旗者，唱歌喊口號，向西京招待所示威。余妻益悲痛欲死，陳辭修說：「你死不得，他們不會殺你的，我們死了之後，死的時間地點，如何死法，有你在還可告訴毎家，你要是死了，誰能把我們的死事傳出去呢」？衞俊如說：「算命的說我還有廿年大運，老母年近八旬，難道說就是這樣死了嗎」？李子寬學佛的人，除了念阿彌陀佛之外不說什麽，蔣雨岩很達觀很自然，我是有決心的，余妻聽陳、衞之言，更是憂慮，但見了張、王、何輩則氣甚壯語甚强，態度高傲不似女子。

今天一般形勢較緩和，中央飛機往來偵察，街上行人漸多，「解放日報」亦附送張楊十二日通電之八大主張：①改組南京政府容納各黨各派共同負責救國，②停止一切內戰，③立即釋放上海被捕之愛國領袖，④釋放全國一切政治犯，⑤開放民衆愛國運動，⑥保障人民一切集會結社之政治自由，⑦確實遵從　孫總理遺囑，⑧立即開救國會議。署名者有張學良、楊虎城、于學忠、馬占山、何柱國、繆徵流、王以哲、孫蔚如、馮欽哉、董英斌、朱紹良、蔣鼎文、陳誠、陳調元、蔣作賓、衞立煌、邵力子、陳繼承、萬耀煌等十九人。我們看了看是啼笑皆非，合東北軍張部將領西北軍楊部將領及中央被扣將領政要於一爐，欺誰乎。

雨岩先生說：「昨天張漢卿來看我，他形容憔悴。我告訴他說，你要保持自由，不要受人控制，你對　蔣委員長及被扣諸人的安全，你要有權保障。張說：正在想法，移居我的範圍內」。西京招待所看守的官兵都是楊虎城的，聽他們的言論與共產黨的口吻相似，我們最感不安，而來看我們的都是東北軍的將領，西北軍無一人來此，所以雨岩對張漢卿示意。

晚餐仍用西餐，亦在俊如房內，因兩面窗子可望大街，陳辭修、郭寄嶠下象棋，我們看棋的談話的，尚不寂寞。

十二月十五日　晴

起床後首先看「解放日報」，陝西省政府改組，完全是楊虎城的西北軍人物，杜斌臣爲省府秘書長，孫蔚如爲西安警備司令，李壽山爲陝西教育廳長，王一山爲民政廳長，續式甫爲財政廳長，雷寶華爲建設廳長。此中最奇怪者，何以雷孝貫仍能保留，他肯幹嗎？我想可能同用我們名義通電一樣，無論你幹不幹，把頭銜加上再說。昨日報稱抗日聯軍軍事委員會委員長張學良副委員長楊虎城，今日忽然改稱主任委員副主任委員，孫蔚如爲抗日聯軍第一軍團長，王以哲副之，馬占山爲抗日聯軍騎兵總指揮。

今天行動更自由，我們住在東邊，以衛俊如房間爲集會所，下棋談天吃飯都在此。西邊以陳武鳴房間爲集會所，蔣百里、陳雪軒師、蔣銘三、朱一民、陳武鳴夫人，以陳夫人愁苦更深，他們多爲安慰，故吃飯談天下棋都在此。我妻爲東西兩半球聯絡人，蓋陳雪軒師稱東樓爲東半球，西樓爲西半球也。何柱國一人來，談話較自由，他說：「中央昨派端納來見 委員長，飛機偵察許多時始降落，南京盛傳潼關以西遍懸紅旗。」事實上西安雖未遍插紅旗，但第一天士兵左臂都纏紅布，唱共產國際歌，又有共產宣傳報解放日報，亦等於潼關以西都是赤色矣。

在招待所同人，只邵元冲一人犧牲了，邵爲文人，庽樓下，聞槍聲，槍撞門聲，一時心慌意亂，越窗而出，在後面圍牆邊遭叛軍槍傷，天明後，我夫婦由窗戶下視所見擔架抬出之傷者即爲邵翼如。叛軍在招待所周圍佈置四道警戒線，始入內捕人，誰也不能倖免。于學忠本屬我之鄰室二一三號，（即衛俊如現在住處）當晚未歸，或爲同謀，或事前通知其躲避。又青島市長胡若愚係東北軍人物，庽樓上，叛軍押其下樓，亦遭誤切，彈由右頰入左頰出，未傷齒骨，亦奇事也。

午後五時，周科長文章來請搬家，第一次汽車，我夫婦一輛，陳武鳴夫婦一輛，陳雪軒一輛，因武鳴夫婦携有老媽子，臨時推入陳雪軒車內，蒙難同人在樓上俯視之下，無不大笑，謂雪軒臨行招親。我們每車有兩人持手槍監視，至仁壽里第一號四合院，我夫婦分配上房兩明一暗，武鳴夫婦，庽廂房亦兩明一暗，陳雪軒庽北房一明一暗，室內有床沙發桌椅火爐便桶，桌上有筆有墨盒但無墨，客廳有衣櫃大沙發方桌椅火爐，一律俱全，傢具均由西京招待所移來各房一樣，每室有便衣三人監視，一院有武裝兵十名在前後守衛，牆高數仞，後院水井亦封閉。我們進屋後監視更嚴，我與武鳴、雪軒亦不准往來，室內火爐不准用，房門不准關，晚餐亦不在一起，我要求全院共餐亦不許，余妻焦慮食不下咽，武鳴夫人亦啼泣不已，雪軒先生想去安慰亦不許。夜半周文章來，我們齊出謂如此待遇不如請仍送招待所，尚有彼此往還談話的自由，至挨槍挨刀到時再去領受，周始命監視者謂，「院內可以自由活動」，且送來麻將一付，每室銀洋二百元以消寂寞。

十二月十六日。陰。甚冷晚下雪

起床後都到武鳴外間圍爐談話，余妻固愁慮百端，武鳴夫人則啼哭不止，雪軒先生盡量設法使之破顏，我妻亦常勸慰，終不能解，只有打牌混日子。早餐後張學良來了。着上將軍服佩長刀穿馬靴，他說：「馬上出席民衆大會，原定十四日開，但聽說民衆大會時有人要提議公審 委員長，又以西京招待所目標太大，恐發生危險，所以改在今天」。漢卿告訴我說：「第十三師部隊，昨晚突由咸陽開拔南行係劉經扶的命令，行動甚速遺留物品很多，有砲兵一連爲孫蔚如所部繳械，另有十三師兩個營在臨潼附近，聞變下車佔據兩個寨子，已命楊虎城派員前往，指令開回潼關」，又說：「十三師南行，孫蔚如派一師往追擊，予以制止」。又對我們說：「有一星期可以解決了，宋子文、顧墨三要來西安，委員長罵我太魯莽」。至此武鳴夫人要求到何柱國家去看何夫人。張說：「我們是聯軍，完全聯合行動，你們以不去爲妙。」這時他說要去出席民衆大會，他還說「邵元冲重傷不治，昨日逝世」，說罷辭去。

午後何柱國來談， 委員長經端納之勸，始於昨日移居高桂滋之住宅，即張邸對門，安全似可放心。西安城內東南角劃成一區域，所有東北軍的高級將領眷屬均環住張宅四周，仁壽里即在張宅後面，原爲米春霖等高級將領公館，前日臨時遷出，讓我們住，以便保護。此特別區域均張之衞隊營守護，築有堅固工事，繞以鐵絲網，各巷口架有機關槍，警戒極爲嚴密，楊之軍隊不能接近，區域以外則爲楊虎城之勢力，張之將領在此亦不能自由行動，所謂聯軍範圍亦莫不在此。

劉偉、鮑文越都來探視，相見不過問好，無話可談，總算尙有溫情的，至西北軍的人物，始終未見一人來，現在張的勢力範圍內，他們更不會有人來了。

十三師由咸陽南開，當係奉劉經扶主任之命（張學良說過），開往漢中。如果監守咸陽，孫蔚如一部力量不敢與之開火，合東北軍向咸陽包圍攻擊，亦必須有相當準備。十三師守曲阜的壯舉，全國皆知，今天張學良態度似較安定，以十三師離開咸陽，解除了他的威脅。我這幾天所擔心的也是十三師的安全，既已南行我心也安。

十二月十七日　雪

何柱國夫婦來，並送餅干食品，何陳兩夫人與內子談話，何夫人顧慮楊虎城部無紀律，尤慮赤匪入城。彼謂：「前在關外受日寇壓迫，尙有關內可走，現在有家歸不得，有國難投，眞是走頭無路，悲痛欲絕」。又謂：「東北軍的眷屬都有此想，咸怨張學良荒唐，似乎受了楊虎城與共產黨的煽惑」。從何柱國口中知道蔣鼎文今日離西安飛洛陽轉京，又悉張漢卿初以全國國民除中樞與　蔣委員長有關者外，都是反對　委員長的，故發動事變刼持　委員長，以爲各方必起而響應，豈知通電多日，不獨無人響應，就是平日與中央無關係的現在也無不痛罵張之狂妄荒謬。中央派軍入潼關，張始恐慌，請教於百里先生，百里師爲之策劃，請　委員長派蔣鼎文飛京。張楊曾爲此事商議多次，始決定由張親送銘三上飛機。

十二月十八至三十日

我們每天早八時起床，九時早餐，稀飯饅頭油條及小菜四盤，以後麻將五圈，我夫婦武鳴夫婦雪軒師輪流上桌，輸贏記賬，根本不算錢。午餐四大碗四小盤、火鍋，菜不合味還可更換，廚房就在後院，一切甚方便，香煙也是選最好的，先是茄力克，後西安買不到改三五牌。午後又是五圈麻將，看「解放日報」，晚餐的菜與午餐的菜都是許多西安名菜，夜間又是五圈，十時就寢，成爲例課。

某日，張學良來說：「中央軍攻華陰，他要往前方指揮」。事實上他們很驚慌有作撤退至平涼之意。陳雪軒先生向張請求，讓前江西幫辦九江鎭守使吳金彪接來同住，張即派人接來住陳先生外間。吳曾與段祺瑞同學，中日甲午戰爭在旅順當哨官，年已七十餘，雪軒先生來西安，他一定要同來一遊，目的在祭周文王武王之墓。他來後又加了一分熱鬧，某晚他同雪軒說：我再玩幾天，就回南京。陳笑說：我派人替你買飛機票，你坐飛機回去吧。他很以爲然，次晨起床後，帶了多少零用錢準備出門上街去吃早點，衞兵阻止他，他申斥謂：「不應阻止」，幾起衝突。陳向衞兵賠禮，並告訴他，現在是被禁，他始明白。到我房間問我，爲何被囚禁，他說：「我在南京住雪軒公館，內外也有衞兵，昨日雪軒接我來住，我以爲與雪軒南京公館一樣，那裏知道他被囚禁呢」！雪軒說：「他的腦筋最簡單，他知道名與號的全國只有三個人，即段芝泉、馮華甫及陳雪軒，此外不知程潛就是程頌雲，馮煥章就是馮玉祥。」

廿日蔣百里師來，說見了　委員長兩次，　委員長很高興見他。他說：「張楊對　委員長懷疑，看了　委員長日記文件之後，才明白　委員長對他們沒有絲毫不誠意，更知　委員長忠心爲國」。　委員長對他說：「他們以後可進一步信仰我，毫無隔閡了」。百里師又說：「張副司令許我自由，要我搬回西京招待所」。我想留他多談談監視者不許，臨行對吾妻說：「我的衣裳破了或壞了，要請萬太太替我洗補」。以後並未送來。

衛俊如、蔣銘三、郭寄嶠、龔運陽等住在我們隔壁第二號。昨日周文章來，我妻要往第二號去看他們，周不好阻止，只得親送過去，聽得俊如縱聲大笑高叫歡迎，陳雪軒先生在這邊也大叫衛俊如過來玩。今日吾妻又衝着往第二號去，衛兵阻止不及。當天就有泥水匠來開闢一門，打通兩院，當開一孔僅容一身時，衛俊如即鑽過來，隨後寄嶠等亦過來，均在武鳴客廳聚會，打牌談天，在我客廳開飯，人多有話可說，有麻將樸克，雖不寂寞，但外間消息如何，無不異常憂慮，只有在「解放日報」中去找資料，明知完全爲反動言論八股文章，但於言論中看出他們之氣甚餒，各方面對他們的反應極壞。又如蔣銘三之飛京宋子文之來西安，中央飛機炸渭南，周恩來在西安之活動，于右任奉命西來被阻於潼關等等消息。每天聞飛機聲，衆人都出院子仰觀，如見親人，機聲亦格外親切，廿二日午後五六時見有巨型機來，料是中央必有重要人物來此。

十二月廿四日　晴

早餐後蔣銘三來了，大家高興歡迎，無論如何總有新消息透露，雖然孫蔚如、王以哲亦同來，銘三亦會報告實情的。銘三說：「昨同宋子文蔣夫人回來，到京後報告西安事變經過，及張楊的「政治主張」，中央有主戰有主和，都晝夜不停的討論辦法，現在軍事以何敬之爲討逆軍總司令，顧墨三爲西路軍總司令，劉經扶爲東路軍總司令，他們十七日已分別就職，軍隊正調動中」。他又說：「我奉命爲南路軍總司令，軍事儘管在行動，仗是不會打的，爲中國家的威信，不得不如此云云」。銘三辭令甚佳，一面告訴我們，一面對孫王二人有示威之意。又說：「在何部長公館談陳雪軒臨時招親以及在招待所香煙賣錢的笑話，大家聞之笑不可仰」。銘三不能久談，雪軒師說：「命令你每天來一次報告消息」。銘三說：「要張副司令許可才能來，否則有什麼辦法呢？」臨別又轉告蒙難同人謂已轉告在京滬之家眷，說你們很好，可以放心。

我們幾天以來判斷局勢，張楊想害　領袖與我們，此時尚不會，只怕窮途末路，先把　領袖和我們送往西北或往新疆入蘇俄，或送往延安，或留居平凉作質，以便在西安附近決戰，死是死不了，就是怕凍死。何柱國送我棉被一床，其夫人送余妻棉褲一條，禦寒衣服只此而已，前途茫茫，國運多蹇，使　領袖蒙塵，無論生死都是羞辱。

十二月二十五日

又見巨型機東飛，我們想只要有巨型機往來，時局前途，總是有辦法的。連日天氣晴和，大家笑曰：「天氣晴和，只有窗前窗後走走」。

十二月廿六日　晴

早餐照例由郭寄嶠烤饅頭油條供大家吃，我們坐齊後，寄嶠笑曰：「太太們不要着急，南京今天午間派飛機來接我們回京」。衆人說曰：「你發燒嗎？說糊話」。不意餐畢，「解放日報」送來，頭條消息寸方大字，大書時局急轉直下，張副司令恭送蔣委員長赴洛，廿五日午後四時自西安起飛，五時到洛，又載吳秘書長二十五日晚廣播謂：張副司令恭送　蔣委員長入京。衆人驚喜若狂擁抱跳躍。午間楊虎城來，均在我客廳相見，楊坐下後，自打兩耳摑說：「實在對不起各位，許久不來，實在是不好意思」。又說「　委員長接受我們的主張，所以張副司令親送　委員長回洛，今天早上八時由洛飛京」。又取出張給他的電報說，「張副司令電囑送各位回京」。隨後點名，我們同難的都在內，說完，晚餐始去。楊虎城走了之後，我們大家都以　委員長已脫險回京而高興，至其他的話，大家聽了也就算了，不把他當做一回事。

監視者撤走了，衛兵也撤走了，我們一齊往陳辭修、朱一民的住宅，蔣雨岩與蔣百里師亦相遇，正陳辭修、朱一民、晏殿翹在照相，遂同攝一影，以資紀念。辭修、一民、殿翹三人不會打麻將，只以撲克牌作捉烏龜之遊戲，百里師說：「我一人住西京招待所，既寂寞又苦悶，更無自由，想仍還押亦不許可，我將衣服弄破，要請萬太太補，監視者不許，送衣服來洗又不許，眞是無法可想」。王以哲、孫蔚如、劉多荃、鮑文樾、劉偉、何柱國、董英斌、繆徵流、米春霖均來慰問。我們的隨從都由他們分途找來，遂準備東歸。余妻親往西北飯店將雲瑞團長找來，給以二百五十元，命他集合在西安所有人員乘車回漢，錢慕尹居何柱國家，午間亦來，傷不算重，兩週全癒，身體強健。

楊虎城請余妻及武鳴夫人在私宅晚餐，東北軍將領眷屬作陪。楊在新城大樓請被難同仁。分別乘車，每車均有將領陪坐，十幾天囚禁，今始出張之禁區，街口巷尾均有沙包工事鐵絲網，沿途佈置嚴密警戒，市上行人頗少，標語貼遍通衢。新城大樓宴會是第二次，邵力子及侍從室人員均到，十三師夏鼎新旅長及雲瑞團長亦在座，夏雲二人未隨隊行動，我初不知道，昨日知雲，今日始知夏也。他們原在西安，以部隊正在運輸，先往咸陽無事，擬十二日晨再走，不意正遇事變。

席間，楊復出張電，乘機人員爲朱一民、陳辭修、衛俊如、陳武鳴夫婦、我夫婦、蔣雨岩、蔣百里、陳雪軒、蔣孝忠等。此宴請陳雪軒與孫蔚如談西京古蹟點綴局面，蔣百里說「昨爲階下囚，今爲座上客，正爲我們寫照」，滿座大笑不止，座上主人有點不自然，局面非常尷尬。餐後返寓，陳辭修、朱一民在我們客室打麻將，辭修不大會，余妻爲之指導，入夜衛兵復班，又現緊張，夜十二時徐芳（字靜塵）來謂：東北軍少壯派力主以中央將領作質，換張學良回來，張一日不歸，中央將領一日不釋。這是今晚會議席上提出來的，王以哲憤怒拍桌子說：「副司令的電報命令，誰不服從就宰誰。」因此極度不歡而散，少壯派以某營長爲首，王等恐他們有不軌行動，所以今夜對仁壽里特別戒備嚴密保護。（徐爲湖北人，陸大十期畢業，現任王以哲的參謀長。）

徐謂：「東北軍的內部問題非常嚴重，張經此事變，對他的統御恐有問題；然張如不能回來，誰也不能統御。少壯派的煩悶又無出路，隨時都會發生問題的，王以哲是好人，頭腦簡單容易衝動，對少帥絕對服從，但領導不了。向他建議頗能接受，就是控制不住脾氣，時時爲他躭心」。所以徐說：「脫離東北軍麼，對不起王軍長待我之厚；不脫離麼，危機重重，隨時有不測之禍，眞是進退維谷」。我此時此地不便爲謀，僅勉他機警忍耐。我夫婦睡得很晚，上床已是淸晨二時，可是無論如何睡不着，天明以後可以脫離險地，興奮得不能入睡，同時又恐發生事故，要留我們作人質，反覆疑慮。

十二月廿七日　陰

晨劉多荃、米春霖，來催動身。甫起床，楊虎城亦來，畧進早點，即乘車出發，楊虎城陪陳辭修，東北軍高級將領及西北軍高級將領全體分別陪乘，冰雪滿街行人稀少，軍隊警戒嚴密異常。抵機場軍樂大作，儀隊一團致敬，兩軍軍師長，總部處長以上及楊虎城夫人與所有將領多人均往機場候送，紛紛照相，握手辭別。飛機早已準備，我們上機後即起飛，軍樂聲中，儀隊致禮，送行者揮巾，十分熱烈，至此才算眞正脫離虎口，共慶再生。我們乘的是歐亞航空公司巨型機，我夫婦、陳武鳴夫婦、蔣雨岩、蔣百里、陳辭修、陳雪軒、衞俊如、錢慕尹、朱一民、李子寬、邵存誠、蔣孝忠，西北剿總科長周文章臨時搶上飛機，共十五人，另侍從人員均乘福特巨型機隨後起飛，飛機在西安上空盤旋，低飛三匝然後東行，機上秩序立亂，百里師、朱一民、我夫婦在吸烟室，雪軒，武鳴時時往來，辭修喜開玩笑，用撲克捉烏龜戲，朱一民說一出潼關見天日，百里師口吟打油詩，皆以雪軒爲中心，當然有人不懂含義，不得不加以解釋。原詩如下：

恭喜陳雪軒，意外結良緣，一湊成三對（當我們由西京招待所移住仁壽里，第一次上車我夫婦一車，武鳴夫婦一車，雪軒一車，武鳴家女僕在旁臨時推上雪軒車，樓上看的人笑雪軒也成了一對），同居竟十天，紛紛叫老四（雪軒曾在陸軍中學任教，我夫婦武鳴夫婦稱之爲老師，每天老師之聲不斷，雪軒反叫我們爲老五，因師四同音也），件件賣銅鈿（十二日拘禁於招待所大廳，紛紛集合於一小桌周圍小聲談話，暫時忘憂，雪軒拿出紙烟一盒分吸，笑曰：五元錢一支，又因一切物件被搜洗一空，僅雪軒有剃刀一柄，有人借用亦說五元一借，故曰件件賣銅鈿）我是證婚者，媒錢要十千。一時傳觀，轟動全機。

到鄭州降落，錢宗澤、何競武招待午餐。十二時續飛，午後三時抵南京明故宮機場，中央委員各院部會首長各團體均來歡迎，場面空前，不是平常禮貌，乃是一種天然至情。下機後各人回家的回家，赴滬者赴滬，西安同患難的臨時結合遂告結束，我夫婦由賀貴嚴（耀祖）陪至中央飯店二四二號。次日（廿八） 委員長在官邸召見西安歸來人員，我與俊如同時謁見， 委座因腰痛未癒，臥於藤臥椅上，點頭命坐，詢在西安情形，隨後命我們去看看張副司令。辭出後去獅子山宋子文公館晤張，時顧墨三蔣銘三在座，旋何雪竹亦來，除寒喧外都無話可說。辭出後到陳雪軒先生公館，西安蒙難同仁多在此，談笑風生。

十二月廿九日

奉召至 委員長官邸照相，排列就緒後蔣銘三上樓報告， 委座詢知有晏道剛參加，頗爲憤怒，銘三匆促下樓促晏速即離去（晏由侍從室外調西北任剿總參謀長，有虧職守。） 委座始由侍從人員扶持下樓入座，先與余妻及武鳴夫人握手說：「你們兩位夫人受驚辛苦」。同影前排坐者：中座爲 委員長，右爲余妻萬周長臨、蔣作賓、陳調元、陳誠。左爲陳繼承夫人、蔣方震、衞立煌、李基鴻。中排立者，中爲蔣鼎文，右爲我，郭寄嶠，最右爲葛武棨。左爲蔣孝忠、陳繼承、毛慶祥、龔運陽、汪日章，後排中爲朱紹良、右蕭贊育、左錢大鈞。此一歷史照片攝成， 委座旋即上樓。我們又去陳雪軒公館拍一照片。當日中央黨部中央執行委員監察委員公宴，吳秘書長鐵城私宴，孔院長祥熙私宴，及中樞要人之公私宴會，每天午晚有三處四處應酬。至於余之寓所更是車水馬龍，自早至晚賓客不斷，余妻長臨成爲友朋中最注意之人物，張文白夫婦唐孟瀟夫婦先後進門，見我妻舉大拇指曰：「萬夫人了不起，張漢卿最佩服妳！」。他們問的是西安事變經過與我們的生活情形，每天不知要說多少遍，我們要問的事變以後南京及全國情形；乃知事變後舉國惶惶如臨大難，及聞 委員長脫險，舉國歡騰如醉如狂，鞭炮通夜不息，青年學生更是歡躍狂呼，自十二日事變至廿五日脫險情形，均爲我們聞所未聞。這次西安事變是一次空前的民意測驗，全國人民對領袖 蔣委員長的信心可謂堅強無比；如果利用此時剿匪，必可於短時期內根本消滅，如果以此抗日，有民意作後盾，必可獲得最後勝利，時乎時乎不易多得，顧中樞決策如何耳。

太平洋之戰的台前幕後

司馬我

一九四一年太平洋戰爭爆發時，筆者任職香港某報，親歷日軍圍攻，糧食缺乏，水電斷絕之苦，香港之戰，規模自較珍珠港爲小，但人心恐慌，影响重大，則初無二致，而我國抗戰之與二次世界結爲一體，亦於此時開始。凡此種種，均曾筆之於書，藉誌不忘，但時至今日仍覺其前後左右，尚有不少相互關聯之事，堪供思索回味，因於太平洋之戰爆發三十一週年紀念之前半日，再作此篇。

港九居民估計錯誤
軍事失敗英應負責

一九四一年十二月八日日軍攻畧香港，是日軍太平洋區之戰整個計劃中的一環，其他地區包括菲律賓、星加坡、馬尼拉等等。其時筆者居住九龍，一切經歷，均屬身受，但對當時英政府作戰意志，始終模糊不明。蓋當時英日雙方軍力懸殊，香港方面既無空軍支持，又無海軍增援，事實上爲不能戰，而英政府偏欲一戰，原因何在，殊堪玩味。直到後來看過了英國官方出版的一本「第二次世界大戰史」，才知道了一個大概。戰鬥開始之初，港九居民對於戰局毫不悲觀，第一是以爲粵省我軍可以在日本佔領區的背後夾攻日軍，第二是我們一向深信，英國在星加坡基地的海軍艦隊必能於四十八小時內駛港增援，直到三日過後，外援全無，九龍盡失，方知大勢已去，原來星加坡自身亦已不保。

「第二次世界大戰史」一書作者在第三卷中指稱：「堅決一戰，爲英國傳統政策」。他說，香港作爲一個前哨，是不能與美國對關島及威克島之已經作有強固軍事據點那種立場相提並論的。遠在一九四一年之夏，由於形勢險惡，香港當局已請求英廷增援香港，但直至一九四一年十一月，仍遭拒絕，理由在於遣派大軍進入香港，無異送死。戰爭爆發前不久（十一月），有加拿大步兵五千人來港。但那五千人均是未經訓練完畢的新兵，筆者目覩他們都十分年青，不知世事，由於未符加拿大所需標準，故遣來香港以作精神上的支援，順便繼續訓練。後來這數約五千人的加拿大青年軍人，也就成爲香港防軍犧牲中的最大部份，這無疑應由英國主持香港軍政大計的人負責。當時香港駐軍總數約爲一萬六千人，那五千加拿大新兵差不多佔了三分之一。至於日軍在馬來亞的迅速勝利，該書亦有論及。作者謂日軍之能擊敗英軍，主要原因爲曾作妥善之全面策畧外，歸功於日軍部隊裝備之優良及其士氣之盛。書中謂：日軍控制印支機場後，馬來亞之命運已定，同時，盟國（主要指美國）海軍在珍珠港所遭逢的災難亦使日本獲得優勢。但英國亦有若干長期弱點不能糾正，加以當地人種複雜，不可能期望其對亞洲侵畧者有民族抵抗精神。益以該區一部份地方，並非向受英國的直接統治，因此當地土著統治者的利益亦不應忽視。最重要者爲大英帝國當時並無一個統一的當局，統籌軍民的抗戰工作。該書對於整個大戰立論頗有是處，但對太平洋戰區之戰敗，顯然仍在理論上幫助英國逃避責任。因爲若香港，若馬來亞，若緬甸這些地方，在殖民地政策之下，數十年來民間從未接受軍事訓練，私藏武器尤爲大罪，在這種情形之下，軍事防守自然是應該由英國獨力防守，而不應歸咎於當地居民的。

日艦航行三千五百哩
美軍當局竟一無所知

太平洋之戰爆發之日，在珍珠港是一九四一年十二月七日，香港時間是十二月八日。由日本本土襲擊珍珠港，日本的龐大艦隊須在太平洋航行三千五百英里，這一行動竟然未被美軍預先察覺，其中雖然有許多因素，但當時美軍的弱點與戰畧上的無能，也因此大白於世。美軍既沒有估到日本突襲珍珠港的可能性，又一向認爲夏威夷的敵人應來自南方，日本便利用此種心理，既乘美軍的無備，又偏從北面攻擊，於是，美軍乃於初期戰爭中，潰敗不堪。

日本的三十一艘艦隊是在十一月十七、十八兩天在千島羣島集中的。所以選擇此地，乃因千島一帶冬季經常風浪險惡，濃霧蔽天，由此出發，可收行動隱藏，避免敵人注意之效，事實證明其果然。日本艦隊以航空母艦爲主，共爲航母六艘，外加戰鬥艦二艘，重巡洋艦二艘，輕巡洋艦一艘，潛水艇三艘，驅逐艦九艘，運油船八艘，在航程中艦隊完全禁止用無線電通訊，規定必須進攻得手後，方能用無線電向東京連續播發「虎拉！虎拉！虎拉！」的訊號三次，以報告突襲的成功。艦隊十二月二日在海上獲得東京通知，規定七日早晨向珍珠港進攻，俾艦隊能及時於黑夜中抵達附近水域以保守秘密。到了七日，另有日本潛艇三十艘，集結在珍珠港附近海面，準備襲擊從港內逃出的美艦，但因一經開戰，港內美艦幾於全軍覆沒，所以這批潛水艇實際上竟根本無需參加戰鬥。

日本突襲艇隊早已於九月中，選於相當時間及相同地理環境，演習進攻珍珠港的模擬戰，並且改進了魚雷的作戰性能。以前，日本潛艇放射魚雷，須首先沉至離海面七十呎的深處，然後向目標疾進。但是珍珠港的海深只有四十呎：日本魚雷如不改進，就不能在珍珠港使用。這一難關，到最後關頭終於克服。

對於珍珠港的軍事設備和美艦活動情形，日本駐檀香山領事館，事先已作週密調查。十月二十三日，有一艘日本商船抵達珍珠港，日本領事上前歡迎，船長以日本參謀本部的一封密件交他，內容係要求日本領事提供一些情報和珍珠港的軍事設施地圖，並通知他會派遣密探前去收集這些物件。十一月十一日，又一艘日船到珍珠港，雖經美方仔細調查，日本領事仍將所需情報交給船上的兩個軍事密探。在日船停泊珍珠港的五星期內，未曾上岸一次，而專心於用望遠鏡在船上窺探港內情形，所以日軍發動突襲時對珍珠港情形早已瞭如指掌。

開始突襲時，日本首批出動飛機一八三架，美國一開始時完全處於挨打地位，不但沒有飛機起飛迎戰，連高射炮也沒有打响。美軍駐夏威夷空軍參謀長傑姆斯．摩里臣上校首先發現戰爭已經發生，他打電話通知該地陸軍參謀長菲利浦上校時，菲利浦却當他是昨晚醉了說酒話。直到日機完成第一次攻擊而返囘母艦，美機才有一批起飛，但以爲日本艦隊係在檀島迤南海面，所以都向南飛，搜索一陣之後，全部空手而囘，而此時日機的第二次攻擊又告開始。

美駐日大使報告誤事
馬歇爾密電到達過遲

珍珠港一役暴露了美國的軍事弱點，和行政上缺乏效率。關於這一點，有兩事最足爲例：一九四一年初，美國駐日大使格魯會有電報給國務院，提到從秘魯駐日使館方面獲得消息，說日本正計劃向珍珠港施行突襲，但格魯申述他認爲所傳此項計劃是日本方面的妄想。這一報告，由國務院轉給美國海軍部，海軍部轉給美國駐檀香山總司令甘末爾，並附意見稱：「海軍情報人員對上述謠言不予置信。」觀乎甘末爾後來黯然下台，足證他顯然同意海軍部的估計而未作防備。

另一件事爲美國參謀長馬歇爾，曾於事變前夕致電珍珠港美軍，告以日本政府正擬於十二月七日向美國送出最後通牒，他要求檀島方面有所警戒，但電報送達甘末爾司令部時，已經是七日下午三點鐘，珍珠港被襲已逾十小時。

這一役，擊沉了十九艘美國船艦共達三十萬噸。美國飛機被擊毀者約二五〇架，美軍死亡二，四〇〇人，另有一，四〇〇人受傷。日軍夢想突擊美國基地已久，而這一次竟完全在他們夢想以外地成功了。他們的初步損失是二十八架飛機被擊落或墮毀，三艘小型潛艇被擊沉。

日本襲擊珍珠港時，麥克阿瑟將軍正坐鎮菲島，十小時後日本進襲菲島，麥克阿瑟手上原有很多飛機，很多人以爲當時美空軍不直搗東京作爲報復是不對的，麥克阿瑟知道自菲島飛到東京的距離是一，八〇〇哩，以當時飛機的性能而言，沒有一個美國戰機可以負起這任務，所以只好按兵不動。

美國後來反攻人與艦之速亦爲日本人所意料不及，逐島戰爭以至廣島投下原子彈，都能用最平穩的方法打去，終令日本屈膝投降。一切夢想野心全部成空，以侵畧始，以降服終，是天理，然而，我們還得想一想廿四年前的舊事，爲這個重臨戰爭邊緣的世界，同聲一嘆。

日本間諜活躍檀島
美軍動態洞悉無遺

第二次世界大戰結束了已經二十七年，關於日本發動太平洋戰爭時，他們在珍珠港所預作的各種安排，仍在陸續揭開之中。

一九四一年十二月六日之晚，停泊在檀香山珍珠港內的美國海軍船艦，計有戰鬥艦九艘，中型巡洋艦三艘，水上飛機供應船三艘，驅逐艦七艘；正在進港的，是四艘中型巡洋艦，三艘驅逐艦，所有的航空母艦和大巡洋艦都已出港；美國艦隊未見任何可能有變的徵候，「企業」號和「里克里敦」號都已經駛離了珍珠港。

日本駐珍珠港的副領事森村於調查清楚上述情形之後，即以密電拍往東京，旋即上床休息。電報於深夜一點二十分由東京轉發到達日本特種艦隊司令南雲中一海軍中將手中，這是他即將發動偷襲前所需要的最後資料。

森村是日本駐派在珍珠港日領署中的諜報人員之一，眞名吉岡武雄，當時爲一海軍上尉。他在被派往珍珠港之前，曾經接受過四年訓練，了解跟美國海軍有關的一切情形，主要是從美國海軍雜誌中摸索研究。他經常在檀香山約翰羅吉斯機場及其附近巡視，每天都要到珍珠港去蹓躂，以便調查在福特島的飛機場和停泊在珍珠港內的軍艦。他在海上游泳的時候，同時在觀察水底的阻碍物，潮汐，海灘的傾斜度等等。

吉岡在檀香山沒有同謀，由於所有各種各樣的資料來源，再加上當地的新聞和廣播……他已能經常單獨把資料發送東京去。這些川流不息的電訊裡面，包括關於在珍珠港內的船艦的種類和數目，當地的防衛實力，燃料儲藏庫的位置，艦艇的配備等等。

雖然吉岡並不知道發動攻擊將在那一天，可是他了解日期正日近一日。在快到十一月底的時候，海軍少校佐佐木勝喬裝爲一個商船的膳食員，到達檀香山，拜訪日本駐檀香山總領事喜多長雄，於談話中偸偸塞給了喜多長雄一個紙團，由喜多轉到吉岡手中。紙團中列舉了九十七個問題。其中一個是，「在一個星期裡面，停泊在珍珠港的軍艦，通常以那一天爲最多？」吉岡回答：「星期日」。這時，吉岡武雄接到命令，要每天拍發報告，而不是每星期三次，這表示時間已經迫近最後的指示來臨了。

直到他在十二月七日早晨七點五十五分聽見第一顆炸彈落下來爲止，吉岡武雄還不知道攻擊開始了，而以爲是演習。但他起床把收音機的短波扭開，以收聽早晨八點鐘的東京廣播電台的廣播，在報告氣象的時候，播音員講了兩遍：「東風，雨。」這是表示日本攻擊領土的秘密信號。據了解，「北風，雲。」是表示發動對俄國的戰爭。「西風，晴。」是對英國實行攻擊。

於是，吉岡武雄立即開始把他密碼和其他的情報物品焚燬。那天，當聯邦調查局的人員去捕捉他時，他們所查出的唯一的被認爲從事間諜活動的犯罪證據，只是一張珍珠港的畧圖。

美艦被炸餘烟未熄
日領事署傳出火光

在珍珠港美艦隊被炸後，船艦的餘烟未熄，檀香山日本總領事館同時也發出烟燄，原來日本總領事事前曾與外相東條英機有過許多秘密的來往文電，故在襲擊開始之後即把文件焚燒，以致火光熊熊「傳達戶外」。

駐檀香山聯邦調查局探長薛佛斯要求警方對夏威夷日本總領事館加以搜查，警察到場時，薛佛斯本人則從抗議的日本人身上搜出一本密碼及一堆文件。薛佛斯把密碼交與海軍翻譯出來，同時又在商辦的電報局取出那將交與日本總領事館的電報。海軍認出所有電報，都是日本總領事向外交部報告美艦的調動情形。一九四一年十二月六日（偸襲前一天），日外相東條還有密電拍往檀香山總領事館，要求立即報告十二月四日以後有無美國艦隊移動的情報。

美國海軍部的密碼翻譯專家發現十二月三日日本總領事已通知東京，謂他已找到一個向日本潛艇發出訊號的人，屆時可以把美艦的消息通知。當局懷疑一名德國人岳圖古恩是日本總領事的同謀者。

岳圖古恩在一九三九年已被聯邦調查局注意，因爲他沒有正式的職業，而入息不惡，生活豐裕。他由一九三六年至一九三九年放在檀香山一銀行的欵項共計七萬美元。他一度曾爲納粹黨黨員並曾向其朋友解釋本人在家族中曾獲有一筆遺產。但據聯邦調查局所得的資料，他的金錢來自日本，日本把錢交到柏林，然後由柏林寄到檀香山。

他承認曾用無線電通知日總領事館，謂夏威夷港內有七艘主力艦，六艘巡洋艦，兩艘航空母艦，四艘驅逐艦及廿七艘潛艇。又承認在一九四〇至一九四一年間從東京方面得到三萬元。他曾以掩飾口吻謂

：這是德國家族的財產。最後一筆酬金一萬四千元，是由一個生面的日本人交給他的。事後聯邦調查局查悉，這個生面的日本人是日本總領事舘副領事的秘書米村。

執行軍法的美國軍事委員會，判岳圖古恩處死刑。但事後軍事行政長官改判他入苦工監五十年。

「紐約客」神秘廣告
數字游戲傳遞消息

任何戰爭中，間諜工作在其幕後發揮的作用每多不可小視。第二次世界大戰時曾任美國海軍情報處特別戰事組的研究及計劃部門主管法拉戈氏，在他所著的那本叫作「破印」的書中透露，在珍珠港事變以前，日軍會利用美國出版的「紐約客」雜誌刊登廣告，傳遞情報，那些廣告係在日本偷襲前十六天在雜誌上出現，廣告是關於骰子遊戲的，第一次出現於「紐約客」第三十二頁，標題是「Uchtung-Warning Alette——」（德文、英文、法文的「警告」之意），然後告訴讀者請看第八十六頁，廣告中沒有廣告刊戶的名稱。

同書第八十六頁，另一幅廣告畫有一些人躲在防空洞內，圍在骰子桌旁。廣告說骰子遊戲收費二元五角。骰子上顯示的點數是十二和七，可能指示十二月七日，即發動突襲的日子，另外一些數字，可能是指示珍珠港的緯度。

這些廣告當時是紐約自稱「帝王印刷公司」人員之一送登的，支票上並未寫公司名稱，支票是私人的，但是，該銀行戶口不久即告結束。

可是時隔多年之後，在新澤西州蒙特克萊，一位寡婦否認法拉戈的推斷。這位寡婦說，她的丈夫發明一種骰子遊戲，名叫「每日雙」。她是蕭柯爾太太。她說廣告與偷襲，根本毫無關係，如果有人看來認爲有何關聯的話，那「完全是巧合」。廣告是一九四一年十一月二十二日刊登的，即日軍突襲珍珠港的前十六天，蕭柯爾太太說，聯邦調查局人員曾經去她從前紐約州拉契蒙家中調查過，並對她的鄰居訊問甚詳。她說：她推測他們是來找她丈夫的，他的丈夫已於一九四六年逝世。第二次大戰時，他曾經在美國陸軍戰畧處服務。

由於時間已久，當事人已不在人世，一切無從追究，這件事也就沒有結果，成爲了一件永遠的疑案。在歐洲戰場上，也有過類似的事情發生，那是盟軍諾曼第登陸以前，傳說廣告爲盟軍所刊，以密碼向法國地下軍透露登陸地點及時日，以便接應，但究竟是否事實，也無人加以證實。

邱吉爾內閣檔案文件
透露英曾擬先發制人

一九七一年十二月底，英國第二次世界大戰邱吉爾內閣之檔案透露一項資料：英國曾考慮在一九四一年珍珠港事件發生前一週，在東南亞先行出擊以制日本。檔案指出，一九四一年十一月卅一日，英內閣以密電致送加拿大、澳洲、紐西蘭及南非諸國，提議佔取泰國之克拉地峽來作爲打擊日本之一種行動。該電報係在一九四一年至四五年的英內閣檔案內，直到去年年底才首次公開由大衆閱讀。密電係由英首相邱吉爾簽署發出，內謂「現有許多重要之跡象指出日本將進攻泰國，將包括派艦隊載兵佔領克拉地峽，此行動可能觸發吾人與日本之戰爭，我方若比日本優先行動，可以得到戰術方面的便利。」

邱吉爾當時指出，此舉須得到美國支持乃屬必要，但若擬於事前取得保證則將誤事。一星期後日軍果於珍珠港，馬尼拉，星加坡，香港各地同時閃電進攻，而英國先行佔取克拉地峽以向日本出擊也已措手不及了。

英名記者作書預言
神機妙算影響重大

在太平洋之戰爆發十六年前的一九二五年時，即已有一位英國名記者希陀鮑達寫過一部「偉大的太平洋之戰」這本書，書中內容多與十五年後日本所發動的太平洋之戰不謀而合，足以使人想到，一九四一年的日本軍閥之進行太平洋之戰，若非受了該書的鼓勵而後發動，至少在進攻計劃方面，一部份採取了該書所提供的戰畧與戰術。

令人驚異的是，該書對於那塲戰爭，作出了如下的奇妙預測：

（一）太平洋戰爭是由日本以艦載飛機攻擊美國艦隊而開始。（二）日本以十萬兵力進攻菲律賓。（三）美軍後來反攻，逐島作戰，迫近日本本土，空襲東京。（四）日本爲阻止美軍進攻，曾出動特攻機隊（即自殺飛機）。（五）但日本終於戰敗，太平洋各島由美國託管，並締結和平條約。

該書於一九二五年間在倫敦及紐約同時發行，暢銷一時，但因當年剛舉行過「「華府裁軍會議」，人們對該書所述，多未注意其重要性。惟日美軍方，則仍予重視，日本的海軍大學且將此書譯成日文，供軍校學生參考研讀，而美國海軍部內，該書亦曾傳誦一時。

鮑達當時是「倫敦電訊版」的海軍記者，對各國海軍情形認識甚深，爲了著述上書，曾於一九二一年，旅行西太平洋各地。

據說鮑達當時謂日本陸續將亞洲各處豐富資源，如中國東北台灣朝鮮等納入控制範圍，結果必與美國對立，並預言終將由談判引起日本奇襲攻擊。他預言日本將奇襲馬尼拉灣的美艦隊。

實際上十六年後日本是突襲珍珠港的美艦隊，地點不同，方法則一如預測，而進攻菲律賓一點，亦恰如所料，只是沒有預測到最後因原子彈而屈服。

其後美軍反攻，果然是逐島作戰，終於迫臨日本本土，並空襲東京。至於戰爭開始結束時先後出動自殺飛機等更是料事如神。所以現在有人分析起來，認爲日本軍部極可能是受了此書影響，由此訂下進攻藍圖。

一九四一年進攻珍珠港最高策劃人山本五十六元帥，一九二五年時，任日本駐華府海軍武官。目前雖然無法證明山本當時曾讀該書，但以一個海軍武官身駐海外，對於新發行的海戰有關刋物，斷無不予購讀之理，由此推測山本必曾受此書影響，實有至理。至於該書作者本人，却未見他預言實現，因爲他在戰爭爆發前一年，即一九四〇年逝世。

太平洋戰爭爆發前
日本天皇是否預知？

關於日本發動太平洋之戰，人們心頭曾經有過一大疑問，即戰爭發動之前，日本天皇事前是否預知？美國史學家柏拉柯研究結果，他認爲日本天皇當年如果眞的想阻止偷襲珍珠港，他是否能阻止日軍那個行動也大成問題，以他所知，他認爲當時日皇祇能諮詢，至多也只有批准而已。對於日本內閣的決策，因爲日皇必須與日政府一致，以求全國的統一。而據各種文件透露，當一九四一年九月一日日皇召開御前會議時，他還未曾曉得日軍將領與其他軍人已策劃偷襲珍珠港。

關於研究太平洋戰爭的書，已出版者不下二三十部之多，其中有一部「從蘆溝橋到珍珠港」，對於日本發動這塲戰爭的原因，有內幕性之分析與報導，値此三十一週年紀念之日，對此歷史往事重加追憶，當非全無意義。

該書作者大衞羅，對於亞洲問題，向有極深入的研究，他在書中，盡量羅列一切有關日本發動太平洋大戰的日本官方各種紀錄，日本領袖人物的私人信件，回憶錄，以及各國對此問題研究的記載等等，資料相當充實可靠。

據這書記述，當時的日本聯合艦隊總司令山本五十六在他的日記中曾記：「如果我們對美國作戰，則我們就要準備和全世界作戰。」山本且預言：戰爭爆發之後，東京可能會被夷爲平地。

當時日本首相東條英機也說：他頗知對美作戰，日本可能失敗，不過，他希望保持三軍的團結，故不惜以日本帝國的命運下重注。

據說：一九三七年的「七七蘆溝橋事變」，日本目的原只是進攻華北而已，他們未曾料到這一件事，竟會擴大爲與中國全面作戰。

作者說：使日本陷於對美作戰的形勢中，中國戰局乃爲促成此一局勢的主要因素之一，他們並非不知，日本對美作戰，戰勝希望原屬甚微。他又說：當時的日本領袖已漸知道，戰爭一旦持久下去而不能速戰速決，則日本的資源日短，將無法與美長期週旋，他們的資源既然如此不足，然則，日本的領袖們，仍然選擇了對美作戰之一途，爲什麼他們要採取不智的行動呢？

據作者就所得各種資料，加以研究之後，將造成日本發動太平洋大戰的各項因果，分析如下：

當時日本陸軍堅持駐軍於中國，而美國則要求日軍必須撤出中國，爲舉行談判的先決條件。

美國對日本經濟制裁，使日本感到壓力重大。據說，日本的汽油儲備，僅足供作戰十八個月之用。一個當時的海軍將官曾說：日本海軍每一小時，消耗石油四噸。因此，日本海軍覺得美日間的外交談判，拖延太久，已感急不及待。

中日戰爭初期，美國羅斯福總統未有即對日本施行經濟制裁，乃屬失策，其實中日戰爭爆發，美國如欲日本及早停手，就應該立即施行禁運，方能有效，否則戰爭便會延長下去。

一九四一年夏天的時候，日本首相近衛文麿曾提議與羅斯福總統舉行會議，結果未有成功。作者相信，倘若此次會議能夠舉行的話，則日本可能不即進行突襲。

日本政壇元老回憶
美國迫令發生戰爭

據當年日本政府中一名中樞人物，前任日皇顧問，今已八十三歲的木戶幸一的回憶與看法，日本發動太平洋戰爭，係受美國壓迫所致。他在近衛內閣時任過文部大臣，厚生大臣及平治內閣的內務大臣，一九四〇年任米內內閣的「內大臣」，這是一個相當於日本天皇顧問的地位，東條英機之所以能任首相，就是出自他的推荐，因此他是當時的中樞人物。

木戶幸一說：現在回憶起來，不妨坦白說，太平洋戰爭不論以什麼作開端，都是一場難以避免的戰爭，因爲一切客觀條件都促成這次戰爭。

他說：最糟糕的一件事情是近衛第二次組閣時起用了松岡洋右爲外相，這人自我意識太強，以爲和德、義締結軸心同盟，即可嚇阻英美。松岡諳英語，常與當時美國駐日大使格魯及英國大使格萊琪談話，可惜兩人對松岡均不信任。

木戶指松岡外相被德國誘惑而不自覺，據說德國曾叫日本攻取星加坡，因爲，英國對於日本此舉必然無可奈何。木戶又說：近衛第三次組閣後，即於一九四一年七月，訂立所謂「支那事變處理要綱」，其中有謂，「爲解決日軍在華陷入泥沼，必須實行南進，在此場合不能不行使武力，並盡可能局限於以英國爲敵手，但不能不戒備美國會出而助英。」

木戶繼續說：一九四一年四月，日本駐美大使野村吉三郎與美國國務卿赫爾正式進行日美會談，初時美國已同意承認「滿洲國」，但不久因日軍進駐印支，引起美國不快。不過會談中，有一點是日本當時不能接受的，這就是美國要日本即時從中國撤兵，陸相東條對此尤其反對，認爲絕不可能。

據木戶透露，當時美國凍結日本在美資產並禁止石油運往日本，日本政府一查之下，知道日本國內存油只餘五十萬噸，如果再多躭擱幾個月，日本的軍艦都將變成動彈不得的玩具，所以在一九四一年的九月六日由日皇主持的御前會議中，即已決定一戰，並定十月下旬爲戰爭準備完成期。

木戶又透露太平洋戰爭前夕，即一九四一年十一月二十六日，日美會談的美國最後修正提案內容如下：

（一）日本須由中國及印支撤兵。（二）除中華民國政府之外，不得承認任何中國政府。（三）廢止德、義、日軸心同盟。

日本政府（當時已由東條接任首相）認爲日本如接受這些條件，等於全面否定日本侵畧的果實，盛怒之下，不予答覆，並於十二月一日作出最後决定，實行偸襲珍珠港。

木戶說：甚至在戰爭爆發之後，即一九四二年二月初，他仍向日皇奏上：「戰局不容樂觀」，日皇乃召東條來見，叫他「不可放棄任何收拾戰爭的機會」，可惜那時日軍剛巧攻佔星加坡，一片勝利氣氛沖昏了腦袋，東條等一班軍人，當時不肯理會這些忠告了。

木戶在戰後曾被東京戰犯法庭處以終身監禁，但一九五五年獲釋，此後一直保持緘默，不願談及舊事。

美國學者著書指証
日天皇實與戰爭同謀

西方國家，多以爲日皇裕仁在侵華與太平洋戰爭中處於被動地位，而對日皇加以相當同情與原諒，麥克阿瑟對於日皇本人之網開一面，亦基於此。但與此相反，力言日皇裕仁係參與同謀主要人物之一的也大有人在，而以一位在東京出世的義大利學者大衞．柏嘉米尼指責最力。柏氏於一九七一年在美國出版「日本皇室同謀」一書，他在該書中坦白表露，他認爲裕仁個人應對日本的軍事侵畧負責，從一九三一年進犯我東三省，到一九四一年珍珠港奇襲，他都是一個主謀，柏氏甚至主張日皇應作戰犯論罪。

作者的資料，得自日本官員和若干很少人知道的文件。柏氏指出早在一九二一年，當時年方二十的日太子，就假宮中氣象台秘密開辦研究班，參與其事的均爲少壯軍人，日本征服半個世界的初步計劃，在這時期即已作出。

二次大戰時，柏嘉米尼在日本入集中營。他對日皇的批評，實際上還採取保留態度，令他憤慨的是麥克阿瑟將軍的戰犯標準，戰犯法庭只將部下犯暴行的司令官定罪，而不起訴日皇和他的大部份私人顧問。

爲此書作序的威廉．佛洛德．韋百，曾於一九四六年——四八年中主持東京國際戰犯法庭，坦白承認不審日皇而定其臣民之罪，這個事實値得人們大有感觸。他說，假如裕仁當時受審，「則我敬佩其人，必在其他大部份日本戰爭領袖之上。」從武士道觀點來說，這句話很重了。

柏嘉米尼追究裕仁介入戰爭險境的淵源，說第一個證據見諸於一九二一年他的歐洲之行。表面上他的親善訪問英、法，骨子裡則是爲將來安排，取得船艦與現代武器的資料，與他同行的皇室顧問，有四個是搞國內陰謀，國外軍事行動的能手。

柏氏說，裕仁此行，遠在德國的巴登溫泉舉行諜報會議之前。關於此事，西方從未報道過。會議日期爲一九二一年十月廿七日，照他們的說法，日本間諜制度是皇室一手培植與鼓勵的。

參加這個會議的青年情報官，有東條英機，他在二次大戰中任首相，東條於會上決心「以身報國」，實行兩點計劃，剷除保守軍人，而以法國陸軍爲模型，「以便日本能作總體戰」。

會議以後，東條第一道命令是收集現代武器製造情報，而太平洋戰爭，便是在東條英機內閣任內爆發起來的。

（完）

太平洋戰爭時

日人在香港演「捉放」之真相

雲烟

太平洋戰爭時，日本人曾在香港扮演「捉放」活劇，當時轟傳一時。是時筆者適在香港，身歷其事，特爲之記。

抗戰開始，南京淪陷，僞政權成立之時，曾勸說林康侯（上海銀行公會秘書長，公共租界工部局華人教育委員會委員，中國紅十字會常務理事……）。再三勸說林氏出任僞政府財政部長，但爲林氏婉言推辭，誰知敵僞之說客露出猙獰面目，林氏不得不避，匿居於南京路上金門飯店，但非久計。後由聞蘭亭（中國紅十字會理事長，仁濟善堂及紗布交易所理事長）向敵僞人員折衝，保證「林氏與重慶政府無關係」，林氏遂赴銀行公會照常治事，暗中進行辦理赴港手續。林氏動身日之下午始通知同事是晚離滬，在末班接客艇啓駛前十分鐘，抵達江海關碼頭，僅一子陪伴乘的士，該時碼頭靜而無其他人，僅銀行公會暨中華全國商聯會僚屬數人送別，林氏踏上跳板不回顧，直往艙中而行。

汪僞政府成立後，接收上海市商會，事先該會已知敵僞人員欲侵佔，但該會會址隸屬於國民政府（雖在公共租界之內，但洋涇濱章程內載明：「屬與中國政府」，不在洋涇濱章程範圍之內，因此租界當局不能干涉。該會在副理事長徐寄廎前浙江興業銀行董事長）領導之下，撤退來港，設立駐港辦事處，辦理運入內地（後方）貨物證明（非日貨）文件；市商會被侵佔後，敵僞人員染指公共租界華人納稅會，該會工作人員早作打算，除個別轉業、或因健康關係留滬，多數撤往香港，該會秘書陶氏居於舊法租界，夏天某日上午九時左右，一位王某會計師亦居於陶氏所住之弄內，由家走出進入總會弄內，爲敵僞工作人員槍殺，目的係要槍殺陶氏，因王會計所穿唐裝長衫，戴草帽且亦戴眼鏡，高低不相上下，裝扮與陶氏無異，做了替死鬼，陶氏遂不得不東隱西匿，該會無形中解散。在銀行公會大厦內之同一層樓，中華全國商會聯合會暨國際商會中國分會自政府西撤後，即除去牌名，前者首腦林康侯去香港後，經濟部命該會撤往香港，滬改設辦事處；後者會長陳光甫早已去美。

日本軍國主義冒天下之大不韙，向英、美宣戰，偷襲珍珠港，轟炸啓德機場，進攻羅湖，英軍無力抵抗，粉嶺集中營內之國軍加入前線作戰，日軍在新界登陸，九龍被侵佔後，將國內著名工商界人士及曾任國民政府高級官員集中於半島酒店內，名曰「保護」，實係「軟禁」；自香港島亦爲日本佔領後，將軟禁於半島酒店內人士集中於香港酒店內；四樓所居者係滬上有家屬者：如顏惠慶（曾任北洋政府時代國務總理及國民政府駐蘇大使等），李思浩（曾任北洋政府財政總長及黃卍字會會長），唐壽民（交通銀行總經理），林康侯（中國紅十字會駐港辦事處主任），陳友仁（曾任國民政府外交部長）。三樓所居者多數係兩廣人士：許崇智（國民黨中央黨部監察委員會常務委員），陳維周（國民政府廣東省政府前任省主席陳濟棠之兄）；膳食分爲中西，自由選擇，免費供應，每日下午每人准許其親戚或友人一人，前往探視或送食物衣服等，但前往探視之人在每人表格中言明「係何人及其姓名」，其他人不可代庖，門前一名憲兵站崗。

日人爲收買人心聯絡著名工商界人士及知識分子，所以在重要大都市成立親日組織，在上海名「興亞院」，香港則名「興亞會館」，大多數留日學生均加入。在一九四二年一月下浣，上海興亞院派遣兩位會員：一位顧醫生（留日學生），另一蔡純樸係商人，前往香港酒店探視「被保護之人」，目的擬勸說彼等與日人合作，但碰了一鼻子灰；但另一方面彼蒙蔽香港日軍當局，要求協助：「遣送和平運動同志家屬返上海」——其實係被敵僞騷擾之民衆團體工作人員回上海，如上海市商會，公共租界華人納稅會等撤退來港者及家屬。當然彼等來港前得到上海當局許可及協助，因此在華人行內設立登記站，當時由南洋駛回上海之運輸艦，據日人估計可搭二百人，前半部載士兵，後半部所謂：「和運同志及家屬」，但辦理人員限制爲一百五十名。筆者蒙市商會主任秘書（前新聞報副刊編輯）登記在其機構內。公共租界華人納稅會部份工作人員轉業入市商會駐港辦事處，因此市商會人員及家屬較多，粥少僧多，僅可一半人先行，其餘須俟三月中旬之運輸艦，該艘可搭三百人，此乃蔡顧兩位先生安慰人心而言，且又語：「該時再來港」。如筆者個別前往登記，以中華全國商聯會或國際商會名義，則可搭農曆元月初三日往滬之運輸艦。由於當時經辦人員重面情，以致毫不相關人士亦搭載該輪。因該時港滬尚未通航。漏網之魚——徐寄廎（市商會駐港辦事處主任，前浙江興業銀行董事長）本港爲日本佔領後，其匿居於友人家中儲藏室箱櫃背後，食宿均在該室內，其在滬時衣唐裝長衫或長袍，在農曆元月初三其由友人家出，改衣西裝且戴眼鏡，直往船上而行，不與碼頭上相識之人點首或寒喧。數日後，顧、蔡兩氏亦離港。

迄至三月中旬，除顧、蔡兩人外，上海興亞院加派一人來港，此人在滬不見經傳，所以姓名無從探悉。彼三人同往香港酒店探望，彼等與被軟禁酒店內之人，談話結果如何，亦無從知道。所謂：「三月中旬將有第二艘船載已登記之人返滬」，之諾言亦成爲泡影，彼三人逗留一星期飛回上海。誰知四月初，日本當局通知在滬有家屬者：如顏惠慶、陳友仁、林康侯、唐壽民，李思浩等，「回家整理行李，不日送回上海，因此間治安不良，希望少出外」。林康侯遂租住高羅士打酒店，李思浩亦住於該旅店內；雖名義上已恢復彼等之自由，但每日當局派便衣人員登門訪問——名曰「請安」，實係來視察「有何種人士來往」，林康侯係上海著名聞人，因此本港工商界及其他人士往訪者頗多。孰知第三日，當局通知：「磯谷總督邀請晚宴」，陳友仁偕林康侯同赴宴，彼倆想行期不遠，果然總督在宴會中宣佈：「諸位先生，明晨八時在香港酒店，同搭機返滬」。筆者於第四日晨九時往高羅士打，見林康侯所宿之房，房門敞開，人去樓空；顏惠慶博士因有心臟病未乘機同行，改坐船回滬。

此不啻日軍演平劇「捉放曹」。所謂：「遣送和平運動同志家屬返滬」——實其中無一人與和平運動有多大關係——全是騙局。至於其他兩廣人士命運如何？因筆者不久亦北返無從知悉。茲半島酒店依然，香港酒店已建爲「於仁行」，若干人士舊地重臨，不免感慨萬千！而大多數人墓木已拱。

國共在台最大規模的一次間諜戰

·葛天民·

中華民國政府退守台灣之後，國共雙方正規的戰爭除去「一江山之戰」，祇有幾次大規模的砲戰，但間諜戰可能更在加緊進行，而且也許沒有一天停止過。其中最大規模一次間諜戰發生在一九五一年，是國民政府司法部調查局對中共台灣省委之戰！這一戰的結果是調查局大獲全勝，徹底破壞了中共台灣重要的組織，招撫了全體中共幹部。過程是驚險、曲折，比起任何間諜小說都不遜色，但却是眞人眞事。

中共台灣省委書記蔡孝乾，在台灣淪於日本時期就是台共中央委員兼宣傳鼓動部長。當時的台共直隸於第三國際並不屬中共領導，不過，總部也是設在上海租界，與中共中央可能有橫的連繫。

一九二八年八月台共總部在上海被破獲，恐怕波及到台灣內部共黨幹部，蔡孝乾與幾名重要幹部由北部後港秘密乘船離開台灣到了漳州，以後四年時間他就留在漳州，多數時間教書，作過公務人員，一直到了一九三二年四月，紅軍佔領了漳州，他又投向紅軍，跟隨當時的紅一軍團政治部主任羅榮桓進入蘇區。最初任中央蘇區反帝總同盟主任，這是一個國際統戰組織，有類於今日耿飈主持的「國際關係聯絡部」。一九三四年十月江西共軍受不了國軍圍剿壓力，突圍逃向陝北時，蔡孝乾也在軍中，經歷了整個長征抵達陝北。一九三六年一度担任過「中蘇臨時政府內務部長」，以後隨着「政府」的撤消而失去職位。一九三七年調任八路軍總政治部敵軍工作部部長，因爲他是台灣省人，日軍中有不少台灣省民參加，所以中共派他担任此項工作，頗有成就。抗戰勝利，台灣光復，一九四六年被派爲台灣省委書記，統一領導台灣省的共產黨組織及武裝力量。

從一九四六到一九五一，蔡孝乾担任五年省委書記，大體來說成就不大，可能是因爲台灣地方太小，國軍兵力又駐的太多不易有大的進展。到國民政府撤退到台灣之後，銳意清除內部，台共所受的壓力就日漸沉重。一九四九年政府在桃園、新竹一帶破獲了台共的總部，台共幹部損失甚大，有形組織全被破壞，但重要領導人却未能捕獲。

一九四九年底，調查局接到一份機密文件，中共「一九四九年四月決定」指示台共仍在蔡孝乾領導下重新組織起來。依當時台灣情況，人心不定，國步艱難，正是台共發展的好機會，調查局奉到命令後，決計設法捕捉蔡孝乾，徹底消滅台共組織。

中間經過幾個月時間，到了一九五〇年五月二十二日調查局重要人員全體動員，徹底研究如何偵察台共領導人及其組織。研究結果認爲此事不能用包圍，搜查方式去查，因爲這等於在大海裏找一條魚，理論上應該可以，而事實上無法行得通。唯一可行之道祇有佈置內線，派人滲透到台共組織內部，看準時機，一網打盡。

調查局人員根據台灣當時情況判斷認爲台共組織在新竹、桃園被破獲之後，不可能在北部立足，一定南下。最理想活動地區應是苗栗，因爲苗栗地區山巒複雜，溪流交錯，又有綿密的山林，最宜於潛伏。而苗栗農民多經營副業，如種香茅油、燒炭都需要外來的人力協助，所以一個流亡的人到苗栗境內找一份短工輕而易舉，這些也是便於台共人員潛伏的要素。

調查局人員再根據各方面得來的線索，假定蔡孝乾及其得力助手老李老王都潛伏在苗栗山區。因此，決定派出人員向苗栗山區滲透，以期能進入台共組織的核心。

決定之後再物色內線工作人員，此一人員必須具備三項條件：

一、可以從事勞動工作，並懂得客家話，因爲苗栗農民多數講客家話。

二、過去確實是共產黨員，與蔡孝乾或老李有過淵源。

三、在苗栗地區有社會關係可以獲得立足點。

確定這三條原則之後，再從調查局內部物色人選，却沒有一個人合格。不得已祇有外求，當時決定了一個在調查局掌握的共黨人員以後編爲A字十七號。

A字十七號是一個脫離共黨而沒有辦過自新手續的人，調查局祇對他秘密監視但並未加以逮捕。A字十七號並不曉得他自己在調查局監視中，每天照常出去工作，早出晚歸。調查局人員查清楚他每天經過的路線，在路旁停放一輛大轎車，等到A字十七號下午下班回家時，車內人員走下車來，取出身份證明以及A字十七號過去參加台共組織的證據。

A字十七號大吃一驚，說道：「我過去同他們有關係，但是斷絕很久了。」

調查局人員說：「我們曉得你已同他們斷絕了關係所以一直未曾捕你，現在有件事想請你幫忙，希望你到局裏談談。」

到了調查局初次祇作一次泛泛談話，調查局希望A字十七號能參加工作，並未說明具體任務。A字十七號答應考慮，調查局人員就讓他回去。

經過一個星期的接觸，調查局人員對他有了信心，A字十七號也決心要參加工作，以贖前愆，調查局人員始將全盤計劃告訴他，要他滲透到台共內部破壞台共殘餘組織。

A字十七號欣然接受了這一任務，而且提出了幾點建議：一、出發前一定要把自己折磨得又黑又瘦一望而知是經過艱苦生活的逃亡分子。

二、從新竹出發不坐火車、汽車而走山路穿越密林小徑。

三、這件工作急不得，即使搭上線也要經過幾個月的考核，始能見到眞正領導人。

一切議定之後，A字十七號便從新竹沿密佈山林及錯綜溪流向苗栗進發，一路躲躲藏藏，忍飢挨渴，經常露宿山頭，又沒有衣服更換，這樣挨了兩個月始到苗栗，A字十七號已經完全失去原形。衣衫襤褸，鬍鬚滿臉，頭髮蓬鬆宛如野人。到了苗栗山區，A字十七號找到一個客家農戶，自稱是一個落難人，希望能找到一份臨時工作，不要工錢祇求吃兩餐飯。客家人都富團結，對於這個能操客家話的流浪人，激起了同情心，當時台灣光復不久，農民對政治認識不深，共產黨名詞他們也未聽說過。祇要不帶槍，不是土匪，他們就敢收留。於是A字十七號就在這一家作了短工，由於他的勤敏，很快得到主人的信任，也在附近交了許多朋友。村子裏農人都對他很好，同時大家在一起聊天，他總是盡力表示對政府的不滿。中間經過兩個月時間，台共外圍人員發現了他，一直報到內層去，報到蔡孝乾面前說明有這麼一個同路人到了苗栗。

蔡孝乾開始注意他，就派出核心人員用各種方法同他接近，對他考核，他對共產黨的忠誠雖是假的，但他經歷的事却是眞的，他本身實在是一個共產黨員，任何秘密暗示他都懂。在幾次接觸之後，負責聯絡幹部向蔡孝乾滙報這個人確實是自己落難同志，應當引他歸隊。

根據聯絡員的報告，蔡孝乾派人把A字十七號引進了臨時設立的辦事處，由老李正式加以訊問，這是最要緊一關，如果露出馬脚百分之百沒有命，但A字十七號經歷全是眞的，他從新竹逃亡到苗栗的路線，也正是蔡孝乾這批人走過的，有些山頭，A字十七號露宿地方，蔡孝乾他們也睡過，加之蔡孝乾過去雖未見過A字十七號，但確實知道這個人的名字，經過老李上報之後，算是確定了A字十七號的身份，正式恢復了一個共產黨員的工作。

從一九五〇年十一月到一九五一年一月，蔡孝乾就派老李同他聯繫。這時A字十七號才了解組織內情，殘餘的台灣省委會，實際上祇剩下蔡孝乾、老李、老王三個領導人，三人都是省委，蔡孝乾任省委書記、老李第二、老王第三，把這三人抓住，台灣省委就徹底瓦解了。但是A字十七號此時祇能接近老李，還不能直接同蔡孝乾發生連繫，因為領導是單線，除老李之外，他也無法見到其他的人。

A字十七號每日工作，均以特別方法通知了調查局人員，調查局人員一面予以指示，同時也盡力幫助他做出成績以獲得更大的信任。

中間過了幾個月，老李鼓勵十七號利用自己的關係，開闢一個新據點獨立作戰。十七號把情況報告調查局，在調查局人員協助下，就在山線鐵路三義東南方的山區，開闢了一個據點，吸收了一個姓詹的「同志」。

這個姓詹的是一個自耕農，相當有頭腦，經過調查局人員的勸說，他願意參加工作。十七號得到調查局指示向姓詹的進行聯繫，雙方一談就妥，姓詹的表示誠心為共黨工作願意把家中餘粮接濟他們，並在香茅園中搭蓋一間草寮，作為他們休息之用並訂閱報紙供他們看。A字十七號也就向上面反映報告這位新同志不但熱心革命而且在家庭有絕對控制力，所以在他家中活動十分安全。從此這個詹姓農民就加入了台共工作，調查局把他編成A字十八號。

十七號吸收了十八號建立了安全據點在當時來說，都是相當不容易的事，在蔡孝乾這批人就作不到，因此蔡孝乾對十七號特別賞識，一次在會報中蔡孝乾突然露面和十七號作第一次談話。談話中，蔡孝乾暗示他將會親自領導十七號，希望十七號努力工作，向台中方面發展再開闢一個新據點，使工作人員有個可靠的後方。並要十七號根據一年來的工作情況，寫一份書面報告。

十七號按照蔡孝乾的吩咐，寫了一份書面報告，蔡孝乾看見他字跡端正，可以辦文墨，就交他繕寫了一批黨內文件，完全把他當作了核心人員。十七號又把一年工作所得捐獻給黨，作為活動經費，蔡孝乾更對他增加了好感，一切問題皆同他商量，兩人中間已沒有秘密了。

這時十七號以為可以有機會把蔡孝乾、老李、老王三巨頭一次抓住，這次任務就算完成。當透過通訊網向調查局主辦此案的人員請示時，調查局經過商討之後，認為直到目前，這批共黨領導人仍然沒有一個真正的據點，祇是在山區流竄，全部逮捕並不容易，萬一決撒了，再想作第二次就困難了。當時指示十七號耐心等待機會，努力工作取得蔡孝乾的信任。

中間又過了兩個多月，蔡孝乾突然把老王夫婦交給十七號接待。十七號不明白蔡孝乾目的何在，但是既然交下任務就要接受，當時把王妻安置在十八號家中，要十八號嚴密控制，不可讓她隨便走掉。至於老王，十七號就同他一道住在山洞裏。

安排好之後，十七號又奉到蔡孝乾通知，決定於四月二十六日開始，就在十七號與老王合住的山洞裏，舉行一次工作會報，總結一年來的工作經驗，擬訂未來的工作計劃。

十七號把這項消息通知了調查局，調查局人員大為興奮，決定收網捕魚，結束這次的行動。但調查局人員也知道蔡孝乾不是易與之輩，他說二十六號開會，可能祇是開始的一天，他本人決不會在這一天露面，一定要拖上幾天看見別人都安全，他才會出席。因此，調查局人員也就根據這種情況，作了佈署。

調查局當時派了工作人員九名，分成三個小組，向山區進發。甲組三個人走在最前面，其餘兩組每隔一個小時出發，甲組三個人於四月二十五日晚間八時，從山脚步行出發，這時黑暗得伸手不見五指，他們根據十七號指示的路線，在草叢中匍匐爬行，爬了四個鐘頭，到了距離山洞後一百公尺的草叢裏埋伏下來，這時已是二十六日的凌晨二時。

這個山洞形勢很險要，內部可以容納十幾個人，但祇有很少地方可以站立，大部份地方都只能蹲或坐，洞門很小，可容一個人匍匐進出。

這時山洞裏有四個人，十七號之外尚有老王及兩個助手，武器祇有一支駁殼槍，壓在老王枕頭下面，到了夜間一時，十七號知道甲組人員已經到達，悄悄起身把老王的駁殼槍摸過來，老王毫無動靜。十七號剛想走出洞，老王一個助手要起身小便，十七號沒有辦法祇得倒在舖上裝睡，一直又過了半個鐘頭，那個助手也發出了鼾聲，十七號帶着槍悄悄爬出去。

十七號出了洞根據暗示，劃了一枝火柴吸烟，當火柴熄滅後，用尚未全熄的火星向空中劃了三個圈。這時突然從草叢出來一個人跑到身旁。

十七號喝問：「哪裏來的人？」

「對面山上來的。」

「什麽事？」

「借個火。」

「借火幹麽？」

「燒死肥猪。」

十七號不再問話，把手槍向對方手上一塞，又回到洞裏，接過槍的是甲組一號，他知道一切情形都順利，輕輕吹了一個口哨二號、三號一齊走出來，一號首先爬進了山洞，當一號剛進山洞時，半個小時前起身小便的那個助手又醒了，映着洞內的燈光，看見進來一個陌生人，他大喊一聲「幹麽？」老王同另一個助手也驚醒了，老王本能的向枕頭下面一摸，手槍不見了，知道大事不好，三人都有一把武士刀，一齊拿起來逼到洞口，向一號舉刀就砍。

一號乘他們舉起刀的剎那間，躍進洞內順手摸起一塊床板格開武士刀，回身一脚把燈火踢滅了。

十七號此時不敢確定是否能成功，不便表露身份，也摸起一把武士刀跑到洞外，看見二號、三號還未入來，當即打個暗號引導兩人入洞，此時一號已把老王的刀打掉兩人滾在一起。十七號一見形勢已定，大喝一聲住手，兩個助手當時放下刀不敢抵抗，二號、三號過去把兩個助手制服。十七號幫助一號把老王制服，老王這時才發現十七號原來是滲透進來的敵方人員，無話可說，束手就擒。十七號等扔老王及助手綑了手脚，口內塞了棉花，扔到洞口一角，四個人就在山洞內等候第二批幹部到達。

這時乙組人員也趕到了，藏在洞口外

一百公尺的草叢裏；丙組人員也到了，藏在距洞三百公尺草叢裏。

一夜過去，天已大亮，仍未見其餘人到達，這兩組人蹲在草叢裏宛如六塊石頭，不能說話、不能動，因爲這個山洞四圍五百公尺之內，既無丘陵又無山谷，唯一可以隱身的就是高可及人的野草，如果離開草叢，就會暴露目標。

二十六日這一天，就在草叢熬過去，到了夜間十一時，乙組人員看見山洞旁的小路上有三個人走過來，精神一振，忙作準備。這三個人是老李領導的一組，這時洞內已沒有燈火，老李站在外面喂了兩聲，十七號在洞內假裝剛睡醒，迷迷糊糊應了一聲，接着就喊他們進來。

老李聽到十七號在裡面，放下了心，首先鑽進洞，剛進去尚未站穩，就被揪到細上，第二個剛進一半，發覺情形不對想向外跑已經來不及，被裡面守住洞口的人抓住拖去。外面尚有一個助手回頭想跑，乙組之人已在他身後用槍抵住，四人一齊入洞。

最後還剩了一組丙組，最苦的也是這一組，他們在草叢中埋伏了將近三天三夜，不敢活動，又不敢睡覺，沒有東西吃，也沒有水喝，口渴了吃話梅，但話梅已經吃完，在飢渴交織下，還要忍受虫咬，皮膚被野生植物刺傷，也不敢哼一聲，一直到了二十七號晚上十時，他們已經到了要昏倒時，突然發現兩個人也順着洞旁小路走上來，三人頓時忘掉一切，提起精神嚴加戒備。

來的人是蔡孝乾同一個助手。但蔡孝乾是何等人，久經滄海，不會輕易上當，他到了洞口處看見裡面漆黑沒有人聲，在洞口摸索一下也聽不到動靜，退回來站得遠遠的思索一時，突然向洞旁另一條小路上跑去，當他剛跑了兩步，黑暗中出來三個人影，品字形站在他的身邊，一枝槍頂住他的後背，喝聲：「不許動。」

蔡孝乾舉起雙手，笑道：「你們竟然有這一手，我服了。」

當三個人合力制服蔡孝乾時，他的助手突然向後跑去，藉着山坡滾下去，這時洞內人都出來了，一齊追趕，但因爲天色黑暗，野草又高，這個人地形又熟悉，竟被他跑掉了。

蔡孝乾一行人被捕後，經過調查局人員勸說，均願意脫離共黨組織，參加反共工作。辦理了自新的手續，同時蔡孝乾提出一個報告，台共尚有一支解放軍，約有二十多人，藏匿在某一個山區伺機活動。領導這支解放軍的幹部名老黃，原來也受省委領導，但自從省委組織被調查局一網打盡之後，老黃自然得到消息，目前老黃藏於何處，根本不知道，也無從聯繫。

調查局也知道老黃，對他有相當了解，當即根據戶口登記冊中老黃的照片，訪問老黃的親友，所得到的同樣回答，皆不知道。

這次未能查出，調查局改變辦法，把老黃照片翻印多幅，發給全省每一個工作人員，要他們注意老黃。

本來這不是一件簡單的事，台灣當時人口號稱八百萬，從八百萬人中去找一個人自非易事。但有許多事就是這麼湊巧，調查局通令發下不到十天，派駐在南投山區一位工作人員，這天與一位國民小學教師的朋友，到一個荒僻農村作家庭訪問，當經過農村小徑時，迎面來一人擦肩而過，面貌酷似照片上的老黃。就這麼一打照面，這位工作人員引起了靈感，當時假稱頭痛撇開了教書的朋友，回頭釘梢，看看這人住在何處。走了不遠，就看見剛才打照面的人進入一間木屋內。他轉身去到警察派出所，找到這間木屋的戶口册一查，裡面住了四個單身男人，自稱是朋友，兩人姓曾，一人姓邱，一人姓周，並無人姓黃。

他根據判斷，認定在派出所登記的姓曾的，極可能就是老黃，當時把所見情況報告上級。第二天上午，上級派來三個人，化裝成小販及過路旅客，先後在木屋外偵察，發現其中一個姓曾的實在太像老黃。他們四人決定作一次突擊檢查，如果有誤就向戶主說明經過，然後撤退。

他們四人在黎明時闖進這間木屋，發

現只剩了兩個人、兩人發覺後掏刀拒捕，經過一場格鬥之後被擒，訊問後，知道這兩人就是戶口冊上登記的姓周與姓邱的居民，至於那兩個姓曾的都姓黃，年長的就是調查局遍發照片要找的老黃，年輕的是老黃弟弟小黃。

兩黃何以不在屋內，原來他們就担心治安人員黎明掩捕，所以天不亮就出去釣魚，七點鐘回來早飯。

調查局人員問明口供之後，留下一人監視屋內兩人，其餘三人趕快跑去魚塘捕兩黃，到地方只剩下兩根尚未裝餌的魚竿。

這次雖然未捉到老黃，但是調查局人員却獲得三條線索：一，老黃生活仍靠家中接濟；二，老黃仍然領導台灣人民解放軍；三，老黃與他住在萬華的一個妹妹，經常保持聯繫。

調查局根據這條線索，就勸告老黃的家屬勸老黃出頭自首，担保給予寬大待遇，但老黃家屬堅決否認與老黃、小黃有聯繫，調查局拿出他們接濟老黃的證據，他們仍然是說不知道。調查局辦案人員頗有耐性，一次不成，兩次、三次去勸說，告訴他們老黃生活的慘狀，回頭始能脫離苦海。經過多次勸說之後，他們答應設法與老黃聯絡，調查局人員只好耐心等候，過了好些天，老黃的妹妹向調查局人員說，她哥哥暫時不願出來，準備派小黃先來投案。

但是，調查局人員明白老黃這是一種試探，總算有了進步，就答應下來。果然不到兩天小黃來了。經過了多天的逃亡生活，小黃面色憔悴，衣裳襤褸，連叫化子都不如，由他家人陪同到調查局投案。調查局人員對小黃非常友善，給他理髮，洗澡，換衣服，然後要他回家休息，明天再來談。小黃來時神色慌張，不知要受什麼刑法，現在一見如此輕鬆，大出意外。第二天到了調查局，不等有關人員問他，小黃自報奮勇願意勸老黃一道來。調查局人員當時給他規定通訊暗號，就要他回到老黃那邊去。只要老黃打來一個電話，調查局就派人在接他。

過了幾天，老黃果然來了一個電話，他對於調查局對付小黃的辦法認爲是要手段，主要在於誘他出來，他一旦投了案，情況便完全不同。

調查局人員在電話問他，怎樣才可以相信調查局的誠意呢？老黃說他必須要同蔡孝乾見見面，他以前受過蔡孝乾的領導，只相信蔡孝乾。

如何與蔡孝乾會面，老黃也說出辦法，三天後的下午五點鐘，由蔡孝乾一個人由台北乘坐開往鶯歌的火車，下車後沿着公路向南走，行了約一公里到了平交道時，轉到鐵路線上直往前走，他就在這裡等候。

電話通過之後，調查局派人到地方實地勘察，當地是一條荒僻的公路，當轉入平交道路基之後。周圍草叢繁密，幾百公尺以內一覽無餘，如有人跟踪，這時就可以看見。加之老黃有刀有槍，要眞想用武力圍捕他，實非易事。不能硬捕，只有用軟功，按照老黃的要求派蔡孝乾去，但此時又發生一個問題，蔡孝乾剛過來不久，他的忠誠也沒有把握，如果蔡孝乾同老黃跑了，問題更加麻煩，在這種情況下，負責人就要下決心了。經過一番考慮，調查局決定派蔡孝乾去會老黃。如果蔡孝乾眞的跑了，也只好由他，因爲縱然留住他的人，留不住心也是無用。

蔡孝乾按照老黃規定的路線單刀赴會，走上了平交道，繼續向前走了不久，突然老黃拿着一挺衝鋒槍從草叢跳出來。用槍一指蔡孝乾，說道：「書記同志，你眞來了。」

蔡孝乾看看他的衝鋒槍冷冷說道：「你是叫我來的，不知道你有什麼話要同我說。」

老黃問道：「眞是你一個人來的？」

蔡孝乾說道：「這裡一眼能看幾里路，除非有隱身法，都不能跟我來。」

老黃說道：「你一個人來有什麼用？」

蔡孝乾笑笑：「帶你回去一個人就夠了，要是想動手捕你，十個人也未必成？」

」

老黃指指鼻子：「你帶我囘去，你眞跟他們幹了。」

蔡孝乾點頭道：「跟我囘去吧！別傻了，我黨齡比你深，地位比你高，所見到的所聽到的也比你多，到了我也要轉變時，就不是隨便下的決定了，走吧！我不會害你，更不能害我自己。」

老黃當時放下衝鋒槍，抱着蔡孝乾哭了，兩人一道按照來時道路走囘去。

現在只剩下那一支台灣解放軍了，據老黃說他們隱藏在台北縣的牛角山，人數雖然不多皆慓悍異常，擁有各種槍枝及手榴彈，隨時可攻擊台北市。這一消息在老黃未出來之前，從未有人想到有此肘腋之患。當時都吃了一驚。

老黃又說從前是同他們在一起，以後因爲糧食不繼，居無定所，所以他才走下山，現在只有上山去同他們談判，用兵進剿不易收效。

調查局就請老黃上山把這批人帶下來，過去的事一概不究。老黃作事很乾脆，第二天仍然原身裝束，背着衝鋒槍，摸上了牛角山。

牛角山座落在台北縣內，崗巒起伏，很易隱蔽，這二十幾人在山中藏身已幾年，平時把牛角山當成了井崗山，鬥志十分旺盛。老黃到了山上，一羣人見了皆大歡喜。老黃最初還不敢說實話，也如A字十七號一樣，編了一大堆故事，如何艱苦鬥爭，最後逃上牛角山。接着老黃要他們每人報告這一時期的學習心得，了解了每人的情況。才向大家說明身份，勸大家一道走下牛角山，囘到台北市。

當時情況十分混亂，許多人指責老黃叛變，許多人用槍指住老黃，老黃此時的態度正如蔡孝乾見到他的時候，又將蔡孝乾的話加添枝葉再說一遍，然後說道：「各位願意跟我走的，我可以担保大家平安無事，我們全體省委都轉變了，只剩下你們這二十幾人，最好大家一道走，不願走的可以開槍打死我，我絕不皺下眉頭。」

說過之後，當大家陷於沉悶苦思中，老黃突然一拍桌子，大喝一聲：「怎麽樣，你們跟不跟我走？」

大夥兒被他的威風所懾，無一人敢反抗，但是還都不能放心，最後提出一次要求，希望調查局能派個人上山來同大家見面。

老黃答應了這項條件，下山囘到調查局，將經過情形說出，調查局當時派出偵防行動課課長兪洵初隨同老黃再度上牛角山。老黃看見兪課長儒雅溫文是一個書生，當時頗爲躊躇，恐怕兪課長對付不了這些亡命之徒，其他的人看出老黃的意思，告訴他兪課長身手矯健，槍法如神，眞實本領與他的外型，完全不是一囘事。

兩人在一羣槍口指着下，到了牛角山的解放軍總部，經過兪課長一番勸說，二十幾人看見調查局眞的派人來了，不能不信，一齊隨着兪黃兩人下山，途中老黃吹詡兪課長如何槍法如神，但在他們眼中看來，兪課長實在是一個文弱書生，都不十分相信。到了山脚，停了一輛大卡車，一輛小轎車，二十幾人上了大卡車，兪課長同老黃剛進小轎車，大卡車馬達已經開動，突然之間卡車上發現他們下山時每人持一隻火把，上車時都插在山坡上，未曾熄滅，可能會造成一塲山火，一羣人鼓噪要司機停車，就在這時兪課長由轎車出來，一縱身跳上卡車，問道：「什麽事。」聽說火把未熄，當時伸手摸過一枝步槍，對準十二支火把砰！砰十二响，全部熄滅，將槍交還槍主，說聲謝謝，在卡車飛馳中一躍落地，再上小轎車一塊囘台北。調查局內已準備兩桌酒席，接待這批客人。

這次間諜鬥爭，前後歷時八個月，中共台灣省委會全部覆沒，計被捕自首及自行投案的省委書記、省委、地委、區委、支部書記、幹部黨員、武裝部隊、外圍份子，共計四百一十九人，未動干戈，未傷一人，唯一不幸的是蔡孝乾的衛士，當時雖然逃掉，但在繼續逃亡中，被山區警衛隊發現，在格鬥中被擊斃，死後經過辨認，就是那天夜裡唯一漏網的人員。

（完）

李大釗小傳

□□駿馬

李大釗

李大釗字守常，又名龜年，別署常、李釗、守常、明明、孤松、TCL、獵夫等。李爲河北省樂亭縣人，生於一八八八年十月六日（清光緒十四年九月初二），與陳獨秀同是中國共產運動的先驅，毛澤東曾坦然承認：「在中國共產黨的組織中，陳獨秀和李大釗佔着領導地位。」

李大釗的童年生活，雖不至「孤苦」，但總算是「零仃」。李大釗一家世以務農爲業，猶未出世，其父(年甫十九歲)即已去世，及出生後數日，母親又繼而撒手塵寰，大釗頓成孤兒，幸得祖父撫養，才免於飢寒，且倍受憐愛，因而養成日後和藹而帶有偏激的性格。

李大釗本是一個舊式的識書人，少時曾入鄉村私塾誦習四書五經，十一歲娶鄰家女趙級蘭爲妻。一九〇〇年，適逢義和團之亂，招致八國聯軍侵擾河北省境，李大釗遂開始潛伏了仇視洋人的心理，及希望國家富強。一九〇四年，大釗祖父去世，田產悉遺大釗。翌年因清科舉取士制度廢除，李遂考入永平府中學，修習英文及數理化。兩年後，轉赴華洋雜處的天津，進入採取日本教育方式的北洋政法專門學校，研習經濟，於是開始接觸了當時所謂的新學，及對社會生活和國家政治有更多的了解和關心。在留居天津的六年間（一九〇七年至一九一三年），時值民主憲政浪潮，李大釗的思想意識受到衝擊，便對當時實際政治演變均予留心，並先後組織北洋政法研究會及創刊「言治季刊」，調查政治社會問題和散播革命思想。

民國的成立，李大釗曾寄予熱望，希望憑着一個符合民主的立憲政體，能夠使中國踏上富強的道路。但眼看着代表封建勢力的軍閥，在帝國主義野心家的支持下，剝奪了革命的成果，李大釗對當時的軍閥政府極表不滿。早在一九一三年已連續發表多篇文章，大事鞭撻北洋軍閥盜竊革命成果的卑鄙行爲，指出軍閥盜國使民主政體無從實現或能有所作爲。在「大哀篇」中他說：「共和自共和，幸福何有於吾民也！」對於宋教仁被刺一案，李撰「暗殺與羣德」一文，推崇宋教仁爲此一時代最有品德之英雄人物，認爲宋教仁之被殺，是中國社會道德墮落的結果。

一九一三年冬，李在北京担任「法言報」編輯一段時間後，得國民黨要人湯化龍資助，東渡日本留學。湯化龍之賞識李大釗，早在天津的時候，當時湯曾資助李在北洋政法專門學校雜費兩年。李抵日本後，入東京早稻田大學，修習政治與經濟，自此他對政治的興趣更形濃厚。在日本三年中，李廣泛閱讀西方政治哲學家的理論，對亞里斯多德、拍拉圖、培根、黑格爾、巴森、愛默生的學說，都大感興趣。

在中華革命黨的協助下，李大釗在東京發起組織「神州學會」，動員留日學生參加討袁行動，又爲「甲寅雜誌」撰稿，抨擊袁世凱帝制陰謀。一九一五年，袁世凱以支持帝制爲條件，接受日本強加的「二十一條」，李大釗聞而奮起聲討，指責袁氏賣國恥行，編印「國恥紀念錄」，撰寫「國民之薪胆」，散發「警告全國父老書」。及至袁世凱稱帝，李大釗更大聲疾呼說：「民與君不兩立，自由與專制不並存，是故君主生則國民死，專制活則自由亡。」並指責「復辟之輩」爲「國家之叛逆，國民之公敵」，理應「無所姑息，不稍優容」。充份表現出李大釗對民主主義，自由政治的崇尚。

儘管中國當時的政治局勢是無比的混亂，但李大釗對國家前途却懷無比信心。一九一五年四月，陳獨秀在「甲寅雜誌」發表「愛國心與自覺心」一文，說什麽國不足愛，有曰「瓜分之局，無法可逃；亡國爲奴，何事可怖」，「國家國家，吾人誠無之不足爲憂，有之不足爲喜」，李大釗即撰「厭世」一文，予以駁斥。李大釗文中說：「就今世論今世，國家爲物，既爲生存所必需，字以罪惡，未免過當。……自覺之義，即在改進立國之精神，求一可愛之國家而愛之，不宜因其國家不足愛，遂致斷念於國家而不愛。更不宜以吾民從未享有可愛之國家，遂乃自暴自棄，以儕於無國之民，自居爲無建可愛之國之能力也。」他又謂：「中國至於今日，誠已瀕於絕境，但一息尚存，斷不許吾人以絕望自灰。晚近公民精神之進行，其堅毅足以壯吾人之意氣」。李大釗又指責當時少年因憤中日交涉失敗而自殺的行爲，認爲：「國家之亡，非人亡我，我自亡之」。「是亡國之少年，非興國之少年。夫自殺之舉，非出於精神喪失之徒，即出於薄志弱行之輩」。

一九一六年四月，湯化龍急電促其回國參加討袁行動，李不及參加考試，即回上海，任湯之秘書。是年六月，袁世凱病死，國會重開，湯化龍出任衆議院院長，李大釗則担任北京「晨鐘報」編輯，又一度主編「太平洋雜誌」。五月，李大釗在其主編的「民議雜誌」創刊號中，撰刊「民議與政治」長文，強調「人民可創造歷史，歷史不能抑制人民的統治」；表示中國必須建設以「羣衆意願」爲基礎的議會政體。其後湯化龍擬與段祺瑞合作，李大釗大加反對，湯遂禁止李文刊載於「晨鐘報」，李憤而辭去報社編務並脫離與湯之關係，轉而加入陳獨秀創辦之「新青年」的編務工作，積極宣傳民主思想進取精神和科學眞理，反對封建迷信，反對盲目服從，反對消極保守。

李大釗在九月間寫成「青春」一文，發表於「新青年」雜誌，鼓吹中國青年必須懷抱「乘風破浪」的偉大氣魄，以「前進而勿顧後，背黑暗而向光明」的堅忍精神，爲人類創造幸福。他說：「未來一剎那之我，仍有對於未來一剎那之地球之責任」。「人類之成一民族一國家者，亦各有生命焉。有青春之民族，斯有白首之民族，有青春之國家，斯有白首之國家。吾之民族若國家，果爲青春之民族，青春之國家歟，抑爲白首之民族，白首之國家歟？苟已成白首之民族，白首之國家焉，吾輩青年之謀所以致之回春爲之再造者，又應以何等信力與願力從事，而克以著效。此則繫乎青年之自覺何如耳！」

是年末，康有爲等上書黎元洪、段祺瑞，主張尊孔教爲「國教」，列入憲法，李大釗反對尤烈，連續發表多篇文章駁斥尊孔論，認爲把孔子列入憲法，完全違背了思想自由和信仰自由的原則。在「孔子與憲法」一文中，李大釗大事抨擊列孔入憲，說：「憲法者，現代國民之血氣精神也。……憲法者，現代國民自由之證券也。……憲法者，中華民國國民全體無問其信仰之爲佛爲耶，無問其種族之爲蒙爲回，所資以生存樂利之信條也。」所以反對以「數千年前之殘骸枯骨」、「歷代帝王專制之護符」、「一部份人尊崇之聖人，入於全國所托命之憲法。」

可見這時候的李大釗，仍然保持着革命民主主義的本色，決志站在民主自由的最前端，捍衛民主和自由。祇是一方面由於他的思想體系缺乏具體內容，另方面却又立志「冲缺過去歷史之羅網，破除陳舊學說之囹圄」。因此過激、急進，加上思想體系的空虛，爲他日後的左傾趨勢，及成爲共產主義在中國的先鋒，準備了道路。

李大釗自辭去「晨鐘報」編務工作後，爲章士釗所邀出任「

甲寅日刊」編輯，遂得繼續評論現實政治的機會，而立論日趨激烈，到了一九一七年六月，在北洋政府壓力下，「甲寅日刊」被禁，章士釗被迫離開北京，李大釗亦惟有南下上海。

一九一七年的北方軍閥政府，局勢是空前混亂。在五月十日因爲對德宣戰案的爭辯，有所謂「公民團」包圍議院，毆打議員的暴行。後來黎元洪罷免段祺瑞，北洋系各省督軍相繼宣布獨立，黎元洪忙召張勳入京，張一進北京,國會再度解散,跟着是宣統復辟,情況是混亂之極。李大釗因此深感辛亥革命雖然推翻了滿清政權，建立民國,但並沒有給人民帶來眞正的好日子，於是便開始對民主主義發生懷疑；此外，李大釗覺得列強在中國民主革命過程中，非但不以平等待我,或予同情幫助，反之,更支持反動份子及軍閥勢力，乃進一步對西方民主國家信心動搖。一九一七年十月十五日，李大釗發表於上海「大平洋雜誌」的「暴力與政治」一文，可以作爲他決定放棄「憲政解決中國局勢」一信念的開始。

次年二月，李大釗因陳獨秀之介紹，出任北京大學圖書館代理主任和經濟學教授，又參加「新青年」社務。九月，毛澤東由楊昌濟介紹，經李向蔣夢麟推薦，委派爲北大圖書館助理員。

自俄共革命爆發後，李大釗的思想尋到了道路，態度由是一變。他先後在一九一八年七月和十一月發表「法俄革命之比較觀」、「庶民的勝利」、「布爾什維主義的勝利」等幾篇文章，表揚十月革命的精神和勝利，強調這「是世界勞工階級的勝利，是二十世紀新潮流的勝利」。「是馬客士（KARL MARX）、列寧（LENIN）、陀羅慈基(TROTZKY)的功業」。李大釗又認爲「俄國的革命，不過是世界革命中的一個，尚有無數國民的革命將連續而起」。接着李又發表「新紀元」和「戰後之世界潮流」兩篇論文，指陳中國革命和蘇俄革命皆有反傳統壓力、民族自決等共通點，並相信辛亥革命導致十月革命，而十月革命則與中國革命相爲融合。自此以後李之思想逐漸爲左傾。

但是在「五四」運動之前，李大釗的思想仍屬矛盾，他固然對共產主義嚮往，但仍未放棄民主思想。在一九一八年七月一日發表「法俄革命之比較觀」後，十五日李在「PAN... ISM之失敗與DEMOCRACY之勝利」文中，顯然仍是贊同民主思想。該文謂：「與『大...主義』適居反對者，則爲DEMOCRACY。是語也，或譯爲民主，或譯爲民治......前者尚力，後者尚理；前者重專制，後者重自由」。又說：「DEMOCRACY爲時代之精神，具神聖之權威，十九世紀生活上之一切現象皆依DEMOCRACY而增飾彰采。」並表示在國際間或某一國家內莫不「順DEMOCRACY者昌，逆DEMOCRACY者亡」。後來直到「五四」運動發生後，李大釗才正式接受共產主義的洗禮。

因爲在一九一九年巴黎和會上，列強決議將德國在山東的權益移交日本，同時亦拒絕將日本的「二十一條」和中國代表所提出的七點最低要求,列入和會討論議程，消息傳來,於是引起了以學生爲主力的「五四」事件，與及以後一連串反傳統的「五四」運動。

自清末列強瓜分中國以來，國人對充滿自信的舊文化開始發生懷疑，自農村經濟破壞後，對西方思想及技術文化，逐漸輸入，所以「五四」的口號是迎接西方的「民主精神」和「科學技術」。於是一時之間，西方的無政府主義、社會主義、共產主義、功利主義、實驗主義、社會達爾文主義等紛紛湧入中國。而當時國人在對共和及軍閥政府失望之餘，急切渴望尋求出強化中國和剷除傳統束縛的捷徑。因此蘇俄一九一七年的革命，好像是爲中國革命指出了一條道路，使人對共產主義感到興趣，特別是蘇俄在十月革命後即對東方國家表示友好。一九一七年俄共政府剛成立不久，已立刻宣布放棄帝俄在亞洲的權益；在一九一八年七月，蘇俄外長齊趣林宣稱俄共準備在滿洲放棄其所得一切特權，使人對蘇俄好感,認爲是中國革命的朋友。在西方各種思潮冲擊下，李大釗覺得馬克思列寧主義是符合「科學」的一個主義，並認爲列寧所解釋的「殖民地式帝國主義」(Colonialist Imperialism)與及「無產階級革命」適合中國的環境。這時李大釗亦已開始注意到中國農民與土地分配問題，認爲西方的資本主義促成生產工具集中，財富分配不匀，又不足以解決由於人口劇增，土地所有權過度集中，耕地缺乏等問題。反之，李大釗覺得共產主義的經濟內容和政策，似乎可以消極的解決財富分配。還有最重要的，就是杜威教授（實驗主義的鼓吹者，胡適博士爲其學生，受其實驗主義影響極深）赴華講學兩年後，所作出的個人醒覺，影響了當時一般知識分子的思想態度。所以在如此這般的環境下，如李大釗這樣一個强調革命的急進派，服膺共產主義思想，實在是自然不過的。在一九一九年八月間，李大釗在「每周評論」發表的「再談問題與主義」，就成爲李大釗由右翼知識分子轉爲左傾革命分子的分水嶺。

自「五四」運動開始，李大釗不僅在思想上有了轉變，就是在實踐方面，他也攪起學生運動和工人運動來。

自一九一八年獲聘爲北京大學經濟教授兼圖書館主任後，由於當時北大校長蔡元培採取「放任自由」的學術政策，容許不同的學術思想在校中傳播，李大釗遂得到了在當時最高學府從事學生運動的機會。一九一九年六月，陳獨秀被捕下獄，李大釗走避昌黎。七月，李與王光祈、曾琦等發起「少年中國學會」，標榜「本科學的精神，爲社會的活動，以創造少年中國」爲宗旨，以「戰鬥、實踐、堅忍、儉樸」爲信條，出版宣傳刊物「少年中國」。本來，「少年中國學會」最初是一個「中華復興運動」的組織，但李大釗却利用它倡言世界主義。在「少年中國的少年運動」文中，李大釗再三表示「我們既然是二十世紀的少年，就該把眼光放的遠些，不要受腐敗家庭的束縛，不要受狹隘愛國心的拘牽。我們的新生活，小到完成我的個性，大到企圖世界的幸福。我們的家庭範圍，已經擴充到全世界了，其餘都是進化軌道上的遺跡，都該打破。我們應該拿世界的生活作家庭的生活，我們應該承認愛人的運動比愛國的運動更重。……我們『少年運動』的範圍，決不止於中國：有時與其他亞細亞的少年握手，作亞細亞的少年的共同運動；有時與世界的少年握手，作世界少年的共同運動，也都是我們『少年中國主義』分內的事。」這都是李大釗接受共產荼毒後開始放棄一貫愛國思想的表現。西方歷史學者多數同意李是一個「民族主義者」，然而後期的李大釗不能再算是「民族主義者」了，因爲他甚至否認「五四」運動是中國學生的愛國運動，祇說是反抗帝國主義運動一次表現而已。

李大釗在「少年中國學會」宣傳「物心兩面的改造觀」，和傳播「少年中國的少年，都應該是世界的少年」之思想，引起了部份北京上海會友的不滿，遠在巴黎的曾琦亦造函駁斥，於是「少年中國學會」漸由學術研究性質演變爲政治活動主張爭辯的場所，終致分裂停頓。不過，部分學會會友如毛澤東、鄧中夏、惲代英、劉仁靜、張聞天等，後來均加入了中共小組。

由於西方貨物進口破壞了中國的農村經濟，中國的革命就從此分三方面進行，即是對內的社會革命、政治革命和對外的民族運動。到了辛亥革命打倒滿清後，餘下了未完成的反封建傳統社會革命，與及反列强侵畧的民族運動。在這段時間，青年學生漸次成爲社會政治的一股新力量，眼看這一形勢，在「五四」前後，李大釗立刻利用這一股力量。在一九一八年十二月，爲配合「新青年」的言論和活動，李大釗與陳獨秀等創辦「每周評論」，全力抨擊中國傳統思想，以至清末以來康梁的改良救國主義。一九一九年一月，李大釗協助以鄧中夏爲首的全國學生救國會出版「國民」月刊，亦同時資助北京大學學生出版「新潮」月刊。

早在「五四」運動中，李大釗已分別撰文於「每周評論」和「新生活」中，鼓吹反帝國主義、反封建傳統、反「强盜世界」的情緒。一九一九年五月，李大釗刊登自已的「秘密外交與强盜世界」於「每週評論」，控訴「强盜政府們要根據着秘密外交拿人類正當生活的地方，當作他們私相授受的禮物，或送給那一個强盜國家，强盜政府，作擴張他那强盜勢力的根據，無論是山東、是東北，是世界上的什麼地方」。「這回歐戰完了，我們可曾作夢，說什麼人道、和平得了勝利，以後的世界或者不是强盜世界了，或者有點人的世界的色彩了。誰知道這些名辭，都祇是強盜政府的假招牌。我們且看巴黎會議所議決的事，那一件有一絲一毫人道、正義、和平、光明的影子？那一件不是拿着弱小民族的自由、權利，作幾個大國的犧牲！」

「五四」運動後，李大釗在「每周評論」和「新生活」上發表了許多短小精悍的雜文，積極傳播物質變動及世界主義。一九一九年七月，在「我與世界」文中，李大釗說：「我們現在所要求的，是個解放自由的我，和一個人人相愛的世界。介在我與世界中間的家國、階級、族界，都是進化的阻障、生活的煩累，應該逐漸廢除。」又發表「階級競爭與互助」、「再論問題與主義」、「物質變動與道德變動」、「史觀」、「馬克思的歷史哲學」、「由經濟上解釋中國近代思想變動的原因」等多篇文章，漸次的把馬克思主義介紹入中國。一九二〇年二月，李大釗在北大組織「馬克思學說研究會」，正式開始在學生羣中宣傳共產主義。所以在這段時間；李大釗對學生界的思想發展有極重大的影响。

在推行學生組織與及學生運動的同時，李大釗又在勞工階層中活動。一九一九年二月，「晨報」改組，任李爲副刊編輯，李大釗於是利用機會，在五月一日於晨報副刊上出版「勞動節紀念」專號，刊登他的「五一節雜感」，第一次將勞動節的意義介紹給中國工人，並扼要地說明「五一勞動節」的由來，鼓勵工人關心自己的問題。李大釗強調理論配合實際的重要，號召知識分子必須將革命思潮理論灌輸給工人，從事建立工人團體的實際活動。一九二一年，李在京漢鐵路長辛店開辦工人夜校，出版一份向工人進行馬克思主義教育的通俗小報「勞動者周刊」，此外又陸續出版其他宣傳小冊子以圖發動工人運動，建立起活動的據點。

早在一九二〇年五月，共產國際派代表維丁斯基往見李大釗，並經他介紹到上海會見了陳獨秀，策動組黨。惟陳、李等主張先成立馬克思主義研究會，以學術研究爲掩護，作學理上的探討和介紹。後來上海共產主義小組首先成立（由陳獨秀、邵力子主持），跟着北京（由李大釗、張國燾主持）、山東、武漢、湖南、山西、廣州等各小組相繼成立。一九二一年三月，社會主義青年團第四次大會決定將原有之四股制及委員制改爲執行委員會，設委員十一人，李大釗、鄭振鐸同被舉爲出版委員，定下多吸收工人與學生入團的方針。

一九二一年七月，中國共產黨在共產國際扶植下宣佈成立，在上海舉行第一次代表大會，召集各地支部代表，但李大釗並未南下列席。到了一九二二年七月，中共黨中央再度在上海舉行第二次全國代表大會時，李大釗始在會上獲選爲中共中央委員會委員，及出任中共勞動組合書記部北方書記。

一九二〇年，第三國際以中共羽翼未成，勢孤力弱，必須依憑國內若干已成勢力以爲發展，遂派馬林來華商討與吳佩孚合作的問題。李大釗乃利用與吳佩孚秘書長白堅武有同鄉之誼，透過白氏的介紹，數度赴洛陽會吳，慫恿吳佩孚謂如組織京漢鐵路工人總工會，可以從中控制工人，將來一旦對奉軍作戰，或與西南各省交兵，俱可得到鐵路工人幫助，在軍運方面能收迅速之效，吳佩孚於是上當。一九二二年，當吳佩孚在直奉戰爭中獲勝後，控制了北洋政府，爲着剷除「交通系」的勢力，便電令交通總長高恩洪任用李大釗推薦之共產黨員包惠僧等六人爲京漢鐵路稽查，中共勢力遂逐漸滲入鐵路工人組織。

到了一九二三年二月四日，京漢鐵路工人在吳佩孚駐節所在地不遠的鄭州，與及附近各地，發動大罷工。吳佩孚始知上當，急令靳雲鶚、蕭耀南等武裝鎮壓，擊斃三十九人，拘捕四、五十人，另外有三百餘人受傷，一千多名工人被開除，同時又解散或封閉鐵路工會，工會負責人一律開除。在這次罷工事件中，中共工運幹部，京漢鐵路總工會顧問施洋也遭槍斃。自這次鐵路工人罷工失敗後，李大釗自承爲最大失敗，因而消聲匿跡一段時間，中共的工人運動從此轉入低潮。而在北洋政府方面，事後曹錕致電北京的王懷慶，命王密查李大釗行動，以遏亂源，李乃南下上海。

李大釗在上海的時候，因同鄉張繼之介紹，往謁國父中山先生，國父允其以個人身份入黨共同致力國民革命，成爲中共份子加入國民黨之第一人。不久，國父同意任李大釗爲國民黨北京支部總幹事，助張繼支部長推行黨務，因張繼不常在北京，一切交由李大釗主持，李於是乘機借國民黨招牌，全力發展社會主義青年團，吸收共產黨員。後來國父更委派李大釗、廖仲愷等爲國民黨改組委員，密電南下上海商議。

一九二三年一月，國民黨改組，實行容共聯俄策略，召開第一次全國代表大會於廣州，李大釗以北京特別區代表資格參予大會。大會開幕時又經國父委爲主席團五人之一、國民黨宣言審査委員九人之一、國民黨章程草案審査委員十九人之一、出版及宣傳問題審査員九人之一。當時國父倡議聯俄、容共，與及扶植農工三大政策，席上提請大會正式通過容納中共黨人加入國民黨，惟馮自由等積極反對，堅持「本黨黨員不得加入他黨」的建議，當塲引起激辯。李大釗乃起立作聲明說「第三國際中共黨員加入本黨，並非以黨團作用加入」，並附送意見書一份，闡明入黨動機在於「我們認爲在這種國民革命運動中，不宜使國民革命的勢力分歧而不統一，以減弱其勢力，而遲阻其進行。非以全民族之心力，集中於一黨不可。我們環顧國中，有歷史有主義有領袖的革命黨，祇有國民黨。祇有國民黨可以造成一個偉大而普遍的國民革命黨，能負解放民族、恢復民權、奠定民生的責任，所以毅然投入本黨來。我們覺得光是革命派的聯合戰線，力量還是不夠用，所以要投入本黨來，簡直編成一個隊伍，在本黨總理指揮之下，在本黨整齊紀律之下，以同一步驟，爲國民革命而奮鬥。我等之加入本黨，是爲有所貢獻於國民革命的事業而來的，斷乎不是爲取巧討便宜，借國民黨的名義作共產運動而來的。因爲在今日經濟落後淪爲帝國主義下半殖民地的中國，祇有國民革命是我民族唯一的生路，所以國民革命的事業，便是我們的事業，本黨主張的勝利，即是我們的勝利。」

對於外面傳言之「國民黨因此成了共產黨」，與及鄧澤如等所指責的「實欲藉俄人之力，發動我總理，於有意無意之間，使我黨隱爲彼共產所指揮，成則共產黨享其福，敗則吾黨受其禍」等方面，李大釗辯稱：「我們加入本黨是來接受本黨的政綱，不是強本黨接受共產黨的黨綱。試看本黨新定的政綱，絲毫沒有共產主義在內，便知本黨並沒有因我們一部份人加入，便變成共產黨了」。「我們加入本黨，是一個一個的加入的，不是把一個團體加入的，可以說我們是跨黨，不能說是黨內有黨。因爲第三國際是一個世界的組織，中國共產主義的團體，是第三國際在中國的支部，所以我們祇可以一個一個的加入本黨，不能把一個世界的組織納入一個國民的組織。中國國民黨祇能容納我們這一班的個人，不能容納我們所曾加入的國際的團體。我們可以加入中國國民黨去從事於國民革命的運動，但我們不能因爲加入中國國民黨便脫離了國際的組織。我們若脫離了國際的組織，不但於中國國民黨沒有利益，且恐有莫大的損失。因爲現代的革命運動是國民的，同時亦是世界的，有我們中國國民的組織與國際的組織的中間作個聯絡、作個連鎖，使革命的運動，益能前進，是本黨所希望的，亦是第三國際所希望的。由此對於本黨實應負着二重的責任：一種是本黨黨員普通的責任，一種是爲本黨聯絡世界的革命運動，以圖共進的責任」。

結果孫先生議案通過，李大釗成爲第一個加入國民黨而同時保留原來黨籍的中共黨員，並經國父提名當選爲中央執行委員二十四人中之一。於是李大釗再度活躍起來，在北京成立「京津青年國民俱樂部」，以共產黨人士爲骨幹，把學生和工人組織起來，圖謀從「內部顚覆」來打擊國民黨，一時之間，共產黨員驟增。

同年二月，當李大釗由廣州返抵北京時，適逢北洋政府下令通緝，李大釗唯有逃往昌黎五峰鄉間躲避。三周後，李再回北京，但情勢仍是危險，每日均須數遷以避。到了五月，李大釗恢復活動，化裝爲商人，領導中共黨代表團經東三省入西伯利亞，然後轉赴莫斯科出席共產國際第五次代表大會。正好在這時候，國民黨中央監察委員鄧澤如、張繼、謝持等搜獲「中國社會主義青年團第二次大會決議案及宣言」（一九二三年八月二十五日刊行），「團刊第七號，即擴大執行委員會特號」（一九二四年四月十一日刊行）和其他的共黨陰謀密件，揭發中共加入國民黨的背後陰謀，並向國父及中央委員會報告，但未有採取行動。

後來馮玉祥控制北京，段祺瑞執政，政治局勢對李大釗較爲有利，乃自俄回國，撰「孫中山先生在中國民族史上之位置」、「中山主義的國民革命與世界革命」數文，遮掩自己的陰謀。

到了次年（一九二五年）三月十二日，孫中山先生不幸逝世，反共派逐漸抬頭。一九二五年十二月二十三日，林森、戴季陶、沈玄廬、鄒魯、張繼、謝持等人，以共產黨員自孫先生去世後在黨內日益猖狂，不忍孫中山先生領導的國民黨爲其破壞，在北京西山碧雲寺孫先生靈前舉行會議，決議淸黨及開除中央執行委員譚平山、李大釗、于樹德、林祖涵，候委毛澤東、瞿秋白、于方與、張國燾等。但後來廣州方面則以西山會議未足法定人數爲理由，不單拒絕採納，兼且警告林森等。因此一九二六年國民黨舉行的第二次全國代表大會，李大釗等共黨份子仍獲選爲中央委員。

由「五卅」運動引起的反帝浪潮，很快就轉化爲反封建軍閥的革命戰爭。適值在這時候，大規模的軍閥混亂爆發起來了，而這一次軍閥大混亂是北洋系統反革命營壘趨於崩潰的先兆。國民軍在京、津、直、豫、熱、綏等地取得有利的形勢和得以迅速發展，但這卻使支持軍閥的帝國主義野心家的莫大惶恐，終於不惜以武力干涉中國的革命運動，釀成了後來的「三一八」慘案，李大釗也就是因「三一八」慘案致踏入滅亡的階段。

關於「三一八」慘案，很多人可能連這個名字也未聽過，史書上也似乎忽畧了這一筆，據「進化書局」出版由「平心」所著的「中國民主憲政運動史」中記述，當一九二六年初，國民軍「在天津附近重創直、魯聯軍，日本就全副戎裝出馬干涉。一九二六年三月十二日，日本軍艦駛進大沽口，向岸上守備軍開炮轟擊，國民軍也開槍還擊。次日，日本即向北京政府提出抗議，強指國民軍先開炮轟擊日艦，十六日英、美、日、法、意、荷、比、西八國公使團致最後通牒於北京外交部，提出停止天津至大沽之間的戰鬥行爲和要求，限四十四小時答覆，並謂要求不遂，則『關係各國海軍當局決取認爲必要之手段』。同時日本公使也奉東京訓令爲大沽衝突事件，向北京政府提最後通牒。十七日北京各團體代表向執政府請願，駁覆八國最後通牒，勿被屈服，執政府衛隊與代表衝突，代表多人被槍刺傷。……十八日北京民衆團體在天安門開國民大會，對大沽事件表示激昂的抗議。會後數千人結隊遊行示威，高呼『打倒帝國主義』、『打倒段祺瑞』、『驅逐八國公使』等口號，羣衆復赴國務院請願，段祺瑞命執政府衛隊開槍，死亡四十餘人，負傷二百餘人。這便是『三一八』慘案。」

在這次示威中，李大釗曾發動及領導部份北京學生參加，並且在與軍隊衝突中傷了頭部，而事後白色恐怖籠罩全京，李大釗和吳稚暉、徐謙、李石曾等同被張作霖通緝。李避入東交民巷俄國兵營內。楊度告訴他，張作霖搜捕正殷，爲安全起見，勸李大釗離開北京，但李自以爲得俄使館庇護，有恃無恐，打量張作霖不敢擅入公使館地區有所行動，故不以爲意，謝絕楊的勸告。

時奉軍自稱安國軍，張作霖自任總司令，有意進入東交民巷搜查俄國大使館。張即派人密商之於駐京各國公使，公使雖無異議，但以中國軍警入東交各國使館區有所行動，有悖於辛丑條約，宜由外交部出面協商。安國軍以之告外長顧維鈞，但顧維鈞遲疑未動。旋以京津謠言甚熾，中外疑懼，乃再由安國軍總部商諸英、法兩使，兩使召集各公使會議，同意在某種條件下進行搜查，其具體辦法由總部與領袖公使會商進行。一九二七年四月五日晚，總部召京師警察總監陳興亞至，授以方畧，定翌日清晨執行任務。六日上午，軍警及便衣探員進入俄使館搜查，同時又圍搜俄國兵營、銀行、中東鐵路辦事處等，檢出關於俄國赤化中國之文件極多（後編爲「蘇聯陰謀文證彙編」），又當場捕獲李大釗和他的妻子兒女。下午二時，俄使館武官室忽然起火，意圖毀滅文證，旋被撲滅，損失不重。

李大釗投獄十餘日後，嗣經審判，在四月十八日執行絞刑，在司令部後面的地院看守所東院處和路友于等同時被絞殺，一代赤色禍首，就此收場。

觀乎李大釗的一生，正好解釋了在當代的革命浪潮中，有部份中國革命知識青年爲什麽由民主主義轉爲共產主義的現象，當我們閱讀李大釗的遺著時，不難發現這些特別過程。李大釗本爲民族主義者，其愛中國的熱誠是不可置疑的，而西方歷史學家亦多以爲李大釗是國族主義者（NATIONALIST），即使他日後轉爲世界主義者的出發點，亦是基於渴望中國迅速富強，在「五四」前後的著作中，可以找到民主主義思想和社會主義各流派的思想錯綜交織的痕跡。

「五四」運動是李大釗思想發展的分水嶺，在此之前，李大釗純係不滿現狀的革命知識分子，本質並不壞。在「五四」運動以後，他的本質和思想體系才逐漸隨着各思想學說的傳入而演變。在「五四」以後的一篇文章中，他認爲歷史是「社會變革」的紀錄，歷史學就是「研究社會變革的學問」。所以歷史是有生命的，活動的，進步的，歷史研究不是單純鑽進故紙堆裏去考證歷史證據，而是通過歷史資料的整理分析，尋出「進步的眞理」。李大釗認爲「歷史發展的動力」在於人民本身，全體人民「生產衣食的方法」是社會向前發展的決定因素，經濟是「社會階級和社會生活變化的最後原因。一切政治、法律、倫理等「精神構造」，都是「表面的構造」；在這些「表面構造」的背後，還有「經濟的構造」作基礎，所以要謀求中國社會的改造，首先必須改造社會經濟制度，因爲「經濟問題的解決」，可以導致政治問題、法律問題、家族制度問題、女子解放問題、工人解放問題的全部解決。

關於李大釗的政治信仰，他早期的思想，傾向西方民主，把法國的「人權宣言」作爲藍本，高唱人權思想，對英美式的代議制度與民主憲政，極表推崇。後來雖然轉奉馬列思想，並且和陳獨秀等籌組中國共產黨，但他却是一個理智的共產主義者，並不是盲目的親馬列主義，這與陳獨秀有點相似，這或許是因爲二人同是知識份子的關係。陳李二人對馬克思主義的服膺都不是絕對的，或認爲馬列主義是不容修正的眞理。陳獨秀晚年時候說過：『無產階級民主』不是一個空洞名詞，其具體內容也和資產階級民主同樣要求一切公民都有集會、結社、言論、出版、罷工之自由。特別重要的是反對黨派之自由。沒有這些，議會或蘇維埃同樣一文不值。……也祇是世界上出現了一些史太林式的官僚政權，殘暴、貪汚、虛僞、欺騙、腐化、墮落，決不能創造什麽社會主義，所謂『無產階級獨裁』，根本沒有這樣東西，即黨的獨裁，結果也祇能是領袖獨裁。」（我們今天正可以陳獨秀之言，爲當今的中共政權下一評語。）至於李大釗對馬列主義的批評及修正，比陳獨秀還要早，李在一九一九年已於「我的馬克思主義觀」及「階級競爭與互助」兩篇文章中，指出馬克思主義的流弊和作出評價。在「我的馬克思主義觀」文中，李氏作出批評說：「馬克思學說受人非難的地方很多，這唯物史觀與階級競爭說的矛盾衝突，算是一個最重要的點。蓋馬氏一方既認歷史｜馬氏主張無變化即無歷史｜的原動力爲生產力；一方又說從來的歷史都是階級競爭的歷史，就是說階級競爭是歷史的終極法則，造成歷史的就是階級競爭。一方否認階級的活動，無論是直接在經濟現象本身的活動，是間接由財產法或一般法制上的限制，常可以有些決定經濟行程的效力；一方又說階級競爭的活動，可以產出歷史上根本的事實，決定社會進化全體的方向。……不過這個明顯的矛盾，在馬氏學說中，也有自圓的說法。他說自從土地共有制崩壞以來，經濟的構造都建立在階級對立之上。生產力一有變動，這社會關係也跟着變動。可是社會關係的變動，就有賴於當時在經濟上佔不利地位的階級的活動。這樣看來，馬氏實把階級的活動歸在經濟行程自然的變化以內。但雖是如此說法，終覺有些牽強矛盾的地方。」他認爲「這全因爲一個學說最初成立的時候，每每陷於誇張過大的原故。」

李大釗又說：「近來哲學上有一種新理想主義出現，可以修正馬氏的唯物論，而救其偏弊。各國社會主義者，也都有注重於倫理的運動，人道的運動的傾向。這也未必不是社會改造的曙光，人類眞正歷史的前兆。可是當這過渡時代，倫理的感化，人道的運動，應該倍加努力，以圖剷除人類在前史中所受的惡習染所養的惡性質，不可單靠物質的變更。這是馬氏學說應加救正的地方。」他毫不客氣地指出馬克思主義全把倫理的觀念抹煞的不合理，並主張革命的改造應該是「以人道主義改造人類精神，同時以社會主義改造經濟組織。不改造經濟組織，單求改造人類精神，必致沒有效果。不改造人類精神，單求改造經濟組織，也怕不能成功。我們主張物心兩面的改造，靈肉一致的改造。」所以李大釗在總結馬克思學說時批評道：「總之，一個學說的成立，與其時代環境有莫大的關係。馬氏的唯物史觀，何以不產生於十八世紀以前，也不產生於今日，而獨產生於馬氏時代呢？因爲當時他的環境，有使他創立這種學說的必要和機會。……平心而論，馬氏的學說，實在是一個時代的產物，在馬氏時代，實在是一個最大的發見。我們固然不可拿這一個時代一種環境造成的學說，去解釋一切歷史，或者就那樣整個拿來，應用於我們生存的社會」。（新青年第六卷第五、六號，一九一九年五月、十一月，全文約二萬餘字）

由是可見，李大釗治學態度的嚴肅謹愼，對的他就說對，不對的他就說不對，從不隱瞞。他批評修正馬克思的唯物史觀和階級競（鬥）爭說，他認爲人是有人性的，階級間所需要的也祇是互助，而不是競（鬥）爭，但他同意馬克思的經濟學說，承認「飢餓是變革的原動力」，痛恨資本家，厭惡生產工具及財富的過份集中，所以他覺得要將中國從「國際共管」、「帝國主義殖民地政策」中挽救出來，就得推行「無產階級革命」，以達「平民政治與工人政治」的地步（Democracy and Ergatocracy）。因此他與「不學有術」的毛澤東，「學而無術」的李立三、王明等認爲馬克思主義無上神聖，不容批評不同。李大釗的思想內容，可謂是融合「民主主義」（Democracy）、「社會主義」（Socialism）、「共產主義」（Communism）各力面而成的「集粹主義」。他承認平民政治與工人政治同一淵源，同是社會進化的理想，但又主張以工人（後期轉爲農民）革命進行經濟改造，而又認爲徒經濟改造不足改造社會、改造歷史，必需輔以精神改造。故此中共指李大釗「在介紹馬克思主義的文章裏還夾染有一些資產階級學者對於馬克思主義的錯誤看法。甚至當他已經進而轉變爲共產主義的戰士的時候，我們也不難在他的著作中找到一些非馬克思主義的殘餘。不過，這正表現出他的治學態度，與及學者作風。

中共謂毛澤東是中共黨人中第一個注意到農民的重要性，但其實李大釗才是中共黨人中首先注意到農民問題及土地分配問題的。「南陳北李」，正好是一個着重工人革命，一個注意農民問題。在「青年與農村」的文章中，他鼓吹青年們注意農民問題，農村的發展和投身到農村去組織農民。他說：「我們中國今日的情況，雖然與當年的俄羅斯大不相同，可是我們青年應該到農村裏去，拿出當年俄羅斯青年在俄羅斯農村宣傳運動的精神，來作些開發農村的事，是萬不容緩的。我們中國是一個農國，大多數的勞工階級就是那些農民。他們若是不解放，就是我們國民全體不解放；他們的苦痛，就是我們國民全體的苦痛；他們的愚暗，就是我們國民全體的愚暗；他們生活的利病，就是我們政治全體的利病。去開發他們，使他們知道要求解放，陳說苦痛，脫去愚暗，自己打算自己生活的利病的人，除去我們幾個青年，舉國昏昏，還有那個？」他又指責一般知識階級的青年，專想在官僚中討生活，而農村中絕不見知識階級的足迹，說：「都市上塞滿了青年，却沒有青年活動的道路。農村中很有青年活動的餘地，並且有青年活動的需要，却不見有青年的踪影。到底是都市誤了青年，還是青年自誤？到底是青年辜負了農村，還是農村辜負了青年？」（晨報、一九一九年二月、青年與農村）在「土地與農民」一文，他說：「中國今日的土地問題，實遠承累代歷史上農民革命運動的軌轍，近循太平、辛亥諸革命進行未已的途程，而有待於中國現代廣大的工農階級依革命的力量以爲之完成。在經濟落後淪爲半殖民地的中國，農民約佔總人口百分之七十以上，在全人口中佔主要的位置，農業尚爲其國民經濟之基礎。故當估量革命動力時，不能不注意到農民是其重要的成分。……革命的青年同志們，應該結合起來，到鄉村去幫助這一般農民改善他們的組織，反抗他們所受的壓迫。……年來廣東的農民運動，已著有成績。陳、洪、楊、劉之敗滅，以及國民政府之鞏固，得農民之助力不少。最近河南的農民運動亦頗著成效。直魯一帶農民自衛運動亦方在萌發中。中國的浩大的農民羣衆，如果能夠組織起來，參加國民革命，中國國民革命的成功就不遠了。」（政治生活六十二－六十七期、一九二五年十二月卅日－二六年二月三日）他又說：「中國的農民已經在那裏覺醒起來，知道只有靠他們自己結合的力量才能從帝國主義和軍閥所造成的兵匪擾亂之政局解放出來，這樣的農民運動中形成一個偉大的勢力。」（政治生活：魯豫陝等省的紅槍會）李大釗認爲解決中國農民的土地問題，乃是中國民主革命當前急務，因此一個革命者的任務，必須積極地去組織和教育農民，「把現在中國農民困苦的原因和紅槍會發生的必要解釋給他們聽，讓他們很明瞭的認識出誰是他們的仇敵和朋友，很明瞭的了解紅槍會的性質及其應走的道路，讓他們很明瞭的知道農民階級在國民革命運動中的地位和責任」。李大釗在一九二七年四月被絞殺，到了八月五日才有毛澤東領導以農民爲主的湖南秋收運動，所以毛澤東誇言自己是第一個注意農民革命重要性，祇是他千千萬萬個謊言中的一個，事實上，毛澤東搞農民運動，不過是受其老師影响而已，絕非眞眞正正的第一人。

李大釗據云極有政治家的演戲天才，在當年國民黨第一次全國代表大會上，李大釗爲容共政策答辯時，說得聲淚俱下，表現得非常眞摯和忠貞，感動了席上的國民黨員，卒之不再加以阻撓反對，這實比毛澤東在重慶高呼「蔣委員長萬歲」的技倆，還要顯得高明。據知以前汪精衛，也有李大釗的手段，做了漢奸後，在一次廣播中，却能夠使國人潸然淚下。

關於李大釗的評價，蔣夢麟在「新潮」一書「李大釗與毛澤東」一文中有一段這樣說：「等到陳獨秀被共黨開除的時候，李守常早已被張作霖捉去槍斃了（按：應是絞刑）。如果他不死，也一樣會被共黨開除黨籍，並被當作取消派的。李守常是一個舊式的讀書人，舊式的士大夫階級中人，毫無當時共黨人劍拔弩張或詭計多端的樣子；對責任非常忠心，人亦溫和厚道。」

的確，李大釗的早死，可以說是李氏先祖的庇蔭，因爲就他的作風性格而論，必不可能容於「布爾什維」派，或是毛澤東這一伙，甚至恐怕連陳獨秀的下場也不及。事實上，共產黨人就曾指李大釗在「介紹馬克思主義的文章裏面還夾染有一些資產階級學者對於馬克思主義的錯誤看法。甚至當他已經進而轉變爲共產主義戰士的時候，我們也不難在他的著作中找到一些非馬克思主義思想的殘餘。」然而李大釗對於中國共產黨日後在思想上、實踐上的發展，都有大影响，中共曾在一九五九年及一九六二年先後由北京人民出版社出版了一本「李大釗選集」，收集了李大釗一百三十三篇文章講辭，讚了他一句「永垂不朽」。

還有一點，李大釗儘管是今日中國苦難的罪魁之一，但他的治學態度，堅苦樸素的生活，理論融合實際的工作作風，爲主義而犧牲的革命品德，都是不應以其爲共產黨人而加以抹煞的。

關仁甫百歲冥誕

關仁甫像（一）

革命老人關仁甫諱漢，號仁甫，字嘉善，粵之南海九江鄉人，在革命期時，所負責任，皆屬秘密，爲便利行動計，改名至多，炳南，福臣，皆爲其名，並曾從母姓而稱黎雪胡，然在革命黨中，以其爲洪門主要，人皆稱之爲關大哥，於民國紀元前廿九年（一八七三年）歲次癸酉十月廿一日，生於廣西上思縣因先世任該縣教諭，遂寄籍焉。上思地當粵桂之交，爲洪門會黨游擊區域，乙酉（一八八五年）春，馮子材屯兵桂邊鎮南關，力拒法軍，仁甫時年甫十二，曾邊其戚赴鎮南關營商，目馮子材抗法英勇事跡，油然神往，因是而影响其將來之革命思想及行動，故稍長之時，即從白秀梅（即白崇禧之祖父）習舉子業，應童子試，弗售。至癸巳（一八九八年），仁甫在十萬大山加入洪門。時法國得越南未久，爲利便軍事行動起見，興築由河內經諒山至鎮南關鐵路。仁甫知其事，認定其抱野心勃勃，亟謀對策。擒其鐵路之主事者（法人混號彈鬼），得欵購置槍械，圖謀大舉。翌年，其首領死，仁甫以智勇雙全而爲兄弟敬重，推爲大哥。仁甫既領其衆。滇省清軍較少，便於舉事，乃率衆入滇，駐於紅河十一流沿岸山地，仍用洪門爲衆召，以喚起民衆革命思想。壬寅（一九〇二年）春，約臨安哥老會首領周雲祥（綽號周大麻子）一齊舉義。周自臨安出石屛、通海；仁甫自紅河攻箇舊、蒙自，與清軍大戰於滇南。雲桂總督丁振鐸聞訊，急分兵應戰，命白金柱軍門赴臨安以堵周雲祥，夏文炳軍門赴紅河以阻仁甫，仁甫先率衆繞道箇舊以攻蒙自，克之。清廷大震，急調黔桂三省之兵增援，戰至四月，仍退紅河，待機再舉。上述乃仁甫未加入革命之抗清史頁也。而其家族也因此而流亡至安南，經營生理，迄今猶未返鄉。至丙午（一九〇六年）冬，與譚佩容結婚於安南河內，時年三十三歲。翌年春，孫總理自香港至越南河內，聞仁甫在滇舉義，遂派黃興（易名張守正總理易名高達生胡漢民易名陳中興）往晤，相約聯盟舉義。二月，遣楊壽彭、黃心堂二人入滇，約仁甫至河內行中街源泰西服店謁總理，加入同盟會。即被委爲革命軍西路都督，主持廣西軍事，計劃進攻鎮南關；同時王和順則被委爲南路都督，主持廣東欽廉軍事。知清邊法軍總教練官易世龍及幕友陳鳴峰已醉心革命，仁甫乃與彼密商，運動軍隊作內應。詎事機不密，易陳二人遇害，但仁甫仍不稍餒，決意舉事。是年六月十四日，在河內福昌庄由黃隆生交越幣六百元，手槍十二枝，出發桂邊，並派詹岐山，何紹祖，蘇海廷至各地召集部屬，於十六日攻鎮南關，與邊防統領陸榮廷苦戰，屢攻不下，十九日，率黃幹臣、曾茂廷、韋興等從桂邊退返越南，途次府凉瑋，被法軍搜出自衞槍及文件，被繫於苦獄凡二十日，卒由其岳母莫緣清四出奔走營救，得當地僑商多人，於七月十日聯名保釋，此爲鎮南關舉義第一次失敗。

時欽廉人民適有抗繳糖捐之事發生，清廷派統領郭人漳，標統趙聲率部分赴兩地鎮壓。總理利用此機舉義，乃派黃興，譚人炮，斃敵甚衆，然以衆寡懸殊，糧錢不繼，總理乃囑仁甫等堅守七日，已則連隨下山過河內，籌劃接濟，惟清將丁槐，龍濟光奉命增援環攻三關，血戰七晝夜，卒以彈藥告罄，糧食垂盡，不得已於十一月十四日夜放棄炮台，突圍而出，退回越境，自經此次戰後，清廷始震懾革命軍聲威，防範益嚴，鎭南三傑（關仁甫、黃明堂、王和順）之名，中外交馳，而革命風潮，亦瀰漫於全國，蓬蓬勃勃，不可復遏止矣。

戊申（一九〇八年）一月四日，總理往星加坡籌欵，行前命黃興攻欽廉以取兩廣，命仁甫、黃明堂王和順(是時化名張德卿)取雲南河口，以圖佔雲南爲根據地，並派胡漢民駐河內主其事。先派黎仲實、黎香泉、尚德亮、姚章甫、陳義華、梁恩等潛伏老街之谷寮，伺機而動。詎法警以黎等形跡可疑，施以檢查，發現革命軍文告及旗幟等物，知爲革命黨，着令離境前往香港。而仁甫適於此時到達，因此受之影响，活動至感不便，同時以餉項異常支絀，無法起義。偵知清軍管帶駱青山方領得餉銀：三千元，其家距離河口附近之板峨村不遠，乃遣馬大率衆十餘，乘夜奪取，而法當局疑仁甫有不法行爲，以擾亂治安罪名加以逮捕。該地僑商於二十八日聯名保釋，仁甫遂於三月廿九夜舉事，進攻炮台，苦戰多時。四月一日有法人鹽商某氏，不忍地方糜爛，願出而調停，與革命代表黃槐廷往勸督辦王茗蕃降，既至，王不應，並殺黃，仁甫大憤，下令衝鋒，陷炮台，殺王茗藩，其部均降伏。一日，黃明堂及仁甫以雲貴正副都督名義佈告安民，並派人保護外國領事人員及稅關洋人送至老街，秋毫無犯，民心悅服。此次舉義，與日後黃花岡之役同一日期，遂有前後三月廿九日之稱。

時革命軍分兩路北上，王和順任正師，仁甫任側翼，擬先取蒙自會臨安周雲祥之兵直搗昆明。仁甫於四日率衆出發，是晚克巴沙，哨官何德卿降；五日下田防，哨官岑得初降；六日陷南屏，哨官項顯廷降；八日繼續出發，把總龐其忠迎降於道；九日早攻新街，督帶韋高奎敗退，十日直趨蠻耗。斯時歷一星期，克地數百里，聲威喧赫，大有飲馬滇池之勢。十一日晨攻蠻耗，與管帶柯自助(積臣)苦戰，傷左手。八日，黃興正由歐州至河口督師，目覩仁甫獨將孤軍，奮勇前馳。恐糧彈斷絕，爲敵所乘，口以仁甫岳母莫綠清饒有胆智，乃命之冒死親押彈藥米糧共四船由紅河而往接濟。

方河口之失也，清廷震動，檄令錫良總督躬率防軍五十二營，進駐開化府一帶，故王和順軍被阻於開廣鎮總兵白金柱。仁甫以孤軍深入，兵單糧絕，乃退越境，所部六百餘人，被法政府繳械，給資出境，遂返星加坡，仁甫則先至香港，寓於中國報社。再與林希俠、羅坤等轉往星洲。

仁甫既至星洲，寓於中興報社，與居正、張繼、田桐、王斧君等日夕研討革命主義，並於五月十二日謁總理於晚晴園。在座者有陶成章、黃耀廷、鄧子瑜、黃興、胡漢民、汪精衛等。總理既見仁甫，趨前撫其肩而翹其拇指曰：「汝外表若儒者，而竟勇敢若是，表揚我革命軍果敢精神，不愧為革命先鋒，論功應居第一。」是時黃興曾以此役筆之於書，題曰「革命先鋒」，封面親繪一革命英雄，手持青天白日旗，躍馬前趨，以敘述仁甫之忠勇精神，以勵同志。此時隨仁甫亡命至星洲者，因貧乏無依，羣傭於該地錫礦場，仁甫任工目，躬自率領，自力謀生，由都督一降而為工目，能屈能伸，誠革命者始能之。居星三月，始返香港大道中馬伯良藥局四樓之革命會所，以俟時機。

己酉（一九〇九年）二月，仁甫由港赴暹羅之曼谷，時尤列、王和順、李福林、陳景華、胡毅生等，亦旅居該地，由蘇道生招待，寓於其私人經營之道生棧，共商今後進行計劃。仁甫雄心未已，仍不忘於圖滇，於三月下旬由曼谷啓程，步入越南西部之蒙隆（瑯勃剌耶），橫越崇山峻嶺，露宿風餐者凡二十五日，始達目的地。斯時革命之志彌堅，未嘗以為苦，至於仁甫在窮鄉僻壤中，從事革命活動，蓋其欲率領奇兵襲取滇省之故也。

是年十月，仁甫由越南至廣州，與朱執信、倪映典、趙聲、李棲雲等謀以新兵舉義，定於翌年（庚戌一九一〇年）一月六日發難。詎至臘底，因軍警衝突而提前發難，倪映典見變作，遂於三日晨倉皇至軍中指揮，不幸中彈陣亡，遂失敗。仁甫以事起倉卒，不能為助，乃避為居河南，間關逃港，再赴越南。

辛亥（一九一一年）總理決再在廣州發難，命仁甫兼程返粵，四月三日到港，則各同志以事急提前於三月廿九日舉義而失敗，為革命期中有最有名之黃花崗戰役，仁甫未及身與，不勝怏怏，再走滇邊以待時機。

是年秋，武昌首義，各省響應，時蔡鍔任雲南協統，與李根源等[illegible]中合軍文王，仁甫率部響應。旋即回粵，組織仁軍，自任抗，連戰五十餘日，甦龍將馮永昌於磨盤角，而龍軍死守飛鵝嶺炮台，屢攻不下，乃轉攻博羅，與李嘉品苦戰旬餘，袁世凱旋於六月六日卒，大亂粒平，關即解甲。

當仁甫在省港暗中活動之時，有一二事足以記述者，在寄寓馬伯良四樓時，同居者有梁恩、譚劍英、譚人鳳、高德亮、麥香泉、饒章甫、陳義華、陳發初等，歲云暮矣，各人皆衣履不完，饔飧不繼。同志邱欽一，送白米一包至，但欠酒肉，適莫紀彭贈仁甫縐紗長衫一件，仁甫笑曰：「有此則一切解決矣。」典之，得十二金，購酒一埕，及肉、菜、臘味之類，同志遂得在醉飽中度歲，共患難，同甘苦，愈顯出其革命精神。而在討袁之際，龍濟光知仁甫在港匿居，遂會同港方警局懸紅將仁甫購緝。仁甫得訊，晝伏夜出，經濟既絕，嚴冬時期，仍御單衣，同志卅餘人，如楚囚相對。時有同志傭於洗衣店者，每夜收取汚穢之被單至，以爲各人禦寒之用，翌晨始取往洗濯，夜夜皆然。又有同志於九龍碼頭作伕役者，知衆人之窮，集合工資，以供其作饔飧。當時有同志被逮者，仁甫亦遭圍捕多次，卒能以機警脫險。此種捱苦生活，足有半年，始組軍完成，出擊惠州，人愈窮而志愈堅，堪爲革命者寫照。

民國九年，莫榮新禍粵，擯逐民黨，總理下令討伐，命孫科、朱執信，吳鐵城、陳慶雲、林驚魂及仁甫等，組織討賊軍。任仁甫爲西路總指揮，與林驚魂率軍沿西江直下順德容寄，直迫省垣。十月二十六日，莫榮新逃桂，而陳烱明回粵主政，深忌仁甫，心存歧視，不允發餉，仁甫固無權利之私，遂自行引退。

民國十一年夏，陳烱明陰謀叛變，於六月十六日襲總統府，總理退登永豐艦，下令戡亂，命仁甫及姚西平等組織討逆軍，召集從前同志，由欽廉興師回粵靖亂。

民國十三年，仁甫因家事返上思，時羣雄鼎立，盜賊如毛，縣長固不敢就任，邑人覩仁甫歸，堅請出任巨艱，維持地方秩序。仁甫固辭不獲，就任後，舉凡應興應革者，均順序執行，於是民皆安居。翌年（民十四年）三月十三日，總理在北平逝世，噩耗傳來，仁甫悲失導師，悲愴彌深，而對「革命尚未成功，同志仍須努力」之訓，深印腦海，一息尚存，仍須貫徹革命初衷，固其素志也。

關仁甫與同人合影

民二十年秋，仁甫因事挈子特夫至汕頭，時潮汕沿岸海盜披猖，防軍張瑞貴師，方剿共於南山，未遑兼顧，商人憂之。關仁甫來，以其聲威所及，對綠林中人自易招撫，堅以此事屢請。仁甫念此事亦造福於地方及民衆，義不容辭，乃於九月下旬就任潮汕沿海保安總隊長職，進行招撫。未匝月，携械來附者數千人，蓋皆震於其名感於其義而來歸也。但自此後潮汕沿海波濤不驚，行旅安然。

自「九一八」事起，日軍兵不血刃佔領東北，遂啓侵畧野心，於民廿一年一月廿八日襲上海，致釀成「一二八」之役，而厦門汕頭亦擬同時進攻，汕頭港內，駛到日艦多艘，情勢緊張，防軍張瑞貴師，以守土有責，下令備戰，仁甫亦飭屬扼守沿海各地，同仇敵愾，嚴陣以待。惟日軍在滬受挫，迷夢難完，日艦不敢妄動，倉皇遁去，而仁甫枕戈待旦，目不交睫已一週。在任九月，心力交瘁，鬚髮漸斑，乃辭職返港。

民廿六年七月七日，蘆溝橋事變，日敵傾師來犯，而我朝野上下，萬衆一心，誓死救亡，海外僑胞，皆抱抗戰雄心，出錢出力。仁甫時方在港，一貫革命精神，分函海內外同志，呼號爲抗戰努力，港中洪門團體，數十年來多不相容，仁甫以老大哥之資格，曉以大義，並遣其子特夫，奔走呼籲，促其聯絡，喚醒僑胞共赴國難，各團體深明大義，受其感動，於民國廿七年一月廿三日，用「港九僑團歡迎老華僑關仁甫先生大會」名義，開大會於九龍民範中學，是日參加之團體二百餘，代表則數百人。仁甫慨慷陳詞，潸然流涕，聞者莫不感動，各執成見之洪門團體，更能解除成見，渾爲一家，此爲香港有洪門以來創見盛事，以後各僑團之致力救亡工作，亦因受此次大會所影响也。

民廿八年秋，仁甫挈眷至越南，從事聯絡華僑宣傳救亡工作，而其子特夫，年少熱誠，尤爲努力，雖經敵僞之特務人員威迫利誘，力阻無效，遂改變宗旨，揚言歡迎仁甫出山協助。謠言既起，仁甫大憤，誠恐讒口交加，兩電蔣公以申明立場，蔣公深知仁甫，覆電安慰，並示欽敬之意。及日本佔越南，仁甫倉皇率眷經西貢再返香港，患病半載，爲勢甚劇，病體未復，至民三十年，太平洋戰事突發，香港淪陷，仁甫精神大受刺激，蟄伏月餘，卒能俟機脫險，輾轉回國。民國三十二年夏，挈其子特夫逕至成都，謁見蔣公，請纓殺敵，蔣公知其寶刀已老，難任繁劇，於慰勞之餘，並召見特夫，勗勉有嘉，並予以工作，時仁甫猶健，仍常往來於常渝桂之間，蔣公亦長輩視之。民廿三年，有召集國大大會之議，仁甫函陳國事，蔣公覆函，請中和堂派代表四人出席，但仁甫「見事做事不必做官」，乃罷。

民卅三年一月，爲配合政府抗戰計劃，進行搶購，在柳州成立興仁企業公司，仁甫任董事長，以其子特夫爲總理主其事，經營多月，成績斐然。是年秋，日敵連陷桂柳，仁甫率眷避居猺山，猶勉勵當地人民，從事游擊，使到半開化之山猺，亦盡匹夫之責，屢創日敵。

民卅四年，抗戰勝利，仁甫返粵居住，不復出任工作，至三十八年，大陸陷落匪手，乃於十月十一日狼狽出走，流亡香港，猶策勵華僑從事反共工作。

民三十九年秋，時其病勢以小腸氣爲最劇，曾送瑪利醫院，經過診斷，須施手術，初時家人尙以其春秋已高，氣血不足，恐不宜於施割，但醫驗其血液，認爲無防，而仁甫本人亦堅持施割，且祇局部痲醉，於鏡中目視羣醫用刀，面不改容，談笑自若，羣醫亦驚其如是高齡，有此胆汁，仁甫曰：「余畢生奔走革命，生活於槍林彈雨中，早置生死於度外，何懼焉？」

民四十四年春，曾挈其子特夫赴日本觀光，並宣揚正義，深獲日本朝人士熱烈歡迎，居年餘，於民四十五年秋返香港，日盼國土重光，積憂成疾。至四十七年三月二十日下午，忽咯血，隨即暈厥，即送瑪利醫院醫治，病勢一度好轉，於廿三日出院返家調養，詎至廿四日晨九時卅五分（夏季時間逝世），享壽八十有六。

至今年十二月恰爲百歲冥誕，綜其一生，革命時奮勇當先，成功後歸隱林下，功成不居，亮節高風深爲可敬。

胡子靖先生百年祭

□□筱臣

前言

近代赫然有名於時的典型人物胡子靖先生，他是革命先進，也是教育界的前輩，尤其是湖南的明德學校，是他一手創辦，艱難締造，辛苦經營，一直到他死爲止，始終其事，畢生盡瘁。明德的校譽之隆，世所矚目，與張伯苓先生主辦的南開大學，被稱爲南北兩大私立學府。

他是以同治十一年八月初七日（西元一八七二年九月九日）生，到今年恰好一百歲。他的故舊門生遍天下，現在旅居歐美的中國學人中，不少他的高足；尤其是在港、台更多。在台校友，去年曾集會加以慶祝，並刋行「胡子靖先生紀念集」。筆者私淑之餘，謹集其逸聞趣事，以資崇敬。

創校動機

胡子靖先生名元倓，湖南湘潭人。自太平天國以來，湘潭人文，盛極一時，如陳漁洲、羅愼齋、周石芳、羅研生、王湘綺、趙芷蓀、羅順循等，都是夙學重望。他的先世曾受敎於東塾，立身治學，以躬行實踐爲主。因家敎的關係，他也承流宣緒，踐履篤實，覃精陽明學說。

清末晚年，政治腐敗，他盱衡國勢，燭見癥結，知道抱殘守缺，畢竟無法能救祖國，於是東渡。光緒二十八年（一九〇二）三月，湖南選派公費留學日本十人，他即其中之一，留學日本弘文師範學校。

他看了日本的維新，完全得力於敎育，尤其福澤諭吉的創辦慶應義塾，訓練人才，收效廣大，贊助維新事業，得到了很大的成效。他由欣慕而倣效，立志以敎育救國，培養人才，復興民族。

第二年冬天回國，他就着手辦學。先請湘中耆舊龍芝生出面號召，募欵設法，進行還算順利。幾個月之後，學校經了一翻着意的籌備，就隨着開學！這便是卓著聲譽的明德學校了。

明德創辦於光緒二十九年（一九〇三），當時新敎育雖已醞釀幾十年，但仍在萌芽時期。公立的學校，因迫於情勢的需要，雖已成立了幾所，而私立的敎育場所，仍停滯在書院、私塾的階段。當時在湖南，固然還沒有私立學校，就是在全國，也沒有幾所。以後與明德齊名的南開學校，創於光緒三十年，比明德還要晚一年。所以明德學校的創立，在中國近代教育史上，是一件很重要的事。

胡九丐化

學校成立之後，他自然是特別忙碌，一面邀同黃克強、張溥泉、周道腴、龍萸溪等共同支持教課，一面還爲學校的經費，用盡心思去籌畫。因爲這個學校的創立，完全出於他的熱忱和信念，在經濟方面可說是毫無憑藉，他自己既一錢莫名，初開辦時，虧得龍氏叔姪助了些錢，譚延闓的太夫人也捐了一筆欵子，勉強維持。

此外，他的同鄉湘潭袁樹勛，曾捐助一萬元。當時袁任上海道，他往謁同鄉，請求資助，幾乎是卑躬屈節，得來不易。爲了向各處捐欵，不惜冒雨雪，犯寒暑，跋涉險阻，眞是艱苦備嘗。胡有時要請捐欵的人外出，或門房不爲通報時，他就携被臥待。胡子靖先生行九，在兄弟輩中最小，所以有「胡九丐化」之稱。這個綽號，都是爲了興學而得來的。

我的血可以染紅你的項子

同時，明德學校又是黨人所辦，經常鼓吹民族思想，暗中策劃革命，很受到那時社會上一般舊勢力的注目，有時甚至於要周旋應付，設法對抗。爲了革命，明德屢次有被封閉的危險。所以他主持其間，夾攻中的奮鬥，特別感到煩難。

癸卯（一九〇三年）秋，明德才開課一學期，黃克強到校主持第一期速成師範班，志士吳綬卿、李小原等都來長沙小住。當時因翻印陳天華的「猛回頭」、「警世鐘」一類的革命書報，被長沙知府顏鍾驥知道，就想藉此傾覆明德。好在那時巡撫趙爾巽雖已去職，而學務處總辦張鶴齡（筱浦），兵備處總辦俞明頤（壽臣），都很出力維護，才算免了一場風波。

到了甲辰春，克強決心從事革命，辭了明德的教職不幹。長沙起義事洩，清廷下令搜捕。有「速即拿問，分別審訊，明正典刑」的話，湘撫不敢怠慢。而克強當時正避在明德學校內。有一天，便衣的偵緝人員來探，他僞爲週旋，從容出脫，轉避到龍芝生家中去。

後來子靖同譚組安、龍萸溪商量的結果，一面請龍芝生寫信給巡撫，稱讚克強的賢能，一面由他約了張鶴齡到龍宅和克強見面，彼此談論歡洽，鶴齡回去，便向湘撫力保，說「克強是純然儒者，可以身家性命担保。」事情也就和緩下來。

不料，過了幾天，風波又鬧大了，清吏再度派人搜捕。子靖先生跑到鶴齡那裏，鶴齡就把眞相告訴他說有了眞憑實據，事情很爲難，並且說他受了湘撫的責難。子靖先生從容道：「這些事我都與聞，如果說升官，我的血就可染紅你的頂子，拿我就是！」鶴齡本是一個同情革命的經學家，曾經担任京師大學堂的教授，聽了他的話，拍案道：「這狗官誰願意做的？現在只看怎樣保護他們出險。」

最後由子靖先生和俞明頤洽商，設法把證據毀滅，並且由俞傳諭偵緝人員無證不許拿人，事纔鬆弛。嗣由曹亞伯、張繼設計走匿吉祥巷聖公會，由牧師黃吉亭予以掩護；黃牧師告克強親友，任何人不得向他問及克強行蹤，他始能對克強的安全負責。

克強住聖公會後進一樓上近一月，其時省城空氣緊張，軍警密佈，會黨中有繼續被捕者。克強以久匿非計，且苦悶不堪，於是子靖先生，黃牧師等，乃共謀克強出險之策。會武昌聖公會胡藹亭牧師到長沙，也慨然願予協助，胡且親自操刀，將克強的鬍髮剃去。

九月十八日（十月二十六日）黃牧師、黃友袁禮彬及克強，化裝成海關人員模樣，克強乘坐二人肩輿，轎簾垂下，張繼、曹亞伯則各挾手槍緊隨其後，於夜間城門將關未關之際，得安全混出城外。黃牧師並於城外海關人員某君家設宴，為克強餞別，宴後即將克強送上日輪沅江丸，黃牧師同行，於次日早四時，直開漢口。當時所携帶旅費三百元，則為子靖先生向張鶴齡所借得。克強東行去滬，轉航日本，晋謁孫中山先生，不久組織了同盟會。

在事態危急時，謠言蠭起，學校的命運，岌岌不可終日，可是由子靖先生的堅毅鎮定，本着大無畏的精神，終於渡過了難關，苦撑過來。

磨血的人

辛亥革命，湖南光復，那時明德的總理黃澤生，躬親督率部隊，與清兵激戰，因而陣亡，明德學生也有殉難的。迨後都督焦達峰被害，子靖先生等力勸譚組安出任艱鉅，把三湘安定下來。

民國初年，明德在長沙的校本部，分設初小、高小、中等、專門各部，規模大為擴展。民二在北平設立明德大學，聘李儻主持一切。民四，因袁氏叛國，帝制逆謀顯露，大學部因而停辦。民八，又把大學部改設於漢口，也因經費不充，維持了四個年頭而中輟。以後他就殫力經營中學，絕意仕進，他辦明德，差不多四十年如一日，抱定教育救國的宗旨，埋頭苦幹，不計其他。

他常對黃克強先生說：「革命是流血的事業，教育是磨血的事業。革命可以利用下層社會，如江湖會黨；建國則非人才不可，養成中等社會，為立國的要着，事穩而難做。你倡革命，是流血的事；我辦教育，是磨血的人呢！」所以他自己刊了一顆圖章，叫做「磨血人」。

子靖先生更以「堅苦眞誠」四字做校訓，幾十年湘中青年子弟受他的薰陶感化，人才輩出，而躬行實踐，也就成了明德的校風，而且擴展到社會方面去。

心安理得

抗戰既起，子靖先生亦奮起共赴國難，他膺選國民參政員，二十七年入蜀，贊襄國事。因頻年擘劃校務，操心也危，慮患也深，所以得了血管硬化病，稍受刺激，血壓就高到二百度以上。二十九年十一月二十四日，因舊病復發，這位熱心的篤志的大教育家，便捨棄了他的手創事業——明德中學而長逝了。

子靖先生服膺陽明之學，以誠待人治事，更能得孔顏之樂，藹然仁者，「萬物靜觀皆自得」。晚年自號「樂誠老人」，明德新建校舍，亦名曰「樂誠堂」。其修身養性，實已達到從心所欲的境界。生平喜讀傳習錄及明儒學案，常集其精華，輯成一卷，名曰「修身約言」昭示諸生，明德之淳良校風，其來有自。

由於上述，子靖先生便養成了智者常樂，天君泰然的謙謙君子。他有自輓一聯，頗不失其夫子自道的旨趣。聯云：

已過曾求闕逝世之年，心安理得；

願述王陽明求知之學，繼往開來。

下聯可無庸解釋，讀者當可了然；惟上聯則係敘述他對鄉賢曾國藩之學術人格與事功，均極敬佩。曾氏本「謙受益，滿招損」之旨，名其齋曰「求闕」，甚富哲理，於人生修養，尤受用無窮。曾氏逝世時只六十二歲，子靖先生逝世時，則已享年六十有九，此聯作於逝世前不久，故自覺「心安理得」。

海軍上將楊樹莊事略（續）

■楊　際　泰■

是時雙方仍在壘戰，均不知唐團長已死，陸戰隊十一連隊伍，依然以寡圍衆（敵軍約有二十八、九連堪稱爲衆），依然節節勝利，敵軍則漸漸後退。海軍有一連隊伍，於前進追擊之時小心翼翼，搜索民房，防被敵人埋伏，前後夾擊。在民房中，發現唐團長屍體，馳報旅長林忠（是時旅長楊砥中因私通軍閥吳佩孚，經林建章部長電由楊總司令轉飭海容軍艦曾艦長以鼎拘捕正法，經派一團團長林忠升任旅長之職）。林旅長以敵人仍作困獸之鬥，乃報請郁司令調派淺水炮艇進入峽兜開炮轟擊。同時以水上飛機飛臨瓜山敵人聚集所在之上空，投擲所帶之小型炸彈，並調陸戰隊第三團林壽國所部及其新收編之保安隊，上山參加輪番夾擊頑敵。一面由參議林知淵往謁何總指揮，報告海軍在閩江協剿軍閥之經過，何氏亦派勁旅前往瓜山夾擊。

張毅所部，先由漳屬入泉州繼經惠安、仙遊、莆田、福清、長樂等縣境，而革命軍張貞所部第四獨立師則尾追甚緊，但未交鋒，及抵瓜山，與福州相距已近。不意即於此時，適遇勁旅當前，進既不得，四週高地均有密集之彈雨，始覺已被包圍。迨戰至兩日兩夜，張毅已覺炮聲越來越大，與其所部既無法睡眠，炊事兵又不敢炊飯：因疲勞、失眠、恐怖與饑餓，病者日衆。

張毅痛飲福州之夢，爲艦炮隆隆之聲震得清醒，迅即檢點所部，發覺除受傷、死亡、投誠、被俘及臥病外，可戰之兵，祇餘半數，且皆疲憊。雖經下令突圍前進，然遇炮兵與機槍當前，無法稍越雷池一步。後退之路亦爲密集之機槍阻塞；右邊雖較空虛，但臨江泊有炮艇，無法飛渡；左邊高山，只有陸戰隊戰壕，並無可通之路，爲保全自己生命及所部實力計，只得派員化裝突圍分向國民革命軍何總指揮及海軍陸戰隊林旅長投誠，並向何總指揮求改編。

張毅以所派各員，分往福州與馬尾，均係相距咫尺之地，逾日未回，究竟能否達成使命，既不得知，而炮聲不停，傷亡之數有增無已。張氏不能靜候覆命，即令前線先豎白旗，陣前喊話：請求停火改編。少頃，張貞之第四獨立師派員開會歡迎投降，張毅所部遂將槍卸下徒手赴會，第四獨立師乃將槍點收，何總指揮遂准將張部收編。同時郁司令亦下令停火，撤退陸戰隊及炮艇，瓜山之役，於焉結束。張毅被押赴廣東，因其平日壓迫民衆！殘殺黨人，罪無可逭，乃予槍決，以謝閩人。

八、贊襄北伐棲霞建功

楊總司令有堂弟名子明者，早歲畢業於保定陸軍軍官學校。民國十一年春，由許崇智派充東路討賊軍司令部參謀處處長。同年八月三日，許總司令率部入閩（後段參照陳肇英氏八十自述五五頁）。楊氏兄弟相會家鄉，暢談國民革命之遠略與參謀長蔣公偉大及英勇之事蹟，益增楊氏嚮往革命之心。繼與同盟會會員方聲濤（楊氏主閩時，舉方氏爲省政府委員兼軍事廳廳長）、林知淵等交遊，共研黨義，並磋密勿，其革命之信念，遂日益堅強，斯爲其贊襄北伐之遠因。

民國十五年二月四日，國民黨中央執行委員會通過出師北伐案，任命軍事委員會蔣委員長爲國民革命軍總司令，率師北伐。所有兵力，除七個軍外，新附唐生智所部編爲第八軍，兵力共約八萬人。當時北洋軍閥之兵力，吳佩孚所部，號稱二十五萬人；孫傳芳擁有二十萬衆，張作霖所部及依附之直、魯軍，共約三十五萬人；

合計約八十萬人。爲革命軍之十倍（參照中國近代史教學研究會編著之中國近代史四〇六、四一一及四一二等頁）。

當國民革命軍行將北伐之際，楊總司令之知交方聲濤即晉謁蔣委員長暨中央執行委員會部份委員，面陳楊氏竭誠擁護國民革命之事實。同年三月十四日奉到蔣總司令命令，任楊氏爲國民革命軍海軍總司令。楊氏一經奉令，隨即通令駐在廈門、吳淞、寧波之各軍艦，一律改懸青天白日旗幟。並遵蔣總司令之命，遣軍艦三艘，自上海開赴九江，華中敵軍因而迅速瓦解了）。參照董顯光先生著蔣總統傳一卷七八頁）。

國民革命軍於民國十五年十一月二十一日佔領松江、蘇州等地，進迫上海地區，將魯軍包圍繳械。在上海作戰期中，楊總司令命令海軍軍艦由海面進攻，並襲擊敵人江面之退路。攻克上海後，將所轄之海軍艦隊，編爲第一艦隊、第二艦隊、練習艦隊、魚雷游擊艦隊等四個艦隊。至是革命軍之實力，更爲充實（節錄張其昀主編之開國五十年史論集第一冊四一八頁）。

當時海軍實力，計有海籌、海容、應瑞等三艦及炮艇十一艘、驅逐艦二艘、水雷艇八艘、練習艦三艘、運輸艦六艘，於十二月三日在閩江起義，截擊潰竄敵軍，革命軍遂得以在福州附近，將敵包圍殲滅（參照前項史論集第一冊四一六頁）。至於海軍陸上實力之在福建省者，尚有陸戰隊第一混成旅，全旅官兵約七千人，海軍訓練營經常受訓之練勇，約有八百人，長門要塞炮台及廈門禾山炮台各有步隊二百餘人。

民國十六年，寧、漢先後清黨，分裂之根本原因已失，於是雙方洽商合作；但武漢方面，仍集矢於　蔣總司令。蔣總司令爲促成雙方合作，於同年八月十二日辭職下野。孫傳芳遂乘機率所部數萬人渡江，至龍潭、棲霞山一帶，滬、寧震動。何應欽上將暨李宗仁率所部一、七兩軍苦戰。海軍總司令派軍艦遊弋江中，炮轟敵軍，斷其後援，渡江孫軍，完全殲滅（參照中國近代史四一七頁）。

當八月二十四、二十五兩日，敵軍先在長江上游鎮江附近偸渡，至二十五，利用外國軍艦、商船往返兩岸，不易分別目標之機會，突分三路，向烏龍山、棲霞山、龍潭一帶，大舉強渡。我軍卒將敵軍全部擊潰；非死即俘。江北殘敵，聞風倉惶遁逃，此一戰爭，關係黨國非常重大，戰況空前激烈（摘自中華民國開國五十年史論集第一冊四二〇及四一二頁）。

另載：國民革命軍與在南京、鎮江一帶，陸續登陸之孫傳芳所部，六日來（按即十六年八月二十五日至三十日）劇戰之結果，孫軍受海軍之炮擊，後路斷絕，卒歸失敗。此次戰役，孫軍渡江者，約有七萬餘人，被殲滅者有二萬人，餘多溺斃或逃竄，孫傳芳之武力，幾全部覆沒（參照高蔭主編之中華民國大事記二六七頁）。

前項史籍所載，與民國二十三年一月間，楊氏治喪委員會所撰「楊上將幼京先生事畧」（附於訃文併發）內有，龍潭、棲霞山之役，軍閥孫傳芳部隊十五萬人，強渡長江，經幼京先生命令在長江逡巡之艦艇，開炮截擊。其已登陸，死於炮火；其半渡，溺斃江中者，共七萬餘人，使孫部一蹶不振，功在黨國等語；大致相同。參諸上列史乘及大事記所載，則楊總司令一令之下，而致孫傳芳所部大敗之事實，當屬不虛！

唐生智叛軍，見革命軍在龍潭大捷，：遂於十月十七日起，由皖境向西撤退；革命軍分江南、江北兩路追踪，並由海軍溯江策應，先在廣濟、武穴、田家鎮、富池口、陽新各地發生戰鬥。十一月十五日海軍首先收復武漢。唐生智見大勢已去，遂逃往日本（見中華民國開國五十年史論集第一冊四二一頁），此爲楊上將又一建功之事蹟。

九、節儉衣食本性近佛

福州自民國十一年下半年起，至民國二十一年底，大約十年有奇期中，堪稱年豐、物阜、人民富庶、地方安謐，最感康樂之時期。此時中等以上人家之重視服裝者，初冬由珠皮、灰鼠或灰鼠積，依氣候漸易以犴毡、黑羔或紫羔、狐狸腿、白狐或黃狐，間有黃貂或黑貂等等。紈袴子弟，甚至數日即易一種之皮衣。至於中等以下者，亦有羔羊皮或麥穗皮袍以禦冬。

反觀楊氏，自民國五年即任海軍少將司令，十二年任閩廈警備司令，十四年任海軍總司令，十六年兼福建省政府主席，十八年總司令改任爲第一任海軍部長。前後計有十七年期間，均係身居顯要；但除穿軍服外，只穿棉袍以禦冬，其在京、滬出門時，僅加一大衣而已，從未見其穿着皮衣，奚論色皮！夏天則白紗長衫，向不穿有花之紗衫或白香紋長衫。冬天之棉袍，率爲灰色無花者。其遇典禮，始穿藍棉袍，加一青緞馬褂而已。世稱晏子狐裘三十年爲儉樸者，楊上將有過之而無不及也。究竟何以如此樸素，又不怕冷？殆因本性對於佛教，已頗接近，故在未皈依佛門之前，即喜灰色無花之衣服。

楊氏自求學以至於帶艦，三餐均係廚房備辦，至任警備司令時起，酬應漸繁，均未聞有持齋茹素之事。直至民國二十三年秋間，陳銘樞與駐在福建之十九路軍，陰謀組織僞人民政府時，楊氏電囑筆者速辭福清縣警察局之職（當時稱爲公安局）附搭 林主席子超先生乘之應瑞軍艦晉京，備員其所任國府委員之隨從秘書，後在下關海軍部高等顧問室共進三餐時，始發現其完全素食。且飯後粒米不遺，必食淨盡。偶爾發現沙發椅扶手上僅遺一粒之飯，雖在食後，亦拾放口內。筆者當初頗引以爲異，直至抗戰軍興，財政部駐閩之緝私處處長林振波（舜藩），與筆者爲忘年之交，常到筆者負責之縣黨部，縱談佛學時，始知佛教徒之不浪費有甚於朱子家訓所謂：「一粥一飯，當思來處不易」之語，至此始恍然知其奉行佛教竟有如是之切實！

楊氏本性之接近佛教者，不僅右述之節衣縮食，尚有左列數端之事實，足見其宅心仁慈，茲簡列如次：

一、喜聽梵音——楊氏自修畢海軍學業，在艦服務，常泊各地港口，每於假期前往各名山古刹，名曰參觀，其實於和尚拜讚及誦經時，則肅立靜聽梵音。至任司令時，雖云登山避暑，實亦到寺靜聽拜讚與誦經。

二、不吝施捨——其在求學時代，假日上街時，每遇叫花子或托鉢，亦必喜於施捨。迨任司令以後，凡有親朋戚友函呼庚癸時，亦必滙欵接濟。

三、救人危急——已詳於本篇之三，具善心早年發迹章第四項之內，茲不贅。

四、謙恭有禮——已畧述於本篇之四，愛幹才敬老尊賢章內第五項。

五、禁殺無辜——已畧述於本篇之六，不血刃而金、廈重光章內第五、第六兩項。

十、預立遺書似知壽數

查楊氏遺囑之內容，約爲：「余昔帶艦，所泊各地之名山古刹，率經涉足，俱不若吾閩鼓山湧泉寺天然風景之優，此寺堪稱我國首屈一指之名刹。但獻身黨國，軍政雙重之仔肩莫釋，生既不能久居此寺，亦願死能埋骨於此。經於昨日商承茲寺住持虛雲大法師，允將寺之左側空地，讓與一席，爲日後葬身之所。另紙所寫之呈務於一旦氣絕之時，速塡年月日送呈國府林主席核准。至於念年俸錢所入，除陸續捐贈外，所餘不多，應分與之宏（即桂森，爲其獨生子）若干元，菱書（即其收養唐家之女）若干元……等數語。末塡「中華民國十八年六月某日（已佚其日）於福州」。

楊上將逝世時，筆者曾代陳紹寬撰輓聯，我本不諳此道，竟於參禪打坐中得句：

「出海宇，寄疆圻，允文允武；
入娑婆，歸淨土，如去如來。」尙屬恰切。

虛雲和尙年譜第八十一頁載：「民國十八年己巳九十歲」「正月由滬回鼓山，海軍部長兼閩主席楊幼京（樹莊）、代主席方聲濤率官紳留予住持鼓山，予以薙染初地，緬懷祖德，義不可辭也，遂就任。」其門徒之「附註」有：

福州鼓山湧泉寺，海內名刹也。歷史悠遠，殿宇千重，爲閩邦第一名勝。以其歷史遠，而僧習漓；以其風景優，而雅俗混。……公悲憫之，莫如何也。會政府主席林森、海軍總司令楊樹莊、方聲濤等同里，思整頓鼓山，非師莫屬，前後函電往復多次，始應之。迺於民國十八年己巳某月重回鼓山……」。

十一、偶感風寒遽歸淨土

楊氏於舞象之年，即受海軍之軍事教育，八載期中，已練成既健康，又雄偉之標準軍人體格，故鮮感冒風寒。民國二十二年十一月間，因陳銘樞與十九路軍陰謀叛變，啣命與福建省政府前代主席方聲濤先生同往長江上游某省宣慰其軍政各長官，於達成任務回程時，在長江下行輪船洋艙房內，感覺空氣欠佳，乃獨自半臥於該輪甲板上之長型籐椅上，正以爲江上清風，空氣彌佳，不意遽入睡鄉，因而受涼，發生咳嗽，繼則聲音嘶啞。

是時楊上將特任國民政府委員，兼設在南京之福建省政府檢核委員會主任委員及海軍部高等顧問。回到南京住於下關海軍部高等顧問室，服用中藥，咳嗽等疾，已見痊癒。同年十二月間假中央飯店，舉行檢核委員會會議後，因尚有要公，須與方委員聲濤等討論，復以該飯店後園空氣較佳，即在園內暢談。詎因未穿大衣，祗穿一襲絲棉袍，園中風大，又受涼重感。此次之咳嗽，較重於前，雖服中藥，既未見效，反致臥床不起。

楊上將正在臥病時，突據報告其舊長官杜上將愼臣先生於當日（六日）中午逝世於上海。楊氏乃勉強扶病起床，穿上棉袍及大衣，海軍部上校科長蔣揆及總務廳少將廳長李主甲接踵同來高等顧問室勸阻無效，即趁星夜掛車趕往上海杜公館弔唁。禮成後，僅在杜上將屍體週圍繞三匝而去。詎不數日，即民國二十三年一月十日亦逝於上海法租界！

在上述檢核委員會會議未舉行之前數日，楊氏與筆者，於同進晚飯後，閒話時，突語筆者以：「我現時雖然已癒，但不久還是會死，你應爲我寫一介紹函，由我蓋印後，持往鎭江謁陳果夫主席，請其爲你安置相當工作，以免流落他鄉。」筆者聞言，直如晴天霹靂，莫知所措，更未知其此語何來！越數日，楊上將深夜由中央飯店回來，翌晨即不能起床，體力陡形不支，而杜公館長途電話遽傳噩耗，楊氏即勉強扶病登上小包車，蔣科長、李廳長與筆者等一同送至海軍部大門口，詎與筆者等及海部遽成永訣，能不痛哉！

中央當局以其一生公忠體國，廉介自持，鞠躬盡瘁，身後蕭條。所遺一子，未竟學業，乃撥欵十五萬元，爲其子桂森留學英國深造之基金。同時成立楊幼京上將遺族留學基金保管委員會，聘有孔祥熙、張羣、何應欽諸公爲委員（其餘忘記），孔氏爲主任委員。足見中樞當局眷念功勳，澤被遺族之至意。

民國三十八年春，筆者奉調轉任福建高等法院檢察時，桂森適蒙第三戰區司令長官顧墨三（祝同）先生派爲同上校外事秘書，亦在福州，過從尚密，其待人接物，能承父志，亦係彬彬有禮。因悉其已得英國牛津大學政治學士學位，甫與前福建政府財政廳何廳長公敢之姪女結婚。何小姐則在駐於福州之美國領事館辦事。

詎同年中秋甫過，福州突然緊張，既無飛機，又無輪船，交通突斷，桂森夫婦無法偕筆者冒險以小舟強渡東湧島，致陷鐵幕。楊氏僅有之獨生子及兒媳竟陷匪區，音訊斷絕，有否被害，不得而知，徒形耿耿耳！

十二、結語

楊上將中年，既握海軍全軍之大權，遭逢政局多變，原是可東可西，乃獨具慧眼，嚮往革命，效忠不貳，以竟終生，實屬難能可貴。

惟楊氏任閩省主席時，自己之幹部及部隊，均屬過少，且閩北有「尤溪王」之盧興邦、閩西有郭鳳鳴、閩南有陳國輝，多屬民軍改編而來，原已難收指臂之效。故有人以其大權旁落，懦弱無能，無甚建樹訾之。其實於甫任主席時，即派員建設漑田局於長樂縣蓮柄港，使數萬頃不毛之地，變成膏腴之田，嘉惠民生，似非淺鮮！而在廈門建設現代化都市，尤爲中外人士所讚許，豈得謂無建樹哉！（完）

台北專訊

黎烈文貧病而死

湯熙勤

文壇巨匠　著作等身

在國內文壇上素負盛名的黎烈文，已於十月三十日病逝台北。活了六十四歲的黎烈文，實在太窮，太孤獨了，沒有朋友去探視他，一直沒有人去管他。

好幾年來，病中的黎烈文，只有他的太太伴着，從台大退休後，有限的一筆退休金，早就用完了。要不是他太太所屬的基督教會有一些熱心的朋友幫忙，日子眞不知如何過下去！

黎烈文

早先剛來台灣時，黎烈文曾和梁實秋說過，台灣是個寧靜的好地方，他想在這兒過隱居的日子。

就是因爲責任感，一種從事文化工作自知的責任感，使黎烈文定不下隱居的心。他教出了無數的學生，看着他們成功，自己依然潦倒如故。也許這就是身爲文人的悲哀吧！

文學是反映時代精神的鏡子，引進外國的文學，可以擴大本國愛好文學、重視文學者的世界觀。

在政大、師大、東吳執教的著名文學批評家何欣，談起黎烈文在這一方面的貢獻，眉宇間仍流露出一股敬意；但站在一個文學工作者的立場，何欣又爲黎烈文如今的潦倒，病中的孤獨，死後的寂寞，至感哀愁。

畢生盡瘁文學態度嚴謹

滿門桃李成蔭苦了先生

何欣說，黎烈文早年留學法國，對法國社會、民情，及法國文學產生的背景，有着深刻而獨到的見解。

他說，黎烈文不是那種喜歡沽名釣譽的人。就和所有愛好文學的人一樣，黎烈文總是希望，把自己所知道的，和所能表現的一切，呈現給關心文學的人。

抗戰時期，黎烈文自己在福建省的一個小地方，創辦了一家出版社。

那時候，各地方的物質條件都很差，黎烈文胼手胝足，排除了紙張不敷使用及印刷設備不好的困難，印行了他自己翻譯的法國文學名著。

像「筆爾與哲安」、「亭子間的哲學家」，後來都風行一時。使那時極度緊張的人心，精神有個出處。

民國三十四年抗戰勝利後，黎烈文又與李萬居等人士一同來台，接辦了台灣新生報副刊的編務，他傾盡自己所能，要把新文藝所強調的自由精神，注入受日本人統治了五十年後單調刻板的台灣文壇。

做翻譯及文學研究，是最吃力不討好的工作。這方面的工作者，即使已有相當大的成就，也不能像一個寫了一本暢銷小說的人那樣名噪一時。可是黎烈文卻把自己的一生，都投向翻譯和文學研究。

黎烈文始終認爲，翻譯工作不容忽視，它可以刺激國內的文壇，特別是些已經通過時間考驗的名著，人們應該欣賞，進一步，藉這些作品的啓發，用心靈和理性，來透視這世界。

文學研究，更是從事創作的人，必須經過的基礎階段，使人能跳出絕對主觀的圈子，練習對週遭的環境，冷靜而不冷漠。

何欣在回憶他所知道的一些往事時說，黎烈文最令人敬佩的一點，是絲毫沒有個人的野心。

例如，當過新生報副刊主編後，黎烈文又應聘至台大外文系教授法國文學，他一邊授課，一邊傾盡自己的心力，集中翻譯所有的法國文學名著。

這是十年前的事了，爲此他逐漸感染了腦溢血病症，健康情況開始轉壞。

無人參與他所從事的工作，自然，也無人了解他爲何如此不顧一切地拚命工作。只有他的太太，代他謄清譯稿，予他寧靜的心情，予他種種精神上的鼓勵。

當時經黎烈文翻譯出來，在國內文壇上最著名的一部書，是史坦倍爾的「紅與黑」。

這是一部偏重於心理分析的名著，描寫了易於衝突的人性。過去，國內從沒有人嘗試過翻譯這部書，因爲要譯得好，並不容易，而且衡諸當時的情況，確也無利可圖。

然則黎烈文認爲，這部好書，應該介紹給國內愛好文學的人，不管翻譯它有多困難，做這種必須做的工作，是他身爲一個文化工作者「當仁不讓」的責任。

繼「紅與黑」的譯述工作完成後，黎烈文又繼續動手，整理另一位法國文學名家梅里美的全集。

他未曾像其他作家一樣，先與出版商訂好合同、稿酬、他只是憑着一股熱忱和自然激起的責任感，獨自一人奮力去做他所想過應該做的。

何欣讀過黎烈文翻譯的每一部作品。何欣說，翻譯工作，要做到眞正的『信、達、雅』絕對不容易；一個譯者，僅能揣摩原作字面上的意思，不能算是盡責的表現。

而黎烈文，不獨對法文的造詣極高，他的工作態度，又十分嚴謹。

他一定要對一個作家的生平、思想、全部的著作，即使是一個名氣不甚大的法國作家，有了全盤的了解後，才動筆翻譯這個作家的作品。

以「紅與黑」這部書爲例，黎烈文在序言上，就花費了極大的精力，闡述原作者所處身的時代背景，也以客觀的精神，指出原作者企圖表達的人性。

何欣無限感慨地說，盡管黎烈文默默開闢了研究法國文學之路，可是他自己在物質上的生活，卻一直未能改善。

何欣說，黎烈文就像典型的中國文人，沒有名利之心，只好長久過着爲「開門七件事」焦頭爛額的日子。

教文學的大學教授，待遇始終不能與教理工的相提並論；好像，「教授」只是個好聽的清高的名，生活苦一些，是「理所當然」的事。

爲了生活，黎烈文一邊在台大授課，一邊又經常奔波至台中的東海大學兼課。他的精神負担，是相當重的。

治學作文虛懷若谷
提拔後進成功不居

大約因爲這些，黎烈文自知有病在身，却總是不願去看醫生，他自稱與醫生無緣，只固執地相信，隨他去，病情自然會好轉的，他說他只是血壓有點高而已。

據黎烈文的太太說，有一回，醫院的車子已經開到他們家門前了，黎烈文仍然堅持不肯上醫院。

何欣還記得兩件往事，充份表露出黎烈文那種虛懷若谷，提拔後進不遺餘力的精神。

第一件是黎烈文原先並不喜歡現代文學，他曾經和所有的老一輩的一樣，對於現代文學所採的形式，不屑一顧。

可是後來當他逐漸接觸了一些現代文學的作品，體認到現代文學那種赤裸深刻的價值後，他又立刻開始鼓勵創造現代文學的年輕後輩。

「現代文學」這份由白先勇等人創辦的季刊，是黎烈文必讀的，他認眞地說，他從中獲益匪淺。

他也曾指出現代文學不能十分普遍爲人接受的一面。他說過，逃避現實的人心，必然不能與過份冷酷地，直接地表達作者對現實感受的文學作品協調一致。

第二件事是，他曾爲一份中學生辦的刊物寫稿，而且絕不草率，仍然是以往他對自己所要求的水準。

別的大牌作家、名教授，不會如此屈就身價，爲中學生寫稿的。他却說，如果他能藉此鼓舞喜歡文學的中學生，走上他們想走的路，那將是他最高興的事。

何欣說，黎烈文始終保持了湖南人特有的脾氣——認爲當做的事，就不顧一切的代價，犧牲自己去做。每念及此，及黎烈文過去對國內文壇的貢獻，實在使人禁不住潸然淚下，像這樣一個忠實的學者，爲何不受人重視呢？

何欣又說，站在文化工作者的立場，他並不期望學術界如今對黎烈文作任何口頭的同情，因爲這對黎烈文已經不需要了。只希望，一個已經在本身工作上盡責的人，不致被其他人所忘懷。

此間的大衆傳播媒體，總是錦上添花的多，例如一個歌星，生一場小感冒，也要大肆宣揚，對於像黎烈文這樣一個文化工作者，實在並未盡到雪中送炭的本份。

蘇水波的「塑形藝術」

將民間塑形藝術

從祭壇帶向社會

郭芳政

才華不凡

在台北新莊鎮新莊路一五二巷五號，一間聊可避風雨的房子裡，住着一位極有藝術才華的老人，可惜，他的藝術才華，因爲得不到適當的培植，遂使他潦倒半生，靠着幫人看管車輛的微薄收入，維持一家三口的生活，這位老人名叫蘇水波，今年六十七歲。

蘇水波的藝術才華，表現在繪畫上、表現在塑造上，他憑着靈活的雙手，將我國的民間藝術，從祭壇帶向社會，從一時邁向永恆。

有一天，筆者在新莊鎮看到了這位具有藝術才華的老人，他正在用麵粉塑造一匹駿馬，他的房間裡，擺着許多已經塑造完成的藝術品，包括各色各樣的水果、昆蟲、魚類、飛禽、走獸，每一件看起來都是栩栩如生，妙手天成。

俗語說：「畫虎畫皮難畫骨」，但是，蘇水波所塑造的民間藝術品，不僅外型皮毛形態酷肖實物，且深及內在的神髓。在他的妙手塑造之下，可以欣賞到被拉開一條縫的香蕉肉紋裡；紅寶石似的石榴子，排列整齊，錯綜有緻，鑲嵌在笑裂的石榴皮內，令人饞涎欲滴。

筆者問他：這些藝術品是外銷的嗎？

他笑着說：是祭典用的，一位好友的母親亡故，在下月初將請道士誦經超渡（台語稱「做師公」），這些東西是朋友一再懇托，他漏夜趕製，準備「做師公」時祭祀用的。

蘇水波說：他塑造的飛禽走獸、昆蟲、魚類，所使用的材料有稻草、泥巴、糯米、麵粉、顏料等，每次祭典完畢，這些小玩意兒立刻被人一搶而光。他有幾位朋友，至今還保存着十幾年他所塑造的東西，栩栩如生，是家庭中極好的裝飾品。

在台灣各地的迎神廟會中，盛行拜猪公，有實體宰殺的猪公，也有用麵粉、糯米塑造的猪公。蘇水波所塑造的猪公，維妙維肖，冠絕全省，除了塑造猪公的外型外，還有心肝內臟，都一齊塑造出來，這些糯米、麵粉塑成的祭品，在拜祭完後是可以食用的。

有一次，他塑造了一隻大豬公參加祭典，有人問他：「這隻豬公要多少錢？」

他說：「一千八百元。」

那人問：「多少糯米塑成的？」

他說：「四十五斤。」

那人說：「四十五斤糯米塑成的東西，索價一千八百元，你是不是存心吃人？」

蘇水波說：「你也塑一隻，我一萬八千元向你買。」

那人無言以對。

我們從這段針鋒相對的對白裡，不難看出蘇水波的個性，以及他的自負，和他鬱鬱不得志、潦倒半生的原因。

今年六十七歲的蘇水波，世居台北縣新莊鎮，週歲的時候，却失去了雙親，變成了一個孤兒，從此，他就在寂寞中長大。他眼看別家孩子的玩具，心裡暗自喜歡，但却不可得，於是，祇有求之於自己的仿造，他用木炭、蠟筆畫出久蓄心中的花鳥蟲魚，用泥巴塑造各種東西的形狀，來排遣他寂寞的心靈。

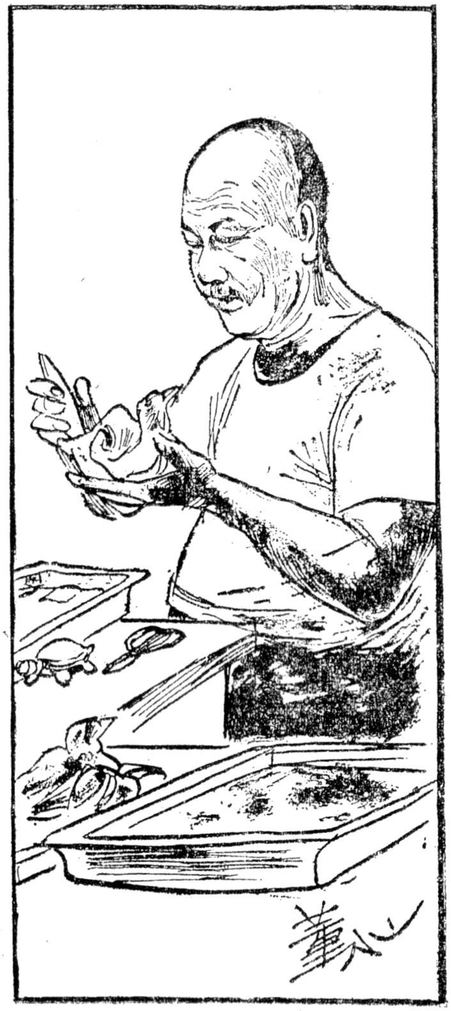

蘇水波畫像

他說：念小學時，有一次上美術課的時候，他畫了一張畫，畫中有茂密的枝葉、鳥兒——，他自己覺得很得意，但是他的日藉老師却連連搖頭，指責他信手塗鴉，不合畫道。可是當這張「不合畫道」的蠟筆畫傳到校長手中時，却大爲讚賞，認爲是一張有創意的天才之作，學校的美術老師，對他這張畫也給予很高的評價。後來，校長把他的畫，懸掛在辦公室中，在日據時代，一位小學生的繪畫，能登大雅之堂，懸掛在校長室內，這是一項殊榮，也益發激發了蘇水波的畫意。他的作品，經常在學校中公開展覽，更有好幾張被校長、老師帶回家懸掛，充分顯露了他在藝術方面的才華。

小學畢業後，那位日籍老師有意保送他到東京美術學校深造，可惜他是一位孤兒，籌不出赴日的旅費，他的藝術才華，就被現實環境摧折了。

小學畢業後，爲了生活，他在台北永樂市場擺了一個飲食攤，從此，他那靈巧雙手，就充滿了油膩，他在學校中表現的洋溢的藝術才華，也慢慢被人淡忘了。

蘇水波是一個非常耿直的人，不善於詞令，因此，擺了幾年的飲食攤，生意一直沒有起色，他沒有賺到錢，反而蝕了本，有一餐沒一餐的挨日子，於是，他放棄了永樂市場的飲食攤子，另謀生活。

蘇水波對於大自然的花鳥蟲魚及其他動物，觀察非常深刻，他小時候用泥土塑造的人、馬、杯、盤及其他器具，都維妙維肖，現在他開始捏塑以祭祀爲主的豬、羊、鮮果。他塑造的豬公、羊隻，匠心獨運，幾可亂眞，但往往不夠工錢。

除了爲人塑造祭品外，蘇水波也使用不花錢買的稻草、碎布及麵粉，塑造其他藝術品，如駿馬、山羊、梅花鹿、山雉、鯉魚、龍蝦……等，每一件作品，都充分表現了動物的「生動感」，有坐、有臥、有的作飛躍狀，極爲有趣。

命運坎坷　天才險遭埋沒

千里馬不遇「伯樂」，藝術家得不到

識者的賞識，是一件悲哀的事情。蘇水波說：他用稻草、碎布、鐵絲等，花了十天工夫，塑造了一匹駿馬，這匹馬做飛躍行空的樣子，四肢、肌肉、神態，都充分的表現出活生生的駿馬的樣子，這是他心血結晶，可是却得不到人們的賞識，他索價三百元，願意將這匹駿馬割愛，但觀者却嗤之以鼻，這不是一位藝術家的悲哀嗎？

蘇水波小畫

蘇水波家無恆產，他酷愛繪畫，但因家裡沒有錢，不能進入美術學校，跟名師學習，追求更深更廣的藝術領域，使他的繪畫天才，停留在小學的階段，擠不上國人山水畫及西洋水彩畫之林；他又醉心於於塑造，從迎神的祭品，到各種裝飾用的手工藝品，可說具有相當的成就，但左鄰右舍的人們，都爲着三餐奔忙，有誰能欣賞他的藝術作品呢？他在鬱鬱不得志的情況下，埋沒了他的藝術天才。

蘇水波一生的命運是非常坎坷的，他少失怙恃，在寂寞中度過了童年，雖然具有繪畫的天才，但却喪失了深造的機會；小學畢業後，爲了生活，東奔西跑，却一事無成，他醉心於民間的塑造藝術，很想在這方面出人頭地，但得不到識者的賞識和提拔，爲了生活，他不得不放棄了他的興趣。

蘇水波現在住的房子，僅有兩面牆壁，另外兩面靠着別人的牆。所謂牆壁，亦只是幾根竹柱及舊木板釘成而已，屋頂是塑膠板釘成的，今年七月間，貝蒂颱風來襲，他家的屋頂整個被颱風吹跑了，一家三口，在狂風暴雨的夜晚，連棲身的地方也沒有，眞是狼狽不堪。

蘇水波「不事生產」，他沒田可耕，沒本錢可做生意，他創造的藝術品，賣不到最低的工錢，於是，他就在家裡幫人看管車輛，賺一點車輛保管費。他住的新莊鎮一百五十二巷口，有一座小廟宇，他的住宅隔壁是一家小戲院，每逢迎神廟會或戲院生意興隆的時候，寄車的人比較多，他也可多賺幾個錢，但大部分的日子，一天難得有三五輛，有時甚至連一輛也沒有。他的太太，每天幫人家洗衣服賺錢維持家用。

蘇水波已經結婚四十多年，他們僅生了一個女兒，女兒長大了招了贅，但不久女兒女婿就搬出去了，他想要一位外孫繼承烟火，但女婿却不同意，爲此曾對簿公堂，鬧得他和女兒女婿之間不愉快，甚少來往。

除了自己的親生女兒外，他們夫婦還收養了兩個養女，從小就抱來的，可是養女長大招贅，結婚不到一星期兩人就遠走高飛，留下一筆結婚宴請親友的酒席費及服裝費，他們還了好久，最近才還完。

人在沒有錢的時候，最怕生病，他除了在台灣光復初期，得了「馬拉尼阿」（瘧疾），臥病三年外，身體一直非常健壯，他的老伴也很健康，雖然他快邁入古稀之年，但從外表看來，像五十許人，這是他在貧窮困頓之中，最値得安慰的地方。

蘇水波一生中雖然受着貧窮的困擾，但他却窮得有骨氣，他從不做對不起良心的事情，對朋友重義氣。他的民間藝術塑品，如果粗製濫造，賤價售出，也許能爲他帶來一筆財富，可是，他絕不這樣做。

每件作品　注入心血

蘇水波的每一件作品，都運用他的巧思，注入他的心血，以其靈巧的雙手製成的。因此無論飛禽走獸，昆蟲魚類以及一般的鮮果，都各具生態，各具妙處。這些作品，都可「待價而沽」的。但他四週的人羣，大部份和他一樣，爲生活團團轉，有些具有藝術眼光的，也出不起好價錢。因此，他乾脆把他的心血結晶，免費贈送親友，毫不吝惜。這次他爲桃園友人趕製的祭品，有各色水果、鯉魚、羚羊、駿馬、猪公、龜、鶴、……等等，如果論件計酬，何止萬千，但他看在友誼的份上，却慨然相贈，這就是蘇水波的可愛處。

歷史上有許多藝術家、音樂家，生前窮困潦倒，得不到人們的賞識，而死後他的作品，却傳頌千古，成爲不朽的傑作，樂聖貝多芬，一代大師梵谷，都是典型的人物。

蘇水波沒有足以耀人的學歷，也沒有得到名師的提拔指引，他塑造的民間藝術品，有多少價值，也許需要名家來品評吧！

據蘇水波向筆者透露：台北市基督教青年會，在下月九日將邀請他表演塑造的民間藝術，將有許多外籍人士前往觀賞。顯然，這位老先生在塑造藝術上的成就，正逐漸引起人們重視，如果能透過這次的表演，把他的作品，從祭壇帶向社會，從一時邁向永恆，獲得藝術界的普遍重視，則不但是蘇水波個人之幸，也爲藝術留下千古美談呢！

下期要目預告

用五：汪精衛脫離重慶始末記

用五先生係政壇名宿，多年來一直追隨汪精衛，關係密切，抗戰期間汪氏出走，用五先生不以私情廢公義，仍留在重慶工作直到抗戰勝利，但對汪氏當時在重慶處境及脫走前後經過至爲詳細，尤其難得者當年日記均保存無缺。此篇是根據日記寫成，態度客觀，史料翔實，將來定爲修民國史者所採用。

岳騫：折戟沉沙記林彪

林彪事件，已成爲中共內部最大事件，其眞象究竟如何始終言人人殊，作者根據所得材料加以排比、整理，從林彪幼年敘述，直到死去爲止。不偏不倚，就事論事，希望能與世人以明確觀念了，然林彪究竟是怎麽一個人。

徐義衡：十九路軍作戰會議紀錄

四十一年前在上海發生的十九路軍抗日戰爭，本刊第五期曾出專號，記述其事，但世人對十九路軍抗敵動機仍然傳說不一，有謂蔡廷鍇當時缺乏鬥志，但根據當時會議紀錄蔡廷鍇確實主戰，担任紀錄之徐義衡先生爲淞滬警備司令戴戟之政治部主任。此一紀錄已成海內孤本，現蒙徐先生贈與，當在下期發表，以正視聽，而存眞史。

峨眉的名勝古刹

——文鑑——

以「天下秀」馳名的峨眉，亦稱峨嵋；因兩山相對如蛾眉，故又叫作蛾眉。佛家通常稱之爲光明山；道家則謂之虛靈洞天，亦稱靈陵太妙天；「博物志」謂之牙門山，位於四川峨眉縣的西南。抗戰期間，筆者有幾位親友，隨武漢大學遷至四川樂山縣。民國三十三年筆者初到重慶，尚無實際工作時，曾經特赴樂山探望他們。以樂山距峨眉甚近，友人乃提議陪我遊覽峨眉山。

那時我還是二十多歲，玩的興趣很濃厚，說了馬上就實行。儘管花了三、四天的時光，作過一次走馬看花；但由於峨眉的名勝古刹太多，無法記憶。好在我那兩位親友都已經遊過幾次了，不僅老馬識途，而且他們都詳細的筆記，我也摘錄其中許多重要的名稱作對照，增加了我的記憶。因之，迄近三十年的今日，對峨眉猶有深刻的印象。

所謂峨眉，實際上包括着：大峨、中峨、小峨，統稱三峨。大峨是主峰，最高，海拔約爲一萬零六十英尺，由山麓的「報國寺」至山頂，足有九十華里的路程；且其山道盤旋，自山半至其巔，尚有八十四盤。而所有顯著的風景、名勝，也多半在大峨，如「伏虎寺」、「洪椿寺」、「萬年寺」、「仙峰寺」、「龍門洞」、「伏羲洞」、「女媧洞」、「鬼谷洞」、「雷洞」、「清音閣」、「閻王坡」、「壽星坡」、「攢天坡」、「觀音坡」及「洗象池」、「指引殿」、「金頂殿」、「臥雲庵」、「萬佛頂」、「華嚴寺」、「四全亭」、「金龍寺」、「白龍洞」……等等。正所謂「重巖複澗，莫測遠近；梵宮古宇，點綴其間」。

「報國寺」是遊覽峨眉的起點，位在山麓平原。而「伏虎寺」距報國寺約三華里，規模比報國寺大得多，惟其建築較爲破舊。這座寺的右邊是虎山，狀似一頭正欲搏人的猛虎，而決定建造此雄偉的寺廟以鎮壓之，故名。寺的左邊叫作「鳳坪」，山形好像一隻展翅待飛的丹鳳；但其下面有塊平地，可作操場，因稱鳳坪，這裡到處都是青葱的山色，和錚淙的澗聲，除鳥叫蟲鳴之外，委實聽不到其他的雜聲，靜得如無人之境。抗戰期間，四川大學遷到峨眉山麓上課時，則報國寺與伏虎寺都突然熱鬧起來——特別是後者，更成爲該大學的校本部，山明水秀，景色繚人，實爲青年學子研究學術的好地方。因而，該校門首新裝一幅聯語曰：

仁者樂山，智者樂水；

十年樹木，百年樹人。

從伏虎寺上去約三華里左右，便是「龍門洞」。這是峨眉的名勝之一，有一條名叫「符文水」的小溪，由山上向下流速甚急，高山流水，彷彿瀑布，可是流到龍門洞則成爲一個深潭，向下望去，顯出深幽的綠色。溪流的右邊是登山的大路，而深潭之畔，「龍門精舍」在焉。這所精舍內，共有六、七個房間，專供遊客憩歇的。至於「龍門洞」則在溪流的左岸，洞深八丈，洞裡面還有天然的石桌石櫈，相傳曾爲仙人下棋之所，故此，又名「仙洞」。好奇心重的遊客，多半都歡喜坐上石櫈休息一陣。

由龍門洞沿着山路前進，大約十華里的地方便是「清音閣」。這是一座古色古香的廟宇，而其環境之幽美，則無有出其右者。由於廟前的羣山之中，便是那條小溪「符文水」的上流，蜿蜒經過廟旁流出去。而廟的大門前則有兩座石橋，離橋約二十餘碼處，又有一根高而尖圓的石柱，矗立於溪流的中央，溪水流速雖然激湍，但是至此却爲那根大石柱所擋住，因而分爲兩支，繞石而過；惟逼使溪水冲在石柱上的浪花飛濺，有時高過石柱，造成錚淙的清脆之聲，故名「清音」。這根圓尖的大石，其形狀很像一個倒置的牛心。因此，廟前懸有一幅楹聯云：

雙橋兩虹影；

萬古一牛心。

另有一首讚賞這廟景的七絕詩，爲前四川大學校長程天放先生所題，詩曰：「偶來古刹賞清音，虹影雙橋映水深；一石中流成砥柱，萬山低首看牛心。」

我們一行四人從清音閣往上攀，越過另一條名叫「黑龍江」的溪流，看到遊客們好像在跳舞似的，時而向左岸跳到右岸，旋而又由右岸跳到左岸；這是什麼原因呢？由於溪水的流速過急，而且江上又沒有橋，只有無數的踏脚石，極不規則，或左或右，或寬或窄，故遊客也左右亂跳，否則一不小心，即有墮入溪水中，大做落湯鷄之虞！

渡過「黑龍江」雖如此艱難，而其風景却非常秀麗，比起西湖的九溪十八澗要幽深得多。沿着此溪上坡約五里許，便是有名的「洪椿坪」了。它位在山腰上一塊平坦的地方，其形長方而一端較濶，另一端稍窄，活靈活現五指合併而伸直的手掌，然則人們爲什麽要稱它爲洪椿坪呢？原來坪的懸崖上，昔日共有兩株洪椿，後來只剩一株，高約五丈，粗約三人合圍。相傳這就是莊子的「逍遙篇」裡所說：「八千歲爲春，八千歲爲秋」的古椿。因此，當地的人稱之爲洪椿，而不加樹字，洪者大也，故又名大椿；地亦由樹得名。也許莊子的話是寓言，然此椿樹歷史至少在一千年以上。

洪椿坪有座廟宇叫「洪椿寺」。門首懸一聯曰：「象鼻捲地，寶掌擎天」。這是形容當地景物的。所謂象鼻捲地者，指的是那古椿的枝柯斜生出來，彷彿幾條象鼻垂之於地，捲取食物；却仍不及寶掌擎天那麽恰當。這座寺比報國、伏虎諸寺爲小，然其裡面的客室則甚爲幽靜，寺的兩旁有石池和花木；又因該寺地勢爲拔海三千多英尺的緣故，夏日較爲凉爽，故洪椿寺內於民國二十八年夏季曾特加修葺，作爲前國府主席林森先生的避署行轅。前四川大學校長程天放先生經常陪伴林主席，並題詩七絕一首云：

山深市遠絕紅塵，寶掌擎天氣象眞；
世事千年彈指過，滄桑飽暖有洪椿。

同年八月中旬，前蘇俄駐華大使潘友新奉派到重慶，以林主席在峨眉避署，短期尚不返陪都任所，乃由行政院呈請主席，允准潘友新親到峨眉山上去呈遞國書。這是中國外交史上破天荒的一件大事，但倘若不是抗戰，國府當不至遷都重慶，國家元首那有機會去峨眉避暑？外國大使作夢也沒想到那名山之中去遞國書的。據說呈遞國書那天是九月一號，在洪椿寺舉行典禮，禮堂即爲佛殿，只是臨時用紅幔將佛像遮掩起來，戰亂時期，一切儀式從簡罷了。然而最費時費力的則是那一次筵席，由遠在成都的樂榮園大酒家所承辦，酒菜均由三百里外用汽車送到山麓，再使用人力搬到山腰的洪椿寺。因而也有人題了一首七律，以紀其盛況。詩曰：

佛寺權和廟倫，秋陽皎潔迎嘉賓；
名山事跡添佳話，元首威儀服遠人。
捷步登臨腰脚健，珍肴羅列几筵春；
輔車形勢長相憶，立國由來貴善鄰。

自洪椿坪起，以上的山路就開始險峻了。距「洪椿寺」約八華里處，有「扁担巖」，一邊是峭壁，一邊爲懸崖；且其兩山的距離甚近，樹木又多，終年不見天日，因此，境界非常陰森晤淡，如果單獨一人經過那裡，即使大胆者亦有所顧忌！這條令人戰慄的陰森道路約三華里，經過「壽星橋」，以橋下溪水奔騰，聲音甚爲響亮，乃可藉以壯胆了。過了橋再走一段短距離，便是「壽星坡」，即所謂「八十四盤」，或俗稱「九十九倒拐」，便是指這裡而言。

事實證明：這段路的石坡極陡，而且三五步之間就有一拆，共計達五十多拆，一千七百五十級，才能抵達該坡之頂。好在中途設有幾座坐寮，以便遊客飲茶、咖啡或汽水的小休所在。攀上壽星坡，再前進十華里，便到了「仙峰寺」此寺的規模雖不算大，建在峭壁之下，可是寺前的杉樹成林，終年筆直嬈嬌；加以羣峰環抱，風景極爲清幽；尤其是寺旁，更有「九老洞」和「天皇台」兩大古跡。相傳後者是黃帝軒轅氏曾到此訪問天皇談道之所；前者則有九千仙人曾聚居於其間，故台與洞均由此得名。

仙峰寺門前有九老仙府的匾額，石洞並不很大，而洞裡面也看不出有什麼九老的遺跡。天皇台則是一片寬約半畝的平地，前面全是小山，都比天皇台爲低，因而此台豁然開朗，足可望見一百里外的青衣江及夾江縣城。九老洞前面的石壁上遍地樹木，裡面也有幾棵拱桐，爲峨眉著名的花卉，純白色，花冠對生兩瓣，彷彿兩人相對打拱作揖，所以，叫做拱桐花。若微風吹來，花瓣飄動，又似乎細小的白鶴在空中展翅翱翔。而也有人題詩吟詠，詩云：

名山不愧稱仙府，佳卉端宜植玉京；
安得結廬傍絕巘，便從九老學長生。

通常一般遊客到了仙峰寺，以天色近晚，多半乃投宿於此；因爲這裡的海拔將近六千英尺，可以遠眺一百里以外，在月光之下作遠望，另有一種幽美的感覺；令人流連低徊；加以寺裡素菜價廉物美，故每晚投宿者甚衆。

翌日拂曉，遊人繼續前進，走出仙峰寺不遠，便望見「遇仙寺」，再經過「蓮花寺」以後，便到達了著名的「攢天坡」。這坡的斜度，比壽星坡更大更險阻；兩個石級相距通常只有八、九寸，有時約在一尺以上，攀登起來更爲吃力。坡分爲三段，每段終點都有茶亭供遊人休息，到了「直達坡頂後，再往前進約三華里，就到了「洗象池」。據說這裡的海拔比仙峰寺又高了約一千英尺之譜，而所謂「洗象池」，顧名思義，是替象洗浴的池子吧。但那座池子爲圓形，全部使用方石砌成，直徑約兩丈有奇，四圍石欄高出地面也在一丈以上，似不可能容納大象浴身；加以拔海七千英尺高山上，道路險峻，石坡極陡，人的攀登尚且十分艱鉅，何況數以噸計的大笨象，怎可登上？與其說它是洗象池，毋寧稱它爲井更恰當。但相傳係普賢菩薩騎了一頭白象上山的，並在這池子裡爲象洗過澡，故以此得名。

洗象池附近，居民不多而經常發現猴羣，這也是峨眉遊客們所欣賞的對象之一。因爲，那裡的猴子無論大小，不但有嚴密的組織，且有紀律，絕不亂來。這些猴羣由五十隻至一百隻不等，領導的頭頭們，對猴羣管敎頗嚴，遊客如果以糕餅饗給牠們時，必先由領隊的頭頭接受了，其餘的猴子才按照次序一個個地來接；否則不敢先伸手。正因爲牠們是這樣守規矩，所以，遊客也樂意多買食物賞給牠們。實際上，這些猴子的確馴良，經常在池畔聚集嬉戲，見有遊客到來時，牠們更加活躍起來，往往排列在一邊，有如歡迎嘉賓的光臨。但倘若有人傷害牠們，那末，猴羣則在其頭頭的領導下，立即「抗議」對方從而向敵人進攻。

從洗象池再上去，便叫作「羅漢坡」，石級整齊，比壽星、攢天等坡好走得多。沿途可以看到冷杉，其性耐寒，故此能在高山上生長着。羅漢坡之上爲「閻王坡」，只要聽到這個名詞，便可想像到那坡的危險性！這閻王並不惡，還不及攢天坡那樣崎嶇險峻。坡的兩旁有許多沙羅樹，高達三丈以上，秋季盛開，花似鈴形，顏色有深紅、淺紅、及淡紅三種，嬌艷異常。而其四周則是墨綠色的樹葉，很像美人雲鬢插上紅花。據說這種樹，非在海拔八千英尺以上不能生存。故有人題詩以詠沙羅樹云：

淺絳微黃秀可餐，依稀霧鬢與風鬟；
名花不願沾塵俗，留與山靈帶笑看。

原來閻王坡的「白雲寺」，其海拔已達八千一百英尺。繼續前進，經過「雷洞坪」，便是「雷洞」，也富有傳奇性，據說洞裡時出雲雨，俗又稱爲雷神所居之地。雷洞之上，爲一大斜坡；坡旁則是峭壁，望下谷底，驚心動魄！越過峭壁約三華里許，就到「接引殿」，位於峨眉的主峰之下。根據「四川省通誌」關於峨眉山一節中指出：「在峨眉之主峰下有『接引殿』，海拔八千四百英尺。登臨其上，極目遠眺，岷江及青衣江均歸眼底。……」遊客們一經抵此，即使夏季，也必須披上外衣，否則涼風刺骨。

由接引殿再往前走，經過「七里坡」約四華里，便是「太子坪」的「萬行禪院」海拔則爲九千三百七十英尺。由於院裡供有明神宗太子像，故其地以此得名。再上只見冷杉，沒有其他樹木了。自太子坪出發經過「永慶寺」，稍作遊覽，便可觀光「沉香塔」，前後約費兩小時而到達「天門石」。——這是兩塊大石相對峙，且其距離不過一丈，儼然成爲兩扇天然的石門。穿過「天門石」，再經「七天橋」、「普賢塔」、「錫瓦殿」之後，即可望見峨眉絕頂的三個尖峰——「金頂」、「千佛頂」及「萬佛頂」。

通常一般遊峨眉的人都以爲金頂最高，於是先遊金頂，再到其他兩地觀光。但在抗戰初期，經金陵大學的森林系教授廖茱，帶同儀器親到實地測量後，始發現金頂海拔僅是一〇二〇英尺，而千佛頂比金頂高二〇英尺，萬佛頂又比千佛頂高二〇英尺，即爲一〇〇六零英尺。它雖然不在五嶽之列，然其高度却已超過五嶽，名氣亦不在五嶽之下。

不過，上列三頂中的廟宇，則以「金頂殿」的規模爲最宏偉。殿門朝西，且有平台，登臨其上，如在太空中。向西邊望去，可以看到五百里外西康境內的貢噶山（那是海拔二萬四千七百英尺高的大雪山，比峨眉高出幾達一倍半。山頭終年積雪皚皚，山脈很長，綿亙數百里不斷）。東面則是懸崖削壁，實爲「一落千丈」！幸好平台四週都圍以木柵，遊客們才敢靠近邊緣俯望。南邊同在削壁上的，即爲千佛頂、萬佛頂兩殿，而成了峨眉最高的三個尖峰。這三頂往往高出白雲很多，故詩人墨客有詩詠此氣概。詩云：

浩浩天風萬里摶，此身已出白雲端；

峰巒俯視皆臣服，快意平生作大觀。

據說金頂在明萬曆年間，曾由皇室出內帑，命嘉定知府王某建造一所銅殿，寬二丈五尺，深一丈三尺五寸，高一丈四尺四寸。銅殿的門、窗、壁、柱，以及屋瓦，全部用銅鑄成，名符其實。而上面還鍍過金，在太陽光之下燦爛奪目，至清代末年，因年代久遠，發現多處漏雨，殿內和尚即在銅殿外加建一層木樓以保護之。不料西藏的喇嘛僧來峨眉禮佛，到金殿焚燒紙錢，導致木樓着火，殃及銅殿，結果銅質全部熔化！民國初年，四川軍政府將廢銅運返成都，製成銅元。此後，金頂只遺留下兩個小銅塔：一個高約八尺，一個高約六尺，及另一座銅碑，碑上刻文紀當時建廟故事。其碑文字體，則集王羲之，褚遂良等書法而成，因年代久遠經風吹雨打，銅碑已變成青黑色，驟看與石塊無異，但倘若用拐杖一叩，則即發出清幽的銅音。

萬佛頂後有木台，爲峨眉眞正的絕頂。遊覽此絕頂的最好是晚上和晨早，因晚上登絕頂眺望月色，格外皎潔；如晨早在這裡看日出，則奇景迭現，令人嘆爲觀止！而絕頂附近的「乙祖殿」和「臥雲庵」，都像神話中的空中樓閣。至於「華嚴頂」，則是另一個突起的孤峰，四面沒有依托，而頂上有一座「華嚴寺」，爲著名的避暑勝地。寺裡設有「峨山旅行社」的招待所，專爲避暑的遊客服務。但倘若從山脚攀登這條路，那就必須經過「上天梯」、「駱駝嶺」、「萬壽坡」、「觀心坡」、「頂心坡」等最險阻之地，比壽星坡、攢天坡更難走。幸而中途有「初殿」、「長老坪」、「觀心庵」等小寺，可供休息。其中以「萬年寺」爲最著規模，一共有三進院落，四週樹木茂盛，寺裡有明代設置的銅鐘，每日敲起來，聲音份外宏亮。

由萬年寺再下去，經「四全亭」、「金龍寺」、「白龍洞」，直到「龍門精舍」，然後再返回「報國寺」附近，往還一百八十華里的遊覽，至此告一段落。但需時近三天時光，平均每日僅行六十里。全峨眉共有大小寺院四十多座，每座都有主持和尚；而「武俠小說」中塑造出來的所謂「峨眉派劍俠」或「峨眉道人」，則一個也沒有，亦無類似記載。惟其各寺和尚，多不守清規。戰時馮玉祥遊峨眉時，因其身體太重，抬滑竿的四川轎夫多是矮小個兒，無法將他抬上去；而他自己又不能步行攀登，所以遊山不成，氣得七竅生烟！返回重慶後就在大公報上發表一首打油詩，借和尚來發洩。全詩甚長，玆摘錄其中幾句云：「峨眉山，眞繁華，衛生麻將嘩啦啦！峨眉山，眞稀奇，和尚佔了個戶妻。……」如此歪詩，給人讀了笑掉大牙！而其報則大捧老馮，說他有作詩天才，全文照登。

不錯，峨眉山寺院裡的所有和尚之中，有些受過高等教育，有些是後來苦修成材；其餘的大部份水準很低，對於佛教認識甚淺；且有藉和尚之名而歛財的。但在千多年前的峨眉和尚，可能有較高的本領。如唐詩仙李白的「聽蜀僧濬彈琴」一首五律，則描寫峨眉高僧頗不尋常，詩曰：「蜀僧抱綠綺，西下峨眉峰；爲我一揮手，如聽萬壑松。客心洗流水，餘响入霜鐘；不覺碧山暮，秋雲暗幾重。」又「峨眉山月歌送蜀僧宴入中京」一首云：「我在巴東三峽時，西看明月憶峨眉，月出峨眉照滄海，與人萬里長相隨。……」又「峨眉山月歌」云：「峨眉月半輪秋，影入平羌江水流；夜發清溪向三峽，思君不見下渝州。」

我們轉回樂山（即舊嘉定府）時，本來打算搭車到北邊的眉山去憑弔宋三蘇（蘇洵、蘇軾、蘇轍）的故里的，後來聽說眉州城裡的「三蘇祠」，因川中戰亂頻仍，而遭毁壞無遺，以古跡淪亡乃作罷。

燕京舊夢【七】

李素

政壇縮影

誰看了燕大的校園、校舍、設備、師資、生活的姿采等等，總以爲這麼一所堂皇昌盛的大學裡，學生人數少說也該有一兩千吧？其實，校方供給的學位只有八百個左右，全部是寄宿生，例外的也有十來個，因爲他們的家就在學校附近。

由八百多個男女青年知識分子所組成的這個團體，規模雖小，却也品類繁雜，花樣多多，是一個五臟俱全的雛形社會。同學中有達官顯宦的公子王孫，有富商巨賈的少爺小姐，也有公敎人員的及農工階級的子弟。各人的地域、環境、背景與所受過的中等敎育，都頗有差異，因而各人的行爲、習慣、見解和思想，也就難得相同。有人熱中於學生自治會的職權，四出拉攏。有人專心宣傳主義，無孔不入。有紅有藍，有左有右，龍蛇混雜，你爭我奪，各顯身手。看他們鈎心鬥角，各逞奇謀，五花八門，煞是有趣，也怪熱鬧的。

燕大當局一向信任和尊重學生的自治能力，對我們的各種團體活動，都不願多所限制或干預。只要不演成武鬥，則紙上談兵，偶然造反無妨。爲寓敎育於實際生活之中，所以讓我們享有充分的思想及言論自由。圖書館裡有琳瑯滿目的各黨各派的圖書、報章、雜誌，供我們閱覽。每一座宿舍裡的閱報室內，也經常擺着好幾份不同派別的報紙及刋物，讓我們茶餘飯後隨意閱讀。

事實上，我們學校裡的確有些左傾份子，並且有正式的共產黨員，時刻在積極地進行宣傳活動。我在包老師班上念英文的時候，不是常常要寫短文或日記嗎？我是窮人，自然難免發發窮牢騷，也特別對貧苦大衆表同情。和我一起上課的同學就有好幾個前進人物，對我特別注意。除了一位女同學已是他們的同路人以外，另一位是神學院院長的千金，還有兩位又是富家小姐，全是較難下手的，只有我是最佳對象。何況他們還有「特使」，常乘包老師上別班的課時，走進她的辦公室去翻閱作文卷。我同情窮人，已是查有實據的了。

於是我鴻運當頭，久不久就有人免費贈送一批書籍和刋物。校內設有郵政，只須把函件投進信箱裡，就有人負責按時派送到各樓各院，所以無從探索是誰寄來的。隨後我還收到一些情書，一疊一疊情詩，雖然署了眞姓名，我也當作那一類的宣傳品一例看待，不感興趣。他們的手法雖欠高明，但也可見他們是把握任何機會的。至於日常開小組會議及座談會之類，也隨他們的便，不會受到任何人的干擾。

燕大同學中有國民黨員，有共產黨員，還有張君勱敎授是民社黨領袖；雖然無黨無派的人居多數，但處在那樣熱鬧的氣氛中，很自然地會受感染，而對政治感到興味。也許有些大學的同學多數不關心國事，但燕大同學却大多數洋溢着愛國熱情，爲國事呼號奔走，從不後人，更不遺餘力。

我校設有政治學系，又有新聞學系。依照「學以致用」的原則，這兩系的同學都高興隨時在校內實習所學，以備將來能把積纍的經驗搬到社會上去應用。出刋物啦，寫壁報啦，演講啦，辯論啦，無論舌戰或筆戰，都戰得興高烈采。每當學生會改選職員的時候，更是鬧烘烘的亂作一團。有人大寫文章，或四出遊說，作競選狀；也有人上門去打交情，拉選票。這是各黨派爭取領導權的好機會，所以各方都非常賣力，千方百計以求獲得最多票數，及最多席位。公開競爭的結果，偶然也會給左派人馬把持一個時期，幸而珍視自由的純正分子畢竟佔多數，一經發現他們假公濟私，或有些措施越出正軌時，就會羣起反攻，設法抵制並合力去挽救危機。有時候鬧得激烈起來，那麼，在校內發發傳單，貼貼標語，也就平常得很。只要不會鬧成風潮，不妨碍同學們的安寧，不破壞學校的秩序，則校方並不會大驚小怪，或小題大做而加以懲處的。

燕大校長及前美國駐華大使司徒雷登遺照

我喜歡燕大這種尊重思想自由的開明措施，不用禁制的手法而用開導的方式，讓學生自己去探討、體會、辨別，由認識而選擇正途。這正如現代許多民主國家之容許各黨派存在，反而使人民更爲心悅誠服，毫無怨尤，也更衷誠擁護眞能實行民主的那個黨派。

寫到這裡，忽然想起音樂家李抱忱學長的「政治插曲」這一段話，敘述他親歷的經驗，恰是我所需要的一個很好的實例，有抄錄下來的必要。他說：

「作者六十年來從未參加過任何政治活動。不是因爲沒興趣，更不是因爲不屑於談政治，只是因爲這多少年來總是沒有時間。只有在這大學四年裡的一個階段，曾有一次無意中捲入政治，現在回憶起來頗爲有趣。有一次在學生自治會大選前，有一位同學告訴作者這次左傾份子大肆活動，要在自治會抓權。作者那天晚上大概功課不忙，一時興起，爲了不願意讓自治會落在左傾份子手裡，臨時把圖書館裡向來不問政治的用功人士拉了一大半去參加選舉。這一下子左傾份子的陰謀就一敗塗地了。左傾份子莫名其妙，以爲作者說不定是那一派的中堅份子（眞是笑話！），在下次改選時居然擁護作者爲審監委員會主席。這大概就是他們所謂分肥政策吧。他們想：「給了你們一塊肉就可以堵住了你們的嘴。」其實，作者對政治一向無暇過問，那次大選，作者連會也沒到。當選後，「生米已經作成熟飯」，於是糊裡糊塗的作了一年的學生自治會審監委員會主席。記得那是大四那年的事，什麼「監」也沒有，只「審」過一次。作者任主審，陪審是校方的學生輔導委員會主席馬季明（鑑）教授。審了一件學生肇事的案件。一位同學在理髮的時間，因爲和理髮匠口角，搗毀了店裡一些東西。同學同意賠償，理髮匠也認爲滿意，這幕喜劇不到一刻鐘就閉幕了。」（「燕京大學四年的回憶」，一九七一年燕大校友通訊轉載「山木齋話當年」書中第二篇）

從這一則回憶裡，不是可以明白多方面的情況麽？

在數十年後的現代，無論在國府、海外，或大陸的內政與外交方面，仍有不少燕大同學居於高位，執掌大權，成爲出色的政治人物；充任各部門較小的職務的則更多，這都是平日實習的成績。總之，燕大同學大多數都不是讀死書的書蟲，師生之中確有不少是與政治有關的。

愛國熱誠

我們不單關心國事，而且曾經以積極的行動來表現我們的關心。從「九、一八」事變開始，燕大就一直是愛國運動的大本營。同學們分頭組織演講隊，街頭話劇團，及其他宣傳機構，到各處去喚起民衆的愛國心；同時又多方設法募集欵項，購買物品，運送給前方戰士。幾乎全體同學都忙個不了。

當榆關已失，何柱國旅長退到秦皇島之後，我們爲要鼓舞軍心，便組織了一個慰勞團——男女同學十餘人，帶着一大批鋼盔、棉衣及日用品，前往秦皇島，當時我也是團員之一。

這些遠年往事，印象已經太模糊了。我只依稀記得是乘火車先經天津、塘沽，然後向東北經唐山而達秦皇島。那是個三面環水的半島，位於山海關西南海濱，相傳秦始皇遊行到這個地方就叫它做秦皇島。因爲是渤海的不結冰的良港，所以終年貿易暢旺。但我們並非遊覽，縱是走馬，也不敢看花，只得匆匆再向北趕一段路，到達何旅長駐軍所在的海陽鎮，那地方已經是前線了。

當時正值隆冬，說是雪地冰天，絲毫不假，我們坐的是沒有車篷的軍車，北風刺臉，寒透心脾，鼻孔裡都結了冰瞙，硬繃繃

一九四六年馬歇爾將軍與司徒雷登合照

的怪難受，耳朵也凍得發痛，像要碎裂開來了。我已把全部冬衣穿在身上，臃腫不堪却還是抵不住寒氣，背上簡直像給冰水澆濕了似的，牙齒震得咯咯地响着，手指脚趾全都凍得痲木了。更不幸是軍車又「老爺」得很，走在年久失修的更「老爺」的崎嶇的路上，左搖右擺，一顚一頓，就像一隻破船給怒濤拋弄着似的，使人時刻提心弔胆，魂驚魄動。侯遠（是我的同鄉兼世交）坐在我的右邊，受不了這種陸地的風浪，暈起車來，「喔」一聲便嘔吐了。但吐出來的東西竟不往下掉，而是出口成冰凍，結在她唇邊和圍巾上，用手去拔才扯掉了。

好容易到達了目的地，差不多人人都兩手發僵，脚趾痲木，行動也有點兒踉踉蹌蹌了。幸虧馬上有人把我們迎進一座大房子裡，招呼我們坐下休息，喝杯熱茶，吃些點心，身上的寒氣才漸漸消除。廳裡雖然有一個熾盛的大火盆，但負責招待的那位軍官却勸我們靠牆邊坐，不要立刻上前去烤，必須等到身上略爲轉暖了才可以走近火盆。否則，極冷遇上極熱，手指和脚趾都會感到奇痛難當，像給無數小針刺着似的。

北地苦寒，這是我生平第一次的經驗，覺得實在不好受。以前聽說耳朵和手指給凍壞了會掉下來，心裡總不大相信，那次問明白了，才知道確有其事。在這樣的地方安定地生活尚且如此艱苦，那麼，在冰天雪地裡打仗的戰士們的苦况，也就可想而知了。

我們抵達時似乎是下午一點多鐘，而那位最高長官却仍高臥未起，大概因爲前一夜的軍務太繁忙了吧？好不容易等到三點多，他終於出來相見，彼此客套一番。我們送上了慰勞品及清單，並向抗戰英雄們深致敬意。何旅長也就慷慨激昂地說：捍衞國土是軍人的天職，榆關雖已失去，反可以自由作戰，當另建長城，肉搏以禦敵。

以後怎麼樣，我記不清了。似乎我們曾經要求到最前線去見識一下，他說那是危險地帶，不去爲妙。於是請我們重上運輸車，在附近繞了個彎兒，然後開到火車站。

歸途中，火車上的擁擠情形也是我生平所僅見的，也許因爲敏感的人們正開始爭先奔赴南方吧。我們被擠在行李和人堆裡，就像鐵罐裡的沙甸魚，休想能移動半步。天氣冷，不出汗，水分有待排洩，眞把我們幾個女孩子苦死了！男同學們倒可以毫不客氣地踩在行李上，跨過別人的身上或頭上，大踏步硬邁過去。女孩子却不好意思這樣橫衝直撞。眞眞苦透了。同行的除了侯遠以外，都已想不起來，不敢亂說，只有那種苦處却苦到現在還記得！那次回到北平時已近黎明，曉寒中尚有一天星月，映照滿臉征塵。

關於慰勞的事，原是分批分頭進行的。陳禮頌學長的「燕京夢痕憶錄」第十一則「熱河義勇軍慰勞團」所叙述的，便是他參加該慰勞團出發時的情形。我原可以簡述主要的情節，但他對多數團員都加註他們的來頭去路，這不單是校友所欲知，而且是燕大掌故，是旁的讀者也樂聞的吧？遂不忍畧去，同時亦所以尊重原作者。茲照錄陳學長的原文如下：

「九一八瀋陽事變後，義勇軍仍繼續從事遊擊戰於東北及熱河一帶。時北平有抗日後援會之組織，該會屬民衆團體，舉凡經濟來源與乎各種前線應用物資，均係各方捐欵購備者，朱子橋（慶瀾）將軍主其事。

「吾校同學當時曾自動組織慰勞團，附搭後援會運輸卡車前往熱河，約十餘人。臨出發時，列隊貝公樓前，男女同學送行者頗衆，無論識與不識，間多爲之哭不成聲，淚簌簌下者。此情此境，大有當日荊卿入秦，高歌「風蕭蕭兮易水寒，壯士一去兮不復還！」之壯烈氣概。筆者其時亦是團員之一。其他團員尚可憶及者有：黃振勳(吾校足球門將，主修化學，聞現任職台灣某糖廠云。時膺慰勞團團長職。）、楊慶堃(社會系研究生，後留美得博士銜，曾任嶺南大學教授，現任美國大學社會學教授）、黃琢修（後更名黃篤修，原在燕大習政治，後轉嶺南習農科，現爲淘化大同之「波士」，有豉油大王之號。現任本港中華廠商聯會會長。）、陳夢家（原係新詩人兼小說家，其作品常發表於施蟄存主編之「現代」（文藝月刊），後轉入燕大，改習考古學及上古史，爲宗教學院院長趙紫宸博士之快婿，即教育系同學趙蘿蕤之丈夫也。）、李横宇、黎秀石（二君均習新聞學，爲余之中學同學，入大學後，日夕過從無間。）、傅介壽（主修政治學）、陳某（療養院之男護士），及數位閩侯之同學，容貌依稀，尙能辨認，惟姓名則已模糊不復記憶矣。

「熱河位西北祁寒之地，衣著不離皮毛。衣服臃腫，在北平人眼中，當視爲奇裝異服矣。時筆者所著之皮大衣，即鄭兆良同學慷慨借用者（此君好爲人謀，熱情可感，抗戰期間，渝都尙曾晤面，目前則不知何往。）當晚全團整隊乘校車進城，有部分熱心女同學並帶備針線至吾等下榻處（似係北辰宮），作縫補之服務工作，儼若送別征人之動人場面。」（一九六五年燕大校友通訊）

以上所舉的是我校同學往前線慰勞將士的兩個例子，尙有其他團隊，只可惜我未見有人報導而自己又無從憶述。

國勢日趨危急，燕大同學也日益緊張忙碌，多方展開救國運動。不久，「一、二八」事件又發生了，更使我校熱血青年悲憤塡膺，都恨不得立刻投筆從戎，上馬殺敵。其中有一位愛國志士（燕京布衣），更是「壯懷激烈」，約同他的身當某校教授的哥哥，雙雙絕食請願，跑去謁見蔣委員長，虔誠地磕頭懇求他領導全國軍民奮起抗戰，救亡雪恥。他這種愛國熱情使我們全體同學大爲感奮，志氣昂揚，雖然沒有立即休學去入伍，却已準備在機會到來時爲國效力。

於是學生會隨即向校方建議聘請教官，實行軍事訓練。說到做到，果然實行軍訓了，但仍保持民主精神，讓同學們自由參加，女生則另成一組。我個子固然並不高大，却具有客家婦女的刻苦耐勞的本質，身強力壯，所以也加入了女生隊裡，一同受訓。我們雖不一定想上陣殺敵，但學習一些軍事常識及技能，鍛練體魄，也是每一個中國青年都應該做的，何況有了準備，則在必要時可資應變，未嘗無益。因此，大多數男女同學都很踴躍自動參加軍事訓練。一個個穿上軍服，分班出操，情況熱烈。或習野戰，或學衝鋒，或伏地蛇行，或持槍疾走，雖然是「作狀」，也顯得英氣勃勃，就像眞有大敵當前似的，而熱血也跟着心情的緊張而沸騰了。

此外，我們還設有救護訓練班，也有許多人參加，其中以女同學居多。念醫學預科的男同學，和已升入協和醫院的老大哥老大姐們，更覺得英雄大有用武之地，都樂於抽出百忙中的寶貴時間趕回母校，教給我們一點醫護常識及救傷方法。還有，女同學們在課餘聊天的時候，人人手裡都縫製着戰士們的棉衣呢。總之，我們所見到的燕大學生，一向都是讀書不忘救國的，又何止對國事天下事感興趣而已！

尤其是在幾年後，「七、七」的炮聲响了起來，終於全國奮起抗戰，燕大學生的救國運動越發如火如荼，漸漸形成了一股雄厚的領導力量，使燕大變成了青年抗日救國的大本營。

提起抗日戰爭，我深幸自己曾經生活在那個不平凡的時代，見過許多英勇壯烈的事跡，也獲得了一些悲憤慘痛的經驗。歷盡滄桑後回想前塵，淚光裡的微笑，却正是心靈裡永不凋謝的花朵呢！

慚愧的是，在當年我實在太過幼稚與無能，只會參加慰勞及軍訓之類的半消極行動，並沒有投身於正式的機構中，積極地爲國家民族做一點實際工作；坐失良機，實屬憾事。當我聽說南方有一位世妹毅然加入婦女幹部訓練班，從事救亡工作時，我感到無限欽羨和嚮往，禁不住寫了幾首絕句贈她，聊壯行色。

有贈

時裝抛却換征衣，風捲車塵續續飛；天幕爲營槍作杖，雄心端不讓鬚眉。

烽火爐錘鑄此時，壯懷何處着離思？五更笳鼓三更月，營幕風寒曉露滋。

浩刧泥君作健兒，生如不苦樂何時？一天星月照顏色，如此生涯是好詩。

彈影機聲處處隨，非關殺敵始雄奇。他年贏得山河在，
閒數中興憶此時。

隨慰勞團送棉衣鋼盔至秦皇島

槍炮聲沉鷄犬無，將軍自許好頭顱，冰天昨夜笳聲急，
斜日橫窗夢未蘇。
百二秦關盡血腥，挑燈看劍鑄豪情。鋼盔能壯征人胆，
另建長城肉作屏。

經過八年的艱苦的抗日戰爭，用無數生命和血淚換回來的壯麗山河，却依舊籠罩在陰森森的慘霧之下，小民盡是機器，是奴工，人命的價值遠不如能賣錢的牲口。也因此而依舊天天都有許多人冒死逃亡，爲的是吸一口自由空氣，享一點天賦人權。誰數得淸這二十餘年裡，有多少人千里流亡，海涯寄跡，隔着紛飛黃葉，北望神州，歸心悵惘，愴然涕下？

司徒校長

我讀書的時候進過好幾間學校，但都是基督教教會辦的。在小學和中學課程裡，聖經是必修科，這是鐵定的。若是不參加每天的早禱及星期日的崇拜，那是違犯校規，必須受懲罰。我已習慣於順受這一切的管制，而且對於研讀聖經這一科，成績也一向良好。我自信對基督教教義的尊崇與了解，實在比某一些教徒更爲眞誠而深切。但我始終沒有受洗，因爲我並未覺得有這個需要。我所持的理由是萬分幼稚和可笑的：我無意於追求永生，也不貪圖天國的福樂，對宗派紛紜的教會不發生興趣，更不羨慕教徒所獲的優待、特權和種種便利與實益。我不存妄想去乞求及倚靠神力神恩，以達致自己的理想和願望或滿足任何的需要。我覺得凡事都該要求自己盡心努力，自強自立，而不應輕於向神人求助乞憐。我自知是個無法超凡入聖的俗人，是稟有罪根的弱者，所以甘心跟大多數像我一樣的罪人，一同受苦，縱然是萬苦永苦，我也甘之如飴，且將樂此不疲。

可是，我不單不否認我曾受基督教精神的影响，而且異常歡欣感謝，慶幸自己曾受它薰陶，並深深的以出身於教會所設的燕大爲榮。

當我未升大學之前，難免偶然覺得例行的宗教儀式實在討厭，冗長乏味的宣道詞使人瞌睡，那種淺薄的威迫利誘的口吻使人起鷄皮疙瘩，有些教徒的「八婆」見解和愚昧的迷信引人發笑。還有，學校當局歧視非教徒，視作只配下地獄的份子，更往往引起我極大的反感。但我一進了燕大，却不由我不盡釋前嫌，因爲這個大學委實特別，道不傳而傳，使我佩服得五體投地。雖然在簡述校史時提過幾句，現在仍然忍不住要一再述說。

是的，儘管燕大設有宗教學院，使人感到濃重的宗教意味，其實，聖經是選修的學科，而選這一科的人並不多。早禱、禮拜、宗教節目的集會、奮興佈道會、及基督徒的其他種種活動，全部都讓學生自由參加，絲毫不加勉強，更絕對沒有憑威迫利誘的手段以達成傳道的目標。教徒與非教徒利益均沾，待遇完全平等。一間爲傳播基督教義而設立的大學，竟有如此尊重思想自由的民主作風，這眞使我驚異於她的寬大與明智，而嘆爲生平所僅見。

凡是一種制度的建立，或一些規條的訂定，都一定有一個或多個主持策劃的人。於是我想起了那位受四個教會委託，合併三間大學而另創燕大的司徒雷登博士(Dr. John Leighton Stuart)。

司徒先生是創校的首任校長（一九二〇年），以後無論他的職位與名稱如何改變，他一直是燕大最高明最得力的舵手。我見到司徒校長的時間並不很多。每逢行開學禮、畢業典禮、慶祝會、全校性的重要集會等等，只要他沒有出門去作募捐旅行，他總是依時出席的。司徒先生個子高瘦，體格強健，精神飽滿，有智慧，有果斷，精明能幹而又藹然可親。他說得一口純正而流利的北京話，當衆站着說話時，間歇地墊起脚尖以應和聲音的抑揚。這別緻的小動作，增加了悠閒的氣氛，也給人以深刻的印象。

他既是全校的主腦，自然也是最主要的決策者，更是總指揮和執行者。我進學校時所見到的已經是發展到最盛時期的燕大。我只聽到同學們簡略的述說，知道他是一八七六年在浙江杭州出生的，到了十一歲才回美國去受正常的學校教育，二十歲大學畢業，教了兩年書然後進神學院讀了三年，畢業不久就受長老會按立爲牧師，兩年後（一九〇四年）帶了新婚的太太回到出生地杭州，傳道三年，然後到金陵神學院去當教授。到了一九一八年，他被幾個教會請了出，負責在北京建立一間新的聯合大學。

然而無論什麼事業，獨創既不容易，與人合作則更多困難。四個教會的當事人意見紛歧，光爲了校名就劇烈地爭辯不休，其他重要的事也一樣鬧得不可開交。弄到理事們都心灰意冷，不想再理這事了。終於由司徒先生斷然提出解決辦法。他說：「第一、把這件事再交給那個委辦會，但提醒那些委員們必須嚴格遵守原來的訓令。二、完全放棄合併的計劃。三、犧牲……個別堅持的一切，而祇想到有利於那新大學的事情。」他又明白地對他們說，除非在這一次會議中他們能解決整個問題，否則，他實在自覺無法再爲他們出力了。他的誠懇與堅決感動了他們，於是紛紛捐棄成見，以全權委託他決定一切。

關於傳道方面，他說：「我要燕京在氣氛方面和它的影响方面都能繼續徹底基督化，同時不成爲似乎一個宣傳運動之一部。學校中不應當有必須參加的早禮拜，也不應該有強迫學生參加的宗教聚會。不因爲一個學生宣布了他的基督信仰，就給他在學業上佔什麼便宜；也不因爲一個學生拒絕信教，就給他學術上的障碍，燕京大學必須成爲一個能夠應付一切考驗的眞正大學。在這裡，眞理被不受束縛地傳授給學生，信仰和信仰之外表表示，被視爲是個人的事。在選擇教員會人選時，學校行政人員預備了種種便利和有力的影响，就創造了各種能幫助學生自動從事宗教生活的條件。」

在離校十餘年後，我讀到司徒先生著的回憶錄「在中國五十年」（一九五四年出版。閻人俊先生的中文譯本是一九五五年出版的。凡筆者所引司徒先生的話，均錄自閻先生的譯本，雖然我也擁有一本原著。）我才更明白燕大的許多好處，不僅校園美麗，而是凡事都含有美善的深長意義的。看了上面這段話，便知道司徒先生的高明見解，公平正直的主張，比某些信徒和傳教士眞不止高出千百倍！

我現在回想起來，似更能體會到燕大這個基督教學校，傳道的方式確實高人一等。學校當局不光用口呼喊神的聖名，或用理論和空話去宣傳教義，而是以身作則，是更着重在生活中以行爲和事實，表現基督教的眞精神。教員會代表、學生代表及工友代表聯合組成一個執行委員會，主持燕大基督教團契，這團契便是宗教生活的最大機構，而且是不分宗派的。其中的會員都能遵從耶穌基督的教導，實行克己忘我，「乃役於人」的生活方式。這些品格純正的分子，分布於各機構，各部門，以他們的忠誠服務精神，良好的工作表現，在同學中起着領導作用，影响和感染了非基督徒，使他們於不知不覺中對宗教氣氛生了好感。

此外，對燕大學生最具有潛移默化的力量的，便是司徒先生和所有師長們的互相尊重與合作精神。當然，他們對各種設施在開會時，總是各有意見和主張的，但因人人心目中都以學校的進步爲前題，故結果總獲致合理的決斷。所以司徒先生在「回憶錄」裡提到高厚德博士時說：「他的氣質和習慣都使他謹愼而保守……對於任何新建議，他與我總是站在兩個反對的方向，而結果，十之八九會在最後獲得一種協議，避免任何極端。……我們老是尊重對方的看法，我們中間老是保持着一種絲毫不受個人仇恨損害的友誼。一個行政負責者能夠有這麼聰明、不自私、忠心的同事，眞是可慶幸的！」

師長們能通力合作，和衷共濟，確是全校的莫大幸福。我在燕大住了六年，從沒聽見師長有任何過不去的意氣之爭，更沒有互相攻擊、詆毀、排擠、結黨營私、各樹勢力的迹象。故直到現在我仍深懷敬意，保留着極佳印象，認爲母校眞是具有崇高理想與偉大人格的學府。同時我也非常欣賞燕大的十分健全的行政組織。一切部門都各有權限，各有專責，各有正軌可循，按部就班地做下去，不相混淆與干預却又能相輔相成。教授們專心教書，不過問人事上的取舍進退；行政人員各盡職守，連校長和校務長也無權干涉教授們的教書方式。或用中文課本，用國語講授，或用英文課本，用英語講授，或兼用中英語文，他們都有絕對的自由。

司徒校務長當年並沒有講課，只以全部心力與時間，傾注於籌劃燕大的發展與進步。他常常要回美國去募集欵項，作爲增建校舍、設備購置費、教職員薪金，及學校基金等等。他告訴過我們他出去捐欵的時候，受盡許多輕蔑、冷漠、寃氣和屈辱，常常覺得自己和街上的乞丐相同。他說他一向牢守着一個原則：不管捐欵人的金錢的來源如何，我們學校當局要動用該欵時，捐欵人不得在用途上加以限制，而且必須明白燕大的政策和宗旨。否則，他寧可不接受任何捐欵，他眞是具有嶙峋風骨，使人崇敬的一位偉大乞丐！到了一九三七年，燕大的基金數額已達到二百五十萬美元。武訓有知，一定會欣幸有這樣一位異代的美國同志吧。

不過，司徒先生對於捐欵人之支配用途，也有過一次小小的讓步。菲拉達菲亞城的居禮先生夫婦要捐建一座校長住宅，司徒先生覺得太太已逝世不需要住一座大房子，只願搬到學生宿舍或課堂的一角去住，故請求把捐欵移作別用。但捐欵人仍堅持原來的主張，否則就把捐欵取消。司徒先生不得已，遂想出了一個兩全的辦法：校長住宅中的客廳、膳堂及三兩間臥室都給學校公用，只把其餘幾個小房間作爲他個人所私有。因他自奉甚薄，廉潔自守，燕大的教職員與學生就更有福氣去分享他的所有。許多社團要聚餐或開茶會，有些學生要行婚禮，請喜酒時，都可以到校務長住宅裡去打攪一番。這是他以身作則，與人同享的一貫作風。

司徒先生不單會說流利的杭州話和北平話，而且熟讀四書，精讀了好幾部中國小說名著。他愛讀文言的古書多於現代的白話文，對中國的美術、戲劇、建築等等都深感興趣，時加研究。他的足跡徧及中國各省，親眼見到清室衰亡，民國建立，以至毛澤東佔據整個大陸。他認識中國許多達官顯要，政府首長，哲學家，教育家，各界領袖，也認識大軍閥和小百姓。總之，他對中國民族、社會、人民及整個文化都深深瞭解和喜愛，故樂於把生命中四五十年的心血，都貢獻給中國的大學教育。

司徒先生自一九一九年創立了燕京大學之後，無論校長是誰，他仍担負着校務長的責担，直到一九四六年流亡成都的燕大重返北平原校時止，他都是實際上的領導者。那年他已達七十高齡，却仍在積極計劃，要使劫後的燕大再度昌盛起來。可是，適逢美國政府看中了他，認爲是唯一最受人尊敬與信任的人，故選他爲駐中華民國大使。於是他只好離開心愛的燕京大學而接受新的任務，爲中美兩國的邦交，爲調停中國的內戰而努力。

一九四九年八月初，因爲首都南京已經易手，政府南遷，司徒先生奉命返回美國。十一月，他在一天晚上前往華盛頓途中，在火車上忽然得病，被送進瑪利蘭的海軍醫院治療，幸而脫離了險境，調養了半年多，又進過紐約的某醫院住了一段時期，然後回華盛頓，健康已稍有進步。此後他搬到溥涇波先生家裡居住，在溥學長全家悉心照料之下，休養病體。

一九五二年底，司徒先生以健康欠佳，上書杜魯門總統辭去駐華大使之職。一九六二年九月十九日，司徒先生一病不起，溘然長逝了！散布於各地的燕大校友都曾坐沐風春，久沾德澤，飲水思源，莫不同深感念，同表哀悼。司徒雷登先生享壽雖僅八十有六載，但他的輝煌功績與崇高的令名，都將永垂不朽。

「燕京舊夢」（六）所錄的詞，有幾句畧有錯漏，茲特更正：滿庭芳「翠蓋永亭亭……凌波去」，玉樓春「萬千絲柳釀黃煙」，漁家傲「留得一酸腔苦淚」。

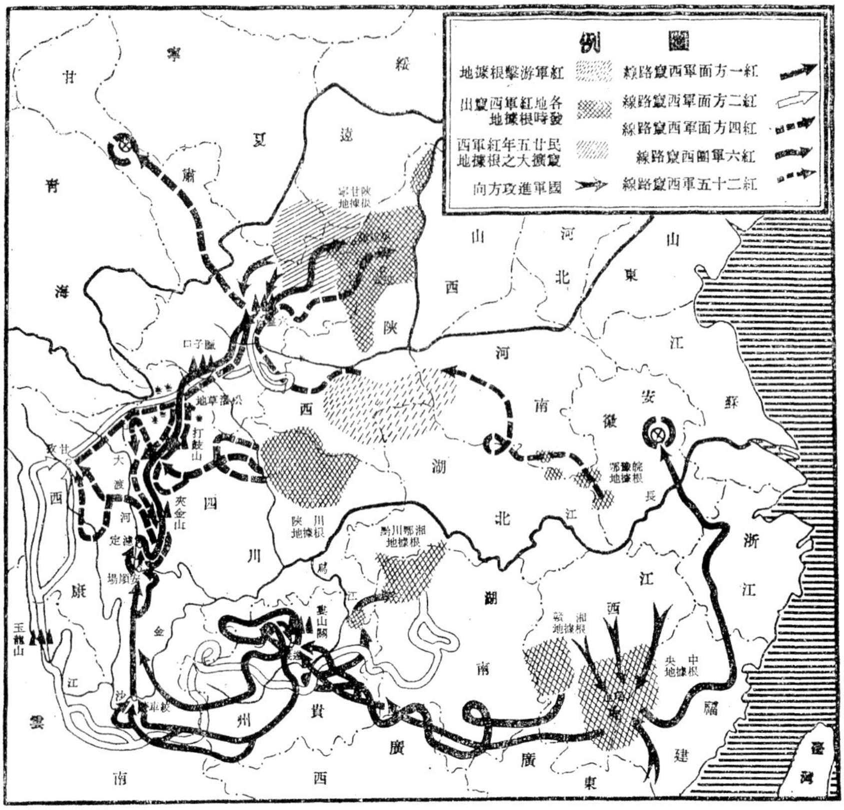

紅軍「長征」各部路線圖

細說「長征」【三】

□龍吟□

柳林河（白馬嘶河）戰役之後，紅軍實力大損，面對強大國軍已沒有取勝的可能。當時新集尙在紅軍手中，張國燾就在新集鎭外一間民房裡，召開一次中央分局會議，張國燾說這次出席會議的祇有少數中央分局員委和省委委員，未說出是那些人。據推測眞正的中央分局委員恐怕祇有他同陳昌浩兩人，這時沈澤民尙在河口東邊的高橋，因爲沈澤民兼任鄂豫皖省委書記，活動地區在高橋一帶。至於省委委員出席的大概也不多，這實在是一個省黨員幹部會議，不過，在那種情況下，也無人追究會議合法與不合法了。

會議決定放棄豫鄂皖蘇區，將主力紅軍轉移到蘇區以外去活動，另開闢新的蘇區，而將防守豫鄂皖蘇區的責任交給地方武裝。根據這項決定，留下剛在白馬嘶河戰役負傷的三十六團團長徐海東負責領導當地民兵繼續游擊，以後徐海東發展成爲另一枝「長征」的紅軍，此事放到後面再說。

在新集舉行中央分局會議之後，張國燾又提到新集西北四十里的晏家河，與紅軍將領開會，這時紅軍正在晏家河與國軍對峙，大家都對戰事前途失去信心，認爲在目前情況下，即便孤注一擲將國軍擊敗，但也不能獲得勝利，國軍必然更有大量部隊趕來包圍，屆時紅軍無法脫離戰場，一定要覆沒。最後根據中央分局決議，脫離豫鄂皖區，在國軍防地打開一個缺口，向外線轉移。

會議開後，張國燾即與陳昌浩下令紅軍迅速脫離戰場經過白雀園退向金家寨。新集屬河南，金家寨屬安徽，是紅軍在豫鄂皖蘇區兩大據點，國軍收復後將新集改爲經扶縣紀念劉峙（劉峙號經扶），金家寨改爲立煌縣紀念衛立煌。

金家寨由蔡申熙駐守，大概當時紅軍作戰任務分配是紅四軍（徐向前兼任軍長）在新集周圍，包括七里坪，白馬斬河；二十五軍（蔡申熙兼任軍長）在金家寨周圍；二十五軍自霍邱敗後，重新整編祇有一個七十三師。

張國燾、徐向前到了金家寨見到蔡申熙，說明要開闢外圍戰場，蔡申熙完全同意，就率七十三師隨同張徐向西轉進。留地方武裝防守金家寨。

紅軍開始向平漢線移動當在九月中旬，張國燾回憶錄說八月下旬越過平漢線大錯，事實上八月中旬兩軍尚在白馬斬河，悟仙山，酒醉山一帶血戰，紅四軍由晏家河退到金家寨應是九月初的事，雖然紅軍行動簡單，但也不能說走便走，蔡申熙總要有所佈置，所以紅軍主力由金家寨出發，應是九月中旬的事。

紅軍主力離開金家寨，國軍方面似乎尚不知道，仍傾全力向金家寨進攻。而紅軍留守部隊仍奮力抵抗，金家寨地形至險，四面皆高山，中間一小塊盆地，四面隘口奇險，尤其是北面一條羊腸小徑，平時經過亦感覺此處如有一連人把守，一師部隊亦難以攻得過，一直戰到九月二十日，衛立煌縱隊第十師李默部第二十八旅劉戡由小徑攻入，正式克復金家寨，以後即改名爲立煌縣。

張國燾，徐向前率領的紅軍共計四個師，即第四軍之第十、第十一、第十二、第二十五軍之七十三師。至於各軍師指揮官第四軍軍長由徐向前兼任，第二十五軍長是蔡申熙。第十師師長是王宏坤，國共雙方記載相同，不過，國軍方面屢次宣佈對王宏坤擊斃，實在王宏坤至今仍担任共軍海軍副司令員，文革後調任第二政委、第一政委李作鵬垮台後可能升任第一政委，台北出版官方文獻，始終不予改正，亦可怪也。

第十一師師長剿匪戰史載是倪志亮，紅軍方面未曾透露究是誰人，但倪志亮當時祇是十一師參謀長，此人以後抗戰初期曾任紅軍改編爲一二九師的參謀長，中共政權成立後，曾任駐北韓大使，已故。十一師師長推測可能是劉英，剿匪戰史指劉英爲十二師師長，張國燾我的回憶說劉英是師長，以後到洛陽店重傷未癒，化裝去上海醫病，但未說明劉英是那一師師長。張國燾說劉英到上海後，「後來我們再無法知道他的消息。」實在抗戰時間中共浙江省委書記名劉英，活躍於金華，蘭谿一帶，一九三九年初，周恩來以省親爲名，曾去東南各省視察，在蘭谿召見劉英，指示機宜，以後劉英領導組織被國軍破獲，劉英本人被殺，此劉英可能就是那個劉英，待考。

十二師師長是陳賡，徐海東是其手下三十六團團長，張國燾「我的回憶」並曾透露過，但白馬斬河戰役，陳賡負傷，以後中途脫離部隊去上海醫治，十二師師長大概換了何畏，至於十一師師長在劉英負傷後，大概是換了程世才，至於七十三師師長可能也由蔡申熙兼任，此是紅軍方面情況。

張、徐領導紅四方面軍四個師由金家寨出發，第一步目標是河口，因爲河口國軍皆調到七里坪作戰，防務空虛，要算是一個空隙。中途經過高橋遇到沈澤民，本來張國燾邀沈澤民一道走，但沈澤民因本身是豫鄂皖省委書記，不能離開工作地區，不肯同行，以後也在游擊戰中被國軍擊斃。

由高橋到河口鎮途中，第四軍先行，蔡申熙率七十三師殿後，當紅軍由金家寨出發時，在英山遇到國軍五十四師郝夢齡，四十七師上官雲相，這兩師在國軍來說，不算是精銳，但兩師長作戰均甚勇敢，郝夢齡以後升任第九軍軍長，抗戰開始，在晉北與日軍作戰陣亡，爲中國軍第一個殉國的軍長，上官雲相抗戰期間升任二十二集團軍總司令，一九四一年初有名的皖南事變解散新四軍事件，就是他出面打的。

紅軍在英山與郝、上官兩師相遇打了一仗，國軍方面宣佈擊潰紅軍，迫使紅軍分爲兩股逃竄，一股由徐向前率領約兩萬餘人逃去河口，一部由劉士奇率領向潛山以北逃竄，改爲東路軍二十七軍。張國燾記述此役僅稱衝破上官雲相，郝夢齡兩師的阻攔，由英山折而向西經倉子埠到達黃安以南的高橋區。隻字未提東路軍，推測所謂東路軍大概是徐海東率領的留守部隊人，以後改稱紅二十五軍。究竟劉士奇是何人，直到今天未見到中共方面記載，國軍剿匪戰史部份根據傳聞，實欠眞實。　國軍

紅軍由高橋區向河口時，國軍追擊部隊已經趕上，蔡申熙殿後，就在這一線陣亡。蔡申熙戰死經過，張國燾並未詳述，祇是大爲震悼。比較詳細報導是「紅旗飄飄」第五集黃河靑之「紅二十五軍軍長蔡申熙」一文，叙述稍爲詳盡。黃文：「經過一個月的行軍，部隊到了黃安縣境，迎面發現了敵情，於是我們就在紅十二（地名）投入了戰鬥。一天軍長又把我找了去交給我兩個班，要我插到敵人側翼探明情況，回去報告。當我在當天十二點左右完成了任務，興冲冲地回到了指揮所時，眞沒想到，晴空一個霹靂，同志們低着頭告訴我說，軍長掛了彩，剛才被抬下去了。」

蔡申熙怎樣掛的彩，據警衛員告訴黃河靑，「早上部隊叫敵人堵住了，三面被圍，打了整整半天，堅持到中午，把人都餓壞了，好容易抽個空隙，苦拉苦勸把他拉進工事，叫他吃飯，剛端起飯碗，槍聲又響起來了，軍長扔下飯碗就向外跑，他跑的很快，我連追都追不上，可誰知道就在這個時候，一顆子彈射進了他的左眼。」

這篇報導畧有誇張之處，但蔡申熙陣亡經過，要以此文說的最詳細。蔡申熙死後，紅二十五軍軍長大概就由王樹聲接任。

紅四軍方面到了河口以東地區，與國軍追擊部隊又發生一場大戰，這時紅軍已相當疲勞，國軍很快衝入紅軍陣地，雙方發生混戰，張國燾承認傷亡逾千，在那種情況下傷亡逾千，不能不算是相當大的打擊。這一仗國軍方面作戰部隊計有郝夢齡，張印湘，萬耀煌，陳繼承，衛立煌各部，究竟是那一部份衝入紅軍陣地，作了一次殊死戰，雙方均未載明，但以當時國軍位置而論，大概仍是郝夢齡五十四師，也許有張印湘的三十一師參加。

紅軍在平漢路東這是最後一陣，雖然傷亡甚重，但是並未受到致命打擊，迅速脫離了戰場，向平漢路前進，在鐵路東夏店稍作停留，佈置了鐵路東的事，就由廣水，楊家寨之間的王家店越過鐵路，這一天，張國燾說是八月下旬絕對錯誤，剿匪戰史說是十一月十一日大體可信，因爲剿匪戰史根據檔案，張國燾全憑記憶，而張國燾似乎沒有時間觀念，「我的回憶」最大毛病就是對時間混淆不清。

遭毛疑忌奮起反抗

周恩來評傳

（十六）

嚴靜文

前一章結尾曾說，周恩來在西安事變及其後對國民黨的外交爲中共建立了大功；「在遵義會議，所受的打擊，到此基本上已經獲得補償。但是黨內鬥爭的形勢則並沒有緩和。」實際是更爲激烈緊張了。第一是一九三五年九月「草地分家」之後，張國燾、朱德等率領紅軍主力南下，另立中央；到了一九三六年初，終因中央軍及川軍的壓力，不得不北進，尋求生路，乃於十一月抵達陝甘邊區與毛澤東的一方面軍會合；鬥爭張國燾，吞併和消化四方面軍就產生了連串的鬥爭；第二是在遵義會議遭受打擊的留俄派，他們的首領，中共駐共產國際代表王明偕陳雲、康生、曾山等，於一九三七年十月下旬，乘坐蘇聯特備的專機回到延安。由這又發生了毛派與留俄派的鬥爭；第三，在江西時代，毛澤東在紅軍中的主要敵人是周恩來和朱德；周恩來在遵義會議垮台，朱德在草地分家後隨張國燾南下；毛澤東在北上途中龍了周恩來的一方面軍政委；到陝北後，周朱二人雖都失去軍權，但是留在江西蘇區，堅持游擊戰爭的紅軍，仍由周朱二人的心腹項英、陳毅等率領；使周朱仍潛存一部分實力，因此雙方爭奪紅軍的鬥爭仍在繼續。

張國燾鬥狠不足

一九三五年八月當四方面軍與一方面軍在川西會師之際，四方面軍擁有七萬人馬，而一方面軍僅有萬人；當雙方合併一處，分左右兩路軍北上之際，五方面軍司令徐向前以前敵總指揮名義綰全軍兵符，毛手下的一、三兩軍團僅六千人（八、九兩軍團撥歸張國燾朱德指揮），不過是四方面軍囊中物，因此毛澤東才不顧一切，乘徐向前指揮第四軍第三十軍對中央軍作戰之際，不告而逃；有如當年鴻門宴的劉邦，佯稱如廁，乘機溜走。可是誰能想到，一年多之後（一九三七年三月），張國燾竟成了毛澤東的階下囚，遭受了無情的鬥爭。從張毛二人的爭霸史來看，張在「狠鬥」功夫上遠不及毛澤東固然是大原因；但許多轉折顯示，冥冥中似有註定。因爲四方面軍的主力，雖然在河西走廊潰敗，但是張國燾親自率領的紅軍仍有一萬五千人；較毛澤東的所部不足萬人（包括三部分：劉不丹、高崗的共部隊，徐海東率領的紅廿五軍，及一、三兩軍團殘部）仍強大得多；即使除去二方面軍賀龍部約二千人，仍有一萬三千人，仍勢均力敵；雖然這一萬三千人當中，包含從一方面軍撥過來的，八、九兩軍團的殘部約二千人；

但在毛澤東方面的一方面軍，含有四方面軍別動隊，徐海東部二千餘人；兩相抵消，仍足實力相埒，足可互相抗衡。同時根據駐國際代表張浩（林毓英）的調解，把兩個中央改爲西南局和西北局，人證物證俱在，仍可與毛澤東力爭，改組中央，平分秋色。可是性急有餘，鬥狠不足的張國燾，當一九三七年十一月在同心城與一方面軍會合之際，竟不先弄個水落石出，即交出兵權，與毛澤東同去了瓦窰堡，等於自投羅網。這一幕的詳細經過，迄今因史料不足尚難有定論，暫且不說。在這裡要究明的是，在毛澤東計謀和鬥爭張國燾之際，周恩來的立場和處境。

留俄派的分化

自一九三一年一月六屆四中全會起，到一九三五年一月遵義會議止，是周恩來與留俄派合作的局面；自遵義會議起到一九四二年二月毛在延安掀起「整風運動」（目標在打擊留俄派）止，表面上看來是毛澤東與留俄派合作的局面，其實留俄派已經發生了重大的分化。毛周各拉住一部分留俄派自重，互爭雄長。

王明是留俄派的總頭子，他於四中全會出任總書記不久即隨史大林的打手米夫同去莫斯科，把總書記讓給了他的心腹秦邦憲，因此王、秦這一線可看做留俄派的正統；毛澤東鼓動軍人在遵義會議上推翻秦邦憲、周恩來的領導班子；可是並沒有根本棄絕留俄派，他非常狡滑，也非常老練，他抓住了另一留俄派——湖南同鄉張聞天（據說張氏在遵義會議起了倒秦扶毛的作用），捧之爲總書記，由自己接替周恩來，掌握軍權。毛澤東之利用張聞天，與前此周恩來操縱秦邦憲，都是借重留俄派。

但是張聞天與王明不洽，因此張毛的領導班子，表面看來留俄派的地位不變，其實是留俄派的重大分化。張聞天因爲倒秦邦憲之故而獲罪於駐莫斯科的王明，在王、秦等看來，張聞天已是留俄派的叛徒。這說明，張聞天在留俄派當中，已遭受某種程度的孤立，因此更使他靠近毛澤東，成爲毛澤東的附庸。張國燾在我的回憶中曾有左列兩段描寫：

①、「中共中央遷到延安時，毛澤東已完全控制了外交權和軍事指揮權，正在向各軍中伸展其個人的權力。他又利用這種控制力，來指揮中共黨務的進行，對張聞天等黨棍，表現得頗爲頤指氣指。」

②、關於兩個中央談判的事情，張氏說：「我當時質問張聞天，難道當時在陝北各中央委員，聯名發給我的電報，主張兩個中央暫時停止職權，由林高英任雙方聯絡人，也不所算數嗎？張聞天聽了，苦笑着說：老毛說不算數，我也沒有辦法。」

③、「……張聞天似是批評毛澤東對張學良的覆電，措詞不夠堅強，正當他們爭論的時候，我闖進了毛澤東的窰洞，毛正在怒罵張聞天，說張聞天過去在江西反對他的游擊主張，現在又以書生之見反對他對張學良所持的態度，張聞天面紅耳赤的默默走了。」

從這事記載得知，張聞天在毛澤東的眼裡不過是高級勤務員而已。毛所以敢對他這般無禮，因爲他已在留俄派中孤立，不足爲患了。而毛澤東眞正要防犯的則是周恩來和秦邦憲以及周恩來的若干心腹。因此西安事變之後，即派周恩來、秦邦憲、葉劍英二人爲中共代表赴西安，先是與張學良、楊虎城周旋，繼而與南京當局辦外交，很少回到延安來。這說明，周恩來、秦邦憲這一對搭擋，在當時仍處在失意狀態，任由毛澤東擺佈。但是周恩來對毛並沒有完全放棄抵抗。

對於鬥爭張國燾一事，在周恩來說來，當然不會贊同，第一因爲當時與國民黨的和談剛達成初步協議，內部搞鬥爭會影響對外談判的地位，其次周恩來會有兎死狐悲之感，鬥張國燾正是將來鬥自己的寫照。不過，周恩來已在毛澤東的掌握中，無從反對；同時他久在西安，對延安的事已沒有過問的機會。一九三七年一、二月間鬥爭張國燾達高潮之際，周恩來在西安還沒有回來。

洛川會議毛周激辯

一九三七年八月二十二日南京國民政府軍事委員會宣佈改編陝北紅軍為第八路軍，這個決定周恩來事先早已報告延安了。又趕上八、一三日軍進攻上海，毛澤東鑒於抗日戰爭終於全面展了，中共的形勢已經穩定，必須整理一下政治路線，乃於八月二十日在洛川召開中央政治局擴大會議，周恩來等也趕回延安參加。

出席洛川會議的人員除了政治局委員之外，還有中央各部首長及紅軍將領。據當時情況推測名單如左：

政治局委員：張聞天、毛澤東、秦邦憲、朱德、何克全（凱丰）、張國燾。

各部首長：組織部長羅邁（李維漢）、代宣傳部長吳亮平、婦女部長蔡暢、職工運動委員會主席劉少奇、秘書長涂振農（毛澤覃死後妻賀懿改嫁涂）。

紅軍將領：彭德懷、賀龍、林彪、劉伯承、聶榮臻、楊尚昆、葉劍英、徐海東等。

洛川會議的主要課題是要針對全面抗日戰爭開始之後中共的政治路線。這就是後來決議的「關於目前的形勢與黨的任務之決定。」

大會是由張聞天主持，實際他只是毛澤東操縱的木偶。會議開始首先由張聞天報告抗戰的形勢，報告的主旨在闡明，要以第一次世界大戰時列寧的策略為指針，先使沙皇在戰爭中失敗，然後再乘機推翻沙皇。中共要利用抗戰一箭雙鵰，一面抗日，一面反蔣；並說國民政府抗日無決心，一定會中途與日本妥協。

最尖銳的話讓張聞天放出來之後，毛澤東繼起發言，據張國燾回憶如左：

「毛澤東繼張聞天之後發言，表示支持張聞天的見解。接着對中共和八路軍應採取的實際策略，詳加闡述。他認為日本的軍事勢力遠大於中國，抗戰決無倖勝之理。前此中共強調武力抵抗日本，並不是認為就此可以打勝，而是為解決國內矛盾所必需。

他警告會衆不要為愛國主義所迷惑，不要到前線去充當抗日英雄；要知道日本的飛機大炮所給予我們的危害，將遠過於蔣介石以前所給予我們的危害。他主張八路軍應堅持游擊戰爭，避開與日軍的正面衝突，避實就虛的到日軍後方去打游擊，主要的任務是擴充八路軍的實力，並在敵人後方建立起中共所領導的抗日游擊根據地。

毛澤東接着強調中共和八路軍應該絕對的維持獨立自主，他說明八路軍此後仍應完全遵照中共中央軍委的指示行事；南京國民黨軍事委員會和各戰區司令長官對八路軍有任何命令，都應先報告延安，聽候處斷。……」

張、毛上述的主張，在當時不但違反民族大義，破壞抗戰；同時也違反共產國際的要求；當時蘇聯東西兩面遭受軸心國家的軍事威脅，急切需要中國全力抗日，以減輕日本關東軍對蘇聯的威脅。蘇聯在七七事變以後，曾給予國民政府相當大的軍事援助，一九三八年並促王明等回國，竭力維護抗日統一戰線，支持國民政府抗日。自然要求中共也積極抗日。絕不會要中共在抗日陣營搞鬼。

因此，當時張聞天雖出身留俄派，但是他在洛川會議上所做的政治報告，已不合共產國際的要求，完全成為毛澤東的傳聲筒。

張毛二人的主張立刻遭受與會者的抨擊，首先發難的是張國燾，他指責張聞天的報告，違反民族大義，是失敗主義的報告。

一向溫和圓滑，當時且在毛澤東的威壓之下的周恩來終也忍耐不住，反對毛澤東的主張。

「……周恩來針對毛澤東的發言，表示不同的看法。他主要說明蔣介石既已抗戰，就決不會中途妥協。他從蔣介石個人倔強性格和當時國內外的形勢來分析，認為毛等這種顧慮並不存在。他也強調中共應從積極抗戰中，來提高它的政治地位，尤其要顧到我們過去所說過的話，過去我們一直說中共與國民黨精誠合作，共謀抗日的勝利，八路軍將開到前線去，担負衝鋒陷陣的責任；現在，我們不好在事實上有表裡不一的表現。

他接着指出中共和八路軍的獨立自主，只能就相對而言，不好公開違抗南京的命令。他提出許多方法可以實現相當的獨立自主，例如我們可以向南京公開說明，應按八路軍的游擊專長，來分配它的作戰任務。在敵後抗日游擊根據地中，也可以在形式上奉行國民政府的法令，而實際保留我們自己的精神。他不贊成八路軍專打避實就虛的游擊戰，這樣會被人認為抗戰不力，因主張有利情形之下，可以與日寇進行較大規模的運動戰。即使八路軍在這種運動戰中，蒙受相當的損失，也是值得的。因為，這可以在全國人民面前，證明我們努力抗戰。」

從這些話得知，周恩來倒是蔣氏一個知己，他認定蔣氏一經決定全面抗戰，便絕不會中途妥協。至於他主張八路軍積極抗日，倒不見得是出於民族大義，而是根據莫斯科的政治方向。當時周恩來在政治路線上與秦邦憲等還是傾向共產國際。這一點非常重要。這是判明當時周恩來的處境和想法的一大關鍵。

遠自一九三五年八月一日，中共發表宣言起，要求舉國一致，槍口對外抗日，已成為中共對內對外的主要政治宣傳，老實說這種抗日路線，較比馬列主義有更大的吸引力。現在全面抗戰爆發，毛澤東自食前言，當然要遭遇反對。不過毛沒有料到反對會這樣有力。經張國燾、周恩來帶頭反對後，朱德等繼起發言，聲勢頗大；毛澤東的幾個打手彭德懷、林彪等竟也未能全力支持。張聞天、毛澤東一看勢頭不對連忙宣佈休會三天，在會外個別交換意見。

基本策畧毛周無殊

前面說，周恩來站在共產國際的立場（雖然並未揭明），反對毛澤東的一面抗日一面反蔣的政策，並非周恩來個人的眞正見解，有一資料頗值得參考。美國已故記者艾德加·史諾在遺著「方生之旅」（Journey To The Beginning）中說，一九三六年他經西安去瓦窰堡訪問中共時，初見周恩來曾有如左的一段記載：

「我同周恩來一直談到了深夜，他坦率地回答了我的大部分問題。有一部分時間陪他在一起的，是葉劍英等。

周給我畫了一個那時候共產黨人控制地區的草圖，並叙述了他們不久的將來的軍事計劃和政治計劃。這些計劃目的，主要在結束內戰，同其他的抗日軍隊成立統一戰線。

『這樣你們是放棄革命了，是不是？』我問道。

『一點也不是。我們是在推進革命，而不是放棄革命。說不定革命是通過抗日戰爭而發展到取得政權的。』

『蔣介石的情況又怎樣呢？』

『抗日戰爭展開之日，』他預言道，『乃是蔣介石開始覆亡之時。』

周說，共產黨人將會獲勝，因為他們懂得怎樣在一場愛國戰爭中組織農民和武裝農民。……」

從這段話可證明，早在洛川會議一年多之前，周恩來已經具有利用抗日戰爭推翻國民政府的見解了。那麽，他豈會在抗日戰爭全面爆發之後，忽然改變見解呢？因此，我們推斷他，在洛川會議上反對毛澤東是對人不對事。換言之，是權力鬥爭的反映。

休會三天的情形，張國燾有很生動的描寫：

「……這是毛澤東的一個慣用手法，遇到黨內有爭執的時候，不願讓大家面紅耳赤的爭論下去，就用休會來作轉圜。實際即是停止討論，仍然依照他自己的主張行事。雖然在休會期內，毛張等人企圖貫徹他們的主張，頻頻與重要將領們接觸（按：重視槍桿子也），連周恩來都極少參與。我更十分清閑，很多事都未與聞。當時周恩來、凱丰（何克全）和我住在會議所在的村莊上，毛澤東張聞天等則分住在附近駐有八路軍的村莊上。在休會三天期內，毛澤東等忙着與軍事幹部舉行各種會議，周恩來和我則沒有參加。周恩來從未鬥爭過我，因此我們見面照舊談天說地，凱丰這時似也不完全同意毛澤東的做法，常邀我下象棋談天，似乎要冲淡一下前此對我的不客氣（按：鬥爭張國燾時凱丰是一悍將）。周恩來稍微忙一點。但也常有功夫參加下棋。此情此景，足見恩來、凱丰的遭遇也和我相似，多少被關在門外了。」

張周二人都做過紅軍的總政委，對紅軍都留下不能泯滅的影响，毛澤東是絕不願意他們再接近軍隊的，後來朱德被留在延安做空頭司令（一九四二年以後），一樣的不能對軍隊發生實際作用了。

經過三天的幕後活動，會議復會之後，毛澤東首先報告，經過交換意見，已趨一致，現在根據共同意見擬具了當前任務的草案，文中完全删去「要使蔣介石在抗日戰爭中失敗」一類的話，只強調反對漢奸和妥協派。同時也接納了周恩來若干意見。但是並未完全放棄一邊抗戰一邊反國民政府的方針。例如第八條：

「共產黨員及其所領導的民衆與武裝力量，應該最積極地站在鬥爭的最前線，」這幾句話很順合周的主張，聽起來很漂亮，可是底下接着說：「應該使自己成爲全國抗戰的核心」；這就含有不以國民政府爲核心，自成核心的意思了。第六條更明顯的指責國民黨「不給人民以抗日救國的民主權利」。

决心再抓軍權

洛川會議之後周恩來本該即返南京，繼續與政府辦理交涉，可是他竟與朱德先後隨八路軍北上。使毛澤東很不自在。一是怕周不在南京，不能圓滑應付與當局的關係，二是怕周恩來在軍隊裡下功夫，重建個人勢力。但是毛在當時無法強行制止他，因爲上前線是一椿義勇的行爲，同時極需周恩來與南京搞好關係，而且周當時仍是軍委副主席，他有權力也有義務到前線去看看。

張國燾對這件事，會作如左的描述：

「當時毛澤東希望周恩來常駐南京，除了了解情況和交涉外，八路軍還有一些物資沒有領到手，特別是南方各省的中共游擊隊，毛澤東原來要完全由中共人員領導，因周恩來沒有去南京交涉，結果南京逕派葉挺以新四軍名義實行改編。毛澤東會說，周恩來不遵令速往南京，延誤了大事，外交人員有點不如意就自由行動，那怎麽可以呢？」

周恩來爲什麽會有故違毛澤東意旨和舉動呢？張國燾認爲周不滿洛川會議，認爲毛澤東表面讓步，實際上仍堅持己見，「他如冒然赴南京，處境將很尷尬」，不如先到第二戰區辦點外交，然後由山西直往南京。因爲當時八路軍奉令配屬第二戰區，受閻錫山指揮，周赴山西去打打招呼，雖也有必要，但顯然不如去南京重要。

「可是周恩來在山西前線躭擱了三個多月，毛澤東雖屢電促其速往南京，周總是藉故遲延。直到毛澤東去電召他回延安面談後，周恩來才遵令返回延安。」

張氏說，周在山西住了三個多月，恐怕不大正確，因爲十月下旬王明自莫斯科返延安時，張周二人還一齊赴機場歡迎，可知十月下旬之前周已返延安。而洛川會議是八月下旬舉行的，從八月下旬到十月下旬僅有兩個月。

究竟周恩來在山西兩個月搞些什麽事呢？據李天民著「周恩來」一書（英文）記載，周在山西期間做了三件事：

①是與閻錫山打交道，搞好八路軍與第二戰區的關係；

②偕同彭德懷巡視八路軍各部；

③在太原和臨汾曾到「救國犧牲同盟會」（閻錫山搞的小組織，內有入獄的共產黨人薄一波等）辦的幹部訓練班參觀演說。後來以「犧盟會」爲基幹建立了四十四團新軍。其中被中共滲透的十二團新軍，於一九四一年十二月譁變投向了八路軍。

關於周恩來和彭德懷一起巡視的問題，文革期間紅衞兵的戰報第六期（一九六七、二、廿四）曾透露，洛川會議後彭德懷曾接受周恩來的「運動游擊戰」觀點，放棄毛澤東的游擊戰術。

另據張國燾的記載說：

「……平型關之役，是林彪所部抄到敵軍側後，實施攻擊。敵傷亡頗重，稍向後退，林彪部傷亡也在千數以上。八路軍這一次表演，是得力於周恩來在前線的鼓勵。……」又說：「毛澤東有點怕周恩來在前線搞風搞雨，也不放心那些大大小小的軍官，惟恐他充當抗日英雄。」

據張氏所說周恩來之「搞風搞雨」僅在鼓勵八路軍幹部充當抗日英雄。據筆者看，此外還有目的，那就是乘機接近軍隊，從事復權的活動。否則毛澤東不會那麽焦切，三令五申的催他回延安。周巡視八路軍各部，固然是恢復軍權的表現，在太原和臨汾視察「犧盟會」與潛在的中共幹部接觸，也未嘗不是抓實力，復軍權的表現。

從洛川會議以後，周恩來的行動看出來，當時他確有點不顧一切，急求再起的意圖。因爲當時蘇聯方與國民政府簽署互不侵犯條約（同年八月二十一日），並且經西北公路供應軍火給中國，共產國際權威仍足以決定中共命運，他有國際及留俄派的支持，只要在軍隊中稍爲佈置，即有機會復起當權。

毛澤東卑辭歡迎王明

洛川會議之後約有兩個月，一九三七年十月下旬中共派駐共產國際代表，留俄派的總頭子王明，乘坐莫斯科特備的專機，偕陳雲（遵義會議派往莫斯科報告改組中央經過）、康生、曾山等，經廸化、蘭州飛返延安。並帶來巨型的無線電台和高射炮等防空武器。延安大爲轟動，當時王明的派頭和聲勢，可想而知了。

周恩來在王明飛抵延安的前數天才從山西回來。結果毛澤東似乎並沒有什麽了不起的事和他商量，因爲他在延安，仍常與被鬥爭的張國燾來往，仍是當權派的門外人。

「……那天下午，周恩來正在我的辦公室談天，忽聽見飛機聲，雖然沒有警報發出，我們也頗疑爲日機前來轟炸，因出外觀看，一架飛機出現在天空，繞着延安城，越飛越低的在那裡打圈子，似是尋找機場。我們兩人即向飛機塲走去，途中我問周恩來是什麽人物來了，他答說到了機塲就知道，似乎他也沒有預先得到消息。」

當時王明在名義雖然僅是中共駐共產國際代表，但是代表不同代表，以往張國燾、瞿秋白等都因失意做過駐共產國際的代表，而王明之做代表，並非因爲失權失意，而是出於共產國際的安排。王明於一九三一年臨去莫斯科時，即確定他的親密戰友秦邦憲爲繼任總書記，由他在莫斯科仍可遙遙指揮中共，居太上皇的地位。因此秦邦憲的垮台，對王明說是一百二十分不高興。現在一旦從莫斯科歸來，毛澤東、張聞天之不安，以及周恩來、秦邦憲等之興奮，實乃不言而喻。

王明到延安當天，毛澤東等安排了盛大的歡迎會。他和張聞天兩人誠惶誠恐，挖盡心思來歌頌王明，據當時在塲的中共中央秘書長涂振農提供的資料說，當張聞天歌頌。

「接着由毛澤東致歡迎詞，他說中國有句形容『喜出望外』的俗語，說是喜從天降，今天陳紹禹同志乘機從天上回來，豈不就是『喜從天降』？我們以這樣的喜樂心情來歡迎王明、陳雲、康生、曾山各同志。中國還有一句成語，叫做『飲水思源』，今天統一戰線的成就，其本源是什麽呢？那就是『八一宣言』有了『八一宣言』的源泉，才有統一戰線的長流，『八一宣言』的源泉又是誰掘出來的呢？那正是今晚我們熱烈歡迎的王明同志，是他在莫斯科起草的，所以『飲水思源』，今日統一戰線的成就，王明同志應居首功！」

從毛澤東這個歡迎詞可以看出來，當

時王明的權勢爲如何了。

　據張國燾囘憶說，王明會不經任何人同意在十二月間召開的政治局會議上提出了一個十六人的政治局委員和候補委員新名單。並且向全黨傳達共產國際的指示，張聞天有托派嫌疑，不適合任總書記，並取消了總書記這一職位，政治局由常委領導。他手握上方寶劍，獨斷獨行，使毛澤東一時窮於應付；但是他畢竟是一個由莫斯科在温床裡扶植起來紅色政治貴族，經歷的政治風雨太少，不知權力訣竅所在；同時又太株守莫斯科的意旨，把鞏固抗日統一戰線當作第一件大事；恰趕上同年十二月初德國大使陶德曼奔走調停中日和解，而日軍十三日攻陷南京，一時盛傳國民政府可能與日本妥協，王明乃不顧一切，離開延安，親到武漢（當局國民政府臨時集中地），與政府當府接近，並創辦「新華日報」鼓吹國共合作，全力抗日。

第二次王明路線

　王明和周恩來一九三八年初即離開延安到武漢去了。當時在全國新設了三個中央局，楊尚昆爲北方局書記，王明爲長江局書記，項英爲東南局書記。三個書記之中，陳、楊都是留俄派，項英則是留俄派的打手，可以說全是陳紹禹的天下。楊尚昆的北方局可就近領導八路軍（在毛澤東的佈置防備之下當然不會發生多大作用），東南局則領導新四軍，長江局則負責與國民政府打交道，主持黨的機關報「新華日報」來號召全國。

　這個時期周恩來是政治局常委、中央書記處書記、統戰部部長；也被陳紹禹拉去担任長江局的統戰部長，周的老搭擋葉劍英則任長江局軍事部長，周妻鄧穎超任婦女部長。秦邦憲、何克全分任組織部長和宣傳部長。

　從長江局的領導班子看出來，周恩來和留俄派的關係，可以說是脣齒相依，存亡與共。周恩來自洛川會議時開始，似已決心囘到留俄派的懷抱裡去。他所以如此做，毛對他的疑忌當然是主因，另一方面他看出在蘇俄援助中國抗戰（抗戰初期一階段）的背景下，留俄派一定會再度得勢；另外一個原因，毛澤東使他與軍隊隔絕，徹底解除他的軍權一事，也必使他傷心。他的心腹舊部，在編組八路軍時被排斥淨盡。聶榮臻原是第一軍團政委，在改編八路軍後只得到一個空頭的第一一五師副師長，朱德仍是空頭司令，葉劍英是掛名參謀長，根本起不了參謀作用，索性隨周一齊到武漢去了。

　王明囘國，本是留俄派及周恩來復起當權的良機，但是由於王明輕率離開中共中央去到武漢，同時沒有及時使周恩來復任軍委主席，遂錯過大好機會。毛澤東乃利用中央軍委主席的職權，靜悄悄的在軍隊中蓄養死黨，伸張實力。

　自一九三七年十月王明囘國，到一九四二年二月毛澤東在延安掀起「整風運動」，在中共黨史是第二次王明路線時期；年少無知的王明，將輕易奪得權力糊里糊塗又被毛澤東奪囘去了。而一九四二年的「整風運動」不但將他打倒在地，並且永世不得翻身了。追隨王明的周恩來被迫再度轉變面孔，第二次向毛澤東低頭。

馮玉祥將軍傳

簡又文

【六十】

第十六章　最後十八年（四九——六七歲　一九三〇——四八）

一　再晉京

回溯民國二十年夏，「國民黨」一部分執監委員，因胡漢民在南京被軟禁於湯山事，提出抗議，與中央分流，召集黨代表於廣州開「非常會議」，另組織「國民政府」。汪兆銘亦率其「改組派」參加活動。馮氏遠居北方，未加入是役。（他們有意要我代表他並列馮名，以壯聲勢，但我為着個人道德人格之完整，受着良心理性之驅策，堅辭說：「我前蒙中央派去當「政治工作委員」，任務早已完結，與馮氏政治關係久已絕緣，此時未奉馮將軍明文，那敢『冒充』他的代表以自貽伊戚呢？」乃作罷論。）後來，馮氏派唐悅良來粵，只是觀察與接洽，仍未代表其正式加入此運動。未幾，局面變化，唐亦北返。不過寧粵雙方只拍發電文，未至有軍事行動。胡氏旋被釋歸粵。南方同志之目的似已達到了。會九月十八日，日軍侵佔東三省，全黨同志乃覺悟國難當前，非實行團結、共禦外侮不可。於是，粵方派孫科、汪兆銘、二委員為代表，赴滬與寧方代表會議。決議寧、粵、黨政改組，復合為一。全局即急轉直下，蔣公下野離京。「國民政府」改組，一致推年高德劭的元老林森先生任主席，孫科任「行政院」院長。其間，陳銘樞斡旋甚力，其所統之十九路軍分駐南京至上海一帶，是為新政府獨一可靠之軍隊。

廿一年一月一日，孫科在京就任行政院院長，囑余致親筆函於蟄居泰山之馮氏（由李炘親送），請其命駕前來共謀國是。越二日，馮率屬員數人抵京。孫院長命我餽贈大洋三萬元，以供其費用。馮氏十分興奮，感謝之餘，他還以幽默口吻說：「看啊！馮玉祥受賄了！不過，這是國父哲嗣哲生院長所賜，却不敢辭。」立刻將全數分給各隨員及衛士。自己分文不取。於是，林、孫、馮、陳、汪、李（烈鈞）等組成最高特別委員會，主持全國軍政。其間，馮氏曾到上海一次，備受各界歡迎。這是他有生以來第二次到此華洋雜處的繁華商埠。他對於租界的恥辱、生活之奢華等等「少見多怪」的現象，深表不滿，盤桓不上幾天，不歡而去，仍返南京。

這一回，馮氏再到南京，與新舊朋友聚首一堂，志同道合，衷誠合作，盡其所能，共謀國是，歡洽無間，人人都非常敬重他。因氣氛，環境、及人事，與前大不相同，彼此公平誠信相處，所以他也一反從前與人落落難合、格格不入、事事批評、人人譏刺的故態。可見他不是絕對不能與人和好合作的。他的希望無窮，他的心情愉快，大概過着自「首都革命」邇來最開心的日子。

不圖未幾天，政局又突起變化。緣新政府成立未久，以不得上海財團的合作，財政困難（宋子文不肯合作。）孔祥熙初欲任財長，事前由其夫人致英文函與孫氏表示，即蒙答應。準備提名，但就職之日清晨孔夫人又來英文專函，聲言孔不幹，此余在孫公館所親見者。孫氏急切難以物色適當人物，乃臨時以「鐵道部」次長黃漢樑署理。黃辭，自知不勝任，甚至痛哭陳辭。迨迫於無奈勉強就職。後只籌得少數現金；杯水車薪，不能維持下去。

軍事委員會副委員長之馮玉祥（一九三六）

此爲孫閣不能支持之主因。未幾日，駐江、浙、一帶之各軍將領，紛紛索餉，難以應付。繼而各軍公開表示反對，擁蔣公復職。新政府乃遇到絕大危機，搖搖欲墜。當是時，陳銘樞（在行政院自兼四個部長）忽然軟化了，冷冷的輕輕的聲言「究竟有兵力較多較強的，講話較有力些。」如上文分析，陳銘樞的軍隊是新政府的「擎天一柱」。馮氏未嘗不欲召集舊部一致擁護，奈各軍分駐北方，鞭長莫及，集中不易，而況此時聽命調動與否，是大問題。且時間短促，何能有濟？是則大厦之支，全靠一木。如今即此一木已經動搖了，大厦不傾，其可得耶？當時，孫院長與其他一二人驟聞陳之聲言，無異釜底抽薪，自行拆台，如冷水澆背，無能爲力，新政府遂即解體，正所謂「一言喪邦！」孫氏於一月廿五日，離京赴滬（余隨行），旋即辭職。抵滬後命余回京向馮氏解釋一切，請其自決。馮氏初時似在悶葫蘆中，莫名其妙，頗怪孫氏之突然不辭而去。及洞明眞相，乃釋然於心，既知狂瀾莫挽，亦採取一致行動，渡江北上，回泰山去。他宛似做了春夢一場，又感失望。每念前路茫茫，罔知行止，益感凄涼苦悶了。（此時余隨孫辦事，以上經過，知之甚詳。我即日乘夜車回滬。）

廿八日夜間上海日軍襲擊車站，十九路軍奮起作英勇的抗戰。滬戰停後，「國民政府」又改組，主席林森先生留任，蔣先生復任軍事委員會委員長，而汪兆銘轉與新政權聯絡，得繼任「行政院」院長，馮氏則被任「行政院內政部」部長。馮再應召入京，一住兩月，復不能合，不就職，乃挈眷逕赴山東，仍隱居泰山。時，韓復榘已調任魯主席。馮氏曾到濟南，韓招待之於省政府。欵待極懇摰，極優渥，每晨至親爲其盛水盥漱，悉如舊時在其麾下敬侍長官之崇禮焉。馮氏亦不念舊惡，勉其努力愛國爲民，大概已了解其當年叛變之環境與苦衷也。在山中，馮益奮發，拚命求學，日夜讀書。敦聘北京之大學敎授數人前來敎授社會學、政治學、經濟學等科（適似驤在晉祠時余所獻議）。（以上資料得自馮氏幹部）

「抗日同盟軍」

是年十月，馮氏忽從泰山命駕北上，駐張家口，蓋其靜極思動，念念不忘興兵抗日，再舉行震驚全國之軍事活動。一抵張垣，即發通電，對於中央之不抵抗多所指摘。未幾，日軍由東三省進偪熱河。廿二年三月，陷熱河全區。張學良之奉軍引退。時，中央直接主持北方軍政，但未能挽救頹局於一旦。馮氏向以激烈主張抗日著於全國，故聲譽日隆，有不少人熱望其再起東山，領導抗戰救國，且有去電請求復出者。中央當時另有對付日本的計劃，邀其入京共商國是，不應。五月初，日軍由熱河進佔察哈爾之多倫，更深入沽源、寶昌、康保諸地。全國人民抗日熱情愈爲激烈。未幾，中央與日方訂立「唐沽協定」，使華北部分區域非軍事化。凡此皆令人民愛國精神與民族主義萬分憤激者，亦所以令馮氏有捲土重來、再握兵權之機會者。然而其時中央當局則以頻年內戰，國力削弱，際茲準備未週，不能輕舉妄動而與敵國作全面戰，以貽覆巢大禍，故寧忍辱負重，假樽俎折衝之外交手段，與日週旋，拖延時間，以期有成。此其苦心亦有不得國人之諒解者。馮氏正是個中之突出的抗議人物，兼是自行採取抗日行動者。

五月廿六日，馮氏在張家口成立「察哈爾民衆抗日同盟軍」，自任總司令。廿八日，通電全國，振振有辭，指摘中央政府不以眞誠抗拒日本侵畧，又不以軍力及補給增援抗日軍隊。隸馮氏麾下者，號稱三十萬衆，實則十二萬人，有槍枝者不過八萬，其成員來源頗爲複雜，有留察留晉之少數嫡系老「國民軍」，有熱河駐軍之被日軍擊退者，有奉軍殘餘部隊留落察區者，有察哈爾之零星部隊統系不明者。其中最完整之一部而具有正規軍之規模者約二萬人，係方振武所統率從前退入山西之軍而今來投者（統第一方面軍）。此外，亦有臨時就地招募者。全軍人多槍少，其有充分配備者不及三分之一，或僅四分一而已。至重要將領則多爲戰後失意之舊部自來投効者，孫良誠、席液池及叛後落職又趨反動之吉鴻昌（任前敵總指揮）是其著焉者也。（參考薛著頁二七一及其他）又有鄧文（統第十軍）及軍事家金典戎亦應馮氏約前來投効（統第一軍）。王瑚老先生亦在焉。此外，尚有韓復榘、宋哲元、與李宗仁等之代表北來聯絡，計劃與兩粤及北方取一致行動。（上見金著：「基督將軍馮玉祥外傳」，載香港「觀察」月刊二十期）其贊助最力者，爲前廣東省長朱慶瀾（子橋）慨捐軍費大洋十萬元，軍部賴以成立。

至於全國同胞，聞此救國義舉，人心振奮，幾於全國一致擁護。獨有汪兆銘別有會心，在南京發表談話，公開罵云：「察哈爾的共產黨，又在多倫鬧出事來了。」妄指馮氏甚明顯。此時，章炳麟（太炎）先生在蘇州却發出與汪相反的說話：「只要能收復失地，打出日本鬼子去，我們願意赤化；我們民衆願意擁護老馮赤化。」九十四高齡的馬相伯先生在上海歡迎馬占山大會中說「我這第一杯酒是恭祝馮玉祥將軍。收復察東四縣，並盼望他更多收復失地；第二杯酒才是歡迎抗日英雄馬占山將軍。這兩人的話，可代表全國愛國同胞的心理。（上見金著同上第廿二期）

其時，宋哲元爲中央倚重，已調其駐晉之廿九路軍移防華北，坐鎭北平，秉承中央所授機宜，一面與日週旋，一面積極準備抗戰。「忍辱負重」爲中央緩衝，是其使命，實是代中央挨受愛國人士之唾罵也。當馮氏在張家口高樹抗日大纛時，宋已被中央任爲察哈爾主席。如其肯復隸馮氏麾下，則「抗日同盟軍」之力量當大有可觀。（宋之廿九軍除原有馮治安、張自忠、兩師外，奉令另編一師，劉汝明任師長，全軍當有五萬人強。）無如，宋老早便去電中央，聲言決不參加馮氏之運動了。但反過來，因已往多年與馮氏之密切關繫，又不肯出兵向其進攻，也不前去就主席新職。至全國中亦不無響應馮氏者。如粤中之「西南政務委員會」（爲昔年「非常會議」之餘緒，以陳濟棠之全軍爲主力，中央監委蕭佛成、鄧澤如等附之），雖同表同意，惟天南地北，相距遼遠，除了空言響應之外，無能以實力爲助，其何有濟？（或有些少經濟援助未定。）金典戎言李宗仁滙欵十萬元小洋與馮氏，（見上引文廿二期）。然北方中央直轄各軍，多馮氏之舊部，無肯開動往攻者。獨有龐炳勛（原屬國民三軍，非馮嫡系），欲乘時立功，自願前往進攻張家口。詎料開至南口時，馮親往應付，以抗日救國大義作宣傳戰，振臂一呼，即有三團自動脫離龐軍，投奔馮氏麾下，可見其威望未墮，攝力仍存。龐無奈，急罷兵，蓋恐時間延長，其全軍難堪馮氏吸力，愈去愈多，將有「羣馬遂空」之嘆也。（按：龐軍進攻及三團投馮事，是後來馮氏親對著者所說。但據金典戎上引文第廿、廿二期則謂當時在張垣馮氏部下有龐及其四十軍，兩相矛盾。不過馮氏舉事後，北平軍分會方與龐接洽令其往攻，可見初時龐不在張垣。金文所言未明來歷。另據李雲漢：「宋哲元與七七抗戰」三，載「傳紀文學」一二四期，詳紀是役經過，並引用馮氏後來所著之「察哈爾抗日紀實」，亦未提及龐投馮事。）

哈察爾抗日時期之馮玉祥

六月下旬，日軍自察區各地撤退，僅留下「滿洲國」（日本在東三省新設之傀儡國，以廢帝溥儀爲皇帝，建號「康德」（編者按：此處有誤，是時溥儀僅稱執政，尚未稱帝，年號「大同」，至民國二十三年始改康德。）軍隊駐守。馮氏乘勢揮全軍發動攻勢，驅去孱弱之守軍。七月中旬，下多倫，由是克復察北。捷報傳遍全國，人心興奮，馮氏之聲譽大振。此舉與中央政策益有逕庭。然在事實上，中央調兵進攻已無可能，而在精神上，尤感困難，蓋對方以「抗日救國」爲口號，若公然攻之當有所顧忌，亦頗難自解。由是，僵局形成。同時，日本又準備再攻察哈爾。至於馮氏處境，更爲困難，既苦感兵力不足，而所統之雜軍，類似烏合之衆，未必團結一致、肯聽指揮；即肯矣，無奈戰鬥力薄，亦無濟於事，即方振武、吉鴻昌亦各固執己見，不完全與馮同心同德。况且經濟支絀，供養不足，軍械尤缺乏，再難久持。而在軍事上，則前有中央軍之壓迫，後有日軍之進攻，益難支持。延至七月下旬，馮不得不亟籌脫身下台之善法。（以上爲余采訪所知之軍政情勢）

七月間有一天，薛篤弼在上海忽駕臨寒園，示余馮氏致彼與我一封緊要密電。電文大意謂「抗日同盟軍」擬告結束，特託我請孫哲生院長幫忙斡旋，務期和平了結云云。時，孫已膺任立法院長，中央各人倚畀甚殷。（孫於廿二年一月就職，余任立法委員。）余即晉謁，陳說馮氏來電請其調解大意，並力陳北方僵局眞象，雙方都很難收場；非其出任調人，鼎力斡旋，不易收拾；此舉爲黨爲國，造福人民，切請考慮。孫院長沉吟一會，即答應負責調解，但必要馮氏先答允一個基要的先決的條件；即是：必要完全相信他，依照他與中央商決的辦法而行；他必提出公平的主張，庶於國則忠，於友則義。薛得余回音，立刻拍急電至張垣請示。不移時，馮氏回電應允，完全信靠孫氏，並懇託我們玉成其事。孫院長再得余報告，也很高興的去幹。翌日，趁輪上江西廬山謁蔣委員長。（按：七月廿五日蔣公邀集軍政要員在廬山開會一週。提出和平解決至爲簡單的辦法；雙方罷兵，馮氏自動下野，中央不究既往，就算了事。蔣委員長也贊成。我一得此消息，即往告薛，由其轉報馮氏。

八月六日，馮果通電，以抗日之舉已完成一段落，即日結束軍事，自動下野。尋而宋哲元自來張垣，就任察省主席。馮親自率領隊伍到車站去接他，見面第一句話是：「我是特別來歡迎抗日英雄宋將軍的。」（見秦著頁一六三。）隨將政權與軍隊全交其接收，復回泰山隱居。於是，中央與馮氏雙方俱得光榮下場，此孫院長片言息兵，促成和平而世所鮮知之偉功也。（方振武、吉鴻昌、二人繼續支撑片時，亦解體離察。吉蟄居天津法租界，於廿二年十一月十日，爲人行刺受傷。法警將其押送中央機關，後於十二月一日被槍決。聞其趨向左傾，已加入共黨發生關繫，係由前與我同在「西北軍」任政治工作之共黨宣俠父所煽惑的。至方氏行蹤未詳。其後於抗戰期間隱居香港，至民三十年十二月日軍陷九龍後，孑身過元朗，擬入大陸，不幸遇難。）（以上調和經過，向守秘密，人多未知，孫院長之「八十自述」也不提及，蓋不自詡其功也。）

山居生活

在泰山時，馮氏繼續讀書、著作、吟詩、寫字，生活安閒舒適。對於黨政似乎不大過問。至廿三年，李濟深、陳銘樞、蔣光鼐，蔡廷楷，舊十九路軍等在福州勾結共產黨成立「人民政府」，棄國號，換國旗，自毀半生革命光榮史。政府委員名單上列有馮名。惟馮氏對於是役漠然不理，既不參加亦未派代表前往。其前在馮軍任教育工作之余心清則獨自前去參加——或自稱馮氏代表；至少，李、陳等以其與馮氏之密切關繫，任爲「經濟部長」。

馮氏在山得夫人李德全相偕爲伴，不愁孤寂。不過，門前冷落車馬稀，故舊來訪者不多。比之從前在豫、陝、煊赫一時之日，冠蓋往來，絡繹不絕之狀況，眞如隔世了。有些夙稱爲至友的，也避之若浼；這不是由於世態炎涼，當是怕惹是非，故避之則吉了。有一位素與其交好、從前在「國民革命」期間、常常僕僕於寧豫間的權貴，一次因事往北平，竟要迂迴路程，繞道前去，不經泰安哩。獨有孫科院長于廿四年一月，北上迎接其在北平養病之陳夫人南下時，專誠到泰山訪之。故友重逢，家眷相叙，歡樂氣氛，瀰罩東嶽。兩人暢談國事多時，孫氏始下山。馮氏夫婦親到車站歡送。別時珍重道別，相約在首都再見。（此次余夫婦亦陪行，故知其事。其間，也許另有別人曾上山訪舊，爲我所未知者。）

馮氏在泰山的生活，據其他曾經造訪者的報告，畧述如下。他挈眷幽居於山麓之「三賢祠」，仍有衞隊百餘人（另一說，一營）保護着。他在附近新建了一座「烈士祠」。其中，除爲國犧牲的舊部多人的牌位外，還供奉了許多他所崇敬而未死的人的長生祿位，如上海抗日的蔡廷楷和前江蘇省長王瑚（鐵珊）。每晨早起，便率領衞士們高唱抗日歌曲。（上見鄧初民文載「紀念册」頁一三四——三五）。自黎明至晚上，他照着自定的功課表學習不稍停。他禮聘了好幾位學者去助他研究，如陳豹隱、李達、范明樞、王謨、薛德育、宣斐如、吳組湘，及陶宏（陶知行子，天文學家，年最輕不到廿歲）。課程有政治、經濟、社會、自然科學、天文、地理、文學、歷史、春秋、左傳，以至辯證法唯物論，可謂古今中外、應有盡有的「文理學院」的課程。此外，每日他還要苦讀英文。至於個人與家庭生活之簡單與衣食之儉樸，則數十年如一日，無改常態，不必贅述了。（上見劉思慕文，載「紀念册」頁一〇〇——〇一）所以我常說，對於這個苦心學習、矻矻不倦的馮玉祥將軍——尤其是當失意或下野時，是我所最敬佩的。

故軍事學家金典戎（前在張家口抗日之役追隨馮氏，後復同在泰山，一共相處有四年多）評論馮氏自修苦習之學識有言曰：

「不知道老馮的人，以爲他是當兵出身，是一個十足的『大老粗』殊不知，馮這個人從入伍那天起，就是一個好學不倦的人。等到後來他的地位逐漸高了，他每天都抽出一段時間來，請國內名流學者爲他講學。他的學問，據筆者所知，起碼要頂兩個大學畢業生。至於經驗的豐富、人情的透徹，更遠非一個大學敎授可比」（見同上文廿五期）。此可與我屢在上文所述馮氏之學問成績相印證。至於馮氏在泰山這時期的內心思想與情感，金又有心理的分析曰：「老馮在表面上，看似非常淡泊名利；其實，在他內心方面，是非常痛的（同上文廿二期）。可見他一日未嘗忘救國抗日之志也。這一針見血的評語，非深知馮氏的金氏不能說出來。

再度入京共赴國難

將軍易服對鏡自憐
民廿五年三月七日，上海字林西報有一則小新聞，載及馮上將煥章自任軍委會副委員長後，即脫去向所穿之布衣而改換中山裝，並插一漫畫，頗有趣味。介紹如下，以博讀者一粲。

調侃馮玉祥的漫畫

一、二年來，日本壓迫我國愈甚，華北幾於實際上爲其勢力所及。在全國全黨精誠團結之感召下馮氏再度入京。先是蔣委員長於是年九月十九日電邀馮氏入京出席中央第六次全體委員會議，措辭謙和誠懇，有「黨國要計亟待商討」之語。馮氏即覆長電敷陳意見。關於黨務者四點：（一）「開放言論」（三）「眞正團結」；（四）「開放黨禁」；（二）「開放治者五點：（一）要「獲得民心」；（二）「大赦政治犯」。關於政治者五點：（一）要「獲得民心」；（二）「嚴明賞罰」；（三）「設立救災部」；（四）「獎勵抗日精神」；（五）「起用抗日將領」。關於外交者二點：（一）「確定國際敵友」；（二）「速派大員分赴（友國）蘇、美連絡」。關於軍事者二點：（一）「立即發動準備抗日軍事」；（二）「急謀充實陸空軍備」。蔣公復於卅日電覆全部接受，有云：「尊論諸端，皆先得我心者也」。一再敦促來京。（上見金著廿二期，全文畧。）彼此仍以兄弟相稱，辭意親切，無以復加，有令馮氏不能不應命下山者。

十一月一日馮氏抵京，充分表示共赴國難的精神，得人敬佩。廿五年一月六日，就任「軍事委員會副委員長」。

那時，兩廣問題尚未完全解決，馮氏曾在廬山力諫蔣委員長不要用兵；兩廣的兄弟都是他的幫手。獲得蔣公答允：「這話很好，我一定不打內戰」。他言出即行，派居正與程潛往桂。「兩廣的問題果然得到了和平解決」（見金著「觀察」廿三期）。對於蔣委員長所提倡之「新生活運動」，以其誠條皆一向所主張，尤熱烈贊助，極力推行。他時到各處演講，鼓吹全國團結一體，抗日救國的精神和努力，有時不免措辭過於激烈至與中央外交政策稍有逕庭者，然全國熱誠愛國的人士咸得大鼓舞，足見國魂甦醒，國事可爲。

在這危急期間，馮氏如此主張，在邏輯上必須民族團結，國家統一，而且爲抗日救國大計之必然的要求，還須全國擁護抗日的領袖——蔣委員長。他非徒託虛言，徒事幻想，且見諸實行。當其年十二月，蔣公在西安被張學良、楊虎臣等軟禁時，他即去電營救，籲請剋日釋放蔣公而願前往西安獻身爲質，以保張、楊等之安全，這是難得的表現。經過以前種種滄桑世變，他待人接物的態度已大爲改善，能與同志們相處共事，合作無間了。不過，馮氏當時有位而無權。一次，他很坦白的靜中告訴我：「與蔣委員長共同辦公時，他常將重要的軍事文電或軍情給我知道。但自西安事變後，他自己以副委員長資格照常到會辦公，却一點消息不得而知，連一件電文也不得而看哩」。制度如此，難怪其忿悶了，但爲顧全大局、精誠團結、同仇敵愾的大原因，他却能容忍下去，按捺脾氣，安之若素。這豈不充分證明他入山讀書修養確有進步了嗎？

抗戰時期

廿六年七月七日，盧溝橋事變發生，隨引起中日大戰。馮氏即通電各方舊部將領務須努力抗戰，矢忠矢勇，擁護「國民政府」及服從蔣總司令，有「蔣先生成功，就是我們的成功」之沉痛懇切語（劉著頁一三五）。其在盧溝橋最先奮起抵抗者爲馮氏舊將宋哲元所統之團長吉星文。隨而舊將副軍長佟麟閣（先騎馬受傷，不治而死）、師長趙登禹（中彈陣亡）、相繼在南苑力戰殉國。

全面大戰既展開，馮氏曾受命任津浦線第六戰區司令長官。北上過了濟南到桑園時，有舊部數人來見。在北平時素爲宋哲元「智囊」之「九千歲」蕭振瀛（仙閣）一開口便大罵政府這樣不好，那樣不好。馮氏即對各人說：「政府已決心抗日，什麼話都不要再說了。我們看準了日本鬼子是我們眞正的敵人。我們批評政府，就是減少抗日力量，這是對的。」（以上見金著：「觀察」廿四期），寥寥數言可表出馮氏平素愛國眞誠、公忠體國、深明大義、識大體。

馮氏自然很高興的再綰兵符，尤其躬自擔任抗日戰事，得償夙願。不過，在實際指揮作戰上，馮氏失敗了。原來他麾下本有舊部韓復榘等三個軍團。無奈，各將領多不聽命令，不受指揮，甚至有韓部及東北軍萬福麟部等兩個軍團的進退路線及駐紮地點，也不向他報告，馮氏須電向總司令部詢問才得知道，可謂大戰時怪聞。（以上是馮親自告訴我的。）馮氏一向抱救國抗日之大志，是時機會雖來，本待再顯身手以償夙願。奈時勢大異，環境不利，人事已變，素志難償，無兵可用，無將可調，亦惟有徒呼荷荷而已；卒至無功而還。此亦國家之不幸也。計此爲其一身親統大軍之最末一次。

文質彬彬

大抵一般軍人都喜習文事，如寫字、讀書、吟詩，或繪畫，不甘被人譏笑爲不通文墨的「武牛」，或「老粗」，而理想上最愛好的是得爲一位文武雙全的「儒將」。馮氏也不例外。上文曾敘述其努力學習文事，不時自寫字畫贈人。（我也得了他的隸書聯。臨華山碑。青綠及墨水畫數品，並爲新會鄉間私立紀念先父的「寅初學校」題額。）他的發表慾益熾。所印行的書籍不下十餘種。以他的出身「老粗」而論，能有此成績，確是難能可貴，爲許多軍人所不及的了。

自十九年冬起，馮即陸續印行其多年來之講辭、書札、電文等。其愛國思想、民族精神與救民之主張，均有一貫的表示。綜計所出版之書籍，有（一）「馮玉祥日記」二卷，由九年起至十六年（北平、廿一年印行），（二）「馮玉祥軍事要電滙編」（上海、廿二年），（三）「馮玉祥訓令滙編」（上海、廿三年），（四）「馮玉祥讀春秋劄記」（上海、廿三年），（五）「馮玉祥在南京演講集」（廿五年），（六）「馮在南京報告集」卷一（廿五年）、卷二（廿六），（七）「馮在南京第一年」（廿六年），（八）「我的生活」，由出生至十七年(廿六年)，（九）「

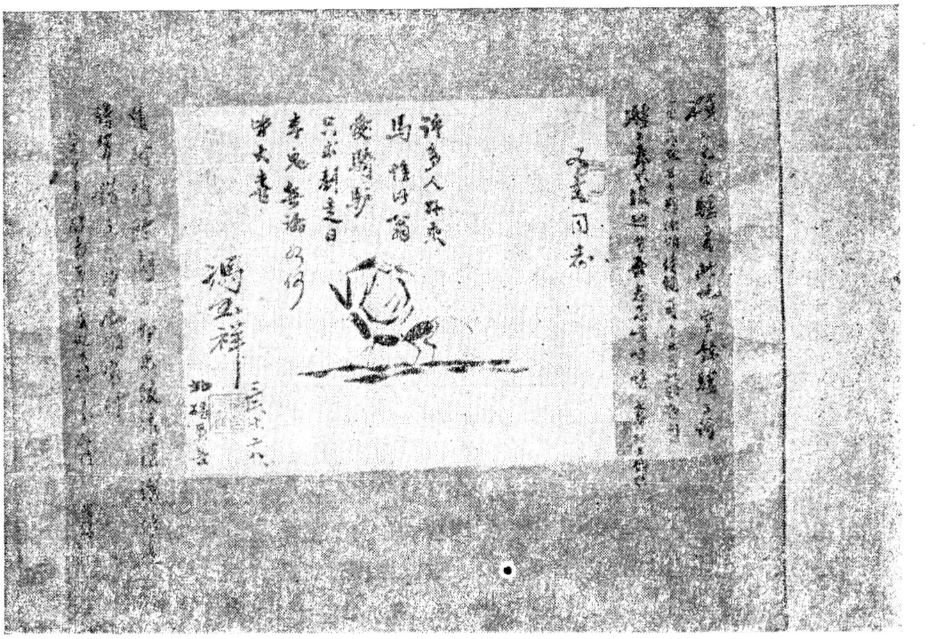

馮玉祥之抗日圖

我的讀書生活」（上海、廿六年），（十）「馮在南京第二年」（廿七年）及其後，（十一）「馮玉祥詩歌選集」（上海、四六年），（十二）「我在南京」，（十三）「國府委員與猪」，（十四）「察哈爾抗日實錄」，（十五）「反國聯調查團」，（十六）「膠東遊記」（後五本出版日期及地點未詳）。以前尚印行「丘八」詩集小冊，未列。在他的作品中，第二次入陜征途上口占富有詩情畫意的兩絕句：「青山對我點頭笑，好似歡迎故友來」，是我所最欣賞、最難忘的。他當時愉快的心情也可想見了。

他也有散文之作，民廿四年，我在上海創辦「逸經」文史半月刋。他非常高興的力爲贊助。除給我不少珍貴資料外，（如郭堅伏法事，國民軍「首都革命」之經過，見上文），尚投稿四次：一爲「近代第一流廉吏王鐵珊先生」（載廿四年五期、六期）；二爲「王鐵珊先生軼事補錄」（廿五年第十期）。（按：王、名瑚，馮曾敦請其居軍中爲伴，待以師禮，素所欽敬，已見上文。）三爲「奇丐武訓先生的生平」（廿五年廿九、卅期）；馮以武訓行乞興學，適符其愛國愛民之宗旨，故極崇敬之。四爲「鄉居紀事詩」（廿九、卅期）足稱爲其「丘八詩」之代表作。另在某年曾撰書一聯在杭州西湖岳王墳刻石。聯語云：「還我河山，一片忠心惟報國。驅爾異族，百年奇恥不共天。」是其民族主義之具體的表示。以上所錄的書籍、詩歌、散文、及聯語，都是研究馮氏中年之生活與思想之大好資料。

西退重慶

南京既撤退，「國民政府」西遷。馮氏亦往陪都——重慶，先借住「巴縣中學」，後遷上清寺，有時遠居鄉下或北碚歌樂山上一直至抗戰勝利爲止。他的抗戰努力，在戰塲上不克發展，只有到處演講，鼓舞人民抗戰到底。又在各地發起救國獻金運動，民衆熱烈響應，成績卓著。也曾屢受政府命令，到各處巡閱軍人生活與待遇及軍事設備等事，以實地調查所得一一報告蔣公。他對於軍中措施，有與他的理想不符的，自然很多不滿之處，只有「知無不言，言無不盡」，以期改善而已。（見金著同上）

由南京以至重慶，馮氏抗日主張至爲貫徹，務要「抗戰到底」。其間，屢與汪兆銘之「和平救國」宗旨——結果實是叛國降日——發生衝突，不憚公開爭辯，忠奸之辨早已顯著，茲未及一一細述。（看金典戎「外傳」，「觀察」後數期，至廿七期停刊，全篇未完。）

在陪都無公事可辦，他每日銷磨大部分時間于學習、讀書、寫字、吟詩，繪畫中。淸晨起床，即集合衛隊高唱自編的抗日歌。日間，上課七小時。他請了一位蘇聯將軍講戰畧學，一位王姓牧師講聖經和教英文。後又請翦伯贊講中國史，幾有一年。每日依時上課，講員入室，必如小學生起立致敬。講演時，必做筆記。他最熟識中國歷史——由史前、上古以至近代史都有具體的知識和新穎的見解。所欽佩的是歷代的民族英雄，而最痛恨的是出賣國族的漢奸。其次，對軍事學也感濃厚的興味。至於生活之簡樸，一生不變，不必贅述了。（以上見翦伯贊文，載「紀念冊」頁一四〇——四七〇）有一短時間(民二九)，曾組織了一個私人研究室，聘請李達、鄧初民、黃松齡來講演新人文科學經濟等科。連他的副官、勤務兵、一齊聽講（見鄧初民文，載「紀念冊」頁一三五）。是的，這時馮玉祥將軍，已失了叱咤風雲、成爲全國軍政中心人物的地位了。（在陪都，我曾介紹吾粤海軍宿將陳策將軍與其相識。他對陳在香港淪陷於日軍時泅水脫險之英勇義俠非常欽敬，傾心結交。）政府屢派他外出巡視陣地，檢閱隊伍，訓練新軍。他又隨時向當局進言「打氣」，及對民衆演說鼓勵及提倡獻金獻物運動。凡有可補助抗戰之處，無不竭力從事，以盡其一分愛國責任。

在整個大戰期間，馮氏雖未得親上戰場立功「抗倭」（自題所居曰「抗倭樓」）似感失望，然仍令其稱心快意稍得慰藉者則其所一手訓練出來的許多將領及留下之部隊，直接歸中央指揮，均歷在南北各地壯烈奮勇抗戰，一如所期望，如鹿鍾麟在初期奉令主持河北軍政，督孫良誠等指揮民兵數十萬與敵週旋；宋哲元（陞任第一集團軍總司令）督馮治安，張自忠、劉汝明三軍，由張垣轉戰千里一直打到長江，戰績輝煌。（宋後在四川病逝。）劉陞任第二集團軍總司令，戰功赫赫。餘如孫連仲、秦德純、田鎮南、高樹勛，葛金章、李文田、（馮氏長子洪國在李部下任團長）等等亦各立戰功。（其他尙多，指不勝屈。）其間，奮戰最多功、犧牲最壯烈、舉國最崇敬、而馮氏所引爲莫大光榮者，厥爲第卅三集團軍總司令張自忠。張自抗戰軍興，轉戰於燕、魯、蘇、豫、皖、鄂、六省區。其立功卓著者一在淝水，次在臨沂，三在徐州，四在鄂北隨棗，卒殉國於襄樊戰場。綜計作戰以來，其軍犧牲最大，嘗補充兵員五次，而立功亦爲全國諸軍之冠，嘗得中央獎狀三十餘次（一說五十餘）。洵民族大英雄，抑亦「國民軍」之大貢獻也。馮氏於暮年失意之時，得見其多年所建立之軍、所訓練之將、今竟結出如此佳果，不負所期，能無興起「落紅不是無情物，化作春泥更護花」之感慨歟！當張將軍靈柩運回陪都後，馮氏於哀痛怛悼之下，親爲營葬，埋其忠骨於北碚之梅花山麓，並多作詩文以表揚之。（馮氏在重慶贈余詩有「不作張子房，便作張自忠」句。）

〔附錄〕張志忠將軍事畧

馮部將領中與余最友善而爲余所最敬仰之一人，厥維張藎忱將軍。茲蒐集所得有關其一生之資料，以及個人交誼印象所感，撰成此篇，附錄於此，以傳此曠代民族大英雄。又文前識。

張將軍自忠，字藎忱，以淸光緒十七年七月七日（一八九一）生於山東臨淸，爲魯西望族。父、國桂公，官江蘇海州，有政聲。少時，隨父任所攻讀。繼入臨淸中學，復畢業於天津法政專門學校。乃蒿目時艱，懷有報國大志。民國三年，投筆從戎，投陸軍第二十師爲學兵。（上據劉棨琮：「張自忠成仁取義」篇載「掌故」月刊第九期。）

民國六年，年廿七歲，轉而投効馮玉祥將軍之第十六混成旅。初任學兵連見習官（劉著頁二七）。其爲人也，懷大志，具雄才，軀幹魁梧奇偉，不愧「山東大漢」之稱。素性嚴肅剛毅，木訥寡言，生活儉樸，精明强幹，刻苦耐勞，此余昔在軍中所深深認識、印象不磨者。入營未久，即得馮氏器重，資履雖淺，倚畀甚殷，寖假成爲其驍勇愛將之一。歷任各級軍職，於諸戰役中屢立大功。

自十九年國民軍解體後，孑身至晉復投宋哲元新改編之廿九軍，任師長。後隨軍移駐華北。民國廿一年，日本佔據東三省後，分路西進。其進攻長城喜峰口一路，宋哲元軍張自忠率本部與趙登禹兩旅極力抵抗，大刀隊神威莫禦，日軍死傷甚多，大敗而退。其後，張將軍繼任察哈爾省主席及天津市長。廿六年盧溝橋戰事發生後，宋奉中央命率所部坐鎮保定。張乃代理冀察政務委員會委員長、北平綏靖主任，兼北平市市長，蓋留其在後方與日軍週旋掩護全軍也。日方知其實爲積極抗日分子，亟謀進兵逐之而另設傀儡組織。張實無法施行軍政職權，而全國輿論，不明眞相，一致痛詆，目爲「漢奸」。張受謗，悲憤欲絕，但無由自辯，遂決出亡。一日，不動聲色，獨自騎脚踏車出城，逕赴天津，乘輪至青島轉往濟南。韓復榘得中央電，派員送其往南京。至則晉謁蔣委員長，自行請懲在北方失地喪師辱國之罪。蔣公慰勉備致，且自承擔負一切責任，並囑其安心保養以俟後命。第二次晉謁時，更告以決令其重回部隊，俾再得機會效力國家。張大受感動，誓盡力抗戰，一雪橫受「漢奸」惡名之大恥，蓋其爲血性男兒，久受忠勇抗日之訓練，至是已決心以死報國矣（秦著頁二三）。

未幾，張即奉令回宋哲元之第一集團軍任五十九軍軍長。返部之日，對部衆痛哭失聲，宣布「今日回軍，除共同殺敵報國外，乃與大衆共尋死所」，無異是悲壯沉痛之抗日誓師辭也。全體官兵，大受感動，泣不成聲，誓死効命。旋率軍開赴魯南臨沂，與日軍鏖戰七晝夜，擊潰板垣第五師團。由是我軍得移師南向，奠定台兒莊之大捷。張乃奉命助守徐州。

時，鎮守徐州者爲李宗仁。李平素待下和易可親，與馮氏之威嚴作風異。張來報到，以其爲客將也，更接待之以禮，即命對坐談話，張已興殊感。（在「國民軍」中，凡軍官見馮氏，不論官職高下必立正。）旋又打開紙煙盒，親手請其吸煙。張受寵若驚，勉强伸手抽出一枝。不料李隨即擊開打火機，爲其燃點。那時，張受了這樣的特殊待遇，心神張惶不知所措，突然雙膝跪地，接受其「殊恩」。這雖小事，却令張衷心感激，努力報國了。自徐州會戰後，李在南京會見馮氏，與其閒談云：「煥璋，您練兵成績之優越，眞了不得，我在徐州也身受厚賜哩，特要多謝您。」馮不明白，回問意義。李答道：「徐州撤退時，我軍由一門出；各軍魚貫先行，留張自忠一軍殿後。（此爲行軍後退時之最重要任務。）張將隊伍擺列城外道旁兩邊，荷槍屹立不動，等待他軍從其行列當中過盡了，張軍乃依次隨行。張獨自爲殿，爲我全軍最後之一人，左手提手槍，右手握大刀，從容不迫的押着走。全體兵將步伐整齊，秩序一些不亂，卒使我軍毫無損失，安全撤退。這可不是您的訓練成績而我身受厚賜的嗎？」（以上徐州紀事是後來馮氏親口對我說的。徐州突圍張軍殿後事並見秦著頁二五，但不詳。）

以後，戰場西移。十月，在武漢大會戰中，張氏又立輝煌功績之後，陞任卅三集團軍總司令，而國人亦目爲民族英雄矣。其後，轉戰湖北，無役不與，亦無役不作殊死戰。廿八年三月，大捷於鄂北隨縣、棗陽，擊破日軍三個師團。翌年夏，敵以重兵三路再犯襄陽、樊城，中我誘敵深入之計。張以主力堅守襄河，負抄襲敵後之最困難、最重要任務。五月七日，以所部全力猶未集中，而全面戰事關繫及本身職責所在，不得不急行出擊，遂留書與副總司令馮治安，預作永別之絕命的悲壯語。連夜奮不顧身，躬率七十四師輕兵由宜城（後改名「自忠縣」）渡河截擊，連戰連捷，竟切斷敵軍歸路，使其陣勢搖動。十日，進擊日軍主力於方家集，獨當正面，連日殲敵無數。十六日，敵援軍萬餘人突至，張乃陷重圍，仍不肯稍移指揮位置，復往返衝殺十餘次；卒至部衆傷亡殆盡，而其胸部亦受機關槍傷六處，拒敵僅數武，猶不肯後退一步。左右強曳之，則瞋目嚴斥曰：「此吾成仁日，有死無退」。且振臂高呼殺敵，而創發仆地矣。彌留際，顧遺留之部屬曰：「吾力戰而死，自問對國家、對民族、對領袖可告無愧；汝等當努力殺敵，毋負吾志！」乃拔佩劍自裁殉國。年五十歲。

當其靈櫬到渝之日，蔣總司令將其歷年政績戰功通電全國，褒揚之詞，無以復加。官民致祭者，絡繹不絕。「均一致確認張將軍是我們抗戰以來，最偉大的民族英雄。」（參考秦著「我與張自忠」篇。）

出國生活

三十五年秋（一九四六），抗戰戰利而後，馮氏終得機會實現其多年來出國旅行考察之志願。中央政府給予考察水利名義及豐裕旅費，使得如願以償。九月二日，他偕同李夫人兒女等乘輪赴美。既抵達加利福尼亞州，定居於三藩市附近之柏克萊（Berkeley），並購置房子一所（當然是用中央所發旅費）。其子與一女則分別投入本地的大學肄業。據多人傳說，馮前在重慶時曾有桃色事件發生，致令夫妻感情破裂。後來，李夫人與馮氏部下將其愛人移往別處，糾紛乃寢，而夫妻仍不能和好如初。到美後，甚至彼此不交談，而李夫人竟欲與其離婚，並揚其醜聞於某一美國婦人。或謂此不過是馮氏夫婦故弄玄虛，製造艷事，冀得中央准其出國云（上見薛著頁二七七腳註）。夫英雄垂暮，鄉往溫柔，縱此艷蹟果爲事實，適足以反映這一個「過氣的英雄」此時煩悶焦躁、失望無聊之心理耳。不過此究是個人私事，姑置不論。

另據友人之曾到該處訪馮者報告云，馮生活刻苦勤儉，無改故態，「還夜以繼日地去學習英文，每天寫一千字以上的日記」（見「楓葉」函，載「紀念集」頁一二七）。另據他友個人報告，於民三六、五、十七曾往訪馮。「那正是星期日，馮先生到教堂造禮拜去了。他的小姐和夫人李德全女士把我們迎進去。夫人堅決留我們等候，一面着人去請馮先生，說他若知道國內有朋友來，禮拜也是可以不做的」（見劉尊祺文，載「紀念集」頁一〇八）。由此片段生活可見他夫妻已和好如初，家庭諧洽，而且此時仍未嘗改變其宗教信仰與宗教生活，或者是又經過一次「悔改」、「重生」吧。

先是，美政府以馮爲中國政府正式特派之調查專使，負有重大任務，乃鄭重其事，曾特派專員爲導，安排參觀各處水利工程之行程。馮乃漫遊各處，名爲參觀考察，實則其政治興味殊不在水利。他念念不忘國事，仍忙於與人會議、聯絡、親寫書札，預備講詞等活動。不移時，終至停止考察工作而自往美東，大發牢騷，復萌故態，致力於反中央之舉。（按：考察行程及日期未詳。）記得他曩年統兵當作戰時，每兵臂上佩一標語式的戰術云：「我們作戰先用子彈；子彈完了，用刺刀；刺刀鈍了，用槍頭；槍頭破了，用口咬。」如今呢，他年近古稀，而品性無改。他對黨國人事、組織，與種種措施，仍然不滿，仍要革命，但無兵無將，無槍無刀，無權無力，不能再動武了，只可實行「用口咬」——用口舌和筆墨從事。此時自撰「我所認識的蔣介石」一書。「謗書」也。

民卅六年十月九日，馮氏應幾位政治友人邀約，隻身翩然到了紐約，先在一旅店住下。未幾，嫌租值太破費，另租賃一所較廉的寓所。他反對美國援助中央的運動登時展開了。次日，雙十節，他在旅館中舉行記者招待會。當晚，出席在哥倫比亞大學舉行的「留美中國基督教學生會」舉行恭祝國慶的晚會。在兩個場合中，他公開發表他的「政見」。翌日，他與六位政友—一屬中共，兩屬「民主同盟」，三屬「國民黨」革命派。（其時，「國民黨革命委員會」尚未成立，但在醞釀組織中。）首倡組織「民主統一戰線」於北美，先成立籌備會。參加者連後來加入者共十餘人。至十一月九日，「旅美中國和平民主聯盟」在紐約正式成立。一致推選馮氏任主席。據說，加盟者達二百餘人，另在幾處成立支部。以後，馮氏活動甚力，到處在團體或大學講演—甚至在街頭，公開發表意見，批評中央措施，盡力煽動美政府勿予借欵，勿供軍械，而支持反中央的新勢力，無所不用其極。他於是一再成爲這新運動的中堅分子了。不過，手無寸鐵，實力全乏，大異往年，但中央總不免多少受其中傷。（參考薛著）

十二月，美國國會討論援華案時，他親到華盛頓京，集中力量反對此舉，對記者會、國會議員多人，以至衆議院撥欵委員會之一個調查小組發表意見逾兩小時。據說，「當時，美國會已通過了緊急援華欵六千萬美元，到了撥欵委員會一個折扣打成一千八百萬元。」該聯盟中人都認爲是馮氏「有相當的功勞」。

旋而中央正式開除馮氏的黨籍，並取銷其護照。十二月二十日電令返國。馮氏回紐約，即正式宣佈與南京斷絕關係，自以「政治難民」身分仍留居美國。會國內一輩不滿中央的「國民黨」離心分子，在李濟琛領導下，於民三七（一九四八）元旦，在香港正式組織成立「國民黨革命委員會」。馮氏被推爲中央委員之一兼駐美代表。二月初，「革命委員會駐美總分會」籌備會成立、馮氏致力活動如前。嘗答覆一美記者的詢問云：「任潮將軍（李濟琛）和我是一個人。我出國以前在南京已經和他約定了；他的一切都能代表我，我也能代表他。所以他的一切主張活動我都是百分之百的贊成而且支持的。」

馮氏在紐約的生活方式，刻苦儉樸，也一仍舊貫。初到時寓一中等旅館，與女婿各居一房間，每天租值十元。他嫌太破費了，遷往公寓一小房間，每週十四元，可是兩人共居一小屋子，太不方便，終於另行租賃廉所，月費九十元。原自備「私家汽車」一輛，也賣去，得欵二千美元，出入惟坐地下火車，必要時乃臨時雇用計程汽車（「的士」）。每天必散步一小時，讀英文兩小時，還常開聽留聲機的英語會話唱片。英文程度，講話仍不流利，但聽懂甚多。在家吃飯，如前簡單，常常吃「大鍋菜」（或稱「鍋裡挑」）—即將白菜、紅蘿蔔、番茄，或他種蔬菜，和一些牛肉，連麵條統放在一鍋煮熟，大家分嘗。有時也與友人外出在小館子吃飯。他幾十年的習慣是早睡早起的，不過在紐約主持各事務，因各友白天做工，到晚上九時後才能來開會，一直到中夜方完，他的生活習慣也不得不爲工作而改變了。未幾，馮夫人也東來，始再有家庭生活。有時，全家去看電影。據說，這是他唯一的娛樂。（以上在紐約生活，摘錄劉尊祺、吳茂蓀兩文，載「紀念册」，並參考薛著）

自此之後，馮雖仍身在異國，實際上已成爲「無黨之人」了。馮非共產黨人，在出國前，他曾傳語給舊部說：「現在與共黨雖然在北平談和，他們是不講信義，靠不住的，可要小心點」（劉著頁一四四）。可見他根本對共產黨沒信用。不過，其妻李德全却是老共產黨徒，大概是多年前隨馮氏遊俄時正式入黨的。所以後來「人民政府」成立，即得高踞「衛生部」部長一席，而且多年後始將其老黨齡公開出來。馮氏由俄回國後，老幹部日漸淘汰，軍心日漸動搖，馴至有分化投共之舉，多是潛伏內部之李德全及底下一輩日漸滲透全軍的年青親共或投共分子之作祟。李動輒以「非革命」，「反革命」的罪名加在人身上。馮氏之屢屢反對中央的言論與行動，尤其這最末的一次，當然是受了她不少的影響。不過，馮氏始終仍然篤信「三民主義」，只是不喜歡許多「國民黨」領袖人物，也不贊成中央的許多政策措施，則却是事實。他不承認是共產主義者，而自許爲「三民主義」實行者。質言之，他不過是「國民黨」內的革命分子，一如好些靠攏的國民黨員一般。（上據余個人所知。）這不能稱爲「倒戈」，蓋已無「戈」之可倒了。

然而馮此時的意識形態中，懷了極大不幸的錯誤，堅信「中山先生親筆寫的，『民生主義就是共產主義』。這是我們全同胞的寶典，那能隨便更改？更改了這個，便是叛徒。」（見致李濟琛函，載「紀念册」頁一六一）。何以稱爲極大不幸的錯誤？因爲他所引的話並不是　國父親筆所寫，或親口所說的，而爲原來的「民生主義」全文中所無，却是當年混在「國民黨中央黨部」中的共產黨人，私行妄自竄改，而且施用「偷龍轉鳳」的手段將其經　國父修改過的「民族主義」合訂爲一本，以後全部「三民主義」印刷流行，遂致天下一般讀者，均受了誤導，眞是禍及蒼生。此中經過及「民生主義」眞正原文，直至近來始得發現而改正。（詳看 A.S. Whiting, A New Version of San min chu I, Far Eastern Quarterly, May 1955，乃拙著「共產黨竄改民生主義之內幕」，載美國「自由中華」，一九六二、六、一）

三十六年九月九日，馮氏與其志同道合者組織「華僑和平民主協會」，以促進其籲請美政府停止對中國之一切援助。效力雖微，而「國民政府」再不免受中傷矣。十二月廿日，中央宣布召其回國，不應。卅七年之初，「國民黨革命委員會」在香港成立。他被選爲中央委員之一，並任該會駐美代表。這是馮氏左傾親共之正式表示。據我個人之臆斷，他之所以行此一着，無非對於「國民黨」人物與黨、軍、政措施之失望與不滿，認爲不符「三民主義」，故而趨於反動而投向他方，固以爲共黨是足以實現其爲國爲民之理想的。我再敢推測，如果他生存下去，得見共黨執政後之種種措施及人民之痛苦與社會的現狀，他必定成爲第一個反共者，而且又要揭盡他的能力與用盡他的方法，再起革命而進行倒共運動的。須知，共軍中有幾部實力，原是他的舊部，前在江西、山東及他處受了運動而投過去的。却成爲共軍之力量最強悍，作戰最饒勇的部隊，而爲原日殘敗或新編的共軍所不及的（此共黨所承認者）。如果馮得安全回國，看見現象不滿於心而立志反共，還以救國救民爲號召，則攘臂一呼，有如磁石高舉，吸力仍存，其舊部不難投奔麾下而再來一次「倒戈」或「革命」了。或者正因馮氏賦有永恒的革命性，而且具有絕大的潛勢力，所以共黨早已忌他、怕他，與他貌合神離，至終不敢招惹他，容納他吧，我想。上文已說過，他一生志在救國救民，不過所具有的是「單軌頭腦」—由獨自仗賴儒家治道，而至「基督教」，而至「國民黨」，以至「共產黨」，無非一貫的表現。其然，豈其不然耶？願質諸當代學術界史學家之公平的知人論世者。

歸途中逝世

民卅七年（一九四八），馮氏之旅美護照已過期，美國官方屢次加以壓迫（見馮致李濟琛函，載「紀念册」頁一六一）。據其自言，有一美國官員（H）曾向他表示：「我們美國政府是反對共產黨的，是決不能給共產黨合作的；只要你們不要共產黨，我們美國政府，願意幫你們的大忙，用錢用軍火有的是」。又直引其言：「只要你們不要共產黨，我們就不要蔣介石，願意幫助你們民主人士」。馮堅決拒絕，而一力擁護　國父昔年的「三大政策」（以上統見同上函）。因此，美政府「不讓馮玉祥將軍享有在美尋得政治庇護的權利」（美國前內政部長伊斯克原語，譯文載「紀念册」頁一二四）。這即謂不准其再在美居留，無異是驅逐出境。馮氏於是不得不亟謀他適。但究去何方？初擬到香港，但是對他不安全的（同上）。他自然不想託庇於英國或日本。那時，他眞有點慌張；簡直無家可歸，無地可容，無路可走。美政府的表示何異「爲叢驅雀」？卒之他得蘇聯駐美大使潘友新之力助（「紀念册」頁一二一吳茂蓀述），乃得轉往蘇俄之許可證。會夏間，共軍在北方大舉南下，着着勝利，準備在北方召開大會。馮氏亦決乘勢回國參加。據其自己宣布回國目的云：「這次回國，是爲了參加新的『政治協商會議』，籌備召開『全國人民代表大會』，組織眞正民主的聯合政府」（見「告別留美同胞書」，載「紀念册」頁一五七）。顯見他頭腦如舊「單軌」，如舊簡單，實是受了共黨表面上，而在實際上，利用容納異黨異派之欺騙，誤以爲在新政權下可以實現救國救民的「三民主義」。他存心忠耿，動機正直，不過眼光看錯了，脚步踏錯了。結果：致令「親者所痛，讐者所快」！

籌措旅費，也大不容易。原來，馮氏此時經濟非常拮据，卜技利的房子又賣不出去，只有拿房子向銀行押了八千美元，又把傢私拍賣了，才能成行。留下次子夫婦與兩孫在美，說是「在美洲留下馮家一粒種子，永遠爲民主與自由而鬥爭（上見「楓葉」函，載「紀念册」頁一二六）。七月卅一日，他便挈夫人和一子三個女兒及女婿乘蘇俄載重九千噸的貨船「波必達」號(Pobeda)從紐約啓行，出大西洋，假道蘇俄回國。

八月杪，貨船渡大西洋，過地中海而駛入黑海直趨蘇聯境內的敖德薩港。九月一日下午三時，馮氏突遭意外，在船上與其一女被焚死。據官式報告：是日，船上放演電影，影片失愼着火，影響及馮氏，遂因心房病發或受窒息而死亡。一代巨人，遂爾溘逝，年六十有七。

〔**註釋**〕一、關於馮將軍死事，有兩種流行的、歧異的說法。一是遭意外被焚而致命的。據其夫人李德全事後函告友人的一封公開信（無日期）縷述當時情形云：

「先夫是在九月一日，在蘇聯輪船「波必達」號航行於黑海時，突然失火而殉難的。…………在船上，每夜有蘇聯影片放映，他總是鼓勵孩子們不要錯過一張片子。影片的內容，就常常成爲我們第二天吃早餐時的談話資料。

眞是不幸之至，在我們要到達目的地的前一天，一個管理電影片的船員，因爲把膠片捲得太快了，就突然起了火，無法救熄。先夫和我衝出了房艙，但艙外已經是一片火焰與烟氣了。我的臉部立即灼傷，我們又趕快回到房艙裡，被烟所窒息而暈倒在地板上。後來我從窗洞中，被救到了救生艇上，可是先夫因心臟衰弱，就與世長辭了。」（見「紀念册」頁一一九）

李女士運其屍體遺灰回北平後，亦曾公開宣布其去世情形，大致與上函電同。（曾在香港某左派日報發表，惜忘記日期及文辭。）此說，據同時在場、同時受傷者之人證，言之鑿鑿，誠大有可能。然因其在蘇俄船上突然而死，且死得離奇，所以早就引起許多人的疑惑，以爲他實是被蘇俄蓄意謀害者。在劉著（頁一五八）據一位從美回國的友人說：

「馮到美國第二年，被中共和蘇俄所派的人包圍，設好圈，套，說請他先到莫斯科看看，再送他回國。三十七年秋馮上了圈套，便在乘俄輪去俄途中被害。據這位朋友說：『這是史太林有計劃的害馮。因馮在民國十五年，會騙了許多槍彈，又殺了一個俄國顧問。史魔早想害馮，苦無機會；這回既把馮套住，如到莫斯科始下手，恐會引起國際間的指責。史不會放馮回國，也不會願他進莫斯科；就計劃好當輪船一到俄國領海邊，即用毒瓦斯把馮毒死；向外宣布是燒死的。』」

另據一說，謂當時電影膠片失火，在場觀者紛紛逃避，皆慶得生。惟馮氏端坐椅上不能起來，動彈不得，致當堂殞命。顯見其坐椅預先安置電流，及時有人發電，故馮氏不能離坐云。說者又言此是據當時生還者傳出的消息云。（以上係一位寅兄於一九七一年由台灣來港過訪時談話所述，謂親聞自當年與馮等同船者所說的。）

再有一說大畧如下。馮氏在美初欲回香港與李濟琛一致行動，繼因在美的蘇俄特工造謠警告他說「國民黨」已派人行刺他，回港不安全，不如乘俄船直航到俄境繞道回國。馮氏信之乃舉家成行。迨到了俄領海岸，於夜間放映自製的生活電影片。馮氏與女兒並肩坐第一排，影片忽失火。馮夫人李德全未在場，但一聞火警急趨入室，「即聞到極濃厚的毒瓦斯氣味」（著者按：此或是焚燒膠片的臭氣）。她救出女兒，幸暈而復甦。迨再去看馮氏，則船上俄人告以經抬下小艇，往岸上醫院急救。旋說馮氏以受驚過度，心臟陷落而死。「她認定謀殺者是把毒氣暗置於馮的坐椅底下，及時引發，立刻使馮窒息斃命的。」至究竟是何方（蘇俄或中共）因何故害死他的則無人說出來。（上據「馬五先生」—即雷嘯岑：「政海人物面面觀」，載香港「大人」月刊，一九七二年三月第廿三期頁四五，云係「據李德全事後私下對其女婿敘述……實係預定的謀殺計劃。」「這些內幕是十餘年前有位『西北軍』的老友，從北平來到香港，向筆者說出的。」（按：這分明是第四手資料，）內容與上陳之說又有出入。

以上兩說皆有可能。如果被害之說可信，則主謀者必是蓄意害死他全家的，因爲李夫人當場受傷而其一個女兒也同父親一齊遇難。李夫人及其他同行者之不死是僥倖的。至關於李夫人之報告，則懷疑者因她早年隨馮氏赴俄時，已秘密加入共產黨，受蘇俄與中共之支配，埋伏在馮軍工作，對於此事當然蓄意歪曲事實，爲蘇俄諱，所以她的「人證」是未可盡信的。

抑有進者，如其確被毒殺，則主謀和行兇者，當非中共。一因當時中共尚無這些適當人物在美布置，除非由李德全親與俄人布置一切，但這幻想更過分，全無一點迹象，遑問憑據？次因中共當時正要歡迎馮氏回來，即如歡迎李濟琛、宋慶齡女士等，凡「國民黨」軍政要人均極力拉其「靠攏」，以壯聲威及藉以號召其舊部投効，無加害之理也。

綜合以上直到執筆時的資料，吾人站在科學的歷史立場，據「史識」和「史德」說句公平話：因當時眞相難明，確鑿證據未有，難肯定那一說是對的。然憑個人理性的推測，他是死於意外的成分多於死於被謀殺的。因爲共產黨不至主謀，已見上文。蘇俄也無充分可信的動機去害死他。第一，因他從前所得蘇俄的助力實是少數；多數的軍械是備足價錢買來的，所以並非欺騙行爲。第二，反俄、清共、驅鮑，是全「國民黨」共同的行動，不能由他個人負責。第三，蘇俄那時以全力助中共據有中國，自然要助其拉攏馮氏夫婦。第四，殺俄顧問事前所未聞；縱爲事實，必因有罪經軍法處決，且多年往事，那能成仇？第五，如要謀殺他，何以不就在渡大西洋中間實行？抛擲其屍實行海葬，便一了百了，毫無後患；但反而謀殺之於已入蘇俄領海，又要抬之上岸，送往醫院，大起嫌疑，留下痕跡，其謀也忒笨了；蘇俄恐不至行此下策。

綜合以上研究，站在現代歷史家立場而下結論，總因眞實的、直接的資料不足，種種推想，難作定論。究其極，我個人最高限度，只可認爲於「斧聲燭影」的千古疑案外，又增多一宗而已。

〔**註釋**〕二、關於馮氏年歲問題，經著者愼爲考證，斷爲生於光緒八年壬午（一八八二）。薛立敦之馮傳亦同此斷定。依國人計算年齡法，是年爲一歲。證以馮氏自傳所述，亦屢符合無間，如光緒廿五年（一八九九）十八歲，一九〇〇年十九歲，一九〇一年二十歲。照此計算，其去世之年—民卅七年（一九四八）應爲六十七歲。然據「紀念册」一般人及通訊社等均以爲六十八歲。「馮玉祥將軍傳畧」（頁一」以其生於光緒六年（一八八〇），則一九四八年應爲六十九歲，但篇末仍作六十八歲（頁六）。「路透社」莫斯科九月五日電訊，亦以其生於一八八〇年死時六十八歲。「合衆社」同日電同上（頁十、十二）。上文保持著者考證成果，但並錄他說於此備考。

五年之後（民國四二年、一九五三）十月十五日，馮氏之屍體遺灰安葬於其生前兩度隱居之泰山；葬禮儀式隆重。毛澤東、朱德等均致送花圈。共方要人多有親來送葬者。由李濟琛主持葬禮，其二子安放遺灰入土。馮氏在人間世的事跡於是結束。（馮夫人於一九七二年四月廿三日，在北平逝世，年七十七歲。）

關於馮氏之死，吾思之，吾重思之，終以爲其死得其地兼得其時，可說是大幸事。何以故？因爲如果他果回到大陸，向中共靠攏，也許得到一個虛銜，如其他靠攏分子，但以他愛國愛民的志向和思想，及反抗與革命的本性與行爲，當然不滿現實，而出以反對的言論和行動，將必被中共徹底整肅；那時恐怕他挨苦不已，至要死得更慘了。（如孫良誠年逾古稀，還要在上海任挑泥苦工，想已慘死。）是故，他死於是地是時，還落得個未染污泥、乾淨身名，享壽將屆古稀，而安安樂樂撒手上天堂去，豈不是他的福氣嗎？如果要指責他背黨叛國，在法律上祇不過是「意圖」、「未遂」的罪犯罷。不過，這個曠代的軍事天才，千百年不可多見的人豪，一生懷抱和實行救國救民的大志，本來是饒有竟其全功之可能的，終因言行招忌，人事複雜，環境杌隉，竟致有若是之悲慘收場，不能爲國爲民多造實益，賚志以歿。令我不能不相信「新國畫」大宗師高劍父先生之所謂大自然充滿「殘缺美」。他之誕生距今適屆九十週年，我爲他寫完這本傳記，但悼之懷，餘哀不盡，結束全稿之時，猶有說不出的多端感慨，不禁擲筆三嘆：「可惜！可惜！眞眞可惜！」

一九七二年十一月全書脫稿

謙廬隨筆

十四

矢原謙吉遺著

石友三其人，交遊似極廣，而口碑則劣甚。余於友輩邀宴中，曾數見之，而尤以其率軍隨鐵甲車隊，自通州攻向故都失利之後爲最。

石瘦而高，面削長，頗似一般中學學生領袖之外貌。余於「老西北軍」之往還中，每見此輩或戎其裝，或長其袍；西裝革履者，則少之又少，而石則爲唯一之例外。余與之相遇時，幾無次不御西服，與其它「老西北軍」元宿，截然不同。即此亦可見其孤僻不羣矣。

石在「老西北軍」中，每爲人於背後錫以「石么三與么二三」，之渾名。余曾以此詢諸林世則，林曰：北方之骰子賭局中，有所謂「提點」擲得「么二三」者，變化之可能雖多，而命運則極不可測。石之一生，反覆多變，而每每自蹈絕境，其非一專擲「么二三」之賭徒乎？」而所謂「石么三」者，亦即「石友三」一音之轉，與「么二三」之簡稱也。

言次，在座之雷嗣尙，亦謂余曰：「近十餘年，國人之綰樞密與掌兵符者，恒畏馮先生如虎，而尤畏馮先生以「精誠合作」或「効命前驅」自荐。蓋馮系西北軍之勤於叛，善於叛與樂於叛，已深入國人之腦髓矣！最奇者，馮部除宋哲元、劉汝明諸部與劉驥、張之江、李鳴鐘、鹿鍾麟、劉郁芬諸元老外，幾無人不叛馮，無部不叛馮。而最爲馮及其「老西北軍」所憚者，厥爲「石么三」也。蓋石之善變，喜變，尤勝於馮先生多多矣！」

果然，石於兵盡途窮之後，曾丐宋明軒錫以一「保安司令」之職。宋雖不文，而在秦紹文輩襄襄之餘，雖給以名義，撥以經費，而不予人槍，且令其駐防於馮治安、趙登禹與劉汝明各師環逼之三角地帶。故石與宋得以相安無事，石在馮趙劉三將虎視眈眈之下，終無所施其「么二三」之故技矣。

石於「西北軍」中宿將，咸號而不名，雖宋明軒、韓向方，亦非例外。對馮「老總」稱之，蔣則「蔣先生」，閻錫山則直呼之爲「閻老西」矣。渠之口頭禪，輒爲「老哥兒們」。凡屬「老西北軍」者，無一不爲石口中之「老哥兒們」。一夕，余爲張允榮所邀宴，亦即兒玉以中日經濟提携先鋒之資格來華訪問之前後也。余於微醺中，戲詢石曰：「君既呼之爲『老哥兒們』，何乃時叛時降君之『老哥兒們』耶？」

石面不改色曰：「泥菩薩碰了頭，還得叮噹亂响，老哥兒們說不好，揍一塌，那還值得稀奇嗎？揍完了，氣一出，誰贏都是一樣，反正大家都是『老哥兒們』嘛。贏一把，輸一把，又算得了個毬？」

時，雜坐於余與石之間者，爲過之翰，抑李顯堂，余已不復記憶矣。事後，耳語余曰：

「愼之，矢原大夫！石之爲人，險不可測。雖宋韓之流，亦防之惟恐不謹，幸勿以戲言自蹈殺身禍也。」

宴後，石忽堅邀余共乘一車，余遜謝之。石不可曰：

「怎麽您也跟那些吃糧打仗的日本人一樣，硬說是我們樣樣不行！

我石友三再倒灶，坐的汽車也比您個日本大夫漂亮。您坐上一次，就會丟您八代祖宗的臉！」

余無奈從之，石乃大喜。車中笑謂余曰：

「咱石友三這個人，今天在這，明天在那，還沒有個兎仔子敢當着咱的面，說我一句毛延壽！

今天您小子矢原大夫，居然敢問上我這麽幾句，總算您有種！咱就交您小子這個朋友！」

自斯而後，余與石之間，竟時相餽贈。是時，余雖仍獨身，而石則兩度以「海狗鞭」見遺，余遂以之轉贈余病人中亟需此物者。

石爲人俚俗無文而孤高自賞，故雖於「粗人天地」之西北軍中，亦屢起屢仆，無由遂其鴻鵠之志。余性耿直，稔之既久，亦每每婉辭諷勸之。石喟然曰：

「算啦，算啦，打從穿上二尺半這一天，就沒打算能活着從死人堆裡爬出來。

總算咱石友三的命大，沒死個不明不白。

事到如今，能多活一天，就算咱多賺了一筆。有一天，造化大，能做個幾天主席，海陸空軍總司令，那還不都是咱祖上的德性？」

余知其志不在小，禍無止境，惟有無言嘆息而已。

石之外，余於孫占魁亦有一診之雅。長城戰役後，孫曾不時邂逅故都。一日，段其尌伴孫至余診所，蓋孫時感恍惚，友儕咸疑其心臟或神經淪於崩潰。余於診斷後，頗爲樂觀，惟投以鎭定安撫之劑，孫乃大悅。

未幾，孫忽以一紅綢小包見贈，啓而視之，乃簇新之德國製瓦特爾式小手槍也，另附光可鑑人之子彈五十粒。

余以醫者未便携帶武器辭之，孫笑曰：「就冲着你們在北方的勁頭，就是再多十枚，也沒人敢來跟你搗一句麻煩。

再說，誰敢跟你搗麻煩，你就儘管說：這是咱孫殿英送給你的人情，看他敢把你怎樣？」

余之記憶中，孫已兩鬢繽紛，頭頂且已半禿，而目光奕奕，極有殺氣。若以之比於石友三，則孫陽石陰，明顯甚矣。余診所之門房中，有一小「傳達」名閻世鐸者，年既壯而温文如儒生，家中飭其歸鄉完婚，遂不克返，屢馳書丐余乞爲代謀一席之地。時，閻之故土適在孫部防區之內，余乃函孫，央其便中代爲設法。而未幾閻即以四十一軍軍部副官之銜，榮耀鄉里矣。

於此可見，雖「掘墓賊」如孫者，亦偶有足多之處也。

是時，余與陝軍宿將高桂滋，亦頗往還。高雖魁梧，而清秀不類武人。言行間亦屢以「儒將」自許自勵。時任八十四師師長，居於故都絨線胡同。其女高思聰，偉岸有父風，常就診於余，以是余遂稔其家人。

高桂滋固嗜風雅，嘗厚禮卑詞，邀故都名詩人李蓮蘆，假座絨線胡同高邸，按期舉行「雅集」，花前月下，酒肉如林，鶯燕繽紛，觥籌交錯。時或如溥心畬、福開森、傅增湘、王夢白、焦菊隱、吳承仕之流，亦應邀而至。至期，則高師長輕裘緩帶，僅以花園主人之身份，隨同招待，從旁襄助，了無「本帥賞飯大家吃」之狂態。故得與李蓮蘆及衆詞人，相得甚歡，而高邸之壁間，亦琳琅滿目，不少諸君子之佳作矣。

高爲之旣歷寒暑，文風薰陶下，舉止更趨儒雅，其本人則固非咬文嚼字者也。故當時之「實報」副刊打油詩壇主人張醉丐，曾以打油詩詠其事，而戲謂今日華北文壇，眞乃「秦檝高張矣！」語中之高張，即高桂滋與張季鸞，蓋二人皆秦產也。

余聞諸李蓮蘆，高雖未以樂善好施著稱，而文人中有緩急者，輒亦不吝解囊助之。軍中部下知其所好，遂亦以「提拔文材」自勉自任。師部有司書姓查者，以偷薄母老，屢乞假它去，未蒙核准。一怒之下，竟越層上書，逕函高師長陳情乞歸，更附「念母詩」數律。詩雖平常，而高讀之大爲感動，竟破格擢升二級，以遂其接養老母之宿願。一時成爲軍中佳語。

高雖手握兵符，一生戎馬，而於其部隊之裝備與訓練，到遠不如對詩人墨客之注意。余聞稔之者言：高部多子弟兵，遇戰輒以氣勝。每交鋒，高之師部即鄰火線而居。士兵有擅退者，官長即怒叱之曰：「連師長都還在前頭頂着，你就沉不住氣了嗎！」下級官長有擅退者，上級官長亦叱之如是。高級官長有擅退者，高亦叱之如是。最奇者厥爲此語恍若六字眞言，聞之者往往鬥志復振，戰局遂亦轉危爲安。

高部於作戰時，頗類「烏合之衆」，善於膠着不退，而短於攻堅突破。每於混戰中，愈戰愈多，以多呑少，雖傷亡不貲，亦能克敵制勝，故當時在北方有「灶糖軍」之稱。「灶糖」者，歲尾祭灶神所用之麥芽糖也，性極黏，食時不愼，可將搖搖欲動之齒黏去。高部善「膠着作戰」，故有是稱也。

當時，華北爲各軍滙萃之地，系統之雜，番號之繁，幾使人有目不暇接之感。其中最以軍容勝者，當推東北軍之劉多荃、何柱國等部、商震之三十二軍，以及中央憲兵第三團。

東北軍之冬季服裝，爲翻領之大皮帽，且往往有黑皮背心，或黑皮上裝，足登翻毛黃色短靴。乍見之，頗似日本之關東軍。

商震之三十二軍，則多有新式背包，軍毯，乾糧袋，水壺。任哨崗者，甚至頭戴鋼盔，腰佩防毒面具，儼如外國部隊。

中央憲三團，則一律着呢制服，極爲整齊。惟於出勤時頭戴一非洲旅行家所用之「日光盔」，旣無禦彈之力，又不若「銅鼓帽」之美觀耳。

軍容甚差者，爲西北軍，頭戴翻領棉帽，背肩被窩一捲，中裹單刀。身上之棉軍裝，亦極其臃腫之能事。

陝軍如第四十八師，晉軍如傅作義部；雜牌隊伍如第五十五軍，以及馮占海亦均大率如是。

軍容最差者，當推劉黑七、孫魁元、石友三諸部。其軍裝之參差，實出人意料之外，甚至除大翻領軍帽、「銅鼓帽」與「寬邊軍帽」之外，尙有頭戴斗笠形軍帽，草帽，以至於美式呢帽者。頭裹毛巾如農夫者，亦頗不乏人。最奇者厥爲竟有官長，半裸其遍體刺繡之上身，肩上載一鷹或鷦鷯者。亦有身着長袍，而懸一「盒子炮」於其外者。另有一怪現象，則爲官長中戴黑眼鏡者頗多，雨天亦然。

余聞之日軍中曾與役長城之戰者，此數軍中，以狀如「北極熊」之西北軍，作戰時最爲驃悍。中央軍之二十五師與第二師，雖軍容平淡無奇，而前者之善戰，遠在一般人想像中之中央軍之上。東北軍雖感國難家仇之交併，更甚於其袍澤，而於作戰時，其水平則距軍容遠矣。商震之三十二軍，爲土肥原輩錫以「少爺兵」之名，其戰鬥力，尤遜於東北軍。而商亦頗識「賭徒保本」之道，雖當重任，亦絕不輕易傾其精銳，孤注一擲也。

（未完待續）

香港詩壇

宜樓秋宴 次念因韻

高韞賜

約踐中郎遠近賓、清罇重對北南人、屐痕同挂高峯路、筆氣分融上國春、淡泊江湖騰獨夢、逍遙天地託孤呻、一樓詩味濃於酒、醉入秋心又幾巡。

（二）

詩骨嶙峋座上賓、天留刼罅著斯人、相將健筆吟高韻、付與名樓駐古春、十里秋光供一醉、萬家煙火隱千呻、憑欄縱目滄波遠、帆帶鄉心過幾巡。

前題

李長風

二度宜樓會衆賓、相逢盡是刼餘人、虛徐北海能延客、酬唱爐峯不計春、往事縈迴增感慨、高樓展轉費吟呻、且將綠螘澆胸壘、縱飲淋漓過幾巡。

前題

張江美

飛盞傳牋座上賓、宜樓猶見古風人、茶添詩意何醉酒、菊抱秋心不向春、側帽看雲驚雁過、長歌按劍仰天呻、江山一帶都如畫、笑借深杯放眼巡。

前題

文叠山

北海觴開滿座賓、題襟還憶昔時人、雲高秋色無窮意、畫重天香不老春、檻外泉流縈旅夢、山中木落動吟呻、知君故劍情難遣、漫興竹林酒數巡。

前題

趙湘琴

滿座衣冠盡上賓、論詩自笑是巴人、高談未使樓長寂、淺醉能教氣轉春、世變孫登猶嘯傲、途窮阮籍豈寒呻、秋光方好溪山爽、不管青洲第幾巡。

前題

毛偉凡

秋來文會又延賓、足見中郎吾道人、四座彬彬風尙古、一堂靄靄氣如春、不容山鶴閑棲老、且聽江龍慷慨呻、珍重高情同北海、醺醺笑我過三巡。

重九集新蘭亭

陳定山

惆悵秋來一整冠。每期於與劇清歡。天涯厭取蕪城住。日影愁看鴈字單。萬里飄蓬隨轉轂。重陽無菊且憑闌。嗟余寄跡孤雲外。點點寒鴉沒渺漫。

南冠西陸共聞蟬。俯見清涼畏逝川。沙上羣鷗爭岸幘。軍中人柳欲書鞭。江山小閣危斜日。風景新亭似去年。舉酒毋忘今在莒。金門畫角固依然。

九日夜登爐峯

包天白

策杖爐峯百丈巔。碧空如洗夜無烟。登山道似腸盤曲。歸路車如水倒懸。五色繁燈看市遠。十分秋意怯風前。此間猿鶴常清嘯。飄蕩吟聲上九天。

前題

徐義衡

長洲已遂閑鷗願。又作山猿自上山。新月在天人不寐。蒼松黃菊意悠閑。

重陽後一日再聚宜樓 次念因韵

前人

老矣葵心喜向陽。登高此日共飛觴。宜樓菊放添佳色。曲院秋深透曉涼。把盞低吟君獨傲。撚鬚索笑我獨狂。殊方未覺爐峯小。又在爐峯聚一堂。

壬子九日華岡雅集

王質廬

健筆題糕愧不才。寒齋吟債忽相催。羣賢約向華岡集。佳節懸驚疾雨來。隔岸江楓千葉落。故園籬菊幾花開。年年未敢登高望。爲恐荒涼觸目哀。

編餘漫筆

編者

這一期出版後，一九七二年就快過完了，下一期本刊將進入第三個年頭，回顧過去十六期，承蒙各界同文紛賜佳作，使本刊日趨充實，因此，也深得各方看重。台灣、南洋報刊雜誌均大量轉載。以台灣而論，十一月份出版之藝文誌就轉載本刊「翁照垣淞滬血戰史」（第五期），「尹奉吉一彈殲羣魔」（第八期）、革命元勛馮自由（第九期、藝文誌改名爲馮自由與革命逸史），春秋十一月份計轉載「從九一八到滿洲國的登場」（十三期春秋名爲「僞滿血淚史」）、「從武漢失利到長沙大火」（十三期春秋易名爲「張治中和長沙大火」）。

本刊對此，不僅毫無惱意，而且至感榮幸，文章本天下之公器，本刊作品蒙同行轉載，自然是文字有價值，否則春秋與藝文誌何以不載其他刊物作品，獨獨垂青本刊。尤其是本刊既未向僑委會登記，更未申請進口，在台被視爲禁書，能藉兩份有地位刊物擇其最佳者轉載，使國內讀者可以讀到，眞是功德無量，本刊同仁感激尚且不暇，自無絲毫忮心存乎其間。因此，本刊歡迎台灣刊物轉載，更不要求注明轉載自本刊，因爲這在台北刊物確有困難，而在本刊既不願在台灣銷售，更不希望藉此傳名，雙方均無此必要。不過，兩家刊物轉刊時，故意更改篇名人名，如春秋所刊兩篇全部改名，藝文誌更把鐵嶺遺民截去一字改爲鐵遺民似乎不必。本刊在此敬告兩位同業，不必爲此藏頭露尾之舉，因本刊決不會對此提出交涉，而本刊在台北並未流傳，私人郵寄皆不能寄到，貴刊物既未注明出處，讀者祇當作貴刊作者自行投稿，若改篇名與原意不符，反而使文章遜色。

但本刊對「春秋」不能不有一點遺憾，就是有關矢原楡安先生作品，此君是位德藉日人，在美國商業機構服務，精通英、德、日三國文字自不待講，而中文造詣也相當高，其對中國現代史研究之精記憶之博，中國人很少企及，所有在本刊發表文字，皆以中文寫出，編者從未增刪文字，此爲本刊上萬讀者共見之事，何以台灣春秋月刊轉載其文，竟在矢原愉安著之旁，加上一個丁允謀譯，以中文譯中文，究竟是如何譯法，固然未之前聞，而所譯之作，與矢原君原作又不差一字，此種譯文亦鬼斧神工矣。

台灣春秋此一作風不惟有損於己，亦且有害於國，何也？先說前者，春秋在港亦有銷售，春秋讀者看到此篇無不氣憤，指丁允謀無賴，此尚是小事。關於後者矢原君對此不肯干休，要在台北刊登廣告，說明此事經過，經編者苦勸乃止。但矢原君一身與美、德、日三國新聞文化界皆有關連，且經常往來三國之間，編者可以勸其不刊廣告，但不能禁止其到東京、柏林、紐約不將此二十世紀奇聞傳播於外，使外國文化界人士對中國文化界輕視、鄙視。我們宣揚中華文化，千言萬語外人未必相信，像這種小事，一件被人抓住，則深入腦際牢不可破。當茲國步艱難之際，每一個讀書人即使不能替國家作點好事，但起碼也要替自己國家留點體面，不要再作踐自己國家才是。

本刊旨在研究發掘近代史料，埋頭作自己事，不同任何人爭名爭利，不但未向任何方面打過錢的主意，連廣告都不願刊登，就現刊廣告皆是奉送。全靠發行維持，而發行又自動剔掉台灣。就因爲領教了台灣的文化界、文化人有意想不到之本領，無法應付，寧願躲在一隅，自辦自己的事。不料又蒙春秋垂愛，鬧出這麽一件事，使編者在外國朋友面前失盡顏面，眞不知從何說起。

下期本刊更增加許多重要文字，計有用五先生「汪精衞脫離重慶始末記」，係根據當時日記撰成。岳騫「折戟沉沙記林彪」是公平評述林彪一生。還有一二八戰役前夕十九路軍軍事會議紀錄原文，是一二八戰役眞史，最爲珍貴。尚有「一個女記者日記」，記述二十年來台灣政壇軼事，加上原有各篇，皆爲不可多得作品。

樓觀大明昆

月刊

17

掌故

野史・佚聞・人物・風土・

一九七三年一月十日出版

中國抗戰畫史 第二集

主編者：龔 輝　出版者：歐亞文化事業公司

中日之戰是我國有史以來，規模最大的戰爭，本公司出版之「**中國抗戰畫史**」為最有價值之珍貴歷史文獻；從一八九四年（**甲午之役**）日本開始侵華起，至一九四五年日軍向我國無條件投降止；所有重要史實重要戰役盡入畫圖中。

本公司最近又搜集珍貴歷史文獻，考據重要圖片資料，續編成「**中國抗戰畫史**」第二集。中日雙方戰畧與戰術之進退，以及我國軍民浴血苦戰的悲壯鏡頭，另有更多圖片介紹。其中如淞滬防禦戰，華北防禦戰，喜峯口大捷，太湖南北地區諸戰役，南京防禦戰，及蕪湖杭州戰鬥，南京大屠殺，武漢會戰，長沙第一次會戰，長沙三次大捷，怒江戰役，重慶大轟炸，再有精美圖片和詳盡報導，現在閱讀尤如身歷其境。

本公司已經出版之「**中國抗戰畫史**」，及「**第二次世界大戰畫史**」第一集與第二集。各項圖片彌足珍貴，文字說明生動雋永，是研究歷史的重要參考書。本書（**中國抗戰畫史第二集**）圖文並茂，較之亦不遑多讓。

全書十六開精編精印。精裝本，只售港幣叁拾元。平裝本一冊，僅售港幣壹拾元。

經已出版。【付印無多，欲購從速。】

總代理
吳興記書報社
地址：香港租庇利街十一號二樓
電話：H四五〇五六一
Ng Hing Kee Newspaper Agency
No. 11, Jubilee Street, 1st Fl.
HONG KONG

香港經銷處
南天書業公司（灣仔軒尼詩道107號二樓）
廣文書局（大道西306號）

九龍經銷處
德興書店（旺角奶路臣街15號B）
吳興記分銷處（吳淞街43號）

外埠經銷處

星馬婆	遠東文化有限公司
曼谷	青年文化服務社
菲律賓	玲瓏書店
越南	聯興書報社
紐約	友聯圖書公司
三藩市	福民書局
三藩市	新生圖書公司
三藩市	文化書店
波士頓	中西公司
芝加哥	杏林春
檀香山	大元公司
倫敦	東寶公司
洛杉磯	永安堂
加拿大	香港百貨商店
澳門	可大文具店
斗湖	光明書局

掌故月刊 第十七期 目錄

每月逢十日出版

掌故

第十七期

一九七三年一月十日出版

每册定價港幣二元正

全年訂費港幣二十元 美金五元

出版兼發行者：掌故月刊社

地址：九龍亞皆老街六號B

電話：K八四四六七三

The Journal of Historical Records
6.B, Argyle Street, Mongkok, Kowloon, Hong Kong.

督印人：鄧少卿

總編輯：岳騫

印刷者：和記印刷有限公司
新蒲崗景福街一一〇號超達工業大廈十樓

總代理：吳興記書報社
香港租庇利街十一號二樓
電話：H四五〇五六一 H四五〇七六六

星馬代理：遠東文化事業有限公司
新加坡廈門街十九號
檳城沓田仔街一七一號

泰國代理：曼谷青年文化服務社
曼谷黃橋東北路五六六號

越南代理：聯興書報社
越南堤岸新行街二十二號

其他地區代理：

澳門：可大文具店
亞庇：利民公司
千里達：中華公司
菲律賓：華安書局
倫敦：東寶公司
芝加哥：杏林春
波士頓：中西公司
三藩市：新生圖書公司
三藩市：益智圖書公司
加拿大：香港商店

漢城：汎亞書籍公社
寮國：永珍圖書公司
斗湖：光明書店
菲律賓：玲瓏書局
紐約：友聯圖書公司
紐約：友方圖書公司
洛杉磯：永安堂
檀香山：大元公司
三藩市：文化商店
加拿大：新國華公司

南京大屠殺眞象

關山月

本刊上期刊出南京大屠殺經過，要算是本世紀最大慘案，是日本帝國主義者最醜惡、最瘋狂的一個行動；是中國人千秋萬世忘不了的深仇大恨，也是日本人的子孫所永遠應當引以爲恥的事。

對這個血腥事件直接負責的谷壽夫，以及間接負責的松井石根，雖然都在戰後受了死刑的處分；但那千千萬萬被屠殺了的人，當然也並沒有一個因而復活。

那時，在谷壽夫的死刑判決書上，曾經發表一個中國官方的死亡統計：

「集體射殺者，十九萬餘人。

此外零星屠殺，其屍體經收埋者，十五萬餘具。

被害總數，在三十萬以上。」

日本關於這方面的數字，實際上是沒有的。那時，官方一向對這件事諱莫如深；就連報紙上也從來沒有公開提過。所以，東京朝日新聞，才會在一九四六年七月，當日本人民第一次白紙黑字地讀到了這筆血債的時候，用自責的口吻，在社論中說道：

「南京暴行，彼時舉世皆知。而日本報章，對於南京事件之眞相，並無隻字之登載。

回憶及此，不勝慚愧。」

而唯一可以提供些參考的軍方資料，又正像松井石根在戰犯審判庭上說的一樣：

「當時共事之人，或已死去，或成戰犯。所有檔案，或已散失，或被焚毀，根本無從追究調查。」

在這種情形下，只賸下了當時「國際救濟委員會」的統計數字，還可以用來參考一下。但它又失之過於保守，只限於由南京紅卍字會經手收埋的那些犧牲者，所以只能說是在「四萬三千人以上」。

其實，就連這個數目，也眞正夠駭人聽聞的了。

下面就是一束和這血腥事件直接有關的文件，除掉少數是日本人絕無僅有的自白以外；其餘都是親歷其境的中立人士的客觀報導，以及東京戰犯審判庭上幾個主要證人的發言，其內容的眞實性，是和戰時敵對兩方的宣傳品，完全不能同日而語的。

（一）

日本的新聞界，雖然沒有及時地報導過「南京事件」，但却曾經有聲有色地報導過一個南京城下的「殺人比賽」。

它的全文，刊載在一九三七年十二月的東京日日新聞上，標題是「紫金山下」：

「宮岡准尉和野田准尉，曾經約定作一個手刃一百個敵人的比賽。

十二月十日，兩人在紫金山下重逢，彼此手中都拿着砍缺了口的軍刀。

野田說：「我已經殺掉了一百零五個。你呢？」

宮岡道：「我殺了一百零六個！」

兩人同時大笑起來道：「哈哈，宮岡様多殺掉一個！」

可是，他們却確定不了究竟是誰先殺掉了一百個人？因此，這兩人就決心：這次不算，重新再比賽一番，看誰能先殺掉一百五十個人!?

從十二月十一日起，這個比賽又在進行中了。」

那時的大阪朝日新聞戰地記者，頭腦顯然淸楚得多，所以，他才在通訊中這樣寫道：

「日軍此次作戰，雖然佔了優勢，但軍隊的質素，却已經壞得一塌胡塗……官兵的犯律，糟到無以復加。遇到女人，不問老幼，任意姦淫。強姦之後，還要加以殘殺。遇到壯丁，更是一律處以死刑。種種慘酷行為，違反人道。……：搶了東西，還要燒房子。上行下效，無法約束，這是日本一個最大的隱憂。」

這也就難怪那位連在日本的戰時內閣，三次出任外相的重光葵，在被列入A級戰犯之後，在他的回憶錄中慨然長嘆道：

「南京入城的主要行動，不幸是中島師團的暴行。由於「南京日軍大屠殺」，哄動了世界，就使得日本在國際上名譽掃地。」

（二）

據當時在南京的紐約時報記者杜爾登，在報上寫道：

「在殺却繳械投降的中國士兵之後，日本軍隊又在南京城裡大事搜索，把有當兵嫌疑的老百姓，加以逮捕。

在難民區的一座建築物裡，就捕去了四百人，成串地用繩子綑綁起來，每串是五十個人。

然後，前後用機關槍和步槍押送到刑場去執行。

我曾經目睹兩百個人在南京的江岸上被殺，前後一共只費了十分鐘的功夫。

他們先叫這些人靠牆站成一排，再用機關槍掃射。然後又由一些日本兵，拿着手槍在屍體堆中走來走去，只要看見有人還在蠕動和掙扎，就馬上再補他一槍！」

他的一位同業，英國曼徹斯特導報的記者田伯列，也引用過一封從南京城裡寄出來的私函道：

「被殺的人，已經在一萬以上……他們都是繳械投降了的中國士兵。……

另外還有許多女人和小孩，也遭到了槍殺和用刺刀扎死，常常連任何藉口都沒有。

我的德國同事估計：強姦的事件，已經發生了兩萬起，我認為至少也在八千件以上。……

光是在金陵大學一個地方……我知道詳細經過的強姦案，

就有一百多件。得到了確實證據的，也有三百件。

這種痛苦和恐怖，是沒有辦法想像得出來的。光是在金陵大學一個地方，小到十一歲，老到五十三歲的女子，都遭受到了強姦。

在其它的難民羣裡，甚至於連七十多歲的婦女，都逃不掉被強姦的命運。

在校塲上，十七個日本兵，在光天化日之下，輪姦了一個女人。

實際上，三分之一的強姦案，都是在白天發生的。

城內的每一幢房子，包括英國、美國和德國的大使館，大使官邸和許多外僑的產業，都遭到了搶刧。……

這種情形，還在繼續中。在難民區之外的地方，就蹂躪得更加利害了。

現在南京沒有一座商店，只有國際救濟委員會的米店，以及一座軍用商店。

大多數商店，都在被搶過之後，又由三三五五的日本兵——顯然在官長們的授意之下，有系統地用大卡車把貨物運得乾乾淨淨，然後一把火燒掉。

這裡每天都要發生許多次火警；許多房屋都是被日本兵故意燒掉的。現在我們還保留了一些撿來的化學品，它們都是日本兵拿來放火用的。

放火的全部經過，都是我們親眼看見的。

難民們的錢、衣服和被蓋、食物，都被搶得乾乾淨淨，眞是慘絕人寰啊！

在最初的八九天裡，沒有一個人不是面無人色的。……這裡既沒有商店，交通工具，也沒有銀行。熱鬧馬路上的房子，都已經被燒掉了；殘存的也都被搶得空空如也。……

難民區裡現在有兩萬五千人。另外還有一萬人的吃和住，也全靠國際救濟委員會，來替他們解決。」

（三）

在南京的戰犯審判庭上，對「南京大屠殺」這個血腥事件，發過言的主要證人有六個，其中的兩個美國人，一個是南京難民收容所的負責人；三個是被殺而未死的南京老百姓。

據南京易手時的金陵大學史學系教授皮特斯，在庭上作證道：

「日本兵姦淫南京婦女。是日以繼夜地幹的。有時甚至於在大街上就強姦起來。在一座公墓裡，曾經有十七個日本兵，輪姦了一個女人。還有一個九歲的小女孩，和她那七十六歲的祖母，也都被日本兵強姦了。

日本兵曾經從金陵大學校舍裡，捕去了兩百個中國老百姓，當天晚上就把他們槍斃了！

和他同時在金陵大學服務的威爾森醫師，也根據自己在金大醫院外科部的「臨床記錄」，在庭上指出：當時由他救治的病人中，有由於強姦而傳染到梅毒的十五歲女孩；有頸骨被軍刀幾乎完全砍斷的婦人；有臉部被槍彈射傷，身體被汽油燒焦了三分之二的青年男子；也有肚子被刺刀扎破了的八歲小男孩。……這些人的傷痕照片，都由威爾森醫師交給審判庭，來做爲控訴的證據。

那時在南京的國際救濟委員會裡，主管「難民收容所」工作的許傳音博士，也在庭上以證人的資格，相當詳盡地介紹了南京被蹂躪的情景。他說：

「南京陷落時，市內華軍，並無抵抗，難民則到處皆是。瑟縮街頭，情形極慘。國際人士組織了委員會，來從事救濟。獲得了日軍同意，設立難民收容所二十五處，計共收容難民三十萬人。

日軍……初入南京時，如已飲狂藥一般，看到不順眼的人，手起刀落，立加殺害。

入城後的第三天，日軍曾陪我前往市區巡視。看到的全是屍體，踏着的全是血跡。單就一條大街而言，我一面走着，一面默計屍體數目，僅走半條街，已達五百具，……只得掩面而過，無法再數下去了。

這裡我須鄭重指出的：即這些屍體全是老百姓的裝束，其中並沒有一個軍人。國際會與日方協商時，曾經訂有一項規定：即凡帶有武器的，不准走入難民收容所所在的安全地帶。其用意是兩方面的：一爲使難民得到安全保障，一爲預防日軍藉故騷擾。但日軍於此規定絕不理會，往往借口其中藏有中國軍人及抗日份子，不時前來搜查，並將難民帶走。

有一天，我與紅十字會職員正在分配難民食糧時，突來日軍多名，進門後即將大門緊閉，取出繩子，逢人便綁，約共一千五百餘人，連成一大串，然後開門押走。

我立即向國際委員會主管人羅比報告。旋由羅比親往日方特務機關，提出抗議，要求釋放。相持歷一句鐘，不得要領，嗣由日方約定於翌晨答覆，羅比始行退出。

詎至翌晨，國際會與紅十字會附近，陡聞密集的機關槍聲，趕往一看，則此一千五百餘人，均已成爲槍下之鬼，全遭擊斃了。……

日軍對於婦女的蹂躪，其殘忍凶暴，實爲世所少見。他們不擇時地，不分老幼，獸性發動了，卸下褲子，立刻蠻幹。往往成羣結隊地坐着卡車，闖進難民收容所，強拉女人，即就廊下或桌子上，姦淫一番，並不避人。

被姦的對象中，有些還是十三四歲發育未全的小姑娘，血跡斑斑，慘不忍睹。他們洩慾後，尚不罷休，把骯髒的東西，塞進她體內，然後呼嘯而去。

某一家屬，划船過江時，被巡邏艇上的日軍發現了。……以檢查爲名，紛紛跳了過去。他們首先將船上的小伙子宰了，把屍體拋入江中。繼即把少婦推倒，剝去衣服，挨次輪姦。

船中還有一位老頭，即爲少婦的父親和小伙子的岳丈，眼巴巴地看着這般暴行，人都嚇呆了。

迄至日軍興闌囘艇，這雙父女也就躍入江心，葬身魚腹去了。

以故那一時期，南京居民隨時都有被殺害的可能。廣場上的集體屠殺，尚屬有數可計。其在江心僻壤遭害的，則殊不易發覺。

因此，這次南京人的死亡總數，委實無法統計出來。我所能正確指出的，即爲紅十字會經手所掩埋的屍體，先後便達四萬三千具之多！

那三位代表南京老百姓，到東京去做證的人，都是眞眞正正從鬼門關裡逃出來的。

其中的伍長德，本來是南京的一個警官，據他在庭上說：

「南京陷落後，我們三百多警官，都被日軍逮捕，拘禁於司法院。

十五日，日軍正待把我們從司法院押走時，國際委員會（救濟難民機構）適來兩人，告知日軍：這些人與軍隊全無關係。揣其來意，似爲我們求情。

日軍置之不理，仍在刺刀下驅遣我們列隊，直向大西門走去。

未出城時，我從門洞中窺見前面架有多梃機關槍，已知不妙。

一出大西門，機關槍聲便如暴雨驟降，卜然作响。前隊同寅，應聲而倒，紛紛墮入護城河中。

幸虧我排在行列的中段，不致首當其衝，急中生智，預作準備。在路出門外時，我便緊隨前面那位吃了槍的一同倒了下去。這時河中早已爲屍體塡滿，門外草地上，亦已血肉狼藉。我便伏在死屍身上，佯裝死去。日軍猶不放鬆，向我踢上幾脚，又在我背部刺上一刀，這一陣劇痛，是可想見的。但爲保全命根，仍得咬緊牙根，吞聲忍痛，裝成混身全無知覺的模樣，才被我朦混過去。

日軍於屠殺完畢後，旋在屍體上遍澆汽油，意在毀屍滅跡。也許是他們太累了，或因天色已晚，未經燃火，臨時收隊而去。

我於深夜才從屍堆裡爬出來……，所幸像我這種詐死的還有幾位。在他們扶掖下，我們同逃到近村的一座空屋內，又幸這近村的居民全是善良的人，每天送來一桶粥，才得苟全殘喘。

如是過了十天，我才逃回南京城，在金陵大學醫院裡住上五十多天，承威爾森醫師爲我治好背創。……

據我所眼見的，這次屠殺，包括警官在內，約有二千餘人。」

另外一個被殺而未死的南京人，叫做尚德義。他說：

「一九三七年十二月十六日上午十一時左右，我被日軍中島部隊從家中捕去，同時被捕的，尚有胞兄堂兄及鄰居多人。被捕後兩人縛成一串，押往下關。

一瞥眼間，下關廣塲上已集中被捕者一千餘人。離前面約四五十碼地，並架設機關槍十餘挺，槍口正向我們對着。下午四點前後，日本軍官跑來，咕嚕幾聲，似命日軍開始掃射。我看到日軍的手指搭上槍機，正待扳動，即乘此間不容髮之際，在槍彈剛射出前，倒在地上。一霎間，許多屍體都向我身上倒下來，我在重壓下幾至窒息而死。經過不斷的掙扎，熬到夜晚，好容易才在屍堆裡匍匐逃出。」

還有一位出庭做證的南京老百姓陳福寶，雖然兩次被日本兵拉出去等死，却幸而都化險如夷。據他說：

「日本佔領南京的第二天，……在難民區帶走了三十九個人，我也在內。

日軍認爲我們都是僞裝難民的軍人，其辨別方法，只在我們腦袋上檢查：有無戴帽子的痕跡？簡單可笑。其中三十七人，痕跡顯明，都被當塲擊斃。唯我和另一位，得以倖免。……其實那些被擊斃的，多是我的老街坊，自頭到脚，絕無軍人氣味。帽子戴緊了，無論其爲軍帽或爲普通的帽，腦袋上總不免留有痕跡，因此送命，他們是死得太寃了。

十二月十六日，我又莫明其妙地被捕了。這回所捕的多是壯丁，處死方法却十分別致。他們命令被捕的人：一對一地和日軍作摔跤比賽。被日軍摔倒的當塲刺死，反之可以釋放。

在恐怖氣氛下，無不胆戰心驚，誰敢放胆搏鬥？我却拚着一死，使盡勁兒，和日軍摔個平手。幸運地我又第二次死裡逃生了。

我曾兩次目睹日軍強姦的暴行。第一次即在日軍入城後第三天……。日軍帶了一個我們鄰近照相館的老板娘，闖進我們家內，把我全家攆走。

隔了十多分鐘，我們瞥見日軍走了，跑回家去。聽到那位老板娘正在房中啼哭。何事傷心？其情可想。可憐這老板娘還是一個孕婦呢！

第二次見到的，即爲日軍三人在聾啞學校內，輪姦一個十六歲的啞吧姑娘，日子却記不清了。」

雖然已經事隔了三十六年，這些一字一淚的資料，還讀來令人心驚肉跳，日本的軍國主義者，當年在善良的中國人民中間留下的血債；以及他們在下一代日本人良知上留下的包袱，眞正是多得怕人！「南京大屠殺」，就是一個最好的例子。

汪精衛脫離重慶始末記

—抗戰日記摘錄—

。用五。

前言

民國二十七年（一九三八），亦即抗戰第二年的冬天，汪精衛以中國國民黨副總裁，和以前行政院長的身份，突然全家秘密出走，離開了抗戰首都重慶；到了河內十天（十二月廿九），才發表艷電，主張對日和平；半年後，再前往東京，與日本首相平沼簽訂和約，然後回到上海，組織黨部；廿九年三月，更成立政府於南京，號召和平救國；他這一連串的行動，自然是國民黨黨內的大事，也是抗戰史中的一件大事。

汪氏的出走，雖以對日和戰問題爲中心，然而也帶有派系衝突，權力鬥爭，以及私人恩怨，感情衝動，種種複雜因素在內，這是留心我國近半世紀政治實情者所能了解得到的。

近檢民廿六至民卅三（一九三七——四四），抗戰期間，我自己逐日在南京、漢口、和重慶——幾個當時政治中心——所寫下來的日記，其中有關汪氏出走前後的見聞，足以參證汪氏出走原因的頗爲不少。

如今事隔三十年，汪氏逝世亦已二十八年，此等紀錄，雖有些得自傳聞，或彼此尚有矛盾，未必完全可信；但大體言之，對於史家撰述，或談抗戰掌故者，仍有參考價值；因依原來形式，一一摘錄出來，成爲此篇；文字間有增删，事實務求保存原紀錄眞相。

汪氏離開重慶，爲廿七年十二月十八日的事，窮源竟委，必須遠從廿六年初，汪氏從歐洲養傷回來的時候說起，（汪氏於廿四年行政院長任內，爲刺客所傷，旋赴歐洲療養，廿五年冬，西安事變後，日本侵華日急，遂於廿六年初回國，共赴國難；）故本篇所錄，始於民廿六年，一月十二日，即汪氏回到上海之前一日；終於卅三年，十一月十三日，汪氏病死日本的消息在重慶發表之日；經過時間，差四十七日，即滿八年。不過，其中民卅及卅一兩年日記，已全部遺失，這兩年內，有關「和平政府」的見聞紀錄，現已不可復得，這是非常可惜的。

汪氏以詩詞名，他的作品和他的政治生活有關的也很多；讀他的詩詞，可以了解他的思想和性情，亦可以有助於對他政治生涯的考訂。我的日記裡，有幾處提及他的詩詞，吳稚暉氏且比汪氏爲李後主。因此，我特將汪氏抗戰期間的作品，擇其和政治生活有關的，畧加疏引，寫成「汪氏詞詩和政治生涯」一文，附錄本篇之後，藉供讀者參考。

一九七二年七月　日香港

民國廿六年（一九三七）

一月十二日

下午乘快車由京赴滬，候迎汪先生（精衛）由歐洲回國；車到常州，因爲北上兵車所阻，停一小時餘；夜十一時半始到滬。

一月十三日

上午十一時到褚民誼宅，洽取明日迎接汪先生的登船通行證，證由海關發出，索者極衆。

一月十四日

接汪先生船的，都不能夠在船上和他見面，中央大員和滬淞警備司令，亦不例外；碼頭羣衆及團體代表，更無論矣。我和幾個朋友到公和祥碼頭後，見情形如此，急往褚宅，幸得見面，且爲第一批訪客，可謂不虛此行。警備司令楊虎，因迎候不及，前往褚宅，大發牢騷；孔副院長亦先到碼頭，再到褚宅，才得見面的。

一月十六日

汪先生定下星期一由滬來京，黨政各機關正準備歡迎。

一月十八日

上午八時到明故宮機場，歡迎汪先生的人很多。八時十分，飛機降落。汪先生下機後與衆握手，旋赴中央黨部出席紀念團演講；寓褚民誼宅。下午，新聞記者求見，汪先生囑我代見，記者多失望，某記者竟對我說，余等決非行刺的記者。

一月廿日

孔副院長請汪先生吃中飯

一月廿一日

行政院各部會首長，下午四時，假座國際聯歡社，舉行盛大茶會，歡迎汪先生，各部會簡任以上人員一律參加。軍事委員會的副委員長馮玉祥來了，但少坐即去。汪先生的演講很動人，時間也頗長。

一月廿二日

汪夫人假褚民誼宅，宴請和汪先生私交較密的朋友及家屬，客共三桌；宴後，汪先生前赴中央黨部作歸國後第一次廣播演說，題爲「如何救亡圖存」，數日來，汪先生所作長篇演講不少，西安事變後，時局極見紛擾不安，至此，似頓呈活潑氣象。

一月廿四日

汪先生乘機飛甬，與蔣委員長會晤。

一月卅日

接汪夫人電話，到頤和路褚宅。汪先生擬下星期一出席國府紀念團，報告外交問題，囑向文官處接洽，轉向林主席請示。

二月一日

汪先生出席國府紀念周，講「救亡圖存的意義」，內容與前此數次演講無大出入。

二月二日

到頤和路褚宅，見曾仲鳴，談香港南華日報經費問題，適汪先生外出回來，謂李宗仁因不滿南華日報所出胡椒小報，連帶不滿意於汪先生。兩年前，公博已將此事告我，當時去函香港查詢，據主編梁君覆信，謂外傳胡椒揭發李宗仁夫婦私事，並非事實，此時何以尚有人提及此事？即以經過告汪先生，因主張把胡椒停刊，汪先生亦以爲然。

二月三日

上午十時到頤和路褚宅，汪夫人因患感冒，用藥爐蒸汽治療，仲鳴次高及美美姑等在傍，汪夫人方對彼等滔滔演說，余亦靜坐一傍。演說大意，希望大家時刻用心，力求上進，勿成爲知識落伍分子；她說汪先生左右，有學識能力，可以幫助他做事的，實無幾人，殊可痛心。又說，她自已十七歲起即開始做事，跟着生兒育女，沒有機會做學問功夫，不過，始終不忘記，做事不忘讀書的道理，現在許多人的毛病，便是讀書不管世事，做事的又不求學問上進。又說，現在的社會還是輕視女子，自已想替社會做點實際的工作竟不可得；想再讀書，則又不免有人說是矯情，眞令人憤悶；她說到悲憤的地方，淚隨聲下，至爲動人；最後，她說，我的處境實在很苦，有時覺得生不如死了。演說歷時半小時以上，以余所見這是汪夫人第一次流淚，窺其用心，似係針對仲鳴和次高兩人而發。

三月二日

汪先生從上海回京，因到頤和路進謁，爲英使約見面時間，並報告中山學社開會情形。（反共組織，三中全會決議成立，二月底開成立會。）

三月十三日

汪先生乘機飛太原，轉到綏遠，參加陣亡將士追悼大會，十二時半從明故宮機場起飛。

三月十八日

汪先生從綏遠回京，下午一時四十分飛機降落機塲，即返頤和路褚宅。

四月十二日

上午十一時到頤和路，和汪先生談二十分鐘。汪說，他現在對於政治，專做解決問題的工作，比以前做行政院長好，因爲不必忙於處理公文和人事也。又說，蔣先生和他都主張召開國民大會，但陳氏兄弟似乎暗中設法阻撓。

四月十六日

到頤和路褚宅，聞汪先生陵園新村住宅改造工程，經已完成，即將遷居。

五月十四日

汪先生應中山學社邀請，於下午八時，到勵志社演講，王漱芳做主席，出席社員百餘人，九時半散會。講詞雖甚平常，仍娓娓動人。

六月十八日

汪先生舊病復發，有脉搏間歇之象，醫生說係疲勞過度所至；晚間，次高電話，汪先生全身發黃，恐係肝病復發云。

七月廿九日

北平局面昨夜劇變，宋哲元等已離平赴保定。

七月卅日

北平失了，天津的抗戰亦已停息，敵機南下保定，炸火車站。蔣委員長發表談話，決不屈服。

七月卅一日

汪先生從九江乘永綏艦回京，上午十時下關海軍碼頭迎接；知到的人很少，接船的不多。十一時，到頤和路褚宅。汪先生向我們畧詢前方消息後，即對我們說，「這一次廿九軍的失敗，可以證明『日本祇能威嚇，不能眞正作戰，』這一句話是完全荒謬的；這一句話可以說是亡國的話。」他說話時頻頻搖頭，不勝嘆息。最後，又說，「今後祇有犧牲到底，抗戰到底了。」但政府是否已決定實行抗戰，汪先生似尚未深悉。

八月一日

參加中央軍校紀念周，到各部會及軍事機關高級人員，共數千人。蔣委員長演說，首先分析此次廿九軍作戰失敗原因，以爲係缺乏準備，又無抗戰決心所致；但廿九軍作戰英勇，犧牲壯烈，與他們幾年來忍辱負重，支撑冀察局面的苦心，亦極力加以贊揚。其次，對最近國人因中央陸軍尚未參加作戰，責難甚多，亦有所解釋。最後的結論說，今後我與敵已成勢不兩立，我存則敵亡，敵存則我亡，所謂共存共榮，決不可能。但我們鑒於廿九軍的失敗，必須有準備，有決心，有整個計劃，才能操必勝之劵。蔣委員長的態度堅決沉着，莊重嚴肅，而且誠懇坦白，十分動人。這表示政府已決心抗戰，亦使人覺得有勝利的把握。蔣委員長在結束他的演講時大聲疾呼道：「人人都易中倭寇的奸計，但我決不會上他們的當；我有生一日，決不使倭寇能夠實現他們宰割我中華民族的狂妄企圖。」

八月二日

到頤和路褚宅，準備把蔣先生昨日演說要點轉告汪先生，適他忙於見客，請汪夫人代達。

政府預備把公務人員家屬撤離首都，人心大受影響。

八月六日

上午，到頤和路卅四號，問汪先生大局如何？他沒有確實表示，好像和戰大計，中央仍未決定似的。我把英國方面的傳說，謂中日兩方雖極力備戰，仍有和平解決的希望云云，轉告汪先生，他極爲重視；不知和平是否尚有可能？後來，汪先生再用極愼重的口氣問我，孔宋有什麼主張？有沒有方法打聽得到？答以並無所聞。汪先生遂自言自語，「他們是很守秘密的，外間不容易知道。」

日來「外間傳說，當局意見紛歧，汪先生昨夜廣播，以「說實話，負責任，」爲起，再證以今日對我說這些話，似非無因了。聞蔣先生將於十一時來訪，不及多談。

八月八日

上午參加陸軍大學畢業典禮，蔣委員長演講，大旨和八月一日的演講同，非有決心不能取勝，今後不論遭遇怎樣困難，也衹有向前，決不能後退的了。回家，即接汪先生電話，囑往一談；詳問頃間開會情形，及蔣先生演說要點，一一告之。

八月十二日

下午到汪宅，只見汪夫人，正忙於應變措施，並準備行裝，隨時可隨政府遷移。

八月廿五日

午間汪先生外甥沈次高來訪，據他說，各路戰事皆不利，南口已失，寶山吳淞等處敵軍又大舉登陸，汪蔣兩公已請各國使節出任調停；他的話殊不可信，但爲什麼外間會有這樣謠言的呢？很覺得奇怪。

十月八日

汪公館電話，約去午飯。飯前飯後，均拉雜閒談，除汪夫人及曾仲鳴外，僅私人秘書一二人。我問汪先生，中日戰爭的國際情勢，他說，國聯態度和滿洲事變時並無分別。

十月九日

夜八時，蔣委員長在廣播台發表國慶前夕對海內外同胞演說，最後三呼「中華民國萬歲」，聽衆亦隨聲高呼，並繼以「蔣委員長萬歲。」

十月十八日

下午六時，與行政院同事四人應汪先生約，前往陵園新村西路汪宅晚飯，飯前作半小時談話，以九國公約及戰時問題爲主；飯後，汪先生須參加中政會議，客亦告退。參加此次談話的，尚有端木愷，徐象樞，滕固，徐道鄰，及曾仲鳴。

十月卅一日

終日陰雨，敵機未來。

下午七時，應彭浩徐次長約，和張平羣兄同到漢口路廿號，德駐華大使館參贊斐爾詩寓晚餐；到時，始知汪先生，何敬之部長，德大使陶德曼亦均在被請之列，此外尚有張君勱，羅文幹，曾仲鳴及斐爾詩，主客共十人，顯示這不是普通應酬性質。據說陶德曼最近兩天才從上海來京，他在上海會和日本重要人物見過面；飯後，汪先生和陶大使另坐一隅，欵欵深談，由平羣兄做翻譯，所談自與目前中日關係有關。又據報紙消息，德政府已拒絕參加比京九國公約國家會議，並表示，願以其他方法努力和平；今晚的宴會似係德國有意斡旋和平的表現。臨別，陶德曼又約汪先生禮拜三晚宴會，汪先生亦約禮拜六晚宴會，用意尤爲顯明。汪先生和陶大使談話時，何敬之亦和斐爾詩單獨用國語談話。我和仲鳴，浩徐，君勱，文幹則圍坐於室隅一圓桌閒談，文幹酒後牢騷，大罵桂省當局壓迫商人，欺騙資本家，原來文幹集資入桂，經營礦業失敗，故借酒罵人。

十一月七日

上午九時到汪宅，汪先生夫婦均坐會客室內，汪夫人正用心臨池，似極閒暇；少頃，同卓郊遊，然後回來午飯，席間，汪先生才說，今天是汪夫人的誕辰。飯後，汪先生邀入書室「省齋」閒談，並未多談時事，他的態度始終憂鬱煩悶，當爲大局吃緊所致。

十一月十日

下午五時，到陵園西路二〇七號汪宅，參加談話會；到會的有滕固，甘乃光，陶希聖，谷正綱，谷正鼎，鄧飛黃，范予遂，蕭忠貞，曾仲鳴，汪夫人，汪先生爲主席；主題爲怎樣組織三民主義青年團，亦提及軍事和外交，戰局日壞，大家都感到心頭沉重。

十一月十六日

遷都的事已經國防會議決定，尚未發表，各機關臨時準備，忙亂不堪。

十一月十八日

上午八時，到陵園西路見汪夫人及女

公子等均在座，彼此都愁容滿面，不多作聲。汪先生就地圖指示，說明政府遷重慶，軍事機關遷長沙及衡陽的理由。

問外交情勢如何？汪先生搖頭嘆息道：友邦雖有好意，但我方大門關得太緊，實在無從談起，現在祇希望大家一心一意，方能支持長久；又說，這些話應緊守秘密，勿向外間透露。

過了一會，汪先生又太息道：從前城池失守，大家都要身殉，才合最高道德標準，現在觀念不同了，我仍願留此有用之身，為國家效勞。他說話的時候，態度極為嚴肅。見面共計一小時，汪先生說話不多，俯首踱步，躞蹀不已，心中痛苦無窮，可以想見。

十一月廿日

淒風苦雨，悲涼滿城；下午，輪船一艘開往漢口，黨政領袖，各機關高級人員，俱乘此西行，聞汪先生亦在內，因向汪宅電話探詢，汪先生自行接話，叩以是否今日離京，答道，「是的，昨日中央決定如此，」聲調悽惶，心內顯極痛苦。

十一月廿一日

行政院同事均已離京，祇剩下我和魏秘書長兩人，聽候命令；城內往來道上的非前線退下的散兵，即倉皇逃命的男女百姓。中午，到魏秘書長宅午膳，知汪先生昨夜並未赴漢，下午四時和少巖秘書通電話，汪先生又來接，因驅車往謁；汪先生見面即問，外間有因戰事失利而非議抗戰的沒有？答，沒有。少頃，汪先生嘆道，「此次我們的估計完全錯了！不過，事已至此，亦不能不幹下去。」

這時候，汪先生似不願即時離京；又表示他離京後到什麼地方，做什麼工作，也都沒有確定。

汪先生最為留戀的，是他二三十年搜集得來的一大堆藏書，正陳列在新宅的書房裡；汪先生說，初時大家決意死守南京，絕沒有遷都準備，現在驟然決定西行，措手不及，藏書不知如何處理，方保安全；因勸何不移藏城中普通人家，汪夫人期期以為不可，於是決定搬入新宅地下室。

十一月廿二日

黨政要人，十之八九已離京，汪先生亦於昨夜乘中山艦西上；蔣委員仍未去。

十一月廿三日

駐蘇大使蔣廷黻來電，蘇俄表示無力助我作戰；而英美法三國亦屬游移；汪先生曾說，我們的外交工作不能和軍事發展互相配合；軍事不利，外交自然更陷於僵局了。

十二月一日

我於十一月廿九日由南京乘輪到了漢口，今日到德明飯店見汪先生，客多未能談話。

十二月三日

與敵講和的傳說，日來漸多，今日竟有人問我，汪先生是否即回南京主持和議？這種空氣豈不影響繼續抗戰嗎？

十二月四日

羅隆基談，外傳日方所提和平條件，為我國加入共同防共協定，劃華北為高度自治區，並減低關稅等項。

南京電話，江陰丹陽失守，敵兵已至句容；蔣委員長仍在南京。

十二月五日

上午九時，到商業銀行汪先生寓所；汪先生適讀報，忽用廣東「三字經」大罵鄒海濱，不知是否和時局有關，不便多問。

十二月六日

下午，到商業銀行見汪先生，他告訴我：德大使陶德曼到南京見蔣委員長已答應接受調停，與接受九國公約簽字的調停無異；至於條件如何，現時尚談不到。

十二月十四日

首都昨日陷落，戰事初起，許多人說，敵人攻到南京，最少需時三年，死五十萬人，外國顧問也這樣說：滬淞失利後，守土將領又說，南京最少可守三個月，想不到前後僅四個月，敵人已逼南京；敵攻南京又不過四五天，便告得手。南京失守後，武漢長沙均立起恐慌；逃難的又絡繹於途了。

十二月十五日

未到四明銀行辦公室前，先到商業銀

行，適於電梯間遇汪先生，隨入客室；汪先生語云：蔣先生昨夜已到武昌，尚未見面，待見面後，方能有新決策。

十二月十六日

日來朋友見面，無一不問「有甚麽特別消息？」即指有關與敵講和的消息；初到武漢，大家似希望德大使調停能夠生効，現又希望直接與敵談判了。

十二月十九日

上午八時，渡江到武昌，參加湖北省政府擴大紀念周，蔣委員長出席演講；聽講的千餘人；馮玉祥，何應欽，王寵惠，何成濬等均到會，演講歷一小時又卅分；最主要的話，是目前惟有抗戰到底，決無妥協餘地；並勉勵公務人員，要刻苦耐勞，不宜苟且偸安；目前一切，應以軍事爲第一，高唱民主或獨裁，均屬錯誤。

晚飯後，將蔣委員長演說大要報告汪先生；汪先生說這是蔣先生鼓勵羣衆的說話。跟着，他把今午和蔣先生討論時局問題的綱要給我看，並說：我不敢動搖蔣先生抗戰的決心，不過有決心而無辦法，亦不過徒供犧牲而已。綱要有許多條，最重要的，認爲敵人軍事勝利之後，將控制我的經濟和財政，用中國的錢，養中國的兵，以殺中國的民，對國家今後的危機，說得十分嚴重，可惜也沒有應付危機的具體辦法。臨別，汪先生再三叮囑，他和蔣先生所討論的內容，切勿告人。（未完）

一二八淞滬抗日的回憶

徐義衡

自從九一八事變，因我軍的不抵抗，使日軍很輕易就佔領了東北各省以後。國人對政府的政策，和軍隊的不能守土禦侮，都有很大的責難，同時也增加了國人懼外的心理。因此更引起日寇窺窬我國的野心。他認爲我們的軍旅各處都一樣，都是懼怕外國，不敢抵抗。所以在上海就製造一點小小的事端，來作籍口，得寸進尺。認爲當局對外的政策未定，守土的軍人，不盡責任，也不敢抵抗。所以在上海就大弄技巧，已經要求到了懲凶賠償的目的。還要再要求解散抗日團體。他眞想不到，衛戍京滬的幾位軍事領袖，他們能深切了解，守土禦侮是軍人的天職，更把負有爲國犧牲，爲人民求保障的堅強意志。不管你是世界上第幾等強國，你欺負我的國家，我國的民，我就會衆志成城，上下一心的，和你週旋一下。這就是一二八淞滬抗日的眞正起因。這一點守土禦侮，爲國犧牲，堅強不屈的精神，正好喚醒國人懼外媚外的錯覺。也正好喚起國人自奮自強的信心，也堅定了當局猶豫未決的對外政策。這就是一二八抗日而表現出的眞正價值。也替未來的的軍人寫下了守疆土，禦外侮的新的歷史，新的生命，這是一二八值得永遠紀念的理由。

我本來是在十九路軍六十一師戴孝悃師長那方面做政治工作的。因爲戴師長卸任六十一師長調任淞滬警備司令，我也隨同他到淞滬警備司令部做事。我的家本來就住在上海北四川路底，施高塔路內的安吉里，也正好同家。同時這一年，我在上海結婚，也是由戴司令證婚的。結婚才三個月，就遇着一二八的抗日戰，全家都淪陷在寇軍區內。所以對一二八這個紀念日，特別不能忘。我今年是結婚四十一年的紀念。算着一二八也是四十一年的紀念日了。我記得當日寇在上海提出各項無理要求時，正是十九路軍的三師人，衛戍京滬一帶的時候。那時是七十八師區壽年師長駐淞滬一帶，六十師沈光漢師長駐蘇常一帶，六十一師毛維壽師長拱衛首都。在龍華的淞滬警備司令部就負責指揮這些軍隊。最初中央的指示，是循外交途徑，由上海市吳市長鐵城主持一切。後來日寇的要求就愈來愈多，態度也愈來愈強硬，外交途徑已無法應付。但守土有責及淞滬司令，和十九路軍的將領們，都表示出憤恨不平的態度。也抱着守土有責的信心與決心，想和日寇拚死一戰。所以在日寇漸漸增援的時候，警備司令部就在一月廿三日的中午，召集本部處長以上，七十八師的團長以上，再加上十九路總部的幾位高級將領，開了一個緊急會議。當時推蔡軍長廷鍇爲主席。本來這種緊急的軍事會議，應該是參謀處派人紀錄

的。因爲蔡軍長一開口就說廣東話，紀錄的顧科長高地聽不懂。戴司令對我說：這個會議很重要，你費事担任一次紀錄吧，所以我當時就做了臨時紀錄。我也知道這會議的重要，所以把各位領袖的說話，全部記入。而且都照他們的口語，不易一字，力求其眞。對決議案方面就力求簡單明白。使人注意，處處都側重到大家的信心與決心。除了軍事的部署，本司令部參謀長張襄親自擬定，秘密傳達外，均不列入紀錄。在會議快要完成的時候，蔣總指揮光鼐也扶病帶了一個參謀同來，在看了這幾個決議案後，他也大爲興奮，當時也發表了一篇訓話，和幾點指示。我都一一照他的口語。紀錄下來。想不到這個驚天地，泣鬼神的三十三天抗日血戰，就是這一個會議、決策和計劃執行的。

在一二八戰後的一年，淞滬警備司令部曾舉行了一個盛大熱烈的紀念會。當時上海市長和許多聞人與名人，都來參加。警備部把大禮堂改建裝飾爲「一二八紀念堂」；把後面的一個花園，改造成「一二八園」；在園中建了一坐六角亭，定名爲「一二八亭」。紀念堂的壁上畫了一大幅油畫，長七十英呎，高二十英呎。上用閘北寶山路商務印書館門前的一個沙包堆成的戰壕做背景。上空是飛機，面對着日寇的鐵甲車。但戰壕中的戰士，沉着堅定，從容應敵。這也是一個苦戰三十三天，未能被人攻破的戰壕。這幅是上海一位青年畫家，張雲喬先生費了三個月的功夫畫成的。我本來把這張大油畫照了下來，並放大成二十四吋的一張着了顏色的照片，一直保留了十幾年。在重慶時，也是一次紀念一二八，我把牠送給王雲五先生了。因爲畫的背景是商務印書館，還在焚燒中。送給商務印書館的主持人，就更有價值了。當時這一幅畫，在滬頗受人推重，可惜現在找不出他的像片了。同時在一二八紀念堂內，用玻璃鏡框懸掛着，這個緊急會議的原稿，和當時軍事配備的原令。這兩件史料，以後都送給了上海市政府保管。紀念會中，警備司令部還印了一本紀念册，題名爲「一二八的一些紀念品」，由戴司令親署。紀念册的內容，只是這個會議紀錄原稿，軍事配備原令，和「艷子」日的通電原稿，加上一道保僑命令，和告全國國民書等等。不着一字，也不撰一文，只把這點史料，供大家參閱，印刷用的是一百磅的鋼版紙，印刷者是上海商務印書館。可見當時很是鄭重。在本刊的序文中，我記得有幾句話是：「坊間諸作。捉影捕風」。所以把當時的眞實史料印出來「以待後之良史」。這種用意，也很使人感動。這本小冊子。連我自己也未能保存，還是前幾年，由台灣師大的一位敎授王偉俠老友寄還給我。那是我在民國廿六年時在南京送給他的，他認爲我保留着更有紀念價値。這次很偶然的在一個詩會上，遇着掌故的編者岳騫先生，在談話中談及一二八的戰事，我說到我有這樣一本紀念冊。何先生熱心掌故，更珍惜史料，要我送給他看看。我就把原書找出，交與岳騫先生。他看後認爲這是最珍貴的史實，也是最有價値的史料。他想把牠全部製版，公諸海內外同胞，「以待後之良史」。還敎隨便寫點記憶所及的回憶，順便介紹一下這本小冊子。我在上面所說所引的，都可以拿他製出的版來印證了。

但我還有不能已於言者。當時的軍事配備已詳原令。三十三日的苦戰戰績，亦昭昭在人耳目，不須我再嘵舌。我只再補充一點當時的一些事實。

（一）最初是翁照垣旅守閘北與吳淞。當一二八的夜間，守天通庵路的陣線的，是翁旅的第六團張君嵩團長。在半夜十二時二十分左右，張團長電告戴司令說，日本人向我們開槍了。戴司令就問他說，是怎樣的日本人？他說是浪人，戴司令說不必理他。稍後，他又打電話來說，是正式的陸戰隊，後面還有裝甲車，戴司令就叫他開槍還擊。張團長也很小心，還再問了一次，說是不是馬上就全線開槍還擊？戴司令說，馬上開火，我負全責。於是這喚醒黃魂的，守土禦侮戰事，就在廿九晨零時在閘北天通庵路展開攻擊了。當時各將領就發出了驚震全國的「艷子」通電。

開火以後，我軍的六十師即由蘇常調駐閘北，六十一師調駐江灣大場之線。七十八師除黃旅仍留守南市外，其餘全部駐守吳淞之線。後來八十七師八十八師一部份參加，均調駐江灣增防六十一師之線，以後的戰事重心，全部移在江灣、廟行、大場之線。毛師的張炎旅打得最好，不只陣線屹立三十餘日不動，而且累破強敵。其中猶以蘊藻濱一戰，殲滅了敵軍一個聯隊，俘獲了一枝聯隊旗。這旗是日本天皇親授，旗亡，聯隊長即須切腹殉職。這是我軍最榮耀的戰利品。

（二）在廿七日的晚間。我們也曾奉到命令，要我們把閘北的防線，交與憲兵第六團齊團長接防。戴司令接閱此電後，即作長嘆。當夜就派我從龍華把此電送與蔡軍長，並請蔡軍長決定。蔡軍長看後，馬上把電報擲在地上，大叫大罵，說一切心機都白費了。後來告訴我說，你去回復戴司令說，我們也不能違抗命令，就請戴司令下命令，明天叫他們接防吧。想不到齊團長在廿八下午六時才到達北站，當天未能接防。更想不到日本的軍閥們，好大貪功，沒有用一點腦筋，等不及就在廿八晚在天通庵路先動手了。結果齊團長也留在閘北之線，幫同我們抗敵。

（三）在廿五日的下午。上海市各校的學生約有三四百人，到龍華警備司令部請願，請戴司令發兵抗敵。當時我們早已決議：「決心死守上海」。但這種機密。我連自己家裡都不敢說，怎能向學生表明眞正的態度。我也曾大胆的流露說「軍人守土有責，抗敵是我們的天職。但事關軍事密機，怎能對你們宣佈。只等事實去證明了」但是他們一點都不認爲我是講的實話，把我罵得狗血淋頭，我當時才離開學校不久，眞是用了最大的忍耐，才把這些學生送走。後來我們一開火後，上海的學生和市民，眞是給我們無限的安慰和協助。這證明了大家愛國的心，都是一樣的熱烈的。

（四）瀏河與楊林口都在長江邊上，正在我們陣線的後方。最初我們有一團人守瀏河，後來改成一營，再後來只留一連人放哨。但日軍以一個師團的兵力，先把烟幕彈放幾里路寬的海岸，然而強力登岸，我們有何法可守。這一着棋不是他們的本事高，而是他們有足夠的兵力，而我們別無後援。同時在京滬線上，已經沒有一兵一卒可爲後援。上官雲相遠在揚州，不能趨救。假若我軍不退守青陽港陣線，敵軍可以長趨直入南京。那時這個責任應該誰負。所以才有三月二日，忍痛銜着眼淚，撤出江灣閘北退守青陽港。這一點是當時作戰的各將領最痛心，最傷心，引爲千古遺恨的事。

後來郭泰祺先生來滬開和談會議時，曾以此問戴司令。說國聯已決定三月三日開會，討論中日停戰事，何以不能多守一日？戴司令的答復是：我們的沙包戰壕，都能在三十三天血戰中在守穩着陣線，難道不願意多守幾日嗎。只是京滬路上已無一兵一卒，敵人從瀏河直撲南京，何人去救？二者相權。只能忍痛撤守了。

（五）上面三條已經說到上海的民意，眞是無限無量的鼓舞着我們。除了香烟水果食品無限的供應我們前線的戰士外。在後方只要我們說需要什麽，各方面的東西，就無窮無盡的送來，眞使人有無限的感動。當時我們司令部在一品春有一個聯絡處，十九路總部在靜安寺也有一個辦事處，由范其務先生負責。我的責任是與巡捕房政治部聯絡。每日亦均去這兩個辦事處。在前方後方成天的跑。我有兩輛汽車，隨時都在換牌照。捕房給我特別通行證，無論何時均可通行，但對我申明，决不能過橋到北四川路一帶，其餘地方他們都會保護我。可證捕房也是我們的同情者。最初他們不准我們衝進租界，後來他們希望我們衝入租界，但我們沒有兵力了，眞令人長嘆。

還有海外的僑胞。他們的熱情，更無法估計。電、信、拍影，源源而來。我們作戰月餘並未向中央要錢，而能毫無匱乏，皆拜海外僑胞之賜。這種熱情，這種鼓舞，這種後援，不只使我們的士氣視死如歸，更是沒齒不忘。

（六）在我們舉行一二八週年紀念時，已經在市面上有失實的記載，和誇耀過份的渲染，所以我們在小册子上，不着一字，不撰一文，只在序文中提到坊間諸作，捉影捕風。但我們要保全這一點「史實」和「史料」來完成今後的「信史」，以免欺騙到十年後的讀者。所以我很感謝掌故的總編輯岳騫先生，他不怕費事，把這一本小册子全部製版刊出，來供應海內外的讀者。也就是把原來編這小册子的眞意，發揚而光大之。重刊、重印、來「以待後之良史」。實際這就是「良史」的工作，本人謹向掌故同人致最大的敬意。

結婚三十八年感賦　卅首已酉九月

患難相依卅八年。事親教子賴卿賢。今朝兒女皆成立。爲賦新詩紀夙緣。

回首春明憶舊遊。漪瀾堂畔泛輕舟。一聲軍笛催人去。從此霜毫萬里投。

從戎合浦賦長征。轉戰三湘入沛彭。北上孤軍威遠震。新秋攻復濟南城。

回師駐節舊青溪。菊圃茶棚共品題。我住城南桃葉渡。君家寄廡石城西。

三載重逢逸興濃，秦淮畫舫兩相從。棲霞紅葉隋堤柳。朝趁輕車暮短笻。

廣陵春暖日遲遲。綠滿山堂酒滿卮。廿四橋邊花似海。有人初寫定情詩。

談兵虎帳憶龍華。花擁秋郊七寶車。鼓樂聲中迎淑女。同歌宜室復宜家。

春深歇浦度新婚。倭寇興兵襲國門。一二八宵殊死戰。孤軍驚醒大黃魂。

江灣苦戰越三旬。頑敵增援易帥頻。將士同心拚一死。吞天豪氣泣人神。

將軍開府向閩疆。我檢琴囊又劍囊。不料中途標異幟。隻身逃出是非鄉。

一棹凄然返石城。舉家老幼喜猶驚。槐安十載從戎夢。每撫征衣百感生。

聽鼓當年憶故鄉。西湖看罷又錢塘。天台雁蕩都遊遍。再返金陵菊已黃。

飄蓬身世幾沉浮。又托枝棲國選樓。七七蘆溝烽火起。漫天倭寇犯幽州。

滬江黑夜戰雲酣。浩刼驚開八一三。君奉雙親吾赴國。昆明重慶各飛驂。

西上夔門蜀道難。家愁國難夜漫漫。長期聖戰空前局。滿目流亡不忍看。

川中歲月最傷神。鐵鳥無情襲擊頻。草木有愁人有恨。四山烽火不成春。

遠避塵囂野外居。天生橋畔賃茅廬。與君重聚甘虀藿。歲月蹉跎五載餘。

聽罷軍笳又聽鐘。新居傍塔倚文峰。小樓高挹雙江秀。臥看黃山十萬松。

新春集訓復興關。江北江南任往還。舉國英才同際會。一時豪興動巴山。

盟軍一彈屈強頑。贏得高歌奏凱還。君住山城吾去滬。相期他日會台灣。

台銀誰是接收人。寶島雄奇始問津。堪笑將軍甘跋扈。皇皇院令視如塵。

應是計然興未慵。金融調長省蘇農。君攜七女同飛滬。兩載分違喜再逢。

秣陵小住恰經年。輾轉申江秩又遷。金庫主持權責重。獨從農貸利民先。

焚天赤燄競相驚。先失錦州又北平。萬馬奔騰津浦道。坐教羣盜逼南京。

百萬精兵失掌符。長江天塹有若無。可憐一夜江陰破。更鼓未殘失皖蘇。

降旛城上有餘哀。局破棋殘挽不回。萬里江山輕一擲。問君何日賦歸來。

烽火頻驚客子魂。江南處處有啼痕。多君力主移家計。奉老携雛向厦門。

書生何力可回天。悵絕春申歇浦邊。七寶龍華齊陷落。隻身只得嶺南遷。

一自全家聚九龍。琴書不廢亦勤農。蒓羹茅舍饒風味。不羨人間有鼎鍾。

卌年往事喜重溫。白首雙雙共舉尊。珍重餘生添一紀。相期桑梓度金婚。

錄哭李弟心芹詩　廿五首錄一

一二八宵戰滬濱。闔家陷敵嘆沉淪。多君孝勇拚千險。虎穴隻身接兩親。

編者按：徐義衡先生此詩雖屬個人之事，但與「一二八事變」有關，因特商得徐先生同意，刊載於此。

一二八的一些紀念品

戴戟

弁言

榆塞烽烟柳城冰雪死生俄頃呼吸存亡此何時耶一二八淞滬抗日殉國將士又值周年祭矣振人心於既死招國魂而未歸妄塞深悲倫抒孤憤何以淬厲民族何以懾制虎狼前事不忘後事之師當一二八抗戰應敵之初也千萬人爲一心百億厄而同命俱期保種豈意貪天然我輩之決策得失疏密有可考者坊間諸刻捉影捕風爰略綴緝當時檄草棠卷可作史料者以爲信徵詩云修我戈矛與子同仇用付鉛槧以張敵愾幸諸同袍觀覽參校弔經歲之忠魂俟百世之良史戟也荷戈赴義未敢後也旌德戴戟

陳司令長官銘樞玉照

十九軍軍長 蔡廷鍇　　十九路總指揮 蔣光鼐　　淞滬警備司令 戴戟

本部緊急會議紀錄原稿(一)

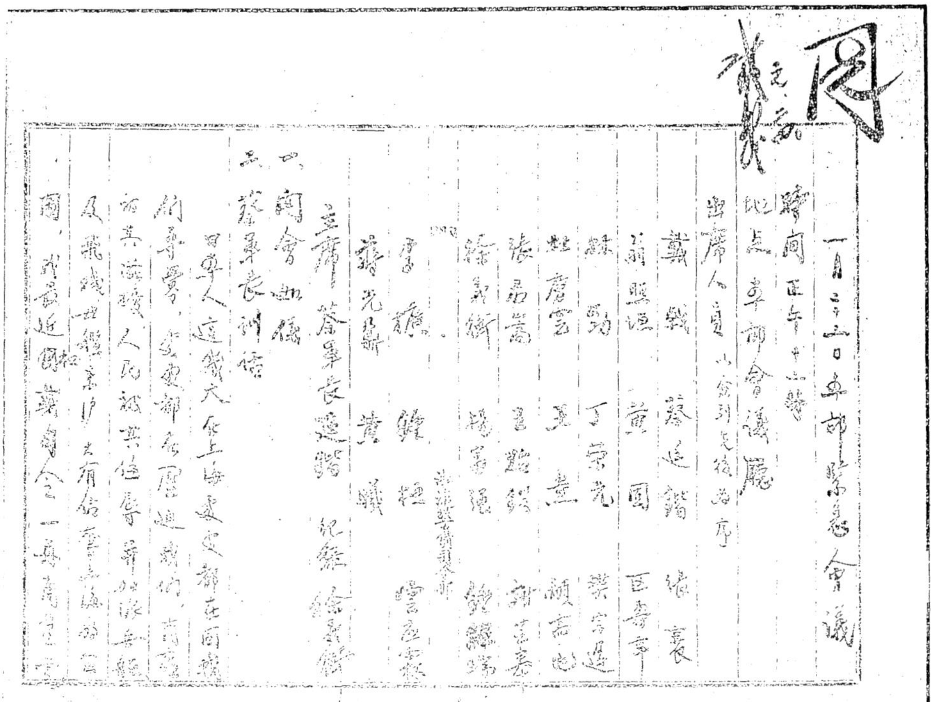

一月二十三日本部緊急會議
時間 正午十二時
地點 本部會議廳
出席人員 以簽到先後為序
戴戟 蔡廷鍇 張襄
翁照垣 黃固 區壽年
[illegible] 丁榮光 [illegible]
[illegible]
張君嵩 [illegible]
[illegible]
[illegible]
蔣光鼐 [illegible]
主席 蔡軍長廷鍇 紀錄 [illegible]
四、開會如儀
五、蔡軍長訓話
日本人遣戰艦來上海要求[illegible]
[illegible]
[illegible]
[illegible]
[illegible]

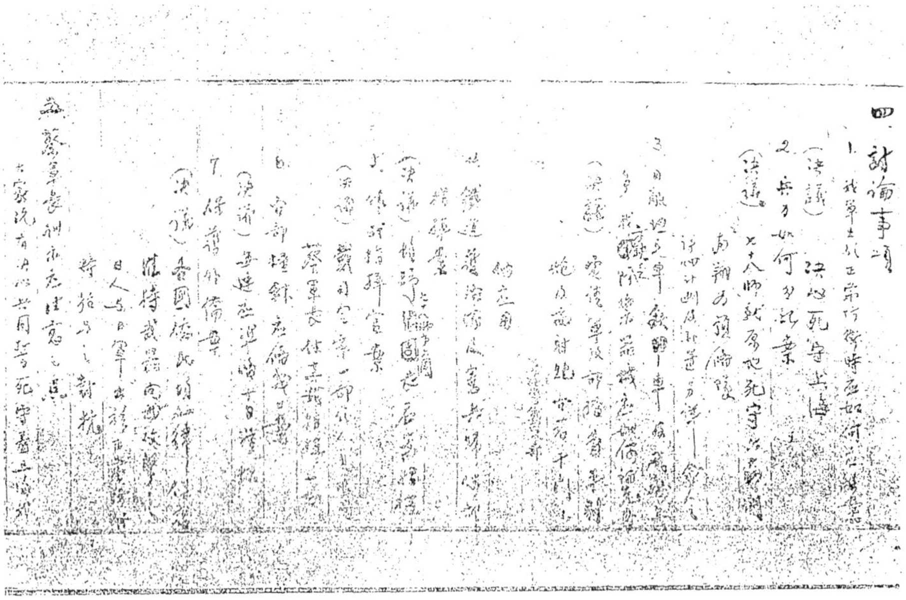
四、討論事項
(決議) 決心死守上海
2. 兵力如何分配案

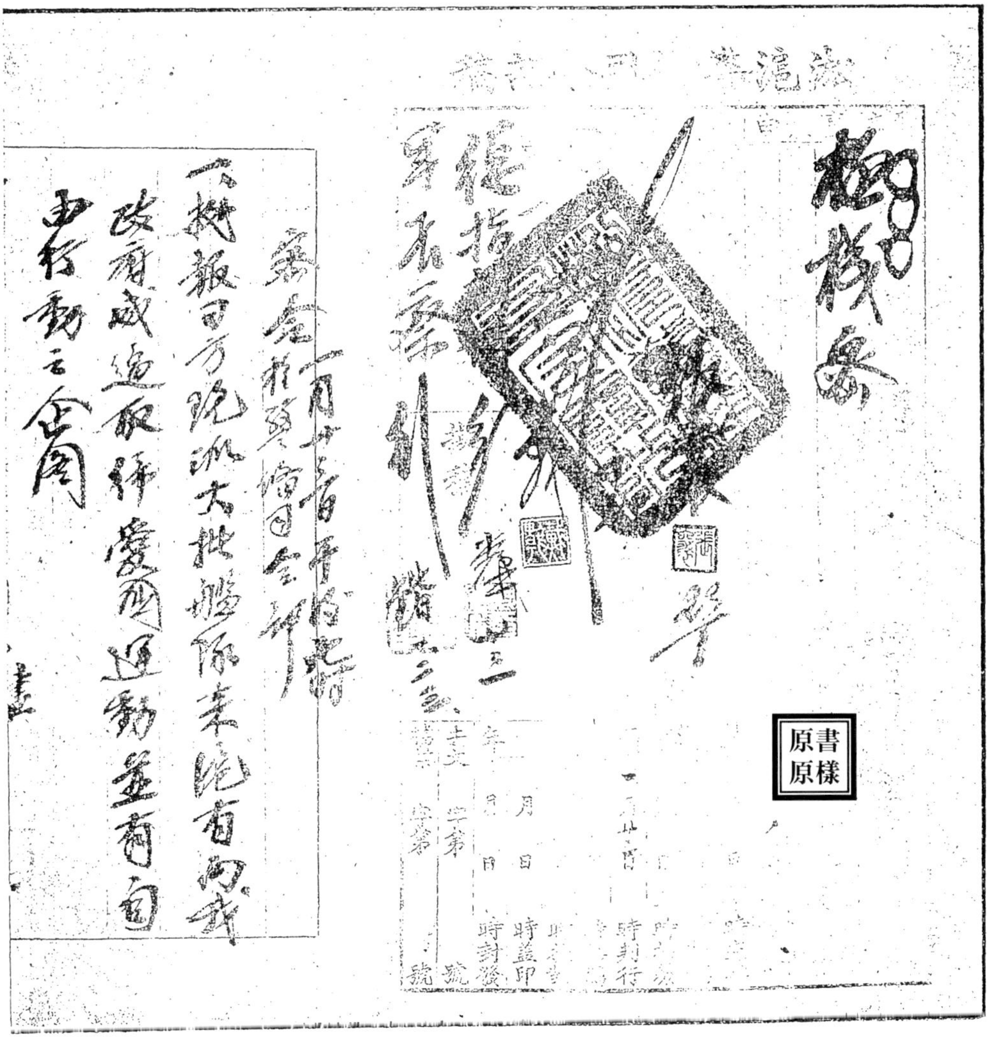
一、據報日方說派大批艦隊來滬有向我政府威迫取締愛國運動並有自由行動之企圖
原書原樣

(一) 二十一年一月二十三日十九路總指揮蔣光鼐十九軍軍長蔡廷鍇淞滬警備司令戴戟三領銜同時簽行之第一道抗日命令原稿全文

原書原樣

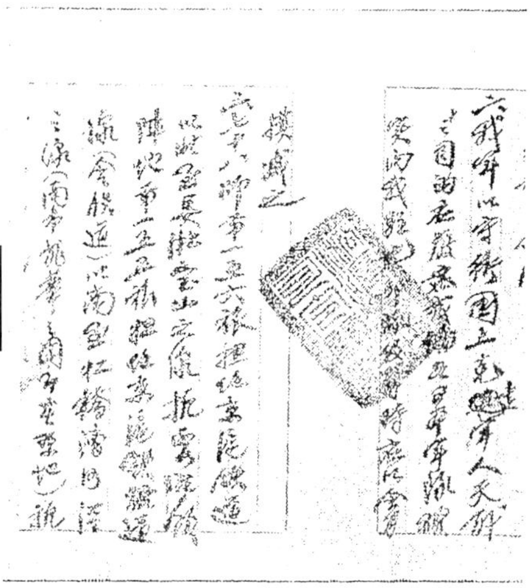

（二）

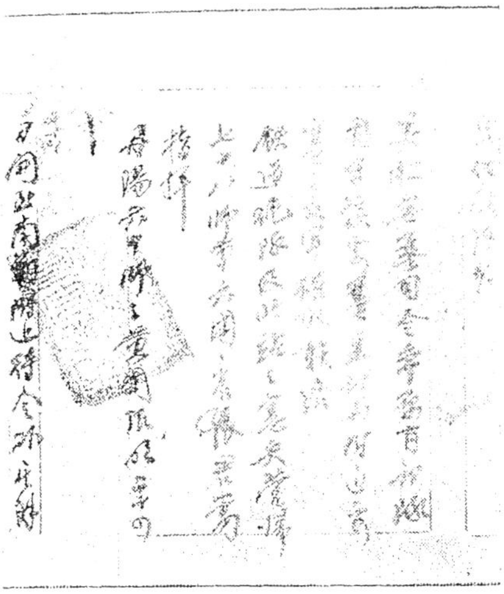

（三）

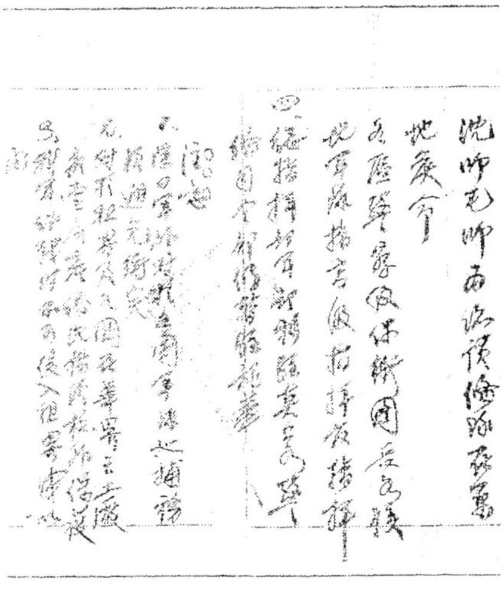

（四）

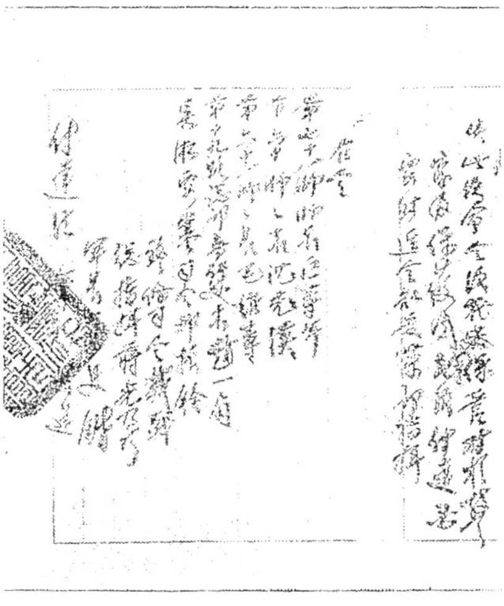

（五）

原書原樣

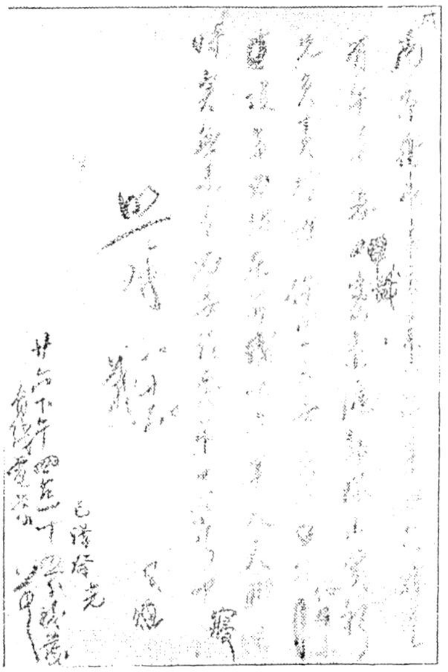

蔣總指揮光鼐致陳司令長官銘樞寢電親筆原稿

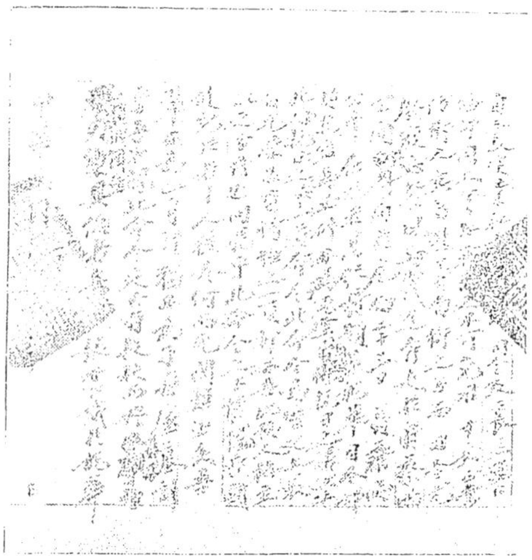

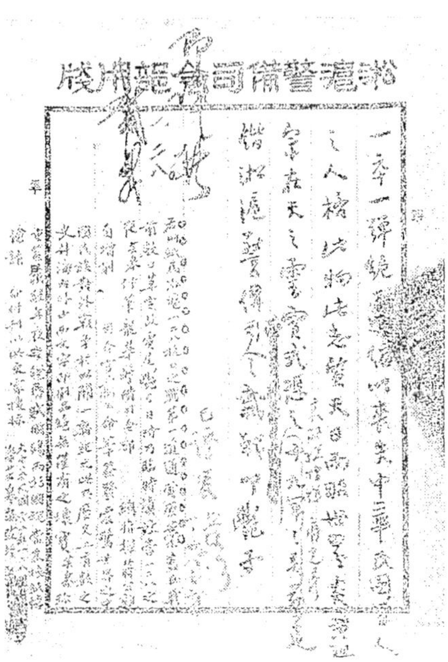

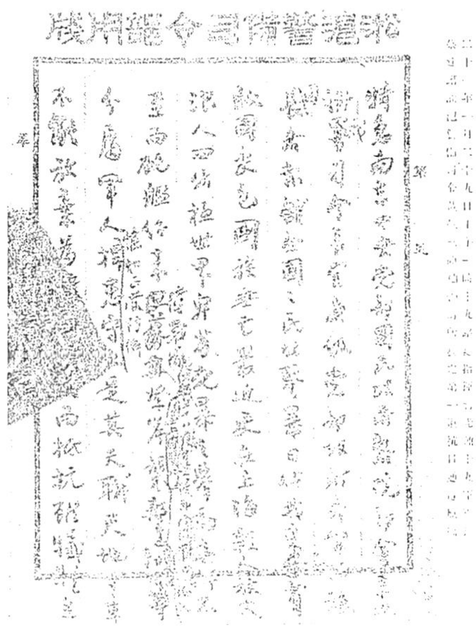

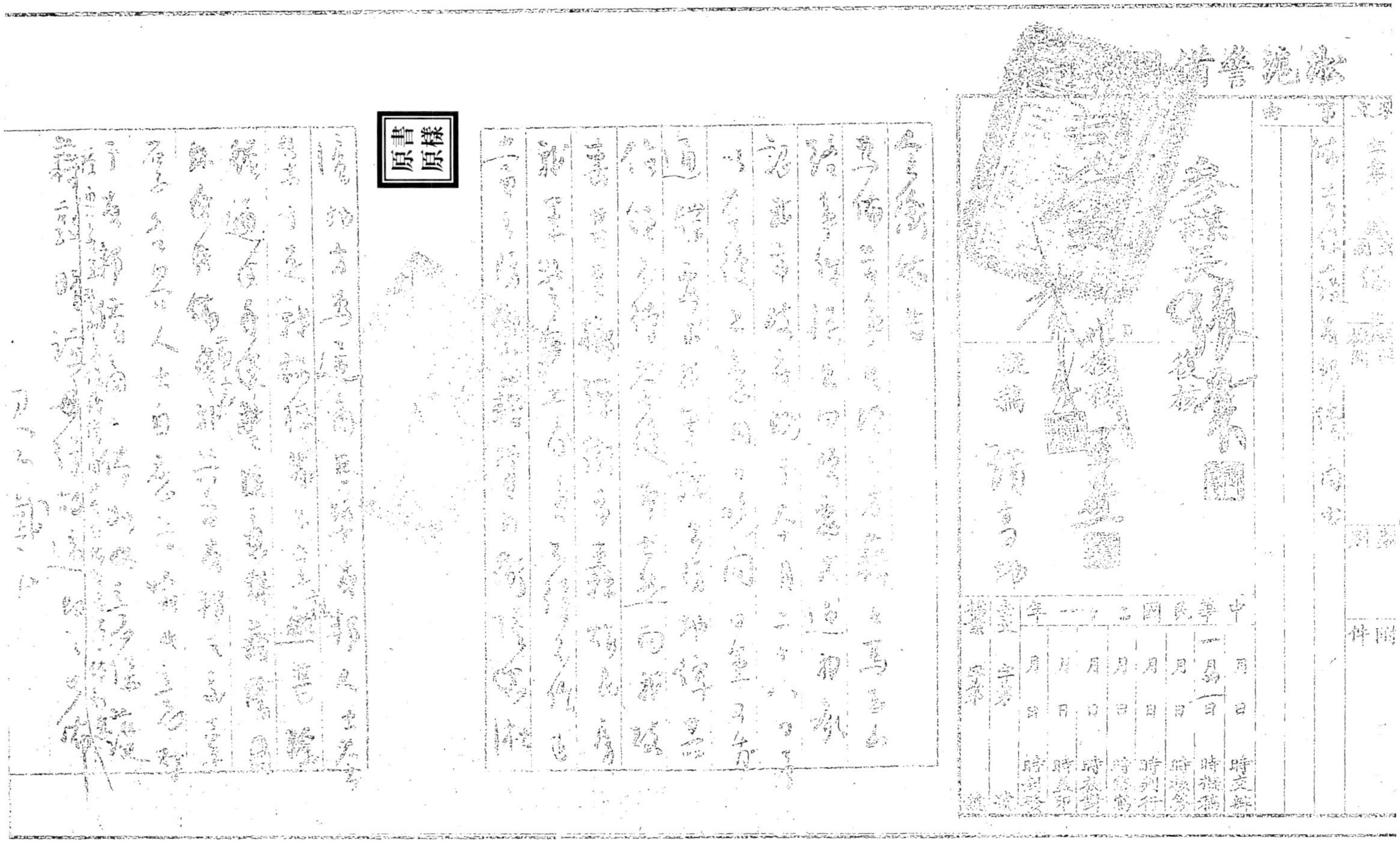

淞滬警備司令部

原書原樣

二十一年一月三十一日淞滬警備司令部保護友邦僑商佈告原稿

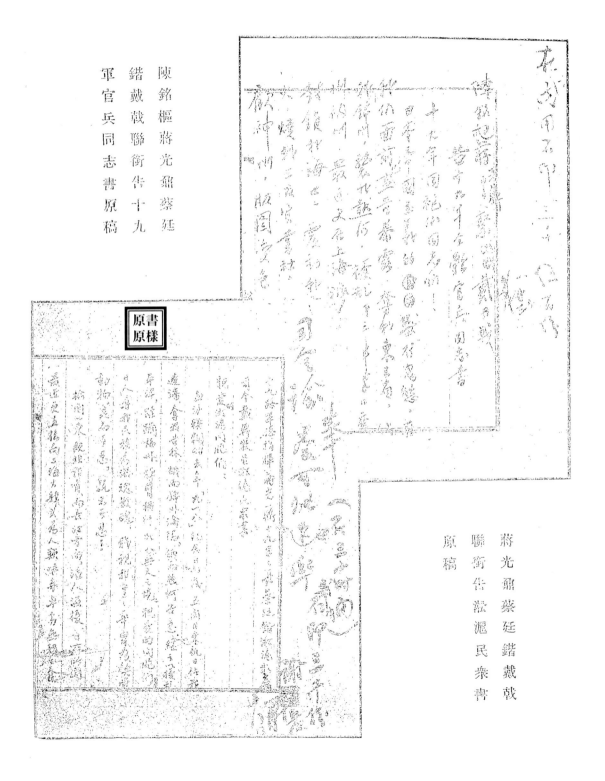

陳銘樞蔣光鼐蔡廷鍇戴戟聯銜告十九軍官兵同志書原稿

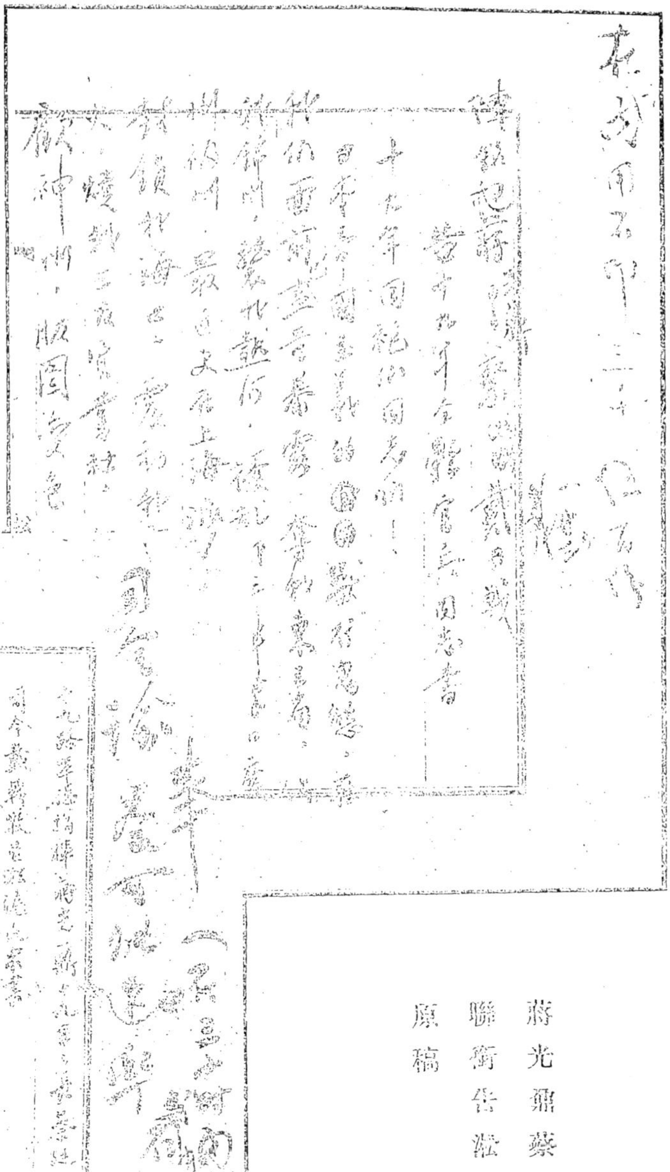

蔣光鼐蔡廷鍇戴戟聯銜告淞滬民衆書原稿

一月二十三日本部緊急會議

時間　正午十二時

地點　本部會議廳

出席人員（以簽到先後為次序）

戴戟　蔡廷鍇　張襄　翁照垣　黃固　區壽年
林勁　丁榮光　樊宗遲　杜廣雲　王讜　顧高地
張君嵩　王贻鍔　謝芸皋　徐義衡　楊富强　鍾經瑞
李擴　鍾桓　雲應霖　蔣光鼐　黃曦

主席　蔡軍長廷鍇　紀錄　徐義衡

(一)開會如儀

(二)蔡軍長訓話

日本人這幾天在上海處處都在同我們尋釁，處處都在壓迫我們，商店被其搗毀，人民被其侮辱，並加派兵船及飛機母艦來滬，大有佔據上海

的企圖，我最近和戴司令一再商量，覺得實在忍不下去，所以下了一個決心；就是決心去死，但死也要有一個死的方法，所以今天召集大家來研究死的方法，現在請戴司令再來指示我們，兄弟只有決死的心腸，願意同大家同生同死。

(三)戴司令訓話

自從東三省問題發生以後，兄弟就覺得做中國人實在該死，尤其做軍人，更其受刺激得難過，兄弟個人覺得受良心上的責罰，真是痛苦，各位都是十九路的同人，想來也一定是一樣，這一星期以來，上海時局非常嚴重，當時以為還可相安一時，但自十八日起，先有日僧被中國工人毆打的事，二十日晚就有日本浪人在三友實業社的紗廠放火，工部局的華捕想打電話報告捕房，就被日人戳死一個，戳傷二個，據說日人也死了兩個，根據這種事實，日人實在蠻不講理，還向市政府抗議，提出五項無理要求。一、正式向日道歉，二、懲辦兇手，三、撫恤已死日人，並賠償傷者醫藥費，四、取締

一切抗日運動，五、取消一切抗日團體。前三項還可勉強承受，四五兩項決不能屈服，據日本報上消息，日海軍司令的佈告，極其強硬，並派了軍艦四艘，航空母艦一艘來滬，據昨晚消息，似非中國屈服不可，兄弟同吳市長商量後，已將這些情形電呈中央，中央令嚴加戒備，在從前熊司令時代，本有一個緊急處置的計劃，大概決定了真面目來攻時如何處置；假面目來攻，又如何處置，但真假面目如何纔可分別，很是困難，所以昨天兄弟同蔣總指揮蔡軍長商量，認為上海決不能放棄，放棄上海，各方面的觀點，更要不同，英美國比較上是對中國要好的國家，最近都有中國太不爭氣的表示，再放棄上海，更難得各友邦的同情，加以十九路軍的名譽，向來為人民所推崇，若一退而失上海，就馬上失了民情，並且還要擔負惡名，說上海是由十九路軍不抵抗而失守的。而況天下興亡，匹夫有責，成敗何足計，生死何足論，只有盡我軍人守土禦侮的天職，與倭奴一決死戰，纔是真正辦法，所以我接到一二位將領堅決表示的電報，我非常歡喜，立刻就同蔡將軍商

量死守上海的方策，各位能決死，兄弟異常奮興；我們死守國土，我們做民族自由之神；不過如何死守，還請討論：

還有一點報告，剛纔海軍方面派了一個副官來報告說：日本兵船這次來的是一艘戰艦，一艘巡洋艦，四艘驅逐艦，約今晚可到，到後就到市府交涉，若交涉無結果，牠們就決定自由行動云。

(四)討論事項

(1)我軍出於正當防衛時應如何應敵案

(決議)決心死守上海

(2)兵力如何分配案

(決議)七十八師就原地死守六十師調南翔為預備隊

詳細計劃及配置另詳命令

(3)日敵坦克車鐵甲車及飛機甚多我方缺乏防禦器械應如何補充案

（決議）電請軍政部撥發平射炮及高射炮各若干門以備應用

（4）鐵道護路隊及憲兵歸何部指揮案

（決議）均歸七十八師第六團張團長君嵩指揮

（5）作戰指揮官案

（決議）戴司令率一部份人員協同蔡軍長廷鍇指揮一切

（6）各部糧秣應備幾日案

（決議）每連應準備十日糧秣

（7）保護外僑案

（決議）各國僑民均一律保護惟持武器向我攻擊之日人與日軍出於正當防衛時始與之對抗

（五）蔡軍長訓示應注意之點

大家既有決心，共同誓死守着上海，我們有幾點應當注意：

（1）上海地面遼闊，大家只能各自爲戰，即以營連爲作戰單位，作戰時

營連長應活潑應戰，總以避開鐵甲車飛機大礮爲原則，鐵甲車能通過的地方，事先應設法堵塞，爲避免飛機大礮時，一律可移出兵房，只在附近找草棚小屋屯駐，學我們在江西時，赤匪攻擊我們的戰術。

（2）各營連長對聯絡方面亦應有方式，但無論如何均須死守陣地，就死得賸一兵一卒，也還須抵抗到底，死完爲算。

（3）日陸戰隊沒有多少作戰能力，只要我們在夜間，避免他的飛機與大礮，他們一定不經一擊的。

（六）京滬衛戍司令官公署樊參謀處長報告

陳司令長官叫兄弟來報告幾件事

（1）吳市長已同滬關於交涉方面事，請與吳市長商量。

（2）軍事方面由蔣總指揮蔡軍長戴司令計劃。

（3）日寇若是少數的來，不必理他，多數或大部隊來犯，我須出於正當防衛時，纔同他抵抗。

（七）蔣總指揮訓話

我因病了數月，很少與各位見面，今天燒熱尚未退，仍在服藥，所以到了前進，日人圖佔上海的情形，極其嚴重，大家想都淸楚，蔡軍長戴司令更爲憤恨，曾同我研究應敵決死保國守土的計劃，我雖是一個病人，也有了十分的勇氣，聽見大家在此開會，便想來同大家說幾句話，十九路軍是很負名譽的軍隊，現恰駐紮在上海，此時眞是十九路軍生死存亡的關頭，也可說是我們國家生死存亡的關頭。到這種時期，我們軍人只有根據着自己的人格，責任，職守，聲譽，來死力抵抗了！從物質方面說，我們當然遠不如他，但我們有這種決死的精神，就是全部犧牲亦所不計。我們的死，可喚醒國魂，我們的血，可寒敵膽，一定可得到最後的勝利，從前漢朝時代的李廣射石沒羽，就是全憑一副獨到的精神，因爲把石頭錯認成老虎，必須把老虎射死，自己才會生存，所以雖是射不穿的石頭，也會被他射穿，這就是他全部精神貫注的結果，所謂誠之所至，金石爲開，我們現在也是同樣的情

形了，我們明知物質上不是日寇的對手，但有這種萬衆一心的精誠，就可以打開一條必勝之路，何況我們還有二三萬人，眞不能挽救中國嗎？希望大家回去以此激勵士兵，還有我們可以想想在江西剿赤的情況，我們看赤匪環境那樣的壞，交通給養那樣困難。但赤匪能避重就輕來和我們頑抗，我們現在環境多麼好，交通多麼便，而且還有人民的協助，大家只要一心一德，有死無二，也學一學避重就輕的戰法，何往而不可，可以說沒有絲毫顧慮的了，我還有三點意思貢獻大家：

（一）我們作戰時最好另製旗幟與識別帶，改用名目。

（二）我們的決心，應當不令任何人知道，更不能讓任何人知道我們有抵抗的決心。

（三）我們應沉着堅守防禦線，等到日人眞面目向我攻擊時，才一致決心，死命前進，拚完爲算完了。

（八）散會

陳銘樞蔣光鼐蔡廷鍇戴戟告十九軍全體官兵同志書

十九軍同胞們同志們！

日本帝國主義的獸行鬼態，在我們面前已盡量暴露，奪我東三省，佔我錦州，襲我熱河，擾亂我平津漢口廣州福州，最近更在上海派來礮艦多隻，封鎖我海口，震動我京畿，殺人放火，燒我三友實業社，殺我警察，四顧神州，版圖變色，皇皇五千餘年之華胄，將淪爲奴隸牛馬萬劫不復之慘境，是而可忍，孰不可忍，我不自救，誰能救我!?!

本軍自鄧上將仲元第一師以來，而十一軍，而十九軍，無日不在革命搏鬥之中，捨生趨義之風成，而鐵血光榮之譽著，此次爲振醒世界之觀聽，復活偉大屈辱民族之魂魄，保種保國，以死以生，自最高級官長以至火伕，要須具有十二萬分最後之決心與平素革命之勇氣，不抵抗無以爲人，不抵抗無以

救國，認清楚此次與仇日拚命，迥非尋常之作戰可比，意義豐富，價值無上，拋擲一頭顱，即保障世界一分和平，揮灑一滴血，即挽回一分國運。

我們爲緊急應付起見，只有以我們的愛國熱血染成我們最後一頁光榮的歷史，只有把我們殉國精神葬在四萬萬未死盡的人們心坎裏，我們沒有回顧，我們不管成敗利鈍，一刀一槍，死而後已！

同胞們！同志們！他們有江戶兒，我們有鐵孩子，我們自高級官長至火伕，若存一絲一毫畏葸怯顧之心，不僅是我們革命生命之自殺，將殺盡燦爛歷史的威風，殺盡中華民族殘燈欲滅的生命，子子孫孫千秋萬歲，都要罵我們爲欺世盜名亡國滅種不中用的東西！

同胞們！同志們！仇人來到，分外眼明，我們負京滬淞滬守土之責，決不叫仇日來損我一草一木！決定死守！

自由之鐘已鳴，救死之血正沸，我們不要感覺我們物質敵不過人，我們要以偉大犧牲精神來戰勝一切，我們必定能操勝算，我們必定能救中國，哥

哥們！弟弟們！衝鋒吧！我們要永永遠遠在血泊中求最後的生存與勝利，我們來高呼：殺！殺！殺！

(1)打倒日本帝國主義！
(2)掃除世界和平的障礙！
(3)保國保種要和仇日拚命抗抵！
(4)死守上海南京！
(5)保持十九軍千秋萬歲的光榮歷史！
(6)軍人以殉國爲天職！
(7)中華民族中華民國復興萬歲！
(8)中國國民政府外交勝利萬歲！
(9)中國國民黨萬歲！
(10)抗日勝利萬歲！
(11)十九軍勝利萬歲！

十九路軍總指揮蔣光鼐十九軍軍長蔡廷鍇淞滬警備司令戴戟

敬告淞滬民衆書

親愛的淞滬同胞們：

血淚模糊的去年「九一八」紀念日以後，五閱月來仇日佔我遼瀋，奪我吉林，俄而錦州淪陷，俄而熱河告急，繼之以擾亂平津，蹂躪福州，掉臂橫行，如入無人之境。親愛的同胞們！日人辱我民族爲游魂散魄，賤視我皇皇華胄爲輭骨動物，是而可忍，孰不可忍！

榆關以東，既非我有，而長江方面，浪人滋擾，日有所聞，最近更直接向上海大肆其爲人類唾棄卑劣無賴之蠢動，引翔港之暴動，放火焚燒我三友實業社，開槍射殺我華警，而村井總領事，竟向我上海市政府提出五項蠻橫無理條件：

(1)對日僑被傷事道歉

(2)即刻懲辦兇手

(3)華方須負擔日傷僑醫藥費

(4)市府對抗日團體須加以取締

(5)立即取消各抗日團體

同時開來日艦六隻，什麼驅逐艦、巡洋艦、航空母艦挾帶若干陸戰隊而來，帝國主義礮艦政策，我們在歷次國難國恥的日子，本已見慣，世界果爲強者之世界，則我們親愛的同胞，與我們效死勿去的親愛戰士，當然要如左右手之相助，寧爲玉碎而榮死，不爲瓦全而偷生，本總指揮軍長司令願與我親愛之淞滬同胞，攜手努力，維持必要之治安，作最後有秩序之決鬪，絕不使日兵在中國土地及淞滬萬國共瞻之範圍擾及我安居，損及我一草一木，否則，軍人殉國本分內事，此物此志，可以昭世界而信神明，本總指揮軍長司令以十二萬分熱望認爲我親愛民衆，對於準備犧牲，維緊治安，保持我文明偉大

久受屈辱民族的生存條件起見，應具以下必要的幾種嚴肅應戰的態度。

一、暴日以兵力來犯，我正當之防衛，萬一無可避免，碰着軍隊與仇日陸戰隊接火時候，同胞應集中財力精神，去防止賣國的漢奸乘火打刼，危害治安，波及他國邦交。

二、上海市內市外所有組成的抗日救國的義勇軍，應該隨時來本部報到，絕對受本總指揮軍長司令的指揮，不可妄行，侵入陣地，以亂陣綫，而影響軍事行動之勝算。

三、必要時軍隊應該是第一批犧牲者，民衆須嚴密加緊地去牽制，消滅浪人的殺人放火行動。準備作最後犧牲的預備隊。

四、京滬滬杭兩路民衆要極力幫助國軍運輸的便利。

五、我們應付仇日的態度，只有決心，整暇，嚴肅，可以制勝。

六、我們軍民合作的力量，除掉不使寸土入於敵手外，同時更要取得各友邦之同情助力而保障其安全。

七、我們決定要打倒世界的強盜，要多方面作中西文印刷品廣大的宣傳，以暴露強盜國應有盡有的罪惡。

我們來高呼：

(1)打倒強盜的日本帝國主義，掃除世界和平之障礙！

(2)我們要效法摩洛哥的苦戰，追蹤土耳其的復興！

(3)救中華民族的生存只有和日本決鬪！

(4)中華民族萬歲！

(5)中國國民政府萬歲！

(6)中國國民黨萬歲！

(7)中國抗日軍民合作勝利萬歲！

跋

淞滬當中外之衝海通以來武備廢弛民國二十一年一月敵狃於東北之役恃其艦械精利突以海陸空軍三萬先後來犯飛機軋軋天空重砲轟擊十餘里所過爲墟屠戮尤慘方戰之始我司令適奉命淞滬警備至則補苴罅漏草草未竣不匝月而寇至倉卒與蔣蔡諸公定戰守計指揮十九路各師浴血應戰以守土之義號召全國幸賴民衆之力友軍之助將士之用命十蕩十決前仆後繼卒殺傷相當敵不得逞然志固決死初未必其能支持卅有餘日也事後思之約有數義一曰喚起民族自衛自救之意識以與敵人同盡二曰軍人之職責在守土當與共存亡效死勿去成敗利純非

所計三曰死生禍福不可知計唯一衷於義盡人事以聽天命四曰橫逆之來唯一致死敵以求生路退一步卽無死所五曰與其張皇於臨時不若綢繆於未雨我司令念滬戰之創鉅痛深軍民死事者之烈而外患之日亟也故裒集戰前一二文件以自省戒且以詔同志傳曰不備不虞不可以師孟子曰無敵國外患者國恆亡覽此編者其有憂患之心而衞國之念油然而生者歟民國二十二年一二八週年紀念日閩侯張襄謹跋

本紀念册專爲本部同人及抗日各友軍之紀念贈品有秘密性非普通賣品

中華民國二十二年一月二十八日印行
編輯者 淞滬警備司令部
印刷者 商務印書館

2426

抗戰末期的西南大撤退

□□胡養之

勝敗原是兵家常事，一支具有完善作戰條件的軍隊，對於攻、防、追、退的各種戰術訓練是缺一不可的。因爲「用兵之道，不勝則敗」，如果只能打勝戰，而不能打敗戰，則那支部隊顯然還不夠條件。正如兵畧家孫武子的「謀攻篇」所說：「百戰百勝，非善戰之善者也。……」又「虛實篇」中說得更明白：「故善攻者，敵不知其所守；善守者，敵不知其所攻。微乎、微乎，至於無形；神乎、神乎，至於無聲，故能爲敵之司令。進而不可禦者，衝其虛也。退而不可追者，速而不可及也。故我欲戰，敵雖高壘深溝，不得不與我戰者，攻其所必救也。」

我國近代的著名軍事家蔣百里先生，有一次在陸軍大學演講時，也曾對攻、防、追、退四字加以解釋說：「攻是找到敵人打；守是等待打敵人；追是不讓敵人脫離戰場，以劍及履及的行動而殲滅之；退是迅速脫離戰場，以保存實力而轉移有利於我的陣地，繼續對敵作戰。……」雖然不論如何，必須保持沉着，秩序絕不可亂。故胡林翼說：「軍旅之事，勝敗無常，總貴確實，而戒虛捏。確實則準備周妥；虛飾則有誤調度，此行軍之最要關鍵也。」

然而，就我國的軍隊來看，除了馮玉祥所屬部隊對於退却的訓練稍爲重視之外，其餘多是仿照德式或日式的軍事的教育，能勝而不能敗的。所以，在對日抗戰期間，有許多的大都市如上海、南京各役之後，不僅有若干戰鬥單位的精銳，都因而潰不成軍；並且曾經大大地影响其他戰區的士氣人心。即以當時向西南方面的大撤退而論，那種混亂的情形，及其紀律之壞，實非筆墨所能形容的！

風水甲天下的桂林

筆者對於西南這條路線——由湖南經廣西、貴州到四川，有如「老馬識途」。從民國二十七年至三十五年這八年當中，曾先後來回經過六次之多；除三十五年一月由重慶到廣州是乘飛機以外，這裡要報導的則在其餘五次中，對我個人的驚險經過，及在沿途所見所聞的奇異情形。

最早的一次是民國二十七年十二月初，當我考入軍校後約一個星期，即被召至衡陽集合，約有三百多名新生編成一個大隊，待命出發。由於當時的中央軍校已由武漢播遷成都，而湘桂鐵路則只能通過桂林。因之，學生大隊必須抵達桂林才能配給武裝，趁此長途旅次行軍的機會，作為入伍訓練。其時還在抗戰初期，日本鬼子雖已侵佔了我武漢和廣州，使全國早已進入戰爭狀態！但從衡陽至桂林，還看不出什麽混亂情形；而且有機會遊覽這個風水甲天的桂林。

這是一座具有兩千多年歷史的古城，即秦時的桂林郡，清時的桂林府。明、清以來，定為廣西省會。民國鼎定，以編於省之東北，對於邊疆，鞭長莫及，故移省會至南寧了。民國二十六年以抗戰軍興，廣西省會再遷桂林。城濱灕水（即桂江）上流的西岸，據五嶺之表，抱兩粵之背，屏蔽衡、永（零陵），控制峒夷，誠嶺南之會府，桂北之咽喉也。據廣西通誌載：「秦平南粵溯湘而至，欲通嶺南漕運，命史祿於桂林北，興安東，湘、灕二水發源處鑿通之，故湘、灕同源異流，溝貫南北，厥功有焉。其後漢服南越，黃巢禍湘，洪、楊舉事，莫不軍出灕水，以桂林為根據地。……」

桂林的名勝古蹟，首推市內的古皇城，即元代的「萬壽殿」，以自古為西南名城，得中原風氣最先，文化禮儀，冠於全省。且其山水之美，甲於南服，巖洞尤多奇景；山有疊綵山、桂山、獨秀峰、虞山、堯山、景華山諸名勝；洞有風洞、伏波巖、水月洞、留香洞、清風洞、七星巖諸奇景，或挺拔雲表，登造無階，或半空開竅，冥搜莫測，或孤表直聳，頂平如阜，或洞門延迤，中透天光，扣石响鐘，潛流鳴琴，石髓呈獅象之形，鐘乳透竅穴而出，鬼斧神工，莫可究詰！

在桂林駐了幾個星期後，對我們這些十八、九歲的小伙子來說，心情未免有些沉重。原因是全副武裝了，包括槍、彈、被服及米袋等至少有十至十五公斤的負担；特別是離開桂林的第四天，經過永福時，更為農曆十二月二十九日，亦即大除夕日子；儘管大雨傾盆，但沿途仍然充滿着過年的熱鬧氣氛；何況大雨淋頭，又無油布遮蓋，至下午六點抵榴江宿營時，三百多人個個都變成了落湯鷄。當晚住在城郊的一個大宗祠裏，雖然也有酒與肉，但由於各人的棉衣、軍毯都淋濕了，吃喝已無興趣，因而大家爭着去烘衣裳要緊。宿營的祠堂面積很大，周圍陳列大小菩薩；我那一個區隊被劃分在菩薩的神座側邊。因為一天行軍過於疲勞，不管什麽菩薩也好睡下去再說吧。

不料翌晨四點以後，便有李姓族人前來祠堂燒香，並燃放炮仗，驚醒了我們的好夢！所以大衆不待起床號吹响便已起了身，吃完早餐即行出發。而令我覺得最驚恐、好笑的是：隊裏的值星官和區隊長都是糊塗蟲，在列隊出發時，他們竟未檢查學生的裝備，直至離宿營地三里以外，我才發覺自己的槍枝忘記攜帶，嚇了一跳！我想廣西人是最愛武器的，這枝步槍一定凶多吉少！但又不能不返去找尋。於是，我故意說謊「大解」，離開隊伍後則飛步跑回祠堂，發現槍枝依然掛在菩薩神座後面，喜出望外！這也許是那些進香在大年初一只求菩薩保佑他們「財源廣進」，而忽視了這種殺人的兇器罷。

黔東苗族的生活習慣

第二次是民國二十九年九月初，由軍校畢業後分發到江西的上饒砲兵十八團時，火車便已通到柳州了。因為學校當局希望我們早日趕往部隊報到，便發給雙倍旅費和兩個月的少尉薪餉，身上一有錢就不同了；尤其初出茅廬，穿着軍官制度，佩着校長蔣中正贈給的短劍，個個神氣十足！在沿途搭「黃魚車」，更受人另眼相看，所以，那次除了在湖南洽水灘休息時，一位名叫江霽霄的同學，因發高熱而突然神經錯亂，語無倫次以致離奇死亡之外，未嘗遭到任何困難而順利地抵達了目的地，無特殊情況可紀。而同年年底，砲兵十八團則奉命先開衡陽，將其原有的重迫擊砲移交後，隨即前往貴州鎮遠、三穗、施秉、黃平等地接運新兵，和接收三十六門法式野砲，因之，我又隨軍向西南進發，作了第三次的旅次行軍。

從湖南去貴州時，因爲武器已經移交，只携帶一部份騾馬及士兵；同時，火車已經通至金城江；加以當時的戰火尚未威脅到西南，倒很迅速地抵達預定地點。可是到了鎮遠、三穗之後的工作則非常艱鉅，除着接收七五口徑的野砲之外，還要接收新的騾馬，及各縣山區的苗族新兵，大傷腦筋！由於這些苗區，和漢人的生活習慣不同，語言欠通，盜匪縱橫！據「胡林翼手譜」中載：「道光二十九年三月，卸安順府事，接署鎮遠府。以鎮郡先務之急，莫如除盜，乃上喬見齋中丞書，陳述鎮遠一郡，水火盜賊，事事可慮！水火限於地利，且夕難以圖功。盜賊以黃平、台拱爲最多，施秉、天柱亦甚不靖。高山、革夷、山丙、沙邦四寨，其最著者也。……爲分別良莠，密册登紀，高山共五十八戶中，只三戶不爲盜；革夷分上中下三寨共七百戶中，有五分之四爲盜。……」

鎮遠位在黔東，與湘西毗鄰，漢屬無陽縣地，元設鎮遠沿邊招討使司於此，清爲府治，民國改縣。城濱鎮陽江北岸，當湘、黔二水孔道，後依高山，前臨巨川，形勢最爲扼要，爲黔省東面的關鍵。城的西面有「相見坡」，地勢漸崇，步步高升，至山之半，「鎮雄關」當衝屹立，山路崎嶇，攀附登巔，前瞻後顧，相見坡首尾在望，行旅者手招口答，近若咫尺，而不知相距已三十里了！清雍正時，張廣泗破苗兵，就是以這裡爲戰場的。當我軍到此時，據居民說，附近盜匪仍多，如牌坊寨、老鼠寨、甕谷隴、毛栗坪、新寨、黑寨、青岡窩、小米山、樓梯坪等處，都是盜窩。

施秉在鎮遠西約八十里，與鎮遠東西對峙，互相犄角，同屬黔東要衝。城東有「偏橋」，左傍懸崖，右臨溪流，鑿石架木，以通往來，明萬曆間土蠻叛變，佔奪偏橋，使湘、黔路塞，事平後始知爲重地。其下八里，有「白雲洞」，中列蛟、龍、獅、象石牀石欖等景，可供觀賞。西南面有「重安江」，當湘、黔的驛道，爲苗人趕集之所。江上無橋，苗人濟渡，藉方舟以絙繫兩岸，渡時以手引放絙的兩端，而可使舟進退。江邊桑麻豐茂，板屋茅簷，頗饒鄉村眞趣。其西南的黃平縣，位鎮陽江支流南岸，盜苗所聚之地。據貴州省通誌載：「明將胡從儀，在此捕盜得功，其法以卡房巡哨爲主，親身督巡，或晝或夜，或東或西，人不能測其所之。而盜來四面圍捕，無一脫者。……」

總之，黔東爲苗蠻薈萃之區。我們在那裡駐了好幾個月後，始逐漸瞭解苗族情況。原來貴州於殷周時屬鬼方。相傳諸葛亮封蠻夷爲羅甸國王於此；唐爲羅羅鬼主所居；宋屬羅施鬼國地。後以鬼與貴同音，乃改稱貴州並列爲內地。蓋三苗、九黎之族，自三代以來，竄居於此，故全省約一千八百萬人口（當時估計）中，漢人僅及百分之二十五，土著中不獨佔最多數；且其派別也相當複雜，計有：苗、猓猓、犵狫、仲家等族，他們的生活習慣與服裝都各不相同。其中最文明的如宋家苗、蔡家苗兩族，相傳爲春秋戰國時代，宋、蔡兩國的裔民，被楚人俘虜後放逐到貴州的；頗習漢化，知中原禮儀。

苗女最早穿「迷你裙」

此外，尚有谷苗族，其社會也同於漢俗；對婚嫁方面，亦多半沿用中國古風。這兩族的苗人，比較容易訓練。惟有仲家苗人的性格，則頗有區別。他們的生活習慣，簡直未曾脫離開原始式的風俗，例如：男女間的戀愛過程，大多數是先行野合，繼之以婚姻。通常苗族婦女——特別是未婚的苗族少女，更穿着長僅及膝的短裙，和現在大都市中少女所穿的迷你裙相差不多，而苗女則往往不着內褲的。因之，增加其野合的機會。其他中年婦女也着短裙，赤着脚，頭頂挽以黑髮，彷彿孔雀尾，髮飾精美的長木尺，身佩輝炫的大銀餅，短其衣而錦其袖，花綴裙邊，廻旋飄動，別具風趣。這一類苗族多半散居於黃平西南方面如鑪山、平越、都勻、貴定等縣，由於抗戰中期，以上各地成爲大後方，使苗人與漢人接觸的機會較多，所以較其他各族爲開化。

至於猓猓、犵狫諸族的苗人，都是暴戾獷悍的。前者散布於貴州的西部，即毗鄰雲南邊區；後者則散居於省境的東北部，鎮遠、江口、岑鞏、三穗各地均有。這兩族的苗人酷嗜飲酒，且猜忌善疑，經常佩着刀劍、虎叉等利器以出入，即遇細故亦必展開其生死决鬥，負隅成性，頑梗不化。淸嘉靖二年，犵狫族的苗總韋乾元與妖婦王孌仙實行叛亂時，曾調集數省的兵力，圍攻兩閱月，始克平定。其後剽悍如故，重行嘯聚黨徒而與漢人相抗衡；加以省境東北部的地勢險阻，交通閉塞，而政府的教育也不普及。因此，直到抗戰期間，他們依然敵視漢人！我們在鎮遠一帶所接補的新兵裡面，約有百分之八十都是犵狫族的壯丁，他們不單強悍難馴，乘機逃亡；並經常發生衝突甚至鬥毆事件，入夜後更有暗殺班長或老兵的恐怖行爲！

尤其是至三穗接受大砲、彈藥及騾馬出發時，就發生了更多的問題。因爲三穗舊名邛水，宋置；明設邛水十五洞蠻夷長官司；民國二十年始改名三穗縣。位於玉屛與鎮遠之間，雖有資興公路轉滁、柳線通都勻，獨山至金城江，然其沿途叢山峻嶺，嶇崎的道路，斜度甚大；以體力有限的貴州騾馬，來拖曳一千三百公斤的笨重野砲，簡直像螞蟻扛蜻蜓一樣，行三步退兩步；加上那些新近補充的苗子兵，又是從來沒有離開過家鄉的，一旦要離開他們的故鄉，未免有點依依不捨。因之，在沿途分別逃走的爲數不少；同時，我們又沿途向各地團管區要求補充。這些新兵的身體很強壯，對於爬山的確比其他士兵強得多，他們協助騾馬推拉大砲相當賣力；但是人力與獸力的合作，終無法持久，差不多經過一個多月的時間，好容易才越過鎮遠、施秉、黃平、鑪山、麻江等幾個綿亙不絕的大山，當我們到達金城江的時候，全團的大部份官兵都已患病，牲口也死去一大半。

結果考查其原因是由於貴州地屬潮濕，瘴癘瀰漫，外省人入於貴州境內，慣常所患的毛病可能有如下兩種：（一）是患喉部腫大，俗稱「大頸胞」；（二）是患脚氣病，亦即受了瘴氣的影响所致。當馬波伏南征貴州的時候，曾經使用馬車載去薏苡草，以療治士卒。雖然那些在沿途補充的新兵個個安然無恙，可是這些苗人大鬧笑話！他們到達金城江的火車站時，一看見幾個火車頭和幾列車廂便成羣結隊地集體逃跑！後來將這批企圖逃亡的苗子兵攔截囘來問明究竟？他們毫不隱諱地表示：「從娘胎出來就居住猺山中，自來未曾見過火車，以爲火車也像大砲一樣需要騾馬拉和人力來推的！他們沿途協助牲口推動大砲已感到萬分疲勞，現在面對如此龐然大物，更覺得驚慌！只好設法逃跑」。所以，在戰時流行一句笑話是：「牛皮不是吹，火車不是推的！」意思在安慰那些山區新兵。

徒步行軍與興安遇難

第五次是民國三十三年八月，當衡陽失守後兩天，我便奉到砲兵指揮和砲兵第三旅司令部的命令，全權派我負責率領那一百多名殘餘官兵向廣西方面進發，這才看到我方的眞正大撤退。當我率領的一小部份人馬從衡陽三塘（距衡陽城卅里），步行到達祁陽的洪橋時，本來希望能夠搭上火車，迅速脫離敵人的威脅！可是我跑到火車站去一看，不獨沒有空餘的車廂可搭，甚至幾天前由衡陽方面開出的貨車，仍然停在那裡動彈不得；整個火車站附近地區，都堆滿了軍隊的裝備——包括被服、械彈、醫藥器材及破舊的車輛等，以及難民們的行李，狼藉滿地！一般認為：搭火車還不及步行的速度。因之，我們也感到只有自己的兩條腿比較靠得住，於是繼續向零陵前進。反正祁陽至零陵約九十華里，我們一晝夜便趕到了冷水灘。滿以為在這兒可以乘火車的了，不料冷水灘成為敵人空襲的最大目標，使到所有車輛不敢停在車站內，而分別疏散到附近山林旁邊去隱蔽；而且所有列車均載滿物資，閒不容人！我們對於搭車失望之餘，便決定繼續徒步行軍。

然而我們所携帶的糧食僅夠兩天，計劃到了東安便可領到一部份的軍糧的。不料到達東安宿營時，却又大失所望！因為那裡的分站部，只答應發給三天的口糧，令到我們非常徬徨，怎能吃得到桂林呢？於是想到全州尚有第五軍的留守處，或者可以暫借幾百斤。況且砲兵第三旅的補充團有一部份駐在興安接兵，如必要時，我們也可以隨同該團行動；否則向它撥借糧餉是毫無問題的。是故，胆就大了。好在東安到全縣不遠，經過兩天時光，越過黃沙河，沿途看見夏威兵團用的三十一軍和四十六軍正在加緊構防禦工事，意味大戰即將來臨，廣西部隊準備發揮其保衛鄉土的精神，比湖南境內那種撤退的情形又是另一氣象。

到達全州後，我的內心却發生了強烈的矛盾。原因是我們與第五軍毫無關係，憑什麼理由向它借糧？但天無絕人之路，當我跑到該軍留守處時，碰見一位原在軍校的同學羅漢柏兄，他是第五軍的輜重團連長，留守全州担任運輸工作；最湊巧的是當天便有四、五輛大卡車駛往桂林，我們便有機會搭上他的順風車，兩個鐘頭就到達興安。總以為否極泰來，殊不知大禍臨頭！當我一見到補充團團長黃志聖（湘西邵陽人，軍校第五期畢業）的時候，他就從抽屜取出砲兵第三旅旅長王若卿的一封電報，命令他相機將我扣留，其罪名計有：（一）在長沙丟了四門大砲及九十匹騾馬；（二）從衡陽出發，沿途犯了嚴重軍風紀。就這樣我即失去了自由，部隊則交由另一名上尉連附負責管理，使我沒解釋機會，冤哉枉也！

大約五天後，旅部參謀長陳宏章，砲指部的參謀主任粲定華，偕同軍法官吳俊等一行兼程趕來興安，全權處理關於我的問題。吳俊是王若卿的親信，他們以為我在岳麓山大難不死，並帶出一批殘餘官兵，沿途可能打了「起花」（搶劫的意思），發了洋財！因而不分清紅皂白判了三個監禁，交興安縣政府執行。而那位貪贓的吳法官竟暗中派人向我索詐！表示如果我不答應將所有財物給他，則轉報加以極刑！極盡威脅之能事！其實，我們這百多名可憐蟲，於死裡逃生之餘，一直在半飢餓狀態中！我個人已窮到連鞋襪也沒得穿，那裡還有金錢行賄？因而富有正義感的陳參謀長（軍校七期砲科畢業，原籍深圳沙頭角），獲悉這一消息並查明我是被冤枉的，同行的一百多名官兵都大抱不平之後，對吳俊頗為不滿，立即和粲定華（軍校十期畢業，海南島文昌人）商議，對我表示非常同情；一面向砲兵指揮報告眞相，一面將我釋放，更恢復我的職務，指令我仍舊率領原有一百多名弟兄離開興安，對留在桂林兵工廠修理中的三門大砲一同帶往貴陽。

蘇橋車禍與柳州相見

但是倒霉的我，雖然跳出了興安那一道「鬼門關」，却逃不了另一次九死一生的危險！那就是大撤退聲中的蘇橋翻車慘劇！本來我在興安被扣留的時間不過十多天便到了桂林，為什麼會碰上那次的危險遭遇呢？原因是這樣：

（一）民國三十一年長沙第三次會戰時，砲兵第二十團有三門野炮因發射速度太大，而使炮身和搖架部份發生了故障，於民國三十三年春始送往桂林兵工廠修理；大概是該廠工作太忙，把這幾門大炮擱置一邊。當我去領炮時，不僅沒有修好，廠方幾乎忘記了。經過查對才知道炮身已被拆卸；儘管馬虎地配上零件，重新裝置，噴以油漆，也要花上好幾天。

（二）請撥交通車輛尤其困難，當時除了廣西部隊賴以輸送物資的軍車外，其餘客、貨車，多爲政府權貴們的家屬及私人用具所佔。因此，我所交涉的幾節平車廂，遲遲始獲批准；爲防止被人佔奪，我們儘速將大炮搬上車去，派人看守。而敵人的先頭部隊，其時已進犯黃沙河，全州、興安均充滿戰爭氣氛；桂林亦已開始混亂。車站的難民人山人海，我們的二輛平車好不容易才被掛上一列火車，眞是喜出望外！由於那列火車停站的時間較久，除每節車廂都已塞滿乘客和軍需品之外，數以千計的難民仍然蜂湧地向車上爬，無論車頂車頭只要能站人的地方，全都是人；甚至車廂底下也被難民把繩索綁上木板加以佔用無遺。臨到開車時，只見人而不見車！車站站長鑒於此種情形，便決定臨時增加一個火車頭，協力推動。大約是在下午五點由桂林車站駛出，沿途停車的時間多過開車的時間，因而經過一夜才駛抵距桂林約五十里的蘇橋，正是拂曉時候，整個列車的人好夢方酣，突然發出一聲巨响，彷彿一陣排山倒海，整列火車越出軌外翻倒！因爲當時我左脚趾被一下多公斤的大炮車輪壓住，痛至昏厥，經八名士兵將大炮抬高才把我拖出來，送返桂林醫治，所以，我對現場的慘況不能完全記憶。

到第二天才由一位排長向我報告：「這次車禍可能死傷共達千餘人，而與我同行的一百十八人中也死了十四人，傷廿六人。」我對這羣共患難的弟兄之死之傷，不禁流下淚來，覺得萬分哀痛！至於我能死裡逃生，說來也很奇怪，在桂林出發之前，一位排長陳某向我誠懇要求說：「他的表妹已逃來桂林，很想跟他一道，以便照顧；並希望把原來替我蓋好油布的中間那個床位讓給他們睡覺。」爲了促成他們的好事，我即滿口答應；另在炮車後面再蓋好一個床位。但翻車時，中間床位慘遭壓毀，這對烽火鴛鴦也同時喪生，做了我的替死鬼！結果查悉那少女並非他的表妹，而是一位逃難的女學生。

我在桂林軍醫院留醫一星期後，傷勢逐漸痊癒，但仍爲交通工具而發愁。幸好當時由長沙退到桂林的憲兵十八團副團長胡純武，是我的同族兄長。他替我奔走了好幾日，又向車站交涉到二輛平車，才把三門大炮及不足一百名的弟兄平安地送到柳州。因爲柳州是第四戰區長官部所在地，戰時西南大後方的中心，成爲湘桂與黔桂兩鐵路的轉捩點。故由前線退下來的軍隊、難民以及準備撤至貴陽、重慶的各後方軍事機構——包括野戰醫院、紅十字會機構等大部份都集中於此，使這座山城在短時期即成爲人口擠擁的繁華都市，而每日的空襲警報頻仍，市面比桂林更混亂。

柳州又名馬平，據柳江下游，指臂黔、桂，控扼蠻洞，山川迴環，猺壤遼濶，爲黔江之咽喉，嶺表之樞紐。郊區山多岩穴，黎猺居之，若防範偶疏，輒爲擾害！明淸以來，草薙禽獮，不止一次了。城東有羅池，殊利灌溉。上有羅池廟，即唐柳宗元祠，蓋柳宗元曾被謫貶至此爲刺史焉。在戰前柳州市居民不過十萬，戰時驟增至五十萬人，以致所有旅館、客棧甚至車站郊區，都擠得滿滿地，我們始終駐在平車上達八天之久，對於柳州所得的印象是一個「亂」字。由於柳河的橫流貫市，成爲南、北兩岸的一條鴻溝，也像珠江白鶴潭把廣州劃爲南、北一樣，却沒有宏偉的海珠橋溝通南北，亦無完善的小輪以資濟渡，向來都藉珠娘手搖的小船，但人口日增，小船應接不暇；當局乃設浮橋並以竹桿舖上，稱爲「竹橋」。而原有的小渡船則通常蓋以竹蓬，作爲臨時的水上旅館。奇怪的是一葉扁舟之上，居然藏垢納汚，如飲酒、猜拳、賭博及流鶯等等，應有盡有，別饒秦淮風味！因之，不少好此道者，寧捨陸上旅邸而就小舟。可惜好景不常，敵人逼近桂林，柳州便進入戰爭狀態。我們則奉命將三門大炮移交當局駐軍後，才鬆一口氣。

到貴陽患難戰友分手

大炮有了歸宿，而將近一百人的殘餘部隊包括我在內，則規定撥入第十軍的後方部隊。但該軍軍部駐在宜山，要求我們一行馬上前往報到，引起大家的反感。他們認爲：第十軍也是從衡陽逃出的殘餘，與其歸併第十軍建制，不如自由自在地行軍到貴陽。我很明白這些老兵的心理，他們之中有三分之二是北方人，自民國初年開始當兵，一直服務炮兵部隊，成爲特種兵的技術人員，許多年紀較大的都蓄有一字鬍，不折不扣的「老油條」，刁兒浪蕩慣了，自然不願編入步兵部隊。但倘若不歸併一個直轄單位，那末，我們無形中變成無主孤兒，被人認爲散兵游勇。因此，我決定到宜山再說。那時的十軍係由副軍長余錦源代理軍長，當我見到他時，他問沿途行軍情形及官兵們的志願如何？我即以「這一百人都是老練炮手，較爲任性」相答。他點點頭笑着說：「我們現在沒有炮兵營，不能容納這些人材，還是由你照舊領着他們去貴陽。」但他表示可以借給若干軍糧，讓我們自由行動。這一來，我們依然是無主孤兒；爲了便於搭車，於是決定分爲十人或十五人一班，指定到金城江火車終點歸隊。好在都是老兵，各自爲陣，到金城江後，一個也不少。惟給養方面已成問題，他們又想出一個生產的辦法是：沿途賣粥賣茶，每天一到達宿營地，則先買米發售，川流不息的軍隊和難民都爭着購買充飢，生意興隆。就這樣可以維持近百人伙食，歷盡艱辛，輾轉抵達貴陽。

自金城江開始步行後，經過獨山、都勻、貴定，始作休息。貴定位都勻之北，貴陽之東約一百廿里，氣候潮濕，且多雨量，時降濃霧，對面莫辨。離城三十里，有觀音洞，深數十丈，洞內怪石萬狀，龍、馬、獅、象，各肖其形。水氣凝翳，苔紋滋澤，石佛列坐，如位羅漢。洞外千峰萬嶂，環拱排翠，古松老樟，蔽前屏後，溪水一泓，淺及足跗，梵寺翼然，掩映林際，晨鐘暮鼓，覺人塵夢。我在這裡駐了兩日，除探幽攬勝外，也看到病死的人甚多。

離開貴定經龔城而龍里，都是山地，再經上七下八然後望見貴陽市。它是貴州省會，在貴山之陽，故名貴陽。位本省中部的平原，瀕南明河北岸，城依山立，纍石爲堞，周僅九里餘，較各省省會爲最小；城內街道整齊，隨地勢平斜而砌以石道。東郊有「王陽明祠」，或謂即其讀書處。背山構宇，臺榭參差，洞壑幽深，繞藤糾葛，痕苔湛然。城南「集秀樓」濱碧涵潭而築，木榮水淨，風光淡敞，結構清雅，深得幽趣。南出五里有「圖雲關」，雄踞要衝，羣峰環障，抱迴互拱，形勢天成。而「萬里封侯坊」，崇閣摩霄，屹立於棘人道中，即清楊遇春平苗記功所建者也。這裡本是我們撤退的最後目的地，可是問題更多，例如天氣已經寒冷，大家都沒有棉衣；加以單位太小，向兵站直接交涉糧服，又不得要領，令到全體飢寒交迫，幸而貴陽市區空屋甚多，駐地不成問題；不少北方士兵會做大餅油條，決定開設小吃店，類似的舖頭連續開了五六處，可以維持一部份人的生活。其餘較年青的則隨我去扎佐炮兵學校，分別予以安置。從此結束了我們一連串患難相共的生活，但我決心離開貴陽，也不願返炮校工作，當我前往重慶的前夕，數十名改了行的老戰友，齊集爲我餞行，依依不捨，迄今雖近三十年，回憶起來，猶歷歷如在目前。

三次北伐縱橫談（上）

逸譚

第一次北伐敗於陳烱明之變

民國九年陳烱明率粵軍由閩返回廣東，將桂軍逐出粵境。於是年冬由上海返粵，召集護法國會，翌年護法國會一致通過組織中央政府，舉中山先生為非常時期大總統，積極籌備北伐，以解全國人民之倒懸。中山先生於民國十年五月五日就職，通告各國不承認徐世昌北平政權，並任命陳烱明為內政部長，兼陸軍部長，伍廷芳為外交部長，唐紹儀為財政部長，湯廷光為海軍部長，李烈鈞為參謀長，胡漢民為文官長，並派陳烱明兼廣東省長，統籌北伐軍糈。待拯救之全國人民，無不寄以深切之厚望。

當時北平徐世昌政權下的直皖兩系軍閥，因分贓糾紛訴諸武力，即所謂直皖戰爭。直系吳佩孚將皖系段祺瑞武力擊敗後，遂野心勃勃而想兼併廣東，指使其傀儡徐世昌於民國十年五月二十日下討伐令對廣東用兵，以江西督軍陳光遠部進攻廣東北江，福建督軍李厚基部進攻廣東東江，另派其秘書長廣西人張其煌勾結陸榮廷進攻廣東西江，對廣東採取包圍攻勢。中山先生判斷江西、福建兩路北軍不足為患，惟須肅清桂軍殘餘，以免北伐後顧之憂。特親赴肇慶督師，令許崇智、魏邦平等軍向廣西境挺進，桂軍劉鎮寰、陳炳焜首先響應，故迅即佔領廣西梧州，沿途桂軍一接觸即崩潰，似秋風掃落葉，先後順利佔領桂林、南寧，即陸榮廷最後據點龍州老巢，亦被黃大偉、黃明堂兩部克復，陸榮廷只得狼狽逃往安南，托庇法人殖民地以終餘年。至江西、福建兩路來犯北軍，果不出中山先生所料，陳光遠部丁效蘭團一出贛境，即被駐南雄朱培德滇軍，李明揚贛軍擊敗，縮回大庾嶺以北江西境內；福建李厚基部王永泉，聞江西出擊敗訊，即停滯廈門、漳州觀望，不敢前進。許崇智及劉震寰等將陸榮廷殘餘改編肅清後，中山先生即進駐桂林，改變北伐路線，擬借道湖南，俾能迅速攻下武漢，預料他省必有響應者。

早期國民黨人多自動自發為革命工作，自民五袁世凱稱帝以來，很多省份均有反袁的民軍活動，江西崇仁，樂安山中有邱永福、鄧德高等民軍約千人，軍閥武力屢剿無效，黨人李劍秋藉郵局工作掩護之便，迭次進入山區與之聯絡，每次均購手槍一枝贈之。（邱部後來被方本仁騙編為騎兵團，誘鄧德高於南昌槍斃，餘衆編入賴世璜師）。湖北方面由居正、丁佛堂等在漢口設立機關，策反鄂籍軍起義，焦易堂策動河南民軍樊鍾秀向義，聞均有成效，惜後來湖南趙恒惕拒北伐軍借道，故各省所活動者，均未能得到響應機會：（丁佛堂江西新建人，辛亥時與孫武等在鄂活動，故與鄂籍軍人有舊，國民黨民二討袁之役失敗後，一直在黎元洪幕中，挂高等顧問虛銜。）

直系軍藉吳佩孚、鑑於贛、閩桂圍攻廣東軍事無功，所倚賴之廣西陸榮廷，且一敗塗地，知不能用武力解決廣東問題，便假借息兵端和平合一高調，唱聯省自治騙局，派國會議員河北人孫洪伊到上海聯絡國民黨人（孫洪伊是清末請願開國會頭腦，當時頗有人望。）首先得到湖南省長趙恒惕贊同，故拒中山先生借道北伐；陳烱明爲了保持既得的廣東地盤，陰謀破壞中山先生北伐主張，密遣親信兩廣鹽運副使鄧伯偉分赴洛陽、長沙兩地與吳佩孚、趙恒惕勾結，且對北伐軍餉諸多留難，復以粵軍總部參謀長兼第一師師長鄧鏗擁護中山先生北伐主張最力，第一師又爲粵軍精銳，（如鄧演達、李濟琛、張發奎、陳銘樞、黃淇祥、陳濟棠、余漢謀等名將，均是第一師中下級幹部出身）復慮與吳佩孚勾結秘密爲鄧窺破，（因與洛陽往來密電頻繁），故聽任其族人陳覺民策劃，派陳少鵬、黃福芝於民國十一年三月十日在九龍車站將鄧鏗刺斃。（陳覺民斯時是省議會秘書長，後來被捕供出案情，旋買通獄卒越監逃走，日人佔廣州時做了漢奸。）

中山先生在桂林得知鄧鏗被刺消息後，即於四月八日由桂林回師廣州，爲了免除北伐籌欵障碍，下令免陳烱明廣東省長兼職，派外交部長伍廷芳兼廣東省長，仍保留其內政及陸軍部長，陳烱明即詐病回惠州家鄉，以爲消極抵制。中山先生並不介意陳烱明會喪心病狂走入叛變之途，自己坐鎮廣州，令參謀長李烈鈞率師北伐入贛。

北伐各軍在中山先生感召下，士氣極旺，五月中旬即攻入大庾嶺進入江西境內，朱培德、黃大偉兩部連克大庾、南康、進佔贛州，鎮守使吳鴻昌北軍北竄。料不到適於此際，陳烱明公然叛變，先由其親信師長葉舉、洪兆麟等電請中山先生下野，葉部連長某因酒後將叛變事洩於其友人陸慶，(陸爲總統府衛兵)陸駭而走告總統府秘書林拯民，轉告中山先生，初尚不信，孫夫人宋慶齡女士，力促中山先生走避，當日（六月十六日）晚午夜叛軍炮轟親音山總統府時，幸中山先生早行一刻，登上永豐艦。翌晨葉逆等知逆謀未遂，旋偵知中山先生在永豐艦，而海軍及江防水師均是擁護中山先生的，遂用重金買通海軍陸戰隊孫祥夫向永豐艦攻擊，即爲楚豫兵艦擊退。（孫祥夫山東人，原爲陳其美部屬，是民國三年刺殺袁世凱爪牙上海護軍使鄭汝成之黨人，平生好色嗜賭，閩因賭輸一月軍餉，始被收買）當中山先生命永豐艦駛進省河車歪時，葉逆派重炮兵二營會同要塞炮台由兩岸夾擊，豫章艦長歐陽格率艦奮勇突進，掩護永豐艦衝入省河，旋楚豫、廣玉各艦啣接而前，卒能衝過車歪進入省河，向白鵝潭進泊。炮轟廣州叛軍葉逆等，復以水雷轟擊永豐艦，幸皆未能命中。今總統蔣介石先生便是於此際由上海趕赴廣州，登上永豐艦，隨侍中山先生，分憂分勞，而得到中山先生器重信任的。

當北伐軍在贛作戰節節勝利之際，陳烱明叛變消息傳到前線時，各將領非常憤怒，一致要求回師平亂，在前線督師參謀長李烈鈞，一到大庾即染上嚴重傷寒症，許崇智到總部向李報告擬回師平亂討逆之，由李之副官田師程陪至病榻謁見時，李熱度高至一百零四度以上，神智不清，不願使其知悉，影響其病體。贛軍團長李明揚認爲中山先生已安全脫險登上永豐艦，江西戰事在全軍一鼓作氣下，有一星期即可攻下南昌，彼時回師平亂，叛軍不難蕩平，此時如陳逆與北軍勾結，則我軍腹背受敵，言時聲淚俱下，且長跪以請。許崇智回部後，揮函告李明揚留贛軍及滇軍朱培德，暫取守勢，俟粵軍平亂後再旋師北伐。遂即率黃大偉、李福林、梁鴻楷各師回粵，，在始興與洪兆麟遭遇，激戰後佔領始興，，葉舉率部北上增援，遂在韶關附近展開大戰，雙方在帽子峯拉鋸式爭奪戰中，積屍遍山，彼此傷亡均極慘重，但葉舉先佔地利，以逸待勞，故佔優勢，經過數日惡戰後，許崇智等軍以傷亡不易補充，不敢再作攻堅戰，遂改道攻入福建，將北軍李厚基驅走，佔領福州，以作休息補充之地。黃大偉率部首先攻入福州，所有省中各機關負責人均隨李厚基逃走，黃即委其軍法官陳劭先為財政廳長、參謀長張定藩為烟酒公賣局長等財政機構，俗謂「水從溝中流，先濕溝中土」，因此黃部軍稍較他部先佔優勢。（陳劭先江西清江人，同盟會員，辛亥後充江西省議員，民國十六年上海清黨時充白崇禧警備司令部軍法處長，以後一直在廣西辦文化事業，中共佔北平後，隨李濟琛赴平任國務院政務委員。張定藩抗戰時任國民政府軍政部常務次長，病死於印度加爾各答。）後來中山先生蒞滬時，許崇智訴之於中山先生，中山先生不直黃大偉所為，將其撤職。（閩黃與中山先生有戚誼，足見中山先生之大公無私。）李烈鈞在許崇智攻陳烱明失敗後，即赴港醫病，李明揚併入朱培德建制，仍駐廣東北江。第一次北伐，便因陳烱明叛變半途而廢。

中山先生在永豐兵艦時，同盟會老同志如胡漢民、汪精衛、廖仲愷、古應芬等，均以陳烱明不至喪心病狂至叛變地步，必為部下所挾持，力主調停，中山先生素來寬宏大度，只要陳烱明悔過認錯，即準其自新，不咎既往，於是汪精衛、廖仲愷赴惠州調停，陳烱明不但不接納，且將廖仲愷扣留，愛陳者亦無為之解說。中山先生於八月九日離永豐艦赴滬後，陳烱明即自動回穗就省長職，無異公開其叛逆陰謀。不僅為黨人所不齒，且為國人所唾棄，從此湮沒無聞，以陳之才具和革命歷史，因一念之差使親者識者無不惜之。

當陳光遠攻廣東失敗，吳佩孚即調近畿第一師蔡成勛，河南暫編旅樊鍾秀，山東獨立旅張克瑤等大軍數萬人南下，蔡成勛部抵九江尚未到達南昌，北伐軍已長驅直入佔領大庾，陳光遠即被北廷免職，以蔡成勛繼為贛督。此時江西郵務管理局奉交通部郵政總局電令組織軍事郵政，隨軍出發，同時江西督署函同前情，並囑多派人員以便接收佔領地郵局。中國之有軍事郵政，係袁世凱帝制時代，「統率辦事處」令參謀本部與交通部會商所訂之辦法，名曰：「軍事郵政組織條例」，以便隨同攻雲南軍隊出發者，未及施行，帝制即已取消，而吳佩孚重來應用，可見其對粵人之歧視。黨人李劍秋獲得所謂「援粵軍事郵政特派員」之職，以資隨軍活動，帶同郵員胡任鑫、方瑛、段哲等，與樊鍾秀旅乘汽輪同赴吉安，至吉安時，電局消息謂北伐軍已退出贛州，次日樊鍾秀得蔡成勛電告北伐軍已退回廣東，囑樊部兼程前進。樊部抵贛南時，吳佩孚已改唱和平高調，陳烱明叛變復掌握廣東政局，中山先生已離永豐艦赴滬，所有抵贛各軍均奉吳佩孚電令停止入粵。樊旅即駐贛、粵邊境大庾、南康各縣。軍事郵政亦奉令取消，各郵員均仍回江西郵務管理局原職。原贛南鎮守使吳鴻昌已被蔡成勛免職，調贛西鎮守使方本仁接充。

中山先生自得許崇智等部佔領福建後，即離永豐艦赴滬，在離永豐艦前，以完成革命建國大業，必須貫徹北伐解除軍閥武力，北伐必須藉革命策源地的廣東為基礎，奠定廣東，必先除去革命障礙陳烱明，於是命鄧澤如、胡毅生、李君佩、林直勉等負責籌欵，李烈鈞、古應芬、譚啓秀、謝良牧、吳鐵城等負責軍事部署，（粵境內尚有不少同情革命之軍隊），張繼、鄒魯等分赴山西，陝西，四川，雲南等省聯絡。當民國十年護法國會選舉中山先生為非常時期大總統決定北伐時，雲南顧品珍派遣楊希閔、范石生、楊如軒、楊池生、蔣光亮、趙成梁等部參加北伐，入桂後適陳烱明叛變，故留駐廣西待命。鄒魯到雲南商得同意後，即入桂與楊希閔暨桂軍劉震寰接洽，楊、劉等將領於民國十一年十二月六日在廣西平南縣白馬鎮會議，各將領一致擁護中山先生回粵討陳。中山先生遂命許崇智為東路討賊軍總司令，楊希閔為滇桂討賊軍總司令（內有桂軍劉玉山部），劉震寰為桂粵聯軍總司令（內有粵軍呂春榮部）。各將領在白馬會盟誓師後，即揮軍東進。劉震寰、范石生親率所部先抵梧州，駐西江右岸蟠龍口，粵軍第一師所部之張發奎首先舉義，鄧演達、卓仁機、陳濟棠、繆培南等，立即附和，駐廣東各地各軍如魏邦平、朱卓文、譚啓秀、陳策、周之貞、林樹巍、胡文燦、方端麟、梅蓴、李天德等；駐北江朱培德、李明揚等；欽廉黃明堂及瓊崖之陳繼虞、王鳴亞等先後響應。陳炯明於十二年一月十六日宣佈辭職，愴惶率其爪牙葉舉、洪兆麟等退據惠州爲騷擾穗垣之巢穴，是以滇、桂各聯軍順利進入廣州。

中山先生在滬得廣州各界電迎，於十二年二月初旬返回穗垣，設立大元帥府，籌劃繼續北伐建國主張，並將各軍番號上，冠以建國二字。豫軍樊鍾秀在河南出發南下前，經焦易堂接洽擁護中山先生，故其一到江西，即向蔡成勳請命前驅，以期早日赴義，抵達贛南時，適陳炯明叛變，故只得停留在江西大庾嶺以南，知中山先生回廣州後，即開入南雄投誠，正在石龍督師，以防陳炯明反攻之中山先生命其即日開至廣州，駐於大沙頭一帶，樊部本屬人多槍少，在江西時襲繳其他北軍槍械，每當襲擊時，高叫「老鄉要槍不要命」，均知其是有名土匪，很少與之抵抗，連贛州鎭守使署衞兵槍均被繳，其他小部隊更不在話下，但樊部一進廣東，其紀律之佳，爲廣東各軍之冠，當時廣州滇、桂各軍防區內，無不包烟包賭，樊部駐大沙頭時烟賭絕跡，現在五十歲以上廣州人大概尙能回憶，當時軍糈困難異常，（今年五月二十日台灣國父紀念舘揭幕時，孫科發表國父手函，內有：「現在之成敗利純，全在兵站能源源接濟前方，使兵士無絕食而已」之言），樊部投誠後，不但未得過分文之餉銀，且以稀粥果腹，均無怨言，此種情況，即後來國民革命軍亦不能做到。有一日陳部逆軍猛撲石龍，范石生部不能遏阻其攻勢，中山先生，在火車上辦公，不肯撤退，正在極其危急之際，樊率援軍趕到，一下車即衝鋒，前撲後繼，勇猛絕倫，陳軍見來者盡是彪形大漢北方侉子，弄得一頭霧水，莫名其妙地落荒而逃。經此一戰後敵軍攻勢頓挫，旋即退回惠州老巢，始減少其對廣州威脅。

中山先生在上海時曾於民國十二年一月十六日與蘇俄代表越飛發表共同宣言：「一、蘇俄承認蘇維埃制不適於中國；二、蘇俄聲明取消不平等條約；三、蘇俄無意在外蒙實行帝國主義政策。故中山先生自石龍一戰將粵局稍穩後，即改組國民黨，於民國十三年一月二十日召集國民黨改組後第一次全國代表大會，宣佈聯俄容共政策。大會開幕日，中山先生稱爲新雙十節，謂辛亥舊雙十節開國節，新雙十爲建國節，並主張黨先建國然後治國，提出建立國民政府案，將原來領袖制，改爲委員制，將個人領導，改爲集體領導，設立中央執行委員會於中央政府所在地之廣州，將原上海國民黨總部，改爲執行部，派張繼、謝持負責，以爲各省聯絡機構，四月十二日頒佈國民政府建國大綱二十條，又以建立革命政權，必先建立革命軍隊，在建立革命軍隊之先，必先造成健全革命軍事政治幹部人才，於六月十六日成立黃埔軍事政治學校，派蔣中正爲校長，廖仲愷爲黨代表。

直系吳佩孚不滿徐世昌傾向奉系之兩面手法，加上廣東陳炯明叛變後，不准舊國會在廣東設立，直系以恢復法統爲名，經孫洪伊拉攏，迎國會北上，假黎元洪爲過渡，以便製造曹錕賄選。段祺瑞經葉恭綽、梁士詒等活動，與奉系軍閥張作霖棄嫌修好，復鑑於吳佩孚之成功，並非武力過人，是善於假借民意力量，於是想到衆望所歸之中山先生，徵得張作霖同意，即派吳光新、徐樹錚南下活動，遂導致孫科、張學良、段宏業、盧小嘉（盧永祥子）四公子會談，因而有孫、段、張三角聯盟。但段祺瑞之目的是借中山先生名望來號召，並非誠心爲國家而輸誠中山先生的，可於中山先生北上後段祺瑞之態度見之。

（未完·待續）

國共在台特務戰的另一幕

蕭魚

蘇聯特務何鴻恩，上月被港府送上了蘇輪「加華利路和」號遞解出境，轟動了整個香港。從這個新聞，使我不禁想起了二十多年前在台灣破獲的國際間諜案來。

一九五○年二月的某一天晚上，台灣台北市厦門街的一條巷子裡，黑暗中人影來去似乎比平常要繁忙得多，停在巷口車子裡的人在說：「上屋頂時千萬要小心，別弄壞了電台的天線。」「現在還有沒有在發報？」「大家把屋子左右前後圍起來。」

黑暗中敲門進去的第一批人，對屋主汪聲和夫婦顯示是保安司令部派來調查戶口的，這時汪已穿上了睡衣，但對來客很客氣，態度也非常鎮定，客人一面問汪「在什麽地方工作」，「什麽時候到台灣的」，一面立刻搜查這間房子。汪說他目前在上海文化運動委員會做圖書館管理員，是大陸撤退時到台灣的。這時，客人在屋子裡一隻小旅行袋裡翻到了一架收報機似的東西，汪很隨便的說這是一位朋友留在他那裡的收音機，要他修理雜音的，客人明知秘密電台在這所屋子裡，但是要汪自己說出來，一定是不可能的事，他們仔細的打開了寫字枱，發現在寫字枱後面裝了一排電源揷落，抽屜裡有一堆好像是電報密碼的紙張，除了這些以外，地板下，椅子下，客廳的沙發椅裡，牆壁裡，都查遍了，沒有可以當做是發報機的東西出現。

在一陣搜查以後，大家坐在客廳裡休息思索，研究還有什麽地方沒有注意到，這時，忽有人「啊！」的一聲叫出來，同時立刻站起來將沙發椅中間的矮圓枱翻過來，將這矮圓枱金鷄獨立式的枱脚敲了一下，不錯，裡面是空的，同時圓枱在翻身的一剎那，忽然裡面傳出一種碰撞的聲音，而且這聲音引起了大家的注意，因爲很响，客人們毫不猶豫的打開了這枱子脚，啊原來裡面藏着一隻鐵盒子，鐵盒子裡是幾罐「鳳尾魚」罐頭，這高一·七英寸，長六·七英寸，濶四·一英寸的罐頭上還揷着一隻眞空管和另一個罐頭裝的電鍵和電源整流器，這一發現，很明顯的，秘密電台終於找到了，同時聯繫起來，旅行袋裡汪說的收音機，原來是一架性能優良的收報機。他們把鳳尾魚罐頭打開，在罐底板上貼着密碼變換表，又在另一邊發現照相底片似的膠片，在燈光下一看，是一張密碼譯法的說明書，和同黨見面時的暗號和方法，以及見面的日期與記號。最後他們又在書架上一本邵履均著的制憲芻議書裡找到了密碼。

汪聲和夫婦見發報機，收報機和一切秘密電台必需用的密碼記號等都被這些客人找出來了，於是祇有默默無言的等待安排。

在同一天晚上，台北市另一條屬於中山北路的一條巷子裡，人影晃動，其中的一所屋子前後左右，可以看到已有人在監視着，隔了沒有多少時候，人影就在被監視的屋前敲起門來，開門的人問明了是來檢查戶口的人員時，便讓他們進去了，在另外一間房中躺着的人，突然從床上跳了起來，點起一支香烟猛抽了一口，下床在屋子繞了一圈，似在思索，又似在傾聽。躲在屋子外面監視的人乘他抽烟時的一霎那，看清了就是他們要找的對象，於是就將電筒照住了他的臉，高呼：「李明，將手舉起來！」

李明一面將手舉起來，一面口中連聲說：「這是幹什麽，半夜三更吵得人不能睡覺，簡直好似强盜搶刼嘛！」電燈亮了以後，大家看站在眼前早被他們注意的英國駐台領事館英文秘書，跟銀幕上的占士邦一樣的英俊和瀟洒，誰會想到這麽帥的青年，就是蘇聯內政部國家安全處國外組派駐台灣的特工人員負責人呢？難怪那麽多的女孩子會喜歡他，爲他發狂，就連男人們，也不能不承認他的確是一位美男子。

他們對李明說明來意以後，立刻搜查同住人莊漢江的房間，等搜查李的房間時，李不時以閒話家常口氣和他們談天，說這麼晚還要工作實在太辛苦了，我知道，你們待遇也不好，又要晚上出來，實在是太划不來了⋯⋯。這時，有人在他房中找到了幾封有關軍事方面的信件。問他時。李狡滑的說是「台北醫院護士長廖鳳娥小姐留在他那裡的，他最近痔瘡病發，出血太多，請廖小姐打針止血，廖小姐是個忙人，匆匆來打完針，就急急走了，所以將信忘記在這裡，因為是別人的信件，信內說些什麼，他當然不會知道。」有人在浴室發現女人的睡衣浴衣，以及女人用的香水口紅等，李兩手一攤說：「這亦是廖小姐留在這裡的。」「這兩封密碼電報是發給你的，上面清楚寫明是李明收，大概不會是給廖小姐的囉？」李明口才再好，到這時也已無話可說了。

在中國政府撤退廣州前，比較有名的新聞記者，大家都熟悉不論煦日高照或刮風下雨，手裡永遠拿着大黑洋傘，脚上穿着長統膠靴的前中央社記者，後來又担任美國時代雜誌記者的李明。他活躍在新聞圈裡，也活躍在政府官員間，他畢業於西南聯大，所以說得一口流利的英語，原藉天津，在廣州長大，因而能講得極標準的北方話和廣東話，他的文章漂亮簡潔，因此，新聞界裡不管老一輩的或年輕一輩的，都一致認為李明是最有前途的新聞記者。他的太太陳純武因為思想偏左得利害，認為李明是一個帝國主義的崇拜者，夫妻之間始終處不好，在他們的男孩「温冬」出世後不久，前進太太終於捨棄她的包袱而去。父子兩個相依為命，李明傷心了很久一段時間，直到另一個新聞同業蘇聯塔斯社記者西尼耐可夫的安慰與鼓勵，並不時邀請他到家裡飲茶或吃飯，李還在孤獨的時候，受到異國友人的關壞，內心感動不已，他們的友誼也從這個時候奠定了基礎。

李明聽信了西尼耐可夫的話，參加了蘇聯國家安全處國外組工作，藉着新聞記者身份，混到了台灣，立刻和同組織的汪聲和連繫上。這時候，汪正在感到情報來源不容易，如今，有李來負責，利用記者關係，佈置屏東、鳳山、左營各軍事區路線，輕而易舉。於是，他們供給國際共產組織情報，自李明到達台灣後增加了起來。李為了方便工作及愛好起見，除了真的在辦正事以外，身旁少不了有一二位小姐陪伴左右。過去曾是南京金陵女子大學校花的黃珏和她妹妹黃正，也是他利用的對象和情人之一。這對姐妹花的父親黃維國曾是湖南縣長，母親是長沙女師學校的校長，毛澤東過去曾經在她學校裡當過教員，大陸變色後，母女三人去了台灣，黃珏在屏東某部女生大隊當少校組長，黃正也是某部的秘書，兩姐妹英文好，人又逗人喜愛，因此圍繞在她們左右的青年軍官可不少，李明看上了這一點，略為用了一些手腕，這對姐妹花無形中就成了他情報供應站，她們母親眼看兩姐妹太活躍，太引人注意，惟恐惹上麻煩，曾經拜託在英國領事館任秘書辦理簽證的李明設法將她們送來香港，她那裡知道，李正在利用她的女兒們為他搜集情報，怎樣也不會輕易的放走她們，一拖再拖，黃氏姐妹香港終於來不成了。案發以後，黃氏姐妹也被關了起來，聽說判了十年徒刑。過去追求她們的軍官中，有一位、中校，對黃珏特別情深，每天親自燉鷄湯送去牢中給這兩姐妹佐餐，十年如一日，如今姐妹花刑滿早已出獄，黃珏感到中校的情意誠，在出獄的那一年就嫁了給他，生活得非常美滿。

李明案發，說來很奇怪，當他在台灣活動得很如意時，一天，他突然跑到附近的警察派出所去報案，說是遭了盜窃，問他失窃的東西時，又含糊說不清楚，過了幾天，警察查出窃賊原來就是平時到他家洗衣的阿媽，再經過仔細追查，阿媽供出贓物除衣服等物外，還有一千多元美金，這些美金是在李睡房的塌塌米下找到的，警察人員覺得很奇怪，這麼多錢，李在報案時為什麼沒有說出來呢？因為這一千多元美金，使得台灣的治安機關始對李注意起來。這時期發現經常和他來往得最密切的是台北醫院護士長廖鳳娥，廖很早就結了婚，為了幫助丈夫完成大學學業，自己省吃儉用將錢省下來，給丈夫繳學費，誰知丈夫大學畢業後，就遺棄了她，在極度悲傷的時候認識了李明，不久，廖為了博得李的高興，很情願的做了他的幫兇。通過在海軍的弟弟廖乾元關係，探聽海軍方面情報，然後由李發出電報送到莫斯科去。

廖鳳娥爲了刺探更多海軍情報，就拚命拉攏弟弟和他的同學李光國，趙樹森等，平時常常請他們吃飯，噓寒問暖，處處表現大姐姐對小老弟們的關懷，這些小伙子，因爲經常變換駐地，於是，就以大姐姐廖鳳娥做他們的連絡處，平時每換駐地，大家必定互通音信，談談駐地情況及任務，於是這些涉及軍事情報的信件，就落入了廖鳳娥手中，再轉到李明的手裡。

李明除了利用女朋友刺探軍事情報外，自己也常常找尋可以獲得有價值的對象，一次，去高雄在偶然機會中，碰到多年不見的老同學潘申慶，當大家握手互問對方服務機關時，潘給了李一個啓示，因爲潘是在運輸處工作，這時候正在押運一批有刺的鉛絲，李裝作似懂非懂的問鉛絲做什麼用的？那些鋼板水泥又是運到那裡去？間中穿插些存量和運輸量等問題，潘爲了表示自己內行起見，大談他知道的一切情形，這時說者無心，聽者有意，李明回去後，不費太多功夫，就將在潘處聽來的消息，串連起來送到第三國際去了。又有一次，李明利用在英國領事館職務關係，認識了一位少將組長郝侃會，郝對李印象非常好，認爲與他交往，在事業上會有幫助的，於是常常約李到家吃水餃或北方菜，李也覺得正好乘這個機會發展新路線，所以很樂意的互相來往着，一天，郝將一份不算太短的文件請李代爲翻譯成英文，李假意推辭後，當場就將文件給譯了，李回到家裡，經過仔細研究後變成了一份對共產集團極有價值的情報。

在李明被捕前一個多月，他每晚拿着大洋傘找新聞界老朋友聊天，談得高興時手舞足蹈。將那雙穿着長靴膠鞋的雙脚亂踢，偶而有人問起：「天上滿天星斗，你還穿那個牢什子幹嘛？」碰到這個時候，李就以微笑來代表回答，不管大家正在談得興高采烈時，或是辯論一個問題時，到了一定時間，李明是非堅決趕回去不可，如果好朋友留他不放，他寧可第二天賠罪，當時是留不住的，漸漸地朋友間有個默契，李明的來與去，大家再也不過問了。

等到案發以後，人們才想起了這許多種事來，大家聚在一起，不免談到李明，於是有人認爲那放在肩上的大黑洋傘和長統黑膠鞋，都是他們做間諜見面時的記號。也有人說：李明每晚在一定時候非趕回去不可，他是光棍一條，又不會受老婆管制，一定是去秘密電台發電報去了。總之，你一句，我一言，對他平時的一舉一動，引起了大家各種猜測。

李明被捕後，精神受很大刺激，支持不住病倒了，台灣治安機關就以李洪名義將他送到台大醫院診治，還特別爲他留了一間頭等病房，請了兩位特別護士照顧和監視，負責調查整個案件的人員帶着鮮花水果等去看望他時，李明很客氣的對來客說：「我和你們素昧平生，今天是週末，你們不陪太太和家人，且到醫院來看我，眞使我感激，不過，我知道你們來看我的目的，是希望我能對你們坦白一切，這個，請放心，等我病好出院後，我一定全部告訴你們。」這時，去看望他的客人也祇有呵呵一笑告辭而去。出院以後，李明果然遵守諾言，寫了很多張自白書，將他過去爲蘇聯做間諜的活動和所作的工作，原原本本的說了出來。

李明在牢中知道自己的生命將快要結束了，寫了一封信給從前在中央社工作的老同事，這封信是他在生時，除了自白書以外，可以說是最後的遺筆了，他的信上有一段說：

「獄中生活，度日如年，現在總算快要挨到了結束，不免深有人生「譬如朝露去日苦多」之感，尤其令我遺憾的是：第一，小兒溫冬，今後恐無人照顧。第二，空辜負了伊人的盛情，每一念及，不禁夢魂縈牽……錦璣自重慶淪陷後，即無音信……獄中生活，一言難盡，不過習慣了之後，倒也一切都覺自然了。……我因一直沒有向外面朋友寫信，怕麻煩朋友，不知肉味已久，便中祈設法弄紅燒肉一二斤，水果少許，送到看守所，以快朵頤……：回憶在京之際，吾兄最不贊成別人說「人生遊戲」的話，弟現不幸作了一個小悲劇中的丑角，不是人生遊戲，又是什麼？一笑。」

中國空軍紅武士

金雯

李斐烈

前言——空軍烈士金雯上校，忠肝義胆，驍勇善戰，抗戰初期之轟炸英雄也。曾任航空總站長，轟炸大隊長等職。經常親駕轟炸機，率隊出征，轟炸敵空軍基地，支援我地面部隊，戰績輝煌，功勳彪炳。民廿九年冬，於遠征返航途中，不幸爲敵所乘，遭大批戰鬥機圍攻，衆寡懸殊，力戰不屈，壯烈犧牲，爲國捐軀。茲將烈士殉國前之一段往事，簡介如後，非敢言表揚先烈，聊表敬仰藉慰忠魂云爾。

一

民廿八年秋，筆者服役湖南衡陽總站，忽奉航委會電調四川梁山總站工作。乃先循湘桂路至桂林，人言：「桂林山水甲天下」，誠非虛譽，市中心之獨秀峰，城外之貓頭山，羊角峰，七星岩，以及清澈見底之灕江，風景如畫，引人入勝。我無心情遊覽，趕巧參加二姐與廣西大學陳敎授之婚禮後，即搭車至柳州。柳州山水不讓桂林，因去貴陽之車票難買，暫留莫君洞府候車。莫君爲會派駐柳工程司，在機場附近山腰，鑿一山洞，內有二房一廳，光線充足，冬暖夏涼，又不懼空襲，眞洞天福地也。居留十日，始獲繼續前進，在河池宿夜，次日抵貴陽。洽購赴渝車票，驚悉赴渝旅客，已登記至明年二月，購票不可能。正徬徨無策，一日漫遊貴陽市，巧遇浙贛路老友何君，居然藉人事關係，爲我購得赴渝車票，旋即就道。傍晚過遵義，下七十二拐金頂山陡坡，汽車盤旋來複達二小時，有如甲蟲在一盤豬腸中蠕動，驚險萬狀，當夜宿桐梓，翌晨經江綦抵重慶，繼即轉成都至航委會述職，等我輾轉乘「滑竿」——川省陸路旅行所常用之山轎——經遂寧、廣安、渠縣而至梁山總站報到時，大家已忙着在收買著名的梁山柚子，準備過中秋佳節了。

當時總站長姓張，是位幹勁十足的老廣，我來了沒多久，他便被調到新津站服務去了。聽說新老總姓金，浙江人，剛從飛行部隊改調地勤，究竟是個什麼德性，沒人知道，大家心裡都有點嘀咕，擔心來的是位「難纏的」頭兒。

一個星期天下午，我照例去新生社消遣，預備找幾位愛玩的同事打百分牌，走進康樂廳，見他們已和一個穿布軍服，剃光頭的中年人幹上了，我只好搬把籐椅坐在旁邊「抱膀子」——川語幫忙也——只見那光頭出牌叫牌都很在行，接連贏了兩盤，可是他態度謙和，未說先笑，和大家玩得很開心，好像老朋友一般。正好這時有人找他談公事，他便把位子讓給我，臨走還拍拍我的肩說：「小夥子，該你神氣了，看你的！」我笑應了，回頭悄聲問大家：「這位光頭仁兄是誰啊？蠻夠味嘛，怎麼沒見呢，小王眞邪門，要乖機敲我一棒，攔住衆人別說讓我猜，我也不含糊，心想，左不過是從總站幾個附屬單位來的，有啥難猜，便倒打一棒，說：「我猜中了時，由小王請大家吃餛飩，南門豆腐西施隔壁那家。」小王怎肯饒我，接道：「聽見沒有，就這麼辦，猜不中呢，由小李做東。」衆人都叫：「好！」。我以爲十拿九穩，便報了好幾個單位出來，油彈庫，通信中隊，補給站，連駐紮「蠻子洞」——昔日川胞避長毛造反所鑿之石洞——的遙控台都報過了，大家聽了只是發笑，我雖焦急，但怎樣也想不出，這討人喜歡的光頭，是從那裡來的。小王憋不過，笑道：「準備請客罷，別瞎矇哪，此人乃咱們的新頭兒，金老總金雯是也！」我起初不信，駁道：「金老總會是這麼個德性？」大家見我懷疑，發急道：「怎麼？你希望來位大狗熊，一掌將你劈做兩半截就高心了？」我這才相信。據說上級已派代表來了，明天是國父紀念週會，就要行佈達式——軍事首長到差，上級當衆宣佈命令之儀式——哩。我只得認了，請大夥兒吃了餛飩，大夥兒都爲獲得這樣一位主官而高興。

二

一晃就是半年，在辦公室，在新生社，我們天天都和金老總接觸，從沒見他板過臉兒。和他談話，令人有「如沐春風」的感覺。替他辦事，他會教你心服口服，自動賣力。他沒有官架子，對上不趨炎附勢，對下不作威作福，接待小兵時那種和藹可親，誠懇眞摯的態度，和接待將軍沒有區別。說話做事，雖純屬軍人作風——一經決定，百折不回，這次失敗，再接再勵——但好的是他對人對事都無成見，喜歡部屬提供意見和拿出辦法，只要經他參考實情，認爲可用，他是樂予採擇施行的，所以總站本身，以及附屬單位，工作效率都很高，業務推進也很順利。金老總最叫人崇敬的一點，還是他那顆「推己及人」，和「人溺己溺」的心，他對部屬的困難，一定盡力爲你們解決，絕不虛應故事敷衍塞責。在困難沒有解決之前，自始至終，他都會以誠懇、熱心、和負責的態度，替你想辦法，一直要等到你臉上浮現了滿意的微笑，他才放心。

金老總沒帶家眷來，他的太太小孩，不知是在重慶還是在成都，從來沒見他離開梁山去探過親和度過假。平常下班後，新生社是他唯一消遣的地方。他的興趣很廣泛，知道的玩意兒也很多，室外的球類運動和登山狩獵，他都來得，室內的橋牌百分和吹拉彈唱，他也來得。有一次空軍節，總站同仁平劇綵排，金老總更絕，在「法門寺」裡飾演梅烏知縣，兩名場兵却飾演千歲爺劉瑾和內侍，當千歲爺和內侍先後吆喝過：「帶梅烏知縣！」金老總戰戰兢兢戴頂烏紗帽走了出來，向小兵千歲爺低頭跪下，那副担驚受怕的德性，演來入木三分，台下的官兵和眷屬都爲之忍俊不禁。趕到小兵千歲爺問他：「下跪何人？」金老總撇着帶點浙江鄉音的官腔答道：「下官梅烏知縣。」又問：「爲何不抬起頭來？」答道：「有罪不敢抬頭！」小兵輕飄飄地應許道：「咱家恕你無罪！」金老總只得麻着胆子，慢慢將頭抬起來，那飾千歲爺的小兵，原有條唱黑頭的粗嗓門，沒等金老總伸直脖子，便排山倒海似的一聲大喝：「嘟！」嚇得金老總忙不迭地又低下了頭，這段精彩演出，引得全場觀衆，再也忍不住捧腹大笑，接着便是一陣如雷的掌聲。金老總與部屬的情感，有如水乳交融，於此可見一斑。

次年初夏，我奉命率領一批工作人員

，赴×縣給新建機場，當我束裝就道向金老總辭別時，他緊握我的手笑着說：「李工程司，關於工程我是外行，你是專家，，我也用不到叮囑你什麼，不過請你記住，如果你在那邊有什麼困難，千萬即刻告訴我，我會盡力替你解决的。」他這樣像大哥撫慰小弟般眞誠熱忱的語調，使我感動得說不出話來，只有向他點頭的份兒。

就因爲金老總對部屬有這份眞誠與熱忱的勁兒，所以後來我們這夥在×縣工作的年輕人，才鬧了一個不大不小的笑話。那時我年輕力壯，工作相當賣力，又由於金老總對待部屬這麼好，自然使我不知不覺，由賣力變成賣命了。時值溽暑，我整天在野外工作，炙熱的陽光，猛烈的陣雨，都阻止不了我的幹勁，不免受了些風寒。一天吃過中飯，正想外出工作，不料突感腹痛如絞，害得我週身冒汗，在床上打滾。我們居處距縣城十餘里，別說請不到醫生，就是找到了本地郎中，也不敢吃他的草藥。同伴看了我痛成這樣，急得手忙脚亂，大家商議一陣，便推舉一人，去縣城發電向總站告急求援，金老總接到急電，即刻派了一輛專車，送醫務股長携帶救急針藥前來×縣爲我治病，等醫官趕到工地來找病人時，我的病早已不藥而癒，出外工作去了，害得醫官莫名其妙，我只好說明害病和痊癒的經過，再三向他道歉並致謝。後來醫官回去將經過情形報告金老總，害得他笑彎了腰，非但沒怪我們荒唐，還直讚我們這些小夥子：「幹勁大，眞要得！」呢。

三

新年剛過，小王從梁山來信，告訴我一個他所謂「重大而令人惋惜」的消息，那就是金老總奉到緊急命令，又調回××轟炸大隊當大隊長去了。這個消息的確使我悵然若失，據說金老總走的時候，大家爲你他餞別都來不及，只好懷着惋惜和失望的心情，扶老携幼，去機場送他上飛機，依依「泣」別，難分難捨，我說這那裡是「歡送」，簡直像「永訣嘛」，這雖是總站同仁出於至誠的表現，總非吉兆，想到這裡，再不敢往下想了。

×縣工作完成之後，我又回到總站了，每天下班後，仍往新生社跑；金老總的動態，是同仁經常談論的資料。這天下午吃過晚飯，我剛走到新生社門口，遠遠便聽見康樂廳鬧哄哄的，好像在辦喜事，等我走進去時，小王先跳了過來說：「你知道嗎，金老總的捷報來了！」我點點頭，拉他坐下道：「我正要來告訴你呢，聽說金老總領隊遠征××敵空軍基地，炸毀敵地面飛機××架，油彈庫×座，殲滅敵地勤人員無數，我機全部安返，是吧？」小王聽了搖搖頭說：「還有呢？」我以爲自己知道得夠清楚了，聽小王的口氣，似乎還有……小王見我對其餘的消息還不不接頭，便道：「最高當局，在×地召見金老總，大概要當面嘉奬並贈勳吧！」我聽了正在爲金老總歡喜，不想椅子後，又有人學小王剛才的口氣道：「還有呢？」我們忙回頭一看，原來是通信中隊的老陳，知道他們消息最靈通，忙央求道：「喂，老陳，別缺德行不行，有新消息說給大家聽聽嘛！」老陳說：「別嚇一跳啊，金老總受傷了，飛機也摔爛了！」大家被他嚇得目瞪口呆，小王不服氣，駁道：「明明說我機全部安返嘛，又是什麼受傷了，摔……」老陳見小王急了，才一五一十將眞相講給大家聽，我們聽完他的解釋，才知道金老總眞受傷了，飛機也眞摔了，不過人是輕微的擦傷，飛機是輕微的碰撞，可說人和飛機都保全了，大家才鬆了一口氣。

原來金老總奉到　召見命令之後，便單身駕機前往×地晉謁　最高當局，事畢返航時，飛機油箱出了紕漏，還沒有飛到基地，汽油便漏光了。金老總不肯摔了飛機去跳傘，一定要保全這架「抗戰時期最難補充的」飛機，憑他的經驗、技術，和「處變不驚」的修養，在萬分緊迫中，選了一片長江旁邊的沙灘，以滑翔的手法強迫降落下來，雖然人在迫降時，被撞昏了，可是飛機只受輕微損傷。他後來被別人救起，送至醫院才醒過來，因此再度受到上級和同仁們一致的讚美，包紮輕微擦傷後，以英雄的姿態，被隊友們歡迎回隊。

我在總站輕鬆了兩三個月，驛馬星動，又奉派赴屬站湖北×縣，協助盟軍興建各項工程。時屆冬令，交通又不方便，坐滑竿翻過川鄂分界嶺祈耀山，走了幾天山路，才到目的地。這時盟軍工程人員盧溫上尉及其部屬，也已到達×縣，於是整天陪了他們，坐着吉普，在工地附近亂轉，不是勘察地形，便是調查工料，接着又是設計繪圖，忙得不亦樂乎，便把金老總的事，暫時忘記了。

一天晚上，盧溫上尉邀×站長和我，去他們營帳——美軍臨時住宿之處，下鋪枕木及地板防潮，上爲帆布形帳篷，可住四人——玩橋牌，談起最近戰況，盧溫上尉豎起大拇指說：「李少尉，你們中國空軍眞了不起，最近轟炸大隊頻頻出動，攻擊湘鄂境內敵空軍基地，予敵慘重打擊，眞值得慶賀呢！」我一聽這消息，就知道是金老總的傑作，歡喜得跳起來和盧溫上尉熱烈握手，可是握過手，盧溫上尉又皺起兩道掃把眉，接着說：「不過前天聽說中國飛機返航時，曾遭敵機羣圍攻，損失很大呢！」說完左眼眨了一下。我和×站長聽了都有點緊張，忙追問空戰詳情，但是他說：「我只知道這些，其餘無可奉告。」回站後，我一夜沒有合眼，金老總的影子老在眼前晃來晃去。

第二天一早，我跑到電台，請他們替我呼叫梁山遙控台，找×台長通話，想打聽一下金老總的消息，但是因爲規定連絡時間未到，連絡不上。正好這時有一架通信機飛臨上空，我知道是梁山來的連絡機，忙往機場跑去。幾分鐘後，那飛機着陸了，是送××軍需官來查核賬目的，我和他很熟，急忙迎上去和他打招呼，迫不及待地悄悄問他，關於金老總的消息。他見×站長和一羣機械士官也過來了，忙過去寒暄，又對我說：「老李，回頭到站部再談好嗎？」我點點頭，大家向站部走去，察言辨色，我已經感覺到有點不妙，脚步沉重得像拖着一個大石滾，提都提不起來。到了站部，××軍需軍又忙於公務，我不好上前打岔，急得像熱鍋上的螞蟻似的，在站部各處打轉。

中飯後，好不容易見××軍需官到休息室來，即刻上前拉住他追問我機被圍攻的情形，他說：「別問了，金老總眞報銷了！」這無異是一盆冷水，從頭上淋下來，使我週身發涼，只聽他又接着道：「金老總求仁得仁，完成了他的報國壯志，他在九泉也會含笑的，不過我們——這些受過他恩惠的部屬——連屍骨都不能替他埋葬，心裡總是很難過罷了！」我含淚問道：「難道空戰遭遇的位置在淪陷區嗎？」他說：「差不多，聽說敵空軍最近屢遭轟炸，損失慘重，探知都是由金老總領隊攻擊的，所以恨之入骨，隨時在伺機報復，這次金老總又率隊出征，在湖北敵陣投完炸彈，立即西飛返航，不意在宜沙一帶上空，殺出幾支敵戰鬥機隊，密密麻麻，多達數十架，以密集火力，向我長機——即領隊機——進攻，我機措手不及，衆寡懸殊，隊形被衝散，金老總雖猛不可當，奮勇迎擊，血戰結果，終與另一僚機同時壯烈犧牲了。」說到這裡，他的聲音也有點嗚咽，以前的預感，竟不幸言中，我內心之悲痛，自不待言，空軍失此勇將，國家失此干城，都是很不幸的。

四

光陰何速，抗戰勝利已近三十年，我們本要集中全力建設國家，重整家園，又怎知喪心病狂的共匪，禍國殃民，乘機作亂，把我們先烈拋頭顱，灑熱血換來的錦繡河山，搞得遍地血腥，使七億無辜同胞，生活在水深火熱之中。現在國際風雲萬分險惡，忘恩負義的日本政客，更瘋狂向共匪靠攏，不計遠憂，只顧近利。我們只有遵照　總統的訓示：「莊敬自強」，來度過這段黑暗時期，一定能爭得即將到來的光輝的明天。先烈們，安息罷，我們後死的同胞，絕不會令你們失望的。

胡家鳳榮哀錄

——逝世十周年紀念——

劉己達

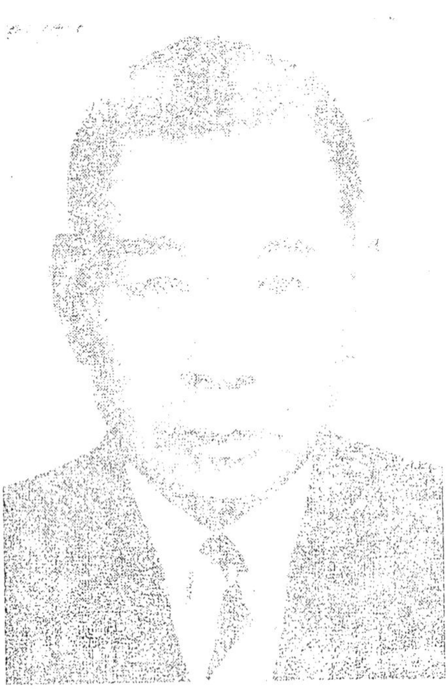

胡家鳳先生遺像

一 結識經過

已故江西省主席胡家鳳先生，是在民國五十一年十二月在台北寓所逝世的，那年筆者尚卜居香港，噩耗傳來，哀悼殊深，當即電唁他的家屬胡美璜兄等。迄今回憶之餘，屈指整整十年，人天永隔，聲音笑貌，恍如昨日，典型猶在，畧抒所懷，以誌哀思。

我之認識胡家鳳先生，是在民國廿九年，那時的抗戰，已經到了轉進的階段，江西省會已由南昌撤退至江西泰和，筆者這時正在江西省黨部任書記長。胡先生適於是時新任江西省政府委員兼秘書長，即在泰和的上田新村蕭家大屋——趣園辦公。

由於那時江西省黨部的主任委員係由熊主席天翼先生兼任，每次省務會議（每週兩次），由書記長代表主任委員列席省務會議。我每週最少有兩次必須去到胡先生的辦公室，晤面時多，日益親密。

胡先生大我十五歲，在我當中學生的時候，胡先生即已做過江西省教育廳廳長，清望碩德，久已心儀，所以我總是以師事之。但胡先生謙抑為懷，對我青睞有加；尤其對於我的闕失，乃至於個人私生活方面，胡先生曾單獨對我一再指正，質直告誡，視同子侄輩，這更令我畢生難忘，無時或釋的。

二 清慎勤廉

當胡先生任江西省政府秘書長時，他的清明在躬，謹慎將事，勤勞厥職，廉潔自持，大凡作為一個官吏應該具備的美德，他都兼而有之。

例如江西臨時省會在泰和時，先生家住距省府數里之龍洲王村，先生常居省府，週末晚歸，星期晚回省府，堪稱造次顛沛，夙夜在公。先生日常生活，極有規律，每晨六時起床，即作太極拳運動，七時半早餐，八時開始辦公及會客，午餐後稍事休息，二時繼續處理公務，晚餐後八時審核公文，其處理公文心細如髮，絕不因案牘叢脞而掉以輕心，每一問題，必反覆研求而後決定。其所住之宅，僅木屋三間，有一次先生患重感冒在家醫治，爲時較久，省府主席熊天翼先生命駕往視，見其全家婦孺正進午餐，桌上只有蔬菜豆腐及鹽菜數簋，而住房又異常狹窄擁擠，熊主爲之惻然，即囑建設廳楊廳長綽庵代爲設法擴充住房，並飭省府酌送醫藥費。

又如他在民國三十七年春當了江西省主席以後，那時我已經是他的直接部屬，江西省地政局局長，有時因公逕到他的辦公室請謁，或者是有省務會議以後，先生有時留我陪他進午膳，另行購酒一瓶，兩人對酌；但絕不添菜，四菜一湯，亦如吾人家常便飯，此可見其廉儉作風，自奉之菲薄。

因此，他在三十八年大陸淪陷後，先生舉家遷港，僑寓於青山道之一小樓，乃命女公子入紗布廠充紡織工，先生伉儷亦糊火柴盒博取食米，一時港台報紙，對他這種刻苦，安貧樂道的精神，競相記載，傳爲一時佳話。

先生這一種美德，實在是足以爲百僚之矜式，冠冕羣倫，所以當他逝世的時候，曾經倚他爲左右手的山東省府主席沈鴻烈以及江西省府主席熊式輝，均有極其沉痛之輓章。

沈鴻烈輓云：

一見服槃才，幸獲心膂久共，安內攘外，往事足供靑史選；
雨行揮老淚，驚聞巨星遽隕，高風亮節，此生那有或忘時。

熊式輝輓云：

商諒多聞，平生風義兼師友；
忠勤夙懈，倏逝光塵慟老成。

據筆者了解，上聯確是天翼先生已撰擬，寫平日對他的推崇和讚佩，絕非泛泛之作。

先生逝世後之翌年五月，國民政府更有明令褒揚。其詞曰：

「國策顧問胡家鳳，性行貞純，才識敏達。早歲精研法學，執教中國華北各大學，以造就人才爲務。嗣歷任青島市政府秘書長，山東省政府委員兼秘書長，國防最高會議第一處處長，江西省政府委員兼秘書長，軍事委員會委員長東北行營秘書長，暨江西省政府主席等職。策劃辛勞，操履清愼，遭時多難，宣力彌勤。近年翊贊中樞，復多獻替，玆聞溘逝，悼惜良深，應予明令褒揚，以彰忠藎！此令。」

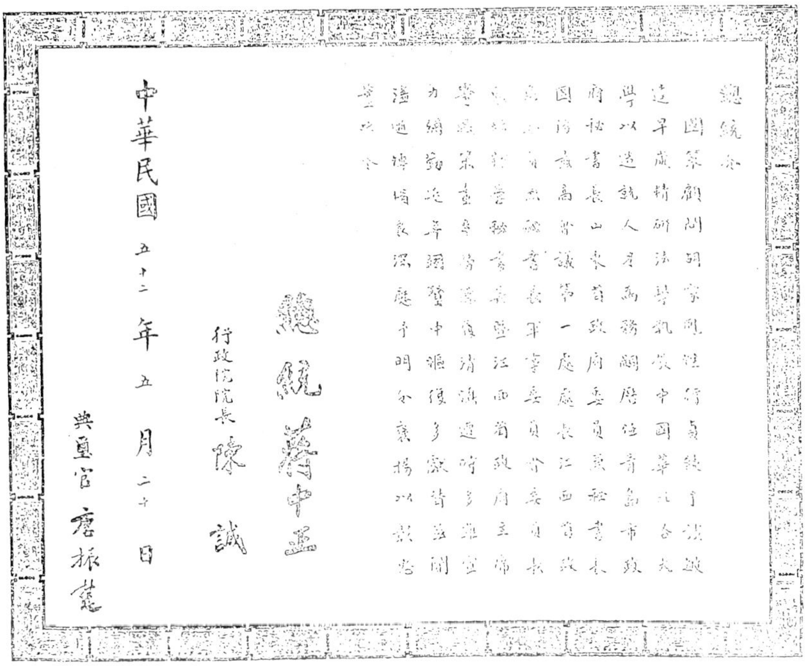
總統令
國策顧問胡家鳳性行貞純才識敏達早歲精研法學執教中國華北各大學以造就人才爲務嗣歷任青島市政府秘書長山東省政府委員兼秘書長國防最高會議第一處處長江西省政府委員兼秘書長軍事委員會委員長東北行營秘書長暨江西省政府主席等職策劃辛勞操履清愼遭時多難宣力彌勤近年翊贊中樞復多獻替玆聞溘逝悼惜良深應予明令褒揚以彰忠藎此令
總統 蔣中正
行政院院長 陳誠
中華民國五十二年五月二十日
典璽官 唐振楚

褒揚令

逸趣橫生

依據上面所述，他的品德自幼持正不阿，風骨稜稜，或者有人認爲他必然是道貌岸然，不可嚮邇；但他平易近人，和光同塵，而且每逢宴集，他與友朋談笑，總是逸興遄飛，逸趣橫生。

先生酒量素宏，拇戰亦變幻莫測，倘自作主人，則必多方勸酬，情意殷摯，使嘉賓盡歡而散。其時，皖贛監察使署亦設在泰和，察監使楊亮功先生，與先生更是時相過從。文酒之會，筆者有時亦忝列末座。楊亮功先生亦豪於飲，有「酒仙」之稱，胡先生則羣稱之爲「酒聖」，衞生處長方頤積，人極魁梧，碩大聲宏，語驚四座，擅演平劇，有時客串，我看過他飾演法門寺中之九千歲，酒量亦宏。當時稱之爲「酒霸」。胡先生曾與之拇戰十拳，方先生負十之九，續戰十拳，又負十之八。筆者則有名之海澄，故當時他們所給予我的雅號，則爲「酒海」。還另有一說，則爲「五湖」「四海」之稱，胡先生自屬五湖之一，筆者亦列四海之一，其他諸人，則已無從追憶了。

因此，楊亮功先生輓他的聯，即有曾「安對清尊懷舊雨」之句：其聯云：

古道照人，安對清尊懷舊雨；
廉隅從政，常留遺範在鄉邦。

未盡其用

先生精研政法之學，思想緻密。遇有重要文書，深思熟慮，然後屬稿。有時親自草擬，但脫稿後，必召主管人員或機要秘書加以推敲。如表示妥善或無意見，又必再囑細加研究。倘提出不同或修正之意見，經一審研討後，即欣然採納，絕不堅持己見。

先生是在三十七年四月赴江西履新，任江西省主席，是他第三次爲桑梓服務。到境之日，父老子弟，夾道歡舁，筆者當時亦參加歡迎行列，眞有寇恂重任河內之景象。時值河淮告警，共禍漸張，先生重要施政方針，厥爲充份購運糧食，以裕中央軍糈，積極寬籌經費，以擴展教建事業，編練民兵一百萬，以充實衞國保省力量。昕夕在府，竭盡心力，不幸在職僅十閱月，編練民兵之計劃，未能見諸實施。

先生博聞強記，辯才無碍，當其任秘書長時，他公開講演的機會不多，任了省主席以後，自然是時有所聞。他的講詞，事先均有準備，先打好腹稿，及至發表時，字斟句酌，照他所說的紀錄下來，就是一篇完整的文章。

因此江西的立法委員，大書畫家彭醇士先生，曾有輓他的聯云：

三省籌邊，二江開府，惜此才未盡其用；
十年長我，九辯思君，傷故國何以爲懷。

此聯措詞眞切，情意純摯，文彩煥然，對仗工穩，自屬製聯老手。

爲黨經營

胡家鳳先生是於三十九年秋，得朋友的資助，始克摒檔來台。抵台後，當蒙蔣總統聘充爲國策顧問。筆者則於三十九年冬，始行逃出抵港，其時與先生緣慳一面，未獲晤及，不意從此永別，及我赴台時，胡先生已經逝世了。當時筆者曾致函胡先生，蒙即見覆，今尚保存，謹將原函影印於次：

四十年春，先生復奉派爲黨營事業機構兼裕台公司董事長。先生對於經營企業，非所素習，受事之初，黽勉從事。殫精竭慮，一年報政，盈餘幾達一百萬元，但中央最初所撥下來的週轉金僅二十萬，如此成就，社會人士咸稱許爲黨營企業之記錄。

從此繼續任職十有二年，年有盈餘，總計在三千萬元以上，今矗立於台北市衡陽路之裕台五層大樓，即係先生任內所經營締造。公司內部組織分設業務、總務、會計等部門，採用目標管理，限期完成。

該公司直屬單位：一印刷方面，於台北市設有中華印刷廠、興台印刷廠。二、農藥方面，設裕台公司農業化工廠於彰化。三、醫藥方面，在台北市中華路成立裕台公司西藥部。四、液化石

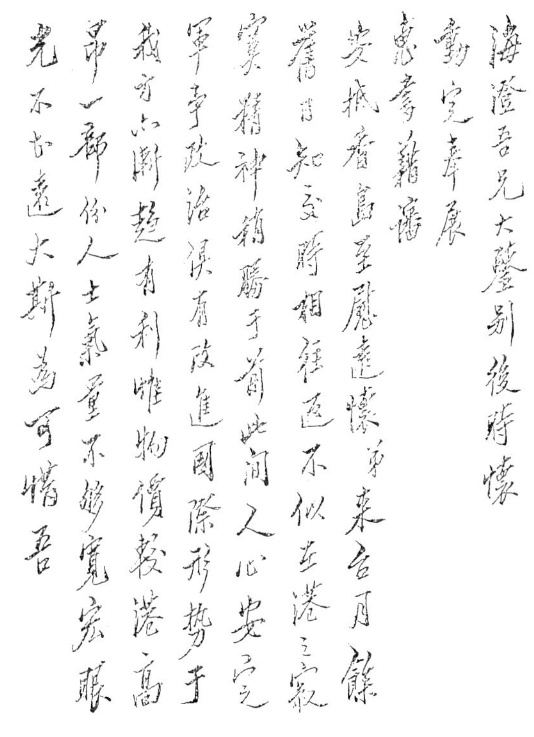

海澄吾兄大鑒別後時懷
動定奉展
惠書藉悉
安抵台島至慰遠懷弟來台月餘
觀其知交時相往返不似在港之寂
寞精神稍勝于前此間人心安定
軍事政治俱有改進國際形勢于
我方亦漸趨有利惟物價較港高
昂一部份人士氣量不夠寬宏眼
光不夠遠大斯為可惜吾

遺墨之一

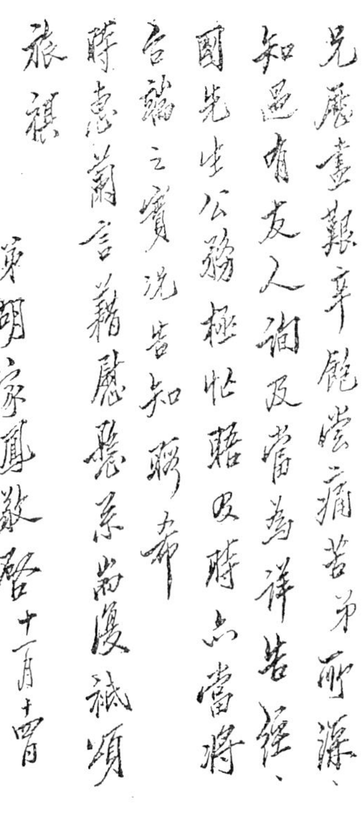

兄屢遭艱辛飽嘗痛苦弟所深
知邑有友人詢及當為詳告經
國先生公務極忙暇及時亦當將
台端之實況告知聯系
時惠箴言藉慰懸念尚復祗頌
旅祺
弟胡家鳳敬啓 十一月十四

遺墨之二

油氣方面，與中國石油公司訂約總代銷，於台北市襄陽路設立總經銷處，並在高雄、苗栗、通霄三地設立罐裝工廠，台北市近郊士林設立鋼瓶加工廠。

投資事業：一、紡織方面，在中壢有台灣裕豐紗廠公司。二、醫藥方面，在台北市近郊土城有景德製藥公司。三、製板方面，在彰化有台灣建業公司。四、火柴木業方面，在台北市有台灣火柴木業公司，並於新竹、台中分設工廠，該公司另投資經營永利證券公司。五、印刷裝訂方面，在台北市設立營裕裝訂企業股份有限公司。

以上這一驚人成績昭昭在人耳目，所以在輓他的聯語中，多有談到有關於他的為黨經營的成就。例如：

徐柏園先生的輓聯云：

章江治績，早展宏謨，一節勵忠貞，艱難謀國欣同德；
吾黨經綸，晚攄餘緒，三台聯雅誼，風雨懷人感舊遊。

張其昀先生輓云：

撫綏贛江，懋績視陳蕃而廣；
隱遯台嶠，高縱與范蠡為儔。

李崇年先生輓云：

與密勿，膺疆寄，三紀播芬芳，浩氣清風堪不朽；
創工業，裕民生，多年親謦欬，名言矩範最難忘。

齊振興先生輓云：

心血十年，盡瘁黨營事業；
清風兩袖，允稱當代楷模。

謝鑑先生輓云：

由幕府以至邊圻，懋績皇皇，書生孰謂無經濟；
策反攻而規匡復，忠忱耿耿，邦國人咸憶老成。

其他佳聯輓章尚多，琳琅滿目，美不勝收，以上所舉各聯，祗是為了敘述方便，畧舉數聯，取其較有代表性者，以資說明。

一代完人

為了省篇幅，有關先生之嘉言懿行，恕不多贅。最後謹錄現代名歷史學家錢穆先生所作之墓碑記，以為本文之殿。

胡公秀松墓碑記

總統蒞臨弔祭

南昌胡公秀松既卒之朞年，其孤美璜建碑於墓亭，婿錢穆爲之記，誌公之生平大節焉。

公少穎特，民國元年畢業於北京法政專門學校，歷任教育部主事，視學，江西教育廳長，北平中國大學、華北大學、北平大學、警官高等學校教授，鹽務學校教務長代校長，民國十九年轉任青島市政府秘書長。

抗戰軍興，任山東省政府委員兼秘書長，國防最高會議第一處處長，江西省政府委員兼主席。勝利後任東北行轅秘書長，江西省政府委員兼秘書長。轉輾來台，任總統府國策顧問兼裕台企業公司董事長，以至於卒。

公內行醇謹，居家孝弟，敬宗恤族，惟力所能，居官清廉，爲之長者加信任，僚屬悅服焉。流亡香港，貧無以爲生，夫婦親糊火柴盒，使其女入廠充紡織工。經營裕台公司前後十二年，盈利數千萬，家貧如故。

所至無赫赫功，然久而人思之；所交不煦煦熱，然久而人親之。未嘗有危言高論，奇節瑰行，可以驚動視聽，然其卒識與不識皆敬嘆以爲不可及。言民國以來廉循吏，必屈指數公。

穆初識公於香港稠人廣座，樸重謙讓，若鄉里老人，不問其姓字，不知其膺疆寄，爲達貴。及締姻，言笑不及私，平生宦況，當前處境，絕不掛齒頰間。其論政治隆汚民生榮瘁，交遊出處，進退豐薄，所宜辭意和平，而指意明確，乃坦坦若話家常。

預爲遺囑，教子女惟以寬厚謹退習勞辯義利爲訓。穆常得窺於家門之內，親接其日常言行之微，然後知公敦龐純篤，誠一代之完人，殊不足以廉循盡公之全也。爰爲揭其大要，俾良史秉筆，善言德行者有所採擇焉。

公諱家鳳，世業商，至公始入學問入仕宦。民國五十一年十二月二十九日以心臟病一夕卒，享壽七十有七。先配魏，繼配吳，繼配張。子七人，女八人。七女美琦，穆所婿。中華民國五十二年十二月無錫錢穆謹撰，永新賀其燊謹書。

這一篇墓碑記，以胡先生的一代完人，更兼以名歷史學家錢穆先生的宏文，當係可傳之作，垂範後世，還有值得叙述的，就是寫墓碑記的這一位賀其燊先生，也是江西後起之秀的大書法家，可與江西大畫家傅抱石同時媲美，現在在台的鑒賞家，對於賀先生的法書，均以得一紙以爲榮，這將也爲藝林留下一段佳話。

悼念

程野聲神父

——一位賢明精幹的青年領導者——

。盧幹之。

程野聲神父不幸於一九五三年九月七日晨於他服務的灣仔煉靈堂爲兇徒謀殺去世，迄今已十九年了，（去世時享年三十五歲）這一位賢明精幹的青年領導者的被害，實令人致以無限的哀悼！

程野聲神父，廣東順德人，原名國祥，號野聲，洗名若翰，聖若翰是耶穌的先驅，是曠野的呼聲，程神父在少年領洗入天主敎時，就以若翰爲洗名，而自號野聲，其意是效法聖若翰爲敎會多做宣揚工作，他晉鐸之後，主編公敎報，担任天主敎同學會指導司鐸及聖母軍（敎會善會）區團指導司鐸，一切的一切，都是步聖若翰之後塵，很得青年們的愛戴，敎會當局的器重。程野聲神父在世時所做之工作，其功永垂不朽，是值得我們永記不忘的！

程野聲神父初在堅道聖母無原罪小修院就讀，完成中學階段後，一九三六年入香港仔華南總修院攻讀神哲學，由於他喜愛研究國學，所以對國學造詣頗深，在學的時代，經常投稿於華僑日報及公敎刊物，那時他就準備日後以文字傳敎救靈，他對新聞學也有研究，他的同班同學廖錫光神父（現任赤柱本堂兼東區總鐸）、周若漁神父（留學西班牙獲法學博士現在美傳敎）也都志同道合，甚爲投契。一九四四

年七月廿六日（香港淪陷時期）程、廖、周三位神父同在澳門主教大堂晉鐸，旋即派在修院任教，勝利後的一九四六年奉派到香港公教進行社服務，任公教報主筆，兼眞理學會出版部總編輯，一九四七年至四九年間出版「現代問題的解答叢書」一套五十册，言簡意精，對於各種問題，都分析得有條有理，（程神父曾將該叢書一套送給筆者——見附箋）一九四九年一月又創辦「時代學生」月刊，自己負責主筆；（該刊爲廿四開本內容豐富甚爲青年讀者的擁護銷路很好）同年秋，他倡導天主教同學會，主教委任他爲該會指導司鐸，每週開會一次，程神父對學生們諄諄訓誨，循循善誘，指導青年們如何學習功課，如何安排正當娛樂，如何處世做人，並一再舉行教理比賽，使聖教廣揚，他愛護青年，他和青年們打成一片，是一位深得青年愛戴的神師。一九五二年，香港聖母軍分爲中英文兩區團，程神父被委任爲中文區團的指導司鐸，更進一步指導成人及青年男女教友爲聖教會工作。他又常常到各學校及堂區講道，一九五二年，筆者服務的學校教師們舉行退省會，程野聲神父爲我們講道，他針對我們，以教育問題來訓示，他以奉教教師的職責爲題，勗勉我們要立好的榜樣，要循導學生，因爲學生家長對於教會學校的認識是：教學嚴格，德行高尙，無政治色彩。他指導我們怎樣認識學生，他舉出一般流行的通病：

（甲）社會環境所惑——灰色；
（乙）不良學說所誘——紅色；
（丙）邪淫宣傳所擾——黃色。

至於補救辦法是：

（甲）提倡正當娛樂；
（乙）舉辦學術講座及從事學術研究。

侃侃而談，獲益殊多，一九五三年七月一日，程神父奉調至灣仔煉靈任助理本堂司鐸，想不到爲時甚短，就爲兇徒謀害於寓所，眞令人心痛，寫到此處，想起故人，不覺淚下。

程野聲神父秉性謙和，平易近人，不愛吹拍，他埋頭苦幹，愛國愛教，赤心忠誠，造福青年，他有很多計劃，熟悉他的人，都稱他爲「計劃神父」，他任職公教進行社凡七年，刻苦耐勞，創下了不可磨滅的功績，詎料壯志未酬，竟爲兇徒所害，不僅是聖教會的損失，也是文壇的損失，尤其是青年們痛失一位賢明精幹的領導者，更是悲痛惋惜之至！出殯之日，許多青年都佩帶黑紗，如喪慈父，他們的心碎可想而知，但願程神父在天堂獲得永福，我們祈求程神父在天之靈降福時下的青年，使青年們能繼續你未完的遺志！

（附記：按天主教進行社創立於一九四五年，那時的恩理覺主教爲適應環境的需要，特設立一所服務社，專爲由集中營被釋之外籍僑民，以及新近到港的軍人和戰後回港的華人，供給通訊和正當娛樂，於初時租得干諾道中皇帝行二樓爲社址，是公教進行社與公教俱樂部同時成立；公教進行社之第二步工作，爲發行公教刊物，出版中英文公教報，一九五九年當華德中（德籍）蒙席任社長時，斥資購入現有干諾道中大昌大廈多層爲社址，各部門加以擴充，沒有公教圖書聖教門市部。該社首任社長爲師仁傑神父，歷任社長有：明鑑理神父、何達華神父、華德中神父、徐誠斌神父（現任主教）梁作祿神父、萬籟寂神父等，現任公教報主編爲駱鏗祥神父。）

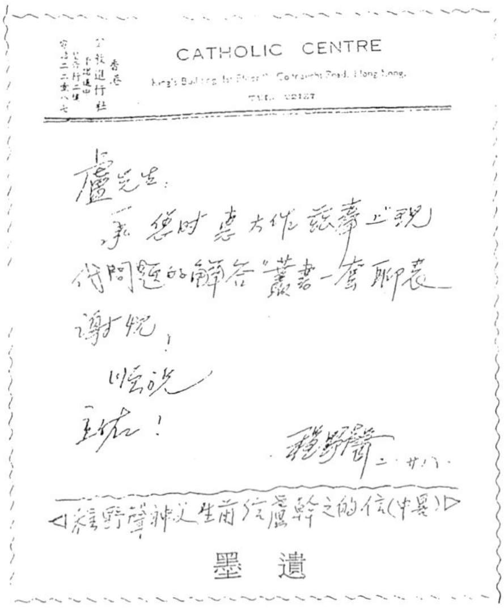

遺墨

民國以來

福建第一任都督孫道仁

芝翁遺著

　福州城裡一條通到水部門的馬路，舊名大墻根以後改稱大根路地方，有一座建築得很講究的祠堂，一般稱爲孫公祠，附近居民則叫做「孫道祠堂」，孫道者，指辛亥革命第一任福建都督孫道仁也。這所祠堂是他父親孫開華的專祠，建於清光緒十九年庚午（一九三〇），予諡「壯武」，所以正名應作「孫壯武祠」。

　辛亥武昌起義，各省相繼光復，農曆的十一月初十，各省代表選舉孫中山先生爲中華民國臨時大總統，十三日，大總統蒞臨南京，行就職禮，改用陽曆，是爲中華民國元年元月元旦，典章開國，咸與維新。當時各地起義軍民，以洪楊之役，清廷對曾左李及其所屬之湘楚淮軍重要將領，於其身後各准建置專祠或從祀昭忠祠，皆係滿人鼓勵那些殘殺漢人爲愛新覺羅一姓盡忠的人物所設，宜予撤廢充公，有的地方且自動的衝入此等專祠，把木主或塑像，投擲江流了，在易代之際，這種衝動是無可遏制的，但多少也免不了發生糾紛，或有爲地方土劣所利用而藉詞佔據的情事。陸軍部總長黃興有見及此，因呈請孫大總統，把清代各省所建的湘楚淮軍將領的專祠昭忠祠，一律改爲大漢忠烈祠，以祀革命死難烈士，經批准施行，於二月廿三日通電各省遵辦。

　這命令到達福建，孫道仁父親的專祠，便發生問題了，於是孫都督即於元年三月，呈報孫大總統云：「案奉陸軍部漾電，於湘楚淮軍各專祠及昭忠祠，改祀民國死難烈士一事，持論甚爲詳明。查先父於前清甲申中法之役，在台北戰勝法蘭西，保全中國土地，故於閩省得建專祠。其建造之費，由道仁自行籌措，外附昭忠祠一所，係同袍軍人合建，以祭祀將士之捍衞同胞者。現奉電示，道仁忝爲閩省長官，自應恪守命令，首先遵照取消兩祠名目，將祠廬交政務院部議辦理。惟祠後住宅一所，係道仁自行建造，嚮作家屬寄寓之所。茲當祠宇歸公，住屋亦當報效入官。除造具詳册，交政務院分別核議施行，並電復陸軍部。至閩省別項祠宇甚多，亦應由政務院分別查明，審愼辦理外，謹此報請大總統孫施行。孫道仁印。」

　電中所稱政務院，爲光復初期等於「省政府」之臨時機組，初稱參事會，由彭壽松、李恢、王孝總、鄭祖蔭、林斯琛、林曉、黃光弼、陳景松、陳承澤、宋淵源、劉通任之，彭自任會長。及後改稱政務院，彭仍自任院長，下設各部（等於廳處）由高登鯉、劉崇佑任民政部正次部長，陳之麟、蔡法平爲財政正副部長，陳能光爲外交部長，林之夏爲軍政部長，鄭烈、梁繼棟爲司法正副部長，許崇智爲軍令部長，王麟爲參謀部長。在草創初期，建制未定，其時閩省軍政大權，是操在許崇智、彭壽松手中。

　福建省城之清季所建專祠，不止孫祠一座，其著者如南後街之林文忠祠（祀林則徐）、烏石山之沈文肅祠（祀沈葆楨夫婦）、王壯愍祠（祀在杭殉洪楊之難的浙江巡撫王有齡）、城南公園之左文襄祠（

祀左宗棠）等等，那時都沒有改祀。孫道仁呈向孫大總統報告，可算恭恪之極，經孫大總統批令，特准保護產權，不必取消專祠與昭忠祠名稱，所住屋宇，也不必歸公，眞合乎法律人情，足覘開國氣概，特將批語，摘錄如次：

「據呈已悉。查陸軍部濠電所稱應歸公專祠及昭忠祠，係指前淸效忠滿洲覺羅一姓而殘殺同胞者而言。該部督故父，於前淸甲申中法之役，防衛國土，……因於閩省得建專祠。……此項祠宇，自與陸軍部所指應行歸公之祠，迥不相侔。茲竟首先遵照部令，取消兩祠名目，將祠廬交政務院照部議辦理，並將祠後住宅一所，一併報效入官，在該都督恪遵部令，以表揚忠烈爲懷，實堪風勵天下。惟該督故父，戰勝強敵，捍衛封疆，既功德之在人，宜廟食之永享。且民國法令，凡屬國民，皆有完全享有財產之權。所有該督請取消故父專祠及祠後住宅入官之處，著毋庸議。此批。」

前面引叙的呈文和批文，都沒有提到這個「宜廟食之永享」的死人名字，而這死人對台灣是很有淵源的，宜有一述。

這孫都督的故父，爲孫開華，字賡堂，是湖南省慈利縣人，少年時候，即投身湘軍名將鮑超部下，從事征戰，自咸豐末與太平軍作戰起，以及後來剿捻之役，他所至有功，積功擢至提督。光緒十年甲申（一八八四）中法事變，那時孫開華在台灣主持防務，法國軍艦來犯之頃，福建巡撫劉銘傳，久知孫開華是有幹畧的宿將，特檄他堅守台灣的滬尾。當法國軍艦八艘開到，孫開華知道敵人一定登陸，密令所部諸將，休在砲台後，偃旗息鼓以待。果然這批由李思卑所率的部隊，一到岸邊，便拚命地大放槍砲，掩護着登陸，孫開華一聲令下，各守軍像城墻般湧了出來，於是短兵相接，浴血苦鬥了一晝夜，把敵人殺得叫苦，孫開華帕首揮刀，率了數十人，單踩敵陣，從敵陣中，親擒法軍的旗手，奪得法軍軍旗而回，全軍健兒見了，呼喊震天，軍心益振，這一仗打得痛快極了，殺傷敵軍二千多人，法軍終於敗退。這就是孫開華「捍衛封疆」之經過大畧。事平之後，劉銘傳把他功勞奏報淸廷，褒獎有加，及光緒十九年，開華病逝，淸廷予諡壯武，准在福建建立專祠，並予雲騎尉世職。孫道仁就是憑這門蔭，以後在福建也官至提督，父子在閩幾四十年，無形以福建爲第二故鄉了。

相傳甲申之役，法軍攻打台灣，其日期爲八月四日，（農曆六月十四日），其帶兵人爲海軍少將李思卑 Tespes，所率兵艦八艘，分兩批進犯，到基隆時，以哀的米敦書，要求守軍在二十四小時以內，讓出海港與砲台，劉銘傳毅然予以拒絕，就把這一帶防務交給孫開華，孫與守台總兵曹志忠秘密計議，從基隆到淡水一線，相互呼應。五日，李士卑開火了，攻打了四五小時，把基隆砲台，轟個粉碎，守軍寂然不動，法兵先頭隊四百多人，衝上岸上，守軍沉着作戰，屹不爲動，孫開華所部予以包抄，把法軍殺得落花流水，次日，李思卑便帶了兵與船悄然離開了台灣，向上海駛去。所稱「殺敵二千餘人」，似有誇大處，但捍衛國土總算是有功了。

孫開華死於台灣淡水，其長子殉於乙未護台之役。孫道仁在光緒戊戌前後，以廕生捐道員，在福建候補，不久，充巡撫防營統領，兼營務處總辦，總算是潤差事了，但那時候他靠着門廕，少年得志，揮霍豪縱，私生活不甚檢點，有人告他貪污狼藉，縱兵殃民，光緒辛丑，爲言官所劾，淸廷飭張之洞查辦。張派員到福建密查，查出種種不法情狀，奏覆上去，孫道仁得了革職處分，其時閩浙總督爲許應騤，替他說好話，稱他是將門之後，平日勇往耐勞，請留在閩省効力，以觀後效。及光緒卅九年，李興銳繼許爲閩浙總督，編練新軍，派他爲統領，後升至陸路提督。許崇智是許應騤的姪孫，幼年隨宦在閩，和王麒蕭其斌等都是由福建保送到日木留學士官的，畢業後在閩省武備學堂執教，孫道仁爲感念許應騤對他的迴護之情，對許崇智特別加以汲引，保許王二人爲協統。

（以下轉入58頁）

神乎其技

中國氣功名家盧世興

·文山·

三十二年前，一個嚮往國術的十二歲台灣孩童，單獨地從台北南下，前往台灣中部的西螺鎮投拜名師學習武藝。這個孩子當時雖然沒有幻想將來要「得道」成爲「劍仙」，但在他那純潔誠摯的心靈中，却實實在在地期望將來能儕列武林名家羣中，在朝夕苦練十餘年之後，他實現了他的願望，而且廿餘年來，他一直是台灣省國術界有數的人物。

這個孩子，就是現在在台北市掛得起「萬兒」，以及在拳術和氣功上頗有功力的盧世興，他的師父就是目前台灣省國術界老一輩的人物黃春成。

今年卅六歲的盧世興，祖業傷科接骨醫師，可說是從小就在江湖行長大的，他在幼時對國術即發生了興趣，他的父親看到了這個孩子的氣骨不凡，乃遣其投拜他的好友台灣國術名家黃春成爲師。據盧世興自己說：他在少年時，曾一度想跳出這個江湖圈子，但他父親叫他投師這一決定，却使得他一生混跡江湖，至今，「少年子弟江湖老」，青春活力已隨歲月消逝。現在他表演拳術氣功時，已需戴一付黑邊眼鏡來幫助視力了，從投師以來，廿四年的江湖生涯，已使他磨盡了昔日那「名重武林」的雄心，他現在唯一的成就，乃是建立了一個由一位好太太協助支撑着的家，以及五個有待養育的孩子。江湖行業不能使他的境況富裕，相反的得爲生活奔波。

因此，本性淳厚老實的盧世興，生活更使得他持重謙恭了。雖然是人在江湖，却無半點江湖氣味，唯一能使得他情緒激動的，乃是當他講述當年從師學藝的情形時，可以很清晰的看出他昔日的美麗幻夢，在他那激動的聲調，有力的手勢和歡悅的笑容中，復現了昔日學藝時的青春活力。

他目前在台北市萬華區開了一間很小的跌打損傷之類的傷科接骨診所，雖然家境不太好，但他很安份。

爲介紹中國數千年來傳統的國粹之一，氣功給外國觀光客欣賞，他月來曾應台北第一飯店和中國之友社之邀，表演他的絕技——氣功。最近他應台北中央飯店的邀請，在夜總會中表演數項氣功節目，以娛中外顧客。

他在中央酒店所表演的氣功節目，眞可謂「神乎其技」。這些節目都是用一把木劍，運用氣功來劈斷一根懸架於四種脆弱不堪一擊的物體之上，粗如手臂的竹桿，結果桿斷而這些物體都無損絲毫。

這些節目分四次表演，第一次將竹桿兩端架在兩片切成瓠形的西瓜肉上，第二次則把竹桿兩端架在四塊水豆腐上，第三次在水豆腐上加放兩隻鷄蛋，竹桿兩端架於鷄蛋上，第四次由兩人各站一邊，各持紙圈一個，懸於利刃之上，竹桿即架於紙圈下端。每次表演時，盧世興執手劍站立中央，集中精神，凝視竹桿，運足丹田之氣，大呼「咿啊」一聲，即揮舉木劍，向竹桿劈下，每次竹桿均應聲中斷，但墊在下面的西瓜，豆腐，鷄蛋，紙圈等物，都未損分毫。最奇的是當木劍甫觸及竹桿時，即被上舉收回，而竹桿已斷如刀切。曾有客以日本武士刀依樣葫蘆，結果竹桿未斷而刀已墮地折斷。承墊西瓜亦已粉碎。除這些絕技外，盧還擅於運用氣功，自斷細身繩索和細身鐵絲，暨拳劈地瓜粉碎，肉掌握抽利刃而手毫無傷損等絕技。

據盧世興說：他在台北中央酒店是幫忙性質客串表演的。他的氣功絕技，也曾在其他場合表演給各國駐華使節參觀，這位把中國傳統的拳掌內外功夫視爲神聖的武林技擊的武術家，到現在尚未招徒授藝，他僅僅把他的絕技部份傳授給他的兒子。他認現在的青年缺乏道德修養，如果隨便傳授武藝給他們，則邪惡之徒更將如虎添翼，橫行市井，這樣豈不是爲自己增加罪惡。

在台北和盧世興一樣具有這種拳掌內外功夫的人，還有兩位，一是已故由大陸來台的佛教老法師，他生前住在北投的一所寺廟中。他的功力比盧世興更高，他曾當衆表演氣功，用一把刀在一個完整的蘋果上虛空一按，蘋果表皮完整，剝開表皮後，這個蘋果內部如刀切般整齊的分而爲二；他還可以用掌砍在五塊層疊的火磚上，隨心所欲，力透其中指定的任何一塊使其折斷，而其餘則均完好，這位來自嵩山的老法師的功力，在台灣是居其冠的，前幾年世界拳王喬路易來台表演，找不到對手，老法師即向其挑戰，喬拳王一打聽之下，即婉拒了。另一位即是這位老法師的衣砵承受人劉木森，他現在是台灣警察學校、政工幹校、中國文化學院等的國術教官，他的氣功絕技，可以運氣以手掌吸起一個平橫放在桌上的酒瓶。

盧世興說，這種氣功絕技，主要靠精神集中一點，就如古語所說：「精誠所感，金石爲開。」他以他的木刀劈竹來作說明；他必須要在他的精神與運氣貫通之後，才能一劈而斷，神與氣的貫通，就是要靠氣功中的運氣，他每次劈竹之前，要運氣四十至五十秒鐘，劈下之後，聽到「嘣」的一聲，知道竹桿斷了，木劍亦被疾速收回。這又要靠用力的恰到好處，從這一點也就可看出功力的深厚。劈時如用力慢和不夠，竹桿不斷，如用力過快過猛，則竹桿雖斷，但下面西瓜豆腐鷄蛋等承墊物，却被損壞了。

盧世興從開始學習氣功，十年之後才能有此絕技功力，在他表演了十幾年的時間中，很少失敗過。但是，他今日能有這份功力，乃是靠昔日的苦練。他當年初練時，每日清晨五時起，要練習三個多小時，十年長長歲月，每天如是，先練神（練鎮靜），再練氣（練呼吸吐納），最後練丹田，每一階段，都不能絲毫馬虎。一點疏忽，都將導致功虧一簣。

（接上56頁福建第一任都督孫道仁）

許崇智在日本時，已加入同盟會，在閩進行革命，以福建軍隊多湖南籍，欲得一湘籍者協助，彭壽松本哥老會分子，做過知縣，因受扼於岑春煊，憤恨滿清統治，也加入革命團體，許即邀彭到軍中活動，及武漢發動，許彭遂與主要同志，約孫道仁到萬壽橋下艀舨中，以邀宴爲名，慫恿其參加，直告以事成舉爲都督，否則身家難保。孫便只得應允了。福州獨立時，滿清駐防將軍樸壽被戮，總督松壽自殺殉清，黨人組都督府，舉孫爲都督，軍政大權遂操於許彭手中。

二次革命時，許崇智參加討袁，孫道仁的都督本來是依人成事的，對革命原無深的認識，再看當時民黨力量，非袁之敵，被許等迫不過，雖也答應了，但不久，索性把權位統讓了出來，溜出福州，避居上海，他家裡頗有錢，也不想再做官了。袁世凱知道他是沒用的人，參加反袁，不是他的本心，便也不追究了，反而派人到上海將他加以撫慰，後卒於上海。

披荊斬棘萬重山．雲深霧濃不勝寒

台灣南部橫貫公路初旅

潘世靖

耗資近五億元、費時四年有餘、動員大批人力、於上月底完成的台灣大建設之一——南部橫貫公路，已定於下月一日全線開放通車，而公路局亦預定於明年元旦行駛全線班車。

這條繼中部、北部橫貫公路之後，從崇山峻嶺中開闢的道路，是台灣第三條橫貫中央山脈的交通動脈；對於經濟、軍事、政治以及觀光事業，均有很大的價值。

由於零星工程尚未全部竣事，這條全長一六九．四七公里的南橫公路，雖於上月底宣告通車，但目前客運班車行駛之路程，祗是從台南縣玉井鄉或高雄縣六龜鄉經甲仙而至桃源；全程五十六公里。其餘部分除了工程車以外，尚無車輛通行。如果要走完全程，過了桃源以後，一直到台東縣的海端鄉終點，必須徒步跋涉，途中還要攀越海拔二、七三一公尺高的中央山脈大關山埡口隧道。據施工單位說：除部份工程人員外，尚無人通過全線。

中華日報及早報導這條道路的實況，特派記者潘世靖與攝影記者易顯鸞，全線「處女行」。以下是他們的報告。

第一站到達甲仙

我們揹了簡單背包、冬衣及四天的乾糧，自台南市出發，雇了一輛計程車，經台南縣玉井馳向第一站甲仙。

南部橫貫公路為便利建築材料及工作人員補給上的運輸，施工方式是由東、西兩端地勢平綏的海端鄉、北寮村逐步向中央高地埡口開拓推進。省公路局為劃分施工職責，東段公路處設於海端鄉毗鄰之關山，西段工程處則在甲仙，以埡口隧道為界。原很寧靜的甲仙鄉是個山城，自設立西段工程處後，目前已增加了不少鋼筋水泥建築物，工商較前發達不少，尤其是街道整潔，民風淳樸，使初經此地的我們，留下了深刻的印象。

事先經十年勘測

在工程處，承孫處長詳細告訴有關南橫公路的四年多施工情形與現況。

他指出南橫公路起於台南縣玉井鄉的北寮村，亦可自高縣旗山經六龜之主要支線進入，經玉井北寮村、甲仙、荖濃、寶來、桃源、樟山、梅山、檜谷、天池而至東段、西段分界點的大關山埡口隧道，再穿越中央山脈進入台東縣境之向陽，從戒茂斯、利稻、新武呂以迄終點海端鄉為止，繼即與花東公路銜接。指着辦公室牆壁上的地圖與圖表，孫處長說明了南橫公路自五十七年七月五日開工後，除少部份的橋樑與長六一二公尺的埡口隧道，是交商人承包施工外，其餘工程，均由榮民工程處、農墾處、軍工協建大隊及警總職訓大隊負責施工，而公路局負責策劃、設計與監工。

南橫公路是經公路局前後十年之勘測、規劃設計，而於最後始決定了目前的開闢路線動工。

他說：工程所經之處，多屬荒山僻野與崇山峻嶺，沿途懸崖峭壁，人跡罕至，加以山壁均為風化岩組成，土質脆弱，很易發生坍崩，因此施工時，極為危險，每當炸山及築路基的護壁時，震動引起的山崩、墜石，往往造成意外的傷亡。

有一四二人殉職

據施工單位統計：南橫公路自動工開闢至今，已有一四二位工程人員殉職，其中包括觀禮段段長陳武雄和檜谷段段長蘇進涇，其他因工程施工而負傷的猶未包括在內。因此，省公路局為了悼念殉職的築路英雄，特於檜谷把兩座橋樑分別命名為武雄橋和進涇橋。

他說：在闢建南橫公路之初，高山所需要的糧食與器材，是僱用當地山胞，以每公斤七、八元的價格，由山胞們徒步攀登上山供應，一次要走二、三天，其辛勞與艱苦，由此可見，而南橫公路之完成，當地山胞之貢獻亦不少。

南橫公路主要工程，包括填路基土方四十餘萬立方公尺，橋樑全長二、七三〇公尺，其中較大的五座，是一五〇公尺的曾文溪上游北寮大橋，跨楠梓仙溪的三百公尺長之甲仙大橋，橫越老濃溪二二〇公尺長的寶來大橋，越卑南溪上游各長一二〇公尺之利稻和新武呂大橋。另有隧道一、三九九公尺，以埡口隧道的六〇六公尺為最長，護坡及駁坎工程十三萬平方公尺，涵管一、〇八四道。

孫處長說：因為南橫公路埡口隧道板模於十五日拆除後，全部工程即可告結束，公路局的技術人員與築路工人，屆時皆將撤離。目前祇剩少數工程人員，在山上做些剩餘的零星工程，所以公路局已於十一月一日指定第三區工務處成立了第四及第五工務段，連同下轄的養路維護班，負起今後西段及東段的維護責任。

岩石像油酥燒餅

他認為南橫公路雖然是沿山開鑿出來的道路，可是無論從西段或東段進入，山坡的斜度均是迂迴上昇或下降，因此在行駛車輛時，較中、北部橫貫公路及東部蘇花公路更為安全。

對於南橫公路沿途所經時有坍方之發現，孫處長解釋，是因山壁為風化岩石組成所致。他指說：風化岩石均經雨山腐蝕，石塊一層層好像加了油酥的燒餅，質地較鬆，而新闢完成的路壁斷面也尚未穩定，所以偶有大雨或颱風，就易發生坍崩，每年五至九月的雨季及颱風季節，尤應特別注意，公路局預料在經營修葺二年後，這種情形就會因山壁日趨穩定而減少。

從戒茂斯俯視南橫公路

南橫公路是以碎石鋪成的公路，沿途所經，均爲荒山僻野的崇山峻嶺，路寬僅四公尺至五公尺半，雖然彎度不大，坡度又小，可是並不適合駕駛摩托車，否則以目前而言，萬一機車發生故障，騎士們也就束手無策，非被迫棄車步行不可。

交通工具費周章

了解了道路狀況後，我向孫處長表示：希望能搭工程車或僱車上山，以便採訪沿途風光。可是他却告訴我，工程車已派上山，要二、三天才能回來，況且南橫公路目前尚在管制階段，上山必需至六龜或東段的關山警分局辦理入山手續，有入山許可證始能通行，因此很少有私人車輛或計程車入山。

聽了孫處長的答覆，我倆頗爲失望，因爲要等工程車必需浪費時日，況且一輛由吉普改裝的工程車，每次上山都要裝油料、糧食或器材，是否坐得下也是問題，另外，由於行時匆促，事先未至高縣六龜分局辦理入山許可證，到時究竟能否通過設於寶來的檢查哨猶是問題。

懷着忐忑不安的心情，出西段工程處後，考慮再三，決向甲仙分駐所先後探聽入山證的情形。

甲仙分駐所的警員於了解我的情形後，頗爲熱心，但因該分駐所是屬台南縣警局管轄，本身除了核對高縣六龜分局核准公文始得發予入山證以外，本身並沒權力簽證，因此也表示愛莫能助。

可是甲仙分駐所的警員却告訴了我另一個好消息，甲仙四輛計程車，平時雖行駛鄰近村鎮及玉井，但也有爲工程處代運蔬菜上山，以供築路人員食用，不妨試行

由向陽至戒茂斯一段公路旁之峭壁

聯繫，說不定能解決上山的交通工具。

抱着滿懷的希望，我與易顯鸞在甲仙街頭忙着找計程車，事實上，由玉井與附近鄉鎮駛至甲仙的計程車達廿餘輛，而經再三交涉，雖然多數均以沒有入山許可及未曾行駛過南橫公路而拒絕了我們，但苦心設法，終找到了一輛會送蔬菜上山的車子，願意載我們到埡口，並開價車資七百元，不能減少，爲了達成任務，我們祇好答應。翌日上午九時出發。

山明水秀塵慮消

雖然沒帶入山證會使我倆頗爲擔心，但却找到了交通工具，心理上也夷然不懼，決定以報社事先代備請求協助的公文與身份證件至寶來檢查哨接洽過關。我們在甲仙留宿一宵後，八日晨準時出發馳向寶來。

離開甲仙後，沿途住戶逐漸減少，而感到踏入山區的一股荒涼與僻遠之感。到寶來，首先映入眼簾的是長三百公尺的寶來大橋，橋下是寶來溪與荖濃溪滙聚之處，溪水潺潺不息，濶寬河床裡的萬千鵝卵石，重重叠叠，碧波清澈見底，使人有超塵脫俗，怡然自得之感。

在寶來，我曾下車至一雜貨店與店東小談，知道了當地除了出產部份水果、木材外，尚有人養了五、六十隻鹿，惜以公路頗遠，未能前往參觀。

店東並說在寶來橋上游三、四公里處有温泉，至今尚未有人申請利用，而當地的旅社奇廉，一宿祇要十二元至十五元，雖祇能容納四、五十人，但因南橫公路尚未開放，所以仍經常有空床沒人住。

駛離寶來村不久，就碰到檢查哨，經告以此行原因，並交以報社公文和核對身份證後，檢查哨總算是網開一面，讓我們順利過關，而踏上了征途。車子於碎石路面上疾駛奔往桃源，雖然山路崎嶇，但尚算平穩？

天然景色真雄偉

桃源雖然是南橫公路的大站，居民聚

至利稻公路旁之怪石崢嶸

向陽觀雲海峯巒隱約

山而居，達一千五百餘戶，但祇是個窮山僻村，因當地靠近秀巒山脈，由桃源以至台東縣的關山鄉一帶，盛產中藥材，可是風景平平，目前已有高雄客運與興南客運班車，分別自旗山六龜及台南縣玉井行駛至此，南橫公路，客運車也到此為止，離開桃源就很少看到車輛奔馳。

從玉井經甲仙、桃源、樟山、梅山這九十公里路程中，嚴格而言，由於山勢平緩缺少變幻，風景畧嫌平淡，觀光價値甚少。

雲海峭壁原始林

但經梅山而至檜谷、天池後，沿途風光就豁然而變為旖旎多姿，從檜谷開始經天池越埡口隧道進入台東縣境之向陽後，山勢陡險多狹谷，一直至利稻村、霧鹿狹谷為止的四十五公里行程中，由於景致均未經人工彫鑿，充滿了大自然之秀麗與雄偉，成了南橫公路沿途景色之精華地帶。

南橫公路的風光，可說是由原始森林、雲海及風化岩之千丈峭壁三大特點所組成，另外在冬天於埡口隧道一帶尚可看到迷濛大霧與雪景。

車至檜谷已是下午四時許，淡烟似的輕霧，夾着細雨，使我們在這塊少有人烟的山谷上，眺望到羣山中一片高大的原始檜木森林，路側的三、五枝檜木，每枝高逾四丈有餘，又粗又壯，三人似都難以合圍一枝樹幹的千年老檜木，於深山中特別顯得挺拔與堅韌，傲然聳立於山谷中直指雲霄，在別處尚屬少見。

由檜谷過去不及二公里的公路旁邊，爬上山坡約十五分鐘，就到天池——未來公路局班車西段與東段換車預定地。

海拔已越二千五百公尺的天池，雖然不大，水却終年不涸，清澈冰瑩，碧綠得像一塊翠玉，深嵌在山丘之中。

山上猿聲啼不住

在檜谷與天池一帶，你如能爬上山頂，就常可看見猴羣，活躍於山野森林之間，如能不干擾牠們，使猴羣見人不懼而躲避，「觀猴」也必會成為南橫公路的未來奇景。

在車子過了天池不久，沿途就發現不少從山顚落下的墜石，尤其是靠近埡口隧道的六公里，路上仍可聽到不少小墜石稀落下墜，而車距隧道約二公里的路上，巨石阻道，經與司機合力搬至路邊，始順利通行至埡口隧道。

埡口隧道險不測

遙望埡口隧道，似一座黑漆大門，灰黑的岩石，於高山濃霧掩蓋下，乃有閃閃黑光，工程人員正忙着清除隧道內的積石，而我們的計程車也就算馳抵了終點。

我與司機下車，步入隧道不及一分鐘，從隧道西面進口處就在轟然一聲巨響中，夾帶着一串稀哩嘩啦的聲音，回頭一看，距進口一丈的洞口外，一塊大逾方桌的巨石及二十幾塊大逾籃球的墜石，像一陣雷雨樣掉了下來，我與司機固然嚇了一跳，工程人員也頗感意外，回想稍慢一步的後果，眞是不堪設想。

偕同拍照的攝影記者易顯鸞事後說：他當時正想起步進隧道，因聞洞頂怪聲而止步，返身回跑，才躲過大難，言下不勝驚悸。

計程車司機於驚魂之餘，稍停即請洞外人代為鑑定可保無巨石下墜危險後，立刻衝出洞口上車，頭也不回的趕了回去。

此身竟在雲霧中

當晚，我們即由工程人員陪同穿越埡口隧道，進入台東，步行了三公里左右，下至一山谷中的東段施工所留宿，翌晨又搭乘一輛送工程人員上山的計程車續奔前程。

據住在東段施工所已逾三年的一位姓

陳的工程師說：埡口海拔二、九二〇公尺，終年處於雲霧之間，偶而天晴，可在隧道頂眺望雲海，一年的盛夏中，最少也要穿長袖才不致寒冷，秋冬之時，下霜降雪，氣溫變動很快。

他曾於民五十九年冬天，在埡口碰到大雪，附近積雪達一公尺左右，因此當地生長的蔬菜特別香甜。

我們在埡口時，傍晚木蓋工寮中已冷至攝氏十二度，大家都穿了冬衣，圍在鐵火爐旁邊烤火取暖，與工程人員閒聊南橫公路的未來發展與現況。

住於工務所，易記者嘗試了旅行睡袋的滋味，而我則由工務所借了條棉被，穿了毛線衣睡了一覺，屋外的雨聲與烏鴉之淒啼，使我天未亮就醒轉，一直等到天明，吃了早點，始在附近走走，惜以濃霧困山谷，祇是一片白茫茫的霧氣，籠罩着山與狹谷，人在霧裡，根本不知自己存身於高山上。

迂迴崇山峻嶺間

十時許，一架載工程人員上山的計程車又幸運的為我們解決了交通問題，偕同易君乘車開始下山。

過了埡口的下一站是向陽，在清晨與黃昏，向陽可以看到南橫公路最迷人的雲海奇景。

站在公路上俯視，但見遠處羣山起伏，山峰疊翠之處，白雲恍如輕紗，隨風飄逸，嬝嬝上昇，蔚藍色的天空和蒼綠翠巒，隨着太陽的萬道霞光，彩色瑰麗燦爛，一片片的蒼雲，忽大忽小，時上時下，極為優美多姿，較阿里山的雲海更美。

從向陽經戒茂斯栗林以至摩天、霧鹿的十餘公里中，原始森林充斥沿途，連綿不絕的栗木、杉木和常青的勁松、樹枝上均因高山潮濕氣溫而長滿了茸茸綠苔，隨風飄盪，公路迂迴，迤邐曲折，由上而下盤旋於崇山峻嶺之間，而利稻村却建在這羣山環繞的一塊盆地上，百餘戶榮民與山胞所建之木屋、學校與菜圃，均井然有序。高山幽谷，山明水秀之餘，使我恍然有置身世外桃園，忘却塵世煩囂之愉。

怪石崢嶸多詭異

過利稻村進入霧鹿狹谷地帶，沿途但見千尺峭壁懸崖，車從一個隧道又穿越一個隧道，懸崖上怪石崢嶸，錯列危踞，於詭異雄渾中，配以深谷下的霧鹿溪，彎彎曲水，如一條銀練穿梭其間，而路上杳無人跡，寧靜中更顯得大自然之壯觀與個人之渺小，為南橫公路中與向陽雲海足以比美的唯一美景。

霧鹿狹谷以後，南橫公路也就逐漸接近平地，由下馬、嘉賓、新武呂、初來而至公路之終點海端為止，風光漸趨平淡，至下午三時半，我們完成了南橫公路的第一次通過，在關山搭乘火車前往台東，經南迴公路由屏東返回台南市。

在埡口東段工務所留宿與工程人員晤談中，我們知道南橫公路之完成，除了國防上縮短了軍事運輸之需要，使西部與東部達到了貨暢其流與觀光價值外，南橫公路之開闢，也將為沿途的農林、畜牧、礦產奠下了開發基礎，而達到地盡其利之目的。

從此次採訪結果，我們發現南橫公路雖然具有不少的觀光風景區，但白雪皚皚的埡口美景、雲海與狹谷之懸崖峭壁，加上四季如春的玉井、六龜或海端的亞熱帶景色，仍遠不如其在經濟價值上的貢獻。

藥材豐富有遠景

以農林而言，西段自玉井至梅山及東段海端至新武呂，地勢平坦，中有寶來、甲仙、向陽三大平原的山地保留地一萬三千餘公頃亟待開發，此路完成後，立可輔導山胞與榮民墾植，預計可安置農民二萬人，以拓展農林、畜牧、果樹及園藝。

而自桃源至關山，根據記者從當地居民口中所知，山中可生產野蔘等中藥材五百餘種之多，恒久以來，附近居民均以攀入深山摘取中藥出售謀生，已成為本省中藥的主要生產地。

可惜的是這些藥材均靠野生，因此也越採越少，並且生產地點，也越來越靠近深入的覃南山中，以往由於交通不便，及採摘不易，產量也較少，目前如果在該地區的玉山山林管理處能加以人力之種植與培養，配合南橫公路之運輸，則當地的中藥材很可能不僅足供全省所需，甚至可供輸出。

據一位居住於桃源的居民說：以當地生產的中藥「杜仲」為例，因可製造荷爾蒙及維他命，目前就有美國藥廠派員採購，惜以產量不豐，獲利較少。

在林業方面，南部橫貫公路的楠梓仙溪、荖濃溪及關山區，一直均為玉山林區管理所的事業區，林產面積達四千五百餘公頃，多為原始森林。

林業前途無限好

據有關人員指出：僅以南橫公路沿途所長的原始檜木，粗逾三人合圍，高達四、五丈，每株價值均在十萬元以上，如能全部開採，總值就超過五億元，足可抵消南橫公路的全部工程費而有餘，另外尚有很多原始杉木、姆樹等等，價值也很高。

林業的價值雖高，可是在以往因運輸及缺乏電力，能採的木材很少，現因南橫公路開闢成功，靠近該路兩側的木材，已可砍伐運出山外，將來如能配合電廠之建立，利用鋼索吊纜和溪流之水運輔助，前途大有可為。

事實上，玉山林管處已在近半年中，鑑於南橫公路之開闢完成，於東段向陽至天摩兩地之間，栽植了不少的樹苗，進行造林。同時，該處並準備開闢專門運送木材的林班道路，以墾伐既有的原始木材——檜木、杉木，準備外銷。

畜牧礦產價值高

在畜牧事業上，以往在寶來、楊梅及梓山，有養鹿之山地特有副業，而沿南橫公路居民，也有不少人養有牛、羊、豬。但因交通不便，除養鹿者以利潤較厚，可僱工以自行車或人力將鹿屠宰後，用化整為零方式運至外地銷售外，牛、羊、豬的飼養，始終局限於小規模的家庭事業，遂至鄰近村落屠宰，以供食用為限。

可是，南橫公路之闢建完成，因氣候適宜，大規的牧場勢必逐漸設立，目前在桃源就有商人，準備投資設立國泰畜牧公司，準備大規模飼養牛羊。

另外，據說國軍退役官兵就業輔導委員會，亦已要求將南橫公路兩側各五十公尺的地方予以保留，以輔導退役官兵作有計劃的開發——設置農場及牧場。

除了農林、畜牧以外，南部橫貫公路沿線所蘊藏的礦產也很豐富。

水利電力可開發

據省府派遣的礦物調查小組兩次沿途調查結果，發現在復興與梅山之間，以及關山埡口附近有沙金外，霧鹿附近在工程測量中，曾有指南磁針偏出十五度之現象，一般相信可能有赤鐵礦，而較有前途的新霧藏量豐厚的大理石和石灰石，加上已發現的石油，天然瓦斯水晶，翠壓等，南橫公路之完成，將有助於大量開採，但在經濟上的價值，在未作進一步的詳細勘察前，尚難作一完整估計。

雖然南橫公路的完成，已為當地的農林畜牧以及礦產勾畫出了一幅美麗的遠景，但如要求取更高的經濟價值，南橫公路祇可算作開發的基礎，必需進一步的把該路所經的楠梓仙溪、荖濃溪和新武溪三大溪流的水利，電力工程早日完成。

據工程人員說：省府的專案小組於施工時，曾多次勘察沿途溪流，預計將在楠梓仙溪，荖濃溪各建水壩三個，而新武呂溪亦可建兩個水壩，以供灌溉與發電之用

沿途食宿應解決

在我們此次橫越南橫公路之餘，個人會就道路、觀光及經濟開發三方面發現了不少問題。

首先以道路而言，在開放南橫公路以後，前往遊覽的旅客與載運貨物的大卡車，勢必大量增加，以目前西段路壁懸崖，尤其是靠近埡口隧道這段極不穩定，新成立的第四工務段，必需隨時隨刻加強安全檢查，以減少坍崩與落石之可能性，避免發生意外危險。

同時，既已開闢完成，今後山區居民亦必大量購用摩托車，以載山產至東、西部各地出售，為了當地居民之安全，也為了便利觀光，應即設法加鋪柏油路面，工程費可先行貸款，而以收取車輛通行費抵償，就可一勞永逸。

雖然汽車行駛南橫公路，依照速度限制每小時祇能走廿五公里，駕車走完全程也祇需七小時半，但既為觀光遊覽，總不適坐在車上風馳電掣，況且向陽雲海也祇是每天的晨昏兩段時間可見，因此要發展南橫公路的觀光事業，必需先解決沿途的住宿問題。

觀光事宜要籌劃

照目前記者了解，東段進口自海端起一直沒有任何餐廳或旅社，一直要走到西段寶來、荖濃、甲仙這段，始有簡單之旅社與小飯館，且容量有限，而救國團準備在梅山、天池、埡口、利稻設置自助旅社，土地雖已在每段地留了二千坪，而目前猶在規劃階段，將來是否能提供一般遊客或適合遊客需要，均尚屬疑問。

另外，寶來與利稻均有溫泉，而目前也未開發使用；其他如寶來、梅山、樟山都有居民養鹿，如能輔導設於公路附近，亦可增加遊趣，諸此均有賴於交通部觀光局之規劃與設計。

至於觀光線的安排，根據公路局了解，成一系統。其實，南橫公路如能在埡口附近設置大規模旅社與餐廳，則這條觀光線就可配合中部橫貫公路成為一橢圓型的觀光面，讓遊客分別住於梨山及埡口——避暑勝地，使遊客可以從中部台中進入後，經由花蓮、海端進入南橫公路，再由玉井返回台中原地，相信更為圓滿。

觀光事業既為無烟囱工業，而來我國觀光的國外遊客日增，為了將來的外滙收入，南橫公路的觀光事業實有慎重考慮之必要。

農林、畜牧與礦產之開發，有待水利與電力之供應實為不可否認之事實，現南橫公路既已開闢完成，尤應加緊工作進度，以免減低了此路應有的效益。

欣欣向榮多蓬勃

在南橫公路跑了三天，眼見沿途一片欣欣向榮的蓬勃朝氣，深感南橫公路當初規劃之遠見，同時也更懷念因施工而殉職的築路英雄，我深信在全國各界的合力開創下，他們洒在南橫公路上的鮮血，一定不會白流，他們的英名，更將因南橫公路的存在而永垂不朽。

（全文完）

水滸遺蹟在杭州

謝吉

鳳舞龍飛詎足誇，錢塘遺事失宮娃；
天教南度支殘局，人想東京續夢華。
朱鳥歌成空有淚，冬青種後已無家；
與君鼎足藏三志，天水猶懸碧水涯。
——吳騫：臨安志詩——

「上有天堂，下有蘇杭」，是人皆熟知的一句諺語，杭州之所以被視爲人間天堂，當是擁有「西湖」的緣故，誠如蘇東坡詠西湖詩所云：「波光瀲灧晴偏好，山色空濛雨亦奇；欲把西湖比西子，淡妝濃抹總相宜。」而歷代詩人墨客，雖已留下無數溢美詩文，但描敘西湖景色之美，仍嫌不足。然而，杭州之勝，並非全在西湖，其他如文物、勝跡、古塔、名剎、掌故、軼聞，亦無不各具特色，多彩多姿，俱足與西湖景色，相互輝映，唯在「人人盡說西湖好」的情形下，爲之失色而掩盡。筆者杭人，生長於斯，茲願就見聞所及而未爲前人所道的「水滸遺跡」，畧述一二，以饗讀者。

一、武松墓

西子湖畔的孤山路盡頭，爲遊人如織的西冷橋，西冷橋引人注目處，在橋前兩側各有一墓，默默相對，墓上均有亭如翼，以蔽風雨，亭爲六角形，十分雅緻。右側的墓，外層敷以水泥，漆紅色，亭是朱頂碧柱，光可鑑人，遠望如盛粧凝眸少婦，明艷之極。左側的墓，下端由青石砌成，上端外層敷深色水泥，墓與亭都未上漆，墓面與亭柱，由於長久受人撫摩，黝黑無光，遠望似屹立如山壯士，莊嚴之極。兩墓相對，一個秀美，一個雄偉，十分耐人尋味，但凡遊過西湖的人，想必不致錯過這勝跡中的無上佳構！

右側那嫵媚明艷的，是長被詩人傳誦，南宋名妓蘇小小的美人塚；左側那莊嚴沉雄的，就是那水滸故事中，最膾炙人口的景陽崗打虎英雄武松之墓。以英雄墓配美人塚，自是千古佳話。

行者武松，確有其人，宋人「宣和遺事」和元人「張叔夜傳」都曾提及。又據「癸辛雜談續集」龔勝所作「宋江等三十六人贊」中，武松爲受贊的第十四人，贊曰：「行者武松，汝優婆塞，五戒在身，仍要殺人。」看來竟似「贊而不許」之詞。至於武松死於杭州的事，古埋憂集曾有記載：「國初時，江滸人掘地得石碣，題曰武松之墓。當日征青溪，用兵於此，稗稱所傳，當不誣也。」現在的武松墓，當由青溪還來（青溪離西湖不甚遠），想是好事者爲叱咤風雲的英雄，死後有所歸宿，乃以名湖山色，美人香塚相伴，以告慰其在天之靈。

古人云：「善泳者溺於泳」。在梁山一百零八位好漢中，武松排行三十六天罡之內，名位是「天煞」，其人有千斤膂力，勇武過人，一生殺人無數，不愧「天煞」名號，好在從不濫殺無辜，總不失爲一位熱情豪邁的好漢。

據水滸後傳所敘，盤據杭州的方臘，是四寇中最饒勇、最善攻守策畧的一寇。故宋江等圍攻杭州，久久難下，耗時數月，損兵折將，用盡千方百計，始斬關入城，與方臘短兵相接。不料方臘能使飛刀，勇不可當，幾無人能敵，武松乃與之力戰百合，結果，武松不幸左臂爲方臘飛刀所傷，血流如注，然武松不但無視於臂傷，反因此激起無邊煞氣，奮勇力挫方臘，將之生擒下馬，唯大功告成之時，奈因流血過多，不治而死，當使讀水滸愛武松者，同聲一哭。從此，一代英雄長眠名湖之畔，永伴美人香塚，死後能享此清趣豔福，也頗使人羨煞！

二、林冲棺

杭州在本地人口中，通常分稱為上下城，中以最繁華的「旗下」為界，旗下是有清一代旗人住址，應稱中城而不名。市區近湧金、清波、鳳山等城門的統稱上城；近錢塘、武林、候潮等城門的統稱下城。上城的鬧區由鼓樓前起，經清河坊、三元坊、官巷口，連接於最繁華的旗下。其中頗富傳奇意味的，就人物言，有為萬家生佛而偏無子嗣的王竹齋；有神秘暴富、揮霍無度的胡雪巖。就商號言，有曾蒙清帝乾隆品嘗，號稱「皇飯兒」的王潤興飯館；有因一句戲言而開設全國最大中藥舖的胡慶餘堂；有以「水墨龍」治人百病的朱養心膏藥店，還有就是筆者即將談及的一家「六聚館」麵食店。

約在民國二十年左右，清河、三元兩坊之間，有一單間窄小店面，為一欲開設麵食店者購得，並籌設一切開業事宜。麵食店需冷藏之物甚多，因此店主雇人於後間掘一地室，作冷藏庫用。不料土尚未盡數尺，下面竟是大塊石板，店主工人一齊心跳如狂，咸認是前人埋金之地，於是合力掀起石板，下面果是經人悉心開闢的一間地室，寬高各丈餘，長約三四丈，四週砌石為墻，平整潔淨，頗見設計之匠心。

地室雖陰暗，尚能隱約辨物，環壁四週，彷彿盡是高與人齊的大甕，正中似是懸着一個長方形巨匣，看來更像藏寶地窖。於是店主執燈，一衆魚貫而入，細看之下，人人又盡失所望，原來四週大甕，共有三十六個之多，甕內已空無一物，各甕間都鑿有小孔，以竹管相連接，管內還存有粗如手指的棉繩。正中懸掛的長方巨匣，不過是具上好棺木而已，棺木用粗逾兒臂的鐵索楔入青石，懸於空中，棺首赫然有「故威武將軍林冲之靈柩」字樣。

至此，大家恍然大悟，原來此地只是一座墓穴，埋的是梁山好漢受招安後，平寇有功的豹子頭林冲。四週的大甕想是當年滿貯青油，並以一根長繩連接各甕，使燈長明不滅，唯至今已數百年，焉有不燈盡油乾的道理，故甕內已空無一物。至於懸棺正中，想是古代防止棺木腐朽的最佳方法了。

真相大白後，店主工人空做了一場朋分藏金的美夢，而掘地闢室的事，也就無形停頓。該店主為此事考慮再四，決定將林冲棺木秘密遷葬善地，免為俗人打擾，藉此消除內心有瀆神明的愧疚，同時地室現成已有，豈非一舉兩得，六聚館麵店於焉擇吉開張。

不料發現林冲棺的消息，已不脛而走，一時哄傳四方，自六聚館開張日起，人潮洶湧，爭看宋代梁山好漢的遺跡，然已棺去穴空，無可憑吊，但好奇者還是不絕如縷。為要滿足好奇心，進門必得做筆買賣，於是六聚館整日門庭若市，顧客川流不息。店主笑口常開，樂不可支，有限的藏金雖未掘得，無意間即獲得攬客的手段。事實也是如此，杭州本有西湖之勝，是遊客最佳去處，而遊客莫不好尋幽探秘，因此慕名而來的政府要員，達官富商，中外名流，文人墨客，紳士淑女，凡到過杭州的知名之士，什九必去光顧六聚館一番。

林冲，人稱「豹子頭」，乃梁山名將之一。未入梁山前，曾充都城八十三萬禁軍教頭，武藝之精，可以想見，平日仗義疏財，極具好漢本色，祇可惜家有嬌妻，乃為奸相高俅之子高衙內陷害，充軍流配，險遭不測，卒至逼上梁山。據水滸傳所敘，林冲實為勇將，身經百戰未死，却在敉平四寇後，與宋江等一衆梁山弟兄，同飲御賜毒酒斃命。以身免者僅兩人，一是入雲龍公孫勝，一是花和尚魯智深，公孫勝雲遊不知所終，魯智深則坐化六和塔中。據埋憂集所記：「六和塔在進瀧浦上，塔下舊有魯智深像，今毀矣，當日聽潮而圓寂，應在此處。」看來這酒肉不禁的花和尚，反倒成了正果。六和塔在杭州城外錢江大橋畔，惜乎已失魯智深圓寂之法身遺跡。

三、時遷白勝廟

杭州天竺山左近有風篁嶺，嶺頗高峻，山多巨竹，因以「風篁」爲名。風篁嶺北有獅子峰，當元人平定東南時，右丞相伯顏曾登臨此峰，飽覽杭州山水之勝。獅子峰側，有一其名不著的郎當嶺，處於羣山環抱之中，視界甚窄，亦無佳景，因此人都不識。在此平凡無奇的小嶺上，却也有個小廟，廟中供神像二一，形貌委瑣，毫無一般神像的莊嚴威儀。廟前亦無匾額之類，以標明兩神身份，且在白天冷冷清清，毫無香火痕跡，人多以「無名廟」目之，然不知此廟大有來頭，亦大有文章在。

每屆夜半，尤以風高月黑之夜，廟中必有虔誠香客來臨，供上酒菜，默默禱祝，並求籤以驗之。讀者別以爲此是胡說八道之事，要知此廟，乃是穿窬之徒的朝拜聖地，該兩神實樑上君子之前輩眞君，明乎此便不以爲怪了。提起這其貌不揚的兩神，乃是當日有「神偷」之名的梁山好漢「鼓上蚤時遷」和「白日鼠白勝」，毋怪兒孫輩趨之若鶩。

據說杭州一二流的樑上君子，但凡向有錢有勢的大戶下手，事前必來此廟上香許願，並求籤以驗是否可行，倘蒙兩神默許，則該大戶准是斂聚不義之財的土豪，偷之亦無不可，若兩神不許，必是積善之家，雖去亦必受挫。時遷、白勝生前在梁山「替天行道」，死後仍使杭州「盜亦有道」。

水滸後傳中，有時遷、白勝殉難杭州的回目。道是方臘防守嚴密，宋江等久持無功，心甚焦急，時遷、白勝遂自告奮勇，圖於月黑風高之夜，重施故技，悄悄爬上城牆，撲殺哨兵，斬開城關，接應宋江大軍。不料將上城垜之際，爲哨兵發覺，一時刀箭齊下，雙雙跌落城脚，身殉戰難。

時遷、白勝本賊中一時瑜亮，偷技之精，可說前無古人，生平未曾失風敗事，豈知在最後一次「偷城」的大買賣中，栽了個永不再起的跟斗，冥冥之中，還是不能逃脫「善泳者溺於水」的行爲法則，可不戒哉！

四、張順化身

杭州城門，舊有二五之數，僅湧金門爲水城，右鄰錢塘，左鄰清波，原有水閘通城河。城河在古時爲防守敵軍攻城的主要障碍，故歷代杭城守將，均十分重視湧金門水閘的控制。淸初曾大加修濬，以利淸帝臨幸孤山及城內行宮間。

湧金門前，是條十分平整的柏油馬路，一頭通淸波門，一頭通六公園，路面寬暢潔淨，路旁栽法國梧桐，行人不多，空氣澄明，幽雅宜人。路名「膺白」，乃紀念北伐成功後第一任外交部長黃膺白先生而命名。自湧金門穿膺白路而過，有「金華將軍」廟，金碧輝煌，香火鼎盛。將軍褐面怒目，左手持環，右手持鞭，狀甚威武，據說十分靈驗。每年出會之日，信徒雲集，旌旗鑼鼓，扮神裝鬼，無奇不有，香烟繚繞，綿延數里，一時萬人空巷，爭睹將軍威儀。據說該廟後殿，掛有梁山好漢「浪裡白條張順」之像，該將軍爲張順之化身云。

張順其人，考之記載甚確，「癸辛雜談續集」載龔勝作宋江等三十六贊中，張順列名第十，贊曰：「雪浪如山，汝能白跳，願隨忠魂，來駕怒潮。」張順水中功夫，堪稱一絕，水滸後傳曾叙其在征方臘攻杭州時壯烈犧牲的事跡。

前曾提及宋江率軍久攻杭州不下，時遷、白勝偷關之舉，又告失敗，張順乃請命於黑夜自湧金水閘潛入城中，一探敵方虛實，以謀攻克之道。未料方臘心細，曾在水閘口按有數排滾刀，若有人潛入，觸動機關，數排滾刀同時疾轉，當之者無不立成肉泥。張順不知有此埋伏，遂罹難於亂刀之下。想是後人敬張順忠義，乃爲之立廟，唯張順貌本英俊，何以化身褐面怒目，無籍可稽。杭州之水滸遺蹟軼聞，可能不止此數，唯筆者見聞有限，尚願稔知者，更有所言。

徐錫麟刺恩銘始末

資之

一、少年志行

徐錫麟，號伯蓀，浙江紹興東浦人，民國前三十九年（清同治十二年、西曆一八七三年）十月二十八日生於鄉。先世是邑中望族，祖父桐軒先生，擅長錢穀會計之術，又負文名。父鳳鳴先生，是位崇奉宋儒的學者，行爲謹飭。母嚴太夫人，生錫麟兄弟姐妹十一人，錫麟居長。幼時就聰穎異常，最爲祖父鍾愛。但秉性剛愎，器物過手輒毀，所以不得乃父歡心。十二歲時，曾挺走錢塘爲沙門，家人費盡心力，纔把他找回來。讀書敏慧過人，特別擅長數學，尤長天官。每每深夜危坐，考察天象，甚至忘寢。曾自出心裁，製渾天儀一具，徑三尺，即此就可知其天賦過人了。二十一歲爲諸生，他父方轉惡爲喜，望他從此青雲直上，博取功名富貴。可是他却懷抱不凡，小視功名。那時西洋文化，已經東漸，他受了新文化的洗禮，出任山陰縣學堂堂長。辦學之外，對於地方公益事業，力事興革。雖受地方頑固紳民百般阻撓，却毫不灰心，仍埋頭苦幹，到後來成績顯著，衆人才無辭反對。然仍因他做事違反古制，目爲怪誕不經，錫麟只有嘆息而已。民國紀元前十二年（清光緒二十六年，西曆一九〇〇年）夏，義和團起事，他便曉喻衆人說：「朝廷這種舉動，於國無益，而且有損。官府不可恃，我們應速創團練自衛！」衆人不信，且恐其干犯官府，貽累地方，全力阻撓。他見里人醉生夢死，大爲失望，就決意離鄉，展其抱負。

民國紀元前十一年（清光緒二十七年，西曆一九〇一年）九月，紹興府學堂聘他爲數學教師。數學是他專長，教育是他初志，任教不到數月，聲譽鵲起。知府熊起蟠聞其才名，收爲門下，並擢升他爲副監督，他便得更展懷抱。短短二年的時間，才名播及全府，不久又從父命，應鄉試，中副榜，事後却甚悔之。那時國人已厭清政，草野間言革命的，到處皆是。他本是一個不凡之才，伏櫪老驥，聞風後，慨然地說：「大丈夫當創大業，豈能倔促轅下以終其身！」遂決意出國考察，以廣見聞。民國紀元前九年（清光緒二十九年，西曆一九〇三年），日本大阪舉行博覽會，便和校中東文教員平賀深造東渡參觀，順便一遊東京。那時留東學生正爲俄國對我中止履行上年中俄東三省條約，且迫清廷承認其關於東三省利益問題，憤清廷無能，進行組織義勇軍，預備赴滿拒敵，他便大受感動。接着聞有留日學生爲着章炳麟因鼓吹革命入獄事，在某地開會謀援救，他就以同鄉資格參加會議，慷慨捐金，贊助其事。這豪爽熱烈的行動，在會場上打動了兩位革命志士——陶成章、龔寶銓，出來和他訂交。成章又爲轉介紹於鈕永建，永建和他暢談宇內大勢，使他更爲興慨。就在這個時候，他便決了覆清排滿之志，於是購置圖書刀劍歸國。返藉後，更放言無忌，鳳鳴先生素性謹飭，見子如此，責戒無效，就析產與他，並且使他出嗣已亡伯父，以輕干累。錫麟有了財產權，做事更加方便，辦理公益事業，更爲積極。先建一蒙學於東浦，名曰熱誠。爲興軍國民教育計，校中功課，特重兵式體操，和友人陳志軍親自督訓，並聘軍樂家教軍樂，一時學生儼然有軍隊氣象。里人素來對他不諒，這時乃謠言他將以學生造反。鳳鳴先生大驚，忙迫他解散學校。後見學生年少，不足有爲，方始中止。他又規建越鞏公學；繼又創設一書肆，名曰特別書局。時將提倡新文化的書藉，強售與學校，意欲用文化的力量，來啓導人心。可是就爲這事，爲人所擠，並且被免副監督職。他見溫和的改進沒有希望，就決定致力革命運動了。

二、光復會的中堅人物

民國前九年（淸光緖二十九年，西曆一九〇三年），留日學生因反對俄約，組織義勇軍於東京。後因日本政府不許他國人在其國內有軍事行動，就改名軍國民教育會，做國內同胞的聲援。不久，風聞淸廷欲逮捕國內請願代表，覺得滿虜甘心賣國，若不從事根本改革，國家將不能保全，遂紛紛歸國，謀軍事的進行。有一部分會員，還想組織暗殺團，來狙擊一二大臣，張舉事的聲勢。龔寶銓是其中一人。他返國後，正在滬招集同志，謀組中樞幹部機關。恰巧蔡元培自青島來，表示願意合作。於是改變從事暗殺初意，重新修改所訂規章，組織正式革命團體，定名曰光復會，以推翻滿淸光復漢室爲宗旨，公推元培爲會長，這是光復會成立的經過。

錫麟決心從事革命運動後，便週遊各地，陰求志士。到嵊縣後，由友人的介紹，結識平陽黨首領竺紹康。平陽黨是浙省反淸後明秘密結社之一，紹康是當地文生，擁有黨徒萬餘人，大多數是農工分子，錫麟甚爲喜悅，便和訂交而別。但仍感到智識同志的缺乏。第二年冬，就往滬上見蔡元培於愛國女學校，聞光復會的宗旨，和自己的意旨不謀而合，就很高興地加盟，協力謀會務的發展。紹興的商學界因他的號召而來入會的，陸續不絕。事有湊巧，陶成章也於此時從東京返滬，就被邀入。成章又轉介紹各地會黨首領前來加盟，一時光復會很有興盛氣象。可是時隔不久，有嘉興人敖嘉熊，創辦溫台處會館，羅致志士，隱和光復會對立。元培是個學者，穩練有餘，進取不足，光復會會員，竟然漸爲所吸收。中間雖由光復會派人說嘉熊將會館併入光復會，嘉熊却只允許發難時相助。因此光復會黯然無色。錫麟心中憂悶，立志重振會勢，並決遷地以移其重心。

民國前七年（淸光緖三十一年，西曆一九〇五年）正月，錫麟由上海歸紹興，和弟子數人，出游諸暨、嵊縣、義烏、東陽各縣，一意結交奇士。回後告人說：「游歷數縣，得俊民數十，中國尚有可爲。」於是本着他一貫的軍國民主義，就地倡一體育會，月聚諸校弟子數百人，學習射擊。同時又因浙省會黨中不乏奇才力士，可惜智識淺陋，組織散漫，不能爲革命用，想法訓練。忽元培族弟元康從上海來，告同志刼錢莊助軍需的計劃。他聽了，便暗記在心，逕向同志許仲卿借銀五千元，往上海購買後膛九響槍五十枝，子彈二十萬顆，事先向知府領取憑照，托詞將爲各學校體操實習之用，所以運過省城時，未受警吏的干涉。抵紹後，將槍彈寄存於府學校，自已便赴嵊縣晤竺紹康，邀黨中強有力的二十人，每人發銀二十元，約期到紹候命。接着又返東浦，和陳志軍商議立一學校，爲容置二十人和儲藏軍需的地方，親自向東浦大通橋旁的大通寺方丈商賃數屋爲校舍。事給鳳鳴先生知道，便力向方丈阻止。他正苦無計可施，恰巧成章、寶銓、呂熊祥相繼來訪，告他敖嘉熊因家財中落，所辦的溫台處會館已無形解散，此來是爲磋商發展會務。他聽了大爲興奮。隨將設校之謀告成章等，衆人都表贊成，就由成章和他同赴府城，謁豫倉董事徐詒蓀，商借倉屋。詒蓀一口答允，乃將寄存於學校的槍彈，悉數移倉。鳳鳴先生無可如何，只有聽他。不久，竺紹康和其徒二十人都到。於是着手籌備，定校名曰大通。於八月二十五日正式開學，除紹康生徒二十人爲基本學生外，會稽人陳伯平，慕錫麟名，也來入學。

錫麟創設是校的動機，原爲做刼錢莊助軍需匿伏藏儲之所。後因同志中沒有一人長於此道，就改計謀於開學日邀集紹城大小淸吏，一網打盡，隨時起義，請成章預約各府黨人同時響應。但成章却以爲浙江地勢，不利於守，如欲在浙起事，非先上通安徽，並暗殺擾亂南京不可，勸錫麟息謀。他認爲不無理由，便改變原計，和成章辦學，積極規劃校務，改校名曰大通師範學校。內設體操專修科，廣招各府縣有志之士來學，並稟請杭州學校處轉達三司備案。文中有云：「東西各國，盡徵民兵，號曰國民軍。其人皆中學或高小卒業，在校時習兵式體操有素，故一日有事，號召即能成軍。我國欲與列強並存，不能不行徵兵之制。然市民村夫，罔識步伐，遑言其他？若不及早訓練，無以爲他日實施徵兵制張本。今特設大通師範學校，內設體操專修科，六個月畢業，學成分發各鄉，先事創辦團練。如是漸次推廣，徵兵可立基礎。」這冠冕堂皇的陳詞，說服了學務司，便准其所請，那知骨子裡還含有重大的作用呢！學校基礎既穩固，錫麟便在校主持校務。成章和寶銓等却遍游各縣，邀集金處紹三府會黨頭目來校入學，使受革命洗禮。凡入學的，都是光復會會員，畢業後須受節制。爲挾制官紳計，畢業文憑，由紹興府發給，正面加官印，後面則誌暗號。開學卒業，必邀請本城官吏士紳蒞校主持，共同攝影。後來學校雖然偶有風潮，沒有人敢道短長，都是錫麟事先周旋，佯爲親善的效果。同時該校因爲不受人注目，革命志士都漸漸叙會其中。所以該校不僅是一個革命播種的園地，也是一個的陣營。光復的聲勢，也從這時中興起來。

三、中央革命的企圖

錫麟是一個實行家，進取家，萬事決策後，便力行無阻；他人獻計，一經採納，也就以之自任。大通學校成立後，錫麟仍不以爲滿足，適陶成章提議捐官學軍，謀進身軍界，握取軍權，俾可出淸廷不意，行中央革命或襲取重鎭，實行搗巢覆穴的計劃。他深覺有理，便約龔寶銓、陳志軍、陳德穀共同進行。由錫麟去說許仲卿出資，仲卿原是大通學校獨力出資人，是同志中富而仁的，聞言慨助五萬元。錫麟大喜，就往湖北訪其戚俞廉三。廉三曾做過湖南巡撫，爲人頑固。那時正因謀做浙江鐵路總理不成，爲朋黨所恥，鬱鬱不歡。經錫麟甘言巧諛，不由不大悅，就爲錫麟等納粟捐官，又爲介紹見浙撫滿將軍壽山。錫麟見過壽山，看他可以利動，就賄三千金。果然壽山就批准資送錫麟等五人出洋學習陸軍，又爲作書介紹與駐日淸使楊樞。

那年冬天，錫麟將學校委托曹欽熙，將會黨受訓事囑托呂熊祥後，就和妻子王振漢，友人陳伯平、馬宗漢等一行，同行東渡。先由日外務省通商局長石井菊次郎介紹進聯隊，因非軍人出身，不合資格；改入振武學校，又因目患近視，被拒。把他滿腔熱望，完全冰解，不免閒居鬱鬱。忽聞淸吏因章炳麟獄期滿，將賄獄卒毒殺炳麟，就奮然回國，奔走謀救。後知其事不確，方始釋然東返，那時陶成章也自東來，就和他商量共進陸軍經理學校，結果又爲校章所格。他眼看國事日非，神州待拯，不容拖延，便主張和成章返國，謀任軍正司令等職，爲革命的入手途徑。成章却堅持非謀直接統軍不可。並主張暗殺擾亂北京，兩人意見就不相洽。同時成章又因大通學校六月畢業日期將到，主張於首班畢業後就停辦，免得日後破露。錫麟則主張續辦，以便多多造就人才。兩人見解又復相左，從此分道揚鑣，各行其是。

那時 國父中山先生所領導的中國同盟會，已成立於東京，留日十七省革命志士，都已集中在一個旗幟之下。光復會會長蔡元培，於最初就已加盟，且被推為上海主盟員，以故國內光復會會員，就不約錫麟，獨自入會，錫麟也不以為意。後因謀學警政不成，就於民國紀元前六年（清光緒三十二年，西曆一九〇六年）春，偕陳伯平、馬宗漢等返國，謀樹革命旗幟於一方。

錫麟有表妹曰秋瑾，明慧豪俠，是女界的翹楚。原游學日本，因反對日本文部省頒布取締中國留學生規則事，偕同志數人於民國紀元前七年（清光緒三十一年，西曆一九〇五年）冬返國，謀實行革命，錫麟就邀她入光復會，共圖大舉。相約秋瑾主浙事，錫麟入官，相機行事。於是瑾入浙；錫麟則復往湖北謁俞廉三。廉三為函介紹於張之洞，之洞轉為函介紹於袁世凱；又往見壽山，壽山也為修函於其岳父慶王奕劻，於是和曹欽熙賫書北上，欲游說王公大臣，為進身之階。不料世凱素惡留日生好談革命，疑他不是孫黨就是康黨，拒絕接見。奕劻雖然見他，也沒有引薦的意思，一番雄心，又成泡影。他根觸下就北走山海關，遊吉遼，覽山川形勢，窺測滿族虛實而歸。歸時，恰逢淮安徐海大飢，就援清例加納捐貲，求補實缺。不久奉發赴皖省，以道員候用。剛巧皖省巡撫恩銘，是壽山的連襟，同時又是廉三的門生。他就請二人介紹與恩銘。召見時，憑着他懸河之口，蓮花之舌，雄詞滔滔，竟將恩銘說得非常動聽，大為激賞。旋恩銘自兼安徽武備學校的總辦，委他做副辦。又因自己職事繁多，不能兼顧，給他便宜行事全權，錫麟入官的謀劃，就告成功。

四、慘淡經營的皖局

錫麟的捐官，原來是從成章的提議。後來因二人意見中道分馳，錫麟又入皖就任，成章就疑錫麟熱心利祿，背棄革命，所以百計非難他。可是錫麟却忍受了，不加一辯，僅刻意於事實的建立，以為表白。他自到任以來，決定專事經營校務，先求取得恩銘的信任，暗中則和秋瑾等互通聲氣。不料任事不久，便感到三種困難：一、因自己不諳官場陋儀，屢受同僚竊笑；二、因所入甚薄，欲廣事交游，不夠使用；三、因口操鄉音，聯絡兵營，極為隔閡。因此就懊喪異常，曾想棄皖返浙，秋瑾却力阻他。理由是：浙撫曾敭，前於陶成章運動上八府起義事機謀敗露後，知他和成章同黨，所以對他不懷好意，去必不能見容。正在徘徊不決，恰巧廉三又專函恩銘，稱錫麟才堪大用，恩銘就升遷他做警巡處會辦，兼巡警學校堂長，他纔息了去念。從此重振精神，白日戎裝，親自督課，夜晚置酒和僚友將士宴飲，交游便一天天廣泛，從他的也漸漸多了起來。世居安慶的湘人張伯貞、兵備處提調胡維棟、馬營排長常桓芳、督練公所學員龔鎮鵬、兵弁孫師武等，都先後成為同志，過從很密。可是錫麟為人素來深沉，機謀絲毫不露，再受了成章等見疑的影響，言行更多戒懼，所以在皖半年，對於光復會的擴張，毫未進行。會友來助的，亦只有陳伯平、馬宗漢兩人。

錫麟努力辦事的結果，更得了恩銘的信任，時時對人說：「徐道辦事認眞，操守廉潔，眞是不可多得之人才！」不久就奏賞二品銜獎他，接着又値皖中武備學堂改名陸軍小學，又委他任監督，一時竟至權位顯赫。正是蛟龍得水，初則優游其中，終將掀起大浪了。

他為灌輸學生革命思想，曾經召集巡警學堂教職員學生於一堂，作愛國的演說。然其言辭仍重在灌輸最新智識，以激盪思想。對於種族的大義，和革命的眞諦，終不敢清楚地揭出。在錫麟實已盡謹慎之能事，可是仍瞞不過明眼人的觀察。當時就有人去向恩銘進言說：「留學生大多有機謀，不可輕信。」恩銘聽了雖稍有忌意，還不加深疑。後有巡警學堂收支委員顧松，他看出錫麟行為奇特，向恩銘進讒。

恩銘就戲告錫麟說：「人家都說你是革命黨，你應該好好做去！」錫麟雖吃一驚，却從容回答說：「惟大帥明察！」神色絲毫不變，恩銘就不再疑他。然他心中從此就不安，知道舉事不容再緩了。

五、舉事的經過

錫麟和秋瑾原有浙皖兩省同時起事之約，由陳伯平往來其間，暗通機密。那年四月，黨人葉仰高被上海偵探捕解至南京，由江督端方派員嚴審。仰高熬不住酷刑，就供出同黨數人，說其人大多在皖，且有入官的。並供錫麟別名光漢子爲首將，其餘所供人名，也多是會員間所定的暗號。端方看了，不得要領，電請恩銘嚴密偵緝。恩銘接電，忙召錫麟計議，並將電文名單給他閱看。他猝然看到自己別名列在首端，不覺大驚，然仍持鎮靜，回恩銘說：「職道定當查拿到案。」恩銘絲毫不疑。錫麟退出後，就決定殺死恩銘，先發制人，以防不測。五月初旬，陳伯平和馬宗漢，到安慶，他就告二人事機已迫，速爲準備，立派二人赴滬印起事文告，並添購自備手槍。恰巧秋瑾亦因經營浙事已妥，定五月二十六日起事，親由紹抵滬，囑伯平轉告錫麟，請踐約同舉。那時皖省有常備兵二標，第一標方在操練，未發槍械；第二標是新兵，尚不諳操法。緝捕巡防各隊，兵單人少；其餘綠營，未經訓練，不足有爲。錫麟認爲機局可用，遂決意發難。但以二十六日爲期太促，就商改爲二十八日，因那天是巡警兵生畢業日期，照章應由巡撫親臨主考，欲乘此機會，殺死巡撫滿吏，以策臨餘衆，事定後再溯江南下，徐定大計。那知天下事往往不如人願，恩銘因二十八日欲去祝幕府張次山母壽，下令改期爲二十六日。錫麟陳說爲期太迫，恐準備不及；而校中收支委員顧松，却告恩銘校中各事早已齊備，因是不敢力持原期，恐啓人疑。

到了二十外，各處所約的人馬，都未到，皖垣同志因關係尚淺，不敢預約。錫麟心中極感惶憂，每天只向學生演講時激學生意旨。講到沈痛處，甚至涕淚俱下。到二十五日，他穿了全副禮服，親到各官署邀請各於翌晨到堂觀禮，暗中却預埋炸藥於花廳地下，置酒席於上，欲使巡撫以下，在樽俎之間，全成灰燼。因恐各官閱操後，先後散退，又決定先讌會後閱操，不料到了二十六日，恩銘臨時令改先閱操後設讌，將錫麟計劃完全推翻。不由他不疑及機謀洩露，暗想不舉也死，與其失敗而死，不如冒險一試，就下令全體官兵站隊，親往操場演說道：「我來皖省，並非貪權利祿，實在矢志救國，諸君行止坐臥，應不忘救國兩字！……我自到校以來，與諸君相處，雖爲日未久，然感情極洽。我爲救國責任所在，不敢苟安，所以有特別意見，而且有特別辦法，定於今天實行。諸君應諒我心，助我做去！」反覆推言，聲調激越。諸生聽了，雖然感動，然多茫然，不知所指。到了鐘鳴八下，恩銘最先到堂，各司道陸續後至。錫麟更爲心疑。恩銘將升座，欲先閱外場操演，他力請先考內堂功課。恩銘便和司道依次入禮堂，錫麟就戎裝佩刀立堦下，伯平、宗漢立於堂側。先由官生行謁督辦禮，恩銘答禮剛畢，錫麟忽急步上前行舉手禮，隨呈學生名單於案上，大聲說：「今日革命軍起事」！這是他和伯平、宗漢所約的暗號。所以恩銘正驚，問「你從何而知」？語還未畢，就有炸彈聲轟然爆發，可是恩銘却沒有受傷。那時宗漢眼快，就拿短銃向恩銘射擊，僅中右手。錫麟見了，忙在靴統中拿出六響快槍兩支，用左右手連向恩銘射擊。因雙目近視，就不管命中或否，直向恩銘亂發。恩銘唇腰和兩腿共中七槍；文巡捕陸永頤以身護翼恩銘，中五槍死；武巡捕車德文受重傷；道員巢鳳儀、首府龔鎮湘也受傷。錫麟因發彈過濫，子彈用罄，入室裝彈。恩銘左右就乘機背恩銘圖逃，給伯平追擊一槍，中尾閭洞穿小腹，又仆地。藩司馮煦急命左右負恩銘塞入轎中，兩足拖轎外，狼狽抬回府署。回署後，恩銘還能大呼：「快將徐錫麟拿獲收監！」

並飭令閉城緝捕餘黨，加調兵營，以保大局。又呼腹中痛甚，立請教會同仁醫院醫師英人載璜起彈。載以彈入臟腑，請即剖腹。恩銘口不能言，以手指腹，促其速剖。可是一剖再剖，不見彈影。不久恩銘就一命嗚呼了。

當變起一剎那時，錫麟手握雙槍施放，口中却說：「大帥放心，此革命黨職道定可拿到。」所以禮堂外皆不知槍聲由何人所發。但聞到「革命黨」三字，都驚做鳥獸散，總不疑就是錫麟所爲。錫麟裝彈出室，見恩銘各官都已逃出，恨閽人不遵令閉門，便一槍結束了。又恨顧松是奸細，見宗漢已從門外捉了進來，就用刀劈他，見他沒有死，命宗漢槍決他。自己却返身入堂，對着學生拍案大呼說：「撫台已被刺！快去捉奸細！從我革命！」學生早已驚得魂飛魄散，聽了錫麟所說，都不知所措。錫麟便率伯平、宗漢，左執刀，右持槍，橫目視學生，喝令整隊出校。本擬先往撫署，因知已有備，就改趨城西大朱巷軍械局，預備佔領後奪械大擧。又恐學生中途逃脫，自爲先導；伯平殿後，宗漢居中，以爲監視。然學生仍有乘間逃脫的，到軍械局時，只剩三十餘人。

軍械局提調周宗煌，聞風就將軍械庫鑰匙投於溝中而逃。錫麟入據後，命平伯守前門，宗漢守後門，自率學生殺盡局中護勇。又命學生取局中所有新舊兵器試用，都不得手。欲開倉取槍彈，但不見鑰匙，就舁巨炮五門，運出裝彈，而機件又不全。不能應用。正在着急時，淸兵已到門首。原來那時藩臬各司已懸重賞購捕錫麟，賞金由三千金加到七千金，可是首先開到新軍的隊官，却是錫麟的朋友，兩軍相見，僅各擧槍爲禮，毫無敵意。到後來緝捕營和巡防營隊伍趕到就開始圍攻。錫麟親率學生拒戰，淸兵見其饒勇，都不敢前。馮煦聞報，立派觀察黃潤九前往督戰，仍不進，直至出示獲錫麟的賞萬金，方始爭相猛攻。相持有六小時，伯平戰死。宗漢和錫麟說：「大事完了，不如火焚全局，和淸兵同歸於盡。」錫麟不允說：「我輩要殺的是滿人，若焚局則全城俱爲灰燼，百姓有何罪辜，受這慘禍。」過不多時，淸兵破門大搜，但已闃無一人。只見錫麟軍帽戎裝，都丢在地上，知是改裝出走。報到撫署時，衆皆相顧失色。奸險的馮煦，又加懸五千金賞額購錫麟。到午後四時，遂被哨弁杜某獲於軍械局第三堊室。宗漢逃至半路也被執，學生和夫役被捕的二十一人。歷史上的革命義擧，又多了一次失敗。

六、就義的情形

錫麟被捕後，解至督練公所，由馮煦和撫幕張次山臬司毓朗會審。錫麟到庭，昂立不跪。馮煦先責他說：「中丞是你恩師，你爲何毫無心肝？」錫麟說：「他待我誠厚，但是私惠；而我刺他，是爲天下公憤！」煦又問：「你究是革命黨否？」他答：「是！可是這事只是我和我友光復子、宗漢子所爲，此外附和的學生，都不知情，是我用槍脅他們隨行的。我的罪，我一人當，可以寸磔我身，幸勿累及他人！」接着錫麟反問說：「新甫死了沒有？」（新甫是恩銘字）毓朗誑他說：「沒有死，他只受小傷，經西醫診治已愈。明天將親審你！」錫麟聽到恩銘未死，霎時心神沮喪，低首不語。忽聞堂上又有聲說：「你知罪嗎？明日將要剖你的心肝了！」不由大悟，仰天大笑說：「那麼新甫死了，他死，我志已償，就粉碎我身也甘心，何惜於心肝！」半響，突然手指毓朗說：「你幸得不死！」毓朗聽了，幾乎驚倒。接着又說：「殺你也沒有用，不殺你也不關事，我的志願，是先殺新甫，次殺端方、鐵良、良弼。」問他：「你平日常謁撫台，爲何不在府中擊他，而乃必待今日？」答說：「府署是私室，學校是公地，大丈夫作事，須使衆目昭彰。」又問：「黨中有若干人？」就堅不答。再問「教習中有同謀者否？」答說：「這輩人爲衣食計，沒人能同謀的。」審到這裡，馮煦問他說：「請親書數言作供詞好嗎？」點頭說

「好，好！」下面是錫麟的一篇供詞。

我本革命黨大首領，捐道員到安慶，其意專爲排滿，作官者僞也，使人無所備也。滿人虐我漢族，近三百年矣。觀其表面日言立憲，不過籠絡天下人心，實則主中央集權，以膨脹專制勢力。滿人之妄想，以爲一立憲，便不能革命。殊不知目今中國人程度不夠立憲。以我理想，立憲乃萬萬做不到。若以中央集權爲立憲，是則越立憲，我漢人將越速死，我祇拿定革命宗旨，一旦乘時而起，殺盡滿人。其時漢人自然強盛，再圖立憲不遲。我蓄意排滿，已十餘年矣，今日始達目的。本擬殺恩銘再殺端方、鐵良、良弼，爲漢人復仇，乃竟於殺恩銘後，即被拿獲，實難滿意。我今日之意，僅僅欲殺恩銘與毓鍾山（即毓朗）耳。恩銘已擊斃，可惜便宜毓鍾山了。此外各員，均係誤傷，惟顧松係漢奸，他說會辦謀反，所以將他殺死。趙廷璽他要拿我，故我亦欲擊之，惜被走脫耳。爾等言撫台是好官，待我甚厚，誠然；但我既以排滿爲宗旨，即不能問滿人作官之好壞。至撫台厚我，係屬個人私惠；我殺撫台，乃是排滿公理。此舉本擬緩圖，因撫台近日稽查革命黨人甚嚴，又嘗面囑我拿革命黨首領，恐遭其害，故先發以制之。旦欲當衆將他殺死，庶其他文武官吏，不能不服從。那時我直下南京，可以勢如破竹，我從此可享大名，此實我最得意之事。爾等再三言我密友二人，現已一併拿獲，均不肯供出姓名，將來不能與我大名並垂不朽，未免可惜。所論亦是。但此二人，以我所聞，日人皆知其名，在軍械局所擊死者爲光復子陳伯平，此實我之好友。被獲者或係我友宗漢子，向以別號，並無眞名。至爾等所說已獲之黃復，雖係浙人，我不相識。衆學生程度太低，無一可用之人，均不知情。爾等殺我，剮我兩手兩足，將我全身粉碎均可，不要寃殺學生，彼等皆是爲我迫誘使然。至革命黨雖多，其在安慶者，實我一人。因排滿事，欲創光復軍，助我者僅光復子、宗漢子兩人，不可拖累無辜。我與孫文宗旨不合，他也未嘗使我行刺。我自知即死，將我宗旨大要，親書數語，使天下後世，皆知我名，不勝榮幸之至。

錫麟具供後，司道叙議，主張援張汶祥刺馬新貽例，剖心祭恩銘。毓朗並主先挖心後斬首，勞文琦和之。馮煦却說「斬首是國法，挖心是私刑，不可先私後公。」就決定斬首後再挖心，由勞文琦、宋芳賓監斬。當晚，錫麟就被解赴東轅門外刑場，臨刑前，先照小影，神態泰然，對人說：「功名富貴，非所樂意，今日得此，死亦無憾！」遂就義。死後即被挖心祭恩銘，遺體用薄板四塊封釘，置於草地。當夜大雨傾盆，翌晨始掩於北門外荒崗之側，年三十五歲。

馬宗漢被囚後，先供姓名爲黃復，清吏未曾發覺。及至查出後，就窮審黨羽，拷掠楚毒。然宗漢僅供起事經過，不供同黨一人，七月十六日也就義於安慶獄前。至被捕學生，則由輿論的援救，紛紛保釋。

七、皖事餘波和影響

皖事發生時，清孝欽后方避暑頤和園，得訊後，大震。其他王公大臣，也都抱了戒心，一般封疆大吏，竟有因此設置衞隊，深居簡出，諭道府下免迎送。端方得訊後，立調水陸兩師嚴密戒備，並咨長江各督撫協緝餘黨。及聞錫麟欲殺他而甘心，也不禁寒心。曾急電鐵良，謂「自是而後我輩將無安枕日，朝廷不如放開手段。力圖改良，期有益於天下。」錫麟以五步流血，陷清廷於恐怖之境，事雖不成，死亦不虛了。

錫麟被捕後，清吏復於其寓所和巡警學堂中搜出光復軍旗幟一面，上書四言韻語，宣揚起義要旨。又獲子彈四箱，刀槍多枝，討虜大元帥印一顆，光復會軍政府告示一百餘張，黨人書信八封，炸彈數枝，及其他書札多件，中以沈鈞業和錫麟胞弟偉書信較多。當皖事發生時，其弟偉剛和學生盧宗嶽由鄂赴皖。過大通時，便傳省中事變。偉恐被累，急東下圖脫，仍被獲於九江。偉與錫麟向來不和，及被捕，竟深恨其兄，將錫麟先後同事人：陶成章、龔寶銓、陳志軍、陳德穀、秋瑾諸人，和盤供出。紹興士紳與瑾有宿怨的，就乘機控瑾私藏軍火。知府貴福，立即率兵搜索大通學校，瑾竟被捕殺。革命健將，又弱一個。海內外同情革命的，都爲惋惜不置。而清吏却引爲快事。且惡錫麟以職官手刃上峰，罪不容誅；竟有議誅九族的。軍機處也擬恢復族刑，以戒將來。肅親王善耆，知道了便竭力反對。他說：「革命黨人，早已甘心鼎鑊，不畏一死，酷刑電罰，決難禁止其謀。爲今之計，只宜刷新政治，以去黨人口實；寬容黨人，開其自新之路。利導久了，禍患自可消滅，倘株連及族，則起咫尺之水，搏之可使過顙；一泓之波，積之或至滔天，豈是善計？」清廷雖不能盡如其議，而族刑一事，却被他阻止，僅僅抄了徐氏和岳家王氏的財產。同時又因許仲卿曾資助錫麟的緣故，也將許氏財產抄封。至於錫麟之父鳳鳴先生，則因其訓子書中有忠君愛國語，被開釋。弟偉，不久也出獄。妻王振漢，因留日本，免於禍，後卒於民國十四年，子學文，曾留學德國。

自錫麟和秋瑾相繼死後，與瑾約期舉事的各縣義師，因失聯絡，相繼失敗。各屬會黨頭目，且多殉難，倖免的也遠走海外，浙省的革命勢力，竟爲大挫；即是革命全局，也受相當的損失。然而却因他們的鮮血的灌溉，浙江革命的弱苗，才能於辛亥年和其他各省同放燦爛之花。民國成立後，浙省同志，爲崇奉功績，追慕義烈，奉錫麟遺駭，改葬於杭州西湖孤山之麓。並將陳伯平、馬宗漢附葬其地，和岳墓遙遙相對，使今古英雄，共湖山永垂不朽。

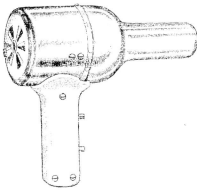

八路軍與新四軍

周恩來評傳（十七）

嚴靜文

前一章說到：「自一九三七年十月王明返國，到一九四二年二月毛澤東在延安掀起『整風運動』，在中共黨史上是第二王明路線時期；年少無知的王明，將輕易奪得的權力，糊里糊塗又被毛澤東奪回去了。……追隨王明的周恩來被迫再度轉變面孔，第二次向毛澤東低頭。」

以上這段話只是一總括的結論，許多具體事實須待進一步說明。

鬥爭焦點仍是槍桿子

毛澤東所以能夠輕易鬥倒王明、周恩來集團，主要原因是緊緊掌握了槍桿子。向來溫和圓滑的周恩來，在洛川會議上與毛激辯，會議之後跑到山西前線去鼓動八路軍積極抗日，以及運用手腕獲得國民政府格外恩惠，收容贛閩老蘇區游擊隊（約千餘人）擴編為新四軍（定額一萬二千人）也都是為了爭奪槍桿子。爭奪的情況可從八路軍和新四軍編組的情形見之。試看第八路軍的人事編組：

總指揮部

總指揮	朱德
副總指揮	彭德懷
政治部主任	任弼時
參謀長	葉劍英
副參謀長	左權
砲兵團長	武亭

第一一五師

師長	林彪
副師長	聶榮臻
政治部主任	羅榮桓
參謀長	周昆

第三四三旅

旅長	陳光
副旅長	周建屏
政治部主任	蕭華
參謀長	陳士渠
六八五團長	楊得志
六八六團長	李天佑
六八七團長	楊勇
獨立團長	張國華
副團長	黃永勝

第三四四旅

旅長	徐海東
副旅長	程子華
政治部主任	黃克誠
參謀長	韓振紀
六八八團長	韓先楚
六八九團長	陳錦秀

獨立團團長　楊成武

第一二〇師

師長	賀龍
副師長	蕭克
政治部主任	關向應
副主任	甘泗淇
參謀長	周士第

第三五八旅

旅長	彭紹輝
副旅長	張宗遜
政法部主任	張平化
參謀長	李天開
七一五團長	王尚榮
七一六團長	賀炳炎
副團長	廖漢生

第三五九旅

旅長	王震
副旅長	姚喆
政治部主任	袁任遠
參謀長	李仲英
七一七團長	劉轉運
七一八團長	龍時光
騎兵團團長	康便民

第一二九師

師長	劉伯承
副師長	徐向前
政治部主任	張浩（後由鄧小平接任）
參謀長	李達

第三八五旅

旅長	王維舟
副旅長	王宏坤
政治部主任	謝富治
參謀長	陳伯鈞
七六九團長	陳錫聯
七七〇團長	張才千
獨立團團長	鄒國厚

第三八六旅

旅長	陳賡
副旅長	韓東山
政治部主任	王新亭
參謀長	周希漢
七七一團長	徐深吉
七七二團長	葉成煥
獨立團團長	吳成忠

陝甘寧邊區後方留守處

主任	蕭勁光

張周兩派軍人被排擠

從上列的八路軍編組人事可淸楚的看出下列幾個特點：①四方面軍完全被拆散，不復成獨立單位；②出身黃埔軍校的幹部以及與周恩來接近的幹部，多數被貶降，③毛的嫡系和親信多跳級升官，掌握實權。

以改編前的紅軍編制與八路軍的編制相比照，客觀的編組原則應如下：原在紅軍任方面軍司令或軍團長（政委同）者，在八路軍編制中應任師長，原任軍長、師長（政委同）者在八路軍則任旅長、團長。而事實上毛澤東並沒有遵守這一客觀原則，完全依照與他個人關係的親疏遠近來改編。

（一）四方面軍一九三六年十一月北上時，仍有第四、第五、第九、第三十、第三十一共五個軍，其中第五軍、第九軍、第三十軍組成西路軍，雖然在河西走廊潰滅，但是大部分指揮官及八百殘兵西竄新疆，西安事變後已返延安；張國燾親自率領的第四軍和第三十一軍仍實力完整，總兵力萬餘人，爲了表示團結誠意，乃交出兵權，遂被毛澤東分化吞併。幹部被調入抗大受訓，士兵則分調各部。故一九三七年十月改編八路軍，四方面軍雖戰將如雲，可是無一人出任師長或旅長，實際掌握部隊，在上列編制中唯一受重用的謝富治（第三八五旅政治部主任）因爲他在鬥爭大會中「殺了回馬槍」；此外僅兩個後起幹部張才千、陳錫聯及鄒國厚出任團長。西路軍司令徐向前僅任一二九師副師長，第四軍軍長王宏坤僅任第三八五旅副旅長。其它如三十一軍軍長許世友、副軍長劉世權、政委詹芳才，第四軍政王建安等幾全被編餘，投置閒散。

（二）周恩來在共軍裡的實力概言之分兩大部分，一部分是黃埔軍校的同僚或學生。同僚如葉劍英、聶榮臻等，學生如徐向前、陳士渠、王震、陳賡等；另一部分是經周提拔或栽培的人如朱德、賀龍、蕭克、周士第、張宗遜、周建屏、王尚榮等。

紅軍兩大巨頭朱德與賀龍都是經周恩來親自吸收入黨。朱德自一九二八年起即是主力紅軍（紅四軍、第一軍團、一方面軍）的總指揮；但是在一九三一年一月，蘇區中央局成立之前，恒受毛澤東的牽制、鬥爭；中央局成立後，尤其是同年十二月周恩來抵達蘇區後，朱德始較有實權；不過此人既沒有什麽基幹實力（南昌暴動時所部教導團不過六百人），也沒有什麽幹部底班，所以在紅軍中只有空頭的威望，缺乏實際的控制力：在著名紅軍將領中只有一個陳毅是他的死黨。因此他雖出任第八路軍總指揮，受副總指揮彭德懷的牽制，在權力鬥爭上起不了多大作用。一九三九年以後他即實際上脫離部隊，一直住在延安做空頭司令。

賀龍率第二十軍參加南昌暴動，南征潰敗後他率領舊部返湘西重建實力，發展爲二方面軍，一九三六年十一月隨張國燾部抵達陝北時，仍有殘兵二千餘人，而且基本幹部損失不多，又因爲他在反張國燾鬥爭中賣過氣力，因此在改編八路軍時得出任一二〇師師長。舊部甘泗淇、廖漢生、王尚榮等亦均續被任用，但是多被貶任副職，而一二〇師兩個實力職位——旅長皆非賀龍嫡系，第三五八旅旅長彭紹輝，是毛的心腹，他與毛同爲湘潭縣韶山冲的人。彭紹輝在這以前不見經傳，一步登天昇任旅長（相當於紅軍編制的軍長），毛澤東把持槍桿子的私心不言而喩。第三八六旅旅長陳賡是黃埔一期學生（這是衆黃埔畢業生中唯一被重用的人），屬下多爲賀龍舊部，成互相牽制之局。基本上賀龍的師長是名多實少，受制於人。

周派另兩員大將葉劍英的參謀長只是排名，他一直隨周恩來與國府當局辦交涉，抗戰期間先在武漢後駐重慶，在爭奪槍桿子上根本起不了作用；而聶榮臻在瑞金時代曾任一方面軍總政治部副主任，長征以前即任第一軍團政委，可是改編八路軍時竟未能留任一一五政治部主任（按國軍編制爲政治部主任，實際上是政治委員），改任可有可無的副師長，政治部主任則被毛澤東的死黨羅榮桓搶去。

聶榮臻遭受歧視

聶榮臻的軍事才能不下於林彪，所建功勛也不下於林彪，但是因爲他是周恩來第一死黨，在毛澤東防周的方針之下，遂一直遭受歧視。例如人都熟知在國共內戰時期，共軍有四大野戰軍，即彭德懷的第一野戰軍，劉伯承的第二野戰軍，陳毅的第三野戰軍，林彪的第四野戰軍，而很少知道另外還有一個華北野戰軍。其實聶榮臻所指揮的華北野戰軍，轄三個兵團、九個縱隊，實力與其它四大野戰軍相當，可是單獨不給他野戰軍的番號，這是歧視聶榮臻的最突出的表現。

此外，凡是與周恩來接近的軍事幹部都被貶降，被排斥，因此改編八路軍之後，周恩來與張國燾兩派軍人普遍失勢。張派軍人被貶還有話可說，因爲張國燾曾另立中央與陝北的中央對抗，排斥周派幹部則毫無道理。此外若干揷手紅軍的留俄派分子，也都在這個期間被迫離開軍隊，如楊尚昆、何克全、王稼穡等。

（三）在排擠張派、周派及留俄派的同時，毛派軍人個個扶搖直上，並且平均配佈於各師、旅以收監視控制之效。

毛澤東在紅軍中的人事關係，頭號心腹應數林彪。遠自毛澤東與朱德在井崗山爭奪紅四軍時候開始，林彪即成了毛的爪牙；其後毛在遵義會議造反奪權，林彪的支持關係重大，應此改編八路軍時論功行賞也以林彪爲第一，他指揮的第一一五師，在三師之中實力最強大，擁七團兵力；一二〇師及一二九師都是六個團。屬下七個團長楊得志、楊成武、張國華、韓先楚等都是一時之選。

毛澤東與彭德懷

毛澤東與彭德懷的關係，並不像一般人所想的那麽簡單，以爲毛彭二人都是湖南湘潭縣人，在文革之前一直是死黨。其實毛彭二人關係極微妙，經過也極複雜。

大致說來彭德懷自一九二八年冬天平江起義到一九三〇年四月這個期間，曾支持毛澤東對抗朱德。可是自那以後一向好自作主張的彭德懷便不大聽毛澤東的意旨，例如他曾服膺黨中央的軍事路線（立三路線），數度揮軍進攻長沙。職業軍人出身的彭德懷看來，對毛澤東的游擊戰術是很難心服的；在政治方面，上海黨中央周恩來、李立三、王明諸人，一定比毛澤東更懂馬列主義。同時兩人都具有典型的湖南人的倔强性格，一有摩擦就死鬥到底，很難轉圜。因此一九三〇年秋項英帶着黨中央的密令之後，彭德懷便急遽的傾向黨中央，不再接近與黨中央對抗的毛澤東了，因此在「富田事變」期間，蘇區流行「擁護朱彭黃，打倒毛澤東」的標語，在未經證實的一封密令中，毛澤東曾企圖屠殺朱、彭、黃（公畧）三人，並非無因。

一九三一年十二月周恩來抵達蘇區之後，彭德懷又很快的接近周恩來，從那開始到一九三四年十月紅軍主力開始長征爲止，毛澤東遭受了連串的鬥爭和打擊，而當時周恩來是蘇區第一號實力人物，從這可知彭德懷與毛澤東的關係一定非常糟糕了。

直到「長征」開始之後，周恩來事前不與紅軍將領充分商量，定下「大規模搬家」式的突圍戰畧，令五個軍團掩護中央機關眷屬强行軍，不到一個月的時間，使紅軍兵力損失了一半，引起紅軍將領的衆憤。脾氣暴躁的彭德懷，有「彭閻王」的綽號，恐怕是一馬當先，怒髮衝冠；毛澤東利用將領們的憤怒，組織推翻周恩來的軍事領導時，毛彭的關係始再度好轉。遵義會議以後，兩人的關係出現了二次蜜月時期，在這個時期毛澤東曾透過軍用電台寫了四句詩稱讚彭德懷：

山高路遠坑深
大軍縱橫馳奔
誰敢橫刀立馬
唯我彭大將軍

從這四句詩的口氣，毛澤東有如漢高祖，視彭德懷如樊噲。更恰當的說，應是劉備之對魏延，因爲彭德懷和魏延一樣，都是勇武絕倫，桀傲難馴而且「腦後有反骨」。

別看毛澤東寫詩讚彭德懷，內心裡對彭的評價並沒有改變，寫詩讚他，只是攏絡他的手法。因爲在紅軍改編八路軍時，彭的基幹部隊第三軍團，也被打散了，而彭僅出任八路軍副總指揮，有名無實，高高在上。表示毛對他已不能百分之百的信任了。

除林、彭之外，毛派的大將羅榮桓、鄧小平（江西時代曾參加過毛澤覃、古柏等的小組織），蕭勁光、彭紹輝、陳光、周昆、蕭華、張平化等都出任「正印」，握實權的職務，牢牢的掌握了八路軍。這一形勢使周恩來、王明等始終束手無策。筆者相信，毛爲了這個人事編制一定化了很多心思。是「槍桿子裡出政權」思想的一個傑作。

新四軍——一大疑案

八路軍既然完全落入毛澤東之手，周恩來只好另求發展，結果搞出一個「新四軍」來。

關於國府收編江南中共游擊隊殘部，擴編爲新四軍一事，可以說是現代史上一大疑案。同文岳騫先生在本刊發表的「從陳毅之死說到三十年前的『新四軍事件』」（本刊六期——十期）文曾慨乎言之：

「此事有兩點值得一談，首先是軍隊編制問題，共軍殘餘最多只有三千人，軍委會竟然編爲一個軍，規定名額爲一萬二千人，等於准許共軍在江南擴編近萬人，此不能不算是一件大錯。軍委會何以如此烏龍，雖然周恩來善辦外交，但若非軍委會潛伏有共黨人員，恐怕也不易做到。至於潛伏之人，可能是軍令部次長劉斐，因爲別人也無此力量。」

岳騫先生這種推斷，不失爲一種解釋，但猶待證實。對「新四軍」之出現，筆者懷疑甚久，茲從有關資料做一推敲。

（一）首先須了解當時國民政府外交政策的轉變。自一九二七寧漢分裂，南京當局實行反共清黨，中蘇外交即陷低潮，一九三五年蘇聯在歐亞兩洲受軸心國家壓力，七月共產國際七屆大會決定組織反法西斯人民戰線，對華外交開始轉變，西安事變時極力主張釋放蔣氏領導抗日（見孔祥熙回憶錄），直到一九三七年全面抗日戰爭前夕，雙方始再度接近，以致日軍七月七日發動蘆溝橋事變，中蘇於八月二十一日即簽訂「中蘇互不侵犯協定」，據知這個協定只是表面文章，暗中仍有供給軍火，軍事援助等協定，但是國民政府多未公佈。手頭一件資料記載，一九三九年十月上海申報報導：「孫科從莫斯科抵倫敦對記者稱：『總之，蘇聯給與我人之援助與軍械實較其他國家爲多。』……」另據一九四〇年十月廿七日倫敦出版的「觀察人報」載稱，從一九三七年七月到一九四〇年十月，蘇給予中國的貸欵達四億五千萬美元。證明所說不虛。另據筆者所知，南京陷落前後，蘇聯空軍即參加作戰。郭沫若在「洪波曲」中讚揚武漢保衛的成功，曾有下列的記載：

「……主要的原因，自當歸功於民氣、士氣的旺盛。但另外有一個重要的原因，我們可不能忘記的，便是有蘇聯的顧問團在幫助我們策劃，更有蘇聯的飛機和義勇隊在幫助我們守衛上空，並配合着前線作戰。

蘇聯曾以SB轟炸機和E—15與E—16戰鬥機源源向我補充，……」

當時蘇聯派駐中國的軍事顧問之中，即有後來揮軍進攻柏林的朱可夫。

郭沫若因爲品格太差，被國人稱爲「文丑」；他上述的記載，縱有所誇張，但絕非空谷來風。

當然，蘇聯空軍參戰以及供給軍火，絕非什麽無私的援助。只是爲了脫除歐亞兩面作戰的危險，要求中國牽制日軍不能進攻西伯利亞而已。郭沫若有一段話說出當時蘇聯的處境。

「當時蘇聯未同日本宣戰，故援助的情形不願公開。」他又指責「反動派」（國民黨）說：「他們昧着良心不這樣說：蘇聯送來的飛機並不是好飛機，派來的人員也並不是好人員，蘇聯把我們中國當做戰地演習。」

不過蘇聯的「演習」也並不快意，一九三八年八月，日本關東軍對蘇聯發動了一次試探性的進攻，這就是「張鼓峰」事件，可惜，日軍準備不充，在蘇聯機甲部隊的反擊之下知難而退。

第一次國共合作時期，蘇聯曾援助革命政府，第二次國共合作，蘇聯再度援助國民政府。國共合作與蘇援一直都雙管齊下。第一次國共合作是列寧「革命外交」的上演，第二次國共合作則是史大林現實外交的產物。

蘇聯切需中國抗日

（二）國民政府對蘇外交的轉變，以及蘇聯援助中國抗戰，毫無疑問對中共有利，在中共黨內說則對周恩來及留俄派有利。國民政府當時處於孤立無援的困境，有如孫中山當年在廣州，處於孤立無援的困境幾完全相同（美國軍援中國在一九四二年十二月珍珠港事件以後），爲了搞好對蘇外交，對中共不能不稍示優容。這是不滿三千的紅軍擴編爲新四軍的一個不可忽畧的背景。

不過，從國共鬥爭的觀點看，國民政府批准新四軍，毫無疑問的鑄成了歷史大錯。但是這個錯誤究竟是怎麽發生的呢？筆者認爲絕不單是爲了要搞好對蘇外交，而事實上蘇聯也不會爲收編中共游擊隊向國民政府施加什麽壓力。試看王明坐蘇聯飛機回延安一事即可看出端倪。那是在歡迎王明的聚談中的一席談話。

「座中，不記得是那一位提到，以後莫斯科與延安間可否通航，以便運輸大批武器和軍用物資來延安。毛澤東聞言大感興趣。王明立即解釋說，根據中蘇諒解，蘇聯飛機在中國境內，只供國民政府調遣；他們這次乘空軍飛機來，是秘密的和非法的行動。王明繼續說：他們在蘭州等了幾天，等到今天天氣好了才上機，一路由飛機師按照地圖，好不容易才摸索到了延安上空，低飛到看見延安城門口的大標語時才降落機場。因此王明指出由蘇聯飛機輸運軍火來延安的事恐怕辦不到。毛澤東聽了感慨再三的說：拿那麽多軍火給蔣介石，爲什麽不可以少少分給我們一點。」

張又提及王明在政治局會議上的發言：

「……他首先指出現在抗戰，確是中華民族存亡絕續的關鍵，國民黨既已積極抗戰，中共便應主動的與之密切合作。他又說明中國抗戰的成敗，具有國際的重要意義。如果中國能夠充分發揮抗戰力量，給日本以長期有力的抵抗，這將日本無力向蘇聯進攻，對國際無產階級的革命前途大大有利。」

上述兩段話足以說明，當時蘇聯需要中國抗戰，牽制日本如何殷切。用飛機送王明返延安還鬼鬼崇崇，何況是公然向國民政府要求收編中共在江南的殘餘游擊隊呢。

縱然如此，國民政府當局不會對當時莫斯科的政策了解到這麽淸楚。因此對於中共提出來的要求，不能只當作中共本身的問題看，自然將莫斯科的關係計算在內。周恩來就在這種客觀情勢下，向國民政府提出收編新四軍的問題。

皖南事變大勢已非

（三）據知國民政府軍事委員會於一九三七年十月十二日，發佈收編江南共黨游擊隊爲新四軍的命令，一九三八年一月新四軍總部始在南昌成立，同年五月才編組成軍。

從上述的紀錄可知，周恩來向政府軍委會提出收編游擊隊一事，可能早在七七事變以前，可能在一九三七年二月。據蔣中正著「蘇俄在中國」一書記載：

「二十六年（一九三七）二月，西安行營主任顧祝同着手收編共軍；其關於黨與政治的問題，由周恩來到南京續行商談，……」

這是指收編陝北的共軍而言。一九三七年八月廿二日軍委會發佈收編共軍，改爲第八路軍的命令。較「新四軍」的命令早了一個多月。可知新四軍的問題極可能是在一九三七年二月，與改編八路軍的問題同時提出來的。七七事變發生後，八月簽訂「中蘇互不侵犯」協定，這些都是催生因素，再加上周恩來柔如春風的外交手腕，便水到渠成了。

七七事變發生後八天，即七月十五日即盧山會談的前一天，蔣委員長曾與周恩來晤談，陪同晋見的人，國民黨方面有邵力子和張冲，中共方面有秦邦憲和林祖涵。這次晤談，極可能是收編江南游擊隊的催生劑。

總括起來說，新四軍的出現，是當時有利的客觀形勢，以及周恩來抓住時機，及時爭取的結果。

關於新四軍成立的經過，及編制的概況，岳騫的文章談得很詳細，本文從畧。這裡要談的是，新四軍建立之後，周恩來及留俄派在中共黨內的形勢及努力的方向。

從新四軍的重要領導人來說，淸一色是周恩來的人馬。軍長葉挺，以北伐革命軍第四軍獨立團起家，這個獨立團，實是周恩來在廣東區委軍事部長任內一項具體成績，在國民革命軍內部所建第一個紅軍單位。當此該團幹部都是共產黨員，士兵多爲工農階段。其後周恩來指揮南昌暴動時，葉爲前敵總指揮，與周恩來關係密切可以想見。副軍長項英，是一九三〇年秋，代周先到江西蘇區成立中央局，打擊毛澤東的先鋒。因中共中央遷入蘇區後，項英兼任中華蘇維埃人委會副主席，把主席毛澤東驅到鄉下去長期養病，因此在瑞金人多知「工人宰相」項英，而不知主席毛澤東。因此項英出任副軍兼政委，即說明新四軍必將與毛對抗。再看新四軍四個支隊的領導人陳毅、張雲逸、高俊亭、栗裕等幾全是周的親信的舊部，其中僅有第二支隊副司令譚震林曾與毛有過密切關係，但是在瑞金時期，經過幾次反毛鬥爭的考驗，他是過了關的人，既重獲項英信任。說明已非毛派中人。

周恩來等既握有新四軍這張王牌，王明又握有莫斯科的上方寶劍，實力已經很可觀，同時又在各中央分局佈置了心腹。試看一九三八年春，在各地所成立的地方中央局領導班子。

北方局
書　記　楊尚昆
組織部長　朱　瑞（後由李雪峰接任）
宣傳部長　李大章

長江局
書　記　陳紹禹
組織部長　秦邦憲
宣傳部長　何凱中（克全）
軍事部長　葉劍英
婦女部長　鄧穎超
秘書長　李克農

東南局
書　記　項　英
組織部長　曾　山
宣傳部長　涂振農
統戰部長　涂振農（兼）
軍事部長　陳　毅
婦女部長　陳少敏
秘書長　郭　潛

從上列三個中央局的領導班子看，全是周恩來與留俄派的天下。可是他們沒有算計到，無知顢頇的項英，太急於擴展兵力，一九四一年二月在奉令北上之際，突偷襲國軍，故遭覆滅打擊，此即著名的「皖南事變」，江南的新四軍主力被解決了，竄到江北的一部分則與八路軍會師，受了毛的節制。從此周恩來便失去對抗毛澤東的本錢，一九四二年二月王明在整風運動中被鬥倒，一九四三年，史大林宣傳解散第三國際，留俄派及共產國際的靠山相繼倒台，周恩來只有向毛澤東輸誠交心的一條路了。

因此一九四一年一月皖南事變，新四軍被解決是周恩來最大的傷心事。他本是一個絕少衝動的人，可是這一次他沉不住氣了，在重慶新華日報上大作抗議文章，被檢扣之後，他就寫了四句詩喊冤。

千古奇冤
江南一葉
同室操戈
相煎何急

當他寫此詩時，心中自知，大勢已去。

實幹政治家潘宜之

劉道平

戰前廣濟出了四位國內知名人物，那是居正，郭泰祺、劉文島，另一位便是本文的主人翁潘宜之先生，這四位鄉賢，現在都已作古，而潘先生是在勝利的前一年年底，即卅三年冬死在昆明，是四位中年齡最輕也是謝世最早的一人。我稱譽潘先生為實幹政治家，是就其作為風格而言，潘先生大名，雖不如前三位那樣響亮，我同他也只有一次面緣的機會，但他留給我那種明快乾脆的鮮明印象，使我不時縈懷腦際，潘先生謝世迄今，已逾廿三年之久，在國內報刊上還沒有發現過一篇紀念性的文字。年代久遠，這位實幹政治家，已不復被人記憶。我最近向潘先生有關的親友搜集了一鱗半爪的材料，加上戰爭初期我和潘先生一次談話，寫成這篇追記的文字，聊表對鄉賢的一點懷念與敬意。

一段幼年艱苦奮鬥的過程

潘先生的原藉是廣濟，他說的是一口道地廣濟話，那是不錯的，可是在他祖父一代，就全家遷到南京，潘先生也可能出生在南京，中國的先民們，往往由甲地遷到乙地，多半是為了生計問題，如山東人過去多喜遠去東北，廣東和江浙一帶的人則多赴海外，也多半是為了另尋生計出路。潘先生的上兩代到南京，經營豆腐業，那顯然完全是為了謀生計而到南京。磨豆腐是屬於手工業，可見潘先生先世的家境是很艱苦的。他昆仲三人，長兄祖禮，潘先生行二，譜名祖義，季弟祖康。因家計艱難，這兄弟三人，可能都沒有受到良好和完整的教育，祖禮先生早年即從軍入伍，在福建張貞的軍麾下，由行伍而升到團長階級，不知經歷過多少艱辛。潘先生在幼年即隨乃兄一道在外奮鬥，乃兄當連長時，他當上士文書，升到營長，他也就當到少尉書記，乃兄看到這位胞弟，如此刻苦上進，勤奮自修，於是在他升到團長階段，就設法保送乃弟進入保定三期，接受正式軍事教育。白健生將軍，即與潘先生為同期同學。後來福建響應革命，成立民軍總司令部，張貞將軍被推為總司令，潘先生以老部屬的關係，囘閩充任民軍總司令部參謀長。從年代講，福建民軍響應革命，也正是驅逐軍閥餘孽李厚基時期，那應當是民國十二年間，其後潘先生輾轉投入廣東革命陣營工作，這與在福建參加民軍響應革命的一段過程，是分不開關係的，也可以說他受革命薰陶，應當是從福建民軍響應革命而進入行動的階段，這一段從乃兄在外而奮鬥求學闖世界的經過，眞可說是嘗盡了千辛萬苦的一對難兄難弟。

迭次請求赴前線實際工作

熟識潘先生的老朋友，都知道他是一位名符其實的實幹角色，他的個性，希望經常在緊張中工作，他不願閒下來的。潘先生到廣東工作，最初是由保定三期同學丘伯衡將軍作的媒介。十五年沒有出發北伐以前，潘先生即任國民革命軍總司令部中校秘書，那時同時當秘書的還有陳立夫先生、周雍能先生。等到北伐大軍出師之際，潘先生向上級自動請求降低一級隨軍出發前敵工作；革命軍克服南昌之後，總司令今總統蔣公決定成立東路軍總指揮部，以白健生將軍任總指揮，所有總指揮部幕僚人員，蔣公特許白將軍儘量就總司令部中挑選，潘先生與白將軍有同學之誼，自爲白將軍羅致的中心人選，而剛好潘先生又正第二次要求赴前敵工作，這是不謀而合的機緣，潘先生與白將軍結識之後且結成最心腹友好知己，担負白將軍高級政治智囊任務，應從此始。潘先生由總司令部調到總指揮部，是担任秘書兼辦公廳主任，可是他的任務，是隨時備供白將軍諮詢的幕僚，因此他的行動是隨時不離白將軍左右。迨東路軍總指揮部克復淞滬後，白將軍以總指揮兼任淞滬衛戍司令，潘先生名義上並非淞滬衛戍司令部的參謀長，實際上是替白將軍負幕僚長的責任。十六年春，武漢在唐生智、鄧演達等投機政客軍人胡行亂搞之下，完全被共匪利用鬧得烏烟瘴氣，而汪逆精衛更從中高唱「革命的向左轉」的時髦口號，於是才激怒一班革命元老吳敬恒、蔡元培、鄒魯、謝特、戴傳賢等中央監察委員聯名提出清黨案，有名的「寧漢分裂」，正是這個時期。照傳記文學刊載杜月笙傳記載，十六年的上海，已經全爲共匪利用工人羣衆所把持，並組有武裝糾察隊多至一兩萬人，造成上海一片恐怖。但是東路軍總指揮白健生將軍，乃亦在上海成立了清黨委員會，陳羣、楊虎都是清黨委員會的要角，但實際上清黨工作的措施以及爾後執行工作，都是潘先生爲白將軍所策劃和主持，清黨委員會在上海破獲難以統計的匪黨潛伏機關和份子，對處理匪嫌案件，潘先生作到「明快果斷」和「毋枉毋縱」八個字的精神。十六年初期，國內政局最爲動盪，我是那個時期的青年，就好像感覺到一切新興的政治主義思想正待到處傳播，共匪邪說謬論在此一時期，正好僞裝前進愛國的姿態，引誘青年動向。潘先生這時大概不過卅左右的人物，但他對青年思想的中心和重點，已經有一定型的看法。他鼓勵那時的青年動向，應當以三民主義的哲學基礎爲依歸，他以至誠的精神感動了不少誤入歧途的青年，他的太太劉俊宜就是其中被感動而迷途知返的典型代表。我們今天試一瞑目回想，在四十年前的年代，就能看穿共匪的僞裝禍國的陰謀，而且積極負責清除匪黨份子，或說服一班誤入歧途青年而轉變思想立場，這正是反共先知先覺的前驅；在潘先生一生政治生命史上，這正是他發揮生命光輝値得大書特書的一頁。

武漢市長和黨訓所兼代所長時代

十六年清黨之後，在京畿附近的廣西部隊，作了西征軍，以胡宗鐸將軍爲主力的第十八、十九兩軍進入了武漢，在湖北人來講，即是有名的「胡陶」時代。所謂「胡陶」，即指十八軍軍長胡宗鐸將軍和十九軍軍長陶鈞將軍兩人姓氏而言，是時武漢已成立清鄉督辦公署，負責清剿四鄉土共武力，胡、陶兩氏分任督辦會辦，對清剿餘匪與肅辦匪諜匪幹，作得最爲徹底，也最有績效。湖北那麽一個複雜的省份，四鄉的匪患，居然在極短期內，徹底肅清，連歷史上從未暢通了襄河，即漢水流域，也暢通無阻。那時胡、陶只是握有軍事實力，政治上湖北省主席是名法家張懷九（知本）先生，有名的湖北三怪傑嚴丘三（重）、張難先、石衡青（瑛），則分任民財建三廳廳長，一時湖北有郅治之稱。從十六年底到十七年秋，湖北人總算過了一段昇平氣象的太平生活。那時桂系的負責人李德鄰（宗仁）以政治分會主席名義駐華中重心的武漢，白健生將軍則率大軍駐華北的故都，李濟琛留駐根據地老巢的廣西，這種軍事政治上呼應的優勢，也可說是桂系黃金時代。迨僞逆李濟琛在南京被扣，胡、陶揮軍東下，宛如曇花一現，於是華北一隅亦無能爲力，只有悄遁之一途。

潘先生在「胡陶」時代，即自十六年到十七年秋，他的職位是武漢市長和兼代黨訓所長職務（所長係胡宗鐸兼任），在市長任內，有何建樹，我手邊無資料可據。但黨訓所在武昌西廠口，我那時正在武昌第一中學讀高二，很多同鄉熟朋友考進黨訓所，現任行政院主計長張導民先生也是那時黨訓所的學生，所以對黨訓所的情形比較熟悉。潘先生那時雖然不能長時在黨訓所，但他大部的精力和時間是花在黨訓所。我們可以撇開政治行情和立場不談，專就潘先生辦理黨訓所的抱負而言，今天還值得贊揚的，所謂黨訓所，明白解釋出來，就是國民黨直接的訓練機構。我們不必諱言，那時縣市地方黨幹部實在太缺之，要普遍建立地方黨政力量，一定要先培植一批地方黨務幹部着手，黨訓所的任務，便是担負這一使命。可是潘先生對黨訓所學生期望還不止此，他本人就是一個實幹苦幹的典型，他希望黨訓所的學生，都能貫徹這種精神。在他想，黨訓所出來的學生，作三民主義信徒思想已無問題，而這批幹部畢業後，也必然是各縣市黨部的中堅份子，在地方展開黨務活動，最重要的還是着重幹的精神。如果這批黨訓所訓練出來的幹部，能在各縣市地方發揚這種實幹的精神，那不僅地方黨務能很快建立起基礎，而且更能配合地方施政工作走上正確康莊的大道，於是黨政在地方基層獲得密切的配合，這是潘先生辦黨訓所的構想，也是他在政治上的一種抱負。這裡對於實幹二字，我還想加以解釋，所謂實幹，並未含有蠻幹之意。實幹是要脚踏實地的去幹，但要眞正做到這種條件，必須先具備任勞任怨的精神，對不虞之譽的攻擊毀謗，在所不計，只要方向正確，立場堅定，就毫無顧慮的勇往直前。實幹最忌的毛病，是淺薄、浮誇、輕率、驕矜，所以眞正能做到一個實幹的政治家，在素養上是要相當深度修持的工夫。潘先生這種力氣沒有白花，他在桂系範圍內辦黨訓所，桂系失敗後，這班黨訓所的學生，就成了縣市基層黨務幹部，後來很多位有成就的黨訓所同學，都成爲湖北省黨部頗露頭角的委員，這不能不歸功於潘先生在黨訓所的時代所給予受訓幹部作風與精神的影響力。

龍潭之役的無名英雄

十六年龍潭之役，對國民革命軍北伐和此後廿年以黨建國的工作，是有無比的重大和決定性的影響，因爲此一戰役的勝敗，決定軍閥孫傳芳勢力再起，革命軍最堅強的主力的一七兩軍，便將遭遇殲滅的悲運，那新建立起來南京中央政府，也就走上無疾而終的下場。現在談龍潭之役有名的英雄將領，首屈一指的當然公推負責指揮全軍統帥何應欽將軍，其次白健生將軍參與帷幄的勞績也是功不可沒的，參加的部隊，大家知道的是中央的第一軍和桂系的第七軍是主力部隊，可能還有其他番號部隊，也都歸入統一戰鬥序列，一時也無從記起。不過孫傳芳這時能糾合殘餘勢力作一次最後困獸之鬥，也決非沒有相當把握而輕率出此。他在政略戰略上首先看出統率國民革命軍的統帥下野了，看準革命軍有羣龍無首的弱點，其次歷史上的背水列陣，置之死地而後生的戰術從未失敗。孫傳芳把全部殘餘力量，從龍潭偷渡過江，旣屬全力孤注一擲，在戰術也是背水一戰，勝則長驅直入，敗則死路一條。這說明龍潭之役當時爲什麼這樣激烈，一個據點的爭奪，往往爭奪到七進七出。這是因爲孫傳芳的部隊已無退路可逃，只有捨死一拚，革命軍遭受一場意外的苦戰，因素在此。此外在數量上除孫傳芳殘餘部份以外，還結合張宗昌的大部主力，在數量上如果不是操有壓倒的優勢，也決不敢動。當然這一場戰役死的活的無名英雄，可以說不計其數，我們潘先生便是當時活着的一位無名英雄。因爲在龍潭之役進行最激烈的時期，兩軍都陷入捨死忘生的酣戰，這時龍潭江面，却在孫軍的後方，忽然傳來軍艦的炮火，這種炮火實際的威力可能不大，但在精神心理的威脅就其大無比。這道理是孫部官兵一聽這種炮聲，一方面知道自己的退路已斷，另一方面證明革命軍還有江上支援，試問在苦戰中的一方，有了這種心理和精神上的威脅，他的戰鬥力還能維持多久呢？戰爭的勝負之機，往往決定在最後的幾秒鐘，很顯然的孫傳芳部隊受了江面炮火的威脅和打擊，自然繼續支持不了最後的幾秒鐘而歸於覆沒幻滅。現在有人要問，革命軍當時並沒有海軍，這支江面軍艦何從而來呢？說起來這就是潘先生的神來之筆。這一時期潘先生和白健將生軍都正在上海東路軍總指揮部，白將軍一聞孫軍從龍潭進犯首都，便即趕到南京襄助何將軍指揮。此時潘先生明瞭戰機所在，剛好東路軍在上海接收楚同、永安兩條軍艦。遂即當機立斷，親率兩艦溯江而上，趕赴龍潭江面參加作戰，以軍艦炮火，猛轟孫軍側背。潘先生是軍人出身，懂得軍事，可是他當時還莫能想到這幾炮在敵人心理和精神上所產生的作用有多大？但潘先生能着眼從江上增援，是有軍事上卓特的眼光，而他本人不顧兩條兵艦戰備力量有多大即親率出發參戰，這不是有大勇的人人物莫能辦。所以龍潭戰役，論功行賞到不了他的頭上，但我們不能不說潘先生是龍潭之役的一位無名英雄。

由赴英回國到戰時的一次面緣

中央日報十六年十月間在上海四馬路成立，潘先生是首任的社長。事實上不久桂系的西征軍入據武漢，潘先生實際已隨軍西上，報社遷移南京就辭社長職務。等到十七年桂系在武漢失敗，事後潘先生也接着回到廣西，這時白將軍開始在廣西苦幹埋頭建設，潘先生贊襄甚多。直到廿一年，忽然帶着太太跑到倫敦從事個人深造研究工作，這時潘先生的接觸面，已經大多是屬於政治場合，所以他在倫敦兩年，就專以研究政治爲主，廿三年回國，仍舊回到桂林。廣西的五路軍何時成立的？我沒敢證過，可是潘先生在五路軍一開始時，就充當政治部主任，抗戰初期的廿七年，他出任第五戰區政治部主任，但接這兩個職位的後手，都是現任立委韋永成先生。潘先生早年患有肺疾，爲求根治，曾割去右肺二葉，人身的肺，是主要的機能部份，割去兩葉，雖防止蔓延，但對人身健康，無形中要受到莫大的傷害，聽說第五戰區政治部的任命，潘先生因爲健康關係，根本就未到差，但在此一任命之前，即由廿六年到廿七年之間，潘先生奉命在豫南潢川主辦青年軍團，這是訓練戰時幹部的機構，受訓青年爲數在數千之多。就因辦青年軍團的成績，中央要他担任第五戰區政治部主任，後來因健康不佳，一直在珞珈山休養，我同潘先生見面，就在他離開青年軍團之後，回到武漢的這段時間，從時間說，應當是廿七年的秋天。

我同潘先生一次面緣，是由一個偶然的機會。那時我名義上是湖北教育廳一名視察，實際工作則是担負鄂東最邊遠的三縣戰時宣傳任務。經常來去武漢，而每欲來去總到特三區小學和本縣前輩也是青年黨武漢地區負責人郭肇黃先生，作幾晚暢談（見本刊第四期懷念郭先生一文），郭先生最善於觀察和考驗青年的，他同我談過幾次話之後，不住深深扼腕，我曾經向郭先生請教過戰時工作的意見，他開門見山的說：「以你的才具和能力，應當去看看宜之」。我知道郭先生是主張我去看一次潘先生，因爲他曾經介紹過潘先生，這個實幹政治家的名稱，我還是聽自郭先生而來。不過我向郭先生說明我怎麽能無緣無故的去拜訪潘先生呢？可是郭先生更乾脆，他說只要我願意去，他馬上爲我安排，果然在第三天的上午，郭先生告訴我，說潘先生約好上午九點去面談。

這時三區管理局長是本縣郭葆車先生，管理局是五層大廈，房舍寬敞，郭局長爲了敬禮鄉賢，特別接待劉文島、潘宜之兩先生住在三樓，敬若上賓。我如約到三樓看潘先生，他給我第一個印象，是不講什麼虛文禮教，他是一個魁梧而適中的身裁。我記得一開始他問了我兩個問題：第一個是對日抗戰如何持久？這是正對我口味的問題，因為自始我即強調發動群衆在敵寇的後方展開戰鬥，這時當然有機會對潘先生暢談我的若干看法和作法的意見；第二個問題，是說國內是不是因為抗日戰爭連帶引起什麼併發的問題，這句話不是一下可以聽懂的，可是我了解潘先生的語意，我當時很沉痛也極嚴肅的對潘先生說：「我在黃梅宣傳時期，會經在城區附近的鄉間，發現大群青年集會，這在鄉間很難見到的事，後來在會場中我方發覺這正是共黨外圍的活動」。我舉出這個例證，說明我對潘先生提出這個問題正有同感，接着我很憂慮的說：「我們抗戰不過才開始，共產黨就大肆活動，將來長期抗戰，豈不更趁機混水摸魚嗎？我們現在對付第一個外敵，已感吃重吃力，倘若我們內部再來第二個敵人那就是心腹大患，捉襟見肘，我恐怕將來由抗日戰爭帶來的併發症，就是這個問題」。我說這段話，當時並無心機，只是在鄉間所看見的事引起一種警覺性的反應，並且這個反應還無法為外人道。潘先生那時已明令發表第五戰區政治部主任，我以為這種話向他說是沒有問題的，可是想不到潘先生當時的反應，出於意料的熱烈。他聽了之後馬上站起來，向我握手，至誠流露的說：「好，你能看到這一點，足見你是一個有心的青年，我們的話不必再談下去，我決定請你到潢川担任一個政治大隊的大隊長，階級是中校，並且希望你能馬上到差」，接着他要為我即辦去潢川的必須洽辦的手令和手續。潘先生這種明快的善意，我怎麼能推辭，於是我向他陳述時間上有兩點苦衷，首先是父死未葬有虧人子之道，其次我還有一個宣傳隊在故鄉還未作安排。潘先生說，前者應該去辦的，後者就不成問題，他說當了政治大隊長，還怕安揷不了幾個隊員嗎？後來他問我三天的時間辦得完嗎？我告訴他三天是無論如何來不及，我約好一禮拜趕回來，這方結束這次談話。事實上後來的在鄂東故鄉為當地駐軍一一八師師長劉任將軍所留，而同時武穴漢口間的交通也已中斷，所以我對潘先生這次熱誠汲引，沒有履行諾言，經常不斷內疚。潘先生廿七年撤退重慶，職務也跟着調為經濟部的常次，這個職務，他作了很多年，直到卅年後，再調交通部常次，卅三年一度調為政院參事。

卅三年潘先生到昆明，曾一度赴印治病，可能宿疾復發。這時很多潘先生的老朋友向白健生將軍說：「宜之這個人是閒得住的嗎？而且他的經濟情形這樣壞，兩樣事情湊在一起，那這個人還能長久嗎」？白將軍大為驚異，他以為潘先生當了這麼多年的常務次長為什麼還是這樣窮，於是有人大聲對白將軍說：「不要錢的人，就是當上財政部長，還是照樣的窮，你有這樣的好朋友，還不値得驕傲嗎」？經過這次談話之後，白將軍為潘先生滙了五十萬法幣到昆明，另外，並為潘先生安排一個救濟總署西南分署長，一面電知潘先生就近到差，不必再回重慶了。白將軍對潘先生的愛護，眞可以說無微不至！

潘先生回到昆明以後，應當接到了白將軍的通知，否則滇緬鐵路管理局薩局長（即海軍耆宿薩鎮冰之公子）為什麼專為潘先生設宴餞行，潘先生自得肺病後，就已戒酒，那晚餞行酒一時高興就多喝了幾杯，不能成寐，以為多吃幾個安眠藥丸才能好睡，那曉得這種安眠藥丸，只能吃到適度，超過了一點一滴，就會出毛病，潘先生就是這次吃安眠藥後而長眠不起。

潘先生與徐文明中將在東路軍總指揮部同事，與劉任中將則為白健生將軍離不開的左右手。在重慶潘先生與劉任將軍接觸最多，這篇文字材料，得之於徐、劉兩將軍者頗為不少。劉將軍會口述潘先生在重慶為他說出類似偈言的遺囑：「穿上大衣，放進棺材，抬往後山，埋在地下，樹立碑子，就此了事」。不料這些話成讖語，死後朋友們都照着他的話安排的，後來白將軍還為潘先生在重慶舉行過追悼紀念會，黨國要員參加悼念的會極一時之盛，一個實幹的政治家，從此卸却仔肩，悠遊泉下，我為此文仍不禁熱淚盈眶！

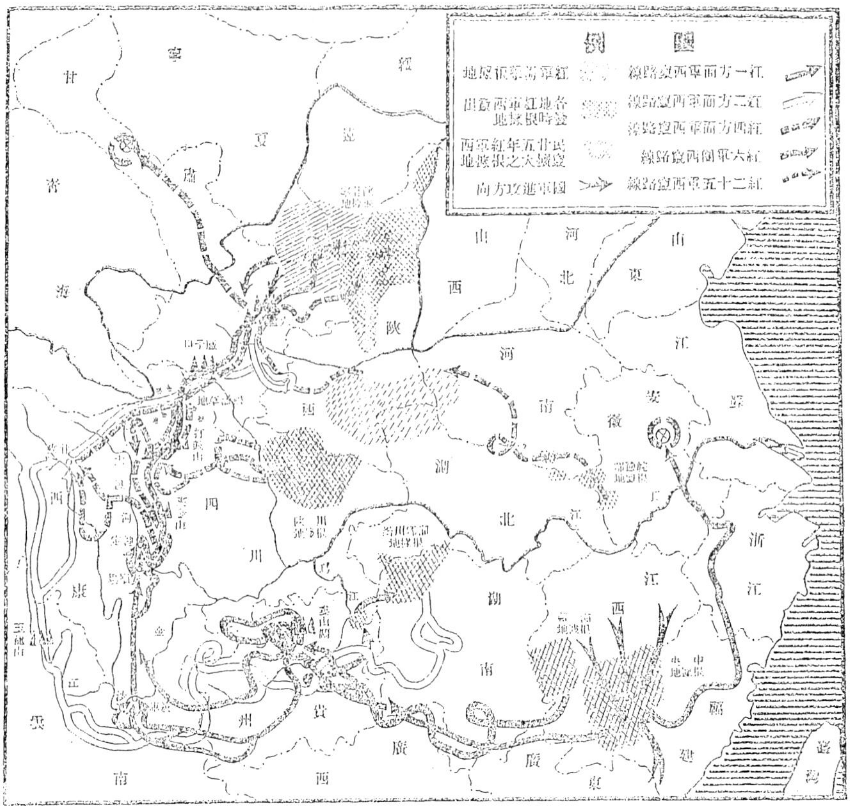

紅軍「長征」各部路線圖

細說「長征」〔四〕

□龍吟□

紅四方面軍由王家店渡過平漢線之後，國軍部署也有所改編，原來在此一地區與紅四方面軍作戰是以第二縱隊陳繼承部，第六縱隊衛立煌部爲主力。及至紅軍竄過平漢路，三省剿總針對當時情況重新加以編組，即將第二師調開封整頓，第三師在花園、廣水担任護路工作，第八十八師調回武昌整頓，整頓完畢後担任護路工作。以第一師胡宗南部撥歸第六縱隊衛立煌指揮，担任追擊部隊。

山這項部署，可以看出第二師黃杰部在白馬嘶河，悟仙山一線戰役，損失確實嚴重，紅軍方面戰報指第二師六名團長皆負傷，就根據國軍方面公佈，團長受傷及因作戰不力而被處決的，也有四人之多。至於第三師損失雖較輕微，但該師戰鬥力不強，所以也調爲預備隊，八十八師本是一二八在上海作戰勁旅，此時仍由俞濟時担任師軍，損失必相當嚴重。

此時衛立煌縱隊原指揮第十師李默菴，第八十三師蔣伏生，加上第一師胡宗南，皆是中央軍精銳，即越過平漢線追擊。

紅軍越過平漢線後，本意是以鄂中爲目標，企圖與在沙、宜以南之賀龍部紅二方面軍會師。軍行至隨縣東南地區，首先與國軍羅啓疆旅發生遭遇。對於羅旅番號，筆者至今尚未查出，相信是一獨立旅，不屬於任何師建制。同時又推測羅旅並非中央軍，可能是由地方部隊改編，但戰鬥力甚強，紅四方面軍抵隨縣東南地區，被羅旅攔截於張家桂園，包家港子一線，激戰十小時，紅軍有相當傷亡，羅旅僅一旅兵力，對紅軍自不能作致命打擊，但由於此十小時之延宕，第六縱隊主力趕到，配合羅旅在棗陽縣南吳家集，發生一次大戰。吳家集在棗陽城南約九十里，西距漢水與襄陽約一百里，國軍選擇吳家集與紅軍決戰，企圖將紅軍壓迫至漢水邊加以包圍殲滅。

張國燾回憶記載此事經過：我們在吳家集附近宿營的時候，敵軍乘夜逼近，翌日黎明，兩軍即開始大戰。當時處境，我軍陷於被動地位，非予敵軍以重大打擊，不易脫離火線，我軍均抱有勝無敗的決心，經過兩天一夜的混戰，終於在敵軍北線，衝破一個缺口，脫離了包圍圈。

兩天的戰鬥在一個很大的戰區內展開，正面肉搏，拚命衝擊。這次戰鬥最驚險的一幕，是敵軍攻到了我和徐向前的指揮陣地不及五十碼的地方。敵軍似已偵知我軍的總指揮所，於第二天下午集中強大兵力，向我指揮所猛撲。由於我軍正面一部約三百人傷亡過重，連排班級的指揮人員均告陣亡，無法繼續作戰，紛紛向指揮所敗逃。眼看敵軍向指揮所蜂湧而來，徐向前沉着應付，立令整理隊伍，指定其中精神較強健者，担任連排班級的指揮人員，我則動員所有參謀政工以及各種直屬部隊約三百餘人，臨時編組，當敵軍逼近到我們指揮所的地方，徐向前一聲號令，我們這幾百名臨時編組起來的部隊，便衝殺出去，手榴彈一齊向正在瘋狂前進的敵軍拋擲，烽烟起處，血肉橫飛，敵人就這樣敗下去了，這最驚險的一幕，竟使我們化險爲夷。」

這一節記載的相當翔實，此等處足見徐向前的軍事才能，確較正面攻擊時他三位老同學高明（徐向前與胡宗南，李默菴，蔣伏生均黃埔軍第一期畢業）。如果國軍在一攻不逞之後，再整理部隊進攻第二次，必定會俘獲張國燾，徐向前，紅四方面祇剩下陳昌浩指揮的一部份，雖然當時不能全部殲滅，但決不可能再有後來的壯大，戰爭勝負決定在最後五分鐘，拿破侖此言，永爲兵家顚撲不破之理。

國軍方面記載這次戰役經過：

十九日（按爲民國二十一年十月）徐匪率領殘匪一萬五千人，由應山、隨縣以南之駱家店，長嶺關、洛陽店、賈莊店，均川店竄到棗陽以南之新集、宋家集、吳家集一帶。同時賀匪龍及王匪炳南亦率殘匪二千餘人，由京山以北地區竄至，希圖與徐匪合夥。

此際我第六縱隊指揮官衛立煌，已率第一、第十、第八十三師先後追及，同時我羅啓疆旅向徐匪殘部圍剿，激戰三晝夜，我八十三師蔣伏生部斃傷匪二三千人，匪第三十六團長被我擊斃，匪十一師師長及政治委員被我擊成重傷，第十師李默菴部亦斃匪二千餘人，俘匪三百餘，獲匪槍甚夥。」

國軍方面記載對於時間，地區，番號較詳，而對事實則籠統叙述，含糊不清，此皆由於當時各部報捷電文誇張戰果，總部主管檔案人員有聞必錄，無法加以整理，故矛盾既多，不實不盡之處尤夥。如王宏坤二十多年來歷任中共海軍要職，最近尚在北平露面，台北史政局出版剿匪戰史記載王宏坤已在民國二十一年被擊斃。當時或者由於情報錯誤，何以以後始終不予更正？眞不可解。

根據國軍方面公佈吳家集之役戰況，推測當時猛攻張國燾、徐向前總指揮所者可能是八十三師，該師師長蔣伏生作戰勇猛，抗戰時曾升任九十三軍軍長，後因事去職即未能再起，聞現在台灣。

國軍戰報未提及第一師胡宗南部；是否可能爲預備隊、未參加吳家集之役。

吳家集之役，紅軍南面由張國燾、徐向前指揮一部，遇上了打硬仗的國軍（十之八九是蔣伏生），（損失慘重，幾致全軍覆沒，國軍戰報指紅軍十一師師長及政委重傷，張國燾回憶也說「重傷未癒的劉英師長就在洛陽店附近化裝到上海去就醫」。雙方說法比較接近，可以間接證明劉英爲紅軍第四十一師師長。吳家集戰役正面與國軍相搏的也正是這一師。

當時紅軍陷於三面包圍中，指揮北面戰事的是陳昌浩，與其相持的若非李默菴師，就是羅啓疆旅，雙方似未經過重大戰鬥，二十一日夜間，紅軍由北面打通一道缺口，突圍而出，逃向豫鄂邊境。此處有一點必須指出，國共雙方記載均未提及，紅軍向此突圍實與其原定戰略不符，張國燾回憶未提到紅四方面軍由平漢路東西進的目標，僅含糊說「轉移到京漢路以西」，意在掩飾吳家集之役被迫北撤的窘境，實則照當時情況看，紅四方面軍越過平漢線向西行，實以襄樊為目標，此時賀龍部紅二方面軍已在京山縣以北，兩部距離最近時在三百華里以內，以紅軍輕裝運動之快，一日夜即可會合，但由於吳家集一役損失慘重，西南路線被阻，不得不折而北行，是則吳家集之役，國軍不論在戰略或政略均獲得勝利，至於紅四方面軍以後在川北建立根據地，迎接一方面軍及中共中央北上，又非當時所能料及。

紅軍在吳家集北突破國軍封鎖線，第一站到河南新野。張國燾記述稱：當晚（按應為十月二十一日）我們循小路走一百多里，才能在棗陽以西二十里的板橋店附近，通過敵人的第二道防線，這時遇到了劉茂恩部。

劉茂恩部即劉鎮華舊部、劉茂恩是劉鎮華胞弟，劉鎮華這支部隊非常特別，其前身原是民國初年嵩山內幾股土匪，辛亥年一變為革命軍，因缺乏首領，公推鞏縣人在北京法政學堂畢業的劉鎮華任統領，號鎮嵩軍。

這支部隊歷盡滄桑，劉鎮華也就憑這付本錢，北洋時代歷任陝西督辦，省長。國民政府成立後，不久楊永泰入贊機宜，劉鎮華與楊永泰在北京法政學堂同學，私交甚厚，得楊永泰的照應，獲任安徽省政府主席，部隊改編為第十一路軍，初由劉鎮華任總指揮，以後改由劉茂恩繼任，劉茂恩並兼任六十五師師長。

張國燾回憶記述當時劉茂恩部兩個師建立了第三道防線，幸好劉部戰鬥力異常脆弱，飢疲交加的我軍，竟沒有費很大氣力，就把劉茂恩打得作鳥獸散。大概是實情。紅軍突破劉茂恩部防線，一日一夜行兩百里，到了豫鄂交界河南新野縣境。

紅軍由新野西行經鄧縣以西構林關，厚坡、馬鐙鋪渡過丹口，擺脫了國軍追擊。由河南淅川行三路向豫鄂陝三省邊界流竄。此次以吳家集為中心的戰役之國軍方面宣稱擊死擊傷紅軍五千餘人，死團長一、傷師長師政委各一。張國燾回憶自稱，「損失兵員近兩千，兩個團長兩個團政治指導員陣亡。最傷筋筋的是有一千多個傷兵被拋棄，大大損傷了士氣。劉英因是師長可以化裝去上海，普通官兵自然不能。因此，未死未傷的官兵仍然希望回到家鄉打游擊，傷了容易掩護，死了也埋葬家鄉，不致骨曝異鄉。至於國軍方面傷亡，張國燾說陣亡旅長一人，國軍戰報未提起，根據黃埔簡史載，是役八十三師四九八團團長。黃監翰陣亡，想是張國燾誤為旅長。

這時三省勦總對於兵力佈署又有變更，衞立煌縱隊第十、第八十三兩師回駐棗陽整頓，而以左路軍司令官何成濬指揮追擊。當時部署是：

一、第一師胡宗南部經郎西，漫川關方面追擊前進。二、第四十四師蕭之楚部經淅川、荊紫關方面追擊前進。三、第六十五師劉茂恩部，跟隨第一線追擊軍後策應。四、第五十一師范石生部及羅啓彊旅，留在鄂西各縣清勦。五、第四十一師張振漢部進駐襄樊一帶清鄉。六、行署推進至老河口，指揮作戰。

三省勦總變更部署，可能因為第十師與八十三師在吳家集之役損失重大，不得不留在棗陽整補。但在國軍方面，力量則逐漸削弱。在平漢路以東作戰時，陳繼承、衞立煌兩縱隊，實力最強時達八個中央師，到了平漢線以西作戰，祗剩下三個，此時祗留下胡宗南一個師，此外尚有一個配備較勝於劉茂恩、而有遜於胡宗南、李默菴的四十四師蕭之楚部，劉茂恩與范石生兩師及羅啓彊旅，僅作為預備隊。並未參與戰鬥。此時三省勦總寄希望於楊虎城之十七路軍，希望楊部能據守關隘，不使紅軍竄入陝境，後追軍趕到，將紅軍殲滅川陝邊境。

楊虎城部隊成份向不如劉鎮華部，且自民國十五年在西安被劉鎮華圍困之後，五六年一直未打過仗，官肥兵惰，以這支部隊去抵抗死裡求生的紅軍，當然不易委效。不過，楊虎城當時也確實服從命令，就率領所部四十二師兩旅及武士敏旅，實力也有一師人，趕到淅川堵截。

至此，張國燾始放棄在鄂北與賀龍會合建立根據地的企圖，準備向更遠地方開闢根據地，但究竟到何地。張國燾此時大概還沒有決定。

（未完待續）

折戟沉沙記林彪

岳騫

林彪事件發生已經十五個月，但對世人來說，仍是一謎，目前可以確定的林彪已死，至於死在何處，怎樣死法，到今天仍然聚訟紛紜。有關林彪事件的眞象，仍然找不到一個清楚的答案，也許永遠沒有答案。本文祇就已見到的資料，對此問題作一概畧的報導。由於資料之陸續發現，也許在拙文刊出時，有許多推測與事實並不相符，尚請讀者原諒。本刊以記述史料爲主，故筆者撰此文也力求公正，絕對免個人的愛惡，而以旁觀者立塲，對林彪一生，作一清楚叙述。

一、林彪的身世及家庭

共產黨人身世，多數都是一謎，不獨中共如此，世界共產黨人皆然。不過，中共第一代人物如毛澤東、周恩來，由於過去讀書、作事有許多親朋故舊，所以他們的身世尚不太神秘。到了第二代自林彪起，皆是少年時代加入中共，四十年來一直在中共工作，與外界毫無接觸，所以他們的身世就成了一謎，連最起碼的年齡、籍貫有些都鬧不清楚，即以林彪而論，在過去，大家不僅對他的家世毫無所知，就是林彪的確實年齡也成一謎。

大概是一九六九年初，正當林彪風雲得意時，大陸上出版了一個小册子，祇有巴掌大，約模是六十四開本，印刷很隨便，從頭到尾用白紙印刷，沒有特別設計的封面，大概是發給下級幹部學習的，筆者看到一本，從這本小册子裡，對林彪前半生的身世，有詳實的叙述。

林彪原名林毓容，出生日期是一九〇七年（光緒三十三年）十二月五日（星期四，農曆十一月初一）。出生地點，是湖北省黃岡縣迴龍山區，白羊山下林家大灣子後面的八斗灣一個農家。

林彪家鄉——林家大灣子，位於湖北省黃岡縣（現爲中共「黃岡專區」與「地委」所在地）一丘陵地帶，是一個相當貧瘠的農村，人多地少，早年大多數人以手工、織布爲業，幫會流行，常出匪類。

林彪出世前，家庭頗爲富裕，曾在漢口市統一街經營過染織廠。也就是說，林彪的父親林明卿也當過廠主，不過這個所謂「染布廠」，當然不是什麼現代化染布工業，祇不過是一個小型的「染房」而已。這種「染房」，大都是靠自己勞動，再僱上幾個伙計和學徒，所以這樣的「廠主」也算不了什麼。後來由於其父親視賭如命而破產。待林彪出世，其家庭景況每下愈況，其父因染布廠破產，而到武昌一家雜貨店當伙計，嗣又因賭性難改被解僱。旋又跑到一條航行長江流域的小火輪船上當賬房（即是會計一類的事情），但不久因兇酒打架被開革。

林明卿失業後返家鄉，常年除了靠所耕耘九担谷的田之外，林彪父兄多以織布養活全家九口人（祖父母，父母及兄弟和妹妹五人）。林彪的一個妹妹，因家中生活艱難則賣給附近一家作童養媳。

林彪兄弟四人，他排行第二。他們兄弟四人，先後都參加共黨活動。

林彪大哥林慶甫，早年與其父在漢口共營染織廠，後又隨父在家織布爲生。抗戰其間，因無法在家生存，而加入了中共領導的地方游擊隊，担任過「六縱隊」隊長。後因作戰負傷，而返鄉休養。一九四七年間，赴東北投靠林彪，但因患嚴重肺病無正式工作分配，僅在林彪身邊管管雜務而已。一九四九年六月，隨林彪部隊去武漢，由於林彪的關係被安排到湖北省「文史館」當副

「館長」。一九五九因病死在北平。

林彪三弟林毓菊，現名林程，一九四四年逃到延安參加中共工作。最初入「抗大」，後來因程度太差，而到中共中央軍委後勤部衛生處的一個訓練班學習醫務，後隨聶榮臻部活動於華北，從事共軍「醫務工作」。中共政權成立後，在天津市肺結核病醫院當院長甚久。「文革」期間，仍任斯職。

林彪四弟林向榮，也是早年加入中共領導的「抗日軍政大學」學習。一九三八年五月間到延安，林彪任校長的「抗大」畢業後，歷任連、營長。抗戰勝利後，曾任彭德懷所指揮的「西北野戰軍」和「第一野戰軍」某團副團長、團長。一九四九年在共軍攻擊太原戰役戰死。

林彪之妻和子女均是中共黨員幹部。林彪之第一任妻子劉錫銘（又名張梅）是延安黨校出身，並曾在中共中央軍委會主管人事部門担任過科長工作。林彪之第二任妻子葉羣在「文革」前，僅是中共中央軍委會一個科、處長級幹部（相當軍中團級幹部），「文革」期間，躍進到中共第九屆中央委員、「中央政治局」委員，及「中央軍委辦事組」負責人等要職。林彪之子林建國「文革」期間，升至僞內蒙軍區某部隊首長（可能相當於軍級幹部）。林立果則是「空軍作戰部」副部長，「五七一工程紀要」的設計人。林彪之女林豆豆「文革」期間，在匪軍「全軍文革小組」也担任過重要職務。

此外林彪還有兩個堂哥林毓南、林毓英也是共產黨重要幹部，均已去世。

林毓南，又名育南，他是湖北共產主義創始人之一（還有陳潭秋、惲代英等）。早在一九一七年，林毓（育）南就到蘇俄接受馬列主義洗禮，一九二〇年，他由蘇俄返抵家鄉，在林家後面的八斗灣（即林彪出生地），組織共產主義小組。一九二一年中共正式成立後，林毓南則長期從事共匪的「工運」活動，曾担任過「中華全國總工會執行委員兼秘書長」和「中國勞動組合書記部武漢區分部」主任，及中共中央委員。一九三一年在上海被國民政府逮捕槍殺於龍華法場。

林毓英，又名張浩、林仲丹。早年從事中共工運活動，先後担任過「全國總工會主席」、匪黨中央委員、中共武漢市委書記、中共湖北省委書記、延安職工大學校長等職。一九四二年病死於延安。

張浩在中共黨內相當重要，其一生有兩項突出事件，都能在中共黨史佔一頁。

第一件事是當毛澤東與張國燾在包座分手之後，毛澤東與周恩來、秦邦憲,帶同彭德懷、林彪兩部自行北上,張國燾與朱德、劉伯承、徐向前等人折而南下入川康,從此中共一分爲二,各成立中共中央,相持不下。此時陳紹禹與張浩皆在莫斯科，突然張浩以共產國際代表資格電南方中央,聲稱彼接受共產國際的授權,爲調解兩個中央糾紛之國際代表，並轉達共產國際調解意見大要爲：

第一，北方與南方兩個中央,同時撤消,停止行使中央職權。

第二，改組北方中央爲西北局，南方中央爲西南局；以地區及所轄部隊爲界限，分別行使職權。

第三，西南局應包括紅二方面軍的主要負責同志。

第四，各個方面軍應配合行動，向西北發展，目前以寧夏、甘肅爲發展方向。

第五，以前糾紛，應在共同行動，共同執行統戰新政策前提下，化除歧見，謀取團結。

張國燾及南方的中共中央，對於張浩轉達的共產國際的調解原則，雖在軍事方針上仍有若干意見，但在基本上決定接受，旋在甘孜召開了中共中央西南局成立會議，到會委員除原有南方中共中央各委員外（一部份委員遠在道孚、鑪霍、未及到會），邀請了二方面軍之任弼時、關向應、甘泗淇等出席會議。會議由張國燾主持，傳達和討論了共產國際調解指示，並作出如下決定：

一、接受共產國際調解指示，即日宣佈撤消中共中央，改組成立中共中央西南局，領導紅一、四方面軍和西南地區黨的工作。

二、西南局以原有中央委員十五人及二方面軍之任弼時、關向應、賀龍、甘泗淇、蕭克五人組織之（按：西南局共有委員二十人，如以方面軍區分，則二方面軍委五人，一方面軍委亦五人，即朱德、劉伯承、李卓然、鄧式平、何長工；四方面委員爲十人，即張國燾、陳昌浩、徐向前、王樹聲、傅鍾、周純全、曾傳六、李先念、何畏、李特）。

三、推張國燾爲中共中央西南局書記，郭潛爲西南局秘書長（按：郭潛即陳然，陳原爲紅軍一方面軍中央地方工作團主任，彼之被推爲秘書長，含有協調各方面軍委員之作用）。

四、西南局之組織宣傳各部，即以原中央各部改組而成，其人事維持原狀。

五、關於軍事行動方針，由紅軍總司令部與二方面軍負責同志研究決定之。

六、有關已往之糾紛，由書記張國燾同志詳電張浩轉報共產國際。

七、西南局之成立與組織報請共產國際核備並通知西北局。

及至以後紅四方面軍到了陝北，發現中共中央並未照張浩原建議改爲西北局，始知上了當。此一騙局究竟是陳紹禹與張浩合謀抑是毛澤東與張浩合謀，以後未曾有人提過，但可以斷定決非共產國際之意。張浩此舉，對毛澤東以後的事業，幫忙甚大。

第二件事是抗戰開始後，共產黨矢言擁護國民政府抗日，就當此時，張浩在延安抗大發表一篇演說，對於國共合作問題，提出解釋說：

「中國共產黨現在的戰略是民主共和國，策略是停止內戰聯合各黨各級各軍一致抗日，而與國民黨合作。因此，第二國際說，中國共產黨出賣了無產階級利益，投資資產階級。國民黨說，中國共產黨在現在無法的環境中，投誠國民黨。本黨同志看見了不行土地革命，放棄階級鬥爭，取消蘇維埃政權，改紅軍爲國民革命軍，因此發生很多的懷疑。以上三方之說法，都是不對，都是估計錯誤的。我們看見目前的條件，必須與國民黨妥協，而與國民黨暫時的合作，並不是投降，亦不是出賣無產階級利益，正是爲着廣大的勞苦羣衆的利益。我們也不是投誠國民黨，是以能走通的一途抗日。與國民黨合作，是在抗日的階段與之妥協，本黨同志更不要懷疑。究竟是什麽，是下面幾項：

「甲、我們是放棄以前走不通的道路，是尋求一條能走通的，而易於達到無產階級專政的另一條道路。

乙、我們黨在現在的條件之下這樣做，於革命是有利的，是不脫離羣衆的。

丙、我們黨現在的策略，正是革命的策略，正是破壞資產階級政權的武器，正是鞏固革命的武器，正是擴大革命勢力的支柱。

丁、我們黨的策略，正是掩護我們秘密工作之發展，正是溝通公開的工作，以爭取廣大羣衆力量，準備推翻資產階級的政權。

戊、我們現在的讓步，是給革命以休養時間，積聚力量，準備新的進攻之條件，也就是給無產階級以必需的休養時間。

己、暫時放棄顯明的進攻策略，改爲退守策略，亦就是採取轉彎抹角的進攻策略。

庚、因爲鬥爭疲乏，必需休養，及儲存革命力量，暫時放棄革命制度，就是放棄表面名目，保留實質存在的制度，以求將來新的更大的勝利。

辛、紅軍改爲國民革命軍，是改番號，不是改編，而紅軍的獨立性是保存的，不但如此，而且更能擴大與鞏固。

壬、蘇維埃暫時取消，改爲特區政府，而實質的本性是未變的。用實質政府，不特不能削弱無產階級政權的力量，更能得到廣大羣衆革命力量之發展。

「我們的黨是在抗日的階段與國民黨合作，並不是投誠，我們的妥協是有利而無害。……如物質得到了，經濟得到了，彈藥得到了，精神上得到了，黨員增加了，共產黨的影響亦擴大了等等。」

此稿被國民黨得到，在報端發表，輿論大譁，中共也很尷尬，祇得聲言是張浩個人意見，不能代表中共中央。

張浩若不死，在林彪當權時，可能獲任政治局常委，最低限度政治局委員是沒有問題的。

（未完・待續）

謙廬隨筆

十五

矢原謙吉遺著

冷口之役，三十二軍以一軍之衆，扼守長城險隘，關東軍進攻者爲一聯隊，而於傷亡十餘人後，竟得踰此天險。商震「少爺兵」之戰鬥力，由此可見一斑。而以商善爲宣傳，更善與報人交往，故於華北報章之上，冷口之役，幾與中央軍古北口之役，二十九軍喜峰口之役齊名矣。噫嘻，可嘆哉！

雜牌隊伍，則除傅部稍長於守勢作戰之外，遇戰輒如以湯潑雪，瓦解而已。

而劉黑七與孫魁元所部，雖其貌不揚，遇戰則或走或拚，走輒行如神龍；拚則必戰至最後一息，故頗爲日軍所憚。至石友三所部，則烏合之衆耳；且每拉警察、民團、會黨以充數。既乏訓練，又缺武器，指揮者更屢屢舉棋不定，全軍精銳，僅一「手槍團」，聞向由其弟統之。遇有危局，則命「手槍團頂上去！」而此一團風紀之差，實爲全軍之冠，石反以縱容爲羈縻之具。此所以石雖數度爲日軍所收編，而始終未得重用之故。余聞諸日友中深悉政聞內幕者言：日方用石，不過欲假其內戰中之名氣，以爲號召耳。石部之不能戰，與熱軍及洮南軍相若，除任流竄騷擾外，實無甚大之軍事價值也。

長城之戰時，關外之「義勇軍」，一度號稱達三十萬之衆。遙領最高指揮官名義者，爲余之舊識朱子橋將軍。不久前，朱曾以拯救長江大水災民事，在故都城南遊藝園舊址，召集募捐大會，登台演說漢口災民慘狀時，聲淚俱下，聞者動容。余是時亦應邀赴會解囊，前後凡三次之多，而次次自動輸將，義無反顧。余於是始悟將軍之長於勸善，精於募捐，實非常人所能及。

自是，余遂得與將軍時相接近，對其操守與抱負，獲得進一步之認識。是時，不懌於將軍者，恒喜以朱子橋將軍，以辦賑起家誚之，甚至冠以「政客慈善家」之綽號，謂其募賑之目的，厥在假道重登政治舞台耳。余雖外人，置身於是非之外，而期期不以爲然。否則，將軍又何必自奉如是菲薄，自苦若是其極。即令此乃將軍之矯揉造作，倘功名中人，個個能如此矯揉造作，持之有恒，則官場風氣，社會人心，定必勝當前多多矣。

朱子橋將軍赴前敵後，未幾，即悄然而返，意氣蕭索。一夕，電余曰：「曷往

『大陸春』一酌乎？」余曰諾。

至則僅朱一人在座，酒數巡後，慨然謂余曰：「邇來，余以於役義勇軍，理當避嫌，故與諸日友暫絕往來。今事過境遷，朋友交情，不同國事，又當別論矣。」

繼則曰：「余今始悟：日人中，亦非盡我死敵。國人中，亦非盡我袍澤也。余此次出關，所以功虧一簣者，患在張漢卿忌我，宋國勇扼我，馬二爺拆我後台耳！」

蓋是時張學良以方面大員身份，屢於人事上予朱以難堪；宋則藉口「義勇軍兵無定所，難以報銷」，絕不假以銀錢方便。而所謂「馬二爺」之馮玉祥，則遇兵必編，遇軍必繳，對「義勇軍」大展其「狼吞虎噬」之能。是故，時日無多，所謂「總統關外義勇軍各部」之朱子橋將軍，已一變而為「無兵司令」矣！

朱於激憤之餘，又告我曰：

「北人有諺：『桃飽杏傷人，李子樹下抬死人。』今長城一帶義勇軍，已戲改之為一諷刺當局之詼諧語曰：

『湯跑，徐刷人，馮吉石劉拉死人！』」

湯者，見敵而逃之湯玉麟也。徐者，中央第十三軍之徐庭瑤也，見有遊雜隊伍，必予繳械遣散而後止。馮吉石劉者，馮玉祥、吉鴻昌、石友三、劉黑七也，見隊伍則極拉之能事，以供改編。有時且以死者充數，聊以駭人自慰。」

朱復憤然曰：

「救國都只准幾個人救，這到底算什麼世界？算啦，算啦，亡了國，也不是我朱慶瀾一個人當亡國奴，吃什麼苦，我都幹。要受氣，我姓朱的可不幹！」

朱既倦勤，義勇軍除馮占海部，泰半皆土崩瓦解。而故都大中學生之反日義憤，則遠較前為烈，尤以平大、北大、中國大學、志成中學為最。

志成中學，為首先派學生參加黃寺集訓之學府，受訓學生均對二十五師師長關麟徵，極為景仰。從此，該校遂被日方冠以「藍衣社大本營」之雅號。其校長吳葆三雖極端仇日，而其本人與其妹吳瑩若，則同為余之病人。

一日，吳示余彼之新作，題名「誰是我們的仇人」？其曲則為吳瑩若所自譜也。詞曰：

「誰是我們的仇人？
怨毒結似海洋深，海洋深。
當然是我們的東鄰！
侵我國土，藐公理，戮我民，佈戰雲。
難道說：我們不想報那國仇？復國土，正公理，好把那寃氣伸！
當然想：殺，殺，殺到野心國，殺盡野心民！
好，好，好，那你真是勇敢的中國學生軍！
茹苦血汗辛，靜待東亞起風雲。
炮轟富士富士崩，機炸三島三島淪。
民族振精神，雪恥報仇在我身，熱血好青年，建殊勛！
誰是我們的仇人？
當然是我們的東鄰！」

余閱竟笑謂吳曰：

「倘關東軍或駐屯軍得聞此曲，則閣下反日之銜，將遠駕曾擴情、張廷鍔、于學忠，蔣孝先諸君子之上矣！」

吳亦笑曰：「固所願也」！

吳為人雖極「海派」，而其愛國之忱，迥非「凉血動物」可比，此余不以其「藍衣社」之故，而故示疏遠之故。蓋是時之中國「藍衣社」，在常人觀感中，實與莫索里尼之「棒喝團」，以及希特勒之「黑衫隊」，為一丘之貉也。

一日，久違故都之何遂，以省親北返，小作勾留，數度與余作竟日遊，凡八大處，京郊諸名寺，頤和園、清華園，足跡殆遍矣。

何為人極其聰明豁達，文武兼資，而有濃烈之無政府主義色彩。對一切權威，制度，規章，社會風氣，向執反對態度。

故飛黃騰達雖早於朋輩，而向有「狂狷」之名。第一次世界大戰時，以空軍負責人之資格，隨徐樹錚之「觀戰代表團」赴歐。彼時，何已官居中將，而猶在壯年。目睹歐美職業軍人，白髮蒼蒼，傷痕遍體，而勳章滿襟者，多僅上尉少校之流，不禁大慚，乃自動改佩中校肩章，俾免尷尬。其它團員亦有起而効尤者。自是遂相沿成風，以代表身份出國考察軍事者，多在肩章上自動降級若干矣。此事爲何所親口告余者，諒絕非齊東野語也。

何曾爲孫岳之股肱，遂得馮玉祥之器重。而何於馮，則狂狷特甚，了無敬意。馮自蟄居南京，以軍委會副委員長之身份，專在大學旁聽之後，曾大寫其丘八詩，亦嘗以之示何，並故示謙虛曰：

「敘甫詩詞方家，幸有以教我！」

何離座覽之，忽大聲讚曰：

「馮先生何乃謙虛之甚，而自貶之爲「丘八詩」耶？後世之讀此者，乃知先生眞民國丘八之第一人也！」

言次歸座，始終無一語一字，論及其詩。在座之常鴻鈞、宋麟生、過之翰等，均爲之愕然，繼乃默然。馮亦爲之大恚。

昔年馮之幕中，王鐵珊最受推崇，馮於人前輒以師事之焉。實則王之矯揉造作，殊有大乖人情者，故極爲何所不懌。何籍隸福建侯官，「藍青官話」平平耳，至是乃乘勢以謔王鐵珊。每言及其名，輒讀之爲「王鐵柵」。友輩有怪而問之者，何笑答曰：

「鐵柵之爲物也，遠望則巍巍然，神聖不可侵犯。近睹則漏洞觸目皆是，空而無物也。」

其對善做僞者之不稍假借也如此。

何於馮所欣賞特甚之人，多視如草芥，鹿鍾麟即其一例，以其視上卑恭，視下苛峻，頗爲何所不齒。一日，余與丁春膏、李筱帆及何，相偕往觀「學生自行車賽」，余笑謂何曰：

「歐諺中，『自行車騎手』一詞，固非頌語也。蓋此種騎手欲求車快如飛，必盡量作折腰狀，以減上方之壓力；又必須雙腿踢蹬如狂，以增加車行之速度。故人皆呼上諛下傲之徒，爲「自行車騎手』也。」

何聞而大笑，謂李筱帆曰：

「是則鹿瑞伯可膺『自行車國手』之號矣！」

是夕，酒酣耳熱，李何頻頻臧否西北軍中人物，「二先生」與「馬先生」二語，出現頗繁。余知馮素有「二馬」，「馬二」等雅號，「二先生」亦即由此蔓生者也。惟「馬先生」則不知何所指。乃詢之於丁，丁莞爾曰：

「此語乃自貴國之俚詞中借來者。——村婦匹夫相詬時，不樂以『馬鹿』一詞洩其憤乎？呼『馬先生』時，實指鹿也。此種語法，於漢文修辭中，謂之爲『歇後格』。」

以「馬鹿」名其人，余遂知李筱帆輩之老西北軍，以及何輩之「保定系統」，不懌於鹿之處事爲人甚矣。

其實，何之狂狷，固不僅於馮鹿王瑚之處，始可見之。渠曾親告余與丁春膏曰：其長子何旭，原在同濟大學習醫。九一八後，憤而出關，欲自組遊擊隊，以與關東軍相抗衡。三數月後，果聚衆成軍，屢以伏擊擾敵，旋移駐長城邊沿，欲圖整補。不意忽爲東北軍所包圍繳械，或遣散或改編，而何旭遂頓成一「光桿司令」矣。於是，遄返南京，歸告其父。何遂反笑而告之曰：

「青年如汝輩者，非兼具理想主義之傾向與現實主義之認識，鮮有不庸碌墮落者也。必有理想主義之傾向，始有大志，始能見其大，見其遠；此余所以讚汝出關遊擊也。必有現實主義之認識，始能腳踏實地，不事空蹈，不爲挫折所困。汝組隊抗日，不遭敵殲滅，而遭己方繳械，此即一現實世界中之醜態，不識此，即無法立足於今日之社會矣！」（未完・待續）

李思浩貧病死上海

·之公·

鎮海李贊侯在上海以貧病謝世，他生於光緒八年壬午（一八八二），算到逝世之日，爲民國五十七年一月二十八日，已是八十七歲的高齡。耄耋之年，死原非促，以望九之年，陷身魔窟，從此不再見鵰悍狼戾之獷惡局面，應算是拔出苦海。

贊侯名思浩，在北洋政府時代，確屬一個典型的官僚，且爲段祺瑞系的健將。一般人可能因爲受到當年的那班走馬燈式此攘彼奪的軍閥電報戰中宣傳影響，對於在北洋政府任職過的官吏，多少不無存有若干成見，因此談起李思浩的出身，耳食的較多。如所傳：「民國五六年間，李隨梁士詒任職北京中國銀行，碌碌無所短長。時段祺瑞因袁世凱死後，中樞政潮起伏不絕，故示韜晦，好整以暇，每日與梁等作雀牌消遣，浸成癖好，不可一日無此君矣。一夕深宵，段赴梁宅，欲事雀戰，然人數難足，成三缺一的局面。梁深不欲掃了段的清興，因說：『有中行職員李某，可以奉陪，但不知總理（指段）肯紆尊否？』段說：『這個人陪得起嗎？』梁答：『只要總理肯賞面子，輸贏還不在乎。』段點點頭，梁遂叫李入局。經過幾個回合。段始終未和李交一語，李亦自慚微末，極力矜持，不敢正視。過了一會，段取得大牌，紅中綠發九萬三暗坎，聽和白板一萬對碰；但打到只剩幾張牌了，對方吃牌又是二萬坎中，一萬見了一張，段眼睛覷在檯面上頗露焦灼之色。李對雀牌原是老手，見段形色，自己手中恰有白板一對，逆料必聽和此張無疑。輪到他抓牌待發時，自說自語地說：『牌快完，滿手都是生張，不要放銃才好，還是打出幺頭，比較穩當。』拔出白板向檯面上一擲。段一見大喜，把牌一推，嘴裡說：『滿貫！』大家自然照輸不誤。到洗牌時，段老總向李看看，和顏問道：『你是那裡人，過去做過什麼事？』意態至爲親切，李敬謹答對。自是之後，李即時常陪侍段總理消遣。旋入政府服官，不數年洊任至財政總長，爲梁士詒交通系之巨擘。」

右邊是從某筆記裡摘抄而把口語化的，說李以陪段祺瑞打牌而得官，描摹得活龍活現。李確爲段一手提拔而洊長度支，而且確是經常奉陪老總消遣的一個，上面所述，宜若可信。但在民國五六年間，他却不是中國銀行一名小職員。據賈果伯（士毅）所記：李是北洋財政界時間較久的一個，民國成立，即担任鹽務署科長，不久升任廳長，民國五年以財政次長兼鹽務署長，漸露頭角。賈氏爲財政界老人，民初即在財部供職，所言自屬可信。

共和開國至今，北洋政府統治時期，佔了十五個年頭，而十五年中從民元唐紹儀內閣算起，財政首長更調了三十三次，在走馬換將裡，有的僅做了十一二天或二十幾天，能夠安於其位在一年以上的，只有周學熙、周自齊和李思浩三人，李且先後担任了兩次。他雖不是學財經出身，却是科班底子，在財政部逐步游升的。民五，段祺瑞內閣，第一次起五年四月二十三日，迄同年六月二十九日，財長初爲孫寶琦，後由周自齊署理。第二次自五年六月三十日，迄六年五月二十三日，財長爲陳錦濤，其時任次長者爲楊壽枬李思浩，中間楊曾短期代部，李則仍兼鹽務署長。以訖黎段衝突，內閣解體。

馬廠誓師之後，段祺瑞再起組閣，幫同策劃討伐復辟的梁啓超繼任財長，派金還爲次長，李思浩次長兼鹽務署長。段閣不到半年，民六的十一月一日，由王士珍組閣，財長王克敏担任，次長一爲沈明昌，一仍李思浩，還是兼了鹽署，以資熟手。王內閣壽命僅四閱月，七年三月，段祺瑞又給曹錕張作霖閻錫山等捧了出來，財長一席由交通總長曹汝霖兼任，以吳鼎昌爲次長外，李思浩仍舊連任，這次也不及半年，段與代總統馮國璋不和，辭去國務總理，以內務總長錢能訓代閣。錢閣也只有半年，財長易龔心湛，五四風潮發生，錢不安於位，由龔心湛兼代閣揆，在龔任內，李思浩曾兩度以次長代總部務。民八以後，安福派勢力大盛，靳雲鵬第一次組閣，李思浩眞除財政總長，從八年九月二十四日，訖九年八月九日，風雲際會，成了安福派紅人，直皖戰爭，安福派倒台，李被列爲十禍首之一，遭到通緝。

李思浩處事圓融，其思慮之密，應付之周，涵養之深，皆有其獨到地方。由於當時連年內戰，府庫空虛，經常鬧窮，軍餉政費，累積拖欠，這賬房是至不易應付的。因此北京的西長安街的財政部裡，常見坐滿了所謂索餉團或索薪團的人物。索餉團是那些軍閥駐京代表，一個個橫眉豎眼，口不擇言；索薪團則爲那些災官窮吏，一個個可憐兮兮面帶飢色，軟求硬索，都是「苦主」面目。李思浩不避也不火，每於延見之際，聽着他們牢騷發足，苦楚訴完，他端坐一旁，雙手按着膝蓋上，打着寧波腔的官話，低頭喃喃自責：「兄弟失職！兄弟該死！」一味謙恭，和顏應答，不由得這班負氣而來的人，給他那股誠懇的意態，所抑制，所軟化，自打圓場，走了。事實上，災官是可憐的；而那些武人軍閥，一個個雖口粲蓮花，好像愛國愛民，「祇此一家，並無分出另開」，誰又不是在計劃自已保護地盤和擴充勢力而濫募軍隊。養兵第一要錢，只有對政府不斷要餉，對地方竭力搜刮。

李思浩自綜度支以後，雖有譏爲「段氏計臣」或「安福賬房」，但他對財政方面並不是沒有改革計劃的。他在無米爲炊的艱窘環境中，的確感到左右爲難，第一個就是扶掖他的段老總，迷信武力統一，聽由徐樹錚們，組織參戰軍等等；其次便是曹錕王占元張作霖諸人，一個個喑嗚風雲，積極擴編，不是要截留地方稅收，就是要求政府撥欵接濟，東要若干萬，西又若干萬，合起來就是好幾百萬元了，湖南四川各省由中央特別發給的還不在內。中央軍政各費，本靠着鹽欵和各省專欵解繳，以及烟酒公賣印花契稅官產等項收入來支持，一經各省截留，便難以支撐了。

他身處夾縫中，既不能違抗段老總，也不敢開罪於各軍閥，他一面編製預算公佈，好使全國人民明白軍費支出的浩大，希望大家減裁軍備；一面籌借外債來應付各方軍需，希望不要截留，紊亂收支，減免人民負担。

民國八年十二月，李思浩公布八年度預算，歲入歲出均爲四萬九千餘萬元，其中：債務收入列五千萬；軍費開支列一萬一千餘萬元。前者須借外債或發行內債，方足彌補不敷之數，後者佔了歲出總額五分之二。此外還有應付的國債費支出，還沒有計入。

第二步只有靠借外債來維持了，其年冬間，舊金山大陸商業銀行借款到期，亟待償還，李另向該行借美金五百五十萬元，以烟酒公賣收入爲担保，另以豫皖閩陝之貨物稅收入爲附加抵押品，利息按年息六厘，償還期限爲兩年。

李的計劃與抱負，似沒有發生什麽影響，段系武力由參戰軍蛻變而成邊防軍而定國軍。舉借之日款——即吳佩孚所斥爲「賣國借款」者，全爲親日派之曹汝霖經手，他只是以財長地位隨而簽字而已。九年七月直皖兩軍槍對槍刀對刀在涿州長辛店殺了一陣，吳佩孚得了全勝，徐樹錚等逃入東交民巷，他也列十大禍首之第九名，其改革計劃也成了泡幻。號稱「魚行」之安福俱樂部，其重要人物爲徐樹錚王揖唐王仰川光雲錦劉恩格曾毓雋烏澤聲諸人，李思浩只能說是段親信，但沾了魚腥，就不免要受通緝，雖在使館界躲避，其聲望則頗受打擊。一直到民國十三年，段祺瑞組臨時執政府時，李才重新担任財政總長，那已是婪尾春光了。

段祺瑞之執政內閣，不設總理，以臨時執政兼內閣總揆，且有從前總統內閣之全權，但段無實力，實際還一樣受制於各系軍閥，財政更是每下愈況。這場局面是由奉馮兩系軍閥的槍尖支架起來的，兩系雖是貌合神離，但伸手要錢，總是互不相讓；段執政兩婦之間難爲姑，遇到東要餑餑西要麵時，總是愁眉不展，鼻子也歪得更厲害了。這時，李思浩却替段抗了一肩，也拖了一身泥水，終於掛冠而去。——這就是轟動一時的金法郎案。

所謂金法郎案，應從庚子賠款說起。照光緒卅一年改訂的辦法，法國是按國際電報滙兌的市價支付的國家，惟自第一次歐戰以後，法國工業衰落，法郎貶值，跌到國際電報滙兌市價的法郎價格三分之一以下。一九二二年（民國十一年）六月，法國向中國政府要求：庚款中的法國部分用金元計算，作爲改組中法實業銀行及辦理中法間教育的基金。當時內閣總理顏惠慶給矇混了，竟於那年七月間和法使簽了協定，其中法郎字樣都給改作金法郎。這是第一次協定。

後來法使又向中國政府要求，撤回金元計算的辦法，直接用金法郎。同時，意大利、比利時、西班牙等國，也援例作同樣的要求，與論大譁，當政者才憬然有悟於金法郎的錯誤，遂堅持不讓，交涉成了僵局。民國十一年十二月十六日，汪大燮任國務總理兼財長，把這個案子提國務會議，經議決仍應按照紙法郎計算。汪閣於十二年一月四日便解體了，繼起組閣的爲張紹曾（財長爲劉恩源）。二月九日，國務會議又把這法案提出討論，決議：「法國庚子賠款，有上年七月九日拋棄賠款撥充發還遠東存戶存款五厘金劵基金，辦理中法間教育事業，代繳中國政府在中法實業銀行之未清股款，及代償中國政府短欠中法實業銀行各債款之協定關係，仍應照案以金法郎計算。」同日，國務院專案呈奉黎大總統批「可」之後，即由財部咨行外交部轉知法國公使。但輿論還是反對，報紙不斷抨擊政府措施之不當，政府因把這案子再提付國會討論，經衆議院加以否決，這案遂成了一個懸案。

民國十四年春，段執政因軍政各費極度困難，想到承認法國的要求，好把退回來的庚款，來彌補財政的赤字；經飭令司法總長章士釗，修正中法協定條文，並令財長李思浩和外交部長專門委員，與法使商談，擬定解決金法郎辦法的草約，在四月二十一日善後會議閉幕之日，臨時執政府通過金法郎案新協定。那是一般所稱爲「第二次」協定。

中法新協定，有兩點重要地方，一爲法方允將法國部份庚款，退還中國，作爲中法兩國有益事業之用；一爲中國承認法國部份庚款餘額，以後不用滙兌法郎計算，而改爲滙兌美元計算。關於此案，李思浩的呈報原文說：

「爲修改中法協定，請飭外交部與駐京法使正式交換文，以資信守事：竊查法國退還庚子賠款餘額，與中法實業銀行復業一案，民國十一年六七月間，外交部與法國公使始訂協定，即六月廿四日、七月五日、七月九日、七月廿七日、兩國政府換文是也。嗣因金紙問題，未能解決，協定未即實行。十三年二月九日，外交特別國務會議議決：照金法郎計算付欵，並奉大總統批可，外交部即於二月十日照會法國公使查照，嗣經國會反對，復將此案提交國會。同年十月十三日，國會議決：應根據一九〇五年之換文，法國所選定者，乃電滙方法也。然法國外交方面，則始終堅持前案，要求用金，因此延擱至兩年之久，未能解決，財政上直接間接受其影響，殊非淺鮮，而尤以關稅會議，因此延宕，國家損失尤鉅。查華府會議條約，關於我國增加關稅一事，原議於該會議閉會後，得各國政府批准即可召集關稅會議，先擬增加百份之二五，計每年可增關稅收入至少約有二千四百餘萬，此項條約有關係者，共計九國，其中八國政府，早已批准，獨法國因此案未能解決之故，延不批准，以致會議召集無期，國家無形損失，爲數不貲；且因此懸案未決之故，法意比西四國賠欵，總稅務司方面，每年法郎仍照金計算，盡數扣留，自民國十一年十二月一日起，兩年之間，計扣留之欵，四國共計已達一千五百萬元以上，其中法國部份約一千萬元左右，在此案未解決以前，此欵不能提用，且每年仍須繼續扣留，二三年來，中央財政支絀，金融停滯，半由於此。思浩到部以來，鑒於財政上周圍形勢，以爲此案再不解決，則一切財政上之計劃，無由進行，且法公使根據前案，迭催解決，當派專門委員與法國公使及中法實業管理公司交換意見，研究妥善方法，以期解決，叠經磋商歷數十次始漸就緒，我方提出之條件，及彼方讓步之情形，已詳載於協定全文及說明書中，業經呈請鈞座察閱在案。嗣以此案內容複雜異常，在深知此案顛末者，固知此次協定辦法，尚覺善妥，而以事關專門，未必盡人皆喻。思浩辦理此案，不得不格外慎重，猶恐思慮未周，難免有疏漏之處，因於四月二日呈請將協定全文交由司法部邀集各司法機關派員會同審查，以昭妥慎。茲由司法部審查完畢呈復鈞座，並奉指令交由財政部查照辦理等因，奉此，爰於本日提出議案，連同與駐京法使擬定之互換文稿，交由國務會議討論，茲已一致通過議決照辦，理合呈請迅飭外交部與法使正式換文，以資信守。……」

中法第二次協定，經令由外長沈瑞麟與法使瑪特互相照會，其要畧如：一、法方對中國政府承認將法國部份庚欵餘額退還中國，作爲兩國有益事業之用，法方承認上項退還賠欵得自一九二四年十二月一日起算。其自一九二二年十二月一日後之二十四個月作爲展緩期內所有過期未付之欵，悉數交與中國政府。二、中國政府承認將上項應付而已退還之賠欵餘額，按照一九〇五年採用電滙方法計算，並加滙兌或有之盈餘，一併折合美金，自一九二四年十二月一日起至一九四七年止，逐年繼續墊借與中法實業銀行中法合辦作爲該行發行五厘美金公債之担保，此項公債分二十三年還清。按照逐年付欵表，辦理中法實業銀行，經法政府同意，將換回遠東債權人應得之債劵全數，一次交與中國政府作爲償還前項墊欵之担保。……如滿二十三年未能清償，則債劵上尚有應付餘額，中法實業銀行對中國政府仍負債務之責，縱使業經撥付之欵，已達上述美金之總額，並因法郎恢復原狀發生或有之盈餘，統應歸還中國政府充辦理中法間有益事業之用，不得爭執。

關於中法實業銀行發生五厘美金債票用途之分配：一、發給中法實業銀行遠東債權人，以票面換回債劵。二、辦理中法間教育及慈善事業之用，每年在北京由法政府代表與中國教育部代表商定其執行條件，中法實業銀行因有借欵關係，爲替利息起見，提出五厘美金債票若干，充中法間教育事業之用，其數目每年至少爲美金二十萬至廿五萬元之實欵爲度。三、代付中國政府應繳中法實業銀行股本餘額。四、撥還中國政府所欠中法實業銀行各欵，如前列各項用途外，尚有債票餘額，應歸中國政府。

對於中法實業銀行，在遠東債權所有之債劵交與中國政府後，應與其他債權人所有者享受同等利益，每屆半年結算時，統計各項收入編列數目，由管理公司中法董事會檢查之。中國政府得以中法實業銀行股東資格，派員檢查該行賬目及遠東存戶間分配債務之事。此外，還聲明中法實業銀行法國管理公司之中國所認股本總額，至少增爲一千萬法郎。該公司章程所需修改之處，須得中國政府同意；並願將銀行名稱加以修正，以確定中法合辦之性質。

這個協定經公報刊布後，各地輿論認爲：按照協定，其結果中國政府以海關積存之一千三百萬，一次交付法國。法國部份之庚子賠欵總顧共五億八千十六萬九百三十法郎，至中國十一年二月一日止，已支付一億八千八百六十一萬法郎，繼續應付的賠欵，尚有三億九千一百五十八萬一千五百二十九法郎，分廿三年還清，其損失之大是難以想像的。

其時旅居上海天津漢口之國會議員，紛以段旗瑞政府變相承認金法郎，對於法國一國，中國政府就損失了一億四千多萬，如別國也援例要求，其損失之鉅，實難估計，通電反對；奉天張作霖也打電報到北京，調查財長李思浩的賬目。京師總檢察廳檢察官翁敬棠（劍秋）提出檢舉，指金法郎一案，法國部份，我國要損失八千萬，連同意比西等國援例的要求，統共要損失一億數千萬，要把財長李思浩外長沈瑞麟議處論罪，又指司法總長章士釗也有共犯的懷疑，應一併請處。

這一木梢，李思浩擔得太重了。段祺瑞因特電解釋，謂「我國對外經濟政策，首在保存華府會議之精神，……當法國公使覲見之時，即行鄭重聲明，以關稅會議，早應批准，而此案不能與之併爲一談，再四磋商，法使允即電達其本國政府，批准議會條約。嗣由外交部與法使研求討論，復經財政部派專門委員，將全案內容，悉心計議，修訂大綱，猶恐未獲完善，並交司法部逐條審查，認爲妥善無疵。其中大概情形，業由主管部分別編制新協定與原協之比較，開列至爲詳晰，今撮其要，即爲法國政府正式退還賠欵，並正式承認一九〇五年所定電滙辦法。中法銀行復業一節，乃以原有之債務，而變爲切實之債權，担保償還，分期履行，檢查分配，明白規定，政府積欠之欵項，代爲撥還公司，追認之股本，亦認予扣繳。較之舊案，改善良多。且在此案未經商定以前，由外交部函致法使，促開關稅會議，即據法使覆函，允於最短期間，將華會條約批准，照章開會；在外交方面，既分本案與會議爲兩事，分別進行；在財政方面，又允採電滙之法，表示讓步。一再考量，以爲如此辦法，尚屬持平。」末了，還加上「此祺瑞所爲負重責以結本案者也」的話，乾脆表示有什麼責任由我這老人來負好了。段祺瑞生性倔強，這句話最足表示他的個性，據說是他自己加上去的。

但儘管通電裡說得頭頭是道，反對還是反對，指斥段政府不惜勾結法國人訂這黑幕重重的協定，來欺騙國人；所謂以二五爲一十的代名詞，却又說道二五並不是一十，雖三尺童子，亦知其欺也。以當時情勢來論，執政府政令不出都門，國庫更涓滴無收，忍痛解決金法郎案，何曾不是飲鴆止渴？但其結果是雷大雨小，結果還不是大事化小，小事化無？據說最後還是經李思浩化作楊枝甘露，灑遍大千，各方均有點綴，才弄得太平無事。司法總長章士釗個人得了廿萬，現欵一半，另一半却是空頭支票。

金佛郎案，中國被法國人狠狠敲了一記，漫天的巨潮，總算最後風平浪靜了，但法國人連對協定條欵，沒有能夠切實履行，並且拒絕中國方面所派的董事到中法實業銀行裡去辦公，雖然經過政府一再交涉，都沒有成功。直到十六年八月第三次協定商訂條欵時，才有個解決，這是後話。

民國十四年九月，李思浩與梁士詒沈瑞麟王正廷施肇基黃郛王寵惠莫德惠蔡國幹等，同時奉派爲關稅特別委員會委員，以嚴鶴齡爲秘書長。十月一日，義大利部份庚欵餘額辦法協定文件，也經他手裡解決了，自然援照法國例辦理，這時却鴉雀無聲。在財長任裡，他還主張「裁撤厘金」及「通過稅」，由執政明令施行，可是分崩離析的局勢，各省區藉口軍政要需，賴此挹注，紙上命令，自沒有發生效力，這年十一月底，李思浩見幾而作，不俟終日，便堅請辭職，段執政准了他，由張訓欽暫代部務。到十二月廿四日，段祺瑞發出「本執政以不忍人之心，處不可爲之勢」「終夜徬徨，恝焉如擣」之哀鳴，令修正臨時政府制，增設國務院，以許世英爲國務總理，財長換了陳錦濤。陳錦濤接手後，發行新國庫券八百萬，向銀行抵押三百六十萬，許總理召集各軍及行政機關學校，商討分配，馮玉祥代表鹿鍾麟要三百萬，岳維駿要二百萬，孫岳要一百萬，許拍案而起，鹿也大怒，聲言要和許過不去，弄得僵極，李時在天津，深幸走得快，躲過武人的勒索。次年四月十七日，段執政便以「三一八」事件的打擊，通電退休了。

國民革命軍北伐成功建都南京時，李思浩早已退隱上海，段祺瑞旅居滬上時，李仍是段邸的常客，但此時的他，已由絢爛而歸於平淡，茹齋禮佛，不復縈心於俗務了。蘆溝橋變起，全面對日抗戰，日軍進佔上海時，李避居香港，其時許世英屈映光在渝都任賑務委員會正副委員長，爲便於賑濟起見，劃分爲若干救濟區，下設若干辦事處。其第九救濟區便設在香港，統轄閩粵桂港澳等地區，李思浩與許屈二氏；都有深厚淵源，這第九救濟區便邀他以賑務委員就近暫理了一時，不久太平洋戰起，日軍猝犯香港，卅年十二月廿五日，香港總督向日軍投降了，李不及避，爲日寇俘留，與若干名人均被軟禁在香港大酒店裡，他倒也委心任運，每日，垂簾打坐，不理睬日軍的誘惑。

日軍佔領香港，爲了米荒，日酋酒井下令疏散人口，准許居民組織回鄉隊，自由離境。但對這班過氣的政治名人，放又不願，驅也不得，遂決定把他們押解到上海去。於是李氏遂與顏駿人曾雲霈唐壽民林康侯劉放園潘仰堯等人，於卅一年的二月八日演了一齣大起解，附在難民船上，解往上海，抵達後，不久即恢復了自由，住在惇信路一所狹小陳舊的洋房中，一直閉門養晦，除了與他接近的親友以外，很少有人知道他已以俘虜身份，回到了這歇浦之濱。

上海中心地區的租界，這時早陷入敵騎的鐵蹄之下了。日本軍閥，陸海軍各不相侔，在他們的佔領區，各有其一定的地盤，這塊號稱十里洋場的上海租界，更是各認爲肥肉，而互不肯上下，於是便被決定爲陸海共管的地方。也由此之故，海軍有其神仙法，陸軍也有其鬼畫符，對於陷區之各行業，都各欲加以控制。

抗戰時，上海的幾家大報，如民國日報時事新報大公報文匯報中美日報正言報等，都已先後停刊，只餘申報新聞報兩家，到日軍佔了租界，雖仍照常出版，但主要人員，多不願留，有的早託故辭職，轉入內地工作去了。這時日本海軍方面的武官長近藤忽聲明要把申新兩報，置於直接管理之下，於是，申報先改組，以陳彬龢任社長，這人是早已和日本方面有了勾搭，而且也算是申報舊人，所以一般對此，不感到意外，感到意外的是李思浩忽而出面主持新聞報。

新聞報原爲股份公司組織，自創辦的美國人福開森退出後，汪伯奇汪仲韋兄弟藉其先人漢溪的餘蔭，掌握報館大權者數十年。民國十七八年間，史量才想做中國新聞業的托辣斯，大量收買新聞報的股票，但一部分則流入銀行界，汪家兄弟自不希望給史家所併，自然是偏向於銀行界方面。迨史量才死後，董事會又有一番變動，由金城銀行的吳蘊齋出任董事會主席，汪伯奇爲總經理，李浩然嚴獨鶴分任正副總編輯，近藤一時找不到適合的人選，認爲單憑這班人馬日方力量儘夠控制了，責成暫仍其舊，僅責成其遵按皇軍的規例爲日方宣傳而已。爲了吳蘊齋此時是替周作民看家的，並兼有國際飯店董事長，新聞報雖有北四行（大陸、金城、鹽業、中南）的大量資金，但是吳蘊齋這樣屈服，又仍然做着董事長，是不會得到諒解的，因此吳蘊齋受到各有關方面的嚴重警告，不由他不徬徨起來，想找個替身來繼續主持，於是便有人提出李思浩來。經一再託人向李說明，希望他出來，在敵人侵奪期中，保全新聞報的資產。李最初也頗躊躇，後來竟眞的出任了新聞報社長，以他過去和新聞界向無淵源，免不了引起疑訝，其間曲折，他沒有說明。到勝利後才知道他之出面担當新聞報，是受到某有關方面的同意的。至於日本人以其爲安福舊人，同時並爲翁文灝的親家，想利用他作和平試探，曾對他透露過，他的內心是堅決主張抗戰到底的。因此他對敵人試探時，總是說閒雲野鶴之身，久已不言政治，予以拒絕，始終不願爲日方所利用。

在上海陷敵時期，有個「貧病救濟協會」的團體，表面是由聞蘭亭林康侯担任會長，幕後初由張雲搏主持，及雲搏被拖下水任汪記的司法行政部長後，便由李思浩從中負責。張雲搏名一鵬，是張仲仁（一麐）的弟弟，有蘇州二張之目。淸季留學日本，與汪精衛爲法政同學，回國後，在北洋政府做過司法部次長，以後在蘇滬執行律師職務，担任上海律師公會會長很久，東南淪敵時，他留在上海未及撤退，這時那些留在上海的「老」字號人物，眼見淪陷區苦難的同胞，因共同組織這個協會，作爲掩護，由聞林二人出面。

在日本關東軍開到上海時，這一伙在滿鐵附近地面蠻橫慣了，紀律是不足談了，市面上紛傳日軍騷擾強姦，人心惶惶，日本憲兵隊竟指爲華人造謠，故意破壞皇軍軍譽，並咬定那些名女人名太太是製造謠言的人，要找她們的麻煩，事實上日軍借着搜查造謠還不是在找「花姑娘」？這協會爲消弭禍端，只得僱了白俄等籍妓女以及野雞等，給日方所謂「慰安所」，才保全了一些良家。

又其時日軍積極南侵，徵調頻繁，在四郊強拉壯丁，充爲伕役，鬧得四處不寧。協會乃秘密招僱乞丐，經過沐浴更衣予以裝扮後，冒充強丁，可搪塞日方的追求。一面囑咐這批卑田院中人，在點收後，儘可能自尋機會，溜之乎也。果在日方點收一批，又走失一批，亂得團團轉，保全了不少鄉間壯丁。諸如此類的鈎心鬥角，應付安排，雖無關大計，但敵寇槍刺下作消極的釜底抽薪辦法，在他們也算煞費苦心了。

張雲搏之被拉下水，是陳公搏周佛海，以日方拘留在鎭江無錫及蘇常等處之愛國份子六百餘人給日方憲兵逮捕後，不審不判，拉他出來担任司法，運用職權，向日方交涉歸還處理。張遂爲所動，李思浩是不主張他去的，他說：「你放心，我是戴口罩去的，我自己保證不會被傳染的。」結果，雖交涉回那班寄押份子，却不數月因巡視監獄受到班疹傷寒的傳染而死，李思浩談起不免感喟：「不會傳染，究竟給傳染了」。在李氏主持協會期中，他自懸個不可讓步的尺度，到某種限度時，他是不激不隨的堅持不屈，因此敵僞對他也無可奈何。

民國卅九年大陸變色，他沒有走得成，實際也爲了眷屬人口一大批，拖不得動。他向人表示：願以餘年，本着我佛慈悲之旨，從事慈善事業。却不知那些魔匪心眼裏根本沒有慈悲二字，而且指慈祥愷惻的是「善棍」，他便蹐縮小樓中，不斷唸佛，生活一年一年的拮据窘乏，到了近年幾乎全靠港澳親友的接濟，匪方「文革」大抄家時，他提心吊胆地怕逃不過此刼，病中祈死以求解脫，終於在農曆臘月將盡夜，一瞑不視了。

（完）

現代文獻

本刊資料室輯

一、孫臨時大總統就職，參議院代表景耀月致頌詞

「惟中華民國建國元年元月元日，民國第一期大總統孫文蒞任，燕、遼、齊、豫、湘、鄂、秦、晉、蘇、浙、皖、贛、閩、粵、蜀、滇、桂公民代表等，迎迓祝頌而致之詞曰：惟漢曾孫失政，東胡內侵，淫虜猾夏，帝制自爲者，垂三百年。我皇漢子孫呻吟深熱，慕法蘭西，美利堅人平等之制，用是羣謀衆策，仰視俛劃，思所以傾覆虐政，恢復人權，乃斷頭戡胸，羣起號召，流血建議，續法、美人共和之戰史。今三分天下，克服有二，用是建立民國，期成政府，揀選民主，推置總統。僉意能尊重共和，宣達民意，惟公賢；廓清專制，肇固自由，惟公賢；光復禹域，克定河朔，舉漢、滿、蒙、回、藏羣倫共覆於平等之政，亦惟公能賢。用是投甌度情，徵歷紐之信，衆意所屬，羣謀僉同，既協衆符，歡忻擁戴。要知我國民久困鈐制，疾首蹙額，望民主若歲，今當公軒車蒞任，蒼白扶杖，子女加額，焚香擁彗，感激零涕者，何也？忭舞自由，敦重民權也。用是不客付四百兆國民之太阿，寄二億里山河之大命，國民之委託於公者，亦已重哉！繼自今，惟公翼翼，毋違憲法，毋拂輿意，毋任威福，毋崇專斷，毋暱非德，毋任非才，凡我共和國民有不矢忠矢信而誠愛戴者，軒轅金天列祖列宗七十二代之君，實聞斯言。代表等受國民委託之重，敢不盡意。謹致大總統璽綬，俾公發號施令，崇爲符信，欽念哉。」

二、臨時大總統孫文就職宣言

中華民國締造之始，而文以不德，膺臨時大總統之任，夙夜戒懼，慮無以副國民之望。夫中國專制政治之毒，至二百餘年來而滋甚。一旦以國民之力，措而去之，起事不過數旬，光復已十餘行省，自有歷史以來，成功未有如此之速也。國民以爲於內無統一之機闕，於外無對待之主體，建設之事，更不容緩，於是以組織臨時政府之責相屬。自推功讓能之觀念以言，文所不敢任也；自服務盡責之觀念以言，則文所不敢辭也。是用鼂勉從國民之後，能盡掃專制之流毒，確定共和，以達革命之宗旨，完成國民之志願。端在今日，敢披瀝肝胆，爲國民告：

國家之本，在於人民，合漢、滿、蒙、回、藏諸地爲一國，合漢、滿、蒙、回、藏諸族爲一人，是曰民族之統一。武漢首義，十數行省，先後獨立。所謂獨立，對於淸廷爲脫離，對於各省爲聯合，蒙古、西藏，意亦同此。行動既一，決無歧趨，樞機成於中央，斯經緯周於四至，是曰領土之統一。血鐘一鳴，義旗四起，擁甲帶戈之士，遍於十餘行省，雖編制或不一，號令或不齊，而目的所在，則無不同，由共同之目的，以爲共同之行動，整齊劃一，夫豈其難，是曰軍政之統一。國家幅員遼闊，各省自有其風氣所宜，前此淸廷雖以中央集權之法行之，遂其僞立憲之術；今者各省聯合，互謀自治；此後行政，期於中央政府與各省之關係，調劑得宜，大綱既挈，條目自舉，是曰內治之統一。滿淸時代藉立憲之名，行歛財之實，雜捐苛細，民不聊生，此後國家經費取給於民，必期合於理財學理，而尤在改良社會經濟組織，使人民知有生之樂，是曰財政之統一。以上數者，爲政務之方針，特此進行，庶無大過。

若乎革命主義，爲吾儕所倡言，萬國所同喩。前此雖屢起屢躓，外人無不鑒其用心。八月以來，義旗飈發，諸友邦對之，抱和平之望，持中立之態；而報紙及與論，尤每表同情，鄰誼之篤，良足深謝。臨時政府成立之後，當盡文明國應盡之義務，以期享文明國應享有之權利。滿淸時代辱國之舉措與排外之心理，務一洗而去之，與我友邦益增睦誼。持和平主義，將使中國見重於國際社會，且將使世界漸趨於大同，循序以進，不爲倖獲，對外方針，實在於是。

夫民國新建，外交內政，百緒繁生，文自顧何人，而克勝此。然而臨時之政府，革命時代之政府也。十餘年來，從事於革命者，皆以誠摯純潔之精神，戰勝所遇之艱難，即使後此之艱難，遠逾於前日，而吾人惟保此革命之精神，一往而莫之能阻，必使中華民國之基礎，確定於大地，然後臨時政府之職務始盡，而吾人始可告無罪於國民也。今以與國民初見之日，披布腹心，惟我四萬萬之同胞共鑒之。大中華民國元年元旦。」

香港詩壇

吾黨以年齡分序　亦園

夏書枚

一老尊吾黨八十猶年少茗畔常論詩談笑寓精妙

蔣醉六

副車蔣山靑詩書早爛熟老眼未昏花不愧一名宿

吳稼秋

更有吳季子客至常倒屣出力又出錢爲人忙不已

黃半園

半園亦奇人種菜自長嘯一卷山中詩別有古音調

曾履川

閩侯如得道才名享獨早桃李已滿門一字尙千搗

吳士選

如臯尊先覺咳吐成珠玉振鐸遍中西淸風自穆穆

包天白

杏林有一老藹然人共仰蒼蒼澗上松詩詞脫塵網

黎心齋

書法驚鬼神張旭應拜倒揮筆自縱橫雲烟出懷抱

余少颿

南海有佳士少余僅一歲新詩月月傳才名著當世

何遜翁

詩辭推何遜名遜實未遜優遊庠序間百世是定論

王淑陶

王郎有霸才下筆見光采氣度更汪汪朋友同贊美

徐義衡

徐陵才似海出句生奇綵古今體不拘成篇皆璨璀

涂公遂

西江負重望萬方仰妙筆詩辭健又淸直入涪翁室

李任難

鄴侯本良相功成身早退閒居偶得句高唱上泰岱

黃天碩

黃石古之仙陰符授世早竭來自閒吟不計人間巧

王質廬

八閩多賢俊王郎善文采一字値千金光茫騰江海

張　方

桐城重古文張子以詩著優游壇坫間贏得一淸譽

曾直夫

予固善爲文妙語常橫出座上無此君恍恍若有失

蔡念因

中郎非常人娶妻得才女詩國久知名獨惜雲天去

張江美　張大中

張氏富文采有姊又有弟江美與大中芳氣相承啓

莫儉溥

粤嶺有賢士莫侯居其一講學與論詩摒虛惟求實

文疊山

洞庭水月淸人才長輩出文山氣干雲詩文自儁逸

蘇文擢

論才推蘇子坡仙今又見巍巍立文壇氣壓龍虎變

林千石

和靖本賢者梅鶴長爲伴四絕藝俱佳淸談常款款

高龢賜

高子才更高壽世栽芝草讀彼諷世詩教人笑絕倒

蕭立聲

蕭郎持畫筆仙佛妙相出揮灑萬物春此心長飄逸

李長風

我愛李龍眠人物最妙肖食向海灘求看到螺絲笑

趙湘琴

八桂一巾幗慧心又秀骨閉門寫秋容香風動翠髮

黃志鴻

東莞亦可人新詩常閱我字字見工夫騷壇應穩坐

毛偉凡

一燈傳毛生南海具慧眼種李復植桃春光正無限

編餘漫筆

編者

這一期本刊邁入了第三個年頭，爲了答謝讀者對本刊的期望與愛護，因此，本刊盡力搜求佳作，以充實內容。本期有兩篇文章，肯定可供修民國史作參考的，即徐義衡先生的「一二八的幾件事」紀錄原件。這項文件須略作解說，徐義衡先生追隨戴戟將軍多年，當戴將軍任師長時，徐先生任政治部主任，及至戴將軍調任淞滬警備司令，徐先生則任辦公廳主任。十九路軍淞滬抗戰三位領導人，蔣光鼐穩坐第一把交椅，但戴戟與蔡廷鍇兩人則互爲升沉，戴任團長時，蔡在其部下任營長，到了後來組成十九路軍時，蔡、戴均任師長，軍長一職中央却任蔡担任，因此，戴氏不能自安，請辭師長，恰值十九路軍調防京滬，中央乃任戴氏爲淞滬警備司令，以收指臂之效。因此，戴氏之警備司令眞能指揮當地駐軍，與赤手空拳之警備司令不同，觀乎會議紀錄蔡廷鍇署作介紹後，即聲明請戴司令指示，恭敬之至，可知戴氏在一二八抗戰實居於領導地位。也就因此，所以作戰會議要在龍華警備司令部召開，紀錄則由警備司令部辦公廳主任徐義衡担任了。

這項紀錄及有關文件在一二八戰後一周年出版，印刷數字極少，且非賣品，故外界見者不多，徐義衡先生爲當年此書編撰者，自己也沒有一本。去年他到台灣，一位朋友保留當年徐光生相贈的一本，物還原主，徐先生帶回香港，爲編者所知，懇請徐先生交本刊發表以廣流傳，此書出版四十年後，雖不敢說是海內孤本，相信留在世間的不多。爲了存眞起見，原書全部影印，除去開首國父遺像，蔣委員長，何部長應欽，陳長官銘樞玉照，大家所見已多，未曾製版刊出，其餘一字不缺。此是甲午戰爭以後，中國軍民第一次同日本人作戰的忠實紀錄，不僅是歷史的文獻，也是國家的瓌寶，本刊能有機會將它重印，實在感到光榮，更要特別感謝徐義衡先生。

用五先生汪精衛離開重慶始末一文，不但是第一手資料，而且是根據當時在重慶的日記。用五先生與汪精衛關係相當親密，汪精衛出走後，親信人員大半追隨而去，其能認清民族大義，不因私誼而誤國事，保持冰霜大節者，顧孟餘之外，首推用五先生，其人可貴，其文價值尤高，今日各方對於汪精衛當年之出走，仍多揣測之詞，讀本文後，或可了然矣。

南京大屠殺眞像本應在上月發表，因來港過遲，故延至今期。此文與上期所發表可相互參酌，足見日本人之屠殺中國人慘狀，實爲天理所不容，後來東京未挨原子彈，仍是報應未到，遲早恐怕仍有這麽一日。

抗戰末期西南大撤退，也是作者親身經歷的史實，凡是身歷抗戰的人，皆有此經驗，今日重讀此文，舊事又重現眼前。

國共在台特務戰作者蕭漁女士是台灣名記者，所記皆當時親見親聞之事。李明案是國民政府遷台最大一次間諜案，當時曾轟動一時，但事隔二十多年，大家都已淡忘，蕭漁女士把它重新整理發表，極具史料價值。

程野聲神父被殺事，到現在也快二十年了，眞像至今仍然成謎，要算是香港開埠以來重大疑案之一，盧幹之先生出身港大，與程神父至爲熟識，所記雖屬個人之事，也有關香港的歷史。

台灣最近開闢了一條南橫公路，也是一項偉大工程，沿途風景據說較橫斷公路尤佳。最近香港人去台灣渡假已成風氣，本刊特搶先將有關南橫公路詳情發表，以供愛好旅行者參考。農曆年過後，春暖花開，正是旅行好季節，如果本刊讀者作者有意，屆時可以組織一個南橫公路旅行團，則此文之發表，或將有助於旅遊也。本期出版已在新年後十日，謹向作者、讀者賀年，恕無法一一另柬了。

本社代售下列諸書

鐵嶺遺民著：

蘭花幽夢（上中下三冊）定價十二元

盧溝烽火 定價五元

民國春秋 第一集 定價五元

神州獅吼（即出版）

丘國珍著：

近代國防觀 定價三元

岳騫著：

瘟君夢 一二三集 每冊定價五元

毛澤東出世 定價五元

毛澤東走江湖 定價六元

毛澤東投進國民黨 七元

紅朝外史 一二集 每冊定價弍元伍角

瀟湘夜雨 定價壹元六角

黃巢 定價壹元八角

掌故月刊社

香港九龍旺角亞皆老街六號B

電話：八四四四六七三

南橫公路上的參天古樹

月刊

18

掌故

野史・佚聞・人物・風土

一九七三年二月十日出版

掌故月刊 第十八期 目錄

每月逢十日出版

掌故

第十八期
一九七三年二月十日出版
每册定價港幣二元正
全年訂費港幣二十元 美金五元

出版兼發行者：**掌故月刊社**
地址：九龍亞皆老街六號B
電話：K九六一九四四

The Journal of Historical Records
6B, Argyle Street, Mongkok,
Kowloon, Hong Kong.

督印人：**鄧少卿**
總編輯：**岳騫**
印刷者：**和記印刷有限公司**
新蒲崗景福街一一〇號超達工業大廈十樓

總代理：**吳興記書報社**
香港租庇利街十一號二樓
電話：H四五〇五六一 H四五〇七六六

星馬代理：**遠東文化事業有限公司**
新加坡廈門街十九號
檳城沓田仔街一七一號

泰國代理：**曼谷青年文化服務社**
曼谷黃橋東北路五六六號

越南代理：**聯興書報社**
越南堤岸新行街二十二號

其他地區代理：

澳門：可大文具店
亞庇：利民公司
千里達：中華公司
菲律賓：華安書局
倫敦：東寶公司
芝加哥：杏林春
波士頓：中西公司
三藩市：新生圖書公司
三藩市：益智圖書公司
加拿大：香港商店

漢城：汎亞書籍公社
寮國：永珍圖書公司
斗湖：光明書店
菲律賓：玲瓏書局
紐約：友聯圖書公司
紐約：友方圖書公司
洛杉磯：永安堂
檀香山：大元公司
三藩市：文化商店
加拿大：新國華公司

朝陽坡事件

關山月

在「二十一條」談判之後，濟南事件發生以前，中日之間，還發生過一次很大的麻煩。那就是在近代史中很少提到；在一般人的心目中印象極淡的「鄭家屯——朝陽坡事件」。

這段掌故，其所以值得在五十多年後的今天，舊事重提一下：不但因爲這是日本關東軍頭一次正式出兵，來直接干涉中國的內政；替後來的事事訴諸武力，開了一個先例。而且也更因爲這是日本直接參預了倒袁活動的鐵證。——由於它的存在，就澄清了近代史上對日袁關係的許多訛傳和誤解。因爲它證明：在日袁之間，所謂「主僕關係」和「狼狽爲奸」的聯繫，實際上是不大可能的。否則，日本的當權派雖然至愚，也絕不會去拆自己走狗的台。袁世凱雖然至愚，也絕不會容忍自己的盟友，幫着敵人來搶他的天下！

（一）

袁世凱政權，在中國站穩脚步以後，從關外到中原；從沿海到天山，基本上都出現了一種比較穩定、繁榮和正規化的局面。

這種發展趨勢，自然很難得到那時日本當權派的欣賞。他們曾經再三地直接捲入「討袁起義」的漩渦，使得日、袁之間的矛盾，越來越加表面化。——關於這方面的史證，現在已經發現了不少。爲了在這裡不會離題太遠，當在另一篇專文中，再詳細地加以介紹。

當袁世凱的帝制野心，已經成了公開的秘密的時候，日本當權派的「倒袁」鬥爭，也進入了最高潮，而且採取了下面這一系列的措施：

（A）大竹貫一、五百木良三領導的「國民義會」；內田良平、田鍋安之助主持的「對支聯合會」，在發動輿論，鼓吹「倒袁」上，發揮了很大的力量。

（B）以佃信夫爲首的黑龍會分子，兼程趕到中國去，直接參加「討袁起義」。

（C）準備用計奪取上海的中國軍艦，由日本海軍預備役的官兵，來加以駕駛和操縱。——做爲「倒袁起義」的一個支柱。

（D）派遣萱野長知、中西正樹、工藤鐵三郎，參加居正的山東討袁軍。而且策動當地的綠林人馬，來支援起義武裝。

（E）在東三省支持肅親王善耆、升允的「宗社黨」，進行滿蒙獨立活動。

（F）由川島浪速與五百木良三出面，來協助蒙古馬賊巴布札布，大規模地成立「義軍」，準備「打進關去」！

（G）以土井市之進大佐，爲策動和組織騷亂活動的負責人，用天津守備隊副司令的名義，長駐北方，進行地下工作。並派池上大尉爲其助理。

（H）由晴氣少佐與津久井少佐，帶同預備役軍官三十餘名，浪人與退伍士官八十餘人，組成「滿洲舉事團」的骨幹，分佈於各要地。而且在旅順和奉天兩地，分別設立了地下活動的「首腦部」。

（I）由外務大臣石井，向駐在在中國東北各地的領事們，以及駐北京公使館的高級幹部，發出了秘密指示道：

「凡日本國民……對中國的反袁運動提供金錢、物質援助，或以其它方法進行援助者，政府一律予以默認。」

而且進一步地要求他們：

「政府可在幕後，爲其提供機宜。」

（J）由參謀次長田中義一，向土井大佐發出指示：發動騷亂的工作，必須與中國「南方的形勢緊密配合……。在一切準備就緒之後，應等待參謀本部指示到達後開始行動！」

（K）由日本軍部在幕後斡旋，說服了財閥大倉喜八郎男爵，以私人的名義，貸欵一百萬日元給肅親王善耆，做爲活動的經費。

（L）由第五聯隊長青森，以及土井市之進大佐，帶同大量日本軍官，在幕後策劃組織「討袁軍」的工作。

在這種重重佈置下，搞得最熱鬧，最有些成效的，就是宗社黨和「勤王軍」的活動。——「鄭家屯事件」，也正是這些活動的產物。

（二）

追本求源，如果肅親王善耆，沒有向大倉喜八郎拿到了一百萬日元借欵的話，宗社黨既無法大肆活動；「勤王軍」也更無從招兵買馬，儼然成爲一支正規的野戰部隊。——因此，要談「鄭家屯事件」，就不能不從「大倉借欵」談起。

在這以前，身爲宗社黨負責人之一的升允，雖然奔走呼號，不遺餘力；但是，一講到眞的「起義勤王」，就難免會露出「望梅止渴，紙上談兵」的馬脚來了。這一點，在他當時的私人函稿中，表現得最清楚。光是一九一三年這一年，他就向甘肅、新疆、熱河、綏遠、阿爾泰、寧夏、蒙古這些地方的「方面大員」，以及雄踞淮海的張勛、嘉木養活佛，「馳書勸降」過。其中寫得最具體和最有代表性的，大概是下面這幾封：

（一）致嘉木養活佛：

「現與蒙古各大臣商議，會同俄國，並出義兵，共討袁世凱。

俄蒙之兵，自北路進攻張家口。東三省滿蒙兵，進攻山海關。允擬將甘肅漢回各軍及寧夏涼州旗兵，分路攻取西安，太原。其綏遠歸化等處旗兵，自能聯合一氣，入衛京都，仍將宣統皇上復位。……

但兵易集而餉難籌……每月約需銀十三四萬兩，預備一年則一百五六十萬左右。再加寧、涼、歸綏之旗兵一二十營，又增二三十萬，滿年共需二百萬之譜。……如肯借給一年之資，則大事可濟……將來皇上必能崇號加封，光顯佛門。至於借欵，更當照數歸還，增以利息，允不致食言也。……」

（二）致馬翰如：

「敝意欲借俄蒙之兵，以討袁世凱，而俄國心懷兩端，不肯十分相助。蒙古雖表同情，而其力薄弱，僅能助以駝馬牛羊；其王大臣爲鄙人担保代向嘉木養處借欵，以備兵餉……。」

（三）致隴東鎭守使張行志

「弟擬借俄蒙聲勢，進逼張家口，而自糾合甘肅舊部，東取秦晉，以收京師。……惟是兵餉不足，難於出師。蒙古王大臣爲弟担保，代向嘉木養處借二百萬兩。其事若成，即可從速部署一切。……」

（四）致寧夏護軍使馬福祥：

「玆派郭巡捕、胡哨官赴拉卜楞寺，成則各招一營爲僕親軍，否則罷論。

軍械頗不易購，路遠運難，節節有阻，非由俄國不可，但不如德國者爲佳。……檄文由哈爾濱代印，甚不佳，紙又太厚。……」

千言萬語，歸根結底，就是沒有錢——沒有槍桿子——俄蒙的「拔刀相助」，自然也都成爲扯淡——結果是一提「起義勤王」，就只好慷慨激昂地「紙上談兵」一番。

直到宗社黨在日本軍部的一力維持下，從東京得來了大量的銀彈之後，這種形勢才發生了根本的變化。

這筆借欵，是宗社黨的領袖肅親王善耆，用自己的全部產業作抵得來的。使他「毀家紓難」的動機，雖然到頭來是搞復辟；但在最初却並非如此單純。——原來那時袁世凱忽然心血來潮，想到「大清會典」上明文規定過：各王公從朝廷領去自己經營的「莊田」，並不能算是領有人的私產，而是可以「隨時收回的。因此，就老實不客氣地下了一通命令，要把各王公在滿蒙的莊田，一律收歸國有。

這對於正在大搞復辟的肅親王，自然是一個很嚴重的經濟打擊。他在一氣之下，也就模仿着清廷在辛亥革命前夕，「寧贈友邦，不與家奴」的決策，索性把整個產業都抵押給日本人了。西原龜三的「秘密意見書」中，也曾經提到過這一點道：

「肅親王想將其莊田，做爲私有財產，保存下來。他認爲這一願望，可藉日本的力量求得實現，並依靠日人川島浪速等爲其劃策，而日本陸軍當局又有人願予援助，於是便產生了宗社黨的組織。……

通過日本軍部某氏從中斡旋，結果說服了大倉喜八郎，提供日金一百萬元，作爲軍費，以肅親王在滿蒙地區的領地爲担保。

其中二十萬元，交與肅親王，做爲準備發動騷亂的經費。所餘八十萬元，由陸軍參謀本部某氏代爲保管，委託主計具體掌握。」

這筆錢，雖然是太倉喜八郎拿出來的；出面的却是位速水篤次郎，而且還由他和肅親王正式簽訂了一個借欵合同。其中的要點是：

A、乙方（肅親王）以土地、山林、牧場、礦山、住宅、水利等，作爲借欵之担保。……

B、乙方向甲方（速水篤次郎）按年利七厘（百分之七）付息。……按年付清。

C、乙方須於合同簽字之日起，兩年以後將借欵全部還清。但經雙方協議……可延緩。」

與此同時，肅王還簽署了下面這樣一份「備忘錄」道：

「肅親王爲大倉喜八郎男爵提供借欵事，深表謝意。並約定：將來事成之時，願以滿洲吉林、奉天省內松花江及其支流流域，不屬民間所有森林採伐權益，以及對江上流放木材徵收租釐等各項事宜，做爲與大倉男爵或其繼承人的合辦事業，而將其一切經營之權，委與大倉男爵。」

經費既不成問題，策劃和組織工作，又有以青森聯隊長與土井大佐爲首的日本軍官代勞，宗社黨很快地就擁有了兩支人馬。

一支的正式名稱，叫「勤王軍」，可以算是肅親王手下的「中央軍」。所有的官兵，大都是由馬賊、苦力和失業工人，改編而成的。人數有兩千左右，都駐紮在「關東州租借地」營城子，由日本軍官來負責訓練成軍。

另一支的正式名稱，叫「蒙古軍」，可以算是宗社黨旗下的

「雜牌軍」，在組織上和指揮系統上，都是完全獨立的。全部官兵，都是興安嶺一帶最慓悍的蒙古馬賊，一共有一千五百多人，領袖是出名的「鬍子頭」巴布札布。在日俄戰爭時期，就替日本賣過不少力氣。所以，土井大佐一開始就決心要把他培養成「倒袁」的基幹部隊，特別派了青柳大尉，代表日本官方，去和巴布札布成立了一個協議，其中的要點大致是：

甲、巴布札布所部，改編爲蒙古軍，由巴布札布任司令，下設副將軍、統領、副統領、營長等官職。

乙、巴布札布率領「蒙古軍」，在滿洲地區發動騷亂。第一步是推進到南滿鐵路沿線去。

丙、日本軍方供給「蒙古軍」以所需的武器和彈藥。

丁、「蒙古軍」的給養，自行負責。

在日本軍方把大批軍火，源源運往興安嶺鹽湖一帶，來供給「蒙古軍」使用的時候，俄國當局忽然把這批「特貨」，在哈爾濱扣留了下來，怎樣也不肯放行。最後還是日本政府正式向俄國提出交涉，才總算拿了囘來，「照運無阻」。結果，巴布札布的馬賊們，雖然成了一支「日式裝備」的精銳部隊；而他們武器來源的這個秘密，却已經通過俄國人的嘴巴，鬧得盡人皆知了。

這時，巴布札布已經在日本的支持下，大事擴充，把隊伍增加到五千人左右。在五月中旬開始出動，想奪取洮南一帶，來做爲自己的新根據地。

在「協議」上，他們雖然一口應承「給養自籌」，實際上却根本是「不帶給養，就地徵發」。自然也就順帶着大肆擄掠一番。這樣一來，行軍速度就慢得異乎尋常；再加上不斷要繞過迎頭堵截的中國軍隊，走了不少彎路。平均下來，通常只要走一天的路程，這支隊伍就起碼要走三天！

（三）

袁世凱忽然「駕崩」，北京出現了以黎元洪爲首；段祺瑞爲主的新政權。——這種新局面，給日本的對華政策，帶來了一個決定性的變化。東京的當權派認爲：這是爭取北京當權派的好機會，應當先盡一切力量，幫助它把政局穩定下來，以博取它的好感和靠攏。於是，馬上就採取了下面這些措施：

（一）派青木宣純出任北京總統府顧問，做爲中日兩國當權派的聯絡員。

（二）由參謀次長田中義一，向關東軍發出秘密訓令道：

「根據目前形勢的發展，在滿蒙地區發動新的騷亂，不僅沒有必要，而且將爲我國對華善後政策，帶來很多不利。

因此，決定迅速解散滿洲「舉事團」。……如有人以鐵路附屬地，作爲舉事的策源地，絕不容許！

但是，與此事同時，關東軍却依舊對「勤王軍」和「蒙古軍」，採取絕對放任的態度。既不加以解散；也不阻止「巴布札布部隊」的南下。這才使那支馬賊隊伍，得以在七月底，殺入突泉一帶。誰知又被奉命在那裡截擊的「奉天第二十八師」馮德麟部下的「鬍子兵」，打得個落花流水，棄甲曳兵地退到南滿鐵道附近。

這個二十八師的老底子，正和馮麟閣自己一樣，原來都是關外最慓悍的馬賊。打起仗來，剛猛潑辣，算得上是「奉軍」的第一流隊伍。就憑着這筆本錢，它的師長馮德麟，居然也能和「關外王」張作霖來講價還價，分庭抗禮。

那時，關東軍的肚子裡很明白：用巴布札布的蒙古騎兵，來硬拚「奉天第二十八師」，無論在火力上，人數上都是以卵擊石，根本沒有佔絲毫便宜的希望。於是，就馬上派了福生田大尉，兼程趕到「第二十八師」去，提出嚴重警告道：

「南滿鐵路沿線，絕對不准用兵！」

就在馮德麟頓兵不進，四面合圍；巴布札布進退失據，左右爲難的時候，在內蒙古東部哲里木盟地方的鄭家屯，中日兩軍又突然發生了直接的衝突。

這個鄭家屯，既不在南滿鐵路的沿線；更不是所謂「附屬地」或「租借地」。但是，在袁政權的時代，奉命「倒袁」的關東軍，忽然一聲不响地占領了這個地方，非但駐紮了一個支隊的步兵；而且設立了一個「日本警察署」。中國當局照例提出了抗議；關東軍也照例置之不理。

在阻擊巴札布的時候，「第二十八師」開了一個步兵團，到鄭家屯去「防堵」。團部就設在鬧市中的「裕盛當舖」裡。

八月十三日那一天，一個向街上潑髒水的小孩，忽然把髒水潑到了日本商人吉本的衣上。中國人說是「無心」；日本人却說是「有意」。總而言之，在吉本和那小孩扭做一團，不可開交的時候，又跑出來了一個打抱不平的中國士兵，挺身上前，和吉本大打出手。

事後，吉本向日本警察署提出了控訴，就由警士川瀨陪着他，一同到「第二十八師」的團部去，要求處理這個事件。但却被門口的衛兵，一個釘子碰了回去。

不久之後，這位川瀨警士，又帶着二十幾個全武裝的日本兵，「二次拜訪」。先把門口的衛兵繳械，然後一擁而進。進時，團長雖然不在團部，却還有十幾個馬弁和衛兵，在裡面坐鎮。於是，雙方馬上就眞刀眞槍地打了起來，結果中國兵死了四個，傷了六個。日本兵則光是「陣亡」的，就有十二名之多。由此看來：當時日方固然存心挑衅，而中國方面大概也早有適當準備，否則那裡有在被人偷襲的情況之下，死的人只占偷襲者三分之一的道理？

雙方正在相持不下，遼源縣知事已經「聞變趕來」，連忙到日本兵營去「親致歉意」；而要求日軍不要再採取任何報復行動。

日本駐軍的支隊長井上松尾，一面要求「第二十八師立即撤出鄭家屯，以免衝突」。一面還十萬火急地向附近的日本駐軍請援。

中國當局的態度，從張作霖起，自上而下，都緊緊守着「息事寧人」這四個大字。因此，日軍一提出了「撤兵」的要求，「第二十八師」那一個團，馬上就撤到離城三十里的地方去了。

誰知這還不能挽回局勢的發展，日軍的第一步行動，就是扣留了遼源縣的知事。接着又由八面城開來了一大隊步兵的援軍；公主嶺開來了兩中隊騎兵；鐵嶺也開來了一大隊步兵，一個機關槍中隊。各路人馬加在一起，一共是一千五百多人以上。除掉把遼源鎮守使公署和所有的營房，全部占用以外，還在全境張貼佈告，正式宣佈：

「由鄭家屯至四平街三十里之內，不准華人入境！」

而就在這個緊要關頭，被「第二十八師」逼得走投無路的巴布札布，却不折一卒地退進南滿鐵路附近的郭家店去了。中國軍隊因爲投鼠忌器，自然不敢尾隨窮追；而那把南滿沿線宣佈爲「禁區」的關東軍，也裝做完全沒有看見什麼的樣子。

與此同時，日本政府還正式向北京提出了下面這八點要求：

A、懲辦第二十八師師長。

B、與此一事件有關聯的將校，盡行免職。直接指揮暴行之負責人，須處極刑。

C、駐紮於南滿東蒙之中國軍隊，不得再向日本軍民有挑衅言行。各地方官應負責予以通告。

D、日本有權於南滿東蒙之必要地區，派駐日本警察，執行保僑任務。

E、南滿東蒙之中國警察，應聘日人爲其顧問。

F、奉天督軍須親往關東都督府及奉天領事館謝罪。

G、中國軍事學校應聘日人爲教官。

H、對被害者予以賠償。

在多番談判之後，兩國政府算成立了一個解決鄭家屯事件的協議，其中包括六點：

甲、申誡第二十八師師長。
乙、對此一事件負責之中國軍官，依法加以懲處。
丙、告諭軍民：應對日本軍民，加以禮遇。
丁、奉天督軍對關東都督府，以及日本領事館表示歉意。
戊、給予日本商人吉本賠償費五百元。
己、由鄭家屯事件，而派駐各地之日軍，須於前五項協定施行之後，立即撤回原防。

這才了結了一個在十五年前就可能成爲「九一八巨變」的事件。

（四）

「鄭家屯事件」，雖然替巴布札布的「蒙古軍」解了圍；但卻依舊沒有減輕一點關東軍在「倒袁」時代揹上的包袱。這位馬賊出身的司令官，非但在「滿鐵附屬地」的區域之內，建立了自己的根據地，準備長久之計；而且根據他和青柳大尉的協議，向關東軍誅求無厭。至於軍紀蕩然，搶掠成風，更不在話下。

那時，日本對整個宗社黨及武裝部隊的態度，可以用下面這兩封密電來做爲代表：

一、關東軍參謀長西川，致參謀本部次長田中義一：

『「長春舉事團」的善後處置：……中國人由石本發給旅費與津貼，准其携帶各自所有的武器解散。日本人於六日內解散。目前無法就業者，大部份安揷於牛心台煤礦。』

二、日本駐旅順地區民政長官白川，致外務大臣石井：

「在滿洲募集的人員，此時盡速解散，但此項解散費，不應由肅親王負担。……肅親王所招募人員，於十日內解散……。

給予巴布札布所部以武器，作爲條件，使其由我國勢力管轄範圍內撤退。支付武器的方法，由參謀長負責，武器的數量價值，在五萬元之內。……

在大連的武器，除給予巴布札布所部之外。所餘部份，暫時由都督府保管。……

肅親王借欵所存餘額，全部於此時交給其本人。但應由此欵內扣除以往川島所使用的二十五萬元。……」

實際上，從八月初起，就由關東都督府和關東軍，在旅順召開討論「宗社黨善後問題」的會議。應邀參加的有關方面還有：

外務省參政官柴四郎。
參謀本部中國課課長濱田大佐。
浪人團體代表五百木良三。
退伍軍人組織首長，海軍預備役中將上泉德彌。

當時議定的幾項重要措施是：

A、整個宗社黨的幹部，在兩個月之內全部解散。
B、被遣散的人員，一律給以遣散費。
C、日本預備役軍官，每名發給回國旅費一千至二千元。
D、爲增援巴布札布，由「勤王軍」中挑選精兵七百名，分批運往郭家店，加入蒙古軍的戰鬥序列。
E、在關東都督府保管的公用武器中，撥給巴布札布下面這些軍火，來做爲要他撤出關東軍勢力範圍的條件：
一、步槍，一千二百桿。
二、子彈，二十四萬發。
三、手榴彈，一百個。
四、野炮，四門。
五、炮彈，五百六十發。
F、派奉天督軍張作霖的日本顧問，菊池中佐，向張斡旋，給巴布札布以自行撤出的機會。
G、由川島浪速負責說服巴布札布，退回原防。

那時，張作霖也很不希望事態擴大，所以就賣了個人情給關東軍，答應不再向郭家店進攻，好讓「蒙古軍」安全退出。誰知關東軍就乘這段時間，漠視了南滿鐵路當局的反對，用火車把七百名「勤王軍」。分兩批運進重圍中的巴布札布防區去。

接着，又逐漸把宗社黨的武裝部隊，分批轉移了一大部份到郭家店去增援。在關東州租借地的營城子，只留下了八百個老弱殘兵，準備「就地解散」。

最後，撥歸巴布札布的援軍，居然達到了一千三百七十人之多。其中的一千二百人，由日本軍官渡邊一郎指揮，另一支一百七十人的隊伍，則由另一個日本軍官薄益三統率。

在「蒙古軍」正式撤出郭家店以前，川島浪速還代表肅親王和日本當局，去向巴布札布「致以親切的慰問；並且帶去了肥牛十頭，香烟四大箱，一大批「犒勞金」，做爲「勞軍」之用。除掉巴布札布本人，拿到了七百塊現洋以外，他的「副將軍得了六百五十元；統領是每人六百元；副統領是五百五十元。從營長到小隊長，各得了二百元，一百五十元，三十元不等。每個士兵也都分到了三塊大洋。

同在郭家店的「勤王軍」，待遇可就完全不同了。一千三百七十名官兵，一共只拿到了九百五十元的「犒賞」。平均每個人，還分不到七角錢。

這一支「勤王軍」，因爲早已在關東軍「立即加以解散」的計劃之中；而巴布札布却還被視爲一顆將來可能很有用的棋子。所以就在川島浪速、青柳勝敏、關直亮、薄益三、渡邊一即這幾位日本「倒袁」幹部的協商下，決定讓它和「蒙古軍」一同突圍，在遼河附近，担任巴布札布的後衛，掩護他安全撤退。

據日本駐長春領事山田四郎，向外務省發出的秘密報告，川島浪速還在郭家店着實替巴布札布和宗社黨，做了一番打氣的工作。那報告說：

「川島……就該部今後的行動問題，以及該部遠征時日本政府的方針，和袁世凱死後日本政策的變化等等情況，作了簡單的說明。

特別對排除萬難，踏上征途的巴布札布將軍，表示歉意。畧謂此次撤退，實乃天命所歸，誠屬萬不得已，只有期待將來時機成熟，再度舉事，以效忠清朝。

巴布札布致答詞，畧謂：「本人能得貫徹初衷……完全是仰賴日本人指導援助的結果。關於今後的方針問題，我本人力量單薄，獨立進行，終難有所作爲。

本人所部，俱係蒙族，願同心戮力，爲復興清朝而效命，故希今後仍繼續給予指導和援助。

關於撤退一事，願根據閣下的命令行動。另外，我等一致感謝親王及閣下的厚賞。

川島繼又告訴巴布札布說：關於撤退問題，已與張督軍洽談，途中不致遭受襲擊，但仍須做好充分戒備。

關於撤退路線問題，當由松本菊雄另做詳細說明。……

歸途召集宗社黨部隊中的日本指揮官……要求大家無論在任何情況下，都應注意發揚「大和民族精神」，決不可做出暴虐行動，損傷黨的威望。要求大家爲黨的事業奮鬥到底，對他們以往的功勞表示感謝。並告訴他們：今後的一切指揮命令，仍如以往，由本人負責。……」

一切準備工作，既都佈置就緒，關東軍就通過川島浪速，向巴布札布下達了「在九月二日上午二時撤退」的命令。

（五）

那時，踞守在郭家店外圍的中國軍隊，自然也發現了「勤王軍」和大批軍火的到來。於是，馬上改變了「不攻不堵」的諾言，決定對「蒙古軍」加以殲滅性的掃蕩。

爲了避免國際糾紛，中國當局還特地預先向日本的有關方面，正式照會道：

「我方雖承認蒙匪自由退去，然忽增大量馬賊編成之「勤王軍」，及精銳武器。事變叵測，不得已從事討伐，尙望鑒原。」

奉天的日本領事館，接到這份通牒的時候，距離「蒙古軍」的預定撤退期限，還不到一天的功夫。根據軍方的意見：日本領事應立即向張作霖提出警告：

「由郭家店，經楊城子，至鄭家店之線，中國軍隊不得在此線之東行動。

否則，日軍即當採取自由措置。」

誰知那位日本領事矢田七太郎，是個職業外交家。他認爲這樣內容的通牒，和國際公法大有抵觸。無論如何，也不能以正式的外交文件行之。因此，這份通牒就此胎死腹中。

關東軍自然不能袖手旁觀，坐視巴布札布的全軍覆沒。於是，「朝陽坡事件」，就適逢其會地爆發了。

本來關東軍計劃派一中隊騎兵，在巴布札布撤退的時候，「加以監視」。但是，在新的形勢下，這一點點隊伍，當然不能完成「掩護退却」的任務。如果不是「朝陽坡事件」提供了一個很理想的口實，又有什麽理由來出動大軍呢？

這個事件，說起來很簡單：在「蒙古軍」和「勤王軍」，在夜色蒼茫中，退出郭家店的時候，關東軍派來「監視撤退」的那個騎兵中隊，也隨伴着巴布札布的大隊，亦步亦趨。到了朝陽坡那個「迅雷不及掩耳」的奇襲。在炮彈橫飛之下，彈片打穿了日本旗，而且打傷了兩個日本兵。

於是，關東軍就正式宣稱：

「中國軍隊朝陽坡進攻巴布札布時，曾對日軍軍旗，加以炮轟！」

而且馬上聲明要採取「非常措施」，從公主嶺調來了兩個步兵聯隊，兩個騎兵大隊，一個工兵大隊，在佐藤少將指揮之下，殺向朝陽坡去，擺出了要和中國軍隊大幹一場的架式。

張作霖也隨機應變，立刻把擋住他們去路的部隊，紛紛自動調開，讓這位佐藤將軍，在摩拳擦掌之餘，大嘆「英雄無用武之地」。關東軍中的急進派，原打算利用中日軍隊的正式衝突，擴大爲進一步行動的張本，一鼓作氣，占領奉天。這樣一來，「開疆擴土」的計劃，當然又成了畫餅。

說來也奇怪，同是「避戰而走」。十五年前，替張作霖保住了奉天；而在十五年後，却又替張學良丟了瀋陽。這不眞是近代史上的一個悲喜劇麽？

佐藤的這一支人馬，雖然始終找不到中國軍隊來開刀，但却因而順利地完成了替巴布札布保鏢的任務，使他能夠不折一兵一卒地踏上了歸程。誰知這些馬賊出身的「好漢」們，一看見「形勢大好」，又不禁「匪性復發」，以「就地徵發」爲名，沿途大搶特搶，弄得十室九空，鷄犬不留」。

「勤王軍」看得眼紅，乾脆就在他們盤踞的「租借地」和「附屬地」之內，日以繼夜地擄掠一番。這樣一來，倒眞的難住了關東軍：既不能袖手旁觀；又不便加以彈壓。而所謂「侮辱日本國旗」的朝陽坡事件，也變成了騎虎難下，不知道如何解决才好。於是，索性賣了一個人情給張作霖：如果他讓「蒙古軍」安全退回原防；而且把收繳「勤王軍」槍械，遣散「勤王軍」官兵的工作，交給日本來包辦的話，「侮辱國旗」的事，可以就此做爲罷論。

張作霖那時已經志在問鼎中原，根本就沒有興趣來和關東軍唱對台戲，當然樂得乘此下台。於是，險些要連累他丟掉了奉天的「朝陽坡事件」，也就從此不了了之了。

（六）

把「鄭家屯——朝陽坡」事件這段掌故，在五十多年之後，重温一下的時候，就有兩點是不容忽視的：

第一，從一八七四年，清廷因爲台灣山民，殺了日本人，而被迫賠償了西鄉從道的「遠征軍」五十萬兩銀子之後，直到日本在第二次世界大戰戰敗投降；日本的軍國主義者和擴張主義者，迫害了中國人民，整整七十一個年頭！

這場迫害的規模之龐大，持續之悠久，面貌之惡劣，手段之粗暴，以及後果之嚴重，都遠在當時其它各「強國」之上。被侮辱和被損害了的中國廣大羣衆，普遍地養成了趨向極端反日心理，是非常邏輯而且必然的事。

這種深入的反感，經過了七十年的積累，就在近代中國人的「政治感受」和「人物鑑賞」上，發生了一定的反作用。親美、親蘇、親德，都頂多不過被罵爲「美國派」，「危險份子」，或是「法西斯」而已。而只要一沾到「親日」的邊，馬上就會成了衆人皆曰可殺的「賣國賊」和「漢奸」。久而久之，甚至於演變成「反日就是愛國」的風氣。對政治有興趣的大亨們，只要在言行上以「反日」標榜自己，無論其目的在爭權奪利也好；打內戰也好，都自然而然地會在廣大羣衆中間得到擁護，因而漠視了他們眞正替國和人民帶來的災害。

在這方面，最好的一個例子，就是馮玉祥。他在還擁有許多槍桿子的時候，除掉不肯縱軍擾民以外，眞正對國家有供獻，配得上稱做「愛國表現」的行動，實在稀微得可憐。而且還長期地僱用日本軍國主義者松室孝良一類的人，在西北軍中運籌帷幄，來替自己打天下。但是正因爲他一向把「反日」叫得比誰都响，就連許多對他素不欣賞的人，都往往會喟然嘆曰：「馮這個人縱有一千個壞處，但他還總算是一個眞正愛國的人！」

反面的一個例子，就是袁世凱。至少在朝鮮時代，他實在是個靠反日起家，靠反日飛黃騰達的人。後來，無論是在甲午戰爭中，還是在間島問題上，他所做的都是些和日本針鋒相對的工作。甚至於在他掌握了北洋的槍桿子，而且進而成爲「民國大總統」的時候，他對日本軍國主義者和擴張主義者，討好和折腰的程度，也遠不及後來執政的南北諸公。

說他是「帝制自爲，扼殺民主」的蟊賊，自然是一矢中的，恰如其份。但要把他稱爲「漢奸」和「賣國賊」，可就似乎有點言之過當，未免離譜了。

他的政敵們，很懂得運用廣大羣衆「反日」的心理，來策應「倒袁」的大業。因此，就在他的各種罪惡之外，又隨手加上了一「親日媚日」的罪名，輕輕地就把他渲染成爲張邦昌和吳三桂一類的人物。即使沒有瘋狂地大搞帝制的話，恐怕也非要在天下人的心目中，弄得身敗名裂不可。

由此可見：就連在對近代歷史人物加以評價的時候，也往往會受到他們政敵「反宣傳」的影響，很難做到眞正客觀和實事求是的地步。

同時也證明：過去有些政治上一定企圖的人，其所以能夠利用廣大羣衆的「反日」心理，來摧毁自己政敵的政治生命，完全是因爲日本軍國主義者和擴張主義者，過份地迫害中國人民的緣故。因此，他們非但在兩國關係上，造下了屈指難數的罪惡；而且也在近代史的研究工作上，留下了不少人爲的障碍。

黃季剛先生之筆名

潘重規

先師黃先生侃，字季剛。早年游學日本，時時爲民報撰文，鼓吹革命。惟發表時，多用筆名。也有不署名的，如討滿洲檄（文見一九〇七年四月民報增刊「天討」），則以軍政府名義刊布。歲月無情，當時風動天下的巨文，漸至不知作者爲誰某。因此網羅先師筆名，草成此篇。

據「文史第一輯」（一九六二年十月中華書局出版）所載張靜廬、李松年合撰辛亥革命時期重要報刊作者筆名錄云：

黃侃　黃季剛　病蟬　病禪　黃運甓
運甓生　曠處士　盛唐山民　信川
不佞　鼎革　喬鼐　奇談

又汪旭初先生撰「同盟會和民報片斷回憶」一九六三年四月中華書局出版辛亥革命回憶錄第六輯）一文，其第一節「補民報撰稿人的筆名」有云：

信川　黃侃　說文上侃字从信（規案：信字的古文作㐰。）這是拆字法。

不佞　黃侃　不佞本是謙稱，如「不才」、「不敏」之類。但黃氏用此名，意思是不肯佞曲隨人，仍與他的名字「侃」「剛」相聯系的。此篇文「論立憲黨與中國國民道德前途之關係」，後有四言詩數章，完全是他的筆路，尤足證明。

黃季剛先生四十八歲留影

現在就我所知有關先師筆名的事實，加以疏證補充：

喬鼐　朱峙三「辛亥武昌起義」前後（一九五八年七月湖北人民出版社出版辛亥首義回憶錄第三輯）一文第四節「文普通中學堂起義前參加秘密組織的黨人」云：「文普通中學堂當時簡稱『文普通』，爲社會上流行的名稱。該堂招生兩次：第一次由文高等改名，先招兩班，每班約六十人。第二次招生，先後共四班，每班學生亦六十名。第一班參加反清革命的爲宋教仁、劉朝祿（原注：後改名劉復）、黃喬鼐（原注：即黃侃）等三人。被除名的爲黃喬鼐。黃以言語數次刺激監學李貢三，李借他事除名。」案先師幼名緒綵（見先岳祖祥人先生哀啓），譜名喬馨，兄輩有喬年、喬明等，朱峙三文作喬鼐，或係字誤，或在文普通時，學名喬鼐，亦未可知。

運甓　淸光緒三十三年（西元一九〇七年）十月在日本東京發刊的民報第十七號，載有「專一之驅滿主義」、「哀貧民」論文二篇；一九〇七年十二月民報第十八號有「釋俠」論文一篇；一九〇八年二月民報第十九號有「劉烈士道一像贊」文一篇；又有題千九百八年俄羅斯虛無黨女子某擊莫斯科總督某之圖：皆署名運甓。先師名侃，殆取陶侃運甓以自勵之意。

不佞　一九〇七年十二月民報第十八號，有「論立憲黨人與中國國民道德前途之關係」一文，署名不佞。

信川　一九〇七年十二月民報第十八號，有「哀太平天國」一文，署名信川。不佞、信川二名，旭川先生已有正確的解釋。

病禪　蘇曼殊燕子龕隨筆云：「劉三工詩善飲。余居東，畫文姬圖寄之。病禪爲余題飛卿句云：紅淚文姬洛水春，白頭蘇武天山雪。」仔細看此圖影本的題字，先師却是署名靜婉，因此知道靜婉也是先師的別名。

病蟬　汪旭初先生鉛槧餘錄云：「一日，得曼殊郵寄文學因緣一冊，並媵詩十九首，詞旨悱惻，題爲東居十九首寄病蟬海上。後附病蟬跋語，稱其芬婉縣麗，因題二絕。」可惜錄中載跋語未全，失去了一段賦詩的本事。

曠處士　曼殊詩集中第一首詩，題爲耶婆堤病中末公見示新作，伏枕奉答，兼呈曠處士。」耶婆堤是爪哇的古名，末公是章太炎先生的別號。曼殊燕子龕隨筆云：「余南巡爪哇二歲，茫茫天海，渺渺余懷，忽接太炎居士素書，兼其近作秋夜一章，知居士深於憂患矣。」太炎文錄卷二載「秋夜與黃侃聯句」詩一首，即寄示曼殊之作，因爲是與先師聯句，所以兼呈先師。先師纗秋華室詩第一集題記云：「鄙性誕曠，未嘗以文字自矜，」也許這是署名曠處士的本意。

盛唐山民　上海眞相畫報第九期，有拜輪留別雅典女郎詩四首，署名曼殊大師譯。柳編曼殊全集第五冊附錄下說：後面四首見文學因緣，在曼殊自序中說明爲故友所譯。又在天義報第十五卷文學因緣廣告上寫着盛唐山民譯留別雅典女郎詩四首，當然也不是曼殊所譯了。」張定璜「蘇曼殊與拜輪Byron及雪萊Shelley」（轉引自曼殊全集附錄下）云：「蘇曼殊還遺下了一個不太容易認的，但確實不太少的功績給中國文學。是他介紹了那位留別雅典女郎的詩人Byron給我們，是他開初引導了我們去進一個另外的新鮮生命的世界。在曼殊後不必說，在曼殊前儘管也有曾經談歐洲文學的人。我要說的只是，唯有曼殊才眞正教了我們不但知道並且會晤，第一次會晤，非此地原來有的，異鄉的風味。晦澀也好，疎漏也好，去國行和哀希臘的香美永遠在那裏。因此我們感謝，我們滿足。」其實曼殊譯詩是和先師合作的。晚一輩的人，能知道盛唐山民是先師的筆名的，恐怕都不多了。

奇談　漢口大江報於一九一一年七月二十六日發表「大亂者救中國之妙藥也」一文，作者署名奇談。一九六二年中華書局出版的辛亥革命回憶錄第二集，載盧智泉溫楚珩撰「詹大悲辦大江報和漢口軍政分府」一文，謂先師在返蘄春前夕，宿於大江報社，爲該報作此社論，次晨即返蘄，召集義兵，從事革命。報紙刋載後，滿淸政府即將社長詹大悲、總編輯何海鳴逮捕，詹何二人爲了保護革命同志，均爭供爲己作，故後人誤認爲詹大悲作。李春萱辛亥首義紀事本末（辛亥首義回憶錄第二輯）云：「爭路風潮激烈展開的時候，大江報更借此以『大亂者救中國之藥石也』爲題，發表議論，指摘淸廷措置失當。湖廣總督瑞澂便查封了大江報，逮捕了詹大悲，因此革命同志，更加憤慨，排滿浪潮，更加高漲。」可見署名奇談一文，也是辛亥起義的一枝火箭。

鼎革　此名不詳。

先師晚年爲文多署量守居士、寄勤閒室主人，或稱禾子，或稱亦陶，不及一一列舉。我從先師問學甚遲，見聞甚淺，渴望先師故舊門人，海內外鴻博君子，賜以匡正，不勝跂禱！

汪精衛脫離重慶始末記

—抗戰日記摘錄—

用五

民國廿七年（一九三八）

一月廿八日

下午，到一德街九號，汪先生寓所，談本黨宣傳工作。

二月三日

某君來談，外間有人送陶希聖一聯，極有意思，聯云：「見汪主和，見馮主戰，見蔣委員長和戰皆好。遇國罵共，遇共罵國，遇法西斯蒂，國共都罵。」此人不一定是陶，這種人其實多得很。

二月十四日

晚間，汪先生囑往商業銀行大廈，看「抗戰特輯第三集」電影片，據曾經看過的朋友說，係敵機轟炸首都的紀錄片，非常令人激動，有因而落淚的；因不願爲此流淚，辭不往。

三月二日

下午六時，陪鑄秋到一德路九號，見汪先生；將近一月未見，他憔悴蒼老了許多，髮鬚老了十年；看來十分疲倦，談話也沒氣力，健康似乎很差。一見面即問我，你去了重慶嗎？爲甚麽許久不來？鑄秋報告皖省政府的工作，汪先生一面聽，一面搖頭，最後嘆息道：「茫茫前途，眞不知要變成什麽樣子！」他對於抗戰似乎已經完全失去了信心，悲觀消極也到極點了。

四月二日

參加昨夜臨全大會的黨部工作同志告訴我，昨夜選舉正副總裁的時候汪蔣兩先生並肩同立一處，大家都面容慘淡；我們不知道他兩人的心境怎樣，但國民黨從此恢復了領袖制，希望對於團結精神能夠有所增進。

四月十六日

汪先生自己來電話，約即晚到商業銀行，看他幾次公開演講的電影片子，並囑多約同事及朋友同去。

六月四日

汪先生約到一德街九號晚飯，同席的有賴璉、甘乃光、雷嗣尚、谷正綱，李樸生；席間談及軍事人才，汪先生說：「我們的軍事人才實在太缺乏了，譬如蔣作賓本是軍人，又做過駐德公使，駐日大使，最近居然對人說，日本這一次和我們打仗，死傷了幾十萬人，是歷史上沒有的，眞了不起，其實他不知道，歐洲大戰，單就德國一國說，便死了兩百多萬。還有我們的參謀長白先生，他向黨務工作人員演說的時候說，死三幾十萬人算得什麽事，歐戰的時候，那一個參戰國家不死三幾千萬人？這些信口開河的說話，一點常識都沒有，不是可以證明我們的人才缺乏嗎？」

跟着大家又談到戰略問題，於是汪先生便告訴我們一個故事；他說，「去年十月，唐孟瀟和黃季寬打賭，敵人會不會在金山衞登陸，唐以爲必會有此一着，黃以爲決定不會，現在事實已證明季寬的觀察錯了；其實，我們許多戰畧上的錯誤，事前並不是沒有人看得到的，何以結果竟一次又一次的連續錯下去？又可見我們的指揮將領也很不成。」

六月十四日

下午三時，見到汪先生，大概因爲大局吃緊，他的神態非常憂鬱；不過和將離南京的時候，似乎稍爲好些。

七月廿九日

汪先生親手打電話，問何日離漢口？國民參政會開會後，尚未見過他。

七月卅日

纔起床，汪先生即來電話，囑於十二時到一德路午飯。依時前往，祇見曾仲鳴林汝珩兩人陪着他，餘人均已動身前往重慶，屋裡雜物紛亂，汪先生臥榻即設會客室裡。進膳時，汪先生出紅酒一瓶，各盡兩杯；飯後，有人提到蔣先生說，今後的行政院會議不必定要在重慶舉行，汪先生不以爲然，並道蔣先生對現代政治機構的運用似乎認識尚淺。

汪先生定三日後離漢

八月十八日

十四日上午到重慶，今日下午，到上清寺對面小山上的新洋房裡見汪先生；那裡面臨川江，風景甚好；汪先生由漢口到宜昌，轉坐小兵輪到重慶；見面後，畧談旅途風景，因他預備明日前往警官學校演講，不便多坐。

八月十九日

汪先生約到寓所晚飯，到張平羣、甘乃光、徐景薇、曾仲鳴、林汝珩、冷杰生等人，席中談川省景物爲多，汪先生興致亦甚佳。

九月七日

汪先生邀晚飯，客人多外交職員，行政院秘書處僅余及端木愷兩人，席間談到最近國際聯盟大會，及其他有關抗戰問題汪先生酒量好，意興亦甚豪。

十月三日

陳公博到行政院出席總理紀念周，報告最近經過桂滇黔川四省，所見地方情形，認爲徵兵問題最可憂心；因爲人民逃避兵役，於是有強迫拉丁的情形出現，重慶市上亦常見手拉手的壯丁整隊經過，實際上這些壯丁的姆指都是用繩子綁起來，彼此不能分開的，遠看好像手拉手，十分親熱。

十月四日

敵機第一次襲渝，投彈上清寺花園附近，時爲上午十時左右。

警報解除後，往見汪先生，談廿分鐘。汪先生說，孫哲生從歐洲歸來，分析歐洲局勢殊欠清楚，以爲英國將因捷克問題而發動戰爭；又說，蔣延黻有關外交的見解，却有獨到之處。

十月廿五日

廣州失陷後，武漢亦跟着失守；外電說，蔣委員長夫婦已離開武漢，不知何往；日本又大放和平空氣。

給曾仲鳴打電話，適汪先生接聽，問時局有什麽消息，聽他聲音似極煩苦。

十一月廿八日

下午三時，見汪先生，忽贈最近大型照片一幀，並提筆簽名其上，不解有何用意。晚間，平羣兄和未婚妻康小姐請宴，汪先生亦參加，飲酒甚豪，似亦有些反常。

十二月八日

蔣委員長今日下午到了重慶，這是武漢失守後，他第一次入川。

十二月十二日

上午八時，到行營參加紀念周，各機關人員奉命前往的很多，林主席做主席，蔣委員長演講，歷時一小時。大意說，我們抗戰潛力很大，我們要有兩三年的計劃，把四川建設起來，做抗戰的中心；現在日本想威脅我們的精神，我們決不要受它的威脅；跟着又說，許多青年黨員和中央委員，精神亦欠振作，各機關長官不肯負責，不敢破除情面，都是有害抗戰的。蔣先生的演講十分誠懇動人，座中一人因此放聲哭起來，要人把他扶了出去。

演說完畢後，聽衆竊竊私議；有人說

，蔣先生的態度比過去溫和得多了；也有人說蔣先生這一次演講並不再提抗戰到底的話，是否和外間盛傳的和平有關呢？

散會時，遠遠望見汪先生也來聽講，穿的是藏青色中山裝，也很少見。

十二月十八日

上午到行營聽蔣委員長特別演講，他遲到了一小時，不知何故。他今天的演講，開頭仍是批評公務人員生活的，詞氣極爲淩厲，並引宋室南渡，杭州苟安爲戒；後來，轉到昨天已經發表的二千五百萬美元借欵成功這一件事，便掩不住他的心頭高興了；他今天召集各機關人員來聽講，主要目的，似乎在此；他說，借欵成功，是過去一年半，艱苦作戰，犧牲流血的結果；國際上已看出我們有決心，有辦法了；借欵成功，對抗戰建國關係很大；可是，前線將士和老百姓的犧牲和苦痛最大，公務人員必須特別努力，否則便對不起國家了。他今天的演講，也有人感動落淚的。

十二月廿一日

汪先生於星期日（十八）突然秘密離開重慶，到昨日，消息纔漸漸播傳出來。今早特到中央黨部問乃光兄，彼亦茫然。兩禮拜前，內人告訴我，我家女傭說，汪公館雇用了多年的女傭，現已一律遣散，因汪先生不久便要到海外去，不再居住重慶了，當時我聽到這些話，尚認爲無稽，不知竟是事實。

昨日魏伯聰問我，汪先生是否到了成都？我竟不知所對。今日下午，傍晚的時候，汪先生的侄兒彥慈兄電話約我到美專校街十七號，汪先生的寓所談話；見面後，才知道汪夫人和曾仲鳴以及汪先生的私人辦事人員都一律跟汪先生走了，他明早也要飛往昆明，除少數衞隊外，全家只剩他一人。問他汪先生出走的原因，據他推測，因爲對共黨問題和蔣先生意見衝突；內容怎樣，他自然說不出來。彥慈又說，汪先生這次行動是極端秘密的，沒有幾個人知道請勿向外漏洩，我們在暮色蒼茫中，黯然握別門前，互道珍重，不知何日再見。

十二月廿二日

汪先生離開重慶的消息，知道的更多了，但傳說紛紜，有說他尚在昆明，有說他已到河內，晚間，又傳已到了香港。行營秘書羅君強今午到行政院，據他說，汪先生之所以出走，確因共黨問題和蔣先生意見不合，蔣先生最近要寫一篇有關國民黨根本理論的文章，仍主張民生主義即共產主義，請汪先生執筆，汪不肯，這便是兩人意見參商的一例。他又說，宣傳部長周佛海和反共理論家陶希聖均有函電到中央，表示引退；據他推測，國民黨的容共政策有復活的可能。

晚間參加益世報的宴會，席間大家不便公開談汪先生出走的事，偶一涉及均隱約其詞。

十二月廿三日

上午，再到上淸寺花園和乃光兄研究汪先生出走問題。據乃光兄意見，汪先生的出走，恐不止因共黨問題意見衝突，一年來，汪先生在政府裡沒有什麼權力，在黨裡也是一樣，他雖居副總裁地位，祇是虛名，許多重要措施，從來不曾與聞，這一點大概最使他難堪；還有最近參政員攻擊財孔（庸之），蔣先生在聯合紀念周上大罵攻擊者是敲詐不遂使然，更令汪先生有芒刺在背之感。因此，他推測汪先生的出走，醞釀已經很久，原因更爲複雜，決不是簡單的事，也不是一朝之憤。

十二月廿四日

汪先生出走消息，今日報紙已公開發表，但說他因旅行昆明，舊疾復發，已赴河內就醫，一時不能回渝。昨傳已到香港，亦未能證實。

十二月廿七日

又和乃光兄談汪先生離開重慶後的影響，一時似乎還看不出究竟來。

據乃光兄談，陳樹人說，汪先生出走，有兩大原因：一是共黨問題，又一是對日和談問題；陳樹人對汪先生出走的內幕知到多少，雖屬疑問，但汪先生對抗戰的悲觀和主張對日和談，則確是由來已久的，政府尚在南京的時候，汪公館裡便已充滿悲觀失敗的空氣，汪夫人和他們的兒女，在言談中，對於抗戰即時常採取譏嘲諷刺態度，汪先生對於他們的說話也似乎表示同意；例如戰事失利，報紙不說敗退而說轉進，便是汪公館裡取笑的資料。

政府遷到漢口，將入川的時候，有一天，我到阜昌街見汪先生，他從抽屜裡取出一份親筆草擬的文件，是他分析抗戰局勢的意見書，簡單幾項，文字不多，大意說：敵人佔領了我們沿江沿海的重要城市後，即可利用我們的人力物力來和我們作戰，使我們的處境更爲困難，這文件沒有提出積極的辦法，但對抗戰的悲觀是極明顯的。當時他說，這文件要拿去和蔣先生討論，不過後來到底怎樣，並無消息。想起我和汪先生這一次的見面，便覺得乃光和樹人兩人的說話不是沒有理由的，汪先生對抗戰的悲觀是由來已久的了。

乃光兄還說，彭學沛、陳公博等和汪先生經常討論問題的朋友，都是不斷「潑冷水」的，汪先生的出走受他們的影響也很大。

十二月廿八日

乃光兄說，蔣先生於西安事變脫險紀念日（十二月廿五）宴請中央委員，席間發表談話說：宋明亡國，亡的僅是朝代，並非民族；元、清以異族入主中華，但爲中華所同化；宋明兩代軍事和經濟力量均可抵抗外患而有餘，只因少數當國人物精神受外寇威脅，雖有兵而不能用，雖有抵抗的潛力而不能發揮，現在的抗戰是全民族的抗戰，並無朝代之可亡，我們的精神如果能夠不受敵人威脅，即可發動人力物力以支持長期抗戰，以求得最後勝利云，這一番話，很顯明是針對汪先生的議論和他的出走而說的。

十二月廿九日

報紙對汪先生出走，批評極爲嚴厲，共黨新華日報更盡刻薄之能事。剪下各報言論，並附一函航寄香港林柏生兄，請代轉汪先生，不審能收到否？

十二月卅一日

人民陣線的公開集會，有人報告，汪先生已到上海，受敵人一〇八響禮炮的歡迎，這不會是可靠的消息。

下午，路透社香港電，汪先生已發表主張對日和談的通電（豔電）而且是響應敵首相近衛文麿廿二日的演說的，這使各方面都受到極大的刺激；行政院的朋友，有人說汪先生的胆量眞不小，也有人說和談是決不能實現的，汪先生的行動只是表示他個人的意見和主張而已。蔣廷黻處長便說，和談如有可能，汪先生就不必離開重慶了。

民國二十八年（一九三九）元旦

行政院同人到范莊爲孔院長賀年，孔院長先把我拉到一個房子裡，問汪先生主張和談的電報到底是怎麼一回事？我說他主和已經很久，不過響應近衛的演說，總是不很好；孔院長一面點頭，一面說，「中央黨部今早開會，大家都很激動」，跟着，回到會客室裡，他又和大家提及這一件事。

順道訪乃光兄，纔知道中央黨部今早的會議，已有人主張開除汪先生黨籍，下午還要開會，方能決定。

一月二日

昨日下午，中央黨部會議，決議開除汪先生的黨藉，並撤銷他一切職務，報紙已經發表。

上午，乃光兄把昨日開會的發言紀錄給我看，林主席特別着重黨的紀律問題，認爲汪先生主和而不先向黨提出，竟行對外發表，這是違反黨紀的嚴重事件；蔣先生說話也很多，但非常愼審；大多數中委的意見，都認爲爲了抗戰，爲了國家，非有嚴重的表示不可。

乃光兄說，表決的時候，孔庸之、陳樹人、于右任均棄權，他自己却舉手贊成開除黨籍和撤銷職務的決議。又說，他在會議席上感到極大的痛苦，以他和汪先生的私交和政治上的關係說，自然不顧意公開批評他，或辱罵他的爲人，但對於他這樣主張和平，無論如何是不能苟同的；平日追隨汪先生的許多朋友，大概都有此感。

一月三日

乃光兄來，談昨日見蔣先生情形；蔣先生對他說，這一次對汪先生的處分，實在是迫於不得已，平日和汪先生接近的朋友，應安心工作，不要灰心，不要猜疑。

羅君強來，對汪先生的和平主張大發議論，與衆不同；他說，照現在的情形，抗戰下去，中國必愈戰愈弱，共產黨必乘機得勢，日見強大；爲了防止共黨爲患，非早日和日本講和不可。又說，共產黨現在借汪問題，拚命宣傳肅清動搖分子，和十五六年宣傳肅清反革命分子，打倒昏庸老朽一樣，都是意在分化國民黨，削弱國民黨的，大家應該注意到這一點。

晚間，和鑄秋同訪彭浩徐；據彭說，他兩次請辭交通部次長，均未獲准；又說，汪先生響應近衛的演說，事前當有所接觸，以他和汪先生的關係，這話當不會是沒有根據的。

一月四日

汪先生上月廿九日發表豔電，主張和談，響應近衛的演說；現有一種假定：事前汪先生和近衛已有秘密接觸，近衛本定於十二月中旬發表演說，後又稱病，延至二十二日；可能因蔣先生於上旬到了重慶，汪先生一時不便離開，不得不稍爲延期；汪先生必須離開重慶後，方能與近衛桴鼓相應的。不過，汪先生既已離開首都，近衛也已經宣佈下野，中日和談能否實現也成疑問了。

一月五日

以私人名義，致函汪先生，對豔電發表，提出七項疑問，寄往香港，託林柏生轉交，不知能收到否。

郭沫若等發起討汪肅奸會，又有金滿城者，大呼肅清汪派餘孽，共黨以及反國民黨人士對於分化與削弱國民黨的機會自然不會輕易放過的了。

致汪先生函錄後：

××先生鈞鑒：去月十八日先生秘密離渝，消息傳出後，各方面莫不大感惶惑；及後先生豔電與中央開除先生黨籍之決議，同時見於報紙，更使平日服膺先生者爲之喪氣。

先生主和，祇發表一豔電，眞相難明，而提議方式尤可懷疑，以至輿論譁然，攻擊甚力。先生此舉，最難令人了解者，約爲下列數端：

（一）在現時情勢之下，與敵言和，能否保存領土主權之完整，而不致重蹈朝鮮琉球之覆轍？此爲最可憂慮之點；（二）豔電主和乃響應近衛廿二日之演說，是近衛演說之後，始有談和之可能，而近衛演說之前，先生已先行離渝，離渝與主和是否兩事？（三）如確認和談有益國家，以先生之地位與責任言，應向中常會或國防最高會議正式提出，即使勢有不許，亦可於離開國境之後，用函電向中央建議，何以豔電逕行在港發表？令人百思不得其解；（四）民十六，先生反對清黨與特別委員會，均以維護黨紀爲理由，以後先生對黨事主張亦多如此，至有「黨紀先生」之雅號，何以此次發表豔電，對於黨紀竟毫未顧及？先生何以自解？（五）廣州武漢方相繼淪陷，此時突然發表豔電，影響士氣與民心甚大，結果將予敵以更大之征服機會，先生何以竟未注意及此？（六）戰不能無備，和亦非空言可致；先生主和，有無具體計劃？否則不免徒亂人耳目而已；（七）或者明知和談不能成功，亦並無任何具體計劃，只爲良心所安與責任所在，遂不暇計及成敗毀譽，亦不問手續之是否合法，遂毅然出此；果屬如是，亦請示明。

以上各點，不惟文個人懷疑，許多同志或朋友均有同感。廿四年冬，先生爲暴徒狙擊，當時敬重先生者莫不爲先生憂，今日之事，則轉爲先生危矣！山川遠阻，此書能否抵達，實不可知；若幸而得覆，藉解憂疑，則不僅爲個人所切望也。耑頌

旅安　　陳××　廿八年一月四日

一月六日

聞汪先生仍在河內，再函香港林柏生，說明對和談主張不敢苟同，並請轉函汪先生。

一月八日

羅君強來後，主張聯日以反共反俄，此種議論似與汪先生的和談主張有關。

一月十日

昨日汪先生又在香港發表電報，說去年德國駐華大使陶德曼居間提出的中日和談條件，比最近近衛所提出者，遠遠不及，何以當時蔣先生認爲可以作和談基礎，現在近衛所提出的反爲不可能呢？又今日報載，日政府發言人說，汪先生誤會了近衛的意思。近衛下台了，汪先生的主張恐怕也落空了。

一月十二日

蔣廷黻告訴之邁，最近孫哲生於會議席上說，行政院各部會首長多是主和者，孔庸之院長聞言即起立，聲言負行政責任的考慮和議，並非不利於國家，且爲責任之所當然，孫無言可說，蔣先生則點頭微笑云，汪先生發表豔電後，對政府內部之影響於此可見一斑。

一月廿四日

聞汪先生將離港，前往歐洲，羅君強說：蔣先生近囑宋子文勸汪先生赴歐，又告外交部王部長電知駐歐使領妥爲照料，又不知確否；君強又言，他定下月經昆明往港，請魏伯聰資助旅費，魏初甚躊躇，卒助六百元。

一月廿九日

陳樹人說，最近五中全會開會，王亮疇報告，汪先生即將往歐，已由外交部發給護照，行期當不在遠云；前幾日君強的話似已得到證實。

樹人又說，前次中央會議討論豔電時，馮玉祥及張繼兩人態度最壞，全是落井下石的話，馮並說，可惜當年凶手放槍不準，未曾把汪打死；林主席始終嚴正，持論公平，令人心服云。

一月卅一日

在汪公館辦事的陳臬說，最近汪夫人給電報與彭學沛（交次），請他設法取回汪先生身邊保鏢的槍械（不久以前已爲有關機關繳去），而且希望當局准許一部分保鏢前往香港，保鏢的旅費，幾天前已經滙來。陳臬又說，汪先生赴歐護照是外交部送去的，並非出於汪先生的要求，這樣看起來，汪先生去歐洲的消息，似不可信。

二月二日

上午，到上淸寺花園中央黨部，乃光兄把馮玉祥等十二人請通緝汪精衛及附逆分子提案原文給我看，並說此事給蔣先生知道了，立刻要他們撤回去，不許提出來。

二月十五日

谷正鼎奉派前往河內，勸汪先生早日到歐洲去，經已多日，尙未見回來，事情似有變化。

二月廿七日

收到二月廿二日的香港南華日報一份，宣傳汪先生主張和議的文字很多，惜令人信服的極少。

二月廿八日

谷正鼎兄來寓午飯，詳談到河內見汪先生的經過；據他說：汪先生始終堅持和議的主張，對於中央開除他的黨籍，以及撤銷他的職務，尤極憤慨；以爲中央應先討論他的主張，如經一致否决，仍不服從，然後予以處分，才算公允；又怪黨內同志對他缺乏信心，既不知擁護他的主張，亦不能和他共同進退；其實汪先生不問他提議手續之是否合理，只怪中央的處分不當，是難得同志同情的，且和議主張，除陳公博、陶希聖、周佛海、幾個人外，在他離開重慶之前，簡直無人知道，又如何可以強人信服呢？

我和正鼎談話也提及改組派的舊事，以及現在海內外本黨同志對汪先生的一般態度，前後歷兩小時，大家都不勝感嘆！

三月四日

陳炳權從香港來，據說香港盛傳，豔電是林柏生和梅思平擅自發表的，顧孟餘大爲反對，曾因此打了林柏生一個咀巴；及後中央開除汪先生黨籍，林自知闖禍，恐懼非常；重慶亦有此傳說，不知是否事實。

三月廿三日

廿二日路透電，汪先生在河內遇刺，未中，曾仲鳴受重傷，殊令人震驚。谷正鼎從河內回來時曾說，安南人攜帶較大的刀子都是犯法的，他以爲汪先生在河內很爲安全，想不到竟遭此禍。今天早報，證明仲鳴已死，消息說，廿一日晨二時，四青年闖進汪寓，亂槍之下，把仲鳴打死。下午，寫信慰問汪先生，仍由香港林柏生轉。

三月廿四日

朋友見面，多談河內刺客的事，大家都認爲刺客目的並非仲鳴，大概刺客深夜入屋，不知汪先生所在，誤認仲鳴而已。報紙消息，仲鳴夫人亦中彈受傷。這是一幕政爭悲劇，可以無疑。

三月卅日

樸生兄從香港經河內、昆明，昨日回到重慶。據他說，他在河內所得消息，曾仲鳴被刺的房子並非汪先生寓所，仲鳴夫人亦沒有受傷的事，仲鳴被刺的房子在火車站附近的歌綸街，汪先生的寓所遠在郊外，刺客如果志在刺汪，不應不知汪寓所在，不過兇手的口供，仍說目的在汪，這使行刺這一幕增加了許多神秘性。

樸生兄又說，主持香港南華日報的林柏生最近在街頭被人毆打，亦有政治意味；香港華人社會對汪先生的和談主張，多數表示反對，平日追隨汪先生的人不贊成的也不少。現時，汪先生在港的宣傳工作，不僅積極主張議和，並對於抗戰的意義加以否定，以爲過去的抗戰宣傳都是欺騙民衆的。

樸生兄又複述陳春圃（汪夫人之弟）的話，汪先生最近對親近說：「現在報國的方法有兩種，一是殉國，又一是救國；殉國的意思不一定是犧牲性命，是服務黨國，盡忠職守，不避危難，鞠躬盡瘁，死而後已；救國便是主張和平，主和極爲危險，本人年已五十過外，要殉國甚易；但本人不願爲其易，而願爲其難。」汪先生這番話，和他的詩所說的不望爲釜，但願爲薪的意思相似，亦可見他對於主和的決心了。

四月一日

汪公館的辦事人陳臬來談，他明天即乘機飛昆明，轉往香港，汪先生已派周某從香港帶旅費來；周某帶來的旅費包括送陳樹人的在內，不過陳樹人已拒絕接受。又說，周某還帶有汪先生的口信轉達鄧飛黃和范予遂等，內容却無從知道。

四月五日

各報忽載汪先生派人赴日簽訂協定；大公報說，日本每月給汪先生三百萬，組織救國反共大同盟，汪先生自任總裁，不知確否；惟曾仲鳴死後，汪先生所受刺激必大，不免走向極端，報紙云云，雖未必完全可靠，亦未必全無事實。

晚間，樸生兄來談，亦同此意；汪先生十六年反對清黨，十九年主張開擴大會議，廿年主張開非常會議，都不見得全是他本人主意，這一次對敵妥協，主張和談亦可作如是觀。

四月六日

報紙攻擊汪先生通敵賣國，極爲嚴厲，時事新報刊吳稚暉的「學步詞」尤極挖苦譏訕的能事。報紙消息，更有說汪先生要求日本派機轟炸重慶昆明等重要城市，並派兵進攻南昌、長沙、西安、南寧等處，藉以動搖抗戰心理，而達到和談目的的。事實上，日本早已採取此等行動了，尚何需汪先生的要求呢？

四月七日

汪先生十九年擴大會議失敗後，道出雁門關，曾有詩紀之，極蒼凉動人；去年到河內，發表豔電後，又有落葉詞，更爲悽楚，吳稚暉即以此比汪氏爲李後主；日來談汪先生詩詞的多目爲亡國之音，亦多受吳氏之影響也。

附錄詩詞如后：

過雁門關

殘烽廢壘對茫茫，塞草黃時鬢亦蒼，
賸欲一杯酬李牧，雁門關外渡重陽。
一抹斜陽萬里城，更無木葉作秋聲，
誰知獵獵西風裡，鴻雁南來我北行。

憶舊遊（落葉）

嘆護林心事，付與東流，一往凄清，猶作留連意；奈驚飆不管，催化青萍，已分去潮俱渺，回汐又重經。有出水根寒，拏空枝老，同訴飄零。

天心正搖落，算菊芳蘭秀，不是春榮

。摵摵蕭蕭裡，要滄桑變了，秋始無聲；伴得落紅東去，流水有餘馨，只極目烟蕪，寒螿夜月，愁秣陵。

（註）落葉詞，係當時在重慶抄錄得來，與汪氏自行勘定後始印行之掃葉集所載原文，畧有差異，茲將掃葉集原詞並錄如下：

嘆護林心事，付與東流，一往凄清，無限留連意，奈驚飈不管，催化青萍，已分去潮俱渺，回汐又重經。有出水根寒，拏空枝老，同訴漂零。天心正搖落，算菊芳蘭秀，不是春榮，摵摵蕭蕭裡，要滄桑換了，秋始無聲。伴得落紅歸去，流水有餘馨，儘歲暮天寒，冰霜追逐千萬程。

四月九日

乃光、樸生來寓午飯；樸生出示最近香港南華日報一份，上載汪先生一篇文章，題為「舉一個例」；要點在說明主和並不限於他個人，政府裡主和的人很多，他指出南京失陷後，德大使陶德曼曾經居間提出議和條件；政府在漢口的時候，某一次國防會議也討論過和議問題；蔣先生並接見過陶德曼，聽取他有關和議的意見；於是文章說，大家都主和，為什麼我不可以主和，我主和又為什麼竟要受處分呢？文章雖振振有詞，可惜他的和議主張並不是在重慶正式提出的。

四月十一日

吳稚暉又在各報發表一篇長文，題為「對汪精衛的舉一個例進一解」，說汪先生為造國防會議的紀錄，文字潑辣凌厲，攻擊甚力；汪先生如果讀到，一定氣得半死；大概今後各報亦將對汪加緊撻伐了。更可慮的便是所謂反汪肅奸運動會不會見諸實際行動。

成鐵漢說，汪先生的衛隊長周烈洪乘長途汽車到海棠溪，打算經昆明到河內或香港，被特務隊扣留，其妻亦同時被拘；下落一時不明。

四月十二日

收到三月二十五日的香港南華日報，論曾仲鳴被暗殺一文，中有句云「此次汪先生若不幸而死，則中華民國將隨之而亡，民主政治將隨之而絕。」這種論調極欠得體，對汪先生決無好處，祇是為吳稚暉等做文章添資料而已。

四月十五日

周烈洪被拘於衛戍司令部，托人請我設法把他釋放，他並不是犯了什麼大罪，只因他是汪先生的衛隊長，現在又擅自離開重慶，如此而已。

四月十六日

周烈洪妻來，乞設法救周，周雖未犯罪，恐一時亦不易得釋。

中政會秘書張九如給汪先生一封公開的信，在大公報發表，連續三日，詞頗嚴正；謂汪為人，富於感情而缺乏理智，亦甚切當，較吳稚暉的長文，委婉動聽得多了。

四月十九日

蔣先生今晨發表談話，極力駁斥汪先生的和談主張（針對「舉一個例」那篇文章），斥為漢奸理論，喪心病狂；蔣汪關係再度破裂，今後當無復合之可能了；十五年三月二十日，中山艦事變，蔣汪第一次破裂，其後幾經波折，離合不定；廿一年，一二八上海事變後，復歸和好；幾年來，大家以精誠團結為號召，使國民黨呈現了新氣象，眞想不到會再有今天這一幕痛心的悲劇。

近日朋友閑談，大家都以為汪先生的領袖才能本多欠缺，而又沒有自知之明；既不能令，又不受命，恐怕便是他這一次走上極端，進退失據的根本原因。

四月廿日

蔣廷黻處長對我說，軍政部有人傳我替汪先生通消息，他並不相信，祇是好意告訴我。我坦白對他說，我寫過兩三次信給汪先生，也給在香港替汪先生辦報的林柏生寫過信；不過這些信都是對和談表示懷疑，或屬朋友慰問性質，說不上通消息。後來，我又對魏道明秘書長複述這一番話，魏表示，確有人在孔院長面前說我這樣的閑話，不過孔院長說，他可負責，某人不會做這種事的。這樣看，反汪肅奸運動大概不至見於實際行動了。

四月廿四日

周烈洪已經釋放出來，要我保證他不得離開重慶，我也在保單上簽名蓋章了。他本來打算到香港追隨汪先生的，現在去不成了，他說雖去不成，將來也好見面。

四月卅日

青年黨的國論周刊，評論汪先生為人，有一段文字如下：

「他（汪）是一個十足道地的中國舊式文人，中國舊式文人有下列的一些毛病：（一）常有一種捉摸不定的情感，歌哭無端，憂喜無常，儘管大家一團高興，他可以忽然的不勝其飄零淪落之感；（二）舊式文人照例有一種誇大狂，儘管所見的尋常而又尋常，但總自詡為有什麽獨得之秘；因此目無餘子，可以把別人特別縮小，而把自己特別放大；因此小不如意，即往往不勝其悻悻之態；（三）舊式文人是最不宜幹政治的，却又最喜歡幹政治，因為中國過去的政治，根本是浪漫的，這最合於文人的脾胃；（四）中國文學向例是不講邏輯的，因此中國的舊式文人便只有感想、有慷慨、有衝動、然而絕不長於思考，其感覺相當銳敏，因而經不起任何刺激。」

五月廿日

晚飯後，蔣廷黻來談，汪先生已於上月廿四日到了東京，消息很確實。路透社上海電也有這樣報導，大概不是假的了。

接到香港南華日報寄來一本小冊子，題為「汪精衛先生重要建議」，其中一文為林柏生的答客問，似係對我一月五日致汪先生函，所提出七點疑問而發，該文的開端說「接重慶×××先生來函，謂渝中人士對於汪先生之和平主張多表贊同」，「多表贊同」是我的信所沒有的；又文中有來函「問共產黨以共同抗日為歸降的條件，一旦和平實現，則外患方息，難免內戰繼起，又將何以善其後？」這也是我的信所沒有的，都是主和的宣傳家假設的事實，吳稚暉說汪先生假造會議紀錄，恐怕也出於同一情形。

五月廿三日

昨日香港路透電，汪先生為悼念曾仲鳴，在香港發表論文，已到東京之說，似可懷疑。

五月廿四日

各報載中央社消息，汪先生已到上海，並且前往東京，由主張和議而竟至於投入敵人懷抱，可哀也矣！

五月廿五日

報載，汪先生到東京與平沼簽訂和約，中央日報喻為不啻空襲警報中，施放信號的漢奸行動，這是官報第一次對汪先生的公開斥罵。

六月五日

樸生兄接澳門家信，汪夫人弟陳春圃之妻，因反對春圃隨汪先生到上海，自己也不願意隨春圃同去，竟鬧到要離婚，這是汪先生主和聲中一幕有趣的小插曲，也就證實汪先生確已到了上海。

六月六日

樸生兄的家信，述春圃夫妻鬧離婚極悲慘，取去給乃光兄共看；據他推測，汪先生現在必已受了敵人的金錢引誘，上了敵人圈套，否則不會跑到上海和東京去；如今上了賊船，已經欲罷不能了。我覺得，汪先生平時是輕易不肯受氣的人，老同志中如吳稚暉、張繼、鄒魯等，對他稍有違碍，往往怫然而起，絕不留情，何以現在竟到上海，甘受敵僞的擺佈呢？眞是百思不得其解，聰明一世，糊塗一時，可嘆可嘆！

六月九日

汪先生到上海，和敵僞往來的消息，已經證實，因此，國民政府也不得不下令通緝了；平時對他敬愛的同志或朋友，此時除了痛心之外，也再沒有什麽話可說了。汪先生的行動，無論從東方或西方的標準來說，似乎都是不合理的，不過也有人說，中央對他的處分過分了些，否則他不至於走極端的，這話也不見得是正確的。

六月十三日

香港寄來一本小册子，名爲「工人呼聲」，顯然是主和的朋友寄來的；裡面好幾篇文章，高呼推倒獨裁，確立民主政治，又主張恢復工會農會及學生會，罵蔣先生的話很多；又說「容忍獨裁，便是容忍侵略，……要向現政府爭取民主。」這不啻由對外主和轉而爲對內政爭，和平運動已經變了質。

六月十五日

路透社電，日本消息，汪先生又發表宣言，以爲日本如果威脅中國生存，中國當然作戰，現在日本所提和平條件，平心而論，並無損於中國的獨立自主，爲什麼不可言和？當戰則戰，應和則和，政府應該當機立斷云。所謂日本提出的和平條件，其實還是去年底的近衞演說，近衞演說也祇有汪先生認爲無損於中國的獨立自主。昨日上海字林西報評論說，汪氏這一次宣言，並不會比較以往的宣言，發生更多的效果，是很有見解的。

六月十七日

路透社電，北平傀儡政府首腦王克敏要辭職了，汪先生將繼任遺缺，這又引起許多朋友的嘆息。

六月卅日

連日外國通訊社及中央社均說汪先生由上海到天津和王克敏、梁鴻志等往來接洽；汪逆字樣亦大量出現。

七月四日

外國通訊社消息，汪先生快要成爲傀儡政府的首腦了，王克敏、湯爾和、陳中孚等均以擁汪爲名，從事組織中央政府的活動。惟最近收到的香港南華日報，對於汪先生的行動尙諱莫如深，對汪先生東京天津之行，亦認爲外間有意中傷。

七月十日

路透社電，汪先生在上海廣播，爲近衞的和平演講辯護，以爲中國應認日本做朋友，寃仇宜解不宜結，又說抗戰是沒有前途的；完全替敵人講話，令人氣憤。大概他很快便要和南京北平那班漢奸合作，供敵人的驅策了。

七月十一日

汪先生昨日的廣播，恭維了日本一番，日本軍人發言人又起來恭維汪氏一番，說汪氏是孫總理的眞正繼承者，眞正的國民黨，眞正的中國人民領袖，這是日本支持汪先生的正式表示。

另一方面的消息，南京和北平的傀儡組織領袖，最近集會青島，商議組織聯合中央政府，汪氏也前往參加，將來有成爲聯合政府最高領袖的可能云。這當然是日本人導演的把戲，我始終覺得這是中國人的恥辱，一定要歸失敗的。

八月一日

有事到孔院長辦公室，一見面，他又提起汪先生，對我說「公博還在香港罷，汪先生到東京平津，組織聯合政府的消息，現在又沉寂了，希望不至於成事實。

八月十二日

路透社電，汪先生又發表廣播演說：勸告廣東的抗戰將領，不要再作戰，他已經和日軍將領接洽好了，祇要中國軍隊不開槍，表示和平誠意，日本軍隊也就不會進攻；由廣東推及全國，中日和平便可成功了。這樣的和平運動，豈不太天眞了嗎？又怎會有結果的呢？恐怕祇落得他在日本人面前丟面子罷。

八月十四日

海通社電，汪先生計劃十月十日在廣州召集國民黨全國代表大會，不知確否。

八月十五日

大公報香港電，汪先生的宣傳品，由日本飛機散放於江門等處；又時事新報消息，汪先生的演講係由上海楊樹浦日本電台代爲播送，日本已全力支持汪先生的活動了；不過，日本軍人的氣燄，不知汪先生能否忍受得了！

八月十八日

一本新發行的月刊「時代精神」有兩篇論汪精衞的文章，一篇鄭學稼寫，另一篇日本人吉岡文六寫，均有見地。鄭文說：汪一生歷史，雖有轟轟烈烈最動人的時代，但他對於整個國家歷史發展途徑沒有理解，所以他的一切行動都只是衝動；過去値得稱贊的行動是衝動，現在的從賊賣國也是一種衝動。吉岡的文章，以蚯蚓喻汪，畧謂蔣先生令人一見，便有強者威嚴之感；胡漢民令人感到嚴肅，嚴肅到令人不能呼吸；汪精衛的性格是柔軟的，他的聲音好像猫兒一樣嬌嫩，他所寫的字正像女人手筆；和汪同流的朋黨，從陳公博至高宗武，已死的唐有壬、曾仲鳴，都是極柔和而女性化的男子。

汪先生又有在廣州組府的消息，報章聲討的文字也愈來愈多。

八月廿三日

汪先生的外甥沈次高（崧），昨日又在香港被人暗殺而死，顯然也是政治關係。次高素來和廣東軍人交往，過去，代表汪先生和各方面的軍事領袖接觸。最近，汪先生在廣東的種種活動，例如所謂「復興軍」的組織，勸誘廣東將領不好再事對日抗戰，與及準備在廣州成立政府等等，當然更要依靠次高的努力，次高之死就是這些原因促成的；因此，次高之死比仲鳴之死，對汪先生言，損失自爲更大。

八月廿五日

樸生兄香港來信，徐某馮某等幾個本來反對和平運動的熟朋友，現在因爲生活困難，也不得不加入他們的隊伍了。今後恐怕還會有更多的人跟着走呢！

九月一日

汪先生又在上海敵人保護之下，召開所謂國民黨全國代表大會，這和民國二十年，上海大世界選舉那一幕把戲並無多大差別。我想汪先生自己也不免覺得這是無聊的舉動；明知無聊，亦不得不幹，這便和張發奎等某一次通電譏笑汪氏的話相符合了，張等通電大意說，見客的時候，禮貌十足，一轉面，咒詛即隨之而至。

我總覺得，政治家缺乏了一個誠字，是很難有眞正的成就的，結果，非弄到身敗名裂不可。

九月二日

蘇熊瑞兄香港來信，同學龍詹興因反對汪先生的和平運動，以至失業；可見抱餓死事小的還大有人在。

九月十三日

詹興香港來信，歷述反對和平運動以至失業的經過，並說：「明知隨汪到南京，很可解決生活問題，甚至弄到一官半職，但充當漢奸，做人傀儡，寧願餓死，亦不願沾汚清白。」又說：「挾外寇以取得政權，無論動機如何，終必歸於失敗；親日如能成功，北洋軍閥下的安福系早應把中國救起來了，尙何待於汪！抗日革命必得最後勝利，此爲弟所確信不磨的鐵則。」

九月廿二日

汪先生竟和王克敏、梁鴻志實行携手了，發表談話，稱許王梁的過去工作，世事變幻有如此者！

十月一日

三日前，中央社記者律鴻起告訴我，王外長交了一篇談話稿子給美聯社記者，主要表示義國如肯出任調停，日本又願意撤兵，則中國亦願意和談；這是我政府最重要的表示。第二天，這談話未見發表，大家還以爲律某造謠，今天見到外交部的朋友，才知事情起了變化，王外長已另發表談話去更正。

十月六日

同事滕固兄說，羅君強到昆明後，多方遊說，勸人加入和平運動，他也在被說之列，但已斷然拒絕。

滕又述同事徐景薇的話，說汪先生收到我今年一月五日的信，極爲生氣。後來汪派人到重慶送旅費，勸人到香港和上海，始終不及於我，恐怕即因此故。我幸而發了此信，省却許多麻煩。又據深知景薇爲人的同事說，景薇亦大有參加和平運動的可能。

報載，汪先生組織政府的計劃已受到打擊，一時不至實現。我軍長沙大捷，更使和平運動者感到狼狽。

十月十八日

龍詹興的生活問題，振濟委員會已決定月給二百元；政府又按月撥十萬元救濟港澳不肯參加和平運動的知識分子。

十月廿一日

蘇熊瑞兄香港來信，港報發表，上海汪先生召開的國民黨代表大會，產生中委名單，（下轉接第62頁）

三次北伐（下）

縱橫談

○譚逸○

第二次北伐止于和平建國

當民國十二年底曹錕賄選爲大總統時，中山先生即聲罪致討，翌年秋段祺祺急不及待，指使浙江盧永祥首先發難進攻南京直系齊爕元，吳佩孚令孫傳芳由福建攻浙江，奉直戰爭爆發。中山召集會議於大本營，發表北伐宣言云：「國民革命之目的，在造成獨立自由之國家，以擁護國家及民衆之利益，辛亥之後推倒君主專制政體暨滿洲征服階級，本已得所藉手，以從事於目的之貫徹，假使吾黨當時能根據於國家及民衆之利益，以肅清反革命勢力，則十三年政治根本，當已確定，國民經濟教育等舉舉諸端，當已積極進行，革命之目的，縱未能完全達到，然不失正鵠，以日躋於光明，則有斷然者。原夫反革命之發生，實繼承專制時代思想，對內犧牲民衆利益，對外犧牲國家利益，以保持過去時代之地位，觀於袁世凱之稱帝，張勛之復辟，馮國章、徐世昌之毀法，曹錕、吳佩孚之竊權盜國，十三年來連續不絕，可知其分子雖有新陳代謝，而其傳統思想則始終如一，其流毒被於各省。間有號稱爲革命分子，其根本思想，初非根據於國家及民衆之利益者，則往往志操不定，受其吸引，與之同腐，以釀成今日分崩離析之局，此眞可爲太息痛恨者也。反革命之惡勢力所以成在，實由帝國主義之卵翼使然。證以民國二年之際，袁世凱將欲摧殘革命黨以遂其帝制自爲之欲，則有五國銀行團大借款之成立，以二萬萬五千萬元供其戰費。自此厥後，歷馮國璋、徐世昌諸人，凡一度用兵於國內，以摧殘異己，則必有一度大借欵，資其揮霍，及乎最近，曹錕、吳佩孚加兵於東南，則久懸不決之金佛郎案，即決定成立。由此種種，可知十三年來之戰禍，直接受自軍閥，間接受自帝國主義，明明白白，無可疑者。今者浙江友軍爲反抗曹錕、吳佩孚而戰，奉天亦將出於同樣之決心與行動，革命政府已下明令出師北嚮，與天下共討曹吳，尤在曹吳覆滅之後，永無同樣繼起之人，以繼續反革命之惡勢力，換言之，此戰之目的，不僅在推倒軍閥，尤在推倒軍閥賴以生存之帝國主義。蓋必如是，然後反革命根株乃得永絕，中國乃能脫離次殖民地之地位，以建自由獨立之國家也。故敢謹告於國民及友軍曰：此次爆發之國內戰爭，本黨因反對軍閥而參加之，其職任首在戰勝之後，以革命政府之權力，掃除反革命之惡劣勢力，使人民得解放而謀自治；尤在對外代表國家利益，要求審訂一切不平等條約，即取消此等條約中所定之一切特權，而重訂雙方平等互尊主權之條約，以消滅帝國主義在中國之勢力。」當決定北伐時，中山先生派譚延闓爲北伐軍總司令，參加之部隊有建國湘軍魯滌平、宋鶴庚兩師，滇軍朱培德一師，豫軍樊鍾秀一師，滇軍趙成梁一師，桂軍劉玉山一師，粵軍李福林一師。中山先生於九月十八日赴韶關督師，派胡漢民代主大本營留守廣州。至北伐路線有主張入湘和入贛者，主入湘者，因北伐主力是湘軍兩師，先入湘可激起思鄉戰意；主入贛者因江西贛南鎮守使方本仁向大本營輸誠，請北伐軍入贛，謂願讓出贛州自爲前驅，佔領江西後則聲勢益旺，入湘更易。遂決定向江西進兵。

方本仁是湖北黃岡人，一向在黎元洪幕中參贊軍機，因民國二年李烈鈞討袁，袁世凱派第六師李純入贛，此爲北軍初入南方，李純遵袁世凱面諭到鄂後，向黎元洪請示(黎時兼領江西都督)，黎薦方本仁以供諮詢，李遂聘方本仁爲總參謀，李純佔九江後黎即委李爲贛北鎮守使，第六師攻佔南昌，黎即保李純繼其兼職之江西都督。方本仁對李頗盡愚忠，建議李純重視贛南戍守，李遂派參謀長李廷玉爲贛南鎮守使，解散蔡森毅軍，即委方本仁繼爲參謀長。李純調南京時，用齊燮元爲參謀長，派方本仁爲贛西鎮守使。民國十一年七月北伐軍退出江西，蔡成勛調方本仁至贛南，未幾陳炯明被滇、桂軍逐出廣州，中山先生於十二年二月重回廣東，曹錕賄選後方本仁自知非北洋系統，所恃依靠之黎元洪冰山已倒，便經其族人方聲濤向中山先生輸誠。至民國十三年九月奉直戰爆發時，方本仁一面向蔡成勛索餉索械，一面請北伐軍入贛，自率第九混成旅鄧如琢向南昌進發，因有北伐軍壯其聲勢，故蔡成勛日夜將家眷財物用火車運走，自作逃計，其所部近畿第一師因欠餉未發，士兵不願作戰，從吉安向北退却，僅在距南昌一百八十里樟樹鎮隔河時對峙一天，旅長楊以德脚部受傷被俘，方本仁順利進入南昌後，已有人在北京與段祺瑞搭上關係，即電廣東拒北伐軍入贛，並派鄧如琢反攻贛州。北伐軍入贛者僅魯滌平、宋鶴庚、朱培德、樊鍾秀等部，趙成梁、劉玉山等則在韶關候開拔費，此時宋鶴庚已受湖南省長趙恒惕收買，將部隊拉回湖南，魯滌平部軍心動搖作戰無力，故譚延闓倉皇退出贛州，朱培德孤軍難以奮鬥，鄧如琢不費一彈回到贛州。至樊鍾秀原是前鋒部隊，到贛州後即沿贛河西岸挺進，經遂川距泰和不遠，鄧如琢已從東岸萬安向贛州進攻，方本仁調蔣鎮臣至吉安防堵，樊鍾秀恐受包圍，將軍隊西移佔領永新，始知北伐軍已退出贛州，便在贛西北各縣兜圈子將近兩月，至武寧、瑞昌山中，距九江不遠，從報紙上知中山先生北上，已停止北伐，即將軍隊分爲兩部，渡過長江，仍回到河南，一路神出鬼沒，江西、湖北所遣追阻軍隊不下萬人，無半點作用。樊鍾秀部隊，始終不改建國豫軍番號，至其在確山被炸陣亡爲止。眞可說是信仰中山先生忠貞不貳者。

蔡成勛在贛二年餘，近畿一師二旅旅長張慶昶與黨人熊冠英(江西宜豐人，裕贛銀行行長)爲盟兄弟，黨人張衡(武寧人曾爲李烈鈞秘書長)及李劍秋每星期至少有一次在銀行聚談，久則均成爲無話不談莫逆之交，月旦人物時慶昶對江西軍人李烈鈞有佩服言，蔡成勛離贛，楊以德在樟樹被俘，近畿第一師匆促退往贛東安仁縣(今之餘江縣)由張慶昶負責，張衡、熊冠英、李劍秋即聯袂赴安仁勸其向義，動身前由李劍秋函告上海執行部謝持。張等一行到安仁即下榻於縣政府(縣長匡震寰是張衡同學，其公子匡正宇修水國大代表現在台灣)，次晨至師部向張慶昶說明南昌空虛，反攻可活捉方本仁(有黨人華洸已運動方之衞兵連長)，慶昶次日約代一旅旅長團長陳玉洲來商，陳態度積極且極崇拜中山先生，謂非中山先生不能救國家之危亡，張慶昶提出擁護李烈鈞主贛，並謂可約現駐鄱陽二師長馮紹閔一致行動，當即擬好電稿致謝持，因是明電由李劍秋邀安仁郵局局長段天恩至電局，電局長劉君謂此明電不便由南昌線經過，雖有至浙江線，須南昌線不通始可由此線拍發，當即由師部派人將南昌線砍斷電桿四根。張慶昶在出發攻南昌前一日，並派參謀伍齊持赴滬親筆函致李烈鈞表示擁戴之忱。李劍秋於張部出發時先一日回南昌與上海聯絡。張部出發時雖值大雪，集合部隊訓話其語甚壯，謂如不活捉方本仁，則贛江是全軍葬地。陳玉洲團爲前鋒，急行軍兩日半即經過東鄉、進賢至距南昌四十里之武陽渡。方本仁得安仁縣長電告張部行動後，即請被俘之楊以德至督署，謂北伐軍已退，負責發清蔡所欠第一師全部欠餉，仍可駐在江西等語。將肩輿送楊以德前往，楊至武陽渡時，張部正在搜船渡河（因人多船少），對已渡河一營營長云，南軍已退，方本仁已奉令督贛，可發清欠缺，楊即渡河至荏港見到陳玉洲，偕至羅溪市會晤張慶昶，商量結果，張部暫駐進賢，東鄉、安仁一帶，候楊以德回南昌收到欠餉後再決行止。後來此部被孫傳芳收編，張慶昶離開部隊，陳玉洲在浙贛邊境與孫傳芳部衝突，陳玉洲戰死，其部被孫分散於各師補充缺額。馮紹閔辭職，方派蔣鎮臣接充江西二師師長。

在上海國民黨執行部謝持收到安仁電報後，即轉廣東大本營，即一面令譚延闓返攻江西，一面派張慶昶爲建國贛軍第一師師長、馮紹閔爲第二師師長，陳玉洲爲獨立旅旅長，並以張衡策反有功，派爲江西宣撫使。將關防印信及派令專人送上海執行部轉交。執行部將張慶昶三人之派狀交張慶昶之參謀伍思齊、張衡派狀專派陳梅羹送贛。（陳江西清江人在外交界服務）至伍思齊持張慶昶函到滬時，由謝慧招待下榻大東酒店。因李烈鈞已赴北京在馮玉祥幕中，執行部派張惠民（江西南昌人曾充李之副官長，國民政府大法官，其公子聞政，現在港經商）歐陽格（江西宜黃人曾充豫章艦長，抗戰時鎮江要塞司令）來南昌爲李烈鈞佈置。至廣東方面譚延闓曾令朱培德反攻大庾，電告上海執行部，謝持錄電文快函致南昌李劍秋，有「我軍寒日反攻大庾」字樣。張惠民、歐陽格到南昌時，正是張慶昶由武陽渡撤退之第四日，南昌猶在特別戒嚴中，方本仁以張等此時回來，必有任務，次日即被拘捕，旬日後，表面上是准由南昌耆紳熊育錫暨總商會、教育會等各團體保釋，內容是方覺惠勸方本仁不可過爲已甚。伍思齊、陳梅羹携帶派狀至九江時，知張慶昶反攻之舉未成，故未遭到危險。張衡、熊冠英赴滬，李劍秋因在郵局供職，平日無人注意，尚未受到牽連，但熊冠英之裕贛銀行及其天燈下寓所被戒嚴司令部搜查後，銀行即發生擠兌風潮，週轉不靈而倒閉。（後來國民政府奠都南京，馬超俊爲市長時，曾派熊充市立銀行籌備主任。）北京方面至十一月二十三日馮玉祥回師北京將曹錕囚禁於中南海延慶樓，奉、直戰爭中吳佩孚大敗，馮玉祥暨段祺瑞等電迎中山先生北上，加上方本仁類似叛變之食言，第二次北伐，便因而中止。（當段祺瑞命方督贛時，中山先生以方本仁首鼠兩端曾電段反對）。

中山先生是不願以武力解決國事的，自得段祺瑞等電迎，爲謀統一建國，派胡漢民代理大元帥即停止北伐，於十一月十三日發表北上宣言，內容爲召開國民會議與廢除不平等條約，同日下午乘永豐艦離廣州，十四日晨抵港，十七日抵滬，二十四日抵日本神戶，十二月四日抵天津，十二月三十一抵北京，沿途歡迎羣衆；均不下十萬人。

凡是軍閥均是不顧道義以利害爲依皈的，鄧如琢升充第一師師長，成爲直屬中央部隊，便以向陸軍部請訓到了北京，鄧是安徽阜陽人，即成了皖系中一員，段祺瑞認爲方本仁既非北洋系統，更非皖系，且因其騙過廣東，自然對方具有戒心，未經詢方同意，即逕任鄧爲贛北鎮守使。鄧到九江後，即特別拉攏江西人，聘九江軍人王文山爲參議，奉新人涂聘侯在南昌辦正義日報，批評方本仁政治。奉新人余鶴年爲交際處長常駐北京活動。方本仁對鄧如琢措施自然感到不安，亦積極擴充實力，如升其在贛西時之團長蔣鎮臣接馮紹閔之江西第二師師長，收編在閩贛邊境之贛軍賴世璜爲師長，邱永福爲騎兵團長等。方、鄧之矛盾日益尖銳，當方本仁母之生日時，將各界所獻壽金設立工廠，以救濟貧民，取名曰：「慈壽工廠」以爲紀念。未幾鄧爲父做壽，先發啓事宣佈拒絕各界送禮，其辭有「不願掠他人之美」字樣，以諷刺方設慈壽工廠救濟貧民事件，未及一年鄧之態度益狂，突扣留南潯路火車謂有軍運，方電詢亦不作答，方本仁知有後台支持，即電請辭職，段祺瑞准其所請派鄧如琢為江西督軍。方本仁枉作小人，成為贛人笑柄。

段祺瑞是張作霖，馮玉祥所扶植之傀儡，且充滿封建意識，對於中山先生之廢除不平等條約，召開國民會議之主張，自然不能接受。中山先生以為國心情北上，不能感化泯頑，致原有肝病增劇，不幸於民國十四年三月十二日病逝於北京，誠為全國人民之大不幸！

第三次北伐始統一全國

中山先生逝世後之廣東局面，眞可謂「多難興邦」，黨內雖經西山會議反共之爭，共產黨所製造左右派分裂之爭，軍事上有陳炯明殘部負固惠州，滇桂軍楊希閔、劉震寰等部包庇烟賭、不守紀律，三月二十日李之龍中山艦事變等等，均能化險為夷，安全渡過。此中最大關鍵，是中山先生培育革命青年幹部之黃埔學校，和北上時付託得人，始能有如此收獲。

國民政府所在地廣東政治日益穩定，各業民衆組織，在平滇、桂軍戰役中，均能表現擁護政府、幫助革命之力量。社會風氣亦煥然一新，街上看不到公開之烟賭，軍隊中之政治工作，各級政工人員與軍事長官亦能合作無間，各省傾向革命之實力派亦衆。如廣西軍人李宗仁、白崇禧、黃紹雄；湖南唐生智等，軍事力量增加。兼之各省在軍閥鐵蹄下待蘇之人民，無不引領以望拯救，故國民政府定期北伐，以完成中山先生北伐之遺志，並任命蔣中正為國民革命軍總司令，何應欽為第一軍軍長，譚延闓為第二軍軍長，朱培德為第三軍軍長，李濟琛為第四軍軍長，李福林為第五軍軍長，程潛為第六軍軍長、李宗仁為第七軍軍長，唐生智為第八軍軍長，設立總政治部以鄧演達為主任，各軍設置黨代表，以貫徹黨所定政綱、政策在軍事中施行。如此重大改革，使軍人思想大變，視從前吃缺之貪污行為為恥辱，因而軍風紀及作戰能力，收到前所未有之效果，使軍行所至得到人民之幫助，故所向克捷，以少數勝多數。

在唐生智逼走湖南省趙恒惕後，趙部師長葉開鑫，以定湘軍名義為號召，攘奪湖南地盤，向長沙進逼，唐生智退守衡陽，向廣東請援。國民政府北伐政策本已決定，為免向義者失望，特於七月中出發，以第四軍教導團葉劍英為前鋒，繼之以四軍陳銘樞十一師和張發奎十二師，任務為急援衡陽；隨後為朱培德第三軍，和程潛第六軍，任務為向江西警戒；李宗仁第七軍由廣西全縣直趨湖南，再會合第四軍進攻湖北；第二軍因譚延闓代理國民政府主席，由魯滌平代軍長，任務由南雄入江西贛南，此為民國十三年第二次北伐，湘軍走過之路。第一軍何應欽率譚曙卿第三師和李福林第五軍一部，由東江入福建王柏齡第一師和劉峙第二師跟隨總司令部入湘。當時粵、漢路尚未直通，僅由漢口通衡陽，出發之際，正當農曆六月初氣候酷熱，沿途又逢霍亂流行，革命軍律禁止拉伕，每個士兵均須負重而行，此無異對革命軍作訓練及紀律之考驗。為前驅之第四軍，原為鄧鏗第一師，因紀律之佳，給人民最好印象，沿途人民無一逃避者，故軍行所至不患飢渴，病者亦可得到休憩之地；其作戰力之強，為定湘軍所未遭遇過之對手，將葉開鑫擊敗，尤其是湘、鄂鐵路上汀泗橋、賀勝橋兩處險要，在軍事上可謂是自然和人工構成的天險，過去湘省對湖北進攻，均被阻於此，第四軍担任攻此兩險時，犧牲極為慘重。汀泗橋是黃琪翔團從湘江強渡對岸，向守橋者襲擊，始行攻下；在攻賀勝橋戰中，攻守雙方傷亡均極重大，眞是橋下積屍水為之不流，使武器精良的吳佩孚北洋第三師為之披靡。雖吳佩孚親自督戰，除以現洋犒賞外，復以大刀隊砍殺退却士兵，且殺了兩個旅長，懸頭於橋畔樹上，又令海軍兵艦在江中以大炮相助，亦不能扭轉敗局，最後理智全失，用機關槍擊阻退却隊伍，因而引起士兵還擊。吳佩孚敗退，在漢口對路透社記者說：「余作戰以不怕死稱，今竟遇視死如皈者。」後來在解放江西戰役中，第四軍攻南潯鐵路，與孫傳芳精銳鄭俊彥作戰，仍表現視死如皈之精神，犧牲之大與攻湘鄂鐵路相同，四軍團長黃琪翔亦於此役重傷，但視爲直系繼起人之孫傳芳敗局即繫於此役，因此第四軍有鐵軍之譽。（李濟琛留守廣州由代軍長陳可鈺率軍出發）

當國民政府勵精圖治，準備北伐時，北洋軍閥吳佩孚、張作霖在帝國主義者指使下，重新合作，以殄國民軍馮玉祥在北京響應北伐軍，於是先發制人，向國民軍進攻，奉、直軍以數倍之衆兵力，且有空軍轟炸開路，經過兩月餘惡戰，始將馮玉祥軍逼退至西北。

長江下游江蘇、安徽兩省，在浙、蘇戰中，盧永祥敗後之浙江爲孫傳芳所得，奉軍飲馬長江後，因軍紀不佳，復被孫傳芳驅逐，蘇、皖及浙、閩四省均爲孫傳芳所有。孫到南京後則附庸風雅，與一班文人和老一輩革命黨人接近，曾作模作樣效羊祜「雅歌投壺」的文會把戲，禮邀樸學宗師老革命黨人章太炎參加文會壯其聲色。復藉防北伐軍爲名擴張勢力，召集浙、閩、蘇、皖、贛、五省會議，被推爲五省聯軍司令。自革命軍攻入湖北，自命不凡的吳佩孚，才眞是一蹶不振。孫傳芳亦自知吳佩孚的下場，將會臨到自身。即派鄭俊彥師守九江至南昌南潯鐵路線；謝鴻勛師守湖北、江西交界修水、武寧線；楊振東混成旅守江西、湖南交界銅鼓線。並令江西督軍鄧如琢守湖南、江西邊界萍鄉。海軍則在長江巡邏。復鑑於北伐軍有三民主義思想，武裝軍人頭腦，故作戰力及紀律均高，又有政治工作人員組織民衆，和優待俘虜等政策，是以所向克捷。因此便想到用：「愛國、愛民、愛敵」之三愛主義來武裝所部，敵對北伐軍三民主義及其政綱、政策，復乞靈於中國青年黨黨魁曾琦組織政治部，每一官兵均戴上「愛國、愛民、愛敵」袖章，在報紙上大肆宣傳。是否孫傳芳假借曾琦大名？抑或是曾琦恐遭淸議？三愛主義政治部僅曇花一現，便消聲匿跡。此亦北洋軍閥最後命運之插曲也。

北伐軍在出發時，國民政府曾派方本仁爲江西宣慰使，張衡爲江西宣撫使，以策反敵軍，用練習飛機將方本仁送到江西吉安江西第二師蔣鎭臣防地，飛機降落吉安贛江中白露洲沙地上，方被蔣鎭臣優待於參謀長郭餗室中，一直至北伐軍克復江西，蔣鎭臣並未起義，所以軍隊被改編，蔣鎭臣自然沒有下文，由方本仁欵待於宣慰使行署，校官以上者給資遣散，尉官則送廣州黃埔軍官校受訓，十一年，以黃浦第五期畢業學歷，分發到部隊服務。（給資遣散之校官，復多投入孫傳芳部，後在龍潭戰役中，蔣鎭臣部旅長李文光雜在士兵俘虜中）。張衡因病派秘書劉炳焜來南昌，委托李劍秋以總參議名義代理其職務向軍隊活動，並函托熊冠英爲助，冠英早年在北方與曾任徐樹錚炮兵旅長的鄧振聞結成盟兄弟，邊防軍取消後在天津作寓公，與鄧如琢爲遠房兄弟輩，曾托由振聞函薦於如琢，擬恢復裕贛銀行，經劍秋拉得橫峰富戶滕崇實投資合作，仍在羊子巷街舊行中籌備，劍秋自得張衡委托，後商請冠英、崇實專赴天津，邀振聞參加工作，振聞亦久蟄思動，即借來南昌，下榻裕贛銀行，每日必與如琢見面一次，迨北伐軍擊敗吳佩孚後，如琢出發赴萍鄉督師時振聞持佩孚對路透社記者談話報紙向如琢策反，如琢以孫傳芳大軍壓境，不能輕舉妄動，必要時可與其侄鄧鎭聯絡，鎭爲騎兵團長，時在南昌留守，鄧鎭每晚必到裕贛銀行消遣半晚，至銅鼓失守劉震東戰死，振聞請其與如琢聯絡，勿失響應良機，此人頭腦簡單，謂恐受革命軍宣傳，此爲舊歷八月中秋前二日事，中秋前一日鎭未至銀行，革命第六軍王尹西團突於是晚夜半十一時已襲至南昌，鎭得情報即與振聞通電話，振聞囑其將「紅白藍」三色領帶發給士兵，（此爲革命軍符號，鎭事先並未預備，此時已趕製不及，頃刻間革命軍已攻至督署，鎭令所部不要還擊，站立門前大呼：「我們已接洽好了，你們不必放槍。」話猶未完，即被亂彈擊斃，事後其衛兵向振聞一面揮淚，一面申述經過。振聞等對此無名犧牲者，大有「我不殺伯仁，伯仁由我而死」之感！

國共合作改組後之江西省黨部，由趙醒農負責（共產黨江西南豐人），李劍秋已在改組後之國民黨登記，並參加工作，組織有郵務工會、電燈工會負責人李國興，（後爲共產黨吸收，淸黨時脫離），碼頭工會，負責人劉誠，划渡工會，負責人梅石痴（此人係洪幫大龍頭）復說得督署郵電檢查員參謀王鳳池（河北蠡縣人）陳炳德（江西武寧人），戒嚴司令部秘書劉桐（湖南長沙人）加入國民黨，所爲軍事動態，均由此三人供給劍秋，隨時快函廣州軍事委員會軍事廳長趙勇超，（趙君近在香港）科長周德先（江西奉新人）（收函地址是廣州榮利新街二十號二樓），連半月更換一次的「口令」，「燈號」，「旗號」，均照抄寄往，督署與吳佩孚、孫傳芳通訊密電本，亦獲得抄寄廣州，以供偵得電訊後之研究。

革命軍已包圍武昌後，守漢陽湖北第十五師師長劉佐龍經黨人詹大悲策反起義，炮擊漢口吳佩孚司令部，佩孚倉皇撤至武勝關以北河南信陽，革命軍進佔漢口後，大軍即向江西進攻。孫傳芳部謝鴻勛師守修水縣爲革命第六團傅良弼團擊敗，退至武寧箬溪山中爲鄉團土炮擊傷。此處鄉團是張鎮所遣董某（名已忘）所組織，但董君則於事前數日在武寧縣城被謝鴻勛槍斃。守銅鼓楊震東旅則被革命第六軍王尹西團擊斃。王團在銅鼓激戰後，僅在奉新甘竹山中打了半日，一路如入無人之境，於舊歷八月十四日攻至南昌西郊對河，由梅石痴調集划船接至蓼洲街，由劉誠派碼頭工人引至城內攻進督署，軍部亦於次日進城入駐。鄭俊彥部仍守住牛行火車站，每日炮轟南昌，且有鄧鎮殘部散在城內各處，鄧振聞同宣撫署參謀花倅蒼收編爲宣撫軍支隊。

守江西萍鄉線之江西督軍鄧如琢向以善戰名，自任封疆後，錢多則勇退，其所部第一師紀律甚壞，爲人民厭惡。攻此線之革命第三軍朱培德，早已接得劍秋所供情報，故能知己知彼，復得到民衆幫助，故所向克捷。如琢退主宜春亦不能穩住陣脚，在分宜一帶，又遭鄉民襲擊，（此處有械鬥之風，民間武器甚多，各村均聘有正式軍人教練）狼狽退至淸江時，知失南昌之訊，即留唐福山師守樟樹，率第一師星夜反攻南昌，於舊八月十七日夜攻入城內，革命軍第一師師長王柏齡及黨代表繆斌即於此役中與部隊失却聯絡。如琢入城後受其任鄧鎮死打擊，意志消沉，不但斷絕向義之心，且辭職僱專輪赴上海，（聞受其父影響）到滬後因衛兵帶有武器，爲租界所拘，曾發生小小風波。孫傳芳即派第一師師長張鳳歧代理贛督，鳳歧預備堅守南昌，大捕黨人，國民黨省黨部負責人趙醒農被捕後即遭槍斃，劍秋三義祠十六號住宅被查抄，幸於事前偕王鳳池等多人避至楊子洲陶村，王柏齡、繆斌適亦避至鄰近糧麥謝村。革命軍圍南昌後，始囘部隊。

孫傳芳自謝鴻勛、楊震東戰敗傷亡後，即調周鳳歧、陳調元兩師至九江，鄭俊彥師專守南潯路線，並將調謝、劉殘部撥歸鄭指揮，增強南潯路兵力，在三百華里鐵路上，有萬餘人防守，可謂無一弱點可襲。孫傳芳在江華輪上設立指揮部。革命軍進攻此線者，有第四、第七軍及賀耀祖獨立師。南潯路自九江至德安一段一百二十里，位於廬山下，路東是高山，路西是曠地，，鄭師在山脚築有工事，攻者必從路西進，目標暴露，即爲居高臨下火力所阻。此役爲革命軍自汀泗橋、賀勝橋以後最艱苦戰役，尤其是馬迴嶺一段，險若天成，攻者傷亡甚重，四軍團長黃琪翔受重傷，四軍以重大代價攻下此險後，南潯路即告中斷，馬迴嶺以南孫軍接濟亦告斷絕，軍心不無影響，此時蔣羣（九江人辛亥革命學生軍管帶）策反陳調元已有成議，周鳳歧部爲浙人已早有接洽，自馬迴嶺不守後，繼之是專運軍糈江寬輪被黨人放火燒焚，更使軍心不穩，故被革命軍一擊，周鳳歧、陳調元即向長江下游撤退，孫傳芳換乘兵艦退往南京，九江未經惡戰，於十一月四日克復。鄭俊彥恐受包圍，倉皇分由關城、星子水陸兩路退走。在南潯路鄭軍未退前，南昌城為革命軍劉峙率第一、二兩師包圍，守軍張鳳歧、唐福山兩師頑強抵抗，加上城高池深，故能堅守月餘。守軍復以附郭建築物可資攻者掩蔽，復衝出城外放火，將附郭一帶數條街道的商店住宅付之一炬，家破人亡者數百家，名聞遐邇的滕王閣即燬於此役。從此守軍在城碉樓上可瞭望數里外之動態，且常衝出城外襲擊攻者，有一次衝至德外圜坵街南昌醫院門外，蔣總司令正在劉峙所設指揮所內，雖被擊退，足證守軍之頑強。革命軍以久圍不下，曾用飛機散放勸降傳單，第二次再飛臨時投下一炸彈，穿南營坊街民居屋頂，炸斃一老婦，猶未使守軍動搖，且有搜集民間存糧之傳說，此時城因居民動遭槍殺，如處黑暗地獄。一直至南潯鐵路馬迴嶺被革命第四軍攻下，守南昌對河牛行車站鄭俊彥撤走，張鳳歧、唐福山始率部由德勝門外沿贛江下游逃走。此一帶港汊交錯，退至距南昌城四十里滁槎時，劍秋派王鳳池代表張衡接洽、在談判時，劉峙率部追至，包圍繳械，官兵無一漏網，由總部俘虜管理處長温建剛親來收容，對，張鳳歧，唐福山頗優待，但因其作惡多端，經羣衆請願，由人民公審，連同助惡之烟酒公賣局長侯全本同時執行槍決，可為虐民者儆戒。

前贛軍賴世璜支隊，在方本仁督贛時編成師後，即駐於江西寧都一帶，在北伐軍從廣州出發後，由老黨員楊賡笙（江西湖口人曾充李烈鈞秘書長）代表賴世璜向國民政府輸誠，被派為國民革命軍第十四軍軍長，並派熊式輝為黨代表，熊率領政治部主任王枕心及第三軍軍官學生十餘人至江西寧都，賴世璜革命熱情不高，畏首畏尾，不願公開表明態度，尚存觀望之心，不許熊式輝一行露面，一直俟吳佩孚敗退河南，革命軍大舉入江西，始宣佈就軍長職，派吳建忠、易簡團東下，順利進佔廣昌、南城，北軍劉寶題旅退守臨川，雖易簡攻臨川城時陣亡成仁，但劉寶題終於退由安仁、上饒向浙江而逃。

此時贛南鎮守使是滇軍楊希閔部師長楊池生，在胡漢民代理大元帥時，解除滇、桂軍武裝後，楊池生投向北廷充任此職，其所部為滇軍殘部，桂軍謝友炳殘部，粵軍陳修爵殘部拼合而名曰一師，作戰力是可想而知的。贛人盧滇望、王平秋勸其回到革命陣營與賴世璜合作。楊表示雖不起義，但決不與革命為敵，故贛州未遭受戰禍，即為革命軍佔領。楊部後由朱培德編入第九軍，江西全省始告完全克復。

革命軍克復南昌城後，總司令部由高安進駐南昌，即組織政治委員會，處理江西政務，派朱培德、黃實（中央委員朱之參謀長）、張定璠（總司令部參謀處長）、張國燾、劉芬等為委員，以朱為主任，統轄江西黨政。另派陳公博、姜濟寰（湖南人譚延闓秘書）等為江西政務委員會正、副主任委員，其職權如民政廳，但包括教育、建設。俞飛鵬（總部兵站總監）為財政委員會主任，職權如財政廳。廣東中央自革命軍克復武昌後，即議決遷都漢口，所有委員紛紛北上，有至南昌者，如譚延闓、張靜江、李烈鈞等，有至漢口者，如孫科、陳友仁、宋子文、徐謙、顧孟餘等。李烈鈞至南昌後，國民政府即將政治等委員會取消，派李為江西省政府主席，楊賡笙為民政廳長、周雍能為財政廳長、程天放為教育廳長、徐元誥為司法廳長。雖南昌各界籌備歡迎國民政府北遷，但已至漢口中央委員則堅持遵守遷漢決議，由陳公博往返疏解，仍各持己見，漢口方面且指斥有人欲挾持中央以臨異己，帷燈匣劍，呼之欲出。譚延闓以代主席身分，更不能自違決議，有人主張不必堅持，所以譚延闓、陳公博等赴漢，仍有留在南昌者，如張靜江等，卒之因此種下後來寧、漢分裂之根。

遷在南昌中央組織部代部長陳果夫，派段錫朋、周利生，程天放、洪軌等整理江西黨務，辦理黨員重新登記，段錫朋秉組織部和工人部、農民部長三職，(後由秘書王禮錫升充農民部長)程天放爲宣傳部長，洪軌兼青年部。陳果夫令段秘密組織AB團，吸收學生及工農羣衆，作反共活動。南昌學生聯合會，是第一師範學校學生鄒弩負責，參加共黨青年團者，亦以一師學生最多。農民協會是共黨活動中心，在南昌附郭農協中AB團亦無法插入。至工會方面所謂無產階級產業工人，南昌只有一個電燈工會，和省辦銅元廠，在戰爭時停鑄銅元後，第三軍用機器改爲修械廠，用軍事管理，不准有工會組織。郵、電工會是知識份子，能辨是非善惡，共產思想不易爲接受。人數最多的碼頭工會負責人劉誠亦非共黨，划渡工會梅石痴雖是洪幫龍頭，但非漢口向忠發(此人會爲共黨總書記)。因此南昌工會方面，除南昌總工會籌備委員蕭弩鋒、蕭素民、傅痊痍是共產份子外，在各工會共產黨力量是微乎其微的。但段錫朋認爲工會均是共產黨所把持，對工會負責人抱有成見，連工會國民黨員向省黨部登記亦遭拒絕，到後來工會成立，段以省黨部工人部長身分亦不去參加(如碼頭工會劉誠)。民國十六年四月初汪精衛從歐洲回到上海，與共產黨總書記陳獨秀發表共同宣言後，即去漢口領導黨、政，第三軍軍長朱培德在政治方面是擁汪的，加上所屬教導團長朱德(是共黨)推波助瀾，由國民黨南昌市黨部發動四二事變，傾擊國民黨省黨部，段錫朋逃到省政府，李烈鈞請憲兵營派兵維持，適該營排長某(共黨)，將營長(是否張憲已記不清)綑送南昌市總工會，朱培德重兵在手從旁觀望，漢口中央以南昌秩序爲題任朱培德爲江西省政府主席，朱雖曾隸於李烈鈞麾下，但李深知權利是道義敵人，故只有捲起鋪蓋率省府衛兵團偏安於東贛上饒，擁護南京。朱培德算是敷衍面子，派黃實前往送行(黃爲李在雲南陸軍小學堂學生)，並保楊賡笙留任民政廳長。但市黨部貼標語反對楊留任。故楊同朱培德行就職禮後，即佈告解職，謂：「今日就職是遵奉中央命令；今日辭職是俯順民意。」即挂冠而去。由漢口中央任姜濟寰爲民政廳長。五月江西省黨部召集全省代表改選。

何應欽於民國十五年底克復福建後，革命軍第三期作戰計劃是進攻浙江和江蘇，十六年一月中旬，總司令即派參謀長白崇禧爲東路軍總指揮，由贛東玉山會同何應欽攻浙江。派第七軍李宗仁爲江左軍總指揮，程潛爲江右軍總指揮攻南京。總司令部亦於二月中移至九江，以便就近指揮攻南京軍事。孫傳芳在江西戰敗退回南京後，向奉系張作霖乞援，作霖派山東張宗昌援蘇，宗昌派畢庶澄守上海。東路軍於民國十六年二月初進入浙境江山縣後，守衢州的浙江第二師長周鳳歧即宣佈就國民革命軍第二十六軍軍長，守紹興的第一師師長陳儀就革命第十九軍軍長，同向孫傳芳作戰，白崇禧、何應欽軍趕到援助，孫軍大敗，革命軍遂攻下浙江。東路軍西向蘇境進迫，孫軍如驚弓之鳥，三月中旬已攻至淞江，三月二十日白崇禧指揮部進入龍華，上海守軍畢庶澄派代表接洽投誠，本可不戰而佔上海，因共黨上海總工會汪壽華用武裝工人糾察隊繳奉軍武器，烏合之衆工人武裝，不敵久經訓練奉軍，巷戰一天一夜，且有被奉軍制服之虞，適東路軍薛岳率部進入市區，始將奉軍解決。(畢庶澄逃到天津後被奉系槍斃。)

革命軍解放上海後，總工會即召集市民大會，到會者十之八九爲各工會工人選出以汪壽華(共黨)爲首的市政委員會，黃昏夕陽，未旬可即爲清黨浪潮所沒。

當孫傳芳軍在浙江作戰不利消息遍傳時，駐安徽孫部王普、陳調元即響應革命軍，宣佈就國民革命第廿六、廿七軍軍長，革命軍不費一彈即底定皖省，李宗仁、程潛左右兩路隔江向南京挺進。右路軍第四十軍賀耀祖首先攻入南京城，孫傳芳北竄徐州。

汪精衛到漢口領導黨政後，在南京中央委員蔣中正、胡漢民、吳敬恒、蔡元培等亦組織中央政府，與漢口中央對抗，寧、漢實行分裂。南京中央於四月十二日下令清黨，由上海臨時政治委員會接收上海市政權，總工會即發動罷工遊行示威，與軍警發生衝突，於是工人糾察隊武裝被解除，共產黨上海市負責人陳延年（陳獨秀子）總工會負責人汪壽華等被殺，軍警與工人均有死傷。各工會在清黨時「組織工會統一委員會」領導，由江西周貫虹負責（此人在香港），國民政府權力所及者，雖有粵、桂、湘、鄂、贛、閩、浙、蘇、皖等九省，因寧、漢分裂而有兩個中央政府，政權的久暫，固以人民好惡爲依皈，但在民權不發達之國家，須賴武力支持，當時革命軍傾向武漢中央者，有二、三、四、六、八軍，武漢中央且已作出對南京用兵姿態，而北洋軍閥直系雖垮，奉系力量猶存，如各不相下，雙方均有不利，加上馮玉祥正欲進潼關攻河南與革命軍會師中原，呼籲團結貫徹北伐。遂由李宗仁乘兵艦至湖口，約朱培德會商結果，由宗仁、培德建議雙方中央，同時揮戈北伐，黨政問題俟完成北伐再議。宗仁回南京後，即撤消李烈鈞在贛東之江西省政府，段錫朋主持省黨部；培德回南昌後即將社會公認之共產黨人如省黨部委員李松風、劉一峰、王枕心、胡辣生，市黨部傅惠中，農民協會方志敏，總工會蕭髯鋒等十餘人，各贈五百元用專車送至九江，這批人自然是去漢口。但李松風、劉一峰、王枕心、胡辣生並未加入共產黨，不過平日言行比共產黨人更激烈更左傾而已矣。

國民黨中央高層中雖有不同政見，所幸革命軍戰鬥力並未受到影響，寧，漢雙方分別揮軍北進的結果，寧方軍隊將孫傳芳逐出徐州。漢方北進河南所遇的是奉軍張學良的精銳，經過多次惡戰，將奉軍擊敗克復開封。損失最大的仍是革命第四軍，漢方中央負責人汪精衛等在鄭州與馮玉祥會議，將西北各省陝西、甘肅、寧夏及河南屬於河南政治分會領導，任馮玉祥爲主任兼河南省政府主席，以拉攏馮氏。入河南的革命四、八兩軍全部撤回湖北。馮玉祥則應南京中央邀請在徐州與寧方中央負責人蔣介石、胡漢民等會議，馮玉祥回河南後亦宣佈清黨，將政工人員劉伯堅等送回武漢。北伐任務未完，黨內糾紛重起，寧，漢雙方均作磨拳擦掌兵戎相見宣傳時，湘、鄂共產黨人過火的行動，尤其事毛澤東農民痞子運動，激起軍人反感，如許克祥長沙馬日事變，夏斗寅進攻武昌等雖均制服未生大變，但當武漢中央多事之秋，史達林迫不及待用第三國際名義令中共作消滅國民革命的荒謬企圖。（內容大概爲沒收地主土地武裝農工、更換國民黨中央委員及高級將領等）因而引致國共分裂。國共雙方在廬山會議宣佈分裂後，共產黨人譚平山勾通賀龍八月一日在南昌暴動，繼之是十二月十一日俄國駐廣州領事指使廣東共黨負責人張太雷在廣州暴動，國民黨人痛定思痛，認爲有化除成見團結之必要，且以所謂黨內糾紛，分別各以汪精衛蔣中正爲對手目標，幸各相忍爲國，汪、蔣下野出國，遂促成寧、漢、滬（西山會議反共派中央）合作之國民黨大團結，成立特別委員會主持中央，國民政府則改爲常務委員三人集體領導制。總司令部秘書吳醒亞（湖北人）到溪口向陳立夫獻策（陳此時是總司令部機要處主任）在黨內成立核心組織（此即爲社會傳的CC），汪精衛亦由陳公博在上海組織改組派，出版革命評論，批評黨政。」孫傳芳乘蔣總司令下野，作回光反照之反攻，龍潭大戰後，孫傳芳才算徹底失敗，托庇天津租界，皈依佛法以懺悔罪孽。翌年春蔣總司令復職繼續北伐，攻入山東濟南時，日本公然出面阻我北進，以極野蠻手段，殺我外交特派員蔡公時，造成濟南五三慘案。迨革命軍繞道攻佔河北，迫近北京時，張作霖不願作更多喪權辱國行爲，拒絕日本援助與國人爲敵，六月一日通電下野，罷戰撤軍退回關外，六月四日作霖專車行至皇姑屯時，爲日本關東軍高級參謀河本大作預埋炸藥炸斃，革命軍克復北京，完成中山先生北伐遺志。繼之是張學良擁護中央，國民黨遂統一全國。

沈鴻烈與山東

劉道平

先從王故主席一席話談起

已故江蘇省主席王東成（懋功）先生畢業於保定軍校，自小天才橫溢，得意甚早，廿幾歲英年時期，即在程潛當廣東軍政府陸軍部長時代出任旅長，可說少年得志，眼高於頂，從來不輕易服膺或欽佩那一個人，惟獨戰後卅五年秋，我親自聽到他極口稱譽和贊佩沈成老不絕，這是很少有的事，所以值得一記。勝利後

沈鴻烈像

的卅五年，我正任江蘇海門縣長，王先生是我的直接長官，這年秋天王先生巡視到了南通，省主席到南通視察，照例南通專署要通知所屬各縣縣長到南通晉謁的，我是接了專署電話通知趕來南通的，王主席喜好在澡堂洗澡擦背捏脚的習慣，我到南通這一晚，專署把南通一家最好的澡堂雅座全包了，主席專員和我們五位縣長都泡在澡堂裏，洗澡過後，王主席，一枝烟在手，一邊細品着上等好茶，於是他的話匣打開了，他是善於言詞的，他的話匣一打開，便是滔滔一大篇，不過他這篇談話是很有節奏的，中間還有抑揚頓挫，原來他是剛出席過在南京由最高當局召開全國高階層的行政會議而來，那次盛大的全國行政會議，奉召出席的全是各省現任主席及特別市長，可以說是勝利還都後一次盛會，王主席說：「這次在南京舉行的全國行政會議，使我最佩服的一個人，就是浙江省主席的沈鴻烈，這個人眞是了不起，不僅只見識高人一等，在行政經驗上眞是老練的驚人！依照大會的規定，各省主席或特別市長，都有一次行政上的報告，報告之後，繼之以針對每一省市情況提出一套建議意見，大多數省主席市長所提報告和建議，絕大多數總避免不了偏重於他那一省市情況的需要，唯獨沈鴻烈是例外，這位沈主席所提報告是屬於浙江一省，但他所提的建議，則是全國性的，凡是他所說的話，句句清晰而有力，每一句話都能打動每一位出席人員的心弦，最難得的凡是他的建議，幾乎都是大家想提而未能提出的，從他的說話言辭和表情

中，可以發覺他是如何對黨國的忠誠和老成謀國的忠藎，所以他的一篇發言，是受聽的，主席（即今總統蔣公）也深爲他的言詞熱忱所感動，我生平從來沒佩服過人，只有這次沈鴻烈是我畢生佩服的第一人，眞是了不起，國家有這樣的人才，無形中激起大家一份建國的信心信念，難怪　主席特爲選擇沈鴻烈當浙江的省主席，眞是有識人的特別眼力。」這段話已經是廿多年的陳賬了，說話的王先生也已作古多年了，可是對我來說，這段話留在腦中異常深刻，即令再過廿多年，我也記憶如新，對沈成老雖是湖北的大同鄉，但從無一面緣，我對沈成老留下一種敬仰的印象，也可以說是從王先生這一席話而起的，來台後我知道沈成老是住在台中市，我雖然也在台中服務，可是從無一次機會前往拜訪，這是引爲畢生的遺憾，現在沈成老以八十八高齡病逝寶島，我以從無任何淵源的一個鄉後輩，要寫一點紀念性的文字，還不夠資格，因爲沈成老在抗戰初期作過四年的山東省主席，他的離開山東，又關係國家至爲重大，所以我搜集了很多資料以「沈成老與山東」爲題寫述這篇文字，不能列爲紀念文字，但可作爲治近代史家的參考。

山東在勝利後對國家關鍵的重大

我對山東可以說有兩次淵源，一次是民國卅一年春間奉湯恩伯將軍的命令擬去魯西點驗孫良誠部，不料孫迫不及待先做了僞軍總司令，我們一行走到商邱又折回；另一次是卅四年勝利，我是十九集團軍總部的上校秘書，總司令是陳大慶將軍，當時十九集團軍是奉命隨李延年將軍推進到濟南的，建制部隊的三個軍，即騎二軍廖運澤部，暫九軍霍守義部，與九十八軍王毓文部，騎二軍與暫九軍是先頭部隊，老早搭上津浦路的火車先到了濟南，後來暫九軍就駐防周村，只有殿後的九十八軍推進到臨城，沒有過去到山東，同時陳總司令又忙於徐州的受降和接收，我也在這段空隙到江蘇出任海門縣長，總之，勝利後本是奉命推進到山東的十九集團軍，自總司令以下的總部人員實際並未入魯，眞正進入山東的部隊，始終只有暫九軍與騎二軍，如果不是爲了徐州受降，那我也可能隨軍一道入魯了，這兩段都是去而未成的一點淵源，其實也說不上淵源，儘管如此，但山東在勝利後對國家的關係太大了，這就要從陳毅和它的新四軍說起了，在皖南的新四軍，自從葉挺被俘項英戰死，新四軍主要幹部幾乎悉數彼殲，剩下逃到蘇北的殘餘還不到兩千人，中共派陳毅來接的新四軍就只這點爛攤子，要不是在蘇北的八十九軍李守維太無能了，這一時期李守維以他裝備精良的兩個建制師和一個保六旅，只要把握戰機，要消滅新四軍殘部，不過一舉手之勞，也只吹灰之易，但李守維終有黃橋一役的失敗，李本人落水而死，新四軍只出動九個連的力量，把李守惟的兩個建制師完全吃了，此後新四軍在蘇北就壯大起來了，有了李守惟兩個師的補充，此後蘇北十三個遊擊縱隊都給新四軍吃光了，偏處蘇北一隅的江蘇省主席韓德勤也作了俘虜。陳毅和它的新四軍在蘇北是躊躕滿志了，蘇北和魯南是毗連的，抗戰初期，徐向前在魯南領導一部份共軍，人數不滿兩千，局促不敢向外發展，等到陳在蘇北得勢，就動起山東的念頭了，陳毅的想法，是想奪得山東全境的地盤，就不愁兵員與物資的補充了，但這時山東境內國軍力量雄厚，而主政者又爲沈成老，陳於是無機可乘了。在沈成老主魯的四年間，陳毅的新四軍即從未對魯境越雷池一步，可是到了卅年以後，沈成老調返中央去了，山東終究給新四軍打進去了，山東擁有三千萬人口的省份，境內山脈和地形複雜，是打遊擊的好區域，陳毅夢寢以求的最大願望，是佔據山東作爲根據地，同時又可以大量利用山東的兵員和物資，勝利後陳毅和它的新四軍，能造成如此浩大的聲勢，就是充分利用了山東的兵員和物資，作爲它的本錢，現在回想起來，勝利後陳毅和它的新四軍，牽掣中央多少大軍，即連能征慣戰的張靈甫師在孟良崮，也覆沒在陳毅「人海戰術」之下，單是那次由湯恩伯將軍負責指揮的卅六年秋天進剿的大戰後，一時調集大軍幾近百萬，向使沈成老不離魯，陳毅和它的新四軍即無法進入山東，也就不會造成爾後那麽龐大的聲勢，成爲勝利後牽掣國軍一支最大的阻力，雖然這件往事已成陳迹，但我們到今天還惋惜着沈成老當日若不退出山東的局面，就大不相同了！

沈成老是怎樣經營山東的

廿六年七七盧溝橋終於爆發中日大戰之後，沈成老當時是現任青島特別市長，試想當時日本人的凶燄，在華北各地無事生非，青島是它的囊中物，事實和情勢當然不容許再幹下去，他是廿六年底撤退到蘇北的徐州，不久韓復渠被正法了，山東主席中央選定了沈成老繼任，這是最適當的人選，因爲沈成老當過渤海艦隊司令和青島市長，擁有人地相宜的優越條件，尤其是他累積了最豐富行政經驗，更多的是他處事應世的那份老成練達的閱歷，他是在日本海軍大學唯一的中國畢業生，由初學以至見習整整學了七年海軍，加以他是秀才的老底子，國學根基深湛，對於中國歷代政治的得失，早已瞭然於心，現在發表山東主席，豈不是有一良好發揮的機會嗎？中央正式命令是廿七年元月發表的，他在徐州只組織班底，尋找武力，並沒立即就職，他是把一切籌備就緒後於廿七年一月中進入魯西曹縣就職的，他的意思雖然中央是發表當敵後主席，但也得在山東境內就職，表明他守土有責的立場，也在指明他的作風叫做「人不離鄉」，他帶的省府人馬在曹縣也只駐住兩三個月，在這期間，他是要把推行全省政策腹案要想清楚，並且制訂許多施政方案，然後謀定後動，依照政策、方案，大致有如下的幾個重點：

第一，先尋找一份武力的依靠，這一着他是很快就解決了，他找到吳化文的一支武力，除了向中央要了一個新四師的番號以外，還由省府給他一個保一師的雙料師長，吳化文是一個奸詐百出的角色，可是對沈成老是由衷的敬服，他這支武力，以後就成了沈成老行動時的自衛武力了，也跟沈成老跑遍魯北、魯南、魯東每一個鄉村的角落，勞怨不辭，這一時期的吳化文，總算表現得不錯。

第二，先從建立全省民間武力着手，沈成老的決策，是有兩句口號的，叫做「人不離槍，槍不離鄉」，他的解釋，是作縣長專員也好，帶兵的師旅長也好，反正有一定的轄區，你的人槍武力總須在你的轄區以內活動，才算符合敵後實際情況的要求，他在魯西曹縣三個月以後，就深入魯北的利縣，他在魯北期間，收服了一支舊部僞軍張步雲，這個張步雲，人稱「通靈猴子」，在沈成老任艦隊司令時期，當過他的隨從副官，現在老長官捲土重來他也拖出一旅僞軍出來，沈成老立即編爲保二師長，他再由魯北轉入魯東，又繼續策動趙保原部反正，並且給趙保原十二師師長兼第十三區行政專員的名義，這個趙保原在魯東膠濟路線上眞是無人不知的英雄人物，他的勇敢和機智，玩弄日本人於股掌之上，到了廿七年年底，沈成老的足迹，最後終於到達魯南定居了，定居的地點，就是魯南沂水的東里店，也即是當過國防部次長最後做了撤退前的山東省主席秦德純將軍故里，在他四年省主席期間，由他親手建立起來的武力，有三個保安師，十幾個保安旅，每一個縣建立一個保安團，規定專員可以兼任保安師旅長，縣長則一律兼任保安團長，由於沈成老作風親切和善，至誠不虛，所有山東境內的，各階層領導人物，都受到他的號召的感動而羣起響應，山東雖是很早就淪陷的省份，但在沈成老四年苦心經營之下，全省各縣市的政權完整無缺，幾乎每一個縣市地方慢慢都建有可觀的武力，敵人在點線上佔領，但廣大的面積都是在地方政府控制之中。這是沈成老在敵後主席四年中最大的一種成就。

第三，親自指揮各地的遊擊戰：沈成老在魯南沂水東里店的通訊網，在魯南較近的轄區中，電話隨時可通，對魯東、魯北、魯西等地區，則普遍都有無線電報密碼連絡，雖是相隔幾百里甚至千里以外，電訊連絡，密切無比，因爲電訊連絡方便，各地發生特殊情況，或遭遇日軍掃蕩包圍，沈成老還可以多方調動救援部隊，他對軍事指揮特具功能，比如魯北某縣地方部隊，遭受僞軍壓迫，他可以調動附近專員公署的保安旅去救援，沈成老在四年省府主席任中，眞是作到「秀才不出屋能知天下事」的地步。

第四，建立政府的威信：建立敵後政權並維繫這一政權在民間的威信，首先你要把省府威信威望樹立起來，這一方面是爲了建立起敵後領導中心，是一個強有力的政府俾能一如平時「如身使臂」和「如臂使指」那樣靈活，示之以恩，則須恩威並至，示之以威，則撫慰有加，總之在沈成老主魯的四年間，山東境內的齊魯健兒，被沈成老仁風所播，莫不聞風而起，全省民間武力於是大備，各區各縣的政權，亦因而完全重建起來，中央政府命令威信，在山東境內推行最爲徹底有效，此即沈成老所以報效黨國最力之處，他是無媿於他的職守。

于學忠是一手造成山東全局糜爛的大罪人

于學忠字孝侯，山東蓬萊人，在東北講武堂畢業後即在東北軍中服務，西安雙十二事變時，于學忠是當時甘肅的省主席，他雖叛迹未露，但內心實同情他的張少帥，他這個人個性至爲頑固，總把自己局限於東北軍和張家的奴臣的範疇，以此機緣，在抗戰前，仍然當到五十一軍長，自從西安事變之後，所有東北軍官兵，即不能對共作戰，原因是他們若果雙方對陣起來，共軍的政工幹部，即大呼「自己同志不要打了」的口號，雙方多數罷兵不戰，但日寇大軍南犯，于學忠却帶了兩個軍的東北軍，在蘇北淮河流域打了一場硬仗，于學忠的部隊在這次戰役裏死傷了兩三萬之多，中央以于有大功於國家，乃令其退入魯南休息整理，這是于學忠入魯的來龍去脈。中日抗戰一起，最高統帥部劃全國爲九二個戰區，另外又在河北及山東境內成立冀察及魯蘇兩個戰區，前者派了鹿鍾麟爲總司令，後者即就近指派于學忠爲魯蘇戰區總司令，于的部隊，從他退到魯南到成立魯蘇戰區總部以後，他的兩個正規軍的番號，即五十一軍和五十七軍，所犧牲的兵員漸漸都補充起來了，他的兩個軍的兵力，人數總在五萬以上，沈成老廿七年調任主席以後，不久于學忠也出任魯蘇戰區總司令，這種戰區總司令，職權和各戰區的司令長官是一樣的，他可以指揮轄區內的省主席，于學忠雖然是魯蘇戰區總司令，但他管不了蘇北區域，能管到的只有一個山東省主席沈成老，爲求軍政配合起來，還把沈成老拉來作了魯蘇戰區的副總司令，但也有人說，沈成老以省府主席兼任于的副總司令，是出自中央調和戰地黨政密切配合的一種措置，要以像于孝侯那種偏狹的性格，是絕不會主動的邀請沈成老當他的副總司令，這話說法，也很近情理。我最不諒解于孝侯的一點，便是他反共立場問題！東北軍自從張學良在西安鬧了一次刧持統帥的事件之後，東北軍的聲譽便一落千丈，好像一匹戰馬烙了一道火印一樣，從此便不能對共作戰，于孝侯怎樣偏狹頑固，我們都可以涵蓋，但他表現反共的立場太軟弱，尤其是對生死不兩立大敵的中共，竟存姑息和灰色態度，是最不能得人諒解的，並且最堪痛恨之處，他對中共的陰謀絲毫不加防止，惟獨對反共制共最有辦法的沈成老的省政範圍，却鬧得水火不相容的局面，這是特別使人憤慨的。

于沈的磨擦形勢，初期還只下面的不和而已，後來于孝侯本人竟動起意氣，認爲沈成老是他一道盲腸，這就是于的偏狹而兼忌刻心理的作祟，從出身歷史來講，于沈都是從東北軍裏面幹起來的，不僅有同事之雅，而且也是老朋友，沈成老是極重道義的性格，也修養有素，對于孝侯一向很尊重，從不無事生非，就以省政範圍來講，他是經常需要于派兵力協助配合幫他展開政令區域，于明明有現成的兵力擺着賦閒，就不配合行動，可是沈成老從無怨言，後來聽到于孝侯左右已給共諜滲透和于本人成見很深的情況以後，他老先生的想法，根本起了變化，認爲什麽人都知道他們兩個首腦人物都是出身東北軍，現在碰在一起都鬧不好，不知者還以爲沈成老做了什麼對不起于孝侯的事情，這樣一來就是跳到黃河也洗不清不義的惡名，那他又何必戀棧呢？反正成全于孝侯也不是外人，於是便一連向最高當局亦即今　總統蔣公打了八次辭職的電報，辭意懇切，至於淚下，認爲工作大局環境不宜再留，這樣才於最後一次電呈批准他的辭職，這是民國卅年年底的事，從這些事迹的過程看，沈成老之離魯，又何嘗不是于孝侯偏狹和忌刻心所逼走的，關於沈成老辭職照准以後，于孝侯立即保他的一位舊部牟中珩繼任，可見于孝侯早欲去沈成老而後快的心理，已昭然若揭！牟中珩這個人我倒見過，有人說他是于孝侯的外甥，反正牟是于的老部屬，當時已接任于的五十一軍軍長，卅二年的冬天，我隨陳大慶將軍的十九集團軍駐在皖北阜陽的謝集，那時我是總部特別黨部的書記長，在阜陽城裏經常舉行黨政軍聯席會報，牟中珩的山東省政府這時撤退到阜陽，他也是參加會報的單位之一，我是在會議場中看到，他爲人木訥不善於言辭，也有口吃的毛病，純從外型看，應當是屬於老實而無作爲的，他的山東省府主席，竟退到皖北阜陽過起流亡生活，那還談的上，什麼作爲嗎？

于孝侯終於逃不過玩火者必自焚的悲運

我在前面說過，于孝侯最不値得諒解和寬恕的地方，是對共軍一向不加防範，任何人都知道中共一貫伎倆，爲求達到某一政治目的，便不擇一切手段以達成之，于孝侯一向被中共欺哄慣了的；也經常被中共玩弄於股掌之上，但于孝侯並無警覺，自從他當了魯蘇戰區總司令以後，也照例兼了魯蘇地區黨政分會的主任委員，于孝侯一向喜歡戴高帽，這時中共已把于當爲工作上的對象，一天到晚向于獻媚，儘給高帽子戴，投其所好，其實中共的目的，是想滲透到于孝侯的機構中來，以便居間取事，果然這一目的，中共終於達到，據說于孝侯的戰區總部的參謀處長，就是一名滲透進來的共幹，在魯蘇戰區黨政分會下面機構中，也有共諜滲入，這一來，于孝侯的一切大政方針的行動，都逃不過中共的耳目，試想戰時的黨政分會，原是爲防共而設置的，但于孝侯的黨政分會却被共滲透了進來，那還不註定失敗的命運嗎？

沈成老離魯影响整個國運

我在本文的結論說，山東的全局，關係未來國家大局的命運，至巨且大！但若我們回想，假若于孝侯不在山東，或于孝侯在山東聽信沈成老的一套作法，最好是大家一致提高對中共的警覺，那山東就不會鬧什麼軍政不能配合的磨擦局面，情勢只要如此發展下去，沈成老就絕不會堅決求去，沈不離魯，就保證了山東局面不致敗壞，只要沈成老在魯不走，中共是不能滲進山東的。

沈成老一調回中央，最先成問題的是吳化文，吳化文本來就是一個投機份子，沈成老在魯一天，他是唯命是從，吳化文視沈成老是最信任的長官，也是他唯一的靠山，現在沈成老一走，他變成一無依靠的游魂了，他帶了幾千成萬的部隊，不能不爲全軍着想，這也是人之常情，何況于孝侯那份狂妄不能容人的作風，對他一點也不信任，於是乎不能不自尋出路，恰巧正碰上汪僞政權擴軍時期，於是一拍即合，馬上當起僞軍的總司令，就在山東兗州的家鄉駐紮下來，何異大皇帝一般？另外還有一個本是由僞軍拖出來的張步雲，這位張仁兄，生平就只信服沈成老一個人，沈成老不走，他倒規規矩矩，沈成老前脚一走，後脚即拖回他的老行當又回到僞軍營裡了，而且也升了一級，當上了軍長，此外凡是由沈成老一手所組成的地方團隊，沈成老一走，也不免紛紛惶恐起來，其中不少投機份子，走投僞軍的門路，還好專員縣長中沒有發現變節投僞的，所以沈成老離開山東，雖對山東是一項無比的損失，而對整個國家國運來講，影响之大幾無可比擬了！

宋淵源與閩軍

許清瑞

宋淵源永春人，清末秀才，早歲留學日本，加入同盟會，辛亥武昌起義，閩省光復，宋氏由日返國，被推爲福建都督府參事會參事員，嗣又受都督孫道仁之命，任閩南安撫使，南下宣慰民間武力及辦理善後，這是宋氏與閩南民軍接觸的開始。事畢回省，參事會已結束，即被選爲臨時省議會議員，又受推任議長，二年改任國會參議員。民國六年北洋政府段祺瑞非法解散舊國會，毀棄約法， 國父孫中山先生在粵倡導護法，成立西南政府，援湘援閩之師先後出動，宋氏又以國會議員身分，啣命回閩策應，受閩南民軍推戴，組織福建護法軍，總領師干，先後規復永春、安溪、德化、南安、仙遊、大田、漳平、寧洋、永安等縣及晉江、惠安一部份，與袁世凱餘孽閩督李厚基對抗，從此閩南地方變亂頻仍，擾擾攘攘，亙二十年，卒致錦繡河山，變爲滿目瘡痍，人民生命財產之損失，眞不可以數計，孰令爲之，孰令致之？他日青史中自有尸其咎者。他在護法軍成立初期是與援閩粵軍陳炯明、許崇智及福建靖國軍方聲濤、張貞等携手合作，以驅逐李厚基實現閩人治閩爲共同目標，併肩作戰多時，才能奠立小康局面，擁有泉永數縣（陳炯明自兼之粵軍第一軍則佔領漳龍十餘縣。）但最後因權利之爭，竟至凶終隙末，操戈同室，予李厚基以可乘之機，終被一一擊破，兩敗俱傷，親痛仇快，莫此爲甚。民國十五年七月國民革命軍誓師北伐，何應欽將軍率東路軍由廣東潮汕向閩西永定進攻，宋氏間關入閩，組織「福建軍事參謀團」（宋氏任參謀團主任），指揮十一路司令（註一），攻襲敵後各地，與東路軍桴鼓相應，所以短短不到三月，便將盤踞福建多年的北洋軍閥閩督周蔭人所部擊潰，全省底定。此役宋氏之功，實不可沒。翌年國府奠都南京，宋氏先後兩度出任國民政府委員兼僑務委員會常務委員（當時僑務委員會不設委員長，僅設三常委）及國貨銀行籌備主任，這是宋氏一生最得意最輝煌的黃金時代，其後他雖由絢爛漸趨平淡，但仍先後膺任抗戰時期的國民參政會參政員，及行憲後國民大會國民代表，民國五十年四月因病在台逝世，享年八十，可謂爲高壽。綜其一生，由壯至老，八數十年間，可說都在政治舞台上活躍，未稍間斷，爲功爲過，見仁見智，既非本文範圍，只好留待後人月旦。不過他一生有一特長，爲常人所不能及，那就是富有冒險犯難的精神，同時又有一股知其不可爲而爲的幹勁，則爲無可否認的事實。遠在清末，光緒、慈禧僅相隔一日，先後死去，當哀詔到達時，他以永春地方紳士及領導階層（他那時是担任永春州中學堂監學兼官立高初兩等小學校長，及去毒社社長）的身分（註二），竟敢拒接哀詔（依照專制時代慣例，哀詔到時，全城官員及地方當權士紳，都要參加接詔，連城隍廟的城隍爺，也要抬出來下跪。）甚至更進一步，在國喪百日內把頭上髮辮剪掉，這在當時是犯大不敬罪，最大刑罰，可能處死，尤其是那時滿清政府，正在如火如荼的大捕革命黨人，宋氏此舉，直如以身試火，旁觀的人，都替他揑一把汗，但他却行所無事，處之泰然。（當時永春州知州李樹敏頗爲開明，平日對宋氏又有好感，常曲爲迴護，所以得安然無事）此外另有更驚險的一幕，其嚴重性較不接哀詔及剪掉髮辮尤有過之。可能是他命大及祖先有靈，否則早已身首異處，抄家滅族。這事肇端於乙已日俄戰爭那年，但被人檢舉，則在相隔數年之後，前因後果是這樣的：乙已日俄戰爭，俄國波羅的海艦隊遭日本擊潰，被迫爲城下之盟、訂立撲資茅斯和約，以取自中國之旅順大連（遼東半島）及南滿鐵路租借權轉讓日本、當時謠傳滿淸政府以遼東半島爲其發祥地、萬難放棄、若日本能將其歸還中國，則可割福建與之交換。宋氏此時適在福州高等師範學堂（太子太傅陳寶琛担任監督）肄業，鑒於福州紳商學界，羣起反對，他也義憤塡膺，寫信給永春巨紳鄭翘松（清舉人）等要他們領導響應，信中有：「以閩遼之議，正在秘密交涉中，彼滿虜非我族類，何事不可爲，福州各界已倡議反對於先，各地自應繼起響應於後」等語，這種革命排滿的激烈措詞，與清初因文字賈禍的金聖嘆那傳誦古今的「奪朱非正色、異種亦稱王」、其露骨大胆作風，眞可互相媲美，先後輝映。在宋氏可能是一時衝動，未考慮後果，憤而出此，但却被地方上自命忠於清室的朽儒及反對他的人，抓住把柄，將信珍藏起來，作爲未來陷害他的張本，這無異埋下了定時炸彈、隨時都可爆發，果然直至宋氏由高等師範畢業回永担任地方要職，又以年輕氣盛，開罪了更多的士紳，因此對方爲要排擠他，竟不擇手段，將這「造反」信件拿到泉州攝影，作爲罪證，密向福州總督府控告，指他是革命黨（宋氏這時實際尚未參加革命組織，只是言行過激而已），有此眞憑實據，總督府立令永春知州李樹敏把宋氏逮捕解省，當時閩南人士把這事當作一大新聞，轟動一時，街談巷議都認宋氏必難倖免，後來雖得李樹敏及陳寶琛全力營救，大事化小，未興大獄，但他的秀才功名及所任地方各職，都因此革掉，他在虎口餘生驚魂甫定之後，認爲永春已無法立足，便遠走高飛，遁跡日本，也就在這時，他才正式加入同盟會。又如在護法軍時代，他因籌餉問題與同駐永春實力比他强大之援粤軍司令陶質彬（湘人原李厚基營長，民國七年五月與另一湘籍營長朱得才在德化叛變，接受陳烱明委爲援粵閩軍司令朱任副司令）發生爭執，當時有永春大豪林澤謀係擔任陶質彬的籌餉委員，宋氏以林澤謀過去在地方劣跡昭著，現在又幫助陶質彬與己作對，竟不惜冒與陶質彬交惡的危險，將林拘捕槍决，爲了此事，他差一點爲陶質彬所襲殺。其後他的護法軍與粤及靖國軍衝突，宋氏也屢遭敗績，瀕臨死亡邊緣，可是他却愈蹟愈奮，絕不氣餒。在李厚基、孫傳芳、周蔭人偵騎四布欲得而甘心之下，他經常奔走廣州廈門及泉永之間，僕僕風塵，席不暇暖，當日交通不便，不是徒步，便是乘輿，嚴寒酷暑，餐風露宿，可說是備歷艱危，他也能履險如夷，安然無恙。興泉永之有公路，安海與永春寔開其先河，但當民九宋氏在永春拆除城垣開路時，一班士紳，或惑於風水觀念，或基於私人利害、羣起反對、阻力重重、宋氏又能力排衆議、毅然决然，付之實施。又如歷史上有名的「龍潭之役」、孫傳芳傾其殘餘全力，作困獸之反撲、戰鬥激烈、空前未有、宋氏與李烈鈞等固守崗位、坐鎭國府、予當時南京民心士氣莫大鼓舞，卒能將頑敵殲滅，使首都轉危爲安。凡此表現，都不是缺乏勇氣的普通人所能做到，更非貪生怕死者所能望其項背，確屬難能可貴。至於他那種知其不可爲而爲的幹勁，在民國十三年（註三）組織「閩軍」，以對抗閩督周蔭人時，更發揮得淋漓盡致表露無遺，經過情形是這樣的：當民國十三年，駐守泉州福建陸軍第二師師長高義（註三）原係由雜牌部隊所編成，一向與周蔭人貌合神離，頻遭歧視，後來周蔭人又派其嫡系旅長孔昭同（後升任興泉永鎭守使）來泉，名爲協防，實則監視，形成一山兩虎，終於發生火併，在泉激戰多日，高義以彈藥不繼，敗退永春，這時的高義已是强弩之末，勢窮力蹙，而閩南其他各縣民軍，在北洋軍閥高壓之下，都暫作雌伏，欲振乏力，這種局面，任何人都知大勢已去，事無可爲，但宋氏却不顧一切後果，賈其餘勇，居然在永春組織「閩軍」，自任總司令，總部成立之時（設在永春考棚），還鋪張揚厲，大事慶祝一番，同時各縣民軍巨頭如吳威、楊漢烈、陳亮、呂渭生、蘇萬邦、陳國輝、陳錚、莊文泉等，或雄冠佩劍或全套袍褂、紛紛來永參加盛典，即遠在閩北的盧興邦派代表來作禮貌上的申賀，眞是冠蓋雲集，盛極一時。宋氏並於此時發出聲討周蔭人通電，劍拔弩張，大有滅此朝食之概。可是寡不可以敵衆，弱不可以禦強，是鐵的定律，在宋氏等正在彈冠相慶，一場狂歡之後，不久周蔭人便猛着先鞭以雷霆萬鈞泰山壓頂之力，分令孔昭同由南安向永春正面進迫，董勝標旅(歸孔昭同指揮)由仙遊側攻，同時德化民軍陳國華、林青龍等，(陳曾任民軍旅長，林原係護法軍支隊司令後投效靖國軍張貞)、由於在民國十一年曾將宋氏部下健將王榮光(一度接受李厚基收編爲暫編第一師師長，後又反李)捕送李厚基予以槍決，與宋氏早已積不相能，此時也傾其全力集合在永春德化邊境，企圖截斷「閩軍」退路，期收漁人之利，在三面圍攻之下，所謂「閩軍」，即如曇花一現，冰消瓦解，計自成立至解體，爲時尚不及一月，聽說當時如非陳國輝於緊要關頭，親率一營隊伍，馳赴救援，掩護向安溪退却，宋氏幾乎被俘。由於這一幕戲劇性的表演，宋氏固不免輕舉妄動，自我陶醉之譏，但其不畏強暴孤注一擲的勇氣與毅力，則有足多。因爲「閩軍」其興也勃，其亡也忽，眞是來去匆匆，所以福建人士對於此役，簡直了無印象，茲爲補將來史實之遺，謹就記憶所及並參考家兄子青(清超)所著「閩南民軍演義」一書，將當日經過情形，撮要寫下，另將宋氏聲討周蔭人通電全文照錄，以作印證。至該通電，詞藻華麗，氣魄雄壯，頗堪一讀，猶其次也。

宋氏聲討閩督周蔭人通電全文：

廣州孫中山先生鈞鑒全國各機關各法團各報社暨海外各僑團各報社公鑒：吾閩苦兵燹久矣，自粵軍入援，李厚基敗逃之後，地方秩序，幸有一線生機，詎人民之驚甫定，孫、周復接踵而來，始則與王永泉戰，繼則與臧致平、楊化昭戰，師行所至，閭里爲墟，殺戮姦淫，慘無人道，似此軍閥相承，戰端迭啓，閩人將無噍類，自治希望，更不啻與虎謀皮。迺者江浙啓釁，奉直構兵，孫傳芳奉曹僞命，移師浙滬，八閩人士，方額手稱慶，以爲軍隊漸減，負担漸輕，民困可以漸舒，元氣可以漸復，不圖曹吳賊黨周蔭人，但知固位，罔恤民艱，招兵購械，日不暇給，剝肌吸髓，爲所欲爲，推其用心，直視閩省爲征服地，閩人爲俎上肉，六十餘州郡，三千萬同胞，忍令永久沉淪，無復重覩天日，嗟我鄉人，其何以堪。淵源等既恨曹吳之禍國，復顧桑梓而痛心，爰組閩軍，爲民請命，先決自治問題，驅周賊以靖閩疆，再率八閩健兒，出長江以清曹逆，有進尺決無退寸，寧玉碎不願瓦全，閩中各軍，無分主客，贊助自治者即吾友，附和周賊者即吾敵，請速審擇，毋事徘徊，更盼吾閩父老兄弟暨諸閩僑，同心同德，智者竭其才，勇者竭其力，富者盡輸將之義，賢者任勸導之勞，本救鄉之精神，達救國之目的，行見澄清左海，奏自治之膚功，還當努力中原，奠共和於穩固。謹布腹心，諸希明鑒。宋淵源、高義、吳威、呂渭生、楊漢烈、莊文泉、陳亮、陳國輝、陳慶雲、陳銘、蘇萬邦、陳錚、林懷瑜、尤賜福、李金標叩銑。

註一：福建軍事參謀團十一路司令爲第一路閩北盧興邦，第二路閩西郭鳳鳴，第三路高義、第四路吳威，第五路楊漢烈，第六路陳亮，第七路陳國輝，第八路蘇萬邦，其餘已無可考。過去宋氏組織護法軍，僅轄閩南一部份民軍，至此除閩東外，可以說全省民軍，都歸其指揮節制，後來全省底定只有盧興邦改編爲獨立師，其餘則全部編爲新編第一軍，軍長爲譚曙卿。

註二：「去毒社」爲禁鴉片機構。

註三：「閩軍」成立於十三年何月，已無法考證，可能是在十三年冬。

註四：孫傳芳周蔭人入閩後，曾將福建雜牌部隊編爲三師，第一師張毅駐守漳州。第三師李鳳翔駐汀州。高義(台灣人)爲第二師。這種部隊本來只能稱作「警備師」或「保安師」，以示有別於國家陸軍，但北洋軍閥，漫無制度，竟冠以「福建陸軍」名義，眞是笑話。

西安事變後殉難的王以哲

王盛濤

「盛濤吾弟足下；展誦來書，藉悉一是，慇慇於故舊之情，拳拳於向學之念，回讀再三，至爲感奮。大學問、大道德，爲濟世之本，亦爲立人之基，足下如有志焉，宜多多讀書，瀏覽古今名人傳記，以廣我心懷。是以殷殷所囑望者；不在言詞之慷慨，義氣之豪俠，而在於敦品勵學，痛下工夫。耑此函覆，順問學安！王以哲手書十一月三日。」

這是王以哲先生於民國二十四年冬給筆者所寫的一封回信，當時筆者適在洛陽軍校讀書，王先生任六十七軍軍長，遠在陝西剿匪，於軍事倥傯之際，給筆者如上之親筆懇切回信，每一回憶先生當年愛護提携青年之苦心，則涕下沾襟。

王先生初任東北教導隊營長，九一八事變時任第七旅旅長，長城抗戰時已升任六十七軍軍長。其道德文章足以風範後世，而其一生最使人感動的地方，就是臨大節而不可奪；當西安事變善後之際，羣情激動，而他竟以身殉，以挽回危局。這種爲尋求國家和平統一而殉難的精神，至今未見有人表述，恐年久而不彰，今值其遇害三十五週年，特將其一生事蹟畧述如後，以饗讀者。

王先生的畧歷

王以哲先生字鼎方，吉林賓縣人，舊制中學及保定軍官學校八期畢業。初任東北教導隊營長，與抗俄殉國之韓光第將軍爲莫逆之交；當韓將軍殉國後，由王先生蒐集其生前所寫的文章書信，編爲「韓光第將軍遺集」，贈送各軍師連長以上軍官，以激發同仇敵愾的士氣，尤見其與韓的生死交情。王先生長於軍事教育；東北部隊能有良好的訓練，初得力於郭松齡先生，後得力於王以哲先生。郭奠立東北講武堂的教育基礎，王則奠立了東北教導隊的教育基礎。後來王又創辦軍官訓練班及學生隊，東北部隊的幹部，許多都是他的學生。他任教導隊營長時，著有「步兵操典詳解」，爲各部隊學校所採用。

民國十四年冬，郭松齡倒戈，瀋陽一時陷於空城，張作霖在無兵可調之際，乃以教導隊學生爲基幹，編爲一個暫編旅，由王瑞華（原任教導隊總隊長）任旅長，王先生調升爲團長，亂平，調爲統帶，後改編爲第七旅，註守瀋陽北大營。九一八事變時，適值第七旅駐守瀋陽，因當時奉令撤退，乃作突圍之戰鬥，在敵寇機槍熾盛火力掃射之下，冒着猛烈的砲火，一面抵抗，一面撤退，官兵傷亡極衆。但當時那些別有用心之人，一面勾結日本發動九一八事變，一面指駡九一八事變東北軍不抵抗，千古含寃，至今未見有人作正義之解釋。

第七旅於民國二十年冬開入關內，駐北平南苑，次年春改編爲百零七師，王先生於是年冬升爲六十七軍軍長；下轄百零七師、百十師、百十七師及砲兵旅。百零七師師長初爲戴師長，後換劉翰東接任，劉師長係保定軍校八期砲科畢業，與已故陳副總統爲同隊同學，在抗戰期間曾任砲兵指揮官，勝利後任遼北省主席。百十師師長爲何立中，保定軍官學校五期畢業，於西北剿共時，在甘泉戰役殉國。百十七師師長初爲黃師嶽，日本士官畢業，後換翁照垣，爲一二八上海戰役時抗日名將。最後換吳克仁先生，爲日本砲兵學校畢業，於西安二二事件（註：即王軍長被刺日，詳後節）後，繼王以哲先生爲六十七軍軍長，於淞江抗日戰役時殉國。參謀長爲王鐵漢先生，陸大畢業，抗戰期間任四十九軍軍長，勝利後任遼寧省主席，現任總統府資政。

長城苦戰

日本是個侵略成性的民族，你越是向後退步，他越是得寸進尺，可惜我們老早沒有認清他們的眞面目，以爲忍讓就可以制止他們侵略，未想到這樣地做法，適足以增長他們侵略的兇燄。

日本發動九一八事變後，接着於次年一月二日佔領錦州，前後不到五個月的時間，佔領我整個東北。民國二十二年元月二日攻佔山海關，企圖侵略我整個華北。此時我們所信賴的國聯，已毫無作用。要想收復失地，只有拚着自己的頭顱熱血，以牙還牙，以眼還眼。此時王先生曾向張學良建議；願將六十七軍開往熱河，然後進出遼西，統一指揮東北義勇軍，相機收復瀋陽，不料這一計劃未得實現，而熱河湯玉麟軍已敗退，長城戰爭緊迫，於是六十七軍乃佈防於灤東亘古北口之線，與敵作防禦戰。

此時東北部隊處境異常艱難，九一八事變前，這些部隊薪餉的補給，是靠着東北四省的稅收，九一八事變後，改用河北一省負担，其艱苦情況可想而知。此時並將二十九軍亦併入東北部隊範圍內補給，其情況更爲艱困。在無法可施之時，只有將官兵薪餉一律減低。就我所記憶的，那時各友軍部隊；上尉支薪五十元，中尉支薪四十元，少尉支薪三十元。而東北部隊則減爲上尉四十三元，中尉二十六元，少尉十八元，依此類推，所有官兵薪餉均比照減低。就這樣地做，也無法按時發薪。張學良寬以待人，在此困難情形之下，只有二十九軍的薪餉是按月發放，而東北部隊的薪餉，經常要拖到幾個月無法發放。當長城作戰之際，就筆者所知，東北部隊的薪餉均拖欠三個月以上沒有發放，此時只有靠着官兵的情感，以維持戰力。

六十七軍的防禦線，從灤東到古北口，相連五百多華里；所有第一線的兵力，根本無法作適當的分配。防禦作戰，最爲困難，處處設防，處處薄弱，在這樣情況之下，常以連爲戰鬥單位，有時還有以一個班或一個排去防守一個要點，這樣地防守，常爲敵人攻擊的目標；玆舉出遷安一個據點的戰例，就可以知道當時官兵戰鬥的苦況。遷安爲通昌黎的要道，當時以百零七師一個步兵連防守，民國二十二年二月間曾受日本一個聯隊攻擊，守城官兵誓死抵抗，經過三晝夜的血戰，繼之白刃肉搏，戰到最後，全連官兵均壯烈殉國。當敵兵進城後，紛紛向陣亡官兵投擲鮮花水果，以表示他們崇敬英雄的意思，後將這些人埋葬在一起，在墓前豎立一塊石碑，上面刻着「支那勇士墓」。這些官兵均是食不果腹，衣不蔽體，以其血肉之軀，與敵人週旋於冰天雪地之下，功雖未成，而其壯烈殉國之精神，亦足留傳千秋。

甘泉喋血

民國二十三年三月間，六十七軍到達河南信陽附近，當即推進至豫鄂邊區，担任剿共工作，經過一年多的戰鬥，將潢川、商城、固始一帶共軍肅清後，於二十四年春又奉調至西北追剿龍駒寨（陝西省）附近之股匪。此時王先生駐節商縣；商縣爲漢初四皓隱居之地，城西二里許有四皓廟，「隱跡商山，曁就高風萬古；功垂漢鼎，傳來節介千秋。」這是四皓廟的楹聯，讀之令人景仰古人高風亮節。城東有娥皇、女英之墓，相傳丹朱封於商，即是此地。

民國二十四年秋，當龍駒寨股匪殲滅後，即挺進陝北膚施（延安）剿共。此時共軍到處流竄，飄忽不定，很難捕捉其主力而殲滅之。民國二十四年九月二十八日，以甘泉告急，王先生乃電令百十師六二九團陳營，以日行軍九十華里的速度，由延安出發，經榆林，增援甘泉，當夜即為共軍包圍，於是又電令百十師何師長率領六二八及六二九兩個團，前往解圍。當何師進抵大小勞山時，又被四個軍的共軍包圍，衆寡懸殊十倍，經過七晝夜的血戰，全師覆沒，中將師長何立中，上校參謀長范某（忘其名字）少將團長楊德新及上校團長裴煥彩均於是役壯烈殉國。

這些部隊均是經過良好的訓練，尤其是何師長、楊團長（東北講武堂畢業）及裴團長（陸大畢業）均是胆識才畧過人的卓越指揮官，不幸遭遇十倍以上的敵人，陷於重圍，孤軍苦戰，增援不繼，這些壯烈殉國的事跡，足可與張睢陽媲美千古。這一些都是西北剿共的血戰史，此外尚有一零九師在黑水寺與敵發生血戰，師長牛元峰及三個團長均陣亡。東北部隊在西北剿共如是賣命，不幸竟有人傳遞讒言，說是東北部隊剿共不努力，造成上下隔閡，終演成西安事變。幸由此促成國家統一，進而贏取八年抗戰的勝利。此中功罪是非，後世史家自有公論。

求仁得仁

西安事變完了，張學良送委員長蔣公回南京後，此時西安出現一批所謂「主戰派」，其中有陳昶新、高福源、杜維綱、孫鳴九等多人；他們的目的，是要求張學良回西安後，再接受中央的編調。當時主持西安大計者為王以哲，所有那一些高級將領，均依他的意見為轉移，倘一不慎，即陷大局於糜爛之地。為了國家，為了蒼生，他力主國家和平統一，保全實力，一致對外。而此種苦心，未為一些激烈份子所諒解；遂於民國二十六年二月二日，由孫鳴九露面，派其手槍連長于文俊將王先生刺殺於西安官邸，身中十三槍，死狀至為慘烈。

當此噩耗傳到甘肅平涼軍部的時候，已是二月三日上午九點鐘；那是一個晴天的早晨，忽然霹靂一聲，震動全軍。當由副軍長吳克仁主持追悼大會；在其宣讀王先生所手訂的「軍訓」時，未讀三句，即放聲痛哭，此時與祭的官兵，也都落淚。後當祭文讀到「不死於九一八事變！不死於古北口戰役！而死於暴徒之手……」此時全軍官兵，均無法抑制情感的悲痛，相與痛哭失聲，由此可見王先生生前感人之深！

作育青年

王先生一生愛人以德，待人以誠，而其一生最感人的地方，就是栽培人才，愛才如命，就筆者所知，經其選拔之將才，不下三十餘人，其餘經他選拔的那一些優秀軍官，更難以數計。當九一八事變前，他主辦一個東北學生隊，隊長為汲紹綱，王先生為實際負責督訓人。這個學生隊每年招收青年學生，除施以軍事訓練外，並有初高中之課程，更着重於外國語文之訓練；凡是高級班（註：學生隊分高級班及初級班，高級班相當於高中，初級班相當於初中。）畢業者，其外國語文經過測驗合格，均選送外國留學，其次則選送東北講武堂深造。九一八事變後，曾有許多東北學生隊學生，考入軍校十期，現已有多人升為高級將領。

此外，王先生每年必選拔若干優秀青年軍官考入陸軍大學，在抗戰時期有許多軍師參謀長及陸大傑出教官，均是王先生保送的學生，現在尚有在國防大學任教者，春風桃李，遺愛永懷。令人追念不置！

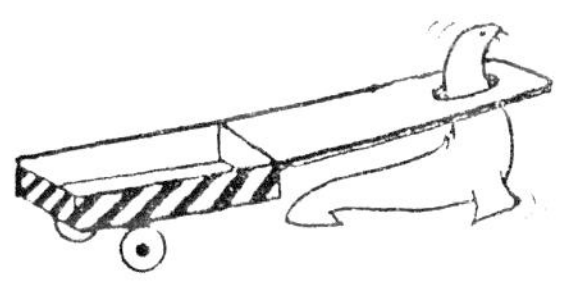

人物軼事叢談

（一）曹日暉將軍的治軍趣事

天爵

五年前在台北逝世的曹日暉將軍，別字耀卿，湖南永興人，少年時畢業省立第三中學，以國家多故，慨然投筆從戎，考入黃埔軍校第一期，學成後，由排、連、營、團、旅長，次第擢升，後入陸軍大學將官班受訓。抗戰軍興，受蔣委員長命，回籍招募三湘子弟，成立第七預備師，北上駐防陝西部陽縣，經嚴格整訓，練成勁旅，正式改編爲陸軍第五十三師，移鎮陝北洛川各縣，堵截要衝，晉南戰局告急，奉令渡河馳援，屯兵呂梁山脊，出擊山下日寇，迭奏奇功，調升九十軍副軍長、兼漢中師管區司令，從事民兵組訓工作。這時抗戰雖已勝利結束，而國共和談破裂，共軍正大肆擴展，中央以曹氏在西北作戰有年，地形較悉，且賦性鯁直，盡忠職守，言行尤和易詼諧近人，不但與部屬士兵，親如家人骨肉，即與當地人民，亦相處得相當融洽，故特委以是命，實負有戡亂時期之重要任務。三十八年，整個局勢逆轉，曹氏隨政府播遷台灣，退職閒居者約十餘年，卒以一病不起，享年六十有五。

筆者雖與曹氏縣境相接，聲問可旦夕相通，然訖未謀一面，僅從該縣人士口中，獲悉曹氏家本小康，衣食足以自給，自置身軍旅，漸臻顯達，從未求田問舍，厚自封殖，更不願利用地位，培植黨羽，操縱地方行政，壟斷一方。這在我們湘省山區的縣份中，他的作風，不能不算是特出的例外。在那種人文不大發達的荒僻環境裡，以曹氏的政治背景和條件，儘可予智自雄，包攬一切，縱或戎馬倥傯，遠羈外地，究可貴其所貴，寵用他的親族而遙爲把持，使一般主持縣政鄉政的人員，大受困惱，所謂爲政不得罪於巨室，這已是幾千年來無可諱言的現象。但曹氏却於桑梓間，不改其平生故態，每次請假回來，周旋於鄉黨父老，笑語款洽，樸實謙和，完全是一副本來面目，毫無倨貴矜持的樣子，唯對地方建設事實，加意垂詢，敦促勉勵，不惜傾囊捐助以爲之倡而已！單憑這一點，我已認爲他確不失爲有民主修養的革命軍人，以視時下那些高級黨政人員，衣錦還鄉的氣派，實不可同日而論，因此，我對於他的印象，頗有聞風起敬，心焉嚮往之感！

可是我們總沒有適當的機緣，把握一面，直到現在他已做了古人。前一個禮拜，偶然邂逅了隨他十餘年的僚友賀君，閒扯之餘，不由得談及曹氏的往事，雖毋當於犖犖大節，似可從側面想見他的爲人風範，和處事的輕鬆爽快。賀君與他原是三中時的老同學，堪稱總角苔岑之交，後來隨他東西奔走，南北轉戰，尤以陝豫兩省爲期最長。他曾寫有隨軍日記三大册，自民國十八年參加馮唐戰爭時起，以至抗戰期間離開曹部爲止，所有各地名勝古蹟，都攝有大幅全面影片，如鄭州的歷代皇陵，西安城郊的碑林、寒窰及文王畫卦的樓閣，宋朝包孝肅的墳墓，臨潼的貴妃浴池，他如鳳翔的蘇東坡祠，祠內並陳列蘇氏兄妹的書畫眞蹟，韓城的司馬遷祠與蘇武廟，蘇武廟是建立在小山上，古柏參天，枝葉南傾，黃河山峽的鯉魚門，形勢極爲險要，結冰時若用手榴彈炸開冰塊，即有鯉魚躍出，無定河則由沙灘急湍冲洗，致使河流無定，還有陝北中部縣的軒轅皇帝陵，漢武帝的求仙台；……等等。每幀影片後面，他都註有行軍年月日，或軍情摘要紀念，惜於一九五〇年倉皇來港，未能帶出。不然，可從那裡得到許多曹氏底生活寫照互相印證的有關資料。今既年月遷逝，老境侵尋，記憶力益覺衰退，從難得一首尾完具的整段事蹟，何况他在各次戰役中，未嘗獨當一面，名有所主，功有所歸，政府自不乏戰史編錄，未容以偏概全，掛一漏萬，反不免佛頭着糞之譏。我只能舉出兩件微不足道的事，以見他對部屬的親切關注和脫畧無形，是否可以垂訓，那是另一個問題，不過，這在曹氏而言，却可顯出他的爽朗和誠悃的本色。

一、在他當五十三師長時，奉令渡河開赴晉南作戰，全師軍眷，均留在郃陽郊區各村寨中，設立留守處，派有專員切實照顧，俾前線官兵，無室家後顧之憂。但因人數過多，良莠自然不一，紅杏出牆的醜劇，時有所聞，曹氏以謂太太們失貞事小，而影响於官兵作戰的情緒則甚大，因對之特別注意，已不得借一儆百，以肅閫範而慰軍心。適有某團長之妻鬧出桃色一幕，某團長向曹氏呈述緣由，請假回去究辦，曹氏馬上批准，偏偏事有湊巧，某團長正踏上家門，她們還繡被同眠，好夢未醒，於是撞門而入，連續砰砰幾聲，一對野鴦鴛，便於睡夢中死於槍口之下，某團長逕向軍法處自首投案，訊辦結果，僅判處監禁看管，停職三個月，留守處的太太們，聞之大譁，以確保生命安全為號召，結成太太集團，並包圍曹氏夫人出頭力爭，必把該團長抵罪償命為止，聯名函請曹氏重訊，曹氏於函尾批示一首詩句曰：「抗戰未成功，樓存燕已空，誰堪綠帽子，去染血花紅。」卒於三個月後，該團長竟獲復職，從此，太太們的氣燄，大為收歛頓挫，不敢像以前的放肆無禮了。

但同時有個連長，身材高大，性情粗猛，與同事常起糾紛，却對他的太太畏之如虎，明知她行為不檢，莫敢誰何，這回倒想乘此風潮，振振夫威，因向曹氏請假，特地回家，不料一見了河東獅子，甚麼話也說不出來，反挨了一頓毒罵，垂頭喪氣趕返防地。曹氏知道了這一內情，深以該連長御妻無方，過於柔懦，何能約制士兵，殺敵致果，不久，竟藉詞調為附員，做個沒有用頭的閒人。

二、該師駐節陝北一帶，山路崎嶇，運輸工具，純靠騾馬大車，故輜重營擁有騾馬一千匹之多，其餉額幾與步兵同等。當時該營營長，資歷較深，本已內定調升團長，固先命軍需處查點該營馬匹經理情況，發覺貪污虧空數字甚巨，曹氏於據報後，但批「完了」兩字。處長不得其解，向他面呈請示，他毫無慍色地答道：「該營長在本師的一切都完了，虧空欵項，可由特支項下核銷。」次日，便下令撤職。

足見曹氏治軍，頗得嚴而不刻、簡而易行之術。其用人一以明恥教戰廉潔自強為主旨，從未參雜私人好惡的因素，由上面兩則趣話，便可推及其一斑了。

（二）張福來的魯莽輕率

民國九年，吳佩孚以直系勁旅，駐節衡陽，派他最親信的旅長張福來分防耒陽，旅本部便設在城廂西門的謝氏大宅中，張為目不識丁的莽漢，又有阿芙蓉之癖，而居停主人謝某，恰為一聲色狗馬游蕩無業的二世祖，不過，很能侍候權貴，小心殷勤，逢迎備至，這樣一來，張福來便完全受其迷惑擺佈，牽着他的鼻子而作威作福了。

一天，謝與某商人因在青樓中爭一粉頭吃醋，以致大打出手。邑中巨紳李沅青賦性剛正，深惡謝之為人，因就杜甫錦城詩句竄改數字以譏之。謝聞了大恨，遂向張福來進讒誣陷，說李是黑社會首領，與南軍暗通聲氣，為之耳目諜報。張不加察，馬上將李逮捕綑縛，勢甚危殆不測。一時人心大譁，除用罷市表示抗議外，並推舉代表向吳氏呈述眞情，請求省釋。吳氏聽了，即飭張福來將曹氏解往他的行轅，由他親自問話，吳氏一問之下，知道李氏確是品德端方之士，當以客禮相待，再致歉意，次日派人護送回籍，嚴囑張福來以後不得聽信匪人，魯莽從事。

繼而張福來奉命發動籌捐軍餉運動，謝又推荐其同黨中一陳姓痞徒，出任捐募委員。這位陳委員雖是法政學校出身，但因儇薄無行，鄉里無不唾罵，現既派令到手，正好修怨尋仇，大吐悶氣。最爲他所忌恨的莫過於族中大老陳大猷父子，只要向陳大猷首先施逞威風，便不愁聲勢大振，其他都可雌伏在他的脚跟下了。便向縣府帶了十幾名武裝，直向陳大猷家裡下與駐馬，大擺氣派，勒索巨欵。陳大猷父子在地方信望最隆，絕不會賣這種人的賬的，一聲呼喚，村中走出三四十名壯漢，將他拖倒在地，鞭朴交加，帶來的武裝兵士，只得避居門外，不敢向前解救。陳大猷鬧出這一亂子，即星夜移家徙宅，遁居武漢親友家中，臨行時寫了一封詳實剴切的信，上呈吳氏。吳氏讀了，大爲感動，同時，又向各方徵詢，備悉張福來的顢頇胡爲，仍與前此無異，特派人叫他前去，嚴厲地訓斥了一頓，必與謝某斷絕往來，不准他再踏上你的房舍一步，且令其責成縣府，浼人向陳大猷提出保證，絕不危害他的安全。及陳大猷回來，張福來竟收回成命，撤銷那個陳姓委員，改請陳大猷父子主持其事，終在人事協調下，順利地完成了籌募的數字。故吳氏在那段駐軍時期內，甚得湘省地方人士的好評，張福來經過這一次也沒有再做出不理于人口的事了。

那位被撤銷成命的陳委員，以所願未遂，反而招致一場屈辱，更加恨之入骨。民國十七年，乘朱德叛變過境，乃以前進份子，加入農會，把陳大猷一家殺得最慘，可是沒有好久，他亦被清算鬥爭，抛入河中，活活地淹死，同樣地走上了淒慘的命運。

陳大猷與筆者有着兩代相聯的戚誼，故雖幼年所見的情事，至今仍記憶猶新云。

（三）段珩以殺止亂

民國十九年秋八月，盤踞江西井崗山的共軍，在李立三路線下，於五月攻擊長沙失敗後，又向湘南攸茶進犯，各縣民團不支，相繼淪陷，共軍尖鋒，已由安仁抵達耒陽邊界的平田。一時風聲鶴唳，人心惶惶，逃難的人羣，紛向長沙衡陽湧入。省府主席何芸樵除調派大軍分途擱剿外，並嚴飭各區縣治安機關，力持鎮靜，安撫人民，毋得自相驚擾，致授敵人以可乘之機。衡陽警備司令段珩，常有武健强項之稱，再以上令告誡耒陽縣長羅澄，囑其切實遵辦，採取有效措施，勸阻難民遑返原籍，保持安靖，共維秩序。誰知這位縣爺，竟日不在衙門，沉迷酒色，唯纏綿於脂粉香澤窠中。他本是在軍中幹副官雜役的，識字不多，根本談不上行政經驗。是年六月，隨十九路軍擊退桂系入侵而派署縣務，後由省府加以追認眞除。偏值地方多故，警報頻傳，在此緊張時期，他却我行我素，放蕩不檢，肩上經常掛着一個手相機，獨自東逛西闖，輕佻顛狂，直同市井無賴，對一切例行公務，既毫不介意。段珩早已聞之不悅，茲又見其全不理會上令，不禁火上加油，怒不可遏。一天下午，突由衡陽專車到縣，下車後，即派人傳召，不見，經令縣府職員，四處尋找，卒從一十六歲的女郎家中，把他請來。段珩見他那副衣冠不整似剛從睡夢中醒來的樣子，心下更按捺不住，僅簡短地問了幾句，羅澄囁嚅莫對，便以「壓鎮無方」的罪名，宣佈槍決。這一霹靂行動，頓使人心懾服，訛言不驚，前方士氣，大爲振奮，迭傳捷報，朱毛既不得逞，旋即撤退而去。可是段珩却因此掛議落職，坐廢數年，沒有繫獄淪抵，總稱是何芸樵的特垂青眼了。

及到二十五年，地方黨派，鬧得甚烈，政令難以推展，且導致匪禍猖獗，白晝綁人勒贖，因爲雙方都欲借助於亡命之徒，以爲爪牙而壯聲勢，不圖反爲所制，挾以自雄。省府乃復起用段氏，仍任爲衡陽警備司令，並兼耒陽縣長。消息傳來，兩派人士，凜於段氏之執法維嚴，絕不阿縱，都相戒斂跡，不敢尋釁滋事。原任公職，把持蟬聯而不肯交卸者，至是皆爭請辭職，浼由中間人士接代。段氏一概不准，已離職者亦勒令其回復，於是兢兢業業，恪盡職守，不復如前此之恣睢跋扈，橫加科斂了。(以下轉入第60頁)

滇中印象記

胡養之

抗戰末期，筆者曾隨軍到過雲南省會昆明，乃至於與緬甸交界邊區的保山、騰衝、龍陵、片馬及野人山等地。由於邊陲山區的環境特殊，人民風俗習慣奇異，名勝古蹟亦多；因此，給予筆者以深刻印象，迄猶歷歷如在目前。

當我們剛踏入滇省的邊境，便聽到一種「鈴！鈴！鈴！」的清脆悅耳的聲音，驚破了大自然的幽靜；和「滴、答！答！」的婉轉協調的節奏，配合成一曲怪動人的音樂。從遠遠的叢山峻嶺中，羊腸小道上，突然出現了一匹、二匹、三匹……那麽遲緩地邁步前進着；原來這就是著名的雲南驛馬。

這許多漂亮的馬，最先的一匹頭額上和鼻樑上，都綴滿着鮮紅的絨球；頷下一撮紅鬚拖地，耀眼的銀鈴，環滿着牠那毛茸茸的頸項間——這是一隊驛馬的領袖，牠有大將軍般威風凜凜的邁步在前面，跟隨其後的則是平庸的馬羣而已。我們經過幾天跋山涉水的旅次，始到達一座四季皆春的名城——昆明市。這就是雲南省會，位於省境的東部，臨昆明湖之北，因以命名。

昆明湖與滇池

昆明爲西南古城，遠在戰國時已爲楚將莊蹻王滇的故都；漢時爲建伶、穀昌二縣地；南朝梁以後即沒於蠻；唐、宋兩朝均爲南詔；元代始置昆明縣，明、清皆爲雲南府治，及雲南省治，清初吳三桂曾被封「平西王」於此。以地當全省四通八達之衝，外控緬、越，內蔽黔、蜀，屹然西南一大都會，滇省政治上、商業上及軍事上的重心。自清光緒十三年，依中法續議商務條約闢爲商埠，和滇、越鐵路通行後，即在城南車站附近闢有市場，街道廣闊清潔，洋樓軒敞；而商場附近的金馬、碧雞兩坊間，尤爲繁榮，百貨雲集，高賈絡繹，爲全市精華薈萃之所在。

昆明不獨氣候良好，四季皆春；在吃的方面也計有：大雞腿、過橋麵、宜良香菌、狗肉、燒鴨……等等，幾無一不別饒風味；尤其是古蹟名勝之多，包你作十日的探幽尋勝之遊，亦不減其雅興。在城內以「五華山」爲最著，山巔平衍，比屋成鱗。上有「開武亭」，高聳雲際，登臨四眺，金馬山臨其左，蒼松翠柏，綠蔭交覆；昆明湖臨其右，汪洋浩瀚，茫無際涯；俯瞰城雉，烟火萬家。

但是城南的「大觀樓」，更爲遊客們最好的去處；其次才能談到滇池。如果你到了昆明，而不去遊覽上述兩個地方，那好比是到了杭州，未去西湖遨遊一樣的多麽可惜！大觀樓在華浦，建築於滇池之上。當我們的車隊駛近華浦地區時，便有一條光滑的柏油馬路，直達大觀樓。

走近大觀樓，即可望見三孔大門，正中的一扇大門上，鑲有金鍍楷書「大觀樓」三個大字；再入大堂門，又懸有一聯云：「曾經滄海難爲水；欲上高樓更泊舟。」向左邊望去，一片花園，草木葱翠，小石玲瓏；什麽「擁月亭」呀，「澄碧潭」呀！亞字欄干，曲折入勝。右邊則直立着唐繼堯將軍的銅像，對着這銅像，不禁令人聯想起當年反對帝制的護法革命運動。再進去，便是眞正的大觀樓了。這座疊簷複宇的建築物，聳立於滇池之上。登樓眺望，那烟波浩渺的滇池，水天一色，氣象萬千，足以令人的胸襟爲之一暢！

滇池，一名滇南澤，又稱昆明湖；周圍約三百里，水源浚廣，末端更狹，有似倒流，故名滇池。旁有金馬、碧雞二山夾峙，中有大臥納、小臥納二島挺立；池水澄清，風景絕佳。相傳池中有一種仙魚，長約三、四寸，巨口細鱗，與鳳尾魚相似，可治奇症，故滇池更有「撫仙湖」之稱。而仙魚名詞的由來，則附有一段傳奇的故事，據說在三百多年前，濱湖之呈、貢、澂、江各縣，疾癘流行，黑水病尤爲猖獗，因而當地居民相繼死亡者甚衆，使到遠近羣醫束手無策。當時有位姓周的鄉紳，以典當致富，而晚年則樂善好施，對鄉間的老弱孤寡，或貧病交迫的均加資助；並開設藥材店，施診施藥。其後更出資設立診所，邀集羣醫研究，經過試驗，發現湖裏有一種魚能治疾癘，因以名之。

池畔的堂門上，兩旁懸着孫髯翁那幅著名的長聯云：

「五百里滇池奔來眼底，披襟岸幘，喜茫茫遼濶無邊。憶東驤神駿，西翥靈儀，北走蜿蜒，南翔縞素，高人韻士，何妨選勝登臨，趁蟹嶼螺洲，梳裹就風鬟霧鬢，蘋天葦地，點綴些翠羽丹霞，莫辜負四周香稻，萬頃晴沙，九夏芙蓉，三春楊柳；

數千年往事湧到心頭，把酒憑虛，嘆袞袞英雄安在？想漢習樓船，唐標銅柱，宋揮玉斧，元跨革囊，偉績豐功，費盡移山氣力，儘珠簾畫棟，捲不及暮雨朝雲，斷碣殘碑，都付與蒼烟落照，只贏得幾杵疏鐘，半江漁火，兩行秋雁，一枕清霜。」

以上全幅聯語共二百六十二字，爲名勝聯語中字數最多，且能一氣呵成，把滇池的景色歷史，描寫淋漓盡致，嘆爲觀止。

滇、緬邊界的滄桑史

雲南古爲百濮之地，因在雲嶺之南而得名；秦、漢時屬西南夷的滇國，又因境內有滇池，故別稱滇省。它在唐時曾爲南詔所據；五代及宋則爲大理國；元代始置雲南行省，明置雲南布政使司，清仍爲雲南省；實際上包括緬甸的大部份在內。根據清史載稱：「元、明以來，緬甸已內附於中國，惟反覆不常耳。自清初平滇以後，孟拱、孟養、孟洪諸土司，先後內屬騰越，疆土所至，實跨大金沙江內外。乾隆三十四年（一七六九），遣傅恒征緬，降之。乾隆五十六年（一七九一），緬甸酋長孟雲來賀萬壽，受冊封爲國王。然自道光二十年（一八二三）起，以英併印度後，因地與緬鄰，遂啓窺伺之端，藉口尋釁；二次侵緬，割其西部數州；復興兵滅緬後，置爲印度之一州。……」

另一段記載則說：「英人不僅蠶食緬甸，並佔我大金沙江以外諸地。至光緒十二年（一八八六），英外交部告我國當時駐英公使曾紀澤，猶承認自雲南省界外起，以潞江爲中緬之界。故於光緒二十年（一八九四年）締訂中英滇、緬邊界協約時，潞江下流以東，及大金沙江上流以東之地，遂非我有，計失地四十二萬方里；且約明不得以江洪地區割讓他國，而科干山及大金沙江上原野人山地仍屬於我。至光緒二十一年（一八九五），中、法之滇越邊界協約成立，因割江洪之孟阿及烏得等地予法，英又藉口有違滇、緬界約，乃要求重劃滇緬邊界線，遂於光緒二十三年（一八九七），另訂中英新約，迫我割科干山之地。至於野人山一帶，雖無明文割讓，而英人既東窺片馬，則野人山地實早非我有。總計滇邊各地，連割讓於法之江洪地在內，約共喪失九十萬方里，畧等於雲南一省面積。……」

到了光緒三十一年（一九〇五），當中英重勘滇、緬甸邊界的時候，英人欲以高黎共山爲界，其目的除了佔我片馬以外，還企圖囊括野人山全域；同時清廷派往勘界的石道鴻韶，也盲目無知，竟許英人以小江爲界，致令西部的野人山十餘萬方里土地，則無形中淪爲緬甸所有。後來雖經清廷加以駁斥，遂成懸案，乃英人野心不死，竟於宣統二年（一九一〇）公然派兵侵佔；且自密之那趕築公路直達野人山，而抵片馬，居然視爲領土。因此，筆者隨軍駐紮保山、騰衝與片馬之間地區時，對於野人山這裡的歷史古蹟，特別加以注意；尤其風俗習慣的奇異，更令人留下難忘的印象。其實，那裡有許多歷史古蹟證實爲中國領土。據「雲南省通誌」說：「野人山位本省西北，爲明代之茶山、里麻、孟養等土司地；清乾隆三十五年（一七七〇）曾置正副撫夷於此。蓋其地居民以濮曼、浪速二種族爲主，爲本省最古老之民族也。……」原來雲南種族的複雜爲全國之冠，除漢族外，在高原計有：苗、蠻、猓猓等族；在西北有摩些、力些、浪速諸族；在西南則有白夷、倭泥等族。漢人全自其他省份移入，在清以前移往的稱舊漢人，清以後移入的稱新漢人，數約爲全省人口二分之一。而舊漢人多與土著同化，新漢人則多營商，居住於城市中，通四川官話，土著各有方言。

野人山的奇風異俗

野人山又叫黎蘇區，位於昆明的西北邊陲，與緬甸交界的地方。那裡的居民很崇奉三國時的蜀丞相諸葛孔明，及明代兵部尚書王驥等人，並分別建有專祠，以作紀念。其爲中國領土，史乘歷歷可考。論其形勢，無疑是緬甸的門戶，康、滇的屏障；當元太祖忽必烈遠征西康時，即由臨洮南下經此而以大理爲基點。至英人得緬後，蠶食我國邊疆一度及於江心坡腹地，當地居民不願沉淪異族，特派代表團於民國十八年四月赴南京請願，卒爲我當局與全國民衆羣起據理力爭，致大好山河尚未淪爲異域。可是中共政權於一九六四年與緬甸談判邊界問題時，竟把野人山劃爲「未定界之區，其賣國家民族利益的又一明證。

野人山的同胞雖處邊疆，歷經外族侵擾，却仍遵守我國固有習俗。例如：他們很相信雞卜，無論對任何事情，若遇疑難則殺雞問卜，以定吉凶。據他們的說法：雞不僅是最靈感的動物，且具有五德（「韓詩外傳」中，田饒告哀公曰：「君獨不見乎雞乎？頭戴冠者文也；足傳距者武也；敵在前敢鬥者勇也；見食相呼者仁也；守夜不失者信也。……」），因以稱之爲德禽。

黎蘇區的居民對於卜卦，彷彿家常便飯，但卜時的唯一標準，就是看雞頭十二宮部位所指示的異徵，以斷定其禍福吉凶。如果對所問的事不利，則他們極力避免進行，否則必臨大禍！特別是在婚姻方面，更非問卜不成。當年駐紮在那裡的國軍幹部，他們與許多黎蘇小姐發生過戀愛故事，儘管情投意合且曾暗訂鴛盟，但倘若論及婚事，則必須殺鷄問卜，才能決定。因之，許多男女結果都大失所望。

黎蘇人除迷信鷄卜外，也最講究恩怨。凡受人恩德，終身不忘，臨死還要遺囑後人牢記，世代相傳。說到仇敵，則表示要「臥薪嘗胆」，大有此仇不報誓不爲人之概！每當酒酣耳熱，全家圍爐之際，家長們往往「以酒代醉」地講述自家的新仇舊恨，使後輩知道誰是仇敵？誰是朋友？當憤怒的感情不能抑制時，他們往往會痛哭流涕，聲淚俱下甚至捶胸洩憤！由是表現黎蘇區同胞富有濃郁的民族主義色彩。

由於黎蘇區僻處在高黎共山之麓，居民常與野獸鬥爭，故當地的男女，多數成爲射擊準確的鬥士。據說他們所以有此卓越的絕技，實非一朝一夕之功，而乃長期練習，不斷發射，才有此運斤成風，百步穿楊的卓技。那裡的居民無論做什麽工作，都是夫唱婦隨，形影不離的。即使每到山上或田間去工作時，他們爲了利用走路的時間練習射箭，便想出一個最好的辦法——把自己的老婆來作活動的箭靶子。其實，所謂將老婆當作箭靶子者，並非把她射成像豪猪般滿身是箭，而是說以木板背在她的背上，作爲箭靶罷了。他們一邊走路一邊射箭，木板雖不很寬濶，但由於他們的射擊技術高明，絕對不會誤事的。

當地多爲深山野嶺，山中野獸有虎、豹、熊、狼、狐狸、野猪、猩猩等；飛禽則有孔雀、鸚鵡、鳩、雉……不一而足。所以，那裡居民除在田間工作外，其餘時間多半消磨在打獵上面。由於他們的射擊精妙，百發百中；尤其對於虎、豹一類的猛獸，更使用自製的毒箭，只要射中虎背，保證不出半小時就會毒發而使猛獸倒斃！因而令到村寨附近禽獸絕跡。他們的輸箭方法，尤爲奇怪。每當他們與敵人惡鬥需箭孔急的時候，若分別以人力輸送到前方，不獨很危險，在時間空間上也不允許，於是想出一個妙法：在每個武士的頭上都紮着一塊圓毡，像包頭似地拴在腦後準備接箭。當前方戰事緊急，使首尾不能相應時，後方的人——包括女人即向戰士的頭毡上射出，使他頓時獲得補充。但倘若其射擊技術不精，則很容易傷害自己人！

黎蘇區的居民爲甚麽崇拜諸葛武侯呢？因諸葛亮爲蜀漢丞相，一千七百四十七年前（西元二二五）年，南征時所謂「七縱七擒」孟獲的故事，便發生於滇省西北的野人山及阿密州一帶地區。蓋孟獲爲南夷酋長，擁衆稱叛，故諸葛亮於建興二年往平之。據「漢晋春秋」載：『諸葛亮在南中，聞孟獲者爲夷漢所服，募生致之，使觀於陣營之間，問曰：「此軍何如？」獲對曰：「向者不知虛實，故敗；若祇如此，即定易勝耳。」亮笑，縱使復戰，七縱七擒，而亮猶遣獲，獲止不去，曰：「公天威也，南人不復反矣。」……』因之，亮在其「出師表」中加以標榜：「……故五月渡瀘，深入不毛。今南方已定，甲兵已足，當獎帥三軍，北定中原。……」按：瀘水介於今四川與雲南之間；古時四川喻爲天府之國，而雲南地屬邊陲，土瘠民貧，文化落後，蠻風瘴雨，孟獲利用邊疆山區作亂，爲亮收服，故人民立廟以誌紀念。

各地物產與珍品

本來滇省西南不少地方都有武侯廟，彷彿廣東地方的關廟之多。惟以片馬附近的那座廟宇的意義最深，相傳諸葛孔明督軍南征時的總司令部，便設立於此，因而後人益加重視。據說該廟建於唐代，宋時重修兩次；明萬曆年間，亦由地方集資重修；且以那次修理的規模爲最大，工程經過時間亦最長。雖然不是現代化的公園或建築，但其亭台榭閣，頗盡人工點綴之勝，遊客休憩其間，薰風習習，耳目與大自然景物相接觸，神怡心曠，爲當地居民的好去處。

片馬位本省偏西，向屬登埂土司，明爲茶山五寨之一。東南蔽大理、騰衝，西北控野人山，滇省的門戶。而大理爲清時府治，左濱洱海（又名昆瀰湖，水面狹長，形如人耳，故名洱海。周約二百里，四面皆山，中有三島四洲之勝。）右倚點蒼山，山川雄勝，冠於南服。當昆明、騰衝之衝，滇西重鎭。騰衝在保山之西，地據龍川江西岸，扼滇、緬衝途。清光緒二十二年與英訂滇緬續約，開爲商埠，對緬通商頗盛。其西蠻允，位大盈江北岸，當由緬入境首衝。再西爲八莫，本屬我土，以庚子滇緬界約，與漢龍、天馬、虎踞、鐵壁等四關外之地，悉淪爲英緬矣。

上述各地均屬大山區，抗戰期間，中英盟軍在此對日軍作戰極爲慘烈！我國全部山脈都是自西向東，惟滇西的山脈則多爲南北駢列，反乎常例，統稱橫斷山系。其中最顯著的有高黎共山脈，屬喜馬拉雅山系，自西康雪山脈來，蜿蜒南下，走怒江、廠山、尖高山、姊妹山，都是該脈的高峰，以片馬劃界而最險阻。怒山脈屬南嶺支脈，自西康他念他翁山脈南來，爲怒江與瀾滄江的分界線，南延入緬甸。雲嶺自西康的寧靜脈來，走金沙與瀾滄江間，主峰高達一萬八千尺，山巔四時積雪，故亦稱大雪山。他如烏蒙山脈、哀牢山脈、蒙樂山脈及六詔山脈，也多在西南部。這些高原地區的苗人、蠻子及猓猓等族人，極爲兇悍殘忍，他們當年對日本人的散兵游勇宰了很多！

滇省西南各地；通常與中南半島國家相似，即以氣候言，屬半熱帶性質。惟其高地與低地則有差別，如東部地方及省會昆明、綠豐、宜良、曲靖各縣爲低地，四季皆春；而西北部如大理、保山、騰衝、野人山、麗江等爲高地，空氣清爽，較爲凉快。雨量也像緬越一樣分乾濕二季；自十月至翌年三月爲乾季，雨極少，狂風時作；四月至九月爲雨季，則陰雨連綿，少見晴朗，故有「半年風雨半年陰」之諺。由於夏秋雨水調勻，物產豐饒，穀類有米、麥、玉蜀黍等；因山多而欠開發，居民懶散，不及外省人勤奮，因而產量不如理想；但以人口稀少，足以自給而有餘。甘蔗則爲雲南的利源所在，例如普洱的茶，馳名全國；普洱原爲府治，後改寧洱縣，位在思茅之北，以產茶著名，香氣馥郁，飲之可以清心肺，世稱普洱茶，銷行甚廣。

蒙自地方很重要，當滇越鐵路要衝，南鄰交趾，北拱省城，爲南部屏蔽，國防重鎮。自清光緒十三年開埠以來，市面整潔，商業繁盛。輸出品以錫爲大宗，茶葉、鹿茸、白臘等次之。城東六十里處的箇舊，以產錫著名，自來產額即冠於各省，被視爲全國的唯一產錫地，共有廠所七十二處，即所謂上八廠、下八廠，和新外廠（四十處）名稱。戰前又設有箇舊治錫公司，用新式機器開採，產額益增。據聞雲南赤化後，滇越線因戰事而不能由海防出口了。

同時地當南溪河與元江合流點的河口，也是滇越鐵路的首衝。早年賴江河水運，全省貨物均由此輸出；滇越路通行後，市況更爲繁盛，遂代蠻耗開爲商埠，並設立河口分關，以事稽征出入口稅。現因越戰連年，影响了滇省出入口水陸交通。因之，雲南成了一個閉塞的內陸省份。

滇西方面多產珍寶玉石等裝飾品，而大理點蒼山附近所取的大理石，白質青章，紋理細潔，更爲裝飾器所珍。他如廣通、元謀、鹽興一帶，則鹽井最多，產額可供雲貴兩省。東部宜威一帶，盛產猪隻，醃而出售者稱「雲腿」，與浙江的金華腿齊名。西南部多產大象，土人飼養作爲運輸工具。藥材產品，種類亦多，計有：犀角、鹿茸、肉桂、茯苓等。還有一種怪藥名叫「緬鈴」，係以助房中之術者。據「談薈」載：「滇中有緬鈴，大如龍眼，得熱氣則自動不休，緬邊男子嵌之於勢，足以佐房中之術也。」但非植物，而係一種奇異製品。「粵滇雜記」謂：「一緬邊有淫鳥，其精可助房中術。有得其淋於石上者，以銅裹之如鈴，故謂之緬鈴云。」

蘇聯在台間諜案

蕭魚

汪聲和，是國際間諜李朋的同謀，幫兇，和李朋一樣，是同屬於蘇聯的內政部國家安全處，國外組駐台灣的特工人員。他出身北平書香門第，家道雖然已經漸漸沒落，但他父親依舊是北平社交學術界的名士，汪聲和自幼愛讀書，肯吃苦，求上進，可惜因一念之差，成爲這個時代的悲劇主角。

一九四二年，中國對日抗戰時，汪聲和隨其他流亡學生到了成都，攷進齊魯大學物理系。因平時對修理收音機及電台機件頗有心得，很容易的便進了成都歐亞航空公司電台工作，負責機件維護和修理。爲了保住這個飯碗起見，他在開學註册時轉入了文學院政經系攻讀。此時，認識了同在歐亞航空公司電台工作的服務員陳甫子。汪是個肯讀書的苦學生，當時在電台工作所得，僅夠糊口温飽而已，如想買些參攷書籍之類課本，是他經濟力量所不容。陳甫子看中了他的電訊優良技術和經濟窘迫，利用心理攻勢，抓住機會，在金錢誘惑下，不容汪多加攷慮，立即逼着塡參加蘇俄間諜工作志願書。自此以後，汪一面接受俄諜經濟方面的接濟，一面內心又感到痛苦萬分，但是，求學的慾望，使他不能抗拒金錢的魔力，終於陷入了痛苦的精神生活而不能自拔。

在偶然的機會中，他認識了從西北離開教育部第三巡邏戲劇教育隊，到成都川大附中復學的斐俊，大家見面，彼與印象都很好，斐覺得汪是個勤苦奮發有前途的好青年，而汪對斐亦是一見鍾情。在汪快畢業的那一年，成都戲劇界朋友排演「清宮外史」，看中汪、斐兩人，在盛情難却下，汪扮演光緒皇帝，斐則演楚楚動人的珍妃，這齣戲，從排演到上演，整整兩個月時間，縮短了他們之間的感情，同年，他們便宣佈到重慶的南温泉，舉行旅行結婚了，婚後汪帶着太太斐俊到漢口住在陳甫子家，這時，中國對日抗戰已告結束，陳甫子亦已調到漢口工作，同時繼續爲俄諜搜集情報。

一九四九年二月，汪奉了蘇俄間諜顧倫正命令，到台灣設立秘密電台，並從另外兩個俄國人手中拿到了一應的電台器材，到這時，斐俊才知道自己的丈夫原來在爲蘇俄間諜工作，從這一天起，汪、斐之間，便時起勃谿了。

汪聲和利用太太斐俊和知名文化人虞文的關係，替他們夫妻辦了到台灣的入境證，並給了汪一份上海文化運動委員會圖書館管理員的職務，於是，汪藉了這層關係，知道虞文交遊廣，朋友多，各方情報來源一定非常廣泛，所以一有空，兩夫妻便跑到虞公館擺「龍門陣」，虞文是四川人，斐俊也是四川人，兩個四川人碰在一起，便大擺其「龍門陣」，虞文就在「龍門陣」中無意的供給了汪聲和很多的情報。汪回到了自己家中，將從虞文處得來的情報發給了第三國際組織。

有一次，汪聲和拿了幾千元錢，托虞文介紹一個可靠的地方放利息，虞文就介紹他認識一位對日貿易的退伍軍人何俊臣，汪爲了按月拿利息，跟何俊臣便常有往來，何過去是打過很多次仗的軍官，交往的朋友中有在職的軍人和機關任職的要員，汪「醉翁之意不在酒」，便常借故逗留何處探聽情報，一天，在何處碰到一位游擊司令，大談他那一區游擊人員總數和槍械設備，以及防務的情況，汪聲和聽了，眞是高興極了，即刻將聽來的串連起來，成爲一份極有價值的情報發了出去。

汪聲和在李朋沒有去台灣以前，因爲他各方面的關係比較少，因此情報路綫也十分貧乏，一星期有時難得發出去一兩份電報，甚至隔一星期以上，才有電報發出去，等到李朋去了台灣以後，情報量增加了，於是，汪便專門負責秘密電台的工作。搜集情報及其他，則由李朋負責了。在秘密電台破獲以後，台灣的治安機關在汪聲和家中客廳沙發椅前的茶几脚中，發現了發報機，同時，在書桌上的照相架照片後面，發現了一張密碼變換表，及跟電影膠片一樣，大小的片底三張，在燈光下可以看出，這三張底片中的一張是密碼譯法的說明，另外兩張是規定在廣州見面的方法和暗號及在台灣見面的日期，地點；與記號。

台灣的治安人員在搜查汪聲和家中時，汪的太太斐俊，一直站在丈夫旁邊默不作聲，漸漸的臉色越變越難看，全身也抖出聲音來，還是，汪比較鎮定，並勸太太不要太緊張。事後，斐俊對調查人員說：「當她得知丈夫是幹什麽事時，她從這時起，就陷入了恐懼和苦惱中。他們倆夫婦因此時常吵架，甚至動手打架，斐俊被汪打得受了傷，但是，他們彼此有很深的愛，她幾次想回四川老家去，又捨不得丟下他不顧而去。」最後，她說：「我是打從心裡深深愛着他，我實在怕他受傷害，我把丈夫的安危當作自己的安危，所以，我不忍離開他。

汪聲和在一九四三年考進齊魯大學時，便已是蘇俄的特工人員了，因此他在學校裡，一直是個風雲人物，當時，因爲時局關係，全國的教會大學，除齊魯外，尚有南京的金陵大學，金陵女子文理學院，北平燕京大學，協和醫學院，及中央大學的獸醫學系等，都遷到成都、與華南大學合作，所以國際共產當局也非常重視這個，先後派黨員溫文章，任華西大學文學院教授，美國費爾浦任神學院教授，威烈瑪任會計，來主持學生運動，這時，中共也派黃憲章任齊魯大學政經系教授，汪聲和便是黃的得意門生，祇要是黃教授的課，汪聲和可以不上課，並且可以利用這時間，搞學運、壁報等爲所欲爲，同時常常借學術團體名義，請黃憲章大發謬論，師生之間，彼此相得益彰。

汪聲和等在學校中鬧學潮、發怪論，使得一般眞正讀書的同學切齒痛恨。到日本人打到貴州的時候，當局號召十萬青年十萬兵運動，這時，齊魯大學自動報名從軍的，佔第一位，大家正在準備整裝入伍的時候，汪又利用這個機會，勸阻大家別去當兵，說這是欺騙青年去做砲灰的勾當，於是，一個多月，社會所加的冠軍榮譽，到這時一掃而空，校長湯吉禾爲了挽救學校的面子，在這批自動報名從軍的名單中，再來一次抽籤決定，但是，大家正中了汪胡言的毒，中籤的學生部份還是表示不願入伍，甚之，和汪聲和站在一條綫上，鬧罷課、遊行、毆打的擧動，弄得簡直是鷄犬不寧；天翻地覆，最後，校長湯吉禾終於被這些學生趕下了校長寶座。

汪參加俄間工作後，介紹人陳甫子，曾告訴汪聲和說：「做這種工作，必須要抱定不成功便成仁的決心，如果一旦被破獲，而被抓了起來，我們應該利用，一種毒藥名叫 Potasium Cpanic 的數分鐘內，就可以毫無痛苦的斃命。」說罷，一包藥劑便到了汪的手裡，汪被捕以後，對調查人員表示：他初參加時，幾次想離開這個組織，但老俄諜陳甫子表示，既然已參加了，就不能任意離開，否則，全家生命將同時毀滅，因爲，汪聲和參加俄間時，北平家人的地址，都被俄國間諜要了去，爲了維護全家的安全，汪也祇有繼續爲共產國際賣命了。到了台灣以後，精神緊張萬分，常常夜晚和太太抱頭痛哭，他在獄中，要求保安人員不要離開他，看樣子，好似隨時有人會暗殺他，後來經過他太太斐俊解釋，原來他是怕蘇俄的NKVD人員謀害他，因爲，他們被捕後，沒有尊行命令服毒。所以，NKVD人員在他們沒有供出一切以前，會利用機會來解決他們的。

本刊上期國共在台間諜案中李朋誤刋爲李明，謹致歉意。

欣聞「琉球歷代寶案孤本出版」

楊仲揆

一、歷代寶案是一部甚麼書

國人都知道：在明清兩代，琉球是我國藩屬。自明洪武五年（西曆一三七二）年琉球入貢始，至清光緒五年（西曆一八七九年）止，前後五百零七年，琉球謹守藩職，從無間斷，更無疎慢。歷來對於來自中華的東西，都珍惜如同至寶。如稱中國皇帝所遣冊封使為天使；天使所坐之封舟為寶船；天使在琉球所居官舍，稱為天使館；稱中國為天朝；那霸港口所建以迎接冊封使的亭子，稱為迎恩亭；對於中國皇帝所頒用品及詔敕等，均妥為保存，視為珍寶，累世相傳。所謂「歷代寶案」，就在這種心情下，保存下來的歷代官文書手抄本。

歷代寶案所抄內容是甚麼？從現存寶案抄本中統計，寶案內容，包括：

（1）皇帝的詔與勅——除了冊封琉球及答覆琉球的詔和勅以外，皇帝詔告天下的詔書，往往也頒到琉球。而收入「寶案」。

（2）禮部咨文。

（3）福建布政使等地方政府對琉球的咨文——福州設有琉球館，琉球政府派有常駐通事駐館承辦兩國事務，對琉球一般往來（尤其民間商務來往），均由福建布政司以咨文與琉球交涉。

（4）琉球國王對中國皇帝的表文或奏章。

（5）國王對禮部及福建布政使的咨文。

（6）符文及執照——國王付與貢使及貢船之證明文件。

（7）文稿——琉球王國與東南亞各國來往文書，及琉球王與明末弘光、隆武兩朝來往文書。

（8）彝回咨、移彝咨、移彝執照——皆琉球與東南亞、東北亞各國通商往來之文書。

（9）使琉球錄——為明蕭崇業、夏子揚、杜三策及清張學禮等四冊封使之紀錄。今有此目錄，而闕內容。

寶案所收文書內容，大致如上，其所含年代則自明永樂二十二年（西曆一四二四年），至清同治六年（西曆一八六七年）。前後計四百四十三年之久。所缺者為明洪武五年至永樂二十一年間之五十一年，及清同治六年至光緒五年間之十二年，共計六十三年。（仲註：本段參考台灣大學圖書館王民信先生所寫「琉球歷代寶案」一文）

二、寶案孤本之產生及歷劫簡史

「琉球歷代寶案」一書，自始即為手抄祕本，從未出版流傳，亦未公諸於世。最初主修「歷代寶案」者為琉球國相尚弘才、三法官向世俊（均琉球人），及琉球華裔學者總理唐榮司、蔡鐸、正議大夫蔡宗德、中議大夫鄭明良、梁邦基、蔡肇功等。此外有考訂官六人、筆帖式（即抄錄員）二十員。原本筆帖式最後一名蔡温，即蔡鐸之子，當時年不過十六歲之秀才。後來成爲琉球史上空前絕後之大政治家。琉球史學家島袋全發編「蔡温年譜」云：

「（温）十六歲，（仲註：康熙三十六年，西曆一六九七年），父（鐸）奉命與國相尚弘才、法司向世德等重修歷代寶案。四月四日著手，十一月三十日完成。共兩部，一部上王府，一部存天妃宮。淵温均從筆役。（仲註：本段摘譯自「島袋全發著作集」。淵爲鐸長子，温爲次子。）」

又，據「琉球書誌稿」（美國出版英文本）稱「歷代寶案」爲蔡鐸、蔡應祥及鄭士綸所共編云云，而寶案本身所記從役人員中，又未見應祥及士綸之名。恐應以寶案爲準。其後三十九年，清雍正四年（一七二六）二月二十四，紫金大夫程順則、正議大夫曾曆、那秉彝、中議大夫蔡文河、金震、長史蔡用弼、程元升等，奉命續修寶案。以後，似乎是每隔三數年即續修一次，以至清同治五年爲止。共得四集二百四十九冊。

從上述情況，則知「琉球歷代寶案」自始即爲手抄本，且僅兩部。一部存於王府，一部存於華人聚居地久米村的天妃宮。天妃宮爲琉球華裔學府，華裔子弟讀書於此，亦爲久米村總理唐榮司辦公之所，故寶案藏於此。

清末，琉球亡國，原置王府之一部寶案，先則移置冲繩縣政廳，後又移往日本東京帝國大學圖書館（一說日本內務省）。不幸於民國十二年東京大地震時毀失。碩果僅存之一部原置於天妃宮者，係華裔領導人保管。亡國後，華裔受日人迫害，知寶案一書，關係中琉史案，又恐其爲日本人奪去或毀損，乃祕密商量移置孔子廟後之明倫堂。後又輾轉移置湖城家、大嶺家、神村家。日人琉人於東京地震後，頗思找出久米村所藏之寶案而不可得。延至民國二十年始被偵出，幾經交涉，華裔始允公開。先置天尊廟（亦屬久米村管，在村之南門外。）後移冲繩縣立圖書館。

民國二十五年，日治時代之台北帝國大學，有鑑於歷代寶案之重大價值，乃由經濟學教授小葉田淳負責，前往琉球交涉借抄。即於琉球雇用三人，自當年六月廿二日起，至民國三十年十二月十七日止。窮三人五年之力，抄得一部携存台北帝大圖書館。乃不幸第二次世界大戰爆發，美日苦戰於琉球，琉球成爲焦土，所藏歷代寶案原抄本，遂遭焚燬，僅存火餘殘本數十冊。仲揆曾於民國五十四年在琉球東恩納文庫見之。自此，清代所抄寶案原本二部，均告燬失，萬幸台北帝國大學圖書館早已抄得一部，大致完整保存，允爲世界孤本，殊爲難得，不幸中之大幸。

三、孤本抄寫人久場盛正訪問談片

筆者旅居琉球時，因研究琉球史而注意寶案一書，知其歷盡滄桑之過程。幷聞小葉田淳所僱抄寫人之一久塲先生尚健在那霸。一九六三年夏，特經探詢專訪，畧談抄寫經過。據稱，昭和十一年（即一九三六年）小葉田淳來琉球，交涉借出歷代寶案。冲繩縣圖書館以該書係世界僅存之絕版珍書，不能外借。不得已，乃僱久塲及其他二人，負責手抄。三人中，以一人入圖書館，就原本描摹（等於小學生之描紅模習字）。描本携出，交其餘二人完全依式繕正及校對，如有錯誤，必須重寫。三人輪流分工作業。原本或因虫蛀，或因水漬，或因撕損，常有缺字或損毀難辨者，故工作頗爲費力，進度遂致緩慢，經五年之久，始竟全功云云。

久塲先生受余訪問時已八十七歲，聽力已減退。抄寫寶案時，正從琉球名護（琉北重鎮）警察署長任內退休。因於幼時在父親教導下，曾讀漢書不少，漢文漢字，均早有根底。小葉田淳欲覓漢文漢字專才，遂僱以任抄寫手。久塲之子名政彥，美國某大學經濟學博士。返琉後，任琉球大學教授，曾來我國訪問。其父亦曾於大正十年（民國十年）左右，來訪台北，因其弟在台北海關工作云云。

四、寶案的研究價值：

無疑的，寶案是中琉關係史上的原始資料，雖爲手抄本，對原本幷無改變，因爲每篇的格式，均保留原始型態、抬頭、分行、空格、高低，亦均無改變，重抄時亦係一筆一劃照描而來。從寶案所涉及之內容粗畧觀察，則對下列各項研究工作，必有極大價值：

（1）琉球歷史。

（2）中琉關係史——包括封貢關係及封貢制度、三十六姓移民經緯、琉球官生入中國國子監讀書問題、中琉商業往來、沿海人民往來雜務、中琉沿海交通情況。

（3）明代倭寇問題。

（4）當年亞洲國際往來關係。

（5）明代琉球對外貿易情形及東亞海洋交通情況。

（6）明史，尤其是南明史。

（7）宗教流傳史——其中有關於琉球國王尚巴志及國相懷機篤信道敎幷受符籙之文件。

其中，早期中琉封貢關係史，必借重於本書加以補充考訂，甚至明史亦然。因爲明初中國與琉球封貢關係的史料，曾經因禮部一度失火而遭焚燬。事見皇明經世文編卷二百三，夏言覆議給事中陳侃等進呈「使琉球錄疏」，疏云：「祠祭淸吏司案呈：……陳侃等題：……………臣等初被命時，禮部查封琉球舊案，因遭回祿之變，燒毀無存…………」可見，即在明代嘉靖初年，寶案所保留之文卷，必已有一大部份縱對中國而言，亦已屬可靠孤本，可用以考訂其他間接紀錄之不足不實或不詳之處。

五、所望於台灣大學及海內外史學家者

國立台灣大學保有海內孤本，聞於若干年前即曾計劃出版，延至於今年在各方敦促下，始付諸影印，現已全部印裝完成。此一歷經刼難之寶案孤本，卒能大量發行，公諸於世，不復恐其湮沒。台灣大學對學術界之貢獻，値得吾人欽佩。

聞該書經影印爲每部十五冊，共印精裝本兩百部，平裝本五百部，除分贈各有關機關及公立大學外，所餘將分別公開出售，但恐尚嫌不夠供應，幷恐其售價過昂，歷代寶案的原始資料之雜抄本，雖史料多而可靠，但惜尚缺科學整理，例如詳細編目，編製索引、考訂錯字、及原缺部份之搜求補齊，均有待於台灣大學及海內外學者之繼續埋首工作。又聞日本學術界曾有「琉球歷代寶案」研讀會之組織。琉球學者對於「球陽」一書（亦淸康熙末年由琉球王派學者編撰，乾隆十年完成，仲註），亦有研讀會之組織，我國學術界對琉球歷代寶案，實亦有組織研究會，分工合作詳加研究之必要。不知高明以爲然否？

談京韻大鼓

汪季蘭

此曲人間定有無，
花花四座萬人呼！
漁陽三撾齊驚起，
爭識前朝張野狐。

—楊雲史贈劉寶全—

我國的藝術，內涵極爲豐富，種類也非常的多。就「曲藝」方面而言，據說，是以大鼓書出現最早，相傳是在漢唐之間已有大鼓書，到了宋朝，已很普遍，就是在金、元兩朝，依然並未衰退。

鼓兒詞係源自宋代

以金朝爲例，當時董解元所撰之「西廂記」純粹是大鼓書；較後之南北曲，也是從大鼓書衍變而成，於是，使大鼓書變成了一種戲劇，更分佈到各地方而成爲小調。

鼓兒詞之由來，根據對北方戲曲有極深造詣的國大代表馮著唐說：是源自宋代詞曲通俗而簡化向民間發展的一個支流，由一個人說說唱唱，以表演來叙述故事，娛樂聽衆。

在大鼓書延展到各地方爲小調的時候，當時小調的詞句都不太高雅，馮先生說，後來，是經過一些文學家、騷人墨客加以潤飾，才變爲典雅、美麗的曲詞，在各類大鼓書中，以京韻大鼓較其它大鼓爲端莊、雅麗，而能登大雅之堂。

京韻大鼓最爲流傳

京韻大鼓的演出，以三弦爲主要的樂器，另外一個人負責伴奏，鼓和板全由主唱者自己操作，演出的人不必要扮飾，不需要邊配，也不要很大的場地演出，所以，對於流傳及發展都有很大的便利。

由於大鼓流傳快速，每到一個地方多少總起一些變化，更加受到民間普遍的歡迎，於是，由各地方的方言而形成了許多不同的格調與唱法。

大鼓產生的背景，也與農閒有關。從宋、元、明、清幾個朝代沿傳下來，民間流行的鼓詞版本都是整本大套，可以說是，卷帙浩繁，可惜的是這些唱本多數是庸俗而難登大雅之作，詞句、唱法也不講究，可以臨時任意改變或安排。

整本演出是其特長

不過，長篇的演述是演唱大鼓的特長，一部書往往可以說上二、三十天。惟其如此，所以同一位唱大鼓，可以在同一處所，表演十幾二十天，而聽衆並不厭倦，反而會上癮。

京韻大鼓的來源，與一般大鼓是相同的，但是，它却向都市發展；都市和鄉村的環境不同，城市聽衆的水準較高，演出的時間也不如鄉村一般長，因爲城市聽衆就等於觀衆，他們的目的無非是臨時的娛樂，而不是消磨農閒的歲月，因此，城市演出的情形就不同於鄉村。

城市觀衆的要求，並不是整本大套的鼓詞，他們只需要精彩的片段，時間不要長，詞句却要精簡俐落，通俗而不失雅麗，嗓門要高亢清脆，要不就是低靡婉轉的韻調，從抑揚頓挫高低快慢之中才顯露得出眞工夫，也才能從細微之中見技巧。

劉寶全稱天才鼓王

馮先生說，大鼓的觀衆，並不全是來聽的，所謂醉翁之意不在酒，一邊聽一邊看的大有人在，所以，要能出人頭地，眞要是才貌雙全。

一般而言，唱大鼓的頭牌名角，通常也只是以一些精彩的段子來吸引觀衆，並不是經常有新的內容出現，只是，他們唱的經常都是令人百聽不厭、千錘百鍊的傑作。不過，要是能做到這個地步，馮著唐說，也是萬分艱難的。

近代演唱大鼓的名角，很自然令人想到的就是鼓王劉寶全。他稱霸鼓壇數十年的雄風到今天爲止，還是空前絕後，堪稱天才鼓王。

馮先生說，劉寶全除了天賦優於常人之外，外表英俊瀟脫。他最早是學唱京戲，由於受到嚴格的科班基本訓練，所以，渾身充滿了京戲的味道。

後人奉爲學習範本

劉寶全可以說臉上有臉的工夫，身上有身上的工夫，舉手投足，在在顯示他的大方和穩練的工架，再加上他維妙維肖的表情和他特有的一股帥勁兒，眞不知顚倒了多少大鼓戲迷。

劉寶全有一條高亢清脆的嗓子，可是，他唱平劇並不受到歡迎，於是，改學大鼓，沒想到竟然大紅特紅，更得到「鼓王」的美名。

他拿手的段子有：大西廂、戰長沙的關黃對刀、遊武廟等，都是後人學習練唱的範本。但是，他的傳人，包括私淑弟子，很少聽說有男士，倒是有幾個學他的坤角，頗能膾炙人口。

在他的徒弟中最突出的是小黑姑娘，但是，她唱的時間並不太長。只因爲她才貌出衆，所以，正在顚峰狀態時，便爲某富商後人量珠聘去。

章翠鳳是鼓王傳人

此外，如曾在天津紅極一時的筱彩舞，她的一條金嗓子並不比鼓王遜色，可惜不是才貌雙全，寶相還不如劉寶全，但以她這種條件能大紅特紅，則更爲難得。在北平的方紅寶，是能在平穩中見眞工夫，方紅寶長得落落大方，也曾享譽很長一段時間。

在台灣，曾於七、八年前露面並收徒的章翠鳳，也是劉寶全的傳人，惜身體欠佳，常年多病，可謂心餘而力絀，晚景至爲凄凉。

與劉寶全同輩中的白雲鵬，也是大鼓名角，唱法以凄靡婉轉見長，却難與劉寶全相抗衡。另一白鳳鳴，唱法在劉寶全和白雲鵬之間，却遠不及劉、白之功力深厚。

大鼓的種類，除最爲人所熟知的京韻大鼓之外，梅花大鼓（梅花調）、西河大鼓（犁華或鐵片大鼓）、樂亭大鼓（醋溜大鼓）、奉天大鼓、山東大鼓等，也都是在京朝都市或鄉間很出色，很受歡迎的玩藝兒，所可惜的，這些大鼓類的技藝，因地方色彩過濃，幾已失傳了！

梅花調以抒情見長

梅花大鼓由它所得梅花調的名稱來看，它的內容不外是風花雪月，兒女私情一類的範圍。梅花大鼓所唱的調式變化不多，但好處在韻味醇厚，有點接近筆者在介紹「崑曲」一文時所提到的蘇灘。

由於梅花調最以抒情見長，馮著唐先生說，在演唱描述兒女情長的故事時，眞是盪氣迴腸、纏綿悱惻，應了「兒女情長、英雄氣短」這八個字，令人一唱三嘆，低迴不已！

這類比較細緻的藝術，馮先生說，本來應該由年輕的少女應工，才能收到視聽的相當效果，可是天下事往往出人意表，而「梅花大王」的稱號居然會落到一位男士身上，而其貌相之不相稱。眞是令人意想不到！

金萬昌技藝稱一絕

「梅花大王」金萬昌，崛起自清末民初之際，長相甚笨，大而黑，粗而傻，絲毫不沾一點兒風流倜儻、英俊洒脫的味道，但他却獨霸梅花大鼓的王位數十年之久，至今還找不到一個能和他較量的人，這毋寧說是絕事！

馮先生說，金萬昌上台表演，的確無法收到視和聽的娛樂效果，但是，儘管他外表不能討好，一上台狠打幾下薄鼓，引吭而歌時的低沉婉轉，很技巧的使出他的鼻音、膛音及腦後音的特點，確是令人拍案叫絕而餘味無窮。

越是到了大的場合，還非金萬昌不可，所以，一代梅王的享譽到老不衰。他所擅長的段子，馮著唐說，如黛玉悲秋、黛玉探病、王二姐思夫、摔鏡架及晴雯補裘等，都是他的傑作。

梅花大鼓裡所用的樂器與京韻大鼓沒有什麼不同，而四胡在梅花大鼓中的地位有甚於京韻大鼓。它的原因，主要是偶而需要拉一個較長的過門，可以讓主唱的人多喘口氣，以爲調劑。

後繼乏人盛勢不再

以梅花大鼓在金萬昌時代如此的盛譽，若能持續，倒是它揚眉吐氣的好機緣，可惜後繼乏人，雖然他有一個傳人郭小霞（坤角），却未得其師傅之眞傳，聊具一格而不出色。

在郭小霞之後有一名花小寶，也是坤角，工夫不壞，色藝也都略具本錢，有人猜測其爲較早花四寶的後輩，却無法得到確證。

馮著唐認爲，以梅花調這種格局，應由坤角演唱較爲合理，爲了適應時代的要求，他說，這行當希望由坤角來接替。

在種類甚多的大鼓中，西河大鼓就像是戲曲中的花鼓一樣，只能算是民間的鄉土玩藝兒，還沒有流行到京朝都市。

西河大鼓流暢悅耳

但是，越是鄉土玩藝兒越不能忽視它的潛力。它的調式較爲簡單，適應性就像花鼓戲一樣，多變化而容易吸收，更有進軍京朝的野心，因爲聽起來流暢而悅耳，所以在河北的中部迤西一帶盛行，而得了西河大鼓之名。

西河大鼓的工具犁華鐵片一對，是用生鐵鑄成的，聲音極爲清脆，由鐵片來替代平時所用的檀木，所以鏗鏘悅耳，又得了犁華大鼓及鐵片大鼓的名字；有許多人管犁華大鼓叫梨花大鼓或梨滑大鼓，馮先生說，那是沒有根據的。

一般演唱西河大鼓，可以分爲小段與大書兩種，小段比較精緻，除了行腔使韻，還帶有些俏皮話，讓人們正在聽得起勁，神往之際，忽然收勢，留下無窮的回味。

大書着重故事演述

大書是比較著重在演叙故事，腔式較爲簡化，但甚爲注重表情，很能引人入勝。經常演述的大書，有包公案、施公案、彭公案、大五義、小五義、白袍征東、羅通掃北，下南唐、水滸等等，舉不勝舉。

大書玩藝兒，馮先生說，你只要有本子給他們，他們就能唱，那一部都可以說上半個月、一個月的，那不算稀奇。

醋溜大鼓特具韻味

又名醋溜大鼓的樂亭大鼓，是很具鄉土風味的藝術，它唱出來的韻味不同於一般大鼓，它是帶點酸溜溜的味兒，因此，聽的人都以「酸」來形容它。

一般唱大鼓的條件是年輕而漂亮，但是，樂亭大鼓的名角樂亭籍的王佩臣却是例外。她的情況是有別於其他人的；她唱紅的時候，已經是四、五十歲的年齡，而還有一些特殊之處。

王佩臣憑藝術號召

王佩臣出場是旗袍打扮，她有着所謂「改組派」的半小脚，留着半長不短的頭髮往上一夾，留下髮的尖端朝外，這種打扮可想而知，沒有出衆之處，她也談不上好姿色，可是她的藝術造詣，却比她的外表高明得多。

在平、津一帶，王佩臣名氣響亮，吃得開，兜得轉，極受歡迎，只要是她出場，必定是滿堂采，她的叫座，可說全憑藝術爲號召，色相根本談不上。

王佩臣除了唱，她還有一點小噱頭，可以引起聽衆的共鳴，一般的觀衆可以說全都欣賞她，由於她受歡迎，大家爲了表示親熱，都喊她「王佩臣」，以後，親切加上愛護和一些敬仰，許多人乾脆給了她一個代名稱「王佩老大臣」。可見她受人歡迎的程度。

山東大鼓哼聲哼調

奉天大鼓則和京韻大鼓相去不遠，也帶點「酸味」，却不如樂亭大鼓來得那末「酸」，奉天大鼓的名角有王鳳詠和王月影，他們大約在民國初年時在瀋陽娛樂場（如南京之夫子廟）演出，享有大名。

山東大鼓是帶點鄉下土氣的民間玩藝兒，馮先生說，唱起來有些哼聲哼調，不是聽過的人，很難去意會這個「哼」調，不過，它有它的長處，唱起來非常帶勁兒。

最早，山東大鼓是在山東的鄉間演唱，後來唱到城市才開始紅起來；山東大鼓是以說大部書爲主（長篇），它的伴奏樂器除去三絃，有一個鼓及一對鐵片（犁華片），演唱者多以山東人爲主。

民國二十年前後，演唱山東大鼓的名角有董蓮枝，她曾到南京、上海等大城市演唱，當時與她同台演唱的有山藥蛋（說相聲的），在那個時候很亨盛名，再晚些，還有一名角名爲牡丹花，她們都是山東人。

（接46頁人物叢談）

段氏每月必到一區巡視，嚴查戶口，追捕匪盜，這時，匪盜既失了豪門巨室的包庇利用，日覺窮蹙無歸，只好自首投案，從此，人民稍得安全渡日，可見匪禍不能撲滅之由，完全是淵源於地方上的惡勢力而造成的。

但段氏儘管大刀濶斧、踔厲風發，整頓吏治，肅化紀綱，還是不能久於其位，次年冬間，遂被調任前方軍職，參加抗日聖戰去了。段氏去後，那些不慊於他的黨政人員，揑造他的日記，刋佈報端，把段氏醜化爲殘忍好殺的屠伯嘴臉，不過，老百姓却對他有着甘棠遺愛之思，並未被他們的惡意中傷，搖動其觀感，只是不能發言伸張，取得輿論界的權威罷了。

段氏是湖南岳陽人，出身經歷，因年久失記，貌白皙，臉上微有雀斑，中等身材，談吐温雅，表面上看來，並不像個嚴厲強悍的武夫，自參加抗戰後，便寂然無聞，也許亦不能得志，而早已與世長辭了。

姑姑筵與黃敬臨

·李梅·

「姑姑筵」設在成都少城一所上等宅院中。無人宴客時，門常關着，不但門口沒有招牌，穿堂入室，其陳設佈置，完全是住家人家：有宴會時，也只像在家請客的樣子，看不出一點酒館食肆的氣息。待客地點即在第二進的大廳上。

在姑姑筵擺酒宴客，必須先託地方上有地位的人介紹，先去拜會主持人黃敬臨老先生，經過一番社交式的晤談，他認爲滿意時，才答應你的定位。否則，你有錢是你的事，恕不招待，他情願關門睡覺。

所定酒席以兩桌爲度，超過三桌，黃老先生會非常客氣地跟你說：「眞對不起，我這兒地方太小，請閣下到××酒樓如何？」

其實，舊式宅院的地方，擺上五、七桌是沒有問題的，至於廚房，能做三桌菜，也能做四、五桌菜。有人說他不願做壞了名望，做的菜一多，就難免馬虎，同時主理廚政的黃姑娘（黃敬臨老先生的妹妹）並非酒家飯莊出身。

因爲是黃姑姑親自主理，所以稱之爲「姑姑筵」，「姑姑」讀爲「嘎嘎」，四川人稱小娃兒扮演家庭請客的遊戲也爲「姑姑酒」。不過，這並不是他們的招牌，而是黃老先生一些有地位的朋友們叫出來的，因爲他沒有字號是無法稱呼的，所以，姑姑筵無形中成了他們的字號。

在那裏宴客的人，可以說是黃老先生的新知舊雨，所以必須留個位子給他，算他是客人之一，一則是恭敬他，再則他是代朋友宴請客人的意思，他也以半主半客的立場坐陪。不過，他不會從頭吃到尾，因爲他還要幫妹妹照顧廚房的事，經常都是上過第一、二道菜，他便離座，到最後的一兩道菜，才又歸座。侍者也是家庭僕人打扮，毫無市俗之氣。

主人付錢的時候，必須用紅禮封封起來放在桌上，然後還得千謝萬謝。較熟的舊友臨走時，還要到內堂去向黃小姐致意道勞。有的至交好友於酒席開始時，即捧着酒到廚房去先敬黃姑姑一杯，以示偏勞。

在姑姑筵定位，往往要在半個月以前去排期，否則難免向隅。因爲人人都以能在姑姑筵宴客爲榮。定座之後，屆時如果黃先生或黃姑姑偶感小恙，便須改期。

姑姑筵從不在一天之內作兩單生意，本來如果有兩個顧客都定一桌菜，只要顧客肯遷就，吃同樣的菜，是可以兼顧的，但他却不肯輕易答應。除非兩位顧客之間已有很深的交情。

黃敬臨的出身書香門第，飽讀經史，清末曾作過幾任縣知事。他祖父是個最講究吃的富家人，爲其子（黃敬臨之父）擇婚時，曾提出以善烹飪爲先決條件，結果選中了精於廚下的陳氏女（黃敬臨的母親）。

陳氏未入黃門之前，即以善於燒菜聞名親友之間，婚後更將黃、陳兩家食譜及妙處熔爲一爐，當然益見精醇。

不用說黃敬臨受了上兩代人的影響，講究吃，對烹飪法也極有研究。

當他宦遊故都時，被識者推薦給慈禧太后，侍宴之後，恩賜有加，從七品知縣擢升爲四品京官，供職光祿寺，主理御廚房達三年之久。

這三年中又給他學了許多京式、滿式菜餚製法，然後融合京川之法，又產生出許多新食譜，像他這樣的出身與經歷，在國廚之中，幾無出其右者，至於黃姑姑自幼受母親的薰陶，後來再接受哥哥的傳授及臨灶指導，所製餚饌當不遜於當年的御膳。

再說姑姑筵的出品，非但「選料上乘」，同時吃到客人嘴裏的一絲一塊，盡是菜胆肉心，一棵二斤的白菜，只剝出不足一斤的嫩心，才送到菜案上去；無論魚、肉，也必挑剔揀選最新鮮、最上等的，入口不留渣滓。總之，務求色、味、火、鮮、嫩，都恰到好處。

黃敬臨曾出任成都省立女子第一師範的教師，教授烹飪，而他在文史方面的造詣，連國文教師都經常要向他請教呢！

由於他的文學淵博，故能將課程分門別類，編成講義講授（過去似乎沒有烹飪教課書），共分薰、蒸、烘、爆、烤、醬、炸、鹵、煨、糟等十種講義。後來他並把這些講義修繕彙集起來，付梓出版「黃敬臨食譜」呢！

（接上第23頁）其中竟列上我的名字，他覺得很可怪，其實，這便可以看出所謂代表大會也者是什麽一囘事了。

關德懋兄從上海來，他在上海見到羅君強，君強對他說：他們希望滕固和徐景薇都到上海去，景薇已答應去了，汪先生並同意保留一個中委的位置給他。

十月廿五日

詹興香港來信：陳公博不贊成汪先生的活動，態度消極，現尚在港，以讀書自遣，外傳公博已赴滬，可見不確。

十二月六日

徐景薇囘到重慶說：汪先生的中央政府明年元旦成立，這對於國民政府的打擊將甚大云；又說：汪先生的組織班子缺乏人才，王克敏曾問汪，將來組織政府有些什麽人物？以周佛海、梅思平諸人對，王表示並未聞過這些人的姓名，汪爲之默然許久；又說：汪先生的左右，沒有一個人存心做事，祇希望乘機多弄幾個錢，林某人領了幾萬，沒有賬目，陶某人公開說非有多少萬不肯入夥；汪先生的前途實在可憂。

十二月十二日

到國民政府遇劉維熾，他一見面便說：你還在這裡嗎？我以爲你已經到香港去了？這話眞使我生氣。

十二月十三日

甘介侯來談：外國朋友消息，汪先生已向日本提出六項條件，如果日本承認，即組織政府，否則出洋，或重返重慶；這時候，恐怕汪先生已沒有選擇的自由了。

（未完・下期續完）

牛年談

浙東的牛鬥

黃衫客

鬥牛是西班牙人的玩意。在我們意想中，鬥牛勇士一定是力大如牛，甚至氣力勝過蠻牛，才能與蠻牛對抗，憑着赤手空拳，使出降龍伏虎的本領，演來必定非常驚險激烈。但事實並不如此。沒有去過西班牙，西班牙式的鬥牛也可以在銀幕上見到。他們知道蠻牛有充沛的體力，却沒有靈活的頭腦，始終避免正面的衝突，用詭計將蠻牛打垮，所以過程是不夠緊張刺激的。

西班牙式的鬥牛是人鬥牛，不是牛鬥牛；要看兩牛相鬥，一對一對地先後上戰場較量，惟有到浙東去觀賞了。浙東的牛鬥到底是誰人發明，什麽時候開始？因爲鄉下人沒有歷史的頭腦，當然那時也沒有新聞記者下鄉去採訪，所以已無從稽考。流行的地區，據筆者所知，是金華和義烏兩縣；可能金華舊府屬的永康、武義、東陽、浦江、蘭谿、湯溪等縣也有舉行。舉行的時期多在秋季稻米成熟收割之後。農民有了收入，心情愉快，工作也比較清閒，於是大家都想着及時樂一下了。

牛鬥的日期由牛鬥會的主事人擬訂，每月舉行兩場，或照市集的「一、四、七」，「三、六、九」等日排期。那時附近各村落趁市作買賣的人多，乘便看牛鬥，場面特別熱鬧。牛鬥不是每年舉行的，不舉行的年份，遇有新神廟落成，或是供奉的神的誕辰，也會特別舉行一場牛鬥，表演給神觀賞，正如香港各地上演神功戲酬神。

參加戰鬥的牛全是黃牛，沒有水牛上陣的。大概是因爲水牛的天性怯懦，缺乏戰意吧。黃牛也不一定能鬥。能鬥的黃牛是從牛羣中挑選出來的。入選的先決條件當然是軀體壯大，精力充沛。經過了多年的閱歷，從事牛鬥的鄉民們已發明了一種相牛術，有如伯樂的相馬，能從黃牛的體形、骨格、皮毛、面貌、神態各方面，推斷牠是否能鬥；相定能鬥了，再把牠放到戰場上去試鬥；試鬥認爲滿意了，然後參加正式比賽。能鬥的黃牛，我們家鄉的土話叫「×牛」；「×」首「操」，上聲，表示「用牛頭迎擊對方的姿態」。

鬥牛當然有牛主，正如在香港馬場出賽的馬匹有馬主；不過鬥牛都是由牛主自己飼養，不像香港馬場出賽的馬匹全由馬會代爲飼養。牛主是附近各村的鄉紳、土豪、大地主。他們有的是錢，天天坐在家裡享福，玩膩了聲色犬馬，自然要來玩牛鬥了。飼養鬥牛的費用，不是升斗小民能負担的。首先是身價比普通的黃牛昂貴；一頭未逢敵手，稱雄一時的牛鬥，在豪門望族爭相羅致下，那麽牠的身價直線上升，飛漲到不知幾多倍了。其次，牛欄的構造要寬敞舒適，環境要清潔衛生；飼料要精美豐富。求勝心切的牛主，爲着爭面子，竟不惜落足本錢，每日給愛牛服食陳酒、桂元湯、人參湯等補身的飲料；平日愛護照料，眞是無微不至！難怪一般鄉農嗟嘆着人不如牛了。兩家素有宿怨的鬥牛臨場較量，小有不合，往往釀成打鬥爭頌的事件。

鬥牛出了家門，也是威風八面的。前面有舉旗、鳴鑼、擊鼓、吹彈的行列開道。鬥牛身披錦緞，牛頭從兩角、雙目，下至鼻梁的平面上，掛紮一塊長方形的金牌。金牌內寫着牠的名號；金牌的四周用圖案的雕飾鑲邊，再用五顏六色的絨毛球襯托。金牌上端的左右角加插兩枝幾尺長的雉尾。鬥牛由十餘人牽引着。眞個是前呼後擁，氣派不下於滿清時代的縣老爺出巡。

鬥牛的名號分為三類：第一類是表示吉祥的，如「得勝」、「吉利」、「慶豐」、「迎祥」等；第二類是以英雄為名的，如毛色黃而微紅的叫「關公」、毛色黑的叫「張飛」；第三類是以動物為名的，如毛色黃的叫「金龍」、毛色黑的叫「黑虎」。

鬥牛易主時，買賣雙方就結為牛親家；成交時大排筵席慶賀：從此雙方互相往來，親密的情誼有如兒女親家。

牛鬥不是在陸地上舉行的，而是在廣濶的水田裡。農民將收割後殘留在田裡的稻根和野草、石塊清除一空，然後灌入不到一英尺深的河水，使固結的泥土濕潤軟化，無異鋪上一層柔軟的地氈，鬥牛失了足倒地也不致於因此受傷。水田的周圍要有較高的土坡。觀衆居高臨下，隨意站立或坐在高坡上觀看，不必担心敗陣的鬥牛衝過來踐踏。但站立的位置較低的觀衆，瞧見脫逃的鬥牛來勢兇猛，也有紛紛拔脚走避，在你推我擠中墜落水田，沾上滿身的泥漿，變成落湯鷄的。

比賽開始時，不舉行什麽儀式，也沒有報告入場戰鬥的牛隻的名號。鄉下人當然不懂這一套。好在鄉村的觀衆，對於每頭鬥牛的身世和戰績，早已耳熟能詳，如數家珍了。

鬥牛由前後各四人牽引到水田的中央。兩牛在距離幾碼的地方相遇，彼此暫時對立。每一頭牛的牽引人減為四人，其餘的四人退後。鬥牛互相睜眼敵視着；眼珠逐漸冒火了，牛頭也蠢蠢欲動，充滿戰意了，於是所有牽引的人分退兩旁，在幾碼外守護。牛不像別的猛野，牠沒有鋒利的脚爪，也沒有特別長的門牙，唯一的武器是長在頭頂的尖而長的硬角。在我們的想像中，兩牛爭鬥時，定會你來我往，跳躍着找機會用硬角衝擊敵手，使敵手受傷流血，無力作戰而自動敗退。可是牛眞是愚蠢的動物。我們時常譏笑低能的人為「笨牛」；「對牛彈琴」也是說牛的頭腦簡單的。牠們戰鬥時，有天賦的武器不知使用，只是一味鬥氣力，把全身的氣力集中在額頭上互相牴觸的部分，後腿向後分開，支撐着向前頂擠的身軀，搖着尾巴。有時奮力將敵手頂退幾步，敵手又奮力頂擠回來。這樣頂頂擠擠相持着，到了其中的一頭氣力耗盡，支持不住了，於是敗下陣來，掉轉頭逃跑了——始終不知用頭頂的硬角作戰。戰勝的那一頭是有君子的風度的；牠仍是站着不動，看見戰敵逃跑，也不會追上去加緊壓迫的，大不了叫幾聲自鳴得意罷了。善鬥的牛只有一種招式叫作「掛」。「掛」就是把自己的頭伸高了，壓下戰敵的牛頭——遠看像掛在戰敵的頭上——令戰敵的呼吸發生困難，不得不退出戰場。所以也有以「掛」為名的鬥牛，如「雙牙掛」、「千金掛」之類。能掛的鬥牛不多；用掛的招式也不一定能取勝，要看戰敵的本領如何了。

每一場比賽約有十幾對到二十幾對鬥牛參加。每一對鬥的時間只不過幾分鐘，不會超過一刻鐘的。

沒有看過鬥牛以為鬥牛是非常驚險刺激的表演，其實西班牙式的人鬥牛是玩弄蠻牛，巧妙地避過蠻牛的衝刺，等蠻牛的氣力消耗盡了，乘隙結果牠。浙東的兩牛相鬥是一味鬥氣力，不是左衝右突，拚個你死我活的決鬥，是文鬥，不是武鬥；同樣是平淡無奇的。

浙東的鬥牛、鬥鷄、鬥蟋蟀，憑勝負博錢財。它是純娛樂性的。筆者在民國八年前後，觀看過幾場牛鬥。此刻農村的組織嚴密，管制也加緊，農民的時間和精力都投入生產，當已沒有閒情去搞純娛樂性的玩意了。

分佈浙東的一帶稀少民族

畲民的社會習俗

藍天

在浙東各縣的叢山峻嶺中，分佈着一種稀少民族，叫做畲民，他們是屬於傜民的一支，相傳爲盤瓠遺種。爲了怕異族的欺負，大都聚族而居，不願和漢人雜處。畲民男女均從事農作，居住茅屋，克儉耐勞，生活堅苦，且大部淪爲佃農，雖終歲耕耘，早出晚歸，仍難求得溫飽。婦女——俗稱畲客婆以帕蒙首，高冠裝竹筒，挑柴入市肆，隆冬不納履。由於生息蕃衍，分佈日廣，即就浙東一隅而論，其分布區域，幾佔全浙江省七分之二，可是，他們的知識程度，普遍低落，在全省二十縣五姓——雷、藍、鍾、盤、婁——畲民約十餘萬人口中，受過高等教育者僅三、四人；而受過中等教育的，亦不過十餘人而已。茲將分佈浙東各縣畲民的生活習俗與社會制度，分述於後：

一、曲折離奇的畲民神話

畲民，又稱畲傜，系出傜民，奉槃瓠爲祖先。考諸史乘，據范成大著桂海虞衡志云：「傜，本槃瓠之後。」又檀萃着說蠻云：「蠻始五溪，出自槃瓠，蔓延楚粵，稱傜。當日以有功免其徭，曰莫徭，後譌爲猺。」故，畲民就是槃瓠的後裔，已屬信而有徵。又據福建通志云：「畲客，即徭人。」又藍氏族譜藍氏源流序云：「三姓乃是猺人。」考諸鍾、雷兩姓的族譜，也有同樣的記載。由是可知畲民的始祖，即是槃瓠，乃爲傜人之一種，是毫無疑義的了。若從畲民口耳相傳的神話中去推尋，也和上述史料非常接近。據說：「在上古時代，高辛王元后患耳痛三年，後來從耳朶中取出一條蟲，它的形狀很像蠶，把它養育在盤中，餵以黑飯，忽然間變成了一隻龍犬，毫光顯現，遍體錦繡。高辛王見了，十分喜歡，賜名龍期，號爲槃瓠。那時，正當犬戎入寇，國家異常危急。高辛王就下詔求賢，謂有能斬犬戎將軍的頭來獻的，必把公主嫁給他。龍期聽了，非常高興，便挺身前往敵國，啣了犬戎將軍的頭回來報命；並要求高辛王實踐他的前言。而高辛王嫌其不類，頗有難色。這時，龍期忽作人聲曰：「你把我放在金鐘內，七天七夜，就可以變做人。」到了第六天，公主怕他餓死，揭開金鐘一看，它的全身已變成人形，祇有頭部未變。於是，槃瓠着上大衣，公主戴了犬頭冠，倆相成婚了。槃瓠携妻入山居住，育三男一女，長姓盤，名自能；次姓藍，名光輝；三姓雷，名巨祐；女婿姓鍾，名智深。」上述有關畲民來源的神話，是畲族中一致公認的說法，而且是每位畲民所津津樂道的。此外，再從筆記方面去考證：如山海經有云：「其東有犬封國，犬封國曰犬戎國，狀如犬。」郭璞注曰：「昔槃瓠殺戎王，高辛以美女妻之，不可以訓，乃浮之會稽東南海中，得三百里封之，生男爲狗，女爲美人，是爲狗封之民也。」又郭氏玄中記云：「高辛時代，犬戎爲亂。帝曰：有討之者，妻以美女，封三百戶。帝之犬，曰槃瓠，去三月而殺犬戎，以其首來。帝以女妻之，不可教訓，女爲美人，是爲犬封氏。」復據應劭著風俗通義云：「高辛之犬槃瓠，討滅犬戎，高辛以小女妻之，封槃瓠氏。」此外，干寶著搜神記又曰：「高辛氏有老婦人，居王宮得耳疾，醫爲挑治，得一物，大如繭，婦人置之瓠中，覆之以槃。俄頃化爲犬，因名槃瓠。」逮范曄乃綜合應劭、郭璞、及干寶數家之說，撰後漢書南蠻傳云：「昔高辛氏有犬戎之寇，帝患其侵暴而征伐不克；乃訪募天下有能得犬戎之將吳將軍之頭者，購黃金千鎰，邑萬家，又妻以小女。時帝有畜狗，其毛五采，名曰槃瓠。下令之後，槃瓠遂銜人頭造闕下，羣臣怪而診之，乃吳將軍首也，帝大喜，而計槃瓠不可妻之以女，又無封爵之道，議欲有報，而未知所宜。女聞之，以爲帝皇下令，不可違信，因請行。帝不得已，乃以女配槃瓠。槃瓠得女，負而走入南山，止石室中。所處險絕，人跡不至。帝悲思之，遣使尋求，輒遇風雨震晦，使者不得進。經三年，生子一十二人：六男六女。槃瓠死後，因自相夫妻。織績木皮，染以草實，好五色衣服，製裁皆有尾形，其母後歸以狀白帝。於是使迎致諸子，衣裳斑斕，語言侏離，好入山壑，不樂平曠。帝順其意，賜以名山廣澤。其後滋蔓，號曰蠻夷。」再就一般畬民口唱的狗皇歌來比照，歌云：當初出朝高辛皇，出來遊嬉看田場，皇后耳痛三年在，醫出金蟲三寸長，變作龍孟二丈長，五色花斑盡成行。五色花斑生得好，皇帝聖旨叫金龍。收服番皇是儈人，愛討皇帝女結親。第三宮女生假愿，金鐘內裡去變身。金鐘內裡去變身。斷定七日變成人。六日皇后開來看，奈是頭未變成人。頭是龍狗身是人。愛討皇帝女結親。皇帝聖旨話難改，開其藍雷盤祖宗。親生三子甚端正，皇帝殿裡去討姓。大子盤張姓盤字，第二藍裝便藍姓，第三小子正一歲，皇帝殿裡拿名來；雷公雲頭響得好，紙筆記來便姓雷。當初出朝在廣東，親生三子在一宮，招得軍丁爲其婦，女婿名字本姓鐘。」其對槃瓠的始末，也描寫得十分詳盡。綜上所述，足見畬民由來的記載，是一些曲折奇離的神話而已。

二、多采多姿的圖騰崇拜

在初民的社會，神話就常常表現出來他們的宗教崇拜，這就是圖騰。他們大都有一種和他們崇拜觀念或其他最有關的獸類或物品作爲代表，那末，這種獸類或物品就是他們一族的圖騰。而這種族人也就認定圖騰爲其羣體的保護者，便尊之爲一族的祖先。畬民神話中半人半獸的「槃瓠」，是殺敵護國的忠勇王，即爲他們崇拜的對象，也就是其一部族的圖騰，因之「槃瓠」是畬族的祖先，亦就是畬民的保護神。現浙江處屬一帶，尚見畬客婆頭上戴着布冠竹筒，這就是畬民尊崇部族騰圖的一種表徵。此外畬民對「祭祖」的宗教生活，十分重視，他們每一姓始祖，刻上一龍犬的頭，也即是槃瓠的首像，每逢子孫祭祖，則供龍犬頭羅拜之。遇有紅白事，亦懸祖像於堂中，大家團着歌拜。

三、浙東番民的種姓及其分布區域

浙東畬民係傜民之一支，由廣東徙入福建，再由福建遷至浙東。他們移徙的主因，約有兩端：其一爲天然的，由於古代的畬民「當時尚不稱畬民，而仍稱爲徭民，或稱番民），均係隨山獵狩，過着游牧時期的生活，故食盡一山則他徙；其次爲人爲的，係經歷代的變亂，或受其他人爲的壓迫，乃不得不東流西徙，隨山散處。考諸史乘，分佈於廣東潮州一帶的傜民，時人稱之爲畬民，如潮州府志云：「潮州有山畬，其種有二：曰平鬃，曰崎鬃。其姓有三：曰盤，曰雷，曰藍，皆傜族。」又李調元卐齋畬錄有云：「廣東潮陽有畬民，山中男女椎髻跣足，射獵爲生。」可見當時的畬民，是依山而居，射生爲活的游牧民族。而畬民之稱，始見於明代謝肇制著五雜俎一書中，畬字即刀耕火種之義，如集韻：「畬，詩車切，音奢，火種也。」又韻府：「畬，式車切，燒榛種田也。」此外，劉禹錫竹枝詞：「山上層層桃李花，雲間測火是人家。銀釧金釵來負米，長刀短笠去燒畬。」又王禹偁畬田調：「大家齊力劚孱顏，耳聽田歌手莫閒，各願種成千百索，禾豆萁穗滿青山。」又雷藍族譜均云：「凡有山田火種，耕讀相伴，屬稱傜人。」又云：「只望青山，刀耕火種，自給自足。」故，畬民者，以其善田者也。可是，他們不喜歡人家稱「畬民」或「畬客」，認爲那是含有譏笑或輕蔑之意，而要用「你邊人」「我邊人」來替代；俗稱畬婦爲畬客婆，但，對面要稱爲「阿嫂」。關於畬民的種姓，最初僅有槃、藍、雷、鍾四姓，後添茍、婁、胡、侯四姓。復又加劉姓，雲和縣畬族中即有此姓；近又新增林、李兩族，平陽縣畬民中有此兩姓。這樣一來，畬族至今約有十姓了。

考據乾隆四十七年，藍氏宗譜序云：「洎乎前明，耿逆一亂，郡盜猖掠，有始祖千字七十一公（按雷姓分大小百千萬五字爲行次，藍姓則添一念字。）自福建遷至處州。」不過，清耿精忠造反，係在清康熙十三年，而不在明代，故，處州之有畬民，始於康熙時代。其後，生齒日繁，分佈愈廣，至目前爲止，其分佈區域，幾達浙東二十縣，茲將各縣名分列於後：①、泰順；②、平陽；③、景寧；④、雲和；⑤、麗水；⑥、縉雲；⑦、松陽；⑧、遂昌；⑨、龍泉；⑩、宣平；⑪、慶元；⑫、青田；⑬、龍游；⑭、蘭谿；⑮、湯溪；⑯、建德；⑰、桐廬；⑱、壽昌；⑲、金華；⑳、武義。而各縣畬民人口數字，據已有資料是：慶元縣男女共四五四人；宣平縣男三〇五四口，女二六八一口，共五七三五人；松陽縣男一五三六口，女一三八八口，共二九二四人；景寧縣男六一五六口，女五五五一口，共一一七〇七人；雲和縣男八〇〇〇口，女七〇〇〇口，共一五〇〇〇人；麗水縣男四五四五口，女四七三二口，共九二七七人；青田縣男三一四〇口，女二一二〇口，共五二六〇人；武義縣男二三五口，女二八一口，共五一六人；龍游縣男一二九五口，女一一〇八五口，共二三八〇人；建德縣男四一口，女三〇口，共七一人。再加上其他未經調查的縣份，估計浙江畬民總數有十餘萬人。

浙東的畬民，以雷藍鍾三姓最多，盤姓頗衰，婁姓更罕聞矣。其中改從漢姓者，如劉、林、李、胡、丘、羅等是。他們大多依山聚族而居，自成村落，以墾山種田爲生，以蕃薯稻黍爲糧，均已脫離游牧生活而進入農業社會的領域了。

四、克勤克儉的畬民生活習俗

畬民男女，都賴耕田種山爲業；而經營工商業的，可以說是絕無僅有的。他們的生活，仍然是「日出而作，日入而息，鑿井而飲，耕田而食」原始農業山野自足的生活。畬婦辛勤操作，較男子更爲勞苦。她們除了管理一切家務之外，還要上山下田去耕耘，甚至育有小孩的，還要乳負去做。在浙東山區的田野和山林裡，時常可以看到他（她）們負耒負薪的影蹤；有的一對夫婦，胼手胝足，在田裡耕作，伴着清歌相唱和，眞是其樂融融。可是，這裡就發生一個畬民的耕地問題，因爲畬民素性純良，忠實無知，加之經濟力量，原極薄弱，而且沒有儲蓄的習慣，所以他們之中百分的九十九都是淪爲佃農，換句話說，是租「明家人」（畬民對漢的統稱）的土地來耕種，到秋收時要向地主繳租，以至他們終歲勤勞，生活甚爲艱苦。其生活要素——除衣、食、住、樂、育諸問題，暫且不談外；食的方面，可以說是人生的最根本問題，普通的畬民之家，整年吃食蕃薯、洋芋、玉蜀黍、麥子，罕有米飯果腹。倘若遇到天災，凡屬草本木本的根莖葉，只要嫩而可吃的——如土茯苓、棕樹子、蓮子根、葛細根、芭蕉根等類，都是他們的食物。有時連買鹽的錢也沒有，只有淡食，則以辣椒壓味，除了少數小康之家，生活稍可過去外，大多數所過的生活，是極困苦的。因爲他們貧窮而又懦弱，更易受漢人的欺負和剝削，或施以經濟的壓迫，或加以勢力的凌虐，使畬民生活，日趨困苦。

此外，畬民的教育問題，也是十分重

要的。畲民雖然有他們的言語，俗稱畲客話，但，他們沒有文字。假如說他們原有文字的話，那末，他們的文字也絕傳了。現在，他們所採用的，純是漢文。從前，漢人把畲民視爲化外民族，輕視他們，連學考都不准他們參加。直到清代乾隆年間，福建畲民，編圖隷籍，才得享受漢方考試的權利。逮嘉慶八年，阮元撫浙，會同學使文寧哲准雲和、麗水、青田諸邑畲民參與考試，其族漸摩風教，皆有列名黌序。至如散居泰順的畲民，於道光六年，也援例求考，可是，當時主政者的階級觀念很深，以爲他們身作輿臺（即轎伕），仍舊不准參與考試。他們的精神生活，沒有獲得平等的發展。自民國成立後，一般畲民所受漢人的待遇，未盡改善，文化教育，無多進步。據初步估計，在浙東各縣的十餘萬畲民，受大專教育者僅三、四人，而受過中等教育的也不過十餘人而已。畲民學童能入初級小學求學的，爲數亦甚寥寥。究其原因，不外乎是：（一）教育當局，施政無方，對學童家長不加以誠意的勸導；（二）教育行政主持人員，尸位素餐，不謀國民教育的推廣；（三）畲民村莊，東西分散，欲每村設一小學，既不可能，若欲到保國民學校去讀書，必需翻山越嶺，步行十餘里，始可抵達；（四）畲民家境窮困，收入不足支出，往往利用兒童勞働力來放牛或砍柴，藉以挹注家用。由於上述四種原因，所以他們都不願把子弟送到學校去讀書。其中比較大一點的畲族村落，就聘請塾師來村執教，因爲塾師頭腦冬烘，不能直接授以適合社會生活需要的知識；其所採用的課本，也只一些求簿記應用的「雜字」——如千字文、百家姓、以及祭祖時需用的法書而已。清詩人所賦：「漆黑茅柴屋半間，豬窩牛圈浴鍋連，牧童八九縱横坐，天地玄黃喊一年。」可以形容其一斑。他們當中除了極少數曾經受過中等以上的教育外，大多數學童青年，廢書不讀，蠢蠢然都成了文盲。

由於畲民教育的落後，和文明的痼塞，因之，宗教和迷信也特別濃厚。畲民崇拜槃瓠，尊爲一族之祖，此爲之尊祖教，有如前述。後來，也有信佛教的，和信奉基督教的，不過爲數甚少。畲民最重醮明（即祭祖），每一姓始祖，都刻有一龍頭（係槃瓠的首像，祭祖時，則供龍頭羅拜之。其級分之尊卑，一以祭祖次數的多少爲準。祭有三次的，則稱進士。衆聽約束，儼然是個尊長。再父親死了，做兒子的沒有祭過祖，不得爲父治喪，他們把教儀看得十分鄭重。但，畲民對宗教過份虔誠，同樣的，他們也非常迷信，畲民信佛，深受神權的支配。遇有疾病，輒指爲鬼犯神責，專事祈佛問卜，家中有了病人，便延巫師招魂，事畢，書符封門，禁閉七日，往往醫不及施而亡。有的，則當夜深鷄啼，降童問神。甚至雞狗打架，亦須做木頭卦，以卜吉凶。其迷信程度，視漢人爲甚。

三、團結互助的畲民社會制度

畲民的家庭組織，和漢人無大差異，他們家庭中的組織分子，無論男女，均享有同等權利的財產繼承權，他們對男女平等的思想，實較漢人爲進步。一家之中，假如沒有兒子而有女兒的，則招他人之子爲贅婿，這就是俗話所說畲客有女即有子也。如一家無子又無女，則養他姓之女而招贅婿。以其所贅之婿作爲己子：但被贅者又必改從贅者之姓，登譜入族，完成手續，始得女家家律的承認，其在家庭的地位，視同親子；並得享受財產承繼的權利，這又是他們的特點。浙江畲民，以雷藍兩姓最盛，鍾姓次之。他們也和漢人一樣富有宗族的觀念，大都聚族而居。近年來，因受漢人同化的影響，在其居住區域內，多設有各姓祠堂，以謀氏族的擴大，而求姓族內部的團結，其團結精神，則基於社會道德的培養。但據調查所得，畲族內也有所謂盟兄弟會的組織，其宗旨在於「聯絡感情，相扶相助。」此外，沒有任何秘密結社。

談到畲民的社會制裁，誠如周應枚畲民詩所云：「人人自有羲皇律，不識官司與法台。」畲民嚴守紀律，凡有事端，悉聽公議或尊長制裁。一族之間，彼此發生糾紛，則請親族和解，少有訟涉。如有爭執難解，則由族長或尊長憑公審斷，依理處罰，雙方沒有不服從他的制裁的。如有破壞風化者，所受處分，特別嚴厲。畬族婦女，日常在外操作，若於山中田間發現誘姦調戲等情事，女則削沒首飾，男則剝奪衣褲，甚至全村起而驅逐之。一般畬民族內，均立有家規，其最重要的規律，是：「男子或奸盜滅倫，而懷祖宗，以至執拗下賤等事者，合族公議，除削行第。」他們執法甚嚴，如有犯規，必經公議制裁。有的畬民，就其居住境內立一公約：一、如忤逆尊長，則罰跪賠禮；二、與人爭罵相打，則賠償名譽；三、盜竊他人財物，則罰花爆油焜等……這也可以說是畬族的自治立法，但是他們信心強，絕少違約背紀而受到處分的。

畬民的婚制，是父系的、父方的，或父母平權的。普通是行一夫一妻制。畬女出嫁，被迎到夫家，是居於「客人」的地位。其系嗣，乃於父親一線中，以爲計算嗣續的標準。不過他們男女絕對平等。他們的婚姻，也不若漢人的憑「父母之命媒妁之言」而湊合，相反的，是由女方和男方在田野工作中互唱情歌，遙相應和，假如雙方有意，就跟着對方的歌聲，越唱越近，最後再進入戀愛階段，待雙方決定結婚，再由媒人作形式上的介紹，及由父母主持。（關於畬民所唱的情歌，更是形形色色，妙趣橫生，當再撰「韻味深長的畬民山歌（上）、（下）」兩文，以饗讀者。）畬族婚姻，聘禮甚簡，不若漢人婚姻需索鉅額聘金，女家多以鋤刀、竹笠、簑衣等農具爲嫁奩，深寓重農之意。

畬族喪制，其小殮、大殮、掛孝、送喪、擇日、卜葬，與漢人畧同。惟亡人入殮，不舉哀，乃以歌代哭。畬民把「祭祖」看得很重。父已祐祖，子必祭祖，如不祭祖，則其父死，不得爲孝子治喪，必需延請已經祭過祖的，代做孝子。再已經祭過祖的，死後，必做功德；如功德不做，其人即不得出葬，謂不吉利也。從前，其俗盛行火葬之制，可是，後來漸漸漢化，而採行土葬矣。

燕京舊夢【八】

李素

橫財

正如俗語說的，光陰似箭，歲月如流，一眨眼我已念完了三年級，再一眨眼，我就快畢業了。第三學年結束時，我僥倖又得到國文學系成績最佳的獎學金，雖只有四十元，但在十二元便足應付一個月的膳宿費的當年，這數目已相等於一份優職的月薪，何況兼是一項小小的榮譽！窮小子忽發橫財，怎能不高興？該死的是，我忘了它的來源，因爲是國文學系通知我去領的，我就沒有留意捐贈能者機關還是私人了。

自首

喜事該說，壞事也不應隱瞞，胸懷坦蕩，纔能肝胆相照，不是麼？

最近報章上提到香港政府要把有關版權的法律加以修改，以適應現代的社會和需要。這件事使我想起包貴思老師教學的認眞，和她給我的最寶貴的教訓。

我記得那年我還是新丁，上大二英文課的時候，大家都要寫長篇的讀書報告的。繳卷以後的第二天，包老師在堂上當衆說：「你們無論寫什麼，都最好用自己的話，因爲偷人家的文章也跟偷東西一樣，是犯法的。我們美國人很重視版權，借用別人的話一定要加引號，還應注明出處。即使是寫書評也不能引用得太多，何況是照抄而不加引號！這是文德啊，請你們反省一下，以後要多多注意！」

天哪，眞是要命，包老師恰是在說我！這怎麼辦？記不清當時我的臉是發紅還是發青，只知道情形是哭笑不得，而覺得滿身不舒服。我自讀書以來，尤其是在小學和中學時期，因爲記憶力相當強，對大部分課文往往能背誦，答試題時，許多地方照書上的字句答上去就算啦，可從來沒有一位先生說我抄書的。我想現在也還有學生在考試時利用課本的原文來答題目的吧？想不到光是寫給老師看的讀書報告，也有那麼大的講究。我隨便用上幾句原文，却原來已經做了文賊！我覺得自己的過失出於無知，實在有點兒冤枉。

那天上完了三堂課，我有了空閒，便到包老師的辦公室去自首。我坦然地說：「包老師，您說的偷人家文章的正是我，所以特地來道歉。我抄了一兩小段原文，還有幾個零碎句子。因爲從來沒有人告訴我這樣做是不對的，所以我並非有意作惡和犯法，請您原諒我的過失。謝謝您的教訓，我以後會改過的。」

包老師最初以詫異的眼光望着我，最後却高興地笑着說：「抄書的還大有人在，但你却是其中最勇敢而誠實的一個。既然不是明知故犯，那也不算怎麼嚴重的過失。以後不要忘了加引號啊！」她的聲音裡搖曳着一股慈祥，使人感到「心悅誠服」。

是的，對上帝認錯倒是很平常，人人都做得到。對人認錯却不太容易。只因爲我一向臉皮厚，胆子大，所以滿不在乎；代人受過尚且不辭，何況是自己的錯！承認才覺得舒暢些。聖人都有錯。若文過飾非，過而不改，反而更丟臉呢。對不對？這一次的教訓，印象非常深刻，使我以後執筆的時候，都提醒自己必須特別小心，維護文德。

最近讀了「掌故」第十六期岳騫先生的「編餘漫筆」知道有某些雜誌轉載「掌故」裡的文章，却故意部分或全部更改篇名人名，眞使人搖頭嘆息。這種烏烟瘴氣的行爲，不單侵害作者的版權，而且損及國家的聲譽，實屬莫大的憾事。但願天下教師都像這位包老師一樣嚴正而認眞，及早督導學生們謹守法紀，更願這種損人利己的事不再發生。還有盜印別人整部作品的，更是違背天良的惡劣行爲，使人痛心不已。

包老師確是一位良師，對我的學業和生活都非常關心，待我實在好，難怪我一再的提起她。偶然，她午後四五點鐘下課後臨走時，叫我跟她到朗潤園她的住所裡，陪她喝一杯熱茶，吃幾片塗了蜜糖的餅乾，談談日常瑣事，也問問我的興趣及修習的功課。總之，她的談話裡放射着無限柔和之氣，使人感到溫暖、親切。後來，當我結了婚住在校外時，包老師聽到了消息便老遠從燕大到城裡來看我們，還送給我一張綉着兩竿翠竹的，很清雅美觀的米黃色的床面呢。那印象至今仍沉澱在我塵封的記憶裡。

狂徒畢業

到了大四的下學期，我開始找資料撰寫畢業論文。我選定的題目是「詞的發展」，導師不用說也是顧羨季老師啦。我寫了篇短的導言以後，便把詞的發展分爲醞釀期、萌芽期、滋長期（前半期）滋長期（後半期）、完成期，說清了來龍去脈，連欣賞，帶批評，暢論一番，然後來個結論。文並不長，大約不到四萬字。

我認爲在上述五個時期裡，合乎標準的眞正偉大的詞人只有李後主、蘇東坡、李易安和辛稼軒。

結論的最末兩段是：

「詞到了辛稼軒，既是完成了一切發展的精壯期，這就是詞的發展的峰頂，無可再進了。導言裡也說過：只要捉住這獨立山頭的一瞬，便已具有一切的價值，更不必細數下趨的歸路，故本文僅止於辛稼軒。這樣硬生生的把詞腰斬了來還就自己的主張，當然是我的罪過。而且在辛稼軒以前和以後，都有着不少的詞人名家及其佳作，全給我以偏見枉屈地埋沒了，隻字不提，也未免太不公允吧？然而，元帥閱兵也只檢閱最精銳的名將勁旅，誰還到角落裡去找尋每一個卒伍？雖明知無名英雄儘多着，但誰負這埋沒人材的責任呢？要參與這閱兵大典，只有努力做個出人頭地的精兵名將；否則，怨不了誰。因爲元帥所見原是有限的。

「我寫這篇論文的時候，並無元帥的資格，却偏愛模做元帥的威儀，把許多詞人都冤屈在我的淺識與偏見的武斷之下了！例如周美成確自有他的特長處：態度誠懇嚴肅，感情眞摯；其詞音調響亮，用字練句之精妙恰當，及描寫之曲折入微，都是最上乘的技巧。他的藝術天才是不該被否認的，即在詞的發展上亦應佔較高的地位，只因我主觀過重及偏愛稼軒，故不免把他貶抑太甚。這罪過和種種謬誤之處，容我對詞有較深切的研究時，再加修改與更正。倘讀者有以教我，尤所欣幸！」

瞧哪，我就會那樣地揮動大力和濶斧去腰斬詞史！這不正是我的狂妄本色麽？您猜顧老師怎麽批評。他還說我氣魄大，能凌空俯瞰，擷取精華，並且頗有獨特的見解呢。這不等於說我武斷得好嗎？而在我的心底，却只深深感到，凡是我的老師都對我太慈祥，太愛護，跡近縱容，只知鼓勵而不忍責罵。也許因此我就眞的靠這一點所謂氣魄與信心，通過了許多試驗而不畏懼；一生中歷盡多少艱險困難，仍能支撑而不頹唐下來吧？老師誘導的影响的確既深且遠。其實，天曉得，我把詞史攔腰砍掉，當時大概只是爲了想偷工減料，懶得多寫吧了？懶人總是花樣多些，却把理由說得多麽堂皇！還竟然騙得顧老師眉開眼笑呢。

對了，事隔數十年，現在檢討起來，才完全明白自己讀書的時候，雖然一帆風順，而所得的只是分數，並無實學。毛病就在我性格裡的一點狂妄，及偷工減料的惰性。無論在考試或寫論文時，都喜歡發一點想入非非的狂論，或用偷工減料的縮骨法。當老師們對許多旁徵博引的滔滔宏論，看得眼花繚亂或頭昏腦脹時，偶然看見我這懶蟲的薄薄的卷子，簡簡單單，一目瞭然，便發生錯覺，反而認爲乾淨利落，新鮮有趣；這正如多吃了肉，吃到一顆果子時便覺得舒服，一時高興，便多給我幾分吧了。這是說我在無意中迎合了一些老師們的心理，我的成功等於由投機取巧得來，絕對不足爲法的。分數上的成功，我有的是：

每一屆的畢業生，只要品行、學業成績及服務精神達到了水準，便有機會當選爲中國裴德裴榮譽學會會員。該會的英文名稱是：Phi Tau Phi Scholastic Honor Society of Chira phi Tau phi 是Philosophia，Technologia，physiologia 的簡稱。該會宗旨在鼓勵會員努力繼續研究學術和忠誠服務社會。會員除領得一紙證書外，還可購取會章，那是一枚金鑰匙，象徵開啓和進入學術之門。

裴德裴榮譽學會燕京分會，每年都從本科及研究院的全體畢業生中，選出合乎標準的優異生作爲新會員，名額大概有十二三個。慚愧得很，我這個懶蟲，四年來積存了投機取巧得來的抽象分數，毫無實學，也竟然僥倖成爲當選者之一，被稱爲 Golden Key Student 了。我一向認爲分數只能代表學習能力，却未能代表學識。我自慚不配擁有那枚金鑰匙，所以始終沒有花十塊錢去購買會章，而我所保存的那張證書，現在看起來也只覺得是一種諷刺。因爲，離會後的這幾十年來，我在學術研究及社會服務兩方面都一無所成，依舊是「竹籃打水一場空」，嗚呼哀哉！

儘管如此，但這些並無實際價值的東西却也帶給了我太多的幸運。哈佛燕京學社錄取研究員在報上發榜時，又讓我的姓名佔先。我自覺常有福星高照，使我忘了貧苦，並因而勇往與樂觀。

丫頭受審

在研究院裡，我繼續修習一些學科，同時跟隨顧頡剛師研習民間文學。我選定了「中國歌謠研究」作爲畢業論文的題目，並即着手從事搜集全國各地的歌謠，以便作系統的研究。固然我多少是受了顧老師的影响，但我自己因爲喜愛詩詞，就想去窮究詩的祖宗——歌謠，想從中發掘它的精華，把它從讀書人及一般人的輕蔑眼光中超拔出來，提升到文學的領域裡。它是最原始的文學形式，具有最天眞純摯的感情，同時又表現了各時代，各地域的民情、風俗、思想、習慣和生活，它的內容也是無限豐富的。

研究詩詞的人歷代都有，眞是車載斗量，不可勝數。我缺乏天才，難望超越古人，更無力跟當代學者爭勝。所以我決意走偏門，人棄我取，若是能擴展文學研究的範疇，則研究歌謠也未嘗不是在學術方面有所貢獻。

在燕京舊夢裡，無可否認的，當然也包括我戀愛的夢，只因這些事在人生中最是平凡的，實在不值一提。進了研究院一年以後我結了婚，再過一年我生了個女兒。結婚與生育，是女人在學業與事業程途上的大忌，雖然不至於阻斷，至少也延緩了進展。不過，我這劣習難改的懶人，却是出於故意把學生時期拉長。反正畢業後總得找事做，反正歷年成績尚稱不劣，頗有繼續獲得獎學金的希望，又何樂而不暫時以讀書為職業呢？有些人只匆匆地讀一年便趕着畢了業，大多數人讀兩年。而我却自認低能，是少數中的一個，喜歡在研究院裡賴死，其實是享了三年清福，一共騙到了一千五百元的獎學金。

畢業論文完成了，筆試也考過了，總算相當順利。重要的一關是那場口試，最使我胆震心驚。在貝公樓的會議室裡，一張長方桌子的三面，端坐着本校幾位師長，和十多位從各大學敦請而來的名教授，氣氛就更顯得莊嚴肅穆。而我，零丁地坐在長桌的另一端，面對着這許多有鬍子的和沒鬍子的主考老爺們，我的情形與心境都很像受審的疑犯，臉青唇白，如坐針氈的惶恐相，也是可以想像的。我給他們輪流的，連續地審問，有幾次我真覺得有口難言，而且所問的範圍廣泛，防不勝防。答着答着，我偶然在某一句話裡說了「當然」兩字，就給本校的一位教授抓住了，訓斥一番：怎麽是「當然」？這是武斷的口吻，實在要不得，做研究工作的人，在找到許多證據之後，仍得提防自己所知所見太少，怎麽可以這麽肯定地亂說「當然」！

我當場羞得滿臉通紅，嚇得快要哭出來了。我心裡着慌：這回糟啦！眼看要前功盡棄，一敗塗地，我命休矣！

好不容易捱到他們互相交換眼色，住口不問，並且說我可以退席，到室外去稍候，這時我眞像等待判决的囚徒，心裡更緊張、憂懼、思想雜亂，一片迷惘，說不出是什麽滋味。

終於我的導師顧敎授出來對我說：「成了，大家通過了給你口試及格。還恭喜你呢！」我苦笑着謝了一聲，說了「再見」，便一溜烟跑了出來，離開了那最可戀念的學府的門牆。

現在回想起來，覺得我的大學生活實在算是相當幸運和美滿的，尤其是最後那三年，更是我一生中最輕鬆愉快的時期。但想到自己腦袋裡更空洞，並沒有學到了什麽，或貢獻過什麽，就禁不住汗流浹背，終夜惶悚，深覺愧對師長，愧對母校和她所頒給的學位。

我檢討已往的抉擇，發覺走偏門仍是根源於我偷懶的幼稚想法，是錯誤的。（假如我繼續研究詞，結果一定完全不同吧？）歌謠原不是我由衷的愛好，畢了業，我的興趣也跟着結束了。這個題材不受重視，論文沒機會出版是當然的。原稿僅有一份在燕大圖書館裡，只怕老早已不存在了。

在寫論文的時候，誰都連帶的有或多或少的副產品的。我也有七零八碎的短文，在一些刊物上發表過，但現在手頭僅存三兩篇，其餘的都已隨同早年的一堆所謂作品一起散失了。飽經戰亂，浪跡天涯，腦袋沒有丟掉已是天大的幸運。總之，只怪自己笨拙懶散，心志不專，為學與做人，兩不得法，遂落得一事無成，浪費了生命，至今痛悔已遲！若想以家累繁重，兒女多，忙於工作等等為理由而洗脫自己的罪名，那就更不成話了。的而且確，自暴自棄，見異思遷，缺乏恒心，才是我在學問上招致慘重失敗的主因！「前車之覆，後車之鑑。」我坦然承認自己的錯誤和劣點，也算是微末的懺悔兼補贖之道吧？

那年，我的學業雖已告一段落，所受的學校敎育也算結束了，然而現在回想，往事依然痕影翩飛，舊夢綿綿無盡，所以我要憶述的還有的是。

不過目前却忽然又想起了我那未成形的「逆流集」，就順手附錄幾首嘔啞的雛聲：

燭影搖紅

朝日纔醒，醉紅雙頰惺忪眼；酣眠端爲釀温柔，呵欠東風遠。草嫩湖波漸滿，願人生、微微烘暖：八荒殘夢，萬古疎林，千秋鶯燕。　獨背澄江，高樓放眼春無限。年來花發總徒然，爭奈歡娛淺。心比游絲更亂，但拚他春歸不怨。雕闌猶在，望盡歸帆，晴空如浣。

采桑子

嬌紅何處留芳跡？却怕黃昏，又是黃昏，冷月窺人半掩門。
天涯有恨皆成夢，漏洩燈痕，拭盡啼痕，不斷青山與暮雲。

丹鳳吟　踏月歸來感賦步美成韻

一碧空明無際，浪捲西風，鐘鳴高閣。秋宵霜薄，嫦娥輕下雲幙，臨流顧影，修眉欲笑，素靨微嗔，柳絲蕭索，永夜餘香嬝嬝，漫說多情，幽恨搖曳簷角。　却愛舊愁似酒，拚他醉後夢魂惡。痛灑辛酸淚，把傷今懷古，一並銷鑠。此心如月，朗照滿林楓落。喜共羣山携玉手，有烟霞盈握。暫圓還缺，莫被人猜着。

采桑子

朝來拈得新黃葉，不問西風，不問天公，黯黯愁懷獨自濃。
心靈未似秋波冷，心坎微空，心火微紅，照遍斜陽兩岸楓。
宵來聽得征鴻過，未寫新詩，未寄新詞，留下相思擣作絲。
無端細雨飄飄下，既濕單衣，又濕重幃，檢點啼痕逐夢飛。

瑞鶴仙

恰晴天近晚，只嫌惱深谷亂雲堆滿。樓高莫望遠，怕見遙天際，杳茫雁斷，疏林連苑，更霜映空江如浣。甚東風噓暖溪流，盪去冰槎千片。
輾轉、消愁無計，萬事成空，情懷撩亂。舊遊誰見？荒郊外、獨行遍。恨年年花落花開似夢，但有舊歡新怨。待月明照澈千山，人生苦短！

悼亡友朱淑瑀女士

故交如黃葉，入秋漸凋零。十年霜雪後，君獨有餘情；輕裘知己共，珍重語丁寧。江南從此遠，新月照羊城。

浦江揮手別，蹉跎又兩春。忽聞買舟行，萬里鼓風輪；奮飛新大陸，文章日以醇。草色連天碧，故國待王孫。

人事風雲變，世味竟如泥。長飇揚衣袂，月黑星斗翳；魑魅失聲笑，前途忽似迷。全棋着未完，興敗忽頽靡。

浪濤驚拍岸，一身繫百憂。世道復何爲？萬事恨中休！陰風轉森冷，碧海聲啾啾，波谷深深處，千古遂埋愁。白鷗漫記取，失敗不足羞。君自悠然寂，不聽妄疵求。生死誰先後？譬如春與秋。漭漭太平洋，終古界兩洲。

巨舶停江口，汽笛哀以驚，迎候有君姊，船空不見人！愴惶呼肉骨，低首淚沾巾。逝者長已矣，何以慰所親？

壯志扶天地，夙願竟難償。強弱誰定論？得失固無常。旁觀恣嘲諷，易地始思量，羡君毅然去，雖怯勇且剛。

噩耗紛紛至，驚疑再四思；不信江輪上，永訣倚闌時。白骨已沉埋，魂兮今何之？悠悠碧海波，滌恨永澌澌。覩物更傷神，心酸淚暗滋；謂君仍遠遊，自慰聊自欺，黯然傷暫別，相逢會有期。長空月照人，慢步獨凝思。凄風忽低歎，繚亂見疏枝。

疑君在左右，四顧意遲遲。天地皆冷淡，幽明共此時。漫吟迴腸句，斷魂知不知？

女士嘗與余同學於廣州，匪特益友，實余之良師也。女士旋畢業於燕大，束裝南歸，舟抵上海時特登陸來訪。臨別，余送至黃浦江頭，豈料遂成永訣！某年秋聞女士西渡留學，方爲之稱慶不已，不意數月後，女士竟於歸國途中投太平洋自殺。噩耗傳來，悲思難已，遂不禁發此哀吟。舊同學亦咸爲震悼。女士之死，於今已隔數十年，死若有靈，孤魂又不知漂泊何所？天乎！偶檢舊稿，猶有餘哀，錄而存之，聊與女士生平諸契友共誌悲悼焉。（未完・待續）

武漢時期的周恩來

周恩來評傳（十八）

嚴靜文

在前一章「八路軍與新四軍」中，我們討論過周恩來及王明一派，失去對槍桿子的控制，是他們後來失勢的根本原因。本章重點在說明在他們權勢最盛時期的一些情況，以見出周恩來在當時所扮演的角色。

爲王明作配角

一九三七年十月王明自莫斯科飛返延安，傳達共產國際指示，十二月召開了一次政治局擴大會議，奪回黨的領導權，設立了三個地方中央局，在八路軍之外建立了新四軍，其後不久即偕周恩來、秦邦憲等人到武漢去了。

自一九三七年十二月南京撤退到一九三八年十一月武漢棄守，這差不多一年的時間裡，國民政府雖還陸續遷往重慶，實際上武漢是當時中國的政治軍事中心。周恩來隨王明等在武漢期間，正是二次王明路線的高潮時期。而二次王明路線的特點，是遵守共產國際指示，全力與國民黨合作，牽制日軍北進，威脅外蒙和蘇聯。當時蘇聯所以做如此佈署，並不是神經過敏，例如駐屯我國東北的關東軍精銳，曾先後掀起張鼓峰事件（一九三八年七月），諾蒙漢事件（一九三九年六月）兩次軍事衝突，試探遠東蘇軍實力。

武漢時期的周恩來，在中共黨內的地位，是較王明未回國之前大有改善，但是依然未能稱心如意。第一、實力派毛澤東不信任他，第二、留俄派對他也不大信任。試看當時長江局的領導班子，書記是陳紹禹，組織部長是秦邦憲，宣傳部長是何凱豐（克全）秦、何二人都是留俄派的大將；他屈居第四位，空頭的統戰部長。即使關於統戰工作，他似乎也不能拿主意放手去做，因爲王明年輕氣盛，做事跋扈，能講話又能夠寫文章，搶盡風頭。當時在武漢，出版很多陳紹禹的言論集，在統戰工作上，周恩來只是一個敲邊鼓的配角。已故近代史家左舜生曾在「近三十年見聞雜記」中，對該時期的王明有兩段描述：

①「有一次，爲着歡迎幾個世界學生會的學生，中共發動召集了一個人數頗多的歡迎會。陳紹禹（即王明）任主席，周恩來、秦邦憲也在場。……」

②「……陳能說流暢的俄語，我和君勵與鮑格莫諾夫見面，他爲我們當過翻譯。有常識、能演說，在參政會頗能表現一種鬥爭精神，領袖慾似乎很強，但經驗和手腕，却鬥不過周恩來，……」

連歡迎幾個外國學生的集會，王明也要自任主席，周恩來這個統戰部長還有什麼實權呢？

不過，由於周恩來與國民黨的淵源，中共既要擁護國民黨共同抗戰，那麼周恩來就不至於太冷塲。

當時王明推行的接近國民黨政策，其積極程度，超乎我們的想像。他們不但主動的擁護蔣委員長領導抗戰，要求中共黨員參加政府工作，並且還希望重新參加國民黨和三民主義青年團。對後者國民黨當局似乎也一度會經認眞考慮。

關於中共分子參加政府工作，在一九三七年十二月和一九三八年二月，陳紹禹、張聞天、毛澤東會兩度聲明：「我們現在並不需要參加國民政府。」當初這兩次聲明，可能有兩面的用意，一是告訴國民黨，中共無意爭奪政權；二是告訴黨內，中共還保持獨立的革命性，與國民黨的合作仍有限度。

但是一九三八年春天之後他們的態度有了變化。這可從陳紹禹（王明）、周恩來、秦博古（邦憲）三人在「新華日報」發表「我們對於保護武漢與第三期抗戰底意見」一篇長文。認爲「解決一切問題的中心樞紐」是人才問題，因而建議：「泯除使用人才問題中的黨派門戶之見」、「消除使用人員中的私人親故關係。」「在政府和軍隊中均居領導地位的國民黨，固然擁有許多才智有爲的軍事、政治、經濟等各方面的人才，但抗戰建國的大業，需要全國各方面人才共同努力，因此我們希望國民黨放胆地根據抗戰需要和工作性能，給國民黨的積極分子中，從共產黨及其他抗日黨派中……盡量吸收參加各種工作的人才，分配他們以一定部門的工作。」其實在這以前他們已開始參加政府工作。據台北出版的「國軍政工史稿」載稱：

「二十七年一月第六部與軍委會及訓練總監部國民軍訓處，合倂改組爲軍事委員會政治部。

二月一日軍事委員會政治部正式成立以陳誠爲部長，周恩來、黃淇翔爲副部長。」

隨周恩來參加政治部工作的中共主要黨員有郭沫若（第三廳廳長），田漢、胡愈之、洪琛、沈雁冰、杜國庠、馮乃超、胡風等。

同年六月國民政府爲團結抗日陣容建立國民參政會，中共高層人物毛澤東、陳紹禹、秦邦憲、林祖涵、吳玉章、董必武、鄧穎超七人被聘爲參政員。

恢復國民黨籍之謎

關於中共重新參加國民黨，今天當事者都絕決否認，在國民黨方面認爲那只是中共的陰謀。

王明所著「三月政治局會議的總結」（一九三八年三月）一文會有左列的意見：第一、關於「統一戰線組織形式的方式」，中共提議「或恢復民國十三年至十六年第一次國共合作的方式」，即中共黨員以個人資格參加國民黨，同時又保留中共黨籍的方式；第二、中共建議派代表團列席國民黨臨時全國代表大會，同時也預請國民黨派代表團出席共黨七次全國代表大會。

王明上述意見曾否正式向國民黨提出不得而知，但確見之於中共出版的文字。邏邁（李維漢）一九三八年十二月三日，在陝北公學報告六中全會經過時說，國民黨有意恢復孫中山時代的容共「政策」，蔣委員長並允許中共黨員加入國民黨及三民主義青年團。他說：

「三民主義青年團，其綱領是好的，但組織上比較差一點，它禁止另一黨派之青年參加，我們希望它能改變團章，吸引團體與個別團員，發揮民主政治，提高警覺性。中共在六中全會，曾提出青年共黨正式加入其團體，已蒙蔣總裁允許。……」

蔣氏在所著「蘇俄在中國」中也提到此事：

「九月間，中共所謂『中央六次全會』在延安開會。周恩來不待會畢，即携毛澤東函到武漢來見我。」又：「毛澤東這封親筆手書的措詞，開口是『兩黨長期合作』閉口是『中華民族團結統一』；完全不是共產黨素來的口吻，反使我發生疑慮。而且他所謂『長期合作』，另有其實質的要求。周恩來這時向我們本黨建議四點：（一）是停止兩黨鬥爭，（二）是共產黨員可以加入國民黨，或令其一部分先行加入，如情形良好，再全部加入；（三）中共取消一切青年組織，其全體分子一律加入三民主義青年團；（四）以上參加者均保持其共產黨籍。於是我知道這是中共企圖第二次大規模滲透本黨的陰謀。我們依據民國十三年到十六年的慘痛經驗，是不再上當的了。……」

從以上的說明，證實中共確有要求參加國民黨之事。不過國民黨當局在當時是否認爲是陰謀，而完全不加考慮，則是一個疑團。

據郭沫若在「洪波曲」中有一段有關的話，很值得玩味。

「有一次我同范壽康兩人，在范揚的寢室裡閒話，談到了黨籍的問題。我告訴他：其實我從前有一個時期也是國民黨員，我的入黨恐怕比陳誠還要早，但是寧漢分裂的時候我被開除了。

范揚聽着極感興趣，他便說：現在要恢復黨籍是很容易的啦。

我回答他：當然很容易，不過在目前黨籍的有無反正是無足輕重了。

我對於他只說到這裡爲止，但不知怎的，他却把我的意思誤解了。隔不兩天（日期我記不清楚了，大約在五月中旬），在下午三四點鐘的時候，他興致沖沖地拿了一份中央社當天的通訊稿來。其中有一條是國民黨的最高決議，恢復了三十幾個人的黨籍，其中有一個是我。在這三十幾人當中把中共的領袖差不多全部包羅了進去。

我感到很大的詫異：怎麽不徵求本人同意便可以決定呢？中共領袖們的同意是徵求過的嗎？

范揚滿得意地跑來向我說：我把你前兩天同我的談話，向陳部長報告了。他很高興，立即向『最高』報告，便決定了下來，把你的黨籍恢復了。

但到了晚上，僅僅相隔三四個鐘頭的光景，中央社的下一次通訊稿又來了。這次有一條國民黨的最高決議，是取消前一次三十幾個人恢復黨籍的決議案」。

郭沫若這段話當然絕非無風撲影，可是也絕不是所說的那麽簡單。大概當時他因爲流亡日本十年，脫離黨的組織太久了，還不能與聞中共的高層機密。中共向國民黨當局提出入黨的問題，他可能懵然無知。

「第二個張國燾」的謠傳

郭沫若所說三十幾個中共領袖恢復黨籍之事，當然有周恩來在內。從蔣委員長任命周爲政治部副部長（從郭沫若等數十人一齊參加工作看，並非有職無權的閒差事）可知，國民黨如欲爭取或容許中共高層人物入黨，周恩來當然是第一個被考慮的人。

就在武漢階段，有個時期盛傳周恩來將與毛澤東決裂，脫離中共，投身國民黨。周在一九二八年在上海地下工作時期的同志朱其繁，曾問周恩來：

「聽說你已經成了國民黨黨員，是眞的嗎？」

周淡然的答道：

「爲什麽想到這個事情呢？我一旦脫離共產黨組織便成爲一個無用的人了。我參加共產黨有什麽益處呢？」

縱然這樣，朱其繁還是力言：「周恩來一定會成爲張國燾第二」。

朱其繁化名柳寧在上海地下工作時期，受周恩來之領導，任浙江省委、後轉向爲國民黨工作；武漢時期他在西安主編「抗戰文化」雜誌。

朱其繁判斷周恩來一定會脫離中共，當然並非完全胡說；以當時周恩來在中共內部處境之困難，以及他與蔣委員長的關係，加上在抗日戰爭，民族主義高潮中、共產主義運動的低潮，這些因素都促使周恩來向右轉；不過朱其繁忽畧一件事實，那就是周恩來答覆他的話：「我一旦脫離共產黨便成無用之人了」。當時蔣氏及國民黨對周恩來的重視，正因爲有中共存在這一背景，如果他不能代表中共，他便沒有重要性了。驗於張國燾投奔國民黨後，終未被重用可知，周恩來的話頗爲理智。也可以看出，當時國民黨對中共的政治工作是怎樣的遲鈍了。

周恩來雖然沒有脫離中共的意圖，但是他對於團結國民黨共同抗日的路綫，確是十分認眞貫徹；同時與國民黨當局的關係也處理得頗爲圓滑。有兩件事值得一提。

孤城落日朱德晤蔣

一是武漢大撤退前夕，他陪同朱德去見蔣委員長。郭沫若在「洪波曲」中有左列記載。

「八路軍辦事處和新華日報的大部分朋友們也在同一天上了船，準備撤退到重慶。因此，在當天下午，周公便搬到了鄱陽街來和我同住。他本來說二十一日會來，但因氣候的關係沒有起飛，……而我們所期待着的遠客却終於在第二天的下午飛到了武漢。

那是誰？那就是第十八集團軍總司令朱德將軍了。

能不出於意外嗎？在武漢快要陷落的時候，却從華北的前線飛來！我們是濶別了十一年的再見。一九二七年『八一』革命後，周公和我先入汕頭，朱總司令鎭守三河壩，自從那以後我們便分手了……。

朱總司令到後，由周公引導，和那位『最高』（按指蔣委員長）見面。他們談了些什麽，我沒有過問，但我想那位『最高』必定是毫無誠意地『嗯唵』了一陣。」

……

朱總司令來的匆匆，去得也匆匆，他就在鄱陽街一號和我們同住了一夜，二十三號的上午他又飛回前線去了。」

朱德晤蔣委員長，可能是周恩來的一項特別安排。當時朱德還在軍中指揮作戰，一九四〇年後即被調返延安，脫離部隊了。因此當時周恩來對朱德一定寄有若干期望，使周朱一系能在八路軍中保持影響，他之安排朱見蔣，一則可提高朱的聲望，同時也順便一詢八路軍的情勢。

値得注意的是，紅軍於一九三七年八月二十二日改編爲國民革命軍第八路軍，朱德任總司令；但是朱德在武漢見蔣時的官銜已是第十八集團軍總司令了，顯然升了官，八路軍的編制似也擴大了。

據北京出版的「從五四到中華人民共和國的誕生」一書有左列記載：

「本月初旬（按：一九三八年二月初旬）爲配合國民黨軍所謂『反攻太原』朱、彭就任東路軍總司令（指揮八路軍外，並指揮國民黨林家鈺、李默庵、曾萬銓、武士敏、朱懷冰諸軍）。……」

從這些記載得知，國民政府當局對朱德及共黨部隊的信任，揆之實際，可以斷言這些發展都是與周恩來的努力分不開的。

二是郭沫若鬧情緒要辭掉政治部第三廳廳長的職務，周恩來屢勸無效，乃大光其火，郭回憶道：

「向來烱烱有神的周公的眼光彷彿要着火了，他向着我詰問了一句：那麽怎麽辦呢？

他看我沉默着，又補充了一句：爲了革命的利益，一切都須得忍受！我們受的委屈，比這大得多呢！

這是我受周公責備的唯一的一次，打消了我的怠工。」

這件事顯示，周恩來對於保持在國民政府的工作十分重視。由這可以想像，當時周恩來在軍事委員會政治部的工作一定非常勤勉。縱然據實際情況來推斷，他的心情絕不愉快；在黨內介乎毛王兩派之間，在外面介乎國共兩黨之間，他自己則懸在空中，沒有一塊土地可以落脚。

在複雜敵對的形勢中，堅忍不拔，冷靜沉着，等待更好時機的來臨，這是周的看家本領；其後在「文化大革命」中，把這一特長發揮到淋漓盡致。

周鄧第二個蜜月

在武漢的時期雖然不到一年，但是這個時期從周恩來的生活說是個重要階段。

他和鄧穎超自一九二五年結婚，只在廣州度過兩年正常的城市生活；自一九二八到一九三一那三年雖然在上海，但是因爲地工工作的關係，晝伏夜出，一夕數驚，從未有一日的安閒生活，自一九三一年秋天起，進入江西蘇區，戎馬倥傯，未遑喘息；自一九三四年十月到一九三五年十月的長征，夫婦二人皆患重病；鄧穎超的肺結核尤其嚴重，曾一度獲得黨的批准，潛往北平療養，七七事變後始返延安。

一九三七年冬兩人在武昌團聚，當時周恩來年三十四歲，鄧穎超剛滿三十，開始了他們第二個蜜月生活。

當時他們住在武昌珞珈山麓別墅式的洋樓裡，周恩來享有將官軍階的待遇，那段生活相當愜意。郭沫若住在周公館附近，郭正同新同居的嬌妻于立羣度蜜月，對他們的居住環境曾以「物外桃源」爲題加以描寫。

「武昌城外的武漢大學區域，應該算得是武漢三鎭的物外桃源了吧。宏敞的校舍在珞珈山上，全部是西式建築的白堊宮殿。山上有葱蘢的林木，遍地有暢茂的花草，山下更有一個浩渺的東湖。湖水清深，山氣凉爽，而臨湖又還有浴場的設備。……

在校舍之外，有不少的教員宿舍，點散在山上；大都是三層樓的小洋房，有良好的衛生設備，冷熱水管，電氣電話，一應俱全。……

「我們——我和立羣是四月底由漢口的太和街搬到這裡來的。……不久黃琪翔搬來了，做了我們的鄰居。……更不久，周公和鄧大姐也住到附近山頂的一棟，在我們的直上一層，上去的路正打從我們的書房窗下走過。……」

鄧穎超是個好整潔的人，即使住在延安的窰洞裡也都打掃得乾乾淨淨。一九四五年赴延安訪問的左舜生即曾讚美。

「除了來看我們的客人以外，我們也出去看了幾個人的家庭。周恩來的家庭最整潔。雖然是一個窰洞，可是窗明几淨，圖書擺的整整齊齊，……」

在延安的窰洞裡向來如此，在珞珈山上的別墅洋房中，當然更有一番風華了。

鄧穎超個性豪爽、好客，當時她和周恩來又都負責統戰工作，因此他們家中便頗有「座上客常滿，樽中酒不空」的景況。據若干記載說，鄧常招些故舊的朋友在家中搓麻雀，而且服裝華麗，一日之間更換數次。室內的裝飾也頗講究。當時正值抗戰第二年，烽火連天，流民載道，她這種生活方式，頗受一些共產黨人的批評。在「文化大革命」時期，若干紅衛兵也曾翻周恩來的舊帳，指責他在白區住得太久，沾染了資產階級生活意識。

右傾擁蔣大合唱

二次王明路線的高潮是在中共於一九三八年十月召開的六中全會。當時武漢在日軍的分進合擊之下正危在旦夕，但是從延安發出的擁蔣抗戰的呼聲，方響徹雲霄。

在十月六中全會之前，中共在共產國際的路線指引之下，對國民黨的態度已經相當熱烈。例如同年六月十六日，國民政府宣佈徵聘毛澤東、陳紹禹等七人爲參政員之後，毛等於參政會揭幕前夕（七月五日）聯名發表「我們國民對參政會的意見」，除表示接受聘請外並言：

「在目前抗戰劇烈的環境中，國民參政會之召開，顯然表示我國政治生活向着民主制度的一個進步，顯然表示我國各黨派、各民族、各階層、各地域的團結統一的一個進展。……我們代表着共產黨參加國民參政會，誠意地願意在參政會內與國民黨和其他各黨派以及無黨無派關係的參政員同志們親密的攜手和共同的努力，以期能友好和睦地商討和決定一切有利於抗戰必勝，建國必成的具體辦法與實施方案，以便能夠有效地打擊與戰勝日寇？……」

參政會第一次大會於七月六日舉行，陳紹禹率領中共六參政員（毛澤東除外）參加，他領銜向大會提出「擁護國民政府實施抗戰建國綱領」議案，並向大會說明

：「本席以共產黨員資格提出擁護國民政府實施抗戰建國議案，同時，連署的人達六十七人之多，其中包括參加參政會的各黨各派和無黨無派的知名之士和領導人物，突破本會一切議案連署人數量和範圍的記錄；而這一提案又深得全體參政員同志的擁護，這就是在實際上證明：參政會工作的結果，中華民族力量的團結，不僅一點不會減弱，而且更加強固；國民黨與共產黨之間不僅不會增加磨擦或引起分裂，而且更加親密團結，更加友愛合作……。」

中共僅有六名參政員，竟能發動六十七名參政員聯署提案，可見其活躍的情況；而發動這麽多參政員聯署的議案，目的在擁護國民黨的抗戰建國綱領；在今天看來當然不可思議，在當時也一定十分迷人。王明不愧是赤胆忠心的國際主義者，他的確全心全力貫徹了共產國際保衛蘇聯的口號，並且能夠毫不沾滯的公開擁護中共的死敵國民黨。

出席大會的另一中共參政員林祖涵（伯渠），曾在「解放」期刊上發表「國民參政會之觀感」一文，他發表六點意見，稱讚參政會的成就，在最後結論中說道：

「在中國歷史上，也有過民意機關，尤其是在民國初年，議會政治曾在中國政治舞台上發生過波浪。但我們可以說，自民國二年以來，民國政府所召集的各種所謂「民意機關」都是不健全的，沒有一個能夠和這次的國民參政會比擬，……。」

以上這些公開擁護和稱讚國民黨的言論，如欲與六中全會的決議案及言論相比較又未免太保守了。

毛澤東的擁蔣言論

一九三八年十月在延安召開的六中全會，在中共黨史上具有特殊的意義和作用。因為一九三一年一月在上海舉行的四中全會，確定了以王明為中心的留俄派的領導權；一九三四年一月在瑞金舉行的五中全會，清算了毛澤東集團及其路線，確立了以秦邦憲所領導（王明四中全會後不久即隨米夫去了莫斯科）由周恩來掌實權的局面。可是一九三五年一月的遵義會議，打翻了這個領導班子，由張聞天居領導地位（任總書記）由毛澤東掌實權（代周恩來任中央軍委主席）的局面。這一局面到一九三七年十月王明由莫斯科回到延安而收場，遂出現二次王明路線時期，而六中全會則是二次王明路線的高潮。迄至一九四二年二月「整風運動」，才徹底打倒了以王明為中心的留俄派；多數人皆誤以為，自遵義會議以後，即奠立了毛澤東的領導權，實乃大錯特錯。

在洛川會議（一九三七年八月）到六中全會之前，毛澤東對於國共合作抗日一直保持獨特主張，必須獨立自主，利用抗日戰爭，發展中共的武裝力量；王明一派則以團結國民黨抗日為第一原則，可是到了六中全會，毛澤東也一變素來的主張，附和王明路線。他代表中央政治局向會議提出「論新階段」的報告。試看其中三段話：

①「由於國共兩黨雙方政策的殊變，由於蔣介石先生的領導，由於全國軍民的擁護，由於其他集團與其他黨派的協力，就使得日本帝國主義滅亡全中國的侵略步驟，通過了前所未有的全民族的反抗，去年七月七日的蘆溝橋事變發生之後，全中國就在民族領袖與最高統帥蔣委員長，統一領導之下，發出了神聖的正義的炮聲，全中國形成了一個空前的抗日大團結……。」

②「蔣委員長去年雙十節即明白指出『此次抗戰，非一年半載可了，必經非常之困苦與艱難始可獲得最後勝利。』……所有這些都指出：抗日戰爭是長期的，不是短期的，戰略方針是持久戰，不是速決戰。……」

③「抗日民族統一戰線是以國共兩黨為基礎的，而兩黨中以國民黨為第一大黨，抗戰的發動與堅持，離開國民黨是不能設想的。國民黨之光榮的歷史，主要的是推翻滿清、建立民國、反對袁世凱，建立過聯俄、聯共；工農政策，實行了民國十

五六年的大革命，今天又在領導着偉大的抗日戰爭。它有三民主義的歷史傳統，有孫中山先生、蔣介石先生前後兩個偉大領袖，有廣大忠忱愛國的黨員，所有這些，都是國人不可忽視的，這些都是歷史發展的結果。」

毛澤東在報告中，提出了十五項「全民族的當前緊急任務」，其中第二項說道：「全民族的第二任務，在於號召全國、全體一致、誠心誠意的擁護國共合作，擁護國民黨政府，擁護蔣委員長，擁護全國團結，反對敵人所施任何不利於蔣委員長、國民政府、國共團結的行爲，反對任何的漢奸政府統治中國。」

這四段話足以概括當時毛澤東的公開主張。這恐怕是他有生以來從未會有過的卑屈言論，從未這樣公開地無保留的歌頌他人。

六中全會一切決議，都以這篇報告爲基礎。

毛澤東這篇「論新階段」實是王明「目前抗戰形勢及任務」（一九三七年十二月中共中央政治局會議通過的報告）的發展。事實上，毛的報告比王的報告更爲右傾，起碼王在報告中只強調團結抗日，抗日第一，駁斥毛澤東在抗日過程中擴充實力的分裂企圖。因此有：「我們要認清多難可以興邦，內亂必致亡國」的話。他最主要的主張有左列三點：

「①鞏固和擴大以國共合作爲基礎的抗日民族統一戰線——抗日高於一切，一切服從抗日，一切爲着抗日統一戰線，一切通過抗日統一戰線——擁護國民黨在中國政府及軍隊中的領導權力……」

「②在國民政府基礎上，加強統一的國防政府——國民政府是全中國的政府——加強不是改組……」

「③在現有國民革命基礎上，加強與擴大統一的國防軍——鞏固與擴大現在軍隊是第一位工作——打破地方觀念與割據思想，尊重抗日軍人與抗日軍隊——統一指揮、統一武裝、統一紀律、統一補給、統一作戰計劃——……」

以上這些主張，却根據共產國際七屆大會有關反法西斯人民戰綫的決議，及王明所擬「八·一宣言」而來。當時是爲中共全黨一致遵行的。可是後來王明倒台之後，他這篇報告中「一切通過統一戰線」及「統一紀律」這幾句話即被當做口實，指他是「右傾投降主義」，顯然並不公道。即使他犯右傾錯誤，但是起碼沒說擁蔣的話。當然，毛在六中全會的報告，是言不由衷的；王明所以讓他出來作此報告，可能是爲了肅清黨內附和毛澤東「內亂必致亡國」的思想。現在使擁蔣之話出諸毛之口，那些附和者便失去依據了。許多人不明這極微妙情況，誤以爲毛代表中央政治局報告，是已握大權的表示，實際上他正有苦說不出。

從洛川會議上，周恩來與毛澤東的對立可知，周恩來對抗日路線問題，是與王明不謀而合的。無論是王明還是周恩來，不消說都非眞心擁護國民黨。試看王明勸郭沫若參加國民政府工作的一番話：

「我這些話都受了批評。主要是王明表示了意見。他說，目前的局面是靠着爭取得來的，雖然還不能滿意，但我們還得努力爭取，決不能退縮。能夠在兩方面都通得過的人，目前正感需要，還少了一點。我們不是想官做，而是要搶工作做。我們要爭做工作，爭取到反動陣營裡去工作，共產黨首先便能諒解，青年們的諒解是不成問題的。」

假使有人眞的相信，中共會經誠心擁護蔣氏和國民黨，那便是大傻瓜了。

（未完·待續）

請介紹，請批評，請指導。

梁山泊滄桑談

莊練

凡是讀過水滸傳的人，一定知道書中一百單八條好漢的聚義之地，乃是一處三關雄勝，水域遼濶的險要之地。元人高文秀撰「黑旋風雙獻功」雜劇，中云：「寨名水滸，泊號梁山，縱橫河港一千條，四下方圓八百里。」氣派如此，誠然可使水滸英雄爲之揚眉吐氣。但是，翻開今日的山東省地圖，除了在壽張縣的黃河南岸有一處小山名爲「梁山」外，其地四望平衍，並無溪泉湖沼之類，何嘗有一處方圓八百里的大湖可尋？那麽，昔日的梁山泊，今日又在何處呢？

清康熙初年所修的山東壽張縣志，其卷一方輿志云：「梁山在縣治東南七十里，上有虎頭崖、宋江寨、蓮花台、石穿洞、黑風洞諸跡。」此云梁山在山東壽張縣境，及有山無泊，與今日的地理情況正同。原書並有修志人知縣陳璜所作的一首詩，題名「過梁山」，詩云：「不見蓼兒畦，梁山一帶斜。黃河歸舊道，綠野任驅車。紘歌聲名起，桑麻歲事奢。荆公田泊語，今日盡農家。」

詩中所說的「蓼兒畦」，正是水滸傳中梁山泊的一處重要地名。所謂「荆公田泊語」，則是引用王安石的典故，原見宋人邵博的聞見後錄，云：「王荆公好言利，有小人諂曰：『決梁山泊八百里水以爲田，其利大矣。』荆公喜甚，徐曰：『策固善，決水何地可容？』劉貢父在座中，曰：『自其旁別鑿八百里泊，則可容矣。』荆公笑而止。」照此所說，則宋時八百里梁山水泊的遺址，理應即在今日的山東壽張縣。然而康熙壽張縣志却執定以爲並無其事。同書卷一方輿志：「凡天下山川，以史乘所紀爲據。小說誣民，在所必禁。梁山爲壽張治屬，其山周圍可十里，水滸小說乃云周圍八百里。即宋江寨，山岡上一小垣耳。說中張皇其言，使天下愚民不至其地者。信以爲然，長奸萌亂，莫此爲甚。因拈出之，以告司治君子，併使天下之人知之，小說之不可信也如此。」地方志乘如此言之鑿鑿，幾乎使人不得不相信所謂八百里梁山泊也者，眞是小說欺人之談了。

事實上，康熙壽張縣志所記，並不符合事實。淸乾隆時所修的大清一統志卷一百二十九就說：「梁山濼，在壽張東南梁山下，久湮。」據此云云，可知壽張縣的梁山下，在古時確有一湖，名爲梁山濼，只是在清朝時此湖久已乾涸。康熙壽張縣志不知此地古有大湖，又很武斷地說是小說欺人之談，實在是失考之甚。

考之明以前的有關載籍，關於梁山濼之實爲大湖，以及其演變沿革，甚爲詳贍，殊不得因康熙壽張縣志之讕言而輕易採信也。

顧祖禹讀史方輿紀要卷三十三：「梁山濼在梁山南。汶水西南流，與濟水會於梁山，東北迴合而成濼。水經注：『濟水北經梁山東』。袁宏北征賦所云，『背梁山，截汶波』者也。又爲大野澤之下流，水嘗滙於此。石晉開運初，滑州河決，浸汴、曹、單、濮、鄆五州之境。環梁山而合於汶，與南旺蜀山相連，瀰漫數百里。宋天禧三年，滑州之河復決，歷澶、濮、曹、鄆，注梁山濼。政和中，劇賊宋江結砦於此。……金史：『赤盞暉破賊衆於梁山濼，獲舟千餘。』又，『斜卯阿里亦破賊船萬餘於梁山泊』，蓋津流浩衍，易以憑阻也。既而河益南徙，梁山濼漸淤。金明昌中，言者謂黃河已移故道，梁山濼水退地甚廣。於是遣使安置屯田，自是益成平陸。今州境積水諸湖，即其餘流矣。」照顧祖禹的說法，梁山泊從前在沒有因黃河灌注而成爲大湖以前，本來就因地勢低窪而爲汶、濟二水所滙合成濼，其淵源可以上溯到漢代以前。至五代的晉開運元年，因黃河在滑州決口，河水向東浸漫，滙合汶水及南旺蜀山諸湖，於是梁山濼始成巨浸。這一段記述，足以說明在宋江等一夥好漢橫行山東各地時，梁山泊的茫茫巨浸，確實曾爲他們提供了一處形勢極佳的險要之地，足以保聚其中。只是，顧氏所說，梁山泊在金明昌以後逐漸淤爲平陸，這一點，則是與歷史記載不盡相符的。

金史卷四十七食貨志云：「大定二十一年八月，尚書省奏山東所劃地數。上謂梁肅曰：『黃河已移故道，梁山濼水退地甚廣，已嘗遣使安置屯田。民昔嘗恣意種之，今官已籍其地，而民懼徵其租，逃者甚衆，恐致失所。可免其徵，赦其罪，別以官地給之。』二十二年，又命招復梁山濼流民，官給以田。」金世宗的大定二十一年，即宋孝宗淳熙八年。由金史的記載，可知北宋時曾被宋江據爲水寨的梁山泊。在南宋初年，已因黃河之改道而水涸田出，無復當年的八百里之廣，因黃河改道而致梁山泊水涸，可知當時的泊水已與黃河隔斷不通，其間且有淤塞。然而這種情勢並未保持很久，到了元朝時，黃河又發生潰決，河水再由昔日河湖相通的故道侵入，於是梁山泊因水退而涸爲耕地的較高地區，又復淪爲澤國。

元史卷六十五河渠志：「武宗至大三年十一月，河北河南道廉訪司言：近歲亳潁之民，幸河北徙，有司不能遠慮，失於規劃，使陂濼悉爲陸地，東至杞縣三汊口，播河爲三，分殺其勢，蓋亦有年。往歲歸德大康建言相次湮塞南北二汊，遂使三河之水合而爲一，下流既不通暢，自然上溢爲災。由是觀之，是自奪分泄之利，故其上下決溢，至今莫除。即今水勢趨下，有復鉅野梁山之意。蓋河性遷徙無常，苟不爲遠計預防，不出數年，曹濮濟鄆，受害必矣。」

這一條記事，說明了元代中葉時因治河失當而致黃河下流宣泄不暢，河身有復出鉅野梁山的改道危險。果然這種預測很正確，自此以後的四十年間，河水時時發生潰決。初時尚爲小決，至後乃釀成大決。元史卷六十六河渠志：「至正四年夏五月，大雨二十餘日，黃河暴溢，平地水深二丈許，北決白茅堤，六月，又北決金堤。並河郡邑濟寧、單州、虞城、碭山、金鄉、魚台、豐、沛、定陶、楚丘、武城、以至曹州、東明、鉅野、鄆城、嘉祥、汶上、任城等處，皆罹水患。民老弱昏墊，壯者流離四方。水勢北侵安山，沿入會通運河，延袤濟南河間，將壞兩漕司鹽場，妨國計甚重。省臣以聞。十一年四月初四日，命賈魯以工部尚書爲總治河防使，是月二十二日鳩工，七月，疏鑿成。八月，決水故河。十一月，水土工畢，河乃復故道南滙于淮，又東入于海。」

元順帝至正四年，距元朝之亡國已經不過只有二十餘年。這一次的黃河大水災，災區甚廣，雖然元史河渠志中並未說明黃河的大水是否曾灌入梁山泊故地，但明史河渠志中則說：「至正中，濟寧曹鄆間漂沒千餘里」。水災的淹沒地區廣至千餘里，所淹及的濟寧曹鄆等地又恰是昔日梁山泊的浸潤區域，然則梁山泊在金末曾經涸而爲田的湖地，至此復成澤國，正是事勢所必至。雖然因賈魯河之開鑿成功而引導黃河復入故道，然而積水之停於湖中者，必不能一時盡退。關於這一點，目下也儘有資料可以覆按。

陳泰「所安遺集補遺」，江南曲序云：「余童稚時，聞長者言宋江事，未究其詳。至治癸亥秋九月十六日，過梁山泊舟，遙見一峰，嶫嵲雄跨，問之篙師，曰：『此安山也。昔宋江舉事處，紹湖爲池，濶九十里，皆蕖荷菱芡，相傳以爲宋妻所植。宋之爲人，勇悍狂俠。其黨如宋者三十六人。至今山下有分贓台，置石座三十六所。俗所謂來時三十六，歸時十八雙，意者其自誓之辭也。』始予過此，荷花彌望，今無復存者，惟殘香相送耳。因記王荊公詩云：「三十六陂春水，白首想見江南。味其詞，作江南曲以序遊歷，且以慰宋妻植荷之意云。」

序中所說的「至治癸亥」，即元英宗至治三年，亦即公元一三二三年。由序文可知，當元順帝至正四年（公元一三四四年）黃河潰決以前，梁山泊仍為一處規模並不很小的湖泊，為南北舟楫往來運河之所經。元英宗至治三年，上距金世宗大定二十一年，已有一百三十餘年，其時的梁山泊既然仍是一處不小的湖泊，在此以前，當然不會「益成平陸」的。

袁桷清容居士集卷三，有「次韻瑾子過梁山濼詩」云：「大野瀦東原，狂瀾陋左里。交流千尋峰，會合百谷水。量深恣包藏，神靜莫比擬。碧瀾渺無津，綠樹失其涘。揚帆鳥東西，擊楫鷗沒起。長橋篙師歌，短渡販夫止。天平雲覆幕，灣迴路成砥。鷹坊嚴聚屯，漁舍映渚沚。高桅列魚貫，遠吹生鳳嘴。前奔何無休，後進復不已。遠如林烏旋，疾若坡馬駛。」此詩寫梁山泊波瀾之闊，舟楫之盛，可知此湖在當時雖無復八百里之廣，猶為汪洋一片之巨浸大澤。此詩之寫作時間，在元英宗至治及泰定帝泰定之間，亦即在陳泰作江南曲序之稍後，所寫梁山泊波瀾壯濶之情形，可以補足前文之未備。

元代大文學家薩都刺所撰的雁門集，其中亦有關於梁山泊七絕詩三首。第一首名為「雨過梁山」，前有小序云：「余與觀志能俱以公事赴北，舟至梁山泊，時荷花盛開，風雨大至，舟不相接，遂泊蘆葦中。余折蘆一葉，題詩其上寄志能」。詩云：「題詩蘆葉雨斑斑，底事詩人不耐閑。滿濼荷花開欲遍，客程五月過梁山。」第二三兩首題名「再過梁山泊有懷觀志能二絕」，詩云：「故人同出不同歸，雲水微茫入夢思。記得題詩向蘆葉，滿湖風雨似來時。」

「燈火官船夜睡遲，滿船風露襲人衣。無端驚起沙頭雁，明月蘆花各自飛。」薩都刺是元泰定帝泰定五年中的進士，歷官至南御史台的侍御史，後貶官鎮江及福建。此詩既是他服官南方時北上京師經由梁山泊所作，可知其時間一定已在文宗及順帝之時，而其時之梁山泊也許還沒有因黃河潰決而擴大其浸潤面積。由詩中的「滿濼荷花開欲遍」句，可知陳泰經過梁山泊時所見的「荷花彌望」，至此猶是風景依然也。

明人胡翰所作的「仲子集」中，有「夜過梁山濼」詩，云：「日落梁山西，遙望壽張邑。洸河帶濼水，百里無原隰。葭菼參差交，舟楫窅窈入。劃若厚土裂，中含元氣濕。浩蕩無端倪，飄風向帆集。野潤天正昏，過客如鳥集。」胡翰是浙江金華人，生於元成宗大德十一年。明史文苑傳說他曾於元末北遊元都，此詩必為其自金華北上，取道運河，經過梁山泊時所作。由他的詩中所寫，可知此時的梁山泊，其廣濶尚不止百里。所謂「劃若土中裂，中含元氣濕」，更可想見梁山泊的兩岸盡是平坦的原野，祇中間巨泓一片。這種情形，是否即是因黃河泛濫後泥沙沉積而造成巨大的沖積平原所致，現在自難臆斷。不過，黃河的泛溢足以使兩岸的低窪地區逐漸淤為平陸，正是不易之理。在金世宗時，梁山泊已因黃河改道而涸出甚多田地。這些田地在後來雖然又再遭水溢，但一番浸溢一番沉積，今日遭水之地，日後亦會因淤積日高而漸成平陸。梁山泊最後之必定會因此而乾涸成田，正是可以想像得到的事。

元末賈魯治河，黃河仍歸故道。此一故道，即是今日蘇北淮徐一帶的老黃河遺址。當時的梁山，雖然距黃河甚遠，但因其中積水未盡宣洩之故，水勢依然不小。明英宗正統間，河決沙灣，徐有貞上治河三策，亦言有八十里梁山泊可以為洩。可知當時的梁山泊，尚有八十里之廣。但徐有貞在景泰六年七月築完沙灣決口以後，河流北出，協濟漕河，山東省西南部東阿、鄄城、曹州、鄆城之間的一大片沮洳之地，悉數涸為陸地，梁山濼正在這一大片沮洳之間，至此亦涸而爲田。然而這已是明代中葉的事，上距金世宗大定間，還相隔了二百七十多年。這也就是說，北宋時的八百里梁山泊，在金世宗大定間雖然已小了許多，但是在此後的二百七十多年中，還始終保持着一百里左右的幅員，至明景泰六年沙灣功成以後，方纔完全消失了它的形跡。

清康熙六年間在壽張縣做過知縣的曹玉珂，曾經作過一篇「過梁山記」，很可以幫助我們對梁山泊的歷史遺跡有所瞭解。原文說：「往讀施耐庵小說，疑當時弄兵潢池者，不過數十百人耳。宋勢雖弱，豈以天下之力不能即奏蕩平，應作者譏宋失政，其人其事，皆理之所必無者。繼續綱目載，宋江以三十六人轉掠河朔，莫能攖鋒。

又宣和遺事備書三十六人姓名，宋龔開有贊，侯蒙有傳，其人既匪誣矣。意梁山者，必峰峻壑深，過於孟門劍閣，爲天下之險，若輩方得憑恃爲雄。丁未秋，改令壽張，梁山正在境內。擬蒞止之後，必詳審地利，察其土俗，以綢繆於未雨，至壽半月，言邁瑕丘，紆途山麓。正午，停輿騎馬，流覽其山，塿然一阜，坦首無銳。外有二三小山，亦斷而不聯。村落比密，阡陌交錯。居人以桔橰灌禾，求一溪一泉不可得，其險無可恃者，乃其上果有宋江寨焉。於是進父老而問之。對曰：『昔黃河環山夾流，巨浸遠滙山足，即桃花之潭，因以泊名，險不在山而在水也。』又云：『祝家莊者，邑西之祝口也；關門口者，李應莊也。鄆城有曾頭市，晁宋皆有後於鄆。舊壽張則李逵擾邑令故治也。武松打虎之景陽岡，今在陽穀。『且戰陣往來，皆能歷述，多與水滸傳合，更津津豔稱忠義之名，里閈猶餘慕焉。余聞之否否。客笑於側曰：『宋之盛時無論矣，哲宗行仁宗之政，遠人戒勿生事，則中土可知。道君用朱勔高俅之徒爲恐不及，若輩又各進其黨，擯賢棄才。道德詩書之儒隱泉石而肥遯，強毅果敢之夫，不安貧賤，復陷刑辟，相率揭竿，斥其所失，天下衆鬱，亦借一抒。同時之士大夫，尙傳之贊之，無怪乎後世不遑者聞風思起，遺害無窮也。是勔、俅柄用後，平川廣野，無地非梁山之泊。梁山之泊，不在鳥道沮洳，而在乎象魏闕廷。黃山谷云，險易之實，關人心不關山川，君又何疑哉？余是其言，因題於壁。」這一篇文章的後半段，原作者大發其議論，可以不談；其前半段所述當地人民對梁山泊遺跡的敘述，則言之歷歷，如在耳目，可以使人想見當年的梁山泊與水滸英雄是如何寫下這些傳奇故事的。此文亦載於康熙壽張縣志，但是修志人却竟然視若無睹，在輿地志中大發其「小說不可信」的謬論，又使兩者同存於一書之中，說起來眞是可怪之至。

由於梁山泊的故址到後來祇成了「塿然一阜，坦首無銳」的一座普通小山，於是，見之於歌詠的梁山古跡，亦不過祇是普通的田原山色而已。如清人李仰的「梁山道中」詩云：「翠繞梁山石徑斜，鳥聲深處綠雲遮。烟含曲澗村邊樹，雲起孤峰天際霞。殘暑臨風成爽籟，野田傍屋半生涯。褰幃燈火□蘭若，曉發岩嶪泛客槎。」又清人郭錫光的「梁山疊翠」詩云：「萬仞凌霄翠色連，梁山石上水涓涓。松濤碧染三春雨，柳浪濃沾四月烟。峭壁陰森垂馬鬣，危峰鏬漏滴龍涎。謝君此處留仙跡，策杖穿雲細問禪。」由這些詩中，我們祇能想像梁山的翠嵐可愛，宜於策杖登臨，尋幽探勝，但却絲毫不能引起對水滸傳故事的聯想。撫今思昔，對於梁山泊的滄桑變化，誠不禁感慨系之。

當代班超

楊增新

楊增新其人

•廣祿•

楊增新字鼎臣，是雲南蒙自人，生長在沒落的大家庭中，進京考中進士後，因為家境寒苦，請求外放，派赴甘肅。離京赴甘前，曾囘家一行，及離家時因僱不起車轎，他牽了一頭毛驢，太太騎在上面，就這樣經由四川走到天水，在天水得到一個朋友的幫助，捨驢乘車，才順利的到達蘭州。到達蘭州未久，即出任天水縣知事，因政績卓著，旋調河州州官（臨夏），河州漢、囘雜處、素稱難治，況此時「囘亂」甫平，荆天棘地，百廢待舉，而他在那裡一坐就是七年，卒致地方安定，人民安樂，獲致了一個「楊青天」的尊稱。他在河州創辦學校，親執教鞭，以後奉調甘肅文高等提調，並兼陸軍小學監督，為甘肅培植了很多文武人才，近三十年來，在甘肅新軍政界嶄露頭角的人物，多半都是他的學生，尤其在新疆甚多人擔任軍政界的重要職務，金樹仁即是楊的學生。光緒末年，楊氏由甘肅奉調至新疆，先任南疆阿克蘇道尹，旋晉京「陛見」，自京歸來，即升臬台，歷任要缺，皆以廉能聞。辛亥革命成功，楊氏以機智，從新疆巡撫袁大化手中取得政權，出任新疆省督軍兼省長達十七年之入。楊氏以學識淵博，眼光遠大，手腕靈活，精明強幹著稱，但亦如歷史上的著名人物一樣，遇有必要時他的手段亦是毒辣無比的。

無論冬夏，楊氏每晨四時即起床讀書，寫補過齋日記；讀書時高聲朗誦，一如學子，晚年喜讀老子道德經。七時開始辦公，批閱公事。所有各區、縣、局以及軍事方面的公文，都先直接送達其內收發室，楊氏自州縣起家，對於處理公文極其熟練，一天要看幾百件公文。新疆老百姓都相信他，遇有冤屈，甚至家庭中的夫妻糾紛，瑣屑私事，都要上個稟帖要求他排解判斷，老百姓以爲「只要將軍知道，一定得到公平解決」，因此又增加了楊氏的負擔，可是楊氏不遺鉅細，一一答覆解決。楊氏看公文時，旁邊有位秘書負責拆封，然後將公文遞與楊氏，楊氏將公文攤開，無論十頁八頁（那時新疆用摺子，格式既老文字又長），右中左一目十行的看過去，立刻就加批語，然後發交各廳處分別遵照辦理，如係維、滿、蒙、俄文文件則先交翻譯，所加批語極中肯，十九都針對着公事的扼要點，而且一日的公事一日辦完，決不拖到明天，所以那時新疆的行政效率頗爲迅速。午後休息二小時或打坐或午睡，在此時間內決不許人打擾。二時以後又繼續辦公，簽署各廳處辦好送來的公事，下午辦公時間本規定至六時爲止，但楊氏個人並不守此規定，晚餐以後仍繼續辦公，此時所有辦事人員皆已下班回家，惟獨白髮蒼蒼的楊氏，還在那裡矻矻不休的爲國宣勞。有時與來見的廳處長談公事或談天，但至九時必就寢。那時在迪化市面可以買到俄製沙發軟椅這類傢具，但在整個將軍衙門內，連接待外賓的簽押房在內，找不出一只沙發或軟椅，所有家俱完全是本地木製品，而所有窗戶頂棚牆壁亦一律以和闐桑皮紙糊的。楊氏對飲食亦極隨便，他的家屬住在三堂側院內，平日自在家裡吃飯，如有一二普通客人就在辦公室外面一間屋子裡開飯，他吃飯的習慣總是夾面前放置的那一樣菜，無論是豆腐或青菜，從不夾另一碗的菜，有時有人說明某一樣菜是特添的，而且很好吃，他這才嘗嘗，他吃飯很快，總是先吃完，說聲慢吃，就起來走去，他除了工作讀書以外，沒有什麼娛樂，有之則在年節和同僚們打打紙牌而已。他不吸烟不飲酒。他字寫的很好，但向不爲人寫對聯中堂之類的應酬文字，如有求者則說：「我的字不像東西，如果好，早該點翰林了，現在如給你們寫了，以之裝飾門面，誇耀里鄉，待我一旦死去，這種爛紙，連存放的地方都找不到！」他的醫道亦很高明，但不給他家裡人治病，他說：「在蘭州時，有一次瘟疫流行，把自己的兩個孩子治死了，從此不給家裡人治病，爲自己親人治病關切過度，斟酌再三，竟不知下什麼藥才好，而且結果適得其反，這固是私心在作祟，抑亦人情之常也。」楊氏亦富幽默感，有一次他的一個同鄉想恭維他幾句話，就說：「將軍在民初喜用重典，而如今則寬大爲懷。」楊氏聽說，喔了一聲，說道：「民初是兇惡棍徒，而今則阿彌陀佛！」弄得這幾位同鄉不好意思起來。又有一次楊氏由外面回來，看見一個班頭模樣的人，領着一個帶手銬的「犯人」站在三堂旁邊，楊氏就問：「你是什麼人從那裡來的？」這人見問未報姓名，竟抬出他的大官銜，答：「我是昌吉縣三班老總，押解犯人來的。」「喔！你就是那個『老而不死是爲賊』，總而言之，不是人的那個東西。」說完逕自進去，弄得這位老總莫明其妙。因之他的生活簡單，衣著亦樸素，嚴肅亦輕鬆，不講享受，沒有娛樂，十七年如一日，全副精神都放在如何保衛這塊領土的工作上。遺著有「補過齋文牘」，及「補過齋日記」，流行於世。

楊增新的恢宏氣度

曾經做過南疆沙雅縣長的李自昭，是楊增新在迪化的唯一諍友。李是北平人，擅長琴棋書畫，詩詞歌賦，抽大煙，考究小吃，同時亦有潔癖，道道地地的一個名士派，獨身主義者。他亦是進士出身，隨同新疆巡撫袁大化來迪化，學問雖好，但不善做官，曾一度出任過沙雅縣長，而爲宵小蒙蔽，發生弊端，爲楊氏撤職調省，但這並未損害他們中間的深厚友誼，反之他是最能影響楊增新的一個重要幕僚。

馮玉祥的勢力控制西北幾省的時候，老想侵佔新疆，打通國際路線，有一次在河西走廊集中部隊，準備打進新疆，因此楊增新召集各廳處長及軍事首長開會商討抵禦之策，李自昭也在座。所有參加的人，紛紛發表自以為是的意見，有的主張兵來將擋，有的主張塡死戈壁水井，使馮知難而退，僅祇李自昭一人坐在一旁三緘其口，楊增新覺得有異，問道：「自昭何獨不表示意見呢？」李自昭這才一本正經的說：「說什麼呢？將軍！新疆不是你們楊家的私產，你做了十幾年的督軍兼省長也該知足了吧！也該教別人來幹幹，換個新鮮不是很好嗎；我坐沙雅縣長不是不到一年就給你撤了職嗎！」此語一出，四座震驚，瞠目相視，在這樣重要場合，李竟這樣放肆，不知楊氏將如何激怒，詎料楊氏竟不動聲色，只淡淡的說了「自昭！你別開玩笑」一句話，就把這緊張的空氣給鬆弛下去了。最後由楊氏作結論，主張仍用老辦法：「以一顆腦袋，一枝禿筆」解決問題。遂由官府及人民名義通電全國，反對馮玉祥入新，終於抑止了馮玉祥進兵新疆的野心。

有一日楊氏面帶怒容，走進民政廳大辦公室，對着廳長坐下（楊氏未設秘書長，民政廳兼辦秘書處事務），遂由他的不識字的副官長，領進一個綏來縣的漢人，此人一進來就向着楊氏跪下，頭頂訴狀，口呼寃枉。這是一件楊之副官涉嫌貪污的案件。楊氏看完訴狀就審問原告，一問一答，頗為尖銳，而這位原告，竟敢與楊氏抗辯不休，毫無畏懼之狀，楊氏甚為氣憤，竟致拍案制止，民政廳百餘職員目擊此狀，都在心裡想：這小子活着不耐煩，腦袋恐要搬家了，此時楊氏又對訴狀反來覆去的翻閱，一面令其副官長把被告副官喊來，這位副官一進門就現出緊張神氣，不安的立着，衣角在微微的顫動，經楊氏嚴厲詢問並與原告對質後，，他竟承認犯罪，於是楊氏罵他有玷官箴，立刻交迪化縣依法辦理，並和顏悅色的安慰了原告幾句話，使之等候縣署的公平處理。

楊增新對中央的態度

楊氏鑒於民初袁世凱篡國，繼而軍閥混戰，國家既陷變亂之中，人民更感受莫大痛苦，而對新疆自亦無暇顧及，新疆孤懸塞外，猶同被棄之嬰兒，在此情況下，必須有一正確之政策，乃能保此一塊領土，故當時之北京政府雖無狀，仍採取如他常說的「認廟不認神」的態度，他的理由是：新疆乃整個中國不容分割的一部分，同時保有新疆乃能保有大西北，且其環境複雜，西北兩面為蘇俄赤色帝國主義所包圍，東南面又與白色英帝國主義殖民地毗連，這兩個帝國對新疆都懷有莫大之侵畧野心，尤以俄國因賴地理形勢之便利，更咄咄逼我，又新疆內部民族有十幾種之多，其中幾種民族來自俄國，易為蘇俄所利用，為虎作倀。所以主張新疆在未出現為全民擁護的中央之前，因事實上之需要必須擁護北京政府，而保統一團結之局面，否則失所依據，必為強鄰所乘，故對當時各省間所流行一時的所謂獨立自治之說，概置不理。惟是當時北京政府軟弱無力，號令不出都門，在他認為北京政府只是一座廟宇，只管朝着廟磕頭，而不問廟裡是一座什麼神，可是每辦一事必須呈報備案，雖然先斬後奏，而手續總是完備的，尤其有關外交案件，必經北京政府核准始去執行，當然他的主張北京政府無不照辦。因之北京政府與新疆省政府間的關係，在表面上一切如儀，殊為協調，然在實際上新疆內部事務，不許北京政府多所干預，他說：「北京政府遠在萬里之外，素對邊情缺乏深刻之研究，每有措施，輒有方枘圓鑿齟齬而難入之弊。「因此新疆與北京政府之間，祇是維持着微妙的法統上的統一而已。

民國十七年，我國民革命軍摧毀了軍閥勢力，北伐成功，全國統一，楊氏極為興奮。蓋楊氏以其一人之力，苦支西北半邊天十數年之久，亦頗覺吃力，早在那裡舉踵以待國家之眞正統一，有一強有力之政府成立，為作後盾，藉以減輕其本身之負荷，今其願望一旦實現，無怪其興奮無比。適此時國民政府派錢桐其人至迪化與楊氏連絡，楊氏遂於七月一日改懸青天白日滿地紅旗，並發表極懇摯之聲明，誓以至誠擁護國民政府，而其昔日態度亦根本改變，此時不但認廟抑亦認神了。

保境安民政策

楊氏主政十七年中，所提出的唯一口號為「保境安民」。這就是他的保衛新疆，治理新疆的施政大綱。治理新疆最重要的問題，乃是民族問題，因為新疆有漢人、維吾爾、蒙古、錫伯、索倫、滿洲、漢回、哈薩克、烏孜別克、吉爾吉斯、塔塔爾、塔吉克及歸化白俄等十四種民族（各民族來源及其生活情形後詳）。各有各的宗教信仰，生活習慣，而民族性之不同，各如其面，要使之和平相處，亦非易事，楊氏則施行無為主義，並運用中國舊傳統的「天理、國法、人情」的大道理，恩威兼施的手段相輔而行，並隨順各民族的宗教信仰，生活習慣，任其自由發展，只要不去違法犯禁，想做什麽，就做什麽，絕不予干涉，同時對各民族一視同仁，不分畛域，使漢人沒有優越感，其他民族沒有自卑感，互相尊重彼此的宗教習俗，親愛相處，各安生業。

在政治上竭力扶持本地各民族，在那時已成立省議會，各民族都有議員。議長饒孜阿吉就是一個維吾爾人。維吾爾民族中如發生突出事件，即先責成他辦理，駕輕就熟，無不迎刃而解。其他民族中，亦都培植出這樣一個領袖人物，助其解決每一民族中發生的問題。參衆兩院議員中，亦有四名維吾爾議員，亦皆在當地負有聲望，或是王公。所以那時各民族都覺得五族共和，一律平等，自己亦是這個國家的重要構成份子。

新疆為一封建色彩濃厚，宗教信仰虔敬的地方。信仰回教者自佔大多數，佛教次之，基督教、天主教又次之。回教教長，喇嘛的活佛，對其教徒都有莫大之影響力，他們對政府態度之好壞，具有舉足輕重之勢，故求社會之安定，必須把握這些人，並使之誠心悅服甚為重要。楊氏對於佛經、可蘭經、新舊約聖經都有深邃之研究，因與活佛談佛經，教長談可蘭經，與神父、牧師談聖經都能侃侃而談，引人入勝，並以孔老之學引證比喻，談言微中，理義精闢，使得這些人不但衷心佩服，五體投地，抑更崇楊氏為護法者，這在政治上的收穫是甚大的。楊氏不僅注意社會的上層人物，抑亦爭取全體人心，他為老百姓服務無微不至，而民間之事，無論鉅細亦無不知之，他搜集情報的方法，彷彿採用雍正「密奏」制度，全疆各處都派有密查員，密查官吏的好壞和民間的疾苦，但並無專門機構或負責人處理此事，一切概由其個人直接辦理，秘密從不洩漏，而且人們亦不知究竟誰為密查員。一面又准許老百姓和他直接通信，不肖官吏的貪贓枉法，土豪劣紳地痞流氓的欺壓老百姓行為，或老百姓本身或家庭內有什麽難以解決的問題，都可告發或請求，楊氏竟不憚煩的派人覆查，如確有其事，依法辦理決不姑息，如無其事，亦不追究報告者，至於老百姓個人私事或家庭糾紛，亦無不覆信詳予指導，因此老百姓終於對他發生了「將軍無事不知，無事不公」的至高無上的堅固信仰。尤其重要的一點是絕不令官府擾民，且使老百姓的生活水準一般提高，都得暖衣足食，南疆偏重耕種，北疆耕牧並重，省政府財政來源全賴田賦和牧稅之收入，但楊氏寧願節流受窮，而不願加重人民負擔，故在其任內未曾增加分文，對商業之徵稅亦復如此，科目簡單，徵稅極微，對內地滙率亦始終未變動，因此物價保持平穩，未曾有過波動現象。因而人民得以足衣足食，安居樂業，各民族間亦和平相處，未發生任何不愉快事件。此則當歸功於楊氏保民安境政策之正確也。

楊增新的幹部

那時新疆省政府編制內，只有民政、財政、教育、建設、警察五廳，連秘書長亦未設立，但以事務分配來看，民政廳長就兼辦秘書長的事，而且民政廳就在省政府東花廳內，民國十七年楊增新被刺前，那時候的民政廳長是金樹仁，金是甘肅省臨洮人，楊的門生，為人沈默寡言，一臉冷氣，常把來見他的人員讓坐在旁邊的冷板櫈上，半天不去理會，民政廳職員一百餘人都在一間大廳內辦公，衆目睽睽之下，來見的人如坐針毡沈不住氣的人以為受了羞辱，眞會流出眼淚，因此一般人以見金樹仁爲畏途。財政廳長徐謙和楊氏的關係也是和金樹仁一樣，爲人耿直敢言！處事亦甚公正，楊之幹部中遇事能與楊氏爭辯者惟有他一人，楊氏很喜歡他默許爲他的繼承者。建設廳長閻毓善甘肅酒泉人，前淸舉人，作過小京官，寫得一筆好字，也好吟咏詩詞，作事態度得過且過，惟亦有時拘執正義，當仁不讓。教育廳長劉文龍（後任主席）湖南人，「岳陽師爺」，在新疆多年，文案起家，與楊氏是換譜弟兄，老于宦塲，圓通機警，楊氏對之相當重視，他對楊氏則先意承志，惟命是從。警察廳長吳光榮乃是伊犁的一個秀才有好好先生之名。只有軍務廳長兼外交署長樊耀南爲楊的高級幹部中那時認爲唯一的「新人物」，是被楊氏既推重又防備的人。樊是湖北人黎元洪的幕僚，早年留學日本，研究法律，新舊學問都好，尤其待人接物，和藹謙恭，無論誰去見他，一概接見，殷勤招待，使見者有不虛此行之感，客人臨走必送到大門口，躬着腰站在那裡，等見不到客人的背影，才鞠躬而退，一般人都稱他爲「樊聖人」，自亦有人持相反的意見。黎元洪派他到新疆，是想遇有機會，替代楊增新的地位，楊氏何等聰明，這個陰謀能瞞過他嗎？所以北京政府發表樊耀南爲阿克蘇道尹時，楊氏雖表示歡迎可是到達迪化的時候，楊氏固對之特別優遇，惟託辭借重幫忙，就沒有讓他到阿克蘇接任，深恐其在外區易於連絡活動，留在迪化提任督署軍務廳長兼外交署長，軍務廳實權操在楊氏，廳長徒具虛名而已；外交署倒是樊耀南發揮才能的處所。

民國六年（一九一七年），俄國發生革命，新疆與俄國之商務關係一時中斷，及至民國九年蘇俄政府即派代表團至迪化要求訂約通商，自此時起，一直到十七年楊樊兩敗俱傷，同歸於盡爲止，對蘇外交都居主動地位，未曾失敗過一次，亦未曾簽訂過一次喪權辱國的條約，此實得力於楊樊合作無間之功（對蘇外交後詳）。其餘道尹階級如朱端秤（安徽人後任主席），李溶（新疆本地人後任主席），汪步端（安徽人有才子名），周武學（甘肅人）等都是讀聖賢書重氣節，忠貞謀國，老成持重的人，他們以畢生之力幫助楊氏，保衛新疆，生爲無名英雄，死爲邊疆英靈，每一念及，不禁令人望風懷想。至於中、下級幹部中亦有甚多足以稱道者，良以一旦置身邊疆，言念祖先經營之艱，愛國之心，不由奮發。每一個人都覺得對國家負有莫大責任，隨時準備拋頭顱洒熱血，但這種自發自動，至高無上的愛國情緒，非身臨其境的人，是不大會瞭解的。

楊增新控制官吏的兩種法寶：貧困與外放

楊氏對官吏的駕馭，有其一套辦法，凡有志由內地想赴新疆服務者，有經楊氏核准始去者，亦有自由前去者，但一到新疆必有工作，無論資格與經歷如何，一律委以科員，由科員再擇優外放縣長，但是在未放縣長以前，這些科員們多已債台高築，到了窮途末路，連作夢亦只作作縣長的夢，所以偶遇楊氏至民政廳時，所有百餘職員，不約而同的，都鼓着眼睛，伸長脖子，振作全副精神，一動不動的盯着看楊氏，其形狀，如乳燕之待哺，希望楊氏青眼一垂，記起他，放他一個縣長。由於久久不得外放縣長懸樑跳井者亦不乏人。但一旦得在將軍衙門影壁上金榜提名，就有商家借支錢欵，車馬僕役，樣樣都有，一步登青雲，今昨如隔世。

楊增新恐怕他們到了地方，窮極之餘，不擇手段的貪贓枉法，所以掛牌之後，專派廳長一人，領這位新任縣長到上帝廟發誓：「敬謹守法，不擾民，如違誓言，不但受法律制裁，抑亦受上帝之誅滅。」然後才使赴任。實際上，那時新疆各縣自光緒十年建省，劉錦棠當巡撫時起，遺留下來的陋規甚多，一直未予改革，潔身自愛的縣長，只拿這些陋規亦就可觀了，如遇貪污的縣長，一經老百姓告發，查有實據，即刻撤差，依法辦理，亦有貪污嫌疑不甚顯著而未經告發的，也就由他去，不去追究，不過任期祇有一年。誠如以上所述，楊氏在全疆各處都派有密查員，或許縣長的管錢師爺就是他的密查員？亦未可知。而老百姓亦都是他的耳目，所以消息非常靈通，毫無隔閡之虞，縣長們在其任期內究竟掙了多少錢，他都知道，每逢卸任縣長回迪化見楊增新的時候，總會問道：「這一任搞了多少錢？」被問的人亦祇得一五一十的說實話。卸任縣長回省後，仍委為科員，不過當過縣長的人，排場就不同了：公館、車馬、丫鬟、僕役一樣亦不能少了，在這樣消費之下，坐吃山空，經過兩三年的時間，慢慢又故態復萌，窮相畢露了，也祇有夢寐以思的再獲放任縣長。可是前此當縣長的時候，如有貪污痕跡，楊增新就沒有那麼容易再把他外放了。這些人就這樣循環性的一貧一富，總不能達其衣錦還鄉的意願，終於老死此鄉，埋骨黃沙。這是因為新疆公務員缺乏，楊氏不得已而以窮困，外放兩種法寶，維繫其心，捆扎其身，不欲使其離開新疆而已，當然亦有少數人榮歸故鄉，但在關外已久，習性已遷，一旦回家一切反都不習慣，不久又返回新疆。楊增新時，公務員仍以湖南人為最多，甘肅和本地人次之，其他各省人亦有，老百姓固甚痛恨貪污的不肖官吏，但並不埋怨楊增新，因為知道楊增新對官吏的貪污行為亦是深惡痛絕的，否則，怎麼會教新任縣長在上帝面前發誓不貪污呢？又何以一經告發的貪污官吏，立刻被撤職查辦。

楊增新惟恐軍隊不腐化

楊增新時，新疆軍隊數目，最多不會超過兩萬人，並且番號雜亂，新舊並用，既有副將、參將、游擊、守備等舊名稱，又有旅、團、營、連、排等新編制。楊氏聽任這些帶兵官抽大烟吃空額，因而平素只有十分之三的士兵在營房裡，其餘七成不是被帶兵官活生生的給吃掉，就是到外面去做工，做工去的士兵，及至涼秋九月，冰雪封地，外面實在無處安身，這才陸續回營過冬，然也並不閒着，還在市面上為居民掃雪，或作別的事。楊氏的衛隊亦不例外，大半為癮君子，囚首垢面衣冠不整，每逢隨他出外、有的槍拿在手裡，有的槍托在左肩上，途中隨意落伍，辦他的私事，趕到目的地時，往往一半的人已不見了，楊氏亦不去管他。

楊氏最喜歡讀書人，徐炳昶、袁復禮二人參加西北科學考查團的工作到新疆，常與楊氏接觸，談學問，因而建立了很好的友誼，有一天他們二人提到軍隊的腐化情形，繪聲繪色，極盡形容之能事，並供獻意見，應該整頓以備萬一。楊增新聽了，正中其懷，忍俊不禁，他說：「你們所說的這些腐化情形，我何嘗不知道呢！不過我認為還沒有到達我所期待的腐化程度。我治理新疆對內也好，對外也好，向不用軍隊來解決問題，我的一顆腦袋，一支禿筆就夠了。你們要曉得，新疆如果對外用兵，祇有與蘇俄打仗，新疆孤懸塞外，離中央萬里之遙，交通又如此不便一旦有事自得不到中央的支援，那麼，以新疆一省之力，能和蘇俄較量嗎？答案既是否定的，又何必養精兵，以惹其疑心呢？至於對內，地方安謐，更用不着精兵鎮壓，對外既不足成事，對內則可能生事，欺壓百姓，我所以名義上還保留軍隊者，一則有時以之虛張聲勢解決問題，再則為國家體制關係不能不備一格而已。」

楊增新如何解決白黨三路大軍

俄國革命推翻沙皇政權後，成立蘇維埃政府，而擁護沙皇之軍人則在各自的防地，紛紛起來反對革命與紅軍作戰，戰爭頗為激烈，亦延續甚長一個時間，這就是蘇俄革命史上所謂的內戰。在鮮卑利亞西部，和中央亞細亞東部的沙皇部隊與紅軍作戰，及至勢力不敵的時候，就向新疆逃竄，他們來新疆的目的，不是單純的為了逃難實則懷有據以作根據地，繼續與革命軍作戰的企圖。民國七年冬八年春之間，白黨軍巴奇赤一股九千餘人，杜托夫將軍一股兩千餘人竄至我塔城邊境巴克圖卡外面，另有鮮卑利亞軍區司令阿塔滿．阿年濶夫將軍一股三千餘人竄抵伊犂博樂縣邊境，睜着貪婪的眼睛，望着我們這邊，這三股部隊都是著名的哥薩克騎兵，而且裝備齊全，並未完全失去作戰能力，不過戰志消沈缺乏糧秣已耳。

當巴奇赤、都托夫兩股部隊，已經抵塔城的巴克圖卡時，塔城原有沙皇俄國領事及僑民，曾經請求塔城都統張健援助巴奇赤及杜托夫反擊紅軍，張氏意爲所動，遂向楊增新建議，應予援助，楊增新當覆電嚴加申斥，不許輕舉妄動，又不放心，每日打好幾封電報指示機宜，命令張健：「絕對保持中立，不准偏袒任何一方面。」楊增新說：「紅軍既然能夠將白黨部隊從俄國內部壓迫到中國邊境，可見白黨部隊不中用了，無論紅白兩黨誰勝誰負，而鄰居的關係是永久的，紅白兩黨都不要得罪，以留迴旋餘地，爲今之計，能使白黨部隊不入我境爲上策，如爲飢驅非入塔城不可，則先予繳械，然後供給食糧，塔城距俄境近在咫尺，彼恐紅軍之壓迫必不敢作久居之計，務必誘使離塔城，前赴阿山，免生事端。」巴杜部隊到塔城後，果如楊氏所料，既怕紅軍尾追而來，又因張健之說以利害，卒認爲阿山比塔城安全，購辦糧秣，稍事休息後，即離開塔城向阿山出發。巴奇赤、杜托夫兩股部隊一萬餘人衝入塔城這樣大的事件，竟照楊氏預爲安排的計劃，輕而易舉的獲得圓滿解決了。巴杜部隊的開往阿爾泰，雖然解除了塔城的緊張局勢，而另一重鎮承化又告吃緊了，坐鎮阿爾泰山的道尹周務學是甘肅人，是位講宋學的老先生。楊增新事先電告周務學，對巴、杜部隊要做到供食假道，驅入外蒙古的目的，但須智勝不可力取，千萬不要和他們發生武裝衝突，因爲這樣很容易被他們覷破這隻紙老虎，也許就會啓發他們的野心，盤居阿山不走，那就糟了。楊增新使巴、杜等部隊不敢盤踞阿山的策畧是這樣的：一方面由迪化、哈密、奇台等處調動部隊至阿山的各縣屬的要隘地方駐紮，並祇增加番號而不增加人，又囑令各處游牧的哈薩克人散佈大軍雲集的消息，虛張聲勢，擺下疑陣，務使巴、杜知所驚懼，而不敢發生盤居阿山的非分之想。

另一方面楊增新也顧慮到巴奇赤部隊萬一賴着不走的危險，所以爲求萬無一失起見，經與蘇俄邊區政府協商，獲致默契，「暫准紅軍入阿山境，追剿巴奇赤部隊，糧秣由阿山供應，俟巴奇赤部隊離開阿山，而應立刻撤回蘇界，」於是紅軍就由吉木乃邊卡進入阿山，而我部隊亦在紛紛調動。巴奇赤由塔城進入阿山境界，就覺得空氣緊張，四面楚歌，因決定先走承化，求取補給，再作他計，阿山道尹周務學深明守土有責，與城共存亡之大義，第未知楊氏的袖裡乾坤，以爲巴奇赤眞的要進侵承化，遂派軍隊離承化十里地方堵截，果如楊氏所料，新疆部隊一經接觸就被擊敗了，周務學自己覺得未能守住城池，無以對國人，遂義憤自殺，周死後巴奇赤進入承化，但未停留多久，即竄往外蒙古去，而紅軍也如約撤離了阿山。這兩股白黨部隊就這樣爲楊增新設計驅逐出新疆境了。

同一時期，沙皇俄國的鮮卑利亞總司令阿塔滿・阿年潤夫將軍，却帶了三千餘武裝整齊的部隊，竄至伊犁邊境，駐紮在薩克烏蘇地方，有窺竄伊犁的形勢。祇要翻過牛邊山，就可到達我們的博樂縣。阿年潤夫爲一驍勇善戰，自信力極強，而懷抱野心的少壯軍人，在俄國內戰時甚爲出名，紅軍吃他的虧甚大，亦恨之入骨。楊氏對付阿年潤夫比較對付巴奇赤棘手多了，然終究還是制服了。阿年潤夫部隊裡面有一團所謂「滿洲軍」，團長却是中國人劉連科，而士兵亦都是中國人，劉連科這一團此時充任阿年潤夫的先鋒隊，也因爲有劉連科這一團人，阿年潤夫有在新疆開闢另一新天地的企圖。劉連科原是綠林出身，俄國革命前亡命到鮮卑利亞當鐵路工人，向以戇直聞名，後當阿年潤夫的團長與紅軍作戰英冠儕輩。又俄國小孩子一向見了中國人總喜歡拿「中國人！中國人！需要鹹鹽嗎？」的話語來諷刺中國人，研究此話的出處，大概以前死了一個中國人，要把靈柩運回故鄉，恐屍首腐爛，遂以鹹鹽醃起來，從此就成了諷刺中國人的口頭語，當劉連科在鮮卑利亞作戰時，鄉村兒童無知，每喊出這口頭語，就格殺無論，弄得鮮卑利亞西部提起劉連科談虎變色，小孩兒們不再講這些話了。

楊增新知道阿年濶夫部隊裏有這一團人，要解決阿年濶夫，必先解決劉連科，遂密令伊犁鎮守使楊飛霞將劉連科拉過來。劉連科既是阿年濶夫的前哨，所以他的團部就駐紥在最前線靠近博樂縣邊境，楊飛霞事先派去情報員，調查了劉連科的所住的帳幕所在地，有一天雲霧迷漫的深夜，劉連科正要準備睡覺，忽然他的帳幕門一掀，出現了一個混身哈薩克裝束，而儀表非凡的人，劉連科驚覺的手按腰裏手槍，將要發問的一刹那，這位不速之客將頭上戴的哈薩克式的狐皮帽拿下來，說道：「我是伊犁鎮守使楊飛霞，爲了見你，剛從博樂縣那邊翻山越界到這裏來，你是不是劉連科。」時不宜遲，楊飛霞不容劉連科再說什麽，就又說：「我只問你一句話，你是不是中國人？如果是的話，不應該爲外人作倀，而想侵犯自己的祖國；我素聞你是一個有血性有愛國心的好漢，所以冒險犯難，親自來忠告你，忠與奸由你來選擇，如採行精忠報國之途，則今夜鷄鳴之前，即率領你這一團人，過境進到祖國的境界，我們在那裏伸着雙手歡迎你們。」劉連科木然的靜聽着楊飛霞的這一番話，如同孝子受嚴父訓導一樣並且感情激動，眼淚奪眶而出，因苦訴道：「我是中國人，我熱愛祖國，以前領導乏人，走入歧途，現在受你感召，徹底覺悟，絕對照你命令準定今夜領弟兄投到祖國懷抱，從新做人，爲祖國効命。」於是楊飛霞和他親熱的握了手，說聲：「這樣深明大義，再好沒有了，大丈夫一言爲定，再會了。」隨即出門騎上快馬，揚着皮鞭飛一樣的沒入濃霧裏，向着國境奔馳而去了。

劉連科的不辭而別，給予阿年濶夫以最大的一個打擊，將阿年濶夫想利用劉連科作先鋒，進佔伊犁的計劃給無情的粉碎了。楊飛霞又派人向阿年濶夫遊說：楊督軍並不反對阿年濶夫將軍入境，如阿年濶夫將軍依照國際公法繳出武器，則還歡迎到廸化去。阿年濶夫終於把一部分武裝交出，一部分隱藏起來，帶了他的三千隊伍來到廸化。楊增新明知他暗帶一部分武裝亦故作盲聾，不去管他，深恐太認眞了，將會激起事變，並且特別在督軍公署開盛大的宴會，歡迎阿年濶夫及其重要部屬。

過了幾天，阿年濶夫就在廸化南樑設宴邀請楊增新及文武長官，宴前並請閱兵，幾千個哥薩克騎兵健兒，經過閱兵臺前，口呼萬歲，奔騰而過，馬蹄起處，塵土飛揚，經驗淺薄的阿年濶夫得意揚揚，睥睨一切，幾忘其身在異域繳械被困之遭遇。楊增新看見阿年濶夫的部隊人壯馬肥，如貔如貅，訓練嫻熟，運動自如，不免暗暗吃驚，心想如不從速設法解決，確實是一個心腹大患，同時心裏又在說：「阿年濶夫你且慢猖狂，不知好歹，你的命運已操在我的手中，我就要下手解散你的部隊，爲新疆除患。」但是禮貌上還是現示着和藹可親的態度，翹起大姆指，望着阿年濶夫說：「你的部隊練的是好！哥薩克騎兵名不虛傳。」阿年濶夫何曾想到今日翹起姆指誇奬他的老者，就是他日收拾他的人呢！

待入席後楊增新向阿年濶夫說：「阿年濶夫將軍你如果有恢復沙皇俄國的雄心，就應該使部隊有加強訓練的必要，廸化離蘇俄邊境較近，訓練軍隊不甚適宜，最好給你找一處適宜的地方，我看廸化東去七百里的古城子（現稱奇臺）是個理想的地方，所有糧秣都由我供給，我想你一定會滿意古城子的。」

阿年濶夫同意了楊增新的意見，在廸化休息了幾天，就帶其部隊開往古城子。不久楊增新派人給阿年濶夫送去一封電報，是白黨陸軍總司令謝米諾夫由外蒙古打來的，命令阿年濶夫率部，經由甘肅甯夏前往庫倫集中。阿年濶夫當即電請楊增新協助運輸，楊氏亦就答應派車運送其部隊至酒泉，惟說明只能用大車分批運送，因爲一下子集中不了那麽多車輛。於是阿年濶夫的部隊，每十人坐着一輛四套兩輪大馬車，五輛編爲一隊，每日出發一隊，這樣一隊一隊，向甘肅邊城嘉峪關移動了。每一隊走至離奇臺八十里地方，即爲楊增新預設的檢查站嚴格檢查，將入境時隱藏未繳的武裝完全扣留了，一隊繼一隊陸續到達酒泉，並來電報告阿年濶夫，楊氏均予轉交，並答應阿年濶夫到酒泉去，將派其座車，新疆惟有的一輛福特汽車送他到酒泉。楊氏等到阿年濶夫的部隊全到酒泉，果然實踐諾言，派外交特派員張少伯（遼寧人），坐上這部汽車到奇臺歡送阿年濶夫起行。阿年濶夫聽說用汽車送往酒泉高興極了，而對楊增新的盛意，再三致謝，感激不盡，但當坐上汽車走的時候，車子不向東行反而折向西行，阿年濶夫詫異的問張少伯這是怎麽回事？張先生不露聲色的答以沒有什麽重要事，不過楊督軍要和你歡聚數日，然後送行，就這樣將阿年濶夫接到迪化縣衙門，安置在特爲預備的招待室裡面了。

這時，楊增新喊來一個染有鴉片煙嗜好並懂得俄國話的一個副官，對他說：「我交一個人給你，每天發足量的煙膏，開上等的伙食，你什麽事都不用管，整天只躺在燈旁抽你的鴉片煙，你唯一的任務是引誘這個人抽煙，等上了癮，離不了鴉片煙的時候，你的任務就算達成了。」

這個人就是阿年濶夫，他被楊增新騙到迪化，在迪化縣署內軟禁起來，又與一個大煙鬼住在同一室內，自是氣憤塡胸，大鬧大叫，祇是沒有人理會。這位副官有吃有抽，得其所在，只是悠乎閒哉的，呼呼作響，抽他的鴉片煙，弄的滿屋雲霧，氤氳繚繞。偶爾拿起小壺飲一口茶，或吃一塊點心，而其安閒自在，樂此不倦的神氣，一若天下之樂事未有愈於此者。阿年濶夫起初幾天內好似困獸猶鬥，老是拳打桌椅，脚踢牆壁，嘴裏只嚷豈有此理！並指着煙燈喊臭！臭！臭！但是這位副官採取視若無睹的態度仍在耐心的進行其故設陷阱請君入甕的工作，一星期過後阿年濶夫慢慢的安靜下來，並且偶爾踱到這位副官大煙燈前端相這位副官吞雲吐霧的表演，以及他的似乎甚爲得意的神氣，又問長問短，抽了有什麽好處。這位副官乘此機會就向他宣傳，好處之多不勝枚舉，舉其大者可以消愁解悶，祛除百病，一口吞下如登仙境，忘却人世間的一切煩惱，但並沒有勸他試試。又過了幾天，阿年濶夫自己要求抽一口試試，一試就嘗到滋味，從此就偃臥在煙燈旁邊，日惟以抽烟爲事了。此時這位副官就向楊增新報告：「阿年濶夫對於煙桿已經迷戀不捨了。」三個月後，健壯的阿年濶夫完全變了模樣，精神萎靡，意志消沉，當年的英雄氣槪，而今已消逝無遺，試試一天不給煙抽，就眞的打呵欠流眼淚，好似一離此君就不能生活。楊增新這才釋放阿年濶夫送到酒泉，阿年濶夫本人已成煙鬼，而其部隊更支離破碎不成軍了，楊氏當日在閱兵台上的立意，至此完全得以實現。

楊氏之所以這樣對付阿年濶夫，是寓有深意的，因爲阿年濶夫年青有爲，而又有莫大的野心，這次深入新疆，對內部情形都已熟習，深恐日後爲人利用，打新疆的主意，故以鴉片煙折磨，使其不再有復起之心力也。這次沙皇俄國的既敗且饑的部隊，成千成萬的衝入伊犁，塔城，阿山三區，來勢汹湧，圖謀不軌，如措置偶一失當，就會激出大的事變，而楊增新祇是運用他的機智，揮動他的筆管，用各個不同的方法，未曾驚動人民，擾亂地方秩序，分別的和平解決了。

還有兩件事，似有在此一提之必要：一、阿年濶夫座鞍，不知怎的在奇臺遺失，他一生積蓄的鑽石都藏在鞍內，到酒泉後一面道謝楊增新的關照，一面請求楊增新設法代爲找回此鞍，並說明鞍內所藏何物，有何記號，楊氏一道命令下去，沒有多久就找回來，幸好原封未動，即派專人送至酒泉。二、阿年濶夫入關後，不知怎的被當時西北某當局引渡與蘇俄，起初解到莫斯科，末後送到斜米帕拉廷斯克，經過公審之後，宣佈死刑予以槍斃。

楊增新被刺

七月十七日，是迪化俄文法政學校第一屆學生的畢業典禮。軍務廳長兼外交署長樊耀南早已與教育廳長張歆，法政學校教育長張純熙，及迪化無線電台台長呂寶如秘密商議妥當。當日係由教育廳長劉文龍出面邀請楊增新及各廳處長參加畢業典禮，蘇聯總領事也出席參加。禮畢攝影，金樹仁有事先走了。其後午餐，跟隨楊增新的副官衛士都在後堂飲酒，因爲天氣酷暑，也都卸下了武器。張純熙則在大客廳歡宴楊增新等，張純熙敬酒至楊前面，突將酒瓶在桌上狠狠的一放，槍彈頓即從楊增新的當面射來，楊增新中了一彈，他還曾用手扶桌站立叫了聲：「你們在做什麼？」話未說完，七顆子彈連續的擊中了楊增新的要害之處，跟隨楊氏多年的副官長是位甘肅人，聞悉槍聲進來保護，也遭槍彈斃命。各廳長嚇得早已四散逃命，蘇聯總領事也躲到厠所裡去了。樊耀南當即帶了二十幾名武裝人員，衝進將軍衙門，到二堂尋找民政廳長金樹仁商量後事，金避之不見，樊耀南進入三堂。待樊剛踏入三堂的大門，遭了外面的反鎖。金樹仁調動了張培元（軍務科長，甘肅人，金樹仁同鄉），黎海如，亮馮，率領部隊圍攻三堂。金樹仁在「替楊復仇」的名義下，活捉了樊耀南、張純熙、張歆、呂寶如等。樊耀南死得最慘，先拔鬍子，復用石塊擊斃，張純熙、呂寶如等都遭槍決，張歆押獄。這是楊增新統治新疆十七年以來，迪化所發生的第一次政變。我也受了「七一七」的影響，不去北平了。七一七事變是由當時西北某軍事當局主使的，張純熙即是他的秘密代表。

蓋棺論定功多於過

楊增新治理新疆十七年，是施行無爲主義。任令人民生活自由，祇要不干犯法紀，一切都不過問。在民族複雜，宗敎信仰各異，生活方式不同，文化系統不一的地方，他這主義確實收效宏大，卒致夜不閉戶，路不拾遺。及其死時，民衆成千成萬的撫棺痛哭，直到現在他們所受的痛苦愈大，懷念楊增新的心理也愈深。

擁護中央：他對中央政府的關係雖然一向抱持認廟不認神的態度，但對於廟的確虔誠不二。國民政府一旦成立，馬上改懸青天白日旗，忠誠擁護，到此時不但認廟，抑且認神了。他以爲新疆省是整個中國的一部，且其環境複雜，西北兩面爲蘇俄赤色帝國主義所包圍，南面又與英帝國主義殖民地毗連，這兩個帝國主義國家政治制度雖各有不同，對新疆都一樣抱有野心。尤以蘇聯因有地理形勢之便利，對於新疆之侵略，更咄咄逼人，無所不用其極。兼之新疆內部民族有十四種之多，其中幾種民族都來自蘇聯，易受其利用，爲虎作倀，所以楊增新常說：新疆脫離中央，就等於自殺，個人之地位事小，國家之領土事大。終其一生他都能保持這一塊領土，毫無損傷，實屬難能可貴。

楊增新對民族問題，運用中國天理國法人情的大道理，恩威兼施的手段來治理，隨順其宗敎習俗使其自然發展，同時對各民族一視同仁，不分畛域，使之和平相處。

論者以爲楊增新治理新疆十七年，功罪參半。其功在保境安民，其罪是未有建設。但我還是認爲功多罪少，他的功可以掩蓋他的過。最後我用斯文赫定的話來結束此文。斯文赫定說：「楊增新學問淵博，眼光遠大，心胸恢宏，手腕靈活，他如果生長在歐洲的社會，必是一個政治上的偉大人物。他是一個代表中國舊社會、舊文化、舊道德、舊傳統的最後一個典型人物！」

居安思危談地震

陳聯津

最近我國西康省甘孜發生了巨大地震，損失情況尚不詳。去年十二月廿四日凌晨，正當世界各地人士歡度耶誕節時，中美洲尼加拉瓜首府馬納瓜的慘絕人寰大地震，罹難者數以萬計，財產損失更難勝數。全城的房屋幾乎震倒了百分之八十，水電系統破壞無遺，一片斷瓦頹垣，宛如廢墟，這在地震史上來說，是一大悲劇，不過，這次馬納瓜的地震災害，還不能算是最大的。

據了解，每年世界各地可以探測的地震，多達五十萬次，其中有感地震約十萬次；構成震害的約一千次。本省每年發生有感地震，約有二百餘次。

一般說來，地震規模是指地震本身的大小，其強度以「谷騰堡‧瑞其它」（Gutenberg Richter）來測量、劃分，其單位是爾格（Erg）。規模「四」是通常感覺到的地震，規模「六」以上，會造成災害，其範圍大約在五十平方公里以內的震央位置。這種地震規模是由有感距離半徑，地震儀上紀錄的最大震幅和總震動時間推算出來的。其發生時間，有的長達數個月起至數年，有的數小時或數天。

迄今，地震強度最強的是八點九，全球只有三次。第一次是在一九○六年一月卅一日，發生於南美洲哥倫比亞和厄瓜多爾交界區海底；第二次是在一九三三年三月三日，發生於日本本洲東北部一百哩處；第三次是一九六○年五月廿一日到廿三日，發生於智利勒布，不過這次較強，約為九點二。

據說，一七五五年十一月一日，發生於葡萄牙里斯本的地震，設若當時有地震儀的話，其震度可能是相當驚人的，大約有八點七五到九的震度（按地震儀是在一八五三年發明的。）

年鑑資料指出，公元元年以來，曾造成大災害的世界名地地震，約有七十二次，其中本世紀即佔了四十二次。最早的一次震災，是在公元五二六年，發生於叙利亞安提阿（小亞細亞古代城市，其遺址在今土耳其境內。）死亡了二十五萬人。

罹難人數最多的震害，則發生於我國，時為一五五六年一月廿三日，地點是陝西省。這次斷層山崩的震災，震垮了數千座在山崖間的山洞農舍，山區道路被毀，柔腸寸斷、滿目瘡痍，慘不忍睹，約有八十三萬人死亡，財物損失難以估計。

財物損失最大的一次，則發生於日本，時在一九二三年九月一日中午十一時五十八分，地點是關東大平原，那次的震度約八點二，在相模灣海底的某部，因受強烈震動，地面陷下了一千三百零十英尺。

據官方公布的死亡及失蹤人數是十四萬二千八百零七人（又說是二十萬人）；在東京和橫濱地區，約有五十七萬五千棟房屋倒塌、燒燬。兩市許多構造良好的建築物，都受到了結構上的損害，陸上交通大部份阻斷。這次地震不單是震動而已，更帶來了由地震所引發的大火。災區的凄涼景色，有若煉獄一般，生還災黎談到當時感受，都稱那次災難是天崩地裂，如世界末日來臨。財物損失以當時貨幣金額折算，約達二十八億美元。

資料指出，其餘較為重大的災害，以其罹難的人數多寡來計算的話，依次是：

①一七○三年十二月卅日，發生於日本東京的地震，死了二十萬人。

②一九二○年十二月十六日，發生於我國甘肅省的地震，死了十八萬人，肆虐地區廣達十個城市。

③一九〇八年十二月廿八日，發生於義大利南部，和西西里島的地震，死了十萬人（一說是七萬五千人）導致百萬人流離失所。

④一二九〇年九月廿七日，發生於我國河北省的地震，奪去了十萬人的生命。

⑤一九三二年十二月廿六日，發生於我國甘肅省的地震，死了七萬人。

⑥一七五五年十一月一日，發生於葡萄牙里斯本的地震，由於震動、大火及海水倒流等災害，罹難人達六萬人。

⑦一九三五年五月卅一日，發生於印度和巴基斯坦的地震，死了六萬人。

⑧一六九三年一月十一日，發生於義大利卡達尼亞區的地震，死了六萬人。

⑨一七八三年二月五日到三月廿八日，發生於義大利南部和西西里羣島，一連六次地震，奪去了五萬人的生命。

⑩一七九七年二月四日，發生於秘魯古茲柯及厄瓜多爾奇多區的地震，死了四萬人。

⑪一九三九年一月廿四日，發生於智利的地震，罹難者達四萬人。

⑫一八二八年十二月廿八日，發生於日本伊奇哥（譯音）的地震，三萬人死於非命。

⑬一九一五年一月十三日，發生於義大利中部的地震，死了三萬人。

⑭一四五六年十二月五日，發生於義大利南部那不勒斯港的地震，死了三萬到四萬人。

⑮一九三九年十二月廿七日，發生於土耳其亞洲部份的安那托利亞半島的地震，由於震害引起的海水連續倒灌，造成三萬人以上死亡，肆虐地區廣達六萬平方哩

⑯一五三一年一月廿六日，發生於葡萄牙首府里斯本的地震，三萬人喪生，

⑰一二九三年五月廿三日，發生於日本州鎌倉的地震，三萬人喪生。

⑱一八九六年六月，發生於關東平原，山里固（譯音）海岸（指橫濱一帶）的地震，由於海水倒流，造成了二萬七千人死亡。

⑲一八六八年八月十三日至十五日，發生於秘魯和厄瓜多爾的地震，二萬五千人喪生，財物損失約三億美元。

⑳一八二二年九月五日，發生於敘利亞北部阿勒坡城的地震，死了二萬二千人。

㉑一七一六年發生於非洲阿爾及利亞的地震，二萬人死於非命。

㉒一九六〇年二月廿九日及三月一日發生於摩洛哥阿加迪亞的兩次地震，也發生海水倒灌的情形，全城毀之殆盡，約有二萬人死亡。

㉓一七九二年發生日本希森（譯音）的地震，死了一萬五千人。

㉔一八七五年五月十六日，發生於委內瑞拉和哥倫比亞的地震，約有一萬六千人喪生。

㉕一九六八年八月卅一日，發生於伊朗東北部的地震，罹難者達一萬二千人。

㉖一八四一年發生於日本希納諾（譯音）的地震，死了一萬二千人。

㉗一八九一年十月廿八日，發生於日本米諾奧華里（譯音）的地震，一萬人死亡。

㉘一九六二年九月一日，發生於伊朗西北部的地震，死亡人數達萬人以上。

其餘罹難人數在萬人以下者，因篇幅關係不能盡載。雖然目前關於地震的預測，科學家還不能作一十分正確的作業，但上述的震災紀錄，却值得我們作「居安思危」的參考。

紅軍「長征」各部路圖線

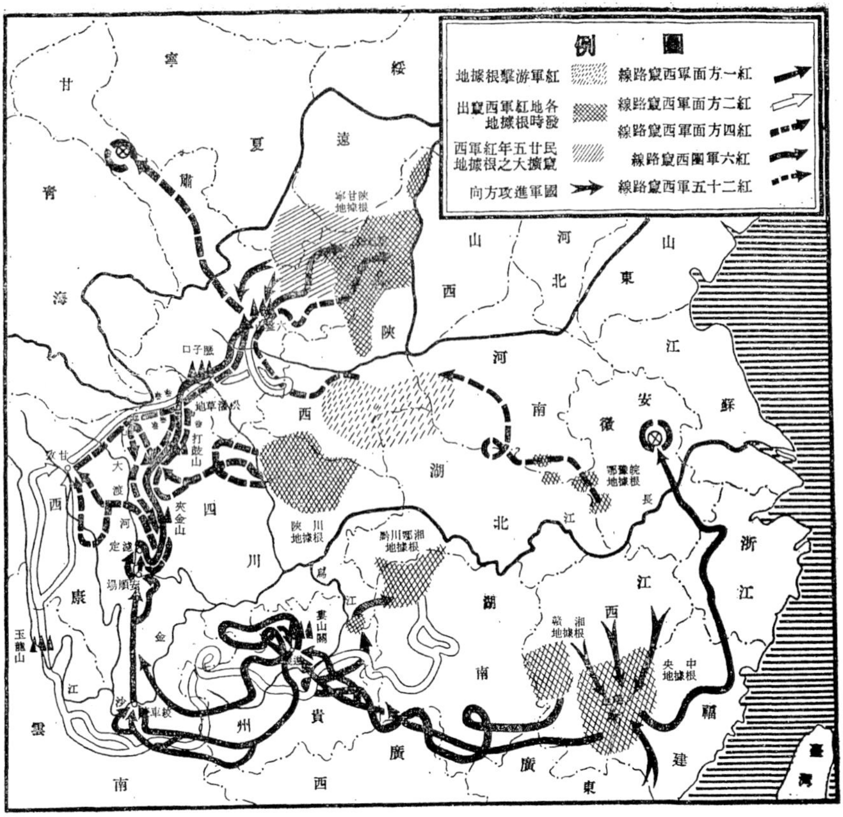

細說「長征」

【五】

□龍吟□

紅四方面軍放棄與賀龍會師的計劃，初步擬入陝南建立根據地，當時豫陝交界荊紫關爲入陝大道，已由楊虎城部孫蔚如師及武士敏旅扼守，紅軍向荊紫關發動一次佯攻，轉移國軍注意力，乘機則折向漫川關，漫川關在陝西山陽縣東南一百二十華里，爲山陽與湖北鄖陽交界處，但地域荒凉，一向少爲人知。

據剿匪戰史記載，十一月八日徐向前股向漫川關，鮑魚嶺一帶潰逃，國軍第一師胡宗南部，由鄖西方面向漫川關追擊，到達漫川關附近與紅軍遭遇，發生激戰，搶奪關口要隘，第四團團長羅歷戎受傷，胡宗南又以第五團楊德亮部加入向紅軍右側攻擊，佔領山上要隘，與紅軍激戰。

由十一月八日到二十二日，紅軍在荊紫關、漫川關一帶地區與國軍第一師胡宗南，四十四師蕭之楚，六十五師劉茂恩部激戰，徘徊於豫陝交界一帶山區，雖然紅軍運動靈活，但國軍也逐漸合圍，十一月十七日委總司令蔣中正乘飛機到襄樊老河口一帶視察防務，見各軍區已逐漸完成包圍，陝南至武漢水運及後方連絡，均甚安謐，當即加派飛機協助進剿，此時紅軍處境確實不利。

張國燾「我的回憶」對此次戰役說的比較含糊，對於前後半月的戰事說得好似祇有一兩天，戰事經過亦未詳述，僅在偷越漫川關有較詳敘述。「我的回憶」說：他（指被俘國軍探子）又告訴我們，漫川關的右側離這裡三十里的地方，有一條險要的小路，通山谷外的陝西境，如果蕭之楚部尚未趕到那裡佈防，是比較容易通過的地方。張國燾相信這個探子的話可靠，「於是立即下令陳昌浩率領一團人，迅速奪取漫川關右側的小道。陳昌浩的行動極為敏捷，約一個半鐘頭，他就帶着十餘騎扼守住那條小路的隘口了。蕭之楚部遲到了一步，那裡的高地已由陳昌浩這十餘騎佔領，居高臨下，蕭部先頭部隊已成為我軍俯擊的目標，乃不得不轉而佔領隘路口對面的一帶高地，這樣，他們還是可以控制這條通向陝西的險境。但陳昌浩統率的那團人跟着趕到了，立即與蕭部展開山頭爭奪戰，結果，所有能控制這條小路的山頭都為我軍所佔領。」

張文對這一戰役經過敘述的比較詳細，但此戰役發生於何時何地，則未提及。

「剿匪戰史」記載，二十二日（十一月）徐匪大部連日經我第六十五師劉茂恩，第四十四師蕭之楚等部痛擊，已化整為零逃竄，我軍俘獲甚多，截獲被匪裹脅肉票亦甚多，我第五十一師跟踪追擊，到達竹林關，楊家集殘匪，以我國軍搜剿緊急，鄂豫邊境不能立足，咸向陝南逃竄，何司令官（成濬）當電令孫蔚如師長相機堵截。

徐匪經我各追剿軍先後在南化塘、十里坪、洛峪街等地，迭予痛擊，實力損失大半，殘匪繞山道竄至商縣附近。……」

根據「我的回憶」比對剿匪戰史看，紅軍當是在十一月二十二日或二十三日偷過漫川關「小道」，也就是剿匪戰史上的山道。

從十一月三日徐向前率部佯攻荆紫關起，到二十三日越過漫川關小道止，紅軍在此地區盤旋有二十日，即從十一月八日徐向前到達漫川關起，前後也有半個月時間，紅軍始終在荆紫關，漫川關一帶迴旋，確實陷於前有阻兵，後無退路之徑，使國軍有強大兵力分進合圍，不難在漫川關外將紅四方面軍殲滅，但當時作戰三個師，劉茂恩六十五師仍是豫西民團的底子，作戰非不勇而裝備太差，指揮官對現代戰爭也缺乏經驗，不能發揮作用。至於四十四師蕭之楚部，作戰雖然較六十五師強得多，但追擊數百里，過於疲勞，官兵缺乏旺盛鬥志。其中唯一兵多械精是胡宗南第一師，其一師兵力強過劉茂恩、蕭之楚兩師有餘，使胡宗南稍有才幹，以第一師一個師即可擊滅紅四方面軍，但胡宗南這位將軍其他方面長處很多，如刻苦、清廉、不徇私、為許多胡氏生前友好至今稱道不衰，可惜他只有一項短處，即不會打仗。就胡宗南一生歷史來看，凡與共軍作戰，不敗即算大勝，十次接觸九次敗，因此養成了他的「穩健」性格，絕不使自已部隊冒險，即以這次漫川關戰役而論，胡宗南與徐向前爭奪漫川關，一交手第四團團長羅歷戎即受重傷，又加上第五團楊德亮部，始守住漫川關，此後胡部即不敢再出漫川關，以守住關口為已足，故任由紅軍經漫川關旁小徑入陝，不敢出頭攔擊，僅憑飢疲交加之蕭之楚師，自難追得上死裏求生的紅軍。

紅軍雖然偷越漫川關旁小道進入陝西，所付出代價也相當重大。「我的回憶」稱：我軍的避戰行動，也付出了相當的代價，當我們乘夜通過這條小路向北行進時，因道路崎嶇狹窄，僅能容一人一騎通行，前進速度極低，直至翌晨，我軍的大行李還沒有通過，（原註，大行李是軍中通用的俗語，主要是指炊事班和炊事工具）敵軍的機關槍却已射到小路上來了，為了避免人員的傷亡，我軍迫得放棄難於運輸的炊事工具，讓炊事人員迅速的跑過去。此後，失去了炊事工具，我軍就祇有借用民間的鍋灶了，這樣一來，引起了許多困難，而且因此降低了我軍的政治紀律。」

蕭之楚雖然疲敝不堪，但仍然出全力追擊，紅軍担任掩護一個排共二十六人，全部陣亡，此足見雙方爭奪的激烈，都是在打眞仗，祇是蕭部力量太單薄，又兼疲乏過度，不能給予紅軍以致命打擊，祇得任由其入陝了。

紅軍由漫川關小道進入陝境之後，最大問題厥為服裝。此時已是舊曆十月，陝西地區已經結冰，但紅軍尚穿單衣，照張國燾的說法，所以向商縣、丹鳳一帶流竄，就因為這一地區比較富庶，想解決冬衣問題，誰知到達之後，發現當地並不產棉，冬衣問題仍然無法解決。

當時紅軍決計入漢中，向川北開闢根據地，張國燾自稱曾在商縣之北一個村莊裏，求見一位綠林老英雄，此人尚是楊虎城的前輩，這時已六十多歲，隱居務農。經過這位老英雄指點，入漢中必須經過關中平原，若由商縣去漢中，沿途都是險道，給養不易解決，若是中央軍事先扼守通道，紅軍就處於危境。經過關中平原可由大道入漢中，一切困難均小，但要行軍快速，因關中平原利於追擊，若被中央軍沾上就無法脫身。

這位老英雄張國燾未提到其姓名，僅說爲楊虎城前輩，可能稍有錯誤。楊虎城雖出身綠林，當強盜時名九娃子，以後招安始改名虎城，但楊虎城起於陝北，與商縣方面沒有淵源，這位老英雄說是楊虎城之前輩未嘗不可，但決非一支，倒是由劉鎮華統率的鎮嵩軍初期的一群好漢如憨玉琨、柴雲陞、張治公等人均出身豫西陝南，其中有少數未曾受招安，而歸隱農村，此位老英雄可能是憨玉琨等人的同輩。

紅軍受到這位老英雄的指點，決計經關中入漢中，爲了擺脫國軍進擊，佯攻西安，前鋒到達子午鎮，西安戒嚴，負責指揮進剿的司令官何成濬，已決定將行署由老河口移潼關，嚴令各師追擊紅軍，進援西安。如果西安失陷，自是了不起大事，胡宗南不敢不出力，率第一師及第四十四師尾追不捨，紅軍本意就是要引誘胡、蕭兩師至西安附近，然後掉頭南竄漢中，胡宗南既缺乏料敵之智，又怕西安失陷，部隊就向西安集結，正予紅軍南下之機。

但胡師進至子午鎮，與紅軍遭遇，發生激戰，此事經過，雙方報導大致相同。剿匪戰史稱：「匪我時歷匝月，路逾千數百里，彼此激戰數十次，匪因迭受重創，死傷過半，槍砲騾馬損失殆盡，我軍各部亦傷亡損失重大，旋匪由山地出大、小峪口、竄入平原，始利於追擊，而不利於逃竄，形勢爲之一變。

自入下旬以來，復經我追堵各軍，在長安、鄠縣以南之子午鎮、爐丹村附近，更予匪重大打擊，又擊斃匪衆四千餘，繳獲槍枝三千餘枝。……」

「我的回憶」稱，我軍循着商縣通西安的大道前進，經臨潼、西安南境、沿秦嶺北麓西行。在子午鎮與陝軍作戰，在盩厔縣附近又與胡宗南部混戰一晝夜。胡宗南部尾追不捨，由漫川關跟踪我們，由西安到盩厔縣的途中經常攔鎖我們的去路。我們一一突破了敵人的關口。……」雙方記載除去宣傳誇張詞句，大體是吻合的，這裏又看出胡宗南之不濟，他已經追上紅軍，且混戰一晝夜，竟任紅軍突破其防線，竄入漢中，在全勝之局尚不能取勝，一處逆境自不怪數十萬大軍全部覆沒，但他仍以英雄姿態乘機飛回台灣，此則眞不可及了。

當紅四方面軍由子午鎮折而向南，企圖逃入川境時，蔣總司令當時佈署是以楊虎城部楊渠統，王志遠兩旅啣尾急追，以原在漢中的楊部趙旅馳向佛坪堵截，胡宗南經過郿縣、大散關向鳳縣留壩兜截，第六十五師向華陽，第四十四師向寧陝、石泉急進，分道合圍，希望在川陝交界處聚殲紅軍，無如國軍行動遲緩，在漢中阻截紅軍的趙旅又不堪一擊，一經接觸就潰散，絲毫未發生阻擊作用，紅軍終於經城固附近向西鄉的南面行軍，翻過巴山到了四川北面通江縣的一個重要市鎮兩河口，至此紅四方面軍入川計劃算是初步實現。時間據張國燾說是一九三二年十一月中旬，實際上是十一月下旬，可能已到了十二月初，因爲十一月二十五日徐向前尚在陝西藍田，幾次戰事均發生在二十五日之後，故紅軍抵達兩河口時間，正確日期應在十二月五日以後。

紅四方面軍自十月十一日越過平漢線，到十二月初抵達兩河口，共計五十多天時間，歷豫鄂陝三省地界終於抵達川北，所以未中途覆滅，徐向前指揮有方，紅四方面軍幹部作戰勇敢是其一因，對手太弱是其二因，使當時追擊指揮官是衞立煌，追擊軍將領是關麟徵、李默菴、蔣伏生各師，恐怕紅軍四方面走脫機會不大，祇由於對手各部，楊虎城部根本就不能打仗，劉茂恩部仍未脫離民團習氣，蕭之楚是疲敝之師，胡宗南與徐向前相比，正如最近足球賽香港隊遇上賓菲加一樣，輸了十一比零還算客軍足下留情。

（未完・待續）

折戟沉沙記林彪（二）

岳騫

林彪家庭上一代外界知道的多一些，至於其妻子兒女，就不太為人所知了，就以葉羣而言，身世就是一謎，最初各方面都傳說是葉挺的女兒，以後又沉寂下來，好似都否定此說。筆者去年八月在台灣，遇到了一個氣笑不得的場面，那是一個中午，政府

南昌事變時之紅軍司令部

兩位大員邀請午餐，主客共五人，客人中一位是馳名國內外的書法家，一位是旅美的立法委員潘某，席間隨意談天，不知怎麼提起美國對中共的研究，這位潘委員指手劃脚說了許多他在美國的鬥爭經驗與成就，然後話題一轉，說道：「譬如葉羣是葉劍英的女兒，許多華僑都不知道，要等我向他們解說之後，他們才明白。」

在座的除去那位李先生是書法家，對政治不太關心，不論葉羣是葉劍英的女兒還是葉恭綽的女兒，他似乎未聽到，另外三個人都為之愕然，我的嘴快，先搶着問道：「這個消息是從那裡來的？」

那位潘委員一臉不屑的神氣向兩位政府大員指一指，說道：「你不知道，他們兩位一定知道？」

誰知這兩位大員都很誠實，並不世故，當時一齊搖頭說道：「我們不知道，未曾聽說過。」

其中一位說：「到現在為止，較為可靠的一點線索，祇知道葉羣是福建人，其他就不知道了。」

對於那位潘委員的獨得之秘，在筆者看來是十足的笑話，葉羣絕非葉劍英的女兒，任何人都可以下結論。難得的是那位潘委員在大家一致不同意葉羣是葉劍英的女兒之後，他仍然發表了一篇言論，說明毛澤東的權術，對於整肅女婿（指林彪）而用老丈人（指葉劍英）這一點上就可以看得出。

葉羣絕非葉劍英的女兒，決不是任何妄人自說自話就可以改變的，但是葉羣的身世也確實是一謎，筆者雖不敢斷定她即是葉

挺的女兒，但可以提供一條線索。

當一九六八年四月間，聶榮臻領導的科技部門出了問題，下面幹部也造起聶榮臻的反，本來根據文革時決定，不衝擊科技部門，現在科技部門出了問題非同小可，迫得周恩來親自出馬處理，這次領導造反派的是二十二級技術員葉正光，千眞萬確是葉挺之子。

一九六八年四月二十日晚，周恩來會見科技部份造反派代表，當時同葉正光重要談話如下：

葉正光，你可得好好寫出一篇東西啊，你敢於批評上邊，是好的，但也要敢於批評自己。（轉向大家）我和他比較熟悉，批評得比較嚴格，你們不要拿我的話又去寫大字報，我對你們不熟不能亂批評，他爸爸葉挺同志我也很熟悉，臨死之前還從新入了黨嘛！是毛主席批准的，但是有長處也有短處，有個人英雄主義。現在查明了，項英是個叛黨分子，但中央還沒有最後決定，是項英害了他，項英硬要讓他去談判，葉挺說不能去，一下去就要被捕，項英說不下去也得下，結果葉挺下去被捕了，項英、饒漱石他們逃跑了，葉挺同志奮鬥到最後。最後我們通過舊政協把他保出來了。一出獄他就要重新入黨，我們報告毛主席，毛主席立刻發電報表示熱烈歡迎。我給你們姐弟幾個常講這些，葉挺同志鬥爭很堅決，有徹底革命精神，但有個人英雄主義，說不通扭頭就走。英勇犧牲了的人也是有長處也有短處的。你們要學習他的長處，避免他的短處。我當着你們把他爸爸的情況說了說，毛主席說：要把我們前輩的切身經驗告訴你們，這是有教育意義的。連毛主席都是這樣謙虛，更何況是我們呢？

從這段談話中，最值得注意之點是周恩來提到葉正光的姐弟幾個，葉正光是二十二級技術員，他姐姐是作什麽的，周恩來提出他姐弟，好似他這個姐姐無人不知道，根本不必說出名字來，在當時中共高級人員中，如此有地位的葉姓女幹部，除去葉羣確找不出第二人，這是一個最可疑之點。其次葉正光以二十二級技術員身份起而倒聶，固然在那個造反時代，任何低級幹部皆可起而造最高級領導人的反，但葉正光情況確實特殊，居然勞動周恩來親自出馬，而且在會上大套交情，一而問葉正光給「聶伯伯」寫信的事，再而說與他父親是老朋友，如果葉正光沒有一個巨大的後台，周恩來也許不致去同葉正光攀世交，因爲這在共產黨是犯忌的事。

林彪的兒子除去前述的林建國，林立果與女兒林豆豆，似乎還有兩個較小的兒子，據一九六八年廣州出版的火炬通訊第一期：「親切的關懷，光輝的榜樣——記程世清同志到林副主席家裡作客」一文記載這兩個兒子都想到李文忠當過兵的連隊去當兵。對於林彪的家世，（筆者）所知道的也就祇有這些。

二、林彪的出身

林彪的學歷大致是這樣：從浚新學校（小學）畢業、武昌共進中學畢業，入黃埔軍校四期，未到結業即因北伐編入部隊隨軍出發，不過，黃埔軍校也承認了四期學生算是畢業。

值得研究的倒是林彪的加入中共經過，根據中共方面所發小冊子，林彪在武漢共進中學時，似未入黨，祇是一個共黨外圍分子，他眞正入黨是在進入黃埔軍校之後，最初由惲代英介紹加入共產主義青年團，到了分發到葉挺部任見習排長時，始加入中共。但當林彪得勢時所發的小冊子，大概因爲林彪入黨太遲，所以在文中祇是含糊其辭並未說出林彪入黨的年月。

林彪在黃埔軍校時，共黨勢力相當龐大，軍事教官有葉劍英、聶榮臻，政治教官有惲代英、周恩來、蕭楚女，總政治部主任鄧演達雖非共產黨却相當左傾，就是蔣校長中山艦事變之前，對於共黨學生也並不歧視，祇是諄諄告誡國共左右兩派學生要團結，不要分裂。

至於早期的黃埔同學中，共產黨員佔的量雖然不大，但質則甚高，以後在中共軍中嶄露頭角的，第一期有，王爾琢、成浩、盧德銘、伍中豪、吳浩、白海風、徐向前、張際春、周士第、閻揆要、陳奇涵、陳賡。第二期有，王秉璋、蕭克、周逸羣、倪志亮。第三期有，王震、唐天際、郭天民、常乾坤、第四期有林彪、郭化若、曾鍾聖、耿飈、羅瑞卿、黃克誠、宋時輪、袁淵。這批人中間與林彪有密切密關係的首推王爾琢，在井崗山時王爾琢任團長，林彪任營長，因另一位袁營長逃亡下山，王爾琢趕去制止，被袁營長開槍打死，後來由林彪升任團長，如果王爾琢不死，林彪將不會升遷得這樣快，因為林彪祇能在王爾琢之後一步一步向上升，由於王爾琢一死，林彪就跟着朱德後面升遷了，否則到了紅軍長征時，林彪最多祇能當軍長，第一軍團長定是王爾琢，對於林彪本身及中共整個黨史，都將是另一個寫法了。

不過在軍校時，林彪並不突出，所以沒有藉藉名。分發到葉挺獨立團任見習排長，即後來所謂見習官，也沒有什麼出色之處。

一九二七年八月一日中共發動南昌事變，以後即以此日為建軍節，但「八一」事變真正領導人是周恩來，名義上是譚平山，軍事方面最高負責人是劉伯承，但居中調度的仍是周恩來。南昌事變後公佈的名單，最高領導機構的國民黨革命委員會的委員有周恩來、張國燾、葉挺、賀龍、李立三、郭沫若、惲代英、吳玉章，但沒有朱德，可知朱德地位並不重要。朱德所以未被列入南昌事變領導人，是因為他當時不在南昌，第二天朱德趕到南昌，加入了事變集團，離開南昌後被編為第九軍軍長，受第二方面軍總指揮賀龍節制，賀龍當時指揮共三個軍，一為賀龍自兼的第二十軍，葉挺的第十一軍，加上朱德的第九軍。朱德這個軍內部編制祇有一個教導團，又大部逃亡，隨他起事的祇有二百多人。

朱德當時是南昌縣公安局長，兼任第三軍朱培德部教導團長，他是在第二天一早趕到南昌加入的。不過，以後中共軍重要人員，多出在這一部份，朱德之外尚有林彪、陳毅、這一支又是拉上井崗山創立紅軍的基本隊伍，所以在中共文化大革命之前，一貫把朱德列為南昌起義的領導人，實際上與內情稍有不符。

林彪原在葉挺部下任見習排長，葉挺自民國十五年（一九二六年）八月血戰汀泗橋一舉成名之後，由獨立團長升任二十四師師長，此時又由南昌事變最高領導機構革命委員會任為十一軍軍長，林彪當時任軍部特務連連長，南昌事變失敗，隨葉挺、賀龍南下，葉賀大軍失敗，林彪改入朱德部仍任連長。如果林彪當時不投入朱德部，則絕無機會上井崗山，受知於毛澤東，一路直線上升自一九二七年底上山到一九三四年十月由蘇區突圍，先後不過七年時間，由連長升到第一軍團軍團長，掌握了江西共軍的實際力量，更不會有以後一人之下的地位。人生事業升沉，有時就在幾微之間，任你如何英雄豪傑，仍然無法擺脫命運的安排。

林彪隨朱德上了井崗山與毛澤東會師之後，一直受到朱毛兩人的賞識，這是因為他年輕，出身正式軍官學校，學術兼優，個性沉默寡言，作事脚踏實地，這樣的幹部誰都喜歡，所以到了井崗山上就升了營長，在大部隊來說，營長官職自然微不足道，但當時的紅軍，基本力量祇有朱德帶上山的一個團，營長的地位就相當重要了。

林彪的團長王爾琢是黃埔軍校第一期畢業，學術科均優，也是一個出色的幹部，但在另一個營長袁崇全拖隊向山下逃亡時，他隻身跑去制止，被袁崇全開槍打死，於是團長就出了缺。

朱德與毛澤東都同意提升林彪任團長，但因為林彪剛升營長，而且年事太輕（林彪當時年齡祇有二十歲稍多）所以由朱德暫兼團長，幾個月後，紅軍要下山作戰，才正式任命林彪為團長。

朱德與毛澤東會師後，初期似乎尚無正面衝突，當是因為環境艱苦，生存不易，無暇內爭，而朱德為人也比較渾厚，處處讓毛澤東佔先，但吃苦則以身作則，共軍一直傳下來一個故事，朱德在井崗山時，每天與士兵一齊入山砍柴、挑柴，因為扁担經常被士兵拿去，朱德沒有扁担用，最後異想天開，砍了一條扁担，在上面寫明「朱德記」（亦有記載是「朱德的扁担」），這種與士卒同甘苦的生活，毛澤東就作不到，所以中共史家所發表的史料，對毛澤東一生的重大成就，事無巨細均提出宣傳，祇有在井崗山與士兵共甘苦的事却一字不提。

朱毛之間首次發生衝突是一九二七年八月紅軍下井崗山去進攻湖南郴縣范石生部，受到嚴重挫折，紅軍約損失一半。事後檢討作戰經過，朱毛兩人各有不同的看法，自然就互將責任推與對方，開始發生歧見，但尙未公開爭執，祇是心存芥蒂，毛澤東也不願與朱德衝突，而將失敗責任推到湖南省委代表杜修經的頭上，指杜修經強迫他們作此決定，招致失敗。

朱毛之間正式衝突是在一九二九年五月紅四軍二度入閩失敗之後，由於一九二八年底，紅軍受到國軍圍剿，朱毛放棄井崗山轉到贛閩邊界游擊，中間經過幾個月流竄，聲勢雖然比從前壯大了，但是苦於沒有後方，朱德就主張向閩東及粵中游擊，擴大根據地，毛澤東則認爲是單純軍事觀點，流寇思想，提出反對，但由於當時朱德在軍中勢力較大，毛澤東反對無效，一任朱德自行發展，當朱德統兵入閩東時，毛澤東則留在閩西養病，表面上看是消極，實際上坐觀成敗，在毛澤東估計，朱德此行必敗，朱德也下了決心，不理會毛澤東的反對，當毛澤東稱病時，朱德就派陳毅代理毛澤東的紅四軍前委書記職務。

陳毅眼見朱毛衝突日劇，勢必危及紅軍，就在一九二九年七八月間由閩西過廣東梅縣，經豐順之馬頭，由當地中共潮梅特委護送至汕頭轉去上海，向中共中央報告紅四軍及朱毛之間不和情況。

陳毅是朱德死黨，南昌事變前經朱德推荐當一任江西信豐縣長，事變後又一直追隨朱德左右，這次赴上海也是經過朱德同意，陳毅立塲之偏朱，自不待言，上海方面中共中央此時名義上由向忠發任總書記，但實權則操於李立三、周恩來之手，周恩來任軍事部長，正管着江西的紅軍，周恩來的助手是聶榮臻，周、聶與陳毅都是留法同學，聶陳又是四川同鄉，三人關係密切，陳毅到上海告毛澤東的狀，自然很易爲中共中央全盤接受，當時決定調毛澤東去上海出席全國蘇維埃區域代表大會。並且指定將紅軍三四五軍合組成一個總指揮部，以朱德爲總指揮，至於毛澤東的總前委一職，在毛澤東赴上海時，由三個軍前委書記中指定一人代理。

中共中央當時一定要毛澤東赴上海開會，信中特別強調「中央認爲此次毛同志無論如何，必須出來一次。」又說「而且蘇代萬一逾期，毛同志也必須出來一次。」可是毛澤東却置之不理，不肯中周恩來調虎離山之計。不過，紅軍總指揮部却於此時成立，朱德升任總指揮，即以後的第一方面軍總指揮，林彪也於此時升爲紅四軍軍長。

這一時期，毛澤東雖然堅決不肯赴滬，但是，在中共中央與朱德內外壓力之下，也祇得退讓，不反對朱德向閩東粵北用兵，他自己留在閩西長汀養病。朱德率兩個縱隊進攻福建，最初頗爲得利，一度攻陷漳州及附近縣份,同年十月攻廣東東江，被十九路軍打垮，損失重大，全部祇餘六百多人，團長劉安康陣亡，朱德不得已率部折回長汀，重與毛澤東會合。

由於朱德遭受慘敗，反証毛澤東觀點正確，殘餘官兵轉而擁護毛澤東，毛就乘機於十二月一日在上杭古田召開第四軍第九次黨代表會議，通過了「關於糾正黨內的錯誤思想的決議」，淸算「單純軍事觀點」，「極端民主化」，「非組織觀點」，「絕對平均主義」，「主觀主義」，「個人主義」，「流寇思想」，「盲動主義殘餘」等等罪名，皆針對朱德而發，林彪也公開站在毛澤東一方反對朱德，朱德對此事異常痛心，兩年以後見到龔楚還說：最令我痛心的，是林彪那個壞傢伙，他竟公開反對我，我當時以最大的忍耐，才沒有使局面破裂。（我與紅軍二六六頁）。

（未完・待續）

謙廬隨筆

十六

矢原謙吉遺著

何子返京後，一夕，與何、何妻陳坤立，妻舅陳元伯，共作竹城戲。忽聞叩門之聲甚急，何慮係刼匪，遂囑价僕暫避，而自出應門。既啓扉則一汽車與一戎裝之副官，鵠立於外焉。來客曰：

「吾奉命欲見立法院軍事委員會委員長何遂。此人安在？」

何答曰：

「我即何也。」

來客乃立正敬禮曰：

「委員長從南昌來，有命邀六人作一席談，君其一也，即請整裝登車。」

何辭以爲時過晚，換裝需時，容日來訪。來客固請之，且曰：

余奉委員長之命，不敢不從命也。」

何大怒，立叱之曰：

「他是軍事委員會委員長，我也是軍事委員會委員長，爲什麽一定要我聽他的命令？我就是不來！」

言畢，憤然閉扉，復作竹城戲，了若無事然。而此一短劇，亦即不了了之。此亦何所親口告余者也。

何返故都後，一夕，與余痛飲於慶林春，已微醺矣，忽索紙筆曰：

「君知南京各院部，均獲騷人墨客之四字考語乎？余今當爲先生書之，聊供酒後一哂」。

紙筆至，何乃振筆直書曰：

「行政院——永不換湯
監察院——北妓秦腔
司法院——湖北同鄉
考試院——戴氏佛堂
立法院——萬國文章
外交部——見日心慌
教育部——孔道方張
財政部——枉法貪贜
軍政部——無餉無槍
交通部——吃盡當光
實業部——錢來何方
內政部——地圖一張
海軍部——睹艦心傷
僑務委員會——貴賴僑商
蒙藏委員會——目無邊疆
水利委員會——越淹越香
賑濟委員會——我飽人荒。

余閱之，怪而問何曰：

「君獨不憚當道乎？」

何答曰：

「此曹孟德之所以不殺彌正平也。」

余聞之啞然者久。

何復就若干大人物之名，告余渠等之「四字考語」曰：

訓練總監唐生智——唐而又荒。

軍事參議院長陳調元——調劑陰陽。

軍政部長何應欽——何事忙忙？

文官局長魏懷——紙短情長。

參軍長呂超——官樣文章。

主計局長陳其采——概不求詳。

侍從室主任錢大鈞——馬弁部長

余覽之笑曰：「非君不敢謔當道如是也。」

何又告余：中委覃振，以多痰著稱，每有集會，輒聞其痰聲呼呼然。故汪兆銘贈以一雅號曰：「呼圖克圖」。

覃之吐痰藝術，實遜譚延闓多多。蓋譚亦每議必咳，但咳時頗有分寸，層次分明，絕不混淆。故汪兆銘亦會贈以「恩克巴圖」之名。顧名思義，實勝覃振之「呼圖克圖」遠矣。

是時，天災頻仍，兵連禍結，了無已時，故遂有班禪喇嘛在故都主持「時輪金剛法會」之舉。余以好奇之故，亦隨管翼賢前往一視。

法壇所在之地既高，而班禪又趺坐於壇頂高高在上之處。乍見之，頗似北海後山金頂佛堂中之情景。壇前鮮花貢物水果堆積如山，場中黃綢處處，有如繽紛之雪片。善男信女，有羅拜於壇前，伏地久久不起者；亦有伺機而動，專待攫取壇前業經「加持」之茶水，就地一飲而盡，以求增福添壽，消災免病者。

管告余曰：壇前、壇上與壇後之漢人「執事」，皆榮譽職，非輸將慷慨，或經班禪指爲「有慧根」者，絕不可能任此。而一任此職，即得與班禪有近水樓台之雅，時時可分得業經於佛前「加持」之水果、香茗與貢品。且更有漁利成癖之徒，百計鑽營，以求厠身其間，然後利用其特殊地位，大開方便之門。凡欲跪坐於壇前近處聽道誦經者，以及欲得「加持」之茶水、香灰、水果、供品者，均非對若干「執事」納重賄莫辦。

管是時在華北之權威，絕不亞於歐美之報業大王。甫入場，即有「執事」紛紛請之跪坐於壇前最衝要之處，「加持」各品，不待索求，即已源源而至，頗令人有應接不暇之感。

移時，「執事」復邀余等至壇後，一毡幕型之佛帳中。其內遍懸毯皮之類，而面積頗大，後方之中央處，有一高榻狀之物，即爲班禪誦經講道之餘，小憩之所。帳內又以黃綢縵隔離爲若干室，而縵高不過一人左右，故坐於高榻上之班禪，隨時可以鳥瞰全帳。休憩時則禿其頭。班禪於誦經時，頭戴一角形帽。其人肥壯，滿面流油，膚色淺褐，頗予人以木訥之印象。

管詢以此後計劃，以及對大局意見，班禪惟凝視沉吟，唯唯諾諾而已。時「執事」數人，各以三角形之小黃綢巾一張，懸於鼻下，聊當口罩，正爲其製作一水餃式之食品。班禪之食量，似大常人三四倍，屢盡其器，仍命人傳呼「速進，速進」不已。

管亦獲「加持」之水餃式食品一枚，食後，陰告余曰：「不識其內藏何物？但覺其味頗怪，鮮美遜前門之鍋貼店遠矣。」

（未完待續）

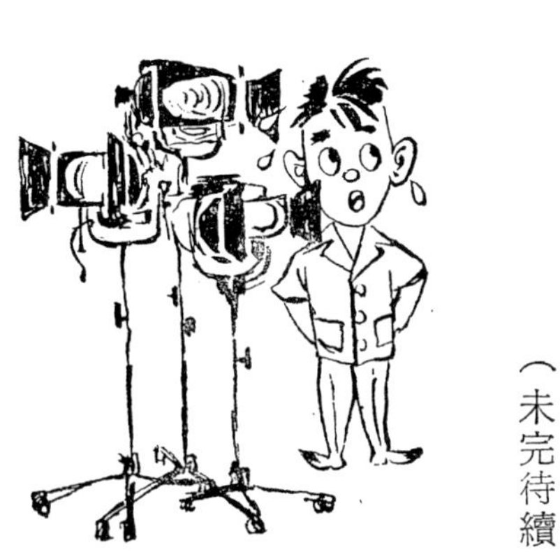

香港詩壇

壽書枚詩翁八十　涂公遂

吾鄉一老儕商皓骨貌崢嶸履席尊轉徙橫流撐浩氣摩挲古藝踞高軒胸搜六典今何世心縮千秋道有源文酒傳馨扶美意嶺梅花好報春暄

海春感隅　高天賜

花引春痕入萬家深居寧易斷羣譁愉園草綠人迷馬新界塵黃客騁車水帶山屏圍醉夢米珠薪桂鑄繁華金銀氣活龍蛇影悄向東風舞處斜

春回海角釀寒温未信東君暖故園爛漫瓶梅懷上國婆娑林杏蔭前門狼煙鱷浪蒼生苦美雨歐風白日昏挂夢河清吾欲老干戈依舊塞乾坤

萬紫千紅撲早春太平山下物華新金魚缸戀投機客白鴿籠居避難人著手微能堪伏豎驚心熟性可通神東方一角珠光麗直似蜃樓幻海濱

剪取風光入小詩閉門猶恐負花時臨淵鈎直人應笑濟世囊輕我亦癡既已無心偏左右何曾有籍屬華夷懸壺難得閑天地春滿吾廬尚

未知

香江　前人

樓台十里影幢幢，燈火寒温百萬窗；得意人營狡兎窟，投機客戀金魚缸；車回故里當神話，曲入新潮作鬼腔！犬馬縱橫蛇鼠亂，桃源誰信似香江？

大江（用前韻）　前人

撲地閭閻住一幢，幾分春色媚閒窗？感時騷客詩千卷，傷亂遺民淚萬缸！夜夜故園空入夢，年年高調不成腔！長天未曙殘星在，依舊寒芒照大江。

呈均默文並謝多次寄贈前賢詩集　前人

頻年客夢投駒隙，幾卷詩心托雁過；衛道絕知元老重，行吟總見古賢多。澄懷珠海三更月，浩氣錢塘萬頃波；一代風騷歸管領，長看大句動關河。

宜燕校長招飲建國酒樓航空廳兼呈同座諸老　前人

興懷雅與古賢同，傾蓋瓊樓夜色融；板蕩九州思建國，雲遊四海欲航空；分携日月來江上，獨壓乾坤入鏡中（燕公擅攝影）。桃李君栽吾種杏，相看紅紫舞春自。

壽夏書老八十　徐義衡

腊鼓催開萬樹梅。淡香疏影落深林。生同坡老投荒客。詩比涪翁不世才。青眼照人公自傲。黃花釀酒月相陪。期頤在望春長慶。蘭桂雙雙海外來。

初寒　前人

近腊始初寒。霜風驚拂面。荒園見枯枝。遠峰漂流霞。冷月佈銀輝。靜海亦如練。凜凜惜歲殘。光陰速如箭。幽居無所事。長親筆與硯。勞勞窮服外。何日停龍戰。空抱歲寒心。松柏令人羨。莽莽欲何之。水清石自現。

壬子生朝　前人

歲月不稍留。但見雙丸走。方吟黃菊詩。即飲屠蘇酒。當時盡少年。此日成老叟。事態本無常。白雲幻蒼狗。七十古來稀。我今六十九。百刦得餘生。蒼蒼遇我厚。勞勞五十載。一身何所有。松竹傲霜青。梅花香入牖。一樽忘百慮。一卷常在手。一杖自相隨。永結歲寒友。

台遊吟草　文叠山

壬子臘月五日晨由台北乘莒光號火車至嘉義轉車阿里山

一列輕車洞道長，蜿蜒如帶上山崗，蓬壺勝跡於今見，百里松杉翠兩行。

編餘漫筆

編者

這一期出版適值農曆新年，由於印刷廠放假五日，編者事先未能把握住時間，以致出版稍爲愆期，自從十三期以來，此爲首次，咎皆在編者，特向讀者致歉。

一年之計在於春，本刊在新春開始，對編輯方面自然也有一個計劃。大原則上仍然不願變動，因本刊創刊時說的明白，主旨在於保存現代史料，發掘湮沒史蹟，一年多來雖不敢自言有成，但確實發表了許多重要文獻，例如上期「一二八的故事」即其一例。故今後仍將本此宗旨辦下去。但也在可能範圍內有所改進，盡量多發表輕鬆文字，以增進讀者興趣，本期之梁山泊縱橫談，雖然是談地理的事，但由於水滸傳的關係，國人對梁山泊皆耳熟能詳，按照水滸傳所寫的梁山泊，目前已變爲麥田，究竟當地過去有沒有泊，如果有的話何以會變成農田，莊練先生梁山泊縱橫談對此有詳細說明，編者讀後自覺長見識不少。

又如浙東鬥牛，中國民間藝術，姑姑筵與黃敬臨，皆是有趣味的文字。

汪精衛脫離重慶始末記，爲最正確之現代史料，足以補各方傳聞之誤，本期已刊至汪精衛脫離重慶前後。歷史上有許多重要事件，後世也許以爲非常神秘，但實在參與其事的人知道，經過實在毫不神秘，祇是一件偶然事件，如果當初能先事預防，許多大事就不會發生，汪精衛脫離重慶事件亦復如是。

人物故事有潘重規先生撰黃季剛先生之筆名，潘先生爲黃先生入室弟子，此一掌故得潘先生寫出，尤有價值。

沈鴻烈爲當代最卓越政治家，凡是與沈氏共過事的人，皆對之敬佩無已。本文僅敘述沈氏在山東成就，雖不足概其平生，但嘗鼎一臠可見其餘。本文更敘述出山東省淪陷後許多事蹟，例如吳化文何以留在山東，又何以會變作僞軍，此事編者一向不太了了，但是看了這篇文章之後，始知吳化文在山東一切經過，所以由第三路軍手槍旅擴編爲新四師，也是沈氏一手成全。吳化文的爲人眞得了馮玉祥的嫡傳，其一生倒戈次數之多，除馮玉祥之外，無人可及，但吳化文作戰勇敢，也非一般人可及，使爲其長官者善於駕馭，何嘗不能爲國家建立功勛，不幸其先遇于學忠，後遇王耀武，終使其一生三反，歷國軍、僞軍、共軍，在近代軍人中尚無其匹，則吳化文之不幸，亦國家之不幸也。

宋淵源與閩軍，亦罕爲人知之史料，此皆有大功於國家者，惜乎年代已遠，事蹟逐漸湮沒，本刊最樂於發表此種文章，以光潛德。

王以哲在西安事變後遇刺身死，眞象歷三十多年而不明，由於東北軍在西安事變闖下大禍，以後抗日又缺乏表現，再兼之其前身「奉軍」給予國人觀感太劣，因此，各方對東北軍將領除馬占山、蘇炳文等抗日英雄尚有敬意此外，皆爲人淡忘。本文指出王以哲立身處世確是東北軍傑出人物，再証以萬耀煌將軍西安事變日記，王以哲處理西安事變善後確實守正不阿，力抑激烈分子，終遭不測，亦可哀矣。

蘇聯在台間諜李朋（上期誤爲李明）之外，又破獲數宗，是蕭魚女士本期所寫亦屬眞人眞事，與構想之間諜故事完全不同，知眞事有時反而單純，複雜之故事若非有意渲染，即是僞造。

長篇連載現共四篇，均屬眞實史料，「周恩來評傳」與「折戟沉沙記林彪」均屬當前發生之事，雖然兩位作者與周恩來林彪均無直接關係，但根據所見史料寫成，態度反而比較客觀。「燕京舊夢」係作者親身經歷，以雋永筆調閑閑寫出，是史料亦是散文，深得讀者歡迎。「細說長征」一篇最爲費力，因史料選擇困難，從極端不同史料加以比較，去蕪存眞，更爲困難，但作者舉重若輕，居然從紛如亂絲中整理出一條清楚之線索。

史料方面，朝陽坡事件也是一項不爲人知的野史，但關係都異常重大，關山月先生爲本刊重要作者，不待介紹了。

中國抗戰畫史 第二集

主編者：龔　輝　　出版者：歐亞文化事業公司

中日之戰是我國有史以來，規模最大的戰爭，本公司出版之「**中國抗戰畫史**」為最有價值之珍貴歷史文獻；從一八九四年（**甲午之役**）日本開始侵華起，至一九四五年日軍向我國無條件投降止；所有重要史實重要戰役盡入畫圖中。

本公司最近又搜集珍貴歷史文獻，考據重要圖片資料，續編成「**中國抗戰畫史**」第二集。中日雙方戰畧與戰術之進退，以及我國軍民浴血苦戰的悲壯鏡頭，另有更多圖片介紹。其中如淞滬防禦戰，華北防禦戰，喜峯口大捷，太湖南北地區諸戰役，南京防禦戰，及蕪湖杭州戰鬥，南京大屠殺，武漢會戰，長沙第一次會戰，長沙三次大捷，怒江戰役，重慶大轟炸，再有精美圖片和詳盡報導，現在閱讀尤如身歷其境。

本公司已經出版之「**中國抗戰畫史**」，及「**第二次世界大戰畫史**」第一集與第二集。各項圖片彌足珍貴，文字說明生動雋永，是研究歷史的重要參考書。本書（**中國抗戰畫史第二集**）圖文並茂，較之亦不遑多讓。

全書十六開精編精印。精裝本，只售港幣叁拾元。平裝本一冊，僅售港幣壹拾元。

經已出版。【付印無多，欲購從速。】

總代理　吳興記書報社
地址：香港租庇利街十一號二樓
電話：H四五〇五六一
Ng Hing Kee Newspaper Agency
No. 11, Jubilee Street, 1st Fl.
HONG KONG

香港經銷處
南天書業公司（灣仔軒尼詩道107號二樓）
廣文書局（大道西306號）

九龍經銷處
德興書店（旺角奶路臣街15號B）
吳興記分銷處（吳淞街43號）

外埠經銷處

星馬婆	遠東文化有限公司
曼谷	青年文化服務社
菲律賓	玲瓏書店
越南	聯興書報社
紐約	友聯圖書公司
三藩市	福民書局
三藩市	新生圖書公司
三藩市	文化書店
波士頓	中西公司
芝加哥	杏林春
檀香山	大元公司
倫敦	東寶公司
洛杉磯	永安堂
加拿大	香港百貨商店
澳門	可大文具店
斗湖	光明書局

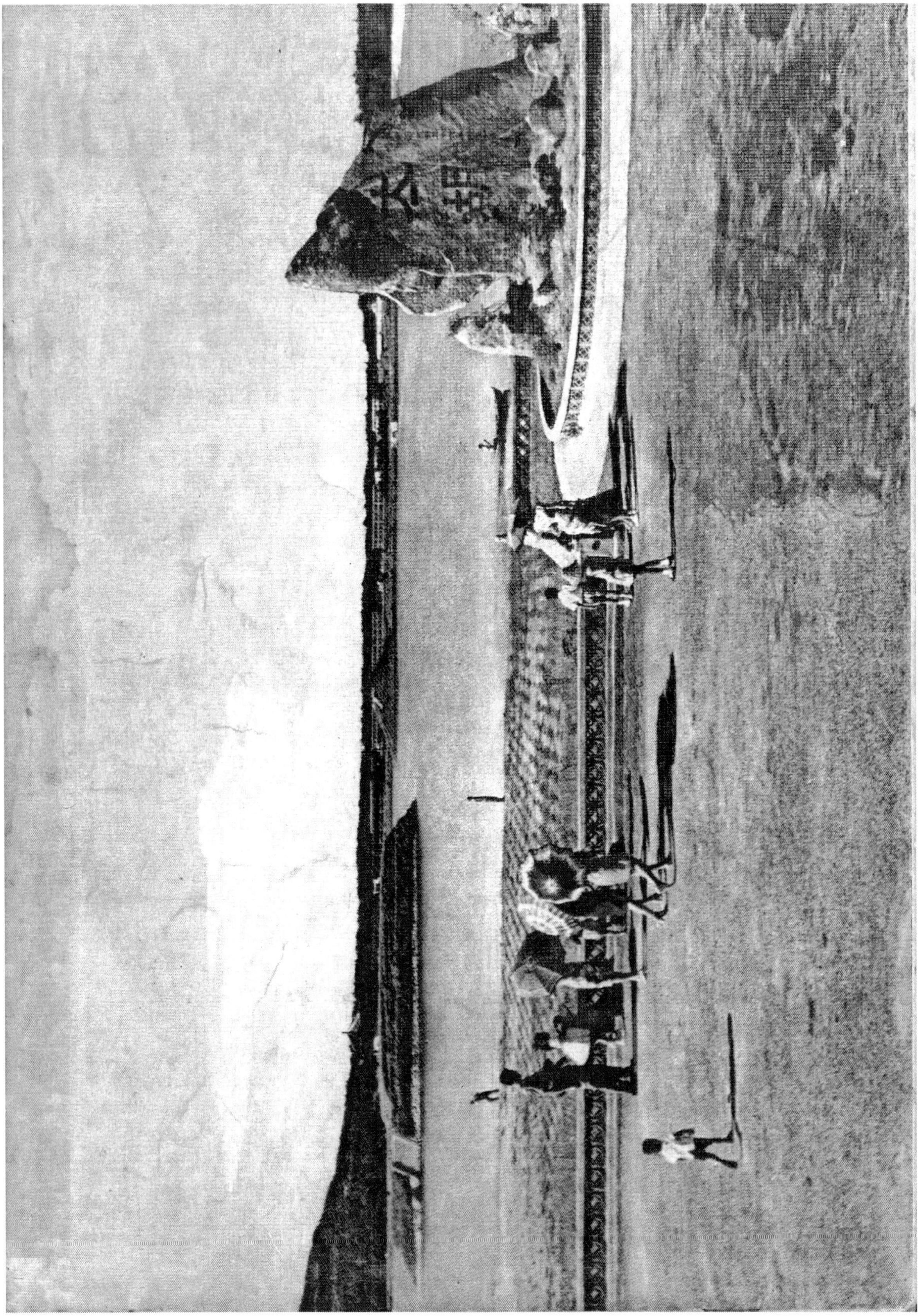

掌故（三）

數位重製・印刷　秀威資訊科技股份有限公司
https://www.showwe.com.tw
114 台北市內湖區瑞光路 76 巷 65 號 1 樓
電話：+886-2-2796-3638
傳真：+886-2-2796-1377
劃　撥　帳　號　19563868　戶名：秀威資訊科技股份有限公司
讀者服務信箱：service@showwe.com.tw
網　路　訂　購　秀威網路書店：http://store.showwe.tw
國家網路書店：http://www.govbooks.com.tw

2020 年 7 月
全套精裝印製工本費：新台幣 35,000 元（全套十二冊不分售）

Printed in Taiwan　ISBN:9789863268130 CIP:856.9

本期刊僅收精裝印製工本費，僅供學術研究參考使用

ISBN 978-986-326-813-0
9 789863 268130 35000